U0936881

DAVID

COPPERFIELD

大卫·科波菲尔

DAVID COPPERFIELD

（上）

〔英〕狄更斯◎著

潘华凌◎译

青岛出版社
QINGDAO PUBLISHING HOUSE

图书在版编目（CIP）数据

大卫·科波菲尔 /（英）狄更斯著；潘华凌译. —青岛：青岛出版社，2018.6

（小羊皮卷名著）

ISBN 978-7-5552-6902-1

Ⅰ. ①大… Ⅱ. ①狄… ②潘… Ⅲ. ①长篇小说－英国－近代 Ⅳ. ①I561.44

中国版本图书馆CIP数据核字（2018）第092341号

书　　名　大卫·科波菲尔
著　　者　〔英〕狄更斯
译　　者　潘华凌
出版发行　青岛出版社
社　　址　青岛市海尔路182号（266061）
本社网址　http://www.qdpub.com
邮购电话　13335059110　0532-68068026
策　　划　马克刚
责任编辑　陈　宁
封面设计　余　微
印　　刷　北京德富泰印务有限公司
出版日期　2019年1月第1版　2019年1月第1次印刷
开　　本　32开（880mm×1230mm）
印　　张　32
字　　数　800千
印　　数　1-20000
书　　号　ISBN 978-7-5552-6902-1
定　　价　69.00元

编校印装质量、盗版监督服务电话：4006532017　0532-68068638
建议陈列类别　文学名著

作者初版序言

1850年

我完成了本书的创作，搁笔掩卷之际，激动不已。而要郑重其事地撰写这样一篇序言似乎需要平心静气的心境，但我发现，要同本书保持足够的距离来谈论它，这并不是一件很容易的事情。我对它的兴趣清新鲜活，强劲浓烈。我的心情悲喜参半，所谓喜，那是因为长时间的构思创作终于有了成果，所谓悲，那是因为许许多多伙伴离我而去了。因此，有可能会说些个人的事情，宣泄一下私人的情感，令我爱着的读者生厌。

除此之外，有关这个故事的方方面面，凡是我能够说的，都设法在其中说了。

两年的想象构思结束了，作者怀着悲苦忧伤的心情搁下笔，或者说，一个作者构思创作出的一群人物行将永远离开他的时候，他会感觉到，他仿佛是把自己身上的一部分抛弃到虚无缥缈的世界中，此种情形或许读者诸君没有多少兴趣。然而，我又没有别的东西可以奉告的，确实，除非我必须得坦言（这或许就更加无关紧要了），同我在写作这部传记时比起来，读者诸君在阅读它时，不会更加相信它的真实性。

因此，我不准备回首过去，而是打算展望未来。我翘首等待着那个时候的到来，到时我将每月再次长出两片绿叶，还有就是，和煦的阳光和充沛的雨水已经洒落在了《大卫·科波菲尔》的这些绿叶上，令我幸福快乐，我要怀着真情实意回首那阳光和雨露，唯其如此，我才能心悦诚服地搁笔掩卷。

作者新版序言

1867年

我记得在本书的初版序言中说过:“我完成了本书的创作，搁笔掩卷之际，激动不已。而要郑重其事地撰写这样一篇序言似乎需要平心静气的心境，但我发现，要同本书保持足够的距离来谈论它，这并不是一件很容易的事情。我对它的兴趣清新鲜活，强劲浓烈。我的心情悲喜参半，所谓喜，那是因为长时间的构思创作终于有了成果，所谓悲，那是因为许许多多伙伴离我而去了。因此，有可能会说些个人的事情，宣泄一下私人的情感，令我爱着的读者生厌。

“除此之外，有关这个故事的方方面面，凡是我能够说的，都设法在其中说了。

“两年的想象构思结束了，作者怀着悲苦忧伤的心情搁下笔，或者说，一个作者构思创作出的一群人物行将永远离开他的时候，他会感觉到，他仿佛是把自己身上的一部分抛弃到虚无缥缈的世界中，此种情形或许读者诸君没有多少兴趣。然而，我又没有别的东西可以奉告的，确实，除非我必须得坦言(这或许就更加无关紧要了)，同我在写作这部传记时比起来，读者诸君在阅读它时，不会更加相信它的真实性。”

今天看来，上述坦率之言，句句真实，所以，我现在只需要对读者诸君再说上一句肺腑之言就够了。在我所有的作品中，这一部是我的最爱。人们很容易理解，对于从我的想象力中诞生的每一个孩子而言，我是个充满了爱心的父亲，从来没有人像我爱家庭中的人一样深深地爱着他们。但是，像许多充满了爱心的父母一样，我的内心深处有一个深深宠爱着的孩子，其名字就叫《大卫·科波菲尔》。

目 录

第一章

我降生人世

关于我自己的人生故事，主角最终是我自己呢，还是由别的什么人占着，本书必须得说个究竟。我的人生故事必须得从我降临人世时写起。我记录着（是听别人说的，而且也相信），自己是在一个礼拜五的夜里十二点出生的。据说当时钟开始敲响时，我便开始啼哭，钟声哭声同时发出。

照顾我的保姆和左邻右舍几个颇有见识的太太，早在还没有见到我之前的几个月，就兴致勃勃，注意上了我。由于我出生的日子和时辰很特别，她们便声称，我这个人一是命中注定会一辈子倒霉，二是有看见鬼魂的特殊天赋。她们认为，凡是不幸在礼拜五深夜里出生的孩子，不论男孩女孩，一定会具备这两种天分。

对于第一种情况，我无须在此说什么，因为事情的结果如何，自己的人生经历表明得再清楚不过了。可是第二种呢，我只能说，除非我在婴儿时就把那种天生的禀赋用光了，否则，我至今尚未经历过那种事儿。不过，即便没那种禀赋我也不会怨天尤人，如果眼下有人正享用着，那他尽可以开心开怀地保持它。

我出生时头上顶了张头膜[①]。该头膜曾以十五个几尼[②]的低价在报纸上登广告出售。不知道当时航海的人是囊中羞涩呢，还是不相信头膜的效力，宁可使用软木救生衣来防身。我所知道的全部情况

① 有的婴儿出生时头上罩着的一层薄膜，是胎膜的一部分。按照英国民间的说法，头膜为吉祥物，带在身边就不会被淹死。

② 英国一种旧金币的名称。1663 年至 1813 年发行。原先一几尼等值一英镑，即等于二十先令。1717 年开始金价上涨，一几尼等于二十一先令。

是，只有一个人出价，此人是一个与证券交易业有关联的代讼律师。他只出两英镑现金，余款用雪利酒[①]冲抵。但他宁可不接受确保不会溺水身亡的承诺，也不愿意多出一个子儿。于是，广告被撤回了，还白搭上了广告费。说到雪利酒，我可怜亲爱的母亲自己正有这种酒在市场上出售呢。十年之后，头膜在我家乡以抽彩的方式出售，共有五十个人参加抽彩，每人出半个克朗[②]，中彩者出五先令。抽彩那天，我到场了，看到自己身上的一部分用这种方式被处理掉，心烦意乱，很不是滋味儿。我记得，一位提着一只小提篮的老太太中了彩，她极不情愿地从她那只小篮子里摸出钱，都是半便士的辅币，结果还少给了两个半便士。别人算给她听，费尽了口舌，但她到最后也还是没有弄明白。她倒是确实没有遭到溺水之祸，扬扬得意地活到九十二岁，最后在床上寿终正寝了。过了很多年，我们那儿的人还对这事津津乐道，传为佳话。我知道了，老太太一生一世，最最引以为荣的便是，除了过桥，压根儿就没有到过水边。每当她和别人喝茶时（她对茶极为偏爱），总是愤愤不平，数落航海的人实在不像话，竟然肆无忌惮地到世界各地去"漫游"。若向她解释，说一些便利的好东西，其中或许包括茶叶，都是通过这种她所反对的活动中得来的，但无济于事，她会更加理直气壮、义正词严，回答说，"我们还是不要去漫游了吧"。现在我自己也不能漫游了，得接着讲述我出生时的事。

我出生在萨福克郡[③]的布兰德斯通，或者如苏格兰人说的，在"那儿附近"。我是个遗腹子，父亲闭上眼睛见不到这个世界六个月之后，我才睁开了眼睛看着这个世界。即便到了现在，每当想到他竟然未曾与我谋面，我就觉得有些事情不可思议。而更加觉得不可思议的是，我还隐约记得，教堂墓地里父亲那白色的墓碑诱发我童年时的种种联想，我们家的小客厅里，炉火融融，烛光熠熠，房子里

---

① 原产于西班牙南部的一种烈性白葡萄酒。

② 英国旧币，一克朗等于五先令。

③ 英国英格兰东部的一个郡。

的各扇门——有时候，我几乎觉得残酷——全都下了闩，上了锁，父亲却孤单单地躺在坟墓里，房门把坟墓挡在了黑夜中，这个时候我的心中总会涌起不可名状的怜悯之情。

父亲有一个姨妈，因此也就是我的姨奶。有关她的情况，我后面还会叙述得更加详细些。她可是我们家族中一等一的重要人物。她名叫特罗特伍德小姐，或者正如我可怜的母亲一直称呼她的，叫贝齐小姐，不过那是在母亲克服了对这位令人望而生畏的人物的恐惧心理之后，才这样称呼她的（但这种情况还是很少）。她曾嫁了一个比自己更年轻的丈夫，是个潇洒帅气的美男子，但不是古训说的"行为美才算真正美"那个意义上的美男子。因为人们强烈地怀疑他曾动手打过贝齐小姐，有一次为家用物品的事发生争执时，他差点把贝齐小姐从三层楼的窗户扔下去。种种事实表明，他们情不投意不合，没法在一起过下去了，贝齐小姐便给了丈夫一笔钱，双方同意分道扬镳。丈夫带着资金去了印度。而我在家里听到的有关他的故事更是荒诞不经，说有人曾在印度看见他和一只大狒狒[①]骑在一头大象上。但我认为同他在一起的一定是位绅士，或者贵妇才对啊。但不管怎么说，十年之后，家里人听到了从印度传来的有关他死亡的消息。事情对我姨奶有何影响，无人知晓。因为他们分开之后，她立刻就恢复了婚前做姑娘时的姓氏，并在一个偏远的海滨小村里买下了一幢房子，带了个仆人过起了寡居生活。打那之后，她更是离群索居，与世隔绝了。

我相信，父亲曾经一度很得姨奶的宠爱，然而，父亲的婚事令她气急败坏，说我母亲是"蜡娃娃"。她压根儿就没有见过我母亲，但知道母亲还不到二十岁。父亲和贝齐小姐就没有再见过面了。父亲结婚的时候，年龄是我母亲的两倍，但父亲身子骨孱弱，一年之后就离开了人世，所以正如我上面说的，那是在我来到这个世界六个月

---

① 在英语中，狒狒（Baboon）、（印度）绅士（Baboo）和（印度）穆斯林贵妇（Begum）三词读音相近。

之前的事。

在那个出现变故而又至关重要的礼拜五下午，我这样说或许大家会原谅我，出现了下面的情况。因此，我不可能有权利声称，当时的情况如何，或者说下面的情况是依据我自己的亲眼所见回忆起来的。

我母亲坐在壁炉前，身体虚弱，情绪低下，两眼噙着泪水，看着炉火。为自己，也为那个尚未见面的没有父亲的孩子，垂头丧气。孩子将要来到这个世界，但这个世界对他的到来却毫无激动之意。不过楼上的一个抽屉里倒是已经放着几罗[①]预言针[②]了，欢迎他的到来。我说的是，在那个三月里的下午，天气晴朗，刮着风，母亲坐在壁炉前，战战兢兢，满面愁容，疑虑重重，不知道能否渡过眼前的难关。正当她擦拭眼泪，抬头望着对面的窗户时，她看到一个陌生女人走进庭院里来了。

母亲又看了一眼，便确切地预感到，那是贝齐小姐。落日的余晖倾洒在陌生女人的身上，也倾洒在庭院围篱上，只见她径直朝门口走来，身段挺直，面容沉静，这不可能会是别人。

当她走进住房时，她再一次证明了自己的身份。我父亲曾经常谈道，说她的行为举止极少同普通基督徒一样，你看现在，她没有拉响门铃，而是径直跑到我母亲看着的那扇窗户边，鼻尖紧贴着玻璃朝里面看，看样子，我可怜的亲爱的母亲过去曾说，那鼻子瞬间压扁了，变白了。

她把我母亲吓了一大跳，所以大家一直都确信无疑，说我在礼拜五出生，应该归功于贝齐小姐才是。

我母亲惊慌失措，连忙从坐着的椅子上站了起来，跑到椅子后面的角落里。贝齐小姐慢条斯理地用探询的目光环顾房间，从另一端开始，就像荷兰钟上的撒拉森人[③]的头像一样，眼睛不停地移动

---

① 计量单位，等于十二打或一百四十四个。

② 按照旧的习俗，把针插在针插上，形成预言吉祥的祝词。

③ 指古希腊后期及罗马帝国时代叙利亚和阿拉伯沙漠之间诸游牧民族的成员。

着，最后目光落到了我母亲身上。然后，她就像一个惯于使唤别人的人一样，朝我母亲皱了皱眉头，打了个手势，示意她开门。母亲开门去了。

“我看你是大卫·科波菲尔太太。”贝齐小姐加重语气说，她之所以加重语气，大概是看见母亲身穿丧服，还有肚子里怀着孩子。

“是的。”母亲怯生生地回答说。

“有位特罗特伍德小姐，”来者说，“我肯定你听说过她吧？”

母亲回答说，她很荣幸听说过了。不过母亲觉得很不自在，因为她并没有显示出有多么荣幸的样子。

“你现在就看到她了。”贝齐小姐说。母亲随即便低下了头，请她进屋。

她们一同进到了我母亲刚才待的那个客厅，过道那边那个最好的房间里没有生火。确实，自从父亲的葬礼之后，那儿就再没有生过火。等到她们俩坐定之后，贝齐小姐一声没吭，母亲极力克制自己，但无济于事，终于放声哭了出来。

“噢！啧啧，啧啧！”贝齐小姐赶忙说，“别这样！行啊，行啊！”

可我母亲怎么也忍不住，一直哭到哭不出来为止。

“孩子啊，把帽子[①]摘下来吧，”贝齐小姐说，“让我好好看看你。”

母亲对她诚惶诚恐，即使想要忤逆她，也不敢，只得顺从了这个古怪的要求。因此，她按照吩咐摘下帽子时，两手不停地颤抖着，结果一头（浓密而又美丽的）头发披散到了脸颊上。

“哎哟，我的天哪！”贝齐小姐大声地喊了起来，“你还是个稚气未脱的小姑娘啊！”

毫无疑问，母亲当时确实很年轻，外表相貌甚至比实际年龄还要年轻。她垂着头，好像年轻是她的过错，可怜的人啊。她抽泣着说，自己真的还是个孩子就成了寡妇，而如果活下去的话，今后还会

① 大卫的母亲当时正戴重孝，帽子是孝服的一部分，这种孝帽配有面纱，把脸挡住了，所以贝齐小姐要她摘下帽子。

是个稚气未脱的母亲。接着停顿了片刻，她有一种感觉，觉得贝齐小姐在抚摸自己的头发，而且动作显得很温柔。但是，母亲战战兢兢，心里怀着希望，抬起头看了看，结果发现，贝齐小姐坐着，撩起了衣裙的下摆，双手交叉放在膝上，双脚搁在炉栏上，眉头紧锁，直盯住炉火。

"上帝啊，"贝齐小姐突然说，"为何叫乌鸦巢啊？"

"您是指这房子吗，姨妈？"母亲问。

"为何叫乌鸦巢？"贝齐小姐说，"要是你们两人中有一个知道怎么过日子的，叫大厨房[①]倒是更加合适一些。"

"取这个名字是科波菲尔先生的主意，"母亲回答说，"他当初买下这所房子时，喜欢想象附近有乌鸦。"

就在这时，一阵晚风吹起，舞动了庭院尽头几棵高大挺拔的老榆树，母亲和贝齐小姐不由自主地朝着那个方向看了看。只见榆树枝丫交错，随风摆动，仿佛巨人们在窃窃私语，吐露秘密，这样片刻的安宁之后，榆树便又是一阵狂乱，粗大的枝丫四处摆动，好像刚才的密谈过于邪恶，弄得内心无法平静下来。这时候，几个筑在高处的旧乌鸦巢，饱经风雨，破败不堪，像是暴风雨中漂浮在大海上遇难的船只在随风摇曳。

"那些乌鸦都上哪儿去了？"贝齐小姐问。

"那些什么？"母亲在想着别的事情没听清楚。

"那些乌鸦啊，它们都怎么啦？"贝齐小姐问。

"从我们搬来这儿住起，就没有见过有乌鸦，"母亲说，"我们本以为——是科波菲尔先生以为——这儿会有一大群乌鸦，可是那些乌鸦巢都已年深日久了，乌鸦早就遗弃不要了。"

"完全是大卫·科波菲尔的做派！"贝齐小姐大声说，"大卫·科波菲尔彻头彻尾就是这个样子的！附近没有一只乌鸦，竟然把住所命名为乌鸦巢，就因为看到了乌鸦巢，所以相信有乌鸦。"

---

① 英文"乌鸦巢"为 Rookery，"厨房"为 Cookery，两者读音很相近。

“科波菲尔先生，”母亲回答说，“已经去世了。如果您当着我的面数落他……”

我心里觉得，我那可怜亲爱的母亲一时间真是想要狠狠揍我姨奶一顿，但是，就我母亲当天傍晚那个状态，即便是训练有素，可以同人家较量，我姨奶也只需一只手就可以轻而易举地把她摆平。不过，母亲刚从坐着的椅子上站立起来，那个念头就立刻打消了。接着又温顺地坐了下来，然后就晕过去了。

母亲醒过来了，或者还不如说是贝齐小姐把她弄醒过来了，因为实际情况就是如此，这时候，她发现贝齐小姐伫立在窗户边。这时，暮色四合，天渐渐暗了下来。要不是借着炉火的光亮，她们都相互看不清对方了。

“对啦，”贝齐小姐一边说，一边回到她坐的椅子边，好像刚才只是到那儿随意看了一眼风景，“你预计什么时候……”

“我浑身发抖，”母亲说话不连贯，“我不知道是怎么回事，我怕是要死了！”

“不会，不会，不会，”贝齐小姐说，“喝点热茶就好了。”

“噢！天哪，天哪，您认为喝茶有用吗？”母亲无可奈何地大声问。

“当然有用啦，”贝齐小姐说，“没什么事，你只是产生了幻觉而已，那女孩叫什么名字？”

“我还不确定是不是女孩呢，姨妈。”母亲天真地回答说。

“愿上帝保佑这孩子啊！”贝齐小姐大声喊着，她无意中说了这句与楼上抽屉里针插上第二句祝福语一致的话，不过这句祝福的话不是给我的，而是给我母亲的，“我不是那个意思，我问的是你那个女仆。”

“她叫佩戈蒂。”母亲说。

“佩戈蒂！”贝齐小姐重复了一声，语气愤愤不平，“孩子啊，你是说有人进了基督教堂，却给自己取了佩戈蒂这么个名字？”

“这是她的姓，”母亲怯生生地回答说，“科波菲尔先生就是这么叫她的，因为其教名同我的一样。”

“过来！佩戈蒂！”贝齐小姐打开小客厅的门，朝外面喊了一声，“拿茶来，你们家太太有点不舒服。别磨磨蹭蹭。”

贝齐小姐颐指气使，用主人的口气发布了这道命令，仿佛这个家一直就是由她做主似的。然后她朝门外打量，直到看见佩戈蒂一脸惊诧地举着蜡烛沿过道跑过来，她这才又把门关上了，像先前那样坐了下来，撩起衣裙的下摆，双手交叉放在膝盖上。

“你刚才说怀的是女孩的事，”贝齐小姐说，“我一点都不怀疑，肯定是个女孩。我有预感，一定是个女孩。对啦，孩子，从女孩生下来的时刻起……”

“说不定是个男孩呢。”母亲冒失地回应了一句。

“我可告诉你，我有种预感，一定是个女孩，”贝齐小姐回答说，“别同我争辩，孩子啊，从这姑娘出生的时刻起，我就打算做她的朋友，做她的教母，请你给她取名贝齐·特罗特伍德·科波菲尔。这个贝齐·特罗特伍德一生一世都绝不能出错，绝不能滥用她的情感，可怜的宝贝啊。她应当得到很好的教养，受到很好的监护，引导她不要愚昧无知，信赖不值得信赖的人。我一定会承担起这个职责来的。”

贝齐小姐每说一句头都要抖动一下，好像自己过去的冤屈正在心中升腾，一定得使劲克制，才不至于会直白地表露出来。母亲当时借着炉火微弱的亮光观察她，心里至少是这么认为的。不过我母亲面对贝齐小姐时，胆战心惊，加上自己身体很不舒服，心绪不宁，六神无主，根本看不清任何东西，也不知道该说什么。

“孩子啊，大卫对你还好吗？”贝齐小姐问，经过了一段时间的沉默之后，她的头不再像刚才那样抖动了，“你们在一起顺心快乐吗？”

“我们过得很幸福，”母亲说，“科波菲尔先生对我真是太好啦。”

“什么，我看他是把你娇惯坏了吧？”贝齐小姐说。

“看现如今就剩下我一个人生活在这个艰难的世界上，孤苦伶仃，无依无靠，是啊，他恐怕确实是把我给娇惯坏了。”母亲抽泣着说。

“行啦！别哭了！”贝齐小姐说，“孩子啊，你们俩并不般配，有没有真正般配的人，这事我还真怀疑。你是个孤儿，对吧？”

“对。”

“还做过家庭教师？”

“我在一家人家做家庭教师，科波菲尔先生拜访过那家人。科波菲尔先生对我热情友好，对我关爱有加，无微不至，最后向我求婚，我就答应了他，我们就这样结婚了。”母亲言简意赅地说。

“哈！可怜的孩子啊！”贝齐小姐说，神态若有所思，眉头紧锁着，仍然盯着炉火看，“那你都会做些什么呢？”

“我不明白您什么意思，姨妈。”母亲迟疑地说。

“比如说料理家务什么的。”贝齐小姐说。

“恐怕不怎么样，”母亲回答说，“我希望能做得更好些，科波菲尔先生也一直在教我……”

“他自己倒是蛮在行的！”贝齐小姐插话说。

“我希望自己有所长进，因为我心急火燎地要学，他则耐心细致地教，要不是祸从天降，他突然离世……”母亲说到这儿说不下去了。

“行啦，行啦！”贝齐小姐说。

“我定时记账，每天晚上同科波菲尔先生结算。”母亲说到这儿悲痛欲绝，又一次停了下来。

“行啦，行啦！”贝齐小姐说，“别再哭了。”

“我敢说，在这方面，我们从未有意见相左的时候，除了有时候，科波菲尔先生觉得我把‘3’字和‘5’字写得太相像了，或者说我不该在‘7’字和‘9’字下面多添加那个弯弯的小尾巴。”母亲说着又是一阵伤心痛苦，还是说不下去。

“你这样会生病的，”贝齐小姐说，“你知道，这样对你自己不好，对我的教女也不好啊。行啦！可别再哭啦！”

姨奶这么一劝说倒是起了作用，母亲平静了下来，不过，母亲的身体越来越不适或许起的作用更大些。接下来是一阵沉默，贝齐小姐坐着，双脚搁在炉栏上，只是偶尔发出“哈”的声音。

“我知道，大卫用他的钱替自己买了年金保险[①]，”贝齐小姐过了一会儿说，“他替你做了什么安排？”

“科波菲尔先生，”母亲回答说，看样子很吃力，“对我体贴入微，仔细周到，把年保险金的一部分指定给我继承。”

“多大数额？”贝齐小姐问。

“每年给一百零五英镑。”母亲回答说。

“他本来还可能做得更糟。”姨奶说。

这话说得恰逢其时，因为母亲的情况的确更糟了，所以佩戈蒂端着茶盘和蜡烛进来时，一眼就看出母亲的情况有多糟。如果当时房间里的光线再亮一点，贝齐小姐或许早就应该看清楚了·佩戈蒂赶紧把母亲搀扶到楼上她自己的卧室，又打发她的侄子哈姆·佩戈蒂去请护士和医生。母亲并不知道，佩戈蒂的侄子在这个家里已经偷偷地待了好几天了，目的就是为了在紧急的时候，特地当跑腿的。

医生和护士两位联合行动的人员一会儿就相继到达了，但他们显得很惊讶，因为一进门就看见了一位素不相识的女士坐在炉火前面，外表奇特，左臂上系着帽子，耳朵里塞着珠宝商用来垫珠宝的棉花团。佩戈蒂对她一无所知，母亲也只字未提到过她，她完全是这个客厅里的一位神秘人物。尽管她的口袋里装满了珠宝商用的棉花，耳朵里也塞着棉花，但其威严冷峻的神态并未因此而有所减弱。

医生上了楼，接着又下来了。我估计他的心里已经完全明白了，自己有可能要同这位素昧平生的女人面对面坐上几小时时间，于是他表现得彬彬有礼，态度随和。他在男人当中，性格最随和，在小人物当中，脾气最温顺。他连进出房间时都侧着身子，以便少占些空

---

① 指为了保持老年生计等目的支付一定数额保险金，以便日后每年可以得到固定的收入。

间。他就像《哈姆雷特》[1]中的鬼魂那样，走路时步伐轻柔，而且速度还更慢。他把头侧向一边，一方面为了贬损降低自己，另一方面为了恭维抬举别人。说他不会对一条狗多言一声[2]，那毫不奇怪，他甚至都不会对一条疯狗多费口舌。如果非要同狗打交道不可，他也只可能会温柔地说上一句半句，或者一句中的片段，因为他说话同走路一样，慢慢吞吞，但绝不会冲着狗动粗，无论如何也不会冲着它说一句刻薄的话。

奇利普先生把头侧向一边，目光柔和地看着我姨奶，微微地朝她鞠了一躬，然后轻轻地摸了摸自己的左耳，意思是指对方耳朵里塞着的棉花团，说：

"您这儿不舒服吗，夫人？"

"什么！"姨奶回答说，她像拔软木塞似的把棉花团从耳朵里扯了出来。

姨奶动作突然，把奇利普先生吓了一跳，这是他事后告诉我母亲的，所以他当时没有失魂落魄，这真是万幸。不过他还是语气温和地把话重复了一遍：

"您这儿不舒服吗，夫人？"

"瞎说！"姨奶回答说，她啪的一声又把棉花团塞进了耳朵。

奇利普先生无能为力，只是有气无力地看着姨奶，看着她盯着炉火，直到后来再被召唤上楼。约莫过了一刻钟，医生又下来了。

"呃？"姨奶这算是问话，并把靠近他的那只耳朵里的棉花团扯出来。

"呃，夫人，"奇利普先生回答说，"我们——我们正慢慢进行着，夫人。"

"呸！"姨奶从牙缝里挤出了这个表示轻蔑的感叹词，然后跟先前一样，把棉花团塞进了耳朵。

---

① 英国戏剧大师莎士比亚（Willian Shakespeare，1564—1616年）的四大悲剧之一。

② 典出莎士比亚喜剧《皆大欢喜》第一幕第三场。

确实正如奇利普先生告诉我母亲的，他几乎被吓蒙了。如果单纯从专业的角度来说，他几乎被吓蒙了。但是，尽管如此，他还是坐下来看着她，时间有将近两个小时，而她则坐在那儿盯着炉火，直到他再一次被叫了上去。去了一会儿之后，又回到了客厅。

“呃？”姨奶还是这么问，她又把那只耳朵里的棉花团扯了出来。

“呃，夫人，”奇利普先生回答说，“我们……我们正慢慢地进行着，夫人。”

“唷！”姨奶咧着嘴冲着他这么唷了一声，奇利普先生简直都受不了了。他后来说，这一声真的是吓得他魂不附体。他宁可坐到楼梯口，黑暗中顶着强风，等到再被叫唤。

哈姆·佩戈蒂上的是国民学校，他简直就是一条龙[①]，专心致志地学习基督教的《教义问答》，因此可以看成可信的见证人[②]。他第二天报告说，在那一个小时之后，他碰巧朝客厅里面看了看，结果立刻被贝齐小姐发现了，因为她当时正好在客厅里走来走去，一副焦虑不安的样子。他没有来得及逃跑，便被一把抓住了。当时楼上时不时地有脚步声和说话声，显而易见，在嘈杂声最盛的时候，贝齐小姐拽住他，把他当作发泄过剩焦虑情绪的对象，他据此推断，棉花团也无法阻断那些声音。她揪住了他的衣领，拽着他不停地在室内来回走（他就像是一个服用了过量鸦片酊[③]的人）。她不停地摇晃他，扯他的头发，揉搓他的衬衫，还捂住他的耳朵，好像把那耳朵当成了她自己的，还变着法子折磨和虐待他。他说的这个情况，有一部分在他姑妈那儿得到了证实，因为到了十二点半的时候，他刚一脱身，姑妈便看见他了，而且证实，他当时的脸像我一

---

① 根据欧洲的古代传说，龙守护着宝物，专心致志，日夜不眠。

② 当时的执法官不采信儿童证人的证言，因为他们不熟悉基督教的教义，而国立学校之所以设立，目的是为了给穷苦人家的孩子提供英国国教的教育，此处作者含有讽刺的意味。

③ 一种麻醉剂，如果服用过量，便会昏睡，甚至死亡。为了避免这种情况的发生，必须拽着服用者来回走动，以便使其醒着。

样通红。

如果说性情温和的奇利普有什么时候会怀有恶意的话，他在这种时候是不可能怀有恶意的。他一空闲下来，就侧着身子进了客厅，同我姨奶说起话来，态度极为亲切和蔼：

“呃，夫人啊，向您表示祝贺。”

“祝贺什么？”姨奶严厉地说。

姨奶这样盛气凌人，奇利普先生又一次六神无主了。但为了平息她的怒气，他还是给她微微鞠了一躬，脸上挂着一丝微笑。

“上帝啊，这人是怎么回事啊！”姨奶大声喊着，很不耐烦，“难道他话都不会说吗？”

“静下心来吧，尊敬的夫人，”奇利普先生说，他语气极为温和，“再也不用着急啦，夫人，静下心来吧。”

姨奶没有摇晃奇利普先生，把他要说的话给抖出来，这一直几乎被看作是一件不可思议的事情。她只是朝着他摇了摇头，但这一摇头，却摇得他不寒而栗。

“呃，夫人，”奇利普先生一有了勇气便又接着说，“很高兴向您表示祝贺。一切都过去了，夫人，很圆满的。”

奇利普先生的这番演讲用了五分钟左右的时间，这期间，姨奶一直目不转睛地盯着他看。“她怎么样了？”姨奶问了一声，双臂相交，帽子还系在一只胳膊上。

“呃，夫人，我希望她很快就会感觉舒服起来，”奇利普先生回答说，“在这样凄凉的家庭环境中，年轻母亲能够这样已经很不错了。如果您现在想去看看她，不会有任何不便的，夫人，对她可能还会有好处。”

“我指的是孩儿那个她，她怎么样？”姨奶问，语气尖刻。

奇利普先生把头向一边侧得更多了一点儿，像一只温柔可人的小鸟打量着姨奶。

“孩儿，”姨奶说，“她怎么样啊？”

“夫人啊，”奇利普先生回答说，“我还以为您已经知道了呢。是个男孩。”

我姨奶压根儿没吭一声，拽着帽带，像使用投石器似的，用帽子朝奇利普先生的脑袋打过去，然后戴着变了形的帽子，走了出去，一去不复返了。她像个心怀不满的仙人，或者说就像人们认为我能够看得见的一个鬼魂一样，消失得无影无踪了。再也没有回来过。

对，她再也没有回过这儿。我躺在自己的摇篮里，母亲躺在她床上。而贝齐·特罗特伍德·科波菲尔则永远留在了那个如梦如影的地方，留在了那一片我最近神游过的广袤区域中。我们家窗户口透出的亮光照在这个属于和我一样游历者归宿的尘世间，也照在掩埋着没有他便没有我的那个人的遗骨的墓丘上。

第二章

我初识人世

每当我回首往事，追忆孩提时代那段混沌的岁月，最先真真切切地呈现在我眼前的是：我的母亲，长着飘逸亮丽的头发，婀娜多姿的体态，洋溢着青春的气息。还有就是佩戈蒂，毫无优美的体态，长着一双乌黑的眼睛，那黑色似乎蔓延到整个面部，还有双颊和双臂，硬邦邦，红彤彤，我就不明白，鸟儿为何不啄她，而偏要去啄苹果。

我确认自己还记得，她们两个人在不远处躬下身子或者跪在地上，这时候，她们在我眼中显得矮小了，我则步履蹒跚、摇摇晃晃地从一个走到另一个身边。我的脑海里留有一个印象，它总是难以同我记忆中的实际情况区分开来。那就是佩戈蒂往往会伸出食指让我拽住时所触及的那种感觉，因为她的那根食指因做针线活儿而变得粗糙不堪，就像是个豆蔻小礤床。[①]

这可能是幻觉，不过我认为，我们大多数人记忆中所触及的时间要比我们许多人想象的久远得多。还有，我同样认为，许许多多孩子在观察事物时细致精准，达到了令人称奇叫绝的地步。确实，我觉得，大多数成年人在这方面表现得出类拔萃，更加准确的说法应该是，他们出色的观察力与其说是后来学会的，不如说是没有失却掉的天赋。还有就是，我往往会注意到，那些人一直保持着种种优秀的品质：朝气蓬勃，温文尔雅，乐观豁达。凡此种种也都是从孩提时代保留下来的遗存。

我停下来不叙述而说这些，未免心存疑虑，感觉自己又在“漫

① 一种带锉齿的管状厨房小用具，用来擦碎豆蔻、生姜之类的东西。

游”了。但也不尽然，我得声明一下，我得出的这些结论有一部分依据了自己的亲身经历。而我在这部传记中叙述的情况，其中有什么东西让人感觉到，我小时候观察事物细致入微，长大后又对童年的经历记忆犹新，我会明确无误地声称，自己确实是具备了这两方面的特质。

正如我所说的，回首往事，追忆孩提时代那段混沌的岁月，有一大堆的事情搅在了一起，但是首先真真切切呈现在眼前的是我的母亲和佩戈蒂。我记得些别的什么吗？让我想想吧。

从一片混沌朦胧的状态中出现的是我家的住宅。在我心目中，房子还是最初记忆中的那个样子，不但不生疏，而且还很熟悉。一楼是佩戈蒂干活儿的厨房，后面有个院子，院子中间的立柱上搭了个鸽屋，但里面没有鸽子。后院一角有一只大狗窝，但里面也没有狗。倒是有一大群鸡，在我眼中，它们全都出奇的高大肥硕，不停地在院中走着，气势汹汹，形象恐怖。有一只公鸡会飞到柱子上去打鸣，我透过厨房的窗子看着它时，它似乎特别注意我，凶狠无比，令我不寒而栗。边门外侧还有一群鹅，每当我从那儿经过时，它们便会伸长着脖子，摇摇摆摆地跟在我的后面。我夜里会梦见它们，其情形有如一个人的生活环境中有野兽出没，便会梦见狮子。

里面有一条长长的过道——在我看来，它是一处多么不同寻常的所在啊！——从佩戈蒂做饭的厨房一直通到前门。过道的一边有一个黑咕隆咚的储藏室，那是个夜间要跑着过去的地方。那儿空气潮湿，散发着霉味，里面弥漫着各种各样的气味，什么肥皂呀、泡菜呀、胡椒呀、蜡烛呀、咖啡呀，等等。如果没有人掌着一盏昏暗的灯，打开门让里面的气味释放出来，我还真不知道那些坛坛罐罐和旧的茶叶箱子中间藏着什么呢。住房里还有两间客厅：其中一间是我们夜间坐的地方，也就是我和母亲，还有佩戈蒂。因为佩戈蒂干完了活儿，家里又没有旁人的时候，会常常来同我们做伴。还有就是更加阔气的那间，那是我们礼拜日坐的地方。倒是富丽堂皇，但不那么舒适。我总觉得那房间弥漫着一种令人感到忧郁悲伤的气氛，因为佩戈蒂告诉过我——我不记得是什么时间，但肯定是很早以前——关于我父亲葬礼的情况，还有身穿黑衣送葬的人们。有个礼拜日的夜晚，母亲在那儿念书给我和佩戈蒂听，内容是关于拉撒路[①]如何死而复生的故事。我听后吓得胆战心惊，结果他们没有办法，只得把我从床上抱起来，让我看卧室窗户外面那一片静谧无声的墓地，看看那黝黯阴沉的月色下，所有的逝者全都躺在坟墓里安息着。

就我所知，哪儿的草都比不上那片墓地里的那么含绿吐翠，哪儿的树木都比不上那儿的那么浮苍葱郁，哪儿的墓碑都没有那儿的那么僻静幽沉。我躺在母亲卧室套间里的小床上，每到清早，我便会从床上爬起来跪着，朝外面张望，看到羊群在那儿吃草，红彤彤的日光照耀在日晷上，这时候我心里会想着，“日晷又可以报时了，不知道它是不是感到高兴啊？”

这儿是我们家在教堂里的专用座位，座位的靠背可真高啊！座位附近有一扇窗户，从那儿可以朝外看到我们家的房子。晨祷期间，佩戈蒂要张望上好多回，因为她要尽量做到心里有数，我们家没有被盗，没有着火。然而，尽管佩戈蒂可以朝外面张望，但要是我也这么干了，她便会表现出很生气的样子。一旦我站在椅子上，她便会朝我皱眉头，示意我要看着牧师。但我不能总是看着牧师，因为他平时没穿那套白色外套[②]时我也认识他，心里担心，他会寻思着我为何如此这般地盯着他看，或许等到做完祈祷之后还会盘问一番。那我该怎么办啊？目不转睛地盯着人家看是很不得体的事情，可我总得做点什么啊。我朝母亲看了看，但她假装没看见我。我看了看过道上的一个男孩，而他却朝我挤眉弄眼做了个鬼脸。我看了看穿过前廊照在门口的阳光，看到那儿有一只迷途的羊——我说的不是那

① 根据基督教《圣经·旧约·约翰福音》记载，拉撒路是对耶稣有恩的玛丽和玛莎的兄弟，因病死亡后四日，耶稣使他复活了。

② 牧师在教堂里主持祈祷仪式时要穿宽大白色的外套。

种有罪的人[1]，而是宰了食用的羊——有点儿想走进教堂。我感觉到，如果盯着羊多看一会儿，说不定会忍不住高声说点儿什么，要是那样，我会处于一种什么样的境地啊！于是我抬头看着墙上那些纪念牌，极力想着本教区已故的博杰斯先生。想到博杰斯先生沉疴在身，备受折磨，而医生却束手无策，那时候，博杰斯夫人该是怎样一种感受啊。不知道他们是不是请过奇利普先生，而他也是无能为力。如果情况如此，那每个礼拜日都会令他想起一次[2]，他心里会是什么滋味啊。我看了看奇利普先生，他围了一条礼拜日才围的围巾，接着又把目光从他身上移到了讲坛，心想那是个多么理想的玩耍场所啊。他把那儿当作一个城堡，让另一个男孩顺着扶梯往上进攻，而有人用带穗的天鹅绒垫子往他头上砸，那多好玩啊。想着想着，我的眼睛渐渐闭上了，一开始恍恍惚惚，似乎听到牧师热情洋溢地在唱一支催眠曲，随后就什么也听不见了，最后扑通一声从椅子上倒了下来，佩戈蒂把半死不活的我抱到了外面。

我现在又看到了我们家住房的外观了，卧室的带方格的窗户敞开着，让清新芳香的空气进入。那几个破旧的乌鸦巢，仍旧悬挂在前门庭院尽头的榆树上。我现在来到了后面的花园，它坐落在有空鸽屋和狗窝的院子外面。我至今还记得，那儿是蝴蝶的天堂，花园有高高的围篱，围篱有一处门，门上装了挂锁，园内的树上果实累累，同其他任何花园里的果实比起来，这儿的更加丰硕成熟，香甜可口。母亲采摘了一些放进篮子里，我则站在一旁，偷偷摸摸地吃醋栗，囫囵吞下，而且尽量表现得若无其事。一阵强风刮起，夏天瞬时就过去了。我们在冬天的暮色中玩耍，在客厅里跳舞。母亲气喘吁吁，坐到扶手椅上休息，这时候，我看着她把色泽鲜亮的发卷缠绕在手指上，还有挺一挺腰身，我比谁都知道得更清楚，她喜欢使自己看上去健康靓丽，而且很为自己的美貌而自豪。

---

① 基督教把“迷途的羊”比作误入歧途的罪人。

② 指奇利普医生看到墙上的纪念牌时的感想。

这是我最早记忆中的一部分，还有就是我和母亲两个人都有点害怕佩戈蒂，对于家里的大事小事，我们都得听她的安排。这些属于我最早形成的一些看法——如果可以被称之为看法的话——我的看法是从自己亲眼看到的情况中得出的。

一天晚上，就我和佩戈蒂两个人坐在小客厅的壁炉前。我一直给她朗读一篇有关鳄鱼的故事。我一定是朗读得非常清晰易懂，要不就是亲爱的佩戈蒂听得如痴如醉，因为我记得，待我朗读完之后，她有一个朦朦胧胧的印象，说鳄鱼是一种蔬菜。我读得烦腻了，睡眼蒙眬，但作为一种至上待遇，准许坐到母亲到邻居家串门回来才去睡觉。（当然）我宁可困死，也不愿上床睡觉。我困倦到了这样的一种地步：看到佩戈蒂似乎变得越来越大，简直奇大无比。我用两手的食指把眼皮往上撑，锲而不舍地看着佩戈蒂忙着手上的活儿，看着她那一小块用来擦线的蜡——那一小块蜡看上去大有年头啦，因为四面八方都布满了皱纹——看着一幢“居住”着码尺的带茅草顶的“小屋”。看着她那个盖上绘有圣保罗教堂图案（有一个红色的圆屋顶）的针线盒子。看着她手上戴着的铜顶针。看着她本人，因为我觉得她非常可爱。我觉得困倦极了，心里知道，只要有片刻不看着什么东西，我就会睡过去。

“佩戈蒂，”我突然问，“你结过婚吗？”

“天哪，大卫少爷，”佩戈蒂回答说，“您怎么会想到结婚的事啊？”

她这么吃惊地回答，倒使我清醒了很多。随即她停下手上的活儿，看着我，针都从线头上拉出来了。

“但是，你结过婚没有，佩戈蒂？”我说，“你是个很漂亮的女人，对不对？”

当然啦，她同我母亲的风格不是一样的，而是属于另外一种美，我把她看成是另一种美的典范。我们那间更加豪华的客厅里，有一张蒙了红色天鹅绒面子的搁脚凳，母亲还在那上面绘了一束花。在我看来，搁脚凳的表面颜色和佩戈蒂的肤色是一样的，虽说凳面很光滑，佩戈蒂粗糙，可这没有关系。

“我很漂亮，大卫啊！”佩戈蒂说，“瞧，没有的事，宝贝儿！可您怎么会想到结婚的事啊？”

“我不知道！你一定不能同时与两个人结婚，你会吗，佩戈蒂？”

“肯定不能！”佩戈蒂说，语气斩钉截铁。

“可是，如果你嫁给一个人，而那个人后来死了，那可不可以再嫁给另外一个人呢，佩戈蒂？”

“可以，”佩戈蒂说，“如果愿意的话，宝贝儿，这是个看法问题。”

“那你的看法呢，佩戈蒂？”我问。

我问她，还充满了好奇地看着她，因为她也用同样的目光看着我。

“我的想法是，”佩戈蒂犹豫了一下，目光从我身上移开了，犹豫了一会儿之后，继续做起她的针线活儿来了，“我自己压根儿就没有结过婚，大卫少爷，况且我也不想结婚。关于婚姻的事，我只知道这么多。”

“我想你没有生气吧，佩戈蒂？”我安安静静地坐了一会儿后问。

我当时确实觉得她生气了，因为她对我简慢粗暴。但我实际上误解了，因为她把手上活儿搁置到一旁（那是她自己的一只长筒袜），张开了双臂，把我长着卷发的头揽了过去，使劲地抱住。我领教了她使的力气，因为她身材胖墩墩的，穿上外套之后，只要稍微使一点儿劲，背后的纽扣便会飞出去。我记得，那天她抱住我的时候，就有两颗纽扣飞到客厅的另一端了。

“现在再给我讲讲鹅鱼的故事吧，”佩戈蒂说，她连鳄鱼的名字都说错了，“我还没有尽兴呢。”

我不是很明白，佩戈蒂为何看上去那么怪模怪样的，或者为何又兴致勃勃地重提鳄鱼的话题。然而，我还是振奋了精神，驱散了瞌睡，我们重又回到那些怪物的话题上，讲到鳄鱼把蛋下到了太阳下的沙地里，使其孵化。讲到我们从它们身边跑开，不停地兜圈子，由于它们体大笨拙，无法灵便地转动，把它们给弄得晕头转向。讲到我们还想像土著人一样下水去追它们，将削尖的木棍捅进它们的喉咙里，总之我们跟鳄鱼进行了一场战争。至少我参加了这场战争。不过佩戈蒂是不是如此，我有点怀疑，因为她一直若有所思，针刺到了自已脸部或手臂上。

我们把鳄鱼的故事全部讲了个遍，接着便开始讲起鼍龙的故事来，这时候，前院的门铃响了。我们跑到门边，是我母亲。我觉得，她那天看上去比平常更加美丽迷人，陪同她的还有一位先生，那人长着一头秀美的黑头发，还有黑色络腮胡。上个礼拜天，他还陪着我们一道从教堂回来。

我母亲在门槛边俯身搂着我亲吻时，那位先生说我这个小家伙比君主还享有更高的特权——反正是诸如此类的话。到后来我懂事之后，才渐渐领悟到他的话的含义。

“这话是什么意思啊？”我隔着母亲的肩头问他。

他轻轻地拍了拍我的脑袋，但不知怎的，我不喜欢他，也不喜欢他低沉的声音，我心生妒意，因为他拍我的时候，手竟然触到了我母亲的手——情况确实是这样，我便使劲把他的手推开。

“噢，大卫！”母亲用告诫的语气说。

“可爱的孩子啊！”那个先生说，“对母亲款款情深，这不奇怪！”

我先前从未见过母亲美丽的面容那么熠熠生辉。她语气温和地责备我，说我不该粗鲁无礼，随即抱住我紧紧地贴着她的披肩，转身对那位先生表达谢意，感谢他不辞辛劳送自己回家。她一边说一边把手伸向他，他也伸手握住了她的手，这个当儿，我感觉母亲瞥了我一眼。

“让我们说‘晚安’吧，好孩子，”那位先生说，这时候他把头低到——我看得见他！——低到母亲的小手套边。

“晚安！”我说。

“好的！让我们成为世上最好的朋友！”那位先生笑着说，“握握手吧！”

我的右手被母亲的左手拽着，于是向他伸出了另一只手。

“噢，伸错手了，大卫！”那位先生哈哈大笑了起来。

母亲把我的右手拽着送上去，可是由于我前面提到的原因，打定主意不把手伸过去给他，实际上就是没有伸过去。我还是把另外一只伸给他，而他倒是心悦诚服地握住了，还说我是个勇敢的小家伙，然后就离开了。

此时此刻，我看见他在花园里转过身，趁着大门尚未关上，用那双带着凶兆的黑眼睛看了我们最后一眼。

佩戈蒂一声没吭，纹丝未动，此时立刻跑去把门关好了，然后我们大家一同到了客厅。母亲一反常态，她没有到火炉前的扶手椅边，而是待在房间的另一端没动，坐着自顾自地吟唱起来。

"想必您今晚过得很开心吧，夫人，"佩戈蒂说，她手里端着蜡烛架，直挺挺地站在客厅中间一动不动，像个大木桶。

"谢谢你，佩戈蒂，"母亲回答说，她语气欢快爽朗，"过得非常开心。"

"同陌生人什么的接触会产生愉快的新奇感。"佩戈蒂暗示说。

"的确有愉快的新奇感。"母亲回答说。

佩戈蒂仍然一动不动站在客厅中间，母亲一如既往地吟唱着，我却睡着了，不过睡得不沉，还能听到说话的声音，只是听不清她们说些什么。我从这种不安稳的睡眠中迷迷糊糊醒过来时，发现佩戈蒂和母亲两人眼含着泪水在说话。

"要不是这样一个人，科波菲尔先生不会喜欢的，"佩戈蒂说，"我就是这么说的，我确实就是这么说的！"

"上帝啊！"母亲大声说，"你会把我逼疯啊！哪有可怜的姑娘会像我这样受仆人的欺负啊！我这是怎么啦，竟然想入非非地称自己姑娘？难道我没有嫁过人吗，佩戈蒂？"

"上帝做证，您嫁过人，太太。"佩戈蒂回答说。

"那你怎么敢，"母亲说，"你知道我的意思并不是说你怎么敢，佩戈蒂，而是你怎么忍心弄得我这么不舒服，还冲着我说这么刻薄的话，可你明明知道，离开了这个地方，我无依无靠，一个朋友都没有！"

“正因为是这样，”佩戈蒂回答说，“才说那样不行啊。不行！那样不行。不行！无论怎么说都不行！”我觉得，佩戈蒂说话的时候咬牙切齿，弄不好蜡烛架都会扔掉。

“你怎么会这么夸大其词，”母亲大声说，眼泪止不住了，“竟然说出这样没有道理的话！佩戈蒂，你这个狠心的东西，我对你说了多少遍了，除了表示最最平常的礼貌之外，任何事情都没发生，而你竟然振振有词，好像一切都已成定局，一切都安排妥当了！你说到有人爱慕，我有什么办法啊？如果有人冒傻气，非要一个劲地表达这样的爱慕情感，难道是我的错不成？我该咋办，我倒是要问问你？你是不是想要我剃光头发并且涂黑脸蛋？或者采用火烧、水烫等手段把自己弄成丑女一个？我敢说你就是有这个心思，佩戈蒂。我敢说这样你才高兴。”

我觉得，佩戈蒂听了这番无中生有的话之后似乎很伤心。

“宝贝儿子啊，”母亲大声喊着，来到了我坐的扶手椅边，搂着我，“我的心肝小大卫！是不是有人拐着弯向我暗示，说我不心疼我的小宝贝——不疼我永远属于我最最心爱的小宝贝啊！”

“谁也没有这么认为来着。”佩戈蒂说。

“佩戈蒂！”母亲回答说，“你自己心里清楚。就冲着你说的那些话，还会有别的意思吗？你这个没有良心的东西，你和我一样，心里清清楚楚，为了小宝贝，就在上个季度，我都没有替自己头上一把新阳伞，尽管那个绿色的旧阳伞整个都已经磨损了，穗子全都是脏兮兮的。这你是知道的，佩戈蒂。你无法否认。”接着，母亲满怀深情地转身向着我，把脸贴在我的脸上，“大卫，在你眼中，我是个狠心的妈妈吗？我是不是个坏妈妈？心狠手辣、残暴粗鲁、自私自利。说我是吧，孩子啊。说‘是’，宝贝儿子，佩戈蒂会爱你的，佩戈蒂的爱大大胜过我的，大卫。我一点儿都不爱你，对不对？”

说到这里，我们哭成了一团。我觉得自己是三个人当中哭的声音最大的，但我肯定我们都在倾诉着内心真诚的情感。我简直伤心欲绝，恐怕心烦意乱中还会骂佩戈蒂是“畜生”。我记得，那个实心眼儿的人痛苦万分，伤心透了，在那种场合下，纽扣会掉得一个不剩。因为她同母亲和好之后，接着又跪在扶手椅边同我和好了，这时候，那些纽扣像小炸弹一样全都飞出去了。

我们上床睡觉了，心情十分沉重。好长一阵子，我由于抽泣而无法入眠，又一次由于抽泣得厉害，我只得从床上爬起来，这时候，我发现母亲坐在被褥上，俯着头看我。之后，我便在她怀中睡着了，而且睡得很香。

我再一次看到那位先生时，是不是在接下来的一个礼拜天，或者说，是不是过了很长时间，他才重新在我面前出现，我没法记得起来了。我这个人不善于记日期。但是，他出现在教堂里，随后同我们一道走着回家。他也进了屋，要看看我们家客厅窗台上那盆有名的天竺葵。我倒是觉得，他并没怎么看天竺葵，但他离开时要母亲送给他一枝花。母亲请他自己挑选，但他不愿意那样做——其中的缘由，我不明白——于是母亲就摘了一朵，递到他手上。他说自己永远永远不会同那花分开的。我觉得，他简直是个傻瓜，竟然不知道花过上一两天就会凋谢。

到了晚上，佩戈蒂开始不像先前那样总是同我们待在一起了。母亲对她言听计从——在我看来，比平常更甚了——我们三个人成了相亲相爱的朋友。不过，同原先的情况相比，我们还是有所不同了，大家在一起不是那么融洽。我有时候猜想，佩戈蒂可能看不惯母亲穿衣柜里那些漂亮的衣服，或者看不惯母亲老往邻居家里跑，但心里就是不明白，情况为什么会这样。

慢慢地，我对那位长着黑色络腮胡的先生已经习以为常了。不过并不比最初更加喜欢他，心里还是忐忑不安，对他充满了妒意。但是，我的这种厌恶感是出于一个孩子的本能，同时总有一种感觉，不需要任何人的帮助，我和佩戈蒂陪着母亲就够了，除此之外，如果说还有什么原因的话，肯定不会是如果我长大一些之后所发现的那种。我压根儿没有那种想法，连边都没有沾到。我只是一鳞半爪地观察情况，至于把这些林林总总的东西联系起来，编织成一张网，把人网进去，对此，我还无能为力。

一个秋天的早晨，我和母亲正在前面的花园里，这时候，默德斯通先生——这时我已知道他的名字了——骑着马过来了。他勒住马，对着母亲招呼问好，说他正要去洛斯特夫特[1]看几个朋友，因为朋友们在那儿有一艘游艇。他还兴致勃勃地提议说，如果我喜欢骑马兜风的话，可以带上我坐到他身前的马鞍上。

天气晴朗，空气清新，马匹站在花园的栅栏门边，又是喷鼻，又是跺蹄，似乎很乐意让人骑着去兜风，所以我跃跃欲试地想要跟着去。于是母亲让我去楼上找佩戈蒂，叫她帮我打扮一下。与此同时，默德斯通先生也下了马，把缰绳缠在自己手臂上，在蔷薇围篱的外面慢慢地来回走着，而我母亲则在围篱的内侧陪着他也慢慢地来回走。我记得，我和佩戈蒂从室内的小窗户偷偷往外看着他们。我记得他们慢慢地溜达着的时候，似乎在细心地观赏着隔在他们中间的那些蔷薇花。佩戈蒂一开始还脾气温顺，像个十足的天使，突然间便气急败坏起来，帮我梳头时，因用力过大，结果把头发弄乱了。

我和默德斯通先生很快就出发了，马匹沿着大路旁的青草地一路小跑。默德斯通先生用一只胳膊轻而易举地搂住我，我认为自己平时并不焦躁好动，但是，那天坐在他身前总是不能安心坐下来，总会时不时地扭过头，朝上打量一番他的脸庞。只见他长着一双浅黑色的眼睛——我简直找不到一个更加确切的词来描述那双看上去没有深度的眼睛——当朝着别处看的时候，由于光线特色，眼睛似乎变形了。我朝着他瞥了几回，发现那样子令人望而生畏，不知道他在凝神沉思些什么。现在近距离看，他的头发和络腮胡比我原先认为的还要更加乌黑和浓密。他脸颊的下半部呈方形，下巴颏上胡须虽然每天要刮，但留着的胡茬却还是看得出胡须又粗又黑，这使我想起了大约半年前来我们这儿做巡回展出的蜡像。这样的一个特点，加上他两道整齐的眉毛，还有那白、黑、棕三色

---

① 海滨小镇，为出海口，在雅茅斯以南十英里处。

齐全的肤色——见他鬼的肤色，一想起他就想骂！——令我觉得他算是个很英俊潇洒的人。我毫不怀疑，我那可怜亲爱的母亲也是这么看他的。

我们到了一家海滨旅馆，有两位先生在一个房间里抽着雪茄烟。他们躺在椅子上，每人至少占着四把椅子，身上还穿着宽大的粗呢短大衣。一个角落里堆放着一大堆大衣和水手用的斗篷，还有一面旗，全都捆绑在一起。

两个人看到我们进去后，便拖泥带水地爬了起来，并且说，“你好哇，默德斯通！我们还以为你死了呢！”

“还不到死的时候！”默德斯通先生回答说。

“这小家伙是谁呀？”其中一个拉住我问。

“他叫大卫。”默德斯通先生回答说。

“哪家的大卫啊？”那人问，“琼斯家的吗？”

“科波菲尔家的。”默德斯通先生说。

“什么！是那个让人失魂落魄的科波菲尔太太的小累赘？”此人大声说，“就是那个模样俏丽的小寡妇？”

“奎宁，”默德斯通先生说，“请你说话小心点儿，有人可厉害着呢。”

“谁啊？”那位先生笑着问。

我赶紧抬头看了看，就想要知道个究竟。

“不过是谢菲尔德的布鲁克斯[①]罢了。”默德斯通先生说。

我听到原来是谢菲尔德的布鲁克斯，心便宽了下来。因为刚一开始，我还真以为是指我呢。

看起来啊，谢菲尔德的布鲁克斯先生是个出了名的可笑之人，因为一听到默德斯通先生提到他的名字，两位先生全都开怀大笑了起来，而默德斯通先生也乐不可支。笑过了一阵之后，那个被唤作奎宁的先生说：

---

① 英国著名的刀剑制造商，此处暗指大卫如刀锋般厉害。

“关于计划中的事情，谢菲尔德的布鲁克斯是个什么态度啊？”

“呃，我不知道眼下布鲁克斯对这件事情是不是很明白，”默德斯通先生回答说，“不过，我认为，总的来说，他不乐意。”

说到这里，又爆发出一阵笑声，奎宁先生接着说，他要摇铃叫人送些雪利酒过来，以便为布鲁克斯干一杯。他果真这么做了。酒送来之后，他要我就着饼干也喝一点。我喝酒之前站起来说，“让布鲁克斯见鬼去吧！”这句祝酒词招来一阵掌声，大家开怀大笑，引得我也笑了起来，这么一来，他们笑得更厉害了。总之，我们大家都挺开心的。

我们随后漫步到了悬崖边，坐在草地上，对着望远镜看风景——当他把望远镜举到我眼前时，我什么也没有看到，但却谎称说看到了——然后，我们回到了旅馆，早早地就吃午饭了。我们外出期间，两位先生不停地抽烟。因为，我觉得，从他们身上穿的粗呢外套上的气味来判断，外套从裁缝店里拿出来穿到他们身上起，他们就没有停止过抽烟。我不应该忘记，我们登上了游艇，他们三个人全都下到船舱里，在那儿忙着处理一些文件。我从敞开的天窗往下看，发现他们工作很卖力。那一段时间，他们要我同一个态度和蔼的人待在一起，那人长着个硕大的脑袋，一头红发，头上戴了顶色彩艳丽的小帽子，身穿一件斜纹布汗衫，胸前印着大写的“云雀”字样。我感觉那是他的名字，因为他生活在船上，没有门牌可把自己的名字写在上面，所以就写在胸前。但我管他叫云雀先生时，他说那是船的名字。

我整个一天都注意到，同另外两位先生相比，默德斯通先生显得更加严肃，更加持重。那两个人乐不可支，无忧无虑，两个人之间，插科打诨，毫无顾忌，但极少同默德斯通先生开玩笑。在我看来，他比他们更加精明，更加冷静，他们对待他，有点和对我的态度相似。奎宁先生说话时，有一两回，我注意到他会用眼睛斜视一下默德斯通先生，好像是要确认，他没有不高兴。还有一次，帕斯尼治先生（另外那位）表现得眉飞色舞的时候，奎宁先生踩了一下他的脚，暗暗地给他使眼色，叫他小心点，留神默德斯通先生，因为他坐在那儿表情严肃，缄口不言。我不记得，默德斯通先生那天是不是笑过——除了拿谢菲尔德开玩笑之外——顺便提一下，那个笑话，还是他自己说的。

我们傍晚时早早就回家了。那是个很美妙的傍晚。母亲叫我进屋喝茶的当儿，她和他又在蔷薇围篱旁漫步起来。等默德斯通先生离开了之后，母亲询问了我那一天经历的一切，他们都说了些什么，做了些什么。我提到了他们谈到她的时候说过的话，她笑了起来，告诉我说，他们是些厚颜无耻的家伙，就会胡说八道。但我知道，他们的话，她心里很受用。我当时跟现在一样，心里很清楚。我不失时机地问了她，她是否熟悉谢菲尔德的布鲁克斯先生，但她回答说不熟悉，只是觉得，他是刀叉行当中的制造商而已。

此时此刻，母亲的面容呈现在我的面前，如同在熙熙攘攘的大街上我可能乐于目睹的面容一样清晰，而我能够说母亲的面容——尽管同我记忆中的有所改变，我也知道她已不在人世——不复存在了吗？母亲拥有纯真无邪和少女般的美貌，现在，其气息如同那天晚上一样向我扑面而来，而我能够说她的美貌已经凋谢，而且不复存在了吗？如同刚才说的，我的记忆使她复生了，恢复到了生命中美妙的青春时代，比我或任何其他人所经历的美妙青春都更加真实，仍然牢牢保持着当初所珍爱的东西，这个时候，我能够说她改变了吗？

我在这一番谈话之后就上床睡觉去了，母亲来到我床边向我说晚安。我现在记述的就是她当时的情形。她的样子像是开玩笑，跪在我的床旁边，双手撑着下巴颏，笑着说：

"他们说什么来着，大卫？再给我说一遍，我不相信。"

"'让人失魂落魄的……'"我开口说。

母亲用手挡住我的嘴，不让说下去。

"不可能会说'让人失魂落魄'，"她说着，哈哈大笑起来，"绝不可能说'让人失魂落魄的'话，大卫，我知道不可能！"

"不，是这么说的。'让人失魂落魄的科波菲尔太太'，"我理直气壮地重复了一句，“还说了‘模样俏丽’呢。”

“不，不，不可能说‘模样俏丽’。肯定没有说‘模样俏丽’。”母亲插话说，又把手指挡住我的嘴。

“是这么说的，‘模样俏丽的小寡妇’。”

“一伙愚昧无知、厚颜无耻的东西！”母亲大声说着，哈哈大笑，还用手蒙住脸，“荒唐可笑的男人们！对不对？大卫，宝贝儿。”

“对啊，妈妈。”

“可别告诉佩戈蒂啊，她可能会冲着他们发火呢。我自己就很生他们的气。但我还是不想让佩戈蒂知道。”

我当然答应了她的要求。我们一次又一次地亲吻，然后我很快就睡着了。

我现在要说到的，是佩戈蒂向我提出的那个既令人兴奋又充满危险的建议。相隔了这么长时间，我觉得好像那是发生在第二天的事，可实际上可能是两个月之后。

一天晚上，（母亲同先前一样，外出了）我们还像先前一样坐着，身边放着袜子、码尺，那一小块蜡、盖子上绘有圣保罗教堂的针线盒，还有那本讲鳄鱼故事的书，这时候，佩戈蒂打量了我几回，张着嘴想要说什么，可又没有说——我以为那纯粹是打哈欠，否则我会觉得挺吓人的——最后用哄我的口气说：

“大卫少爷，您乐不乐意和我去雅茅斯[①]我哥哥家住两个礼拜？这难道不是件美事吗？”

“你哥哥是个很随和的人吗，佩戈蒂？”我信口问了一句。

“噢，他人可随和啦！”佩戈蒂大声说，双手举起，“那儿有大海、有大小船只、有渔民、有海滩。还有阿姆[②]和你一块儿玩。”

佩戈蒂指的是她侄子哈姆，我在第一章里提到过他。但是，她把这个名字说成了语法中的一个词了。

---

① 也叫大雅茅斯，英国英格兰东部港市。

② 原文为“Ham”，英国未受教育的人往往不发“H”音，此处佩戈蒂把“Ham”说成“Am”。而“am”是英语常用词“be”的单数第一人称用法。

听到她罗列了这些好玩的东西，我兴奋得脸都红了，于是回答说，确实是件美事儿，但我母亲会怎么说呢？

“啊，对啦，我敢用一个几尼来跟你打赌，”佩戈蒂说，她盯住我的脸看，“她会让我们去的。如果您乐意，她一回来我就跟她提这事儿，好不好？”

“可是，我们走了，她怎么办？”我说着，把自己的小胳膊肘搁在桌子上，要同她理论一下这件事，“她一个人没法过日子。”

如果说佩戈蒂突然要在袜子的后跟上找到一个窟窿的话，那它一定很小很小，不值得补。

“我说啊！佩戈蒂！她一个人没法过日子啊，你知道的。”

“噢，好孩子啊！”佩戈蒂说着，最后又看了看我，“你不知道吗？她要同格雷珀太太一起待两个礼拜。格雷珀太太要请好多客人呢。”

噢！如果那样的话，我倒是很乐意去的。我等待着，心里急不可待，等着母亲从格雷珀太太家（就是那家邻居）回来。要确认她是不是赞同这个宏伟计划。母亲没有我预料的那样很吃惊，她很爽快地就答应了。所以事情那天晚上就给安排妥当了，我做客两个礼拜的衣食住行得付费。

我们出发的日子很快就到了。连我都觉得这一天这么快就来临了，因为我充满了热烈的期待，有些担心发生地震，或者火山爆发，或者其他自然灾害，可能弄得我们无法出行。我们要去乘一辆公共马车，上午吃过早饭就出发。夜间，如果允许我裹得严严实实，戴着帽子，穿着靴子，和衣而睡，要多少钱我都会给。

虽然我现在轻松自如地叙述着这件事，但回忆起我当时是如何迫不及待地要离开我那个幸福快乐的家，想一想当时怎么就没有觉察到自己永远失去的一切，心里颇有感触。

我很高兴地记得，公共马车到了大门口的时候，母亲站在那儿吻我，我先前从未离开过她，从未离开过这个老地方，感激和依恋之情油然而生，我不由得哭了起来。我很高兴地知道，母亲也哭了，她的心贴近我，怦怦直跳。

我很高兴地记得，公共马车启程时，母亲跑到了大门外，叫驾车的停住，以便可以再吻我一次。我高兴地回想起当时的情景，她态度亲切，充满爱意，仰起脸对着我，又亲吻了一次。

我们离开后，她伫立在路当中，这时候，默德斯通先生走到了她身边，似乎是在劝她不要那么伤感。我扒开马车窗户的篷布向后张望，心里纳闷，这事儿与他何干。佩戈蒂则在马车的另一端向后张望，她把脸转回来时，看上去好像对什么事情不满意。

我坐在那里，看了一会儿佩戈蒂，心里思忖着，如果像童话中说的那样，有人吩咐她把我抛弃掉，不知道我还能不能顺着她飞落的纽扣找到回家的路。

第三章

我换了个环境

我猜想啊，车夫的那匹马是世界上最懒散的，一路上低着头，磨磨蹭蹭，似乎存心要让那些收接邮件的人等待[①]。我还真就有这么一种感觉，马有时候会因为自己的这个意愿而笑出声来，但车夫却说，马只是患了咳嗽的毛病。

车夫也像他的马匹一样，低垂着头，两只胳膊一边一只搁在膝上，边赶车边露着一副睡眼蒙眬的样子。我说的是“赶车”，实际上我觉得，没有他在，马车照样到达雅茅斯，因为所有活儿马匹全包了。至于说到交谈，他压根儿没有这个兴致，只会吹吹口哨。

佩戈蒂捧了一篮点心放在膝盖上。即便我们乘着这辆马车要到伦敦去，路上的食物也够我们吃的。我们吃了很多，也睡了很多。佩戈蒂老是把下巴颏支在食物篮的提手上面睡觉，但她抓得牢牢的，没有松开过手。要不是亲耳听到，我简直不会相信，一个孤弱无助的女人竟然鼾声打得这么响亮。

我们途中拐进了小路好多回，给一家酒馆送了一副床架占去了很长时间，还去了另外几个地方，弄得我都厌烦了。不过后来我很高兴，终于到达了雅茅斯。我朝河[②]的对岸那一片广袤的荒滩地看过去，感觉那地方像海绵，相当松软潮湿。我不禁感到惊奇，如果世界真的如同我的地理书上所描述的那样，是圆形的，那为什么有些地方这么平坦呢？但是我又想到，雅茅斯或许是处在两极之间，这样

---

① 当时的公共马车还要运送邮件。

② 指雅尔河。

就解释得通了。

我们到了更近处，看到四周的景致形成一条低垂的直线，置于天空之下。我向佩戈蒂提示说，要是有一处小山丘什么的，景致或许就会改观了。而如果这片土地与大海相隔得更远一些，城镇和海潮不像是水浸面包似的，混到了一起，那景致也会更加壮观。可是佩戈蒂却说，语气比平常还要更重，我们应当入乡随俗，而在她的心目中，她为自己称作“雅茅斯熏鱼”[①]而自豪。

我们到了街上（我对那儿的一切都很陌生），闻到了种种味道，有鱼的、沥青的、填絮[②]的和焦油的。我们看到了水手到处走动着，还有在石板地上来回辘辘前行的马车，这时候，我感觉到，自己刚才对这样一个繁忙的地方有失公允。于是我把这种感觉告诉了佩戈蒂，她听了非常高兴，异常得意，并且告诉我，众所周知（我想是对那些生来就有幸被称为“雅茅斯熏鱼”的人而言），总的来说，雅茅斯是天底下最美的地方。

“看，我们家阿姆！”佩戈蒂大叫了起来，“长得都认不出来啦！”

哈姆在酒馆门口等我们，像个老相识一样，对我嘘寒问暖。刚一开始，我对他的感觉不像他对我那样熟悉，因为自从我降生的那个夜晚之后，他就从来没有到过我们家，所以我自然没有他那种感觉。但是，他背着我往家里走，我们的关系很快就密切了起来。他身高六英尺，体形硕大，身体强壮，肩宽腰圆，但长着一张孩子脸，堆满憨笑，一头淡色卷发，看上去像只绵羊。他身穿帆布外套，一条硬邦邦的裤子，即使不把腿伸进去，都可以立得住。说他戴了帽子并不确切，倒是应该说他像一座老房子上盖着个漆黑的屋顶。

哈姆背着我，胳膊下还夹着我们的一只小箱子，佩戈蒂提着我们的另一只小箱子。我们穿过了几条巷子，到处有碎木片和小沙堆，途经了很多地方，如煤气厂、制缆厂、小船厂、大船厂、拆船厂、修

---

① 熏鱼是雅茅斯的特产，所以雅茅斯人有“雅茅斯熏鱼”的绰号。

② 一种用以填塞船缝或管子接头等的东西。

船厂、配件厂、铁匠铺等。最后我们终于来到那片我在远处就已经看到了的荒滩。哈姆这时候说：

“大卫少爷，那就是我们家！”

我环顾了一下四周，极目远眺了荒野，看到了远处的大海、远处的河流，但我就是没有看到房屋。在不远处，倒是有一艘漆黑的驳船，或者是另一种什么废置的旧船，高高地搁置在干燥的地面上，一段像铁漏斗一样的东西向上突出，用作烟囱，正冒着暖烘烘的烟。但是，我并没有看到任何可以住人的地方。

“你说的是那个吗？”我说，“那个像船一样的东西？”

“没错，大卫少爷。”哈姆回答说。

住在船里面这种想法充满了浪漫色彩，我当时有一种感觉，即使是阿拉丁[①]的宫殿、大鹏之蛋[②]什么的，也不可能像这样使我着迷。船的一侧开了一个很有趣的门，还加个屋顶，上面还开着几个小窗户。但是令人着迷而又惊奇的是，它是一艘真正的船，毫无疑问，出海过无数次，压根儿就没有想到过要把它搁置在地面上供人居住。这就是它令我如痴如醉的地方。如果人家本来就打算用来居住的，我可能会觉得，船的空间小了，不方便，寂静冷清。但是，既然压根儿没有打算派上这个用场，那就是一处再理想不过的住所了。

里面收拾得整洁干净，气氛雅致。屋里摆了一张桌子，一面荷兰钟，一个五斗柜，柜上放着茶盘，上面画了一个撑着阳伞的女士，女士领着一个童子军模样的孩子在漫步，孩子在滚铁环。茶盘被一本《圣经》挡着了，免得掉下来。不过我想万一那茶盘掉了下来，就会把《圣经》周围的那些茶杯、碟子和茶壶都砸碎了。墙上挂了几幅加了镶框的普通彩色画，画的是《圣经》中的故事。所以，打那以后，我每次一看到小商贩手上拿着这种画的时候，眼前就会再

---

① 阿拉丁是阿拉伯民间故事集《一千零一夜》中寻获神灯和魔指环并以此召唤神怪按其吩咐行事的少年。

②《一千零一夜》中《辛巴德航海历险记》的故事，指不存在的东西或虚构的古怪事物。

一次呈现佩戈蒂哥哥家室内的陈设。图画中印象最深的有两幅：一幅是身着红衣的亚伯拉罕要用身着蓝衣的以撒献祭[1]。另一幅是身着黄衣的但以理被扔进了绿色狮子洞穴[2]中。在小壁炉架的上方，挂了一幅画，画的是一艘在森德兰[3]造的名叫“莎拉·简”号的斜桁四角帆帆船，船尾还是用真正的木片贴上去的，这是一件同时体现了美术创作和木工技术的艺术品。我认为有了这样一件藏品，会受世人羡慕的。天花板下的横梁上钉了些钩子，我当时猜不透是干什么用的。室内还有一些柜子和箱子一类的东西，它们被用来当座位，聊作椅子。

所有这一切，我一跨进门槛第一眼就看到了。按照我的观点，这是孩子的特点。然后，佩戈蒂打开了一扇小门，让我看了我的卧室。这是我所见过的卧室中最完美无缺和最赏心悦目的一个。房间坐落在船的尾部，有一个小窗户，这儿原本是船舵伸出的地方，墙上挂了一面小镜子，其高度正好适合我，镜框上镶嵌了牡蛎壳。一张小床，正好容得下我。桌上放着一只蓝色的大杯子，里面插了一束海草。墙壁刷得像牛奶一样洁白，用各种碎布拼成的床单五颜六色，色彩鲜艳，弄得我眼花缭乱。在这个充满了乐趣的房间里，有一种东西特别引人注意，那就是鱼腥味。这种味道无孔不入，所以我掏出手帕擦鼻子时，发现手帕上的气味就像包了海虾后留下的。我把这个情况悄悄告诉了佩戈蒂，结果她对我说，她哥哥经营的就是海虾、螃蟹和龙虾。我后来发现，在外面那间专门放盆和桶的小木屋里常看到一大堆这样的东西，它们紧紧地纠缠在一起，而且一旦咬住了什么就再也不会松开了。

一个围着白色围裙的女人礼貌周到地欢迎我们。我还在哈姆背

---

①《圣经·旧约·创世纪》第二十二章第一节至第十八节记载，亚伯拉罕奉神的旨意，用儿子以撒献祭。

②《圣经·旧约·但以理书》第六章第六节至第二十四节记载，但以理被扔进狮子洞穴而不死。

③ 英国英格兰东北部港市，造船业发达。

上，离家还有四分之一英里远，这时候，就看到她在门口行屈膝礼。一同欢迎我们的还有一个长得顶顶漂亮的小女孩（或者我感觉她如此），脖子上戴了一串蓝色珠子项圈，我有要亲亲她的意思，但她不肯，跑开躲了起来。随后，我们开始用正餐，放开了量吃，有清炖比目鱼、黄油酱和土豆，还专门给我做了一份排骨，这时候，一个毛发浓密、面目和善的男子进了屋。由于他管佩戈蒂叫“小姑娘”，还亲切地给了她脸上一个响吻，而我知道她平常的行为举止持重有度，所以我肯定，这便是她哥哥无疑了。他果然就是——佩戈蒂立刻向我介绍说，这是佩戈蒂先生，这个家的主人。

“很高兴见到您，少爷，”佩戈蒂先生说，“您会发现我们很粗俗，少爷，但您会觉得我们心眼儿实。”

我向他表示了感谢，并且回答说，在这样一个生机盎然的地方，定会过得开心愉快的。

“您妈妈好吗，少爷？”佩戈蒂先生问，“您离开时，她高兴吗？”

我告诉佩戈蒂先生说，她高兴极了，还表达了她的问候——这是我编造的一句客套话。

“说真格的，我太谢谢她啦，”佩戈蒂先生说，“对啦，少爷，您要是同她在此待上两个礼拜，”他朝他妹妹点了点头，“还有哈姆，还有小埃米莉，那可是我们家的荣幸啊。”

佩戈蒂先生热情友好，表达了主人的好客之情，然后便到外面用一壶热水洗一洗，嘴里说着：“冷水根本洗不尽我这身上的脏东西。”他不一会儿又进屋了，比刚才看上去清爽多了，但脸很红，所以我不禁觉得，他的脸在这一点上和海虾、螃蟹、龙虾相同——进热水前黑黝黝的，出了热水后红彤彤的。

用过茶点，关上了房门，一切都安排得温馨舒适（这时候黑夜中透着寒气和雾霾），我觉得，就人们的想象力所及，这似乎是最最惬意怡人的隐居之地了。倾听大风从海上刮来，知道室外雾气弥漫在荒凉平坦的滩地，目睹壁炉中燃烧的火焰，想到这儿除了这个住所没有任何别的，而这一处还是一艘船，这一切就像是施了魔法。

小埃米莉不再感到羞涩腼腆了，一同并排坐在一个最矮和最小的柜子上，这个柜子正好够我们两个人坐，正好搁置在烟囱边的那个角落里。佩戈蒂太太围着白色围裙，正对着炉火坐着，手里做着编织活儿。佩戈蒂做着针线活儿，就像是在家里，身边摆着绘了圣保罗教堂的针线盒和那一小块蜡，好像这些东西压根儿就没有被拿到过别家。哈姆刚才一直在对我进行四门奖[①]的启蒙，这会儿又试着用那副脏兮兮的牌回忆玩算命的游戏，翻牌时把大拇指上的鱼腥味都沾到上面了。佩戈蒂先生抽着烟斗。我感觉这是聊聊天说说心里话的时候。

“佩戈蒂先生！”我说。

“少爷。”他说。

“给儿子取名哈姆，是因为你们也住在像方舟[②]一样的船上吗？”

佩戈蒂先生似乎觉得这是个挺深奥的问题，但还是回答说：

“不是的，少爷。我压根儿没给他取过名。”

“那么名字是谁给取的呢？”我用《教义问答》[③]手册中的第二个问题问佩戈蒂先生。

“呃，少爷，他父亲给取的。”佩戈蒂先生说。

“我还以为你是他父亲呢！”

“我弟弟乔才是他父亲。”佩戈蒂先生说。

“他不在人世了吗，佩戈蒂先生？”我礼貌性地停顿了一会儿后试探着问。

“是淹死的。”佩戈蒂先生说。

我感到很惊诧，佩戈蒂先生竟然不是哈姆的父亲。于是，我开始纳闷，是不是把他同那儿任何人的关系都给弄错了啊。我迫不及待地想要知道，于是打定主意要向佩戈蒂先生打听个清楚明白。

---

① 一种扑克玩法。按所得最大王牌、最小王牌、王牌 J 及大牌总分计算胜负。

②《圣经·旧约·创世纪》第六章记载，诺亚制造了方舟，他把自己的第二个儿子取名为哈姆。

③ 见第一章注解。

"小埃米莉，"我瞥了她一眼说，"她是你女儿，对不对，佩戈蒂先生？"

"不是，少爷。我妹夫汤姆才是她父亲。"

我没有办法了。"也不在人世了吗，佩戈蒂先生？"我沉默了一会儿之后，还是礼貌地问。

"是淹死的。"佩戈蒂先生说。

我感觉这个话题很难再继续下去了，但还没有弄个水落石出，无论如何得弄个清楚明白啊。于是，我开口问：

"你难道就没有孩子吗，佩戈蒂先生？"

"没有啊，少爷，"他回答说，勉强地笑了一下，"我单身汉一个。"

"单身汉！"我说了一声，惊诧不已，"啊，那个是谁，佩戈蒂先生？"我指着围了围裙在做编织活儿的女人。

"那是格米治太太。"佩戈蒂先生说。

"格米治，佩戈蒂先生？"

但是，说到这儿，佩戈蒂——我是说我自己的那个佩戈蒂——夸张地向我示意，意思是要我不要再问下去了。所以我只是坐着，看着默默无语的一伙人，直到后来要去上床睡觉了。后来，我到了属于我的那个私密小天地里，佩戈蒂告诉我说，哈姆是佩戈蒂先生的侄子，小埃米莉是外甥女，他们都是孤儿，无依无靠，佩戈蒂先生先后收养了他们。格米治太太是个寡妇，丈夫曾经是和佩戈蒂先生一道跑船的，死的时候生活贫穷。佩戈蒂说，佩戈蒂先生本人也是个穷人，可是他品德高尚，为人真诚，就像是黄金和钢铁——这就是她用的比喻。佩戈蒂还告诉我说，他唯有一件事情会吹胡子瞪眼，骂天咒地，那就是听到有人提他的侠肝义胆行为。他们当中若是有人提到了，他就会右手往桌子上使劲一拍（有一次把桌子都拍裂了），还赌咒发誓，说如果再听到有人提这事儿，他若不赶紧离开，一去不回，那就该"被玷污脏身"。我再三询问这个难听的被动词的来历，但似乎没有一个人知道一丁点儿。不过，他们都认为这是个最严厉的诅咒词。

我完全了解了这家主人的高尚品德。女人们的小卧室在船的另一端，和我的一样，我听见进那儿去了，还听到了佩戈蒂先生和哈姆也去睡觉了，他们在我先前注意到的屋顶钩子上替自己挂起了两张吊床，至此，我心满意足，睡意便浓了起来。睡意慢慢向我袭来，这时候，我听见海风呼啸，猛烈强劲地吹过平坦的滩地，我睡意蒙眬，心里担心着夜间大海要涨潮。但仔细一想，毕竟我在船上，即便发生了什么事，有佩戈蒂先生这样的人在，也不必担心。

然而，直到清晨来临，并没有发生任何事情。晨曦刚一爬上我房内镶有牡蛎壳的镜框上，我就起床了，跟小埃米莉一同外出了，在海滩上捡小石子玩。

“我看你是个出色的水手了吧？”我对小埃米莉说。我不知道自己怎么会有这种想法，心里觉得，礼貌的做法是得说点儿什么。而且就在这时，有一条船向我们靠近，那亮丽的船帆在她那亮晶晶的眼中显现出一个美丽的小影像，所以心里突然想到要这么说。

“不，”小埃米莉摇了摇头说，“我害怕大海。”

“害怕！”我说，我态度勇敢而得体，对着浩瀚的大海摆出一副架势，“我不害怕！”

“啊！但是大海残酷无情啊，”小埃米莉说，“我看见过它对着我们的亲人残酷无情，看见过它摧毁了一条同我们的住房一样大的船，撕成了碎片。”

“我希望那船不是……”

“我父亲溺水身亡的那条？”小埃米莉说，“不，不是那条。我从没有见过那条船。”

“你从未见过你父亲他人吗？”我问她。

小埃米莉摇了摇头说：“不记得了！”

这纯属巧合！我立刻向她解释说，我也从未见过我父亲。我和母亲如何相依为命，生活过得幸福无比，而且还会继续下去，我的意思是说还会一如既往地幸福下去。父亲埋葬在我家旁边的墓地里，树木掩映，多少个风和日丽的早晨，我漫步在树枝下面，倾听鸟儿鸣唱。但是，看起来，我的孤儿状况同小埃米莉的有些不同。她失去父亲之前母亲已不在人世了，她父亲的坟墓在哪儿，谁也不知道，只知道在大海深处的某个地方。

"除此之外，"小埃米莉一边说，一边低头四下里找着贝壳和小石子儿，"你父亲是个绅士，母亲是个有身份的夫人，而我父亲是个渔夫，母亲是个渔夫的女儿，我舅舅丹[①]也是个渔夫。"

"丹就是佩戈蒂先生，对不对？"我问。

"丹舅舅，在那儿，"小埃米莉回答说，对着船屋点了点头。

"对，我说的是他。我想他一定心地非常善良吧？"

"善良？"小埃米莉说，"我要是有朝一日做了有身份的夫人，就要送给他一件有钻石纽扣的天蓝色外套、一条淡黄色的裤子、一件红色的天鹅绒背心、一顶帽檐向上卷起的三角帽、一块大金表、一管银烟斗，还有一箱子钱。"

我说，我毫不怀疑，佩戈蒂先生很配得到这些宝贝儿。但我得承认，他的这位小外甥女知恩图报，对于她提出要送给他的这些衣着服饰，我敢说，他穿在身上后很难觉得舒适自如，尤其怀疑那顶三角帽，不过我只是心里这么想来着，没有表露出来。

小埃米莉罗列着这些宝贝儿的时候，停下了脚步，仰望着天空，仿佛那些东西是一幅光彩夺目的幻象。我们继续向前，捡着贝壳和小石子儿。

"你想做个有身份的夫人吗？"我问。

小埃米莉看了看我，笑着点了点头说："想做。"

"我很想做个有身份的夫人。到那时，我们就全都是体面人啦。我、舅舅、哈姆，还有格米治太太。遇上了暴风雨天气，我们也就不用担惊受怕了——我的意思不是替自己担惊受怕。毫无疑问，我们为的是穷苦的渔夫们。他们若是遇上什么伤害，我们可以出钱帮助他们。"

---

① 丹尼尔的昵称。

在我看来，这样的一种前景令人心满意足，而且并不是不可能实现。我表达了自己的欣喜之情，小埃米莉受到了鼓励，于是怯生生地说：

"现在你还觉得自己不害怕大海吗？"

大海平静了下来，足以令我放心了。但是，毫无疑问，如果看到大的浪头涌入，想到她那些淹死的亲戚的可怕情形时，我定会撒腿就跑的。然而，我还是说了声"不害怕，"接着又补充说，"你虽然口头上害怕，但实际上你也不害怕嘛。"因为我们刚才走在一条陈旧的防波堤或者叫木质堤道[1]时，她都行走在靠近边沿上了，我都担心她会掉落下去。

"这样走我不害怕，"小埃米莉说，"但是，夜间海风刮起的时候，我就会醒过来，想到丹舅舅和哈姆，就会浑身颤抖，觉得自己听到了他们喊救命的声音。所以我才想要做个有身份的夫人。但这样走我并不害怕，一点儿也不，你看！"

我们站立的地方突出去一块凹凸不平的木板，高悬在水面上，毫无防护措施。小埃米莉突然离开我身边，顺着木板跑。我对这件事情印象很深，所以，我敢说，自己若是个画家，一定能够把那天的情形清楚地画出来。小埃米莉的神态我永生难忘，她就像是向着死亡奔去（因为我觉得是这样的），冲向大海。

小埃米莉娇小的身躯轻盈活泼，无拘无束，飘然而至，转身便安然无恙地回到了我身边。我很快就因为自己刚才又是担心又是惊叫的状态而哈哈大笑起来，因为大呼小叫毫无用处，附近一个人影也没有。可是，在从那以后的成人岁月中，我有多少次曾想过，小姑娘突然有了鲁莽行为，热切张狂的目光望着远处，除了其他可能存在的种种隐秘事物之外，是不是有这么一种可能：有某种令她神往的东西，吸引着她走向危险，并未经她父亲的允诺，诱使她向着他靠近，所以她可能在那一天就结束自己的生命？从那以后有一段时期，

① 指穿越低洼湿地或者浅水的堤道。

我纳闷着，如果她未来的生活能够展现在我的面前看一看，按照一个孩子对生活的理解充分加以展示，而如果保护她免遭危险是我的举手之劳，我会不会伸出手去拯救她。从那之后有一段时期——我并不说那是很长的一段时期，但确实有那么一段——我问过自己这样的问题：那天早晨，如果小埃米莉当着我的面被水淹没了头，是不是会更加好些？我的回答是，是的，是更加好些。

这可能为时过早了，我也许还不到叙述这事的时候。但是，就由着它去吧。

我们漫步了很远的距离，见了一大堆我们认为很稀奇的东西，还小心翼翼地把一些搁浅的星鱼[①]放回到水中——直到现在，我还不甚了解那种鱼，不知道它们是应该感谢我们，还是相反——然后，返回佩戈蒂先生的住所。走到外面放龙虾的棚屋下时，我们两小无猜，相互亲吻了一下，然后满心欢喜地进屋用早餐了。

“就像一对小花美。”佩戈蒂先生说，他说的是当地的方言，意思是就像一对小画眉鸟。我还以为是夸奖的话呢。

我当然爱上了小埃米莉。我肯定自己爱上了那个小妞妞，尽管后来的爱情崇高圣洁，但与之相比，同样充满了真情实意，同样表现得温柔缠绵，而且还更加纯洁无瑕，更加无私无畏。我相信自己的想象中出现了某种东西，弥漫在那个蓝眼睛小妞妞的周围，使她飘然欲仙，成了一个天使。要是在某个阳光明媚的上午，她展开一对小小的翅膀，从我的眼前飞走，我想，我有理由怀有这种思想准备，不会感到很突然的。

我们一向亲亲热热，一小时接着一小时地漫步在雅茅斯苍茫古老的滩地上。日子在我们的嬉戏游玩中过去，好像时光还没有长大，也还是个孩子，成天就是玩耍。我告诉小埃米莉，我非常喜欢她，还说除非她也表白喜欢我，否则我只好举刀自刎。她说她喜欢我，我毫不怀疑她的确如此。

---

① 幼苗期在淡水，成熟期在海洋，繁殖期回淡水区，俗称海星。

至于意识到地位悬殊，或者青春年少，或者我们面临的其他阻碍，我和小埃米莉都没有去费这个心思，因为我们的心中根本没有想到过未来。如同我们不会为自己越来越年轻做着准备一样，我们没有为自己长大做着准备。我们备受格米治太太和佩戈蒂的羡慕，因为我们夜间往往会并排坐在我们的小矮柜上，窃窃私语，爱意绵绵。"上帝啊！多美的状态！"佩戈蒂先生嘴里叼着烟斗，朝我们微笑着说。哈姆什么也没干，整个夜晚就是咧着嘴笑。我觉得，他们从我们的身上感受到了快乐，就像从一个精致的玩具或一个古罗马圆形剧场的袖珍模型上面感到的快乐一样。

我很快就发现，格米治太太虽然寄住在佩戈蒂先生家，但是她并不总像大家期待的那样，表现得友好随和。她心情烦躁，在这样一个小家庭当中，有时候会怨天尤人，搞得别人不舒服。我很替她感到难过。但是，我认为，如果格米治太太有一间属于自己的小房间可以待一待，一直待到心情好转了，那倒是会有令人觉得亲切随和的时候。

佩戈蒂先生时不时地会去一家名叫"心悦楼"的酒馆。我到了之后的第二天或者第三天，他出去了，在八点多的时候，格米治太太抬头看了看那面荷兰钟，并说他到那儿去了，还有就是，她上午就知道他会去那儿，这时候，我就知道了这事儿。

那天，格米治太太整天都神情沮丧，早上炉火冒烟的时候，她便哭了起来。"我真是个孤苦伶仃的苦命人啊，"格米治太太遇到不开心的事情时，就会这么说，"一切的一切都和我对着来。"

"噢，烟很快就会散掉的，"佩戈蒂说——我指的还是我们那个佩戈蒂——"再说了，也不就是唯独你一个人不好受，我们大家都一样啊。"

"我就觉得我更加不好过。"格米治太太说。

那天天气寒冷，寒风刺骨。在我看来，火炉旁边那个专门属于格米治太太拥有的角落是整个家中最最温暖舒适的地方，而她坐的那把椅子也毫无疑问是最最舒适的，可她那天就是觉得不自在。她不停地抱怨，说天气冷，冷风钻进了她的背脊，她称之为是"像讨厌的东西爬进去了”。最后，她说到这事就又哭了起来，嘴里还念叨着：“我真是个孤苦伶仃的苦命人啊，一切的一切都和我对着来。”

“天气确实很冷，”佩戈蒂说，“大家的感觉都是这样的。”

“我比别人更加觉得冷。”格米治太太说。

到了吃饭的时候还是如此。因为我是贵客，便享受到了优待，而我之后就是格米治太太享受了。那天吃的鱼很小，刺又多，土豆也有点烧焦了。我们大家都承认，觉得这顿饭吃得不怎么爽，但格米治太太说，她比我们大家的感觉更甚，又流起眼泪来了，还是满腹委屈，重复了先前说过的话。

因此，等到九点左右佩戈蒂先生回到家时，苦命的格米治太太坐在属于她的那个角落里，干着编织活儿，神态凄惨，痛苦不堪。佩戈蒂则兴致勃勃地做着事。哈姆在补一双下水穿的大靴子。我呢，就和小埃米莉坐在一起，念书给她听。格米治太太除了叹气，就不会说点儿别的，喝过茶之后，眼睛就再也没有抬起来过。

“对啦！伙计们，”佩戈蒂先生说着坐了下来，“你们大家可好啊？”

我们打着招呼，看看什么东西，表示欢迎他回家，只有格米治太太除外，她只是一边编织东西，一边摇头。

“哪儿又不对劲啦，”佩戈蒂先生拍了拍手说，“高兴高兴吧，老妞儿！”（佩戈蒂先生的意思是说“老姑娘”）

格米治太太似乎没有办法高兴起来，她掏出一条旧的黑丝绸手帕，擦了擦眼睛，但是，她没有把手帕放进口袋里，而是拿在手上，又擦了起来，还是拿着，准备随时使用。

“哪儿不对劲啦，妞儿！”佩戈蒂先生说。

“没什么，”格米治太太回答说，“你又去‘心悦楼’了吧，丹尔？”

“是啊，没错，我今晚在‘心悦楼’待了一会儿。”佩戈蒂先生说。

“我很抱歉，竟然把你逼到那儿去了。”格米治太太说。

“逼去！我可不要人家逼啊，”佩戈蒂先生说着，爽朗地笑了起来，“我是心甘情愿去的啊。”

“心甘情愿，”格米治太太说，摇了摇头，擦了擦眼睛，“是啊，是啊，心甘情愿。我很难过，正是因为我，你才心甘情愿去呢。”

“因为你？才不是因为你呢！”佩戈蒂先生说，“你怎么就不相信呢。”

“是啊，是啊，是因为我，”格米治太太哭着说，“我知道自己是什么人。我知道自己是个孤苦伶仃的苦命人，不单单是一切的一切和我对着来，我也和所有人对着来呢。是啊，是啊。我比别人的感受更加深，表现得也更加明显。都是因为我命苦。”

我坐在那儿耳闻目睹这一切时，心里不禁想到，除了格米治太太之外，不幸的命运也降临到了这个家庭中其他人的头上了。但佩戈蒂先生并没有这样反驳她，只是用另一种请求作为回答，请求格米治太太高兴起来。

“我也不希望自己这样啊，”格米治太太说，“我做不到啊，我知道自己的情况。我烦心的事不断。我觉得心里烦，老是不顺心。我希望自己忘记烦恼，可就是没有办法。我希望自己能够狠心应对，可就是做不到。我把这个家弄得很别扭，这我不奇怪。我把你妹妹和大卫少爷搞得成天不舒服。”

听到她这么一说，我心里突然一下就软了，然后大声说：“不，没有的事，格米治太太。”我心里难过极了。

“我做得太差劲了，”格米治太太说，“我不应该这样来报答你的。我最好是去济贫院等死算了。我真是个孤苦伶仃的苦命人啊，最好不要在这儿碍手碍脚的。要是事情同我对着来，我自己就会闹别扭，那就让我回济贫院去闹别扭算了，丹尔，我最好到济贫院去，死在那儿，免得在这儿连累别人！”

格米治太太说完这一番话之后便起身睡觉去了。等她离开后，佩戈蒂先生除了表露出深深的同情之外，再无其他表情。他环顾四周看了看我们大家，摇了摇头，脸上挂满了同情，低声说：

“她一直还想着她老头儿呢！”

我当时还不太明白，格米治太太心里一直惦记着的老头儿是谁，直到后来，佩戈蒂招呼我上床睡觉时向我解释说，那指的是已故的格米治先生。她的哥哥每每碰到这种情况的时候，总用这个理由来解释，而且总会令他感触不已。那天夜里他上了吊床之后，我亲耳听见他对哈姆反复说：“可怜的人啊！她还一直想着她老头儿呢！”在我们待在那里剩下的时间里，每当格米治太太从这样一种状态中恢复过来之后（其间又发生了几次），他都会说着同样的话，以此来冲淡气氛，而且总是洋溢着深深的同情。

两个礼拜时间在不知不觉中过去了，其间没有任何变化，只有潮起潮落，因为这样改变了佩戈蒂先生外出和回家的时间，也改变了哈姆干活儿的时间。当后者闲着没事时，他有时候会陪着我们走走，带我们去见识一下大小船只，还带我们去划过一两次船。一些微不足道的小事往往会同某个地方比别的地方有更加特殊的联系，我相信大多数人都有这种感觉，尤其是涉及童年时代的事情，但我不知道为什么会这样。每当我听人说起或者在书报上看到雅茅斯这个名字的时候，总会想起海滩上的某个礼拜日，召唤人们去做礼拜的钟声，小埃米莉依偎在我的肩膀上，哈姆懒洋洋地向水里扔石子儿，远处海面上，初升的太阳喷薄而出，冲破重重迷雾，显露出影子似的船只。

最后，回家的日子到了。我忍受住了同佩戈蒂先生和格米治太太的离别，但是离开小埃米莉给我的心中带来的痛苦却是透心彻骨。我们手挽着手一同走到车夫歇脚的酒馆，我在路上就向她承诺要写信给她（我后来履行了自己的诺言，不过那字写得比手写的房屋招租广告还要大）。我们分别时控制不了自己的情绪，如果在我这一生中心里有过空落落的感觉的话，那一天的情形就是。

嗨，我客居在外的整段时间里，又一次对不起自己的家，因为我极少甚至根本就没有想过家。可是我刚一转身朝着家里去，幼小的内心就充满了自责感，它似乎用一根坚定的手指指向那个方向。我的情绪越发低落起来，心里觉得，家是我的窝儿，母亲是我得到安慰的人，是我的朋友。

我们越往家的方向走，我的这种感觉越强烈。离家越近，沿途的景物也越熟悉，我也就更加迫不及待地想要回到家，扑向母亲的怀抱。可是佩戈蒂没有表露出激动的情绪，而是极力克制着（虽然态度上很和蔼），她看上去局促不安，心情不佳。

然而，尽管佩戈蒂表现出这样的一种状态，只要车夫的马匹乐意，总归要回到布兰德斯通的乌鸦巢——而且实现了。当时的情景，我记得多么清楚啊，那天下午，阴沉寒冷，天色昏暗，像是要下雨了。

门开了，我兴高采烈，心情激动，半是笑半是哭地等待着见我母亲，可等到的不是她，而是个陌生的仆人。

“怎么回事啊，佩戈蒂！”我神情沮丧地说，“她没回家吗？”

“不，不，大卫少爷，”佩戈蒂说，“她回来了。您等一会儿，大卫少爷，我要……我要告诉您一点儿事。”

佩戈蒂下车时，情绪激动，加上天生笨拙，所以显得像个最最非同寻常的大彩球，不过我当时心里一片茫然，觉得不可思议，所以没有对她说这个。她下车后，拉着我的手，把我带进厨房后关上了门，弄得我云里雾里。

“佩戈蒂！”我诚惶诚恐地说，“到底怎么回事啊？”

“没什么事，愿上帝保佑您，宝贝大卫少爷！”她回答说，故意表现出轻松自如的样子。

“我肯定，出了什么事了，妈妈在哪儿？”

“妈妈在哪儿，大卫少爷？”佩戈蒂重复了一声。

“对呀。她为何不到大门口来接我，我们到这儿来干什么？噢，佩戈蒂！”我两眼噙满了泪水，感觉自己好像要晕倒了。

“哎呀，心肝宝贝啊！”佩戈蒂大声说着，一把抱住了我，“怎么回事？说话，心肝宝贝！”

“别是她也死了吧！噢，她没死吧，佩戈蒂？”

佩戈蒂大声喊了“没有”，声音大得惊人。然后她坐了下来，开始直喘粗气，说我把她吓了一跳。

我抱住了她，让她压压惊，或者说让她恢复正常，然后，我站立在她面前，用急切和探询的目光看着她。

“你看，宝贝，我应该之前就告诉您的，”佩戈蒂说，“可我没找到机会。或许我应该创造一个机会的，但我且实没能”——佩戈蒂紧急情况下调用的词汇中，总是用“且实”代替“确实”——“打定主意”。

“接着说吧，佩戈蒂！”我说，比刚才更加诚惶诚恐了。

“大卫少爷，”佩戈蒂说着，一只手颤抖地解开帽子，说话时有点上气不接下气，“您心里是怎么想的？您有爸爸了！”

我浑身颤抖，脸色苍白。有种东西——我不知道是什么，或怎么会——一与墓地中的坟墓有关，二与死者复活有关，像是一股难闻的风向我袭来。

“一个新的。”佩戈蒂说。

“一个新的？”我重复了一遍。

佩戈蒂喘了一口粗气，像是要咽下什么难咽的东西，伸出手说：“来吧，去见见他。”

“我不想见他。”

“还有您妈妈呢。”佩戈蒂说。

我不再退缩了，我们便径直到了那间更加豪华的客厅，到那儿后她就走了。母亲坐在炉火的一边，默德斯通先生坐在另一边。母亲放下手上的活儿，急急忙忙站起身，但我觉得她战战兢兢。

“行啊，克拉拉，亲爱的，”默德斯通先生说，“冷静点！要克制自己，永远要克制自己！大卫，孩子，你好吗？”

我把手伸向了他。愣了一会儿之后，这才走向母亲，吻她。她吻了我，还温柔地拍了拍我的肩膀，然后坐下来接着干手上的活儿。我不能看着她，也不能看着他，心里很清楚，他在看着我们两个人，于是我走到窗户边，干脆就站在那儿看着外面，看着一些在寒冷中垂着枝头的灌木。

我一能够悄悄离去，便溜到楼上去了，先前心爱的卧室有了变化，我得睡到远离这儿的地方。我又溜回到楼下，看看还有没有什么东西保持原状的，一切都似乎大变样了，我便又漫步到了院子里。但一下子又退缩了回去，因为空荡荡的狗舍里有了一条大狗——像他一样，声音低沉，皮毛黝黑——狗一看见我便大发雷霆，蹿了出来扑向我。

第四章
我陷于屈辱境地

我的床被搬到了这么一个房间，如果这个房间有知觉，能够提供证据，那我今天兴许会请求它——现在谁睡在那儿，我真想知道啊！——请求它替我做个证，我那天到那儿的时候，是怀着怎样一种沉重的心情啊。我朝楼上的那间屋子走去，上楼梯时，只听见身后院子里狗的狂吠声，我打量着屋子，一片茫然，莫名其妙，屋子也同样打量着我。我两只小手相交坐了下来，陷入了沉思。

我想到了最最奇怪的事情。想着那屋子的形状，想着那天花板上的裂纹，想着那墙上糊着的纸，想着那窗玻璃上的裂纹，给景致形成了一道道波纹和一个个涟漪，想着那脸盆架，支在三条腿上摇摇欲坠，一副满腹牢骚的样子，这些令我想起了思念老头儿的格米治太太。我一直痛哭着，但是，除了意识到浑身寒冷和内心沮丧之外，我肯定，压根儿就没有想过自己为何要哭。最后，我在孤单寂寞之中开始想到，自己深深地爱上了小埃米莉，而强忍着痛苦离开了她，来到了这儿，无人像她那样需要我和在乎我。想到这儿我痛苦万分，于是用被子的一角裹住自己，哭着哭着便睡着了。

有人说“他在这儿呢”，并把被子从我热乎乎的头上掀开，我被弄醒了。母亲和佩戈蒂来找我了，是她们中的一位把我弄醒的。

“大卫，”母亲说，“你怎么啦？”

我觉得莫名其妙，她居然问起我来了，于是我回答说：“没事。”我记得，自己把脸转了过去，不让她看见我颤抖的嘴唇，因为这才是对她更加真实的回答。

“大卫，”母亲说，“大卫，我的孩子啊。”

我可以肯定，她当时说的话没有哪一句像把我称作她的孩子这一句更使我感动不已。我用被子蒙住不让她看到眼泪，当她要抱我起来时，我的手使劲推开她。

“这是你干的好事，佩戈蒂，你这个残忍的东西！”母亲说，“我对这事毫不怀疑。我不知道，你居然煽动我的孩子与我对着干，或者与任何同我相亲相爱的人对着干，你的良心如何得到安宁啊？你这是何用心，佩戈蒂？”

可怜的佩戈蒂举起双手，抬起了眼睛，只能用我在饭后祈祷时说的话来回答，“愿上帝宽恕您啊，科波菲尔太太，但愿您永远不会为自己现在说的话后悔！”

“真把我给气糊涂了，”母亲大声说，“我还在度着蜜月呢，这个时候，就算是对我怀有宿怨的仇敌，也该设身处地地想一想，不至于嫉妒我过上一段内心平静、幸福快乐的日子啊。大卫啊，你这个淘气孩子！佩戈蒂，你这个狠毒的东西！噢，天哪！”母亲大声说着，脸从我们中的一个转向另一个，她气急败坏，态度固执，“这是个多么艰难的世界啊，本来还以为可以生活得尽可能开心愉快些的！”

我感到有一只手触到了我，我知道那既不是母亲的，也不是佩戈蒂的，于是身子从床上滑了下来，站在床边。那是默德斯通先生的手，他一边抓住我的手臂一边说：

“怎么回事？克拉拉，亲爱的，你难道忘了吗？要坚定沉着，亲爱的。”

“很对不起，爱德华，”母亲说，“我是想好好表现来着，可我忐忑不安。”

“可不是嘛！”他回答说，“这么快就听到这么糟糕的事，克拉拉。”

“我现在被弄成这个样子，真是太难堪了，”母亲噘着嘴说，“真是——太难堪，对不对？”

他把母亲拉到自己身边，对着她的耳朵轻声说着，还吻了她。我看到母亲的头依偎在他的肩膀上，胳膊贴近他的脖子，这时候，我清楚地知道——清楚地知道，他能够把她温柔娴雅的性格塑造成他心目中想要看到的样子。正如我现在明白的，他这样做了。

“你下楼去吧，亲爱的，”默德斯通先生说，“我待会儿同大卫一同下楼。我的朋友啊，”他朝母亲点了点头，微笑了一下，看着她离开，这之后，便黑着脸朝着佩戈蒂，“你知道你们太太的姓氏了吗？”

“我服侍太太很长时间了，先生，”佩戈蒂回答说，“应该知道的。”

“是这么回事儿，”他回答说，“但是，我想我上楼时听到你对她说话，用的不是她的姓。你知道她已经随我姓了。你记住，听见了吗？”

佩戈蒂神情不安地瞥了我几眼，一声不吭地行了个屈膝礼便出去了。我觉得，她看出了人家希望她离开，况且也没有待着不走的理由。房间里就剩下我们两个人的时候，他关上门，在一把椅子上坐了下来，拉着我站在他跟前，目不转睛地盯着我的眼睛看。我觉得自己丝毫不亚于他，目光被他吸引着，也盯着他看。我现在回忆起我们当时面对面地对视着的时候，仿佛又一次听到了自己的心急速剧烈地跳动着的声音。

“大卫，”他抿着嘴说，嘴唇被抿得薄薄的，“如果我要对付一匹犟马或一条凶狗，你认为我会怎么做？”

“不知道。”

“我揍它。”

我先前低声回答问题时，气喘吁吁，但我觉得，这时缄口不言，呼吸更加急促。

“我要让它害怕退缩，感到难受。我心里回想着，‘我要征服这家伙，’即便那样会要了它的命，我也得这么办。你脸上是什么？”

“是污垢。”我回答说。

他和我一样清楚，那是泪痕。但是，如果问上二十遍，每问一次都要扇上二十个耳掴子，我相信，自己幼小的心被撕裂了，也不会这样告诉他。

“你人小心眼儿可大啊，”他说着，脸上露出了他特有的冷峻微笑，“你清楚我的意思，我要看着你把脸洗了，先生，同我一道下楼吧。”

他指着那个被我比作格米治太太的神态的脸盆架，并向我点头示意，要按照他的旨意行事。我当时毫不怀疑，现在更加不怀疑，如果我犹豫磨蹭片刻，他会毫无顾忌地把我打倒在地的。

“克拉拉，亲爱的，”他说着，我按照他的吩咐行事之后，他把我拉到客厅里，手抓住我的胳膊不放，“我希望你不会再忐忑不安了。我们很快就会改善我们这孩子的脾气的。”

我的天哪！如果当时有人说句友好的话，我或许今生今世就有长进了，或许今生今世变成了另外一种人。一句鼓励和解释的话，一句同情怜悯我年幼无知的话，一句欢迎我回家的话，一句让我真真切切地感到确实是到了家里的话，这样的话或许会使我从那以后打心眼里恭顺孝敬他，而不至于表面上虚情假意地迎合他；会使我尊重敬仰他，而不至于怨恨仇视他。我认为，母亲看到我站在房间里，诚惶诚恐，局促不安，心里会很难过，所以，一会儿之后，当我悄悄地坐到一把椅子边时，她的目光追随着我，表情更加忧伤。也许是因为没有见到我孩子气的步态中自由自在的样子，可是这样的话没有说出，说这话的时机已经一去不复返了。

我们三个人单独在一起用餐。默德斯通先生似乎很爱我母亲，但我恐怕并不至于因此便喜爱他，而母亲也很爱他。我从他们说的话中知道，他有个姐姐马上就要来同他们一起住，那位姐姐当晚就会来。我不能确定，我是当时就发现了，还是后来才发现的，默德斯通先生本人并不亲自经营什么，但他在伦敦的一家酒行里持有股份，或者说每年可以从那儿得到一些红利，这个经营模式打从他曾祖时代起就有了，他姐姐也一样，在那家酒行中有利益关系。但是，不管情况是否如此，我都可以在此把这事提一提。

用餐过后，我们坐在炉火边，我的心里在思忖着，设法逃离到佩戈蒂那儿去，而又不至于显得胆大妄为地溜走，以免激怒这个家里的主人，就在这个时候，一辆马车停在了我们家花园的栅栏门前，他起身出去迎接来客，母亲跟在他后面，我提心吊胆地跟在她后面。到达客厅门口时，幽暗中，她转过身来，像平常那样抱住我，轻轻地嘱咐我，要我爱我的新父亲，听他的话。她这样做的时候，慌里慌张，偷偷摸摸，好像做了什么见不得人的事，但态度温柔亲切。她把一只手伸到自己身后，握住我的手，直到到了花园里离他站的地方很近，这时她才放开了我的手，并把手挽住他的胳膊。

来者正是默德斯通小姐。该女人表情阴郁，像她弟弟一样，皮肤黝黑，脸形和声音都很像他，长着两道浓眉，几乎要在她那个大鼻子上方相会了，好像是由于生错了性别，不能长出胡子，结果便生出两道浓眉来加以补偿。她随身带了两只坚硬无比的黑箱子，用坚硬的铜钉钉在箱盖上，组成她名字的首字母。她付钱给车夫时，从一只硬邦邦的钱包里往外掏钱，这之后，便把钱包放回到一个监牢似的手提包中，提包上拴着一条粗链子挂在胳膊上，关上时发出咔嚓的声音，像是猛咬了一口似的。在那以前，我从未见过默德斯通小姐这样金属般的女人。

默德斯通小姐在前呼后拥的欢迎中进了客厅。在那儿，她正式认可我母亲作为她新的和亲近的亲戚。随后看着我说：

“这是你的孩子吧，弟妹？”

母亲说是她的孩子。

“总的说起来，”默德斯通小姐说，“我不喜欢男孩子。你好吗，孩子？”

在这种深受鼓舞的场合，我回答说很好，同时也希望她很好。说了这么一句不那么热情的客套话之后，默德斯通小姐送给我四个字：

“不懂礼貌！”

她清楚明白地说完这个之后，请求去看她的房间，从今以后，那房间在我眼中就成了一个令人望而生畏的地方。两个黑箱子放进了房间，从来没人看到被打开过，也从来没人见到有不上锁的时候。在那个房间里（因为她不在里面时，我曾偷偷往里面看过一两次），有许许多多钢质小手铐和铆钉，成排地挂在镜框子上，其情形令人望而生畏，默德斯通小姐就是用这些东西来打扮自己的。

按照我的理解，她是要长住下来了，再也没有要离开的意思。次日她便开始“帮助”起我母亲来了，整天在储藏室里进进出出，把东西整理好，其实把原先的布置搅得一塌糊涂。我几乎从一开始就注意到，默德斯通小姐身上最显著的一点便是，她一直心怀疑惑，怀疑仆人在家里的某个地方藏匿了一个男人。在这种幻觉的影响下，她往往会搞突然袭击，钻进堆煤炭的地窖，刚打开黑暗的橱柜，就又砰的一声关上，以为逮住那个人了。

尽管默德斯通小姐毫无轻盈敏捷可言，但在早起这一点上，却完完全全是只云雀。家里其他人还没有动静，她就起床了（我到现在都还认为，她这是在寻找那个藏匿起来的人）。佩戈蒂则认为，默德斯通小姐连睡觉时都睁着一只眼睛，不过我不赞同她的这种看法。因为听了她的说法之后，我亲自尝试过，发现事情根本不可能做得到。

她到达后的第一个早晨，雄鸡刚一报晓，她就起床摇铃了。母亲下楼用早餐，然后准备沏茶时，默德斯通小姐在她的面颊上啄了一下，这算是吻过她了，接着便说：

“噢，克拉拉，亲爱的，你知道的，我来这儿就是为了尽可能地替你解除烦恼。你长相俏丽，但不善筹划。”母亲的脸绯红了，但笑了起来，好像并没有因此而不乐意。“所以，我能够做的事，绝不能把责任推到你的身上。要是你宽宏大量，把钥匙交给我，亲爱的，以后这类事情都由我来处理。”

从那时起，默德斯通小姐整天便把那些钥匙关在自己的小监牢中，晚上则压在自己的枕头下。母亲现在也像我一样，根本不能再摆弄那些东西了。

母亲把手上的权利完完全全交了出来，但并非完全没有一点儿抵制。一天晚上，默德斯通小姐跟弟弟讲了一些家务计划，他听后表示赞同，这时候，我母亲却突然哭了起来，并说应该同她商量一下才是。

“克拉拉！”默德斯通先生说，语气异常严厉，“克拉拉！我对你感到很惊讶。”

“噢，说得没错，你很惊讶，爱德华！”母亲大声说，“你说到要坚定沉着，这也很好，可是你自己就不喜欢这样。”

坚定沉着，我可以说，这是默德斯通先生和默德斯通小姐为人处世的重要原则。如果当时有人问到我对它的理解，不管我可能怎么样表达自己的看法，但我的的确确是按照自己的方式来理解的，即它是专横苛刻的代名词，是他们俩共同具有的阴暗忧郁、骄横暴戾、粗暴狠毒性格的代名词。现在要我来加以解释，这个原则是这样的：默德斯通先生坚定沉着，在他的生活圈子当中，无人像他那样坚定沉着。他生活圈子中的任何其他人都不得坚定沉着，因为所有人都得屈服于他的坚定沉着。默德斯通小姐是个例外，她倒是可以表现得坚定沉着来着，但她只是仗着是亲属，而且是第一个层次和附属水平上的。母亲也是个例外，她倒是也可以表现得坚定沉着，而且必须坚定沉着，但只是忍受他们的坚定沉着，坚信世界上没有别的坚定沉着可言。

“这事儿很苛刻，”母亲说，“在我自己的家里……”

“我自己的家里？”默德斯通先生重复了一声，“克拉拉！”

“我的意思是说，我们自己的家里，”母亲前言不搭后语地说，显然诚惶诚恐，“我想你必须明白我的意思，爱德华。一个人在自己的家里，有关家务方面的事情却说不上一句话儿，这很苛刻。我可以说，在我们结婚之前，我把家务料理得井井有条。这是有证据的，”母亲抽泣着说，“问问佩戈蒂，在没有别人干预的情况下，是不是料理得井井有条！”

“爱德华，”默德斯通小姐说，“这事就到此为止吧，我明天就走。”

“简·默德斯通，”做弟弟的说，“别说了！你怎么这么说呢，难道你还不了解我的性格吗？”

“毫无疑问，”我可怜的母亲接着说，她满腹委屈，眼里噙满了泪水，“我并不是想让哪个人走。如果有人不得不离开，我会痛苦不堪，难受至极。我的要求并不高，不是蛮不讲理。我只是有时候想要人家征求征求我的意见。对任何帮助我的人，我都心怀感激之情，我要人家来征求意见，有时候哪怕只是走个形式也罢。我涉世不深，带着孩子气，我认为你曾经挺喜欢来着，爱德华，我肯定你说过这样的话，但你现在似乎因此而讨厌我，你态度这么严厉。”

“爱德华，”默德斯通小姐又开口说，“这事儿到此为止吧。我明天就走。”

“简·默德斯通，”默德斯通先生暴跳如雷地说，“你别说了好不好？你怎么这样？”

默德斯通小姐从她监牢似的口袋里掏出一条手帕，送到眼前。

“克拉拉，”默德斯通先生继续说，眼睛看着我母亲，“你出乎我的意料！令我震惊！是啊，我是打定主意要娶一个涉世不深、天真无邪的姑娘，然后塑造她的性格，向她灌输必要的坚定和果断。但是，现在简·默德斯通好心好意过来助上一臂之力，实现这个计划，看在我的面上，承担起管家人的责任，可得到的确是卑劣的回报，这时候……”

“噢，求你啦，求你啦，爱德华，”母亲大声说，“别把我说成是个忘恩负义的人。我可以肯定，自己不是个忘恩负义之人。以前谁也没有这样说过我的。我有很多缺点，但不至于那样啊。噢，别这样说，亲爱的！”

“简·默德斯通得到这样的回报，”等到我母亲说完缄口不言了之后，他接着说，“得到这样卑劣的回报，这时候，我可以说，我的心都寒了，看法也改变了。”

“别这么说啊，亲爱的！”母亲可怜巴巴地乞求说，“噢，别这么说，亲爱的爱德华！我听了之后受不了。不管我是什么样的人，我是充满了感情的。我知道自己充满了感情。如果我不能确定自己是怎样的一种人，是不会这样说的。问一问佩戈蒂吧，我肯定她会告诉你，我是充满了感情的。”

“软话无论说了多少，克拉拉，”默德斯通先生回答说，“对我都毫无作用啊。你白费了口舌。”

“求求你，我们友好相处吧，”母亲说，“我不能生活在一种冷漠无情或者刻薄敌视的氛围之下。我很难过。我知道，自己有许多不足，但你很好，爱德华，你有坚定的意志，你能够想方设法帮助我改正这些不足。简，我不对任何事情提出反对意见。如果你想要离开，我会肝肠寸断的！”母亲控制不住自己的情绪，说不下去了。

“简·默德斯通，”默德斯通先生冲着他姐姐说，“我想，我们之间任何刻薄的言辞都是非同寻常啊。今天晚上出现这样非同寻常的事情，可不是我的过错。我是因为另外一个人才出了差错的。也不是你的过错，你也是因为另外一个人才出的差错。我们俩都忘了这事儿吧。而由于这事儿，”这么一番宽宏大度的言辞之后，他补充说，“当着孩子的面不合适，大卫，上床睡觉去！”

我泪眼蒙眬，连门都几乎找不到了，看到母亲痛苦不堪的样子，我难受极了。但是，我还是摸索着出了房间，又在黑暗中摸索着到了自己的卧室，连向佩戈蒂说一声晚安或者去向她要一支蜡烛的心思都没有。大概一个小时之后，她上来看我发出的动静把我给惊醒了，这时候，她说，我母亲情绪沮丧，已经上床睡觉去了，就剩默德斯通先生和默德斯通小姐两个人坐在那儿。

第二天早上，我比平常下楼更早，听到母亲的说话声后，便在客厅的门外停住了脚步。母亲恳请默德斯通小姐原谅，态度真诚恳切，谦卑恭顺。默德斯通小姐接受了她的请求，于是两人和好如初。后来，我压根儿就没有见识过母亲对任何事情有自己看法的时候，总是先要问过默德斯通小姐，或者先要通过某些确切无疑的方式，确切地知道，默德斯通小姐是什么意思。我发现，默德斯通小姐一旦生气（在这方面，她可不坚定沉着），就会把手伸向自己的包里，还像是要把钥匙掏出来交还给母亲，而总会看到，母亲一副诚惶诚恐的样子。

默德斯通家人的血统中有种阴暗忧郁的特质，该特质使他们家人的宗教信仰也变得阴暗了，简直阴暗严酷，充满愤怒。从那以后，我一直认为，他们的信仰之所以会出现那种状态，那是默德斯通先生所谓的坚定沉着原则所带来的必然结果，因为他所奉行的坚定沉着的原则不允许逃脱他以种种借口实施的最最严厉的惩罚。尽管如此，但我还是清楚地记得我们先前上教堂去做礼拜的宏大场面，还有那儿发生了变化的氛围。令人不寒而栗的礼拜日仿佛又一次到来了，一拨人浩浩荡荡，我第一个进入我们先前的专用座位，像是被人押着的囚犯去做苦役。默德斯通小姐仿佛又一次身穿那件像是用圣坛的罩布做成的黑丝绒长袍，紧跟在我的后面，然后是我母亲，再就是她丈夫。现在不像从前那样有佩戈蒂伴随了。我仿佛又一次听到了默德斯通小姐低声而含糊地吟诵着应答短诗[①]，遇到那些可怕的字眼时，便加重语气，以释放残忍的快感。我仿佛又一次看到了，当她说到“可怜的罪人”时，黑眼睛不停地转动，环顾教堂四周，好像在诅咒全体会众。我仿佛又一次瞥见了我那极少瞥见的母亲，只见她处在两个人中间，战战兢兢地蠕动着嘴唇，而他们一边一个像闷雷似的吟诵着。我仿佛又一次怀着突如其来的恐惧感纳闷着，我们那位心地善良的老牧师是不是有可能弄错了，默德斯通先生和默德斯通小姐倒是有可能是正确的，而天堂中所有的天使都有可能是毁灭天使。仿佛又一次，如果抖动一下手指，或者松弛一下脸部的肌肉，默德斯通小姐就会用她手上的祈祷书戳我，戳得一边疼痛难忍。

是的，仿佛又一次，我们走着回家的当儿，我注意到了，一些邻居看着我母亲，看着我，窃窃私语。仿佛又一次，他们三个人手挽着手走着，只有我一个人徘徊在后面，这时候，我也随着邻居们的目光看去，不禁怀疑起来，母亲的步伐是不是真的不如我以前所见的那样轻盈活泼，她那美丽快乐的神态是不是真的已经消失殆尽了。仿佛又一次，我疑惑着，邻居们是否还像我一样记得，我们先前一同回

---

① 指在教堂做礼拜的过程中，会众或唱诗班在主持牧师祈祷时或祈祷后吟诵的应答或唱和短诗。

家的情形，也就是我和母亲。我百无聊赖，想着那一切，想着那阴郁乏味、意气低沉的一天。

有几次谈到了要送我上寄宿学校的事，事情是默德斯通先生和小姐提起的，母亲当然赞同他们的意见。不过，事情还没有最后确定。这期间，我还在家里学习功课。

我永远都不会忘记那些功课！功课名义上由母亲执教，但实际上是在默德斯通先生和他姐姐的监督下进行的，因为他们一直都在场，认为那是培养母亲接受那名不副实的坚定沉着原则的极好时机，而那些东西才是我们两个人的灾星呢。我相信，正是为了达到这个目的，他们才把我留在家里。先前，我和母亲单独在一起生活时，我学习起来轻松自如，心情愉悦。我还依稀记得坐在她的膝上学习字母的情形。时至今日，每当我看到初级读物中那些胖乎乎的黑体字母时，那些字母的形状所带来的令人迷惑的新奇感，还有O、Q和S三个字母轻松自如、和蔼可亲的形象，似乎总是会又一次像过去那样呈现在我的眼前。但是，它们不会唤起厌恶感或者勉强感。相反，我好像沿着一条铺满鲜花的路行走着，一直走到鳄鱼故事书中所描述的地方，一路上，有母亲温柔优雅的声音和美丽贤淑的神态陪伴，我兴高采烈。但是，接下来的功课沉闷刻板，在我记忆中是对我宁静生活的致命一击，成了每天令人难以忍受的苦役和苦难。那些功课非常冗长，数量又多，还很艰深——在我看来，其中有一些完全无法理解——我往往被功课弄得云里雾里，我相信我可怜的母亲也是如此。

让我回忆一下当时的情况是怎么一回事儿，重现一下一个早晨的情形吧。

早饭后，我拿着书本、一本练习本和一块石板到那个较差的客厅。母亲在书桌边等着我，一切准备就绪，但同坐在靠近窗户边安乐椅上的默德斯通先生（尽管他假装在看书），或者坐在母亲身边串着钢珠子的默德斯通小姐比起来，其准备工作还不及他们的一半呢。我一看他们两个人，心里就发毛，费了九牛二虎之力记在脑子中的词汇全都溜走了，不知跑到了何方。顺便说一句，我还真不知道它们跑到哪儿去了呢。

我把第一本书递给母亲。或许是本语法书，或许是本历史书或地理书。我把书递到她手上时，就像因溺水而奄奄一息的人一样，最后朝书页上看了一眼，在我对上面的内容还记忆犹新的时候，便以赛跑的速度高声背诵起来。我在一个词上面卡了壳，默德斯通先生抬头看了看。我在另一个词上面卡了壳，默德斯通小姐抬头看了看。我脸色通红，连着背错了六七个词，导致最后完全停了下来。我估计，如果母亲有勇气的话，定会把书拿给我看上一眼，但她不敢，只是轻声细语地说：

“噢，大卫，大卫啊！”

“行啦，克拉拉，”默德斯通先生说，“对待孩子要坚定沉着。别说什么‘噢，大卫，大卫啊！’的。这样显得孩子气。他对自己的功课，学会了就是学会了，没学会就是没学会。”

“他压根儿就没学会。”默德斯通小姐插嘴说，语气令人可怕。

“我真的担心他没学会。”母亲说。

“那么你明白了，克拉拉，”默德斯通小姐回答说，“你该把书还给他，叫他学会。”

“是啊，毫无疑问，”母亲说，“我正打算这样做，亲爱的简。行啊，大卫，再来一遍吧，可别笨头笨脑的。”

我“来了一遍”，遵从了该指令的第一部分，但第二部分却不那么成功，因为我还是笨头笨脑。这一次，还没背到老地方，也就是我原先流畅地背到卡壳的地方，就又被卡住了，于是我停下来思索。不过我思索的不是关于功课的事，不可能想那事。我思索的是，默德斯通小姐帽子上的网纱有多少码，或者默德斯通先生的睡衣值多少钱，或者任何同我毫无关系同时我也不想与之有瓜葛的荒诞不经的问题，默德斯通先生不耐烦地动了一下，这倒是我期待了很长时间的情况。默德斯通小姐也同样动了一下。母亲顺从地朝他们看了一眼，合上书本，把这个作为我的一笔债务先欠着，等我完成了别的任务后，再补上。

很快，这种债务便堆积成山了，就像滚雪球一样越滚越大。债务积累得越多，我越是显得笨头笨脑。事情到了不可救药的地步了，而我感觉到，自己挣扎在这么一个荒谬的困境中，我放弃了一切要逃出去的想法，让自己任由命运摆布。我连连出错，和母亲面面相觑，绝望至极，此情此景令人伤心。但是这些使人痛苦不堪的功课当中，最最让人受不了的，是在母亲（以为没有人注意到她）试图以动嘴唇的方式来对我加以提示的时候。可就在那个当儿，那位在旁边一心等待这个时机的默德斯通小姐便会用一种低沉的声音警告说：

"克拉拉！"

母亲怔了一下，脸色绯红，微微地笑了一下。默德斯通先生从坐着的椅子上站起身，拿起书本，朝着我扔了过来，或者用书扇我耳光，或者摁住我的肩膀，把我推出门外。

即便是功课做完了之后，还有最糟糕的事情临头，那就是可怕的算术题。这是专为我设计的，由默德斯通先生向我口述，讲的是，"如果我进入一家干酪店，买五千块双料格洛斯特[①]硬干酪，每块售价四个半便士，说出一共付多少钱。"听到这道算术题之后，我看见默德斯通小姐一阵窃喜。我在这些干酪上苦思冥想，可到了吃饭的时候，还毫无结果，脑子依然没有开窍。后来，由于在石板上写字产生的粉末钻满了我的毛孔，结果把自己弄成了一个穆拉托人[②]，我吃了一片面包，帮助我摆脱干酪的难题，整个晚上，我很没有面子。

时间过去了这么长，但我看我那些要命的功课似乎大致情况就是这样的。要是没有默德斯通姐弟两人，我本来是会学得更好的，可是他们对我横加干涉，就像两条毒蛇施用魔法镇住一只娇弱可怜的小鸟。即便我度过了上午的时间，成绩还过得去，但除了吃顿饭之外，别的没有多少收获，因为默德斯通小姐看不得闲着没有功课

---

① 英国英格兰西南部的一个郡，也是该郡首府的名称，是英国著名的港市，以产干酪著名。

② 指黑人与白人的第一代混血儿或有黑白两种血统的人。

做的样子，如果我不小心表露出了无事可干的样子，她就会说上一句“克拉拉，亲爱的，没有什么比干点儿事更好的事，叫你的孩子做道练习吧。”以此来提醒她弟弟注意我。这么一来，我当即又被功课套住了。至于同别的和我年龄相仿的孩子玩耍的事，我享受到的少之又少。因为根据默德斯通姐弟俩悲观的神学理论，所有的孩子都被看成一窝毒蛇（尽管曾经倒也有一个小孩站在耶稣的门徒中间[①]），认定孩子会相互传染毒素。

我觉得，这样一种待遇持续了大概有六个多月时间，其必然结果是，我变得郁郁寡欢，笨头笨脑，孤僻乖戾。我感觉到一日甚似一日地同母亲隔离和疏远了，这种感觉也没有在我的变化中少起作用。我相信，要不是遇到另外一个情况，我几乎都成了一个呆子傻瓜了。

情况是这样的：我父亲在楼上的一个小房间里，留下了一批数目不大的藏书。我可以自由进入那个房间（因为它就在我的卧室隔壁），家里没人会去那里打扰。从那个得天独厚的小房间里，一批小说中的人物走了出来，群英荟萃，与我做伴，他们是罗德里克·兰登、佩里格林·皮克尔、亨弗利·克林克[②]、汤姆·琼斯[③]、威克菲牧师[④]、堂·吉诃德[⑤]、吉尔·布拉斯[⑥]，还有鲁滨逊·克鲁索[⑦]。那些书

---

① 根据《圣经·新约·马可福音》第九章第三十三节至第三十七节记载，耶稣的门徒们争论天国里谁为大，耶稣便领来一个孩子，让孩子站在他们中间，接着又把他抱起来，对他们说：“凡为我名，接待一个像这样的小孩子的，就是接待我。”

② 三人均为英国著名小说斯摩莱特（Tobias George Smollett，1721—1771年）所著三部同名小说中的主人公。

③ 英国著名小说家亨利·菲尔丁（Henry Fiedling，1707—1754年）所著同名小说的主人公。

④ 英国著名小说家奥利弗·哥尔斯密（Oliver Goldsmith，1730—1774年）所著同名小说的主人公。

⑤ 西班牙著名小说家塞万提斯（Cervantes Saavedra，1547-1616年）所著同名小说的主人公，该小说曾由斯摩莱特译成英文。

⑥ 法国著名小说家勒萨日（Alain Rene Lesage，1668—1747年）所著同名小说的主人公。

⑦ 英国著名小说家丹尼尔·笛福（Daniel Defoe，1660—1730年）所著同名小说的主人公。

丰富着我的想象，使我憧憬起当时当地以外的事情——那些书，还有《一千零一夜》和《神仙故事集》——对我都毫无害处。即使书中有些许毒害，我也没有受到毒害。我压根儿没有发现。我现在都感到惊诧不已，自己被困在繁重的功课当中，苦思冥想，连连出错，是如何抽出时间读那些书的，而实际上我做到了。我现在觉得有趣的是，我如何给自己找到慰藉，因为我当时处在小小的麻烦当中（但在我心目中却是了不得的苦难），却竟然把自己想象成书中自己喜爱的人物，我实际上就是这样做的。而把默德斯通先生和默德斯通小姐想象成书中的坏蛋，我实际上也是这样做的。我曾经做了一个礼拜的汤姆·琼斯（一个孩子心目中的汤姆·琼斯，一个毫无恶意的人物）。我确信，我连着一个月把自己充当成心目中的那个罗德里克·兰登。书架上还摆着几本关于航海和旅行的书，它们激发了我无尽的兴趣，现在我忘了书的名字。我还记得，日复一日，我在家里那一片属于我的领地上走来走去，用一双旧鞋的鞋楦中间的那一部分把自己武装起来，俨然成了一个英国皇家海军的某某舰长，面对着被野蛮人重重包围的险境，决心以生命为代价予以抵抗。这位舰长虽然被拉丁文语法书扇了耳光，但并没有失去尊严，而我却失去了，舰长就是舰长，他是位英雄，尽管有世界上所有语言的语法书，无论是消亡的语言，还是活着的语言。

这是我得到的唯一也是源源不断的慰藉。每当我想起它，这样的一幅画面就会呈现在我心中：一个夏日的黄昏，孩子们在墓地里玩耍，我则坐在自己的床上，好像是以读书为生。附近区域里的每一个仓库，教堂里的每一块石碑，墓地里的每一英尺土地，一切的一切都在我的心目中与那些书产生了某种联系，代表了书中提到的某些有名的地点。我看到过汤姆·派普斯[①]爬上教堂的尖顶；我看到过斯特拉普[②]背负着行囊，停下脚步，倚靠在栅栏门边休息；我也确实

① 斯摩莱特的小说《佩里格林·皮克儿》中的人物。

② 斯摩莱特的小说《罗德里克·兰登》中的人物。

知道，海军分遣舰队指挥官特鲁宁[1]在我们村上小酒馆的客厅里同皮克尔先生会面。

读者诸君现在和我一样知道了，我再一次展示自己青春年少的那段时光时，自己是怎么个样子。

一天早上，我拿着书本走进客厅，发现母亲神色焦虑，默德斯通小姐镇定自若，默德斯通先生在一根藤条的一端缠着什么东西——这是一根柔软弯曲的藤条，我进入后，他便停下了手上的动作，用藤条在空中挥舞着。

“我跟你说，克拉拉，”默德斯通先生说，“我自己就常常挨打。”

“确实如此，当然是这样的。”默德斯通小姐说。

“是这样的，亲爱的简，”母亲前言不搭后语地说，一副胆怯的样子，“但是……但是，你认为，这么做对爱德华有好处吗？”

“那你认为，这样做对爱德华有害处吗，克拉拉？”默德斯通先生板着脸说。

“这话说到要害上了！”他姐姐说。

母亲听到这么说便回应了一句：“毫无疑问，亲爱的简。”接着便缄口不言了。

我担心他们的谈话牵扯到我，于是偷偷瞥一眼默德斯通先生，可正好同他的目光相遇了。

“喂，大卫，”他说着，他说话时，我又看见了他的目光，“你今天可得比平时更加小心啊。”他又举着藤条在空中挥舞。做好了一切准备之后，便把它搁置在身边，表情夸张，拿起自己的书。

刚一开始就来这一套，这对稳定我的情绪来说，是一种理想的镇静剂。我感觉，自己功课中的那些词溜走了，不是一个接着一个，也不是一行接着一行，而是一整页一整页溜走了。我竭尽全力地想要把它们抓住，但是，如果我可以这么说的话，它们似乎穿上了溜冰鞋，轻轻松松就溜走了，拦都拦不住。

---

① 斯摩莱特的小说《佩里格林·皮克儿》中的人物。

我们一开始就很糟糕，接下来会更甚。我先前进入客厅时，觉得自己准备得不错，有点想露上一手，长长面子，但结果是大错特错了。背不出的书一本接着一本，都堆成山了，默德斯通小姐一直就镇定自若，盯住我们看。等到我们最后要计算那五千块干酪多少钱的算术时（我记得那天他改成了五千条藤条），母亲突然哭了起来。

"克拉拉！"默德斯通小姐说，语气中带着警告。

"我感觉不大舒服，亲爱的简。"母亲说。

我看见默德斯通先生神色凝重地朝他姐姐使了个眼色，他一边站起身，一边拿起藤条，说着：

"我说简啊，大卫今天给她带来了苦恼和煎熬，我们可别指望她会完全坚定沉着地忍受这一切的。那样就成了斯多各派[①]啦。克拉拉已够坚强了，大有长进，但是，我们不能那么指望她。大卫，我和你上楼去，孩子。"

他拽着我向外走到门口时，母亲朝我们跑了过来。默德斯通小姐说，"克拉拉！你是个十足的傻瓜吗？"同时阻拦她。这时，我看见母亲捂住了耳朵，听见她哭了起来。

默德斯通先生拉着我上楼到我的房间，步伐缓慢，神色严厉。我肯定，他的心里充满了快乐，因为能够这样正式地施行惩罚。我们进到房间之后，他便猛然扭过我的头，夹到他的腋下。

"默德斯通先生！先生！"我大声地朝他喊着，"别这样啊！求您别打我啊！我努力学习来着，先生，但您和默德斯通小姐在一旁时，我没法学，我真的是没法学啊！"

"你没法学，真的吗，大卫？"他说，"那我们就试试。"

他就像把我的头放进一把老虎钳里，使劲地夹住，但我还是设法用身体缠住他，有一会儿阻止住了他，恳求他不要打我。我阻止他也只是片刻的事，瞬间后他就狠狠地抽打起我来了。也就在同一时刻，我的牙齿瞄准了他抓住我嘴巴的手，咬了下去。我现在想起

---

① 古希腊罗马哲学学派，主张对神意与不可避免的命运无条件地屈从。

这事还咬牙切齿。

他接着便打我，似乎是想要把我打死。我们弄出了不小的动静，但被另外的声音给盖过了，我听到有人跑着上楼，大声哭泣，我听到母亲在哭，还有佩戈蒂。他这时候出去了，房门在外面锁上了。我躺在地板上，浑身发烫，伤口疼痛难忍，以我当时那种孩子特有的方式发泄着怒火。

我记得非常清楚，等我平静下来之后，整个屋子似乎笼罩在一片反常的寂静之中！我记得非常清楚，等到我身上的疼痛渐渐减轻，内心的情绪渐渐平静时，我开始觉得心里是多么邪恶啊。

我坐了起来，倾听了好大一会儿，但悄无声息。于是我从地板上爬起来，在镜子中看到了自己的脸，臃肿通红，丑陋不堪，几乎把我给吓坏了。我这么动了一下之后，身上遭藤条抽打的伤痕又剧烈地疼痛起来，弄得我又哭了起来。但是，同我的负罪感相比，真是算不得什么。我敢说，即便自己是个十恶不赦的罪犯，我的心里都没有这么沉重的负罪感。

暮色四合，我关上了窗子（大部分时间里，我都把头倚在窗台上，时而哭泣，时而瞌睡，时而躁动不安地朝外面看一看），这时候，门锁转动了，默德斯通小姐拿了一点面包、肉和牛奶进来了。她一声没吭地把东西放在桌上，以那种称得上是典范的坚定沉着的神色盯住我看了一会儿，然后出去锁上了门。

天黑了很长时间之后，我仍然坐在那儿，心想着会不会有别的什么人来。看起来那天晚上是不可能了，这时候，我便脱下衣服上床了。而到了床上，我心里充满了恐惧，开始对发生在我身上的事惊讶不已。我是不是犯了罪呢？我是不是会被投进监狱关押起来？我是不是面临着被绞死的危险？

我永远也忘不了第二天清晨醒来时的情景。刚一开始，我兴高采烈，神清气爽，但紧接着心又沉下了，因为回忆起了昨天伤心痛苦的事儿。我还没有从床上爬起来，默德斯通小姐便又一次出现了。她只是告诉我说，我只能自由地在花园里散步半小时，不得超时。

说罢她就出去了，门开着，好让我可以享受那份许诺。

我到花园里散步了，连续五天囚禁期间，我每天早晨都是如此。如果我能够单独看到母亲，我会在她面前跪下来，祈求她的宽恕，但是，除了默德斯通小姐之外，我没有见到任何人，整个期间都是如此。但除了在客厅进行的晚祈祷之外，因为晚祈祷时，等到其他所有人都准备就绪了，我便会被默德斯通小姐护送到那儿。我这个少年罪犯被孤独一人安置在靠近门口的地方。在其他人还没有从虔诚的祈祷姿势中站起身来的时候，我便被监牢看守一本正经地从那儿送了回去。我只注意到，母亲处在离我尽可能远的地方，并把脸转到另一个方向，不让我看到，还有就是，默德斯通先生的手用一块大亚麻布包扎着。

关于那漫长的五天当中的情况，我无法对任何人诉说。它们在我的记忆中占据了几年的位置。我倾听屋里发出的能够听得到的种种动静的情形：门铃的响声，开门和关门的声音，喃喃的说话声，上下楼的脚步声。还倾听室外的笑声、口哨声、歌声，这些声音对于处在孤独和屈辱中的我来说，似乎比别的任何声音都更加沉闷凄凉——不确定的时辰节奏，尤其是夜间，我醒过来时以为是早晨，结果发现，家里人尚未上床睡觉呢，漫漫长夜还没有到来呢。我会进入沮丧压抑的梦境，和受到噩梦的缠绕——白天、中午、下午、黄昏先后到来，孩子们在墓地里玩耍，我在房间远远地看着他们，羞于在窗户口抛头露面，以免他们知道我是个囚徒。还有根本听不见自己说话声的那种奇异感觉，那时不时会有的转瞬即逝的愉悦感，那是因为有东西吃喝而产生的，但随之又消逝了。那某个黄昏开始下的雨水，带着清新的气息，雨在我和教堂之间越下越急，直到大雨和越来越浓的夜色把我推入阴郁凄凉、阴森可怕和悔恨难当的境地。这一切的一切仿佛在多年的时间里周而复始地呈现，而不是一些日子里，在我的记忆中打下了清晰和强烈的烙印。

我被囚禁的最后那一个晚上，有人轻轻地喊我的名字，结果把我唤醒了。我从床上一跃而起，在黑暗中伸出两条胳膊，说：

“是你吗，佩戈蒂？”

我没有立刻听到应答，可是马上又听到有人喊我的名字，声调很神秘，很可怕，要不是我突然想到，那声音是透过锁孔传进来的，我觉得自己都会被吓晕了过去。

我摸索着到了门边，把嘴唇凑到钥匙孔前，低声细语地说：

“是你吗，佩戈蒂，亲爱的？”

“是的，我的心肝宝贝儿大卫，”她回答说，“轻点儿，像耗子一样轻声细语点，否则猫会听见我们说话的。”

我明白她这是指默德斯通小姐，也意识到了事态的危急，因为她的房间就在旁边。

“妈妈怎么样，亲爱的佩戈蒂？她很生我的气吗？”

她还未回答我的话，我便能听到佩戈蒂在锁孔的另一端低声哭泣着，我在我这一端也是如此。“没有，不是很生气。”

“他们打算怎么处置我，佩戈蒂，亲爱的？你知道吗？”

“送到学校去，在伦敦附近，”佩戈蒂回答说。由于我忘了把嘴从锁孔处移开，再把耳朵贴过去，所以她第一次说的话都进到我嗓子眼里去了，我不得不叫她重复一遍。尽管她说的话弄得我痒痒的，但我并没有听清楚。

“什么时候，佩戈蒂？”

“明天。”

“是不是就因为这个，默德斯通小姐把我的衣服从抽屉里拿出来了？”她是这么做了，不过我忘记了提这件事。

“是的，”佩戈蒂说，“还有箱子。”

“我可以看到妈妈吗？”

“可以，”佩戈蒂说，“明天早晨。”

然后，佩戈蒂把嘴贴近锁孔，透过锁孔说了一番热情洋溢和情感真挚的话，我敢说，用锁孔作为传话的媒介，这可是最最热情洋溢和情感真挚的话语，尽管每一句简短的话语都说得断断续续，还伴随着颤抖。

“大卫，亲爱的。如果说近些日子我没有像先前那样亲近您，并不是因为我不疼爱您，我还同样疼爱您，而且更加疼爱您，我的乖乖小宝贝儿。那是因为我认为这样做对您会更加有利一些。此外，对另外一个也更有利。大卫，宝贝儿，您在听吗？您听得清我说的话吗？”

“听……听……听……听得清，佩戈蒂！”我抽泣着说。

“我的心肝宝贝啊！”佩戈蒂说，话语中充满了无限深情，“我想要说的话是，您千万不要忘记我，因为我怎么也不会忘记您。我会尽全力照顾好您妈妈，大卫。我会像照顾您那样不会离开她的。将来会有这么一天，她会再一次高高兴兴地把她那可怜的脑袋搁在她笨头笨脑、脾气不好的老佩戈蒂怀里的。我会给您写信的，亲爱的，虽说没什么文化，但我会……我会……”佩戈蒂由于吻不到我本人，便开始吻锁孔。

“谢谢你，亲爱的佩戈蒂！”我说，“噢，谢谢你！谢谢你！你能答应我一件事吗，佩戈蒂？你能写封信给佩戈蒂先生、小埃米莉、格米治太太和哈姆吗？告诉他们我并不像他们认为的那样糟糕，还有向他们带去我的爱——尤其是对小埃米莉。请你这样做好吗，佩戈蒂？”

那位心地善良的人答应了，我们两个人都充满着最诚挚的情感，吻了锁孔。我记得，我还用手轻轻拍了拍锁孔，好像那是她那写着诚实的脸。这之后我们才分别了。从那天晚上之后，我的心中对佩戈蒂滋生了一种无法言说的情感。她没有代替我母亲，因为无人代替得了，但她填补了我心中的空缺，因为她已经牢牢地关在我的心里了，我对她怀有了一种对任何人都不曾怀有过的情感。它也是一种充满了戏剧色彩的爱怜之情。而如果她离开人世，我真难以想象自己该怎么办，或者该如何来表演这场要由我来表演的悲剧。

第二天早晨，默德斯通小姐跟平常一样出现了，她告诉我说，我要去学校读书了，但对于我来说，这事并不像她认为的那样算个新闻。我在穿衣服时，她还告诉我说，我要下楼到客厅去，然后用早餐。我在那儿见到了母亲，她脸色苍白，两眼通红。我跑着扑向她的怀中，乞求她宽恕我受苦受难的灵魂。

“噢，大卫！”她说，“我没想到你竟会伤害我爱的人！可要乖乖听话，千万要听话啊！我原谅你了，但我太难过了，大卫，你心里竟会怀有那么不好的情感。”

他们已经说服她了，相信我是个邪恶的孩子，看来，她与其说是对我离开很伤心，还不如说是因为这个而伤心。我很伤心地感觉到了这一点，设法吃下这离别的早餐，但泪水落到涂了黄油的面包上，还滴进了茶杯。我看到母亲有时会看上我一眼，然后又看看一直警惕着的默德斯通小姐，再就是目光朝下看，或移向别处。

“科波菲尔少爷的箱子放在那儿呢！”听到马车停在大门口时，默德斯通小姐说。

我寻找着佩戈蒂，但没有看见她。她和默德斯通先生都没有出现。我的旧相识车夫出现在门口边，箱子运到了马车边，抬上了车。

“克拉拉！”默德斯通小姐说，语气中透着警告。

“一切就绪，亲爱的简，”母亲说，“再见，大卫。你离开，那是为你自己好。再见，我的孩子。你放了假就可以回来了。一定要做个更好的孩子啊。”

“克拉拉！”默德斯通小姐重复了一声。

“知道了，亲爱的简，”母亲抱着我回答说，“我原谅你了，宝贝孩子啊。愿上帝保佑你！”

“克拉拉！”默德斯通小姐又重复了一声。

默德斯通小姐好心地把我送到马车旁，途中说，她希望在我落到可悲的下场之前，能够改过自新。然后，我上了马车，那匹懒洋洋的马拉着车启程了。

第五章

我被送出家门

我们大约行进了半英里路程，而我的小手帕便湿透了。这时候，车夫突然把车停了下来。

我朝窗外看了看，想知道为何停车。令我惊讶不已的是，我看到佩戈蒂冲出一道围篱，然后爬上马车。她双臂抱住了我，使劲往她怀里揽，直到把我的鼻子都压得疼痛无比，不过当时顾不了这一切，直到后来才发现鼻子一触即痛。佩戈蒂没有说一句话。她松开一只手臂后，把手臂伸进了口袋，一直伸到了胳膊肘处，从里面掏出了几包点心，塞进了我的口袋里，还有一个钱包，放到了我手上，但就是没有说一句话。她又紧紧地拥抱了我一次，也是最后一次，随后便下了马车跑走了。我相信，而且一直就是这么认为来着，她离开时外套上一个纽扣都不剩了。有几颗纽扣滚落到了四处，我从中捡了一颗，并作为纪念品珍藏了很长时间。

车夫看了看我，好像是要征询一下她是不是还会回来。我摇摇头说，她不会回来了。“那就走吧。”车夫冲着那匹懒洋洋的马吆喝了一声，马随即就启程了。

到了这个时候，我已经哭不出来了，于是我心里想着，再哭也无济于事。尤其是，我记得，无论罗德里克·兰登，还是那位英国皇家海军的舰长，他们在大难当头的时候，从来就没有哭过。车夫看出了我的心思，便提议要把我的小手帕铺在马背上晾干。我对他表达了谢意，同意了他的提议，这样一来，手帕显得越发小了。

这时候我才有闲暇来查看那只钱包了，是个硬皮钱包，有一个摁扣，里面有明晃晃的三个先令，佩戈蒂显然用白粉擦亮了，目的是想要让我看到后心里更加高兴。但是，钱包里最最珍贵的东西，是用一张纸包在一起的两枚半克朗的硬币，纸上的字是母亲手迹，“给大卫，我爱你”。看到这个之后，我再也控制不了自己了，所以请求车夫行行好，把我手帕拿回来。可是，他说，还是不用的好。我想想也是，便用袖子擦了擦眼睛，这才停下不哭了。

我再也不哭了。不过，由于我先前情绪激动，还会时不时地剧烈抽泣一番。我们慢慢吞吞地向前行进了一段时间之后，我问车夫，他是不是全程护送我。

“全程要到达哪儿啊？”车夫问。

“去那儿。”我说。

“那儿是哪儿？”车夫问。

“伦敦附近啊！”我说。

“啊，这马匹，”车夫抖了抖缰绳，指着马说，“还没走上一半路呢，还未走上一半路程它就会累得趴下。”

“那么你只到达雅茅斯吗？”我问。

“差不多那儿吧，”车夫说，“到了雅茅斯，我把您送到公共马车上，公共马车再把您送到目的地——不管那是什么地方。”

对于车夫而言，让他说这么多话已经很不容易了（他名字叫巴吉斯）。正如我在前面叙述过的，他这人生性沉默寡言，不善言表。出于礼貌，我给了他一块点心，他接过去后一口就吞咽下去了，完全像一头大象，他吃东西时脸上毫无表情，也像大象的脸一样。

“这都是她做的吗？”巴吉斯先生问，他总是把脚踩在车踏板上，身体向前倾着，两条胳膊一边一条搁在膝盖上。

“佩戈蒂，你是指她吗，先生？”

“啊！”巴吉斯先生说，“是她。”

“是的。我们的点心都是她做的，饭也是她做的。”

“是吗？”巴吉斯先生说。

他噘起嘴唇，像是要吹口哨的样子，可是他没有吹。他坐着一直注视着马的耳朵，好像在那儿发现了什么新奇的东西。他这么坐着过了挺长一段时间。过后，他才开口说：

“没有情人吧，我是这么认为的？”

“你是说杏仁[①]吗，巴吉斯先生？”因为我以为他想要吃点儿别的，所以指出要那种东西。

“说的是人，”巴吉斯先生说，“是心上人，没人同她相好吧？”

“同佩戈蒂吗？”

“啊！”他说，“同她。”

“噢，没有。她从来没有过情人。”

“是吗？”巴吉斯先生说。

他又一次噘起嘴唇，像是要吹口哨，但还是没有吹，而是坐在那儿看着马的耳朵。

“这么说来，”巴吉斯先生思索了好一阵后说，“所有苹果饼、所有饭菜，全都是她做的？”

我回答说，事实是这样的。

“呃，我有事要对您说，”巴吉斯先生说，“您或许要给她写信吧？”

“我当然要给她写信的。”我回答说。

“啊！”他说，缓慢的目光投向我，“行啊！您要是写信给她，能不能请记住捎句话，就说巴吉斯乐意，好吗？”

“巴吉斯乐意，”我重复了一声，样子很天真，“就捎这一句话吗？”

“是……的，”他说，一边思忖着，“是……的，巴吉斯乐意。”

“可是，你明天就要回布兰德斯通了，巴吉斯先生，”我说，想到已经离家很遥远了，说话前言不搭后语起来，“你自己亲口对她说不是更好吗？”

然而，他猛地摇了摇头，否定了这个建议，而其态度十分严肃

---

① 原文为 sweetmeats，是一种蜜饯糖果，不一定就是杏仁，此处译为“杏仁”是为了同“情人”形成谐音，因为“情人”英文是 sweetheart，同 sweetmeats 读音相近。

地说:“巴吉斯乐意,就是这句话。”以此来再一次确认前面提出的请求。我满口答应给他传话。当天下午,我们在雅茅斯附近的旅馆等候公共马车时,我要来了一张纸和一瓶墨水,给佩戈蒂写了封短信,信的内容是:“亲爱的佩戈蒂,我已平安到达这里。巴吉斯乐意。对妈妈说我爱她。你亲爱的大卫。又及:他说他特别想要你明白——巴吉斯乐意。”

巴吉斯先生见我履行了这项使命之后,就又缄口不言了。最近发生的事情令我精疲力竭,神情沮丧,我便躺在车厢里的一个大袋子上睡着了。我睡得很沉,一直到雅茅斯才醒了过来。马车驶进旅馆的院子,在我看来,这儿的一切都是新鲜和陌生的,所以我立刻就打消了有望在此见到佩戈蒂家人的念头,连小埃米莉都见不到了。

公共马车停在院子里,上上下下擦得锃亮,但还没有套上马匹,看那架势,好像什么情况都有可能发生,就是没有要去伦敦的样子。我想到了这个情况,一面疑惑着,不知道我的箱子最终怎么样了,因为巴吉斯先生驾车进院子掉头的时候,把箱子搬下来搁置在柱子旁的院落的人行道上。还有就是我自己最终会有怎么样的一种遭遇。突然,一位女士从一个挂着禽肉和牛羊腿肉的凸出来的窗口朝外张望,并喊着:

“这是那个从布兰德斯通来的小绅士吗?”

“是啊,太太。”我说。

“姓什么?”女士问。

“科波菲尔,太太。”我说。

“那就不是,”女士回答说,“没人在此替姓这个的人付过饭钱。”

“那就是默德斯通吧,太太?”我说。

“如果您就是默德斯通少爷,”女士说,“刚才为什么说那个姓?”

我把事情的原委向那位女士做了解释,她这才摇了铃,并高声喊着说,“威廉!把人领到咖啡室去!”话音刚落,一个侍者从院子对面的厨房里跑了出来接待,但当他发现只是要领我去的时候,似乎显得很吃惊。

咖啡室又大又长,里面挂了几张很大的地图。我心里疑惑着,如果地图真的是异国他乡，而我置身其中，是不是人生地不熟的感觉会更加强烈。我拿着帽子，在房间一角靠门的椅子上坐了下来，但觉得这样做有点过于随便。侍者专门为我铺上台布并摆上一套调味瓶，这时候，我想自己一定是羞得满脸通红了。

他给我端来了一些排骨和蔬菜，接着动作夸张地把盖子揭开，我担心自己一定是惹他生气了。但是，他替我把一把椅子搬到餐桌边，和蔼可亲地说："喂，六尺高小大人！坐吧！"我这才放下心来。

我向他表达了谢意，坐到了餐桌边。他站在我的对面，目不转睛地盯着我看，以至于我每次触到他的目光时，心里都诚惶诚恐，弄得脸都红了。这时候，我发现，自己难以灵便地使用刀叉，或者总是把肉汤洒在自己身上。他看到我要吃第二块排骨之后，便说：

"您还有半品托麦芽酒呢，现在喝吗？"

我谢过了他，并说："可以。"他便立刻把酒从一把壶里倒进一个大玻璃杯，然后对着亮光举起杯子，酒看上去更加美丽了。

"天哪！"他说，"好像很多嘛，对不对？"

"看起来确实很多。"我微笑着回答说。因为看到他心情愉悦的样子，我也高兴不已。他这个人眼睛眨个不停，长了一脸疙瘩，头发全都在脑袋上竖着。站在那儿，一只手叉着腰，另一只手举起酒杯对着亮光，态度很友好。

"昨天，这儿来了位先生，"他说，"一位身体结实的先生，名叫托普索耶。您说不定认识他？"

"不认识，"我说，"我不……"

"他穿着马裤，打着绑腿，戴着宽边帽，还套着灰外衣，脖子上围着带花点的围巾。"侍者说。

"不认识，"我说，显得局促不安，"我没那份荣幸……"

"他走进这儿，"侍者说着，眼睛透过玻璃杯朝亮光看过去，"点了一杯这种麦芽酒，就是要点，我告诉他别喝下去了，结果便倒地死亡了。这种酒留的时间过长，他受不了。本来不应该斟给他的，那是事实。"

我听了这件悲惨的事情之后感到很震惊，于是说，那我最好还是来点水吧。

“对啊，您可知道，”侍者说着，眼睛还是透过玻璃杯看着亮光，但闭起了一只眼睛看，“我们这儿的人不喜欢点了的东西又剩下来，他们会很不高兴的。但是，如果您愿意，我倒是可以把它喝了，因为我已经适应了这种酒，适应是最重要的。如果我昂起头，一口喝了，我认为它不会伤到我的。我可以喝吗？”

我回答说，如果他认为喝下去很安全，那就喝，我会很感激他的，但是如果不安全，那就别喝。他的确昂起头，一饮而尽，这时候，我承认，自己很害怕，担心他赴了那位遭到悲惨命运的托普索耶先生的后尘，倒到地毯上一命呜呼。但酒对他毫发无损。相反，我觉得他喝了之后还更加神清气爽。

“我们这儿是什么啊？”他说着，把叉子伸到我的盘子里，“这不是排骨吗？”

“是排骨。”我说。

“天哪，”他大声说，“我还不知道是排骨呢，对啦，排骨正是抵消这种酒的副作用的好东西啊！这不是运气是什么？”

于是，他用一只手抓起排骨的骨头处，另一只手抓起一个土豆，津津有味地吃掉了，我看了之后满心欢喜。他随后又拿了一根排骨，还有一个土豆，吃完之后，又吃了一根排骨和一个土豆。我们吃过这些东西之后，他给我端上了一个布丁，放到我跟前之后，好像若有所思，一时间心不在焉的样子。

“这馅饼怎么样？”他说，提起了精神。

“这是布丁。”我回答说。

“是布丁啊！”他惊讶地说，“啊，天哪，还真是呢！哎呀！”他凑得更近一点看，“您不会是说这是蛋奶面糊做的布丁吧！”

“没错，的确是。”

“哎呀，蛋奶面糊布丁，”他说着，拿起一把大餐勺，“这可是我最爱吃的布丁呢！这不是运气是什么？吃吧，小伙子，看我们谁吃得更多。”

侍者当然吃得更多。他不止一次请求我同他比赛，争取获胜，但是，就凭着他的大餐勺对我的茶匙，他的利索程度对我的利索程度，他的食欲对我的食欲，我从吃第一口开始就远远落到后面了，根本没有赶上他的可能。我觉得，自己从来也没有见过哪个人吃布丁如此有滋有味。布丁被吃光了之后，他便哈哈大笑起来，好像还在品味着布丁的美味呢。

我看见他这么态度友好，为人随和，便开口向他借了笔、墨水和纸，准备给佩戈蒂写信。他不仅立刻把要的东西拿来了，还在我写信的当儿，态度友好地在一旁看着。等我写完了信之后，他问我打算去哪儿上学。

我说：“伦敦附近。”因为我只知道这个。

“噢，天哪！”他说着，看上去情绪很低落，“听您这么一说，我感到很遗憾。”

“为什么？”我问他。

“噢，天哪！”他摇了摇头说，“就是在那个学校里，把人家孩子的肋骨都打折了，两根肋骨，还是很小的孩子呢。我看他，让我想想，您多大了，大概？”

我告诉他满了八岁，还不到九岁。

“就这个年龄，”他说，“他们弄折了他第一根肋骨的时候，他八岁零六个月大。八岁零八个月大时，又弄折了第二根。这可把他给毁了。”

这是个很令人不安的巧合，我无法对自己或者对侍者掩饰这种感觉，于是我便询问怎么会这样。他的回答令我高兴不起来，因为回答只有三个令人听后不爽的字：“痛打的。”

院落里公共马车的喇叭吹响了，恰到好处地打断了我们的对话，促使我赶紧站起身，我有一个钱包（因为已经够把它从口袋里拿出来了），既感到自豪，又有点胆怯，怀着犹豫的态度问了一下，有没有什么东西需要付钱的。

“一张信纸，”他回答说，“您买了一张信纸对吧？”

我记得没买。

“信纸很贵，”他说，“还要纳税。三个便士。在这个国家，我们就得这样承担税赋。除了付给侍者的，再没有别的了。墨水没有问题，就算我赔上啦。”

“请问一声，你应该……我应该……我应当给多少……给侍者多少钱才合适啊？”我结结巴巴地问，脸都红了。

“如果我不需要养家糊口，而家里面的人没有染上天花，”侍者说，“我是不会收六便士的。如果我不用赡养年迈的母亲，还有一个可爱的妹妹，”侍者说到这儿很激动了，“那我会分文不收。如果我有个理想的职位，在这儿有丰厚的待遇，那我不但不会收您的小费，还会请求您收下我一点小钱。但我吃的是残羹剩饭，睡的是煤堆。”侍者说到这儿哭了起来。

我对他的不幸深表关切，觉得无论如何给他的钱不能少于九个便士，否则会显得残酷和狠心。于是，我从那三个明晃晃的先令中给了他一个，他唯唯诺诺而又毕恭毕敬地把钱收了下来，紧接着便用拇指捻了捻，试一试成色。

我被人家从马车的后面扶上车后，发现人家以为我独个儿吃完了那一份饭菜，感到有点尴尬。我发现了这个情况，那是因为我无意中听到凸出来的窗口那位女士对看守车的说：“当心那孩子，乔治，弄不好他肚子要爆炸的！”还有就是，我注意到，在场的那些女仆都出来看，还咯咯直笑，好像我是个小怪物似的。我那位不幸的侍者朋友已经恢复了他的精神状态，他好像没事人一样，随着大家一道大惊小怪，一点儿也不觉得局促不安。如果说我对他产生了疑心的话，那有一半是由此引起的。但我现在都还是相信，孩子天真单纯，容易相信他人，而且对成年人有天然的依赖感（对于孩子这样的天性，如果过早地被世俗的智慧所取代，我感到很遗憾），总的来说，我并没有严重地怀疑他，即便那个时候也是如此。

我必须得承认，自己心里觉得很不好受，因为我无端成了车夫和看守取笑的对象，说我坐在车的后部，所以车的后部很重，还说我乘着四轮大马车去旅行比较合算。想当然认为我胃口大的事风传到了外面的旅客当中，他们同样对此乐不可支，拿这寻开心。问我在学校里是按两兄弟还是按三兄弟的份额付费，我是专门签了约呢，还是按常规办理，还有其他一些幽默玩笑的问题。但最糟糕的是，我知道有机会吃东西时，却不好意思吃，而午饭吃得不多，整个晚上就都得忍饥挨饿，因为我匆忙中把点心落在旅馆里了。我的种种担心都应验了。当我们停下来吃晚饭时，虽然我很想吃东西，却没有勇气吃什么，而是坐在火炉边，还说我什么也不想吃。即便这样，人家也没有少拿我开涮。有位嗓音嘶哑、五官粗糙的先生，除了拿着瓶子喝酒之外，一路上几乎不停地从三明治盒子里掏出东西来吃。他说我像条大蟒蛇，一次吃饱喝足，可以维持很长时间。他说完之后又吃了一份煮牛肉，结果长出了一个疹子。

我们下午三点从雅茅斯出发，应该在翌日早晨八点左右到达伦敦。当时正是仲夏时节，夜间气候宜人。我们经过一个村庄时，我心里便会想象着那些房屋里该是怎样的一种情形，里面的人会在做些什么。有些孩子在我们的马车后面奔跑，还会在那儿攀上什么东西摇摇晃晃地行进一段，我会想着，他们的父亲是否活着，他们在家里是否幸福快乐。因此，我除了不停地在想着自己要去的地方会是个什么样子之外，那可是想象起来都令人害怕，我心里想的东西可多啦。我记得，自己有时候总是想着家里和佩戈蒂，思绪混乱，漫无边际，极力想要回忆起，在我咬默德斯通先生之前，自己心里的感受如何，先前是个怎么样的孩子。但怎么也想不明白，我咬他的事似乎发生在遥远的过去。

夜间并不像傍晚时那样令人感到舒适惬意，因为天气寒冷起来了。我被安排坐在两位先生之间（五官粗糙的那位和另外一位），以免从马车上掉下来。他们都睡着了，我几乎都闷得透不过气来，因为他们完全把我给夹住了。他们有时候把我挤压得很厉害，我便会忍不住大叫起来："噢！求求你们啦！"他们听了很不高兴，因为叫声把他们给吵醒了。我对面是个上了年纪的太太，身披一袭大的皮毛斗篷，把身子给包裹得严严实实，黑暗中看过去，更像是一个干草垛，而不是位太太。这位太太随身带了一只篮子，老半天都不知道该如何处置，她后来发现，由于我的腿很短，于是把它放到了我下面。结果篮子挤压得我连腿都伸不直，还会碰得我不舒服，所以搞得我难受极了。但是，只要我稍微动一动，篮子里面的玻璃杯碰到别的神秘东西发出叮当的声响（碰一下就肯定会响），她就会恶狠狠地用脚踹我，并且说："嘿，你给我老实点。我敢说，你的骨头还嫩着呢！"

太阳终于升起来了。这时候，我的同伴们似乎睡得更加舒适一些了。整整一夜，他们痛苦不堪，鼾声如雷，嗝声连连，困难重重的境况简直不可想象。随着太阳升高，他们的睡眠也不那么深沉了。渐渐地，一个接着一个醒了。每个人都谎称说自己没有睡着，要是人家说他睡着了，他便会异常气愤地断然否认，我记得自己对此惊讶不已。我到今天都还是迷惑不解，惊诧不已，因为我始终注意到，在人的所有弱点中，我们天性中最不愿意承认的一点就是（我想象不出是何原因），在公共马车里睡过觉。

我从远处看到的伦敦是个多么令人惊奇的地方啊。而我如何相信，自己喜爱的书中所有那些英雄人物的所有异乎寻常的故事都会连续不断地在那儿演绎再演绎，如何在脑海里模模糊糊地意识到，伦敦可比世界上任何别的城市都更加充满了奇遇和邪恶，凡此种种，我没有必要专门叙述。我们距离伦敦越来越近，最后终于到达了预定目的地——坐落在白教堂区[①]的这家旅馆。我不记得旅馆是叫蓝牛旅馆还是蓝猪旅馆，但我记得是叫蓝什么旅馆，公共马车的后面还绘有该旅馆的图像。

马车看守下车时，目光正好落在我身上，于是便冲着售票处门口大声喊了起来：

"这儿有人接一个小孩的吗？登记的名字叫默德斯通，是从萨福

① 伦敦东部的一个区。

克的布兰德斯通来的。有人来接吗？”

没有反应。

“先生，请问一声科波菲尔这个名字。”我说完便无能为力地朝下看着。

“这儿有人来接一个小孩的吗？登记的名字叫默德斯通，不过他自己说叫科波菲尔，是从萨福克的布兰德斯通来的。有人来接吗？”马车看守说，“喂！有人来接吗？”

没有。没有人应答。我焦急地环顾四周。但是，这一番询问没有在一旁站着的人中间产生任何反应。只有一个男子除外，此人打着绑腿，还瞎了一只眼睛。他建议说，最好在我脖子上套上一个铜圈，把我拴在马厩里。

有人搬来了一张梯子，我在那个像干草垛一样的女人的后面下了车，因为她的那只篮子不移开，我根本不敢动弹。这时，车上的乘客全都下来了，行李也很快都卸了。马匹在卸行李前就被牵走了。空马车现在由旅馆里的几位马夫，前拉后推，驶离道路。到了这个时候，仍不见有人来接这个从萨福克的布兰德斯通来的满身尘埃的小孩。

我感觉到自己比鲁滨逊·克鲁索还更加孤独，因为他没有置身众目睽睽之下，让人看出他很孤独。于是我走进售票处，当班的办事员请我进到柜台里面去，然后我在称行李的磅秤上坐了下来。我坐在那儿，望着那些大大小小的包裹，还有账本，闻着马厩里散发出的气味（此后，我一想到那天早晨，就会想起这个气味），一连串的忧虑开始向我的大脑袭来。要是一直没人来接我，他们会同意我在此待多长时间？他们会留下我直到花光七个先令吗？晚上我是不是得在行李堆里找一只木箱子过夜？早晨是不是得用院子里的那个抽水泵压水洗脸？或者每天夜里把我赶出门外，等到第二天售票处开门再让我进来，直到有人来把我接走？要是这件事情并没有出现什么差错，而是默德斯通先生存心要把我扫地出门，那我该怎么办啊？即便他们允许我待着，直到我的七个先令全部花光，但等到我开始忍饥挨饿的时候，就不能指望再待下去了。显而易见，这样对于顾客来说，多有不便，而且还惹人嫌。此外，还得叫这家蓝什么的旅馆承担一笔丧葬费。如果我现在立刻出发，设法走回家去，我如何能够找到回家的路？怎么可能走这么远的路程？即便回到了家里，除了佩戈蒂，我能保证其他人会收留我吗？如果我找到最近的有关机构，申请去从军，或者当个水手，而我年纪这么小，人家极有可能不会接纳我。这些想法，还有其他成百上千种想法，令我心急火燎，头晕目眩，担惊受怕，神情沮丧。正当我焦虑不安到了极点的时候，突然走进来一个人，跟当班的办事员耳语了几句，办事员便立刻把我从磅秤上拉了起来，推到那人面前，仿佛我是件货物，已经过了磅，付过钱，被买走了。

我和这个新相识手牵着手走出售票处，这时候，我偷偷朝他看了一眼。他很年轻，面容憔悴，肤色灰黄，双颊深陷，下巴颏黝黑，几乎同默德斯通先生的一样。不过他们的相似之处也就仅此而已，因为他的胡子是剃掉的，头发也不显得那么光滑润泽，而是又干又硬。他一身黑色衣裤，破旧不堪，色泽褪尽。袖子和裤管都很短，脖子上系着的白围巾也很不干净。我当时认为，现在也还是认为，这条围巾并不是他身上穿的全部亚麻制品[①]，但他显露出的或者让人想到的确实就是这个。

“你就是那个新来的学生吧？”他问。

“是的，先生。”我回答。

我认为自己是，但实际上不知道。

“我是萨伦学校的教师。”他说。

我给他鞠了一躬，感到肃然起敬。面对这样一位萨伦学校的学者和老师，我羞于开口提及诸如我的箱子那样平常的物件，所以，我们离开旅馆院子有一段距离了，我才壮着胆子提到了箱子的事。我态度谦卑，委婉含蓄地表示，箱子今后可能会给我派上用场，我们这

① 衬衫一般是由亚麻布做的，此处暗示此人穷得连衬衫都没有穿。

才又往回折。他告诉办事员说，我的箱子中午会派车夫来取。

“请问，先生，”我问，这时我们走到了刚才我们到的地方了，“学校远吗？”

“在布莱克希思附近。”他说。

“那地方远吗，先生？”我怯生生地问。

“有点儿距离啊，”他回答说，“我们得坐公共马车去。大约有六英里路吧。”

我已经疲惫不堪，浑身乏力，而想到还要走上六英里路，真是受不了了。于是我鼓起勇气对他说，自己整整一宿没有吃东西，如果他允许我停下来买点儿东西吃，我会对他感激不已。听到我这么一说，他似乎很吃惊——我现在都仿佛看见他停下脚步看着我的样子——他思忖了片刻后说，他正好要去探望一位住在不远处的老人，所以建议我最好去买点儿面包或其他什么有营养的食品，然后在那老太太家里当早餐吃，我们还能在那儿喝到些牛奶呢。

就这样，我们朝一家面包店的橱窗里面看。我接二连三点了一大堆东西，样样都是容易消化的，但一样一样都被他给否定掉了，最后我们决定花三便士买一小块黑面包。随后在一家杂货店，我们又买了一个鸡蛋和一片咸肉，我付出第二个亮闪闪的先令后，找回很多零钱，所以我觉得伦敦的东西很便宜。我们买了这些东西之后，继续前行，穿过了人声鼎沸和车马喧闹的街市，我本来就已经疲惫倦怠，这样一来就更加头昏脑涨了，其情形简直无法言表。然后我们走过了一座桥，毫无疑问，这就是伦敦桥[①]（我觉得他的确是这样告诉我的，但我当时处在昏昏欲睡的状态中）。最后我们到达了那个穷苦人的住处。我知道，这房子是属于济贫院的一部分，因为从房子的外观就可以看出，还有大门口一块石碑上篆刻的文字，那些字说的是，这一片住房是专为二十五位贫穷妇女建造的。

房子一扇扇黑乎乎的小门都是一个样子，每扇门的一侧都有一

---

① 这里是指旧伦敦桥，该桥已于1832年拆除。

个菱形小玻璃窗，上方还有另一个菱形小玻璃窗，萨伦学校的老师拔掉其中一扇门上的闩子。随后我们便进入了这些贫穷老妇人中的一个小住房，老妇人正在生火，要把一个小蒸煮锅烧开。妇人看到老师进去后，停止了跪着拉风箱的动作，打了声招呼，我觉得听起来像是说“我的查理啊！”但是看到身边还有我，便站起了身，擦了擦手，慌里慌张地行了个半屈膝礼。

“请您替这位小绅士做一顿早餐好吗？”萨伦学校的教师说。

“是吗？”老妇人说，“可以啊，当然可以！”

“费比森太太今天可好？”教师说，看着坐在火炉边一把大椅子上的另一位老妇人，她简直就是一捆衣服，以致我现在都觉得很庆幸，自己当时竟然没有搞错，坐到她身上去。

“啊，她很不舒服，”前面那个妇人说，“今天可厉害着呢。如果炉子里的火因故熄灭了，我真的认为，她也就过去了，再也不可能醒过来的。”

他们俩朝着那老妇人看的时候，我也看了看她。虽然那天很暖和，但她看上去心里面想着的只有炉火。我想她肯定对火炉上的那口蒸煮锅也心怀妒意。我有理由得出这样的结论：她对于硬逼着那口锅替我又是煮鸡蛋又是烤咸肉的心怀不满，因为我困倦迷离的双眼看见，烹饪正在进行着的时候，旁人没有在场看着，她一度朝着我挥了挥拳头。阳光透过小窗户倾泻而入，可她坐着，让自己的背和那把大椅子的背对着阳光，把炉火挡住，她似乎刻意要使炉火保持温暖，而不是炉火使她保持温暖，还用极不信任的目光看着炉火。我的早饭做好了，炉火也空闲了下来，这使她高兴不已，竟然哈哈大笑起来，而我得说，那笑声实在不动听。

我坐下来吃我的黑面包、煮鸡蛋和咸肉，还有一碗牛奶，这是一顿丰盛的早餐。我津津有味地享用着，这时候，住在屋里的老妇人对教师说：

“你带着笛子来了吗？”

“带来了。”他回答说。

“那就吹一曲吧，”老妇人说，语气中透着劝导，“吹吧！”

听她这么一说之后，教师把手伸进外衣里面，拿出了分成三段的笛子，把三段拧到一块儿之后，立刻便吹奏了起来。我思索了很多年之后，感觉是，世界上再也找不到第二个吹笛子比他更加蹩脚的人了。他发出的那种声音令人感到凄厉心碎，我所听到的以任何形式发出的声音，自然的也好，人工的也罢，全都无法比拟。我不知道那吹的是什么调儿，如果他吹奏时有什么调儿的话，但我对此表示怀疑，但笛声对我产生的影响是：首先，勾起了我的所有痛苦，使我止不住眼泪夺眶而出。其次，把我的食欲驱赶得无影无踪。最后，弄得我睡意蒙眬，连眼睛都睁不开了。当往事历历呈现在我的眼前时，眼睛又一次闭上，开始打起盹来了。又是那个小房间，三角柜敞开着，几把方正的靠背椅，通向上面房间的尖角小楼梯，还有摆放在壁炉架上的三根孔雀羽毛。我记得，刚一进房间心里就纳闷着，如果那只孔雀知道自己的羽毛注定要变成这个样子，会有什么样的感想。房间在我眼前消失了，我打着盹儿，又睡了。笛声听不见了，取而代之的是公共马车轮子的辘辘声，我继续上路了。马车颠簸着，我怔了一下醒了，笛声又回来了，萨伦学校的教师正坐着，两腿相交，悲惋凄凉地吹奏着，住在那儿的老妇人在一旁兴高采烈地看着。轮着她消失了，教师也消失了，一切都消失了。没有了笛声，没有了教师，没有了萨伦学校，没有了大卫·科波菲尔，什么都没有了，只有深深的睡眠。

我觉得自己做梦了，梦见那位教师吹响令人感到凄厉心碎的笛声时，那房子里老妇人欣喜若狂地欣赏着，越来越近地走向他，弓着身子站在他椅子的靠背处，满怀深情地用力搂住他的脖子，结果使他一时间停止了吹奏。当时或者瞬间过后，我处在似睡非睡的状态，因为当他接着吹奏时——他先前停止了吹奏，这是真真切切的事实——我看到和听到，同时那位老妇人问费比森太太，它美不美妙（她指的是笛声），费比森太太回答说：“啊，啊！美妙啊！”并冲着炉火点头。我现在都还确信，她把整个演奏归功于炉火了。

我这个盹儿好像打了很长一段时间，这时候，萨伦学校的教师把他的笛子拧松了，拆成了三段，跟先前一样收藏了起来，领着我离开了。我们就在附近找到了公共马车，于是上到了车顶。但我睡眼惺忪太困了，所以马车在途中停下让别人上车时，他们便把我安排到了里面，那儿没有乘客，我便在那儿酣睡了，直到后来，缓慢行进，在绿荫丛中朝着陡峭的小山坡驶去。顷刻后，公共马车停下了，我们到达目的地了。

走了一段很短的路程，我们就到达了——我是说我和那位教师——萨伦学校，学校被高高的砖墙围着，给人一种沉闷压抑的感觉。墙的一处开了一扇门，门的上方挂着“萨伦学校”的校名匾牌。我们拉响了门铃，这时候，一张阴沉可怕的脸透过门的方格打量着我们。门打开后，我发现，那是一张属于壮实男子的脸，此人脖子短而粗，支着一条木头假腿，太阳穴外突，头发齐着脑门剪得很短。

“那个新生。”教师说。

支着木头假腿的上下打量了我一番，这用不了多长时间，因为我个头就那么一点儿。接着，大门在我们的身后被锁上了，被取出了钥匙。我们朝上走向掩映在浓密树荫中的房子，这时候，他在后面冲着领我来的教师喊了一声：

“喂！”

我们回头看了看，他站在他住的小屋门口，手里提着一双靴子。

“给你！鞋匠来过了，”他说，“由于你出去了，梅尔先生，他说这双鞋再也没法修了。还说靴子都没有了先前的影子，他纳闷着，你怎么做这个打算呢。”

他说完这话就把靴子扔给了梅尔先生。梅尔先生往回走了几步，捡起靴子。我们一同继续向前走时，他看了看靴子（恐怕心里很不爽）。我这时才第一次注意到，他脚上穿的靴子其实也坏得没法穿了，袜子有个地方也像花朵一样绽开了。

萨伦学校是一座带耳房的四方形砖结构建筑，外表裸露，没有装饰。学校四处静悄悄的，于是我对梅尔先生说，学生们好像全都离校了。可他听完之后很惊奇，因为我竟然不知道现在是假期，所有学生都回到各自的家里去了。校长克里克尔先生携克里克尔太太和女儿克里克尔小姐到海滨度假去了，我因为做错了事，所以作为惩罚，才会在假期被送到学校里来。这些情况是我们一边走他一边向我解释的。

他领着我走进了一间教室，我直愣愣地打量着，觉得这是我所见过的最寂寞和最荒凉的地方。现在我见到它了，一间长方形的屋子，三排长课桌，六排长板凳，四壁打了挂物钉，那是挂帽子和石板用的。旧习字本和练习本的纸片散落在脏兮兮的地板上。用那类本子的纸折成的小蚕房横七竖八地放置在课桌上。还有两只可怜兮兮的小白鼠，被它们的主人遗弃了，现在正在用硬纸板和铁丝制成的散发着霉味的城堡式小楼阁里，蹿上蹿下，瞪着通红的眼睛朝房间的每一个角落打量，想寻找点儿什么吃的东西。一只小鸟被关在就比它本身大那么一点儿的笼子里，时不时地跳上那两英寸高的栖木，或者又从上面跳下来，扑棱着翅膀，但既不能欢唱，也不能鸣叫。屋里弥漫着一种难闻的怪味，就像发了霉的灯芯绒裤，捂着密不透风的甜苹果，腐烂的书籍。即便当初建房时没有加个屋顶，一年四季天上下的是墨水雨，飘的是墨水雪，落的是墨水冰雹，刮的是墨水风，那也不会像这样到处溅的是墨水。

梅尔先生撇下了我，自顾自地拎着那双毫无指望的靴子上楼去了，我步伐轻柔地走向教室的另一端，边移动着身子边环顾周围的一切。猛然间，我看到课桌上放着一块纸板做的告示牌，上面写着几个漂亮的大字："当心他啊，会咬人。"

我赶紧爬到课桌上，担心底下至少有一条大狗。可是，尽管我心急火燎地朝四处张望，却根本没有看到狗的影子。我还在忙不迭地向四周观望，这时候，梅尔先生回来了，问我爬到那儿干吗。

"我请求您原谅，先生，"我说，"我在找那条狗。"

"狗？"他说，"什么狗？"

"不是有条狗吗，先生？"

“有条什么狗啊？”

“先生，就是提醒大家当心的，那条会咬人的狗。”

“不，科波菲尔，”他说，神情严肃，“指的不是狗，而是个学生。科波菲尔，我奉命把这个牌子挂在你身后。很抱歉，你一来就这样来对待你，可是我必须这么做。”

说完，他把我从桌子上抱了下来，然后把那个牌子像背背包似的固定在我肩膀上，由于牌子是特意制作的，倒是很妥帖。从今往后，我无论走到哪里，都得挂上牌子，这才踏实。

我为这块牌子受了多少罪，没人能够想象得到。不管别人看得见看不见我，我总会有种感觉，觉得有人在念牌子上的字。转过身发现没有人，也无法释然，因为无论我背朝向何处，我想象着那儿总是会有人。那个支着木头假腿的狠心人更是使我的痛苦雪上加霜。他大权在手，一旦看见我背靠着树，或墙，或房屋，他就从他那间小屋门里冲出来，大声吼着：“喂，说你呢，科波菲尔，把那块牌子露出来，要不我就告发你！”运动场是个铺着石子儿的空院子，处在教室和厨房的后面。所以我知道，仆人们看得到，屠夫看得到，面包师看得到，一句话，每天早晨我奉命在那儿散步时，学校边走来走去的每一个人都看得清，都对我加倍小心，因为我会咬人。我记得，我都真真切切地对自己产生一种恐惧感了，自己成了个会咬人的野蛮孩子。

运动场有一扇旧门，学生们都习惯在这扇门上刻自己名字，因为门面完全被刻上去的字盖满了。我怀着一种恐惧感，担心假期结束，学生们返校，所以每看到一个名字，都不禁会想到，那人会用什么样的腔调，会怎样语气夸张地念着“当心他啊，会咬人”这几个字。有个学生——一个名叫詹·斯蒂尔福思的学生——他的名字刻得深而且多。我想象着，他先是声音洪亮地念着牌子上的字，随后扯我的头发。还有个学生，一个名字叫汤米·特拉德尔的学生，我担心他会拿牌子来取笑我，而且会假装着被我吓得要命。第三个是乔治·登普尔，我想象着，他会把牌上的字唱出来。我成了个畏首畏尾的小东西，一直看着那扇门，直到所有这些名字的主人。梅尔先生说，当时学校里一共有四十五个学生，似乎一致赞成把我送到考文垂[①]去，而且会用各自的腔调大声嚷嚷着，“当心他啊，会咬人”！

面对着课桌和长凳处的空座位时，我心里也这样想着。我就寝的途中和躺在床上，偷偷看一看那些林立的空床位时，心里也是这么想着。我还记得，自己每天都做梦，梦见和过去一样同母亲在一起，或者梦见在佩戈蒂先生家参加一个聚会，或者梦见在公共马车外面跑着走，或者梦见同那个命运不济的侍者朋友一起吃饭。在所有这些梦境当中，都是因为不幸地发现我身上只有一件小睡衫和那块牌子，弄得人家厉声尖叫，目瞪口呆。

我感到生活单调乏味，但时时刻刻又害怕学校再度开学，这是一种令人无法忍受的情感折磨！梅尔先生每天都要交给我很多功课，我得花费很长时间对付，但我都完成了，因为没有默德斯通先生和默德斯通小姐在场，全部都通过了，没有蒙羞受辱。在完成功课之前和之后，我四处走走，不过，正如前面说到的，由那个支着木头假腿的人监视着。学校里到处都很潮湿，院子里的石板路斑驳开裂，长满了青苔，一只有漏洞用来盛雨水的旧木桶，几棵阴森森的大树，树干已褪去了色泽，似乎雨天比别的树滴水多，晴天水分会蒸发得更少。这一切现在回忆起来全都历历在目！我们一点时吃午饭，我和梅尔先生两个人，一间空荡荡的长餐厅，里面摆满了松木餐桌，散发着油腻的味道，我们坐在里端。吃完饭，要继续做功课，一直做到喝下午茶时间。喝茶时，梅尔先生用的是一只蓝茶杯，我用的是一个锡罐。从清早到傍晚七八点，梅尔先生都伏在教室里他自己单独的那张书桌上，辛勤工作，不停地同笔、墨水、尺、账簿、纸张打着交道，要把上半年的账目结算出来（这是我发现的）。到了晚上，搁下手上的活儿，他便拿出笛子来吹奏。我几乎有种感觉，他会把自

---

① 意思是把某人排除在集体之外，十七世纪英国内战时期，保王党人曾被监禁在英格兰中部城市考文垂。

己整个人都吹进笛子顶端的那个大孔里去，然后再顺着音调慢慢消失。

我的眼前浮现着，微不足道的我坐在光线昏暗的房间里，手托着头，听着梅尔先生那凄婉悲凉的笛声，同时准备着翌日的功课。我的眼前浮现着，自己合上了书本，继续倾听着梅尔先生那凄婉悲凉的笛声，透过笛声，听到了过去家中的声音，听到了雅茅斯荒滩上呼啸而过的风，于是我感到非常忧伤和孤独。我的眼前浮现着，自己起身回到那个空无一人的房间里去睡觉，坐在床沿上哭泣，希望听到佩戈蒂安慰的话语。我的眼前浮现着，自己早上下楼时，透过楼梯窗户那一道阴森可怕的长长缺口，看到悬挂在外屋顶上的那口校钟，上面还装了个风标，担心着等到校钟一敲响，詹·斯蒂尔福思和其他学生就都会回来上课了。这还只是次要的，最最令我诚惶诚恐的是，等到那个支着木头假腿的人打开生了锈的院门的时候，令人望而生畏的克里克尔先生便回来了。我认为自己在上述所有情况下都不是个什么很危险的人物，可是我在所有情况下都得背着那块牌子，好让别人提防着我。

梅尔先生从不同我多说什么，但也从不粗暴地对待我。我认为，我们相互间已经成了不交谈的伙伴了。有一点我忘了提道：他有时候会自言自语，咧齿而笑，握紧拳头，咬牙切齿，撕扯头发，那状态让人感到莫名其妙。但是，他有这么一些怪癖，一开始把我给吓着了，但很快就适应了。

第六章
我扩大了交往圈

这种生活我过了一个月左右，突然有一天，那个支着一条木头假腿的男人开始提着拖把和水桶脚步笨重地来回折腾着，由此可以看出，他这是在做着准备工作，准备迎接克里克尔先生和全体学生返校。我没有猜错，因为不久拖把的触角伸到了教室，把我和梅尔先生赶了出来。有几天的时间，我们能待哪儿就待哪儿，能怎么过就怎么过，这期间，我们老是在两三个年轻女人面前碍手碍脚，她们先前是极少露面的。同时，我们没完没了地处在尘土的包围当中，弄得我老打喷嚏，萨伦学校似乎成了个硕大的鼻烟壶。

一天，梅尔先生告诉我说，克里克尔先生当晚到家。那天傍晚喝过茶之后，我听说他已经回来了。就寝时间前，我被支着木头假腿的人带到了克里克尔先生面前。

克里克尔先生在学校里的住处可比我们的要舒适多了。他拥有一个温馨舒适的小花园，和那尘土飞扬的运动场比起来，这里可谓赏心悦目。运动场就是一片小型沙漠，我想，除了单峰驼或者双峰驼之外，谁也不会觉得到那儿安宁自在。我在去见克里克尔先生的一路上，浑身颤抖，连注意到过道上看上去很舒适这样的事，都似乎觉得胆大妄为。我被领到克里克尔先生面前时，由于感到局促不安，都没有看到克里克尔太太和克里克尔小姐（她们俩都在场，在客厅），或者看到别的什么东西。我只注意到克里克尔先生本人，他是位大腹便便的绅士，身上挂了一串表链和标志物，坐在一把扶手椅上，身边放着一个大酒杯和一瓶酒。

"啊！"克里克尔先生说，"这就是那位牙齿需要锉掉的小先生啊！让他转过身吧。”

木头假腿人一边把我转了个身，一边展示我背上的牌子。持续了足够时间让克里克尔先生看个清楚之后，又把我转了回去。我现在面对着克里克尔先生，木头假腿人站在他旁边。克里克尔先生脸庞红彤彤的，一双小眼睛深陷在眼窝里，青筋暴露在额头上，鼻梁细小，下巴颏宽大。他已秃顶，稀疏的头发看上去湿漉漉的，正在转成灰白，头发掠过两鬓，在前额上交汇。但是，他的仪表给我最深的印象是，他嗓门嘶哑，只能低声说话，所以他说话很费劲，或者意识到自己说话费劲，这就使得他本来就已经写着愤怒的脸显得更加愤怒了，本来粗大的青筋显得更加粗大了。现在回过头来看，自己觉得这是他给人印象最深的一个特点，就不足为奇了。

“行啊，”克里克尔先生说，“关于这个学生，有什么要报告的没有？”

“还没有发现他有什么不端行为呢，”木头假腿人回答说，“还没有机会呢。”

我感觉克里克尔先生很失望。不过我看克里克尔太太和克里克尔小姐并不觉得失望（我这时才第一次看到她们，她们俩都很瘦弱，很文静）。

“过来，先生！”克里克尔先生说，一边向我示意。

“过来！”木头假腿人说，重复了那个手势。

“我有幸认识你继父，”克里克尔先生一边低声说，一边揪住我的耳朵，“他是个值得敬仰的人，意志很坚强。他了解我，我也了解他。可你了解我吗？嘿？”克里克尔先生一面说，一面闹着玩似的使劲拧我的耳朵。

“还不了解，先生。”我回答说，痛得直往后缩。

“还不了解？嘿？”克里克尔先生重复了一遍，“但你很快就会了解的。嘿？”

“你很快就会了解的。嘿？”木头假腿人也重复了一遍。我后来才发现，他通常是用洪亮的嗓门担当克里克尔先生和学生之间的传话人。

我当时被吓得战战兢兢，便说，请放心，我希望会这样。我整个期间都觉得耳朵像火烧似的，他使的劲太大了。

“我会告诉你我是怎么样的人，”克里克尔先生低声说，最终把我的耳朵放开了，但临了拧的那一下，直痛得我眼泪都出来了，“我是个鞑靼人[①]。”

“鞑靼人。”木头假腿人说。

“我说了要干的事，就一定会干，”克里克尔先生说，“我说了要别人干的事，别人也就一定得干。”

“要别人干的事，别人也就一定得干。”木头假腿人重复说。

“我这人生性坚定果断，”克里克尔先生说，“我就是这样的人。我要尽到自己的责任，我就是这么干的。即便是我的亲骨肉，”说到这里，他朝克里克尔太太看了看，“若与我对着干，就不是什么亲骨肉了，给扫地出门，那个浑蛋，”他问木头假腿人，“有来过吗？”

“没有。”木头假腿人回答。

“没有，”克里克尔先生说，“他学乖了点，他了解我了。我说啊，让他滚得远一点儿，”克里克尔先生说，使劲拍了一下桌子，眼睛看着克里克尔太太，“他算是见识了我的厉害了，你现在也开始了解我了吧，我的小朋友？你可以走啦。领他走吧。”

我很高兴可以离开了，因为克里克尔太太和克里克尔小姐两人都在抹眼睛，我既替自己难过，也替她们难过。不过我心里有件事情，这事对我关系重大，我不能不说出来，不过我对自己的勇气还是感到惊讶的。

“先生，我请求您……”

克里克尔先生低声说，“哈！什么事？”眼睛盯住我，那目光好

---

① 历史上对中亚北部各游牧民族的统称，后转义为脾气暴躁和难以对付的人。

像要把我烧掉似的。

“先生，我请求您，”我结结巴巴地说，“(我干出了那种事，真的很懊悔，先生)允许我在学生们返校之前，摘除我背上的这块牌子……”

克里克尔先生是动真格的，还是只是要吓唬吓唬我，这我不得而知。不过他从椅子上一跃而起，吓得我撒腿就跑，对于木头假腿人要护送我的事不管不顾，一刻也没有停下，一直跑到寝室，到了那儿之后，发现没有人追过来，便上床了，这实际上也是就寝的时间，我浑身颤抖着，两个小时都没有停下来。

翌日上午，夏普先生回来了。他是首席教师，职位在梅尔先生之上。梅尔先生同学生一道就餐，而夏普先生中晚餐都与克里克尔先生同桌。我觉得这位先生身体孱弱，一副弱不禁风的样子。他鼻子硕大，头喜欢歪向一边，好像过于沉重而承受不起。他头发光滑卷曲，但我听最先返校的学生说，他那是假发(还说是二手货的假发)，还说夏普先生每个礼拜六下午都要拿去卷烫一次。

给我透露这个信息的不是别人，正是汤米·特拉德尔。他是最先返校的学生。他自我介绍时告诉我，我可以在那扇大门的右上角也就是上面的门闩上方找到他的名字，我一听这话后就说：“特拉德尔吗？”他回答说：“是这个名字。”随后他要求我对自己和家庭做一番详细介绍。

特拉德尔最先返校，这对我来说是件好事。他觉得我背上的牌子很好玩，所以每当有学生返校，无论个头大的还是小的，他都会在他们一到学校后介绍说：“看这儿啊！一种新游戏！”这样倒是免除了我或展示或藏匿带来的尴尬。同时令人感到高兴的是，大部分学生返校时情绪都很低落，不像我先前想象的那样会拿我来喧闹取乐。有几个倒确实是像印第安人那样围着我手舞足蹈，但大多数经不住诱惑，把我假定为是一条狗，又是轻拍又是抚摸，以免我会咬人，并说：“趴下，老兄！”还给我取名“大汉”。面对这么多陌生人，我自然感到局促不安，所以没少流眼泪，但总的说来，比我预料的情况要好得多。

然而，要等到詹·斯蒂尔福思返校后，我才能算是真正入学了。他是个出了名的大学问家，英俊帅气，仪表堂堂，比我至少年长六岁，我被领到他的面前，就像站在行政长官面前一样。他在运动场边的一个棚屋下询问了我受罚的详细情况，接着便很有见地地表达了自己的看法，这真是件“很遗憾的事”。为此，后来我便同他结下不解之缘了。

“你带了多少钱，科波菲尔？”斯蒂尔福思问，关于我的事，他说完那句话后，便随我走到了旁边。

我告诉他有七先令。

“你最好把钱交给我保管，”他说，“至少，如果你乐意，就这么做，如果不乐意，那就算了。”

我急忙遵从了他真诚友好的建议，打开佩戈蒂给的钱包，把钱全部倒在了他手里。

“你现在需要花一点儿吗？”他问我。

“不用，谢谢。”我回答说。

“要知道，你想要花就花，”斯蒂尔福思说，“开口说就是了。”

“不，谢谢，兄弟。”我重复了一遍。

“说不定过一会儿，你想要花上两个先令买瓶葡萄酒上寝室去呢？”斯蒂尔福思说，“我发现，你同我住一个寝室。”

这我先前当然没有想过，但我还是说，行啊，我乐意。

“很好，”斯蒂尔福思说，“我想你还会乐意再花一个先令买些杏仁面包吧？”

我说行啊，我也很乐意。

“再花一个先令买饼干，再花一个先令买水果，呃？”斯蒂尔福思说，“我说，小科波菲尔啊，你要把钱花光了！”

我露出了微笑，因为他露出了微笑，但心里有点儿为难。

“行啊！”斯蒂尔福思说，“听我说，我们必须把钱派上用场，那样才对。我会尽我的一切力量给你办好。我想出去就可以出去，还可以把好吃的东西偷偷带进来。”他说着就把钱放进了他的口袋，并亲切友好地告诉我，要我不要心里不安，他会谨慎从事，一切都没有问题。

如果这叫没有问题的话，他倒也是说话算话，但我心里暗暗疑惑，这恐怕是有问题的。因为我担心，这会浪费我母亲那两个半克朗的硬币，不过包硬币的那张纸我倒是保存下来了，当成了珍贵的收藏品。我们到了楼上的寝室之后，他把价值七先令的东西全部拿了出来，就着月色摊在我床上，并说：

“看啊，小科波菲尔，你这里都办了场皇家盛宴了！”

有他在场，处在我这么个年纪，我不敢奢望什么主持宴会的殊荣，一想到这个，我的手就会颤抖。我恳请他代替我来主持，我的请求也得到同寝室其他同学的附和，于是他答应了，坐在我的枕头边，分配食物。我得说，分得很公平。他用一只没有脚的小玻璃杯来分葡萄酒，酒杯是他自己的财产。我呢，坐在他左边，其余人在我们周围，有的坐在最近的床上，有的坐在地板上。

我清清楚楚记得，我们坐在那儿，低声细语地交谈着。我倒是应该说，他们在交谈着，我毕恭毕敬地洗耳恭听。月光透过窗口照了进来，在地板上映出了一方小窗户的轮廓。我们大多数人都处在阴暗中，只有当斯蒂尔福思在桌子上找东西的时候，把火柴往磷粉盒里一蘸，才有一道转瞬即逝的蓝光掠过我们的脸庞！由于处在黑暗之中，加上是秘密聚会，全部的交流都得轻声细语，所以一种神秘莫测的感觉又一次涌上我的心头。我恍惚茫然，肃然起敬，倾听着他们对我说的一切，而这令我高兴不已，因为他们都离我很近。当特拉德尔谎称说看到角落里有鬼魂时，我真被吓着了（尽管我假装哈哈大笑）。

我听到了学校本身和有关学校的形形色色的情况。听说克里克尔先生喜欢说自己是鞑靼人不是没有理由的，在所有教师当中，数他最严厉苛刻，残酷无情。日复一日，他就像个骑兵，埋伏在周围，一旦有风吹草动，便会在学生中横冲直撞，挥舞鞭子，左右开弓，毫不留情。他除了懂得鞭打学生，其余什么都不懂，比学校里最差的学生还要无知（詹·斯蒂尔福思就是这么说的）。多年以前，他是南镇[①]上的一个名不见经传的啤酒花经营商，生意上破了产，又把克里克尔太太的钱挥霍干净了，这之后，才开始干起办学校的营生。如此等等，不一而足，我惊讶他们是怎么知道的。

我听说那个支着木头假腿的人名叫滕盖，他是个顽固不化的野蛮之徒，从前在啤酒花生意中做过帮手，但随着克里克尔先生进入了教育行业，之所以如此，学生们认为，那是因为为克里克尔先生服务时被人打断了腿，同时也为他干了许多见不得人的事，并且知道了他的许多秘密。我还听说，只有克里克尔先生是唯一的例外，滕盖把学校里所有的人——无论是教师，还是学生——都看作天敌。他生活中的唯一乐趣就是表现得冷酷无情，心狠手辣。我听说克里克尔先生有个儿子，同滕盖合不来，原本也在学校里帮忙做事，曾经为学校责罚学生过于严酷的事，规劝过父亲，还有就是，有人认为，对于父亲虐待母亲的行为表示过不满。我听说克里克尔先生因此便把儿子逐出了家门。克里克尔太太和克里克尔小姐从此便愁眉不展。

但是，我所听到的有关克里克尔先生的情况，最最令我感到惊讶的是，学校里有一个学生，他从来都不敢对他动手，这个学生就是詹·斯蒂尔福思。谈到这件事时，斯蒂尔福思本人也这么认为来着，他说，他倒是想要克里克尔先生动手看一看。有个性情温和的同学（不是我）问他，如果真的眼见克里克尔先生动手，他会怎么办，这时候，他拿起火柴棒往磷盒里一蘸，有意让亮光来照亮他回话，说他会拿起那个一直放在壁炉架上价值七先令六便士的墨水瓶，朝他的脑门子上砸过去，把他打倒。听了这话，我们坐在黑暗中好一阵子，一声不吭。

我听说，夏普先生和梅尔先生两个人的薪水都少得可怜。夏普

---

① 在伦敦泰晤士河南岸地区。

先生和克里克尔先生同桌用餐时，如果餐桌上有冷热两种肉，他总是会说自己喜欢吃冷的。这事也是经由詹·斯蒂尔福思证明的，因为他是唯一的特权寄宿生[①]。我听说，夏普先生的假发戴着不合适，关于假发，他没什么可“吹牛夸口”的——另外有人说没什么可“神气活现”的——因为他自己的红头发从后面可以看得清清楚楚。

我听说，有个学生是煤商的儿子，是抵煤炭账来学校读书的，因此大家称他是“交换贸易或易货贸易”。该名称取自算术书，用来描述这种方式。我听说，餐桌上的是从家长那儿巧取豪夺来的，布丁是硬性摊派弄来的。我还听说，全校的人都认为克里克尔小姐爱上了斯蒂尔福思。我坐在黑暗中，想到他动听的声音，英俊的面容，随和的举止，卷曲的头发，我觉得这事很有可能。我听说，梅尔先生不是那种糟糕的人，只是身上连六个便士都没有。毫无疑问，他母亲老梅尔太太和约伯[②]一样贫穷。这时，我想到我的那顿早餐，还有那句听起来像是“我的查理啊”的话，不过关于这个情况，我当时像老鼠一样没有吭声，现在回想起来很高兴。

宴会开完了，但我还在听着上述种种情况，以及许多别的，花费了一些时间。大多数人吃过喝完之后便上床睡觉了，而我们几个人，衣服脱到一半，有人低声说着，有人听着。后来也都睡觉了。

“晚安，小科波菲尔，”斯蒂尔福思说，“我会关照你的。”

“你真好，”我回答说，洋溢着感激之情，“我非常感激你。”

“你有姐妹吗？”斯蒂尔福思一边问，一边打着呵欠。

“没有。”我回答说。

“真遗憾，”斯蒂尔福思说，“你要是有个姐妹什么的就好了，我认为，她一定面容俏丽，性格温顺，身材小巧，眼睛明亮。那我会乐于同她相识的。晚安，小科波菲尔。”

---

① 原文为“parlor-boarder”，指英国住在校长家里享有特别权利的学生，可以同校长同桌用餐。

② 根据《圣经·旧约·约伯记》第一章记载，约伯原为富人，笃信上帝，上帝欲试其是否真诚，突降灾难使他一无所有。

“晚安，兄弟。”我回答说。

我上了床后，心里还总想着他。我记得，还抬起身子看了看他，只见他躺着，月光照在他身上，英俊的面容朝上，头安逸舒适地枕在手臂上。在我看来，他是个很有能量的人，这当然是我对他念念不忘的原因。月光下，他的未来好像戴上了面纱，没露半点端倪。在那个我整夜梦见自己漫步其中的花园里，没有留下他的半点足迹。

第七章

我在萨伦学校的“第一学期”

翌日，学校就正式开学了。记得给我留下深刻印象的是，教室里本来充满了喧闹声，但顷刻间变得寂静无声，那是因为克里克尔先生用完早餐后进来了，他站在教室门口，目光扫视着我们，就像故事书中的巨人①查看着他的俘虏一样。

滕盖站在克里克尔先生身旁。我认为他根本没有必要凶狠狂暴地大吼一声“安静”，因为学生们全都被吓得张口结舌，呆若木鸡了。

我们看到克里克尔先生在说话，但听到的却是滕盖的声音，话的内容是：

“行啊，同学们，这是新学期啦。在这个新学期当中，都得当心你们自己的行为。精神饱满地投入功课中，我要奉劝你们，因为我会精神饱满地惩罚人的。我绝不会畏缩不前的。

“你们自己摩擦是没有用的，我给你们留下的痕迹是摩擦不掉的。好啦，上课吧，大家！”

这一番令人毛骨悚然的开场白结束了，滕盖脚步笨重地出去了，这时候，克里克尔先生来到了我坐的地方，并且告诉我说，如果我咬人出了名，那么他也会咬人出了名。这时候他把藤条亮给我看，问我这东西同牙齿比起来怎么样？它是不是锋利的牙齿，嘿？它是不是双料牙齿，嘿？它是不是有可以咬得很深的尖齿，嘿？它会咬人吗，嘿？会咬人吗？每问一个问题，他就抽我一下，抽得皮开肉绽，痛得我扭动着身子，所以，我很快就享受到了萨伦学校的权利了（正

---

① 北欧及希腊神话中有多位巨人。多指邪恶与力量的象征。

如斯蒂尔福思说的)，而且很快也哭起来了。

我并不是说这些是只有我一个人才能享受到的特殊待遇，以显得与众不同，恰恰相反，克里克尔先生在巡视教室时，绝大多数学生(尤其是年龄小的)都会遇到类似提醒的情况。一天的教学还没有开始，半个学校的学生便都在扭动着身子，哇哇大哭，而一天的教学结束之前，有多少人在扭动身子，哇哇大哭，我恐怕真的不能回忆，以免人家会觉得言过其实。

我应该认为，没有哪个人会像克里克尔先生那样，从自己职业中享受到无穷的乐趣。他从抽打学生当中获得乐趣，就像强烈的食欲得到了满足一样。我相信，他尤其忍不住会抽打肥肥胖胖的学生，他对这样的目标心驰神往，哪一天若是不把学生打得皮开肉绽，伤痕累累，他就会心神不宁，坐立不安。我自己就是胖墩墩的，这应该知道。现在当我想起那家伙来的时候，我肯定，即便没有领教过他的厉害，而就是知道了他的所作所为，我都应该会怒火满腔，义愤填膺。而我现在怒火满腔，因为我知道他是个粗鲁野蛮的无能之辈，他根本无权享有这么重要的托付，就像他无权担任海军事务大臣或者陆军总司令一样。其实他若是掌握了那两方面的权力，说不定造成的祸害还会少得多呢。

我们就像是一群跪在一个毫无怜悯之心的神灵面前谋求好感的小可怜虫，在他的面前显得多么凄苦可怜！现在回想起来，我那是一种什么样的人生开端，竟然在这样一个毫无品德可言的人面前那样低声下气，摇尾乞怜！

我又一次坐到了课桌边，注视他的目光——恭顺可怜地注视着他的目光，因为他在用戒尺为另一位受害者指正算术题，那个受害者的手刚被同一把戒尺打肿了，正用一块手帕擦着，想要擦去手上的苦痛。我本来有大量功课要做，并不是因为无事可做才注视着他的目光的，而是因为我病态地忍不住这样做，战战兢兢，很想知道他接着要做什么，接下来轮着受苦受难的是我，还是别的什么人。坐在我另一边的一排年龄小的学生也同样关切地注视着他的目光。我认为他知道这个情况，只是装出不知道的样子罢了。他在指出算术本上错误的同时，歪嘴斜眼，面容可憎。他现在把目光斜视到我们这一排了，我们全都低头看书，浑身颤抖。片刻之后，我们又抬起头来看他。有个倒霉的学生，由于被发现练习做得不理想，被他叫到了跟前。该学生前言不搭后语地求情告饶，决心明天做好。克里克尔先生在动手打他之前说了个笑话，逗得我们大家都笑了。我们虽然笑了，但实际上我们这群小可怜虫啊，一个个脸色煞白，犹如死灰，内心冰凉，都凉到脚后跟了。

我又一次坐到了课桌边，这是个令人昏昏欲睡的夏日的下午。周围响着一片嗡嗡嘤嘤的声音，学生们好像成了一大片反吐丽蝇[①]似的。我心里有一种半冷不热的肥肉引起的油腻腻的感觉（我们一两小时之前刚吃过饭）。我的脑袋像装了铅一样沉重。这时只要能让我美美地睡上一觉，我可以不惜任何代价。我坐在那儿，看着克里克尔先生，就像是一只小猫头鹰似的，一直朝他眨眼。当睡意向我袭来时，他还隐隐约约地出现在我的睡梦中，正在用戒尺指出我算术本上的错误。后来他悄无声息地溜到了我身后，在我的背上抽打出一条红色痕迹，把我给惊醒了，于是我把他看得更清楚了。

我现在到了运动场上，尽管我没有看见他，但我的目光依然被他吸引着。不远处有个窗户，我知道，他就在那儿吃饭呢，窗户就代表了他，于是我就看着窗户。只要他在那附近露出面容，我的脸上就会挂着乞哀告怜和谦恭温顺的表情。只要他透过窗玻璃往外看，学校里胆子最大的学生（斯蒂尔福思除外）都会停止大呼小叫，做出沉思状态。有一天，特拉德尔（世界上最倒霉的孩子）不小心把球踢到了那扇窗户上，结果把玻璃打碎了。我目睹了当时的情形，感觉那个球打到克里克尔先生神圣而不可侵犯的脑袋上了，不由得心惊肉跳，现在回忆起来都还不寒而栗。

可怜的特拉德尔啊！他那天穿着一身天蓝色衣服，衣服紧绷绷

---

① 一种体有毛、腹部蓝色的苍蝇。

箍在身上，弄得胳膊和大腿都变成了德国腊肠或卷筒布丁了。在全体学生中，他最开心活泼，但同时也最凄惨可怜。他老是挨藤条抽打，我感觉他在那半年当中天天都挨打，只有一个星期一除外，那是个假日，只是两只手挨了戒尺。他总想把自己挨打的事写信告诉叔叔，但从未付诸行动。挨过打之后，他会把头伏在课桌上一会儿，不知怎的，接着又高兴起来了，又开始哈哈大笑，眼泪都还没有干，就又开始在石板上画起骷髅来。刚一开始时，我弄不明白，特拉德尔能够从画骷髅这件事当中得到什么安慰呢。我一度把他看成是个隐士，他是在用那些死亡的象征来提醒自己，挨打不可能永恒。但我现在认为，他画骷髅，只是因为骷髅画起来简单，不需要五官面容。

特拉德尔行侠仗义，他就是这样的人。他认为，同学之间应该相互照应，这是一种神圣的义务。他为了这个多次受苦受难。特别是有一回，当时是在教堂里做礼拜，斯蒂尔福思笑出了声音，教堂执事以为笑的人是特拉德尔，便把他逐出了教堂。我现在都仿佛看见他了，只见他被人押着离去，会众向他投以鄙视的目光。第二天他还因此挨了打，被关了很长时间的禁闭，可他只是在《拉丁文词典》上画满了骷髅，数量之多，足足抵得上整个墓地，可他并没有言一声谁是真正的犯错人。不过他也得到了回报。斯蒂尔福思说，特拉德尔是个没有半点私心的人。我们大家都觉得这是最高的褒奖。对我而言，若能赢得这样的褒奖，我甘愿历尽千辛万苦（尽管远不及特拉德尔那样勇敢，也没有他那么老练）。

顺便提一下，看到斯蒂尔福思同克里克尔小姐手挽着手在我们面前走向教堂，这是我生平看到最赏心悦目的场景之一。我认为克里克尔小姐不像小埃米莉那样貌美如花，所以我不会爱上她（也不敢爱），但是我认为她是位有非凡魅力的小姐，温柔娴雅，无与伦比。看到斯蒂尔福思穿着白裤子，替她打着阳伞，这时候，我感觉自己因认识他而自豪。我也相信，克里克尔小姐除了对他献出全部的爱，别无选择。在我眼中，夏普先生和梅尔先生都是了不起的人物，但斯蒂尔福思同他们比起来，就好像太阳和两颗星星。

斯蒂尔福思一如既往地护卫着我，成了我很有用的朋友，因为对于他看得起的人，谁也不敢冒犯。克里克尔先生对待我严厉苛刻，但斯蒂尔福思不能够——或者说在任何情况下都没有——保护我免受他的虐待。不过我一旦受到比平常更加恶劣的待遇时，他总是会告诉我，我缺少了一点儿他的那种勇气，换了他自己是不会甘心忍受的，我觉得他这是在给予我鼓励，感觉到他这是一片好意。克里克尔先生的严厉苛刻当中也有一个好处，我所知道的唯一一个好处。他在我坐的后面一排走来走去，想在经过我身边时顺手抽我一藤条，这时候，他发现我身后的那块牌子碍事，就因为这个原因，牌子很快就被摘下来了，从此我就再没有看到过它了。

有件意外的事情使我与斯蒂尔福思之间本来亲密无间的关系更加牢固了，想起它我的心里就会洋溢着无比的自豪感和满足感，尽管它有时候也导致了一些不便。事情的经过是这样的，有一回，我很荣幸地同他在运动场交谈，我冒昧地说了一件事或者一个人——具体什么事或什么人，现在已忘记了——好像是《佩里格林·皮克尔》[①]里的某件事或某个人。他当时没有说什么，但等到晚上我要上床睡觉时，他问我带了那本书没有。

我告诉他说没有，有关读那本书，还有我已经提到的其他书的情况，我向他做出了解释。

“你还记得那些书的内容吗？”斯蒂尔福思问。

噢，都记得，我是这样回答的。我记忆力很好，相信记得很清楚。

“那你跟我说吧，小科波菲尔，”斯蒂尔福思说，“你把那些故事讲给我听。晚上我不会很早睡觉，而早晨我一般醒得早。我们就一个个地讲过去，就当《一千零一夜》的故事来讲吧。”

这种安排令我受宠若惊，我们当晚就付诸行动了。我在转述那些故事的过程中，不知道对那些我所喜爱的作家造成了多大的伤

---

① 英国作家斯摩莱特出版的第二部小说。

害，我没有资格妄加评论，也不想知道，但我对他们怀有深深的敬意，所以，我坚信，自己在叙述时，质朴而真诚，而这样的态度起了很大的作用。

可是不足的是，到了晚上，我便睡意蒙眬，要不就是打不起精神，不想继续讲故事，这时候，讲故事就成了一件很艰难的工作，可又不得不做。因为叫斯蒂尔福思失望或者扫兴当然无论如何都是不成的。到了清晨也是如此，这时候我往往睡眼惺忪，很想再美美地睡上一个时辰，却总被斯蒂尔福思叫醒，我只能像山鲁佐德王后[①]那样在起床铃响之前给他讲上一段长长的故事，这是件令人烦心的事。但是，斯蒂尔福思锲而不舍，而且正如他给我说明的，作为回报，他还给我讲解算术习题和各种练习，还有所有我觉得很难的功课，他都帮助我，所以这笔交易我并不吃亏。不过，我也得替自己说句公道话，我给他讲故事，并不是出于什么私利或者其他原因，也不是因为害怕他，而是因为敬佩他，喜欢他，能得到他的赞许就是我最大的回报了。当时我把这份回报看得极为珍贵，现在想起这些事情来，反而觉得不堪回首。

斯蒂尔福思也很替我着想，对我体贴入微，特别在有一件事情上，他关心体贴的态度表现得极为坚决，以至我都怀疑可怜的特拉德尔和其他同学有点难受了。佩戈蒂答应给我写的信——令人多么舒心的信啊——"本学期"开学后几个礼拜信就寄到了，而且随信来的还有一大堆橘子，中间还放着糕点，另加两瓶樱草酒。我理所当然地把这么一堆宝贝儿摆放到斯蒂尔福思面前，请求他来处理。

"行啊，我告诉你怎么办吧，小科波菲尔，"他说，"酒就留给你讲故事时润嗓子用。"

他这么一说把我弄得脸都红了。我态度谦和地请他不必记挂这个。可他却说，他注意到我有时候嗓音沙哑——确切的用词是说我的嗓子有点卡——所以这酒一点一滴都得用在他所说的用途上。于

①《一千零一夜》中给国王讲故事的人。

是，他把两瓶酒锁进了他的箱子里。他每次都亲手把酒倒到一个小玻璃瓶中，当他认为我应该使用时，就用一根细吸管插进软木塞让我吸上一口。有时候为了让酒发挥更大效用，他还亲自动手往里面挤进一些橘子汁，或者是拌进一点姜汁，要不就滴进几滴薄荷油。我不知道这样做酒的味道是不是就好些，或者说就成了一种理想的开胃良药，不过无论夜晚还是清晨，我总是心怀感激之情，喝下那东西，对他的关心体贴感同身受。

在我看来，我们好像花费了几个月的时间讲述佩里格林的故事，又花费了几个月的时间讲述别的故事。我可以肯定，我们这个故事社从未因为缺少故事而感觉情绪低下。故事讲了多久，那两瓶酒差不多就用了多久。可怜的特拉德尔啊，我一想起那个孩子，心里就会有种莫名其妙想笑的感觉，同时眼睛里又会噙满泪水。一般情况下，他就像是和我演双簧的，每当故事讲到引人发笑的地方，他就会装作笑得前仰后翻，而凡是讲到恐怖的情节时，他就会表现出吓得失魂落魄的样子。这样往往会中断我的讲述。我记得，最令人忍俊不禁的是，在讲述吉尔·布拉斯的历险时，只要提到一位西班牙警察，他就会把牙齿咬得咯咯作响。我还记得，当讲到吉尔·布拉斯在马德里遇到强盗的头目时，可怜的打趣人假装被吓得瑟瑟发抖，结果无意中被在过道处悄然巡视的克里克尔先生听见了，说他扰乱宿舍的秩序，狠狠地揍了他一顿。

如果说我的天性中具备某种浪漫和幻想的特质，那么通过在黑暗中讲了这么多故事，它已受到激发了。而从这一方面来说，这件事情给我带来的利益不是很大。但是，我作为在宿舍中能够给大家带来娱乐的人而受到大家的宠爱，同时我明白，我的这种本领已在学生中广为传播了，尽管我当时是那儿年龄最小的，但已经受到广泛的关注，这一切都激发了我再接再厉。在一所纯粹用残酷手段管理的学校里，不管它是不是一个笨蛋主持着，学生都不可能学到多少东西。我认为，我们大部分都像当时学校里的任何人一样，是一群不学无术的家伙。他们身心备受摧残，所以根本无法安心学习。

他们就像有的人一样，一辈子命运多舛，备受折磨，忧虑缠身，结果一事无成，毫无成就可言。但是，我的那一点点虚荣心和斯蒂尔福思的帮助，不知怎的，却对我起了鞭策作用。我待在那个学校期间，虽然没有少挨打受罚，却使我成了一般学生中的例外，或多或少还是一鳞半爪地学到了一些知识。

在这一方面，梅尔先生对我多有帮助，同时对我也有好感，我对此心怀感激之情。看到斯蒂尔福思处心积虑地贬损他，总会利用一切机会伤他的感情，或者唆使他人这样做，我总会感到很痛心。这件事让我很长时间都很难过，因为我曾把梅尔先生领着我去见那两个老妇人的事告诉了斯蒂尔福思，我不能有任何事情瞒着他，就像我有了糕点或其他东西不能瞒着他一样。我总是诚惶诚恐，担心斯蒂尔福思把这事说出去，并拿它来嘲笑人家。

我敢说，我那第一个早晨吃了早餐，然后在孔雀羽毛的阴影下听着那笛声入睡，那时候，我们俩谁都没有想到，把我这样一个无足轻重的小孩领进济贫院该会造成什么样的后果。但是，如果从这个意义上来说，我去那儿的事产生了始料未及的后果，而且是很严重的后果。

有一天，克里克尔先生因为身体不舒服未能到教学楼，这样一来，整个学校自然就弥漫着欢呼雀跃的气氛，早上上课时，闹哄哄的声音不绝于耳。学生们极大地放松着心情，感受着愉悦，结果导致难以管束，尽管凶神恶煞般的滕盖拖着不灵便的木头假腿进来过两三回，并且记下了吵闹得最厉害的学生的名字，但仍然无济于事，因为汤姆心里很清楚，不管是怎么个表现，第二天总是会有麻烦的，所以汤姆认为，毫无疑问，今天尽情地享受，这才是明智之举。

确切地说，由于那天是礼拜六，所以是个半假日。但是，由于运动场上的吵闹声会打扰到克里克尔先生，而由于天气不好，不便外出散步，我们便遵命下午待在教室里，做一些比平时更加容易的功课，以此来应付当时的场面。那天是夏普先生每个礼拜一次外出拿假发去卷的日子，所以只有梅尔先生一个人留在教室管理学生，反正不管什么苦差事都是他的。

梅尔先生性情温和，如果我能够把像他那样的人联想成一头公牛或者一只大熊，那么，涉及那天下午吵得不可开交的情形时，我就会把他想象成是那样的一只动物，受到成千上万条狗的围攻。我记得，他用一只瘦骨峋嶙的手支撑着疼痛不已的脑袋伏在课桌的书本上，处在会使下议院议长都头晕目眩[①]的吵闹声中，凄凄惨惨，竭尽全力地持续着他厌烦无聊的工作。学生们离开自己的座位，跑来跑去，和别人玩起“争抢座位”的游戏，他们有的哈哈大笑，有的引吭高歌，有的高谈阔论，有的手舞足蹈，有的大喊大叫。还有的用脚在地上拖着走，有的围着梅尔先生转圈，龇牙咧嘴，挤眉弄眼，在他身后和眼前模仿这种动作嘲笑他：嘲笑他的穷酸样，他的靴子，他的外套，他的母亲，一切有关他的本应给予同情的一切。

“安静！”梅尔先生大声喊着，他突然站起身，用书敲着课桌，“你们这是什么意思？简直无法忍受，简直使人恼怒。你们怎么能这样对待我啊，同学们？”

他敲课桌时用的是我的书，由于我坐在他身旁，顺着他的目光环顾教室时，我看到学生全都停下了，有的突然显露出惊讶的样子，有的显得有点害怕，有的或许感到懊悔。

斯蒂尔福思的座位在教室的尽头，也就是在长长的教室的另一端。梅尔先生看着他时，他正懒洋洋地倚靠在墙壁上，双手插在衣服口袋里，对着梅尔先生抿起嘴，像是要吹口哨。

“安静，斯蒂尔福思先生！”梅尔先生说。

“你自己安静，”斯蒂尔福思说，脸红了起来，“你在对谁说话啊？”

“坐下。”梅尔先生说。

“你自己坐下，”斯蒂尔福思说，“管好你自己的事吧。”

有人哧哧笑了起来，还有些人鼓起掌来。但是，梅尔先生脸色苍白，立刻就安静了下来。有个学生本想冲到他的身后模仿他母亲，

---

① 英国的下议院开会时一般都吵吵闹闹。

但一时间改变了主意，假装要修笔。

“如果你认为，斯蒂尔福思，”梅尔先生说，“我不知道你有操控这儿每一个人的能耐，”他把手搁到我头上，其实并没有意识到自己的动作（我猜是这样的），“或者，我没有注意到，一会儿工夫比你小的学生用各种方式来侮辱我，那你就错了。”

“我才不会为你的事操心劳神呢，”斯蒂尔福思说着，态度冷漠，“所以我实际上什么错都没有。”

“你仗着自己在这儿得宠的优越条件，先生，”梅尔先生接着说，嘴唇哆嗦得厉害，“侮辱一位绅士……”

“一位什么？他在哪儿呢？”斯蒂尔福思说。

这时候有人大声喊着：“可耻啊，詹·斯蒂尔福思！太过分啦！”说话的是特拉德尔，梅尔先生阻拦了他，要他不要说。

“侮辱一个命运不济的人，先生，而这个人从来没有冒犯过你，凭着你的年纪和聪明才智，你应该懂得没有理由侮辱这样的人，”梅尔先生说着，嘴唇哆嗦得更加厉害了，“你做出了卑鄙无耻、龌龊下流的事，是坐是站，悉听尊便，先生。科波菲尔，继续。”

“小科波菲尔，”斯蒂尔福思说着，他走向教室前面，“停一停，我彻彻底底地对你说个明白吧，梅尔先生。你竟然恬不知耻地说我卑鄙无耻，或者龌龊下流，或者诸如此类的话，其实你自己是个厚颜无耻的乞丐，你心里清楚，自己一直就是个乞丐。可是你这样说，你自己就是个厚颜无耻的乞丐。”

我不清楚，当时是他想要打梅尔先生，还是梅尔先生想要打他，或者两个都有想要动手打人的意思。我发现整个教室的气氛突然凝重起来，学生们好像全都变成了石头，原来克里克尔先生出现在我们中间了，滕盖站在一旁，克里克尔太太和克里克尔小姐在门口朝里看，好像很害怕的样子。梅尔先生一动不动地坐了一会儿，胳膊肘支在课桌上，两手托住脸。

“梅尔先生，”克里克尔先生一边说着，一边摇了摇梅尔先生的胳膊，其低声细语只是可以听得很清楚，所以滕盖觉得没有必要复述他的话，“我想你没忘记自己身份吧？”

“没有忘记，先生，没有，”梅尔先生回答说，露出了自己的脸庞，摇了摇头，情绪激动地搓着自己的双手，“没有忘记，先生，没有。我记得自己的身份，我……没有忘记，克里克尔先生，我一直就没忘记自己的身份，我……我一直记着自己的身份，先生……我……但愿您能早一点记起我才是，克里克尔先生。那样……那样……或许会显得更加友好一点，先生，更加公正一点，先生。那样也就可以减轻我的麻烦，先生。”

克里克尔先生目不转睛地盯着梅尔先生看，一只手搭在滕盖的肩膀上，双脚踏上旁边的长凳，坐到了课桌上。梅尔先生仍然摇着头，搓着手，情绪仍然激动，克里克尔先生坐在自己的宝座上仍然目不转睛地看着他，之后，转向斯蒂尔福思，并说：

“好啦，先生，既然梅尔先生不肯屈尊俯就告诉我，那这到底是怎么回事啊？”

斯蒂尔福思一时间回避问题，只是轻蔑而又愤怒地看着自己的对手，缄口不言。我记得，即使在那种僵持的状态下，我都不禁觉得，他这人多么气宇轩昂啊，同他比较起来，梅尔先生显得寒碜平庸。

“那他说的得宠是什么意思？”斯蒂尔福思最后说。

“得宠？”克里克尔重复了一声，额上的青筋立刻鼓了起来，“谁说了得宠？”

“他说的。”斯蒂尔福思说。

“请说说，你这话是什么意思，先生？”克里克尔先生问，气愤地转向助手。

“我的意思是说，克里克尔先生，”梅尔先生低声细语地回答说，“正如我说，任何学生都无权利用自己在这儿得宠的有利条件来侮辱我。”

“侮辱你？”克里克尔先生说，“天哪！但是我要请问你一声，你叫什么先生来着？”说到这里，克里克尔先生把两条胳膊还有藤条什么的一齐抱到自己胸前，紧锁着眉头，下面的那双小眼睛都几乎看不见了，“你说得宠这话时，是不是对我表现出了尊重呢？对我啊，先生，”克里克尔先生说着，突然把头向他探了过去，随即又缩了回来，“这个学校的一校之长啊，你的雇主。”

“话是说得有点不大得体，先生，我愿意承认，”梅尔先生说，“如果我刚才头脑冷静点，就不会说那种话了。”

这时候，斯蒂尔福思插话了。

“他说我卑鄙无耻，还说我龌龊下流，然后我就说他是乞丐。如果我也冷静一点，那就不会称他为乞丐了。但我说了，我愿意承担这个后果。”

我或许没有考虑有什么后果要承担的事，听了这一番说得很有风度的话，心里觉得热乎乎的。其他学生也受到了感染，因为他们当中有了一阵低声的骚动，只是没人开口说话罢了。

“我很吃惊，斯蒂尔福思，尽管你的坦诚令人肃然起敬，”克里克尔先生说，“令人肃然起敬，确实——我很吃惊，斯蒂尔福思，我必须得说，斯蒂尔福思，你居然把这样一个带有侮辱性的称谓加到由萨伦学校花钱雇用的人身上，先生。”

斯蒂尔福思短促地笑了一声。

“你这不是在回答我的问话啊，先生，”克里克尔先生说，“我的意思是要从你那儿听到更多的情况，斯蒂尔福思。”

在我看来，如果说梅尔先生面对这位英俊潇洒的学生时，显得很寒碜，那么，克里克尔先生的寒碜劲儿就没法形容啦。

“那就让他否认吧。”斯蒂尔福思说。

“否认自己是个乞丐吗，斯蒂尔福思？”克里克尔大声说，“行啊，他往哪儿乞讨去？”

“如果他本人不是乞丐，那他近亲就是，”斯蒂尔福思说，“那不是一回事嘛。”

斯蒂尔福思瞥了我一眼，梅尔先生的手轻柔地拍了拍我的肩膀。我抬头看了看，脸上憋得通红，心里满怀愧疚，但梅尔先生目不转睛地盯着斯蒂尔福思看。他仍然态度友好地拍着我的肩膀，可眼睛却看着斯蒂尔福思。

“克里克尔先生，既然您希望我替自己辩护，”斯蒂尔福思说，“并说出我是什么意思，那我要说的是，他母亲住在济贫院里靠救济过日子。”

梅尔先生仍然盯着他看，仍然态度友好地轻轻拍着我的肩膀。如果我没听错的话，他低声地自言自语说：“对，我想是这么回事。”

克里克尔先生转向助手，眉头紧锁，态度严肃，还强装出彬彬有礼的姿态。

“行啊，你听见这位先生说什么了吧，梅尔先生。那就请你当着全体学生的面，更正他说的话吧。”

“他说得没错，先生，无须更正，”梅尔先生面对一片沉静回答说，“他说的话，是事实。”

“那就请你当众宣布吧，”克里克尔先生说，把头歪向一边，目光扫视着全体学生，“在这之前，我好像一点也不知情吧？”

“我相信您不会直接知道。”梅尔先生回答说。

“是啊，你是说，我并不知道，”克里克尔说，“对不对，伙计？”

“我觉得您从来就不认为我的家境是很好的，”梅尔先生回答说，“但您知道我在这儿的情况，一直就很清楚。”

“如果你这么说的话，我看啊，”克里克尔先生说，额头上的青筋鼓得比任何时候都更加粗，“你完全找错了职位，错把这儿当成了一所慈善学校了。梅尔先生，我们就此分别吧，越快越好。”

“没有比眼下，”梅尔先生说着站起身，“更好的时机了。”

“先生，悉听尊便！”克里克尔先生说。

“那我就向您告辞，克里克尔先生，向你们大家告辞，”梅尔先生说，环顾了一下教室，又一次轻轻地拍了拍我的肩，“詹姆斯·斯蒂尔福思，我对你最大的愿望就是，希望你有朝一日为自己今天的行为感到羞辱。现如今，我不会把你当朋友，也不会把你当任何我所关心的人的朋友。”

他再一次把手搁到我肩膀上，然后从他的书桌上拿起那支笛子和几本书，把钥匙放在书桌里给他的继任者，走出了教室，腋下夹着自己的财产。克里克尔先生随后通过滕盖传话做了一番讲演，就斯蒂尔福思维护（尽管或许过于激烈了一点）萨伦学校的自主和体面的事，对他表达了谢意。演讲在我们的三声欢呼声中他与斯蒂尔福思握手而结束，我不知道为了什么而欢呼，但我估计是为斯蒂尔福思，于是也热情洋溢地加入其中，不过我感觉凄惨沮丧。克里克尔先生用藤条抽打了汤米·特拉德尔，就因为他对梅尔先生的离去流了眼泪，而不是欢呼。然后克里克尔先生回到他的沙发边，或者说他的床边去了，反正就是他从哪儿来回哪儿去了。

现在教室里只剩下我们学生了。我记得，我们当时面面相觑，表情茫然。至于我嘛，由于牵扯到这件事情当中，感到非常自责和后悔。本来早就忍不住哭了，只是担心，如果我流露出了自己心里感到不舒服的情感，斯蒂尔福思可能会认为我这个人不够朋友，因为我发现他时常在用眼睛看我。或者说，考虑到我们各自的年龄，还有我平时对他的态度，说我不顺从他。他很生特拉德尔的气，说看到特拉德尔挨打，感觉很高兴。

可怜的特拉德尔已过了把头伏在课桌上的那个阶段，正像平常那样画一通骷髅，以释放自己的情绪，还说他自己无所谓，可梅尔先生受到了虐待。

“谁虐待他了，你这娘儿们？”斯蒂尔福思说。

“嘿，就是你呢！”特拉德尔回答说。

“我做什么了？”斯蒂尔福思说。

“你做什么了？”特拉德尔反唇相讥，“你伤了他的感情，还害得他丢了职位。”

“他的感情？”斯蒂尔福思重复了一声，态度轻蔑，“我敢保证，他的感情很快就会好起来的。他的感情可不像你的，我的特拉德尔小姐。至于说他的职位，那是个宝贵的职位，对不对？你以为我不会写信回家，想法给他弄点钱吗，我的小娘们？”

我们认为斯蒂尔福思的这种意向很高尚。他母亲是个寡妇，很有钱，据说斯蒂尔福思提什么要求她都会满足。眼看着特拉德尔这么灰头土脸，大家全都高兴不已，对斯蒂尔福思赞赏有加，把他捧到天上了。特别是他屈尊俯就地告诉我们说，他这样做，全都是为了我们，为了我们大家。他不计个人得失，替我们做了一件大好事。

但我得说，那天夜里我在黑暗中讲故事时，梅尔先生那支旧笛子吹出的凄婉忧伤的声音似乎不止一次在我耳畔响起。还有就是，最后斯蒂尔福思感觉疲倦了，我也躺下睡了，这时候，我感觉到，笛声如泣如诉，好像就在附近什么地方，让我感到黯然神伤。

我很快就忘了梅尔先生，转而精心琢磨起斯蒂尔福思来了。在找到新教师之前，梅尔先生的一些课务由他承担着，他轻松自如，但方法外行，连书都不用（在我看来，他似乎什么事情都记得）。新教师来自文法学校[①]。在履行职责之前，一天他在客厅里吃了一顿饭，一边吃一边介绍给斯蒂尔福思认识。斯蒂尔福思高度认可他，告诉我们说他是可靠的人。他这么说表示多大的学问，我不是很确切地明白，而我却因此格外敬佩他，而且从不怀疑他具备高深的学问，不过他在我身上从未花费过什么心血，并不是说我是什么特殊的学生，就像梅尔先生对待我那样。

在半年日常的学校生活当中，只有另外一件事情给我留下了深刻印象，令我至今依然没有忘记。这件事之所以能够在记忆中一直保留下来，其原因很多。

一天下午，我们全都被折磨得死去活来，而克里克尔先生像凶神恶煞，还在挥舞着藤条，四面突击，这时候，滕盖进来了，用他平常的那种大嗓门喊着："有人看科波菲尔来了！"

滕盖和克里克尔先生之间交谈了几句，内容不外乎是来者是谁，被领到了哪间屋子里等。而我呢，按照习惯，在他通知我时就站立

---

① 原指建于十六世纪前后的注重拉丁语的学校，这些学校后来成为教授语言、历史、科学等的中学，现也指大学预科。

起来了，惊讶不已，都差不多要晕过去了。我按照吩咐从后面的楼梯出去，换上一件带荷叶边儿的干净衬衫，再到餐厅去。吩咐我做的事全都一一照办了，幼小的内心忐忑不安，慌乱不已，这种情形先前从未有过。当我到达客厅门口时，我突然想到，说不定来者是我母亲呢。其实在这之前我心里只想到是默德斯通先生和默德斯通小姐，因此我把挨近门把的手缩了回来，站在门外先哭泣了一通才进入房间。

我刚一开始没有看见任何人。但是感觉后面有人顶住了门，于是扭过头，令我惊讶不已的是，原来是佩戈蒂先生和哈姆，他们手里拿着帽子朝我鞠躬行礼，相互挤着靠在墙边。我忍不住哈哈大笑起来，不过我笑主要是因为见到他们很高兴，而不是他们表现出的滑稽样子。我们热情洋溢地相互握手，我还是不停地笑了又笑，直到从衣服口袋掏出手帕来擦眼睛才罢了。

佩戈蒂先生（我记得，他在看我期间，嘴就一直没有闭上过）看到我擦眼泪，深表关切，用胳膊肘碰了一下哈姆，意思是说点什么。

"高兴点，大卫少爷！"哈姆说，他一脸憨厚地笑着，"可不是嘛，您长高了很多！"

"我长大了吗？"我一边说，一边抹眼泪，不是因为自己知道了什么事情而哭泣，而是因为见到了老朋友。

"长高了，大卫少爷！怎么不是长高了呢！"哈姆说。

"可不是长高了嘛！"佩戈蒂先生说。

他们相互笑了起来，结果引得我也笑了起来。接着我们三个人全都笑了，直到看见我又可能要哭了，这才停下。

"你知道我妈妈还好吗，佩戈蒂先生？"我问，"还有我最最亲爱的老佩戈蒂怎么样？"

"非常好。"佩戈蒂先生说。

"小埃米莉，还有格米治太太都好吗？"

"全都……非常好啊。"佩戈蒂先生说。

一时间我们全都沉默不语。为了打破沉默，佩戈蒂先生从口袋里掏出两只硕大的龙虾，一只巨大的螃蟹，还有一大帆布袋小虾，全都堆到哈姆的怀里。

“您看，”佩戈蒂先生说，“您在我们那儿住的时候，我们看到您吃饭时，喜欢吃有点鲜味儿的东西，所以也不怕您见笑，这就带了一点儿来。这都是那老妞儿给煮的，是她煮的，格米治太太煮的。没有错，”佩戈蒂先生慢吞吞地说，我觉得他老说这件事，因为他一时找不到别的话题，“格米治太太，我向你保证，都是她煮的。”

我表示了感谢。哈姆抱着那一堆海鲜，站立着，露出腼腆的微笑。佩戈蒂先生没有要帮他一把的意思，并说：

“您看，天遂人愿，我们乘着雅茅斯的一条帆船一路顺风顺水地到了格雷夫森[①]。我妹妹她写信告诉了这儿的地址，她还写信说如果有机会来格雷夫森，一定要来这儿看看大卫少爷，代她向您问个好，告诉家里面一切都安好。您知道，我们回去后，小埃米莉她就会写信给我妹妹，告诉她，我们在这里见着您啦，您也很好，一切平安，这样我们就让平安的消息像坐上了旋转木马。”

我不得不思忖了一会儿，这才明白了佩戈蒂先生打这个比方的意思，说的是平安的消息转了一个圈儿。于是我由衷地向他表示了感谢，还说，其实意识到说话时脸都红了，我相信小埃米莉也变了，同我们一道在海滩上捡贝壳和石子儿的情形不一样了。

“她都快长成个大姑娘了，真是这样的，”佩戈蒂先生说，“不信您问他。”

他指哈姆。只见他抱着那堆带壳儿的水产品，笑容满面，点头称是。

“她脸蛋长得可好看啦！”佩戈蒂先生说，自己的脸也容光焕发了。

“还有她的学问呢！”哈姆说。

---

① 实际上是指格雷夫森德（Gravesend），英国英格兰肯特郡的港口城市，地处泰晤士河右岸。

“她字写得可好啦！”佩戈蒂先生说，“像黑玉一样乌黑！而且字很大，站在哪个位置都看得清楚。”

佩戈蒂先生一想到他那位心爱的小宝贝，就会心花怒放，热情洋溢，看了之后，令人高兴不已。他此时仿佛又一次站立到了我的面前，汗毛浓密的脸上写着真诚，欣愉爱怜和骄傲之情溢于言表，此情此景我简直无法形容。他那双真诚的眼睛神采奕奕，闪闪发亮，仿佛眼睛深处有亮晶晶的发光体。他宽阔的胸膛起伏不断，充满了欢欣。他那双强劲有力空着的手，拳头紧握着，显得真诚恳切。他说话需要加重语气时，便会挥动右手，这在我这样的小孩看来，就像是一把大锤。

哈姆也像佩戈蒂先生一样真诚。要不是斯蒂尔福思突然进来，使他们感到尴尬，我可以断定，他们一定会说到小埃米莉的很多情况。斯蒂尔福思看到我站在角落里跟两个陌生人讲话，便停止了口里哼的歌，然后说：“我不知道你在这儿呢，小科波菲尔！”（因为这儿平时是不会有客人的），说完就经过我们身边往外走。

我现在不能确定，我是因为拥有斯蒂尔福思这样一位朋友觉得骄傲自豪呢，还是迫切想要向他解释一下我怎么会认识佩戈蒂先生这样一位朋友的，反正我在他往外走时，把他给叫住了。不过我说话时态度不张扬。天哪，过了这么长时间，现在竟然一切都历历在目！

“请你别走，斯蒂尔福思！这两位是雅茅斯来的船手，是两位心地善良的好人。他们是我家保姆的亲戚，从格里夫森特意看我来了。”

“啊，原来如此，”斯蒂尔福思转过身说，“我很高兴见到他们。两位好哇！”

他态度落落大方，这是一种轻松愉悦的态度，毫无盛气凌人的架势。直到现在，我都依然相信，他的态度中透着一种迷人的魅力。鉴于他翩翩的风度，活泼的性情，悦耳的嗓音，帅气的面容和优雅的身材，再加上就我所知的天生的吸引力，这就使得他身上有了一种魔力（我认为只有一部分人具有这种魔力）。所以为这种魔力所折服是人类与生俱来的弱点，很多人都抵挡不住。当时我就看得出，他们同他在一起显得很开心，就一会儿的工夫他们似乎就敞开了心扉。

“请一定要让家里的人知道，佩戈蒂先生，”我说，“斯蒂尔福思先生待我非常友好，要是没有他，我真不知道我在这儿该怎么办。”

“瞎说！”斯蒂尔福思说着，哈哈大笑起来，“你们千万不要同家里人说这样的话。”

“如果斯蒂尔福思先生去诺福克郡或者萨福克郡，佩戈蒂先生，”我说，“而如果我正好在那儿，你放心好啦，如果他乐意，我一定带他到雅茅斯去看看你的房子。斯蒂尔福思，你肯定从没见过那么别致有趣的房子，那可是用一艘船改建成的啊！”

“船改建的，是吗？”斯蒂尔福思说，“对于一个真正的船手来说，这样的房子倒是再适合不过的。”

“说得是，先生，说得是，先生，”哈姆说，龇牙咧嘴地笑了，“您说得对，少爷！大卫少爷啊，这位少爷说得对，他是个真正的船手！哈，哈！他说得可对啦！”

佩戈蒂先生和他侄子一样兴高采烈，不过，他态度谦和，没有那么大喊大叫地接受别人的恭维。

“对啊，先生，”他说着，一边鞠躬致意，咯咯轻笑，还把围巾的两头往胸前的衣服里塞，“谢谢您，先生！谢谢！我是尽力而为地干着自己的行当，先生。”

“再有本事的人能够做到这一步就不错啦，佩戈蒂先生。”斯蒂尔福思说，他已经知道佩戈蒂先生的姓了。

“我敢打赌，您也做得到的，先生，”佩戈蒂先生说，摇了摇头，“您一定会做得很出色……很出色！谢谢您啊，先生。您彬彬有礼地欢迎我，我很感激您，先生，我是个大老粗，先生，但我心眼儿实，至少在待人接物的方式上，我希望自己心眼儿实，您知道。我那房子没什么值得看的，先生，不过如果您要同大卫少爷一道去看，那我会诚心诚意接待的。我都成老爬虫了，真的是，”佩戈蒂先生说，他意思是说蜗牛，形容走路很慢，因为他每说完一句话就打算走，可不知怎么的又回来了，“我祝你们二位都好，祝你们二位快乐！”

哈姆表达了同样的意思，我们在最最热烈友好的气氛中分别了。那天晚上，我几乎忍不住要跟斯蒂尔福思说起美丽可爱的小埃米莉的事来，可是我不好意思提她的名字，而且还担心他会取笑我。我记得，自己怀着忐忑不安的心情，把佩戈蒂先生说的有关她都快长成个姑娘了这句话琢磨了老半天。不过，我觉得那也就是说说而已。

我们在没有别人看见的情况下，把那些带壳儿的水产品，或者像佩戈蒂先生说的“有点鲜味儿的东西”，拿到了我们宿舍，晚上便美美地大吃了一顿。可是，特拉德尔并没有因为美餐了一顿而高兴起来。他真是太倒霉了，连一顿晚餐都没有像其他人那样好好享受。由于吃了螃蟹，夜里就生病了，他卧床不起，服了黑药水和蓝药丸。据登普尔（其父亲是医生）说，药量足以使一匹马的身体吃坏。此外，特拉德尔还挨了一顿藤条，被罚念六章希腊文的《圣经·新约》，因为他拒不说出生病缘由。

在我的记忆中，那半年里的其他日子只是一片朦胧，其中有我们日常生活当中的挣扎和奋斗。有渐渐逝去的夏日和季节的变换，有布满白霜的早晨，我们听到铃声起床，有寒气袭人的夜晚，我们听到铃声再就寝，有黄昏时的教室，灯光黯淡，炉火微弱，有清晨的教室，简直就成了一架颤抖着的巨型机器。有轮番着上来的炖牛肉加烤牛肉，炖羊肉加烤羊肉，有一片片抹着黄油的面包，一本本卷起角的课本，一块块裂了缝的石板，一本本被泪水湿透的习字本，一次次遭受藤条抽打，戒尺惩罚，一个个阴雨连绵的礼拜日，一个个猪油布丁，还有周围弥漫着的难闻的墨水气味。

不过，假期就好比遥远处的一个静止不动的小黑点，经过了漫长时间之后，才开始向我们走来，而且越来越大。我们一开始数月份，接着就数礼拜，再后来就数日子。这时候我又开始担心起来，担心家里人不来叫我，不要我回家，但后来听斯蒂尔福思说，已经通知了，肯定让我回家，可这时候，我心里又充满了种种朦朦胧胧的不祥之感，担心我可能还没有回家就先把腿给摔断了。最后，放假的日子终于迅速地变换着位置，由下下个礼拜变成下个礼拜，这个礼拜，后天，明天，今天，今晚。这时候，我坐上了雅茅斯的邮车，要回家了。

我在去雅茅斯的邮车上时醒时睡，断断续续地梦见上面说的那一切。但当我醒来的时候，窗户外的场地不再是萨伦学校的运动场，耳畔响起的不再是克里克尔先生冲着特拉德尔的吆喝声，而是车夫扬鞭轻轻抽打马匹的声音。

第八章

我的假期，尤其是一个快乐的下午

天还没亮，我们便到了邮车要停靠的一家旅馆，但不是我那位侍者朋友当差的那家。我被领进了一间小卧室，门的上方印着“海豚”两个字。尽管他们把我带到了楼下一个大火炉前面，给我喝了杯热茶，但我还是觉得寒冷。但是，我在海豚的床上躺下，拉过海豚的毯子，蒙头睡觉，这时候，感到很惬意。

车夫巴吉斯先生约定好了上午九点来叫我，可我八点就起了床，由于昨夜休息时间短，感觉有点头晕目眩，约定的时间还没有到，我就准备停当等着他。他来接我的情形完全像离我们上回在一起才过去了不到五分钟一样，感觉我是到这家旅馆来换点六便士的零钱或者干点诸如此类的事情。

我和箱子都在马车上安顿下来之后，车夫便立刻上了车，那匹懒洋洋的马迈着惯有的步伐拉着我们启程离开了。

“你气色很好啊，巴吉斯先生。”我说，心里寻思着这话他听后会很高兴的。

巴吉斯先生用袖口擦了擦脸，接着看了看袖口，似乎希望从那上面看看擦下来的好气色，但对这句恭维的话不置可否。

“我转达了你的话了，巴吉斯先生，”我说，“已经给佩戈蒂写过信。”

“啊！”巴吉斯先生说。

巴吉斯先生像是不高兴，回答冷漠生硬。

“有什么不对劲吗，巴吉斯先生？”我犹豫了片刻后问。

“啊，是有情况。”巴吉斯先生说。

“是那句话转达得不对吗？”

“那句话或许是转达对了，”巴吉斯先生说，“但话转达到后就结束了。”

我不明白他这话的意思，于是用试探的口气重复了一声他的话，“转达到后就结束了，巴吉斯先生？”

“什么结果都没有，”他解释说，斜着眼睛看了看我，“没有回音。”

“你要等回音对不对，巴吉斯先生？”我说着，眼睛睁得大大的，因为这在我听来是件新鲜事。

“当一个男人说他乐意的时候，”巴吉斯先生说，再次把目光缓慢地移向我，“那就等于说，那个男人在等着回音啊。”

“呃，巴吉斯先生？”

“呃，”巴吉斯先生说，把目光收回落到了马的耳朵上，“那男人从那个时候起就一直在等待回音呢。”

“你把这个意思告诉她了吗，巴吉斯先生？”

“没有，”巴吉斯先生粗声粗气地说，心里在琢磨着这事，“我不打算去对她说这个，我都没有同她说过几句话呢，所以不会去对她说这个的。”

“你想要我对她表达这个意思，对不对，巴吉斯先生？”我说，语气中带着迟疑。

“如果您愿意，您可以这么说，”巴吉斯先生说着，又慢慢回头看了我一眼，“说巴吉斯在等回音。您就说……叫什么名字来着？”

“她的名字吗？”

“啊！”巴吉斯先生点了点头说。

“佩戈蒂。”

“是名？还是姓？”巴吉斯先生说。

“噢，这不是她的名字，她的名字叫克拉拉。”

“是吗？”巴吉斯先生说。

他似乎找到了大量可供他思索的素材，坐在那儿，好一会儿若有所思，轻轻地吹着口哨。

“行啊！”他终于又开口说话了，“您说，‘佩戈蒂啊！巴吉斯在等待回音呢’！她或许会问，‘回什么音啊？’您就说，‘给我对你转的话的回音呀。’‘那是什么话啊？’她又会问。‘巴吉斯乐意’您就这样说。”

巴吉斯先生给了我这个极富技巧的建议，同时还用胳膊触了一下我身子的一侧，弄得我很痛。之后，他又是老样子，没精打采地看着马，也就没有再提这件事了，只是在半小时之后，才从衣服口袋里掏出一段粉笔，在车篷的帆布上写下了“克拉拉·佩戈蒂”几个字，显然是作为个人备忘录用的。

啊！现在要回到那个不是家的家，而且发现自己看到的一切东西，都会勾起我对快乐老家的回忆，而那个家就像是个梦境，永远不可重回，这是怎样一种莫名其妙的感觉啊！在路上的时候，母亲和我，还有佩戈蒂，三个人相亲相爱，没有外人介入我们中间，那种日子浮现在我眼前，令人伤感不已，所以我不能确定，我是高兴回到那儿去呢，还是根本就该待在外面，忘记它，同斯蒂尔福思做伴。但我还是回家了，而且很快就到了我们的住宅，只见那些光秃秃的老榆树在凛冽的冬日寒风中抖动着枝丫，像无数只手在摇动，支离破碎的旧乌鸦巢在寒风中飘荡。

车夫把我的箱子搬到院落大门口后就离开了。我顺着庭院的小路走向室内，一路上用目光瞥着那些窗户，每走一步都担心看到默德斯通先生或默德斯通小姐从某个窗口向外朝下看。不过，窗口没有出现任何人的面孔。我到了门口，知道天黑之前无须敲门就可以打开门进入，我进屋了，每一步都悄无声息，战战兢兢。

当我的脚踏进厅堂时，我听见从那间旧客厅里传来了母亲的声音，这声音在我的内心深处唤醒了多少小时候的回忆，只有上帝知道。母亲在低吟着一支曲子，我想啊，当我还在襁褓中的时候，也一定依偎在她的怀中，听着她这样对着我低吟浅唱来着。那曲调我听来很生疏，但却又是那么亲切，充满在我心房，就像是一位久别回来的老朋友。

母亲低声吟唱歌曲时，孤单寂寞，若有所思，我据此断定，屋里就她一个人。我步伐轻柔地走进了房间。她坐在火炉旁边，给一个婴儿喂奶。她把婴儿的小手按住自己的脖子，目光朝下看着婴儿的脸，对着婴儿低声吟唱。我的判断一点儿也没有错，屋里没有其他人。

我对着母亲说话，她吓了一跳，惊叫了一声。但看到是我，就叫我宝贝大卫，她亲爱的孩子！走到房间中间来迎我，跪在地上亲吻我，把我的头揽到她的胸前挨着蜷缩在那儿的婴儿，并把婴儿的小手放到我的嘴唇上。

我希望自己死了，希望那个时候就死掉，心中珍藏着那份情感！那个时候进天堂应该比后来的任何时候都更加合适。

"他是你弟弟，"母亲一边说，一边抚摸着我，"大卫，我可爱的孩子啊！我可怜的孩子啊！"然后，她抱住我的脖子，一次又一次地亲吻我。就在这个当儿，佩戈蒂跑着进来了，猛地一下就坐到我们身边的地上，对着我们俩疯狂了有一刻钟。

看起来她们没有料到我会回来得这么快，车夫比平常早了许多。还有就是，默德斯通先生和默德斯通小姐看来外出拜访附近哪家人家去了，不到晚上不会回来。这我倒是压根儿没有想到。我没有想到我们三个人还能再一次在没有别人干扰的情况下待在一起。我一时间觉得往昔的时光似乎又一次回来了。

我们一同在火炉边吃饭。佩戈蒂想伺候我们，可母亲不让她这样做，要她坐下来同我们一道吃，我还是用我过去用过的盘子，上面画着扬帆航行的战舰的褐色图案，我不在家的时间里，佩戈蒂把它藏到了什么地方，她说，即使给一百英镑，她都不会允许别人把盘子打破。我还是用自己那只刻有"大卫"字样的旧杯子，还是用着我那些不会割伤手的小刀小叉。

我们坐在餐桌边吃饭时，我觉得这是把巴吉斯的事告诉佩戈蒂的好时机，可是，我还没有把自己要说的话说完，她就开始笑了起来，并且用围裙蒙住脸。

“佩戈蒂！”母亲说，“你这是怎么啦？”

佩戈蒂笑得更厉害了。母亲想把她的围裙拉开，这时候，佩戈蒂反而蒙得更紧了，坐在那儿，像是在头上套了一只口袋似的。

“你这是干什么呀，你这个呆头呆脑的东西？”母亲笑着说。

“噢，那个该死的家伙！”佩戈蒂大声说，“他想要娶我呢！”

“那不是同你很般配吗？”母亲说。

“噢，我不知道，”佩戈蒂说，“别问我。他就是个金子做的人，我也不嫁他。我谁也不嫁。”

“那样的话，你为何不这样告诉他呢，你这个可笑的东西？”

“这样告诉他，”佩戈蒂一边反驳说，一边从围裙缝里朝外看，“关于这件事，他从未跟我吭过一声，还算他识相，如果他竟然胆大妄为对着我言上一声，我非要朝他脸上扇耳掴子不可。”

可她自己的脸绯得通红，我觉得从未见她的脸或其他什么人的脸如此红过。但是，每当她疯狂地笑了一阵之后，就又会用围裙蒙住脸一会儿。这样来了两三回之后，就又接着吃饭了。

我注意到，母亲虽然在佩戈蒂看着她时露出了微笑，但立刻就又显得严肃，更加心事重重。我一开始就看出，她变了。面容依然美丽，但却看上去愁云密布，过于娇弱。她的手又细又白，在我看来几乎是透明的。不过我这里说的变化还不是这个，我指的是她举止神态变了，她变得忧心忡忡，焦躁不安。最后，她伸出手，满怀深情地搁在她老仆人的手上，并说：

“佩戈蒂啊，亲爱的，你就不打算结婚嫁人吗？”

“我，太太？”佩戈蒂眼睁睁地回答说，“我的天哪，不打算！”

“暂时不会，对不对？”母亲语气温柔地说。

“永远不！”佩戈蒂大声说。

母亲握住她的手说：“别离开我，佩戈蒂。跟我待在一起吧。或许时间不会太久。没有你我该怎么办啊？”

“我离开您？我的宝贝！”佩戈蒂大声说，“说什么也不会离开您啊！哎呀，您这个小傻瓜，小脑袋里怎么会有这种念头啊？”由于佩戈蒂当初跟我母亲说话时，有时候习惯把她当成孩子。

母亲除了对她表示感谢外，没有说别的。于是佩戈蒂便按照自己的风格说了下去。

“我离开您？我想我清楚自己的情况。让佩戈蒂离开您？我倒要看看她会不会做得出那种事！不会，不会，不会，”佩戈蒂说着，一边摇头，一边把两只胳膊相交在一起，“她不会的，亲爱的。要是她那么做了，有的人肯定会很高兴的，可我就是不让他们高兴。他们肯定会更加恼火。我要跟您待在一起，直到我变成一个脾气古怪的老婆子。等到我耳朵聋了，眼睛瞎了，腿脚瘸了，牙齿掉了，说话不清了，毫无用处了，连在我身上找碴都不值得了，到那时候，我就去找我的大卫少爷，求他收留我来着。”

“到那时候，佩戈蒂，”我说，“我一定非常高兴见到你，会像欢迎女王一样地欢迎你。”

“上帝保佑您啊，我的心肝宝贝！”佩戈蒂大声说了起来，“我就知道您会的！”接着她吻了我的前额，对我的盛情心怀感激。随后，她又用围裙蒙住头，对巴吉斯先生的事又笑了一番。随后，她把婴儿从摇篮里抱起来，喂他。随后，她收拾餐桌。随后，又回到小客厅。头上换了顶帽子，手上拿着针线盒，还有码尺和那块蜡，完全跟从前一样。

我们围坐在火炉旁，开心愉快地说着话。我告诉她们，克里克尔先生是个凶狠苛刻的校长，她们听后都很同情我。我告诉她们，斯蒂尔福思是个极好的伙伴，很照顾我。佩戈蒂便说，她都愿意走上几十英里路去看看他。婴儿醒来后，我把他抱在怀中，亲热地逗着他。等他又睡着时，我便遵循着过去的老习惯悄悄走到母亲身旁，坐了下来，紧紧地搂住她的腰。虽然我很久没有这样做了，但我把红彤彤的小脸靠在她的肩上，再次感觉她的秀发垂在我身上的快乐。我记得，自己当时总认为她的秀发就像天使的翅膀一样，我真的幸福极了。

我就这样坐在那儿，眼睛看着炉火，看到了红彤彤的煤火中呈现出种种图像，这时候，我几乎相信，自己根本就没有离开过家。我几乎相信，默德斯通先生和默德斯通小姐就是这样的图像，随着炭火熄灭，他们也会消失得无影无踪。我几乎相信，除了母亲、佩戈蒂，还有我自己，记忆中的一切都不是真实的。

佩戈蒂趁着炉火亮堂看得清，一直在补一只袜子。然后，她把袜子像只手套似的套在左手上，右手拿着针，每当火光一亮时，她就缝上一针。我想象不出，佩戈蒂一直在补的这些袜子都是谁的，或者哪来这么多没完没了的袜子需要补呢。从我还是个婴儿的时候起，她似乎就一直在做着这类针线活儿，从来都没有干过别的。

"我纳闷来着，"佩戈蒂说，她有时候会冒出个出乎意料的问题来，"大卫的姨奶怎么样了啊？"

"天哪，佩戈蒂！"母亲说，突然从沉思中惊醒过来，"你在胡言乱语说些什么啊！"

"呃，我真是纳闷来着，太太。"佩戈蒂说。

"你心里怎么突然想起这么个人来了？"母亲问，"世界上的人多得很，难道就没有想到别的什么人吗？"

"我不知道怎么会这样，"佩戈蒂说，"兴许是因为我笨头笨脑，不过我的头脑从不会选择人。他们来了又走，或者来了又不走，一切都随他们的心愿。我不知道她怎么样了？"

"你可真是荒唐可笑啊，佩戈蒂！"母亲回答说，"我还以为你想要她再来这里呢。"

"天哪，可不要再来了！"佩戈蒂大声叫了起来。

"那就行啊，可别再说这种扫兴的事了。这就算你做了好事啦。"母亲说，"毫无疑问，贝齐小姐正隐居在海滨她的那幢小屋里呢，她会一直待在那儿。不管怎么说，她再也不会来打搅我们了。"

"当然不会！"佩戈蒂心里琢磨着说，"不会的，那绝不可能。我纳闷着，如果她将来死了，会不会给大卫留下点什么？"

"天哪，佩戈蒂，"母亲回答说，"你怎么这么没有头脑啊！你明明知道，这个可怜的小宝贝打从一生下来就把她给得罪了啊！"

“我寻思着，说不定她现在已经宽恕他了呢？”佩戈蒂暗示说。

“她为何现在要宽恕他啊？”母亲说，语气有点尖锐。

“我的意思是说，他现在有弟弟了。”佩戈蒂说。

母亲立刻开始哭了起来，说不明白，为何佩戈蒂敢这样说话。

“好像摇篮里这个可怜无辜的小东西伤害到了你，还是别的什么人，你个小肚鸡肠的东西！”她说，“你最好还是嫁给那个车夫巴吉斯先生去吧。你怎么不去啊？”

“要是那样，默德斯通小姐才高兴呢。”佩戈蒂说。

“你的心怎么这么坏啊，佩戈蒂！”母亲接话说，“你连默德斯通小姐都妒忌，真是说有多可笑就有多可笑啊。我寻思着，你是不是想要掌管钥匙，好让一切东西都经过你的手？如果你有这种想法，我一点儿都不觉得奇怪。可你是知道的，她只是出于善心和好意才这么做的呀！你知道她是这样做的，佩戈蒂，你心里很清楚。”

佩戈蒂低声唠叨了一句，大意好像是说“去她的善心好意吧”。接着又唠叨了另一句，大意好像是这种善心好意未免有点过分了吧。

“我知道你什么意思，你这坏脾气的东西，”母亲说，“我完全知道你的意思，佩戈蒂。你知道我知道，我觉得奇怪，你的脸怎么不像火一样红起来啊。不过我们就一件一件地说吧。现在就说默德斯通小姐，佩戈蒂，这一点你没法回避。你难道没有听她反复说过了的吗，她认为我这个人太没有主见，太……呃……呃……”

“太漂亮了。”佩戈蒂提醒说。

“嗯，”母亲半笑着回答说，“要是她冒傻气非要这样说，难道是我的错吗？”

“没人说是您的错啊。”佩戈蒂说。

“是这样，我希望不是我的错，真的！”母亲回答说，“你难道没有听见她反复说过吗，正是由于这一点，她希望为我省去操持一大堆家务的麻烦，因为我不适合料理家务，而我自己也真的不知道自己能不能料理家务呢。她不是一直起早贪黑，整天忙来忙去。她不是什么事都做，什么地方都去，包括煤棚、储藏室，还有我说不上的地方？那可不是令人感觉舒服的地方啊，你这难道不是在含沙射影地说这其中不含有任何诚意吗？”

“我根本没有含沙射影说什么。”佩戈蒂说。

“你说了，佩戈蒂，”母亲回答说，“除了干活儿，你别的就从来没有干过，就知道指桑骂槐数落人。你就陶醉在这个当中。还有，你在谈到默德斯通先生的好意时……”

“我从来都没有说过那个。”佩戈蒂说。

“你是没说过，佩戈蒂，”母亲回答说，“但你含沙射影地说过，就是我刚才对你说过的。这可就是你最糟糕的地方，你就会指桑骂槐说人。我刚才说过了，我知道你的意思，你心里面明白我知道。当你说到默德斯通先生的好意时，装作看不起人家的好意（因为我相信你内心深处不是真的看不起，佩戈蒂），你和我一样坚信，那是多好的心意啊。如果说他对某个人表现得严厉了点，佩戈蒂，你心里清楚，我肯定大卫也知道，我并不是指在这儿的什么人。那纯粹是因为，他觉得这样做完全是为了那个人好。由于我的原因，他自然而然也爱着那个人。所以，所有的行为都是为了那个人好。对于这方面的事情，他比我更有判断力，因为我心里非常清楚，我这个人性格软弱，头脑简单，处事幼稚，而他却意志坚定，为人沉稳，处事老练。他为我，”母亲说着，由于生性温柔，泪水不觉流到了脸颊，“他为我尽心尽力，而我应该对他心怀感激才是，甚至在心里面都服从他。而当我做不到的时候，佩戈蒂，我就心里不安，责备自己，对自己的心地产生怀疑，不知道该怎么办才是。”

佩戈蒂坐着，下巴颏顶着袜底，看着炉火，默然不语。

“行啊，佩戈蒂，”母亲说，变换了语气，“我们相互之间还是不要你争我吵为好，因为这样我受不了。我知道，如果我在世界上有什么真正的朋友的话，你就是。我说你是荒唐可笑的东西，令人恼火的东西，或者诸如此类，佩戈蒂，这时候，我只是把你当真正的朋友，而且永远都是，打从科波菲尔先生第一次带我到这儿，你到栅栏处来迎接我的那天晚上起就是。”

佩戈蒂连忙做出了反应，她亲切地把我抱在怀里，以表示对这项友好条约的赞同。我觉得，自己当时对这次谈话的真正性质有了一些模糊的认识，但我现在确信，那个好心人挑起这个谈话，她自己又参与其中，目的无非是想要让我母亲用她有点自相矛盾的见解来发泄一通，以此来寻求安慰。佩戈蒂的这一招还真是奏效，因为我记得，那天晚上剩下的时间里，母亲轻松自如多了。佩戈蒂对她察言观色也更少了。

我们喝了茶，拨了炉灰，又剪了烛花，这时候，我念了一章鳄鱼的故事给佩戈蒂听，以追忆往昔的时光。她把书从衣服口袋里取出来，我不知道她是不是一直就把它藏在那儿，然后我们开始说萨伦学校的事，这样使得我又提起了斯蒂尔福思，因为他是我津津乐道的话题。我们非常开心愉快。那个夜晚是类似夜晚中的最后一个，我生命中的一个章节注定永远结束了，它将永远留在我的记忆深处。

差不多十点了，我们这才听到了车轮的辘辘声。我们这时候全都站起身，母亲赶紧说，由于时间这么晚了，默德斯通先生和默德斯通小姐赞成小孩子要早早上床睡觉，所以，或许我最好上床去。我向她吻别，在他们进门之前就立刻端着蜡烛上楼去了。在我走向自己曾经被软禁的卧室的当儿，在我幼小的心灵中，他们就像是给屋里带进了一股寒冷的风，把昔日亲密无间的情感像羽毛般地吹散了。

第二天早晨，要下楼去吃早饭时，我感觉很不舒服，因为自从那天我犯了那个无法忘怀的错误之后，我压根儿就没有见到过默德斯通先生。然而，要面对的事情回避不了，在经历了出发两三次中途又踮着脚折回自己的卧室之后，还是下楼了，走进了客厅。

默德斯通先生站在炉火前，背朝着火。默德斯通小姐在沏茶。我进去时，他目不转睛地盯着我看，但毫无言语上的表示。

我一时间感到局促不安，然后走到他跟前，对着他说："请您原谅，先生，我为我的行为后悔不已，希望您会原谅我。"

"听见你说后悔了，我很高兴，大卫。"他回答说。

他向我伸出的那只手正是我咬的那只。我的目光忍不住在那一个红色的伤疤上停留了一会儿，但当我从他的脸上看到那种阴沉可怕的表情时，我的脸比那伤疤还要红。

“您好，小姐。”我对默德斯通小姐说。

“啊，天哪，”默德斯通小姐叹息了一声说，一边用茶匙代替手指伸向我，“假期有多长啊？”

“一个月，小姐。”

“从什么时候算起？”

“今天，小姐。”

“噢！”默德斯通小姐说，“那已经过去一天了。”

她用这种方式为我的假期数着日子，每天早晨都用完全相同的方式画去一天。她神情沮丧地做着这件事，一直到第十天。但是等到天数进入两位数时，她的神情有了喜色，而随着时间的推移，她甚至乐不可支了。

可就在这第一天，我不幸把她给吓得惊恐万状，虽说一般情况下她神经还不至于这么脆弱。我进入了她和我母亲坐在一起的那个房间。婴儿（出生才几个礼拜）放在我母亲的膝上，于是我小心翼翼地把他抱在怀里。突然，默德斯通小姐尖叫了一声，吓得我差一点把婴儿掉到地上。

“亲爱的简啊！”母亲大声喊着。

“天哪，克拉拉，你看见了吗？”默德斯通小姐大声说，情绪异常激动。

“看见什么，亲爱的简？”母亲说，“在哪儿呢？”

“他把婴儿抱起来了！”默德斯通小姐大声说，“这孩子把婴儿抱起来了！”

默德斯通小姐吓得腿都软了，却又挺起身子向我冲了过来，一把夺走我怀里的孩子。接着她便晕过去了，大家只得给她服用樱桃白兰地。她恢复过来之后，便给我下了一道严厉的命令，我不得以任何借口碰我弟弟。我可以看得出来，我可怜的母亲虽然不赞成这样，但还是逆来顺受，认可了这道命令，并说：“毫无疑问，你说得对，亲爱的简。”

还有一次，当时我们三个在一起，可爱的婴儿——我们一母所生，我真的很喜欢他——莫名其妙就惹得默德斯通小姐大发雷霆。婴儿躺在我母亲膝上，母亲看着他的眼睛说：

“大卫，过来吧！”然后又看看我的眼睛。

我看见默德斯通小姐放下了手中的珠子。

“我说啊，”母亲轻声细语地说，“他俩的眼睛一模一样。我看他们俩眼睛的颜色像我的，可他们俩真的很相像啊。”

“你都在说些什么啊，克拉拉？”默德斯通小姐说。

“亲爱的简，”母亲说，前言不搭后语，因为听到默德斯通小姐严厉的语气，觉得有点害怕了，“我发现这婴儿的眼睛长得跟大卫的一模一样。”

“克拉拉！”默德斯通小姐说，愤怒地站起身，“你有时候简直就是个十足的傻瓜。”

“亲爱的简。”母亲不服气地说道。

“一个十足的傻瓜，”默德斯通小姐说，“除了你，还有谁敢把我弟弟的孩子和你的孩子比较？他们长得一点都不相像。他们毫无相像之处。他们在哪一方面都不像。我希望他们永远如此。我可不乐意坐在这儿，听人家做这种比较。”说罢她便大步走出了房间，把门砰的一声关上了。

总而言之，我不讨默德斯通小姐喜欢。总而言之，我不讨那儿的任何人喜欢，甚至包括我自己，因为那些喜欢的人不能有任何表示，而那些不喜欢的人却表现得淋漓尽致，这使我敏锐地感觉到，自己总是受到束缚，笨手笨脚，呆头呆脑。

我觉得，如同他们使我感到别扭难受一样，我也使得他们别扭难受。如果他们一同待在一个房间里，正说着话，母亲似乎也兴高采烈，而我进入之后，母亲的脸上顷刻之间就会不知不觉地挂满愁云。如果默德斯通先生兴致勃勃，我一旦进入，他的好心情就没有了。如果默德斯通小姐正气急败坏，我一旦进入，就会火上浇油。

我充分认识到，母亲总是受害者，她害怕同我说话，或者对我表现得亲切和蔼，以免这样做了，又惹得他们生气，事后还得挨训。她不仅没完没了地害怕自己得罪他们，还害怕我会得罪他们。只要我动一动，她就会惴惴不安地看看他们的脸色。因此，我决定尽可能地避开他们的视线。多少个冬日的寒夜，我坐在惨然凄凉的卧室里，裹着自己的小大衣，捧着一本书，听着教堂的钟报时。

晚上，我有时去厨房跟佩戈蒂一起坐上一会儿。我在那儿感到轻松愉快，不用害怕展示自己。但是这两种逃避的方式都得不到客厅里的人的许可。有人一心要折磨人，他们主宰着那儿的一切，所以两种方式都给禁止了。他们认为，要对我可怜的母亲实施训练，我是必不可少的。作为对我母亲的考验之一，他们不能容忍我离开视线。

"大卫，"有一天晚饭后，我正要像往常一样离开房间，默德斯通先生这时说，"看到你这么执拗任性，我很难过。"

"执拗任性得像只熊！"默德斯通小姐说。

我一动不动地站着，低着头。

"行啊，大卫，"默德斯通先生说，"坏脾气多种多样，但执拗倔强是最糟糕的一种。"

"我见过的所有有这类性格的孩子当中，"他姐姐评价着说，"这孩子的脾气最最倔强，最最冥顽不化。我看啊，亲爱的克拉拉，你也一定看出来了吧？"

"对不起，亲爱的简，"母亲说，"你真的确认——我想你会原谅我这么问一声的，亲爱的简——你自己了解大卫吗？"

"如果我看不出这孩子，或者其他任何孩子的话，"默德斯通小姐回答说，"那我还真就没有脸面了。我不能夸口说自己了解得很深，但一般的人情事理总还是看得出吧。"

"那是当然的，亲爱的简，"母亲回答说，"你的领悟力非常强……"

"噢，天哪，不！你可别这么说，克拉拉。"默德斯通小姐抢先说，她生气了。

“可我肯定情况是这样的，”母亲接着说，“这大家也都是知道的。我自己就在许多方面受益匪浅，我至少是应该受到益的，没有人比我自己更加相信这一点。所以我这才缺乏自信说话，亲爱的简，我向你保证。”

“那我们就说我不了解这孩子吧，克拉拉，”默德斯通小姐回答说，手里摆弄着自己手腕上的小圈儿，“就按你说的，我们认为，我一点儿也不了解这孩子。他太深奥了，我看不懂。但我弟弟或许还算有洞察力，能够看出孩子的性格。刚才我们——这很不礼貌——打断我弟弟的话头的时候，我相信他说的正是这个话题。”

“我看吧，克拉拉，”默德斯通先生说，声音低沉，语气严肃，“对于这个问题，可能有人比你看得更加透彻，做出的判断更加公正。”

“爱德华，”母亲战战兢兢地回答说，“对于任何问题，你都远比我有判断力。你和简都是一样的。我只是说……”

“你只是说了一些经不起推敲、未经考虑的话，”他回答说，“以后可别再说这样的话了，亲爱的克拉拉。要注意克制自己。”

母亲蠕了蠕嘴唇，好像在回答说“行啊，亲爱的爱德华”，可就是没有说出声音来。

“我刚才说过了，大卫，”默德斯通先生说，态度生硬地把头和目光转向我，“看到你这么执拗任性，我心里很难过。但我不能眼睁睁地看着你这种坏脾气发展下去。你一定要竭尽全力改掉它，先生。我们都来竭尽全力帮助你改掉吧。”

“对不起，先生，”我结结巴巴地说，“我从回来以后，就不想要执拗任性来着。”

“可不要用谎言来掩饰啊，先生！”他回答说，凶相毕露，我看到母亲不由自主地把自己颤抖着的手伸出来，好像是要把我同默德斯通先生隔开。“你就是因为执拗任性，这才躲到自己卧室里去的。你本应该待在这里的时候，却待在自己房间里。你可要明明白白地给我搞清楚，我要求你待在这里，而不是那儿。还有就是，我要求你在这儿乖乖听话，你是了解我的，大卫。我可是说话算话的。”

默德斯通小姐发出了沙哑的笑声。

“我要看到呈现在我面前的是恭恭敬敬、利利索索、心甘情愿的举止表现，”他继续说，“简·默德斯通也要看到这样，还有你母亲。我绝不允许一个孩子随心所欲，像躲瘟疫似的逃离这个房间。坐下吧。”

他命令我就像命令一条狗一样，而我也像狗一样地服从了。

“还有一件事，”他说，“我发现，你喜欢和下人混在一起。你可不要同仆人搅和在一起。你有许多方面需要改进，但厨房是不适合于你改进的。关于那个教你使坏的女人的事，我什么也不说，因为你，克拉拉，”他低声对母亲说，“同她多年相处，且长期对她偏爱袒护，对她言听计从，到现在这个缺点还没有改掉。”

“莫名其妙的想法，让人不可理喻！”默德斯通小姐大声说。

“我只是说，”默德斯通先生对着我继续说，“我不赞成你老和佩戈蒂那个女人在一起，这种行为要改掉。行啊，大卫，你是知道我的脾气的。如果你不规规矩矩听我的话，你是知道会有什么结果的。”

我知道得很清楚，单就对我那可怜的母亲导致的后果而言，我比他想象的还要清楚。于是我规规矩矩地服从他，我不再躲避到自己房间里去了，也不再躲着同佩戈蒂待在一起，而是日复一日百无聊赖地坐在客厅里，巴望着夜间就寝时间的到来。

我一个时辰接着一个时辰地保持同一个姿势坐着，不敢动一动胳膊或者伸一伸腿，生怕默德斯通小姐数落我（她只要有一点点借口就会这样）心浮气躁。不敢移动一下目光，生怕遇上厌恶的表情——瞪眼睛，这样的话又找到了数落我的理由！坐在那儿听着时钟嘀嗒嘀嗒的声音，眼睁睁看着默德斯通小姐穿着那闪闪发亮的小钢珠，想着她如果要嫁人的话，是不是会嫁个倒霉的男人，随着目光，思绪转移到了天花板，进入了墙纸上那波纹形和螺旋形的花纹中。凡此种种，我经受着多么令人厌烦的束缚啊！

凛冽的严冬天气，我孤独一人在泥泞的小路上散步，走到哪儿心里都要想着那间客厅，想着那间有默德斯通先生和默德斯通小姐在里面的客厅，这可是我心里不得不要承受的沉重负担，这可是一种不可能打破的白日梦魇，这可是一副压得我浑浑噩噩、神志不清的重担。在这样的情形下散步多么凄凉啊！

吃饭时，我沉默不语，局促不安，总有一种感觉，觉得有一套刀叉是多余的，那是我的，有一个人的食欲是多余的，那是我的，有个盘子和一把椅子是多余的，那是我的，有某个人是多余的，那就是我。这是怎么样的一种情形啊！

夜幕降临，他们点上了蜡烛，要求我做功课，但是，由于不敢阅读消遣性的书，便只好啃枯燥乏味、冷酷无情的算术书。那些度量衡表都像是谱上了《统治吧！英国》[①]或《告别忧伤》[②]，不肯安安稳稳地停住脚步让我学习，而是像玩老祖母穿针游戏似的通过我不听使唤的大脑，从一只耳朵进去，从另一只耳朵就出去了。这是什么样的夜晚啊！

尽管我谨小慎微，可还是免不了又是呵欠又是打盹。我每次从偷睡中醒来时，都会惊恐不已。偶尔我说上一两句话，也根本得不到任何人的搭理。我就像是一片茫茫空白，没有任何人关注，可又妨碍着每一个人。我听到时钟敲响九点时，默德斯通小姐发出欢呼声，并且命令我去睡觉，那时候是多么巨大的一种解脱啊！

我的假期就这么一天天地过去了，直到一天早晨，默德斯通小姐对我说："最后一天过去了！"于是给我喝了假期中的最后一杯茶。

我要走了，但心里并不难过。我陷入了一种懵然无知的状态，不过在一点点地恢复，在期盼着见到斯蒂尔福思，尽管他身后还站着个凶神恶煞般的克里克尔先生。巴吉斯先生又一次出现在大门口，母亲俯身搂住我，向我告别，默德斯通小姐又一次发出带着警告的声音，"克拉拉！"

---

① 英国作曲家托马斯·阿恩（Thomas Arne，1710—1778年）所谱的著名歌曲的旋律。

② 英国当时流行的一首著名情歌，曲调源自莫扎特的歌剧《魔笛》。

我吻了母亲，也吻了婴儿弟弟。这时候我才感觉到难受，但并不是因为要离开而难受，因为我们之间横着一道鸿沟，所以每天都是天各一方。母亲用最最炽热的情感拥抱了我，但留驻在我心中的不是那拥抱，而是拥抱之后的情形。

我上了马车，突然听到母亲在呼唤着我。我向着车外看去，只见她独自一人站在花园门口，双臂举起婴儿，好让我看清楚。那天的天气寒冷无风，她举着婴儿目不转睛地看着我时，头发或者衣裙的皱褶纹丝不动。

我就这样失去了她。后来我在学校时的梦境中看到的她就是这个样子的，默然不语地出现在我的床边，用同样专注的目光看着我，双臂抱起婴儿。

第九章

我过了一个难忘的生日

我的生日在三月，在那之前，学校里发生的一切情况，我全都略而不叙。除了斯蒂尔福思比以往任何时候都更加受人崇拜，其余我什么都记不起来了。他最迟在那个学期结束的时候就离开了学校。在我的眼中，他比先前更加精神抖擞，更加桀骜不驯，因此也更加令人着迷。除此以外，我什么都记不起来了。当时在我心目中留下深刻印象的大事似乎把其他次要的事情全都给淹没了，所以那件大事便单独地留了下来。

甚至连我都觉得难以置信，在我回到萨伦学校和我的生日到来之间竟然隔着两个月的空白。我只能认为事实就是这样的，因为我知道，情况必须如此，否则，我会坚信，自己回到学校和过生日之间没有任何间隔，而是一件事同另一件事接踵而至。

那天的情形我记得多么清楚啊！我都闻到了弥漫在四处的雾气了，透过朦朦胧胧的迷雾看到了白霜，我感觉到蒙了一层白霜的头发湿漉漉地搭在脸颊上。我看到了昏暗狭长的教室里，寥寥落落地点着蜡烛，照亮了那个雾气蒙蒙的早晨，在寒冷彻骨的气候中，学生们又是往手指上哈气，又是在地板上跺脚。他们哈出的热气犹如袅袅炊烟。

吃过早饭，我们从运动场被召回到了教室，这时候，夏普先生进来说：

“大卫·科波菲尔到客厅去。”

我期待着佩戈蒂给我捎来一大篮子东西，所以听到这一声传唤便兴高采烈。我迫不及待地离开座位出去时，周围的一些学生纷纷叮嘱说，有好东西不要忘记了他们。

“别着急，大卫，”夏普先生说，“有的是时间，孩子，别着急。”

他说话时语气充满了温情，如果我当时仔细想一想的话，或许会感到惊讶的，但我当时没有多想，只是后来才领悟到。我匆匆忙忙跑到会客厅，我看到克里克尔先生在那儿吃早餐，前面放着藤条和报纸，克里克尔太太手里拿着一封拆了封的信。可是没有盛着东西的大篮子。

“大卫·科波菲尔，”克里克尔太太一边说，一边把我领到一张沙发旁，挨着我身边坐下，“我想特别跟你谈谈，有件事要对你说，我的孩子啊。”

我当然要朝克里克尔先生看一看，但他看都没看我一眼，便摇了摇头，本来是要叹息一声的，可被一大块涂了黄油的面包给堵回去了。

“你年龄还太小，不明白人世间的事情变化多端，”克里克尔太太说，“也不明白什么叫人有旦夕祸福。可是这种事，我们都得要面对，大卫。我们有的人年轻时就面对了，有的人到老了才面对，有的人一生一世都在面对。”

我神情严肃地看着她。

“假期结束离开家里时，”克里克尔太太停顿了片刻后说，“家里人都好吗？”又停顿了片刻后，“你妈妈当时好吗？”

不知怎么回事，我浑身颤抖起来，但还是神情严肃地看着她，没想要回话。

“因为啊，”她说，“我非常伤心地告诉你，我今天早晨听说的，你妈妈病得很严重。”

一团迷雾突然在我和克里克尔太太之间升起，一时间，她的身影在迷雾中摇晃着，随后我觉得热泪滚到了自己脸颊上，她的身影便稳定下来了。

“她病危了。”她补充说。

现在我全都明白了。

“她死了。”

无须这样告诉我了。我伤心地痛哭起来，觉得茫茫人世，自己竟然成了孤儿。

克里克尔太太对我非常友善，她留我在那儿待了一整天，有时候让我一个人待着。我痛苦着，哭累了就睡，醒过来了又接着哭。等到哭不出声来的时候，心里便开始想事情了，觉得心情沉重到了极点，我悲伤至极，无法释然。

然而，我的思绪漫无边际，没有专注于压在我心头的这场大灾难，而是游离于其附近。我想到了我们家住房正关门闭户，寂静无声。我想到了那个婴儿，据克里克尔太太说，他也病了一段时间，他们认为，他也会死去。我想到了我们家附近墓地里父亲的坟墓，还想到了母亲躺在我熟悉的那棵树下。我独自一个人时，便站在了一把椅子上，对着镜子看看，自己的双眼有多么红，自己的脸部呈现出了怎样的悲容。过了几小时之后，我心里想着，如果我的眼泪现在真的已经流不出来了，看起来情况真的如此啊，那等到我回家的时候——因为我是要回去参加葬礼的——我要想到什么样的丧亲之痛，才会使我痛哭一场呢。我清楚地记得，其他学生都对我肃然起敬，处在不幸中的我成了个重要的人物。

如果说有哪个孩子感受到了刻骨铭心的悲伤的话，我就是。但是我记得，那天下午，其他同学都在教室里上课，只有我独自一人在运动场上散步，我如此这般地显得重要，这对于我来说是一种满足。他们去上课时，我看见他们朝着窗户外面看我，我感到自己与众不同，于是表现出更加悲伤的样子，连脚步也放得更慢了。下课以后，他们都出来和我说话，我觉得自己表现得不错，对谁都没有端架子，还跟以前一样对待他们。

我决定第二天夜里启程回家，不是乘邮车，而是乘一辆笨重的夜行公共马车，此车名叫“农夫”号，主要供乡下人一路上短途旅行时乘坐。那天晚上，我们没有讲故事，特拉德尔坚持要把他的枕头借给我用。我至今也不明白，他当时那么做，怎么会觉得对我有好处来着，因为我有自己的枕头。不过，这可是他当时唯一能出借的东西，可怜的人，除此之外他还有一张画满了骷髅的信纸，离别时，他把信纸送给了我，好让我在悲伤中得到安慰，心情能够得到平静。

我于第二天下午离开萨伦学校，当时几乎没有想到，自己这一离开就永远不返回了。整个夜间我们行进的速度都很缓慢，直到上午九十点才到达雅茅斯。我朝车外看了看，想要找到巴吉斯先生，可他不在，取而代之的是个肥肥胖胖、呼吸急促、一脸快乐的小老头儿。小老头儿一身黑色，短裤的齐膝处系了一些褪了色的缎带，还穿着黑色的长袜子，戴了顶大宽边礼帽。他喘着粗气，走到马车窗前说：

"是科波菲尔少爷吗？"

"是的，先生。"

"请跟我走吧，少爷，"他边说着，边打开车门，"我很荣幸送您回家。"

我把手放到他手中，心里思忖着此人是何许人，接着我们就走进了一条狭窄街道上的一家店铺，店铺门上写着："奥默店铺，经营各种布匹成衣，承做各种丧葬服饰用品"等字样。店铺又小又窄，令人透不过气来。里面堆满了各式各样的服装，有的做好了，有的尚未完工，里面还有一个橱窗，放满了海狸皮帽和女式软帽。我们走进店铺后面的一个客厅里，看到三个年轻女子正在干活儿，桌子上堆着一大堆黑色衣料，布头布屑撒满了一地。客厅中间放了个火炉子，炉火正旺，里面还弥漫着一股暖烘烘的黑纱布气息，叫人喘不过气来。我当时不知道那是什么气味，但现在知道了。

那三个年轻女子看起来心灵手巧，轻松愉快，她们抬起头看了看我，然后继续忙着手上的活儿。缝啊，缝啊，缝啊。与此同时，窗外小院另一端的一个作坊里也传来阵阵有节奏的铁锤声，咚……嗒嗒，咚……嗒嗒，咚……嗒嗒，毫无变化。

"嘿！"给我领路的人对着三个年轻女子中的一位说，"你们做得怎么样了，明妮？"

“等到试样时，就完工了，”她语气欢快地回答说，头都没有抬，“您不用担心，父亲。”

奥默先生摘下头上的宽边帽，坐了下来，喘着粗气。他很肥胖，得先喘上一阵粗气才能开口说话：

“不错。”

“父亲！”明妮开玩笑似的说，“您都成了一条海豚了！”

“是啊，我也不知道怎么搞的，宝贝儿，”他一边回答说，一边思考着这个问题，“我的确是这样的。”

“您就是个开心快活的人，您知道的，”明妮说，“您对什么事都想得开。”

“想不开有什么用啊，宝贝儿。”奥默先生说。

“确实没有用，”女儿回答说，“我们在这里都开心愉快，感谢上帝！是不是，父亲？”

“我看是这样，宝贝儿，”奥默先生说，“我现在顺过气来了，该要给年轻学生量尺寸了。请进店铺吧，科波菲尔少爷。”

我遵嘱走在奥默先生前面。他给我看了一卷衣料，说那是高级货，给自己的父母服丧用，再适合不过了，然后量了我的各种尺寸，并记在了一个本子上。他在记尺寸时，还让我看看他店铺里的货物，告诉我说哪些式样是“刚流行的”，哪些是“刚过时的”。

“我们在这方面常常得赔进不少钱，”奥默先生说，“可是式样如同人一样，流行式样来了，谁也不知道什么时候来，为什么来，怎么个来法。而式样过时了，谁也不知道什么时候过时，为什么过时，怎么个过时法。在我看来，如果您用这样的观点来看问题的话，一切的一切都像人生。”

我悲痛欲绝，无法讨论这个问题，其实不管在什么情形之下，这也是超出我的理解力的问题。奥默先生把我带回到客厅，他一路上呼吸吃力。

一扇门的后面有一段陡峭的台阶，这时他冲着台阶下面大声喊：“把茶和黄油面包拿来！”那两样东西过了一段时间才用盘子端了上来，原来是专为我准备的，这期间，我环顾了一下四周，想着心事，还听到房间里穿针走线的声音和院落对面锤子敲打出的音调。

“我一直就认识您，”奥默先生端详了我一会儿之后说，其间我没怎么去留意那份早餐，因为黑色的东西弄得我胃口全无，“我很早以前就认识您了，年轻的朋友。”

“是吗，先生？”

“从您出生的时候起，”奥默先生说，“我还可以说在那之前。我认识您之前，就认识您父亲了。他身高五英尺九英寸半，坟地长二十英尺，宽五英尺。”

“咚……嗒嗒，咚……嗒嗒，咚……嗒嗒”，声音从院落那边传了过来。

“他的那块二十英尺长五英尺宽的面积，虽说他只用了其中一小部分，”奥默先生说着，态度爽朗，“那是他的要求还是您母亲吩咐的，我记不清了。”

“您知道我的小弟弟怎样了吗，先生？”我问。

奥默先生摇了摇头。

“咚……嗒嗒，咚……嗒嗒，咚……嗒嗒。”

“他在他母亲的怀里待着呢。”他说。

“噢，可怜的小家伙！他也死了吗？”

“无能为力的事，别去想了，”奥默先生说，“是啊，可怜的婴儿也死了。”

听到这个消息之后，我的伤口又重新开裂了。我撇下那份几乎没有尝过的早餐，走到小房间一角的另一张桌子边，把头伏在上面，明妮赶紧把上面的东西拿走，以免我的泪水弄脏了摆在上面的孝服。她是个相貌俊秀、性情友善的姑娘，动作轻柔地把我的头发从盖住眼睛的地方撩开，可是，她的活儿已经快要完工了，而且完成得正是时候，所以兴高采烈，她的心情和我的大相径庭。

紧接着，锤子击打的声音停止了，一个英俊帅气的年轻小伙子横过院落进了房间。他手里抡了个铁锤，嘴里衔满了小钉子，所以开口说话之前他得把钉子取出来。

“喂，乔兰姆！”奥默先生说，“你进展得怎么样了？”

“很顺利，”乔兰姆说，“完成了，先生。”

明妮有点脸红了，另外两个女孩相互对着微笑了一下。

“什么！那就是说，昨晚我到俱乐部去了之后，你一直点着蜡烛干的？是不是这么回事？”奥默先生闭着一只眼睛说。

“没错，”乔兰姆说，“因为您说过的，干完活儿之后，我们还要一同进行一段短途旅行，我和明妮，还有您。”

“噢！我以为你要把我排除在外呢，”奥默先生一边说着，一边哈哈大笑起来，一直笑到咳嗽。

“因为您好心说了那样的话，”小伙子接着说，“您瞧，我就得卖力干啊，您去看看干得怎么样好吗？”

“我会去看的，”奥默先生说着站了起来，“宝贝儿，”他停下脚步转身对我说，“您去看看您……”

“别，父亲。”明妮抢着说。

“我本来觉得这样做可能很合适，宝贝儿，”奥默先生说，“不过，可能你的看法是对的。”

我也说不上，自己怎么就知道他们要带我去看的，是我最最亲爱的母亲的棺木。我压根儿没有听见有人制作棺木的声响，也没看见过一口棺木，但是，我心里突然想到，可那声音不断响起来的时候，我就知道那是什么声音了。那小伙子进屋时，我便确认他一直在做什么了。

那两个姑娘的活儿也做完了，我没有听见别人叫她们的名字。她们刷去粘在自己身上的线头和布头，然后到店铺里去恢复营业，接待顾客。明妮留在后面，把缝制好的东西叠好，放进两只筐子里。她一边跪着做这些事，一边还哼着一支欢快的小曲。乔兰姆——毫无疑问，是姑娘的心上人——进来了，趁着她手上忙着时偷偷亲了她一口（他好像一点儿也不在乎我在场），告诉她说，她父亲备车去了，他必须得赶紧做好准备。接着又出去了，她随即把顶针和剪刀放进口袋里，把那根穿了黑线的针仔细地别在衣裙的前襟上，然后又利索地穿上外套。我从门后的一面小镜子里看到了一张喜气洋洋的脸。

我看到了以上这一切，当时我坐在一角的桌子旁，一手托着头，一边漫无边际地想着心事。没过一会儿，马车就拉到店铺门口了，两只筐子先抬了上去，接着便把我扶了上去，那三个人随后。我记得那车一半像是载人的轻便马车，一半像是运钢琴的货车，外表漆成了黯淡的颜色，由一匹长尾巴的黑马拉着。我们坐在里面很宽敞。

同他们在一起，想起他们一直忙碌着，看到他们乘车途中兴致勃勃的样子，当时那种不可思议的异样感觉，我认为自己有生以来从未体验过（我现在或许领略了世情，变得更加聪明了）。我没有生他们的气，更多的是害怕他们，自己好像被抛弃到了一群性情同我毫无共同之处的人中间了。他们全都显得非常高兴。那个老头儿坐在前面赶车，两个年轻人坐在他身后。每次他要同他们说话，他们都得前倾着身子，一个挨近他胖脸的一边，另一个挨近另一边，对他俯首帖耳。他们本来也同我说话，但我不接茬儿，愁眉苦脸地蜷缩在一个角落里。他们俩打情骂俏，欢笑嬉戏，虽然远不是喧嚣打闹的那种，但我还是给吓着了。我心里觉得奇怪，他们这样铁石心肠，怎么还没有受到惩罚呢。

因此，他们停下来喂马，自己吃吃喝喝，津津有味，这时候，他们吃喝的东西我一点儿都不能沾边，我得持续斋戒。因此，当我到达家门口时，我以最快的速度从马车后面跳了下来，为的就是可以赶在他们前面出现在那几扇庄严肃穆的窗户前，就好像曾经是炯炯有神的亮眼睛如今闭上了对着我。噢，我回到家了，看到了母亲卧室的窗户，而在昔日美好的时光里，隔壁就是我的卧室，这时候，哪还需要想什么事情使自己感动得流泪啊！

我还没有走到门口就扑在了佩戈蒂的怀里。她扶着我进了家门。她一见到我就爆发出了悲痛的号哭，但很快就控制住了自己，轻声细语地说话，步伐轻柔地走路，似乎担心惊扰到死者。我发觉她已经很长时间没有上床睡过觉了。她晚上还是坐在那儿，给母亲守灵。她说了，只要她可怜的小宝儿没有入葬，她就绝不离开她。

默德斯通先生待在客厅里，我走进去时，他根本就没有理睬我，而是坐在火炉旁边，默然不语地抽泣着，坐在扶手椅上想着心事。默德斯通小姐在写字台边忙碌着，桌上摆满了书信和文件，她把冷冰冰的手指尖伸向我，语气刻板地低声问我，缝制孝服的尺寸量好了没有。

我说："量好了。"

"还有衬衣呢，"默德斯通小姐说，"都带回来了吗？"

"带回来了，小姐。我把衣服全都带回来了。"

这就是她所谓的坚定沉着所给予我的全部安慰。我毫不怀疑，她会不失时机地展示自己所谓的自制力、坚定性、意志力、普通常情，还有她那气急败坏的品性中那一整套恶劣的东西，她会从中获得无穷的乐趣。她对自己的办事才能感到特别自豪，现在就把一切都诉诸笔端，以显示自己的才能，不为其他任何东西所动。在那天剩下的时间里，以及后来的每一天，她都坐在那张写字台旁，沉着冷静，用一支硬笔不停地写着，用同样沉着冷静的语气说着话，身上的衣服也没有呈现丝毫凌乱。

她弟弟有时会拿着一本书，可是我看他根本就没有看。他有时打开书本朝上面看一看，做出看书的样子，可是整整一个小时也不不曾翻过一页，然后又放下书，在房间里来来回回地走着。我时常交叉着手坐着，一个小时接着一个小时，看着他，数着他的步子。他极少同她说话，跟我更是一句话也没说。在整个寂静无声的屋子里，除了时钟，他似乎是唯一躁动不安的东西。

在葬礼前的那些日子里，我极少看到佩戈蒂，只有在上下楼的时候，我总能在停放母亲和那婴儿遗体的那个房间附近看到她。除此之外，就是每天晚上我要睡觉时，她来到我的卧室，坐在我床头陪着我。葬礼前一两天，我觉得是一两天之前，不过，在那样一段悲伤的日子里，我心里一片混乱，压根儿没有留意时间的进程。她把我带进了那个房间。我现在只记得，床榻上盖着白布，周围洋溢着一种美妙的洁净和清新的氛围，在我看来，那儿躺着的就是弥漫在屋子里庄严肃穆而又宁静素雅气氛的化身。当佩戈蒂动作轻柔地要把白布掀开时，我大声喊着，“噢，不！噢，不！”并抓住了她的手。

即使葬礼是在昨天举行的，我也不可能记得更加清晰。我走进那间更加气派的客厅大门时，里面的气氛扑面而来：壁炉里的火熊熊燃烧，瓶子里的酒晶莹透亮，杯子和盘子呈现各种式样，糕点散发出微香，默德斯通小姐的服饰还有我们的衣服发出的气息。奇利普先生也在房间里，他走到我跟前说话。

“大卫少爷，您好吗？”他说，态度和蔼可亲。

我不能对他说自己很好，而是把手伸给他，他握住了。

“哎呀呀！”奇利普先生亲切地微笑着说，眼睛里好像有什么东西在闪着亮光，“我们周围的小朋友全都长大了，长得我们都认不出来了，是这样的吗，小姐？”

他这话是冲着默德斯通小姐说的，但她并没有回话。

“这儿比从前大有改进啊，是吧，小姐？”奇利普先生说。

默德斯通小姐只是皱了皱眉头，稍稍点了点头，算是回答。奇利普先生讨了个没趣后，牵着我的手走到一个角落里，不再言语了。

我注意到这一点，因为我注意了发生的一切情况，并不是因为我只关注自己，或者说关注我回家后自己的情况。这时候，铃声响起来了。奥默先生和另外一个人进来，吩咐我们做好准备。佩戈蒂时常告诉我，多年前，给我父亲送葬的那些人，也是在这间屋子里做准备的。

参加送葬的有默德斯通先生，我们的邻居格雷珀先生、奇利普先生，还有我。我们走到门口时，抬棺人已经抬着棺木到花园里了，他们走在我们前面，沿着小路走，经过那些老榆树，然后出了栅栏门，来到了墓地。就在那儿，我在夏日的早晨，时常听见鸟儿在歌唱。

我们在墓穴四周站立着。我觉得这一天同任何一天都不一样，光线中没有了昔日的色彩，而是呈现出悲凉的色泽。此时四周一片庄严肃穆，寂静无声，这种气氛是我们随同将在此安息的人从家里带来的。我们全都光着头站立的当儿，我听见了牧师的声音，那声音好像从遥远处传来，然而却听得清晰明白。牧师说，“主耶稣说，我是复活和生命！”接着，我听见有人哭泣。我同其他旁观者是分开站的，从他们当中我看到了那个善良忠厚的女仆，她现在是我在人世间最爱的人，我幼小的心灵相信，将来有一天主耶稣会对着她说：“你做得好啊。”

在那一小群旁观者当中，我看到许多熟悉的面孔。有些面孔是我在教堂里认识的，我在那儿总是东张西望。有些面孔是母亲青春靓丽来到村上时一睹过她的芳容的。我并没有把他们放在心上，我沉浸在悲痛之中，除此之外，什么都不关心。不过我看见了他们，也认识了他们。我还看到了远在人群后面东张西望的明妮。她游移的目光总会回到她近旁的恋人身上。

葬礼结束后，墓穴填上了土，我们便转身回家。我们的面前耸立着我们家的住房，精致美丽，风光依旧，让我想起了昔日一去不复返的东西，不过，同它唤起的悲伤相比，我的一切悲伤都算不了什么。但是，他们领着我朝前走，奇利普先生对我说着话，回到家后，他把水送到我嘴边，我请求他允许我上楼回自己的卧室去，他像一个女人似的态度温柔地同我分了手。

我说了，这一切仿佛都是昨天发生的事。而后来发生的一件件事情已经离我而去，漂向了大洋彼岸，一切被忘却了的事情都将在那儿重现，但是这件事犹如一块高高的巨石耸立在大洋之上。

我知道，佩戈蒂会到我卧室里来，当时那种只有安息日才有的安宁静谧（那天好像就是礼拜日！我已经忘掉了）对我们俩都很合适。她在我的小床上紧挨着我坐下，紧紧握住我的手，有时候会把我的手贴近她的嘴唇，有时候又用她自己的手轻轻抚摸着我的手，就像在哄我的小弟弟一样，然后她用自己的方式，把她要告诉我的家里发生的一切情况全都告诉了我。

“很长时间以来，”佩戈蒂说，“她的身体就一直没有好过，总是神情恍惚，闷闷不乐。等到生下了孩子之后，我刚开始觉得，她会好起来的，但身体反而更加虚弱了，每况愈下。孩子出生之前，她习惯一个人坐着，然后就哭起来。婴儿出生以后，就会对着他唱歌——歌声轻柔缠绵，有一次我听了之后，心里想着，那声音像是飘拂在空气中，正慢慢地远去了。

“我觉得，她近来胆怯怕事，更加诚惶诚恐。任何一句严厉的话都像是给她一记耳光。但她对我都是一如既往。她对待傻乎乎的佩戈蒂从没有变化，我可爱的姑娘是不会变的。”

佩戈蒂说到这儿停住了，轻柔地在我手上拍打了好一会儿。

“宝贝儿，您放假回来的那天晚上，我最后一次见到她像从前的样子。您离家返校的那天，她对我说，‘我不可能再见到我亲爱的宝贝了。我有一种感觉，情况真的会是这样的，我知道。’

“那以后，她吃力地支撑着。有好多次，他们说她不动脑筋，无忧无虑，她便装出如他们说的那个样子，但实际上那已经是过去的事情了。她没有把告诉过我的事情对丈夫说——她害怕告诉别的任何人——直到有一天晚上，也就是出事前一个多礼拜吧，她对他说，‘亲爱的，我觉得自己快要死了。’

“‘这事我总算放心了，佩戈蒂，’那天夜里我侍候她睡觉的时候，她对我说，‘在以后的几天里，可怜的人，他越来越相信事情是真的，到那时一切就都过去了。我很疲倦。如果说这就叫睡眠的话，那么在我睡眠的时候，请坐在我身边，不要离开我。愿上帝保佑我的两个孩子啊！愿上帝庇护我那个没有父亲的孩子啊！’”

“从那时开始我就一直没有离开过她，”佩戈蒂说，“她还是常常同楼下的那两个人说话，因为她爱他们，要是不爱她周围的人，她可受不了。但他们从她床边走开后，她总是转向我，似乎佩戈蒂在哪儿，便可从哪儿得到安宁。要不是这样，她就没法入睡。

“最后那天晚上，傍晚时，她吻了我，并且对我说：‘佩戈蒂，要是我这小宝宝也会死的话，请你告诉他们，把孩子放在我怀里，让我们埋在一起吧。’(后来就是这么做的，因为那只可怜的羔羊只比她多活了一天)‘让我那最最亲爱的孩子送我们到安息地去吧！’她说，‘你还要告诉他，母亲躺在这儿的时候，为他祝福了不止一次，而是千次。’”

过后又是一阵沉默，佩戈蒂又轻轻地拍打着我的手。

“到了深夜的时候，”佩戈蒂说，“她向我要水喝，喝过水之后，对着我露出了带着病容的微笑，可爱的人儿！美丽极了！

“天亮了，太阳升起来了，这时候，她对我说，科波菲尔先生曾经对她多么和蔼可亲、温柔体贴。对她总是那么宽容忍让，每当她对自己心怀疑虑时，他就会对她说，一颗爱心比智慧更加可贵，更有力量，还说他从她的爱心当中享受到了幸福。‘佩戈蒂，亲爱的，’她接着说，‘让我靠你更近一点吧，’因为她已经非常虚弱了，‘请你把你舒适的胳膊放到我脖子下面吧，’她说，‘把我转到面对你，你的脸离我太远了，我想要靠近一点。’我照她所说的做了。噢，大卫啊！那个时刻已经到了，我第一次跟您分别时说的那些话全都应验了，她高兴地把她可怜的脑袋枕在她笨头笨脑、脾气暴躁的老佩戈蒂的胳膊上，就这样，死去了，像个睡着的孩子！”

佩戈蒂的叙述结束了。从得到母亲死讯的那一刻起，她最后一段时间里的形象便从我心中消失了。从那一时刻起，我记忆中的母亲，只是我印象中她青春年少时的样子，她老爱用手指不停地缠绕自己秀丽的卷发，黄昏时在客厅里和我翩翩起舞。佩戈蒂现在告诉我的这些情况，远没有把我带回到她最后的那段时间，反而使她更早一些时候的形象在我的心中扎了根。这或许很奇怪，但事实就是如此。她这一离开人世，便展翅飞回到了她那安宁平静、无忧无虑的青春时代，其余的日子全都消失了。

躺在坟墓中的母亲，是我童年时期的母亲。她怀中那个小生命就像曾经的我一样，在她胸前安然入睡了。

第十章

我遭受遗弃，但有了另一种安排

办完丧事那天过后，光线自由自在地照进屋子，默德斯通小姐处理家庭事务时要采取的第一个行动，就是告知佩戈蒂一个月之后必须得离开。尽管佩戈蒂也很不乐意在此伺候他们，但我相信，为了我的缘故，她宁可放弃世界上最好的差事，也会留下来接着干。可她告诉我说，我们必须得分别，同时告诉了我分别的理由。于是我们真心诚意地相互安慰。

至于我或者对我未来的安排，他们一声没吭，也没有任何行动。我敢说，如果他们能够提前一个月告知我，要把我打发掉，他们一定会高兴不已的。我又一次鼓起勇气问默德斯通小姐，我何时可以返回学校。她态度冷漠地回答说，她认为我根本不需要回学校了。其他的一句话也没有多说。我迫不及待地想要知道，他们打算怎么安置我，佩戈蒂也心急火燎。可是，无论是她还是我，都得不到这方面的一丁点儿消息。

我的境况倒是有了一个变化，这种变化虽然大大缓解了眼下的不安情绪，可是如果我能够仔细地斟酌一下的话，会使我对未来产生更大的惶恐不安。情况是这样的：先前对我的种种约束全都给取消了。他们没有再要求我枯燥乏味地端坐在客厅里，而且还有几回，我刚在那儿坐下，默德斯通小姐便对着我直皱眉头，示意我离开。他们没有再禁止我同佩戈蒂待在一起，而且只要我不同默德斯通先生在一起，他们不会过问我。刚一开始时，我每天都诚惶诚恐，生怕他又来一手操控我的学习，或者由默德斯通小姐亲自负责，但我很快就意识到，我的担惊受怕是没有根据的。其实我应该预料到的是无人照管。

我现在想起来，这一发现当时并没有给我带来多大痛苦。我遭受了丧母之痛，人还处在浑浑噩噩之中，对其他一切细枝末节的事情都置之不理。我清楚地记得，自己偶尔也考虑过，有可能不能再接受教育了，或者不再有人关心我了。有可能长大成人后，衣衫褴褛，意志消沉，游荡乡野，蹉跎一生。还有可能摆脱这种境况，远走他乡，像故事中的主人公一样，去寻找发财的机会。但这些都是转瞬即逝的幻想，就像模模糊糊画在或者写在我卧室的墙上，这些东西慢慢散去时，墙壁上留下的又是一片空白。

"佩戈蒂，"一天晚上，我在厨房的火炉旁暖手时，若有所思地低声说，"默德斯通先生比从前更加不喜欢我了。不过他从来就没有喜欢过我，佩戈蒂，可是他现在如果可能的话，恐怕连见都不想见到我了。"

"也许他还在悲痛中吧。"佩戈蒂一边说，一边抚摸着我的头发。

"我可以肯定，佩戈蒂，我也很难受啊。如果我相信那是因为他悲痛的缘故，那我倒是不会多想。但是事情不是那么回事，噢，不是，不是那么回事啊。"

"您怎么知道事情不是那么回事呢？"佩戈蒂沉默了一会儿后问。

"噢，他的悲痛是另外一件也是很不相同的一件事。他这阵子很难受，同默德斯通小姐一起坐在火炉边。但是，如果我走进去的话，佩戈蒂，他可就会变成另外一副模样了。"

"会变成一副什么模样呢？"佩戈蒂问。

"愤怒，"我回答说，还不由自主地模仿着他黑眉紧锁的样子，"如果他只是痛苦难受，他是不会那副模样看着我的。要是痛苦难受的话，那只会使我态度更加友好。"

佩戈蒂好一阵子沉默不语。我在火边暖着手，同她一样沉默不语。

"大卫。"她最后开口了。

"什么，佩戈蒂？"

“宝贝儿，能够想到的办法，我全都试过了。一句话，行得通的办法，行不通的办法，都尝试过了，就像在布兰德斯通找到一份合适的伺候人的活儿，可就是没有这样的差事啊，宝贝儿。”

“那你打算怎么办呢，佩戈蒂？”我问，语气中充满了依依不舍，“你打算离开，去寻找发财的机会吗？”

“我看只能去雅茅斯了，”佩戈蒂回答说，“先在那儿住下再说。”

“我本来可以走得更远一些，”我说，脸上露出一点喜色，“从此杳无音信。如果在那儿的话，我有时间可以去看你，亲爱的老佩戈蒂，你不会到天涯海角，对不对？”

“不会的，感谢上帝！”佩戈蒂大声说，情绪异常激动，“只要您还在这儿，宝贝儿，我这辈子每个礼拜都会过来看您，这辈子每个礼拜有一天！”

她这么一承诺，我便如释重负，而且还不仅仅是这样呢，因为佩戈蒂接着还说了：

“大卫，您听我说，我还打算先去我哥哥家住两个礼拜，其间有时间考虑考虑自己的事，同时使自己恢复到以前的样子。行啊，我已经想过了，或许吧，他们目前不想让您留在这儿，也许会允许您跟着我一块儿走呢。”

由于我当时不能同自己周围的每一个人改变关系，佩戈蒂除外，如果此时有什么事情能够给我带来快乐的话，那就要算这个计划了。我又要回到那些诚挚善良的人中间，他们喜气洋洋地欢迎我。我要再一次体验那宁静美妙的礼拜日早晨，倾听那悠扬的钟声，往水中扔小石子，看着那若隐若现的船只在迷雾中穿行。我要又一次同小埃米莉到处畅游，向她倾诉满腹愁肠，在海滩上拾贝壳、捡石子，消愁解闷。想到这一切，我的心便安宁下来了。但毫无疑问，这种平静紧接着又被打破了，因为心存疑虑，不知道默德斯通小姐会不会同意。不过连这个疑虑也很快就消除了，因为正当我们在谈话时，默德斯通小姐到储藏室巡查，这时候，佩戈蒂竟然当场就把这件事提出来了，其勇气真是令我惊讶不已。

“这孩子到了那儿会无所事事的，”默德斯通小姐一边说，一边往泡菜坛子里看了看，“无所事事是万恶之源。不过，说实在的，依我看，他在这儿也是无所事事——在哪儿都一样。”

我看得出，佩戈蒂本想不客气地回她的话的，但为了我的缘故，话又咽回去了，缄口未言。

“哼！”默德斯通小姐说，眼睛仍然盯着泡菜，“我弟弟绝不能受到干扰，或者给弄得不舒服，这比什么都更加重要，这是头等重要的大事。我看我最好还是同意吧。”

我向她表示了感谢，但没有喜形于色，以免她改变主意。她把目光从泡菜坛子移到我身上，一股酸气逼人的味道，好像她那双黑眼睛已把坛子里面的东西全部都吸收进去了，这时候，我心里不禁觉得，自己这样做是明智之举。不过，既然同意了，就没有再改变。等到一个月结束的时候，我和佩戈蒂就准备出发了。

巴吉斯先生到我家来帮助佩戈蒂搬箱子。我先前从未看见过他跨过花园的栅栏门，可是这一回他直接进了屋。他扛着佩戈蒂那个最大的箱子往外走时，朝我看了一眼，我觉得意味深长，如果巴吉斯先生的脸上能有什么意味的话。

离别之际，佩戈蒂自然情绪低下，因为这么多年来，她把这儿看成了自己的家，这儿有过她生命中深情爱着的两个人——我和我母亲。那天一早，她还走进了墓地。她上了马车后，坐在那儿，用手帕擦着眼泪。

佩戈蒂保持这种状态坐着，巴吉斯先生也了无声息。他坐在平常的位置，保持着平常的姿势，像个大木偶人。但是，佩戈蒂开始打量她的周围，开始同我说话。巴吉斯几次都又是点头又是咧着嘴笑。我一点都弄不明白，他点头和微笑是冲着谁的，是什么意思。

“今天天气真是好，巴吉斯先生！”我说，出于礼貌寻找话题。

“天气不坏啊。”巴吉斯先生说，他一般情况下说话都很谨慎，不轻易表露自己的意思。

“佩戈蒂现在很舒服了，巴吉斯先生。”我说，目的是好让他高兴。

“真的吗？”巴吉斯先生说。

巴吉斯先生思考了一下，显得思维敏捷的样子，然后看着佩戈蒂说：

“你真的很舒服了吗？”

佩戈蒂笑了笑，做了肯定的回答。

“但是，要知道，你确确实实、真真切切是很舒服了吗？”巴吉斯先生低声地抱怨说，他在座位上把身子靠近佩戈蒂，并用胳膊肘轻轻地推了推她，“真的吗？是确确实实、真真切切很舒服了吗？是这样的吗？呃？”巴吉斯先生每问一句，就朝她靠近一点，又用胳膊肘轻轻推她一下。到最后我们全都挤到了马车左边的一个角落里，我都被挤压得受不了了。

佩戈蒂提醒巴吉斯先生注意我被挤得难受的样子，他立刻给我让出了一点空间，然后慢慢退回去了。但是，我不禁注意到了，他似乎觉得，自己找到了表明自己心迹的一记妙招，干净利落，讨人喜爱，直奔主题，还免除了没话找话的尴尬。显而易见，他得意了好一阵子。过了一会儿，他又转身向着佩戈蒂重复了一声：“你真的很舒服吗，呃？”又同先前一样往我们这边挤，直到挤得我透不过气来。过了一会儿，他又冲着我们来了，又问了那个问题，还是一样的结果。最后，我一看到他来了便站起身来，站到踏脚板上，假装看风景，这样一来，我便很舒服了。

巴吉斯先生显得很客气，专门为了我们在一家酒馆门口停住了马车，招待我们吃烤羊肉和喝啤酒。连佩戈蒂喝啤酒时，他都忍不住又重演了刚才的动作，几乎把她给呛着了。不过，我们离目的地越来越近了，他要处理的事情很多，也就没有那么多时间献殷勤了。马车驶上了雅茅斯的石面路时，我们全都被摇摆颠簸得够呛，我觉得，再没有闲情逸致来顾及别的事情了。

佩戈蒂先生和哈姆在老地方等着我们。他们热情洋溢地迎接我和佩戈蒂，同时也和巴吉斯先生握了手。巴吉斯先生的帽子扣到了后脑勺上，眼睛斜睨，一脸羞涩，两条腿也不听使唤。我觉得他的样子很茫然。他们两个人一人帮助佩戈蒂提了一只箱子，我们正要离开，这时候，巴吉斯先生郑重其事地伸出食指，示意要我到一个拱门下面。

“听我说，”巴吉斯低声地抱怨说，“事情很顺当嘛。”

我盯住他的脸看，显出一副很深沉的样子，回答说：“噢！”

“事情还没有结果呢，”巴吉斯先生说，向我点了点头，一脸信任的样子，“事情很顺当。”

我还是回答了一声：“噢！”

“您知道谁乐意，”我的朋友说，“那是巴吉斯，只是巴吉斯啊。”

我点头表示赞同。

“事情很顺当，”巴吉斯先生一边说，一边握着我的手，“我是您的朋友，您从一开始就把事情办得很顺当。”

巴吉斯先生特别想要把自己的意思表达得清楚明白，所以他显得极为神秘兮兮，要不是佩戈蒂叫我走，我可能会站在那儿盯着他的脸看上一个小时，毫无疑问，就像盯着一座停了摆的钟面，看不到任何信息一样。我们一路前行的当儿，佩戈蒂问我，他对我说什么了，我告诉她说，他说了事情一切顺当。

“他就是那么厚颜无耻，”佩戈蒂说，“不过我并不在意！大卫，宝贝儿，如果我想要结婚嫁人，您觉得怎样呢？”

“啊，我认为你结婚嫁人了也会像现在这样喜欢我吧，佩戈蒂？”我想了一会儿后回答说。

这个心地善良的人只得立刻停下脚步，把我揽进怀里抱住，一再重申她的爱绝不会改变，引得满街过往的行人和走在前面的亲人惊讶不已。

“告诉我，您觉得怎么样，心肝宝贝儿？”拥抱过了之后，我们继续前行，这时候，她又问了一句。

“你是不是想要嫁给巴吉斯先生，佩戈蒂？”

“是啊。”佩戈蒂说。

“我觉得这是一件挺好的事情，因为那一来，你知道的，佩戈蒂，你就一直有马匹拉着马车载着你去看我啦，还不需要花钱，肯定什么时候前往都可以。”

“宝贝儿真是有头脑啊！”佩戈蒂大声说，“这一个月来，我一直都想着来着！是啊，我的心肝宝贝儿。您看吧，这样一来我就更加自主了。这样一来，在自己家里干活儿，比起到任何别人家里来，心情更加愉快。现在要是去给一个素不相识的人家当佣人，我还真不知道干什么好呢。我要是嫁了人，就会一直离我那个美人儿的安息地很近，”佩戈蒂若有所思地说，“我想什么时候去看她，就可以什么时候去。而等到我躺下安息的时候，可以躺在离我心爱的姑娘不远的地方！”

我们俩好一阵子谁也没有说什么。

“不过，如果我的大卫不赞成这件事，”佩戈蒂兴致勃勃地说，“我也就不会再想它了，即便在教堂里我被问上三十个三次，即便戒指在口袋中腐烂了，我也不会去想这件事了。”

“看着我，佩戈蒂，”我回答说，“看着我你就知道我是不是确确实实很高兴，是不是打心眼里希望事情如愿！”因为我确实打心眼里赞同。

“行啊，心肝宝贝儿，”佩戈蒂说着，紧紧地抱住我，“我从早到晚都在想着，每一种方式都想过了，希望这是正确的一种。不过我还要再想想，这事还要同我哥哥说一说，这期间，事情就我们两个知道，大卫，就我和你。巴吉斯是个心眼儿实的好人，”佩戈蒂说，“只要我设法对他尽了心，我觉得，如果我不是——如果我不是‘很舒服’，那就是我的错了。”佩戈蒂说完，开心地笑了起来。

这句引自巴吉斯先生说过的话，说得恰如其分，逗得我们两个乐不可支，笑了又笑。等到我们看见了佩戈蒂先生的船屋时，我们感到非常快乐。

船屋景象依旧，只是在我眼中或许缩小了一点点。格米治太太站在门口等着，仿佛她自上回与我分别后就一直站在那儿似的。室内的一切都还是一如既往，连我卧室里那个蓝色缸子里的海草都跟先前一样。我走到外面的棚屋环顾了一下四周，那些海虾、螃蟹和龙虾，还在那个角落里，还和先前那样，碰见什么夹什么，一门心思要缠绕到一起。

但是，没有看到小埃米莉，我便问佩戈蒂先生她到哪儿去了。

“她上学了，少爷，”佩戈蒂先生一边说，一边擦了擦额头上的汗水，那是刚才给佩戈蒂搬箱子热出来的，“再过二十分钟或半小时，”他看着那座荷兰钟说，“她就回来了。她不在家时，我们大家可想她啦！”

格米治太太叹了口气。

“高兴高兴吧，老妞儿！”佩戈蒂先生大声说。

“我比谁都更加想念她，”格米治太太说，“我是个孤苦伶仃的苦命人，只有她不同我对着来。”

格米治太太抽抽搭搭，摇了摇头，自个儿吹火去了。她去忙自己的事情之后，佩戈蒂先生转身看着我们，用手挡住嘴低声说：“又思念老头儿了！”我由此准确判断出，从我上次来过之后，格米治太太的精神状态并没有改善。

现如今，这地方和过去一样，或者应该和过去一样，充满了快乐，但我的感受却不是一样的。我感到有些失望。或许是因为小埃米莉不在家的缘故。我知道她回家的路线，很快便不由自主地踏上了那条路去迎接她。

过了不久，远处出现了一个身影，我很快便认出那是小埃米莉，她虽然也长大了些，可她个头还是很瘦小。但她渐渐走近之后，我看到她的蓝眼睛更蓝了，现着笑靥的脸庞更加亮丽了，她整个人更加俏丽可爱，更加充满了快乐，我的心里突然萌生了一个奇怪的念头，我要假装不认识她，眼睛看着远处，从她身边擦肩而过。如果我没有弄错的话，后来还做过一件这样的事。

小埃米莉一点不在意。她看清楚了我，但没有转过身同我打招呼，而是笑着跑开了。我只得跑着去追她，她跑得很快，都快要到船屋边了，我才赶上她。

“噢，原来是你呀？”小埃米莉说。

“啊，你知道是谁了，埃米莉。”我说。

“你难道不知道是谁吗？”埃米莉说，我正要去吻她，可她却用手捂住自己的樱桃小嘴，说她现在不再是小孩了。于是她跑着进屋，比刚才笑得更加厉害了。

她似乎拿我寻开心，这是我从她身上发现的令我惊讶不已的一个变化。茶点上来了，我们坐的那个小柜子还放置在老地方，但是，她没有坐到我身边，而是甘愿同那个抱怨不停的格米治太太做伴。佩戈蒂先生询问缘由，她则把头发弄得凌乱不堪，遮住脸庞，什么也不说，只是一个劲儿地笑。

“真是只小猫咪！”佩戈蒂先生说，用自己的大手拍了拍她。

“她是小猫咪！她是小猫咪！”哈姆大声说，“大卫少爷，她是小猫咪！”他坐着，对着她咯咯地笑了一阵，心里既爱慕又高兴，结果他的脸红得像火。

实际上，小埃米莉被他们大家给宠坏了，最突出的就是佩戈蒂先生自己，她只要跑到他跟前，把脸蛋贴到他乱蓬蓬的胡子上，软磨硬泡，要他做什么都可以。我看到她这么做时，至少是这么认为的。我认为佩戈蒂先生做得完全正确。但是，小埃米莉感情诚挚，性情温柔，举止可爱，狡黠中透着羞涩，所以她越发比任何时候都令我着迷。

小埃米莉也富有同情心，我们用过茶点后围坐在火炉边，这时候，佩戈蒂先生吸着烟，提起了我母亲不幸去世的事，她的眼中噙满了泪水，从桌子对面和蔼可亲地看着我，令我对她充满了感激之情。

“啊！”佩戈蒂先生说着，把埃米莉的卷发捋在手中，让卷发似流水般地在手中滑过，“您看吧，少爷，这里还有一个孤儿呢，而这儿，”他用手背拍了拍哈姆的胸部说，“还有一个。不过他看起来不大像。”

“如果我有你做我的监护人，佩戈蒂先生，”我说着，摇了摇头，

"我认为自己也不会觉得像个孤儿的。"

"说得好，大卫少爷！"哈姆大声说，兴奋之情溢于言表，"好哇！说得好！您不会觉得的！哈哈！"说到这儿，他也用手背还了佩戈蒂先生一下，小埃米莉站起身，吻了吻佩戈蒂先生。

"您那个朋友怎么样啦，少爷？"佩戈蒂先生对我说。

"斯蒂尔福思吗？"我说。

"是这个名字！"佩戈蒂先生大声说，转向哈姆，"我就说嘛，这名字跟我们的行当有关①。"

"可您说是橹舵福德啊。"哈姆哈哈大笑说。

"嗯？"佩戈蒂先生反驳说，"你是不是用橹来掌舵的？两个也差不了太远啊。他怎么样了啊，少爷？"

"我离开的时候，他一切都很好，佩戈蒂先生。"

"那是个朋友啊！"佩戈蒂先生说，把烟斗往外一伸，"说到朋友，那才是朋友啊！啊，我的天哪，能够看上他一眼，真是福气呢！"

"他长得英俊帅气，对不对？"我说，佩戈蒂先生对他赞赏，我心里热乎乎的。

"英俊帅气！"佩戈蒂先生大声说，"他往那儿一站，就像……就像一个……啊，我觉得他真是无所不像啊！他真有胆量！"

"是啊！他就是那么一种人，"我说，"他英勇无畏，像头狮子。你真是想不到，佩戈蒂先生，他有多么坦率呢。"

"是啊，我的确这么认为，"佩戈蒂先生说，他透过烟斗里冒出来的烟雾看着我，"在书本知识方面，他几乎无所不知。"

"是这样的，"我说着，显得很高兴，"他什么都知道，聪明绝顶。"

"那才是朋友啊！"佩戈蒂先生低声说，态度严肃地猛然抬起头。

"好像没有什么东西难得倒他的，"我说，"不管哪门功课，他只要看一看就会了。你可从未见到过比他还打得更好的板球手。下棋

---

① 斯蒂尔福思的原文为 Steerforth，其中 steer 意为"为（船舶）操舵"，橹舵福德的原文为 Rudderford，其中 rudder 意为"操纵（船等）的航向"。

也是高手，他想让你多少个子就让你多少个，最后还是轻轻松松胜过你。”

佩戈蒂先生又猛然抬起头，意思是说：“他当然是这样的。”

“他能言善辩！”我接着说，“他和人辩论起来总能赢。你要是听到他唱歌，真不知道你会说什么好呢，佩戈蒂先生！”

佩戈蒂先生又猛然抬起头，意思是说：“我毫不怀疑。”

“还有，他那个人，慷慨大度，为人豪爽，品德高尚，”我说着，完全陶醉在自己津津乐道的话题中，“他那个人怎么赞扬都赞扬不完。我可以肯定，我在学校里年纪比他小，班级也比他低，可他行侠仗义，关照着我，我对他真是感激不尽啊。”

我滔滔不绝地说着，确实口若悬河，突然目光落到了小埃米莉的脸上，她向前伏在桌上，聚精会神地听着，屏息静气，蓝眼睛像珠宝般闪着亮光，两颊绯得通红。她显得无比真挚诚恳，美丽可爱，我惊讶得只得停下来。与此同时，他们全都注意到了她，而由于我停止了说话，他们便笑了，都看着她。

“小埃米莉也跟我一样，”佩戈蒂说，“也想要见一见他啊。”

我们全都看着小埃米莉，结果她被弄得局促不安，低下了头，满脸布满了红晕。她透过散落在脸上的几缕鬈发，抬眼看了看，发现我们全都还在看着她（我可以肯定，拿我来说，可以看上几小时），她起身跑开了，一直不见人，直到睡觉的时间。

我仍然睡在船尾部原先睡过的那张小床上，海风还像从前一样呼啸着吹过荒滩。但我这时不禁想到，海风是在为逝去的人悲号。这次我没有去想，夜间大海会涨潮，把船屋冲走。而是想到，自从上次听到了那些声音之后，涨起的海水就把我幸福的家给淹没了。我记得，当风声和涛声开始在我耳畔渐渐减弱时，我在祷告中加了一句话，祈求上帝保佑，让我长大后能娶小埃米莉为妻。我就这样充满着爱意进入梦乡。

日子跟从前一样一天天愉快地过去了，只有一点例外——这是个很不一般的例外——那就是我现在很少和小埃米莉到海滩漫游了。她要做功课，还要做针线活儿。每天的大部分时间都不在家。不过我觉得，即便没有这些原因，我们也不可能像从前那样到处漫游了。小埃米莉虽然热情奔放，充满了孩子的奇思妙想，但她比我预料的更像个小妇人了。才过去了一年多一点的时间，她好像离我很远了。她很喜欢我，可是她会嘲笑我，戏弄我。我若到路上去接她，她便会悄悄走另一条路回家，而等到我垂头丧气地回到家时，她便会在家门口哈哈大笑。每当她坐在过道里安安静静地干活儿时，我则坐在她脚边的台阶上念书给她听，这是最美好的时光。直到现在，我觉得，自己再也没有见过像那些四月里的下午那样明媚的阳光，再也没见过像过去见过的坐在旧船屋过道里的那个喜气洋洋的小女孩，再也没有见过那样的天空、那样的海水、那样气势壮观的船只扬着风帆驶向金色的远方。

我们抵达雅茅斯的第一个晚上，巴吉斯先生来了，样子显得茫然呆滞，他笨手笨脚，带了一包橘子，用手帕扎着。由于他未曾提及那些东西，所以离开时，大家以为是他落下忘记带走的。直到后来，哈姆去追他，回来后，告诉大家这是送给佩戈蒂的。打那以后，他每天晚上都会在同一时间来，而且总会带来一包东西，而且从不提及，照例放置在门后就不管了。这些表达爱情的礼品种类五花八门，稀奇古怪。我记得，其中有两对猪蹄子，一个很大的针插，大概半蒲式耳[①]苹果，一副黑玉耳环，一些西班牙洋葱、一匣骨牌、一只金丝雀、一只笼子，还有一个火腿。

在我的记忆中，巴吉斯先生的求婚方式特别奇怪。他难得说点什么，坐在火炉边的姿势跟坐在马车上的没有什么两样，呆呆地盯着对面的佩戈蒂看。一天晚上，我估计，那是受到了爱情力量的激励，他突然跑了过去，抢过佩戈蒂手中那一小块用来拉线的蜡，放进自己的背心口袋里，带走了。那以后，每当佩戈蒂要用到蜡时，他就

---

① 谷物、水果、蔬菜等的容量单位，一蒲式耳在英国等于 36.368 升，在美国等于 35.238 升。

把那块粘在口袋衬布上都快融化的蜡掏出来递给她，等她用过后，又把它放回自己的口袋里，这已成了他要做的一件其乐融融的事情。他好像自得其乐，一点也不觉得有必要说话。我相信，即使他陪着佩戈蒂到海滩上散步，也没有为这感到不自在，只会偶尔问一声，她是不是很舒服，然后就心满意足了。我还记得，有时候，他离开了，佩戈蒂会用围裙蒙住自己的脸，笑上半个多小时。说实在的，我们大家也都或多或少觉得有趣，只有那个成天愁眉苦脸的格米治太太除外。其实，当年她丈夫向她求婚的方式大概跟这也完全一样，这些举动又让她想起自己的老头儿来了。

最后，我做客的日子就快要结束了，他们这才说，佩戈蒂和巴吉斯先生要一同出去度一天假，我和小埃米莉陪同前往。头天晚上，我时醒时睡，心里期待着一整天可以和小埃米莉在一起享受快乐。我们早上按时起床，吃早饭时，就看见巴吉斯先生赶着一辆马车，冲着他的心上人来了。

佩戈蒂的穿戴还跟平时一样，一身洁净素雅的丧服。而巴吉斯先生却是盛装亮相，穿了一件新做的蓝外套，我觉得裁缝给他量的尺寸很大方，让巴吉斯先生即使在最寒冷的日子里也不需戴手套，领子做得很高，结果把头发都顶得在头上竖起来。锃亮的纽扣也是最大号的，此外还配上了棕色马裤和黄色背心，我认为巴吉斯先生真成了一位有头有脸的人物了。

我们全都在门外手忙脚乱地做着准备时，我看见佩戈蒂先生准备了一只旧鞋，那是要扔在我们身后讨个吉利的。他把鞋交给了格米治太太，让她来扔。

“不，这事还是叫别人来做吧，丹尔，”格米治太太说，“我自己是个孤苦伶仃的苦命人，一切让我想起不孤苦伶仃的人的事情，心里气就不打一处来。”

“来吧，老妞儿！”佩戈蒂先生大声说，“拿着，扔了它吧！”

“不，丹尔，”格米治太太一边说，一边抽抽搭搭，不停地摇头，“我要是不那么痛苦，那是会有更大作为的。你的感受同我的不一样，丹尔，没有什么事情同你对着来，你也不会同什么对着来。这事还是你自己来吧。”

这时候，佩戈蒂匆匆忙忙，从一个人身边转到另一个人身边，挨个儿吻别。我们全都上了车（我和小埃米莉并排坐在两张小椅子上），佩戈蒂在车上大声喊着格米治太太，要她一定要照办。格米治太太这才照办了。不过，说起来很遗憾，她突然哭了起来，扑到哈姆的怀里，嘴里说着，自己知道自己是个包袱，宁可立刻被送到济贫院去。她这么一折腾就像是吹起的一股寒气，把我们临别时喜气洋洋的气氛给吹散了。我还真的觉得，她的话说得合情合理，哈姆可以付诸实施。

然而，我们还是启程出发，开始了我们的度假旅行。我们要做的第一件事就是在教堂边停下，巴吉斯先生把马拴在扶栏上，然后同佩戈蒂进去了，留下我和小埃米莉单独待在马车上。我利用这个时机用手臂搂住她的腰，并且提议，由于我马上就要离开了，我们一定得整天都情意绵绵，快快乐乐。小埃米莉答应了，而且允许我吻了她，我便不顾一切了。我记得，我告诉她说，自己永远不会再爱第二个人，还有谁要是想得到她的爱，我准备豁出命来。

小埃米莉听了我话，开心得什么似的！天仙般的小妇人竟然拿出一副比我老成得多和聪明得多的神态，说我是个“傻头傻脑的孩子”。说完后还魅力十足地笑了起来，以致使我忘了刚才那个带有贬损意味的称呼引起的痛苦，满心欢喜地盯着她看。

巴吉斯先生和佩戈蒂在教堂中待了很长一段时间，但最后还是出来了，然后我们向着乡野驶去。一路上，巴吉斯先生对着我挤眉弄眼——顺便说一下，我之前几乎没有想到他竟然会对我挤眉弄眼。他说：

“我当初在车篷上写下的是什么名字来着？”

“克拉拉·佩戈蒂。”我回答说。

“如果现如今有个车篷，我该写什么名字呢？”

“还是克拉拉·佩戈蒂吧？”我建议说。

"克拉拉·佩戈蒂·巴吉斯！"他回答说，说完便开怀大笑，笑得把马车都震动了。

一句话，他们结婚了。他们去教堂不是为别的。佩戈蒂决定这事不予声张，由教堂执事把她交给了新郎，没有任何证人出席仪式。当巴吉斯先生突然宣布他们结了婚时，她有点手足无措，使劲地抱住我，以表示她对我的爱没有受到任何影响。但她很快就平静下来了，并说，事情办完了，她很高兴。

我们的马车驶上一条僻静的小路，在路边一家小旅馆前停了下来，那儿为我们准备好了，我们舒舒服服地用了餐，心满意足地度过了一整天。即便佩戈蒂在过去的十年中每天都结婚一次，她对这事也不见得会比这更加轻松随意。从她身上看不出任何异样，她和平时如出一辙，喝茶之前，还是同我和小埃米莉外出散步，而巴吉斯先生则一副沉思状，抽着烟斗，美滋滋的，我猜想，那是在品味着他的幸福。如果事情是这样的，那可就使他胃口锐增了。因为我清楚地记得，午饭时，他尽管吃了很多猪肉和青菜，还是把一只鸡啃了个精光，但到了喝茶时，还兴致勃勃地吃了煮咸肉，而且不动声色地吃了很多。

我随后常常想起这次婚礼。这是怎样的一次婚礼啊！稀奇古怪，简单朴实，不同寻常。天黑之后，我们重又上了马车，其乐融融地回家，一路上看着星星，谈论着星星。我是他们的主要讲解人，使巴吉斯先生大长了见识。我把自己知道的一切都告诉了他，他对我说的话都坚信不疑。由于他非常敬佩我的才能，那一次还当着我的面对他太太说，我是个"小罗西乌斯"①。我认为，他这样说的意思是指神童吧。

我们谈完了星星这个话题，或者说我把巴吉斯先生的神智耗尽

---

① 罗西乌斯（Quintus Roscius，前 126 年—62 年），罗马著名喜剧演员，著名演说家西塞罗的朋友，其名字后来成为成功的演员的荣誉称号，如童年成名的英国演员威廉·亨利·贝蒂（William Henry Betty，1791 年—1874 年）获得"小罗西乌斯"称号。

了，这之后，我和小埃米莉便用一块旧包袱布当成一个斗篷，在剩下的路途中我们便坐在那下面。啊，我多么爱她啊！（我认为）要是我们结了婚，在林木和田野之间，想住在哪儿就住在哪儿，永远不会变老，永远不会变得更加世故，永远是孩子，手拉着手，漫步在阳光下，徜徉在繁花似锦的草地上，夜间头枕着青苔，进入纯洁安静的甜美梦乡，死后由鸟儿衔土把我们埋葬，这是怎样的一种幸福啊！一路上，我的心中都呈现着这样的画面，其中没有现实的世界，犹如遥远的星星一样扑朔迷离，但由于有了我们的天真烂漫，使其流光溢彩。想到佩戈蒂举行婚礼时有我和小埃米莉这两颗天真纯洁的心灵在一旁，我很高兴。想到爱神和美神以缥缈的风姿加入这样一个朴实无华的结婚典礼，我很高兴。

对啦，我们傍晚时及时返回到了旧船屋，巴吉斯先生和太太在那儿同我们告别，接着便兴高采烈地驾车回他们自己的家去了。我那时第一次感受到，自己失去了佩戈蒂。要不是在这个有小埃米莉的家里，而是在别的什么地方，我准会怀着一颗难受的心上床睡觉的。

佩戈蒂先生和哈姆对我的心思同我自己一样清楚，他们准备了晚餐和热情的笑脸为我驱走忧愁。小埃米莉来到我身边的矮柜上坐下，这可是我这次做客期间她唯一一次坐到我身边。这样一个奇妙无比的日子就是以这样一种奇妙无比的方式来结束的。

正值夜间涨潮，我们上床后不久，佩戈蒂先生和哈姆便出海捕鱼去了。在孤零零的船屋里，只留下我一个人当小埃米莉和格米治太太的保护人，我感到英勇无比，巴望着有一头狮子，或者一条毒蛇，或者任何恶毒的妖怪，向我们发起进攻，结果我可以把它消灭，使自己荣耀加身。但是，那天夜里，碰巧没有任何这类东西漫游在雅茅斯荒滩上，所以直到天亮，我只能以做着关于恶龙的梦这种最好的办法来取而代之。

佩戈蒂天亮后就来了，她还和平常一样在窗户下叫醒我，似乎车夫巴吉斯先生也是我自始至终做的一个梦而已。早饭后，她带我上她家去，那是个精致温馨的小家。全部家具当中，我印象最深的是放在客厅里的一张黑木旧写字台（铺过瓷板砖地面的厨房兼做日常的起居室），有一块移动的顶板，打开放下就成了一张写字台。写字台里放着一部四开本福克斯[①]所著的《殉道者传》。我立刻发现了这样一部宝书，可现在连一个字都记不得了，并立刻开始用功读了起来。后来我每次来到这个屋子，都会跪在一把椅子上，打开装有这个宝贝的匣子，双臂摊在写字台上，如饥似渴地再一次读起书来。但是，书里面有大量展示形形色色恐怖形象的图画，恐怕我主要是受到了这些东西的启迪。不过，从那以后，殉道者和佩戈蒂的房子就在我的心目中再也分不开了，现在也还是如此。

我就在那天告别了佩戈蒂先生、哈姆、格米治太太和小埃米莉。在佩戈蒂家的一个小房间里度过了一个晚上（房间里床头的书架上放着那本鳄鱼故事书），佩戈蒂说那小房间是永远属于我的，永远都按原样替我保留着。

"大卫啊，宝贝儿，不管是年轻还是年老，只要我活着，住在这个屋檐下，"佩戈蒂说，"您就会发现它每时每刻都在等着您的到来。我每天都会收拾它，就像过去收拾您的小房间一样，心肝宝贝儿。就算您去了中国，您在外边的日子里，您也可以想到，它会保持着原样的。"

我打心眼儿里感受到了，亲爱的老保姆忠心耿耿和坚贞不渝的情怀，尽我所能地表达对她的感激之情。其实没有很好地兑现，因为她是早上双臂搂着我的脖子说这番话的，而那天上午我就要回家，要由她自己和巴吉斯先生驾着马车送我回家。他们在院落门口同我告别，难舍难分，或者说心情沉重。马车载着佩戈蒂远去，留下我一个人在老榆树下看着家里的房子，而那里面已经没有了爱和欢喜的脸色看着我了，这情景让我感到很不是滋味。

我落入了一种无人关顾的地步，现在回忆起来总会令我黯然神

---

① 约翰·福克斯（John Fox，1516年—1587年），英国圣公会牧师，所著《殉道者传》叙述新教徒从十四世纪到玛丽一世在位期间（1516年—1558年）所受的磨难，在英国清教徒中广为传诵。

伤。我立刻就陷入了一种孤苦伶仃的境地，远离亲朋好友关顾的目光，没有了同龄人做伴，没有了任何相随相伴的人，只剩下我独自一人神情沮丧地想着心事。此情此景，连我现在记述的时候，都似乎在稿纸上投下了阴影。

即便把我送到世界上最严酷的学校去，只要能够学到点东西，不管以什么样的方式，不管在什么地方，我都在所不辞！可我一点希望都看不到。他们讨厌我，一直沉默寡言，面目狰狞，冷若冰霜，对我不理不睬。我现在觉得，默德斯通先生当时可能经济上很拮据，但与这件事情不大相干啊。他就是容不下我，处心积虑地要甩掉我，甩掉他对我应尽的责任，不过他成功了。

我并没有受到肆意的虐待，没有挨打或挨饿，但我受到的委屈没有须臾缓和的时候，而且是以有条不紊和不动声色的方式遭受的。日复一日，周复一周，月复一月，我被冷酷无情地怠慢着。有时候我想一想这事觉得奇怪，如果我生病了，他们该会怎样对待我，是不是会让我一个人孤零零地在房间里躺着，和平时一样在孤独中遭受煎熬，或者有没有人来帮助我治愈疾病。

默德斯通先生和默德斯通小姐在家时，我同他们一道用餐。他们不在家时，我整天就在住房周围和附近一带溜达，无人理睬，只是我一旦结朋交友，他们就会心生嫉妒，大概认为，如果我与人交往了，我可能会向某个人诉苦。正是因为这个原因，尽管奇利普先生常常要求我去看他（他是个鳏夫，他的淡色头发的小个子太太在几年前去世了。在我的印象中，她就像是一只灰白色的玳瑁猫），我还是很少去。去了也喜欢在他的手术室里快快乐乐地待上一下午，看看某本我没看过的药气扑鼻的书，或者在他耐心细致的指点下，用一个药钵子捣碎药品。

出于同样的原因，再加上他们原先就厌恶佩戈蒂，他们也极少允许我去看她。佩戈蒂恪守着自己的诺言，她每个礼拜都来看我一次，或者在家里，或者在附近某个地方碰面，从来都没有空着手过。但我多次提出要到她家去看她，都遭到拒绝，这令我痛苦失望。不过，有少数几次，时间长了，他们允许我去那儿。这时候我发现，巴吉斯先生有点儿吝啬，或者正如佩戈蒂袒护着说的，“手有点紧”，他把大把的钱藏在床底下的一只箱子里，却谎称里面装的只是衣服和裤子。他把自己的财产都保存在这个金库里，保存得那么严密，你想从那儿弄出一丁点儿来，都得费尽心机。因此，为了每个礼拜六的花销，佩戈蒂都得想出周密详尽的计划，完全就是个火药阴谋。[①]

整个这段时间里，我清楚地意识到，自己的希望成了泡影，毫无前途可言，寄人篱下，无人关顾。我毫不怀疑，本来会深感痛苦凄凉的，但好在有那些旧书为伴。书成了我唯一的慰藉，我对它们真诚笃信，就像它们对我一样，读了又读，都不知道读了多少遍。

我现在要叙述自己人生当中的一段时期，对于这样一个阶段，只要我的记忆力尚在，就绝不可能会忘掉。那一段时间里事情往往会没有来由地浮现在我的面前，就像鬼魂作祟，搅乱我更加幸福快乐的时光。

我的生活状态使得我无精打采，苦思冥想。一天，我外出到一个地方溜达，当晚转到我们家附近路的一个拐角时，突然遇上了默德斯通先生，他正和一位先生走着。我被弄得手足无措，正要从他们身边走过去，突然那位先生大声喊了起来：

“哎哟！布鲁克斯！”

“不对，先生，我是大卫·科波菲尔。”我说。

“甭跟我说这个，你就是布鲁克斯，”那位先生说，“你是谢菲尔德的布鲁克斯，你就是叫这个名字的。”

听他这么一说，我凝神看了看那位先生。他的笑声让我也记起来了，我记得他叫奎宁先生。我以前跟默德斯通先生去洛斯托夫特时，曾见过他。至于什么时候，这无关紧要，我也用不着去回忆什么时间。

---

① 指1605年11月5日英国发生的由盖伊·福克斯（Guy Fawkes）等企图炸毁议会大厦、炸死国王詹姆斯一世的火药阴谋。

“你现在怎么样啊，在哪儿上学呢，布鲁克斯？”奎宁先生问。

他把手搭到我肩上，把我的身子转过去，要我同他们一道走。我不知道该如何回答，神情疑惑地看着默德斯通先生。

“他眼下待在家里，”默德斯通先生说，“他没有在哪儿上学。我真不知道该拿他怎么办。他是个难题。”

他像过去那样斜着眼睛看了我一会儿，然后眉头一皱，两眼便暗了下来，带着嫌恶的表情，把目光转向别处。

“哼！”奎宁先生说，我觉得他在看着我们两个人，“天气真好啊！”

然后大家都没有吭声。我在琢磨着，怎样才能使自己的肩膀摆脱掉他的手，以便赶紧走开。他这时候说：

“我猜你还是跟过去一样厉害吧？布鲁克斯？”

“啊！他厉害着呢，”默德斯通先生说，显得很不耐烦，“你最好还是让他走吧。这样打扰他，他不会感谢你的。”

经这么一提示，奎宁先生便放开了我，我便赶紧往家里走。我跨进前花园的大门时往后看了看，看到默德斯通先生在墓地的门边上，奎宁先生正跟他说着话。他们俩都朝我这边看，我知道，他们正在说我的事。

奎宁先生那天晚上就住在我们家。第二天早上早餐过后，我搬开椅子正要走出房间时，默德斯通先生把我叫了回去。接着他便神情严肃地走到另一张桌子边，他姐姐依然坐在自己的写字台旁。奎宁先生双手插在衣服口袋里，站在窗台旁边朝外看。我站住看着他们大家。

“大卫，”默德斯通先生说，“对年轻人来说，这个世界需要活动进取，不是供人游手好闲、无所事事的地方。”

“就像你这个样子。”他姐姐补充说。

“简·默德斯通，请让我来吧。我说，大卫啊，对年轻人来说，这个世界需要活动进取，不是供人游手好闲、无所事事的地方。尤其是像你这样秉性的年轻人，更是如此。你的这个秉性需要大大改进才对啊。而最好的办法莫过于强迫自己的秉性适应这个需要干活儿的世界上的种种规矩，使其压垮，使其折断。”

“执拗任性的性格在这儿不管用，”他姐姐说，“这种性格所需要的就是被摧毁，必须要被摧毁，也一定会被摧毁！”

默德斯通先生朝她看了一眼，一半是责备，一半是赞同，然后接着说：

“我想你知道，大卫，我并不富有。不管怎么说，你现在知道了。你已经受了相当程度的教育，而受教育是要花钱的。即便不是这么回事，我能够供得起你，我还是认为，继续上学也对你毫无用处。你面前的道路是，去打拼世界，而且越快越好。”

我现在觉得，自己当时就认为已经开始打拼了，只是不成功罢了；但我现在仍然认为，无论如何，自己已经开始打拼了。

“你有时候听到人家提起过‘记账室’吧？”默德斯通先生问。

“公司会计室，先生？”我重复了一声。

“默德斯通—格林比商行的记账室，经营酒类的。”他回答说。

我估计当时自己表情疑惑，因为他很快就接着说：

“你一定听人提到过‘记账室’，或者商行，或者酒窖，或者码头，或者诸如此类的名称。”

“我想我是听到过人家提起商行的，先生，”我说，因为我隐隐约约地知道一点他和他姐姐的生活来源的情况，“不过我不知道是什么时候。”

“什么时间没有关系，”他回答说，“奎宁先生管理那家商行。”

奎宁先生站着朝窗外看，我肃然起敬地看了他一眼。

“奎宁先生建议，商行雇用了一些别的孩子，他觉得，在同等条件下，没有理由不雇用你。”

“默德斯通，”奎宁先生转过半个身子，低声说，“他没有别的出路啦。”

默德斯通先生做了个不耐烦甚至气愤的手势，没有理会他说的话，而是继续说：

“条件是，你挣到足够的钱，供你自己吃喝和零用。住宿由我来安排（我已经安排妥当了）。你的洗衣服的费用也由我负担。”

“可不能超出我的预算。”他姐姐说。

“你的衣服也由我负责，”默德斯通先生说，“因为你自己一时还负担不起。因此，大卫，你现在就得跟奎宁先生去伦敦，自己去闯荡一番了。”

“总而言之，一切都已经给你安排好了，”他姐姐说，“你也就请尽自己的义务吧。”

尽管我心里很清楚，这一番话的目的就是为了要摆脱我，但我已经记得不是很清楚了，我当时是感到高兴呢，还是恐惧。我的印象是，当时听到之后心里乱成一团，游离在这两种情绪之间，哪头也不着边儿。我根本没有多少时间来清理自己的思绪，因为奎宁先生翌日就要出发。

翌日，看看我的打扮：头戴一顶破旧的小白帽，上面系了一条黑纱，算是为母亲戴孝，上身穿了件黑色短外套，下身穿了条硬邦邦的黑棉布厚裤子。默德斯通小姐认为，我现在就要去打拼世界了，这种裤子是护腿的最好铠甲。看看我这身行头吧，我全部家当就放在面前的这只小箱子里，我这么个孤苦伶仃的苦命孩子（格米治太太就会这么说），坐着邮车，随着奎宁先生先去雅茅斯，再换乘前往伦敦的公共马车！看啊，我们的房子和教堂慢慢地消失在远处了。树下的墓地被其他物体挡住了。我昔日玩耍的地方的尖塔看不见了，只见空旷寂寥的天空！

第十一章

我开始独自谋生，但并不喜欢

我现在对世界有了足够的了解，几乎遇见什么事情都不会感到大惊小怪了。但是，即便现在，我仍然感到些许惊讶的是，自己如何会这么小小的年纪就轻而易举地被甩掉了。我也算是才华横溢的孩子，善于观察，思维敏捷，情绪高昂，但身体孱弱，身心都经受不住伤害，令我感到不可思议的是，竟然没有一个人站出来替我吭一声。但确实就是没有任何人有任何表示，所以我在十岁的时候，就成了默德斯通—格林比商行的一名童工。

默德斯通—格林比商行的货栈坐落在河边，地处黑衣修士区，现代的修缮已使该地大有改观，但当时货栈处在一条狭窄街道的尽头，那街道顺着小山蜿蜒至河边，尽头建了些台阶，供人们上下船用。货栈破旧不堪，有自己的专用码头，涨潮时房子贴着水面，退潮时留下一片泥泞，里面简直就是老鼠肆虐。我可以说，房间里镶嵌的护墙板历经数百年的尘积烟熏，已经黯然失色了，地板和楼梯已经斑驳腐烂了，地窖里的大灰老鼠吱吱乱叫，横冲直撞，到处污秽不堪，腐烂发臭。此情此景不是多年以前的事，而就在眼前。所有这一切全都呈现在我眼前，就像当年那个苦难的时刻一模一样，当年我头一次身临其境，奎宁先生拉着我瑟瑟发抖的手。

默德斯通—格林比商行同形形色色的人做生意，但主要一个方面的贸易是给一些邮船供应葡萄酒和烈性酒。我现在忘了那些船只都要驶向何处，但我认为，其中有些要驶向东印度群岛和西印度群岛。我知道，这种生意需要大量空酒瓶。于是便雇用了一些成人和小孩，对着亮光检查瓶子，把有瑕疵的去除掉，其余的就洗刷干净。空瓶子不多时，便给盛满了酒的瓶子外面贴上标签，或者加上瓶塞，或者在瓶塞处贴上封口，或者把所有工序都已完成了的瓶子装进酒桶。这都是我要干的活儿，我就是雇来干这种活儿的童工中的一个。

把我算在内，我们一共是三四个人。我干活儿的地点设置在货栈的一个角落。奎宁先生在记账室里，他要是站在他那张凳子的最低一根横档上，便可透过桌子上方的窗子看到我。就这样，我吉星高照，开始了独自谋生的第一天，这天早上，正式童工中年纪最大的那位被安排来教我如何干活儿。他名叫米克·沃克，身上系了条破围裙，头上戴了顶纸帽子。他告诉我，他父亲是个开驳船的，曾经戴着黑色天鹅绒帽子参加过庆祝伦敦新市长就职彩车游行。他还告诉我，我们还有个干活儿的重要伙伴，他介绍时用的名字——在我看来——很不同寻常，叫作“粉斑土豆”。不过，我发现，那小伙子受洗礼时取的不是那个名字，而是货栈里的人给他取的，是因为他肤色的缘故，总是呈灰白或粉斑状。粉斑的父亲是个跑船的，还很荣耀地当过消防员，在一家大剧院供职。粉斑家还有个年幼的亲人——我想是他妹妹——在剧院里扮演哑剧中的小鬼。

我沦落到了同这样一批同伴相处的地步，同时这些从今往后要朝夕相处的同伴和更加快乐的童年时的那些同伴做比较，更不要说同斯蒂尔福思、特拉德尔和其他同学相比较了，我感觉到长大后要成为一个有学问并出人头地的人物的希望在心中破灭了，这时候，我心灵深处的隐痛无法言表。这时候我感到彻底丧失了希望，为自己的这种处境而深感羞愧，年幼的心灵充满了痛苦，深感自己学到的东西、想到的东西、兴高采烈关注的东西、激发的想象和进取心的东西，日复一日，一点一滴，离我而去，永不回复，对于这种深切的记忆，我简直无法诉诸笔端。那天上午，米克·沃克离开过多少次，我便有多少次泪水和着洗瓶子的水一道流淌。我抽泣着，好像自己的胸口有一道裂痕，有爆裂的危险。

记账室的钟显示十二点半，大家都准备去吃午餐了，这时候，奎宁先生敲了敲记账室的窗子，示意要我进去。我进去后，看到里面坐着一个大块头的中年人，身穿棕褐色外套、黑色马裤和黑色鞋子。头上的头发并不比鸡蛋上的多（头颅硕大，亮光闪闪），宽大的脸盘正对着我。他的一身衣服显得寒碜，但戴了个气派非凡的衬衫领子。他拿了一根彰显绅士派头的手杖，手杖顶端系了一对褪了色的大穗子，外衣的前襟上挂着一副单片眼镜。后来我发现，那是装点门面用的，因为他极少拿着它看过东西，而即便用它来看东西，也什么都看不见。

“这位，”奎宁先生指着我说，“就是他。”

“这位，”陌生人说，我印象很深的一点是，他的声调洪亮而有节奏感，含有屈尊俯就的意味，还有一种干了什么高雅的事情后的神气，难以形容，“就是科波菲尔少爷。我看您一切都好吧，少爷？”

我说我一切都好，也希望他一切安好。其实我当时很不自在，天知道，但我当时不想倒苦水，所以说一切都好，希望他也一切都好。

“我嘛，”陌生人说，“感谢上帝，一切都好。我收到默德斯通先生的信，他在信中说，希望我能把我房子后面那个眼下没有住人的房间，也就是说，一句话，出租当作，一句话，”陌生人说着，露着微笑，突然露出了一副要说知心话儿的样子，“当作卧室，租给我此刻有幸结识的年轻创业人。”陌生人挥了挥手，下巴颏缩进了衬衫领子里。

“这位是米考伯先生。”奎宁先生对我说。

“嗯！”陌生人说，“这是我的名字。”

“米考伯先生，”奎宁先生说，“认识默德斯通先生。他有办法揽到生意的时候就会给我们揽生意，拿些佣金。默德斯通先生写了信给他，提到了你租住房间的事情，他愿意收你做房客。”

“我的地址是，”米考伯先生说，“城市大道温莎街。我，一句话，”米考伯先生说，口气同样高雅，又是一副要说知心话的样子，“我就住在那儿。”

我向他鞠了一躬。

“我感觉，”米考伯先生说，“您对这个大都会地区还涉足不广，要穿过现代巴比伦[①]这个迷宫往城市大道方向行进，可能有些困难，一句话，”米考伯先生说，又是一副要说心里话的样子，“您有可能会迷路，我很高兴今晚能来这里接您，带领您熟悉一下最近的路。”

我由衷地对他表示了谢意，感谢他热情友好，不辞辛劳。

“什么时间，”米考伯先生说，“我将……”

“八点左右。”奎宁先生说。

“八点左右，”米考伯先生说，“再见，奎宁先生。我不再打扰了。”

于是，米考伯先生戴上帽子，腋下夹着手杖出去了。他离开记账室时，直挺着身子，嘴里哼着调子。

就这样，奎宁先生正式雇用了我，在默德斯通—格林比商行尽量发挥自己的作用，薪水我想是每个礼拜六先令。我现在也记不清楚是六先令还是七先令。由于我在这一点上不确定，因此我倾向于认为，一开始是六先令，后来是七先令。他预付给我一个礼拜的薪水（我相信是他从自己口袋里掏的），我又从中拿出了六便士给粉斑，请他晚上安排把我的箱子搬到温莎街去，箱子虽然很小，但过于沉重，我没有那么大力气。我又花了六便士吃饭，吃了一块肉饼，喝的是附近水龙头里的自来水，在街上逛了逛，打发掉了允许用来吃饭的那一小时。

到了晚上约定的时间，米考伯先生又来了。我洗了手和脸，以示对他高雅气派的尊重，然后我们一同朝着我们的家走去，我想我现在必须称呼我们的家了。我们一边走着，米考伯先生一边让我记住街道的名字和房屋拐角的模样，以便我第二天早上回去时可以轻松地认得路。

我们到达了他在温莎街的住所（我注意到，该住所跟他本人一样很寒碜，但也像他本人一样，尽可能地摆出派头），他便把我介绍

---

① 伦敦有现代巴比伦之称。

给了米考伯太太。米考伯太太身材瘦削，面容憔悴，根本算不上年轻，正坐在客厅里（二楼完全没有什么陈设，百叶窗给关上了，以免叫邻居看见），给一个婴儿喂奶。婴儿是一对双胞胎中的一个。我在此可以说明一下，根据我对这个家庭的观察，自己几乎就没有见过两个孩子同时离开米考伯太太怀里的时候，他们两个总会有一个在吸奶。

另外还有两个孩子：米考伯少爷，大约四岁；米考伯小姐，大约三岁。除此之外，家里还有一个皮肤黝黑的年轻女仆，她喜欢哼鼻子。我到达后还不到半个小时，她便告诉我说自己是"古（孤）儿"，是从附近圣卢克济贫院来的。全家大小就是这些人了。我的卧室在顶层的后半部分，这是个密不透风的房间，墙上画满了装饰图案，凭着我幼稚的想象力，那可都是一个个蓝色的松饼，里面几乎没有什么家具。

"结婚之前，"米考伯太太说，她带着双胞胎和所有其他人一道上楼指给我看房间，接着又坐下来喘粗气，"我和爸爸妈妈住在一起，当时压根儿没有想到，自己竟然需要接受房客过日子。但是，米考伯先生遇到了经济上的困难，所以也就顾不上什么个人情感了。"

我说："是啊，太太。"

"米考伯先生眼下的困难简直都要把人压垮了，"米考伯太太说，"我都不知道，他能不能渡过难关，我在家里同爸爸妈妈共同生活时，从来就不知道我现在说的'困难'这词是什么意思。不过经历了之后就明白了，正如爸爸常说过的那样。"

我不确定，米考伯先生曾当过海军军官，这究竟是米考伯太太告诉我的，还是我自己想象出来的。我只知道自己至今都还坚信不疑，他确实在海军里面待过一段时间，但不知道其中的原委。他现在走街串巷，替众多形形色色的商行招揽生意，但是，恐怕收入甚微，甚至没有。

"如果米考伯先生的债主们不肯给他放宽时限，"米考伯太太说，"那他们就得自己承担后果了，他们越早把这事提出仲裁越好。从石头里是榨不出血来的，眼下从米考伯先生身上也同样榨不出任何东西（更不要说诉讼费了）。”

我一直就没能弄明白，是我过早地自食其力使得米考伯太太无法判断我的年龄，还是她一门心思想的就是这个话题，所以要是没有别的什么倾诉的对象，她还会对着自己的那对双胞胎婴儿说呢，反正她从一开始就这么连珠炮地说着，然后在我同她交往期间一直都这么喋喋不休。

可怜的米考伯太太啊！她说自己曾经努力过，而我毫不怀疑，她是努力过的。在临街那扇门的正中间，赫然挂着个铜牌，上面刻着“米考伯太太之青年女子寄宿学校”的字样，可是我从来就没有见过任何年轻女子来这儿上过学，或者任何年轻女子来过这儿，或者准备来，或者这儿做过任何哪怕是一点点接待任何年轻女子的准备。我曾见到过或者听到过唯独的来客都是债主们。他们随时都会光顾，有些人态度还很蛮横。有个蓬头垢面的人，我认为他是个做鞋的，往往早晨七点的时候就挤进了过道，冲着楼上的米考伯先生大喊：“下来！我知道你还没出门呢。请把钱还给我们吧，好不好？可别躲着藏着，这样做很卑鄙。我要是你就不会这么卑鄙。把钱还给我们吧，好不好？你这就把钱还给我们，听到了没有？下来！”这么一番挖苦奚落之后，还是毫无反应，那么，他骂人的话便升级到了“骗子”、“强盗”之类了。而这样骂了还是毫无效果之后，有时候就他会走极端，跑到街道的对面，冲着三楼的窗户大喊大叫，因为他知道米考伯先生在那儿。在这样的时候，米考伯先生就会悲痛不已，羞愧难当，以至于想要用剃刀结束自己的性命（有一次，他太太发出尖叫，我才知道这个事），但半个小时之后，他便会不辞辛劳地把皮鞋擦得锃亮，出门去了，一边还哼着小曲，呈现出的气派比平常还要更加高雅。米考伯太太也显得同样能屈能伸。我曾见过，她在三点的时候被皇家税款的事吓得晕了过去，但是到了四点的时候，便吃起了涂了面包屑的羊排，喝起了温热过的麦芽酒（那是把两把茶匙送到当铺后换来的钱付的账）。有一回，法院刚刚对他们家实行强制执行，罚没财产用以抵债，我碰巧提前到六点回家，结果看见米考伯太太躺在壁炉前面（当然是抱着那对双胞胎），晕过去了，披头散发，但是就在当天晚上，她那兴高采烈的样子我从未见过，一边在厨房的火炉前吃着牛排，一边给我讲述她爸爸妈妈的故事、他们的朋友们的故事。

我在这所房子里同这家人一道度过了闲暇时光。早餐由我自己掏钱，独自一人享用，一块一便士的面包和一杯一便士的牛奶。我还把另一小片面包和一小块干酪放在专门一个橱柜的一个固定地方，备着晚上回家后当晚餐。我很清楚，这笔开销在我那六先令或七先令收入当中占了份额。我整个白天都在货栈里待着，整个礼拜都必须用那笔钱来养活自己。从礼拜一早上到礼拜六晚上，我听不到人的忠告、建议、鼓励、安慰、帮助或支持，对于这一点，我记得清清楚楚，就像自己希望进天堂一样清楚！

我年幼稚气，根本没有能力料理自己的全部生计。可是我不这样又能怎样呢？所以常常早上去默德斯通－格林比商行时，路过糕点铺门口时，看见外面摆着不新鲜的糕点半价出售，我挡不住诱惑，把本来准备吃午餐的钱花掉了，结果中午就只好饿着肚子，或者买个面包卷或一块布丁。我记得当时有两家卖布丁的铺子，光顾哪一家要由我的经济状况来决定。一家在临近圣马丁教堂的院子里，地处教堂的后面，现在已经搬迁了。这家铺子里卖的布丁是无核小葡萄做的，属于一种很特殊的布丁，但价格昂贵，花上两便士买一块，还不如花一便士买的普通布丁那么大。一家卖普通布丁的铺子，很好的一家，坐落在斯特兰德大街[①]，就在后来重建的那一片里面。这家铺子里的布丁块头大，分量重，颜色灰白，很松软，几颗硕大的葡萄干呈扁平状，寥寥落落地散落其间。每天我去买的时候都刚出炉，热烘烘的，那时我很多日子都吃这个。如果午餐要吃得正式和丰盛，我就会来一根萨维罗干熏肠和一便士面包，或者从一家小饭馆花四

① 伦敦中西部的一条街，与泰晤士河平行，以旅馆和戏院著称。

便士买一盘炖牛肉，要不就从货栈对面一家脏兮兮的老酒馆里买一盘面包加干酪和一杯啤酒，那酒馆叫作“狮子”，或者诸如此类，具体我忘记了。有一次，我记得，我用报纸把面包包着（那是我早上从家里带来的），像一本书一样夹在腋下，去特鲁里街[①]附近一家有名的浓汁炖牛肉的牛肉馆，要了“一小盘”那种美味，就着面包吃。当时我这么一个人家都不认识的小不点儿独自一人进去吃东西，侍者心里是怎么想的，我不知道。但是，我在吃东西的时候，他眼睛一直盯着我看，还把别的侍者叫来看我，当时的情形至今仍历历在目。我给了他半个便士小费，心里希望他不接受才好。

我记得，我们有半个小时的喝茶时间。如果身上的钱够了，我就会买半品脱现成咖啡和一片黄油面包。如果身上没有钱，我就去弗利特街[②]一家野味店看看，一饱眼福。要不就利用这段时间漫步至科文特加登市场[③]，去仔细看看菠萝。我也很喜欢到阿德尔菲[④]一带溜达，因为那儿显得很神秘，到处都是阴森森的穹顶。我现在还清楚地记得，有一天晚上，我从一个穹顶下面走了出来，到了一家滨河小酒馆门前，那儿有块空地，几个卸煤的工人正在那儿跳舞。我就坐在一张长凳上，看着他们跳，只是不知道他们是怎么看我的！

我还是个小孩，个头又小，所以每当我进入一家陌生的酒馆买杯麦芽酒或黑啤酒，以便湿润一下我用来当午餐的东西，他们往往都不敢把酒卖给我。我记得有一个炎热的傍晚，我走进一家酒馆，对酒馆老板说：

“你们这儿最好的……最最好的……麦芽酒，多少钱一杯？”因为那是个很特别的日子，我记不得是什么日子，大概是我的生日。

“两个半便士，”老板说，“可以买一杯正宗斯丹宁麦芽酒。”

“那么，”我一边说，一边把钱掏出来，“就请给我来一杯正宗斯

---

① 伦敦西区一条街，曾以剧院集中著称。

② 也可译作舰队街，伦敦中部一条街，以报馆集中著称，常用来代指英国新闻界。

③ 伦敦一广场，曾为伦敦主要的水果、花卉和蔬菜市场。

④ 伦敦一地区，临泰晤士河，有“地下城”之称。

丹宁麦芽酒吧，要泡沫多一点的。”

酒馆老板脸上挂着奇怪的笑容，隔着柜台把我从上到下打量了一番。他没有去斟酒，而是扭头朝屏风后面看了看，对着他太太说了点什么。他太太从屏风后面走了出来，手上拿着针线活儿，也同她丈夫一道打量起我来了。此时此刻，一共三个人呈现在我眼前：酒馆老板穿着一件衬衣，俯身靠在柜台的窗框上，他太太则顺着那半截小门的上方看着我，而我呢，有点不知所措，在柜台外面仰头看着他们两个。他们问了我一大堆问题，比如，我叫什么名字、多大了、住在哪儿、怎么就被人雇着干活了、怎么到这儿来了。对于这些问题，我只好编造适当的答案，以便不牵连别人。他们给我上了麦芽酒，不过我怀疑那不是正宗斯丹宁麦芽酒。酒馆老板的太太打开那半截小门，俯下身子，把钱还给了我，还吻了我一下，一半出于赞赏，一半出于同情。不过我相信，这其中充满了女性的温柔与善良。

我知道，对于自己生活来源的匮乏和生活的窘境，我并没有在不知不觉和无心的状态下夸大其词。我知道，奎宁先生任何时候给我一个先令，我都会把其花在午餐或者茶点上。我知道，自己这样一个衣衫褴褛的孩子，从早干到晚，同普通的成人和孩子在一块儿。我知道，自己游荡在街头，饥肠辘辘。我知道，要不是上帝发慈悲，就凭着我享受到的关照，我很容易成为一个小强盗或者小流浪汉。

然而，我在默德斯通—格林比商行里也有自己的地位。奎宁先生是个疏忽大意的人，成天忙忙碌碌，在同我这样一个非同寻常的孩子相处时，尽量对我另眼相看。除此之外，我从来没有对任何大人或小孩说自己怎么会去了那儿，或者暗示过自己在那儿心里面有多么难受。我默默地忍受着痛苦，忍受着极度的痛苦，其情形，除了我自己，谁也不知道。我的痛苦有多大，正如我已经说过的，我没有这个能力表述。我把痛苦藏在心里，干着自己的活儿。我从一开始就知道，如果我的活儿干得不像别人的一样漂亮，就免不了会被人瞧不起，遭人鄙视。没过多久，我的活儿便可以干得至少同另外两个孩子一样轻巧和熟练了。尽管我已经完全同他们混得很熟了，但我的行为和举止还是跟他们的有差异，这样便使得我们之间有了距离。他们和那些大人往往叫我“小绅士”或“萨福克小伙”。有一个叫格雷戈里的大人，是包装工人的头儿，另一个叫蒂普，是个车夫，总穿着一件红短褂，他们有时候也管我叫“大卫”。不过我记得，这种时候多半是我们在一起说心里话，或者干活期间，我把过去看过的书里面的故事讲给他们听，设法使他们开心，其实那些故事都快要从我的记忆中消失了。有一次粉斑土豆起来反对我，对我受到的待遇表示不服，但米克·沃克立刻就把他给摆平了。

我当时考虑到，要摆脱这种生活状态简直就毫无希望，因此也就完全死了这条心。不过我心里明白得很，自己压根儿就没有一时一刻认同过这种境遇，或者无时无刻不是感到凄苦伤心。但我忍受着，就连写给佩戈蒂的信中（尽管我们之间通过很多信）都未曾透露过实情，这部分是由于对她的爱，部分是由于羞于言说。

米考伯先生的困境令我本来凄苦忧伤的心境雪上加霜。我在那种孤苦伶仃的状态下，同他们一家人建立了深厚的情谊，往往会四处去散步，心里不停地惦记着米考伯太太谋划家用的问题，米考伯先生的债务问题也会沉甸甸地压在心上。礼拜六的晚上是犒劳自己的好机会。一来口袋里装着六个或七个先令步行回家，可以看看店铺里面，心里盘算着这笔钱可以买些什么东西，这是件很惬意的事情；二来我能早点回家，米考伯太太会把最伤心的秘密都告诉我。还有礼拜天的早晨，她也照样如此，那时我会把头天傍晚买回的茶或咖啡放在一个刮脸用的小罐里调好，坐下来用并不早的早餐。这类礼拜六晚上的交谈，米考伯先生从一开始就伤心抹泪，泣不成声，而等到交谈结束的时候，便会唱起有关“杰克喜爱和可爱的南在一起”[①] 的歌，这样的事并不罕见。我还见识过他回家吃饭时，泪水如注，并口口声声地说着，现在除了进监狱，已是走投无路了。而等

① 这是英国作曲家查理斯·迪布丁（Charles Dibdin，1745—1814 年）所作歌曲中的一句。迪布丁因其创作的海洋歌曲与歌剧成为十八世纪末最受欢迎的作曲家之一。

到去睡觉时，却核算起“一旦时来运转”——这是他最爱说的一句话——给房子装几个凸肚窗的费用来了。米考伯太太也是如此。

尽管我和他们夫妇俩之间年龄上的悬殊令人感觉不可思议，但我们之间建立起了一种奇特而平等的友好关系，我想这是由于我们各自的境遇造成的。但是，我怎么也不接受他们的邀请，吃喝他们的东西，（因为我知道，他们同肉店老板和面包店老板关系很僵，他们自己的东西也不充足），直到后来，米考伯太太把我当成知己，这才改变了。一天晚上，她对我说了这样的话：

“科波菲尔少爷，”米考伯太太说，“我可没有把您当外人啊，所以也就不怕对您直说了，米考伯先生的确已到危急关头了。”

听到这么一说，我心里感到很凄凉，看着米考伯太太通红的眼睛，心里充满了同情。

“食物储藏间里除了一点点荷兰干酪之外——一个这么多孩子的家庭，这一点东西根本满足不了要求——”米考伯太太说，“真的没有任何东西了。我和爸爸妈妈在一块儿生活时，说习惯了食物储藏间，所以不知不觉就用了这个称呼。其实我想要表达的是，家里没有吃的东西了。”

“天哪！”我说着，表示出极大的关切。

我当时口袋里还剩一个礼拜的薪水中的两三先令，由此我猜测，我们这次谈话的那天晚上是礼拜三。于是我赶紧把钱掏了出来，真心诚意地请求米考伯太太把钱收下，就算是借我的。可是，那位太太一面吻了我一下，一面要我把钱放回到口袋里，然后回答说，这样的事她想都不能想。

“不可以，亲爱的科波菲尔少爷，”她说，“我压根儿连想都没有想过啊！不过，您年岁虽小，但却很懂事。如果您乐意，倒是可以在另一个方面给我帮上忙，我会充满感激地接受的。”

我请求米考伯太太把事情说出来。

“我自己已把一些精致的餐具拿出去了，”米考伯太太说，“六把茶匙，两把盐匙，一副糖夹子，我已先后把它们拿出去抵押变换成了钱，是我亲手偷偷拿出去了。但这对双胞胎孩子是个很大的负担，可对我来说，一想到爸爸妈妈当时的情形，这样的交易可令人痛心啊。我们还有几件小物件可以拿出去抵押，但米考伯先生是绝对舍不得当掉那些东西的。而克利克特——就是从济贫院来的那个女孩——是个俗不可耐的人，如果托付她去办这个事，她还不会随心所欲乱来呀。科波菲尔少爷，我可不可以请您……”

我现在明白米考伯太太的意思了，恳请她尽管使唤我好了。当天晚上，我就着手处理她家财产中那些容易携带的物件。随后几乎每天早晨去默德斯通—格林比商行之前，我都要为这事跑上一趟。

米考伯先生有数量不多的书放在一个食柜里，他将其称为图书室，最先处理的就是那些书。我一本一本地把书拿到城市大道的一个书摊，大道的一部分就在我们住所附近，那时候几乎全是书摊和鸟店，书卖多少钱算多少钱。那家书摊的摊主就住在书摊后面的一所小房子里，每天晚上都喝得酩酊大醉，结果每天早上都会被妻子臭骂一顿。不止一次，我去那儿的时间早，他就在一张折叠床上接待我，不是额头上破了个口子，就是一只眼睛发青，这表明他头天晚上又喝过量了（恐怕他喝酒时还喜欢同人家吵架来着）。他伸出瑟瑟发抖的手，摸遍扔在地板上衣服里的一个个口袋，想要找到急需的那几个先令，他妻子则抱着个婴儿，趿拉着鞋，在一旁不停地骂他。有时候他钱弄丢了，就会要我过后再去取，但他妻子总会有些钱——我敢说，趁着他喝醉了，从他那儿偷的——所以，我们一同下楼时，她会在楼梯上悄悄把钱付给我。

在当铺里，大家也开始熟悉我了。柜台后那个主事的先生也开始密切注意起我来了。我记得，他在给我办交易手续时，常常要我附在他耳朵边，说出一个拉丁文的名词或形容词的变化形式，或者说出一个拉丁文的动词的各种变化形式。这类交易过后，米考伯太太就会小小地犒劳一下，一般是一顿晚餐。我清楚地记得，这些晚餐别有一番滋味儿。

最后，米考伯先生走到了危急关头。一天清早，他被捕了，押解到了坐落在伦敦南镇的王座法庭监狱。他走出家门时告诉我说，白日之神在他面前陨落了。我的的确确觉得他伤心透了，我也伤心透了。可是，后来我听说，中午还没有到，有人就看见他快快乐乐地玩起九柱戏来了。

他嘱咐我在他被关押后的第一个礼拜去看他，同他一道吃顿午饭。我得问清去某个地方的路，快到那儿时，会看到附近另外一个地方，又快到那儿的时候，会看到一个院子，我得穿过院子，径直走，直到看见监狱看守。我照这么做了，最后看见了一个看守（相比之下，我是个多么可怜的小孩啊！）我突然想到罗德里克·兰登[①]在债务人监狱里的时候，那儿有那么一个人，什么衣服也没有穿，就披了一块破地毯，我这时候眼睛模糊，心怦怦直跳，总觉得看守在我面前摇晃着。

米考伯先生在大门里面等着我，然后我们上楼去他房间（坐落在顶层下面的一层），我们哭得很伤心。我记得，他郑重其事地嘱咐我，要以他的命运为戒，而且还要注意，如果一个人的年收入为二十英镑，他花掉了十九英镑十九先令另加六便士，那他是幸福快乐的，而如果他花掉了二十英镑另加一先令，那可就痛苦凄惨了。说过之后，他便向我借了一先令给看守，还给我写了一张字条，作为向米考伯太太索要钱的凭据。然后就收起了手帕，又兴高采烈起来。

我们坐在一个小火炉边，生了锈的炉格里一边搁置了一块砖头，免得烧多了煤炭。后来同米考伯先生共处一室的另一位欠债人从面包店回来了，带回一块羊里脊肉，那算是我们共同的午餐了。然后，他们打发我去楼上见“霍普金斯上尉”，代米考伯先生向他问候，并说明我是米考伯先生的小朋友，问霍普金斯上尉能否借一副刀叉给我们。

霍普金斯上尉把刀叉借给了我，还要我代为问候米考伯先生。他的小房间里有个女人，邋里邋遢，还有两个女孩，脸色苍白，蓬头

① 英国作家所著小说《兰登传》中的人物。

垢面，那是他的两个女儿。我当时心里想啊，好在我是向霍普金斯上尉借刀叉，而不是借梳子。霍普金斯上尉本人衣衫褴褛，惨不忍睹，长着一脸大胡子，穿了件破旧不堪的棕褐色外套，里面什么也没有穿。我看到他的铺盖卷搁置在一个角落里，锅碗瓢盆放在一个架子上，我凭直觉断定（具体怎么回事，只有上帝知道），尽管那两个蓬头垢面的女孩是霍普金斯上尉的女儿，可那脏兮兮的女人却不是他妻子。我怯生生地站在他门口，待了最多不超过两分钟，但返回后却长了这么多见识，就跟握在我手里的刀叉一样确实可信。

我们的那顿午餐有吉卜赛人的风格，而且其乐融融。午后不久，我就去还了霍普金斯上尉的刀叉，然后打道回府，把我探视的情况告诉了米考伯太太，好让她安心。她一见我回家了，便晕了过去，后来她做了一小杯蛋羹，我们边说边吃，得到了慰藉。

为了贴补家用，他们家的那些家具是怎么卖出去的，或者说是由谁去办的，我现在记不起来了，反正不是我干的。然而，家具还是被卖掉了，让一辆货车拉走的，就留下了床和几把椅子，还有厨房里用的一张桌子。实际上，我们就是靠了这一点家当，就像安营扎寨一样，窝在温莎街那所房子的两个空荡荡的客厅里。米考伯太太、几个孩子、古（孤）儿，还有我自己，日日夜夜就生活在那些房间里。虽然我们住了很长时间，但我也记不清到底住了多长时间。后来，米考伯太太决定搬到监狱去住，因为米考伯先生现在一个人享受一个房间了。这样，我便把钥匙交还给了房东，房东高兴地接过了钥匙，除了我的床之外，其余床铺全搬到王座法庭监狱了。我的床被送到监狱围墙外不远处的一个小房间里，我租下了那个房间，很合我的意，原因是我们在患难之中，关系亲密，难舍难分。古（孤）儿也在同一区域找了廉租房落脚。我的那个房间是屋子后面的一个僻静的阁楼，屋顶是斜的，正对着一个锯木厂，景色宜人。我拥有了这么一间房子，心里想着，米考伯先生终究走上了穷途末路，落了难，所以我觉得这儿就像是天堂。

整个这段时间里，我在默德斯通－格林比商行一如既往地干着普通活儿，还是那几个普通同伴，还同刚开始时一样，内心没完没了地弥漫着失落感和羞辱感。不过，我每天往返于住处和商行之间，还有午餐时间在街道上溜达期间，看到了许许多多孩子，但我从未去结交他们中的哪一个，或者同谁搭过讪，这对我来说无疑是值得庆幸的事。但我仍然过着孤苦伶仃、无依无靠的生活。我意识到的变化只有：一是自己更加衣衫褴褛了；二是减轻了对米考伯先生和米考伯太太的负担，因为他们的一些亲戚朋友出面帮助他们渡过了难关，所以，很长一段时间里，他们在监狱里比在外面过得更加舒适惬意。由于某种安排，这时候我常常同他们一道吃早餐，其中的具体情况我记不清楚了。至于早上监狱何时开门让我进入，我也记不得了。不过我记得，我往往是六点起床，这期间我最喜欢溜达的地方是伦敦桥，常常坐在石桥的某个凹处，目睹着过往行人，要不就趴在桥的栏杆上，看着太阳闪烁在水面上，照亮了纪念碑顶端金色的火焰[①]。古（孤）儿有时候会在此地遇上我，我就给她讲一些有关码头和伦敦塔的惊心动魄的故事。有关这些故事，我只能说，我自己相信是真实的。晚上，我常常到监狱去，陪同米考伯先生在运动场上散步，或者同米考伯太太玩儿纸牌，听她讲述她爸爸妈妈的往事。至于默德斯通先生是否知道我住在什么地方，我也说不上来。我从未对默德斯通—格林比商行的人说过这事。

米考伯先生的事虽然度过了最危急的关头，但是，由于先前的某一种“契约”，仍然还是纠缠不休。有关契约的事，我先前听到过很多，而现在我估计，那一定是他过去同债权人订立的某种文书，不过我当时并不清楚这事，但我把它同曾经在德国很流行的与魔鬼订立羊皮纸契约[②]的事混为一谈了。最后，那张文书不知怎么就不碍事了，不管怎么说，它已不是像先前一样挡在前面的巨石了，米考伯太太告诉我说，“她娘家人”断定，米考伯先生应该依据《破产

---

① 纪念碑是为纪念 1666 年的大火而建的，顶端为盆状，从中发出火焰的样子。

② 指浮士德把灵魂出卖给魔鬼时订立的契约。德国大文豪歌德著有旷世不朽的诗剧《浮士德》。

债务人法》申请释放，所以她料定米考伯先生六个礼拜之后就可以获得自由。

“到了那个时候，”米考伯先生说，因为他当时在场，“感谢上帝，我毫无疑问可以开始提前同世人打交道，开始一种全新的生活，如果，一句话，如果时来运转的话。”

为了尽可能详尽地叙述发生过的任何情况，我记得，大概在这样一段时期，米考伯先生草拟过一份请愿书，准备递交给下议院，请求修改因债务问题而受监禁的法律。我之所以在此记下这段往事，是因为它是我本人写作方法的一个例证，说明我如何把过去读过的书同我变化了的生活结合起来，利用大街小巷和普通男女的素材为自己创作故事。同时，我也认为，可以说明我如何在写这部自传时，将无意当中成就一些主要特征，而这些特征会逐渐在这整个时间里形成。

监狱里有个俱乐部，米考伯先生作为一个绅士，算是俱乐部里很有权威的人物。他告诉了俱乐部里的人自己要写请愿书的想法，大家都强烈支持。因此，米考伯先生(他是个完完全全忠厚诚实的人，除了自己的事情之外，对其他任何事情都积极踊跃，只要不是同自己利益攸关的事，他都会忙前忙后，乐此不疲)便着手草拟起请愿书来，拟好了初稿，又誊写在一张大纸上，在桌上摊开，约定好了一个时间，请俱乐部全体成员，如果愿意的话，整个监狱的人员都到他的房间里签名。

当我听说要举行一个签字仪式时，尽管他们中的大部分人我都认得，他们也认得我，但我还是迫不及待地想要见识一下，看看他们一个接着一个地进入房间的情形，于是，我特意向默德斯通—格林比商行请了一个小时的假，站在房间的一角等着。俱乐部的主要成员能挤进来的都挤到小房间里来了。他们围着站立在请愿书前面的米考伯先生，而我的老朋友霍普金斯上尉(他为了尊重这一庄严的仪式，还特意梳洗了一番)站在请愿书附近，准备把请愿书向那些不熟悉请愿书内容的人宣读。随后房门开了，普通人员排成了一个长队等候在外面，一个一个地进来，签上自己的名字，然后走出去。霍普金斯上尉对进来的每个人都要问一声："你看过请愿书了吗？""没有。""要不要我念一遍给你听？"只要人家略微表示了一点点要听的意思，霍普金斯上尉就会声若洪钟地从头至尾念一遍。即便有两万人一个接一个地要听，他都会念上两万遍。我现在还记得，每当他拖腔拿调，念着"聚集于议会之中的人民代表"，"因此，请愿人怀着谦卑的态度，向贵院呈递此书"，"仁慈的国王陛下命运不济的臣民"这样的语句时，就好像它们是真真切切吃在嘴里的东西，尝起来津津有味。与此同时，米考伯先生作为起草者，一边带着几分得意倾听着，一边还端详着（不那么出神）对面的墙头钉。

我每天来往于南镇区和黑衣修士区之间，吃饭时就到偏僻的街上去溜达，我猜想，那些街道上的石头都可能被我这双孩子的脚给磨平了。我不知道，当年在"霍普金斯上尉"的朗读声中，那些从我面前鱼贯而入的人群中，有多少人已经不在了！现在，每当我回首往事，想想那一段缓慢而又痛苦的少年时代，真不知道，在我替这些人编造出来的故事中，不知有多少是想象，像迷雾一样笼罩着记忆犹新的事实！但我故地重游时，毫不怀疑，我似乎看见了一个天真无邪而又充满幻想的少年从我面前走过，令我同情，他正根据这些不可思议的经历和肮脏不堪的事情建构他自己富有想象力的世界！

第十二章

我仍然不喜欢独自谋生，于是下了大决心

过了一段时间，米考伯先生的诉状得到了审理。令我高兴不已的是，根据上面提到的法律规定，米考伯先生可以被释放出狱了。他的债主们也并不是无情无义之人。米考伯太太告诉我说，连那个心怀怨恨的鞋匠都在法庭上公开声称，他对米考伯先生并无恶意，只是别人欠了他的钱，他想要讨回来罢了。他说，自己认为那是人之常情。

案件审理结束后，米考伯先生回到了王座法院监狱，因为还有些费用要结算，还要办理一些手续，然后他才能真正被释放。俱乐部的人欢天喜地地欢迎他，晚上还专门为他举行了一个其乐融融的庆祝会。而我和米考伯太太则在他们房间悄悄吃了一盘羊杂碎，家里其他人在周围全睡着了。

"科波菲尔少爷，趁着这么一个机会，"米考伯太太说，"我再给您来点饮料酒[1]吧，"因为我们已经喝过一些了，"来纪念一下我爸爸妈妈。"

"他们都不在人世了吗，太太？"我喝了这杯酒之后问。

"我妈妈离开人世的时候，"米考伯太太说，"米考伯先生的困境还没有开始，或者至少说，状况没有到危急的地步。我爸爸生前曾保释过米考伯先生几次，后来也去世了，很多人都感到惋惜。"

米考伯太太摇了摇头，悲伤起来，孝顺的泪水滴到了当时正好抱在怀里的双胞胎身上。

---

① 指由啤酒、苹果酒等加上香料、牛奶、鸡蛋等加热而成的饮料。

有个问题我一直想要问，而此时正是求之不得的好时机，于是我对米考伯太太说：

“太太，我可不可以问一句，现在米考伯先生已经摆脱了困境，获得了自由，你们打算怎么办？你们打定主意了吗？”

“我娘家人，”米考伯太太说，她说到这几个字时，总是摆出一种气派，但我根本就不知道她指的是谁，“我娘家人的意思是，米考伯先生应该离开伦敦，到乡村去施展他的才华。米考伯先生可是个才华横溢的人啊，科波菲尔少爷。”

我说我完全相信这一点。

“才华横溢，”米考伯太太重复了一声，“我娘家人的意思是，像他这么有能力的人，只要有人关照一下，或许可以在海关发挥作用呢。我娘家人在当地有影响力，所以他们希望米考伯先生到普利茅斯去。而且认为，他非得待在当地不可。”

“那就是说，他要准备去啰？”我提议说。

“确实如此，”米考伯太太回答说，“他是要做好准备，万一有了机会就随时可以去。”

“您也去吗，太太？”

那天事情一件连着一件，加上还要照顾那对双胞胎，即便没有喝那饮料酒，也会令米考伯太太情绪异常激动，她一边流着眼泪，一边回答说：

“我绝不会抛弃米考伯先生的，他刚一开始的时候，或许瞒过我，没有告诉我他面临的困境，但他是个乐观豁达的人，可能觉得自己能够克服困难。妈妈留给我的珍珠项链和镯子，连当初一半的价格都没有卖到就交易了。一套珊瑚饰物，那是我爸爸送的结婚礼物，实际上等于白给出去了，没值一个子儿。但我绝不会抛弃米考伯先生的，绝不会！”米考伯太太大声说，情绪比先前还要激动，“我绝不会做出那种事！即使要求我，也没有用！”

我感到很不自在，米考伯太太好像觉得我要求她做那种事似的，于是我坐在那儿惊恐不安地看着她。

“米考伯先生有缺点。我不否认，他不知道该如何节俭着过日子。我也不否认，他的收入和债务状况都不告诉我，弄得我蒙在鼓里，”她说着，眼睛看着墙壁，“但我绝不会抛弃米考伯先生！”

米考伯太太这时候提高了嗓门，等于是声嘶力竭的尖叫，我诚惶诚恐，赶紧跑到俱乐部，只见米考伯先生坐在一张长桌边主持一个活动，领着大家合唱着：

快跑啊，道宾，
快跑啊，道宾，
快跑啊，道宾，
快跑啊——跑啃——啃——啃！

我把米考伯太太吓人的情况告诉了他，他听到这个情况后立刻哭了起来，急忙同我一道离开，背心上沾满了小虾的头尾，因为他刚才正在吃这些东西。

“爱玛啊，我的天使！”米考伯先生大声喊着，冲进了房间，“你这是怎么啦？”

“我绝不会抛弃你，米考伯！”她情绪激动地说。

“我的心肝宝贝啊，”米考伯先生说，把她搂到了怀里，“这我很清楚啊。”

“他是我这些孩子的父亲啊！是我这对双胞胎的父亲啊！是我相亲相爱的丈夫啊！”米考伯太太挣扎着大声说，“我绝不会抛弃米考伯先生！”

听到她这一番坚贞不渝的表白，米考伯先生深受感动（至于我嘛，已经哭成了泪人），他满怀深情地搂着她，请求她抬起头来，要她平静一下。可是，他越请求她抬起头来，她越是游离不定，越请求她平静下来，她就越是平静不下来。到头来，米考伯先生很快就支撑不住了，所以他的泪水和他太太的，还有我的，流到了一起。后来，他请我帮个忙，在他照顾她上床睡觉的当儿，搬把椅子放到楼梯口。我本来打算告辞回去睡觉的，可是他不让走，一定要等到送客的铃声响了才走。于是我在楼梯口的窗户边坐着，一直等到他也搬了一把椅子来到我身边。

“米考伯太太现在怎么样了，先生？”我问。

“情绪很低落，”米考伯先生说着，摇了摇头，“心里受不了。啊，今天真是个可怕的日子！现在就剩下我们了，一切都离我们而去了！”

米考伯先生紧紧握住我的手，长吁短叹，然后流了眼泪。我极为感动，也很失望，因为我本来以为，在这样一个幸福快乐同时又是盼望已久的时刻，我们应该欢欣鼓舞才是。不过，我想一想，米考伯先生和米考伯太太已经习惯昔日那种艰难困苦的处境，所以，他们一旦想到自己已经脱离了苦海，反而有一种船遭海难时的了无依靠感。他们全部的适应环境的能力消失殆尽了。我从没见过他们像当天晚上那样伤心过。因此，送客的铃声响起来时，米考伯先生陪同我一直走到门房，这才同我分了手，向我表达了祝福。我害怕让他一个人待着，因为他一副凄苦忧伤的样子。

但是，出乎我意料的是，我们两个人都深深地感到惶恐困惑，情绪低落。这样一来，我便清楚地意识到，米考伯先生和米考伯太太，还有他们全家人，就要离开伦敦了，而我们之间分别在即了。那天晚上走回住处的途中，还有随后上床后辗转反侧的时刻，我最先有了自己的想法，尽管我不知道自己怎么会产生这样的想法，但后来那个想法便成了一种坚定不移的决心。

我已经很习惯同米考伯一家人相处了，同处于逆境中的他们结下了深厚的情谊，没有他们，我形单影只，所以，我又一次有了被抛弃的感觉，还得去另觅住所，再一次置身于陌生人之中，此时此刻，这种情景又回到了我眼前的生活中。这种生活我已经历过，记忆犹新。我脆弱的情感遭受过残酷的蹂躏，心中的屈辱和苦楚难以泯灭。想到这里，我的内心更加痛苦，所以，我毅然断定，这种生活是无法再忍受下去了。

除非我自己采取行动，否则根本没有希望摆脱这种生活，这一点我很清楚。我极少收到默德斯通小姐的来信，根本就没有收到过默德斯通先生的来信，不过收到过两三个包裹，那是由奎宁先生转交的，里面装的是新做的或补过的衣服。每次包裹里都附有一张字条，大意是，简·默相信大·科会努力工作，恪尽职守。除了表明我只能干自已很快就适应了的普通苦力之外，别无他用。

就在第二天，我心里正在为想到的事情而焦虑不安的时候，情况确实表明，米考伯太太并非毫无根据地说他们要离开的话。他们在我住的房子里租了个房间，租期是一个礼拜，到时他们就要启程去普利茅斯。米考伯先生下午亲自去了记账室，告诉奎宁先生说，他离开后不得不留下我，同时对我夸奖了一番，而我肯定自己也受之无愧。奎宁先生把车夫蒂普叫了进来，蒂普已结婚成家了，有一间房子要出租，于是叫我以后随他一起住。他当然认为，我们双方都同意，因为我没有吭一声，其实我的决心已下。

我和米考伯先生及他的太太同在一个屋檐下，在我们租住期的最后日子里，晚上都和他们待在一起。我觉得，随着时间的推移，我们的关系越来越亲密。最后的那个礼拜日，他们请我吃午饭，我们吃了猪里脊肉和苹果酱，还有布丁。头一天晚上，我还买了个带花点的木马，作为临别相赠给小威尔金斯·米考伯的礼物——那是个男孩——还给小爱玛买了个娃娃。我还给了那个古(孤)儿一个先令，因为她马上就要被打发走了。

离别在即，虽然大家都情意绵绵，心生伤感，但我们度过了很快乐的一天。

“科波菲尔少爷，”米考伯太太说，“今后每当我想起米考伯先生的那些艰苦的日子，我就会想到您。您对人总是体贴入微，关怀备至。您绝不是个房客，而是一位朋友。”

“亲爱的，”米考伯先生说，“科波菲尔，”因为他近来已习惯这么称呼我了，“当同伴处于逆境之中时，他对他们的疾苦感同身受，并思考对策，伸出援手，一句话，善于处理要出手的家当。”

我对他的夸奖表示接受，并说我们马上就要分别了，我很难过。

“我亲爱的年轻朋友，”米考伯先生说，“我比你年纪大，也有了些生活经验，而且，总的说起来，在面对困境方面，一句话，有了些经验。将来会有时来运转的时候（我可以这么说，我每时每刻都在等着那个时刻的到来），但眼下，我除了忠告，没有什么可以赠送给你的。不过我的忠告还是值得听一听的，而我自己，一句话，我自己却从来都没有汲取，所以这才……”米考伯先生说到这儿突然打住了，他刚才都一直神采飞扬，笑容满面，现在一下子变得愁眉苦脸了，“成了你看到的凄苦忧伤的可怜虫。”

“亲爱的米考伯！”他太太恳求着说。

“我说啊，”米考伯先生回应说，他马上忘了刚才的情况，脸上又挂着笑容，“就是你看到的凄苦忧伤的可怜虫。我的忠告是，今天能够处理的事绝不要拖到明天。拖沓延宕是窃取时光的盗贼[①]，要逮住这个贼啊！”

“我已故爸爸的格言。”米考伯太太补充说。

“亲爱的，”米考伯先生说，“你爸爸有他的优点，而我若诋毁他，天理不容。总的说起来，我们永远不可能，一句话，可能永远不可能结识别的什么人，像他那样一大把年纪，腿上仍然裹着护腿，不戴眼镜还能看得清那么小的字。但是，亲爱的，他把这个格言用到了我们的婚姻上了，亲爱的，结果提前还了钱，弄得我缓不过气来。”

米考伯先生斜着眼看了看米考伯太太，然后补充说：“我并不是为这事后悔，恰恰相反，亲爱的。”说完之后，有一两分钟时间，他神情凝重。

“我还有一个忠告，科波菲尔，”米考伯先生说，“你知道，如果你年收入二十英镑，年开销为十九英镑十九先令六便士，结果幸福快乐。如果你年收入二十英镑，而年开销为二十英镑六便士，结果痛苦悲伤。鲜花凋谢了，树叶枯萎了，太阳也落山了，留下一片凄

---

① 此句出自英国诗人爱德华·扬（Edward Young，1681—1765年）所著的《夜思录》。

凉的景象，于是……于是，一句话，你也就被弄得趴下了，就像我这样！”

为了使他的例子产生更加深刻的印象，米考伯先生喝下了一杯潘趣酒[①]，显得喜气洋洋、心满意足，然后用口哨吹起了《学院角笛舞曲》[②]。

我适时地向他做出保证，一定把他的教诲铭记于心，其实大可不必这样说，因为我当时显而易见地受到了感染。翌日早晨，我到公共马车售票处去见他们全家人，怀着一颗凄婉悲怆的心给他们送行，看着他们在马车的后面就座。

“科波菲尔少爷，”米考伯太太说，“愿上帝保佑您！您知道的，我永远不会忘记那一切的，即便我能够忘记，我也绝不会忘记。”

“科波菲尔，”米考伯先生说，“再见啦！愿你幸福快乐，前途美好！如果随着岁月的流逝，我能够确信，自己多舛的命运能够对你起到某种警示作用，那我就会觉得，自己没有白白占了另外一个人的位置。假如有朝一日时来运转了（我相信会有这一天的），我有能力助你一臂之力，帮助你改善境遇，我定会有说不出的高兴。”

我觉得，米考伯太太陪着孩子们坐在公共马车的后部，而我伫立在那儿，依依不舍地看着他们，这时候，她的眼前似乎云开雾散，看到我真的是多么渺小的一个人啊。我之所以这么想，那是因为，她的脸上挂着一种前所未有的充满了母爱的神情，她示意我爬上马车，用手臂搂住我的脖子，就像对待她自己的孩子一样，给了我一个吻。我刚跳下来，马车就启动了。我都几乎看不见他们人了，因为他们全都挥舞着手帕。瞬间过后，马车就在视线中消失了。我和古（孤）儿站立在路的中间，神色茫然地面面相觑，然后握手告别了。我估计，她返回圣卢克济贫院去了，而我去了默德斯通—格林比商行开始了枯燥乏味的一天。

---

① 一种用酒、果汁、牛奶等调和而成的饮料。

② 舞曲系查尔斯·迪布丁所作。角笛舞是流行于水手中的一种生动活泼的单人舞。

但我已无意再去那儿度过更多枯燥乏味的日子了。是这样的，我已决定逃跑。通过种种方式，到乡间去，去投靠我在这个世界上唯一的亲戚，把自己的遭遇告诉姨奶贝齐小姐。

我已经说过了，我不知道自己这个孤注一掷的念头是怎么钻进我的大脑的。而且一旦进入了，就一直滞留在那儿了，而且固化成了一个目标，比我有生以来确定的任何一个目标都更加坚定不移。但我远不敢说，自己当时就相信有希望实现，但我完完全全主意已定，这件事必须要付诸实施。

自从那个晚上，我初次萌生了这个念头，并且辗转反侧，我一次又一次，不知道多少次，反复回味着我九泉之下的母亲说给我听的有关我出生时的陈年故事，这在昔日，听她讲那些事情是莫大的乐趣之一，而且我也烂熟于心了。我的姨奶，一个令人望而生畏的人物，走进了那个故事，然后又走出了那个故事。不过，她的举止行为当中，有一点令我念念不忘，也正是这一点给了我些许鼓励。我忘不了，母亲曾认为，她感觉到姨奶用她那不能说不温柔的手触摸自己的秀发。尽管这可能完全是母亲的幻觉，而且实际上可能毫无根据，但由此我构思了一幅小的画面，我对母亲少女般的美貌记忆犹新，充满珍爱，性情暴戾的姨奶面对母亲的美，性格变得温柔了，而这个画面使整个故事也变得柔和了。很有可能，这个想法在我的脑海中存在已久了，所以慢慢地促使我下定了决心。

由于我连贝齐小姐住在哪儿都不知道，于是写了一封长信给佩戈蒂，装作不经意地问她，她是否还记得，我听说某个我随便说的地方住着这么一位女士，我感到很好奇，想知道是否是同一个人。我在信中还对佩戈蒂说，我有个特殊事情，需要半个几尼，如果她能把钱借给我，等到有钱时再还给她，我将不胜感激。至于具体需要干什么，以后再告诉她。

佩戈蒂很快就回复了，而且同平常的信一样，字里行间充满了款款深情。她随信寄来了半个几尼（恐怕她这又是费尽了心思从巴吉斯先生的箱子里弄出来的），还告诉了我，贝齐小姐住在多佛尔[1]附近，但是具体是在多佛尔本身，还是在海斯、桑德盖特，或者福克斯通，她也说不准。不过，我向我的一个同事打听过了这几个地方，据他告诉我说，这几个地方挨得很近，而我觉得这就已经达到目的了，于是决定那个礼拜结束时就动身。

我人虽小，但诚实守信，不愿意自己离开后，给默德斯通—格林比商行留下个不良印象，于是，我觉得，自己应该待到那个礼拜六晚上再走。还有就是，由于我刚到那儿的时候，预先支付了一个礼拜的薪水，所以觉得到了该发薪水的时候，我就不再到记账室去领钱了。正是有了这么一个特殊原因，我这才开口借了半个几尼，不至于在路上没有盘缠。因此，到了礼拜六晚上，我们大家都在货栈里等着领薪水，车夫蒂普总是打头阵，他第一个进去领到了钱，这时候，我握着米克·沃克的手，请他领钱时，对奎宁先生说一声，就说把自己的箱子搬到蒂普家了。然后，我又跟粉斑土豆告别了一声，就跑开了。

我的箱子还放在河畔我原先的住处。我们有钉在酒桶上标明地址的卡片，我拿了一张，在背面写了一行字当行李标签用："大卫少爷，暂时存放多佛尔公共马车站，待领。"我把卡片放在口袋里，准备从住处取出箱子后，把它系上去。我往住处走时，四处张望，看看是不是可以找什么人帮助我把箱子搬到车站的售票处去。

有个长腿年轻人，赶着一辆空着的小驴车，站在黑衣修士大道的方尖碑旁边。我从他身边经过时，目光正好同他的相遇，他便冲着我骂了起来，说我是个"一钱不值的下流坯"，希望"我发誓会让他好看的"。我现在毫不怀疑，他的意思是我盯着他看了。我停住脚步向他保证说，我看一看他并没有冒犯他的意思，而是不知道他愿不愿意干件活儿。

"啥活儿？"长腿青年问。

---

① 英国英格兰东南部港市，濒临多佛尔海峡。

“搬运一只箱子。”我回答说。

“什么箱子？”长腿青年又问。

我告诉他是我的箱子，在街道的另一端，想要他把箱子运送到去多佛尔的公共马车站，付六个便士。

“我帮你送吧，六便士！”长腿青年说完，立刻跳上了自己的车，他那车其实就是在轮子上装了个大木盘，接着便嘎吱嘎吱开动了，速度很快，我拼命跑才追赶上。

年轻人态度粗鲁蛮横，特别是同我说话时，嘴里嚼着稻草，那样子我不喜欢。不过，既然交易已经谈成，我还是把他带到了楼上我即将要离开的那个房间，我们把箱子搬下楼，放到了他车上。这时候，我还不想把行李标签系到箱子上面，以免房东家的什么人看出了我的意图，拦住我。因此，我对年轻人说，希望他到了王座法院监狱的高墙外面时停一会儿。我的话刚一出口，他的车便嘎吱嘎吱地飞奔起来了，好像他本人、我的箱子、那辆车，还有驴，全都发疯了。我在后面又是跑又是喊，等到了约定的地点赶上他时，我都上气不接下气了。

我跑得满脸通红，气喘吁吁，所以，在从口里掏出那张标签时，把那半个几尼也带出来了。为了安全起见，我把硬币放进了嘴里。尽管我的两只手哆嗦得厉害，但还是把标签系到了箱子上，我感到很满意。可就在这个时候，我觉得下巴被那个长腿年轻人猛地掐了一下，结果看着半个几尼从我嘴里飞到了他手上。

“什么！”年轻人说着，揪住我的上衣领子，咧着嘴笑，样子很吓人，“要叫警察来是不是？你想要开溜是不是？找警察去，你这个小浑蛋，找警察去！”

“请你把钱还给我吧，”我说，吓得战战兢兢，“放我走吧！”

“找警察去！”年轻人说，“你到警察面前去说清楚吧。”

“请你把我的箱子和钱还给我好吗？”我大声说，突然哭了起来。

年轻人仍然说：“找警察去！”他一面态度粗暴地把我拖到驴的跟前，好像那畜生同治安官之间有什么密切关系似的。可就在这时，他突然改变了主意，跳上车，坐到我的箱子上，情绪激动地说，他要直接驾车去警察局，嘎吱嘎吱地比先前的速度更快了。

我使出了浑身的力气跟在他后面跑，但喊不出声来，这时候，即便有气力，也不敢喊了。追了没有超过半英里路，至少有二十次险些被碾到车轮下了。我时而看不见他，时而又看见他了，时而又看不见他了，时而挨了一鞭子，时而遭人训斥，时而栽倒在泥泞中，时而又爬起来，时而同人家撞了个满怀，时而一头又撞到了柱子上。最后，我跑得大汗淋漓，心慌意乱，担心会不会半个伦敦的人都跑出来抓我，于是我不再追赶了，任凭那个年轻人带着我的箱子和钱随他上哪儿去。我一边喘着气，一边痛苦着，但脚步没有停，朝着格林尼治的方向走去，我知道，那是在去多佛尔的路上。我来到这个世界的那天晚上惹得姨奶贝齐小姐很不高兴，而现在我要朝着她隐居的地方走去，从这个世界带去的东西并不比我那天晚上带来的东西多。

第十三章
我下了决心之后的遭遇

我没有再追那个赶驴车的年轻人，而是开始朝着格林尼治的方向走，这个时候，我记得自己甚至有过荒诞不经的想法，即一路跑到多佛尔去。即便我有过这样的想法，但没过一会儿，我便从杂乱无章的思绪中清醒过来。因为我在通往肯特郡的路上停下了脚步，这儿有一行排屋，前面有一汪水池，池水中间有一座笨拙可笑的塑像，吹着个没有水流出的海螺。我在门前的台阶上坐下，刚才奔跑得筋疲力尽了，现在连因丢失了箱子和半个几尼而哭一场的气力都没有。

这时候天已经黑了。我坐在那儿休息时，听到钟敲了十下[①]，庆幸的是，当时正好是夏季，天气晴朗。我缓过气来了，喉咙也不再堵得慌，便站起身继续走。虽然我沉浸在痛苦之中，但并没有要返回去的念头。我怀疑，即便当时在通往肯特郡的大路上下一场瑞士那儿一样的大雪，我都不一定会有返回的念头。

可是，我的全部家当就剩三个半便士（我至今都还纳闷，到了礼拜六晚上怎么还剩下这些钱！）这令我仍然忧虑，因为我还要往前走。我突然给自己描绘了一幅图景：一两天之后，有人在某道树篱边发现了我的尸体，结果把消息刊登在报纸上。我艰难地向前走着，凄惨不堪，尽可能地速度快些。后来碰巧路过一家店铺，门上写着收购男女服装的字样，还写了高价收购破布、骨头和厨房器具。店主只穿了衬衫，坐在门口吸烟。由于低矮的天花板上向下垂挂着大量上衣和裤子，店铺里只点燃两支蜡烛，烛光昏暗，让人隐约看到那

① 英国夏天时要到晚十点多才会天黑。

些东西。当时我感觉到，店主看上去就像是怀着满腔仇恨的人，他把仇人全吊了起来，自己倒是扬扬得意。

近期我同米考伯夫妇在一起相处的经验告诉我，这儿可能会找到解一时之急的办法，暂时可以不挨饿。我转入了下一条偏僻的小巷，脱下自己的背心，整整齐齐地卷了起来夹在腋下，然后返回到店铺门口。"老板，"我说，"如果价格公道的话，我把这个卖了。"

多洛毕先生——至少店铺门面上写的是多洛毕这个名字——接过背心，把烟斗头朝下靠在门柱上，进了铺子，我跟在他后面。他用手指掐掉了两支蜡烛的烛花，把背心铺在柜台上，看了一遍，又把它提起来，对着烛光再看了一遍，最后说：

"呃，这么件小背心，你想要卖多少钱？"

"噢！您最清楚，老板。"我回答说，态度谦虚。

"我不能既当买主，又当卖主啊，"多洛毕先生说，"这么一件小背心，你开个价吧。"

"十八个便士应该可以。"我迟疑了一会儿后试探着说。

多洛毕先生把背心重新卷了起来，还给我。"即便要我出九个便士把它买下，"他说，"我都等于打劫了一家人啊。"

这样的交易法令人很不爽，因为这等于硬要逼着我这样一个素不相识的人不得不干出令人讨厌的事情，叫多洛毕先生为了我的缘故去打劫他一家人。但是，由于我的境况这么窘迫，所以我只得说，如果他乐意，那就九个便士吧。多洛毕先生嘟嘟囔囔地给了我九个便士。我对他说了声晚安，走出了店门。有了九便士，我更富有了，少了一件背心，我贫穷了。不过等我扣上外套的纽扣后，差别也不怎么大。

确实，我已经看得很清楚了，接下来就该卖掉外套了，所以我要竭尽全力到达多佛尔后身上还穿着衬衫和长裤，倘若能够保持这样的穿着，也算是很幸运的了。不过，我一路上并不像人们认为的那样，把心思全用在这个上面。我大体上想了想，自己前面的路还很长，还有那个赶驴车的年轻人狠心地欺负了我，除此之外，我想，当我口袋装着九个便士重新上路的时候，自己并不觉得困难有多么危急。

我突然有了一个过夜的办法，打算付诸实施。那就是，我原先上学的学校后面围墙的外面，有个角落里通常堆了一堆干草，我就睡到那儿去。我心想着，尽管过去的同学们并不知道我到了此地，过去在其中讲过故事的宿舍也不会再为我遮风避寒，但我会觉得有同学们为我做伴，宿舍离我很近。

我使劲地赶了一整天的路，最后终于爬上了布莱克希思荒原，这时候，我已经精疲力竭了。寻找萨伦学校费了一番周折，但还是找到了，也找到了角落里的那个干草堆，我先沿围墙走了一圈，抬头看了看那些窗户，里面漆黑一团，寂静无声，然后就在草堆旁躺了下来。生平第一次在没有屋顶的地方过夜，其孤寂凄凉的感觉，我永远也不会忘记！

那天晚上，我躺下便睡着了，就像众多无家可归的人一样，被人家拒之门外，看门狗冲着我狂吠。可我梦见自己躺在原先学校的床上，和同宿舍的同学说着话。突然发现自己挺直了身子坐着，嘴里念着斯蒂尔福思的名字，睁大眼睛仰望着天上闪烁的星星。等到最后记起了自己身处何处时，有一种恐惧感突然袭上我的心头，害怕什么，我不知道，于是站了起来，四处走了走。但是，星光慢慢暗淡下来了，天空泛起了白色，白天到来了，我的心安了下来，但眼睛感觉很困乏，于是又躺了下来，睡着了，不过睡眠中感觉到了寒冷。后来太阳投射出了暖融融的光线，萨伦学校起床的铃声响起，我被惊醒了。我当时如果希望斯蒂尔福思还在那儿，就会窝在附近，等着他单独一个人外出，但是，我知道他一定早就离开了学校。特拉德尔或许还在那儿，但很难说得准，不过，尽管我对他良好的品性坚信不疑，但对他能够谨慎处事信心不足，所以不打算把自己的境况告诉他。于是，正当克里克尔先生的学生们起床时，我便悄悄地离开了那堵围墙，踏上了那条尘土飞扬的漫漫长路。我还是萨伦学校的学生时，知道此路通往多佛尔，不过当时一点也没有想到，我会这么一副模样走在这条路上。

同我从前在雅茅斯度过的礼拜天早晨相比，这是个多么不同的礼拜天早晨啊！过了一阵子，正当我迈着沉重的步伐向前行进时，我听到了教堂的钟声，遇上了去教堂做礼拜的人，我路过了一两个教堂，会众已经入内了，唱诗的声音传到了教堂外的阳光下，而教区的执事坐在门廊下的背阴处乘凉，或者站在紫杉树下，用手遮着额头，看着我从前面走过。不过，往昔礼拜天早晨那种平静和安宁的气氛笼罩着一切，只有我除外。这就是不同之处。我满身污垢和灰尘，蓬头垢面，感觉很猥琐。要不是我想到了那幅恬静淡雅的画面：母亲年轻貌美，坐在炉火前潸潸落泪，姨奶对她动了怜悯之心，我恐怕很难想象自己会有勇气坚持走到第二天。但是那幅画面总是呈现在我的面前，所以我就一直跟着。

这个礼拜天，我顺着那条笔直的大路走了二十三英里，不过够艰难的，因为我从未受过那种累。暮色四合时，我来到了位于罗彻斯特的桥上，双脚疼痛，精疲力竭，于是吃了随身带着的当晚餐的面包。有一两幢小房子的外面挂着“游客之家”的招牌，我心里痒痒的，但不敢花掉身上仅有的那几个便士，同时更加害怕遇上或者赶上面目狰狞的流浪者。因此，我没有去寻找住所，而是露宿野外。我艰难跋涉，进入了查塔姆，夜幕之下，那地方恍若梦境，只见一片白垩，几座吊桥，污浊的河面上浮着几条有篷无桅的船，像是挪亚方舟。我最后爬上一处杂草丛生的炮台，下方是一条巷，有个哨兵在小径上来回走着。我在一尊大炮旁躺了下来，心里很高兴有哨兵的脚步声相伴，不过，就像萨伦学校的学生不知道我睡在围墙外面一样，哨兵也同样不知道我睡在上面。我酣睡到了天亮。

到了早晨，我腿脚发硬，疼痛不已，叮咚的敲鼓声和兵士操练的脚步声像是从我的四面八方包围了上来，我被弄得头昏脑涨，于是便向下往那条又窄又长的街道走去。我觉得，如果要保存体力，到达旅途的终点，那天就只能走一点点路程，于是我决定，把卖掉外套当作一天的主要任务来完成。因此，我脱下外套，为的是习惯一下没有外套也能挺得住。我把外套夹在腋下，对各家收购旧衣服的店铺进行一番考察。

要卖掉外套，这倒是个适合的去处，因为经营旧衣服的商人数量众多，他们一般都站在门口留意着顾客。但是大部分店铺挂出的衣服里面总有一两件军官服，肩章等饰物一应俱全，我心里便战战兢兢，认为他们都是做大宗买卖的，所以转悠了很长时间，没敢把自己的商品示于任何人。

由于我底气不足，我便把注意力集中在水手旧货店，或者如多洛毕先生开的那种店，而不去问津普通店铺。最后，我找到了一家我认为有希望的。它坐落在一条脏乱不堪的小巷的一角，尽头是个院子，里面长满了带刺的荨麻，栏杆上挂满了旧的水手服，大概是店铺里挂不下了，所以挂到栏杆上随风飘动。旁边还摆着帆布吊床、生了锈的步枪、油布帽子，还有几个装满了生锈的旧钥匙的盘子，钥匙数量之多，规格之杂，似乎足以打开世界上所有的门。

我心里忐忑不安，顺着几级台阶往下走，进入了这家店铺，只见里面天花板低垂，空间狭小，挂满了衣服，开着的一扇小窗户，与其说是给里面采了光，还不如说是把里面弄昏暗了。进去以后，我的心情也还是没有放松下来，因为一个丑陋的老头儿突然从后面一间如洞穴似的肮脏小屋里冲了出来，只见他脸的下半部布满了麦茬似的灰色胡子，他一把揪住了我的头发。老头面目狰狞，身上穿了一件脏兮兮的法兰绒背心，散发着一股难闻的兰姆酒味道。在他冲出来的那间洞穴似的小房间里，他的床上铺着一个碎布拼成的床单，里面也开了一扇小窗户，对着外面的荨麻和一头瘸驴。

“噢，你来干什么？”老头龇牙咧嘴地笑着说，语气单调可怕，“噢，我的天哪，你来干什么？噢，我的心肝，你来干什么？噢，咕噜，咕噜！”

这一番话说得我惊恐不安，特别是最后重复的那几个令人莫名其妙的字眼，好像是从嗓子眼儿里面挤出来的声音，以至我无法回答他的话。因此，老头仍然揪住我的头发，重复说：

"噢，我的天哪，你来干什么？噢，我的心肝，你来干什么？噢，咕噜！"最后这一声他是铆足了劲挤出来的，弄得眼睛胀得大大的。

"我想知道，"我说，浑身颤抖着，"您想不想买一件外套。"

"噢，拿出来瞧瞧！"老头大声说，"噢，我的心着了火了，快拿出来瞧瞧吧！噢，我的天哪，把外套拿出来啊！"

他说着，不停地哆嗦着的手松开了我的头发，刚才就像大鸟的爪子抓着我一样，然后戴上眼镜，但那双红肿的眼睛并没有因此而有些许改观。

"噢，这外套卖多少钱？"老头仔细看过后大声说，"噢，咕噜！外套多少钱？"

"半克朗。"我镇定了一下自己，回答说。

"噢，我的心肝，"老头大声说，"不行，天哪，不行！哦，天哪，不行！十八便士。咕噜！"

每次说到最后这个词时，他的眼睛就有爆出来的危险。他每一句话都是一个腔调，而且一成不变，就像是一阵风，一开始调子很低，接着升高，然后又下降，找不到其他更恰当的比喻。

"行啊，"我说，因做成了这笔交易而显得很高兴，"那就十八便士吧。"

"噢，我的心肝！"老头一边大声说，一边把外套扔到一个架子上，"到店铺外面去！噢，我的心肝，到店铺外面去！噢，天哪，咕噜！别要钱算啦，换点东西吧。"

在我的一生中，无论之前还是之后，从来没有吓成这个样子的时候，但是我唯唯诺诺地告诉他，我需要钱，其他任何东西对我都毫无用处，不过我还是按照他的要求到门外面去等，毫无催他的意思。所以，我到了外面，在一个角落的阴凉处坐了下来。我在那儿坐了好几小时，阴凉处洒满了阳光，阳光消失后又变成了阴凉处，我仍然坐在那儿等着拿钱。

我希望这个行当里面不再有第二个他这样的酒疯子。他是这一带众所周知的人物，享有把自己出卖给魔鬼的声誉。这是我从他接待过的孩子们口中得知的，因为他们不停地在他的店铺边向他发起进攻，大声嚷嚷着那个传说，喊着要他把金子拿出来。“查利，你心里清楚，你并不像你假装的那么穷。把金子拿出来吧。拿出你卖给魔鬼时得到的一部分金子吧。拿出来呀！金子藏在你褥子里面，查利，把褥子拆开，分给我们一点儿吧！”这么冲着喊了还不算，许多人还主动提出要借刀子给他拆褥子，弄得他怒不可遏，所以整天不停地追逐，孩子们则四处跑。有时候他盛怒之下会把我当作孩子们当中的一个成员，于是来到我的跟前，张开着嘴，好像要把我撕成碎片，可往往到了这个时候，他又想起我了，便又一头钻进了店铺，我根据他的声音可以判断出，他躺到床上了，用他那像一阵风似的语调，扯着嗓子疯狂地高唱起《纳尔逊之死》[①]，每一句开头都加上一个“噢”，中间还要插上无数个“咕噜”。那些孩子好像嫌我的罪受得不够似的，就因为我衣衫单薄，充满耐心，坚定不移，一直坐在店铺的外面，以为我同店铺有什么关系，整天都朝我扔东西，欺负我。

老头想了很多办法，想要说服我同他换东西，一会儿拿出一根钓鱼竿，一会儿拿出一把提琴，一会儿又拿出一顶三角帽，一会儿还拿出一支笛子。但我都一概拒绝了，不屈不挠地坐在那儿不动，每次都两眼噙满泪水请求他把钱给我，要不就把衣服还给我。最后，他终于开始付给我钱了，每次只给我半便士，整整过了两小时，这才付了一个先令。

“噢，我的天哪！”过了好一阵子，他凶相毕露，瞥了一眼店铺外面，然后大声嚷嚷，“再加两便士，你可以走吗？”

---

① 当时流行的一首悼念死于特拉法尔加角之役的英国著名海军将领纳尔逊（1758 年—1805 年）的歌曲。纳尔逊 12 岁那年便加入了英国皇家海军，14 岁参加了北极探险，获得冰海航行经验。1797 年，在圣文森特角海战中由于纳尔逊的果断行动使英国舰队获得最后胜利，而他也被晋升为海军少将，获封勋爵。在后来的尼罗河战役及哥本哈根战役等重大战役中率皇家海军胜出。1805 年，在特拉法尔加角战役中被法舰“敬畏”号上的步枪手击中身亡。《纳尔逊之死》就是为纪念这位英国最杰出的海军将领而作。

"我不走，"我说，"那样我会饿死。"

"噢，我的心肝，给三便士，你可以走吗？"

"如果做得到，什么都不要我都会走，"我说，"可我迫切地需要钱啊。"

"噢，咕噜！"（他在门框里面只露出那个老奸巨猾的老人头瞅着我的时候，那声音是如何挤出来的，真的无法形容），"给四便士，你可以走吗？"

我全身乏力，疲惫不堪，所以就接受了这个条件，颤抖的手从他的爪子里拿了钱。这时已近黄昏，我离开了，比以往任何时候都更加饥肠辘辘，口渴难忍。但是，花费了三便士之后，便完全恢复过来了。由于这个时候更加精神抖擞了，我便又向前一瘸一拐地走了七英里路程。

当晚我睡觉的床铺设在另一个干草堆下面，在一条小溪里洗了洗磨起泡的脚，然后尽可能用一些清凉的树叶把脚裹好，舒舒服服地休息了一宿。等到第二天早上重新上路时，发现道路从一片啤酒花种植园和果园中穿过。当时正值果园的果实成熟，满园尽是红彤彤的苹果，啤酒花种植园中有几处地方已有果农在开始干活儿了。我感觉这一带美不胜收，于是打定主意当晚就下榻在酒花丛中，想象着那一排排的桩子，上面缠绕着华丽的叶子，是开心愉快的伙伴。

我那天遇到的流浪汉比先前遇到过的要更加凶狠，吓得我惊恐不安，至今都还记忆犹新。其中有些是面目狰狞的流氓恶棍，我从旁边走过时，眼睛盯着我看，或许还停住脚步，在后面冲着我喊，要我返回去同他们说话，当我撒腿跑走时，他们就朝我扔石头。我记得有个年轻的家伙，从他随身携带的袋子和炭炉来看，我猜是个炉匠。他身边带了个女的，就如同上面说的，扭过头盯着我看，然后扯着嗓子高声喊了起来，要我返回，我停住了脚步，回头看了看。

"叫你过来，你就得过来，"炉匠说，"否则我把你的小身子撕开。"

我觉得最好还是返回去，当我走近他们时，极力用表情来抚慰小炉匠，我注意到，那女的有一只眼睛是青的。

“你上哪儿去？”炉匠一边问，一边用他那熏黑的手抓住我的衬衫前襟。

“我要去多佛尔。”我说。

“你是从哪来的？”炉匠问，手又揪住了我的衬衫，这回揪得更牢了。

“从伦敦来的。”我说。

“你是哪一路的？”炉匠问，“干小偷小摸的吧？”

“不……不是。”我说。

“你他妈不是？说实话！你要是在我面前冒充自己是规矩人，”炉匠说，“我就打出你的脑浆。”

他举起那只闲着的手，表示要打我的意思，然后上下打量了我一番。

“你身上带着买一品脱啤酒的钱吗？”炉匠说，“有就拿出来，别惹得我动手！”

我本来应该把钱掏出的，但我的目光同那个女人的相遇，看见她轻轻地摇了摇头，做出了说“不”字的口型。

“我很穷，”我说，强装出笑脸，“一个子儿都没有。”

“好啊，你什么意思？”炉匠说，神情冷酷地看着我，我都担心他已经看到了我口袋里的钱。

“先生！”我结结巴巴地说。

“你什么意思啊，”炉匠说，“竟然围着我兄弟的丝绸围巾？拿过来！”他一下就把我的围巾扯了下来，抛给那个女人。

女人突然大声笑了起来，她好像觉得这是在开玩笑，又把围巾抛回给我，还像刚才那样轻轻地点了点头，做出了“走”的口型。然后，我还未来得及遵嘱咐行事，炉匠就又把围巾从我手里夺了回去，动作很粗鲁，把我像一片羽毛一样推开了。把围巾松松垮垮地围在自己脖子上，转身冲着那个女人骂了起来，把她打得趴在地上。我永远都忘不了，只见她四脚朝天地倒在硬邦邦的地面上，躺在那儿，帽子掉了，尘土把头发弄成了白色。我也永远忘不了，当我从远处回头看时，看见男人在前面走着时，她坐在小道上，那是路旁的一个斜坡，用披肩的一角擦拭脸上的血迹。

这次遭遇使我受到了惊吓，以至于后来每当我看见凡是有这一类人过来时，我都会转过身，寻找到一个藏身之地，躲在那儿直到看不见为止，而这种情况司空见惯，弄得我的进程受到了严重的影响。但是，在这种困境之下，如同我旅途中遇到其他任何困境一样，我似乎会想象出我出生之前母亲青春年少时的形象，以此来支持我，引导我。那个形象一直伴随着我。我在啤酒花丛中睡觉的时候，那形象就在那儿陪着我。到了早晨我开始步行时，也陪伴着我。它整天都出现在我的前面。从那以后，我总会把它同坎特伯雷[①]洒满阳光的街道联系在一起，那街道就像是在暖融融的阳光下昏昏欲睡。同那儿的种种景致联系在一起，古老的房舍和城门，庄严肃穆的灰色天主教堂，教堂的尖顶盘旋着白嘴鸦。最后，我终于到达了多佛尔附近空旷荒凉的丘陵地带，这时候，母亲的形象让我的心里充满了希望，从而减轻了眼前的景致给我带来的凄凉寂寞之感。从我逃离伦敦踏上旅途已到第六天了，我到达了旅程的第一个大目标，实际上我向着那座城镇进发，这期间，母亲的形象一直就没有离开过我。但是后来，说起来不可思议，我脚穿破鞋，浑身尘土，皮肤晒得黝黑，衣衫单薄，置身于自己梦寐以求的地方，这时，母亲的形象突然像是在梦境中一样消失了，使我茫然若失，神情沮丧。

首先我在船工们中间打听姨奶的消息，但得到的说法多种多样。有人说，她住在南福尔兰灯塔附近[②]，正因为如此，毛发都被烤焦了。有人说，她被困在港外的大航标处，要等潮水半涨半落的时候，才

---

① 英格兰肯特郡的一座城市，中世纪时曾为宗教圣地，设有肯特大学等多所院校，名胜古迹有坎特伯雷大教堂、基督教堂大门、诺曼台阶等。《坎特伯雷故事集》的作者乔叟（1340 年—1400 年）曾描写过到此地的朝圣旅行者。乔叟是英国莎士比亚时代之前最杰出的作家和最伟大的诗人之一。

② 在多佛尔东北四英里处，灯塔上的灯光，三十英里外可见，这里讲毛发被烤焦了，是夸张的说法。

能去看她。还有人说，她因为拐了小孩，被关在梅德斯通[①]的监狱里了。还有人说，上次刮大风时，有人看见她骑着一把扫帚，飞到加来[②]去了。我随后到马车夫中间去打听。他们也同样是插科打诨，毫无敬意。至于那些开店铺的，一见到我一副邋遢的样子，还没听到我要说什么，就众口一词地回答说，他们不知道我要打听的情况。我觉得自己现在痛苦悲凉，孤寂无援，其程度甚过出逃之后的任何时段。身上的钱全部花光了，没有任何物品可以变卖的了。我饥肠辘辘，口渴难忍，精疲力竭。我离自己旅途的终点好像同待在伦敦时一样遥远。

一个上午的时间就在打听情况当中消磨掉了。我在市场附近拐角处一家空店铺的台阶上坐了下来，心里筹划着是否到已经提到的另外一些地方去转一转。就在这时，一个车夫驾着马车过来了，一件马衣掉了下来。我把马衣捡起来交给他时，从他脸上看出，他性情和善，这给了我鼓励，于是问他能否告诉我特罗特伍德小姐住在何处。尽管我反复提这个问题，但这时却几乎说不出口。

"特罗特伍德？"车夫说，"让我想想。我也听说过这个名字，是个老太太吧？"

"是的，"我说，"有点老。"

"腰板子直挺挺的，对不对？"他说话时，自己也直了直身子。

"是的，"我说，"我想可能是这样的。"

"拎个手提包？"他问，"一个能装很多东西的包，对不对？脾气挺倔的，说话很冲，对不对？"

我承认他形容得准确无误，但一颗心不由得沉了下来。

"那行啊，我告诉你吧，"他说，"你往那边去，"他用鞭子指着前面的高坡，"一直往前走，一直走到濒临大海的几幢房子，我想，你到那儿就可以打听到她了。我看她不会给你什么东西的，所以我给

---

① 英国肯特郡郡府所在地。

② 和多佛尔隔海相望的法国城市。

你一个便士吧。”

我充满着感激之情，接过了礼物，并用它买了一块面包。一边走，一边吃，朝那位朋友指的方向走。走了很远的距离，也没有看见他所说的房子。最后，终于看到面前有房子了，于是我走了过去，进入了一家小店铺（就是我们在家时通常叫的那种杂货铺）。询问店铺里的人，能不能行行好告诉我特罗特伍德小姐住的地方。我问的是一个站在柜台后面的男人，他在给一个年轻女子称大米，但那个女的以为我是在问她，立刻就转过身来了。

“你是问我家小姐吗？”她说，“你找她有什么事，孩子？”

“对不起，我想要，”我回答说，“对她说话。”

“你是想要求她帮忙吧。”姑娘回答说。

“不是，”我说，“确实不是。”但我突然想起，自己到这儿来的真实目的也不是别的呀，我便缄口不言，显得很尴尬，感觉到自己脸都红了。

我从她的言谈中猜测，她是我姨奶的仆人。她把大米搁到一只小篮子里后往外面走时，对我说，如果我想要知道特罗特伍德小姐住在什么地方，可以跟她走。这是我求之不得的承诺，不过此时我诚惶诚恐，激动不已，双脚都发颤了。我跟着年轻女子走，很快就来到了一幢整洁小巧的住房前，房子装有令人赏心悦目的凸肚窗，前面有个四方小院或者花园，里面有铺着碎石的小径，经过精心的打理，花草茂盛，馨香四溢。

“这就是特罗特伍德小姐的家，”年轻女子说，“现在你已经知道了，我只能说这么多。”说完这话她便匆忙进了屋，仿佛是要推卸掉把我领到这儿来的责任。我站在花园的栅栏门旁，神态忧郁，越过栅栏上方朝着客厅的窗户张望，窗户的细布窗帘半开半掩着，窗台上有一个绿色的圆形屏风，或者是个扇子，一张小桌子和一把大椅子。我不禁想到，说不定这时我姨奶在那儿正襟危坐着呢。

我鞋子的状况到此时已惨不忍睹了，鞋底一块一块地脱落了，鞋帮上的皮也破裂了，整个鞋子根本不成形状了。帽子（同时兼做睡帽）也扁平打皱了，即使到垃圾堆里找个缺柄的破汤锅同它摆在一起，也都根本用不着自惭形秽。衬衣和裤子上沾满了汗水、露水、草茎和肯特郡的泥土，因为我在地上睡过——此外还破烂不堪——所以我伫立在院门口的时候，可能会把花园里的鸟儿吓跑。从我离开伦敦之后，我的头发就没有梳理过。我的脸、脖子和手由于不习惯风吹日晒，全都变成紫褐色了。我从头到脚全是白垩和尘土，好像是刚从石灰窑里钻出来的。我这么一副狼狈不堪的样子，而且对自己这个模样感到很不安，所以等待着把自己介绍给我令人望而生畏的姨奶，同时给她留下第一印象。

过了一会儿，客厅的窗户旁边依旧静谧无声，我据此推断，她不在那儿，于是我把视线移向客厅上面的窗户，结果看到了一位头发灰白的绅士，只见他面色红润，面目和善。他怪模怪样地闭着一只眼睛，朝我点了几次头，又总是冲着我摇头，哈哈笑着，走开了。

我在这之前本来心里就惴惴不安，而看到他那种意料之外的举动，就更加感到不安了，所以我正要溜到一旁，想想自己该怎么办才好，这时候从屋里出来一位女士，帽子上系了条手帕，手上戴着在花园里干活儿时的手套，胸前挂了个在园子里用的大口袋，就跟收税人用的围裙一样，手上还拿了一把大刀。我一看便知，她就是贝齐小姐，因为她从屋子里昂首阔步地走出来的样子，跟我可怜的母亲常常描述的她昂首阔步地走进布兰德斯通乌鸦巢的花园时的情形完全一样。

“走开！”贝齐小姐说着，一边摇着头，一边挥动手中的刀，远远地做出砍劈的动作，“走开！不许男孩子到这儿来！”

她昂首阔步地走到花园的一个角落，在那儿挖什么小东西的根儿，我提心吊胆地看着她。这时候，我虽没有了半点勇气，但孤注一掷，蹑手蹑脚地进去，站在了她身边，用手指碰了碰她。

“对不起，小姐。”我开口说。

她吃了一惊，抬起头看了看。

“对不起，姨奶！”

“呃？”贝齐小姐惊叫起来，其语调我从未听到过。

“对不起，姨奶，我是您的外孙。”

“噢，天哪！”姨奶说，一屁股坐到花园的小径上。

“我是萨福克郡布兰德斯通的大卫·科波菲尔，我出生的那天晚上，您去过那儿的，见过我亲爱的妈妈。母亲去世后，我很不幸。他们对我不管不顾，不让我上学，一定要我独自谋生，让我干不适合我干的活儿，我只好逃跑，投奔您来了。我刚一出发就被人打劫了，于是便一路走了过来，从出发开始，一直就没有在床上睡过觉。”说到这儿，我一下子控制不住自己了，移动了一下自己的双手，意思是让她看看自己衣衫褴褛的状态，以便证明自己受苦了，接着便放声大哭起来，我觉得这已经憋了整整一个礼拜了。

我说这番话时，姨奶坐在砾石小径上，眼睛盯住我看，脸上除了惊讶没有任何表情，直到我开始哭起来，这时候她才急急忙忙站起身，拽住我的衣领子，把我带进客厅。她到了那儿之后做的第一件事就是打开一个高柜子的锁，从里面取出几个瓶子，把每个瓶子里面的东西都往我嘴里塞一点儿。我认为，那些瓶子一定是随意拿出来的，因为我肯定自己尝到了茴香水、鲤鱼汁、色拉调料等味道。她给我服了这些滋补品之后，见我还是情绪激动，抽泣不止，便把我安顿到沙发上，用一条披肩垫在我头下，用她自己头上的手帕给我垫脚，以免把沙发罩子弄脏了。然后，她自己坐到我前面提到的绿色扇子或屏风后面，所以我看不见她的脸，只听见她时不时地说一声“我的天哪”，就像是一分钟一响的求救炮[①]一样。

过了一会儿，她摇响了铃。“珍妮特，”女仆进屋后，姨奶叫了一声，“到楼上去，替我问候迪克先生，说我有事想要同他说。”

珍妮特见我直挺挺地躺在沙发上（我不敢动弹，生怕姨奶不高兴），显得有点吃惊，不过还是忙她的差事去了。姨奶双手搁在身后，在小客厅里来回踱着步，直到楼上窗口那位冲我挤眉弄眼的绅

① 求救炮每隔一分钟放一次，船舶遇险时施放。

士笑着进来。

“迪克先生，”姨奶说，“可别装糊涂啊，因为你要精明起来，谁都比不过你。这我们全知道。所以你怎么着都可以，就是别装糊涂。”

那位绅士立刻神情严肃起来，眼睛看着我，我觉得，那好像是在请求我对刚才窗户边的情形不要吭声。

“迪克先生，”姨奶说，“你听我提到过大卫·科波菲尔吧？行啦，别装作不记得了，因为你我彼此都很清楚。”

“大卫·科波菲尔？”迪克先生说，我觉得，看他那样子好像不大记得，“大卫·科波菲尔？噢，对，毫无疑问，大卫，当然记得。”

“行啊，”姨奶说，“这就是他的孩子——他儿子。要不是他长得也挺像他母亲，他跟他父亲要多像有多像。”

“他儿子？”迪克先生说，“大卫的儿子？可不是嘛！”

“没错，”姨奶接着说，“他还干了一件了不得的事呢，他是逃跑到这儿来的。啊！要是他姐姐贝齐·特罗特伍德，就绝不会干出这样的事来。”姨奶坚定地摇了摇头，对那个从未出世的女孩的品格和行为，信心十足。

“噢！你认为她就不会逃跑？”迪克先生说。

“愿上帝保佑这个人！”姨奶语气严厉地大声说，“他都说的什么话啊！难道我还不知道她不会逃跑吗？她会同她的教母生活在一起，我们彼此疼爱。我倒是想要问一句，他姐姐贝齐·特罗特伍德该会从哪儿逃跑，或者逃跑到哪儿去？”

“没有哪儿。”迪克先生说。

“可不是嘛，”姨奶听了他的回答，口气缓和下来，“迪克，你原本看问题很敏锐，像外科医生的手术刀似的，为什么还要装聋卖傻？行啊，你看到小大卫·科波菲尔就在眼前了，我要问你的是，我该拿他怎么办？”

“你该拿他怎么办呢？”迪克先生说着，声音没有力气，一边挠着头，“噢！该拿他怎么办呢？”

"对，"姨奶说，神情严肃，举起食指，"喂！我需要切实可行的建议啊。"

"行啊，我要是你的话，"迪克先生说，一边思考着，一边神色茫然地看着我，"我一定……"他在注视我的当儿，好像来了灵感，突然有了主意，轻松随和地补充说，"我就应该给他洗个澡！"

"珍妮特，"姨奶说着，暗自得意地转过身，当时我不理解怎么回事，"迪克先生给我们指点迷津啦，烧洗澡水去！"

虽然我专心致志地听着他们之间的对话，但这期间，还是忍不住打量起姨奶、迪克先生和珍妮特，同时对房间里的情况进一步审视。

姨奶身材高大，五官粗糙，但一点儿也不难看。她的音容笑貌和步态举止透着一种不可通融的气势，这足以表明她昔日在我母亲那样温柔娇弱的人身上所产生的影响。虽然她五官显得很刚强坚毅，但容貌倒也秀丽。我特别注意到，她目光敏锐，炯炯有神。灰白的头发简洁地向两边分开，头戴一顶我认为应该叫作软便帽，这种帽子当时比现在更加普遍，两边的带子可以系到下巴颏下。长裙是浅紫色的，干净整洁，但式样很简单，好像她刻意要缩减装饰。我记得，当时自己认为，她的衣服看上去就是骑马装，只是剪去了下摆部分。她在胸前的一侧挂了个金表，上面相得益彰地配着链子和缀饰，如果从金表的大小和式样来判断，那应该是绅士用的。脖上围着一块亚麻布做成的东西，有点像衬衣的领子。手腕上系的东西也像衬衣的袖口。

正如我已经说过的那样，迪克先生头发灰白，面色红润。本来我这样描述了之后，应该概括了他的全部外貌，可是令人觉得不可思议的是，他的头总是垂着的，可又不是因为年龄的关系。这让我想起来克里克尔先生的学生们在挨了打之后，头垂着的那个样子。灰色的眼睛大而突出，水汪汪地闪着亮光，让人觉得怪怪的，加上恍惚迷离的神态，对我姨奶唯唯诺诺的样子，当她赞扬了他之后，露出孩子般快乐的神情，我不由得怀疑他有点癫狂。不过，如果他真是疯癫了，那他怎么又会在这儿呢，这事令我百思不得其解。他的衣着打扮就像个正常的绅士，穿着很宽松的灰色晨装和背心，白色长裤，表放在专配的口袋里，钱放在几个衣服口袋，把钱弄得哗啦哗啦作响，好像在炫耀自己有钱。

珍妮特容貌俏丽，风姿优雅，十九岁或二十岁的样子，一副完美整洁的形象。尽管我当时没有对她进一步观察，但我可以在此提一提后来才发现的情况，也就是说，姨奶先后做过多个女子的监护人，珍妮特是其中之一。姨奶雇她们来做佣人，目的是特意要教育她们远离男人，但她们最后都是嫁给面包师了事。

客厅如同珍妮特和姨奶一样雅致洁净。刚才我搁下笔，想一想客厅的情形，海上的空气夹杂着鲜花的馨香又一次飘了进来，看见了那老式家具被擦拭得锃亮放光；看见了凸肚窗里圆形的绿扇旁边，姨奶那神圣不可侵犯的椅子和桌子；看见了那粗毛地毯，那只猫，那水壶垫儿，那两只金丝雀，那古瓷瓶，那装满干玫瑰花瓣的酒罐，那放置着各色各样坛坛罐罐的高大橱柜。还有同这一切出奇的不协调的我，蓬头垢面，躺在沙发上，注视着眼前的一切。

珍妮特准备洗澡水去了。突然间，令我惊愕不已的是，姨奶非常气愤，身子僵直，声嘶力竭地叫了一声："珍妮特！驴！"

听到喊声后，珍妮特顺着楼梯跑了过来，好像房子着火了一样，她冲向前面的一小块草地，两头驴的背上驮着女人竟然敢闯进草地，她把它们撵跑了。而这时候，姨奶从屋里冲到外面，揪住了另一头驴的辔头，这只驴背上驮了个孩子，她掉过驴头，把驴牵出了那片圣地，还扇了那个倒霉的赶驴顽童一记耳光，他竟敢亵渎那片圣洁的领地。

直到现在，我都还不知道姨奶是否对那片绿地拥有合法权利，不过她自己心里面认定自己有这个权利，而对她来说，有没有都是一个样。她生平最不能容忍的，而且需要不断加以报复的，就是有驴从那片圣洁地上经过。无论她在干着什么，无论她在谈着什么津津乐道的话题，只要一见到有驴，她立刻就会转移思路，直接转到驴的身上。她会把水罐和喷壶藏在隐蔽处，一旦有赶驴的小子进犯，便把水喷向他们。她会把棍棒藏匿在门后面，时时刻刻严阵以待，冲突无休无止。或许对于赶驴的小伙子们来说，这是一种开心开怀的刺激活动。也许那些经验老到的毛驴，对此种情形心领神会，偏偏执拗任性就是要打那儿经过。我只知道，洗澡水准备就绪之前，有过三次警报。最后那次，也是最惊险的，我看见姨奶单枪匹马地和一个十五岁的红发少年交战。趁着他还没有反应过来，姨奶就拽着他的红发头往她自己院门上撞。我觉得她一次次放下手上的活儿往外冲挺滑稽可笑的，因为她当时正在用一把大汤匙喂我喝汤（由于她坚信，我实际上一直饿着肚子，必须得一点点补充营养），我还在张着嘴等待汤匙时，她便把汤匙放回到汤盆，大声嚷着"珍妮特！驴！"接着便冲出去交战了。

洗澡是一种莫大的享受。由于露宿野外，四肢剧烈疼痛，而且疲惫不堪，精神不振，所以我坚持不了五分钟就睡过去了。我洗过澡之后，她们（我是指姨奶和珍妮特）给我穿上迪克先生的衬衣和裤子，还用两三条披巾把我裹起来。我都不知道自己像是一捆什么东西，但就是感觉到很热。我也感觉到头晕目眩，全身乏力，很快就躺在沙发上睡着了。

也许是长时间萦绕在我头脑中的想象引起的一场梦吧，但是我醒来后，隐约记得，姨奶到我跟前来过，并俯下身子，把我的头发从脸上撩开，把我的头调整到更加舒适的状态，然后站在那儿端详着我。耳畔似乎还响着"可爱的孩子啊"或"可怜的孩子啊"之类的话，但是，等我醒来之后，又没有什么情况让我确信，这些话是从我姨奶的口里说出来的，因为她坐在凸肚窗边从绿扇后面注视着大海。绿扇装在一种转轴上，可以转到任何方向。

我刚一醒来，我们就吃晚餐了，吃的是烤鸡和布丁。我坐在餐桌前，就像是被缚住了的鸡鸭，动一动胳膊都很困难。不过，是姨奶把我缚成这个样子的，所以我没有因为行动不便而抱怨什么。在整个这段时间里，我心急火燎地想要知道，她到底会拿我怎么办，但是她用餐时，缄口不言，只是偶尔盯着坐在她对面的我看，并且说上一声，“天哪！”这话压根儿没有让我焦虑不安的心松弛下来。

桌布撤走了，餐桌上摆上了雪利酒（其中有我一杯）。这之后，姨奶又叫来了迪克先生，他便加入了我们的行列。而当姨奶请他注意听我的经历时，迪克先生尽可能显得头脑清楚的样子。姨奶问了一连串的问题，把我的经历循序渐进地一点点套出来了。我在讲述自己的遭遇时，她眼睛盯着迪克先生，我感觉到，要不是这样的话，他准会睡着。每当他要露出微笑的时候，姨奶就会皱起眉头，他的笑容就会戛然而止。

“那个故去的孩子，命运多舛，不知是什么东西迷住了她，非得再去嫁人不可，”我叙述完之后，姨奶说，“简直无法想象。”

“说不定是同第二任丈夫坠入情网了呢。”迪克先生提示说。

“坠入情网！”姨奶重复了一声，“你这是什么意思？她干吗要这样呢？”

“或许吧，”迪克先生思忖了片刻之后傻笑着说，“为了享乐呗。”

“享乐，可不是嘛！”姨奶回答说，“可怜的孩子天真无邪，轻易就把自己的一片痴情托付给了一个狼心狗肺的家伙，他肯定会以种种方式虐待她的，那是什么样的一种享乐啊。我倒是想要知道，她对自己是怎么打算的！她曾经嫁过一个丈夫了，眼看着大卫·科波菲尔离开了这个世界，而大卫那个人打从摇篮里开始就喜欢追求蜡美人儿。她已经生了个孩子了——噢，那个礼拜五的晚上，她生下坐在这儿的这个孩子之后，简直就是两个孩子啊！——她还想要什么？”

迪克先生悄悄地冲着我摇了摇头，他似乎觉得，姨奶会没完没了地唠叨下去。

“她甚至连生养孩子都跟别的任何人不一样，”姨奶说，“这孩子的姐姐贝齐·特罗特伍德到哪儿去了呢？没有降生，才不信呢！”

迪克先生似乎诚惶诚恐。

“那个小个子医生，脑袋侧向一边，”姨奶说，“奇利普，不管他叫什么名字吧，他又干了什么来着？他所能做的就像只知更鸟——

实际上就是只知更鸟——对我说‘是个男孩’。一个男孩！是呀，那一群人，全是傻瓜！”

这突如其来的吼声吓了迪克先生一大跳，而且如要实话实说的话，也吓了我一大跳。

“而且，更有甚者，她好像阻碍这个孩子的姐姐贝齐·特罗特伍德还不够似的，”姨奶说，“她竟然嫁了第二次，嫁给了一个默什么的杀人犯。那人的名字听起来就像是杀人犯[①]，可把眼前这个孩子害苦了！这么一来，必然的结果是，孩子被弄得流离失所，四处流浪，这个情况谁都预料得到。还没有等到他长大成人，就十足地成了该隐[②]了。”

迪克先生眼睁睁地盯着我看，好像是要确认我是不是这么个人。

“还有就是那个名字像异教徒[③]一样的女人，”姨奶说，“那个佩戈蒂，她也接着嫁人了。听这孩子说，她还没有看够嫁人这种事情的苦头，接着也结婚嫁人了。我只是希望，”姨奶说着，摇了摇头，“她丈夫是报上登的那种操棍棒的，使劲揍她才好呢。”

听到我先前的保姆被人这么诅咒，成为人家诋毁的对象，我于心不忍。于是，我对姨奶说，佩戈蒂真的被误解了。佩戈蒂可是世界上最最理想、最最真诚、最最忠心、最最尽职、最最无私的朋友和仆人。她一如既往地疼爱我，一如既往地疼爱我母亲，母亲就是在她的怀中溘然长逝的，她的脸上留下了母亲最后充满了感激之情的一吻。一想起她们两个，我便哽咽得说不下去了。我本来想要说，她的家就是我的家，她拥有的一切都可以是我的，只是因为她家境贫寒，我担心会给她增添麻烦，否则我就投靠她去了。正如我说的，

---

① 默德斯通的英文为“Murdstone”，杀人犯的英文为“murderer”，两个词的前半部分完全相同。

②《圣经》中的人物，该隐是亚当和夏娃的长子，因妒忌杀死了其弟弟亚伯，结果被上帝逐出家园。

③“异教徒”的英文为“pagan”，佩戈蒂这个名字的英文为“Piggotty”，两个词的读音相近。

我本想这么说来着，但哽咽得说不下去了，两手支在桌上捂住了脸。

“行啊，行啊！”姨奶说，“这孩子做得对，谁站在他一边，他就站在谁的一边。珍妮特！驴！”

我完全相信，要不是那些倒霉的驴的闯入，我和姨奶之间会达成很好的谅解的，因为她已经把手搭到我的肩膀上了，我如此这般地受到鼓励，正一阵冲动，想要投进她的怀抱，寻求她的庇护。但是，驴闯入后打破了进程，外面一阵折腾，令她心烦意乱起来，一时间，所有的柔情蜜意全都化为乌有了。姨奶怒火满腔，情绪激动地对迪克先生说，她决心要诉诸地方法律，要求赔偿，把多佛尔所有养驴的人告上法庭，告他们非法入侵。这事一直说到喝茶的时间到了。

喝完茶后，我们坐在窗户边，从姨奶脸上那副严厉的表情来看，我认为，那是为了警惕再有驴闯入。一直到黄昏时刻，这时候，珍妮特端来了蜡烛，还在桌子上摆了一副十五子棋，这才放下百叶窗。

“行啊，迪克先生，”姨奶说，还和先前一样，她板着面孔，举起食指，“我再问你一个问题，你看看这孩子吧。”

“大卫的儿子？”迪克先生说着，脸上的表情显得既专心致志又迷惑不解。

“一点不错，”姨奶回答说，“换了是你，现在该怎么办？”

“怎么安顿大卫的儿子吗？”迪克先生说。

“是啊，”姨奶回答说，“如何安顿大卫的儿子。”

“噢！”迪克先生说，“是啊。怎么安顿，我会安排他去睡觉。”

“珍妮特！”姨奶大声喊着，还是和我前面说过的一样，扬扬得意起来，“迪克先生给我们指点迷津啦，如果床铺好了，我们带他睡觉去。”

珍妮特回答说床已经铺好了，于是我被带着上楼睡觉去了。这过程中，她们态度友好和善，不过有点像是押解囚犯，姨奶在前面领着路，珍妮特殿后。唯有一件事情给了我新的希望，那就是，姨奶在楼梯上停住了脚步，询问屋里弥漫的烟火味是怎么回事，珍妮特回答说，她在厨房里把我的旧衣服当作引火柴给烧了。但是，除了我身上穿的这一堆怪模怪样的衣服之外，房间里没有别的什么衣服了。我独自一人留在房间里，还有一支小蜡烛，姨奶提醒我说，它只能点五分钟，随后便听见门在外面锁上了。我心里反复琢磨着这些事情，觉得有可能，由于姨奶对我不了解，她或许怀疑我已经养成了逃跑的习惯，于是，以防万一，把我牢牢控制住。

房间很温馨，坐落在屋子顶层，俯瞰着大海，皎洁的月色洒在海面上，令人心旷神怡。我记得，做过晚祷告之后，蜡烛也已熄灭了，但我依然坐着，眺望着海上的月光，仿佛那里是一本发光的书，能从中看出我的命运。或者看到母亲怀抱着婴儿，沿着那条闪闪发光的路从天国来，她那亲切和蔼的面容如同我最后看到的那样，端详着我。我记得，最后，自己把目光移开，看到了挂着白色帷幔的床，我庄严凝重的感觉化作了感激之情、舒适之意。等到自己轻柔地在床上躺下，蜷缩在雪白的被单当中的时候，这种感觉会更甚！我记得，自己一直在想着露宿在夜空之下时，那一个个荒凉寂寞的地方，自己心里默默祈祷着，永远不再尝那居无定所的滋味，永远也不会忘记那居无定所的滋味。我记得，自己后来好像漂浮了起来，顺着海上那道令人忧伤的光辉悠然进入了梦乡。

第十四章

姨奶就我的事情做出了决定

第二天早晨，我下楼之后发现，姨奶坐在餐桌边，只见她一副心事重重的样子，胳膊支在托盘上，保温壶的水把茶壶灌满了，全都溢到了桌布上，待我进去之后，她才回过神来。我可以肯定，她一直在想着有关我的事情，而我比以往任何时候都更加迫切地想知道，她对我有什么打算。但我不能表露出自己的焦虑情绪，以免惹得她生气。

然而，我的眼睛不如舌头那么容易控制，早餐期间，总会不由自主地朝姨奶身上看。我看着她不一会儿，就会发现她也看着我。那神情奇特而又若有所思，好像我同她根本不是只隔了一张小桌子，而是隔着千山万水。姨奶用过早餐之后，便从容不迫地背靠在椅子上，眉头紧锁，双臂交叉，悠然自得地打量起我来，神情很专注，我被弄得局促不安，手足无措。这时我尚未吃完早餐，于是就想利用用餐来掩饰自己内心的不安。但刀碰着叉子，叉子又钩住了刀。切咸肉时，本想把肉片送进嘴里，结果却飞到空中。喝茶时也被呛着，茶水不肯走正道，偏要走歪路，最后索性不吃也不喝了，在姨奶密切的注视下满脸通红地坐着。

“嘿！”过了很长时间，姨奶说。

我抬起头，毕恭毕敬地迎着她敏锐明亮的目光。

“我已给他写过信了。”姨奶说。

“给……”

“给你继父，”姨奶说，“我给他写了信，叫他留点神，否则我就要同他翻脸，我可以告诉他！”

“他知道我在哪儿吗，姨奶？”我问，神情惊恐不安。

“我告诉他了。”姨奶说着，点了点头。

“您是不是要……把我……交给他？”我结结巴巴地说。

“我不知道，”姨奶说，“我们还得看情况。”

“噢，如果我非回到默德斯通先生身边去不可，”我激动地大声说，“我可就想象不出自己该怎么办！”

“这事我也说不准，”姨奶摇了摇头说，“毫无疑问，我说不准，我们还要看情况而定。”

我听她这么一说，心都凉了半截，神情沮丧，情绪低下。姨奶似乎没有怎么注意我，她从壁柜里取出带围沿的粗布围裙围上，开始亲手洗起茶杯来。茶杯全部洗好，放回到托盘后，桌布也叠好了，盖在上面，然后摇铃叫珍妮特把东西拿走。接着她用一把小扫帚把面包屑扫干净（先戴上了手套），直到地毯上看不到一丁点儿的碎屑才罢休。然后她又打扫和收拾起房间来了，其实房间已经打扫得干干净净，收拾得妥妥帖帖。她把所有这些活儿都干完了，称心如意，这才取下手套，解开围裙，全部叠好，放回到壁柜里原先专门放置这些东西的角落。接着她便拿出针线盒，放在敞开的窗子旁边她自己的专用桌子上，在绿扇后面坐下，做起针线活儿来了。

“我想要你到楼上去一趟，”姨奶一边说，一边穿针引线，“替我向迪克先生带去问候，我很想知道，他的呈文写得怎么样了。”

我立刻站起身，去完成这项任务。

“我猜想，”姨奶说，那神态像是在穿针引线似的，她眯着眼睛看我，“你是不是觉得迪克先生的名字过于简略，呃？”

“我昨天就觉得这个名字过于简略，”我坦率地说出了自己的看法。

“你可不要以为他没有长一点儿的名字，”姨奶说，一副心高气傲的样子，“巴布利——理查德·巴布利先生——这就是这个先生的真名。”

我心里觉得羞怯，自己这么年幼，不应该对长辈过于随便，于是正要提议，自己还是用这个全名称呼他的好，姨奶突然就接着说：

“但是，你无论如何不要这样叫他。他听到这个名字受不了。他就是有这么个怪脾气，其实，我也不觉得有什么怪的，因为他受够了一些叫这个名字的人的欺凌，天知道，所以他打心眼里厌恶这个名字。这儿的人就管他叫迪克先生，现在到处都这么叫他，如果他到别的什么地方去的话，而实际上他哪儿也不去。所以说，孩子啊，小心点，你只能叫他迪克先生，可不能叫他别的。”

我答应按她的吩咐行事，然后上楼传话去了。我一边上楼心里一边想着，刚才下楼时，透过敞开的门看到，迪克先生正在写着呈文，如果他以同样的速度一直在写，那他现在该是大有进展了。我看到他仍然手握着一支长笔在奋笔疾书，头都几乎要贴到纸上了。他神情专注，心无旁骛，所以，趁着他还没有留意到我进了房间，我有充足的时间仔细观察放在一个角落里的一只大风筝，乱糟糟的一卷卷手稿，那么些笔，还有最明显的大量的墨水（他好像有一打墨水瓶，每个瓶子可以盛半加仑墨水）。

“哈！太阳神啊！”迪克先生说，放下了手中的笔，“世界何去何从！让我告诉你吧，”他降低了嗓门补充说，“你可别说出去啊，但它是个……”他说到这儿，向我示意了一下，把嘴贴近我的耳朵：“它是个疯狂无序的世界，像贝德拉姆[①]一样充满了疯狂，孩子啊！”迪克先生一面说，一面从桌上拿起一个圆形的鼻烟盒来嗅，并同时开怀大笑起来。

我对这个问题不能妄加评论，只是转达了口信。

“行啊，”迪克先生回答说，“转达我对她的问候，还有我，我相信，我已经写好开头了。我觉得自己已经写好开头了，”迪克先生一边说，一边把手插进自己灰白的头发里，底气不足地瞥了一眼自己的手稿，“你上过学吗？”

“上过，先生，”我回答说，“上过很短一段时间。”

---

① 系伦敦的一家疯人院。

“查理一世[①]掉了脑袋，”迪克先生说，态度和蔼地看着我，拿起笔要记的样子，“你记得那个具体时间吗？”我说我相信那是发生在一六四九年的事。

“行啊，”迪克先生回答说，用笔挠着耳朵，满腹狐疑地看着我，“书本上倒是这么说来着，但我认为这不可能。因为，要是事情发生在那么长时间以前的话，那他周围的那些人怎么会犯那样的错误，竟然把他的脑袋砍掉之后，把他头脑中的难题塞到我的头脑中来呢？”

他这么一问，我感到惊诧不已，但无言以对。

“真是不可思议啊，”迪克先生说，满脸失望地看着稿纸，手又一次挠着头发，“这个问题我怎么就总是弄不明白呢？但是没有关系，没有关系！”他兴高采烈地说，给自已鼓着劲儿，“还有的是时间呢！代我向特罗特伍德小姐问候，说我确实进展得很好。”

我正要离开，他突然把我的注意力转向了那只风筝。

“你觉得这只风筝怎么样？”他问。

我说那是很漂亮的一只风筝，认为它准有七英尺高。

“是我制作的。我们将来去放风筝，我和你，”迪克先生说，“你看到这个了吗？”

他指给我看，风筝上糊满了文稿，写得密密麻麻，费了很大的功夫，但字迹很清楚，我一行行往下看时，发现有一两个地方又提到了查理一世的脑袋问题。

“放风筝的线很长，”迪克先生说，“当风筝高高飞起来时，它能够把这些事实传得很远。我就是用这样的方式来传播事实的。我不知道会落到什么地方，这事要视情况而定，比如风向等，反正我顺其自然。”

---

① 英国国王（1600 年—1649 年），1625 年—1649 年在位，1640 年 11 月国会召集议会，查理一世亲率卫队到议会抓捕国会议员，从而与国会彻底决裂，并成为英国内战的导火索，也代表英国资产阶级革命的开始。1648 年内战结束，查理一世被俘。1649 年 1 月 30 日他作为“暴君、叛徒、杀人犯和国家的公敌”被送上了断头台。

他脸上的表情亲切和蔼，给人一种肃然起敬的感觉，不过看上去显得精神抖擞，神采飞扬，所以我不能肯定他是不是在同我开玩笑。于是，我笑了起来，他也笑了起来，等到分手时，我们俩亲切无比。

“行啊，孩子，”等我下楼之后，姨奶对我说，“迪克先生今天早晨怎么样？”

我告诉她说，他要向她致以问候，并且事情进展得很好。

“你对他的感觉如何呢？”姨奶问。

我回答说，自己觉得他是个很好的人，显得有点要回避她的问题的意思，但姨奶可不是那么好敷衍的，因为她把手中的针线活儿搁在膝上，双手交叉放在上面说：

“得啦！要换了你姐姐贝齐·特罗特伍德，她立刻就会把她对一个人的看法告诉我。你也像你姐姐一样，把话说出来吧！”

“那么，他是不是……迪克先生是不是……我这么问，因为我不知道，姨奶，他是不是有点儿神志不清啊？”我前言不搭后语地问，因为我感觉自己在冒着风险。

“没有的事。”姨奶说。

“噢，可不是嘛！”我软弱无力地说。

“说迪克先生怎么样都有可能，”姨奶说，语气坚定，不容分说，“但绝不可能是神志不清。”

我没有什么好说的，只是又战战兢兢地说了声：“噢，可不是嘛！”

“人家都叫他疯子，”姨奶说，“我听人家叫他疯子，自己内心里倒是乐意来着，否则过去这十年来——事实上，自从你姐姐贝齐·特罗特伍德令我失望以来——我也就不会有他同我做伴，听他的建议了。”

“这么长时间了？”我说。

“那些厚颜无耻地叫他疯子的人，还是些体面人呢，”姨奶接着说，“迪克先生是我的一个远亲，是一种什么样的亲戚关系，这事并不重要，我也没有必要细说。要不是因为我出面，他自己的兄长没准会关他一辈子的。情况就是这样的。”

我觉得自己当时很虚伪，因为看到姨奶说到这件事情时一副义愤填膺的样子，我自己也极力表现得义愤填膺。

“一个充满了傲气的傻瓜！”姨奶说，“就因为自己的弟弟性格有点怪癖——不过其怪癖的程度还不及许多人的一半——做哥哥的就不愿意他在自己的家里露面，把他送到一家私立疯人院去了。不过，他们已故的父亲认为他几乎是个白痴，所以托付做哥哥的要悉心照顾好这个弟弟。他父亲那个聪明人才会这样认为呢！毫无疑问，他自己才是个疯子。”

姨奶又一次表现出坚信不疑的样子，我也极力表现出坚信不疑的样子来。

“于是，我就出面了，”姨奶说，“主动提出帮助他，我说，你弟弟神智正常——比你现在或者将来要正常多了，我就是这么认为的。让他带着他那份微薄的收入，同我一道生活吧。我才不担心他呢，也不怕丢面子，我很乐意照顾他，才不会跟某些人（疯人院以外的人）那样苛待他。争吵了好一阵之后，”姨奶说，“我把他要过来了。他后来就一直待在这儿。他可是世界上最最热情友好、和蔼可亲的人，至于出谋划策，那就更不用说了！不过，除了我本人，谁也摸不透他的心思。”

姨奶一边抚平自己身上的衣服，一边摇了摇头，好像她这抚平衣服和摇头的动作是为了要除去世人的蔑视。

“他有一个最疼爱的妹妹，”姨奶说，“那是个顶好的姑娘，对他恩爱有加。可她也像别人一样，嫁了个丈夫。可那丈夫呢，也像别的丈夫一样，让她遭罪了。这事对迪克先生感情影响很大（我认为这算不上是疯狂），加上他对自己哥哥的畏惧，感觉到哥哥对自己不友善，所以发高烧了。这些情况是他到我这儿来之前发生的，即便是现在，他想起那些事心里都会感到很压抑。他对你说了关于查理一世国王的事了吗，孩子？”

“说了，姨奶。”

“啊！”姨奶说，搓了搓鼻子，好像有些心烦，“他就是用这种比喻的方式来表达的。很自然，他把自己的那场病同巨大的动荡联系在一起了，这是一种比喻，或者明喻，他爱叫什么叫什么好了。既然他自己认为很恰当，为何不可以这样表达呢！”

我说：“那是当然的，姨奶。”

“我注意到了，他的这种措辞既不严谨，”姨奶说，“也不合常情，所以我才坚持认为，呈文中绝不能提到那件事。”

“他写的呈文是关于他自己经历的事吗，姨奶？”

“是啊，孩子，”姨奶说，又揉了揉鼻子，“他把自己的事情写成呈文递交给大法官，或者别的什么大臣，反正就是递交给那些拿了钱专门受理呈文的人当中的某一个。我估摸着总有一天呈文会呈交上去。他还没能把呈文写好，因为放不下他自己的那种表达方式，不过这也没有关系，让他有事情忙着就行。

“事实上，后来我发现，迪克先生在十多年的时间里殚精竭虑，一直要让把查理一世拒之他的呈文之外，可他就是不停地闯了进来，而且至今还待在那儿呢。

“我再说一遍，”姨奶说，“除了我自己之外，谁都不会明白他这个人的心思，他可是世界上最最温良恭俭和和蔼可亲的人。如果他有时候喜欢放一放风筝，那又怎么样呢？富兰克林过去也放风筝啊，如果我没有弄错的话，他还是个贵格会教徒，或者诸如此类。一个贵格会教徒放风筝，这比别的任何人都更加荒唐可笑啊[①]。”

如果我能够假定，姨奶是为了我着想才特意把这些细节讲给我听的，而作为对我信任的一种表示，我当感到无上荣耀，并且根据她的友好态度，有理由认为这是好的兆头。但是我不由得感觉到，她之所以对我谈起这些事，主要是因为她自己头脑里想到了这个问题，与我并不相干，尽管这些话是在没有别人在场的情况下专门对我说的。

---

① 本杰明·富兰克林（Benjamin Franklin，1706 年—1790 年）是美国著名政治家和科学家，曾参与起草美国独立宣言。他为实验电而放风筝。贵格派属于基督教的一个派别，该教派主张严谨的生活态度，而放风筝与其主张不协调，所以显得荒唐可笑。

与此同时，我得说，对于命运多舛、于人无害的迪克先生来说，姨奶仗义执言，倍加关爱，这不仅在我幼小的心灵中燃起了出于一已私利的希望，而且也温暖了我的心，对她产生了无私的感情。我相信，自己已经开始明白了，姨奶尽管有许许多多的行为，显得她脾气古怪，性格乖张，但在她身上有些品格令人敬仰，值得信赖。尽管她在那一天跟从前一样，态度严厉，为了驴闯入院落的事时而进进出出，而且当她看见一个小伙子在一个窗户下对着珍妮特挤眉弄眼时，便显得暴跳如雷，义愤填膺（这可是冒犯姨奶最最严重的不轨行为啊），然而，对于我而言，即便没有减少我对她的畏惧，起码增强了我对她的敬仰。

姨奶给默德斯通先生去信后，必须要等待一段时间才能收到他的回信。而在这一段时间里，我心急如焚，但我想方设法抑制住焦虑的情绪，在姨奶和迪克先生的面前，尽可能不动声色，态度和蔼可亲，讨得他们两个人的欢心。我本来可以同迪克先生一道出去放那个大风筝的，可是我没有别的衣服了，只有第一天裹在我身上的那套花里胡哨的衣服，于是我被困在了家里。不过等到夜间，姨奶出于对我健康的考虑，要在上床睡觉之前，大模大样地领着我到悬崖处去散步。默德斯通先生的回信终于到了。姨奶告诉我，他次日要亲自来找姨奶说，这令我惊讶不已。次日，我还裹着那套离奇古怪的衣服，坐在那儿数着钟点，心情沉重，希望越来越渺茫，恐惧感倍增，脸色通红，直冒热气。我等待着目睹那张阴沉忧郁的脸，吓得我心惊肉跳，何况还没有见到他的人影儿就已经心惊肉跳了呢。

姨奶只是比平常略显得更加傲慢专横、表情凝重了些，但是，我并没有注意到，她刻意做好准备迎接那个令我闻风丧胆的来客。她坐在窗户边做着针线活儿，我坐在她身边思绪万千，把默德斯通先生来访后种种可能和不可能的结果都想了个遍，一直等到下午很晚的时候。我们只得无限期推迟晚餐，但天越来越晚了，姨奶吩咐备好晚餐，这时候，她突然惊叫了起来，说有驴闯入了，令我惊愕不已的是，我看见了默德斯通小姐，只见她侧身骑在驴背上，慢条斯理地走过那一片神圣不可侵犯的绿地，在屋子前面停了下来，朝着四周东张西望。

“走开吧，你呀！”姨奶大声喊着，在窗户边摇着头，挥着拳，“你不准进入。你怎么胆敢跨入啊？走开！噢，你这个不顾脸面的东西！”

默德斯通小姐不动声色，表情冷淡，仍旧打量着四周，姨奶气不打一处来了，我的确认为，她动弹不得了，一时间无法像平常那样冲出去。我立刻抓住这个机会，告诉她那是谁，还有那位正在走近擅自闯入者的绅士（因为上来的路很陡，他给落到后面了）就是默德斯通先生本人。

“我可管不了他是谁！”姨奶大声说着，仍旧在凸肚窗边摇着头，那动作绝对没有半点表示欢迎的意思，“我不允许任何驴擅自闯入，我不允许，走开！珍妮特，让驴子掉过头，把它牵出去！”我站在姨奶身后，看到了一场混战的局面，那头驴四条腿朝着不同的方向定在那儿，谁也拉不动。只见珍妮特揪住辔头拼命想把它拉着掉过头来，默德斯通先生则要牵着它往前走，默德斯通小姐用一把阳伞打珍妮特，有几个来看热闹的小孩在一旁扯着嗓子大喊大叫。但是，姨奶突然在那群孩子中间发现了那个赶驴的坏小子，虽说还不到十岁，但他却是同她作对的最厉害者之一。她立刻就冲到现场，向那孩子扑了过去，并一把抓住了他，拖着他走，弄得他上衣都盖住头了，两只脚后跟在地上磨着，姨奶一直把他拖进了花园，一边还叫唤着珍妮特，要她去把警察和治安官请来，以便当场逮住他，审问他，惩治他，把他控制在那儿了。然而，这事没有持续多长时间，因为那个坏小子善于虚张声势，躲闪回避，可我姨奶却对此一窍不通，他很快就鬼哭狼嚎似的脱身了，带钉子的靴子在花坛里留下了深深的印记，同时还扬扬得意地牵着驴走了。

默德斯通小姐在战斗接近尾声时从驴背上下来了，这会儿正和她兄弟一道站在台阶下面，等着我姨奶有空闲接待他们。姨奶经过了刚才的战斗后还有点怒气未消，她威风凛凛，昂首从他们身边经过，走进了屋里，对他们视而不见，直到后来珍妮特通报说他们到了。

“我要不要离开，姨奶？”我问，声音颤抖着。

“不，少爷，”姨奶说，“当然不要离开！”说着便把我推到靠近她的一个角落里，用一把椅子把我挡起来，就好像是监狱或者法庭上的被告席。整个会面期间，我都一直占据着这样一个位置，我现在从那儿看到了默德斯通先生和小姐进入房间。

“噢！”姨奶说，“我一开始还不知道很荣幸地和谁对抗呢。但是，我不允许任何人骑着驴走过那片草坪，谁都不例外，任何人都不允许。”

“您的这个规矩未免令陌生人感到尴尬。”默德斯通小姐说。

“可不是嘛！”姨奶说。

默德斯通先生似乎害怕重新挑起冲突，便立刻插嘴说：

“特罗特伍德小姐！”

“对不起，”姨奶说，她目光敏锐地看着他，“家住布兰德斯通乌鸦巢的大卫·科波菲尔是我的外甥，至于那儿为什么叫乌鸦巢，我不大清楚，他去世后留下遗孀，敢问您就是那个娶他遗孀的默德斯通先生吧？”

“我是。”默德斯通先生说。

“先生，恕我说一句，”姨奶回答说，“我觉得您当初要是没有去招惹那个故去的孩子，事情就会更加好办和便当得多。”

“我在这一点上赞同特罗特伍德小姐的说法，”默德斯通小姐说，态度轻蔑，“我也觉得，我们已故的克拉拉在所有重要方面都还只是个孩子。”

“小姐，令我感到欣慰的是，”姨奶说，“我们都上年纪了，不大可能会因为招人注意的外表而遭受不幸，没人会用同样的话说我们了。”

“毫无疑问！”默德斯通小姐回答说，不过我觉得，她的话言不由衷，或者说令人听了不舒服，“而且正如您说，如果他当初没有缔结这门亲事，事情就会更加好办和便当得多。我一直就是这么看来着。”

“我毫不怀疑您是这么看的，”姨奶说。“珍妮特，”她摇响了铃，“替我问候迪克先生，并请他下楼一趟。”

迪克先生到来之前，姨奶挺直腰板端坐着，对着墙壁，眉头紧锁。等他下来之后，姨奶按礼节做了一番介绍。

“这是迪克先生，一位亲密的老朋友。对于他的判断力，”姨奶说，她特地加重语气，以便向迪克先生发出警告，因为他正在咬食指，而且看上去傻乎乎的，“我信得过。”

迪克先生得到这么个警示之后便把手指从嘴里拿了出来，站到了人群中，脸上表情严肃，态度认真。姨奶把头倾向默德斯通先生，听他继续说：

“特罗特伍德小姐，接到您的信之后，我觉得，为了更加公平地对待自己，同时为了对您表达敬意……”

“谢谢，”姨奶说，仍然目光犀利地看着他，“您用不着在乎我。”

“不管旅途有多么不便，我还是亲自来一趟，”默德斯通先生接着说，“而不用书信回复。这个淘气的孩子撇下朋友和工作，逃出来了……”

“看他那副样子，”他姐姐插嘴说，我身穿着这套不伦不类的衣服，把大家的注意力都引到了我身上，“真是不成体统，丢人现眼！”

“简·默德斯通，”做弟弟的说，“我说话时，请你别插嘴。特罗特伍德小姐，不管在我已故的亲爱的夫人在世期间，还是去世之后，这个淘气的孩子一直就把家里给弄得鸡犬不宁。他性格乖张，桀骜不驯，脾气暴躁，倔强执拗。我和姐姐想方设法要改掉他的坏毛病，可毫无效果。我感觉到，我可以说，我们两个人都感觉到，因为姐姐完全信得过我。您得听听我们严肃公正地讲一讲他的真实情况才是。”

“对于我弟弟说的话，几乎不需要我来证明，”默德斯通小姐说，“但是我要提请注意的是，世界上的孩子多得很，我相信这个是最糟糕的。”

“言过其实！”姨奶立即说。

“事实如此，一点都不言过其实。”默德斯通小姐说。

“哈！”姨奶说，“怎么样，先生？”

“至于如何用最好的方式把他抚养成人，”默德斯通先生接着说，他和我姨奶对目而视，面面相觑，持续的时间越长，他的脸色越显得阴沉，“我有自己的主张。我的主张一部分基于对他的了解，一部分基于对自己财力和资源的估量。我会对自己的主张负责，按照它们行事，这些我就不多说了。我只需要说，我的一个朋友干着体面的营生，我把这个孩子置于他的关照之下，结果这孩子不开心，竟然逃跑了，浪迹乡野，成了个流浪汉，衣衫褴褛，跑到这儿来向您求助，特罗特伍德小姐。我希望在您的面前坦陈就我所知道的情况，要是您满足了他的请求，那会有什么样的后果。”

“但还是先说说那份体面的营生吧，”姨奶说，“如果他是您的亲生孩子，我想您还会同样把他安排去做那件事吗？”

“如果他是我弟弟的亲生孩子，”默德斯通小姐猛然插话说，“我相信他的个性会是完全不同的。”

“或者说，如果那个故去的孩子——也就是他母亲——还活着的话，他仍然得去干那份体面的工作，对不对？”姨奶说。

“我相信，”默德斯通先生侧了一下头说，“如果我和我姐姐简·默德斯通一致认为是最好的办法，克拉拉是不会持任何异议的。”

默德斯通小姐嘀咕了一声，但还是听得清楚，对他的这个说法表示赞同。

“哼！”姨奶说，“命运不幸的孩子啊！”

整个谈话期间，迪克先生一直把口袋里的钱弄得哗啦作响，而这时候的声音更加响亮了，姨奶觉得有必要先用眼神阻止他，然后说：

“可怜的孩子一死，她的年金也没有了吧？”

“没有了。”默德斯通先生回答说。

“那份小小的财产——房子和花园——就是那幢里面没有一只

乌鸦的叫作乌鸦巢的房子，也没有她儿子的份了吗？”

“那是她第一任丈夫无条件地留给她的。”默德斯通先生开口说，但姨奶极其愤怒而又不耐烦地打断了他的话。

“天哪，哎哟，没有必要说这个嘛。还无条件地留给她呢！我认为自己了解大卫·科波菲尔那个人，即便条件明白无误地摆在他的眼皮底下，他还会盼望着这样那样的条件呢！那财产当然无条件留给她了。但是，当她再婚之后，一句话，就是她迈出了那灾难性的一步，嫁给您之后，”姨奶说，“显而易见，那时就没有任何人替这个孩子吭上一声吗？”

“我那已故的妻子爱她的第二任丈夫，小姐，”默德斯通先生说，“她绝对信任他。”

“您那已故的妻子，先生，她是个最不通世故、最可怜、最不幸的孩子，”姨奶说，冲着他直摇头，“她就是那么个人。得啦，您还有什么话要说？”

“我只是想要说，特罗特伍德小姐，”默德斯通先生回答说，“我到这儿来领大卫回去，无条件地把他带回去，按照我认为恰当的方式安顿他，按照我认为正确的方式安顿他。我到这儿来不是要对什么人做出什么承诺，或者做出什么保证。特罗特伍德小姐，对于他逃跑和在您面前诉苦，您可以考虑要护着他。但我必须得说，您的态度看起来似乎并不想和解，这使我不由得想到您有可能护着他。我必须要给您提个醒，如果您护着他一次，您就会永远护着下去。如果您现在介入我和他之间的事情，您就得永远介入，特罗特伍德小姐。我不可能戏弄别人，但也不允许别人戏弄我。我现如今到这儿来，这是第一次，也是最后一次，就是要把他带走。他可以跟我走了吗？如果他不跟我走，您就直说他不能走，以什么借口都可以，对我无所谓。那从今往后，我家所有的门就都向他关闭了，而我自然认为，您的门则向他敞开着。”

对于这一番陈词，姨奶全神贯注地听着，身子坐得笔直，双手交叉搁在膝上，神情严肃地看着对方。他说完后，姨奶又把目光转向默德斯通小姐，姿势一点都没变，开口说：

“对啦，小姐，您有什么要说的吗？”

“确实，特罗特伍德小姐，”默德斯通小姐说，“我要说的，我弟弟都已说得清楚明白了，我所知道的全部事实，他也已经说得明白无误了，所以我除了要感谢您以礼相待之外，别的没有什么要说的了。说实话，您真是太客气了。”默德斯通小姐说着，她的话中带着刺儿，但对姨奶毫无影响，就如同对我在查塔姆过夜时身边的那尊大炮一样毫无影响。

“听听这孩子怎么说吧？”姨奶说，“你愿意走吗，大卫？”

我回答说，不愿意走，同时请求她不要让我走。我说，无论是默德斯通先生还是默德斯通小姐，他们都不喜欢我，或者从来就没有善待过我。我的母亲一直就深深地疼爱着我，而为了我的事，他们弄得她痛苦不堪，这件事我心里非常清楚，佩戈蒂也很清楚。我说，我这么一点点年纪，遭受了那么多苦难，谁都不会相信。我恳切地央求姨奶——现在忘了当时说的是什么话了，但我记得，当时那番话是很动情的——看在我父亲的面上，关爱我，保护我。

“迪克先生，”姨奶说，“我该拿这个孩子怎么办？”

迪克先生思忖了一会儿，犹豫了片刻，脸上露出了喜色，回答说：“立刻给他量尺寸，做套新衣服吧。”

“迪克先生，”姨奶神采飞扬地说，“把你的手伸过来，因为你通情理，无价之宝啊。”他们热情洋溢地握过手之后，姨奶把我拉到她身边，对默德斯通先生说：

“您要走就请便吧，我将听天由命，带着这孩子。如果他真像您说的那样，那到时我至少可以同您一样对待他嘛。但我压根儿不信您说的话。”

“特罗特伍德小姐，”默德斯通先生反驳说，他站起身，耸了耸肩膀，“如果您是位绅士……”

“呸！胡说八道！”姨奶说，“别跟我说话！”

“多么客气啊！”默德斯通小姐站起身大声说，“真让人受不了！”

“您还以为我不知道吧，”姨奶说，对这位姐姐的话充耳不闻，继续对着做弟弟的说话，情绪激动地对着他直摇头，“那个可怜可悲、误入歧途的孩子，您都让她过的是怎样的一种日子啊？您第一次闯入那个性情柔弱的小东西的生活的时候——对她笑脸相迎，大抛媚眼，我敢说，您好像连冲着鹅吆喝一声的胆量都没有。您以为我不知道，那对于她是个多么可悲的日子！”

“我可从未听到过如此高雅的言论呢！”默德斯通小姐说。

“您以为我没有见过您就不了解您吗？”姨奶接着说，“现在可是见识了您的尊容，听到了您的话语，老实对您说，这可不是什么很荣幸的事！噢，天哪！当初有谁像默德斯通先生那么性情温柔、性格柔顺啊！那个处境悲惨、不明是非、天真无邪的孩子，压根儿没有见过这样的一个男人。他整个一副温柔体贴的嘴脸，对她顶礼膜拜，对她的孩子疼爱有加，慈祥地疼爱着他！他要做他的新父亲，他们要共同生活在一个玫瑰盛开的花园里，对不对？啊！走开！走吧！”姨奶说。

“我一辈子都没有听到过有人这么说话的！”默德斯通小姐情绪激动地说。

“一旦您觉得对那个可怜的小傻瓜有把握了，”姨奶说，“愿上帝宽恕我，我竟然会这么称呼她，可她已经去了您现在不忙着去的地方了。因为您对她和她的孩子造的孽还不够，您必须开始对她加以训练，是不是？您要像对待一只笼中鸟一样使她驯服，教她唱着您的调儿，直到耗尽她受到玩弄的一生？”

“这个人要么是疯了，要么是喝醉了，”默德斯通小姐说，她由于无法使姨奶接她的话茬儿而痛苦不堪，“我怀疑是喝醉了。”

贝齐小姐根本不理会她的话，像什么事都没有一样地继续冲着默德斯通先生说话。

“默德斯通先生，”她说，对他摇着手指，“在那个天真单纯的孩子眼里，您是个暴君，您使她心碎。她是个惹人爱怜的孩子，这我知道。在您见到她几年前，我就知道这一点，您利用了她致命的弱点，对她造成了伤害，要了她的命。不管您爱不爱听，可这是事实，也让您舒服一下。您和您的帮凶好好受用一下吧。”

“请允许我问一句，特罗特伍德小姐，”默德斯通小姐插话说，“我不明白，您竟然用这样的字眼，称我弟弟帮凶的人，那是谁呀？”

贝齐小姐对那个声音依然充耳不闻，毫不理会，接着说她的话。

“显而易见，正如我对您说过的，在您见到她的几年以前，上帝威力无边，冥冥之中何以安排您见着她，其中的秘密，不是肉眼凡胎能够理解得了的。显而易见，可怜可悲、性格柔顺的小东西迟早得嫁个人，但我真心诚意地希望，事情不至于出现后来出现的那种结果。她生了眼前这个可怜的孩子之后，默德斯通先生，”姨奶说，“您后来就是通过这个孩子来折磨她的，这事让人想起来都痛心，看把孩子弄成眼下这么一副惨不忍睹的样子。唉，唉！您用不着退缩！”姨奶说，“我知道，即使不做出这种表现，那也是事实。”

这期间，默德斯通先生站到了门口边，脸上堆着微笑看着我姨奶，不过两道黑眉倒是凝重地皱着。这时候我看得出，尽管他的脸上仍然堆着微笑，但脸色霎时变了，就像跑步之后似的喘着粗气。

“再见啦，先生！”姨奶说，“再见！您也再见吧，小姐，”姨奶说，突然转向他姐姐，“如果再让我看到您骑着驴走过我的草地，我就打掉您的帽子，把它踩扁，这可是确凿无疑的事，就像确信您的肩膀上扛着个脑袋一样！”

姨奶出人意料地说了这一通带着剧烈情绪的话，默德斯通小姐听着，她脸上的表情还真需要一个画家才能加以描绘，而且是个高明的画家。姨奶说话的态度同话的内容一样火药味特浓，结果，默德斯通小姐一声没吭，态度谨慎地挽着弟弟的胳膊，昂首阔步地走出了院落。姨奶仍然停留在窗户边目睹着他们，我一点都不怀疑，那是在严阵以待，以防驴一旦出现，她的警告立刻就会付诸行动。

然而，没有出现挑衅的迹象，姨奶脸上的表情慢慢舒展了，显得和颜悦色了，我壮大了胆子，吻了一下她，向她说了表示感谢的话，那可是我发自心底的情感表示，我的双臂紧紧地搂住她的脖子。我接着又同迪克先生握手，他同我握了许多次手，而且爆发出一阵阵笑声，庆祝事情圆满结束。

“你考虑一下和我一同做这孩子的监护人吧，迪克先生。”姨奶说。

“我很高兴，”迪克先生说，“能做大卫的儿子的监护人。”

“很好，”姨奶说，“那就一言为定啦。你可知道，迪克先生，我一直在想啊，想让他叫特罗特伍德呢！”

“当然，当然，那就让他叫特罗特伍德吧，那是当然的，”迪克先生说，“大卫的儿子叫特罗特伍德。”

“你的意思是特罗特伍德·科波菲尔。”姨奶接话说。

“是呀，毫无疑问，是这样的，特罗特伍德·科波菲尔。”迪克先生说，面带羞涩。

姨奶对这个建议满心欢喜，那天下午就给我买来了一些成衣，在我把衣服穿上之前，她在上面亲笔写上了“特罗特伍德·科波菲尔”这个名字，而且还是用不褪色的墨水写的。事情就这么定下来了，所有为我定做的衣服（那天下午就给我订下了里外齐全的一整套衣服）都要这么标明。

我就这样用一个新的名字开始了新的生活，周围的一切都是新的。现在，充满了疑惑的状态已告结束，一连许多天，我都感觉到，那就像是梦中的景象。我从未想到过，自己竟然会有姨奶和迪克先生这么两个奇特的监护人。我也从来没有认认真真地考虑过自己的事。我心里面最最清晰的两件事情是，往昔布兰德斯通的生活已经远去了，好像已经停留在无法揭开的遥远的迷雾中了。还有就是我在默德斯通—格林比商行的生活永远落下了帷幕，从今往后，那帷幕无人再揭开过。即便此时我在叙述这一段故事的时候，犹豫不决地用手揭开片刻之后，也很快就把它放下了。那是一段不堪回首的生活，想起它我痛苦不已，得经受心灵的折磨，充满着失望，我甚至都没有勇气审视自己命中注定要经历多长那样的日子。是不是经历了一年，或者更长，更短，我不知道。我只知道，曾经经历过，而且已经停止了，并且我已经记录下来了，接着便弃之不顾了。

第十五章

我从头再来

我和迪克先生很快就成了挚友，我们往往在他完成了一天的工作之后外出去放那只大风筝。他每天的生活便是坐在那儿伏案撰写他的呈文，可是不管他多么殚精竭虑，呈文就是没有丝毫进展，因为查理一世迟早还会混进来，然后他把呈文搁置到一旁，接着再另起炉灶。他耐着性子，怀揣着希望，忍受着一次次的挫折。他隐约觉得有关查理一世的事有点不对劲，但力不从心地想把那位国王排除在外，可是肯定又会混迹其间，把呈文给搅得面目全非。凡此种种，给我留下了深刻印象。即便呈文写成了，迪克先生认为能够得到什么结果，他觉得应该呈送到什么地方去，或者他认为能够起到什么作用，我相信，他本人并不比其他人知道得更多。他其实用不着劳神去考虑这些问题，如果阳光底下有什么东西是确凿无疑的话，那就是他的呈文永远不可能写成这件事了。

我当时常常觉得，看着他把风筝放在空中，飞得高高的，那着实是令人感动的情景。他在自己的房间里告诉过我，他觉得糊在风筝上的那些陈述会随着风筝传播出去，其实那只是一页页作废的呈文手稿而已，这个情况有时候可能是他的幻想，但是，当他到了户外，仰望着风筝飞在空中，感觉风筝在他手上一拉一拽的情形，那可就不再是幻想了。他的神态从来没有像这时候这样宁静安详。每当黄昏时刻，在绿草如茵的斜坡上，我坐在他身边，看着他注视着在宁静的天空中翱翔的风筝，这时候，我往往会想象着，风筝使他摆脱了纷繁迷乱的心境，把他的心带到了（其实这只是我幼稚的想法而已）万里苍穹。后来他把线绕回，风筝离开瑰丽的晚霞徐徐下降，直到最后飘然着地，接着便像是什么东西死亡了一样，躺在那儿一动不动了，这时候，他似乎才缓慢地从睡梦中醒来。我还记得，当时看到他拿起风筝，环顾着四周，神色茫然，好像他是同风筝一道落下来的，所以我的心里对他充满了怜悯之情。

我和迪克先生的友谊及亲密无间的关系与日俱增，与此同时，我也没有失去他忠实的朋友——我姨奶的宠爱。她对我关爱有加，在几个礼拜的时间里，她便把我的名字由"特罗特伍德"缩短为"特罗特"，甚至给了我鼓励，令我满怀希望，假如我能一如既往地下去，她没准会同宠爱我的姐姐贝齐·特罗特伍德一样宠爱我。

"特罗特，"一天夜晚，同平常一样，她和迪克先生之间摆上了十五子棋，这时候，姨奶说，"我们可不应该忘记你受教育的事啊。"

这是我唯一心急火燎关心的事，听她这么一提起，我心里感到很高兴。

"你愿意去坎特伯雷的学校吗？"姨奶问。

我回答说，那求之不得，因为那儿离她近。

"好的，"姨奶说，"那你明天就去，好不好？"

姨奶干什么事情都风风火火的，我对此早已不陌生了，所以她突然来这么一个提议，我并不感到吃惊，而是回答说："行啊。"

"好的，"姨奶说，"珍妮特，去租下那辆小灰马拉的双轮车，明天上午十点过来，今晚叠好特罗特伍德少爷的衣服。"

听到这一项项的吩咐之后，我心里乐开了花，但是，当我看到这些吩咐在迪克先生身上产生的影响时，心里又不禁责备起自己的自私来了，因为他想到我们要分别，情绪很低落，结果棋下得很没有水平。姨奶几次用骰子盒敲他的指关节，以示警告，但无济于事，于是她干脆收起棋盘，不再跟他下了。但是，一听到我姨奶说，我有时候礼拜六要回来，他有时候礼拜三可以去看我，他便又来了精神，发誓要再做一只风筝，比现在这一只还要大，到时候可以去放。到了早上的时候，他又神情沮丧起来，坚持要把自己身上所有的钱都给我，金的银的[1]全部给，否则于心不安。还是姨奶出面干预，规定送给我的钱不得超过五先令，可他态度恳切，再三请求，后来增加到十先令。我们情深意长，在花园门口分别，直到姨奶赶着车看不见了，迪克先生才进屋去。

姨奶赶着小灰马，技巧娴熟，穿过多佛尔市区，根本不在乎公众怎么说，只见她高高地坐着，身子挺直，俨然像个参加盛典的车夫，无论走到哪儿，眼睛都始终盯着马匹，绝不允许它由着自己的性子乱走。不过，当我们进入乡间大道时，她这才允许它有些许松弛。我坐在她身旁的坐垫上，就像是陷在山谷里，她低头看了看我，问我是不是很开心。

"真的很开心，谢谢您，姨奶。"我回答说。

她感到由衷的高兴，由于两只手都腾不出来，她便用鞭子轻轻地拍了一下我的头。

"那所学校大吗，姨奶？"我问。

"啊，我不知道，"姨奶说，"我们先去威克菲尔德先生家。"

"他是办学校的吗？"我问。

"不，特罗特，"姨奶说，"他是开律师事务所的。"

有关威克菲尔德先生的情况，姨奶没有说，我也就没有再多问了。我们便谈些别的话题，后来到了坎特伯雷，正巧碰上那儿赶集，姨奶便有了一展驾车技巧的好机会，她赶着小灰马迂回穿行在各种大车、箩筐、蔬菜和小贩的货物堆之间。我们左拐右转，险象环生，惹得周围的人们七嘴八舌，议论纷纷，说的可都不是恭维的话，但姨奶置若罔闻，继续赶车，我敢说，即便她穿行在敌国，也会同样沉重冷静，我行我素的。

最后，我们终于在一幢古老的宅邸前面停了下来。宅邸的上部突出，面对着大路，那又长又矮的格子窗更加突出，两端刻有头像装饰的椽子也向外突出，所以我想象着，这房子好像整个都向前倾着，

① 金的是金镑，银的是先令。

目的是想要看清楚有谁在下面狭窄的人行道上行走来着。房子很洁净，一尘不染。低矮的拱门上装有老式的铜门环，上面刻有花果交缠的装饰图案，宛若一颗颗星星熠熠生辉。两级石台阶向下通向大门，面上像是铺了细布一样洁白。所有的边边角角、雕刻图案、装饰线条、奇形怪状的小块玻璃，还有更加奇形怪状的各种小窗户，虽然像群山一样古老，但都像山上的积雪一样洁净。

马车停在门口，我全神贯注地打量着房子，这时候，我看到一楼（那是房子一侧的小塔房）冒出一张枯槁憔悴的脸庞，但很快就又消失了。低矮的拱门这时候打开了，那人出来了。那张脸还像刚才在窗口看到时一样，毫无生气，不过皮肤上倒是透着细小的红点，那情形有时候可以从红头发的人的皮肤上看到。他果然是一头红头发——我现在估摸着，那是一个十五岁的少年，但看上去年龄要大得多——头发剪得很短，就像是地里的庄稼割得极短后留下的茬儿，眉毛几乎看不见，睫毛也一样，一双红褐色的眼睛，无遮无掩，所以我记得，当时纳闷着，他夜间怎么睡觉啊。他双肩高耸，瘦骨嶙峋。身穿一套得体的黑衣服，脖子上围了条白色围巾，衣服纽扣一直扣到颈脖处。手又长又瘦，骨骼突出，所以，他站立在马匹的头边，用手抚摸着下巴颏，抬头看着坐在马车里的我们，我特别注意到了他的手。

"威克菲尔德先生在家吗，尤赖亚·希普？"姨奶问。

"威克菲尔德先生在家，小姐。"尤赖亚·希普说，"他在那儿呢。"瘦长的手指着他说的那个房间。

我们下了车。让他把马牵走后，我们便进了一间客厅，客厅临着街，里面很长，天花板低垂。我走进客厅时，从窗户口瞥到了尤赖亚·希普正往马的鼻孔里吹气，接着便赶紧用手捂住，好像在对马施什么魔法似的。高高的老式壁炉对面，悬挂着两幅肖像画，一幅是一位绅士，长着灰白的头发（但绝对不是个老人）和黑色的眉毛，眼睛正看着一些用红带子捆住的文件。另一幅是位夫人，面容姣好，端庄娴雅，其目光正朝着我。

我相信，自己当时一直在环顾四周，寻找着尤赖亚的画像，可那时候，客厅另一端的门开了，进来一位绅士。一见到他，我便立刻回过头去看那第一幅肖像，旨在确认，画像没有从镜框中走出来。但是，框里的画像纹丝未动，而当绅士向前走到亮光处时，我看到，他比画像时要年老了几岁。

“贝齐·特罗特伍德小姐，”绅士说，“请进来，我刚才有事忙着，但想必您会谅解的。您知道我的动机，生平就只有一个动机。”

贝齐小姐对他表示了感谢，然后我们就进入了他的房间。房间装饰成了事务所的样子，有书籍、文件、白铁皮箱等。窗外是个花园，房间里有个保险柜镶嵌到了墙体里，就在壁炉架的上方。我坐下来时，心里寻思着，扫烟囱的怎么绕得过去啊。

“好啊，特罗特伍德小姐，”威克菲尔德先生说，因为我很快就发现，他就是威克菲尔德先生，是个律师，替本地一位有钱人管理着产业。“是什么风把您给吹到这儿来啦？我希望不是什么邪风吧？”

“不是，”姨奶回答说，“我来不是为打官司的事。”

“那就好，小姐，”威克菲尔德先生说，“最好是为别的什么事。”

他头发几乎全白了，不过眉毛依然很黑。他面容和善，我还觉得，长得气宇轩昂。他肤色红润，在佩戈蒂的指教下，我长期以来便习惯于把这种肤色同喝了波尔图葡萄酒[①]联系在一起。我想象着他的嗓音也是如此。他之所以越来越胖，也出于同样的原因。他衣着整洁，上身穿着一件蓝色外套、条纹背心，下身穿着棉布长裤，庄重的皱边衬衫和细纱的围巾，看上去格外柔软和洁净，我当时竟然把这些同天鹅胸部的羽毛相联系了。

“这是我外孙。”姨奶说。

“我可从不知道您还有个外甥啊，特罗特伍德小姐。”威克菲尔德先生说。

“我是说，这是我外孙。”姨奶解释说。

---

① 指原产于葡萄牙的一种高酒精度的葡萄酒，常为深红色。

“老实说，我可从来不知道您还有个外孙啊。”威克菲尔德先生说。

“我收养他了，”姨奶说，她手臂一挥，意思是说，他知道还是不知道，对她而言都一样，“我把他带到这儿来了，把他安排到一所学校里，让他好好地接受教育，得到好的照顾。现在就请您告诉我，哪儿有这样的学校，叫什么名字，还有学校的情况如何。”

“要我给您出谋划策，”威克菲尔德先生说，“先得问那个老问题，这您是知道的。您这样做的动机是什么？”

“真是见了鬼了！”姨奶情绪激动地说，“动机都是明摆着的，还总是刨根问底谈什么动机！您看，不就是要让这个孩子过得幸福，将来成为有用之人。”

“我觉得，这一定是个很复杂的动机。”威克菲尔德先生一边说，一边摇了摇头，脸上露出了不信任的微笑。

“复杂的胡说八道！”姨奶回答说，“您老是标榜自己为人处世只有一个单纯的动机。我觉得，您不会认为，天底下只有您一个人是可以直截了当地打交道的人吧？”

“说得对，特罗特伍德小姐，我生平只有一个动机，”威克菲尔德先生微笑着回答说，“别人有十几个、几十个，甚至几百个动机，可我只有一个，差别就在这里。不过，这是问题之外的事。最好的学校吗？不管出于什么动机，您要的是最好的学校吧？”

姨奶点了点头，同意他的说法。

“在我们这儿最好的学校里，”威克菲尔德先生若有所思地说，“您外孙眼下还不能寄宿。”

“但我想，他可以住到别的什么地方吧？”姨奶提议说。

威克菲尔德先生认为可以采取这种办法。经过短暂的商讨之后，他提议带我姨奶到学校去，那样她可以自己看一看，然后拿主意。还有，出于同样的目的，带她去看两三幢公寓，也就是他觉得我可以寄宿的地方。姨奶接受了这个建议。我们三个人一同朝外走，他突然又停下来说：

“我们这位小朋友说不定有自己的理由，不同意这样安排呢。我觉得我们还是让他留下吧？”

看神色，姨奶是想要争辩一下的，但是，为了让事情进行得顺当些，我说我很乐意留下来，请他们放心好了，于是我便回到了威克菲尔德先生的事务所，重新又在刚才坐过的那把椅子上坐了下来，等着他们回来。

椅子正巧对着一条狭窄的通道，尽头是那间圆形的小房间，就是我看到尤赖亚·希普苍白的脸蛋出现在窗户口的那个房间。尤赖亚把我们的马牵到邻近的马棚之后，便回到了这个房间的桌子旁开始工作了。桌子上摆了个挂文件用的铜架，他抄录的文件就挂在上面。虽然他的脸朝着我，但我觉得，由于我们中间隔着那份文件，所以有一阵子他都没能看见我。但是，我更加仔细地朝那个方向看，便觉得很不舒服，因为他那双缺少睡眠的眼睛时不时地会在文件底下露出来，像是两个红彤彤的太阳，偷偷地盯着我看，我敢说，每一次都足足有一分钟之久，其间，他一如既往，熟练地走着笔，或者假装如此。几次我都试图避开他的目光，比如说，站到一把椅子上，看房间另一边的一张地图，或者专心致志地阅读一份肯特郡的报纸，但那双眼睛总是会把我吸引过去。而每当我要看那两个红彤彤的太阳时，总是可以看到，不是冉冉升起，就是徐徐落下。

经过了很长一段时间之后，我如释重负了，姨奶和威克菲尔德先生终于回来了。他们并没有如我希望的那样成功，因为，尽管学校的优势不可否认，但姨奶并不满意提议要我寄宿的公寓。

“很不理想，”姨奶说，“我都不知道该怎么办，特罗特。”

“确实很不理想，”威克菲尔德先生说，“不过我有一个办法，您可以先考虑一下，特罗特伍德小姐。”

“什么办法？”姨奶问。

“让您外孙暂时住在这儿。这孩子挺斯文的，绝不会打扰到我。这儿是个读书学习的佳境，就像是一座修道院，清静雅致，范围宽广。就让他住在这儿吧。”

姨奶显然很欣赏这个提议，不过不大好意思接受。我也是如此。

“行啊，特罗特伍德小姐，”威克菲尔德先生说，“这个难题就这么解决了吧。这只是个暂时的安排，您知道的。如果实行起来不顺当，或者我们双方都觉得不方便，他很容易就可以搬离。同时，还有时间寻找到更加理想的地点。您最好还是拿定主意，眼下就让他留在这儿。”

“我对您真是感激不尽啊，”姨奶说，“我看他也一样，不过……”

“行啊！我知道您的意思！”威克菲尔德先生大声说，“您用不着因为受到了照顾而过意不去，特罗特伍德小姐。您要是乐意，可以为他付费。我们也用不着费劲谈什么条件，但您可以随心愿付费。”

“有了这么个前提，”姨奶说，“尽管我的感激之情并不会因此而有所减弱，那我倒是很乐意把他留下。”

“那就来见见我的一位小管家吧。”威克菲尔德先生说。

于是，我们登上了一段古朴别致的楼梯，楼梯的扶栏很宽，我们都很容易从那上面走上去。然后走进了一间幽暗而古朴的起居室，亮光透过三四个古雅别致的窗户照进来，那些窗户其实我上街的时候就看到了，窗户里面装有古橡木的窗座，似乎同那光亮的木地板和天花板上的横梁出自同一种木材。房间装饰得很雅致，有架钢琴、有色泽鲜艳的红绿家具，还摆设了鲜花。房间里似乎尽是些凹处和角落，每个凹处和角落都会有一张形状奇特的桌子，或者柜子，或者书橱，或者座椅，或者别的什么东西，以至于我觉得房间里不会有比这更好的角落了，直到看见了下一个，便又发现它即使不更好，也起码可以与之相媲美。每一件器物都带有房子外边所特有的静谧雅致和空灵洁净的气息。

威克菲尔德先生轻轻敲了一下镶嵌了面板的墙壁的一个角落里的门，一个年龄同我相仿的女孩子很快走了出来，吻了吻他。从女孩子的脸庞上，我立刻看出了楼下那幅肖像画上目光注视着我的那位夫人娴雅淑静和温柔甜美的表情。在我的想象中，肖像画上的女人是成年了的，而原本的真人却还是个小孩。尽管她的脸上洋溢着快乐与幸福，但依然蕴含着文静。她的身上透着一种娴静淑雅、善良和蔼、恬静安宁的气质，以至于我压根儿没有忘记过，我也永远不会忘记。

这就是他的小管家——他女儿阿格尼丝，威克菲尔德先生是这么说的。听他说话的语气，看他握住她的手时的神态，我就猜到他生平唯一的动机是什么了。

阿格尼丝腰间挂了一只盛零星杂物的小篮子，钥匙放在里面，她仪表端庄，行动谨慎，俨然就是这座古宅里的管家。她父亲向她介绍我时，她认真倾听，和颜悦色。威克菲尔德先生介绍完毕，便向我姨奶建议，我们上楼去看看我的卧室。我们一同前往，阿格尼丝走在我们前面，那是个古朴气派的房间，有更多橡木横梁，还有菱形窗户玻璃，宽阔的护栏一直延伸到房间。

我在童年时代，曾见过教堂里的那种彩绘玻璃，但现在记不起来那是在什么地方或者什么时候，也记不起那些图案的内容。但我知道，我看到她在旧楼梯幽暗的光线里转过身来等待我们，这时候，我便想起了那种彩色玻璃窗户，后来，我就一直把玻璃窗恬静明快的色调同阿格尼丝·威克菲尔德联系在一起了。

姨奶和我一样，对于替我做出的安排感到很满意。我们重新回到客厅，心里洋溢着喜悦和感激。姨奶不肯留下来吃饭，因为她担心遇到什么情况小灰马不能在天黑之前赶到家里。我也看出，威克菲尔德先生对她很了解，不会同她争执什么。于是，他便给她在客厅里备了些点心，然后，阿格尼丝回到她的家庭教师身边去了，威克菲尔德先生回到了他的事务所。这样一来，就剩下我们两个无拘无束地告别了。

姨奶告诉我说，威克菲尔德先生已经替我安排好了一切，我什么都不缺了。她充满深情厚意，对我又是叮咛，又是嘱咐。

“特罗特，”姨奶最后说，“你要替自己争光，也要替我，还有迪克先生争光，愿上帝保佑你！”

我情不自禁，只有一次次地向她表示感谢，还要她向迪克先生转达我的爱意。

“任何时候，”姨奶说，“都不要小气吝啬，任何时候都不要虚情假意，任何时候都不要残酷无情。要远离这三种罪恶，特罗特，我会永远对你抱有希望的。”

我郑重其事地做出承诺，表示绝不会辜负她的一片深情，绝不会忘记她的谆谆教诲。

“马车到门口了，”姨奶说，“我要走了！你就留在这里吧。”

说完，她赶忙拥抱着我，然后走出了房间，并顺手把门也带上了。刚开始，如此突如其来的分别令我大吃一惊，心里几乎担心，自己是不是惹得她不高兴了。可我朝着街上看时，看见她神情沮丧地上了马车，竟然没有抬头回望一眼便驾车离去了，这时候我才对她有了进一步的理解，没有误解她。

到了五点的时候，这是威克菲尔德先生家用晚餐的时间，我重新振作起了自己的精神，做好了就餐的准备。餐桌只是替我和威克菲尔德先生摆的，但是阿格尼丝饭前就一直在客厅里等着，陪同父亲一起下楼，然后在餐桌边面对着他坐着。我都疑惑着，威克菲尔德先生没有她在场是不是吃得成饭。

晚餐之后，我们没有再在那儿待着，而是又回到楼上的客厅。在一个舒适温馨的角落里，阿格尼丝为父亲摆上酒杯，还有一瓶波尔图红葡萄酒。我想，如果那酒是别人摆的，他肯定喝不出平常的滋味来。

他坐在那里喝酒，持续了两小时，喝了很多，阿格尼丝则弹着钢琴，做着针线活儿，还同她父亲和我说着话。威克菲尔德先生同我们在一起，大部分时间都心情愉快，兴致勃勃。但有时候目光落在女儿身上，人就陷入了沉思，默然不语。我觉得，阿格尼丝总会很快就觉察出这个情况，而且会向他提个问题，或者抚摸他一下，总会再提起他的精神。这时候，他就会从沉思中醒悟过来，接着再喝酒。

阿格尼丝沏好了茶，还亲自给大家斟上。时光就像饭后的情形一样，在不知不觉中过去了，直到她要去睡觉。她父亲拥抱了她并吻别了她之后，她便离去了，威克菲尔德先生这才吩咐点起事务所里的蜡烛。然后，我也上床睡觉去了。

但是，傍晚时分，我曾信步走到了门外，并沿街走了一小段，这样便可以再环顾一下那些古旧的房舍，还有灰色大教堂[①]，可以想一想自己曾在旅途中穿行在那座古城之中，同时路过这幢房子，可是没有想到自己如今会住在这儿。我返回时，看到尤赖亚·希普正要关上办公室的门。由于我对所有人都充满了友爱之心，便走进去和他说话，分别时还和他握了握手。但是，噢，他那手啊，冷冰冰、湿腻腻的！无论是触着还是看着都令人毛骨悚然！我事后搓着手，一方面是要暖和一下，另一方面是要把他的手留给我的感觉搓掉。

那只手实在令人感觉不舒服，所以，我走进自己的卧室之后，停留在我心里的感觉仍然是冷冰冰、湿腻腻的。我把身子倾到窗户外面，看见椽木末端的雕像面孔斜着眼睛看我，我想象着那是尤赖亚·希普不知怎么跑到那上面了，于是赶快把他关到了窗户外面。

---

① 指著名的坎特伯雷大教堂。

第十六章

我在很多方面成了新生

第二天早饭之后，我又一次开始了学校生活。我在威克菲尔德先生的陪同下到了自己未来读书求学的场所，这是一幢院落中的庄严肃穆的建筑，笼罩在学术氛围之中。这种氛围似乎很适合于从大教堂尖顶上飞下来的离群的秃鼻乌鸦和寒鸦，它们一派学者风度，在草地上漫步。然后，威克菲尔德先生把我介绍给我的新校长斯特朗博士。

我觉得，斯特朗博士看上去锈迹斑驳，几乎就像是校舍外面的那些高高的铁栅栏和大铁门，身段僵直，体型肥硕，几乎就像是大门两侧的大石瓮。石瓮立在绕着院落的红砖墙头上，两个之间隔着一定的距离，宛若被升华为撞柱游戏的木柱，等待着时间老人来把玩。他在自己的图书室里（我指的是斯特朗博士），衣服没有刻意弄整洁，头发也没有刻意梳理，紧身齐膝裤索带松开着，长黑绑腿的纽扣没有扣上，鞋子放在壁炉前的地毯上，张着大嘴，像两个大洞穴。他转过身看着我，目光黯淡无神，这让我想起了久已忘却的一匹老瞎马，老马曾在布兰德斯通的墓地里吃草，但是总被坟墓绊倒。斯特朗博士说很高兴见到我，然后向我伸出手，我不知道该怎么办，因为手伸出后没有任何表示。

但是，在斯特朗博士的不远处，有位女士坐着在干针线活儿，她风姿绰约、青春靓丽。他叫她安妮，我以为是他女儿，她帮助我摆脱了窘境，因为她跪下帮斯特朗博士穿上鞋子，扣上绑腿上的扣子，她做这些事时，兴高采烈，动作利索。她完成这些事情之后，我们正要到教室去，这时候，令我感到惊讶不已的是，我听到威克菲尔德先生向她问好时，称她为“斯特朗夫人”。我寻思着，她是斯特朗博士儿子的夫人呢，还是斯特朗博士夫人，突然，斯特朗博士本人无意中帮我释疑解惑了。

“顺便问一句，威克菲尔德，”斯特朗博士说，他在一段过道上停住了脚步，手搭在我肩膀上，“您还没有给我夫人的表兄找到合适的职位吗？”

“没有，”威克菲尔德先生说，“没有，还没有呢。”

“我希望这事尽快有个着落，威克菲尔德，”斯特朗博士说，“因为杰克·马尔登贫困潦倒，游手好闲，有时候，这两件坏事当中还会滋生出更坏的事情来。瓦茨博士[1]怎么说来着，”他补充说，眼睛看着我，摇头晃脑，和着所引诗句的节律，“‘魔鬼撒旦把坏事找，让游手好闲者不停手。’”

“天哪，博士，”威克菲尔德先生说，“如果瓦茨博士了解人类，他也会同样实事求是地写着，‘魔鬼撒旦把坏事找，让忙忙碌碌者不停手。’忙忙碌碌的人在世界上干的坏事够多了，您可以相信这一点。这一两个世纪以来，人们都在忙些什么，谁最最热衷于敛钱，揽权？没有干坏事吗？”

“我看吧，杰克·马尔登不可能忙着去敛钱，也不会忙着去揽权。”斯特朗博士说着，搓着下巴颏，若有所思。

“或许不可能，”威克菲尔德先生说，“您这么一说倒是提醒了我要回到正题上，我打岔了，得向您道歉。没有，我还没能替杰克·马尔登先生安排好。我相信，”他说到这儿，犹豫不决起来，“我猜透了您的动机，所以事情就更加难办了。”

“我的动机，”斯特朗博士说，“就是为安妮的表兄找一个合适的职位，他过去是安妮的玩伴。”

“是的，我知道，”威克菲尔德先生说，“无论是国内还是国外都行。”

---

① 指艾萨克·瓦茨（Isaac Watts，1674—1748 年），英国非国教派牧师，被公认为英国赞美诗之父。此句引自他的《戒懒》一诗。

“对啊！”博士回答说，显然纳闷着，他为何要这么强调这句话，“无论是国内还是国外都行。”

“您可知道，这是您自己说的，”威克菲尔德先生说，“或者国外也可以。”

“当然！”博士回答说，“当然，国内或者国外。”

“国内或者国外？没有选择吗？”威克菲尔德先生问。

“没有。”博士回答说。

“没有？”威克菲尔德先生惊讶不已。

“一点儿也没有。”

“您难道就没有，”威克菲尔德先生说，“希望在国外而不是国内的动机吗？明确地希望替他在国外找到一个谋生的手段，而不是在国内吗？”

“没有。”博士回答说。

“我应该相信您，我当然相信您，”威克菲尔德先生说，“如果我先前知道这一点，那事情就简单了。不过我得承认，自己先前有点别的想法。”

斯特朗博士看着他，露出疑惑不解的神情，但立刻就转换成了微笑，这使我颇受鼓舞。因为那笑容充满了友善和温情，而透过那层勤学深思的冰霜，他的微笑中，确实在他的整个神情举止中，蕴含着一种质朴，这对于像我这样的年轻学生来说，充满魅力，充满希望。斯特朗博士反复说着“没有”、“一点也没有”这类简短的语句，表现出坚定的意志，他不停地走在我们前面，步履奇特，蹒跚前行，我们一路跟着。我发现，威克菲尔德先生一边神情严肃，一边自顾自地摇头晃脑，完全没有意识到我在看着他。

教室是一个挺大的厅堂，处在房舍最僻静的一侧，前面有五六个巨大的石瓮庄严无比地正对着。从教室还可以俯瞰到博士的私人花园，僻静优雅，古色古香，向阳的南面墙头一边，桃子成熟了。窗户外的草坪上，摆着两盆龙舌兰，叶子宽大挺拔（看上去就像是白铁皮涂上了颜料似的），打从那时起，在我想象中，这些东西就成了寂静无声和清闲雅致的象征。我们走进教室时，里面大约有二十五个学生在专心致志地埋头看书本，但他们站起身向斯特朗博士问早安，当看到我和威克菲尔德先生时，仍然都站立着不动。

“年轻的先生们，这是一位新来的同学，”博士说，“叫特罗特伍德·科波菲尔。”

这时候，一个叫亚当斯的班长，从座位处走了出来，对我表示欢迎。他系了个白色领结，看上去像个年轻的牧师，但是非常友好，态度和蔼。他把我领到我的座位边，还把我向别的教师做了介绍，如果说当时有什么能让我态度坦然的话，那就是他彬彬有礼的举止了。

然而，对我来说，除了米克·沃克和粉斑土豆之外，似乎很长时间没有跟这样的学生，或者说同我年龄相仿的伙伴在一起了，所以，我现在体验到了生平从未有过的生疏感。我心里很清楚，自己经历了那么多场面，而他们一无所知，自己混迹于他们当中，但我经历的事情同自己的年龄、外表和条件极不相称。因此，我几乎感觉，自己作为一位普通小学生来到这儿，这简直就是一场骗局。我待在默德斯通—格林比商行的那段时间，无论时间是长还是短，自己对学生进行的那些运动和游戏项目都已经不习惯了。我知道，就连他们做的那些最最普通的动作，我都显得笨手笨脚，毫无经验。我从前学到的那点知识，也因为自己从早到晚专心地干着那些脏活累活，消失得无影无踪了。因此，现如今，当我要面对知识测试时，竟然一无所知，结果被分在学校里知识水平最低的一个班级。不过，尽管由于自己缺乏一个学生具备的技能，同时也缺乏书本知识，心里已经感到很烦恼，但是想到自己在知道的方面比不知道的方面更令我与同学们拉开了距离，这更加使我痛苦不已。我的心里想着，如果他们知道我熟悉王座法院监狱的情况，不知道他们会做何感想啊？尽管我恪守秘密，但会不会露出什么蛛丝马迹，让他们知道我同米考伯一家交往的经历——帮助他们当物品、卖东西、同他们共进晚餐？假如学生当中的某个人曾经看到过我走过坎特伯雷城，疲惫不堪，衣衫褴褛，那会不会认出我来？他们用钱潇洒自如，而如果他们了解到，我曾经半个便士半个便士地把钱积攒着，为的是买到每天那点萨维罗干熏肠和啤酒，或者几块布丁，他们会怎么说呢？他们对伦敦的生活和伦敦的街道一无所知，一旦他们发现我对上述两方面一些最最肮脏的情况都了如指掌（连我自己都感到无地自容），他们会有什么样的感想呢？凡此种种，在我到斯特朗博士的学校的第一天，就不停地在我的头脑中呈现，所以弄得自己举手投足都疑虑重重。无论何时，只要某个新同学向我走过来，我都会退缩不前。学校刚一放学，我就匆匆离去，生怕有人友好地关注我，主动同我打招呼，而我得应答人家，结果露出破绽。

但是，威克菲尔德先生的旧宅邸里的气氛却不一样，我把学校里发的新课本夹在腋下，对着它敲门，这时候，我就会开始感觉到，紧张不安的情绪慢慢舒缓了。我上楼走向我那间通风透气而又古色古香的卧室时，楼梯上庄严肃穆的幽暗似乎冲击了我的重重疑虑和种种担心，使过去的一切变得更加模糊起来。我坐在那儿一动不动，专心致志地啃着书本，直到晚饭时间（我们下午三点放学）才下楼去，我心里满怀着希望，相信自己能够成为一个过得去的学生。

阿格尼丝在客厅里等父亲，有人在他办公室，给耽搁了。她心情愉快，对我笑脸相迎，询问我对学校的感觉如何。我告诉她说，希望自己会喜欢上学校，但刚一开始还觉得有点生疏。

“你从来没有上过学，”我说，“对不对？”

“噢，上过！我天天都上学。”

“啊！但你是说在你自己这个家里吗？”

“爸爸不想让我去别的什么地方，”她回答说，微笑着摇了摇头，“他的管家一定得待在家里，这你是知道的。”

“我肯定，他非常疼爱你。”

阿格尼丝点了点头，表示“说得对”，然后走向门口，听听他来了没有，以便到楼梯上去迎他。但是，没有见他来，她便又回到原地。

“我一生下来，妈妈就去世了，”她说，语气平静，“我只是从楼下的画像上认识她。我昨天看见你看着那幅肖像。你当时想到那是谁的肖像了吗？”

我告诉她说，我想到了，因为同她很相像。

“爸爸也这么说来着，”阿格尼丝说着，心情很愉快，“听！这次是爸爸来了！”

她去迎接父亲，而当他们手挽着手走进客厅时，她那清丽水灵而又沉静淑雅的脸庞洋溢着喜悦的神情。威克菲尔德先生热情洋溢地同我打招呼，还对我说，斯特朗博士谦谦君子，风雅韵致，我在他的学校里求学，肯定会过得舒适愉快的。

“或许有些人——我说不准是不是真有这样的人——会滥用博士的仁慈友善，”威克菲尔德先生说，“特罗特伍德，以后在任何事情上，都绝不要做那样的人。斯特朗博士对别人从来都不存有戒心，不管这是优点，还是瑕疵，与博士相处，不论大事还是小事，都得注意这一点。”

我觉得，他说话时的状态看上去意气消沉，或者对什么事情不满意。不过，我没有去深究这个问题，因为刚好这个时候通报吃饭了，于是，我们下楼了，还和先前一样坐在原位上。

我们刚坐定，尤赖亚·希普便探进了他那红头发的脑袋，瘦长的手握住门把，并且说：

“先生，马尔登先生请求同您说句话。”

“我刚把马尔登先生打发走啊！”主人说。

“是这样，先生，”尤赖亚回答说，“不过马尔登先生又回来了，他请求同您说句话。”

尤赖亚用手把门撑开的当儿，我觉得，他看了看我，又看了看阿格尼丝，看了看碟子，看了看盘子，看了看室内所有的东西，但又好像什么都没有看一样。因为这整个期间，他都一直毕恭毕敬地把目光集中在其主人的身上。

“对不起，想了一下，只想说一句，”尤赖亚的身后传来一个声音说，尤赖亚的脑袋被推到了一边，取而代之的是说话的人的脑袋：“打搅了，请原谅，因为这件事看起来我别无选择了，我要到国外去，越早越好。我和表妹谈到这件事的时候，她确实说了，她希望我和亲朋好友离得近一些，而不是像流放似的处在天涯海角，但老博士……”

“是指斯特朗博士吗？”威克菲尔德先生打断了他的话，神情严肃。

“当然是指斯特朗博士，”那人回答说，“我叫他老博士，是同一个意思，您知道的。”

“我可不知道。”威克菲尔德先生回答说。

“好吧，斯特朗博士，”那人说，“我本来认为，斯特朗博士也是这样想的。可是，根据您对我的态度，他改变主意了，既然如此，我就没有什么好说的了，只有离开得越早越好。因此，我得回来，说上一声，我离开得越早越好。当打定了主意要一头往水里跳的时候，老在岸上磨磨蹭蹭是无济于事的。”

“你放心好啦，马尔登先生，在你的这件事上，尽可能不会磨蹭的。”威克菲尔德先生说。

“谢谢您，”那人说，“感激不尽啊。我可不会对人家的礼物还挑三拣四的，这样做可不是什么体面的事。否则，我敢说，安妮表妹很容易就可以按照自己的方式进行安排的。我认为，安妮只需要对老博士说一声……”

“你的意思是说，斯特朗夫人只需要对她丈夫说一声，我这样理解没错吧？”威克菲尔德先生说。

“是这么回事，”那人回答说，“只需要说，她想要某某事情如此这般地办，理所当然，那事就会如此这般地办成。”

“为什么会是理所当然呢，马尔登先生？”威克菲尔德先生问，神情严肃地吃着饭。

“啊，因为安妮是个风姿绰约的年轻女子，而老博士——我是指斯特朗博士——并不是什么风度翩翩的年轻小伙子，”杰克·马尔登说着，哈哈笑了起来，“我不是要开罪什么人，威克菲尔德先生。我只是想说，我自己觉得，在这桩婚姻中，得享受点补偿才算公平合理啊。”

“给那位夫人补偿吗，先生？”威克菲尔德先生问，神情严肃。

“给那位夫人，先生，”杰克·马尔登先生回答说，哈哈笑了起来。但是，他似乎注意到，威克菲尔德先生还和刚才的神态一样，不动声色，仍然吃着他的饭，看起来要使他脸上的肌肉松弛下来，毫无希望，于是补充说：

“然而，我返回来了，想要说的话已经说了。因为我打搅了您，再次致歉，我这就告辞了。当然，考虑到只是我们两个人之间安排的，我会遵循您的吩咐，在博士的府上，只字也不会提及。”

“你吃过饭了吗？”威克菲尔德先生一边问，一边用手指了指餐桌。

“谢谢，我这就去吃饭了，”马尔登先生说，“同安妮表妹一道吃。再会！”

马尔登先生出去时，威克菲尔德先生没有起身，而是若有所思地在他后面看着。我认为，马尔登先生属于那种浅薄的年轻绅士，相貌英俊，谈吐自如，看那样子，自信自负，无所顾忌。这是我头一次见到杰克·马尔登先生，其实那天早上听博士说到他的时候，没想到这么快就见到他了。

我们吃过饭之后，又回到楼上了，一切活动都和头一天一模一样。阿格尼丝在同一角落里摆上酒杯和酒瓶。威克菲尔德先生坐下来喝酒，喝了很多。阿格尼丝弹钢琴给他听，然后做针线活儿，说说话儿，还和我玩了多米诺骨牌。她准时沏好了茶，随后，我把课本从楼上拿了下来，她看了看，指给我看，哪些内容是她熟悉的（这真不是什么简单的事情，尽管她说很简单），还说了学习和理解的最佳途径。此时此刻，我写到这些文字的时候，仿佛又看见了她谦和内敛、有条不紊、温和文静的神态，听见了悦耳动听而又沉静优雅的声音。还有后来她对我的一切良好的影响，此时已深深印在了我的心坎上。我爱小埃米莉，不爱阿格尼丝，所谓不爱，不是爱小埃米莉的那种爱。但是我觉得，阿格尼丝到了哪里，哪里就有善良友爱、平静祥和、诚实正直。而且很久以前看到过的教堂里的彩色玻璃窗上的柔和光线，永远都洒落在她的身上，而当我靠近她时，也洒在我的身上，洒落在她周围的一切事物上。

阿格尼丝睡觉的时间到了，等她离开我们之后，我便把手伸给威克菲尔德先生，也打算离开。可是他留住了我，对我说："特罗特伍德，你想待在我们这儿，还是想搬到别处去？"

"待在这儿。"我立即回答说。

"确定吗？"

"只要您允许，我就可以确定！"

"行啊，孩子，我只是担心这儿的生活过于单调沉闷了呢。"威克菲尔德先生说。

"阿格尼丝不觉得沉闷，我怎么会呢，先生，一点都不觉得沉闷啊！"

"阿格尼丝不觉得，"他重复了一声，缓步走到大壁炉架旁，身子倚靠在上面，"阿格尼丝不觉得！"

他那天晚上喝酒（也许是我想象的）喝得眼睛都红了。不是说那时我还看见他的眼睛，因为他往下看着，而且手挡住了，而是在那一会儿之前看到的。

"现在我不知道，"他喃喃地说，"我的阿格尼丝是不是已经厌烦我了。我是不是什么时候也会厌烦她啊！不过那可不一样……对，那可不一样啊。"

他在喃喃自语，不是冲着我说的，所以我没有吭声。

"这是一幢沉闷而又古老的宅邸，"威克菲尔德先生说，"这儿的生活单调乏味，可我一定要她留在自己身边，一定要她待在自己身边。如果有那么一种想法像幽灵似的搅乱我最最幸福美满的时光，即自己可能会死去，离开我的心肝宝贝，或者我的心肝宝贝可能死去，离开了我，那这种想法就只有淹没在……"

他没有把这句话说完，而是缓步走回到他先前坐的地方，机械地做着从空酒瓶里倒酒的动作，放下酒瓶，又慢慢返回。

“如果说她在我身边时都痛苦伤心得受不了，”威克菲尔德先生说，“那她离开了，该怎么办啊？不，不，不。我不能那样想。”

他倚靠在壁炉架上，久久沉思，而我六神无主，不知是该离开，冒险惊扰他呢，还是静静地待着不动，等着他从苦思冥想中醒悟过来。最后，他终于醒悟过来了，环顾了一下房间的四周，最后目光同我的相遇。

“同我们待在一起，特罗特伍德，呃？”威克菲尔德先生说，语气跟平常的一样，好像在回答我先前问过的什么问题，“我是求之不得的，你是我们两个人的伴儿，很欢迎你住在这儿，对我是好事，对阿格尼丝是好事，或许对我们大家都是好事。”

“我肯定对我是好事，先生，”我说，“我也十分乐意住在这儿。”

“是个好孩子啊！”威克菲尔德先生说，“只要你乐意待在这儿，那就待下去吧。”他说完便同我握手，又拍拍我的后背，同时告诉我说，夜间阿格尼丝离开后，我需要做什么事，或者想要读书消遣，如果他在房间里，并且想要有个伴儿，我尽可以下楼到他房间，同他一道坐下来。我对他的这番好意表示了感谢。过后不久，他下楼去了，我觉得还不累，既然得到了他的允诺，我便拿着书也下楼了，准备同他在一起待上半个小时。

可是，我看到了那间圆形小办公室里有亮光，立刻就感到被尤赖亚·希普吸引了，因为他对我具有一种魅力，于是改去了他那儿。我看到尤赖亚正在读一本大部头的书，专心致志，瘦长的手指跟随着他阅读的每一行，在书页上留下湿腻腻的印记，就像是蜗牛爬过的（我完全相信是这样的）。

“你这么晚还在工作呢，尤赖亚？”我说。

“是啊，科波菲尔少爷。”尤赖亚回答说。

我在他正对面的一个凳子上坐下，为的是方便同他交谈，这时候，我注意到，他的身上不存在笑容这种东西，若要表示笑容，他只能咧着大嘴，使劲地在腮帮子上挤出两道纹路，一边一道。

“我不是在干事务所的工作，科波菲尔少爷。”尤赖亚说。

“那你在干什么工作啊？”我问。

“我在充实自己的法律知识，科波菲尔少爷，”尤赖亚说，“我正在看蒂德的《审理规程》[①]。噢，蒂德真是一位了不起的法学家，科波菲尔少爷！”

我坐的凳子就像个塔台，居高临下，在他一阵如痴如醉的赞美之后，我看见他又看起书来了，手指还是一行行地跟随下去，这时我注意到，他的鼻孔又薄又塌，上面色调鲜明，一张一合的样子，形状古怪，令人看了很不舒服。他的眼睛几乎不曾眨过，而由鼻孔来代行职责。

“我想，你一定是个了不起的律师吧？”我端详了他一会儿后说。

“我，科波菲尔少爷？”尤赖亚说，“噢，不！我是个地位卑微的人。”

我发现，自己对他那双手的印象可不是主观臆断出来的，因为他除了常常会悄悄地用手帕擦拭之外，还时不时地两个手掌相互搓着，好像是为了使劲地搓干搓热。

“我很清楚，自己是这个世界上最卑微的人，”尤赖亚·希普说着，态度谦卑，“别人怎么样，我可管不了。我母亲也同样是一个卑微低下的人。我们住着简陋的房子，科波菲尔少爷，但是还是心怀感激之情。我父亲先前的职业也很卑微，他是在教堂打杂的。”

“他现在干什么啦？”我问。

“他现在到天堂里享受荣耀去了，科波菲尔少爷，”尤赖亚·希普说，“但是，我们心怀感激之情，我能跟威克菲尔德先生相处在一起，真是感激不尽啊！”

我问尤赖亚，他是不是和威克菲尔德先生相处很长时间了。

“我和他相处快四年了，科波菲尔少爷，”尤赖亚说，他小心翼翼地在书本刚才看到的地方做上记号后，合上了书，“那是在我父亲故

---

① 本书全称为《皇座法庭审理程序》（Practice of the Court of King's Bench），英国法学家威廉·蒂德（William Tidd，1760—1847年）所著。

去的第二年。对此，我真的心怀感激啊！威克菲尔德先生胸襟开阔，关怀备至，收留我做了徒弟，我真的心怀感激啊！要不然我和母亲这样卑微的人可花不起这个钱！”

“那么，我认为，等你学徒期满了之后，你就正式成为律师了吧？”我说。

“愿上帝保佑，科波菲尔少爷。”尤赖亚回答说。

“说不定将来你有一天还会成为威克菲尔德先生的合作人呢，”我说，在他面前显得乖巧，“那名称就是威克菲尔德—希普律师事务所了，或者希普即原威克菲尔德律师事务所。”

“噢，不，科波菲尔少爷，”尤赖亚一边回答说，一边摇着头，“我微不足道，成不了那样的事啊！”

他坐在那儿，一副谦卑内敛的样子，斜着眼睛看我，嘴巴张开着，腮帮子上露着皱纹，同椽木末端那些雕像面孔简直出奇的相像。

“威克菲尔德先生是个最最卓越的人，科波菲尔少爷，”尤赖亚说，“如果您同他相处久了，我相信，您一定会比我告诉您的还要了解得全面。”

我回答说，我相信他是那样的人，尽管我认识他的时间不长，但他是我姨奶的朋友。

“噢，说得是，科波菲尔少爷，”尤赖亚说，“您姨奶是位和蔼慈祥的小姐，科波菲尔少爷！”

他想要表达一下自己的热情时，便会扭动一下身子，丑陋不堪，结果把我的注意力由听他恭维我的亲戚转移到看他脖子和身子像蛇一样扭动的动作上。

“一位和蔼慈祥的小姐，科波菲尔少爷！”尤赖亚·希普说，“我相信，她非常欣赏阿格尼丝小姐吧，科波菲尔少爷？”

我大着胆子说了一声“对”，其实我对此一无所知，上帝宽恕我吧！

“我希望您也欣赏她，科波菲尔少爷，”尤赖亚说，“但我肯定您一定会欣赏她。”

“所有人都一定欣赏她。”我回答说。

“噢，谢谢您，科波菲尔少爷，”尤赖亚·希普说，“谢谢您这么说！您这话说得在理啊！我虽然很卑微，但我知道，这话说得很在理啊！噢，谢谢您，科波菲尔少爷！”

他情绪激动，一个劲地扭动着身子，都从凳子上滑下来了。由于身子离开了座位，他便开始收拾东西准备回家。

“母亲在等着我呢，”他一边说，一边从口袋里掏出一块色泽暗淡、表面模糊的怀表，“她会等得焦躁不安的，因为虽然我们地位卑微，科波菲尔少爷，但我们彼此关爱。如果您哪天下午去家里看看，到寒舍喝杯茶，母亲一定会跟我一样，因为您来做客而感到自豪的。”

我说很乐意前往。

“谢谢您，科波菲尔少爷，”尤赖亚一边回答，一边把书放回书架，“我估计您会在这儿待一些时间吧，科波菲尔少爷？”

我说，我相信只要我待在学校里，自己就会在那儿被抚养长大的。

“噢，可不是嘛！”尤赖亚激动地说，“我觉得，您最终会干上这一行的，科波菲尔少爷！”

我声称说，自己压根儿没有那个想法，也没有哪个人这样替我打算来着，但是，尽管我矢口否认，尤赖亚还是态度温和地坚持说，“噢，会的，科波菲尔少爷，我觉得您会的，肯定会的！”还有就是，“噢，说真的，科波菲尔少爷，我觉得您会的，肯定会的！”说了一遍又一遍。到最后一切收拾停当要离开事务所的时候，他便问我，如果把灯熄了会不会有什么不便。我回答了一声“没有关系”之后，便立刻把灯熄了。他同我握了手之后——他那手在黑暗中就像是条鱼——便稍稍地打开了一点儿临街的门，侧着身子出去，随手又把门关上了，撂下我在黑暗中摸索着回到自己房间，结果弄得我很不方便，还绊着了他的凳子。我觉得就是因为这个原因，我梦见了他，觉得梦了有大半夜的时间，除了其他情况之外，还梦见他驾着佩戈蒂先生的船屋到海上去干起了海盗的勾当，船的桅杆上挂着一面黑旗，上面印有"蒂德的审理规程"的字样，在这样一个杀气腾腾的标志下，他要把我和小埃米莉载到加勒比海[①]去，想把我们淹死在那儿。

第二天上学后，我忐忑不安的情绪有了些许缓和，又过了一天，情况好多了。就这样，不到两个礼拜的时间，我的情绪便慢慢地稳定下来了，在新的伙伴们中间感到轻松愉快了。我在参加他们的游戏时，还显得笨手笨脚，学习上也还很吃力。但是，我认为，游戏做多了就会习惯，努力学习会有长进。因此，我刻苦努力起来，游戏和学习两方面都狠下功夫，受到了大家的赞许。结果，没过多久，默德斯通—格林比商行的生活变得陌生起来，我几乎都不相信曾经有过那种生活了，而眼下的生活却变得很熟悉了，好像经过了很长时间似的。

斯特朗博士的学校办得很出色，同克里克尔先生的学校相比，有如善与恶的区别。这所学校治学严谨，秩序井然，运行良好，在一切事情上，学校弘扬了学生的荣誉感和责任心，并对他们的良好德行寄予厚望，除非他们自己辜负了这种信任。这样的办学宗旨产生了奇效。我们全都感觉到，自己参与了学校的管理，维护了学校的品格与尊严。因此，我们很快就对学校产生了深厚的感情，我觉得自己就是这样的一分子，我在学校期间，从未听说有谁不是这样的。大家胸怀大志，刻苦求学，渴望为学校争光。除了上课之外，我们有大量高雅的娱乐活动，享有充分的自由。但是，我记得，即使在这样的时候，我们也备受城里人们的称赞，极少因为我们的仪表容貌和态度举止而造成不良印象，有损斯特朗博士和斯特朗博士学校学生的声名。

一些高年级学生寄宿在斯特朗博士府上，我从他们那里听到了一些关于博士身世的细节，诸如他娶我在图书室里看见的那位年轻漂亮的女士还不满十二个月，他是因为爱情而娶她的。她身无分

---

① 指靠近南美大陆北岸一带海面，十六至十八世纪期间，那一带常有西班牙商船来往，也是海盗出没之地。

文，而穷亲戚倒是有一大帮（我的同学们就是这么说来着），全都蜂拥而至，大有把斯特朗博士挤出家门的架势。还有，博士总是一副苦思冥想的样子，原因是他一直在留心寻找着希腊根，对此，我幼稚无知，以为博士痴迷植物学，特别是因为他四处散步时，总盯着地面上看。后来才知道，他是为了搜寻希腊词根，他计划编纂一部词典。我们的班长亚当斯特别擅长数学，人家告诉我说，他根据博士做出的计划和他编纂的速度计算词典完成所需要的时间。他认为，从博士上一次过生日也就是六十二岁时算起，词典可能要花费上一千六百四十九年才能完成。

但是，博士本人是全校师生崇拜的偶像。他要不是这样的话，学校就一定会一塌糊涂了。他是个最最真挚善良的人，感情淳朴，连院墙上的大石瓮都会为之感动。他在校舍一侧的院子里来回踱着步时，那些离群的秃鼻乌鸦和寒鸦会狡黠地侧着头从后面看他，好像它们心里清楚，论人情世故，它们比他知道的还要多呢。如果某个流浪汉能够走到他咯吱作响的皮鞋附近，把一个凄苦悲伤的故事讲给他听，那这个流浪者接下来两天的生活便有着落了。这种情况在学校里尽人皆知，结果，教师和班长们都煞费苦心，不等博士见到流浪者们的踪影，便把他们在墙角处挡住去路，或者从窗户跳出，把他们赶出院落。有时候，博士在前面来回溜达时，这种事碰巧就发生在几码远的地方，而他竟然浑然不觉。他一旦离开了自己的领地，没有人替他保驾护航，他便成了任人宰割的羔羊。他会把自己的绑腿解下来送给人家。实际上，我们中间就流传着这么一个故事（我不知道，也从来没有去弄明白过，这事是否可靠，但是这么些年来，我就一直相信，故事是真实的），说的是在冬天里的一个寒冷刺骨的日子，他把自己的绑腿给了一个女乞丐，而女乞丐却用那绑腿裹着一个健康的婴儿，在附近区域里挨家挨户地展示给人家看，对于博士的绑腿，人们就像熟悉大教堂一样，全都认出来了，结果弄得谣言四起。故事还添油加醋，说只有一个人不认得那绑腿，那就是博士自己，因为过后不久，绑腿在一家声名欠佳的二手货商店门口摆了出来，这种东西在那样的地方往往是拿来换酒喝的，结果不止一次被人看到，博士津津乐道地拿捏着，好像是欣赏某种款式新颖独特的奇物，认为比他自己的那一副还要胜过一筹。

看到博士和他那容貌俏丽的年轻夫人在一起是件令人赏心悦目的事情。他像一位慈祥的父亲，向她展示着自己的真爱，这本身就说明了他是个善良忠厚的人。我常常看见他们在栽种了桃树的花园里散步，有时候会在图书室或者客厅，近距离观察他们。尽管我认为，她对他的那部词典根本不感兴趣，但我觉得，她对他很关心，很喜欢。博士的衣服口袋里，还有帽子的里衬，总是装着许多词典的手稿纸片，他们共同散步时，他似乎总是解释给她听。

我看到斯特朗夫人的机会很多，一是因为我和博士见面的那天上午她对我产生了好感，随后便一直对我很友好，对我很关心；二是因为她很喜爱阿格尼丝，于是常常出入于我们住的家里。但很奇怪，她和威克菲尔德先生之间显得拘束紧张，我认为（她似乎惧怕他），这种拘束紧张感从来就没有消除过。晚上她上威克菲尔德先生家去，总是害怕他送她回家，而是要我陪同她一道跑回家。有时候，我们一同兴高采烈地跑过教堂的院落，以为不会遇上任何人，可偏偏遇上杰克·马尔登先生，而他看见我们时总会感到很吃惊。

我觉得斯特朗夫人的妈妈很有意思，她叫马克勒姆太太，但我们学生习惯管她叫老军事家，因为她具有统帅的素质，善于统率众亲戚向博士发起进攻。她个头不大，但目光锐利，穿戴打扮的时候，总爱戴一顶一成不变的帽子，上面装饰着几朵假花，花朵上面还悬着两个翩翩起舞的假蝴蝶。在我们中间，流行着一种迷信的说法，说帽子是法国货，只有在那个富有创造性的国度里的能工巧匠才能制作出来，但是，有关帽子的事，我能够确定的是，夜间的时候，马克勒姆太太无论出现在哪儿，帽子都总会在哪儿亮相。她参加亲友的聚会时，帽子总是放在一只印度篮子里，那两只蝴蝶便有不停地颤动的功能，它们像是忙碌的蜜蜂，占着博士的便宜，为快乐的时刻增光添彩。

有一天晚上，发生了一件令我难以忘怀的事，结果成了我观察老军事家的好机会——我称她为老军事家，并没有不敬的意思。我来说说那件事吧，那天晚上，博士家举行了一个小型聚会，为的是给杰克·马尔登先生送行，因为他要远赴印度，去那儿当军官候补生，或者担任诸如此类的职务，威克菲尔德先生总算把这事给办妥了。那天也正值斯特朗博士的生日，学校放假一天，我们上午给博士送了生日礼物，班长代表我们向他致祝词，然后大家向他欢呼，最后喊得嗓子沙哑了，博士激动得流下了眼泪。到了晚上，威克菲尔德先生、阿格尼丝，还有我，以私人身份去他家喝茶。

我们到达博士家时，杰克·马尔登先生已经到了。我们进门后，发现斯特朗夫人一身白色打扮，系着樱桃红的缎带，正在弹钢琴，马尔登在她边上，俯着身子替她翻乐谱。她回过头来时，我觉得，她红白分明的肤色不像平时那样如花朵般娇艳，不过容貌依旧美丽，惊艳夺目。

"我都忘记了，博士，"我们坐定之后，斯特朗夫人的妈妈说，"今天要向你祝贺，不过你可以想得到，就我来说，绝不是说一声祝贺了，我要祝你健康长寿。"

"谢谢您，夫人。"博士回答说。

"健康长寿，健康长寿，健康长寿，"老军事家说，"这不仅为了你，也为了安妮和杰克·马尔登，还有其他许多人。约翰[①]，记得你小时候，比科波菲尔少爷还矮一个头呢，你跟安妮在后院里玩耍，躲在醋栗丛后面，亲亲爱爱的，想起来就像是昨天的事啊。"

"亲爱的妈妈，"斯特朗夫人说，"别再说那个事了。"

"安妮，你可别犯傻了，"她母亲回答说，"听了这样的事竟然还脸红，可你现在已经是个结过婚的老女人了，到什么时候才会听了不脸红啊？"

"老了？"杰克·马尔登先生大声说，"说安妮吗？呃？"

---

① 指杰克·马尔登。

“没错，约翰，”老军事家回答说，“事实上就是个结了婚的老女人。尽管年龄不算老，可你什么时候听见我说过，或者别的什么人听见我说过，二十岁的姑娘算是老了的！你表妹现在是博士的夫人了，而正因为她是博士夫人，我才这样说她。这样对你有好处，约翰，你表妹做了博士的夫人。通过她，你便有了一个有影响力、对人又友好的朋友，我敢说，如果你做出了样子来，今后还会更加热情友好呢。我并不是个爱慕虚荣的人，从来都是态度坦率、毫不犹豫地承认，我们家里的一些人需要朋友。你自己就是一个，终于凭着你表妹的关系攀上这么个朋友啦。”

斯特朗博士心地善良，连忙挥了挥手，好像说这事不值一提，免得杰克·马尔登先生还要听更多叮咛嘱咐的话。但是，马克勒姆太太把座位换到了博士身边，把扇子搁在博士的衣袖上，并说：

“没有关系的，真的，亲爱的博士，你可要原谅，这事我得多唠叨几句，因为我心情很激动。我管这个叫作心病，就爱唠叨这件事。你让我们吉星高照。你知道的，你可是我们的大救星啊。”

“没有的事，没有的事。”博士说。

“不，不，请原谅，”老军事家反驳说，“除了我们亲爱的知心朋友威克菲尔德先生在场，没有别的人。要是阻拦我，我可不乐意。你若还要这样，我可就要行使丈母娘的权利斥责你了。我诚心诚意，实话实说。我现在要说的还是你当初向安妮求婚，把我给惊得目瞪口呆时，我说过的那些话，你还记得吧，我当时有多吃惊啊？照理说，求婚这件事本身并没有什么值得大惊小怪的。如果这样的话，那就太可笑啦！但是，由于你和她故去的父亲是老相识，从安妮六个月大时起，你看着她长大，所以我根本没有往那个方面去想过，更没有想到你要同她求婚，我要说的就是这个，你知道的。”

“是啊，是啊，”博士说着，态度友好，“别提了。”

“可是，我就是要提，”老军事家一边说，一边用扇子挡住了博士的嘴，“我可就是要提，说这些事情，要是有什么差错，你可要及时纠正啊。行啊！后来我找安妮谈，告诉她是怎么回事。我说，‘亲爱的，斯特朗博士郑重其事地向你求婚来了，把你赞扬得跟什么似的，还带来了厚礼。’我有半点强求的意思吗？没有，我说，‘行啊，安妮，这会儿就把实话告诉我，你还没有心上人吧？’‘妈妈，’她哭着说，‘我还太年轻呢’这倒是确确实实的事。‘有没有心上人，我也说不准。’‘那么，亲爱的，’我说，‘你放心好啦，你还没有别的心上人。不管怎么说，宝贝儿，’我说，‘斯特朗博士心急火燎的，等着回话呢。一颗心老那么悬着，他可受不了啊。’‘妈妈，’安妮仍然哭着说，‘离开了我，他会感到痛苦吗？要是感到痛苦，那我敬仰钦佩他，我觉得可以嫁给他。’于是事情就这么定下来了。这时候，只有到了这时候，我对安妮说，‘安妮啊，斯特朗博士将不仅仅是你的丈夫，而且还代表了你故去的父亲，他将代表我们这个家庭的一家之长，他代表了这个家庭的智慧和地位。我还可以说，是我们一家人生活的依靠啊，总之，他是这个家庭的救星。’我当时用了这个字眼，今天，我又用了。如果说我这个人有什么优点的话，那就是始终如一。”

母亲在说这番话时，做女儿的坐着一声没吭，纹丝不动，眼睛盯着地面，表兄站在她身边，眼睛也看着地面。这时她低声细语地说话，声音颤抖：

“妈妈，我希望您的话说完了。”

“没有啊，亲爱的安妮，”老军事家回答说，“我还没把话说完呢。宝贝儿，既然你问了我，那我就回答你吧，我还没把话说完呢。我还得抱怨一下，你对自己家里的人真的是有点不近人情啊。不过由于向你抱怨也起不到什么作用，我还是向你丈夫抱怨吧。对啊，亲爱的博士，睁开眼睛看看你这位傻乎乎的夫人吧。”

博士转过他那张慈祥的脸庞，冲着夫人微笑着，神态天真淳朴，充满了柔情，而安妮的头垂得更低了。我注意到，威克菲尔德先生目不转睛地盯着她看。

“前几天，我碰巧跟这个不听话的孩子说来着，”她母亲接着说，一边摇了摇头，还闹着玩似的冲着她直摇扇子，“说有件家里的事，她可以在你面前提一提，说实在的，我觉得，她应该提出来。她说，一旦提出了就等于又要帮忙，而你慷慨大度，对她总是有求必应，所以她不肯在你面前说起。”

“安妮，亲爱的，”博士说，“这就不对了，这把我的乐趣都给剥夺了。”

“我当时对她说的几乎是同样的话！”她母亲情绪激动地说，“是啊，说真格的，下一回，她若是有什么事要告诉你，而因为这个原因又没有对你说，亲爱的博士，那我就厚着脸皮亲自告诉你好啦。”

“您若亲自告诉我，那我会很高兴的。”博士回答说。

“是吗？”

“毫无疑问。”

“啊，那么，我就亲自告诉你吧！”老军事家说，“一言为定。”我想，她的目的已经达到了。她用手上的扇子轻轻在博士手上拍了几下（先是在扇子上吻了吻），然后得意扬扬地回到原先的座位上。

接着来了更多的客人，其中有两个教师和亚当斯，这时话题便多起来了。大家自然要谈到杰克·马尔登先生，谈他的海上航行之旅，他要去的那个国家，还有他的种种计划和前景。当天夜里他就要启程，晚饭后就要搭乘邮政马车去格雷夫森德[①]，他要乘的船就停泊在那儿。他这一去——除非休假或身体原因而回国——我不知道要待上多少年。我记得，大家当时都一致认为，印度其实是个被人们歪曲了的国家，其实并没有什么可怕的，只是有一两只老虎，白天有点炎热。而我则把杰克·马尔登先生看成个现代的水手辛巴德[②]，把他想象成所有东方王公贵族的挚友，坐在天篷华盖之下，抽着弯弯曲曲的金质烟斗，要是把烟斗拉直，有一英里长。

据我所知，斯特朗夫人很会唱歌，我时常听见她独自一人唱。但是，那天晚上，她是羞于在众人面前唱呢，还是嗓子出了问题，很显然，她根本唱不出来。她和表兄马尔登试过一曲二重唱，但竟然

① 英国东南部港口城市，位于伦敦东部泰晤士河畔右岸，以伦敦港之门而闻名，现仍为英国海关检疫和领航的中心。

②《一千零一夜》中的巴格达富商，曾七次冒险航行。

张不开口。后来，她想来一曲独唱，尽管一开始嗓音甜润，可突然一下子又唱不出来了，弄得痛苦难堪，头低垂着看着钢琴的键盘。善解人意的博士说，她很紧张，为了使她松弛下来，提议大家玩一圈牌。其实他的牌技跟吹长号的水平差不多。但我注意到，老军事家马上就把他给控制了，要他跟她搭档。作为教他的第一步，首先就要他把口袋里所有的银币掏出来给她。

我们大家玩得很开心，尽管那两只蝴蝶一直盯着博士，但他还是频频出错，惹得蝴蝶大为恼火，不过大家还是乐趣不减。斯特朗夫人由于感觉身体不大舒适，便没有参加玩牌。表兄马尔登借口说自己要打点行装，也没有参加。不过，行装打点停当之后，他又回来了。他们两个坐在沙发上低声交谈着。斯特朗夫人时不时地跑过来，看着博士手中的牌，告诉他打哪一张。她俯在他身边时，看上去脸色苍白，我觉得她在指点牌技时，连手都在发抖。但是，博士有她的关照感到很高兴，即便情况如此，他也压根儿注意不到。

晚饭时，大家就不是那么兴致勃勃了。每个人都感觉到，离别是一件令人感到难堪的事，离别的时间越近，这种心情就越强烈。杰克·马尔登先生极力表现得谈笑风生，但就是不自然，使场面显得更加尴尬。在我看来，老军事家出面，局面也还是没有得到改善，她喋喋不休，说些杰克·马尔登先生小时候的事情。

然而，我肯定，博士倒是觉得，他使得每个人都很开心，所以他自己也很开心，除了认为我们大家都开心开怀之外，其他根本毫无觉察。

"安妮，亲爱的，"博士说着，一边看了看表，把杯子斟满酒，"你表兄杰克动身的时间已到了，我们不能再耽搁他，因为时间和潮汐——这种情况，两者密切相关——那是不等人的。杰克·马尔登先生，你的面前是漫漫航程，而且要去的又是个陌生的国度，但是，许多人已经经历过这两种情况了，而且还有许多人今生今世将要经历这两种情况。你将乘风远航，那风将千千万万的人送上幸运之途，再把千千万万人幸福快乐地送回家。"

“可这真是件令人伤心难受的事啊，”马克勒姆太太说，“眼看着好端端的一个小伙子，从娃娃时起就看着他长大的，现在离开，到达世界的另一端，撇下所有熟人，还不知道前景如何，这真是令人伤心难受啊。一个做出如此牺牲的年轻人，”她说到这儿，看了看博士，“真的值得别人不断支持和资助啊。”

“你会觉得时间过得很快的，杰克·马尔登先生，”博士接着说，“我们大家的时间也都过得很快。按照自然规律，我们当中的一些人恐怕很难在你返乡之日，去迎接你。只有退而求其次了，希望到时能够去欢迎你，我就是属于这种情况。我也不必对你絮叨，说些叮咛嘱咐的话，免得你心烦。多年来，你的眼前已经有了一个好的榜样，那就是你的表妹安妮。尽努力学习她的美德。”

马克勒姆太太自顾自地打着扇子，摇了摇头。

“再见吧，杰克先生，”博士说着，站起身，我们大家也都跟着站了起来，“祝你一路顺风，在国外事业有成，将来高高兴兴地回来！”

我们大家都干杯了，然后都同杰克·马尔登先生握了手，这之后，他赶紧同在场的女士告别，快步走到门口，上马车时，我们特意集聚在草坪上为他送行的同学们发出了嘹亮的欢呼声。我跑到他们中间，以便壮大声势，马车出发时，我离得很近，所以印象深刻，声音嘈杂，尘土飞扬，马车在我们的面前辘辘驶过，杰克·马尔登先生心情激动，手里拿着樱桃色的东西。

学生对着博士一阵欢呼之后，又冲着博士夫人欢呼了一阵，接着学生散去了，我也进了屋，结果发现客人们全聚在一起围住博士，谈论着杰克·马尔登离去的事，他要如何忍受那一切，他的感觉如何，还有其他事情等。在大家的这些议论声中，马克勒姆太太大声喊了起来：“安妮哪儿去了？”

安妮不在场，大家高声喊着她的名字，可没有听到安妮的回答。大家都争先恐后地挤着离开房间，想要看看到底是怎么回事。一开始，大家都惊恐不已，后来发现，她是晕厥过去了，用普通的办法一处理，便苏醒过来了。博士把她的脑袋枕在自己的膝上，用手把她的头发捋到一边，看了看四周说：

“可怜的安妮啊！她感情诚挚，温柔无比！她之所以晕厥过去，那是因为同自己小时候的玩伴和朋友——她最疼爱的表兄——离别的缘故。啊，真是遗憾啊！我很难过！”

她睁开了眼睛，明白了自己在什么地方，看到我们全都站在她身旁，这时候，她便在别人搀扶下站了起来，她转过脸，她这样做时，是为了把头伏在博士的肩膀上，还是为了掩蔽起来，我不知道是哪一种。我们去了客厅，让她同博士和她母亲在一起。但她说，她这时似乎比早晨以来更加好受了，愿意同我们待在一起。于是，他们把她扶了进来，她一副苍白无力的样子，被安顿在沙发上。

“安妮，亲爱的，”她母亲说着，一边帮她整了整衣服，“瞧你这儿！都掉了个饰物了，请大家找找好吗，一条樱桃色的缎带？”

那是她披戴在胸前的那一条。我们全都去寻找，我自己也到处找过了，这我可以肯定，但谁也没有找到。

“你还记在哪儿最后看到的吗，安妮？”她母亲问。

她回答说，刚才还好好地披戴着呢，她觉得那东西不值得去找，这时候，我寻思着，自己怎么觉得她看上去脸色苍白，或者那么个情况，反正看不出血色。

然而，大家还是去找了，仍然没有找着。她恳请大家不要再找了，但大家还是漫无目标地乱找了一通，最后她感觉完全好了，人群这才离去。

我们缓步走着回家，我和威克菲尔德先生还有阿格尼丝。我和阿格尼丝欣赏着月色，威克菲尔德先生眼睛盯着地面，极少抬头仰望。最后我们到达家门口时，阿格尼丝发现，她把自己的小网格包落到博士家里了。我很乐意替她效力，便跑着回去取了。

我走进了餐厅，因为她的小网格包放在那儿，里面空无一人，一片黑暗。但是，餐厅有一扇门与博士的书房相通，那个屋还亮着灯，门是开着的，我便走了过去，说明了来意，要点一支蜡烛。

博士坐在火炉边的安乐椅上，年轻的夫人坐在他跟前的凳子上。博士脸上挂着谦恭殷勤的微笑，手上拿着那部永不可能完成的词典文稿，大声朗读着对某一学说的解释或论断，夫人则抬头看着他。但是，我可从未见过这样的一张脸庞：脸型美丽优雅，脸色苍白暗淡，神情恍惚迷离，耽于幻想，像个梦游的人充满了狂乱和惊恐，至于梦见了什么可怕的东西，我不得而知。只见她眼睛睁得大大的，棕色的头发往两边披在肩膀和白色衣裙上。衣裙由于没有了缎带，显得凌乱不堪。对于她那副音容笑貌，我虽然记得真真切切，但说不清其中的含义。即便是现在，我已经具备了成年人判断力了，都还是说不清其含义。忏悔、耻辱、羞惭、骄傲、爱恋、忠心，我看见这一切全都交织在一起。但在这复杂的情感当中，我看到了自己并不知道究竟的恐惧感。

我走了进去，说明了事由，她清醒了过来。博士也受到了惊扰，因为当我返回去送还从桌上端走的蜡烛时，他正慈父般地轻轻地拍了拍她的头，说自己像只无情的蜜蜂，竟然让她引着自己一直读着文稿，其实他应该叫她去睡觉的。

但是，她态度迫切，心急火燎地请求他允许自己留下来，让她确切地感觉到（我听见喃喃细语，说话的内容支离破碎，大意是），当晚她得到了他的信任。然而，我离开房间，向门外走去，她瞥了我一眼，然后再次转身向着他，这时候，我看见她双手交叉，搁置在他的膝上，同样的那张脸仰面看着他，表情平静下来了，博士继续朗读。

这件事给我留下了深刻印象，过了很久之后都还停留在我的心中。后面我还有机会叙述这事。

第十七章
又见故人

自从我逃离之后，一直没有提到佩戈蒂的事。不过，毫无疑问，我在多佛尔一安顿下来，便给她去了一封信。姨奶正式把我置于她的庇护下之后，我又给佩戈蒂去了一封长信，信中告诉了她详细情况。我在斯特朗博士的府上住下之后，又给她去了信，详述了我安逸的现状和美好的情景。我在最后那封信当中，把迪克先生赠送给我的一个半几尼的金币附了进去，以便归还先前向她借的那笔钱，自己这样做所感受到的快乐是无与伦比的。我在信中还第一次向她提及了有关那个赶驴车的年轻人的事。

佩戈蒂收到我的这些书信后即刻做了回复，其速度之快就像是商务秘书的回复，虽不及那么简明扼要。她搜肠刮肚，使出了自己最大的文字表达才能（尽管其文字才能肯定有限），表达对我长途跋涉这件事情的感受。她写了整整四页纸，除了斑斑墨渍之外，通篇前言不搭后语，满是有头无尾的感叹句，但这仍不能发泄她的悲愤之情。但对我来说，这充满了墨渍的文字比最最华丽的文章都更加具有表达力，因为这些文字向我展示了，佩戈蒂写信时一直痛哭流涕，有了这个，我还求什么呢？

我不难看出，佩戈蒂对姨奶的态度还不那么友好。因为她长时间以来对姨奶心存芥蒂，所以短时间很难改变态度。她的信上写着，我们从来都看不透一个人，但是，想一想，贝齐小姐竟然会与人们先前对她的看法大相径庭，这是件寓意深刻的事啊！这是她的原话。她显然依旧害怕贝齐小姐，因为她向姨奶表示感谢时显示出了胆怯。她也显然害怕我，担心我很快又会逃之夭夭。因为她反复暗示，她时刻替我准备好了去雅茅斯的车费。

佩戈蒂告诉了我一个消息，令我很震惊，那就是，我过去家里面的家具被卖掉了，默德斯通先生和默德斯通小姐已经离开，房子被锁起来了，等待出租或者出售。上帝知道，他们住在里面的时候，其实就没有了我的份儿，但是想到心爱的老家全然被荒废没用了，花园里杂草丛生，小路上覆盖着一层落叶，又厚又潮，我心里感到很难受。我想象得到，冬天的寒风会在房子的四周怒吼，凄厉的雨水会打在窗户玻璃上，月亮会在空空荡荡的房间墙壁上投下一个个鬼影，彻夜守望着孤独。我又想起了教堂墓地里树荫底下那座坟墓了，房子现在似乎也死去了，一切同我父母有关联的东西都消失了。

佩戈蒂的信中没有提到别的事儿。她说，巴吉斯先生是个很出色的丈夫，尽管仍然有点儿抠门儿。但是，我们谁都有各自的缺点，她自己就有很多（但我可以说，我并没有看出）。巴吉斯先生向我问好，我的那间卧室时刻都替我准备着。佩戈蒂先生身体安好，哈姆身体也很好，格米治太太还是老样子，小埃米莉不愿意在信上问候我，不过她说了，如果佩戈蒂乐意，就替她向我问个好。

所有这些情况，我都一五一十地告诉了姨奶，只是对小埃米莉的事缄口不言，因为我有一种直觉，姨奶不会喜欢小埃米莉。我刚刚到斯特朗博士的学校上学的那一阵子，姨奶几次跑到坎特伯雷来看我，而且每次来得都不是时候，我琢磨着她是要趁我不备搞个突然袭击。但是，她发现我勤勉努力，品行端正，听到所有人都说，我在学校进步迅速，这时候，她才没有搞突然袭击了。每隔三四个礼拜，我就会在礼拜六返回多佛尔，同姨奶见面，去享受一番。每隔一个礼拜，迪克先生会在礼拜三来看我，他中午乘车过来，待到第二天早晨返回。

迪克先生每次来看我的时候都会带着个皮质的书写文具夹[①]，里面装着文具和那份呈文。对于那份呈文，他现在的想法是，时间开

① 一种打开便成为书写板的文具夹，便于携带。

始紧迫了，确实必须送出去。

迪克先生非常喜欢吃姜饼。为了使他的每一次行程开心愉快，姨奶吩咐我在一家糕点店专门替他开了一个户头，但有一条规定，一天之内姜饼的开支不能超过一先令。这一笔开销，还有他在住宿的旅馆里的所有小额开支，支付之前，要拿给姨奶过目，这使我不禁产生疑虑，姨奶是不是只允许他把钱弄得哗啦作响，但不能使用。我做了进一步的调查了解，然后发现，情况确实如此，或者说他和姨奶之间至少有了约定，即他的所有开支都得向姨奶说明。由于他绝没有想到要去欺骗她，而且还总是渴望着要让她开心，这样一来，他花钱的时候便格外谨慎。在这一点上，还有在其他所有方面，迪克先生坚信，姨奶是最精明和最了不起的一个女人，他多次神秘兮兮、低声细语地对我说过这样的话。

"特罗特伍德，"迪克先生说，那是在一个礼拜三他把这样一个秘密告诉了我之后，态度很神秘，"有个男人躲藏在我们家附近，让她惊恐不安，那人是谁呢？"

"让我姨奶惊恐不安吗，先生？"

迪克先生点了点头。"我先前认为不存在有什么事情令她惊恐不安的，"他说，"因为她……"他说到这儿声音小了下来，"可不要说出去，她是最精明和最了不起的女人。"他说完之后，身子缩了回去，想要观察一下，他对姨奶的这一描述会在我身上产生什么影响。

"那人头一次来，"迪克先生说，"是在，让我想一想，一六四九年是查理国王掉脑袋的那一年。我还记得你说过一六四九年，对吧？"

"对，先生。"

"我不知道，这怎么可能，"迪克先生说，他一副迷惑不解的样子，摇了摇头，"我认为自己没有那么大的年龄。"

"那个人是那一年就出现了吗，先生？"我问。

"是啊，可不是嘛，"迪克先生说，"我真不明白，怎么可能会是那一年呢，特罗特伍德。你是从历史书上查到这个时间的吗？"

"是的，先生。"

“我以为历史是不会撒谎的，对不对？”迪克先生怀着一线希望说。

“噢，天哪，不会的，先生！”我回答说，语气十分坚决。我年轻单纯，所以认为历史不会撒谎。

“我就是弄不明白，”迪克先生摇了摇头说，“有哪个地方不对劲。不过，自从查理一世头脑中的一些烦恼的事被错误地放到了我的头脑中之后，那人就出现了。当时正好是黄昏时分，我和特罗特伍德小姐喝了茶之后外出散步，他出现了，就在我们住的房子边上。”

“是在四处走吗？”我问。

“是在四处走吗？”迪克先生重复了一声，“让我想一想吧。我一定记得一点儿的。不……不，不。他没有四处走。”

我直奔主题，用最最简洁的方式问了那人在干什么。

“啊，他没见了人影儿，”迪克先生说，“后来出现在她的身后，低声地说话。她这时候转过身，结果晕过去了，我一动不动站在那儿看着他，然后他离开了。但是，不可思议的是，从那以后，他竟然就躲藏起来了（是藏在地底下还是什么地方）！”

“他随后一直就躲藏着吗？”我问。

“毫无疑问，是这样的，”迪克先生回答说，他点了点头，态度很严肃，“他一直没有出现，直到昨天晚上！我们昨晚一同去散步，他又一次在她身后出现，我也就又认出他来了。”

“他又把我姨奶吓得惊恐不安了吗？”

“她浑身颤抖，”迪克先生说着，一边做出瑟瑟发抖的样子，牙齿咬得咯咯作响，“她靠在栅栏上，大哭了起来。但是，特罗特伍德先生，你过来，”他要我走近他，一边低声细语地跟我说话，“孩子啊，她为何要在月色下给他钱啊？”

“那人说不定是个乞丐呢。”

迪克先生摇了摇头，表示彻底否定这种说法，并且坚信不疑，他反反复复地回答说：“绝不是乞丐，绝不是乞丐，绝不是乞丐，少爷！”然后他着又说，后来到了很晚的时候，他从窗口看到姨奶趁着月色在花园围栏外又给了他钱，那人拿了钱后就溜走了，他猜想可能是钻到地底下去了，接着便再也没有露面了。姨奶返回到了屋里，行色匆匆，态度神秘，甚至到了第二天早上，她都还是神色异样，与平时大相径庭。迪克先生对此百思不得其解。

打从一开始听着这个故事起，我就压根儿不相信，认为那个陌生人只不过是迪克先生的幻觉而已，同那个给他带来了那么多麻烦的倒霉国王是一路货色。但是回过头想一想，我便产生了这么一个问题，是不是有人两次企图，或者威胁说，要把可怜的迪克先生从姨奶的庇护下夺走，而姨奶出于对他的一片仁慈之心，这我是听她亲口说的，于是，只有付上一笔钱，以使他得到平静与安宁。由于我已经对迪克先生产生了深厚的感情，并且对他的幸福安宁深表关切，所以我心里忧心忡忡，便相信他的说法确有其事。在很长一段时间里，每当礼拜三他要来的时候，我的心里几乎都会惴惴不安，害怕他不会像平常那样坐着马车到来。然而，头发灰白的他总是出现了，哈哈大笑，神采飞扬，而且再也没有说到过那个吓着姨奶的人的什么事了。

这样的礼拜三是迪克先生生平最最开心快乐的日子，这样的日子给我带来的快乐丝毫不亚于他。很快，学校里的每一个学生都认识他了。尽管他平常除了放风筝没有主动参与过任何游戏活动，但他置身于我们当中，像每个学生一样，兴致勃勃地参与所有活动。有多少回，我看见他全神贯注地看着一场打弹子或抽陀螺比赛，那脸上表露出的兴趣，难以形容，到了关键的时候几乎屏住呼吸！有多少回，在犬兔越野追逐[①]的游戏中，我看见他登上一个小山丘，给参与整场游戏的人加油鼓劲，把帽子举到灰白的头顶上挥舞着，全然顾不上殉道者查理一世的头，还有一切与其有关的事情！多少次夏日时光，他伫立在板球场上，而我知道那是他最最开心快乐的时

① 一种户外运动，假扮兔子者在前面边跑边撒下纸屑，假扮猎犬者在后跟踪追赶。

刻！多少个冬天的日子，大雪皑皑，北风呼啸，我看见他鼻子都冻青了，站在那儿看着学生们从长长的滑雪道上滑过，他欣喜若狂，高兴得一个劲儿地拍着那双戴着毛线手套的手！

迪克先生是个人人都喜爱的人物，他善于制作小件物品，技巧娴熟，简直无与伦比。他能把一个橘子雕琢成我们连想都想不到的式样。他能用小至用来烤肉用的串肉扦制作出一只小船来，还能用羊膝骨制作出棋子，用旧纸牌制作出威武的罗马战车，用线轴制作出带轴条的轮子，用旧铁丝制作出鸟笼。但是，他最最了不起的地方或许是用细绳和麦秆制作各种东西。我们全都深信不疑，凡是能用手制作得出来的东西，他都可以制作。

没过多久，迪克先生的声名不仅仅限于我们学生中间了。过了几个礼拜三之后，斯特朗博士也亲自向我打听起迪克先生的事儿来，我便把姨奶告诉过我的情况一五一十地告诉了他。博士听了我的叙述之后，兴致勃勃，于是要求我在迪克先生下一次来的时候，把他介绍给他。我照着这么做了，博士对迪克先生说，他要是来的时候在驿站找不到我，可以直接到学校来，先休息一下，等着我上完上午的课。没有多久，迪克先生一下驿车就直接来到学校，这也就成了习惯。要是我们下课晚一点（礼拜三经常出现这种情况），他便在院子里散着步，等待我下课。他在那儿结识了博士年轻貌美的夫人（整个这段时间里，我觉得她比先前更加苍白，我或者其他人也更少见到她。她显得不是那么开心，但美丽依旧），而且慢慢地越来越熟悉起来了。最后，他直接到教室去等我了。他总是待在教室里的一个特定角落里，坐在一个固定的凳子上，所以那张凳子也就随了他叫作“迪克”了。只见他坐着，灰白的头向前倾着，聚精会神地听着，教室里讲什么听什么，他对不曾学到的知识，怀有深深的敬仰之情。

迪克先生的这种敬仰之情延伸到了博士身上，认为他是自古至今最最博学多才的哲学家。很长时间里，迪克先生对着博士说话时都要脱帽表示敬意。他们俩后来成了亲密无间的朋友，两人经常一同在我们大家称之为“博士路”的院子一边散步，要走上个把小时，即便是到了这个时候，迪克先生也还是会时不时地脱帽，表达对智慧和学识的敬意。至于如何在他们散步的当儿，博士朗读起他那部著名的词典的片段来，我就不得而知了。或许一开始他觉得那样跟自顾自地朗读一样。然而，这也慢慢地成为习惯了。迪克先生洗耳恭听着，脸上洋溢着骄傲和喜悦之情，心里坚信着，词典乃是世界上最能给人带来快乐的书籍。

现在我想到他们在那些教室窗户的前面走来走去：博士带着得意的微笑，朗读着词典文稿的片段，时而挥动着手上的文稿，时而神情严肃地摆动着头。迪克先生则听得如痴如醉，他那可怜的想象力不知不觉中借着那艰深晦涩的话语的翅膀不知道神游到了何方。这个时候，我觉得，此情此景是我所见到最最赏心悦目的事情。我觉得他们似乎会像那样地永远走下去，而世界也会变得更加美好起来，仿佛对于世界或者对于我自己，世上人们议论纷纷的千百种事情都不及此一半美好。

不久，阿格尼丝也成了迪克先生的好朋友，还因为他常常到家里来，也认识了尤赖亚。我和迪克先生情谊更是不断地加深，而我们之间的这种友谊却是建立在这样奇特的基础之上的，迪克先生一方面以监护人的身份来看望我，而在另一方面，他要是遇上了什么没有把握的小事情，总是会来征求我的意见，并且还会照着我的意思办。他不仅很看重我天生的聪明才智，而且还认为，我从姨奶那儿遗传到了很多东西。

有个礼拜四的早晨，在我返回教室之前（因为我们早晨前要上一个小时的课），我正要陪同迪克先生从旅馆到驿站去，这时候，我在街上碰上了尤赖亚，结果他提醒我说，我以前曾答应过去他家同他和他母亲一道喝茶的，临了还扭动了一下身子，他补充说，“但是，我并不奢望您会遵守诺言，科波菲尔少爷，我们可是很卑微的人啊。”

对于尤赖亚这个人，我是喜欢，还是厌恶，心里确实吃不准。当时我同他面对面地站在街上时，也都还是心里没有底。但是，这总归是件丢脸的事儿，所以便说，我等着有人来邀请呢。

“噢，如果情况是这么回事的话，科波菲尔少爷，”尤赖亚说，“真的不是因为我们卑微才阻止了您，那您今晚来好不好？但是，如果确实是因为我们卑微，我希望您也不妨直说，科波菲尔少爷，因为我们对自己的境遇再清楚不过了。”

我说了，我会对威克菲尔德先生说一下，如果他赞同，但我肯定他会赞同的，我很乐意前往。于是，那天傍晚的六点（那天傍晚是事务所早下班的日子），我便对尤赖亚说，我准备好了去他家。

“母亲真的会很骄傲的，”我们一起离开事务所时，尤赖亚说，“如果傲慢不是什么罪过[①]的话，科波菲尔少爷，她一定会感到骄傲的。”

“可是今天早上，你还认为我骄傲呢。”我回答说。

“噢，天哪，没有啊，科波菲尔少爷！”尤赖亚回答说，“噢，请相信我，没有的事！我压根儿就没有这样想过！即便您认为我们在您的眼中显得过于卑微，我也绝不会把这看成是骄傲。因为我们确实是很卑微。”

“你最近还一直在花很多时间研究法律吗？”我问，以便转移话题。

“噢，科波菲尔少爷，”他说，一副谦恭内敛的态度，“我只是读点书，谈不上什么研究。有时候，晚上同蒂德先生混上一两个小时。”

“我想很难懂吧？”

“对我来说，蒂德的著作确实很难懂，”尤赖亚回答说，“但是，对于才华横溢的人来说，情况如何，我就不得而知了。”

我们朝前走着，他用他那皮包着骨的右手食指和中指在下巴颏上弹了一小段曲调，然后补充说：

“您知道的，科波菲尔少爷，蒂德先生的著作里面，有些词语，

① 天主教教义中规定，骄傲是使灵魂死亡的七大罪之首，其余依次为贪婪、淫欲、嫉妒、饕餮、暴怒、懒惰。

拉丁词和术语，对于我这样才疏学浅的人而言，那是很难懂的。”

“你想学习拉丁文吗？”我不假思索地说，“我很乐意教你，因为我正在学习拉丁文。”

“噢，谢谢您，科波菲尔少爷，”他摇着头回答说，“我知道，您出于好意提出要教我，但我太卑微了承受不起。”

“这都说的什么话啊，尤赖亚！”

“噢，请您一定要原谅我，科波菲尔少爷！我非常感激您。说实话，我真是感激不已，我可是告诉您，这是我最最求之不得的一件事情，但是，我太卑微了。像我这种地位卑微的人，还没有等有了学问让别人心里感到不爽之前，就已经被人踩在脚下了。学问是不属于我的。我这样的人最好不要有什么抱负。如果要生活下去，那就得卑躬屈膝地过日子，科波菲尔少爷！”

尤赖亚在做这一番表白时，一直摇头晃脑，谦卑地扭动身子，嘴咧得那么大，脸颊上的皱纹显得那么深，我从未见过。

“我认为你说得不对，尤赖亚，”我说，“我敢说，要是你愿意学，有几样东西我是可以教你的。”

“噢，这我毫不怀疑，科波菲尔少爷，”尤赖亚回答说，“一点儿也不怀疑。但是，您自己不是地位卑微的人，所以您或许理解不了他们的真实情况。我不想学到了知识之后去惹得上等人不高兴，谢谢您啦。我的确是太卑微了。这就是本人的寒舍，科波菲尔少爷！”

我们走进一间低矮的老式房子，从街上径直通向室内。我看到了希普太太，简直就是尤赖亚的翻版，只是个头矮了一点儿。她在接待我时，态度谦卑到了极点，连吻自己的儿子都要先向我说一声对不起，并说，他们虽然地位卑微，但天性中也同样充满了关爱之情，他们希望这样做不至于冒犯别人。房间看上去完全可以，一半用作客厅，一半用作厨房，但毫无舒适可言。茶具搁置在桌上，茶壶正在火炉上烧着开水。有一个五斗柜，上面装了一个活动的桌面，供尤赖亚晚上读书写字用，上面摆放着尤赖亚的蓝色提包，有些文件露了出来。还有尤赖亚的一摞书籍，蒂德先生的著作占主导。室内还有个角橱，还有几件日用家具。就每一样家具而言，我记不得有哪件看上去显得寒酸简陋，但我确确实实记得，整个房间就给人留下这么个印象。

希普太太仍然穿着丧服，这或许也是显示她谦卑的一部分吧。希普先生虽然故去很长时间了，但希普太太仍然穿着丧服。我感觉在帽子上做了一些让步，其他方面，同刚刚寡居时没有什么两样。

“尤赖亚啊，我认为今天是个值得记住的日子，”希普太太说，一边沏着茶，“因为科波菲尔少爷到我们家来了。”

“我说过您会这样觉得的，妈妈。”尤赖亚说。

“要是有什么理由指望着你父亲现在还活着，”希普太太说，“那就是，他应该活到现在，认识一下今天下午来我们家的客人。”

我听了这些恭维话之后，感到局促不安。不过我也充分地意识到，他们是把我当作贵宾来招待的，因此我感到，希普太太很讨人喜欢。

“我家尤赖亚，”希普太太对我说，“盼这一天盼了很长时间，少爷。他担心我们地位卑微，您不会来，我自己也是这么想来着。我们现在卑微，从前卑微，往后还是卑微。”希普太太说。

“太太，我可以肯定，你们没有理由这样想，”我说，“除非你们自己心甘情愿。”

“谢谢您啊，少爷，”希普太太说，“我们明白自己的地位，能够这样，已经心怀感激了。”

我发现，希普太太慢慢地靠近我，尤赖亚也慢慢地到了我正对面。他们毕恭毕敬地把桌子上他们认为最精美的食品都给了我，其实桌上并没有什么特别精美的东西。但是，我认为这并不重要，重要的是心意，我感觉到他们对我殷勤周到。接着，他们便开始介绍起他们家的姑姨来，我便向他们介绍我姨奶的情况。他们说起父母的情况，我也说起我父母的情况。希普太太接着又开始说起继父的事，我也要开始告诉她我继父的事，但又打住了，因为姨奶嘱咐过我，对于这个话题要缄口不言。然而，我面对着尤赖亚和希普太太两个人，根本无能为力，就像一个松软的瓶塞抵挡不住两把开瓶起子，一颗稚嫩的牙齿抵挡不住两位牙科医生，一个小小的板羽球抵挡不住两块拍子打。他们爱怎么摆弄我，就怎么摆弄我。他们把我本来不愿意说的事情全给套出来了，这事现在想起来都脸红。尤其是我当时年幼无知，性格直爽，认为自己这样推心置腹，脸上挺有光彩的，所以心里觉得，挺对得起两位毕恭毕敬招待我的人。

他们母子二人相互疼爱，这一点毫无疑问。我认为这是人之常情，自己也为之感动。可是，他们俩你唱我和，其技巧之高超，我还是抵挡不住。等到他们从我身上再也问不出什么名堂来的时候（因为我闭口不提默德斯通—格林比商行的生活，以及逃跑后旅途中的种种遭遇），他们便开始谈论起威克菲尔德先生和阿格尼丝的情况。尤赖亚把球扔给希普太太，希普太太把球接住了，然后又扔回给尤赖亚，尤赖亚把球持了一会儿，然后又扔回给希普太太，他们就这样不停地你来我往，到后来我都不知道球在谁的手上，被弄得云里雾里。而且球本身也在不断地变换着，时而是威克菲尔德先生，时而又是阿格尼丝。时而是威克菲尔德先生如何如何卓越，时而又是我如何如何钦佩阿格尼丝。时而是威克菲尔德先生的业务和资源范围，时而又是我们晚饭后的家庭生活。时而是威克菲尔德先生喝的什么酒，他为何要喝酒，以及他喝那么多酒很不好。时而这个事，时而又那个事，然后样样事情混在一起。这整个期间，我似乎没有说什么话，也没有做什么事，只是有时说上几句鼓励他们的话，因为担心他们会觉得自己卑微和我的到来而感到拘谨。但却发现自己不时地透露了本不该透露的情况，而且从尤赖亚那深凹的鼻孔一张一合的动作中看出了我的话所产生的效果。

我开始觉得有点不舒服了，希望立刻离开，突然，我看到街上有一个人从门口经过。因为天气闷热，为了给屋子透气，门是开着的。接着那个人又回来了，朝室内看了看，走了进来，情绪激动地大声喊出：“科波菲尔！这是真的吗！”

来人是米考伯先生！真是米考伯先生，架着单片眼镜，拄着手杖，套着硬衣领，一副温文尔雅的气派，声调洪亮而有节奏感，含有屈尊俯就的意味，一点也没有变！

“亲爱的科波菲尔，”米考伯先生说着，一边向我伸出了手，“这真是巧遇啊，深感人世间的事情无法预料，捉摸不定，一句话，这可是非同寻常的会面啊。我沿着街道走着，心里寻思着可能会发生点什么意料之外的事（我眼下对这类事情持乐观态度），结果，遇上了一位情谊深厚的忘年交，这位朋友陪伴着我度过了多灾多难的一段时日。我可以说，那是我人生的转折期。科波菲尔，亲爱的伙伴，你好啊？”

我不能说，真的不能说，自己当时很高兴在那儿见到米考伯先生。但是，见到他我还是高兴的，我亲切地同他握了手，还问候了米考伯太太。

“谢谢，”米考伯先生说，他还和过去一样挥了挥手，下巴颏缩进硬衣领里。“她身体恢复得还可以。双胞胎已不必向天然源泉索取养分了，一句话，”米考伯先生说着，突然显得很亲密的样子，“他们断奶了。米考伯太太现在正和我一道旅行来着。科波菲尔，一个在所有方面都证明自己是友谊圣坛上值得信赖的祭祀，她要是能够再一次见到这个人，定会欢天喜地的。”

我说，自己很乐意见到她。

“你真好。”米考伯先生说。

米考伯先生这时露出了微笑，下巴颏又缩回到衣领里去了，然后环顾了一下四周。

“我找到朋友科波菲尔了，”米考伯先生文质彬彬地说，但话不是冲着某个人说的，“他并非孤单寂寞，而是在与人交往，同人家用餐来着，一位寡居的太太，还有一位显然是太太的后人，一句话，”米考伯先生说着，突然又显现出一副亲密的样子，“也就是她的儿子。要是能够把我介绍给他们，我会感到不胜荣幸的。”

面对这种情形，我没有别的办法，只有把米考伯先生介绍给尤赖亚·希普和他母亲，于是我便这样做了。他们在米考伯先生面前表现出谦卑的态度，这当儿，米考伯先生坐了下来，态度温文尔雅地挥了挥手。

“我朋友科波菲尔的任何朋友，”米考伯先生说，“都可以作为我的朋友。”

“我们太卑微了，先生，”希普太太说，“我和我儿子都不配做科波菲尔少爷的朋友。他宽宏大度，同我们一道喝茶，对于他的光临我们感激不尽。还有您，先生，您能够赏脸，我们也同样感激不尽啊。”

“太太，”米考伯先生说，一面鞠了个躬，“您太客气了。科波菲尔，你现在在干什么呢，还在干酒的那个行当吗？”

我迫不及待地想要把米考伯先生支走，于是一面拿起帽子，毫无疑问，当时我的脸一定通红，一面回答说：“我是斯特朗博士学校里的学生。”

“学生？”米考伯先生扬起眉头说，“听到这样的话，我高兴极了。虽然凭着我的朋友科波菲尔的心智，”话是冲着尤赖亚和希普太太说的，“并不需要那种培养，不过，要是他不具备他现有的对人情世故的了解，那倒是需要的，尽管如此，他的心智仍然是一片蕴含着勃勃生机的沃土，一句话，”米考伯先生说着，露出了微笑，又是一副亲密的样子，“他充满了智慧，任何博大艰深的鸿篇巨制都可以精通。”

尤赖亚慢条斯理地搓着自己两只瘦长的手，上半身难看地扭了一下，以表明他认可米考伯先生对我的赞誉。

“我们可以去看看米考伯太太吗，先生？”我说，目的是要把米考伯先生支走。

“如果你乐意给她这么个面子，可以去啊，科波菲尔，”米考伯先生回答说，一边站起了身，“当着这里朋友们的面，我可毫无顾忌地说，我这个人，多年以来，经济拮据，承受着巨大的压力。”我知道，他肯定会说诸如此类的话，对于自己的困境总是夸大其词。“我又是从困境中傲然挺立。困难有时候又，一句话，会把我击倒。有时候，我会给困难一连串的迎头痛击，有时候，困难太大，我应付不过来，便妥协了，然后引用加图[①]的话对米考伯太太说，‘柏拉图啊，你所言极是，但现在一切都告结束了，我不能继续战斗。’但我生平更高层次上的满足，”米考伯先生说，“莫过于把自己的种种疾苦哀怨一股脑儿地向我的朋友科波菲尔倾诉（我的种种困难主要源自诉讼代理人的委托书和两个月或四个月的期票，如果我可以用疾苦哀怨这个词来表达这些情况的话）。”

米考伯先生在结束对我的一番歌功颂德时说：“希普先生！再见。希普太太！再见。”然后风度翩翩地同我一道走了出去，鞋底在人行道上发出很大的声响，还边走边哼着曲调儿。

米考伯先生住在一家小旅馆，占据了其中的一个小房间，是旅行推销员的房间隔出来的一部分，里面弥漫着很浓的烟草味。我认为下面是厨房，因为有一股暖烘烘油腻腻的味道似乎从地板缝里直往上冒，四周壁墙上也是湿漉漉的一片。由于闻到了酒精的气味并听到玻璃杯子的叮当声，我知道附近就是酒吧。就在一幅赛马图的下方，有一张小沙发，我看见米考伯太太躺卧在上面，头紧挨着火炉，脚则伸到房间另一端，把置于餐桌圆转台[②]上的芥末瓶子给蹬掉了。米考伯先生第一个进屋走到她的身边，并说：“亲爱的，我来给你介绍一位斯特朗博士学校的学生吧。”

顺便提一下，我注意到，米考伯先生虽然同往常一样，对我的年龄和身份一头雾水，但他却记得，我是斯特朗博士学校的学生，因为这事听起来很体面。

米考伯太太惊讶不已，但见到我很高兴。我见到她也很高兴，我们之间相互热情洋溢地问候了一番之后，我便在她身边的一张小沙发上坐了下来。

“亲爱的，”米考伯先生说，“你能不能把我们目前的处境给科波

---

① 公元前一世纪斯多噶派的罗马哲学家。

② 指置于餐桌中央便于就餐者转动取食的圆转台。

菲尔说一说，我肯定他会乐于听的，我先去查看一下报纸，看看告示栏里有没有什么新情况。”

“我还以为你们在普利茅斯[①]呢，太太。”米考伯先生这时候出去了，我便对米考伯太太说。

“亲爱的科波菲尔少爷，”她回答说，“我们是到普利茅斯去了。”

“等待着机会。”我提示说。

“说得对，”米考伯太太说，“等待着机会。但是，实际情况是，海关并不需要有才华的人。我娘家在那一带的影响还不是很大，不能在那个部门给米考伯先生这样有才华的人谋到职位。那儿的人容不得米考伯先生这样有才华的人，那样只会使别人显得相形见绌。除了这个之外，”米考伯太太说，“我不瞒您说，亲爱的科波菲尔，我娘家住在普利茅斯的那一族的人眼睁睁看到了，同米考伯先生随行的有我自己，还有小威尔金斯和他妹妹，还有那对双胞胎，这时候，他们并没有像米考伯先生预料的那样，热情洋溢地欢迎他这个刚刚获释出狱的人。事实上，”米考伯太太说到这儿声音降了下来，“这话我可只是同您说说，我们受到了冷遇啊。”

“竟然有这样的事！”我说。

“是啊，”米考伯太太说，“想一想人竟然会是这个样子，真叫人难受，科波菲尔少爷，但我们确确实实是受到了冷遇。这是没有疑问的。事实上，我们在那里还没有住上一个礼拜，我娘家的那些人便开始对米考伯先生很不客气了。”

我说，而且心里也觉得，他们该为自己的行为感到惭愧才是。

“不过，事情已经这样了，”米考伯太太接着说，“在那样的情况之下，米考伯先生这种性格的人，该怎么办呢？显然办法只有一个，从我娘家人那儿借了一笔钱返回伦敦，说什么也得返回。”

“所以你们就这样返回了，太太？”我说。

“我们全都返回了，”米考伯太太回答说，“从那之后，我又同别的

① 英格兰西南部港口城市。

娘家人商量，看看米考伯先生最好的出路在哪儿。因为我坚持认为，他必须要找到一条出路，科波菲尔少爷，”米考伯太太振振有词地说，“很显然，一个六口之家，还没有把仆人算在内，总不能喝西北风吧。”

“毫无疑问，太太。”我说。

“我娘家另外那些人都认为，”米考伯太太接着说，“米考伯先生应当立刻转向关注一下煤炭方面的事情。”

“关注什么，太太？”

“关注煤炭，”米考伯太太回答说，“关注煤炭生意。了解了一些情况之后，米考伯先生不禁觉得，梅德韦[1]的煤炭行业可能用得着他这样有才华的人。然后，正如米考伯先生恰如其分地说的那样，第一步显然是要先到梅德韦看看。我们还真的到那儿看了看。我说的‘我们’，科波菲尔少爷，那是因为我永远都绝不会，”米考伯太太说着，充满了感情，“绝不会抛弃米考伯先生。”

我低声地说着，表达了我的钦佩和赞许之情。

“我们去，”米考伯太太重复了一声，“梅德韦煤炭贸易了。我认为那河畔的煤炭贸易可能需要人，但需要的还是资本。论才能，米考伯先生具备，论资本，米考伯先生没有。我觉得，我们把梅德韦煤炭行业的大部分情况了解了之后，这是我自己得出的结论。由于大教堂离这儿不远，米考伯先生认为，如果再往前走看一看，也不会显得草率。首先，大教堂值得一看，加上我们也从未见识过。其次，在一座教堂镇上，极有可能出现什么机遇。我们到这儿，”米考伯太太说，“已经待了三天，还是没有发现什么机遇。亲爱的科波菲尔先生，有件事情听了之后您可能不会像陌生人那样感到惊诧，那就是，我们眼下正在等一笔从伦敦寄来的汇款，以便支付旅馆的债务。如果那笔汇款不到，”米考伯太太说着，情绪很激动，“我就回不了家（我指的是在彭顿维尔区[2]的住所），见不到我的儿子和女儿，见不到

① 英格兰肯特郡的一个区和自治市，位于梅德韦河注入泰晤士河口湾处，由教堂城市罗切斯特和海军港城镇查塔姆镇以及泰晤士河沿岸部分沼泽地和平滩组成。

② 在当时伦敦的西郊，为住宅区。

我的双胞胎。”

米考伯先生和米考伯太太处在如此境地，情况紧迫，我对他们深表同情。米考伯先生这时返回了，我对他表达了这种心情，并且补充说，要是自己有足够的钱该有多好啊，那样就可以把钱借给他们。从米考伯先生的回话中，可以看出，他的内心很不平静。他握着我的手说：“科波菲尔，你真够朋友的。但是，人即便到了山穷水尽的地步，也还是会有一个拥有刮脸用具的朋友的。”这话透着一种可怕的暗示，米考伯太太听到之后立刻用双手搂住米考伯先生的脖子，请求他冷静下来。米考伯先生哭了起来，不过很快就恢复到了常态，摇了门铃叫侍者，叫了一个热腰子布丁和一盘小虾，作为第二天的早餐。

我同他们告别时，他们对我三邀四请，非要我在他们离开之前到他们那儿吃顿饭不可，我盛情难却，没法拒绝。但是，我清楚，第二天不行，因为晚上有很多功课要准备，米考伯先生便做了安排，他次日上午去一趟斯特朗博士的学校（因为他有一种预感，觉得那笔汇款会随着上午的邮班到），提议如果我方便的话，时间就定在后天。果然，第二天午前，我被从课堂上叫了出去，发现米考伯先生在客厅里等着，他来告诉我，晚餐如期进行。我问他汇款到了没有，这时候，他紧紧地握了握我的手，离开了。

傍晚时分，我从窗户边朝外张望，结果看到米考伯先生和尤赖亚手挽手走过，这令我很吃惊，同时也大为不安。尤赖亚为人自卑，有米考伯先生抬举，感到很有面子，而米考伯先生也乐于对尤赖亚施舍这种徒有虚名的眷顾。但是，还有令我更加吃惊的，次日下午四点，我按照约定的时间到了小旅馆，结果发现，按照米考伯先生的说法，他陪尤赖亚回他家了，还在希普太太那儿喝了掺水的白兰地。

“我告诉你吧，亲爱的科波菲尔，”米考伯先生说，“你朋友可是个将来可能要做大法官的年轻人啊。在我大难临头的那一阵子，要是我当时就认识了那个年轻人，那我可敢说，自己要对付我那些债主可就方便多了。”

我简直弄不明白这是怎么一回事，因为实际情况是，米考伯先生连一个子儿都没有付给他们，但我不想多问。我也不想说，他没有同尤赖亚交谈得很深，或者问上一声，他们是否谈了有关我的很多情况。我担心会伤害米考伯先生的感情，或者说，无论如何，不能伤了米考伯太太的感情，因为她那个人很敏感。但我对于这件事情，心里也不是滋味儿，事后还会常常想起来。

我们吃了一顿美味可口的晚餐。有味道鲜美的鱼、有烤小牛里脊、有煎肉末香肠、有鹌鹑和布丁、有葡萄酒，还有烈性的麦芽酒。饭后，米考伯太太还亲手给我们调制了一碗热潘趣酒。

米考伯先生异常高兴，开怀畅饮，我从未见过他有这么好的兴致，潘趣酒下肚后，满面放光，就像是涂了一层油彩。兴高采烈之中他表达了对这座城市的情感，并举杯祝愿它繁荣昌盛。还说了，他和米考伯太太在此感到温馨无比，开心开怀，永远也不会忘了在坎特伯雷度过的美好时光。随后他又对着我举杯，他、米考伯太太和我，共同回顾了我们昔日的友谊，在回首往事的过程中，我们又把家里的财产全部变卖了一遍。然后，我向着米考伯太太举杯，或者，我至少态度谦虚地说："米考伯太太，请允许我向您祝酒，祝愿您身体健康，太太。"米考伯先生接过话头，把米考伯太太的人品赞美了一番，说她一直是自己的向导、智囊和朋友。同时奉劝我，等我到了要结婚娶妻的时候，碰到了一个像这样的女人，就把她娶了。

潘趣酒全喝光了，米考伯先生更加热情友好，兴致勃勃。米考伯太太也情绪高涨。我们共同唱起了《昔日的好时光》[①]，米考伯太太领唱，我和米考伯先生合唱。当唱到"请拉住我的手，我忠实的

---

① 现通译为《友谊地久天长》，歌词为苏格兰著名诗人罗伯特·彭斯（Robert Burns，1759 年—1796 年）所作，原诗用苏格兰方言写成。彭斯从小熟悉苏格兰民谣和古老传说，并搜集、整理民歌，所作诗歌受民歌影响，通俗流畅，便于吟唱。《友谊地久天长》是彭斯根据当地父老口传录下来的，后被多国谱上当地语言，成为脍炙人口的世界名曲。

朋友”时，我们全都绕着餐桌拉起手来。当唱到“为了友谊，痛饮一杯”时，虽然我们对苏格兰方言一窍不通，但我们全都深受感动。

总之，我从未见过哪个人像米考伯先生那样兴高采烈，热情洋溢，一直持续到晚上我同他和他和蔼可亲的太太告辞的最后一刻。因此，次日早晨七点的时候，我根本没有想到会收到下面这样一封信，信是昨晚九点半写的，也就是我离开他之后的一刻钟。

亲爱的年轻朋友：

事已定局，一切都告结束。我今晚强装笑脸，用一副可怕的假面具掩盖了种种愁绪，所以没有告诉你，汇款无望！面对此等情形，我羞于忍受，羞于思索，羞于言说。对于在此旅馆所欠债务，我已立下字据一张，承诺债务将在十四天之后在我伦敦彭顿维尔区的住所还清。届时，我亦无力偿还，大难定会临头。雷霆逼近，大树定倒。

亲爱的科波菲尔，愿眼前这个致信于你的可怜虫成为你毕生的灯塔吧。他写此信，用心在于此，希望在于此。倘若他觉得自己还有些许用处，那白日之光有可能照射进他余生暗无天日的牢笼——尽管眼下他的寿命（至少可以这么说）很成问题。

亲爱的科波菲尔，这是我给你的绝笔。

穷困潦倒之徒

威尔金斯·米考伯

这是一封令人揪心的书信，我看后震惊不已，所以立刻向着那家小旅馆的方向跑，打算在去斯特朗博士的学校途中去一趟旅馆，去对米考伯先生说一番宽心话，设法安慰一下他。可是，走到半路，我遇上了驶向伦敦的公共马车，米考伯先生和米考伯太太坐在马车的后部。米考伯先生一副安详自得的样子，一面笑吟吟地在对米考伯太太说着话儿，一面从一只纸袋里掏出核桃来吃，胸前的衣服口袋里还露出了一只酒瓶子。既然他们都没有看见我，所以我觉得，整体上权衡了一下，还是不见他们的好。因此，我如释重负，拐进了通向学校最近的一条小巷。总的来说，他们走了，我心里觉得轻松了。不过，我仍然很喜欢他们。

第十八章
回顾一段往事

我的那些求学岁月啊！从童年到青年，我生命中的那段岁月在无声无息中溜走，了无踪迹，不知不觉！我回首着那一段似水流年，昔日清水流过的渠道如今已干涸了，蔓叶丛生，这时候，让我想一想，沿着渠道是否有什么标记，使我能够想起当初渠水是怎么流过的。

当初，每个礼拜天的早晨，我们先在学校里聚合，然后一同到大教堂去做礼拜。一时间，我又回到了自己的那个座位上了。我半醒半睡，似梦非梦，那散发着泥土的气息，那没有阳光的空气，那与世隔绝的感觉，那黑白相间的拱形楼座和侧廊回荡着的风琴声，就像是张开的翅膀，架着我飞回到了往昔，翱翔在那些逝去的岁月之上。

我已不再是学校里最差的学生了。几个月之后，我超过了几位同学。但是，那个最优的学生在我的眼中似乎是个傲然挺立的伟人，他高高在上，可望而不可即。阿格尼丝说“不是这么回事”，但我却说“是这么回事”。我还告诉她说，她简直想象不到那个神奇的人物积累的知识有多么丰富。可她却认为，即便像我这样一个进取心不是那么很强的人，终究也可以达到他那样的地位。他和过去的斯蒂尔福思不同，不是我私下里的朋友，也不是我公开场合的保护人，但我却对他肃然起敬。我最想知道的是，他离开斯特朗博士的学校后会成为什么样的人，世人面对他该做何种努力，以便守住某个地位。

但是，现在呈现在我脑海中的这个人是谁？原来是我爱着的谢泼德小姐。

谢泼德小姐是内廷格尔女子学校的寄宿生。我很喜爱谢泼德小姐，因为她是个穿着针织短外衣的小姑娘，圆圆的脸蛋，一头淡黄色的鬈发。内廷格尔女子学校的学生们也去大教堂做礼拜。我无法把自己的注意力集中在祈祷书上，因为我得看着谢泼德小姐。唱诗班唱起来的时候，我听到了谢泼德小姐的声音。祈祷的时候，我把谢泼德小姐的名字装到了心里，把她置于皇室成员之中[①]。在家里，回到自己房间，有时候我心情激动，涌出一股爱意，并且会喊出声音来："啊，谢泼德小姐！"

有一段时间，我对于谢泼德小姐心里面是怎么想的没有把握，不过，命运之神最终还是眷顾了我，我们在舞蹈学校见了面。我邀了谢泼德小姐做舞伴，当手触碰到谢泼德小姐的手套时，一种兴奋刺激的感觉顺着上衣右臂上行，一直到发梢冒出。我没有对谢泼德小姐说任何情意绵绵的话，但我们彼此心领神会。我和谢泼德小姐来到这个世界就是要结合的。

我弄不明白，自己为何要把十二颗巴西核桃作为礼物送给谢泼德小姐？核桃并不能表达爱情，包裹起来时还成不了任何正常形状，还很坚硬，难以敲碎，即便在房门处挤压也是如此，而压烂了之后还会油腻腻的，但我却觉得，把这个东西送给谢泼德小姐挺合适的。松软的果仁饼干，我送过给谢泼德小姐，还有数不清的橘子。有一回，我还在衣帽间里亲吻了谢泼德小姐，简直心醉神迷！可就在第二天，我听到了风言风语，说是内廷格尔女子学校给谢泼德小姐戴上足枷了，为的是要矫正她的外八字，这时候，我的心里别提有多么痛苦，多么气愤！

谢泼德小姐成了我生命中唯一魂牵梦绕的主题和形象，那我怎么到头来又同她断交了呢？我无法想象。不过，我和谢泼德小姐之间的关系越来越冷淡了。人们悄悄告诉我，说谢泼德小姐说过，她喜欢我目不转睛地盯着她看，还放出话说，她喜欢琼斯少爷，喜欢琼斯！那可是个一无是处的学生！我和谢泼德小姐之间的距离越来越

---

① 在英国教堂做礼拜时，要为现任国王祈祷，接着还要为皇室成员祈祷。

大。终于有一天，我碰到了内廷格尔女子学校的学生外出散步，谢泼德小姐从我身边走过时，做了个鬼脸，接着便朝着她的同伴哈哈大笑起来。一切都结束了。一辈子的忠贞不渝——似乎是一辈子，反正都一样——就这么结束了。谢泼德小姐退出了早晨的祈祷，皇室成员从此不认识她了。

我升到更高年级了，无人来搅乱我平静的生活。我现在对内廷格尔女子学校的学生们一点儿都不彬彬有礼了，即便她们人数增加两倍，漂亮程度增加二十倍，我也不会倾心于她们中的任何人。我觉得上舞蹈学校是件枯燥乏味的事，而且纳闷，女孩子们为何不自己去跳，让我们男孩子们清静一下。我在拉丁文诗歌方面长进很大，但却毫不在意鞋带系好了没有。斯特朗博士当众称赞我是个前途无量的青年学者。迪克先生听后欣喜若狂，姨奶也随下一个邮班给我寄来了一个几尼。

一个小屠夫的影子这时呈现在我脑海中，就像《麦克白》[①]里那个戴着头盔的幽灵一样。这个小屠夫是何许人？他是坎特伯雷城里年轻人中的霸主。人们私下里隐隐约约地流传着，说他把牛油涂在头发上，所以他力大无比，打得过一个成年人。小屠夫长着四方大脸，公牛脖子，一脸凶相，一肚子坏水，满嘴粗话。他的粗话主要是用来糟蹋斯特朗博士学校里的年轻学生们的。他公开扬言说，如果他们想要怎么样，他就满足他们。他点出了他们中一些人的名字（其中就有我在内），对付那些人，他只要用一只手，另一只绑着，就可以摆平。他半路上拦住年龄较小的学生，击打他们光着的头，还当街向我挑战。有了这种种充足的理由，我决定同屠夫较量一番。

这是个夏日的黄昏，在墙角边一处长满青草的低洼地上，我按照约定同屠夫见面。我在同学中挑选了一群人陪着，屠夫也由他的人陪着，另外两个屠夫，一个小掌柜的，还有一个扫烟囱的。预备的程序都进行完了，我和屠夫面对面站着。片刻之后，屠夫就在我的

① 威廉·莎士比亚的四大悲剧之一。

左眼眉一侧点起了万支蜡烛。又过了一会儿，我不知道墙在何方，或者我自己身处何处，或者其他任何人身处何处。我几乎分不清哪是我自己，哪是屠夫，因为我们俩一直抱成一团，扭打在一起，在那一片惨遭践踏的草地上，你摔我打。有时候，我看见屠夫，满脸是血，但还信心十足。有时候，我什么也看不见，而是坐在我的支持者的膝上喘着粗气。有时候，我疯狂地向小屠夫发起进攻，手打在他的脸上，把我的指关节都弄破了，他似乎还是不显得慌乱。最后，我好像昏睡了一场一样，终于醒过来了，脑袋晕得很厉害。我看见另外那两个屠夫，还有那个扫烟囱和那个小掌柜的向屠夫表示了祝贺，他披上外套离开了。由此我得出了正确的判断，胜利属于他的。

我被抬回了家，样子惨不忍睹，我让他们在我眼睛上敷上了牛肉，身上也用醋和白兰地酒擦过了，嘴唇翘着一大块白色的东西，肿得很高。三四天的时间，我闭门不出，戴着绿色眼罩，样子难看极了。要不是有阿格尼丝像姐妹一样地照顾我，安慰我，念书给我听，使时光变得轻松愉快，我一定会感到枯燥乏味的。我一直都会毫无保留地把心里话说给阿格尼丝听，告诉了她关于小屠夫的事，说了他欺负我的种种行径。她也认为，我除了同小屠夫打上一架，没有别的办法，但她知道了我同他打了架之后，却畏缩不前，她瑟瑟发抖。

时光悄无声息地逝去了，亚当斯现在已经不是班长了，而且他不做班长已经有很多日子了。他离开学校已经有很长时间了，所以，他返回学校来看望斯特朗博士时，除了我之外，学校里认识他的人不多。亚当斯几乎马上就要去当律师了，要去当辩护人，还要戴假发①。我发现亚当斯比先前我感觉的要谦和温顺，外表也没有那么张扬，这令我颇为诧异。他也没能使世界为之倾倒，因为（在我看来）世界依旧，好像他压根儿就没有进入呢。

现在出现了一段空白，诗歌和历史书中的英雄勇士们气贯如虹地列着队，浩浩荡荡地向前挺进，似乎没完没了，后来发生了什么情

① 作为权力的象征，法官等在正式场合戴着白色的假发套。

况啊！这个时候我当上班长了。我俯视着自己身后的一排学生，礼贤下士地关爱着他们中的一些人，这令我想起了我刚到学校时的情形。那个小孩似乎同我毫无关系了。在我记忆中，他成了人生道路上被遗忘的一件什么东西，一件我从其身边经过的东西，而不真正是我自己，几乎觉得他是别的什么人了。

头一天我在威克菲尔德先生家见到的那个小女孩，她在哪儿呢？她也不见了。再也见不到小姑娘的影子了，取而代之的是和肖像画上那个一模一样的人在照料着这个家庭。阿格尼丝，我心爱的妹妹，我的心里就是这么称呼她来着，我的顾问和朋友。她文静淑雅，善良无私，对于同她接触过的所有人，她就是他们生命的闪亮天使，现在她已长成大人了。

整个这期间，我个头长高了，模样变化了，知识也积累多了，除了这些变化之外，还有什么变化呢？我有了带链子的金表，小指上戴了个戒指，身上穿了燕尾服，头发上还抹了大量的熊油，这东西同戒指搭配在一起怪难看的。我是不是又恋爱了？是的。我爱慕上了拉金斯家的大小姐。

拉金斯家的大小姐不是个小姑娘，她是个成年女子，身材高挑，皮肤黝黑，眼睛深色，体型苗条。这位大小姐不再是小姑娘了，因为最小的拉金斯小姐都不是小姑娘，大小姐必须得大上三四岁，说不定三十岁了。我对她的恋情不顾一切了。

拉金斯家的大小姐认识一些军官，这是件令人难以忍受的事情。我看见他们当街同她说话。她戴着帽子（她对帽子可是很有讲究的）在人行道上飘然而至，身边她妹妹也戴着帽子，这时候，我看见他们横过街道去迎接她。她有说有笑，似乎以此为乐。我花费了大量空闲时间在街上来回徘徊着，目的就是要见到她。一天当中，如果我能够对着她鞠上一躬（我认识拉金斯先生，所以也认识她，可以给她鞠躬），会感到更加快乐。我时不时地也会享受到鞠上一躬的荣幸。赛马舞会的那个晚上，我知道拉金斯家的大小姐会同军官们跳舞，我心里窝着怒火，痛苦不已，如果说世界上还有什么公平可言的话，也该得到些许补偿啊。

我迷恋着拉金斯家的大小姐，茶不思饭不想，还一个劲儿地换最新款式的丝绸领巾，一定得穿上最高档的衣服，靴子擦了又擦，心里才觉得踏实。这个时候，我似乎才觉得更加配得上拉金斯家的大小姐。属于她的一切东西，或者与她有关联的一切东西，我都觉得弥足珍贵。拉金斯先生（一位脾气暴躁的老绅士，长着个双下巴，还有一只眼睛不会眨），我都觉得有趣极了。我要是不能碰上他的女儿，就到有可能碰得上他的地方去。对他说上一声"您好啊，拉金斯先生，小姐们和全家人都好吧？"这话似乎用意太过明显，我不禁觉得脸红。

我老是琢磨着自己年龄的事，比如说我十七岁，十七岁配拉金斯家的大小姐年轻了，可那有什么关系呢？再说了，我不是转眼工夫就二十一岁了吗？我傍晚时分常常到拉金斯家的门外去散步，不过，看到那些军官走进那个家，或者听到他们集聚在楼上的客厅里，拉金斯家的大小姐在那儿弹着竖琴，这时候，我心如刀绞。有两三回，在他们全家人都上床睡觉了之后，我甚至还绕着他们家兜圈子，模样猥琐，神情恍惚，心里琢磨着，哪个是拉金斯家大小姐的闺房（我现在可以肯定地说，当时一定是把拉金斯先生的卧室当成她的闺房了）。心里面还巴不得突然燃起一场大火，人们在一旁围观，惊恐万状，而我在这个时候，扛着个梯子，冲过人群，把梯子搭在她的窗口，抱着把她救出来，再回去取她遗留下的东西，结果葬身火海。因为总的来说，我的爱情中没有私心杂念，所以觉得在拉金斯小姐面前表现得像个人物，然后死去，也就心满意足了。

一般情况如此，但并非永远是这样。有时候，我的眼前会呈现出更加美妙的景象。我穿戴打扮着自己（这得花费两个小时的工夫），到拉金斯家去参加一个盛大的舞会（心里憧憬着这事有三个礼拜了），这时候，我沉溺于美妙的幻想之中，满脑子是心旷神怡的景象。想象着自己鼓足勇气，向拉金斯小姐表白。想象着拉金斯小姐把头伏在我的肩膀上，一边说着："噢，科波菲尔先生，我的耳朵没有听错吧！”想象着拉金斯先生第二天早晨来看我，并说“亲爱的科波菲尔先生，我女儿把一切都告诉我了。年轻并不是什么障碍。这是两万英镑，祝你们幸福快乐！”想象着姨奶宽容大度，向我们祝福，迪克先生和斯特朗博士出席了我们的婚礼。我自认为，自己是个有理智的人。我认为，现在回想起来，我的意思是说，自己肯定是个谦逊的人，但尽管如此，还是出现了这样的情况。

我走向那座令人心驰神往的府邸，那儿灯火通明，欢声笑语，乐声悠扬，花团锦簇，军官云集（我看后很难受），拉金斯家的大小姐，美貌惊艳，光彩照人。她一身蓝色衣裙，头发上插着蓝色的花朵，那是勿忘我，好像她有什么必要戴勿忘我似的！这是我第一次应邀参加成人的聚会，所以感觉有点不自在，因为我好像跟任何人都搭不上界，任何人都好像没有什么话要对我说，只有拉金斯先生除外，他倒是问起我有关同学们的情况，他其实没有必要这样做，因为我不是到那儿去受人家侮辱的。但是，我在门口站立了一会儿，对着我心中的女神一饱了眼福，这之后，她走到我跟前。她，拉金斯家的大小姐！满面春风地询问我跳不跳舞。

我鞠了一躬，语无伦次地说，“我要和你跳，拉金斯小姐。”

“不和别人跳吗？”拉金斯小姐问。

“我不愿意和别人跳。”

拉金斯小姐笑了起来，脸上还泛起了红晕（或者我觉得她脸上泛起了红晕）然后说：“等再下一支曲子，我很乐意和你跳。”

该我们跳了。“我想这是一支华尔兹舞曲吧，”我走上前去时，拉金斯小姐将信将疑地说，“你会跳华尔兹吗？如果不会，贝利上尉……”

但我偏偏就是会跳华尔兹（实际上跳得还很棒），于是，我拉着拉金斯小姐上场了。我态度严厉地把她从贝利上尉身边拉走，我毫不怀疑，他可是惨透了，但他在我眼中什么都不是。可我不也一直都惨透了吗？我和拉金斯家的大小姐跳华尔兹舞了！我不知道身处何处，在什么样的人中间，或者跳了多长时间。我只知道自己同一位蓝衣天使在空中飘然欲仙，幸福无比，如痴如醉，直到最后，我和她单独在一个小房间里，坐在一张沙发上休息。她称赞说我插在扣眼里的一朵花很美丽（那是一朵粉红色的山茶花，花了半个克朗买来的），我把花给了她，然后说：

"我可想索要一件无价之宝啊，拉金斯小姐。"

"真的呀！那是什么东西啊？"拉金斯小姐问。

"你戴的一朵花，我会像守财奴珍视金子一样去珍视它。"

"你这个男孩胆儿真大，"拉金斯小姐说，"喏，拿着！"

她给了我一朵花，并没有表露出不愉快的样子，我把花凑到嘴唇边，然后插到胸前。拉金斯小姐笑着，搂着我的胳膊说："现在把我送回到贝利上尉那儿去吧。"

在这之后，我一门心思回味着刚才甜美的会面和跳华尔兹舞的情形，这时候，她手臂挽着一位相貌平平的年长绅士再一次来到我身旁，绅士整个晚上都在玩惠斯特纸牌。拉金斯小姐说；

"啊！这就是我胆量大的朋友！切斯尔先生想要认识你，科波菲尔先生。"

我立刻意识到，他是这家人的一个朋友，同时我感到很高兴。

"我很佩服你的品位，先生，"切斯尔先生说，"你真了不起。我估计你对啤酒花不是很感兴趣吧。可我就是个种植了大量啤酒花的人。如果你有兴趣到我那一带——也就是阿什福德[①]一带——去转一转，我们会很高兴，你想要待多久就待多久。"

我热情洋溢地对切斯尔先生表示了感谢，还同他握了手。我觉得自己做了个美梦。我再一次同拉金斯家的大小姐跳了华尔兹舞，她说我的华尔兹跳得很棒！我回到家的时候，心里有一种说不出的幸福感，整个夜晚，心里面还是想象着搂着蓝衣女神跳华尔兹舞的情形。此后几天时间里，我如痴如醉，沉浸在回味之中。但我在街上没有见到她，到她家去也没有见到她。我只好用那神圣的信物，

① 英格兰肯特郡的一个区。

即那枝枯萎的鲜花，来勉强抚慰一下自己失望的心。

“特罗特伍德，”有一天晚饭之后，阿格尼丝说，“你猜明天谁要结婚？是你爱慕的一个人呢。”

“我想不会是你吧，阿格尼丝？”

“不是我！”她正在低头抄写乐谱，这时兴高采烈地抬起头来说，“你听见他说的话吗，爸爸？是拉金斯家的大小姐呢。”

“嫁……嫁给贝利上尉？”我用仅剩的一点力气问了一声。

“不，不是嫁给什么上尉，是嫁给切斯尔先生，一个种啤酒花的。”

差不多有一两个礼拜的时间，我心情沮丧极了。我取下了戒指，穿上了最糟糕的衣服，头上也不再抹熊油了，但常常对着先前拉金斯小姐的那朵枯萎的花黯然神伤。到了这个时候，由于我厌倦了这么一种生活，而又受到来自屠夫的挑衅，于是我把花朵给扔掉了，出去同那小屠夫干了一仗，结果把他打得落花流水。

这件事，还有再次戴上戒指，同时适度地抹点熊油，这就是我现在能够辨认出来地进入十七岁时的最后痕迹。

第十九章

我环顾四周，结果有所发现

我的学校生涯行将结束，即将要离开斯特朗博士的学校，这时候，我说不准自己心里是喜还是悲。我在学校里的日子过得开心愉快，对斯特朗博士产生了深厚的感情，自己在那么个小天地里，声名卓著，出类拔萃。由于这个原因，我想到要离别，心里很难受，但由于别的原因，不过理由不是很充分，我还是很乐意离开。种种朦朦胧胧的意识诱惑着我要离开学校，那就是我意识到自己成了个独立处事的年轻人了，意识到一个独立处事的年轻人所享有的重要地位，意识到一个活力四射的年轻人将要目睹的神奇事物和将要创造的丰功伟业，还有他会不失时机地给社会带来的种种奇妙影响。在我幼稚的心灵中，这些空幻的想法很强烈，所以，根据我眼下对事情的看法，我当时离开学校，似乎并无自然有的那种离愁别绪。这一次的离别不像别的离别那样给我留下了深刻印象。我极力地想要回忆起当时的感受，还有当时的情形，结果无济于事，因为它们在我的记忆深处并没有占据重要地位。我估计，呈现在我面前的情景把我给弄得晕头转向了。我知道，自己涉世不深的那点处事经验当时并没有多少帮助，甚至毫无帮助，人生更像是一部美妙的童话故事，我只不过刚刚要拿起来阅读而已。

对于我该投身于何种事业，我和姨奶进行过多次严肃认真的商讨。她常常重复着这么一个问题："你究竟想要干什么？"在一年多的时间里，我竭尽全力，想要就这个问题找到一个令人满意的答案。但我并没有什么特别的爱好，所以也就没有找到什么事情。如果我对航海科学的知识感兴趣，率领一支远航的船队，乘风破浪，周游世界，取得重大发现，那我认为，自己或许完全适合于这个职业。但是，由于自己并不具备这样神奇的条件，所以我渴望从事的一种职业就是，不会耗费姨奶过多的钱财，同时自己又能够胜任，不管是什么职业都行。

迪克先生定期参与我们的商讨，他若有所思，态度审慎。除了有一次例外，他从不发表意见。那一次（我不知道他脑袋里是怎么想的），他突然提议，我该去做“铜匠”。姨奶听到这个建议后，心里很不爽，从此，他再也不提任何提议了，只是眼睛看着她，对她提出的建议洗耳恭听，同时把口袋里的钱币弄得哗啦哗啦地响。

“特罗特，你就听我说吧，亲爱的，”姨奶说，那是在我离开学校之后，圣诞期间的一天早晨，“既然这个棘手的问题仍然悬而未决，既然我们在做决定时必须要避免出错，我觉得，我们还是缓一段时间的好，与此同时，你得以一种新的视角来看待这件事，而不是站在一个学生的角度。”

“我会的，姨奶。”

“我有一个想法，”姨奶接着说，“换一个环境，到外面去看看世界，这对于你了解自己的心境，从而做出更加冷静的判断，或许有好处。比如，你现在动身去做一次短途旅行。不如你再到过去乡下住过的地方去一趟，去看看那个……那个取了野蛮人名字的怪女人。”姨奶说着，一边搓揉着鼻子，看来佩戈蒂由于取了这个名字，她永远都不能原谅她。

“姨奶，这可是我求之不得的事啊！”

“嗯，”姨奶说，“这可巧了，我也喜欢这件事。不过，你喜欢，这是合情合理的事情。我坚信，特罗特，不管你做什么事情，都会是合情合理的。”

“但愿如此，姨奶。”

“你姐姐贝齐·特罗特伍德，”姨奶说，“要是活着的话，也会是个处事合情合理的姑娘。你会对得起她，对不对？”

“我希望自己将来能对得起您，姨奶，能够做到这样也就知足了。”

“你那个可怜可爱的娃娃母亲没能活下来，这也算是一种幸运，”姨奶看着我说，目光中充满了赞许，“否则，她看到自己的儿子现在这个样子还不会自满得忘乎所以啊，她那简单愚笨的小脑袋要是还可以使唤一下的话，准会被搅得云里雾里啊。”（姨奶为了我的缘故，总爱把自己表现出的缺点，以这种方式推到我可怜的母亲身上去。）“天哪，特罗特伍德啊！我一看到你就不禁想起她来了！”

“我希望，您想起她时心里会感觉愉快吧，姨奶？”我说。

“他真像她，迪克，”姨奶加重语气说，“他真像她，那天下午她开始发作前的样子就是这样的。天哪，瞧他两只眼睛看我的样子，跟她一模一样！”

“真是这样吗？”迪克先生说。

“他也很像大卫。”姨奶语气坚定地说。

“他是很像大卫！”迪克先生说。

“不过，特罗特，我希望你将来成为一个坚强的人，”姨奶接着说，“我的意思不是指体格上，而是指意志上，体格上你已经够强壮的了。一个道德高尚、意志坚定的人，有你自己的主见。有决心，”姨奶说着，一边冲着我挥舞着帽子，还握着拳头，“有毅力，特罗特，有坚强的个性，除了有正当的理由，个性上不受任何人或任何事左右。我就是希望你能够成为这样的人。这本来是你父母应该做到的。天知道，他们本来会因此获得更多幸福。”

我表示，自己应该成为她所说的那种人。

“你可以从小处入手，依靠自己，独自行动，”姨奶说，“我要你独自一人外出旅游。曾经也确实考虑过要迪克先生陪同你一道去，但转念想一想，还是要把他留下来照顾我。”

一时间，迪克先生看上去有点沮丧，但听说要他照顾世界上最最了不起的女人，他感觉既有面子，又有尊严，脸上重又阳光灿烂了。

“除此之外，”姨奶说，“他还要写呈文呢。”

“噢，那是当然，”迪克先生赶忙附和着说，“我打算，特罗特伍德，赶紧把呈文写好，确确实实必须立刻写好！写完后就得呈上去，这你知道，然后……”迪克先生说到这儿打住了，停了好一会儿之后，才又接着说，“局面可就尴尬啦！”

姨奶一片仁慈之心，按照她的计划，随后不久就为我准备好了一个鼓鼓囊囊的钱包和手提箱，体贴入微地送我踏上了旅途。临别之际，姨奶给了我一些嘱咐，还亲吻了我好几回，说她的目的就是要我环顾四周，好好想一想。还建议我去萨福克郡的途中或者返回的途中，有兴趣的话，在伦敦待上几天。一句话，在三个礼拜或者一个月的时间里，我想干什么就干什么，除了上面提到的，环顾四周，好好想一想，还有就是保证每个礼拜给她写三封信，如实报告自己的行踪，没有什么别的限制我的自由。

我先到了坎特伯雷，这样可以跟阿格尼丝和威克菲尔德先生告个别（我先前在那儿租住的房间还没有退掉呢），同时也跟心地善良的博士告个别。阿格尼丝见了我后高兴不已，还告诉我说，自从我离开之后，家里不同往常了。

“我相信，自从我离开之后，我也不同从前了，”我说，“我没有你在身边，就像缺少了左膀右臂似的。当然，这样说并不能准确表达我的意思，因为我的左膀右臂没有头脑，也没有感情。凡是认识你的人，都会遇事同你商量，听从你的指导，阿格尼丝。”

“我相信，凡是认识我的人，都把我给惯坏了。”她微笑着回答说。

“不对，那是因为你确实与众不同。你心地善良，性情温柔。你有一种贤淑的性格，对事情的看法总是正确的。”

“听你这么一说，”阿格尼丝说，她坐在那儿做着针线活儿，突然发出了爽朗的笑声，“好像我是先前那位拉金斯小姐似的。”

“行啊！拿我说的肺腑之言来取笑，可不厚道啊，”我回答说，想起我的那位蓝衣天使，我脸都红了，“但是，我还是会一如既往同你说心里话的，阿格尼丝。这我永远不会改变。不管什么时候，我陷入困境了，坠入情网了，只要你愿意听，我都会告诉你的，即使我严肃认真地恋爱了，也是如此。”

“喂，你可一直都是严肃认真的啊！”阿格尼丝说着又哈哈大笑了起来。

“噢！那是孩子所为，或者是学生所为，”我说着，自己笑了，还有点不好意思，“现在时过境迁了，我总得有一天要严肃认真起来啊。令我感到惊奇的是，你怎么到现在还做不到严肃认真呢，阿格尼丝。”

阿格尼丝又哈哈大笑起来，还摇了摇头。

“噢，我知道你没有严肃认真，”我说，“因为你若态度是认真的，你定会告诉我。或者至少”，因为我看到她脸上微微泛起了红晕，“你会让我看出来的。可是，在我认识的人当中，没有一个有资格爱你的，阿格尼丝。一定得有某个出类拔萃的人冒出来，比我在这儿看到的任何人都更加品行高尚，更加般配，那我心里才会感到满意。从今往后，我会留意观察所有爱慕你的人。我向你保证，对于那个能够赢得你的芳心的人，我非要横挑鼻子竖挑眼不可。”

迄今为止，我们会时而玩笑嬉戏，时而严肃认真地交心，因为我们一向无拘无束，亲密交往，这种交流方式就是在这样的一种关系中自然而然地形成的。可是，阿格尼丝现在突然抬起头来，目光同我的相遇，用一种迥然不同的方式同我说话：

“特罗特伍德，我有件事想要问你。或许以后很长时间再没有机会问了，我觉得自己要问的这个事情，不能去问别的任何人。你有没有注意到我爸爸慢慢地有了变化？”

我已经注意到，而且心里常常纳闷着，她是不是也注意到了。我心里的想法此时一定表现在脸上了，因为我发现她眼睛朝下看，还看到她双眼噙满了泪水。

“告诉我那是什么变化吧。”她说，她把声音放得很低。

“我觉得，阿格尼丝，我很喜欢你爸爸，我可以开诚布公地说吗？”

“可以。”她说。

“我觉得，从我刚到这儿的时候起，他的那个嗜好越来越严重，这对他毫无益处。他常常焦虑不安，也许是我多心了。”

“不是多心。”阿格尼丝摇了摇头说。

“他的手会颤抖，说话含糊不清，眼神失魂落魄的样子。我注意到，那样的时候，也就是他最最反常的时候，就肯定有人要找他办事。”

“尤赖亚找他。”阿格尼丝说。

“没错。他感觉到自己力不从心，或者不明就里，或者尽管自己努力克制，但还是显露出自己的状况，这似乎令他感到忐忑不安，结果第二天的情况更糟，一天比一天糟，结果弄得他面容憔悴，精疲力竭。我跟你说件事，你可别惊恐不安啊，阿格尼丝，就在前几天的晚上，我就看到他这个样子，把头伏在桌上，像个孩子似的流泪了。”

我正说着这话的时候，她轻轻地用手挡住了我的嘴唇，片刻后，她便到房间门口去迎接父亲，依偎在父亲的肩膀上。他们俩看着我时，我觉得她脸上的表情非常感人。他美丽的面容上，充满了对父亲深深的爱意，以及对他表现出的爱和呵护的感激之情。她还表露出对我的一种恳切之情，请求我宽宏待他，即便在我的内心深处，也不要对他有任何苛求。她既为父亲感到骄傲，又对父亲一片忠心，然而既对他充满了同情之心，又为他感到很难受。她同时又很信赖我，希望我也怀着同样的心情。然而，她的任何话语都不如她的表情那样明白无误地向我传情达意，或者那样令我深受感动。

我们安排了要去博士家里喝茶，于是在平常的时间到了那儿，结果看到博士、他年轻的夫人和夫人的母亲围坐在火炉边。博士很重视我这次外出旅行，好像我要长途跋涉到中国去似的，他把我当贵宾看待，吩咐在火炉里添加一段木头，以便他可以在火光下看清楚自己昔日的学生通红的脸庞。

“特罗特伍德走后，我就不准备招收更多新生了，威克菲尔德，”博士说着，一边在火边温暖着手，“我越来越懒惰了，想要安逸放松。再过六个月之后，我就要同所有年轻学生告别，然后过上一种清静安宁的生活。”

“过去的十年当中，这话你随时都在说啊，博士。”威克菲尔德先生回答说。

“但这一回我是决意要这样做了，”博士说，“我的首席教师将会接替我的位置，我终于认真起来，所以你很快就得安排我们签订合同的事，就像对待两个奸诈小人一样，用合同牵制住。”

“要多个心眼儿，”威克菲尔德先生说，“别让你上当受骗，呃？因为如果让你自己去订什么合同，肯定会上当的。行啊！我都准备好了。我的这个行当里，比这棘手难办的差事多着呢。”

“到时我就无牵无挂了，”博士说着，露出了微笑，“但除了我的词典之外，再就是另一桩需要合同约束的事儿，安妮。”

安妮靠着阿格尼丝坐在餐桌边，威克菲尔德先生把目光投向她时，我觉得她好像显得异乎寻常的迟疑和胆怯，回避着他的目光，结果他的注意力反而定格在她身上，好像心里面突然想起来了什么似的。

“我看到有从印度来的邮班。”威克菲尔德先生沉默了一会儿说。

“对啦！还有杰克·马尔登先生的一些来信呢！”博士说。

“真的吗？”

“可怜亲爱的杰克啊！”马克勒姆太太说着，摇了摇头，“那儿的气候真是要命啊！他们告诉我说，就像是生活在沙堆上，头顶上还顶着凸透镜！他看上去很强壮，但实际上并非如此。亲爱的博士，他英勇无畏地去冒险，是因为他的精神，而不是体格。安妮，亲爱的，我相信你一定还清楚地记得，你表哥压根儿就没有强壮过。你知道，他根本不能称作是健壮的那种人，”马克勒姆太太说着，加重了语气，朝四周看了看我们大家，“我女儿和他从小就整天里泡在一起，一同手拉着手散步，他从那个时候起就那样。”

安妮听到母亲这么说了之后，并没有吭声。

“太太，听您这么一说，我是不是可以理解为马尔登先生有病啦？”威克菲尔德先生问。

“有病！”老军事家回答说，“亲爱的先生，说他有什么都可以。”

“除了没有健康吗？”威克菲尔德先生说。

“除了没有健康，确实是！”老军事家说，“毫无疑问，他得过可怕的日射病，还得过丛林热病和疟疾，还有您可以说得出的每一种疾病。至于他的肝脏，”老军事家说，语气显得无可奈何，“当然，打他离开家的时候起，他就全然不管不顾了！”

“这些全都是他说的吗？”威克菲尔德先生问。

“他说的？亲爱的先生，”马克勒姆太太说，她一边摇着头，打着扇子，“您这么一问，说明您不了解可怜的杰克·马尔登。他说的？他才不会说呢，即便四匹野马拖着他跑也罢。”

“妈妈！”斯特朗夫人喊了一声。

“安妮，亲爱的，”她母亲说，“只此一次了，我确确实实得求求你，别打我的岔，除非我要你证明我说的不是真的。你和我一样很清楚，你表哥马尔登宁愿被任何数目的野马拖着跑，我干吗非得限定四匹呢！我不限制说四匹，八匹、十六匹、三十二匹，也绝不会说出任何话来推翻博士制订的种种计划！”

“威克菲尔德的种种计划，”博士说，他一边抚摸着自己的脸，一边带着懊悔的神色看着他的顾问，“我的意思是说，我们共同为马尔登制订了各种计划。我亲口说过的，可以在国外，也可以在国内。”

“而我说过的，”威克菲尔德先生说，神情很严肃，“到国外去，是我安排他到国外去的，全是我的责任。”

“噢！什么责任！”老军事家说，“样样事情的安排都尽了最大的努力，亲爱的威克菲尔德先生，样样事情的安排都是以最大的诚意，尽了最大的努力，这我们都知道。但是，如果那亲爱的宝贝儿不能在那儿活下去，那他就在那儿活不下去。而如果他在那儿活不下去了，他宁可死在那儿，也不会推翻博士为他制订的计划。我了解他，”老军事家说着，一边替自己打着扇子，就像是一个沉着冷静的预言家，忍受着内心的痛苦，“我知道，他就是死在那里也不会推翻博士为他制订的计划。”

“行啊，行啊，夫人，”博士说，“我并没有要坚持自己的计划啊，我可以自己来推翻，再制订一些别的。如果杰克·马尔登先生因为身体不佳回来了，那就千万不要叫他再返回去了，我们得竭尽全力在本国给他安排更加适合、更加实惠的职位。”

听博士这么慷慨大度地一说，马克勒姆太太喜不自禁。对此，我不用说，她根本没有料想到，或者往这方面去想，所以她只能对博士说，说这正是他为人处世的风格，并且一次又一次地亲吻扇子的柄，然后还用扇子轻轻地敲了敲他的手。这之后，她便数落起自己的女儿安妮来了，说人家对她昔日的玩伴表现出诚挚之意，正是看在了她的面子上，可她却没有做出更多感激的表示。然后又把自己家庭当中其他一些值得关照的成员的情况说给我们听，希望帮助他们立起足来。

整个这个过程当中，女儿安妮没有吭过一声，连头都没有抬起过。整个过程当中，威克菲尔德先生的目光一直注视着坐在自己女儿身边的安妮。我感觉到，他似乎没有意识到有人在看着他，而只是全神贯注地看着她，以及想着同她有关的心事，所以显得忘却了周围的一切。这时他询问起杰克·马尔登先生在信中有关自己的情况都写了些什么，还有就是信是写给谁的。

“你瞧，这就是，”马克勒姆太太说，她从博士头上方的壁炉架上取下了一封信，“那亲爱的宝贝儿是对博士本人叙述的，在哪儿呢？噢，‘我很遗憾地告诉您，我的身体受到严重的摧残，恐怕不得不回国待上一段时间，这是恢复健康的唯一希望了。’这说得再清楚明白不过了，可怜的宝贝儿！他恢复健康的唯一希望！不过，他写给安妮的信说得更加直白。安妮，把信拿给我再看一下吧。”

“不要现在看吧，妈妈。”安妮央求着，声音很低。

“亲爱的，在有些事情上，你真正是世界上十足可笑的人，”母亲回话说，“对于你自己家里人提出的一些要求，或许是最不近人情的了。我相信，要不是我自己索要，恐怕我们永远也别想看到信。亲爱的宝贝，难道这样做就叫作同博士心心相印吗？我很吃惊，你该要懂事一点才是啊。”

安妮很不情愿地把信拿了出来，信先是递到我手上，然后再由我传给老太太，这个当儿，我看到安妮很不情愿，手在颤抖着。

“现在让我们来看看，”马克勒姆太太说着，一面戴上眼镜，“那一段在哪儿。‘回首往昔，最最亲爱的安妮’，等等，不是这一段。‘和蔼可亲的老博士’，他是指谁啊？天哪，安妮，看你表哥马尔登的字写得多么潦草啊，看我多糊涂！当然是指‘博士’。啊，的确和蔼可亲！”说到这儿她又停了下来，再一次吻了吻自己的扇子，并拿着扇子在博士面前晃了晃，博士平静地看着我们，怡然自得。“啊，找到了，‘你听了之后可能不会感到惊讶，安妮，’才不会感到吃惊呢，毫无疑问，因为知道他从来就没有强壮过。我刚才说什么来着？‘我在这遥远的地方已经吃尽苦头，所以决定甘冒一切风险离开这儿，可能的话告个病假，如果行不通，就来个彻底了断。我在这儿受过的煎熬，还有正在忍受的煎熬，已经不堪忍受了。’要不是那个人世间最好的人敏捷果断有了承诺，”马克勒姆太太说，还像先前一样对博士表示了感激，然后把信折了起来，“我想一想都忍受不了。”

威克菲尔德先生一声不吭，不过老太太倒是看着他，似乎是希望他就这个事发表点意见。他只是神情凝重地坐着，缄口不言，两眼盯着地面。我们转移了话题，谈了很久别的事情，他依然如故，很少抬起眼睛，只是偶尔若有所思地皱皱眉头，看一眼博士，或者他夫人，或者他们两个。

博士酷爱音乐。阿格尼丝唱歌的时候，嗓音甜润，富有表现力，斯特朗夫人也是如此。她们两个都唱了歌，还表演了二重唱，我们欣赏了一个小型音乐会。但我注意到了两个现象：首先，尽管安妮很快就恢复了平静，一切都如常了，但在她和威克菲尔德先生之间存在着一种隔阂，把他们俩给完全分开了。其次，威克菲尔德先生似乎并不喜欢阿格尼丝与斯特朗夫人之间关系密切，并且一直都怀着不安的心情注视着。现如今，我必须得坦承，我回忆起来了马尔登先生离开的那天晚上自己所看到的情形，它在我的头脑里第一次有了前所未有的含义，令我揪心不已。在我看来，斯特朗夫人那天真无邪的美已不再是从前那种天真无邪了。我对她自然娇美的优雅风姿产生了怀疑。再看看在她一旁的阿格尼丝，想想阿格尼丝多么善良诚挚，心里就不禁产生了一丝疑惑，感觉这是一种很不相称的友谊。

然而，阿格尼丝对这种友谊乐此不疲，而安妮也是心花怒放，所以整个晚上就像是只过了一个小时似的，一眨眼就过去了。最后，出现了一件意外的事，我至今清楚地记得。她们两个正要相互告辞，阿格尼丝要去同她拥抱和吻别，就在这个当儿，威克菲尔德上前一步立在了她们中间，似乎不是有意为之，急忙拉着阿格尼丝离开了。然后，整个中间这一段时间似乎都取消了，我仿佛回到了马尔登先生离别的那天夜晚，仍然伫立在门口，看到了斯特朗夫人面对威克菲尔德先生时，脸上出现的表情。

我说不准，这样一副表情给我留下了什么样的印象，或者后来每当我想起她的时候，怎么就无法将她本人同这表情分离开来，并且无法记起她那天真可爱的脸庞。我回到家里之后，那表情仍然萦绕在我的脑海中。我离开博士的家时，仿佛觉得他家的房顶上笼罩着黑压压的一层乌云。我对他灰白的头发怀有崇敬之情的同时，也因他对那两个背叛他的人真心诚意怀有怜悯之心，同时怀有对那两个伤害他的人的愤慨。一场大灾难日益逼近的阴影，一场尚未明朗的奇耻大辱，它们就像污渍一样，玷污着那个我童年时代学习和嬉戏过的平静安宁的地方，使之成为邪恶污秽之地。那些庄严肃穆的古老阔叶龙舌兰，历经百年，默然不语，那片修剪得平整的草地，那些石瓮，那条博士散步的小路，还有那萦绕在这一切之上的大教堂悦耳的钟声，我想到这一切的时候，已不再有任何快乐可言了。我童年时代那座静谧的神圣殿堂仿佛被人当着面洗劫一空了，其平静安宁的氛围和尊贵荣耀的气势仿佛随风而逝了。

但是，第二天早晨，我要同那座古宅邸告别，其中阿格尼丝的音容笑貌无处不在。我满脑子都想着这件事。毫无疑问，我很快就会再回到那儿的，可能还会睡在我先前的房间里，或许常常如此，但是，我在其中生活的日子已经一去不复返了，昔日的时光已经过去。我的书籍和衣物还放在那儿，我要打点好准备运往多佛尔，这时候，我的心情更加沉重了，但我并不想表露出来，以免让尤赖亚看到了。因为他帮助我时显得过于殷勤周到，所以我心里不领他的情，认为他巴不得我离开。

不知怎么回事，我充满着男子汉的气概，以一种默然淡定的态度同阿格尼丝和她父亲告别了。接着我坐上了驶向伦敦的公共马车。马车穿过市镇时，我的性情变得温和起来，同时怀有一颗宽容之心，所以我都有点想同自己的宿敌也就是那个屠夫点头示意，还想扔给他五个先令作酒钱。但是，他站在铺子里刮着大砧板，依旧是一脸横蛮的样子，此外，我曾敲掉了他的一个门牙，样子还是没有多少改观，所以我想还是不要理睬他为妙。

我记得，我们正式上路之后，我心里主要考虑的问题是，自己要在车夫的面前尽可能显得老成，说话也要粗声粗气一些。对于后面这一点，我做起来显得很别扭，但我还是坚持下来了，因为感觉这才是成年人的派头。

“您是走全程的吧，先生？”车夫问。

“没错，威廉，”我说，态度显得屈尊俯就（我认识他），“我要去伦敦，然后还要到萨福克郡去。”

“去打猎吗，先生？”车夫问。

其实他和我一样清楚，在这样一个季节里，到那儿去打猎跟去捕鲸一样不可能。不过我还是感觉受到了恭维。

“我不知道，”我说，装出一副还没有拿定主意的样子，“自己是不是该去打上一回。”

“我听说，现在鸟儿都变得聪明了，见人就躲。”威廉说。

“我知道。”我说。

“萨福克郡是您的老家吗，先生？”威廉问。

“没错，”我回答说，显得郑重其事，“萨福克是我的老家。”

“我听说那儿的水果布丁出奇地好吃。”威廉说。

我本人其实并不知道这个，不过有必要维护一下自己家乡的知名产品，同时也表明自己很熟悉那些东西，因此晃了晃脑袋，意思是说“你说得没错！”

“还有矮壮驮马[①]，”威廉说，“那可是上等的好牲口啊！一匹萨福克郡的矮壮驮马，若是真正纯种的，马匹有多重，就值多少金子啊。您自己饲养过萨福克郡的矮壮驮马吗，先生？”

“没……有饲养过，”我说，“确切地说，没有饲养过。”

“我身后的这位先生，我敢同您打赌，”威廉说，“他饲养过大批这种马呢。”

他说的这位先生有只斜视眼，根本没有矫正的希望，下巴颏突出，头上戴了一顶很高的白色帽子，帽檐又窄又平，穿着一条浅褐色裤子，裤腿外侧的纽扣从靴子口一直扣到了臀部。他的下巴颏翘到了车夫的肩膀上方，离我很近，他呼吸起来使我的后脑勺直痒痒。而当我扭过头看着他时，他用那只不斜的眼睛斜睨着跑在前面的马匹，一副很在行的神态。

“您是不是这样的？”威廉问。

“我是不是怎么样的？”他身后的先生问。

“饲养了大批萨福克郡矮壮驮马？”

“我得说是这么回事，”那位先生说，“没有我没有养过的马，也没有我没有养过的狗。饲养马和狗是一些人的爱好。但对我来说，它们是我安身立命的本钱：住房、妻子、孩子，读书、写字、算术，还有鼻烟、烟袋、睡觉。”

“看到这么一个人坐在车厢的后面，这不大合适，对不对？”威廉一面摆弄着缰绳，一面对我耳语着。

他说这话的意思是要我把座位让给他坐，于是，我涨红着脸，主动把座位让了出来。

“呃，先生，您要是不介意的话，”威廉说，“我想这样做更加合

① 这种马是英国萨福克郡的特产。

适一点。”

我一直就把这事看作是自己人生中的第一次失败。我在公共马车售票处订座位时，就在登记簿上特别注明了“厢座”二字，而且还给了售票的人半个克朗。我上车时特意穿了大衣围了围巾，为的就是要彰显这个座位的荣耀。我八面威风地坐在座位上，心里觉得自己给这辆公共马车增光添彩了。可现如今，行程还在第一站呢，自己的位子却被一个衣衫褴褛的斜视眼给取而代之了。此人身上除了散发出一股马厩里的腥臭味，别无任何长处，而在马缓缓地跑着的当儿，竟然能够从我身上爬过去，他简直就像是一只苍蝇，而不像是个人！

我这个人生平有一种自卑感，凡遇到不顺的情况时往往就会有这种感觉。其实，如果不是这样的话，我的人生本来会更加绚烂多姿。而现在在坎特伯雷城郊外的马车上却出现了这样的情况，毫无疑问，我的这种感觉便有增无减了。我把说话的声音装得粗声粗气也还是无济于事，掩饰不住自己缺乏底气的心态。在接下来的行程中，我说话时气出丹田，但还是感觉毫无底气，稚嫩得可怕。

然而，我高高在上地坐在四匹高头大马的后面，教养有素，衣着体面，口袋里揣着大把钞票，同时向着窗外张望，寻找当初自己长途跋涉、露宿野外的地方，这时候，我仍然感到兴趣盎然，充满期待。我朝下看着那些沿途的流浪汉，看到那一张张记忆犹新的面孔仰望着我们，这时候，我就觉得，那个补锅匠黑乎乎的手似乎又一次揪住了我衬衫的胸襟。我们的马车辘辘地穿行在查塔姆狭窄的街道上，行进中，我瞥见了买我的上衣的那个老怪物住的小巷，这时候，我迫不及待地伸长脖子张望，寻觅当时我坐在阳光下和树荫处等着拿钱的地方。最后，我们到达了距离伦敦只有一站路的地方了，路过了真真切切的萨伦学校，也就是克里克尔先生痛下毒手，抽打学生的地方，我当时真想倾我所有，以便合法地准许下车去揍他一顿，把那群像是笼中之鸟一样的学生解救出来。

我们到达了查令十字架广场[①]处的金十字架旅馆，那是当时这个人口稠密地段一处散发着霉味的所在。一个侍者先是把我领进了咖啡室，然后一个负责整理房间的女招待把我领到了一间很小的卧室，房间里弥漫着一股出租马车的气味，像家庭中的储藏间一样，房门紧闭着。我还在痛苦地感受到自己太年轻，因为无人把我当一回事，对于我就某些事情提出的要求，女招待充耳不闻，毫不理会，那位男侍者对我随随便便，冲着我没有经验，对我指指点点。

"哎，我说啊，"侍者说，用的是一种套近乎的口吻，"你晚餐想要吃点什么？年轻绅士一般都喜欢吃点家禽类，来只鸡怎么样？"

我告诉他，语气尽可能显得庄重严肃，我不喜欢吃鸡。

"是吗！"侍者说，"年轻绅士一般都吃腻了牛肉和羊排，那就来份牛排吧！"

既然点不出别的什么菜，我便同意了他的建议。

"您喜欢吃土豆吗？"侍者问了一句，脸上堆满笑容，一副谄媚的姿态，脑袋侧向一边，"年轻绅士一般都吃很多土豆。"

我用最最低沉的声音吩咐他，要了一份牛排加土豆，还有全部配料。还吩咐他去前台打听一下，看有没有特罗特伍德·科波菲尔先生的信。我其实知道没有，也不可能会有，但是我觉得，装出等待书信的样子显得有男人气概。

侍者很快就返回了，报告说没有书信（对此，我显得很吃惊的样子）。然后他开始在靠近壁炉的座位上铺上桌布，准备招待我用餐。他一边忙着，一边问我喝点什么。当听到我回答说"半品脱雪利酒"之后，我估摸着，他心里准觉得这下天赐良机，可以把几个小瓶子里面的剩酒和在一起，凑足这个量。我之所以有这样的想法，那是因为，我在看报的当儿，注意到他在一道低矮板壁后面的小房间里，那是他自己的房间，像个化学家和药剂师配制药品一样，忙不迭地把

---

① 伦敦的一处广场，位于特拉法加广场的南端，1291 年，英国国王爱德华一世曾在此立十字架，以纪念王后灵柩停放于此。

多个瓶子里的剩酒并到一个瓶子里。酒上来了之后，我也觉得它淡而无味，里面无疑更多的是含有英国酒的渣儿，而不是外国酒那种应有的清醇。但我羞于启口，没有说什么，把酒给喝下去了。

这时候，我心里感到很惬意（我由此可以推断，在中毒的过程中，有些阶段，并不总是痛苦难受的），于是，我就决定去看戏。我选定了科文特加登剧院[①]，坐在中部包厢的后座，看了《恺撒大帝》[②]和一部新哑剧。让所有那些罗马贵族活生生地出现在我眼前，他们进进出出，供我消遣娱乐，不再是我在学校时的那些声色厉然的监工，这着实令我感到新奇和惬意。但是，整个戏剧现实感与神秘感结合在了一起，我面对着诗意、灯光、音乐、观众、场景变幻无穷，流光溢彩，熠熠生辉，令我眼花缭乱，给我展开了无限欢乐的胜景。因此，到了夜间十二点，我到了剧院外面细雨霏霏的街道上时，感觉自己好像是来自云端，曾在那儿度过了几个世纪的浪漫生活，现在来到了凡尘俗世，这儿人声鼎沸，雨水四溅，火树银花，雨伞相碰，车马辘辘，木屐嘎嘎，泥泞不堪，苦难重重。

我从另外一扇门走了出来，在街上伫立了一会儿，好像真是一位来到尘世的生客。但是，我被人们毫不客气地推推搡搡，这使我很快就清醒了过来，于是踏上了回旅馆的路。在我返回旅馆的一路上，脑海里一直呈现着刚才那气势恢宏的景象。回到旅馆，我喝了些黑啤酒，吃了些牡蛎，然后到了一点，坐下来仍然回味着，眼睛盯着咖啡室里的炉火。

我满脑子想着那场戏，也想着昔日的情景，因为从某种意义上说，戏剧就像是个闪闪发亮的透明体，由此，我看到早年的生活情景不断呈现。以至于，我都不知道什么时候，有个英俊潇洒的年轻人出现在我面前，只见他体格匀称，衣着考究，显得风流倜傥，此人我应该清楚地记得的。但是，我现在记得，自己意识到了他的存在，但

① 位于伦敦科文特加登广场，建于 1731 年，1858 年后为皇家歌剧院。

② 莎士比亚的剧作。

没有留意到他是什么时候进来的，因为我仍然坐在咖啡室的火炉边想着心事。

最后，我起身准备去睡觉，那个睡意蒙眬的侍者这下可松了一口气。他的两条腿已经麻木了，在他那个小食品储藏间里，不停地揉搓，伸展，做着各种扭腿的动作。我向着门口走去，打从进来的那个人身边走过，真真切切地看清楚了他。我立刻转过身，折了回去，再看他一眼。他没有认出我，可我顷刻就认出他来了。

要是换了在别的时候，或许我会缺乏信心，或者不能决定是不是该同他搭讪，也许会把这事推迟到第二天，也许就同他失之交臂了。但是，当时我处在那么样的一种心境之中，满脑子还是那戏剧中的情形，对于他先前对我的保护，我似乎应该心怀感激之情，昔日我对他的爱慕之情此时又一次在我心中油然而生，我立刻走到他的跟前，心情激动地说：

"斯蒂尔福思！你怎么不同我打招呼呢？"

他端详着我，有如昔日他有时候看人的眼神，但我从他的表情上看出，他没有认出我。

"恐怕你不记得我了吧？"我说。

"天哪！"他突然激动地喊了起来，"这不是小科波菲尔吗！"

我紧紧地握住他的双手，久久不能松开。要不是满怀着羞涩，同时还担心惹他不高兴，我还会搂住他的脖子大哭一场呢。

"我从来，从来没这么高兴过！亲爱的斯蒂尔福思，看到你，我喜不自禁啊！"

"见到你，我也很高兴！"他说着，热情洋溢地握住我的手，"嘿，科波菲尔，成大男人了，别太激动啊！"不过，我觉得，他看见我见到他之后表现出来的激动心情，也高兴不已。

我极力克制着自己，但泪水还是夺眶而出，于是我抹去了泪水，同时尴尬地笑了笑。然后我们一同挨着坐了下来。

"嘿，你怎么会在这儿啊？"斯蒂尔福思说，他用手拍了拍我的肩膀。

“我是今天从坎特伯雷乘公共马车来的，那儿有我一个姨奶，她收养了我。我刚在那儿上完学。你又怎么到这儿来了呢，斯蒂尔福思？”

“是啊，别人现在都管我叫牛津人，”斯蒂尔福思回答说，“也就是说，我每在那儿过了一段时间，就会觉得烦腻透了，我眼下正要回家看母亲去。你是个和蔼面善的人，科波菲尔。我现在看你还同跟过去一模一样啊！一点儿也没有变！”

“我刚才一下就认出了你，”我说，“不过你更加容易被人记住。”

他哈哈笑了起来，一面用手梳理着浓密的头发，然后兴致勃勃地说：

“是啊，我这次的行程是要尽自己的义务，因为母亲住在离市区有一段距离的地方，而路况很糟糕，加上家里枯燥乏味得很，所以，我今天不回去，就住在这儿了。我在伦敦才不过五六小时，结果全在剧场里打着盹儿、发着哼声把时光给打发掉了。”

“我也在看戏来着，”我说，“在科文特加登剧院，那可是一场精彩绝伦和气势恢宏的演出啊，斯蒂尔福思！”

斯蒂尔福思开怀大笑起来了。

“亲爱的小大卫啊，”他说着，又用手拍了拍我的肩膀，“你可真是一朵雏菊。太阳初升时，田野里的雏菊也没有你鲜嫩呢！我也在科文特加登剧院，没有比那更糟糕的演出。喂，叫你呢，先生！”

斯蒂尔福思冲着那侍者喊了一声，对于我们刚才相认的情景，侍者站立在远处聚精会神地看着。这会儿便毕恭毕敬地走过来了。

“你把我朋友科波菲尔先生安排在哪儿啦？”斯蒂尔福思问。

“对不起，您说什么，先生？”

“他睡哪儿？房号多少？你明白我的意思。”斯蒂尔福思说。

“是啊，先生，”侍者说，同时表露出歉意，“科波菲尔先生住在四十四号房，先生。”

“你这是何用意，”斯蒂尔福思质问着，“竟然把科波菲尔先生安排在马厩上面的一个小阁楼里？”

“呃，您看，我们没有意识到，先生，”侍者回答说，仍然一脸歉意，“因为科波菲尔先生没有任何挑剔。如果您乐意的话，我们安排科波菲尔先生住七十二号房，就在您的隔壁，先生。”

“当然乐意，”斯蒂尔福思说，“立刻去安排吧。”

侍者立刻退出去换房间去了。斯蒂尔福思因为我先前被安排住在四十四号房而忍俊不禁，又一次笑出声音来了，他又一次拍了拍我的肩膀，邀请我次日十点同他一道用早餐，我受宠若惊，开心愉快地接受了邀请。这时已经很晚了，我们端着蜡烛上楼，并且在他房门口热情友好地分别了。我发现这个卧室比原先那个高级多了，一点儿怪味都没有，里面有一张很大的四柱床，这简直就是座庄园。这儿的枕头足可以睡六个人，我头枕在上面，很快就幸福美满地入睡了，还梦到了古罗马，斯蒂尔福思和友谊，直到次日一早，公共马车在楼下的拱道上辘辘地驶出，那声音使我梦见了打雷和天上诸神。

第二十章
斯蒂尔福思的家

早晨八点，女招待来敲我的门，告诉我说，刮脸用的水放在房门外面了。这时候，我躺在床上感觉很不舒服，脸都红了，因为自己根本就用不上那东西。我怀疑，女招待在向我通报这事时也笑了。我在穿戴的过程中，这种想法一直在心中萦绕。等到我下楼用早餐时，在楼梯上从她身边走过时，我觉得自己鬼鬼祟祟，像是做了什么亏心事似的。我确实敏锐地觉察到，自己不如期望的那样老成，所以有一阵子，在这种自卑心理的作用下，我都不敢从她身边经过。但是，听到她在那儿拿着扫把干活儿时，我便站着不动，眺望窗外查理国王骑在马背上的雕像。雕像被横七竖八地停放着的出租马车团团围住了，在霏霏细雨和沉沉迷雾之中，看上去毫无半点王者风范。最后，侍者来通知我说，那位绅士在等着我。

我到楼下后，发现斯蒂尔福思并没有在咖啡室等我，而是在一个舒适温馨的单间里等着。房间里挂着红色的帐幔，铺看土耳其地毯，炉火烧得正旺，餐桌上铺着洁净的桌布，上面摆着热乎乎的精美早餐。餐具柜上方的一面小圆镜栩栩如生地映照出了房间里的情景：炉火，桌上的早餐，斯蒂尔福思以及一切陈设。刚一开始时，我感到局促不安，因为斯蒂尔福思神色从容，风度高雅，所有方面都胜我一筹（包括年龄在内），但他对我态度随和，使我很快就消除了拘束感，感到惬意自在。关于他使金十字旅馆对我态度上的转变，我怎么赞叹都不为过，或者说，我简直无法把昨天自己忍受的乏味寂寞的状态同今天早晨享受到的舒适惬意和面对的周到服务相比较。至于侍者那种轻率随便的行为，一下子就无影无踪了，好像压根儿就没有发生过。他侍候我们的样子，我可以说，就像是个身穿麻衣、头面涂灰的忏悔者。

“行啊，科波菲尔，”房间里就剩下我们两个人时，斯蒂尔福思说，“我倒是想要听听你现在在干什么呢，准备上哪儿去，还有有关你自己的一切情况。我就感觉你好像是我的私有财产似的。”

我发现他仍然对我关怀备至，于是容光焕发，高兴不已。我把姨奶如何建议我做一次旅行以及要到什么地方去的事告诉了他。

“既然你时间不是那么紧迫，那么，”斯蒂尔福思说，“就和我一道到海格特[①]的家里去吧，到那儿去住上一两天。你一定会很高兴见见我母亲的。她关于我的事有点津津乐道，自豪不已，但是你不要在意她，而她见到你也会很高兴的。”

“你既然热情友好地这么说，那我也相信情况会是这样。”我回答说，脸上露出了微笑。

“噢！”斯蒂尔福思说，“凡是喜欢我的人都有望得到她的喜爱，而且一定会得到。”

“这么说来，我觉得自己会得到她的喜爱。”我说。

“很好！”斯蒂尔福思说，“那就去验证一下吧。我们先花上一两小时间看看城里有名的去处，对于你这样初出茅庐的人来说，还是值得一看的，科波菲尔，然后我们乘坐公共马车到海格特去。”

我还以为自己是在做梦呢，担心一觉醒过来时，自己还是在四十四号房间，又要孤单单地坐在咖啡室的座位上，面对轻率随便的侍者。我给姨奶写了信，告诉她我有幸见到了自己崇拜的老同学，同时接受了上他家去的邀请，这之后，我们便坐上了一辆出租马车，看了一幅《伦敦全景画》[②]和一些别的景点，然后步行去参观了大英

---

① 位于伦敦的北郊，狄更斯的父母还有他的一个夭折的女儿全都葬在海格特的公墓里。

② 在视觉艺术中指连续性的叙事场面或风景，画面环绕观众或在观众面前展开，盛行于十八世纪后期和十九世纪。这里指当时在伦敦摄政公园东南角一游艺场内展出的伦敦全景画。

博物馆。在博物馆里，我这才注意到，斯蒂尔福思见多识广，知道的东西很多很多，但丝毫不炫耀自己的知识。

“你会在大学里拿到很高的学位的，斯蒂尔福思，”我说，“如果你现在还没有拿到的话，迟早会拿到的，他们有理由为你感到自豪。”

“我拿学位！”斯蒂尔福思大声说，“才不呢！亲爱的雏菊，我管你叫雏菊，你不介意吧？”

“一点儿也不！”我说。

“真是好朋友！亲爱的雏菊，”斯蒂尔福思说，“对于用这种方式出人头地，我毫无兴趣或意图。我为实现自己的目标已经做得够多了，我觉得自己现在这个样子已经很不轻松了。”

“但是名誉……”我刚开口说。

“你个想入非非的雏菊啊！”斯蒂尔福思说，他笑得更加开心开怀了，“我何必去自找麻烦，非要让一群呆头呆脑的家伙打着哈欠举手表决呢？那就让他们把名誉授予给别的什么人去吧。谁若需要名誉，那就让谁去拿好啦。”

我对自己说出这么不合时宜的话羞愧不已，于是想要换个话题。幸好这时并不难，因为斯蒂尔福思总能漫不经心而又轻松愉快地转换话题，这可是他独具一格的习惯。

我们观光结束后就用午餐了。冬季的白天很短暂，时间过得很快，我们到达了坐落在山丘顶端的海格特，马车在一幢古老的砖房前停了下来，这时候已是黄昏了。我们下了车时，我看见门前站着一位上了年纪的夫人，但并不是很年迈。夫人气质高雅，面容俊秀，一面同斯蒂尔福思打着招呼——“心肝宝贝儿詹姆斯”，一面把他揽到自己怀里。斯蒂尔福思向我介绍说，这就是他的母亲。夫人郑重其事地对我表示了欢迎。

这是一幢古朴高雅的宅邸，环境清静幽雅，布局井然有序。我站在卧室里凭窗远眺，整个伦敦像一个巨大的雾团飘浮在远处，点点灯光，寥寥落落。我只是趁着更衣的时候，浏览了一下房间里坚实厚重的家具，镶着镜框的刺绣（我估计，那是斯蒂尔福思的母亲做姑娘的时候绣的），还有一些蜡笔肖像画，画的是淑女像，头发上撒了粉，身上穿着紧身衣，刚生起的炉火噼噼啪啪地发出响声，墙上的画忽隐忽现的。我看到这些时便被召唤去用晚餐了。

餐厅里另外还有一位女士，身材矮小，体形瘦削，皮肤黝黑，看上去并不赏心悦目，但也还是有几分姿色，所以引起了我的注意。之所以如此，或许是因为我没有想到会看见她，或许是因为我正好坐在她的对面，或许是因为她的确有什么不同凡响之处。她长着乌黑的头发，敏锐乌黑的眼睛，身材瘦削，嘴唇上有一道疤痕。那是一道旧疤痕。我应当把它叫作缝口，因为它并没有改变颜色，十多年前就已经愈合了的。疤痕曾经是横过嘴的，一直延伸到了下巴颏，现在隔着餐桌看上去并不明显，除了上嘴唇和以上部分，被疤痕弄得变了形。我心里面认为，她的年龄大概三十岁，而且正希望结婚嫁人呢。她显得有点容颜憔悴，就像一幢荒废失修的房子长时间等待有人来租。不过，正如我说过的，还是有几分姿色的。她身材的瘦削似乎因为体内有过旺的火在烤着造成的，火从她憔悴的双眼处找到了出口。

她被介绍给我时称作达特尔小姐，但斯蒂尔福思和他母亲都叫她罗莎。我了解到，她生活在那个家里，与斯蒂尔福思夫人做伴已经很长时间了。在我看来，她想要表达什么东西时，从来都不直截了当，而是拐弯抹角地点到为止。同时以这种方式表达了大量的内容。例如，斯蒂尔福思夫人说道，其实开玩笑的程度多于认真，她担心自己的儿子会在大学里生活放荡，这时候，达特尔小姐这样接话：

"噢，真的吗？您知道的，我这个人有多么无知啊，我只是想要了解点情况，难道大学生活不是一直如此吗？我认为，从各方面来说，人们认为那种生活是……呃？"

"如果你是指那个的话，那可是为了从事一种正儿八经的职业所接受的教育啊，罗莎。"斯蒂尔福思夫人回答说，态度有点冷漠。

“噢！可不是嘛！一点儿没错，”达特尔小姐回答说，“不过，话得说回来，难道情况不是那样吗？如果我说错了，就请纠正我，难道情况不是真的如此吗？”

“什么真的？”斯蒂尔福思夫人问。

“噢！您的意思说那不是真的！”达特尔小姐回答说，“那行吧，听到您这么说，我很高兴。现在，我知道该怎么办了。这就是询问的好处。从今往后，我绝不允许别人在我面前谈到与大学生活有关的话题时，说什么挥霍无度、放荡不羁等一类的话了。”

“你这样做就对了，”斯蒂尔福思夫人说，“我儿子的导师是位有良知的绅士。我即便不相信自己的儿子，也应该相信他啊。”

“您应该？”达特尔小姐说，“天哪！他有良知，是吗？真的是有良知吗？”

“没错，我对此坚信不疑。”斯蒂尔福思夫人说。

“真是妙极了！”达特尔小姐激动地说，“真是莫大的安慰啊！真的是有良知吗？那么，他就不是。但是，如果他真的是有良知的，那天当然不可能是。行啊，从今往后，我就会对他有好感啦。您可不知道，自从心里肯定他真的是个有良知的人之后，他在我心目中形象提得有多么高啊！”

达特尔小姐对每个问题所发表的自己的看法，还有不同意别人的说法，她要予以纠正，都是以这种拐弯抹角的方式说出来的。有时候，我可以明明白白地看得出来，即便是反驳斯蒂尔福思，情况也是如此，而且很有作用。我们用完餐之前，发生了一件事，斯蒂尔福思夫人同我说着我要去萨福克的打算的事，我信口说了一句，如果斯蒂尔福思能跟我一道去，那我可高兴啦。我向斯蒂尔福思解释说，我要去那儿看我过去的保姆，还要去看佩戈蒂先生一家，这时候，我还提醒他说，佩戈蒂先生就是他从前在学校里见过的那个船夫。

“噢！是那个耿直爽快的人呀！”斯蒂尔福思说，“他还带着个儿子，对不对？”

“不，那是他侄子，”我回答说，“是他收养的，不过是当作儿子来养的。他还有个美丽可爱的小外甥女，被他当作女儿收养了。一句话，他家的住房（倒不如说他家的船，因为他住在一艘搁置在陆地上的船上）住满了人，他们全是他释放慷慨和仁慈的对象。你看到了那一家子人，一定会很高兴的。”

“是吗？”斯蒂尔福思说，“呃，我想我会的。我必须考虑安排一下。去和那种人待在一起，成为他们中的一员，那会是一次很值得的行程，还不要说同你去所享受到的快乐，雏菊。”

我怀着享受快乐的新希望，心里怦怦直跳。不过刚才斯蒂尔福思说到“那种人”时，用的是那种语气，这使得达特尔小姐目光闪烁的眼睛警觉地盯着我们看，她又一次插嘴说话了：

“噢，可是，真的是这么回事吗？那一定得告诉我。他们是这么回事吗？”

“他们什么啊？谁是什么啊？”斯蒂尔福思问。

“那种人啊！他们真的是动物和没有灵魂的肉体，是属于另外的一个种群吗？我真的很想知道啊。”

“啊，他们和我们相比，中间的距离可大啦，”斯蒂尔福思说着，一副漫不经心的样子，“可不要指望他们像我们一样敏感。他们内心的情感可不那么容易受到震动和伤害。我敢说，他们出奇的善良正直，对于这种说法，至少有些人是不赞同的，但我肯定不会去同他们争辩。不过，他们的性格可不那么细腻，也正是亏了这样，就像他们的皮肤粗糙不堪一样，他们不大容易受到伤害。”

“可不是嘛！”达特尔小姐说，“呃，我都不知道，还有什么时候比听到这么说更加高兴的。真是叫人欣慰不已啊！知道他们经受磨难的时候，他们却感受不到，这真是莫大的快乐啊！我有时候挺替那种人感到不安的，但现在我完全不必记挂他们了。活到老学到老。我承认，自己有过疑惑，但现在云开雾散了。我先前不知道，但现在知道了。这彰显了询问的好处，对不对？”

我相信，斯蒂尔福思说的话是开玩笑的，或者是引得达特尔小姐说话。所以等到她离开之后，我们两个在火炉前坐了下来，我期待着他会把话说出来。但是，他只是问了我一下，对达特尔小姐有何感想。

“她人很聪明，对不对？”我问。

“聪明！无论什么东西，她都要拿到磨刀石上去磨，”斯蒂尔福思说，“过去的这些年里，她把自己的脸庞和身躯拿去磨了，磨得很锋利。磨来磨去，都快把自己磨得没有了。到处是刀刃。”

“她嘴唇上的那个疤真的很显眼嘛！”我说。

斯蒂尔福思的脸沉了下来，一阵子没有吭声。

“呃，事实上，”他回答说，“那是我给弄的。”

“一定是一次不幸的事故吧！”

“不。那时我还小，她把我给惹毛了，我操起锤子就朝她扔过去。我本来是个前途无量的小天使。”

我为自己触及了这么一个令人痛苦的话题而深深懊悔，但已经无济于事了。

“从那以后，她就有了你现在看到的那道疤痕，”斯蒂尔福思说，“而假如有一天她要躺到那座坟墓里安息的话，她还得把疤痕带到那儿去，不过我几乎不大相信，她会在哪儿得到安息的。她是我父亲表兄弟的女儿，从小就没有了母亲，后来她父亲也去世了。当时我母亲已经守寡了，于是就把她带来给自己做个伴儿。她自己有两千英镑，把每年的利息都积攒起来，再存到本钱上。这就是我要告诉你的有关达特尔小姐的身世。”

“我毫不怀疑，她一定会把你当作兄弟一样疼爱吧？”

“哼！”斯蒂尔福思回答了一声，一边看着炉火，“有些兄弟是得不到什么爱的，而有些人倒是爱……可是来吧，科波菲尔！为了你，我们替田野里的雏菊干杯。而为了我，我们替长在山谷里既不劳作也不纺织的百合干杯。可我更是受之有愧！”他兴致勃勃地说着这番话时，原先脸上堆满的苦笑没有了，又恢复了他那坦率纯真而又惹人喜爱的本来面目。

我们一同在室内喝茶的时候，我忍不住用目光打量那道疤痕，心里既难过又好奇。不久我就注意到，那可是她脸上最敏感的部分，而要是她脸色发白的话，疤痕首先发生变化，变成一道暗灰色的条纹，整个痕迹都显现出来了，有如用隐显墨水画的符号对着火烤了之后的情况一样。后来下十五子棋，她和斯蒂尔福思之间就掷骰子的事发生了一点小小的争执，我觉得她一时间火冒三丈了，这时我看到疤痕凸显了出来，就像古人写在墙上的字。

我发现斯蒂尔福思夫人对儿子十分疼爱，这并没有什么奇怪的，因为她似乎没有任何别的东西可谈或者可想。她从一只纪念品盒子[①]里面拿出他儿时的照片给我看，里面还有几缕他婴儿时的头发。又把他后来跟我初次相识时候的照片给我看。她的胸前挂的则是他现在的照片。她把他写给她的全部信件都放在了壁炉边她自己的椅子旁的一只柜子里。她本来打算从中挑选一些片段念给我听，而我也会很高兴听，但是，斯蒂尔福思阻拦了，哄着她打消了念头。

"我儿子告诉我说，你们最初是在克里克尔先生的学校里认识的，"斯蒂尔福思夫人说，当时我和她坐在一张桌边交谈，而斯蒂尔福思他们在另一张桌子边下十五子棋，"确实是，我记得他那时说过，那儿有个比他年龄小的同学，他很喜欢。但是，你可以想象得到，你的名字我可没有记住。"

"在那些日子里，他对我慷慨大度，行侠仗义，这我向您保证，夫人，"我说，"我当时就需要一个这样的朋友。要是没有他，我早就被人蹂躏得不成样子了。"

"他对人一直都慷慨大度，行侠仗义。"斯蒂尔福思夫人很自豪地说。

上帝做证，我发自内心地赞同这种说法。她知道我发自内心地赞同，因为她对我表现出的威严神态已经变得亲切了，只有在她赞扬儿子时，才显现出一副高不可攀的神态。

"总的说起来，那不是一所适合于我儿子的学校，"她说，"远不

---

① 指用以珍藏亲人头发或小照片等的金或银质小盒子，通常悬在项链上。

合适，但是，当时考虑到一些特殊情况，那些因素比选择学校更加重要。我儿子心高气傲，所以需要找个地方，让那儿有人感觉到他高人一等的气度，并且心甘情愿地对其顶礼膜拜，于是，我们在那儿找到了这样一个人。”

这我知道，因为我认识那个人。不过，我并没有因此而瞧不起他，反而觉得这是他身上一种能够起到弥补作用的品质，假如他还知道钦佩一个像斯蒂尔福思这样让人无法抗拒的人物的话。

“我儿子怀着自信心和自豪感，他巨大的才能在那儿得以施展，”夫人继续说，慈爱之心溢于言表，“他本来会冲破一切束缚的，但他觉得自己是那学校里的君主，于是品德崇高的他决心不辜负自己的地位。他就是这么个人。”

我心悦诚服地附和着，他就是这么个人。

“因此，我儿子，凭着他自己的意愿，完全没有外力的强制，走上了这么一条道路，任何时候只要他高兴，他都可以胜过任何竞争对手，”斯蒂尔福思夫人接着说，“我儿子告诉我，科波菲尔先生，说您非常崇敬他，你们昨天相遇时，他都看到您高兴得热泪盈眶了。看到我儿子激发起别人如此这般的情感，如果我假装感到惊讶的话，那我就是个虚伪矫情的女人。但是，对于任何一个意识到他的优点的人，我不可能漠然置之。因此，我很高兴在此见到您，而且能够向您保证，他对您怀着非同寻常的友谊。您尽可以信赖他对您的保护。”

达特尔小姐玩十五子棋和干别的任何事情一样全身心地投入。如果我头一次见到她是在十五子棋棋盘边的话，那我会认为，她身材变瘦，眼睛变大，一定是从事这项活动造成的，而不可能会是别的什么原因。但是，我满心欢喜地听着斯蒂尔福思夫人的一席话，并因为她的信任而感到无上荣耀，觉得自己自从离开坎特伯雷以来更加老成了，而如果我认为达特尔小姐漏听了其中的一句话或者错过了我一个眼神，那我就大错而特错了。

晚上已经过去很长时间了，一只盛着酒杯和酒瓶的托盘端了进来，这时候，斯蒂尔福思面对炉火承诺说，他将慎重考虑随我一同到乡下的事。他说，这事不用着急，再待上一个礼拜没有问题。他母亲也热情好客地表达了同样的意思。我们交谈的过程中，他不止一次叫我雏菊，这样又引得达特尔小姐说话了。

“不过，说真格的，科波菲尔先生，”她问，“这是个绰号吗？他为何叫您这个绰号？是不是……呃？因为他觉得您年轻单纯？对于这方面的事，我是再笨不过了。”

我红着脸回答说，我认为是这么回事。

“噢！”达特尔小姐说，“现在我知道了这个情况，真是高兴！我问了问情况，很高兴知道了。他觉得您年轻单纯，所以您就成了他的朋友。行啊，这事真令人高兴！”

这之后，达特尔小姐很快就睡觉去了，斯蒂尔福思夫人也离开了。我和斯蒂尔福思在火炉边延迟了半个多小时，谈到了过去萨伦学校里特拉德尔和其他同学的事，然后，我们一同上了楼。斯蒂尔福思的卧室就在我的旁边，我进去看了看。房间里弥漫着一种温馨舒适的气氛，里面摆满了安乐椅、靠垫和脚踏，上面的刺绣都是由他母亲亲自完成的。房间的东西一应俱全。最后，墙上肖像里她那张秀丽的脸庞俯视自己心爱的儿子，仿佛即便儿子在睡梦中，也得由她的肖像画来照看着，因为她觉得这事很重要。

我发现，我卧室里的炉火这时候烧得正旺，窗户上的窗帘和床边的帷幔都已经拉好了，一幅温馨舒适的景象。我在壁炉前面的一把大椅子上坐了下来，回味着自己的幸福，沉思了好一阵子，这才发现壁炉架的上方有一幅达特尔小姐的肖像画，目光热切地看着我。

肖像画令人惊讶不已，所以必须配上一副令人惊讶的形象。画家当初没有画上那道疤痕，但是我把它给画上去了，疤痕在那儿，若隐若现，时而只是我在用午餐时看到的出现在上嘴唇，时而正如她在情绪激动时显现的，那把锤子弄出的伤口显露无遗。

我心有不悦，搞不清楚他们为何不把我安排在别处，却偏偏安排在有她在场的房间里。为了避开她的目光，我匆匆忙忙地脱了衣服，关了灯，上了床。但是，即便我昏昏欲睡的时候，也没有忘记，她仍然在目睹着我呢，“真是这么回事吗？我想要知道。”夜间醒过来时，我意识到，自己在梦中忐忑不安地问了各式各样的人，这究竟是真的，还是假的，人家根本不知道我是什么意思。

第二十一章

小埃米莉

斯蒂尔福思的家里有一个仆人，是个男仆，我听说从他上大学的时候起就伺候着他呢。仆人外表上显得很体面。我认为，在他那个地位上，再没有比他看上去更加体面的人了。他少言寡语，步履轻柔，举止沉稳，谦恭顺从，察言观色，需要时不离左右，不需要时也不碍手碍脚。但他最值得看重的还是体面的风度。他没有生就一张随和顺从的脸，但脖子倒是挺僵直的，头部挺平滑匀称，短头发紧贴在头的四周，说话语气轻柔，而且有一个独特的习惯，“嘶”音发得格外清晰，所以，好像这个音在他嘴里比其他任何人都用得多，不过，他会把每一个与众不同之处变得风光体面。即便他的鼻子倒着长，他也会使之变得体面。他把自己包裹在一种体面的氛围里，安稳地行走在其间。若是要疑心他会出什么差错，那几乎是不可能的事，因为他完完全全就是个体面的人。没有人想到要给他穿上仆人的服装，因为他体面到了极点。若是强使他干什么下贱的工作，那无异于肆无忌惮地侮辱一个最最体面的人的感情。关于这一点，我注意到，这个家庭里面的女仆都敏锐地意识到了，她们总是自己去干那一类活儿，而一般情况下，他都是在这时待在配餐食的火炉边看报纸。

如此沉默寡言的人，我先前还从未见到过。但是，有了这样一种品性，如同有了他具备的其他每一种品性一样，他似乎显得越发体面。没有人知道他的名字，就连这件事都构成了他体面特征的一部分。人们只知道他姓利蒂摩，这个姓氏无懈可击。姓彼得的可能有人被处以过绞刑，姓汤姆的可能有被流放过，但利蒂摩这个姓氏却是绝对体面的。

我认为，从抽象的意义上来说，体面具有令人敬畏的特质，所以我在这个人面前感觉到特别年幼。他年龄有多大，我根本无法猜得出来。由于同样的原因，这又使他增光添彩了。因为从他那沉静体面的气度上来看，说他三十岁可以，说他五十岁也可以。

早晨，我还没有起床，利蒂摩就进到了我的卧室，给我端来了那令人难堪的刮脸用的水，同时把我的衣服也摆好了。我拉开床的帐幔朝外面看了看，只见他保持着一副不动声色的体面气度，一月里的东风也影响不了他，连呼吸都不冒一点儿白雾。他把我的一双靴子左边一只右边一只立成跳舞时起步的姿势，还吹去了我衣服上的灰尘，然后像对待一个婴儿似的放下。

我对他说了声早上好，然后问他几点了。他从口袋里掏出了那块我所见过的最气派的双盖表，并用大拇指顶住弹簧，以免开得过大，看了看表面，仿佛像是在向一只神牡蛎求谶言卜吉凶似的，又把表合上，然后说："回您的话，现在是八点半。"

"先生，斯蒂尔福思先生很想知道，您休息得怎么样。"

"谢谢，"我说，"休息得好极了。斯蒂尔福思先生休息得好吗？"

"谢谢，先生，斯蒂尔福思先生休息得还好。"这是他的另外一个特点从不使用词的最高级形式。总是爱冷静沉着地使用适中的词。

"还有什么事情我能够荣幸为您效劳的吗，先生？预备铃九点响，家里人九点半用早餐。"

"没有了，谢谢你。"

"我得谢谢您啊，先生。"说完之后，走过我床边时，他微微点了点头，像是因为纠正我的话而表示歉意似的，然后出去了，关门时小心翼翼，仿佛我刚刚进入了对我生命攸关的甜美梦乡。

每天早上，我们两人之间的对话一模一样，一句不多，一句不少，然而，不可避免的情况是，有了斯蒂尔福思的伴随，或者有了斯蒂尔福思夫人的信任，或者同达特尔小姐的交谈，不管我一夜之间超越自我有多远，朝着成熟的年龄迈进了多少，但在这个最最体面的人面前，正如我们那些无名诗人吟唱的那样，“又是个孩童了”。

利蒂摩替我们备好了马匹，而斯蒂尔福思样样精通，便教我骑马。利蒂摩替我们准备好了轻剑，斯蒂尔福思便教我击剑，若是准备好了拳击手套，我便开始在同一大师的指导下提高拳击水平。我毫不在乎，斯蒂尔福思会觉得我在这些技艺方面是个新手，但是，在体面的利蒂摩面前，自己表现出在这些方面的欠缺，我可受不了。我相信，利蒂摩本人也根本不懂这些技艺。他体面的眼睫毛连抖都没有抖动一下，以让我觉得他在这些方面有所精通。不过，我们在训练时，只要他待在一旁，我就会觉得自己是世界上最幼稚和最缺乏经验的人。

我之所以对这个人特别详细地加以描述，一方面是因为他当时对我产生了特别的影响，另一方面是因为后来发生的事情。

我在此愉快地度过了一个礼拜的时间。可以想象，对于像我一样玩得忘乎所以的人来说，感觉时间过得很快。不过，一个礼拜的时间里，许多时机我都会进一步了解斯蒂尔福思，在数不清的方面更加钦佩他了，所以，在一个礼拜结束的时候，我觉得自己好像同他在一起不止一个礼拜。他在我面前态度潇洒，把我当成了玩物，这其实同他的其他表现相比，更加合我的心意。这让我想起了我们昔日在一起的情形，就像是当时那种情形自然而然的延续，也让我看到，他一点儿没有变。本来，把我自己的优点同他的比较起来，同时用平等的标准来衡量我同他的友谊，我可能会感到忐忑不安，而这下把我的忧虑给打消了。更为重要的是，他在我面前表现得亲切随和，无拘无束，诚挚友好，而他是不会用这种态度对待别的任何人的。早在学校里的时候，他对待我的态度就跟其他人的不一样，所以我欣喜地认为，他对待我不同于对待他人生中的其他朋友。我觉得，自己跟他的其他朋友相比，更加贴近他的心，而我自己的心也因为同他心心相印而备感温暖。

他已经决定同我一道到乡下去，我们出发的日子也到了。起初，他为带不带利蒂摩去的事迟疑不决，但最终决定让他留在家里。

这位体面的人物心悦诚服地听从调遣。他安排把我们的旅行箱放置在我们乘坐到伦敦去的小马车上，放得稳稳当当，像是要经受住千百年的颠簸似的。我态度谦恭地给了他一点赏钱，他不动声色地接受了。

我们向斯蒂尔福思夫人和达特尔小姐告辞，我一次又一次地表达了谢意，那位仁慈的母亲也是一再叮咛嘱咐。我最后看到的是利蒂摩镇定自若的目光，心里觉得，那目光中蕴含着一种意味，他的心里觉得我确实是很幼稚。

我一帆风顺地回到了熟悉的故地，所思所想，在此不予描述。我们是乘坐邮政马车去的。我记得，自己当时甚至连雅茅斯的声誉都很在意，因此，当我们搭乘的马车穿过雅茅斯幽暗的街道驶向旅馆时，斯蒂尔福思说，按照他的看法，那是个美好、奇特和偏僻的洞窟，这时候，我高兴不已。我们一到达旅馆后就上床睡觉了（旅馆里那间叫作“海豚”的房间是我朋友，我们打从门口经过时，我注意到门口摆了一双脏兮兮的鞋和一副绑腿），第二天的早餐很晚。斯蒂尔福思精神焕发，我还没有起床，他就已经在海滩漫步了。他说他已经认识了当地半数船民。此外，他还看到了远处断定是佩戈蒂先生住的船屋，烟囱里正冒着炊烟。他告诉我说，他很想进屋去告诉他们，他就是我，如今长大了，他们认不出来了。

“你打算什么时候带我去那儿，雏菊？”斯蒂尔福思说，“我听从你的调遣，你自己安排好吧。”

“呃，我刚才在想啊，今天晚上合适，斯蒂尔福思，到时他们全都围坐在火炉边。我想要让你在最温馨舒适的时候看到那个家。那可是个奇妙的地方啊。”

“一言为定！”斯蒂尔福思回答说，“就今晚去。”

“我知道的，我不打算事先告诉他们我们在这儿，”我兴高采烈地说，“我们必须得给他们一个惊喜。”

“噢，当然！若是不给他们一个惊喜，”斯蒂尔福思说，“那就没有意思了。我们去看看本地人的原始状态吧。”

“虽说他们确实是你所说的那种人。”我回答说。

“哎哟！天哪！你还记得我和罗莎拌嘴的事，对不对？”他朝我扫了一眼，激动地说，“该死的丫头，我还真有点怕她呢，感觉她像个小妖精。不过不要理睬她。你现在打算去干什么呢？我猜你是想要去看看你的保姆吧？”

“嗯，说得对，”我说，“我必须先去看看佩戈蒂。”

“行啊，”斯蒂尔福思回答说，他一边看了看自己的表，“如果我把你交给她，让她抱着你哭上两小时，你觉得时间够了吗？”

我笑着回答说，我觉得两小时差不多，但是，他也得一同去，因为他会发现，他人不到大名就已经到了，他几乎同我一样，是那儿了不起的大人物了。

“你要我去哪儿，我就去哪儿，”斯蒂尔福思说，“或者说，你要我做什么，我就做什么。告诉我上哪儿去吧。两小时后，我一定按照你希望的状态登场亮相，多愁善感，或者滑稽可笑。”

我把寻找巴吉斯先生住处的路线详详细细地告诉了他，并说了巴吉斯是驶向布兰德斯通和其他地方的马车夫。我们约定好了之后，我便独自外出了。空气清新，地面干爽，海面水波荡漾，清澈明净，阳光普照，但不是很热，一切都清爽宜人，生气勃勃。我自己也神清气爽，活力四射，沉浸在置身此地的欢乐之中，我都差不多想要拦住街上的行人，同他们握握手。

当然，街道显得很狭窄。我认为，小的时候见过的街道，等到长大后重新返回时，情况往往都是如此。但是，街道上的一切我都没有忘却，也没有看出任何变化，直到最后来到奥默先生的店铺。过去的奥默店铺现在改写成“奥默—乔兰姆”，不过“经营各种布匹成衣，承做各种丧葬服饰用品”的字样依然如故。

我在街道的对面看到了店铺的招牌，脚步便自然而然地迈向店门口，于是我横过了道路，朝着店里面看了看。店的里端，有个容貌秀丽的妇人在轻快地晃动着怀里的孩子，而另外一个年龄稍大的孩子扯着她的围裙。我很容易就认出了明妮和明妮的孩子。通向客厅的那道玻璃门没有打开，不过，我可以隐约听到从院子那边的作坊里传来昔日的那种“咚——嗒嗒”的声音，好像那声音压根儿就从未停止过。

“奥默先生在家吗？”我走进店铺问着，“如果在家，我想见他一面。”

“噢，在家，先生，他在家呢，”明妮说，“他患有哮喘病，这种天气不适宜外出。乔，快去叫外公！”

扯着明妮围裙的那个小家伙大声地叫了起来，声音响亮得连他自己都觉得不好意思，于是小家伙赶紧用妈妈的衣裙捂住脸，妈妈显露出了十分赞许的目光。我很快就听见一阵沉重的哮喘声朝着我们过来了，过了一会儿，奥默先生便出现在我们面前，比先前哮喘得更加厉害，但看上去并不显得很衰老。

“愿意为您效劳，先生，”奥默先生说，“您有什么吩咐，先生？”

“如果您乐意的话，同我握握手吧，奥默先生，”我说着，一边伸出了手，“您曾经对待我和蔼可亲，而恐怕我当时没有向您表露出我的感觉。”

“有这样的事吗？”老人回答说，“我听到您这么说很高兴啊，不过我不记得那是什么时候的事。您确信那是我吗？”

“确信。”

“我觉得自己的记忆力就像呼吸一样短促了，”奥默先生说着，他一边打量我，一边摇着头，“因为我记不起您是谁了。”

“您不记得了吗？您当时到公共马车站接我来着，我还在这里用过早餐，然后我们一道驾车前往布兰德斯通，您和我，还有乔兰姆太太，乔兰姆先生，那时他还没有做她的丈夫呢。”

“啊，天哪！”奥默先生因为吃惊狠狠地咳嗽了一阵之后，大声说，“您说的可是真的吗？明妮，宝贝儿，你记得吗？天哪，真的……是给一位夫人办葬礼，对不对？”

“给我母亲。”我回答说。

“确……实，”奥默先生说，他用食指触了触我的背心，“还有一个婴儿呢！是两个人的葬礼。婴儿躺在另一个的旁边。当然是在布兰德斯通那边。天哪！这么长时间您还好吗？”

过得很好，我谢谢他惦记着，同时希望他也过得很好。

“噢！没什么可抱怨的，您知道，”奥默先生说，“我发现自己呼吸越来越急促，但人一旦上了年纪，呼吸舒畅不了。我顺其自然，自得其乐。这是最佳的态度，对不对？”

奥默先生因为哈哈大笑，所以又咳嗽起来了，在女儿的帮助下才缓过气来，因为她站在我们身边，正在柜台上欢快地摇动着自己的小孩。

“天哪！”奥默先生说，“没错，确实是。两个人的葬礼！啊，您相信我的话吗，就在那一趟的驾车行程中，明妮和乔兰姆结婚的日子给定下来了。‘您定个日子吧，先生。’乔兰姆说。‘对，您定吧，爸爸。’明妮也说。瞧，他现在成了我的合伙人了。您瞧瞧这儿！这是那个小的孩子！”

看到父亲把一根肥大的手指放到她在柜台上摇动着的孩子手里，明妮笑了起来，并用发带绑扎了头发捋向两鬓。

“两个人的葬礼，当然！”奥默先生说，他回忆着点了点头，“完全是这样的！眼下乔兰姆正在干活呢，做一具灰色的，用银钉子钉，不是这个尺码，”他指着正在柜台欢快地摇动着孩子的尺码，“比这足足大两英寸啊。您要来点什么吗？”

我表达了对他的谢意，但婉言谢绝了。

“让我想一想，”奥默先生说，“马车夫巴吉斯的老婆——船夫佩戈蒂的妹妹——她跟您家有点关系对吗？她在您家里做过事，对不对？”

我做了肯定的回答，他感到很满意。

“我相信，自己的呼吸接下来会更加舒畅了，因为我的记忆力变好了，”奥默先生说，“对啊，先生，我们这儿收了她家的一个年轻亲戚当学徒来着，她对缝制衣服的品位可高雅了。我可对您说，我认为全英国没有哪个公爵夫人比得上她。”

“不会是小埃米莉吧？”我脱口而出。

“她的名字是叫埃米莉，”奥默先生说，“而且她年龄也还很小。但我可是对您说啊，她长着的那张脸蛋，恐怕这城里一半的女人都要嫉妒她呢。”

“您乱说，爸爸！”明妮大声说。

“宝贝儿，”奥默先生说，“我可没有说你是这样的呀，”他朝我挤眉弄眼着，“不过我得说，雅茅斯有一半女人——啊！同时在方圆五英里内——嫉妒那姑娘都嫉妒得要发狂了。”

“那样的话，她应该一生一世安分守己才是，爸爸，”明妮说，“不要给她们落下什么话柄，那样她们就不会说什么了。”

“不会说什么，宝贝儿！”奥默先生回答说，“不会说什么！这就是你对人生的理解吗？女人有什么事做不出，有什么事不该做，尤其是针对另一个女人美丽容貌的话题？”

奥默先生这么轻松幽默地对女人揶揄了一番之后，我真的以为他要说的话全都说完了。他咳嗽得很厉害，一个劲地喘息，可就是缓不过来，所以我完全以为他的脑袋会在柜台的后面垂下去，然后两条腿颤抖着翘起来，亮出黑裤腿连带膝盖上褪了色的带子，在空中做最后无效的挣扎。不过，最后，他虽然喘息得厉害，但总算缓过气来了，只是精疲力竭了，不得不在桌子旁边的凳子上坐了下来。

“您可知道，”奥默先生说，他一边擦着额头，一边艰难地呼吸着，“她在这儿没怎么同人交往，也没有什么特别要好的熟人和朋友，更不要说有什么心上人了。结果吧，流言蜚语满天飞，说什么埃米莉想当阔太太。而我的看法是，之所以有流言蜚语传播，主要是因为她上学时说过，要是自己做了阔太太，就该如何如何孝敬舅舅，您知道吗？要给他买什么什么好东西。”

“我实话告诉您，奥默先生，她在我面前就这样说过来着，”我心急火燎地回答说，“当时我们俩都还小。”

奥默先生点了点头，搓了搓下巴颏。“的确是这么回事。您看，还有就是，她用很少的服饰就能装扮自己，比大多数人用很多服饰还要漂亮，这样的事叫人家看来心里就会不舒服。此外，她还有点像人家说的执拗任性，我自己就说她执拗任性，”奥默先生说，“不知道自己心里想些什么，有点被宠坏了，刚一开始的时候，不能约束自己。人家说她的是不是也就这么些了吧，明妮？”

“没有别的了，爸爸，”乔兰姆太太说，“我认为，最难听的也就是这些了。”

“所以，有一次她找了个事情做，”奥默先生说，“给一个脾气暴躁的老太太做伴儿，两个人不是很默契，她便没有待下去。最后到了这儿，学徒三年。差不多已经过去两年了，她一直就是个循规蹈矩的姑娘。一个人能顶六个人用！明妮，她现在是不是一个人顶六个人用啊？”

“是啊，爸爸，”明妮回答说，“您可别说我贬低了她。”

“很好，”奥默先生说，“这就对了。得啦，年轻的先生，”他搓了一会儿下巴颏之后，补充说，“我想话就说到这儿了，免得您可能认为我气短话长。”

他们刚才谈到埃米莉时，放低了嗓门，所以，我毫不怀疑，埃米莉就在附近。我问了他们是不是这么回事，奥默先生点了点头，表示是这么回事，并朝着客厅的门示意了一下。我赶紧问，可不可以瞧上一眼，得到的回答是悉听尊便。于是，我透过玻璃门看了看，看到她正坐着在干活儿呢。我看见她成了个魅力十足的小美人，那双明亮的蓝眼睛曾经看透过我幼小的心灵，现在笑着转向在她旁边玩耍的明妮的另一个孩子。只见她容光焕发的脸上透着矜持任性的神色，这足以证明我听到的情况属实。其中也隐含着昔日那种令人琢磨不透的羞涩之态，但是，我可以肯定，她美丽的容颜上，没有别的，只有对善良与幸福的憧憬，而且已经踏上了善良与幸福的征程。

隔着院子传来了那种似乎永远也没有停息的声调，哎哟！那声调实际上就是永不会停息的。整个这期间，那个声调一直在柔和地响着。

“您不打算进去，”奥默先生说，“同她说说话吗？进去同她说说话吧，先生！随意一点儿。”

可我当时感到很害羞，不好意思进去。我担心会令她局促不安，也同样担心自己会感到局促不安。不过，我弄清楚了她晚上回家的时间，这样可以安排时间到她家去。我告别了奥默先生、他容貌美丽的女儿，还有她的孩子们，然后去亲爱的老佩戈蒂家。

佩戈蒂正在那间砖铺的厨房里做饭。我一敲门，她就把门打开了，问我找她有什么事。我满面笑容地看着她，但她没有冲着我微笑。尽管我一直写信给她来着，但我们已经有七年没有见面了。

“巴吉斯先生在家吗，太太？”我问，故意对着她发出粗声粗气的声音。

“他在家呢，先生，”佩戈蒂回答说，“不过他患了风湿病，躺在床上呢。”

“他现在不跑布兰德斯通了吗？”我问。

“他身体好的时候就跑。”她回答说。

“你也到过那儿吧，巴吉斯太太？”

她开始更加细心地打量起我来了，我注意到，她的两只手迅速合拢在一起。

“因为我想打听一下那儿的一幢住宅的情况，他们管那住宅叫……叫什么来着？乌鸦巢。”我说。

她往后退了一步，一副吃惊的样子，她迟疑不决地伸出双手，像是要把我推出去。

“佩戈蒂！”我大声地冲着她喊了起来。

她也大声喊了出来：“宝贝孩子啊！”接着我们两个人哭成了一团，紧紧地拥抱在一起。

佩戈蒂有过什么样毫无节制的言行，怎样冲着我又是笑又是哭，她显露出怎样的骄傲之情，怎样的欣喜快乐，怎样的痛苦悲伤。那个我本来可能成为其骄傲与快乐的她，永远都不可能充满慈爱地把我紧紧地抱在怀里了，我不忍心在此叙述。面对佩戈蒂炽热的情感，我用不着担心自己会显得孩子气。我敢说，在自己的一生一世中，从来没有——即便面对佩戈蒂也是如此——像那天早上那样毫无顾忌地哭过笑过。

“巴吉斯会高兴得跟什么似的，”佩戈蒂说着，一边用围裙擦着眼睛，“对于他，见到您比敷上多少品脱的药膏还要管用呢。我去告诉他您来了，好吗？您愿意上楼去看看他吧，宝贝儿？”

我当然愿意。但是，佩戈蒂可没有像她打算的那样轻而易举地离开厨房，因为她每每走到房门口时，又会回过头来看看我，然后又是返回来伏在我肩膀上笑一阵哭一阵。最后，为了省去麻烦，我随同她一同上楼去。我先在门外等了一会儿，好让她跟巴吉斯先生先说上一声，让他有个准备，然后我才走到病人的跟前。

巴吉斯先生热情洋溢地欢迎我。他风湿病过于严重，没法同我握手，但他请求我拨弄一下他睡帽顶上的穗子，我满心欢喜地照办了。我在他床边坐定之后，他说，这下使他感觉好多了，就好像又上路给我赶着车去布兰德斯通似的。他仰躺在床上，全身盖得严严实实，只剩下一张脸——就像传统画派中画的小天使那样——这可是我见过的最最奇怪的东西了。

“少爷，我在车的顶篷写着谁的名字来着？”巴吉斯说，因为风湿病而带着迟钝的微笑。

“啊，巴吉斯先生！关于那件事，我们还严肃认真地谈过几次呢，对不对？”

“我愿意了很长时间吧，少爷？”巴吉斯先生说。

“很长时间。”我说。

“我对这事一点也不后悔，”巴吉斯先生说，“您还记得吧，您有一回告诉我，说所有苹果饼饭菜都是她做的。”

“记得，记得很清楚。”我回答说。

“真真切切，”巴吉斯先生说，“就像萝卜一样明摆着。真真切切，”巴吉斯先生说着，戴着睡帽频频点头，看来这是他加重语气的唯一手段，“就像税赋一样明摆着。没有什么比那些东西更加真真切切的了。”

巴吉斯先生把目光转向我，好像是要对他在病床上思索再三所得出的结论表示认同。我表示了认同。

“没有什么比那些东西更加真真切切的了，”巴吉斯先生重复了一遍，“这是像我这样的穷人躺在病床上思索得出的结论。我是个很穷的人，少爷。”

“听到你这么说，我很难过，巴吉斯先生。”

“一个很穷的人，我确实是。”巴吉斯先生说。

他说到这儿，把右手缓慢迟钝而又软弱无力地从被子下面伸了出来，然后漫无目的地乱抓了一阵，最后握住了松散地系在床边的一根手杖。他用手杖四处捅了捅，这期间，他脸上露出了各式各样的焦躁神色，最后手杖捅到了一只箱子，箱子的一端我一直都看到了。然后，他才平静了下来。

“是些旧衣服。”巴吉斯先生说。

“噢！”我应了一声。

“我真希望里面是钱，少爷。”巴吉斯先生说。

“我也希望如此，真的。”我说。

“可不是钱啊。”巴吉斯先生说，两只眼睛睁得不能再大了。

我表达完全相信他的话的意思，巴吉斯先生再把目光转向他妻子，显得更加温柔，然后说：

“克·佩·巴吉斯是女人中最最勤劳、最最心眼好的一个。任何人无论给她什么样的赞美，她都担当得起，而且绰绰有余呢！亲爱的，你今天可得做顿饭招待客人啊，弄点好吃好喝的，好吗？”

我本来应该阻止这种专门为了我而进行的不必要的张罗，但是，我看到佩戈蒂站在床的另一边正对着我，心急火燎地示意我不要推辞，所以，我便没有吭声了。

“我手边还有一点钱放在一个地方，亲爱的，”巴吉斯先生说，“但我有点儿累了。你和大卫少爷先出去让我打个盹儿，等我醒来后想办法把钱找出来。”

我们遵从了他的请求，离开了房间。等出了门口之后，佩戈蒂告诉我说，巴吉斯先生比以前“手更加紧”了，总是先要玩同样的一个小伎俩，然后才从藏钱处掏出个子儿来。他独自一人从床上爬下来，再从那个倒霉的箱子里取出钱来，忍受的痛苦可是闻所未闻啊。实际上，我们立刻就听到了他强忍不住的痛苦呻吟，因为他的这个喜鹊行动[1]弄得他像上肢刑似的，伤筋动骨。但是，佩戈蒂眼睛里虽然对他充满怜悯之情，但只是说，他的慷慨之心对他有好处，最好不要阻拦他。他就这样一直呻吟着，直到最后重新爬回到床上，我可以肯定，他忍受着酷刑，然后再叫我们进去，假装美美地睡了一觉刚醒，然后从枕头底下掏出一个几尼。他显得心满意足，觉得既骗过了我们，又保住了那只箱子不为人知的秘密，这样也就弥补了刚才受到的酷刑了。

我把斯蒂尔福思要来的消息告诉了佩戈蒂，结果他就到了。我相信，无论斯蒂尔福思是佩戈蒂本人的恩人，还是我的一个好朋友，她都不会有任何区别的，无论是哪一种情形，她都会以最大的热情和诚意来欢迎他。但是，斯蒂尔福思性情随和，情绪高昂，心情愉悦，谈吐活泼风趣，相貌英俊潇洒，他禀赋不凡，善于取悦于人，若是想要取悦于谁，定能直截了当地打动人家的心。所有这一切便在五分钟之内就使得她完全倾心于他了。仅凭着斯蒂尔福思对待我的态度就足以赢得佩戈蒂的好感。但是，把所有这些因素综合在一起，我打心眼里认为，等到晚上他还没有离开这个家，她就会对他顶礼膜拜。

斯蒂尔福思同我一道留下来吃晚饭了，如果我说心甘情愿，那根本无法表达他那种欣喜和快乐神情的一半。他就像是阳光和空气一样到达了巴吉斯先生的卧室，因为卧室里顷刻间变得阳光明媚，空气清新，好像他就是有利于身体健康的气候似的。他做任何事情时都悄无声息，轻而易举，自然而然。可是做每一件事情时，都透着一种无法形容的轻松自如，看起来不可能会做别的什么事情，或者

---

① 喜鹊习惯于把衔来的东西藏在最隐秘处。

任何事情都比这做得更好，他显得那么温文尔雅，浑然天成，赏心悦目，所以即便现在回忆起来，都会令我心驰神往。

我们在小客厅里谈笑风生。那本自从我离开后就没人翻过的《殉教者传》还和昔日一样摆在书桌上，这时我翻看着那些令人毛骨悚然的插图，想起了过去插图在我心里引起的恐惧感，但今天却感觉不到恐惧了。佩戈蒂提到那间房间，说是我的房间，已经收拾好了，就等着我夜里住下来，她希望我会住下来，这时候，我没有来得及朝斯蒂尔福思看上一眼，我正犹豫着呢，他就已经领会了全部意思。

"当然，"斯蒂尔福思说，"我们待在此地期间，你睡在这儿，我睡到旅馆。"

"可是，把你大老远领到这儿来，"我回答说，"却要分开来，这显得不够朋友，斯蒂尔福思。"

"行啦，看在上帝的分上，你本来就该待在那儿啊！"斯蒂尔福思说，"与这个比较起来，'显得'算个什么！"事情立刻就有结果了。

斯蒂尔福思自始至终保持着他那令人开心愉快的特性，直到八点时，我们一道出发去佩戈蒂先生的船屋。确实，随着时间的持续，他的那些特性越来越明显地展示出来了，我甚至当时就认为，现在也毫无疑问地认为，他决意要让人感到高兴，而且觉得自己成功了，这种感觉令他备受鼓舞，于是更加细致入微地体察他人的感受，尽管很微妙，但他感觉更加轻松自如了。如果当时有人告诉我，所有这一切都是一场妙趣横生的游戏，为了一时的应景热闹而表演，为了展示一下高昂的情绪，盲目地爱出风头，为了得个虚名而无谓地浪费着精力，其实那东西对他毫无价值，片刻之后就弃之不理了。我可以说啊，要是那天晚上有人对我说这样的谎言，那我真不知道自己会以何种方式发泄满腔怒火呢！

我陪同着斯蒂尔福思横过黑暗而又寒冷的沙地，朝着那条旧船走去，这个时候，如果可能的话，我或许只能怀着更加强烈的忠诚与友谊的情感。寒风在外面更加凄厉地呼啸着，情况比我当初头一次到佩戈蒂先生家的那个晚上还要更甚。

“这是个荒漠凄凉的地方啊，斯蒂尔福思，对不对？”

“黑暗中是够凄凉的，”他说，“大海在怒吼着，好像要把外面吞掉似的。我看到那边有灯光了，是那条旧船吗？”

“是那条船。”我回答说。

“我今天早上看到的就是，”他接着说，“我想，也许是灵感吧，我立刻就认出来了。”

我们走近灯光处时，不再说什么了，但我们步伐轻柔地走到了门口。我伸手抓住门闩，低声地要斯蒂尔福思靠近我，然后进了屋。

我们在外面就听到了屋里的一片嗡嗡声，而刚一进去，便听到了拍手的声音，令我感到惊讶的是，拍手声竟然是平时闷声不响的格米治太太发出来的。但是，那儿激动异常的人，还不只是格米治太太一个人。佩戈蒂先生容光焕发，一副异常满意的神态，开怀大笑，张开粗壮的双臂，好像是在等待着小埃米莉投入其怀抱。哈姆脸上则洋溢着各种表情，有爱慕钦佩，有欣喜若狂，有与他这个人很相配的笨拙羞涩，他正拉着小埃米莉的手，好像是要把她介绍给佩戈蒂先生。小埃米莉本人则红着脸，一副羞涩之态，但目光中透着欣喜的神色，是因为佩戈蒂先生快乐而快乐，就在我们进入的片刻（因为她最先看到了我们），她的动作停了下来，没有从哈姆的身边投入佩戈蒂先生的怀抱。我们第一眼看到他们所有人，我们从漆黑寒冷的夜晚进入温暖明亮的室内的那一瞬间，他们各自的表现就是这样的。格米治太太在一旁拍着手，就像个疯婆子。

我们刚一进入，那幅小小的画面瞬间便消失了，有人可能要疑惑，是否真的有过这么一幅画面。我已经置身于惊诧不已的一家人中间了，面对面地对着佩戈蒂先生，把手伸向给他，这时候，哈姆大声地叫了起来：

“大卫少爷！是大卫少爷！”

一时间，我们全都相互握手，互致问候，表达见面的喜悦之情，我们立刻就交谈起来了。佩戈蒂先生见了我们后，骄傲不已，高兴异常，他都不知道说什么，也不知道做什么，而只是一次又一次地同我握手，接着又同斯蒂尔福思握手，然后又同我握手，把自己一头浓密的头发弄得乱蓬蓬的，开怀大笑，得意扬扬，叫人看了也真是开心。

“啊，是你们两位先生——都长大了——今晚竟然上这儿来了，这可是我一生中难得碰上的夜晚啊，”佩戈蒂先生说，“之前可从未遇上这样的好事情，我的确是这么想的！小埃米莉，宝贝儿，过来！过来，小美人儿！这位就是大卫少爷的朋友，宝贝儿！这位就是我常在你面前念叨的先生，小埃米莉。今天晚上，他和大卫少爷一道看你来了。这可是你舅舅这一辈子最最开心开怀的一个夜晚啊，过去是这样，将来也是如此。不要说别的，就珍惜今晚吧！”

佩戈蒂先生一口气说了这么一番话，情绪高昂，热情洋溢，然后伸出那双大手欣喜若狂地捧着外甥女的脸庞，还一连吻了十多下，然后充满着骄傲和慈爱的神情，轻柔地把她的脸靠到自己宽阔的胸膛上，轻轻地抚摸着，他那手就像是一位女士的手。然后他松开了她。在她向着我昔日睡过的那间小卧室跑去的当儿，佩戈蒂先生环顾了一下我们大家，满脸通红，气喘吁吁，异乎寻常的兴奋。

“如果你们两位先生，两位先生现在长成大人了，成了这么有风度的先生了……”佩戈蒂先生说。

“他们是这样，他们是这样啊！”哈姆大声说，“说得好！他们就是这样。大卫少爷，两位……长成大人了……他们是这样！”

“如果你们两位先生，长成了大人的先生，”佩戈蒂先生说，“如果你们不能原谅我现在的心情的话，那就等到你们了解情况之后，再请求你们原谅。埃米莉，宝贝儿！她知道我要说什么事情呢，”说到这里，他又是一阵欢天喜地，“所以她跑开了。你去照料她一会儿，好不好，老妞儿？”

格米治太太点了点头走了。

“如果这不是，”佩戈蒂先生一边说，一边在我们身边坐下，“我一生最最快乐的夜晚，那我就是一只海蟹，还是一只煮熟了的海蟹，别的我就说不上来了。这个小埃米莉，先生，”他小声地对斯蒂尔福思说，“就是您刚才看到的脸色通红的那位……”

斯蒂尔福思只是点了点头，但兴致勃勃，显露出关切的神情，同时分享着佩戈蒂先生的喜悦之情，感觉他好像说了什么似的，所以佩戈蒂先生回答他的话。

“当然，”佩戈蒂先生说，“那就是她，她就是那样的。谢谢您啊，先生。”

哈姆向我点了几次头，好像他也要这样说。

“我们这位小埃米莉，”佩戈蒂先生说，“从小就一直住在我们家里，我觉得吧（我虽然是个粗人，可我就是这么认为来着），这个长着水汪汪眼睛的小美人可是世界上独一无二的啊。她不是我的孩子，我从来就没有过孩子，可是我给了她全部的爱。您清楚了吧，我爱得不能再爱了！”

“我很清楚。”斯蒂尔福思说。

“我知道您明白了，先生，”佩戈蒂先生回答说，“再次谢谢您啊。大卫少爷，他记得她过去的样子，您可以自己判断她现在是怎么个情况，可是，你们两位谁都不知道，对于我这颗充满着爱意的心来说，她过去、现在和将来是怎么一回事。我很粗鲁，先生，”佩戈蒂先生说，“粗鲁得像只海刺猬。可是，我觉得，没有哪个人，或许，除非是某个女人，不可能知道我们的小埃米莉对于我意味着什么。这是我们之间说一说啊，”他把说话声放得很低，“那个女人不是格米治太太，尽管她满身是优点也罢。”

佩戈蒂先生又一次用手把头发弄得乱蓬蓬的，作为进一步把话说下去的预备动作，然后他两只手一边一只搁在膝盖上，继续说：

“有一个人是熟悉我们的小埃米莉的，从她父亲被淹死起就熟悉，看着她长大，从婴儿到小姑娘，到大姑娘。他自己倒是貌不惊人，他是貌不惊人，”佩戈蒂先生说，“身材跟我似的：五大三粗，风里来雨里去的，还一身盐味。但是，总的来说，很诚实的一个小伙子，心眼儿好。”

哈姆这时坐在那儿龇牙咧嘴地冲着我们笑，我觉得他从来都没有像这样笑得开心过。

“这个有福气的出海打鱼人干什么啦，”佩戈蒂先生说，他满脸春风得意的样子，“他全身心地爱上了我们的小埃米莉，跟着她团团转，都成了她的仆人了，吃饭都不香了。到后来，他才把自己的心思向我讲明白了。你们知道，我现在可以指望着，我们的小埃米莉会顺顺当当地结婚嫁人。不管怎么说，我希望她嫁个忠厚老实的人，能够有权保护着她。我不知道自己能够活多长，或者说什么时候可能死去，但是，我知道，一旦哪天夜里雅茅斯的海面上刮起大风，我的船被掀翻了，我从自己阻挡不了的风口浪尖上最后一眼看到镇上闪烁的灯光，因为看到‘那边岸上有个人，心心相印地对待我的小埃米莉，上帝保佑她，只要那个人活着，我的小埃米莉就不会受到任何伤害！’这时候，我便可以更加安宁地沉入大海啦。”

佩戈蒂先生一脸淳朴忠厚的样子，挥了挥自己的右臂，好像是最后一次向着镇上的灯光挥舞，然后，目光同哈姆的相遇，两人点头示意，再和先前一样说了下去。

“哎呀！我劝他去对小埃米莉表白，他也是老大不小的人了，可他比个小孩子还要害羞，就是不愿意表白。于是，我就出面说了。‘什么！他？’小埃米莉说，‘这么多年了，我很了解他，也很喜欢他！噢，舅舅！可是我绝不可能嫁给他，他是那么好的一个人！’我吻了吻她，没有多说，只是说了‘宝贝儿，你说出来是对的，选择还是要由你自己来，你就像是一只小鸟一样自由。’然后，我找到他，并且说了，‘我本来希望这事能够遂愿的，但却不行。不过，你们俩过去怎么样今后还怎么样。我要对你说的是，你要像个男子汉似的，还跟过去一样对待她。’他握着我的手对我说，‘我会的！’他说。而他就是那么做的，堂堂正正，像个男人。因为两年过去了，我们还和过去一样在一个家庭生活着。”

佩戈蒂先生脸上的表情随着他叙述的情况的变化而变化着。他现在又恢复了先前那种喜气洋洋的神态。他把一只手搁在我的膝盖上，另一只搁在斯蒂尔福思的膝盖上（之前用唾沫湿了湿手掌，以便使得这个动作更加有分量），然后他对着我们两个人说了下面这一番话：

“突然有一天晚上——也就是今天晚上——小埃米莉收工回家，而且是他陪同着她回来的！你们会说，这有什么稀奇的啊。是不稀奇，因为天黑之后，他就会像哥哥一样照顾着她，而实际上天黑之前也一样，任何时候都一样。可是，这个出海打鱼的小伙子，他握着她的手，欢天喜地地冲着我就大声嚷嚷，‘看啊！这位将要做我的小媳妇呢！’而她呢，既开心又羞怯，又是笑又是哭，说着，‘是啊，舅舅！如果您同意的话。’如果我同意的话！”佩戈蒂先生大声说着，听到这个消息后欣喜若狂地摇头晃脑起来，“天哪，好像我还会不同意似的！‘如果您同意的话，我现在的打算就更加坚定了，考虑得也更加周全了，我会尽我的最大努力做好他的小媳妇的，因为他是可亲可爱而又心地善良的人！’这时候，格米治太太就像给一出好戏喝彩似的，拍起手来，接着，你们就进来了。瞧啊！事情亮底了！”佩戈蒂先生说，“你们进来了！刚才就是这事给闹的，这就是要娶她的人呢，等到她学徒期一满就娶。”

佩戈蒂先生喜不自禁，作为信任和友好的表示，给了哈姆一拳，打得他摇摇晃晃了一下，好不容易才站立住了。可是，哈姆感觉到必须得对我们说点什么，于是他费了很大的劲，这才前言不搭后语地说出了下面的话：

“她原先的个头没有您高，大卫少爷，那是您第一次来的时候。我当时就在想啊，她将来会长成什么样子。我看着她长大，先生们，长得像一朵花儿。我愿意把自己的一生一世交给她，大卫少爷，噢！心甘情愿，高高兴兴！在我的心目中，她胜过……先生们，胜过……她胜过我想要得到的一切东西，胜过我……胜过我能够表达的一切。我……我真心诚意地爱她。整个陆地上，或者航行过的海面上，没有哪一位男士爱他的太太能够胜过我爱她，不过有很多平常的男人——嘴上说得好听——心里面想的是另外一回事。”

哈姆这样一个五大三粗的小伙子赢得了一个美丽可爱的娇小女人的欢心，因为要竭尽全力表达出自己对她的情感而颤抖着，此情此景令我深受感动。佩戈蒂先生和哈姆本人感情朴实无华，对我们倍加信任，我觉得这件事情本身就令人感动。我完完全全地被这件事情感动了。对于我童年时代的种种记忆，自己的情感受到了多大的影响，我说不上来。我到达那儿之后，心里面是不是依然抱有幻想，即仍然还爱着小埃米莉，我说不上来。但我知道，看到那一切之后，我的心里充满了快乐，不过，刚一开始的时候，快乐中透着一种莫名的伤感，稍微刺激一下就会演变成痛苦。

因此，如果要依靠我运用什么技巧来给他们的主旋律奏出和声，那我准会把局面搞糟。但是，这事依靠的是斯蒂尔福思，而他技高一筹，承担了使命，以致几分钟之后，我们大家全都最大限度地轻松自如而又兴高采烈起来。

"佩戈蒂先生，"斯蒂尔福思说，"你是十足的好人，理当像今晚一样快快乐乐。我向你保证！哈姆，恭喜你啊，伙计。我也向你保证！雏菊，拨弄一下炉火吧，让它烧得更旺些！佩戈蒂先生，如果你不能把你那温柔贤淑的外甥女劝说回这儿来（我把这边角上的这个位子给她让着呢），那我就要走了。在这样的一个夜晚，在你们家的火炉边，要空着任何位子——尤其是这样的一个位子——我是不会干的，即便拿西印度群岛的财富来换也不干！"

于是，佩戈蒂先生进了我昔日住过的小卧室，去叫小埃米莉。一开始，小埃米莉不愿意出来，后来哈姆也去了。很快，他们俩就把她请到了火炉边来了，她显得很局促不安，腼腆羞涩。但是，她很快就不那么拘束了，因为她发现，斯蒂尔福思对她说话时是那么温柔体贴，毕恭毕敬。他说话很有技巧，回避了任何使她陷入尴尬的话题。他同佩戈蒂先生谈着各种大小船只、海潮鱼类。他还对我谈起当初在萨伦学校时见到佩戈蒂先生的情形。在谈到船屋和属于船屋的一切东西时，他是那么的开心愉快。他是那么轻松自如地一直谈着，慢慢地，我们大家都受到了感染，全都毫无保留地侃侃而谈起来。

确实，小埃米莉整个晚上都没有说什么话，但她一直端详着、倾听着，脸上容光焕发，显得美丽迷人。斯蒂尔福思讲了一个惨烈的船只失事的故事（这是由他和佩戈蒂先生的谈话引出来的），他讲的事情好像是自己亲眼见过的。小埃米莉也一直目不转睛地看着他，好像她也亲眼看到了。他为使我们的心情轻松下来，给我们讲了一段他自己经历过的妙趣横生的冒险故事，他娓娓道来，好像也同我们一样，对故事感到很新鲜。小埃米莉哈哈大笑起来，直到整个船屋都洋溢着欢快悦耳的笑声，结果轻松愉快的情景令我们忍俊不禁，大家全都笑起来了（斯蒂尔福思也笑了）。斯蒂尔福思引得佩戈蒂先生唱起了，或者不如说吼起了，"当暴风雨怒吼啊，怒吼啊，怒吼啊[①]，"他自己也唱起了一支水手之歌，唱得哀婉悲怆，美妙感人，我几乎都产生了一种幻觉，以为现实中的风在船屋的四周悄悄地掠过，透过我们寂静无声的氛围悄然低语着，也在那儿侧耳倾听。

格米治太太自从老伴去世之后，一直就是一蹶不振，神情沮丧，没人能够使她开心振作起来（佩戈蒂先生就是这么告诉我的），可是，斯蒂尔福思做到了。他把她弄得没有工夫沉浸在痛苦悲伤之中，所以次日她便说，她觉得自己一定是走火入魔了。

可是，斯蒂尔福思并没有把自己变成大家注意的焦点，或者谈话的中心。小埃米莉勇气更大了些之后，便隔着炉火同我攀谈起来（但仍然显得很羞涩），谈到我们昔日的情形，漫步海滩，拾贝壳，捡石子。我问她还记不记得我当时爱着她的情形，回眸着往昔种种这时候显得不那么真实的快乐时光的时候，我们俩都笑了起来，脸绯得通红，而这时候，斯蒂尔福思沉默不语，全神贯注，若有所思地看着我们。此时此刻，应该说是整个晚上，小埃米莉就坐在火炉边过去角落的那个矮柜上，哈姆在她的身旁，也就是我过去坐的位子上。我不知道，是她在有意要折磨人的小伎俩，还是在我们面前要表现少女应有的矜持，她尽可能地靠着墙壁，同他保持着距离，反正我注意到，她整个晚上就是这样的一种表现。

---

① 出自苏格兰诗人托马斯·坎贝尔（Thomas Campbell，1777 年—1844 年）所作《英国水兵之歌》。

我记得，等到我们起身告辞的时候，已经是半夜了。我们在那吃了饼干和鱼干，当作晚餐了。斯蒂尔福从口袋里掏出满满一瓶荷兰杜松子酒，我们男人们把酒喝了个精光（我现在可以说我们男人们了，并不会觉得脸红）。我们喜气洋洋地告别了，他们一家人全都站在门口，举着灯照着我们前面的路，一直到看不见。我看见小埃米莉迷人的蓝眼睛从哈姆的身后朝我们张望，还听见她柔声地嘱咐我们慢点儿走。

"真是个迷人的小美人啊！"斯蒂尔福思一边说，一边握住我的手，"啊！这是个不可思议的地方，他们是一群不可思议的人。同他们在一起，真是有一种前所未有的刺激呢。"

"我们也很幸运啊，"我接话说，"正好赶上了他们定下婚姻，见证了他们的幸福时光！我从未看过有人如此开心愉快过。我们看到了那幸福的场面，有幸分享了他们发自内心的快乐，真是赏心悦目啊！"

"那个家伙愣头愣脑的，怎么配得上那个姑娘啊，对吧？"斯蒂尔福思说。

他刚才对他们所有人还热情友好呢，所以他出人意料地冒出这么一句冷冰冰的话，我着实感到很惊诧。但是，我立刻转向他，看着他眼睛里含着笑容，这才松了一口气，并且说：

"啊，斯蒂尔福思！你尽可以拿穷人寻开心！你可能会同达特尔小姐吵架拌嘴，或者是用玩笑的话来向我掩盖你的同情心，但是，我心里很清楚。我看得出，你对他们感同身受，悉心地品尝着这个普通渔民拥有的幸福，或者理解我的老保姆的一片爱心，这个时候，我知道，对于你来说，面对这样的人的快乐或悲伤，或者任何一种情感，都不会无动于衷的。因此，我加倍地敬佩你、热爱你，斯蒂尔福思！"

他停下了脚步，盯着我的脸看，并且说："雏菊，我相信，你是真诚善良的。我希望我们都是一样的！"接着，他便轻松愉快地唱起了佩戈蒂先生唱过的歌，我们迈着欢快的步伐走回雅茅斯。

第二十二章

故地重游，物是人非

我和斯蒂尔福思在那乡间一带待了两个多礼拜。不用说，我们大部分时间里形影不离，但偶尔也会暂时分开几小时。他乘船的感觉良好，不晕船，而我却不行。他对驾船外出兴致勃勃，乐此不疲，所以当他和佩戈蒂先生一道驾船外出时，我一般就待在岸上。我住在佩戈蒂家为我准备的那个房间里，这对我有束缚，而斯蒂尔福思却没有这个束缚，因为我知道她成天要辛辛苦苦地照顾巴吉斯先生，所以我夜间不乐意在外面多逗留，而斯蒂尔福思住在旅馆里，他不受任何约束，可以率性而为。因此，我听到人家说，在我上床睡觉之后，他会请渔民们在佩戈蒂先生常去的“心悦楼”喝上两盅。还听说他整个夜晚趁着月色，身穿渔民们的衣服，在海上漂泊，直到早晨涨潮时才返回。不过，到了这个时候，我知道，他具备好动的天性和勇敢的精神，喜欢在粗重体力活儿和恶劣的气候条件下展示一番，如同遇到他觉得新奇的其他方面的刺激一样。所以，我对他的任何行为都不感到吃惊。

我们有时候分开行动的另一个原因是，我很自然地想去布兰德斯通，去重访一下童年时代的那些老地方，而斯蒂尔福思呢，他去过那儿一次之后，自然就再没有兴趣重游了。因此，我能够马上回忆起来，有那么三四天的时间，一大早用过早餐之后，我们便各走各的，然后很晚才又在一起用晚餐。其间，他是如何打发时光的，我不得而知，只是大体上知道，他在那个地方很受欢迎，他可以找到二十种方式自娱自乐，而换了别人恐怕一种都没有。

至于我自己嘛，我独自一人重返故地，顺着昔日走过的路前行，每走一步都能唤起记忆，徘徊在故地旧景，乐此不疲。我徘徊在那些地方，此情此景如同我记忆当中常常出现的那样，我远走他乡时，幼小的心灵往往会停留在故乡。树下的墓地是我父母长眠的地方，当只有父亲躺在那儿时，我怀着怜悯之心好奇地朝着它张望过，而当墓地掘开，葬下我容貌美丽的母亲和她的婴儿时，我黯然神伤，在一旁伫立过。从那之后，佩戈蒂忠心耿耿，精心看护，墓地被修整得整齐洁净，如同一座花园，我往往长时间地在旁边漫步。坟墓离教堂墓地的小道有一点点距离，坐落在一个僻静的角落里，但也不是太远，我在小道上来回漫步时，可以看到刻在墓碑上的名字。教堂里报时的钟声响起来时，我会被吓一大跳，因为在我听来，那就像是死亡的钟声。我立志这一辈子要出人头地，要建立丰功伟业，这种时候，我的思绪总是会与这些东西联系在一起。我的脚步声也一直在附和着这种旋律，仿佛我这次返回故里，母亲还健在，要在她的身边建造一座空中楼阁。

我老家的住宅已是面目全非了。被乌鸦长期抛弃的鸦巢已经不知去向了。那些树木遭到断枝砍伐，已没有了我记忆中的形状。花园里一片荒芜，杂草丛生，房子一半的窗户都紧闭着。房子里倒是有人住着，那是一位穷困潦倒、疯疯癫癫的先生，还有负责照顾他的人。他总是坐在我那个房间的小窗户边，张望着那片墓地。我寻思着，他那纷繁混乱的思绪是不是也会有我自己曾经萦绕于心的种种幻想。那个时候，我身穿睡衣，在充满了玫瑰馨香的早晨，站在同一个小窗户边朝外张望，看到羊群在初升的阳光下静静地吃草。

我们的老邻居格雷珀夫妇已经到南美洲去了，他们空空荡荡的房子漏雨了，房屋的外墙已经湿透。奇利普先生又结婚成了家，娶了个身材高挑、瘦骨嶙峋、鼻梁高耸的女人做太太，他们有了个孩子，那孩子身子孱弱干瘪，脑袋硕大，沉重得令身子都承受不起，两眼无神，目光呆滞，看样子是在追问着，为什么要降生到这个世界。

我徜徉徘徊在自己的故地时，总是怀着别样的心情，悲喜交集，直到殷红的冬日阳光提醒我，返回的时间到了，这才依依惜别。可是，离别那儿之后，尤其是当我和斯蒂尔福思心情愉快地坐在熊熊的炉火旁边吃晚饭的时候，回味着自己到了那儿的情形，感到心旷神怡。夜里，当我回到那间井井有条的房间之后，虽然程度有所减弱，但这种美妙的心情依然延续着，这时候，我翻阅着那本讲鳄鱼故事的书（该书一直就放在房间里的一张小桌子上），我怀着感激之情，想到自己该有多么幸福啊，因为有了斯蒂尔福思这样的朋友，有了佩戈蒂这样的朋友，有了心地仁慈、慷慨大度的姨奶，是她替代了我那逝去的父母。

我要走很长的路返回，但到达雅茅斯最便捷的途径是摆渡。渡船把我带到城镇和大海之间的那一片荒滩上，我可以径直地横过荒滩地，省得我在大路上拐一个大弯儿。佩戈蒂先生的船屋就在那片荒滩地上，离我经过的地方就是一百码的距离，我每次经过时，都要进去看看，而斯蒂尔福思肯定会在那儿等着我，然后我们一同冒着凛冽的寒气和越来越浓的雾霾，继续朝着灯光闪烁的城镇走去。

有个漆黑的夜晚，我返回的时间比平常更晚了些，因为我们即将结束这次行程，所以那天我去布兰德斯通告别来着。结果我发现斯蒂尔福思独自一人在佩戈蒂先生的船屋，坐在火炉的前面，若有所思的样子。他专心致志地想着心事，所以连我走近时都没有察觉。确实，即便他没有那么专心致志，也很容易出现这种情况，因为脚踩在外面的沙地上不会发出声响，但是，连我进门了之后也没能把他从沉思中惊醒。我紧挨着他站立着，眼睛看着他，但他仍然眉头紧锁，沉浸在自己的苦思冥想中。

我把手在他肩膀上搭了一下，把他吓了一大跳，而他反过来也把我吓了一大跳。

“你就像个可恶的鬼魂似的，”他说，语气中透着愤怒，“一下子就降临到了我身边！”

“不管怎么说，我总得表明一下自己到了吧，”我回答说，“我是不是把你从星星上给召回来了？”

“不，”他回答说，“不。”

“那是从哪儿把你给召回来的呢？”我说，同时在他身边坐下。

“我在看炉火中的画面呢。”他回答说。

“可是你把火中的画面全给毁了，不让我看，”我说着，因为这时他迅速用一块燃着的柴火拨弄了一下，搅起一串通红的火星子，全都往狭小的烟囱上蹿，呼啸着冲向外面的空气中。

“我不毁掉，你也看不出个究竟，”他回答说，“我厌恶这种混杂的时刻，既非白天，也非黑夜。你回来得这么晚啊！都上哪儿去了？”

“我到平常去过的地方告别去了。”我回答说。

“而我一直就坐在这儿，”斯蒂尔福思一边说，一边环顾了一下整个房间，“心里在想着，我们来的那天晚上，发现那些人全都欢天喜地的，他们有可能——从眼下这儿凄凉的境况来判断——失散了，或者死亡了，或者遇上了不知道什么灾祸。大卫，我真是希望自己这二十年来有一个深谋远虑的父亲啊！”

“亲爱的斯蒂尔福思，你这是怎么了？”

“我打心眼里希望自己有明智的指导！”他激动地大声说，“我打心眼里希望自己更加理想地规划自己！”

他情绪激动，言谈举止中透着沮丧，令我颇感惊诧。我没有料到他会这么反常。

“做个佩戈蒂这样的穷苦人，或者他那个愣头愣脑的侄子，”他一边说着，一边站起身，闷闷不乐地倚靠在壁炉架上，脸朝着炉火，“也会比现在的我强，哪怕我比他们富有二十倍，聪明二十倍也罢。也会比过去这半小时当中待在这该死的船屋里自己折磨自己要强！”

我对他身上出现的这种情绪上的变化感到诚惶诚恐，所以，刚一开始时，我只能缄口不言地看着他，看着他伫立在那儿，斜着的头用手托着，郁郁寡欢地向下看着炉火。最后，我态度诚恳地请求他告诉我发生了什么事情，这使得他如此异乎寻常的窝火，即便我不指望对他出什么主意，也让我对他表达我的同情之心。可我的话还没有说完，他便哈哈大笑起来，一开始笑声中透着烦躁，但很快就开心开怀起来了。

“得啦，没事，雏菊！没事了！”他回答说，“我在伦敦的旅馆里告诉过你的，有时候觉得自己不轻松。就在刚才，我成了自己的一个噩梦。我想，自己一定是做了场噩梦。有时候觉得百无聊赖，心里面便会想起一些童话来，但不知道是些什么童话。我感觉我把自己当成了那个‘毫不在意’，结果成了狮子的食物的坏孩子了。我认为，这比当了狗的食物要更加伟大。老妇人们称之为令人毛骨悚然的情况，我从头至脚都感觉到了。我害怕我自己。”

“我认为，你不害怕别的任何东西。”我说。

“可能也不尽然，可能有很多东西也是我害怕的，”他回答说，“行啊！都过去啦！我不想再为这事烦恼了，大卫。但我再跟你说一声，我的好伙计，如果我有个态度坚定而又深谋远虑的父亲，那就对我有利了（其实还不只是对我）！”

他脸上的表情一直很丰富，但是，他凝视着炉火，说着这一番话的时候，脸上表露出的阴郁而又诚恳的神态，我可是从未见过的。

“事情到此为止吧！”他说着，做了个手势，好像要把什么轻飘飘的东西抛向空中。“像麦克说的那样，‘啊，鬼魂已消失，我又是个男子汉啦！’[①]现在我们吃饭吧！但愿我没有（像麦克佩斯那样）慌里慌张，大惊失色，结果中断了宴会，雏菊。”

“可是我不知道他们人到哪儿去了啊！”我说。

“天知道，”斯蒂尔福思回答说，“我信步走到渡口去找你，之后，就又信步走到了这儿，发现空无一人。这叫我心里琢磨起来，你刚才也看到了我在想着心事。”

说话间，格米治太太挎着个篮子进屋了，弄清楚了屋里空无一人的原委。她匆匆忙忙出去购买急需的东西去了，赶在涨潮佩戈蒂先生返回前准备好，这期间门没有关上，因为哈姆和小埃米莉会回

---

① 出自威廉·莎士比亚的悲剧《麦克佩斯》第三幕第四场中的一句对白。剧中讲述当时宫中举行宴会，由于鬼魂出现，麦克佩斯受到惊吓，结果宴会一时中断了。

来得早，以免遇上她不在屋里时他们回来。斯蒂尔福思兴高采烈地问候致意，还半开玩笑似的拥抱了她，使得格米治太太的情绪高涨了许多，然后，他就拽着我的胳膊匆匆忙忙地离开了。

他自己的情绪改善了，其程度并不亚于格米治太太的，因为他又和平时一样热情洋溢起来了。我们一路朝前走着，他谈笑风生，说个不停。

“这么一来，”他兴致勃勃地说，“我们明天就要结束这种海盗似的生活啦，对不对？”

“我们说好了的，”我回答说，“公共马车上的位置都已经订好了，这你是知道的。”

“唉！我看是毫无办法了，”斯蒂尔福思说，“除了在这大海上漂泊着，我都差不多忘记了这世界上还有什么事情可以干的。要是没有其他事情该有多好啊。”

“只要新鲜刺激的事情持续着，情况就是这样的。”我说着，哈哈大笑起来。

“很可能只有这样的，”他回答说，“不过这句话从我这位心地友好、天真无邪的年轻朋友的嘴里说出来，就显得有点揶揄的味道啦。行啊！我老实说，自己是个情绪无常的人，大卫。我知道，自己是这样的人。不过，趁着时机好，我也能够把机会抓得牢。我觉得，自己作为这片海域中的领航员，已经通过了合情合理的考核了。”

“佩戈蒂先生说你是个奇才。”我回答说。

“是个航海的奇才吧，呃？”斯蒂尔福思笑着说。

“确实，他是这么说来着，而你也知道，这话说得实在，因为我知道你干什么事情都会热情高涨，而且轻而易举就精通了。这是你身上最最令我惊诧不已的事，斯蒂尔福思，你才华横溢，怎么这么有一阵没一阵地施展一下就会心满意足了呢？”

“心满意足？”他乐不可支地回答说，“我绝不会心满意足，除了面对你清新稚嫩的样子，温文尔雅的雏菊。至于说到有一阵没一阵，我可没有学会那一套本领，把自己拴在一个轮子上，不停地转啊转啊，因为当今的伊克西翁[①]们就是这么干的。不知怎的，我当初学徒的时候没有学好，不过现在也不想学了。我在这儿买了一条船，你可知道吗？”

“你真是个不同凡响的人啊，斯蒂尔福思！”我情绪激动地说了起来，接着又打住了，因为我这还是头一回听他说到这个事，“没准你永远也不想再来这儿呢！”

“这个我说不准，”他回答说，“我已经喜欢上这个地方了。不管怎么说，”他边说边拉着我快步向前走，“有一条船要出售，我就把它买下来了。是一条快速横帆船，佩戈蒂先生说的，而实际上也就是，我不在的时候，佩戈蒂先生就是船的主人。”

“我现在明白你的心思啦，斯蒂尔福思！”我欣喜若狂地说，“你假装说是给自己买的，而实际上是想要替他做件好事。我了解你的，我应该从一开始就知道这个的。亲爱的、心地善良的斯蒂尔福思啊，对于你慷慨乐善的行为，我该怎样才能表达我内心的想法啊？”

“别说了！”他说着，脸都红了，“说得越少越好。”

“难道我不知道吗？”我大声说，“我不是说过吗，对你而言，面对这样淳朴的人表露快乐或悲伤，或者任何一种情感，都不会无动于衷的？”

“是啊，是啊，”他回答说，“你对我说够了这样的话。就让它过去吧，我们说的已经够多了！”

我们以比刚才更快的速度朝前走着，而他对这个话题却如此轻描淡写，我怕再说下去会惹他不高兴，于是，便只在心里面暗自琢磨着这事。

“那条船必须得重新装配一下，”斯蒂尔福思说，“我会把利蒂摩留下来负责这件事，这样船只装配停当了我就可以知道。我告诉了你利蒂摩已到这儿来了吗？”

---

① 根据希腊神话，伊克西翁因热恋主神宙斯的妻子赫拉王后，并以此炫耀，结果被宙斯缚在永远旋转的车轮上受罚。

“没有。”

“噢，他来了！今天上午到的，带来了我母亲的信。”

我们相互对视了一下，我注意到，这时他脸色显得很苍白，连嘴唇都是苍白的，但他仍然目光坚定地看着我。我担心，恐怕他和他母亲之间有了什么分歧，这才使得他刚才独自一人在火炉边想着心事。我的话里含有这方面的意思。

“噢，不！”他说着，摇了摇头，露出了笑容，“没有这种事！对，他已经来了，归我使唤的那个人。”

“还跟往常一样吗？”我问了一声。

“还跟往常一样，”斯蒂尔福思说，“像北极一样，既遥远又宁静。他负责给船重新命名。船现在叫‘暴风雨中的海燕号’，可佩戈蒂先生怎么会喜欢‘暴风雨中的海燕号’这个名字啊！我要给船重新命名。”

“取个什么名字呢？”我问。

“小埃米莉号。”

他继续目光坚定地看着我，我理解为，他这是在提醒我，他不喜欢因为自己关爱了他人而受到赞许。我情不自禁地在脸上表露出自己心里有多么喜悦，不过我并没有说什么。他还是跟平常一样露着微笑，似乎很轻松。

“但看这儿啊，”他说着，眼睛朝前面看着，“小埃米莉本人来了！那家伙同她在一起，呃？天哪，他还真是个骑士，同她形影不离呢！”

这些日子，哈姆当上了造船匠，他有这方面的天赋，现在得到了发挥，已经成了个熟练的工匠了。只见他穿着工装，看上去有点粗鲁，但显得男子气十足，对于他身边那个娇艳欲滴的小美人来说，倒是很合适的保护人。确实，他脸上的表情透着坦率、真诚，有一种对她毫无掩饰的自豪感，还有对她深深的爱意，这一切在我看来，是最最美丽的形象。在他们朝着我们走过来的当儿，我心里想，即便在这一方面，他们也是很般配的。

我们停住脚步同他们打招呼，这时候，小埃米莉一脸羞怯，把手从哈姆的胳膊处抽了出来，同时把手伸向斯蒂尔福思和我时，脸上羞得通红。我们相互寒暄了几句之后，他们继续朝前走了，这时候，她不愿再挽着哈姆的胳膊，但仍然显得羞怯和拘束，自顾自地走着。在一轮新月的光线下，我们目送着他们渐渐远去，我觉得这一切美妙动人，令人神往，斯蒂尔福思似乎也有同感。

突然间，有个年轻女人从我们身边过去，显然是在追赶他们。刚才她过来时，我们没有注意，但她从我们身边走过时，我看清了她的脸，觉得似曾相识。女人衣衫单薄，看上去唐突放肆，形容枯槁，招摇惹眼，一脸穷酸，但此时，她似乎把一切都交给了呼啸着的风，心里面没有想着别的，只是要追赶上他们。远方的地平线一片昏暗，他们的身影消失在其中，在我们与大海和云朵之间只留下荒滩一片，她的身影也同样消失在其中，仍然和先前一样，没有追赶上他们。

“那黑影在追那女孩呢，”斯蒂尔福思说，他静静地站立住了，“什么意思？”

他说话时声音压得很低，我听起来觉得有点怪。

“我想，她一定想要向他们乞讨。”我说。

“乞丐倒是没有什么新奇的，”斯蒂尔福思说，“但乞丐今天晚上呈现出这种样子，倒是件挺奇怪的事情。”

“为什么？”我问他。

“老实说，也没有什么更加充分的理由，我只是心里想着罢了，”他停了一会儿接着说，“觉得黑影从我们身边过去时，是这么回事。我纳闷，这是从哪儿冒出来的啊！”

“我想准是从这堵墙的背影处跑出来的。”我说着，这时我们走过的路边正好有一堵墙。

“黑影消失了！”他扭过头来说，“但愿所有邪恶的东西都随之全部消失。我们现在该吃晚饭了！”

可是，他还是扭过头一次又一次地朝着远方那波光粼粼的海岸线张望。我们前面的路程很短了，可是他几次都前言不搭后语地表示不明白这是怎么回事。只是到我们在餐桌边坐定了，感到温馨愉快，其乐融融，火光和烛光映照在我们身上，这时候，他似乎才忘记了这件事。

利蒂摩已经在那儿了，我感觉他还和平常一样。我对他说，我希望斯蒂尔福思夫人和达特尔小姐一切都好，这时，他毕恭毕敬地回答说（当然也很体面），她们还好，并对我表达了谢意，还转达了她们对我的问候。就说这么些话，但是，我觉得他似乎再明确不过地在向我表明，“您还嫩着呢，先生，您还嫩得很呢。”

我们吃晚饭时，利蒂摩一直待在一个角落里注视着我们，或者正如我心里想的，不如说一直在注视着我。等到我们的晚餐吃得差不多的时候，他朝着餐桌向前走了一两步，对着他的主人说：

“对不起，少爷，毛切尔小姐到这儿来了。”

“谁？”斯蒂尔福思大声问，感到颇为吃惊。

“是毛切尔小姐，少爷。”

“嗯，她到这儿来干什么？”斯蒂尔福思说。

“这儿好像是她的故乡呢，少爷。她告诉我说，由于职业的需要，她每年都会来一趟，少爷。我是下午在街上遇见她的。她想要知道，晚饭后您肯不肯赏脸让她来伺候您，少爷。”

“你认识我们刚才谈到的那位女巨人吗，雏菊？”斯蒂尔福思问。

我只得如实相告——即便在利蒂摩面前暴露这么一个劣势，我都感觉很羞辱——我完全不认识毛切尔小姐。

“那这样的话，你得认识她，”斯蒂尔福思说，“因为她是世界上的七大奇观之一。毛切尔到了之后，请她进来。”

我心情激动，对这位女士充满了好奇，尤其是在我提到她时，斯蒂尔福思突然爆发出一阵笑声，断然拒绝回答我有关她提出的任何问题。因此，我心里充满了期待，直到餐桌上桌布撤走了半小时之后，我们坐在炉火前面喝着葡萄酒，这时候房门开了，利蒂摩还跟平常那样泰然自若，不苟言笑，通报说：

“毛切尔小姐到了！”

我朝门口看去，结果什么也没有看到。我眼睛仍然盯着门口，心想毛切尔小姐怎么这么长时间还不露面呢，可突然间，令我惊诧不已的是，在我和房门之间立了一张沙发，一个胖乎乎、矮墩墩的女人步履蹒跚地从沙发边冒了出来，四十到四十五岁的样子，长着一颗硕大的脑袋和一张宽阔的脸庞，一双淘气的灰眼睛，两只胳膊短小得出奇，所以，在她向着斯蒂尔福思挤眉弄眼的时候，为了使自己能够把一根指头淘气地按住那短平而又往上翘的鼻子，她不得不赶到半途中去迎接手指头，让鼻子顶在它的上面。她的下巴颏肉坨坨的，是人们通常称作的那种双下巴，结果把帽带连同带结都完全给吞没了。颈脖子看不见了，腰部看不见了，两条腿也看不见了，这些都是不用说的。因为如果她有腰的话，虽然在腰所处的位置以上，长度超过了正常长度，虽然正如一般人的情况一样，她也是以一双脚为终点的，但她的身材极矮，结果站立在一把普通的椅子边，就像是站立在一张桌子边一样，她把随身带来的包放在了座位上。这位女士穿着非常随便，正如我上面描述的，好不容易把鼻子和手指凑到了一块儿，站着的时候必须把头侧向一边，目光犀利的眼睛必须有一只要紧闭着，露出一副少见的狡猾世故的嘴脸。她在向着斯蒂尔福思挤眉弄眼好一会儿之后，便打开了话匣子滔滔不绝起来。

“哎哟！我的花儿！”她兴高采烈地开口说，冲着斯蒂尔福思摇了摇头，“你到这儿来了，可不是嘛！噢，你个淘气的孩子，不要脸的东西，大老远地离开家跑到这儿来干什么啊？一定是来干什么坏事的。噢，你可真是个精明狡猾的人啊，斯蒂尔福思，你就是这样的，而我属于另一个，对不对？哈，哈，哈！你现在敢下一百对五英镑的赌注，说你不会在这儿遇上我，对不对？我的天哪，跟你说吧，我哪儿都去。东西南北，哪儿都去，就像是变戏法的裹在太太小姐们的手帕里的半个克朗一样。谈到手帕，还有谈到太太小姐，你真是你那有福气的母亲的莫大安慰啊。亲爱的孩子，这话是正是反，我就不明说啦！”

毛切尔小姐说这番话的时候，解开了帽带，往后面一甩，然后一边在火炉前的一个踏脚凳上坐了下来，一边喘着粗气。这样一来，挡在她头顶上的桃花心木餐桌就成了一个遮风避雨处了。

“噢，我的天哪！”她接着说，两只手一只拍着她的小膝盖，目光犀利地朝我看了看，“我体型过于胖了点儿，这是事实，斯蒂尔福思。上了楼梯之后，我喘气都要费很大的劲儿，就像吸一桶水一样。如果你看见我在楼上的窗户边朝外张望，你会认为我是个漂亮的女人呢，对不对？”

“我不管在哪儿看到你，都会这样认为的。”斯蒂尔福思回答说。

“去你的，你这条狗儿，去！”矮个子女人大声说着，她用刚才擦脸的手帕朝着斯蒂尔福思挥舞了一下，“别没有规矩！但是，我可实话告诉你，同时以名誉担保，我上个礼拜到了米赛尔斯夫人家里，那才真叫漂亮女人啊！她显得多年轻啊！我在房间里等着她时，米赛尔斯本人进来了，那才真叫帅气男人啊！他显得多年轻啊！戴了假发也显得年轻，因为他假发都戴十年了。他不停地冲着我甜言蜜语，恭维有加，弄得我都想要摇铃叫仆人了。哈！哈！哈！他倒是个讨人喜爱的可怜虫，不过他需要规矩一点才是。”

“你替米赛尔斯夫人做了些什么？”斯蒂尔福思问。

“那可是秘密，我的乖宝贝，”她回答说，同时又轻轻地触了触鼻子，皱了皱眉头，眨了眨眼睛，就像个智力非凡的小精灵，“用不着你操心！你是想要知道，我是不是让她停止掉头发，或者把头发染了，或者美化她的皮肤，或者给她修整眉毛，对不对？宝贝儿，等我告诉了你的时候，你就知道了！你知道我曾祖父的名字吗？”

“不知道。”斯蒂尔福思说。

“我曾祖父叫沃克，我的乖乖小宝贝，”毛切尔小姐说，“他是家世久远的沃克家族的传人，我就是从胡克·沃克[①]那儿继承了全部遗产的。”

毛切尔小姐除了她那镇定自若的神态之外，眨眼的工夫无与伦

---

① 据说，胡克·沃克（Hookey Walker）是维多利亚时代早期一个名叫约翰·沃克的间谍的绰号，此人鹰钩鼻子，专说谎话，被人们称之为“谎话大王”，后作为“瞎说！”“胡说！”等感叹语的代名词。

比。她在听别人说话，或者她说了话之后等待别人回答时，总是一动不动，态度狡猾，脑袋侧向一边，一只眼睛像喜鹊那样朝上翻着，那样子也是奇妙无比的。我完全惊呆了，直愣愣地坐在那儿盯着她看，已经忘乎所以，恐怕连礼貌规则都抛之脑后了。

到这时候，她已经把椅子拉到了她身边，正忙不迭地从那只包里掏出（每次往里掏时，胳膊伸进去都到肩膀处了）大量的小瓶子、海绵、头梳、刷子、小块法兰绒、几把小烫发夹子，还有一些别的工具。她把这些东西全都堆在椅子上。她掏着掏着，突然停了下来，很令我局促不安的是，她冲着斯蒂尔福思说：

"你这位朋友是谁？"

"科波菲尔先生，"斯蒂尔福思说，"他想要认识你呢。"

"行啊，那么，他会认识的！我觉得，看他的样子好像认识！"毛切尔小姐回答说，她一摇一摆地向我走过来，手里提着那个包，边走边冲着我笑，"脸蛋儿像个桃子！"我坐在那儿，她踮起脚尖站着，伸手在我脸上掐了一把，"真招人喜爱啊！我非常喜爱吃桃子。毫无疑问，很高兴认识你，科波菲尔先生。"

我说了，能够有幸结识她，自己深感荣幸，同时，高兴的心情是共同的。

"噢，天哪，我们多么礼貌客气啊！"毛切尔小姐一边激动地大声说，一边试图用她那一丁点儿大的小手捂住那张宽阔的大脸，其结果荒谬可笑，"不过，这是一个充满着欺人之谈的世界，难道不是吗？"

这是冲着我们两个人说的心里话，那只一丁点儿大的小手从面部移开之后，又一次连同胳膊掩埋进包里了。

"你这话是什么意思啊，毛切尔小姐？"斯蒂尔福思问。

"哈！哈！哈！可以肯定，我们是一伙令人怡情爽神的骗子，对不对，我的心肝宝贝？"矮个子女人回答说，还在包里面搜寻着东西，脑袋侧向一边，眼睛朝空中看着，"看看这儿！"她从包里面掏出了一件东西，"俄国王爷剪下的指甲片！我可是称他为颠三倒四的

‘字母王爷’，因为他的名字里面包含了所有字母，乱七八糟地挤在一堆。”

“这位俄国王爷是你的一位主顾，对吗？”斯蒂尔福思问。

“你说得没错，我的乖宝贝，”毛切尔小姐回答说，“我给他修剪指甲来着，一个礼拜两回！手指甲和脚指甲一道修剪！”

“我想他给的报酬很丰厚吧？”斯蒂尔福思说。

“他付报酬同他说的大话一样，慷慨大方着呢，宝贝孩子啊，”毛切尔小姐说，“王爷才不是你们这种把胡子刮得精光的人。如果你见识过他那两撇大胡子，你也会这样说的。那胡子天生是红色的，但人工染成了黑色。”

“那肯定是出自你的巧手吧。”斯蒂尔福思说。

毛切尔小姐眨了眨眼睛表示认可。“他不得已打发人请我去，没有办法。气候会影响染色。在俄国好好的，但在这儿却不行。你有生以来都没有见识过那么一位生着赭色毛发的王爷，就像是一堆废铁！”

“就是因为这个原因，你刚才叫他骗子吗？”斯蒂尔福思问。

“噢，你是个少年精英，不是吗？”毛切尔小姐说，她使劲地摇了摇头，“我说的是，总的来说，我们全是骗子。我给你们看了王爷的指甲片，以便证明这一点。在那些名门望族的家庭里，对于我而言，王爷的指甲比我所有的才智加在一起还要管用。我四处都随身带着，因为这是最有说服力的推荐。如果说毛切尔小姐给王爷剪指甲，她一定有两下子。我把指甲送给那些年轻的夫人，她们便把指甲放进纪念册里，我相信是这样的。哈！哈！哈！我敢说，‘整个社会制度’（就像人们在议会中演讲时所说的那样）就是王爷的指甲制度！”这个矮小得不能再矮小的女人一边说着，一边试图把自己短小的胳膊交叉在一起，同时点了点自己硕大的脑袋。

斯蒂尔福思开心开怀地哈哈大笑起来，我也笑了起来。毛切尔小姐一直不停地在摇着头（头侧向一边侧得很厉害），一只眼睛朝上看，另一只眼睛眨了眨。

“行啊，行啊！”毛切尔小姐说着，猛然拍了拍自己的小膝盖，起身，“这不是正经事儿，来吧，斯蒂尔福思，我们探索一下两极地区[1]吧，把事情办妥帖了再说。”

于是，她挑选了两三件小器具，还有一只小瓶子，然后问了一声（这令我感到很惊诧），桌子是否承受得住。听到斯蒂尔福思的肯定回答后，她拖来了一把椅子靠着桌子，请求我扶她一把，她爬到了桌子上，动作很灵巧，好像那是个舞台。

“如果你们当中有哪个看到了我的脚踝[2]，”她稳稳当当地站到桌子上之后说，“就请说出来，那我就回家去把自己给报销了。”

“我没看见。”斯蒂尔福思说。

“我没看见。”我说。

“那好吧，”毛切尔小姐大声说，“我就答应活下去吧。好，小鸭，小鸭，小鸭，快到邦德太太这儿来挨杀[3]！”

她这是在像念咒符一样召唤斯蒂尔福思过去，置于她的摆布之下，因为他应召坐了下来，背靠着桌子，笑脸对着我，乖乖地把头让给毛切尔小姐检查，很显然，没有别的目的，就是要让我们开心。看到毛切尔小姐站在桌子上，对着斯蒂尔福思，居高临下，从口袋里掏出一面又大又圆的放大镜，透过放大镜查看着他那头浓密的棕色头发，真是一幅令人惊叹的景象啊。

“你真是个英俊帅气的小伙子啊！”毛切尔小姐简略地查看了一番之后说，“要是没有我，十二个月之后，你的头就会秃得像个修士。年轻的朋友，就半分钟的工夫，我就会把你的头发给收拾得亮闪闪的，头发卷保持十年不走样儿！”

说完，她便把小瓶子的东西倒了一些在一小块法兰绒布上，接着又把这种具有神奇功效的东西弄了一些到一把小刷子上，然后便开始用这两样东西对着斯蒂尔福思的脑袋又是涂又是擦，忙乎的劲

① 此处指下文提到的，查看斯蒂尔福思的头。

② 在十九世纪的英国，妇女要求严格遵守闺训，衣裙要长到盖住脚踝。

③ 出自一首英国儿歌。

头我见所未见。她的嘴里还一直说个不停。

“有个叫查利·派伊格雷夫的，也就是公爵的儿子，”毛切尔小姐说，“你认识查利吗？”她扭过头来瞥了一眼斯蒂尔福思的脸。

“有点熟。”斯蒂尔福思说。

“他真是个了不起的人啊！瞧他那络腮胡！至于他的腿嘛，要是查利有一双腿该有多好(可惜没有)，那准是举世无双。你相信吗，他竟然想不要我伺候了，而且还是在近卫骑兵团？”

“他是疯了吗？”斯蒂尔福思说。

“看起来像是疯了，不过，不管是疯了，还是神志清醒，他就是这么干了来着，”毛切尔小姐说，“你猜猜他干什么去了，他进了一家卖香水的商店，说是想要买一瓶马达加斯加[①]液体。”

“查利真这么干啦？”斯蒂尔福思问。

“查利真这么干了。但是，人家店里面没有马达加斯加液体卖。”

“那是什么呢？喝的东西吗？”斯蒂尔福思问。

“喝的？”毛切尔小姐回答说，她停下了手里的活儿，拍了拍他的脸蛋，“你知道吗，修整他自己的络腮胡用的。店里面有个女的——是个上了年纪的女人——简直就是一只格里芬[②]，她甚至连那种液体的名字都没有听说过。‘对不起，先生，’那怪兽对查利说，‘它不是……不是……不是胭脂，对不对？’‘胭脂，’查利对怪兽说，‘竟然会冲着有教养的人的耳朵说出这种说不出口的东西，你认为我需要胭脂吗？’‘没有冒犯您的意思，先生，’怪兽说，‘人们用了许许多多名字来问我们有没有那种东西[③]，所以我就以为您也是要那个呢。’这就是，孩子啊。”毛切尔小姐继续说，还像刚才一样，手里还是忙着擦个不停，“我给你说到的怡情爽神的骗子的另一个例子。我自己也用那种方式干过，或许说得很多，或许说得很少，但话要说得

① 非洲岛国，地处印度洋西部，由马达加斯加岛及其沿岸的圣马里等小岛组成。

② 指希腊神话中狮身鹰首怪兽。

③ 当时上流社会虽然用胭脂来做化妆品，但不屑于说出它的真名，认为有失身份，所以变换着名称去买。

巧妙，孩子啊，没有关系的！”

“你指的是哪一种方式啊？是胭脂的那种吗？”斯蒂尔福思问。

“是指把这个和那个拼合在一起，我的幼稚小学生啊，”警觉慎重的毛切尔一边说，一边触了触自己的鼻子，“各行各业都有秘方，按照秘方配制，配制出来的东西就可以达到预期的效果了。我说的是，我自己干过一点儿这方面的事。有个老年贵妇，她把它叫作唇膏。另有一个，她把它叫作手套。另有一个，她把它叫作衣服饰边。另有一个，她把它叫作扇子。她们叫它什么，我就叫它什么。我把它提供给她们，可是一直玩的就是这种把戏，大家心照不宣，可是过不了多久，她们就会觉得，像在我面前一样，面对整整一个客厅的人把它往脸上抹。而当我伺候着她们的时候，她们有时候会对我说——脸上抹着那东西，厚厚的一层，完全没有错——‘我看上去怎么样，毛切尔？脸色显得苍白吗？’哈！哈！哈！哈！这难道不怡情爽神吗，小朋友！”

毛切尔小姐站立在桌子旁边时的样子，我一辈子都没有见识过，她一边绘声绘色地讲述着这件有趣的事情，一边忙不迭地擦着斯蒂尔福思的脑袋，还在他的脑袋上方朝着我挤眉弄眼。

“啊！”她说，“这儿不大时兴这样的东西。这样一来，我又得离开了！从我到这儿之后，就没有见过一个容貌美丽的女人，杰米[①]。”

“没有见过吗？”斯蒂尔福思说。

“连个影儿都没有见过，”毛切尔小姐回答说。

“我想吧，我们可以让她看一个真真切切的美人，对吧？”斯蒂尔福思说，说话时眼睛看着我，“呃，雏菊？”

“可以，确实可以。”我说。

“啊哈？”矮小个子女人大声说，她目光犀利地看着我的脸，然后转过去瞅了一眼斯蒂尔福思的脸，“哼？”

她“啊哈”一声感叹听起来像是冲着我们两个人的，而“哼”一

① 詹姆斯的昵称。

声就只好像是冲着斯蒂尔福思一个了。两声都好像没有得到回答，她只是继续擦着，脑袋侧向一边，一只眼睛朝上看，好像是要在空中寻找到答案，而且充满了信心，相信答案很快就会有。

“是你的妹妹吗，科波菲尔先生？”毛切尔小姐说，停顿了一会儿，眼睛依然朝上看着，“啊，啊？”

“不是，”没等我开口回答，斯蒂尔福思就说，“绝不是这么回事，相反，科波菲尔先生先前——或者是我弄错了——深深地爱慕着她。”

“啊，难道现在不爱慕了吗？”毛切尔小姐问，“他感情不专一吗？噢，真丢人！他是不是见花就采，见异思迁[①]，直到波利满足了他的情感？她的名字是叫波利吗？”

矮小个子女人冷不防地对着我冒出这么一个问题，还用探寻的目光看着我，弄得我一时间不知所措。

“不是，毛切尔小姐，”我回答说，“她名叫埃米莉。”

“啊哈？”她还和刚才一样大叫了一声，“哼？我真多嘴！科波菲尔先生，我是不是个多嘴多舌的人啊？”

涉及这个话题时，她说话的腔调和神态，让我觉得心里面不爽。我一脸严肃起来，其程度超出了所有我们三个人先前的状况，并且说：

“她不仅美丽可爱，而且端庄贤淑，她已经订婚，就要出嫁了，要嫁的人生活境遇也与她的相同，值得她爱，配得上她。我倾慕她容颜美丽，同时也欣赏她通情达理。”

“说得好！”斯蒂尔福思大声说，“说得好，说得好，说得好啊！我现在来如实相告，不让她猜测了，满足这位小法蒂玛[②]的好奇心，亲爱的雏菊。毛切尔小姐，那姑娘眼下在奥默和乔兰姆的店铺里学

---

① 典出英国诗人、戏剧家约翰·盖伊（John Gay，1685—1732年）的代表作《乞丐的歌剧》。剧中的马其什是一个大海盗，也是情场高手，这里意思是把科波菲尔说成和马其什一样是玩弄女人的高手。

② 法国童话中蓝胡子的第七个妻子，出于好奇心，她打开密室，结果发现了她丈夫杀害的以前妻子的尸体。

手艺，或者说当学徒什么的。那是镇上一家加工经营纽扣、针线、短袜、缎带等零星服饰用品，还有妇女服饰用品等的店铺。你听明白了吗？是奥默和乔兰姆的店铺。我朋友刚才说她已经订了婚，要嫁的是她的表兄，名叫哈姆，姓佩戈蒂，职业是造船匠，也住在镇上。姑娘和亲戚生活在一起，那亲戚不知道叫什么名字，姓佩戈蒂，职业是出海打鱼，也住在镇上。她是世界上最最美丽可爱和最最妩媚动人的小仙女。我无比地爱慕她，就如同我的朋友一样。要不是显得有可能轻视了她的心上人，因为我知道我的朋友听了也会不高兴，我准会补充说上一句：在我看来，她似乎糟践自己了，我可以肯定，她本来可以找到更加理想的意中人的。我发誓，她生来就是做贵妇人的料。”

斯蒂尔福思慢条斯理、清晰明了地说着这番话，毛切尔小姐认真地听着，脑袋侧向一边，一只眼睛朝上看着，她似乎仍然在寻找着答案。他话一说完，她便又兴致勃勃起来，滔滔不绝地说开了，此情此景令人吃惊。

“噢！情况就是这样的吗？”她情绪激动地大声说，手里不停地用剪刀修剪起斯蒂尔福思的络腮胡来了，剪刀在他脑袋四周晃动着，“非常好，非常好啊！是个很长的故事，结尾时应该是，‘从此以后，他们过起了幸福快乐的日子。’是不是应该这样？啊！那个嵌字顺口溜怎么说来着？

> 我爱我的心上人为了一个E[①]，
> 因为她迷人（Enticing）；
> 我恨我的心上人为了一个E，
> 因为她已订婚（Engaged）；
> 我把我的心上人比作一个E，
> ——美妙（Exquisite）；

① 意思是说，每个字母E是一个英文单词的缩写。

我劝我的心上人做一件 E,
——私奔(Elopement);
她的芳名是 E 开头的埃米莉(Emily);
她就住在 E 为着的东方(East)。

哈!哈!哈!科波菲尔先生,我这人是不是情绪变化无常啊?"

她只是看着我,神情夸张,目光狡黠,没等我来得及回话,也没有喘一口气,就接着说:

"行啊!如果说我把哪个淘气鬼修整得无可挑剔,那你就是,斯蒂尔福思。如果说我见识了世界上什么傻脑袋瓜的话,那就算见识了你的啦。我跟你说话呢,你听见了吗,宝贝儿?我见识了你的傻脑袋瓜啦,"她低着头瞥了一眼他的脸,"杰米,你现在可以撤下了(我们在宫廷里就是这么说来着)。而如果科波菲尔先生坐到这把椅子上,我就来给他修整一下。"

"你的意思呢,雏菊?"斯蒂尔福思问,笑着让出了他坐着的椅子,"需要修整一下吗?"

"谢谢您,毛切尔小姐,今晚就免了吧。"

"不要拒绝,"矮小个子女人一边说,一边打量着我,神态就像是个鉴赏家,"把眉毛添出一段来。"

"谢谢您,"我回答说,"下次吧。"

"朝鬓角方向延长八分之一英寸就成啦,"毛切尔小姐说,"我们让它两个礼拜就长出来了。"

"不用啦,谢谢您,这会儿就免了吧。"

"要不修整一下眉梢吧,"毛切尔小姐敦促着说,"不干?那就向上修出个发型,好现出两边的络腮胡。来吧!"

我在谢绝的时候,脸上绯得通红了,因为我觉得,这触到了我的软肋。但是,毛切尔小姐看出来了,我眼下并没有要接受她在我身上施展修饰技艺的意思。同时也看出,尽管她把那只小瓶子举到一只眼前晃来晃去,目的是要强化她的说服力,但一时没法令我动心,于是就说，下次尽早给我修整，接着请求我搭一把手，扶她从桌子上下来。我搀扶了她一把，她便动作轻盈地下来了，然后便动手把帽带子往下巴颏上勒。

“费用，”斯蒂尔福思说，“是……”

“五先令，”毛切尔小姐回答说，“再便宜不过啦，孩子啊。我是不是情绪变化无常啊，科波菲尔先生？”

我彬彬有礼地回答说：“一点儿也没有。”但是，我心里面觉得她就是这样的人，因为这时候，我看见她把斯蒂尔福思给她的两枚半克朗的硬币向上一抛[①]，就像是个卖馅饼的小贩似的，然后又接住，把钱放进了口袋里，然后再重重地拍了一下。

“这就是钱柜子，”毛切尔小姐说，同时他又站立在椅子边，把先前从包里面掏出来的那一大堆七七八八的小玩意儿放了回去。“我把东西都收齐了吗？看起来收齐了。可不能像大高个子内德·比德伍德[②]那样啊，当时人家把他领到教堂去‘要他同一个女子结婚’，正如他说的，他把新娘子抛到脑后了。哈！哈！哈！内德是个十恶不赦的大坏蛋，不过挺滑稽可笑的！行啊，我知道我令你们伤心欲绝了，不过我必须得离开你们啦。你们可一定得鼓足全部的勇气，忍受这种痛苦。再见啦，科波菲尔先生！多保重自己，诺福克郡的小家伙！看我一直就唠叨个没完！都是你们两个可怜虫惹的事。我原谅你们啦！‘鲍勃是我！’初学法语的英国人说‘晚安’就是这样说的。我觉得它听起来像是说英语，‘鲍勃是我！’我的小宝贝们！”

她把那个包往胳膊上一挎，步履蹒跚，喋喋不休，走向了门口。到了门口又停住了，问可不可以给我们留下她的一缕头发。“我是不是情绪变化无常啊？”她补充说，作为对刚才这个许诺的一句评价语，然后手指头顶着鼻子离开了。

斯蒂尔福思哈哈大笑起来，弄得我也忍不住大笑起来。不过说

---

① 目的是试一试真假。
② 典出当时的流行歌曲。

实在的，要不是先笑在前面，我真不知道自己是不是笑得出来。我们哈哈大笑了一阵子，已经笑不出声音了，他这才对我说，毛切尔小姐交际甚广，而且会以各种各样的方式，为形形色色的人服务。他说，有些人仅仅把她当作怪人，拿她寻开心，但是，她头脑精明，目光敏锐，跟她所认识的所有人都不分上下。她胳膊虽然短，但心计却很长。他还对我说，她说到自己东西南北哪儿都去过，那倒是实话，因为走南闯北，穿梭于边陲各地，似乎到处都招揽了顾客，什么人都熟悉。我问他毛切尔小姐的性情如何，是不是会恶作剧，一般情况下是否善恶分明，但是，问了两三次，他都没有理会我的问题。于是，我便不再问了，或者不记得再问了。相反，他说话语速很快，津津乐道，说她本领如何如何了得，说她收入如何如何丰厚，还说如果我有机会领教她的本领，接受她的服务。

我们夜间谈话时，毛切尔小姐是我们交谈的主题。我们告别去睡觉，我下楼去，斯蒂尔福思隔着楼梯扶栏在我后面大声说："鲍勃是我！"

我到达巴吉斯的家门口时，发现哈姆在他家门口来回走着，我感到很吃惊。但是令我更加吃惊的是，我从他口里知道，小埃米莉在屋里。我自然要问，他为何没有一同到里面去，而是独自一人在街面上徘徊。

"啊，您看吧，大卫少爷，"他回答说，语气犹豫不决，"小埃米莉，她同一个人在里面谈话。"

"我倒是认为，"我微笑着说，"正是因为这个原因，你才应该也在里面，哈姆。"

"是啊，大卫少爷，一般情况下是这样的，"他回答说，"可是，您要知道，大卫少爷，"他压低了嗓门，语气很严肃，"是个年轻女人，少爷。一个年轻女人，小埃米莉过去认识的，现在不应该再有什么交往了。"

我听到他这么一说之后，立刻就想起来了，两小时之前，我看到追踪他们的那个人影。

“是个很可怜的女人，大卫少爷，”哈姆说，“整个镇上的人都把她踩在脚下。前后左右，大街小巷，全都如此。人们见了她，唯恐避之不及，甚过见到教堂墓地里的死人。”

“我们今晚在沙滩上分手之后，看到的那个人是不是她，哈姆？”

“一直跟在我们后面吗？”哈姆说，“好像是，大卫少爷，当时我不知道她在那儿，少爷，但是后来她悄悄地溜到了小埃米莉的窗户底下，看见了屋里的灯光，她便小声地唤着，‘埃米莉，埃米莉，看在上帝的分上，用一颗女人之心对待我吧。我过去也是和你一样的！’这话听起来很严肃啊，大卫少爷！”

“是这样的，哈姆。那埃米莉有什么反应呢？”

“埃米莉说，‘玛莎，是你吗？噢，玛莎，怎么是你啊！’因为她们过去很长时间一直在奥默先生的店铺里干活儿来着。”

“我现在想起来了！”我大声说，我想起来第一次到那儿去时，看到的两个姑娘中的一个，“我清清楚楚地记得她！”

“玛莎·恩德尔，”哈姆说，“比埃米莉的年龄大两三岁，但还和她同学过呢。”

“我从没有听见过她的名字，”我说，“我并不是有意打断你的话。”

“对于这件事情，大卫少爷，”哈姆回答说，“要说的几乎已经包含在这句话里面了，‘埃米莉，埃米莉，看在上帝的分上，用一颗女人之心对待我吧。我过去也是和你一样的！’她想要同埃米莉说说话，可埃米莉不能和她在那儿说话，因为爱她的舅舅回家了，而他不会——不，大卫少爷，”哈姆说着，态度恳切，“尽管他心地善良，性情温和，但他不会乐意看到她们俩肩并肩地坐在一起的，即便就是用沉在大海中的全部财宝来换，也不会乐意的。”

我感觉这话说得很真诚。我立刻就明白了事由，和哈姆一样清楚。

“于是，埃米莉就用铅笔在一张纸条上写字，”哈姆接着说，“然后她把纸条递到窗户外面的她，这样她就到这儿来了。‘把这张纸条，’她说，‘亮给我姨妈巴吉斯太太看，因为她爱我，定会让你在火炉边坐下，等到舅舅离开之后，我就能够出来。’过了一会儿她又把我刚才对您说的话对我说了一遍，大卫少爷，同时请我把她带到这儿来。我有什么办法呢？她不应该再同这样的人来往啊，但是，看到她泪流满面，我又不能拒绝她。”

哈姆把手伸到粗毛上衣前面的口袋里，小心翼翼地掏出了一个精美的小钱包。

“而即便我看见她泪流满面时能够拒绝她，大卫少爷，”哈姆说着，用他粗糙的手轻柔地抚摸着钱包，“但她把这个东西交给我，要我替她拿着。而且知道她这么做的用意，这时候，我又怎么能够拒绝她呢？这么一个精美的小东西！”哈姆说着，若有所思地看着钱包，“里面只装了一点点钱啊，埃米莉，亲爱的！”

哈姆把钱包收起来了之后，我热情洋溢地握了握他的手，因为我觉得这样做胜过说任何话。然后，我们来回走了一会儿，谁也没有说什么。接着门开了，佩戈蒂走了出来，示意哈姆进去。我本来要回避的，但她走到了我身后，请求我也一同进去。即便到了这个时候，要不是待的房间正好是在我不止一次提到过的那个整齐地铺了地砖的厨房，我本来也会避开，不同他们待在一起。但是，门一打开立刻就进入到里面了，我还没有来得及考虑该往哪儿去，就已经站在他们中间了。

那个姑娘——就是我在沙滩上看到的那个——靠近火炉。她坐在地上，头和一条胳膊搁置在一把椅子上。根据她身子的姿势，我想象得到，小埃米莉是刚从那把椅子上起身的，而姑娘的头可能一直是可怜兮兮地枕在小埃米莉的膝盖上的。姑娘的脸庞我看不大清楚，因为她头发蓬松，散乱地搭在脸上，好像是她自已用手弄得凌乱的。但是，我注意到，她很年轻，皮肤白皙。佩戈蒂先前一直在哭泣，小埃米莉也是如此。我们一开始进去时，没人吭一声。寂静之中，橱柜旁边的那口荷兰钟发出的嘀嗒嘀嗒的音量似乎是平时的两倍。

埃米莉先开口说话。

“玛莎想要，”她对着哈姆说，“去伦敦。”

“为什么要去伦敦？”哈姆问。

他站在她们之间，看着俯身在椅子的姑娘，心情复杂，既有对她深深的同情，又因为她同自己深爱着的人有着深厚的情谊而嫉妒，此情此景，我永远都刻骨铭心。哈姆和小埃米莉两个人说话时，声音都很低沉，很柔和，就像是窃窃私语，仿佛那姑娘生病了，不过听得还是很清楚的。

“待在那儿比在这儿要好，”第三个声音大声地响起，是玛莎的声音，但身子还是一动没动，“那儿没人认识我，而这儿人人都认识我。”

“她去那儿干得了什么呢？”哈姆问。

姑娘抬起头，神色茫然地环顾了一下四周，然后又垂下了头，右臂弯曲着钩住脖子，如同女人发着高烧或者中了子弹痛苦难忍时，可能会扭动自己的身子那样。

“她会努力干好的，”小埃米莉说，“你不知道她是怎么对我们说的，他……他们……知道吗，姨妈？”

佩戈蒂摇了摇头，态度中充满了同情。

“我会努力的，”玛莎说，“如果你们帮助我离开的话，我不可能会比在这儿干得更糟的，可以干得更好。噢！”她说着浑身颤抖起来，样子很可怕，“帮助我离开这儿的大街小巷，因为这儿的人从我小时候就认识我！”

小埃米莉把一只手伸向哈姆，我看见哈姆把一个帆布包递到她手上。她接过包，好像她觉得那是她自己的钱包似的，向前走了一两步，但发现弄错了，便又回到他刚才靠近我身边的地方，把包拿给他看。

“这都是你的，小埃米莉，”我听见哈姆说，“我在世界上拥有的一切，没有哪一样不是你的，亲爱的。要是不归你所有的话，我心里就不开心！”

小埃米莉的眼中又噙满了泪水，但她转过了身子，走向玛莎。她给了玛莎什么，我不知道。只见她弓着身子，往她怀里塞钱，低声细语地对她说了点什么，问她够不够。“足够了。”对方说，并且抓过她的手，吻了一下。

这时，玛莎站起身，把披肩裹在自己身上，用披肩掩住了脸，大声地哭了起来，然后缓步走向门边，出门之前停顿了片刻，好像是要说点什么，或者要返回，但什么也没有说。还像刚才一样掩面哭泣着，声音低沉，凄凉痛惜，然后出门走了。

房门刚一关上，小埃米莉匆匆看了看我们三个人，然后双手捂住脸，哭泣起来。

“别这样，小埃米莉！”哈姆说，他轻轻拍了拍她的肩膀，“别这样，亲爱的！你用不着哭得这么伤心，宝贝！”

“噢，哈姆！”她激动地大声说，仍然悲切地哭着，“我做得不好，没有像一个姑娘应该做的那样！我知道，自己有时候没有怀着感激之心，其实我应该要有感激之心啊！”

“有的，有的，你有，我肯定。”哈姆说。

“没有！没有！没有！”小埃米莉大声说着，哭泣着，摇着头，“我做得不好，没有像一个姑娘应该做的那样。没有挨边儿！没有挨边儿！”

她还在哭泣着，哭得撕心裂肺。

“我做得太过分了，让你饱受爱的痛苦。我知道我就是这样的！”她啜泣着，“总是冲着你发脾气，在你面前喜怒无常，我应该是另外一种态度才对啊。你从来不会对我这样。我应该心怀感激之情，让你开心快乐，除此之外什么也不想，可我怎么会这样对待你啊！”

“你一直就让我开心快乐啊，亲爱的！”哈姆说，“我看到你就开心快乐，想到你就一天到晚都开心快乐。”

“啊！那样不够啊！”她大声说，“那是因为你心肠好，而不是因为我！噢，亲爱的，你要是爱上别的什么人，你的境况或许会更加好些。爱上一个比我更加坚定持重和更值得爱的人，她会全身心地扑在你身上，绝不会像我这样自负自傲，喜怒无常！”

“可怜的内心脆弱的一个人啊，”哈姆说，声音很低，“玛莎完完全全把她弄得晕头转向了。”

“姨妈，”小埃米莉抽泣着，“请您过来吧，让我把头伏在您的身上。噢，我今晚痛苦悲伤极了，姨妈！噢，我做得不好，没有像一个姑娘应该做的那样！我做得不好，我知道的！”

佩戈蒂已经赶忙坐到了火炉前的椅子上了，埃米莉跪在她身边，双臂搂住她的脖子，一脸真诚地向上盯着她的脸看。

“噢，求求您，姨妈，设法帮帮我吧！哈姆，亲爱的，设法帮帮我吧！大卫先生，看在过去的份上，请设法帮帮我吧！我想要成为一个更好的姑娘，做得比现在更好。我想要怀着比现在多百倍的感激之情，我更加深切地感受到，做一个正直善良的男人的妻子是一件多么有福气的事情，从而过上一种平静安宁的生活。哎哟，哎哟！噢，亲爱的人啊，亲爱的人啊！”

小埃米莉垂下了头，把脸贴到了我老保姆的怀里。恳求停止了，刚才她那痛苦悲伤的样子一半属于成人，一半属于孩子，其实她的所有举止态度都是如此（因为我觉得，她的这副神态比起其他任何别的样子来，都更加自然天成，更加同她的美貌相得益彰）。她没有哭出声来，我的老保姆则像抚慰一个婴儿似的抚慰着她。

渐渐地，小埃米莉平静下来，我们这时都来安慰她，同她说着鼓励的话，还带点开玩笑，最后，她抬起了头，同我们说话了。我们就这样交谈着，直到她脸上露出了微笑，然后哈哈大笑，然后坐了起来，有点羞涩的样子，佩戈蒂则替她捋起散乱的头发，帮她擦了擦眼泪，让她显露出一副干净利索的样子，免得她舅舅回家后追问他的宝贝儿为什么哭鼻子。

那天晚上，我见识了她表现出的先前从未表现的行为，看见她天真无邪地吻了未婚夫的脸，然后倚靠在他那粗壮的身躯上，仿佛那是她保险的依靠。他们在朦胧的月色中一同离去的时候，我目送着他们，心里面把他们的离去同玛莎的离去做了比较，发现她双手搂住了他的胳膊，仍然紧紧地依偎着他。

第二十三章

我支持迪克先生的看法，并且选择了职业

翌日早晨我醒过来之后，心里念念不忘小埃米莉的事，还有头天晚上玛莎离开之后，小埃米莉表现出的情绪状况。我觉得，人家一片至诚地信任自己，才让我知晓了那些家庭中的隐情和难处，而如果把情况泄露出去，哪怕是讲给斯蒂尔福思听，那也是错误的。那个美丽可爱的人过去是我的玩伴，自己先前一直坚信不疑，而且今生今世我都会坚信不疑，自己当时真诚地爱上了她，所以，我对她柔情似水，胜过对待别的任何人。她抑制不住自己内心的情感，不经意中向我透露了自己的隐衷，要是我把这个情况透露给别人——即便是透露给斯蒂尔福思——我觉得那也是一种鲁莽粗暴的行为，有损自己的形象，有损我们童年时纯洁的感情，我一直把这看作是笼罩在她头上的光环。因此，我下定决心，把这事埋藏在心底。这使她的形象增添了新的光彩。

我们正在吃早餐时，我接到了姨奶写来的一封信。由于信中谈到了一些事情，我认为斯蒂尔福思是再好不过的顾问，他能够给我出主意想办法，所以我很乐意就此请教他，于是，我决定把这事作为我们归途上讨论的话题。我们当时有足够多的事情要做，要向所有朋友辞行。大家对我们都依依不舍，巴吉斯先生的惜别之情不亚于任何人，我相信，要是我们在雅茅斯再滞留上四十八小时，他甚至会再一次打开那个箱子，再奉献上一个几尼。佩戈蒂，还有她家那边所有的人，看到我们要走，都伤心不已。奥默和乔兰姆全店铺出动，给我们送行。我们的行李被搬上公共马车的时候，一大帮渔民自告奋勇来为斯蒂尔福思效力，其人数之多，我们即便是有一个团的行

李要装车，恐怕也用不着请搬运工。一句话，我们离开，这让与我们有关联的所有人都依依不舍，惆怅不已。我们让许许多多的人在我们身后黯然神伤。

“你还要在这儿待很久吗，利蒂摩？”他站立在那儿等着我们的马车出发时，我问他。

“不会，先生，”利蒂摩回答说，“可能不会待很久，先生。”

“他现在恐怕也说不准，”斯蒂尔福思漫不经心地说，“他知道他该去做什么事，他就会去做好。”

“我相信他会做好的。”

利蒂摩举手触了一下自己的帽子，以感谢我对他的赞许，我感觉自己就是八岁的样子。他再一次触了一下帽子，祝我们一路顺风。我们出发了，他伫立在人行道上，一副体面的样子，就像一座埃及金字塔，神秘莫测。

有一段时间里，我们都没有吭声。斯蒂尔福思异乎寻常地缄默不语，我则沉浸在自己的思绪之中，思忖着自己故地重游时，这期间，我自己身上可能有什么新的变化，他们会有什么变化。最后，斯蒂尔福思一时间兴高采烈，滔滔不绝，他这人就是这样，说变就变，他拽着我的胳膊说：

“说话呀，大卫。你早餐时说到的信是怎么回事？”

“噢！”我说着，把信从衣服口袋里掏了出来，“是我姨奶的来信。”

“她说什么来着，需要你考虑考虑的？”

“啊，她提醒我说，斯蒂尔福思，”我说，“这次出门在外，要四处看看，想一想。”

“你当然已经这样做了？”

“实际上，我不能说自己刻意这样做了。实话告诉你吧，我恐怕已经把这事忘到脑后了。”

“行啊！那你现在就四处看看吧，弥补一下自己的疏忽，”斯蒂尔福思说，“往右边看看，你会看到一片平坦的乡野，里面有大片的沼泽地。往左边看看，你会看到同样的景致。往前面看看，看到的景色还是一样的。往后面看看，景色依然如此。”

我哈哈笑了起来，然后回答说，我从四面八方都看不到有什么合适的职业，也许这要归咎于这地方一马平川吧。

“我们的姨奶对这件事是怎么说的呢？”斯蒂尔福思问，眼睛看了一眼我手上的信，“她有什么建议吗？”

“啊，有的，”我说，“她在信上问我，愿不愿意做个代诉人？你觉得代诉人的职业怎么样？”

“呃，我不知道，”斯蒂尔福思回答说，态度冷淡，“我想吧，你或许可以像干其他任何事情一样干这件事。”

他四平八稳，对所有行当和职业一视同仁，我忍不住又哈哈大笑起来，而且把心里的感觉对他说了。

“代诉人是干什么的，斯蒂尔福思？”我问。

“啊，代诉人就是一种苦行僧似的律师，”斯蒂尔福思回答说，“在民事律师公会[①]里——这是圣保罗教堂墓地附近一个偏僻陈旧的所在——代诉人与归那儿所有的一些门庭冷落的庭院的关系，就如同初级律师与普通法庭和平衡法庭的关系。他属于公务人员，这种职位如果顺其自然发展的话，大概在两百年前就已经销声匿迹了。我把民事律师公会的情况告诉你，你就对代诉人是怎么一回事再清楚不过了。那是个门庭冷落的偏僻去处，人们在那儿处理一些所谓教会法方面的事情，利用议会那一大堆陈旧过时的法案，玩弄种种花样。关于那些法案，世人中有四分之三一无所知，另外那四分之一则认为，它们是几个爱德华王朝[②]里像挖掘化石一样挖掘出来的。民众有关遗嘱和婚姻方面的诉讼、大小船只方面的争端，自古都是由这个地方独揽的。”

“瞎说，斯蒂尔福思！”我情绪激动地大声说，“你不会是说，航

① 当时伦敦的一个法律组织，受理遗嘱验证、结婚证明、离婚事件等，该公会于1858年解散，所在地的建筑于1867年拆除。

② 英国历史上叫爱德华的国王一共有十个，这里所指的是爱德华一至三世（1272—1377年）。

海事务与教会事务之间有什么密切关联吧？”

“我可没有这么说，真的，亲爱的老弟，”他回答说，“但我的意思是说，这些方面的诉讼案件都是民事律师公会里的一拨人审理和决断的。你某一天到那儿去，发现他们捧着《杨氏词典》[①]，一知半解地查阅了其中一半有关航海的词条，为的是审理‘南希’号撞沉了‘萨拉·简’号，或者佩戈蒂先生和雅茅斯渔民们带着铁锚和缆索，冒着狂风出海营救遇险的‘纳尔逊’号大商船[②]等案件。而你若改一天到那儿去的话，又会发现他们在聚精会神地分析梳理有利于或者不利于某个行为不端的教士的证据。你会发现审理海事案件中的法官，这时成了审理教士案件中的辩护人，或者情况相反。他们就像是演员，时而是某个人的法官，时而又不是法官。时而是这个角色，时而又是另一个，变化多端，不会停止。不过演出的总是生动有趣而又有利可图的小型室内剧，是专门演给精心挑选的特色观众看的。”

“但是，辩护人和代诉人不是同一回事吧？”我有点云里雾里，所以问了一声，“对不对？”

“不是一回事，”斯蒂尔福思回答说，“辩护人是民法学家，是在大学里获得了博士学位的人，这是我对这个事情有所了解的第一个原因。代诉人雇请辩护人，双方都收取可观的费用，他们合在一起，形成了一个其乐融融的小团体。总的说起来，我还是劝你对民事律师公会抱着热情友好的态度，大卫。如果有什么值得得意的话，我还可以告诉你，他们因为自己在那儿高人一等的地位而沾沾自喜着呢。”

斯蒂尔福思用轻松自如的口气谈论这件事，我心里对此有所保留，但是，我把庄严肃穆和古色古香的气氛同那个“圣保罗教堂墓地附近偏僻陈旧的所在”联系起来考虑这件事，并不觉得姨奶的建议

---

① 这里是指《杨氏海事词典》(Arthur Young's Nautical Dictionary)，该词典于1846年出版。

② 这里指历史上定期行驶于英国与印度或东印度群岛之间的大商船。

有什么不可思议的。况且她说了一切由我自行决定，并且直言不讳地告诉我，她最近为在遗嘱中把我立为继承人的事去民事律师公会拜访了她的代诉人，这时候突然想到了这件事。

“不管怎么说，我们姨奶的这个提议是值得称道了，”我说出了这个情况之后，斯蒂尔福思说，“而且值得鼓励。雏菊，我的建议是，你要对民事律师公会抱有好感。”

我打定主意这样去做。然后，我告诉斯蒂尔福思，我姨奶在伦敦等着我（这是我从信上得知的），还有她已经在位于林肯律师学院[①]广场的一家内部公寓[②]租下的房间，为期一个礼拜。公寓里有石头楼梯，房顶上还有个方便出口，因为姨奶坚信，伦敦的每一幢房子每个晚上都有可能被大火烧毁。

我们快乐地度过了剩下的行程，有时候重新提起民事律师公会的话题，憧憬着遥远的未来我成为那儿的代诉人的情景，斯蒂尔福思描绘了各种各样幽默诙谐和异想天开的情形，弄得我们两个人都开心开怀。我们到达目的地后，他就回家去了，约定两天后来看我。我乘马车到了林肯律师学院广场，姨奶还没有就寝，正在等着我用晚餐呢。

我和姨奶重逢了，高兴不已，即便我们分别后周游了世界，那重逢时快乐的情形也不过如此。姨奶把我搂在怀里，放声哭了起来，接着假装哈哈大笑，并说，如果我故去的母亲还活着的话，那傻乎乎的小东西准会哭泣掉泪的，这她毫不怀疑。

“所以你让迪克先生待在家里吗，姨奶？”我说，“我对此感到很遗憾。啊，珍妮特，你好吗？”

珍妮特对我行了屈膝礼，向我问好，这时候，我注意到，姨奶的脸拉得老长。

“我也感到很遗憾啊，”姨奶一边说，一边擦了擦鼻子，“从我到

---

① 当时伦敦四个专门培养律师的机构之一，另外三个是格雷律师学院、内殿律师学院和中殿律师学院。

② 这里指专门供学习法律的学生居住的公寓。

了这儿之后，心里就没有平静下来过，特罗特。”

还没有等我问清楚缘由，她就告诉我。

“我坚信，”姨奶说，她神情忧郁，坚定沉着，把一只手搁在桌子上，“凭着迪克先生那种性格，他是不可能把驴驱逐走的。我知道他不够坚定。我应该把珍妮特留在家里，那样的话，我的内心或许就可以安定下来了。如果有驴进入我们家院子践踏那片草地的话，”姨奶加重了语气说，“那今天下午四点就会有！我当时感觉到从头到脚一阵冰凉，我就知道肯定有一头驴进入了！”

我想就这件事安慰她一下，可是她不听我说。

“是头驴，”姨奶说，“而且是那个叫‘杀人犯’的人的姐姐到我家去的时候骑的那头秃尾巴驴。”从那之后，姨奶就一直用“杀人犯”来称呼默德斯通小姐。“如果说多佛尔有哪一头驴胆大妄为，同其他任何驴相比，更加令我忍受不了，那就，”姨奶说着，狠狠地在桌子上击打了一下，“肯定是那头畜生了！”

珍妮特斗胆指出，说姨奶可能是自寻烦恼，其实没有必要。她同时相信，说到的那头驴当时正在忙着驮运沙子和碎石之类的东西呢，不可能有工夫闯入院子。可姨奶就是不听。

姨奶租的几个房间位置很高，是因为花了钱要多爬几道石楼梯呢，还是因为这样一来可以离房顶的方便出口更加近一些，我不得而知。反正晚餐吃得很舒适，饭菜都是热腾腾的，有烤鸡，牛排，还有几道蔬菜。所有菜肴全都美味可口，我则美美地大吃了一顿。但姨奶对伦敦的饮食有她自己的见解，所以只吃了很少一点点。

“我认为这只倒霉的鸡是在地窖里孵化出，又是在那儿饲养长大的，”姨奶说，“除了在出租马车上，压根儿就没有呼吸过新鲜空气。我倒是希望这牛排是牛身上的，可我不相信。在我看来，这个地方除了垃圾，就没有哪样东西是真的。”

“您难道不认为这鸡有可能是从乡下运来的吗，姨奶？”我提醒着说。

“肯定不是，”姨奶回答说，“对于伦敦的商人来说，他要不干坑蒙拐骗的勾当，心里才会觉得没趣呢。”

我不敢冒昧反驳这种说法，但我美美地吃了一顿晚餐，她看了之后，心里高兴不已。餐桌收拾干净了之后，珍妮特便帮助姨奶梳理头发，把头发全部捋到睡帽里，这种式样比平常的更加别致（“为了防火”，姨奶说），还把睡裙折到了膝盖以上，这些都是她睡前热身要做的准备工作。然后，按照规矩，而规矩是容不得有半点更改的，我为她调了一杯兑水的热酒，把一块面包切成了长条的薄片。配好了这样一些东西之后，我们俩便单独待在一起度过夜晚这一段时间。姨奶坐在我对面饮着她那杯兑水的酒，把面包片先一片一片地在酒里面蘸了蘸再吃。头上戴着垂下沿子的睡帽，神态慈祥地看着我。

“呃，特罗特，”她开口说，“你觉得那个做代诉人的计划怎么样？是不是还没有开始考虑呢？”

“我已经考虑过很多了，亲爱的姨奶，也和斯蒂尔福思谈论了很多。我确实很喜欢这个计划。我太喜欢了。”

“太好了！”姨奶说，“这可真令人高兴啊！”

“我只是有一件事难办，姨奶。”

“说出来吧，特罗特。”她接话说。

“呃，我想问一声，姨奶，据我了解，那好像是个从业人数受到限制的职业，我若进入该行业，会不会要花很多钱啊？”

“如果让你到那儿去当学徒的话，”姨奶回答说，“那是要花钱的，得要花上一千英镑。”

“那样的话，亲爱的姨奶，”我一边说着，一边把椅子靠她边上挪了挪，“我心里对此忐忑不安，这可是一大笔钱啊。您在我接受教育上面已经花费了一大笔钱了，而且所有方面都慷慨大方，尽量最大程度地满足要求。您一直就是个慷慨大方的人。毫无疑问，有一些途径，不需要什么花费，我就可以开始生活，而且凭着坚强的决心和吃苦耐劳的精神，便有希望得到发展。您不觉得走这样的途径会更好一些吗？您能肯定自己花得起这么多钱，而且这样花钱值得吗？您是我的再生母亲，我只是请求您考虑一下。您能肯定吗？”

姨奶吃完了那块面包，她刚才就一直在吃，边吃边端详着我的脸，然后把酒杯放到了壁炉架上，双手相交，搁置在折起的衣裙上，说了下面一番话：

“特罗特，孩子啊，如果说我还有什么人生目标的话，那就是把你养大成人，并且希望你长大后心地善良，明白事理，幸福快乐。我要竭尽全力做这件事，迪克先生也是。我倒是希望自己认识的一些人听一听迪克先生对待这件事情的说法。他的说法明理睿智，令人惊叹。可是除了我之外，谁都不知道他有多么聪明睿智！”

姨奶停顿了一会儿，双手握住我的手，然后接着说：

“特罗特，追忆往事，除非对现在有所影响，否则毫无用途。我或许可以对你那故去的父亲态度更加友好一些。或许即便在你姐姐贝齐·特洛特伍德令我大失所望之后，我还是可以对那故去的孩子，也就是你母亲的态度更加友好一些。你投奔我来了，一个出逃的孩子，满身尘土，一脸疲劳，那时候，我或许就是这样想来着。从那时到现在，特罗特，你一直是我的光荣、骄傲和快乐。我没有别的任何人来继承我的财产，至少……”她说到这儿，令我吃惊的是，她犹豫了一下，而且显得局促不安，“没有，没有别的任何人有权继承我的财产，而你是我收养的孩子。到了我年老的时候，只要你在我面前做一个充满爱心的孩子，能够容忍我的种种古怪异常、异想天开的行为，那你的行为就胜过了一个老妇人曾经为你所付出的价值，即便老妇人在她盛年时未能享受到她本来可以享受的幸福与和谐也罢。”

聆听姨奶谈及过去，这可是头一回。她心平气和地谈及过去，接着搁下了这个话题，这其中透着一种宽宏大度的气量，这只会使得我对她更加肃然起敬，充满爱意。

“我们之间意见达成了一致，也相互理解了对方，特罗特，”姨奶说，“所以我们没有必要再说这件事了。吻我一下吧，我们明天吃过早饭之后就去民事律师公会。”

我们睡觉之前在火炉前聊了很长时间。我的卧室同姨奶的在一层楼，我夜间睡得不踏实，颇受惊扰，因为姨奶时不时地来敲我的门，其实她是听见了远处传来的出租马车或者市场上运货马车的声音，便问，“你听见救火车了吗？”但是，到快要天亮的时候，她才睡得踏实一些，而我也不得不如此。

快到中午的时候，我们动身去民事律师公会斯彭洛先生和乔金斯先生的事务所。姨奶在谈到伦敦时，还有另外一种总体看法，那就是她见到的每一个人都是扒手，于是，她把钱包交给我保管，里面有十个几尼和几个银币。

我们在弗利特街的玩具店停顿了一会儿，想要看看圣邓斯坦教堂巨人敲钟的场面，我们出发时计算好了时间，以便赶上看十二点时巨人敲钟，然后继续朝着勒德盖特山街和圣保罗教堂墓地的方向前行。我们正走过勒德格特山街时，我突然发现姨奶加快了步伐，神态惊慌失措。同时我注意到，片刻之前，一个面色阴沉、衣衫褴褛的男子停住了脚步，眼睛盯着我们走过，这会儿又紧紧地尾随着我们，几乎头都要挨着姨奶的身体了。

“特罗特！亲爱的特罗特！”姨奶喊着，她惊恐不安地把声音压低，同时紧紧地握住我的一只胳膊，“我不知道该怎么办才好。”

“别紧张，”我说，“没有什么可怕的，走进店铺里去，我很快就可以打发掉这个家伙。”

“不，不，孩子啊！”她回答说，“千万别同他搭讪，我恳求你，我命令你！”

“天哪，姨奶！”我说，“他只是个缠人的乞丐罢了。”

“你不知道他是什么人！”姨奶回答说，“你不知道他是什么人！你不知道你都说些什么！”

我们说这些话的时候，一直就停在一个没有人的门口，那人也停住了。

“不要看着他！”我愤怒地面对着他时，姨奶说，“但是，给我叫辆马车，宝贝儿，然后到圣保罗教堂墓地那儿等着我。”

“等着您？”我重复了一声。

“对，”姨奶接话说，“我得单独一人走，得同他一道走。”

"同他，姨奶？这个人？"

"我头脑很清醒，"她回答说，"我告诉你，我必须得这样。去叫辆马车！"

不管我有多么惊诧不已，但我心里很清楚，我没有任何权利拒绝执行这样一项严格的命令。我赶紧往前走了几步，叫住了正好驶过的一辆空马车。我都还没有来得及把踏脚板放下来，姨奶就一跃上了马车。我不明白是怎么一回事，那人也跟着上了车。她向我挥了挥手，示意要我走开，态度很严肃，所以，尽管我诚惶诚恐，但我还是立刻转身离开了他们。在这当儿，我听见她对马车夫说："驶向哪儿都可以！一直往前！"顷刻，马车就从我身边驶过了，向上朝着山丘驶去。

我现在想起来迪克先生曾经对我说过的话，当时还以为那是他的幻觉。毫无疑问，此人就是他曾神秘兮兮地提到过的那个人，不过他有可能握住了姨奶的什么把柄，我无法想象。我在教堂墓地等待了半小时，心情慢慢平静下来了，这时，我看见马车回来了。车夫在我旁边停住了马车，里面只有姨奶一个人坐着。

她激动的情绪还没有完全平静下来，所以我们还不能去进行我们的走访。她把我叫进了马车里，吩咐车夫慢慢地来回再行驶一会儿。她别的话没有多说，只说了，"亲爱的孩子啊，绝不要问我这是怎么一回事，不要再提到这件事。"最后她平静下来了，并说她没事了，我们可以下车。她把钱包给了我，付给车夫钱，我发现，所有的几尼都没有了，只剩下零花用的银币。

进入民事律师公会要经过一道低矮的小拱门。我们过了拱门沿街没有走上很多步，像是变魔法似的，闹市的喧嚣似乎融入了一种深邃幽静的境地。经过了几处寂静萧疏的庭院和狭窄的通道，我们来到了开着天窗的斯彭洛和乔金斯的事务所。事务所的前厅有如寺院，朝圣者无须敲门这道程序就可以进入，里面有三四个文书在抄写着什么。其中有个人，个头矮小，面无表情，单独一人坐在一处，戴着硬邦邦的棕色假发套，看上去像是姜饼做的。此人站起身接待我和姨奶，随即把我们领到斯彭洛先生的办公室。

“斯彭洛先生正在审案呢，小姐，”面无表情的人说，“今天是拱门法庭[①]审案的日子，不过离得很近，我立刻派人去叫他。”

我们留下来等待斯彭洛先生，这当儿，我利用这个时机环顾了一下四周的一切。房间里家具式样陈旧，满是灰尘。写字桌上铺着的绿色台面呢已完全褪去了本色，就像是个老叫花子，形容枯槁，脸色苍白。写字台上面摆着好多捆卷宗，有的标着“指控卷”，有的标着（这令我惊诧）“诽谤卷”[②]。有的标明归由“主教法庭”[③]审理，有的归由“拱门法庭”，有的归由“遗嘱验证法庭”[④]，有的归由“海事法庭”，有的归由“代表法庭”[⑤]。这一切令我很是纳闷，总共到底有多少个法庭啊，这得花多长时间才能把它们弄明白啊。除此之外，还有大量各种各样的书面证明材料，成本成套，装订牢固，每一宗案件汇成一套，仿佛每一宗案件都是一部拥有十卷或者二十卷的历史。我想，这一切都得花上不少钱，所以感觉做代诉人的工作还是很惬意的。正当我兴致倍增地浏览着这一切和其他类似物品的时候，房间外面突然传来了急促的脚步声。斯彭洛先生身穿用白色皮毛滚边的黑色长袍，进门时步履匆匆，他摘下了帽子。

斯彭洛先生绅士派头，个子不高，浅色头发，脚蹬一双货真价实的靴子，白色领结和衬衫领子挺得不能再挺了。衣服上的纽扣扣得整齐有序，严丝合缝。络腮胡子卷得一丝不苟，一定耗费了大量功夫。金表链子笨重粗大，我看后不禁突发奇想，觉得他要把表掏出来的时候，应该有一条像金店门口挂的那种健壮的金胳膊才能实现。他经历了这么一番精心的装饰，显得很僵硬，几乎都俯不下身子了，

---

① 指教会上诉法庭，该法庭原设于有拱门的圣玛丽教堂，因此命故名。

② 此处原文“libel”一词实际上是指海事法、教会法及苏格兰法中的原告诉状，大卫不懂这一点，只把它理解为一般法律中的“诽谤”，所以这才感到惊诧。

③ 指英国国教会的主教法庭，负责审理宗教案件。

④ 这种法庭由大主教根据特权设立。

⑤ 指由国王委派代表审理宗教和海事案件的法庭。

坐定之后，若要看一眼桌上的卷宗，还不得不像木偶潘趣[1]那样，从尾椎骨底端为轴心整个地转动身子。

姨奶先前介绍过我的，所以斯彭洛先生彬彬有礼地接待了我。这时他说：

"所以说，科波菲尔先生，您考虑要干我们这一行啦？前几天，我有幸同特洛特伍德小姐见面时，我就随意地向她提了一下，"说到这儿，他又倾斜了一下身子，又当了一回木偶潘趣，"告诉她这儿有一个空缺职位。承蒙特罗特伍德小姐告知，她有一位外孙，是她的心肝宝贝儿，正要给他寻找一份风光体面的差事。她说到的外孙，我相信，自己现在很荣幸……"他又做了一次木偶潘趣的动作。

我鞠躬表示认可和谢意，并说姨奶先前对我说过了，有这么一个空缺职位，而且我相信自己会很喜欢这个职位的。还说了自己很心仪这一行，于是立刻赞成她的建议。不过我不能绝对保证自己会喜欢，得要等到进一步了解了之后才行。尽管这只是个形式而已，但是我认为，自己应该利用这个机会，尝试一下自己到底在多大程度上喜欢这一行，然后才能无怨无悔地投身其中。

"噢，那当然！那当然！"斯彭洛先生说，"我们这个公会里总是会给一个月期限——一个月试用期。我个人倒是愿意给两个月，三个月……事实上不定期限，但我有个合伙人乔金斯先生。"

"学徒费，先生，"我问，"是一千英镑吗？"

"学徒费，包括印花税在内，是一千英镑，"斯彭洛先生说，"由于我已跟特罗特伍德小姐这样说过了，我这人对金钱不是很在意，我认为，极少有人比我更加不计较金钱。但是，乔金斯先生在这类问题上有他自己的看法，而我得尊重乔金斯的意见。一句话，乔金斯先生认为一千英镑太少了。"

"我想吧，先生，"我说着，心里还是想着要替姨奶省点钱，"这

---

① 指英国传统滑稽木偶剧《潘趣和朱迪》（Punch and Judy）中的鹰鼻驼背滑稽木偶。

儿不会有这样的规矩，如果一个学徒期间的文书特别能干，完全精通自己从事的这个行当……”我说到这儿，脸不由得绯得通红，因为这无异于在夸奖我自己呢，“我想这儿没有这种规矩，在他学徒期的后期，给他一点……”

斯彭洛先生费了很大的劲，好不容易才把脑袋从硬邦邦的领结里挣脱出来，以便能够摇一摇，预料我会说出“薪水”两个字，便回答说：“没有这个规矩，但如果我做得了主的话，倒不是说我本人不可以加以考虑。可乔金斯先生是坚定不移的。”

我一想到那位面目可憎的乔金斯先生，心里面就惊恐不安。但我后来发现，他其实是个温和内敛、沉稳持重的人，在事务所里的位置就是置身幕后，但往往在名义上让人觉得是个最最顽固不化和冷漠无情的人。如果某个文书想要提高薪水，乔金斯先生不会听从这样的请求。如果某位客户拖欠应缴纳的费用，乔金斯先生坚决会要他付清。关于这一类事情，不管斯彭洛先生心里面可能有多么痛苦难受（而实际上一直是这么回事），乔金斯先生就是会照契约办事。斯彭洛先生好比是善良的天使，而乔金斯先生则好比是无法通融的恶魔，要是没有恶魔的牵制，斯彭洛先生一定会心慈手软、宽大为怀的。后来，我随着年龄增长，觉得自己有了些经验，知道了别的一些事务所也是按照斯彭洛和乔金斯事务所的原则行事的！

事情当时就定下来了，何时开始我一个月的试用期，由我自己决定，姨奶不必待在伦敦，一个月期满之后也不必返回来，因为关于我学徒的合同很容易就可以寄到家里去让她签订。我们的事情进展到了这一步之后，斯彭洛先生主动提出这就要领我到审案庭去，看看那是怎样的一个地方。我很想做些了解，于是起身出去了，姨奶则留在原地，因为她说，她压根儿信不过那样的地方。而我觉得，她把世界上所有的法庭都看成是火药库，随时都有可能会爆炸。

斯彭洛先生领着我穿过了一个用石子铺了地面的院落，四周是阴沉暗淡的砖结构房屋，从门上博士们的名字，我推断，这些房子就是斯蒂尔福思对我说过的那些博学的辩护人的办公地点。然后，我们朝着左边，进入了一个阴沉昏暗的大房间，我心里觉得，它俨然就像是一座小教堂。房间的前面一部分用围栏隔开了，那儿突起着一个马蹄形的台子，两边舒适的老式餐室椅子上坐着神态各异的绅士，他们身穿红色长袍，头戴灰白发套。我发现他们就是前面提到过的那些博士。在马蹄形台子的拐弯处，有位老绅士坐在一张就像是教堂里布道用的讲坛一样的小桌子边，眨巴着眼睛，要是我在哪个动物园的大型鸟舍里看到他，肯定会以为他是一只猫头鹰，但我了解到，实际上他是审判长。在马蹄形的空间里，比台子更低处，也就是说，和地面齐平处，坐着同斯彭洛先生一个层次的各种各样的绅士，衣着打扮和他一样，穿的全是用白色皮毛滚边的黑色长袍，坐在一张铺了绿色台面呢的长桌边。我觉得，他们的领结全都是硬邦邦的，神态一个个都桀骜不驯，但在后面这一点上，我立刻意识到，自己是冤枉了他们，因为其中有两三个人必须得站起身子回答审判长的问题的时候，其羞怯温顺之态，从未见过。听众是一个围着一条羊毛围巾的小伙子，还有一个衣衫褴褛却还要装出门面来的男人，后者正偷偷摸摸地从外衣口袋里掏出面包屑来吃。两位听众正在法庭中央的火炉边烤着火。里面寂静无声，只有火炉里发出的噼啪声和其中有位博士的讲话声打破其沉闷的气氛。博士讲话慢条斯理，信马由缰，在陈述着足足需要一座图书馆才装得下的证据，但时不时地会停顿一下，就像旅途中会在路边旅馆停下来歇歇脚一样。总之，我生平中的任何时候都没有见识过这样一种小型家庭式聚会，温馨舒适，催人昏睡，风格古旧，忘却时间，懒散拖沓。我感觉到，只要不做起诉人，扮演其中的任何角色都会像服用了鸦片似的飘然欲仙。

这样一个静谧悠闲的去处，如梦似幻，我对这种氛围心满意足，于是我告诉斯彭洛先生说，我见识得差不多了。然后我们就回到了我姨奶身边。很快我就陪同着姨奶离开了民事律师公会。我离开斯彭洛和乔金斯的事务所时，那些文书一个个用笔对着我指指点点，让我感觉自己很幼稚。

我们返回到了林肯律师学院广场，途中遇到了一头拉菜车的驴，让人觉得很烦，因为那头驴让姨奶产生了种种痛苦的联想，除此之外，倒是没有什么其他遭遇。我们安全抵达住处之后，关于我的计划问题，又进行了一次长谈。由于我知道，姨奶迫不及待地想要回家，不是担心会失火，就是担心饮食、扒手，在伦敦多待半小时，心里都觉得不安稳，我态度很坚决，要她不要因为我弄得自己不舒服，尽管留下我自己照顾自己好了。

“我来这儿到明天都还不满一个礼拜，但一直都在考虑这个问题，亲爱的，”她回答说，“特罗特，阿德尔菲区有一套带家具的公寓出租，对你再合适不过了。”

简单这样说了几句之后，姨奶从衣服口袋里掏出一张广告，这是她小心翼翼地从报纸上剪下来的。广告上说，阿德尔菲区的白金汉街有一套公寓出租，家具一应俱全，地处河畔，结构独特，舒适优雅，是年轻绅士——律师学院的学生或其他人——的理想居所，可随时入住。条件优惠，如若需要，可按月租用。

“啊，这再合适不过了，姨奶！”我说，想到自己有可能体面地入住到那儿，不禁满面春风起来。

“那行，”姨奶回答说，把一会儿前刚取下放在一边的帽子立刻又戴上了，“我们去看看吧。”

我们出发了，按照广告上的告示去找房东克鲁普太太。我们拉响了庭院的门铃，以为这样可以见到克鲁普太太，拉了三四次，也没见人影儿，不过最终她还是亮相了，是个大胖女人，身穿一条紫花布长裙，下面镶了法兰绒的荷叶边。

“太太，请您让我们看看您的公寓房吧。”姨奶说。

“是帮这位先生看房吗？”克鲁普太太一边说，一边在口袋摸索着钥匙。

“是啊，帮我外孙看房。”姨奶说。

“多好的一套公寓，让这位先生住正合适！”克鲁普太太说。

于是，我们上楼了。

套房在房子的顶层，这是姨奶最满意的一点，因为离防火通道近。包括一段半明半暗的狭小通道，几乎看不见什么东西，一间黑咕隆咚的小储藏间，什么也看不见，一间起居室和一间卧室。家具很陈旧，但对于我来说已相当不错了，确实，一条河在窗户外流过。

我很中意这个地方，姨奶和克鲁普太太便到储藏室谈租房事宜去了，我则坐在起居室的沙发上等待，几乎不大敢想，自己竟然能够有幸住进如此高档的住处。她们只交锋了一个回合就返回了，不过我欣喜地看到，根据克鲁普太太和姨奶的面部表情，交易谈妥了。

“家具是前一个房客的吗？”姨奶问。

“不错，是前一个的，小姐。”克鲁普太太说。

“他怎么啦？”姨奶问。

克鲁普太太受到了一阵讨厌的咳嗽的袭击，于是她一边咳嗽一边吃力地说，“他在这儿患病了，小姐，后来……啊！啊！啊！天哪！后来死了！”

“呃！他得什么病死的？”姨奶问。

“啊！小姐，他是喝酒喝死的，”克鲁普太太说，她态度神秘兮兮的，“还有烟呛的。”

“烟？你不是说烟囱里的烟吧？”姨奶说。

“不是，小姐，”克鲁普太太说，“是雪茄和烟斗。”

“不管怎么说，特罗特，这不会传染。”姨奶转身向着我说。

“不会，确实不会传染。”我说。

一句话，姨奶看到我对公寓房心满意足，便决定租一个月，期满后还可续租十二个月。克鲁普太太提供铺盖和饮食，其他必需品都是现成的。克鲁普太太明确表示，她要永远把我当成自己的儿子来疼爱。我准备后天就搬过来。克鲁普太太说，感谢上帝，她现在终于找到一个她可以照顾的人了！

在我们返回的途中，姨奶告诉我说，她打心眼里相信，我即将要开始的生活会使我变得坚定和自信，而这正是我所需要的。次日，我们安排着把放置在威克菲尔德先生家里的衣服和书籍运过来，其间，她又把那个意思重复了好几遍。关于这件事，还有我最近度假的所有情况，我给阿格尼丝写了一封长信。信由姨奶带去，因为她次日就要离开伦敦。这些细节就不予详述了，我只需要补充说一下，姨奶留下了足够的钱，以供我在一个月的试用期内开支。令我和姨奶感到很失望的是，斯蒂尔福思到她离开都还没有露面。我送她上了驶向多佛尔的公共马车，她想到马上就可以击退那些四处游荡的驴，欣喜若狂，珍妮特就坐在她身边。马车驶离之后，我便转身向着阿德尔菲区走去，回首着自己昔日在那儿的地下拱门处徘徊的情景，同时也回味着使自己升到地面的种种可喜变化。

第二十四章
我最初的放纵行为

高高耸立的城堡归我一个人独有，把外面的门关上之后，感觉就像是鲁滨逊·克鲁索[①]一样，当初他进入自己的堡垒，然后把梯子拉了上去，这是件妙不可言的美事。口袋里放着自己住处的钥匙，漫游在伦敦的街头，而且知道，自己可以邀请任何人到家里来做客，同时很有把握，只要自己不觉得有什么不方便，就不会令任何人感到不方便，这是件妙不可言的美事。进进出出，来来去去，自己说了算，无须同任何人言一声，而且在我需要克鲁普太太的时候——她也很乐意来——拉一拉铃，她就会气喘吁吁地从地底下冒出来，这是件妙不可言的事。我可以说，这一切都妙不可言，但是，我也得说，有时候也会觉得百无聊赖。

早晨的时光，尤其是晴朗的早晨，令人赏心悦目。白天的光线下，生活显得清新惬意，自由自在，而在阳光的照耀下，生活显得更加清新惬意，自由自在。但是，随着白昼的逝去，生活似乎也随之而去了。我弄不明白这是怎么回事，烛光下，感觉很少有开心的时候。这种时候，我就想要有个人坐在一起说说话。我思念着阿格尼丝，眼前没有那个充满着微笑、可以说心里话的朋友，感觉一片空白。克鲁普太太好像处在遥远的地方。我想着前任房客的事情，他死于喝酒吸烟，真希望他行行好活下来，而不要用死来烦我。

时间过去了两天两夜，我感觉就像是过去了一年，但我并不觉得自己成熟了一丁点儿，而是感觉一如既往的年轻幼稚，心里苦恼

---

① 见53页注。

极了。

斯蒂尔福思依旧没有露面，这令我不由得担心起来，他一定是生病了。于是，第三天，我便早早地离开了民事律师公会，向外步行到了海格特。斯蒂尔福思夫人见到我很高兴。她说，斯蒂尔福思和一些牛津的朋友一同去拜访住在圣奥尔本斯附近的另外一个朋友了，但是她料定他次日就会回来。由于我格外地欣赏他，所以心里很嫉妒他那些牛津的朋友。

斯蒂尔福思夫人执意要把我留下吃晚饭，我便留下了。我觉得，我们当时没聊别的，一直都是在说斯蒂尔福思的事。我告诉她，雅茅斯的人如何如何喜欢他，我和他玩得如何如何开心。达特尔小姐总是拐弯抹角，语焉不详，提一些神秘莫测的问题，但对于我们在那边的一切活动兴致勃勃，一遍又一遍地说“真是这样的吗？”等诸如此类的话，结果，她想要知道的情况都从我嘴里套出来了。她那音容笑貌跟我头一次见到她时描述过的一模一样。但是，同两位女士在一起相处，我心里觉得很愉快，亲切自然，所以我都感觉有点爱上她了。那天晚上，尤其是晚些时候步行回家时，我几次都不禁想到，如果她能够在白金汉街陪伴着我，那该是多么美妙的事情啊。

我早晨正喝着咖啡，吃着面包卷，准备去民事律师公会。这里我或许可以说一下，克鲁普太太放了很多咖啡，但味道却很淡，这想一想真令人惊奇。令我喜不自禁的是，斯蒂尔福思突然走了进来。

“亲爱的斯蒂尔福思，”我大声喊着，“我都快要以为恐怕永远都再见不到你了呢！”

“我回家后的第二天上午，”斯蒂尔福思说，“就被人家强拉硬拽地给拉走了。啊，雏菊，你在这儿做起了少见的老单身汉来了啊！”

我显得很得意，领着他看了整个公寓，连储藏间都没有遗漏掉，他给予了高度赞扬。“我告诉你吧，老伙计，”他补充说，“除非你给我下逐客令，否则我就把这儿当成在伦敦的落脚地了。”

我听了之后高兴不已。我对他说，如果他要等着听逐客令，那得等到世界末日。

“但你得吃点早餐啊！”我说着，把手触到了拉铃绳，“克鲁普太太会给你煮点新鲜咖啡，我在这儿用单身汉使用的荷兰烤炉上给你烤点咸肉。”

“不，不！”斯蒂尔福思说，“别拉铃！我不能在这儿吃！我还要去同那些伙伴中的一位吃早餐呢，他就住在科文特加登的皮亚扎旅馆。”

“那你就过来吃晚饭吧？”我说。

“我说实话，也来不了。我倒是求之不得，但我必须得同那两个伙伴待在一起。我们明天上午三个人一道走。”

“那就把他们两个也领到这儿来吃晚饭吧，”我回答说，“你说他们肯来吗？”

“噢！那他们会跑着过来的，”斯蒂尔福思说，“但这样会给你带来不便，要不还是你出去，我们找个地方一块儿吃饭吧。”

无论如何我都不赞成这样做，因为我突然想到，自己应该举行一个小型聚会，庆贺乔迁，而这是再好不过的机会。斯蒂尔福思赞扬过我的住处之后，我的自豪感油然而生，于是便心急火燎地想要把它的优势发挥到极致。因此，我说服了他代表两个朋友答应下来了，我们随后便把晚餐的时间定在六点。

斯蒂尔福思离开之后，我拉铃叫来了克鲁普太太，把我十万火急的安排告知了她。克鲁普太太首先说，毫无疑问，不能指望她来伺候，这是明摆着的，但她认识一个动作麻利的小伙子，她觉得可以说服他来效劳，工钱是五个先令，小费就随我意给。我说，我们当然可以请他来干。克鲁普太太接着说，很显然，她不能同时身处两处（我觉得这话说得在理），在储藏间点上蜡烛，安排个“小姑娘”到那儿，不停地洗刷盘子，这是必不可少的。我问，雇个年轻女子来干活儿需要多少钱，克鲁普太太说，她认为要花上十八便士即使我发不了迹，也不会叫我破产。我说那倒是不会，事情就这么定下来。克鲁普太太然后说，那就谈谈吃什么吧。

克鲁普太太厨房里的炉灶除了能烧排骨和土豆泥之外，别的什么也弄不成，当初的修炉匠缺乏远见卓识，这是个经典的例证。至于说到带柄煮鱼锅，克鲁普太太说："行啊！我只有亲自去瞧瞧了。"她这话说得再合适不过了。我去看一看？即便看了，我又会更加明白到哪儿去呢？我说不用去看了，并且说："鱼的事情就不管了。"但克鲁普太太却说，话可别这样说，牡蛎上市了，为何不买牡蛎呢？于是这事又定下来了。克鲁普太太然后说，她要建议买的东西有这样一些：两只热烤鸡，从糕点铺买。一盘牛肉加蔬菜，从糕点铺买。两小盘配料，如一盘发酵的馅饼和一盘腰花，从糕点铺买。一个果馅饼，（如果我乐意的话）还有一个果冻，从糕点铺买。克鲁普太太说，这样一来她把精力全部集中在土豆上了，并且按照她的意思把干酪和芹菜这两道做好。

我遵照克鲁普太太的意思行事，亲自到糕点铺去订了食品。过后，沿着斯特兰德街往前走，路过一家卖火腿和牛肉的铺子，看见橱窗里陈列着一种硬邦邦的东西，就像是大理石，但标签上写着"假甲鱼[①]"字样。我便进去买了一块。后来才发现，这足以供十五个人吃。我费了一些口舌这才说服克鲁普太太同意把菜肴热一热，这东西溶成汤之后分量锐减，结果我们发现正如斯蒂尔福思说的，四个人用都"够紧的"。

这些准备工作都如愿以偿地完成了，之后我又到科文特加登花园市场买了一些甜点心，还在附近一家酒类零售店订了一大批货。等我下午回到家里之后，看到储藏间地上的酒瓶子摆成了一个方阵，其数量之多（尽管少了两瓶，结果弄得克鲁普太太很不舒服），简直把我给吓蒙了。

斯蒂尔福思的朋友中，一个名叫格兰杰，另一个名叫马卡姆，两个人都开心愉快，兴致勃勃。格兰杰要比斯蒂尔福思年龄大一些，马卡姆则一脸稚嫩，我看他该会还不到二十岁吧。我注意到，马卡姆在谈到自己的时候，总是爱泛泛地说"一个人"，而很少或者压根

① 一种用小牛头或小牛肉等做成的菜肴，通常做成"假甲鱼汤"。

儿就不用第一人称单数。

“一个人可以在这儿过得很惬意，科波菲尔先生。”马卡姆说，意思是说他自己。

“这是个不错的所在，”我说，“公寓确实很宽敞。”

“我希望你们两个都有好胃口。”斯蒂尔福思说。

“说句实在话，”马卡姆说，“伦敦似乎会使一个人胃口锐增，一个人成天都忍饥挨饿着，一个人没完没了地在吃东西。”

刚一开始时我感到有点尴尬，觉得自己太过年轻，不配主持一个餐宴，所以餐宴开始后，便请斯蒂尔福思来主持，自己则在他正对面坐了下来。一切都进展得很顺利，我们开怀畅饮。斯蒂尔福思应付自如，使得餐宴的气氛热烈祥和，大家一直沉浸在节日的氛围中。餐宴期间，我却没有像自己希望的那样陪好客人，因为我的椅子正对着门口，发现那个动作麻利的小伙子时不时地走出房间，随后墙上马上映现出他的影子，酒瓶子对着嘴，这个情况分散了我的注意力。那个“小姑娘”的表现也同样如此，弄得我有点局促不安，倒不是说她偷懒不洗盘子，而是把盘子弄碎了。她生性爱管闲事，不能（按照明确无误地吩咐她的）待在储藏室里，总是要跑出来瞥上我们一眼，总是又疑心被我们发觉了，这样一来，几次退回去时踩在了盘子上（因为她把盘子小心翼翼地码在地上），结果踩碎了很多。

不过，这些都只是小的瑕疵而已，等到撤下了桌布，摆上了甜点心之后，这一切都很容易就忘记了。到了这个时候，我们才发现，那个动作麻利的小伙子原来不会说话。我私下里吩咐他去陪克鲁普太太，同时把“小姑娘”打发到地下室去了，我这才纵情地欢乐起来。

我这才开始表现得兴高采烈，情绪松弛。形形色色似忘非忘地可以拿来做谈资的事情一股脑儿地涌上心头，我态度异乎寻常，滔滔不绝地畅谈起来。对自己说的，还有其他每个人说的笑话，我开怀大笑。由于斯蒂尔福思没有把酒递过来，我便敦促他拿酒。我几次表白了要去牛津，还宣布，我打算每个礼拜来一次这样的聚餐，若有变故，另行告知。我还从格兰杰的鼻烟壶里疯狂地吸了一通，结果不得不跑到储藏间，偷偷打了足有十分钟的喷嚏。

我的行动继续进行着，添加酒的速度越来越快，已开了的酒还没有喝完，就又不停地用开瓶钻开新的。我提议为斯蒂尔福思的健康干杯，说他是我最最亲密的朋友，我少年时代的保护神，成年之后的伙伴，所以说很高兴为了他的健康干杯。还说他对我的情意，我无以回报，我对他的敬慕之情无法言表。我最后说："我要为斯蒂尔福思干杯！愿上帝保佑他吧！万岁！"我们每人为他干杯了三次，最后结束时又干了一大杯。我绕过桌子去跟他握手时，把自己的酒杯都给打碎了。我不停顿地对他说了一句："斯蒂尔福思，你是我人生的领路人。"

我的行动继续进行着，突然发现，有人唱起歌来了。唱歌的是马卡姆，唱的是"当一个人因操劳而情绪低下的时候[①]"，他说，唱过之后，要我们为了"女人"干杯！我对他的提议表示反对，我不允许有这样的事。我说，用这样的话语提议干杯，是不体面的事情，在我家里除了说为了"女士"干杯，不允许说这样的祝酒词。我说话很冲，主要是感觉到，斯蒂尔福思和格兰杰在冲着我笑，或者冲着他，或者冲着我们两个人。他说一个人绝不能受别人的指使。我则说人就得这样。他接着说一个人不能受别人的侮辱，我说他这话倒是说对了，在我家里，绝不能受别人的侮辱，因为家庭的守护神是神圣的，热情待客的原则是至高无上的。他说，承认我是个大好人，这丝毫无损于一个人的尊严。我听了之后，立刻提议为了他的健康干杯。

有人在抽烟，我们大家全都抽起烟来了。我一边抽着烟，一边极力克制自己不要颤抖。斯蒂尔福思针对我发表了一通演讲，其间，我被感动得几乎要热泪盈眶了。我表达了自己的谢意，希望在座的客人明天和后天来和我一同就餐。每天都是五点，这样的话，我们可以待在一起，开开心心地畅谈，度过漫长的晚上时光。我觉得应

---

① 典出英国诗人、戏剧家约翰·盖伊（John Gay，1685 年—1732 年）的代表作《乞丐的歌剧》，接下去的一句歌词是："只要女人一露面，满天的云雾便消散"。

该提议为一个人祝酒，于是提议为我姨奶贝齐·特洛特伍德小姐祝酒，因为她是女中豪杰！

有人从我卧室的窗户探出身子去，一面把前额靠在冰冷的石墙上，一面感受一下微风拂面的感觉。那个人是我自己。我喊着自己的名字“科波菲尔”，同时说，“你为何要试着抽烟啊？你本来知道自己不会抽烟的。”这时，又有人摇摇晃晃地站在镜子面前，对着自己的样子沉思。这个人也是我。镜子里面的我脸色苍白，两眼无神。我的头发——只是头发，没有别的——看上去有醉意。

有人对着我说话，“我们去看戏吧，科波菲尔！”我的眼前没有了卧室里的情景，而又是发出叮当声的餐桌，上面摆满了酒杯，还有灯。格兰杰在我右边，马卡姆在左边，斯蒂尔福思在对面。大家全都坐着，云里雾里，相距遥远。看戏去？正好，正中下怀。那就走吧！但他们得原谅我，因为我要请他们先出门，然后把灯给熄了，以免发生火灾。

眼前一团漆黑，我有点辨不清方向，找不着门在哪儿了，结果在窗帘处摸索着，以为在那儿可以找到门，这时，斯蒂尔福思哈哈大笑，拽着胳膊把我领到了室外。我们一个紧跟着另一个下楼，快到楼下时，有人摔倒了，往下滚。另外有人说，摔倒的是科波菲尔。我听了这个谎报事实之后感到很气愤，直到后来，我发现自己仰躺在通道上，这才觉得刚才那人的说法还是有些根据的。

夜晚浓雾密布，大街小巷的路灯周围布着巨大的光环！有人小声地说，天下雨了，但我认为那是霜。斯蒂尔福思在路灯柱子下面给我掸了掸身上的灰尘，接着把我的帽子整出了形状，因为有人动作异乎寻常，不知从什么地方把帽子掏了出来，我先前本来是没有戴帽子的。斯蒂尔福思接着说：“现在没事了吧，科波菲尔？”我告诉他说：“再好不过啦。”

有个人坐在类似于鸽子笼一样的地方，透过浓雾往外看，从某个人的手里接过了钱，一面还问，所付的钱里面包不包括我在内，而且还满腹狐疑的样子（我瞥了他一眼，记得是那个样子的），吃不准该不该收我的钱。不一会儿，我们便到了热烘烘的剧场，坐在了很高的位置上，向下对着一片很大的池座，我觉得那地方好像在冒烟，里面满满当当挤着人，分辨不清。舞台也很大，刚才看过了街道上的情景之后，这儿显得干净平滑。舞台上面有人，在说着什么事情，但一点也听不清楚。华灯闪烁，音乐悠扬。包厢里坐着女士，还有谁我就不知道了。在我眼里，整个剧场的人像是在学习游泳，我想要让大家稳定下来，可看到的却是莫名其妙的姿势。

经人提议，我们决定到楼下的礼服包厢[①]去，那儿坐着女士。我的眼前出现了一位绅士，只见他一身礼服，靠坐在沙发上，手里拿着观剧镜。还看到了我自己的整个身影呈现在一面镜子中。这时候，我被人领到了一个包厢，坐下的时候，嘴里说了点什么，周围的人便冲某个人喊了起来："安静！"女士们便向我投来愤怒的目光，原来是——哎呀！没错！——阿格尼丝，就坐在同一包厢我的座位前面，她的旁边还有一位夫人和先生，我不认识他们。我可以说，现在看到她的脸，比当时看到的都更加真切，只见她流露着永远抹不去的惋惜和惊异之情，转过来看着我。

"阿格尼丝！"我声音沙哑地说着，"天哪！阿格尼丝！"

"嘘！请别嚷嚷！"她回答说，但我不明白她为何这样说，"你影响别人啦，看着舞台吧！"

我听了她的吩咐之后，极力用目光盯住舞台，想听听那儿在说些什么，但什么也没有听清。片刻之后，我再一次盯着她看，看见她身子缩到了角落里，戴着手套的手遮住了前额。

"阿格尼丝！"我说，"恐怕你不大舒服吧。"

"没有，没有，别担心我，特罗特伍德，"她回答说，"听我说！你马上离开，好吗？"

"我马上就离开？"我复述了一遍。

"是啊。"

---

① 指设在剧场、音乐厅等的包厢，坐在里面的观众须穿礼服。

我傻乎乎的，想要回答说，我得等待，一边搀扶着她下楼。我估计自己或多或少表露出了这个意思，因为目不转睛地端详了我一会儿之后，她似乎心领神会了，于是低声地回答说：

“如果我告诉你我是在严肃认真地对你说这个事，我知道你会照着我的意思去做的。看在我的分上，这就离开吧，特罗特伍德，请你的朋友送你回家吧。”

这时候，她的话令我清醒了许多，所以，虽然我很生她的气，但心里感觉很羞愧，然后简短地说了一声“在结！”（我实际上要说的是“再见！”），起身便离开了。他们跟在了我后面，而我出了包厢的门后便立刻进了卧室，这时只有斯蒂尔福思同我在一起，他帮助我脱了衣服。我告诉他说，阿格尼丝是我妹妹，同时恳请他拿来开瓶钻，我可以再开一瓶酒。

这是怎样的一种情形呀！有个人躺在我的床上，整夜处在一种癫狂的梦境当中，毫无逻辑地说着话，而且反复说着。床成了波涛汹涌的海洋，片刻也不静止！这是怎么样的一种情形呀！那个人慢慢地成了我自己，这时候，我开始感觉干渴难忍，感觉浑身的皮肤有如硬纸板。舌头成了空水壶的底，用久了起了垢，正在文火上烤干。手掌成了灼热的金属板，用冰都冷却不了！

但是，到了第二天，我神志清醒了，感到痛心疾首，悔恨不已，羞愧难当！我的心里怀着恐惧，害怕自己犯下了已经忘却的千种罪过，而且无法救赎。我记起了阿格尼丝向我投来的永远无法抹去的一瞥，我简直就是个畜生，都不知道她怎么到伦敦来了，或者住在何处，从而无法同她联系，令人揪心。一看到我们头天狂欢豪饮的房间，我便感到恶心，我的头都痛得要开裂了，房间里散发着的浓烈烟味，看到那些酒杯的样子，我无法出门去，连爬都爬不起！噢，那是怎样的一天啊！

噢，这是怎样的一个夜晚啊，当时，我在火炉边坐下，面对着一盆羊肉汤，面上浮着一层油脂，我心里想着，自己要步前任房客的后尘了，不仅续住了他曾住过的公寓，而且还要续写他悲惨的故事，所以我真想一口气冲回到多佛尔去，把一切都诉说出来！这是怎样的一个夜晚啊，当时，克鲁普太太进来把汤盆端走，同时用一只盛干酪的盘子端上一个腰花，这是昨晚餐宴的全部剩余，我真想伏在她穿着紫花布外套的胸前，用发自内心的忏悔之意对着她说："噢，克鲁普太太，克鲁普太太，不要管这些残羹剩食啊！我痛苦极了！"不过我只是疑惑着，即便在这样的情境下，克鲁普太太是不是我可以吐露心声的那种女人！

第二十五章

天使与魔鬼

头痛恶心，悔恨交加，悲惨遗憾的一天过去了。次日早晨，我心里没着没落，乱成一团，我都记不起承诺过的举办餐宴的日期了，仿佛有个巨人用一根硕大无朋的撬棍，将前天的日子撬到几个月前去了，我正要朝门外走，就在这时，我看见一个佩戴着证章的信差[①]上楼来了，手里拿着一封信。他当时正慢条斯理地履行着自己的差务，但他看到我站立在楼梯顶部，正隔着扶手看着他时，他急忙小跑起来，气喘吁吁地上来了，好像已经精疲力竭了。

“大·科波菲尔先生的。”信差一边说着，一边用小手杖触了触自己的帽子。

我几乎不敢承认那是我的名字，因为确信信是阿格尼丝写来的，心里乱得很。不过，我还是告诉了他，我就是大·科波菲尔先生，他信了我的话，把信给了我，并说要我回信。我关上了门，让他在楼梯口上等着我写完回信。我转身又进入室内，心里忐忑不安，以至于不得不把信放在餐桌上，待自己对信封上的内容熟悉一下之后，这才决定开封。

我开启了信之后发现，信很短，措辞友善，只字未提我在剧场里的狼狈相。信的全部内容是：“亲爱的特罗特伍德，我目前住在爸爸的代理人沃特布鲁克先生的家里，就在霍尔本区的埃利街。今天你能来看我吗？具体时间你定吧。你永远的挚友，阿格尼丝。”

我花费了很长时间，为的是要把回信写得让自己满意，所以除

---

① 昔日伦敦的邮差要佩戴证章，以证明身份。

非那个信差认为我是刚学习写信，否则我真不知道他会怎么想呢。我至少写了五六封回信，有一封开头是这样写的，“亲爱的阿格尼丝，我多么希望能从你的记忆中抹去那令人恶心的印象……”我对此不满意，把它给撕了。另一封的开头则是，“亲爱的阿格尼丝，莎士比亚说过，一个人竟然会把仇敌放进自己嘴里[①]，这是多么不可思议的事情啊！”这让我想起了马卡姆，于是写不下去了。我甚至尝试过赋诗，用六音步诗行的形式写了个开头，“噢，请不要记起”但这令人联想到十一月五日[②]，简直荒唐可笑。尝试了多次之后，我写了，“亲爱的阿格尼丝，你的信如同你本人一样，除了这样说，我还能说怎样的更能赞美你的话呢？我四点到。充满情谊同时又充满悔恨的特·科。”信差拿到了回信之后终于走了（我刚把信交出去之后，心里就六神无主，想要把信要回来）。

我感觉那是个至关重要的日子，如果民事律师公会那些从业的绅士中有哪一位有我一半的感觉，那我倒是打心眼里觉得，把公会弄成了一个像是陈旧腐朽的宗教机构，这当中也有他的一份罪过，但他多少有了赎罪的表示。我三点半离开事务所，而且几分钟之后就在约定的地方徘徊，但按照霍尔本区圣安德鲁教堂上的大钟所示，离约定的时间过去了十五分钟，我这才鼓起了全部的勇气拉了沃特布鲁克先生家左手门柱上的门铃。

沃特布鲁克先生一般业务上的事情在一楼处理，而风雅韵致方面的活动则在楼上进行（这方面的活动还真不少）。我被领进了一个精致但不够宽敞的客厅，阿格尼丝坐在里面，手里编织着钱袋。

她看上去文静淑雅，面目和善。这让我清晰地想起了在坎特伯

---

① 典出威廉·莎士比亚的悲剧《奥赛罗》第二幕第三场，凯西奥说：“……上帝啊！人们居然会把一个仇敌放进自己的嘴里，让它偷去他们的头脑！”（见《莎士比亚全集》第九卷，第三百二十四页，朱生豪译，人民文学出版社，1978 年版）。此处大卫把“人们”改成了“一个人”，所以他想起了马卡姆，因为后者喜欢用“一个人”。文中的“仇敌”指“酒”。

② 这样的开头很像一首涉及十一月五日火药阴谋的英国民歌（关于火药阴谋案，见 145 页注），歌词为“可不要忘记啊 / 十一月的五日 / 那火药阴谋案 /……”。

雷上学时那些清新快乐的日子，也想起了那天晚上自己愚不可及的丑态，酒气熏天，满身烟味。因此，由于没有旁人在场，我放任着自己的情感，一味地自责自遣，羞愧难当，一句话，丑态百出。我不能否认，自己当时流泪了。此时此刻，我都还不能断定，从总体上来考虑，自己当时的表现是最明智的行为，还是最荒唐的行为。

"阿格尼丝，如果当时在场的是别人，而不是你，"我说着，把头扭向了一边，"那我也不至于这么耿耿于怀。但偏偏是你目睹了我的样子！我刚一开始时真是巴不得自己死了才好呢。"

她把手搭在我的胳膊上一会儿，那种感觉跟任何人的手触到我带来的感觉都不一样。我感受了深厚的友情和慰藉，我情不自禁地把她的手移到我的嘴唇边，无比感激地吻了一下。

"坐下吧，"阿格尼丝说，她一副兴高采烈的样子，"别不高兴了，特罗特伍德。如果你连我都不信任，你还信任谁啊？"

"啊，阿格尼丝！"我接着她的话说，"你是我的吉祥天使！"

她微笑着，但我感觉微笑中充满着酸楚，接着她便摇了摇头。

"没错，阿格尼丝，你是我的吉祥天使！永远是我的吉祥天使！"

"如果真是这么回事的话，特罗特伍德。"她回答说，"那么，有一件事情我就必须得说了。"

我用探寻的目光看着她，但心里其实已经预感到了她的意思。

"我要提醒你，"阿格尼丝说，她目光坚定地看了我一眼，"警惕你身边的魔鬼。"

"亲爱的阿格尼丝，"我开口说，"如果你是指斯蒂尔福思……"

"我是指他，特罗特伍德，"她回答说。

"那样的话，阿格尼丝，你可就太冤枉他了。他竟然会是我身边的或者别的什么人身边的魔鬼！他不可能是别的，只会是我的向导、依靠和朋友！亲爱的阿格尼丝！凭着你那天晚上看到的我的那副样子就对他做出判断，这岂不是有失公正而且也不像是你的做法了吗？"

"我并不是凭着那天晚上看到的你的情况来判断他的。"她态度平静地回答说。

“那你凭着什么呢？”

“凭着许多事情，事情本身微不足道，但综合到一起，我就认为不是这么个情况了。我对他做出判断，部分根据你叙述的有关他的情况，特罗特伍德，还有你的个性，以及他对你产生的影响。”

她说话的声音平静有度，但似乎总是有一种力量触动着我的心弦，从而同她的声音相呼应。她的声音一直都是真诚恳切的，但是当它就像现在这样非常真诚恳切的时候，其中就有一种令人激动的力量使我屈服。她的目光注视着手上的活儿，我则坐在那儿看着她，似乎仍然在听她说话，而斯蒂尔福思，尽管我对他情真意切，却在那声音中黯然失色了。

“我真是唐突冒昧，”阿格尼丝说着，又一次抬起头看了看，“因为我离群索居，对外界知之甚少，却这样掏心窝子地对你提出了忠告，甚至表达如此激烈的言辞。但我知道为何会有这样的表现，特洛特伍德，因为我真真切切地记着，我们是一块儿长大的，有关你的一切事情，我都打心眼里关切着。这就是让我唐突冒昧的原因。我可以肯定，自己说的话不会有错。我感觉到，当我提醒你，你已经结交上了一个危险的朋友的时候，是别的什么人在对你说话，而不是我自己。”

在她沉默下来之后，我又一次看着她，又一次听着，而斯蒂尔福思的形象尽管依然牢牢地扎根在我的心中，但又一次变得暗淡无光了。

“我还不至于不切实际到指望，”过了一会儿之后，阿格尼丝说，还是她平常的语气，“你会或者能够立刻改变自己的情感，因为这种情感已经成为你的一种信念了，更不要说是一种深深地扎根在你轻信于他人的性格中的情感。你不应该仓促地采取行动。我只是请求你，特洛特伍德，如果你什么时候想起我来了，我的意思是，”她说到这儿露出了恬静的微笑，因为我正要打断她的话，而且她知道为什么，“每当你想起我的时候，想一想我说过的话。我说了这么多，你会谅解我吗？”

“等到你能公平地对待斯蒂尔福思，而且像我一样喜欢他，”我回答说，“那时候，我就会谅解你，阿格尼丝。”

“不到那个时候就不谅解吗？”阿格尼丝说。

我这样提到斯蒂尔福思时，看到她的脸上掠过一丝阴影，但她对我报以了微笑，接着我们便像昔日那样毫无保留地坦陈胸臆了。

“阿格尼丝，你什么时候，”我说，“会谅解我那天晚上的行为啊？”

“我想起那个事情来的时候。”阿格尼丝说。

她本来想就这么结束这个话题，但我有很多话要说，不肯罢休，一个劲儿地解释自己丢人现眼的行为的来龙去脉，如何在经过了一连串的偶然事件之后，最后我们到剧场去看戏了。这样把前前后后的事情解释了一通，同时不厌其烦地说明了，在我无力照顾自己的情况下，是斯蒂尔福思照顾了我，所以对他充满了感激之情，这时候我的心里才感到如释重负。

“你可千万别忘了，”阿格尼丝说，我话音刚落，她便平静地改变了话题，“不仅在你陷入困境的时候，而且在你坠入情网的时候，你可都得告诉我。拉金斯小姐之后，还有谁？特洛特伍德？”

“没有谁，阿格尼丝。”

“有一个吧，特罗特伍德，”阿格尼丝一边说，一边笑着，举起了一个手指头。

“没有，阿格尼丝，说老实话！不错，斯蒂尔福思夫人府上有一位小姐，人很聪明，我喜欢同她交谈——叫达特尔小姐——但我对她没有爱慕之心。”

阿格尼丝又一次因为自己敏锐的洞察力而笑了起来，并且告诉我说，如果我对她始终如一，推心置腹，她觉得应该备一本小的记事本，把我一次次热烈的恋情记录下来，记下开始的日期，持续了多长时间，什么时候结束的，就像历史上的国王和女王记录在位的年表一样。接着她又问我是否见到了尤赖亚。

“尤赖亚·希普吗？”我问，“没有看到，他在伦敦吗？”

“他每天都会到楼下的事务所来，”阿格尼丝回答说，“他比我早一个礼拜来伦敦。我担心他是来办什么不愉快的事情，特洛特伍德。”

“来办什么令你感到不安的事情，阿格尼丝，这我看得出来，”我说，“那会是什么事呢？”

阿格尼丝把手上的活儿搁置到了一旁，然后两手交在一起，那双美丽温柔的眼睛若有所思地看着我，并且回答说：

“我相信，他快要成为爸爸的合伙人了。”

“什么？尤赖亚？那个卑微平庸、摇尾乞怜的家伙，爬到这么个地位啦？”我大声说着，义愤填膺，“关于这事，你就没有提出过异议吗，阿格尼丝？想想看，这会是怎样的一种关系啊。你一定得开口说出来，一定不能让你父亲走出这么疯狂的一步。趁着还来得及的时候，阿格尼丝啊，你必须阻止才是。”

我在说话的时候，阿格尼丝仍然看着我，摇了摇头，用淡淡的微笑来应对我愤怒的情绪。然后回答说：

“你还记得我们最后一次谈到爸爸的事吗？在那之后不久——不会超过两三天的时间——爸爸便第一次暗示了我现在告诉你的事。令人心酸的是，我看到他心里矛盾极了，一方面他要表现出是他自己心甘情愿要向我提出这件事，另一方面又掩饰不住他是在别人的压力下才这么做的。我感到非常难过。”

“别人给他施加压力，阿格尼丝？是谁给他施加压力的？”

“尤赖亚，”她犹豫了片刻，然后回答说，“已经让爸爸离不开他了。他诡秘狡诈，处心积虑，看准了爸爸的弱点，放纵他的弱点，同时利用他的弱点，直到后来……我用一句话来说吧，特洛特伍德，直到后来，爸爸都惧怕他了。”

我清楚地看出来了，她有更多的话要说，她知道的情况还要更多，或者说她猜疑的情况还要更多。我不能去追问这些，以免给她带来痛苦，因为我知道，她不肯向我吐露实情，是为了给她父亲留个面子。我感觉得出来，事情发展到这个地步，不是一朝一夕的事。不错，只要稍微想一想，我就感觉得到，事情发展到这个地步，已经经过很长时间了。我缄口不言。

“他支配爸爸的能量，”阿格尼丝说，“那是很巨大的。他口口声声说自己卑微渺小，心怀感激——或许是发自内心，但愿如此——但他所处的地位实际上权力很大，我担心他滥用权力。”

我说了，他就是个卑鄙小人，我感到这样说一时间心里出了一口气。

“在我提到的那个时间，也就是爸爸对我说的时候，”阿格尼丝继续说，“他告诉我爸爸说，他要离开，还说他很难过，不愿意离开，不过他有了更理想的出路了。爸爸当时心情很沮丧，你我都没见过他那样忧心忡忡过。但是，提出了建立合伙人关系这种办法之后，爸爸虽然心里感到很难过，感到很羞辱，但同时似乎也松了一口气。”

“那你是怎么对待这件事情的，阿格尼丝？”

“我做了，特罗特伍德，”阿格尼丝回答说，“自己希望是正确的事。我心里明白，为了爸爸的安宁，有必要做出这种牺牲，所以我就恳请爸爸做出了牺牲。我说，这样可以减轻他生活中的负担，我希望会这样！如果这样的话，我就有更多机会陪伴他。噢，特洛特伍德！”阿格尼丝哭了起来，泪流满面，用双手捂住了脸，“我都几乎感觉到自己成了爸爸的敌人，而不是他深深爱着的孩子。因为我知道，他对我充满了慈爱，这才改变自己的态度的。我知道，他聚精会神，一门心思地放在了我身上，这才缩小了人际交往和处理事务的范围。我知道，他为了我的缘故，把许许多多事情拒之门外，为了我的事情忧虑揪心，给他的生活都投下了阴影。他殚精竭虑，总是抱着一种想法，消耗了他的体力和精力。要是我能够改变这一切该有多好啊！虽不是有意为之，但我却成了他衰老的缘由，要是我经过努力能够使他的精神和体力复原该有多好啊！”

我过去从未看见阿格尼丝哭过。我当时在学校里接受了荣誉，到了家后把消息告诉她，看见她眼睛里含着泪水。我们最后那次谈到她父亲时，我也看到了那个情形。我们相互告辞时，我也看见她把头缓缓地转到一边。但我从未看见过她如此这般地伤心欲绝过。

这让我心里很难受，以致我不知所措，无可奈何，只能说："求求你了，阿格尼丝，别哭了，亲爱的妹妹！"

但是，不管我当时是否知道，反正我现在是很清楚了，阿格尼丝在性格和意志方面都远远胜过了我，根本用不着我再三恳求。有如天空中乌云散去，碧空如洗，她恢复了美丽娴静的仪态，这一点她在我的记忆中与任何人都迥然相异。

"我们两个不大可能单独在一起待很长时间，"阿格尼丝说，"特洛特伍德，趁着现在有机会，我要真心诚意地恳求你，友好地对待尤赖亚。如果因为你可能同他意气不相投，便心生怨恨（因为我觉得，按照你的性格，你会这样）。他也许不应该受到怨恨，因为我们并没有他不良行径的凭据。无论如何，首先想想我和我爸爸！"

阿格尼丝没有时间再多说什么，因为房门打开了，沃特布鲁克太太飘然进入了，因为她是个大块头的妇人，或者说穿了一身肥大的衣服。我不能确切地分辨出两种情况，不知道哪是衣服，哪是人。我隐隐约约记得在剧场里看见过她，好像是在朦朦胧胧的幻灯片上看到她似的。但是，她好像完全记得我，仍然怀疑我还处在醉酒状态。

然而，沃特布鲁克太太渐渐地看出，我已经清醒了，而且（我希望如此）还是个谦逊内敛的青年绅士，于是，她对我的态度便大大地和缓起来，先是问我，是否常去逛公园，继而又问，我是不是常有社交活动。我对这两个问题均做了否定回答，接着我便意识到，自己在她的印象中又不那么好了，不过她态度优雅地掩饰了这个事实，邀请我次日来吃晚饭。我接受了邀请，然后告辞了。出门的时候，我到事务所去看望了一下尤赖亚，但他不在，我就给他留了张名片。

次日，我去赴晚宴，临街的门一打开，我便投身到充满了羊腿肉味道的蒸汽浴室里了，这时候，我意识到，客人不止我一个，因为我立刻就认出了那位乔装打扮的信差了，他正在帮着家仆干活儿，站在楼梯口准备把我的名字向上通报。他轻声细语地询问我的名字时，极力表现出先前从未见过我的样子，但是我清楚地记得他，他也清楚地记得我。我们俩心照不宣，都成了懦夫[①]。

我发现，沃特布鲁克先生是位中年绅士，短短的脖子，衬衣领子显得有点大，只差一个黑鼻子，就成了一条哈巴狗的肖像了。他告诉我，说他很荣幸同我相识。在我向沃特布鲁克太太表示了敬意之后，他便郑重其事地把我介绍给一位神态威严的女士，只见她一身黑天鹅绒长袍，还戴了一顶硕大的黑天鹅绒帽子，我记得该女士就像是哈姆雷特的近亲，比如说他的姑妈。

亨利·斯派克太太便是这位女士的名字，她丈夫也在场，态度冷冰冰的一个人，因此他的脑袋上顶着的不是灰白的头发，倒像是撒落了一层白霜。无论女宾男客，大家都对亨利·斯派克夫妇肃然起敬。阿格尼丝告诉我，之所以如此，是因为亨利·斯派克先生是某个机构或者某个人物的律师，我记不得是机构还是人物，而该机构或人物同财政部扯得上关系。

我看到尤赖亚·希普也在客人中间，身穿一套黑衣服，一副谦恭内敛的样子。我同他握手时，他告诉我说，受到了我的关注，感到不胜荣幸，对于我屈尊俯就地关注他，他真的对我心怀感激之情。我倒是希望他少对我怀有一点感激之情才是，因为他心怀感激，晚上所有剩下的时间，他都徘徊在我身边。不论什么时候，只要我对阿格尼丝说上一句话，毫无疑问，他那双毫无遮掩的眼睛和那张惨白憔悴的脸，就会在后面恶狠狠地对着我们。

另外还有别的客人，我的印象是，他们全都冷冰冰地来应对这种场面，就像是宴会上冰过的酒一样。但是，有那么一个人，还没有进门就引起了我的注意，因为我听到有人通报他的名字是特拉德尔先生！我的思绪立刻飞回到了萨伦学校，心想难道是那个常常画骷髅的托米不成！

我怀着异乎寻常的兴趣寻找着特拉德尔先生。他是个冷静沉稳

---

① 典出威廉·莎士比亚的悲剧《哈姆雷特》第三幕第一场。王子哈姆雷特得知自己的亲叔叔是害死父亲的凶手，他精神痛苦、颓唐，心灵上又增加了巨大负担。为了不引起国王的注意，只好装疯、示弱，以伺机复仇。

的年轻人，态度腼腆，长着一头滑稽的头发，两只眼睛睁得有点过大。他很快就窝到了一个僻静的角落里，弄得我好不容易才找到了他。最后，我真真切切地看清楚了他，要么是我看错了人，要么就是过去那个倒霉蛋托米！

我走到沃特布鲁克先生跟前，对他说，我相信，自己有幸见到一位老同学。

“这是真的吗？”沃特布鲁克先生说，他显得很惊讶，“你年纪太轻，不可能与亨利·斯派克先生同学吧？”

“噢，我说的不是他！”我回答说，“我说的是那位叫特拉德尔的先生。”

“噢，对，对啊！可不是！”主人说，他的兴致锐减了，“有可能。”

“要是他确实是那个人的话，”我说着，朝着那人瞥了一眼，“我们共同在一个叫萨伦学校的地方待过，他是个非常好的人。”

“嗯，说得对，特拉德尔这人是很不错，”主人说，点了点头，态度上有点敷衍，“特拉德尔是个很好的人。”

“这真是有趣的巧合啊。”我说。

“确实，”主人说，“是个巧合，特拉德尔竟然也会在这儿。是的，本来请的是亨利·斯派克太太的兄弟，但他身体欠佳，来不了，这样宴席上便有了个空位了，所以特拉德尔先生是今天上午才被邀请的。斯派克太太的兄弟可是个一派绅士风度的人啊，科波菲尔先生。”

我喃喃地附和了一声，这已经是够客气的了，因为我对那位先生根本就是一无所知。接着我请教了一下，特拉德尔现在从事什么职业。

“特拉德尔，”沃特布鲁克先生回答说，“那年轻人正在攻读法律呢。是的，他是个很不错的小伙子，除了他自己之外，从来不和任何人作对。”

“他和自己作对吗？”我问，听了他的话后我心里很难过。

“嗯，”沃特布鲁克先生回答说，嘴向上噘着，一边还摆弄着表链子，一副悠然自得、扬扬得意的样子，“我应该说，他是属于那种给自己找麻烦的人。不错，我应该说，比如，他永远都值不上五百英镑。有个同行朋友把特拉德尔推荐给了我。噢，是的，是的。他有些天赋，比如草拟案情摘要，以书面形式清楚地陈述一个案子。一年当中，我能够安排些事情给他干，这些事情——对，特容易——够可观了。噢，是的，是的。”

沃特布鲁克先生时不时地说出“是的”这两个字，一副悠然自得、自满自足的神态，给我留下了深刻的印象。他说的这两个字极富表现力，它们清楚地传递出了这样的信息：此人生下来的时候不仅嘴里含着银匙[①]，同时还带着云梯，而且已经登上了人生一个又一个高峰，直到现在，站在堡垒的顶端，以哲学家和赞助人的目光，俯视着沟壑中的大众。

到了宣布吃饭的时候，我心里还在思忖着这个问题。沃特布鲁克先生陪同哈姆雷特的姑妈下楼，亨利·斯派克先生陪着沃特布鲁克太太。我本想陪同阿格尼丝，结果被一个面露傻笑、腿脚乏力的家伙陪走了。尤赖亚，特拉德尔，还有我本人，作为客人中的小字辈，最后下楼，随我们的便。我未能陪同阿格尼丝并没有像一般情况下那样感到懊恼，因为反而给了我机会，可以在楼梯上同特拉德尔相认，他热情洋溢地同我打了招呼。尤赖亚则扭动着身子，一副丑陋显眼的既自满自足又自贬自贱的嘴脸，我真想把他越过楼梯扶手扔下去。

我和特拉德尔在餐桌上是分开坐的，我们俩被安顿到了两个僻静的角落里。他坐在一个身穿红色天鹅绒的女士身边，红光耀眼，我则坐在哈姆雷特的姑妈身旁，一片幽暗。晚餐持续的时间很长，大家谈论的是关于贵族豪门的事，还有血统。沃特布鲁克太太反复告诉我们，说如果她有什么不足的话，那就是血统。

我几次想到，如果我们不是这样摆出风雅韵致的姿态，晚宴应

---

① 典出英国作家哥尔德斯密斯（OLiver Goldsmith，1730年—1774年）的代表作《世界公民》，说一个人出生时嘴里含着银匙，那是说此人生在富贵之家。

该会进行得更加惬意。我们都温文尔雅到了极致，结果话题就受到了很大的限制。席间有一对姓古尔皮治的夫妇，他们同英格兰银行的法律事务扯得上关系（至少古尔皮治先生如此）。他们又是谈英格兰银行，又是谈财政部，就像是宫廷活动公报一样，我们完全被排除在外了。对事情有些补救的是，哈姆雷特的姑妈有个家族的毛病，沉溺于独白[①]，每当别人引入一个话题，她就会离题万里，自顾自地扯上一通。当然，这样的话题还是不多，但由于我们老是谈回到血统的话题上，她就会像她侄子一样，天马行空，任想象驰骋。

我们可称得上是一群吃人的恶魔了，因为交谈的话题充满着血腥味。

"我承认，我和沃特布鲁克太太的看法是一致的，"沃特布鲁克先生说着，把酒杯举到眼睛前面，"别的事情样样都理想，我就是差个好血统。"

"噢！没有什么东西，"哈姆雷特的姑妈说，"比好的血统更能令人满意的了！总的说来，没有任何东西能够像它体现得尽善尽美了。有些品位低下的人（令我高兴的是，这样的人不多，但总还是有一些），他们喜爱做的事情就是，我称之为，对偶像顶礼膜拜。真真切切的偶像！拜倒在功劳、知识等面前。但这些都是看不见摸不着的东西啊。血统可就不是这么回事了。我们从鼻子上看出血统，而且判断得清楚。我们从下巴颏遇着血统，我们说：'瞧吧，那就是血统！'这可是明摆着的事实。我们能指出来，不容置疑。"

我倒是觉得，那个面露假笑、腿脚无力的人，也就是陪同阿格尼丝下楼的那位，把这个问题说得更加透彻些。

"噢，各位知道的，真见鬼，"该先生说，面露傻笑，朝着桌上环顾了一遍，"我们不能忽略血统问题，这各位是知道的。大家也知道，有些年轻人有点配不上他们的身份地位，或许表现在受的教育

---

① 典出威廉·莎士比亚的《哈姆雷特》，其中主人公哈姆雷特有许多独白，那句"生存还是毁灭，这是一个值得考虑的问题"（朱生豪译）就是他的经典独白。

上和行为上。可能犯了些小错，大家知道，结果给他们自己和别人带来了种种麻烦，诸如此类。但是，真见鬼，想一想真是有趣，他们有高贵的血统！至于我自己嘛，我宁可被一个有高贵血统打得趴下，也不肯让一个没有高贵血统的人提携扶持。"

这一见解言简意赅，把这么一个带有普遍性的问题概括清楚了，大家极为满意，同时这位先生也成了大家关注的焦点，直到女士们退席。随后，我注意到，古尔皮治先生和亨利·斯派克先生一直缄默冷淡，他们结成了防御联盟，把我们当成了共同的敌人。他们隔着餐桌神秘兮兮地交谈了一会儿，准备把我们打个落花流水。

"那头一份四千五百英镑债券的事，进展可没有预料的那么顺利啊，斯派克。"古尔皮治先生说。

"你是指A公爵的债券吗？"斯派克先生说。

"是B伯爵的。"古尔皮治先生说。

斯派克先生扬起眉头，一副很是关切的样子。

"这个问题提交到某某爵士那儿时，我不对他指名道姓了……"古尔皮治先生说，欲言又止。

"我明白，"斯派克先生说，"是N爵士。"

古尔皮治先生态度阴郁地点了点头，"提交到他那儿之后，他的回答是，'拿钱来，否则没有转渡文书'。"

"我的天哪！"斯派克先生大声叫了起来。

"'拿钱来，否则没有转渡文书，'"古尔皮治先生语气坚定地重复了一声，"那个第二继承人，你明白我指的是谁吗？"

"是K。"斯派克先生说，一脸阴沉。

"K断然拒绝签字。为了这事，有人到纽马克特[①]去找他，可他就是断然拒绝签字。"

斯派克先生对这事很是关切，听了之后怔住了。

---

① 英格兰东部城镇，是英国的赛马中心。文中意指K这是上那儿搞赛马赌博去了。

“所以这件事眼下就这么搁置着，”古尔皮治先生说着，身子向后靠在椅子上，“此事关系重大，我不便解释，我们的朋友沃特布鲁克先生会原谅我的。”

我倒是觉得，对于沃特布鲁克先生而言，有人在他请客的餐桌上说这么利益攸关的事情，这些人物的名字，哪怕只是暗示一下，他也是求之不得的。他摆出一副阴郁不乐的样子，像是心领神会了（其实我坚信不疑，他对于他们谈论的事情和我一样，同样摸不着头脑），而且对于他们谨小慎微的态度表示高度赞同。斯派克先生在听了如此隐秘的事情之后，自然也乐于把自己知道的隐秘事情奉献出来，回报他的朋友，于是，进行了前面一番交谈之后，他们接着又谈开了，这回该轮到古尔皮治先生感到惊讶了，后来又轮到斯派克先生感到惊讶，如此循环往复，你来我去。这期间，我们全都成了局外人，他们在谈论着利益攸关的事情，而我们一直都是心情压抑着的。我们的主人则扬扬得意地看着我们，觉得我们处在敬畏和惊愕的心境中，但颇有裨益。

我上楼到了阿格尼丝跟前，同她在一个角落里交谈，真的感到很高兴。同时我还向她介绍了特拉德尔，尽管他很腼腆，但很讨人喜欢，他还是过去那个心地善良的人。特拉德尔不得不提前告辞，因为翌日一早要离开伦敦，外出一个月，所以我没能和他畅谈，但我们互留了住址，说好了等他返回伦敦之后，我们再快快乐乐地会面。他听说我见过斯蒂尔福思，便兴致勃勃、热情洋溢地谈起他来了，所以我要他告诉阿格尼丝，谈谈他对斯蒂尔福思的看法。但是，阿格尼丝在这期间只是看着我，而且在只有我一个人注意她的时候，还微微地摇摇头。

我相信，阿格尼丝处在这些人中间不会感到很自在，所以我听说她不日就要离开，甚至感到很高兴，不过想到马上又要同她分别，我感到依依不舍。这样一来，我便一直待在她身边，直到客人全都离去。我同她交谈，听她唱歌，我感到心情愉悦，让我想起了自己在那座庄严古朴的宅邸里度过的幸福快乐的日子，那儿曾经因为她的存在而变得美不胜收，所以要我在那儿待到半夜都乐意。可是，沃特布鲁克先生家聚会场合的灯全都熄灭了，便再没有理由待下去了，我便怏怏地告辞了。当时，我比以往任何时候都更加强烈地感觉到，阿格尼丝是我的吉祥天使。如果我把她优雅美丽的面容和恬淡淑静的微笑想象成某个处在遥远之地的神灵发出的光辉照耀在我的身上，比如说天使，我希望自己没有在心中亵渎神明。

我已说过，客人全部离开了，但是我应当把尤赖亚排除在外，我没有把他归在其中，他一刻不停地徘徊在我身边。我下楼时，他就紧贴在我身后。到了离开宅邸的时候，他又紧靠在我身边，慢慢地把骷髅骨一样的长手指伸进比其还要长的手套里，那简直就是一双大号的盖伊·福克斯[①]的手套。

我根本不想要尤赖亚做伴，但想起了阿格尼丝对我的嘱咐，便问他要不要到我住处去喝杯咖啡。

"噢，说真格的，科波菲尔少爷，"他接话说，"对不起，科波菲尔先生，不过还是那个称呼叫起来自然——我不愿意让您感到勉强，邀请我这样一个卑微的人到您府上。"

"压根儿没有什么勉强的，"我说，"你去不去？"

"我想去，很想去。"尤赖亚说，扭了扭身子。

"行啊，那就走吧！"我说。

我忍不住对他态度有点简慢，但他看上去好像并不介意。我们走了一条捷径，一路上没怎么交谈，他对那双稻草人戴的手套很是执着，我们到了我的住处时，他仍然还在往手指上套，好像这一路上并没有什么进展。

我牵着他的手领他走上昏暗的楼梯，以免头碰到什么地方。确实，他那只手湿漉漉、冷冰冰的，我感觉就像手上抓了一只青蛙，真

---

① 见145页注。"火药阴谋"败露之后，福克斯及其同伙被捕，后来被处死。拥护政府的新教徒（Protestants）对阴谋者切齿痛恨。他们做成福克斯的模拟假人，外面套上旧衣服等，衣服肥大，很不合身，手套也一样，有点像中国农村扎的稻草人，放在自家的菜园里，架起干柴，燃起熊熊大火，将假人烧成灰烬，后来便逐渐形成了每年11月5日的"篝火节"。

想把它扔了赶紧跑开。然而，心里想起了阿格尼丝和待客之道，我还是把他领到了火炉边。我点起蜡烛之后，他看到了房间里的情形，显得温顺谦卑，但喜不自禁。我用一只毫无特点的锡质容器煮咖啡，克鲁普太太也喜欢用它来煮（我认为，主要原因是，它原本不是用来煮咖啡的，而是盛刮脸水的，储藏间里倒是有一个价值昂贵，还是个专利发明产品的容器，但已经锈在那儿了），这时候，他情绪激动起来，我真恨不得烫他一下心里面才高兴呢。

“噢，说真格的，科波菲尔少爷，我的意思是说科波菲尔先生，”尤赖亚说，“眼看着邀您来伺候我，我真是连想都不敢想啊！不过，这样那样的事情，许多事情都让我碰上了，毫无疑问，像我这样地位卑微的人，想都没有想过，可它们就像是幸福雨似的一股脑儿落到我身上。我心里想吧，您可能已经听到了有关我前程变化的事了，科波菲尔少爷，我应该说，科波菲尔先生，对吧？”

他坐在沙发上，两条瘦骨嶙峋的腿蜷缩着拱了起来，咖啡杯子就搁在膝盖上，帽子和手套则放在他身边的地板上。他用茶匙在咖啡杯里一圈一圈地轻轻搅动。他的那双眼睛像是睫毛被灼烧掉了，毫无遮蔽的红眼睛转向了我，但并没有看着我。我先前已经描述过了，他的鼻孔有令人看了很不舒服的凹痕，伴随着呼吸一起一伏。整个身子，从下巴颏到靴子，像蛇一样蜿蜒蠕动着，我心里厌恶他透了。请他来做客，我心里很不是滋味，由于我那个时候年轻幼稚，不习惯掩饰自己内心强烈的情感。

“我心里想吧，您已经听到了有关我前程变化的事了，科波菲尔少爷，我应该说，科波菲尔先生，对吧？”尤赖亚说。

“对，”我说，“听到了。”

“啊！我感觉阿格尼丝小姐知道这事！”他语气平静地说，“得知阿格尼丝小姐知道这事，我真高兴。噢，谢谢，科波菲尔少爷，先生！”

他设置了圈套，把有关阿格尼丝的情况从我口里套了出来，尽管这事无关紧要，我真想拿起脱鞋楦头朝他扔过去，但我仍然只是喝着咖啡。

“您已经表明自己是一位了不起的预言家，科波菲尔先生！”尤赖亚接着说，“天哪，您已经证明了自己是一位了不起的预言家啊！您还记得曾经对我说的话吗，说我有可能会成为威克菲尔德先生事务所的合伙人，它或许可能成为威克菲尔德—希普事务所！您或许记不起来了，不过，一个人身处卑微的地位时，科波菲尔少爷，这个人会把这样的话铭记在心的！”

“我记得我曾经说过这话，”我说，“不过当时我觉得可能性不大。”

“噢！谁会觉得有可能啊，科波菲尔先生！”尤赖亚说，态度热情洋溢，“毫无疑问，我自己也没有想到。我记得自己亲口说过，我太过卑微了。当时我真真切切地觉得自己就是这样的。”

他坐在那儿，脸上刻着龇牙咧嘴的笑，看着炉火，而我则看着他。

“但是，最最卑微的人，科波菲尔先生，”他立刻接着说，“可以成为做好事的工具。我很高兴，觉得自己是威克菲尔德先生办好事的工具，而且还可能更加如此。噢，他是个多好的人啊，科波菲尔先生，可他一直又是个办事很不谨慎的人啊！”

“听你这么一说，我感到很遗憾，”我说，忍不住还加了一句，而且语气很尖锐，“无论如何。”

“确实如此，科波菲尔先生，”尤赖亚回答说，“无论如何。尤其是阿格尼丝小姐！您不记得您自己说过的那一番妙语了吧，科波菲尔少爷，但是我可记得，您有一天说过的，人人都一定爱慕她，我还因为您这么说谢过您呢！毫无疑问，您已经忘掉了，科波菲尔先生，对吧？”

“没有忘记。”我说，态度冷淡。

“噢，我真是高兴啊，您没有忘记！”尤赖亚大声说，一副欣喜若狂的样子，“想想看，您是第一个在我卑微的内心点燃雄心之火的人，您竟然没有忘记！噢！对不起，再给我来一杯咖啡好吗？”

他在说点燃了雄心之火的时候加重了语气，而且说话时瞥了我一眼，这令我怔了一下，仿佛看见他被一团通亮的火光照亮了。听见他用另外一种强调提出请求，我这才回过神来，用那盛刮脸水的器皿满足他的请求。不过，我做这事时，手不是很稳，突然意识到我不是他的对手，心里困惑迷茫，疑虑重重，不知道他接下来要说什么。我觉得我的这心思是逃不过他的眼睛的。

他什么也没有说，就是一圈一圈地搅动着咖啡，嘴里小口呷着，用那只令人恐怖的手轻轻抚摸着下巴，看着炉火，环顾房间，冲着我不是微笑而是喘着粗气，周身扭捏蠕动着，一副他惯有的卑躬屈膝的奴相，又一次搅动着咖啡，小口呷着，但他是在等着我重新开始我们之间的谈话。

“这么说来，威克菲尔德先生，”我最后终于开口了，“一个相当于五百个你，或者说我的价值的人。”我感觉自己无论如何忍不住别扭地顿了一下，把这样一句话分成两半来说，“一直办事不谨慎，对不对，希普先生？”

“噢，确实非常不谨慎，科波菲尔少爷，”尤赖亚回答说，态度谦恭地叹息了一声，“噢，非常不谨慎！但是，我希望您叫我尤赖亚，就跟过去一样。”

“行啊，尤赖亚。”我费了劲才把这个名字从嘴里冒出来。

“谢谢您！”他回答说，热情高涨，“谢谢您，科波菲尔少爷！听到您叫尤赖亚，有如昔日的微风扑面，昔日的钟声悦耳。对不起，我刚才说什么来着？”

“说关于威克菲尔德先生的事。”我提示说。

“噢！是的，确实是，”尤赖亚说，“啊！很不谨慎，科波菲尔少爷。这种话题除了您我不会同任何人谈起。即便对您，我也只是提一提而已，不会多说什么。最近几年当中，如果别的什么人处在我的位置上，到了这个时候，他已经就把威克菲尔德先生（噢，他是多好的一个人啊，科波菲尔少爷！）按在大拇指下面了，按在，大拇指，下面了，”尤赖亚一边说着，语气缓慢，一边把他那魔爪一样的手伸到桌子上面，用他自己的大拇指使劲地在桌子上面按直至桌子摇摆起来，甚至整个房间都摇摆了。

即便我曾经不得已看着他用他那双八字脚踩在威克菲尔德先生的头顶上，我觉得，自己恐怕也不至于比现在更加仇视他。

“天哪，是的，科波菲尔少爷，”他接着说，语气柔和，和他刚才大拇指按下的动作形成了鲜明的对照，但大拇指丝毫没有减轻其压力，“这事毫无疑问，会有损失，会蒙羞，我不知道所有的后果，威克菲尔德先生知道。我地位卑微，是替他服务的卑微的工具而已，他把我放到了一个我都不敢奢望的显著位置上。我该怀着怎样的感激之情啊！”他说完这番话之后，便把脸转向我，但没有看着我，他把弯着的大拇指从刚才按着的那个地方收了回去，接着就像刮脸似的，慢条斯理，若有所思，用拇指在他那瘦削的下颚上摩擦着。

我记得很清楚，当时看到通红的火光映照在他那张阴险狡诈的脸上，知道他又在打着别的什么鬼主意，我义愤填膺，内心怦怦直跳。

“科波菲尔少爷！”他开口说，“我影响您睡觉了吧？”

“你没有影响我睡觉，我一般很晚才睡觉。”

“谢谢您，科波菲尔少爷！从您开初同我说话以来，我已经从卑微的地位上提升了，这是事实，但我仍然卑微。我看自己永远也走不出卑微的处境。我要是同您说点知心话，您不会觉得我更加卑微低下吧，科波菲尔少爷？您会吗？”

“噢，没有的事。”我费了劲才这么说了出来。

“那谢谢您啊！”他从口袋里掏出手帕，开始擦着自己的手掌心，“阿格尼丝小姐，科波菲尔少爷……”

“呃，尤赖亚？”

“噢！听见您叫尤赖亚，我感到由衷的高兴啊！”他大声说，身子猛然扭动了一下，就像是一条抽搐的鱼，“您觉得她今晚很漂亮吧，科波菲尔少爷？”

“我觉得她跟平常一样漂亮，她不管在哪方面都比周围的人高出一筹。”我回答说。

“噢，谢谢您！确实如此啊！”他大声说，“噢，这么说真是要谢谢您啊！”

“大可不必，”我说，语气高傲，“根本就不存在你要谢我的理由。”

“有啊，科波菲尔少爷，”尤赖亚说，“那就是，事实上，我要冒昧对您说点心里话就是，尽管我很卑微，”他更加使劲地擦起了自己的手，一会儿看了看手，一会儿又看了看炉火，“尽管我母亲也很卑微，尽管我们那个贫寒但清白的家庭一直地位低下，但阿格尼丝小姐的形象（我豁出去了，就把内心的秘密告诉您吧，科波菲尔少爷，因为自从我第一次有幸看见您坐在马车里的那一刻起，我就一直对您敞开胸怀了）珍藏在我的心中多年了。噢，科波菲尔少爷，即便我的阿格尼丝走过的地面，我都怀着纯洁的爱啊！”

我现在相信，自己当时有一种谵妄狂热的念头，想操起烧得通红的拨火棍，用它来刺穿他。这个念头犹如子弹从枪膛里射出，嗖的一下就出去了。阿格尼丝的形象被这个红头发的畜生的痴心妄想给粗暴地冒犯了，可她的形象仍然停留在我的心中。这时候，我看了看他，只见他坐在那儿，斜着身子，仿佛他那卑鄙的灵魂在折磨着他的身躯，令我头晕目眩。他似乎在我眼前膨胀和长大，整个房间似乎在回荡着他的声音。我的心里产生了这么一种莫名其妙的感觉（其实对此谁都不会感到生疏），觉得这一切在从前某个不确定的时刻已经发生过，而且心里清楚他接下来会说些什么。

我适时地从他的脸上看到了那种掌握了权力的表情，所以一时间，比起任何的努力都更加能够让我记起阿格尼丝的请求。我的表情舒缓平静了许多，这我认为在片刻之前是无法做到的，于是我问他，他有没有把自己的心思告知阿格尼丝。

“噢，没有呢，科波菲尔少爷！”他回答说，“天哪！没有啊！除了您之外，没有向任何人露过口风。您知道的，我现在才正从卑微低下的地位上冒上头来呢。我在很大程度上寄希望于她能够注意到，我对于她的父亲而言能够发挥巨大的作用（因为我确实相信自己对她父亲有用，科波菲尔少爷），能够替他铺平道路，使他不走偏道。阿格尼丝非常爱自己的父亲，科波菲尔少爷（噢，做女儿的有这样的品性多好啊）。所以我认为，看在她父亲的面上，她终究会对我好的。”

对于这个恶棍的全部阴谋诡计，我探到底了，而且也明白了他向我露底的原因所在。

“如果您行行好，替我保守这个秘密，科波菲尔少爷，”他继续说，“而且，从总体上来说，不给我设置障碍，那就算是帮了我大忙了。您不希望事情弄得不痛快的，我知道您心地友善。但是，您是在我地位卑微低下的时候认识我的（我应该说，是在我地位最最卑微低下的时候，因为我现在仍然卑微），说不定您会在对待我的阿格尼丝的事情上同我作对。我都把她说成是我的了，您看，科波菲尔少爷。有一首歌的歌词是这么唱来着：‘我愿把皇冠舍弃，为的是称她为我的[①]。’我希望有朝一日自己能够做到这一点。”

亲爱的阿格尼丝啊！她感情深厚，心地善良，我简直想象不出有谁能够配得上她，难道她待在闺中就为了等着做这样一个无耻之徒的妻子吗？

“眼下用不着着急，您知道的，科波菲尔少爷，”尤赖亚继续说，他态度阴险狡诈，我则坐在那儿盯着他看，心里面怀着刚才那个念头，“我的阿格尼丝年龄还小，我和母亲还要使劲往上爬，在时机成熟之前，还要做很多新的安排。所以，如果机会允许的话，我要慢慢地让她明白我的种种希望。噢，我说出了这个心里话，真是对您感激不尽啊！噢，您简直难以想象，知道您了解我们的内情之后，而且肯定（因为您不希望在这个家庭里面制造僵局）不会同我作对，心里有多么轻松啊！”

我不敢把手伸出去，但他却握着了。他湿漉漉的手使劲地捏了我的手之后，看了看他那表面暗淡的手表。

“天哪！”他说，“都已过了一点了，追忆逝水流年，时光过得飞快啊，科波菲尔少爷，都差不多一点半了！”

---

① 出自英国歌曲《里奇蒙德山的少女》，本歌曲由苏格兰诗人赫克托·麦克奈尔（Hector Macnell，1752年—1820年）作词，音乐家詹姆斯·胡克（1746—1827年）作曲。

我回答说，自己觉得时间还要更晚呢。倒不是因为我真的认为是这样，而是因为我没有了谈话的兴致。

“天哪！”他说，一副若有所思的样子，“我居住的那个人家——类似于私人旅馆和寄宿公寓，科波菲尔少爷，在新河源附近——两小时前就已经上床睡觉了。”

“对不起，”我接过话说，“我这儿只有一个床铺，而且我……”

“噢，就不要提床的事了，科波菲尔少爷！”他接话说，情绪异常亢奋，还抬起了一条腿，“但是，我就睡在火炉前，您介意吗？”

“既然说到这个份上了，”我说，“那就请你睡我床上吧，我来睡火炉前面。”

他听了我的这个提议之后，惊异不已，谦卑至极，这种情绪化作了断然的拒绝，声音很是刺耳，我想都要刺到克鲁普太太的耳朵里了。克鲁普太太的房间坐落在远处差不多处在低潮水平面上，当时她正在那儿睡着呢，房间里那口屡校不准的时钟嘀嗒嘀嗒的声音成了她的安眠曲。每次我们在时间问题上出现小小的争执时，她总会要我去看那口钟，其实，那口钟慢的速度从来都没有少于三刻钟的时候，而到了早晨就得按照标准时间校对一遍。我茫然不知所措，一时没有了招数，无法影响他谦卑的态度，说服他睡到我的房间里的床上去，所以，没有方法，只得尽最大努力布置了一番，让他睡在火炉的前面。沙发的坐垫（同他瘦长的身材比较起来，显得短了许多），沙发靠垫，一条毯子，一块盖桌布，一块干净的早餐桌布，还有一件大衣，把这些东西拼在一起，便凑成了他的铺盖，他对此感激不尽。我借给了他一顶睡帽，他立刻戴在了头上，他戴了帽子的样子简直恐怖极了，打那以后我就再没有戴过睡帽。随后我让他歇息了。

我永远也忘不了那天晚上的事，忘不了自己是如何辗转反侧。自己如何烦恼伤神，想着阿格尼丝和这个家伙的事。如何思忖着自己能够做些什么，应该怎么办。如何最后做出决定，为了她的平静安宁，最好的办法就是，什么也不做，把知道的情况埋藏在心里。如果说我还曾睡过一会儿的话，眼前呈现的是阿格尼丝和她父亲的形象，阿格尼丝眼睛温柔，他父亲充满了深情地看着她，就像我常常看到的情形一样，他们神情恳切地看着我，令我充满了莫名的恐惧。我醒过来之后，想起了尤赖亚就睡在隔壁的房间里，顿时心头感觉到，自己就像是从一个噩梦中醒来，同时有一种沉重的压迫感，感到害怕极了，仿佛自己留宿了一个比恶魔更坏的房客。

此外，那个拨火棍也闯进了我迷迷糊糊的思绪中，就是不肯出来。我在似睡非睡之间感觉到，拨火棍依然是通红的，自己先前把它从火里拿了出来，刺穿了他的身子。最后，那个念头一直在我心头挥之不去，尽管我知道这其实是一种空想，以致我悄悄走到隔壁房间去看了看他。我看见他仰面躺着，两条腿不知伸到哪儿去了，喉管里呼噜作响，鼻子里不通气，嘴巴张开得像个邮筒。他在现实中比在我烦躁不安的想象中还要可恶多了，而随后正是厌恶感把我吸引到了他的身边，以致每过半小时就会不由自主地来回走上一趟，再看上他一眼。可漫漫长夜依旧像先前一样沉重和无望，灰蒙蒙的天空中看不见一丝曙光。

清晨，我看见他走下楼去（因为，谢天谢地！他不打算留下来吃早餐），这时候，我才觉得黑夜随着他的离去而消失了。我出门去民事律师公会时，嘱咐克鲁普太太，要她让窗户开着，以便让我的起居室透透气，消除掉他留下的气息。

第二十六章

我坠入情网

我一直到阿格尼丝离开伦敦的那天才又一次见到了尤赖亚·希普。我当时在公共马车站送别阿格尼丝，结果看到他也在那儿，乘同一辆马车回坎特伯雷去。只见他高高地端坐在马车顶部后座的边缘上，身穿紧身束腰、肩部高高隆起的深紫色外套，还配了一把像一顶小帐篷似的雨伞，而阿格尼丝当然是坐在马车里面，这时候我感受到了一分惬意。不过，当着阿格尼丝的面，我得付出巨大努力对他表现得友好，而得到这么一点小小的补偿也是应该的。在车窗户边，就和上次宴会上一样，他就像一只兀鹰盘旋在我们附近，一刻也不消停，把我对阿格尼丝说的每一个音节或者阿格尼丝对我说的都听得清清楚楚。

他在我住处的火炉边对我说的事弄得我心烦意乱，在这样一种心境当中，我反复想起谈到合伙人时阿格尼丝说过的那番话，“我做了自己希望是正确的事。心里明白，为了爸爸的安宁，有必要做出这种牺牲，所以我就恳请爸爸做出了牺牲。”她会为了父亲的缘故，心甘情愿地做出任何牺牲，同时也被这种情感支撑着，打那以后，一种不祥的预感就一直压在我的心上。我知道她有多么爱他，知道她的秉性有多么真挚。她亲口告诉我，她认为自己不知不觉中成了父亲犯错的缘由，同时欠下他一大笔债务，她热切地想要偿还。看到阿格尼丝同这个令人厌恶的穿深紫色大衣的鲁弗斯[①]有那么大差别，

---

① 意为“红毛”，是英国国王威廉二世（1056年—1100年）的绰号，此人性情残暴，为英国历史上的昏君。

我心里很不是滋味，因为我意识到，最大的危险蕴含在这种巨大的差别中，一个有着纯洁的灵魂，甘于自我牺牲，另一个灵魂龌龊，下流可耻。所有这一切，毫无疑问，他知道得一清二楚，而且凭着他的精明狡诈，早就已经筹划好了的。

然而，我确信，未来这样一种牺牲的前景必然是以毁灭阿格尼丝的幸福为代价的。而且我也确信，从她的神情态度来看，她当时并未看清楚这种结局，阴影尚未投到她的身上，所以，如果我向她提出警示，说危险在向她逼近，我可能立刻会伤害到她。因此，没有做出什么解释，我们就分别了，她在窗口挥了挥手，脸露着微笑，而那个附体的恶魔却在车顶扭动着身子，仿佛已经把她捏在他的魔爪里，一路凯旋呢。

对于同他们告别的这一情景，我的心中久久挥之不去。阿格尼丝写信告诉我说她平安到达了，这时候我都还像送别她的时候那样感到凄苦悲哀。无论什么时候，只要我陷入沉思，这种思绪就会涌上心头，焦虑不安感就会倍增。几乎没有哪个夜晚不梦到这件事。它已成了我生活中的一部分了，就像我的脑袋一样同我的生命不可分离。

我有足够的闲暇来分析琢磨自己焦虑不安的心境，因为斯蒂尔福思写信说，他到牛津去了，而我不在民事律师公会的时候，就只是孤单一人独处着。我现在相信，自己这个时候对斯蒂尔福思已经隐隐地有了某种不信任感了。我给他写了回信，字里行间洋溢着真情，但是，总的说来，由于他这个时候不能到伦敦来，我感到很高兴。我心里觉得，真实的情况是，阿格尼丝的话在我身上产生影响了，他不在身边，心里不会受到干扰。还有就是，阿格尼丝对我的影响力更加巨大，因为在我的思绪和关切当中，她占据着巨大的比重。

这期间，时光一天又一天、一个礼拜又一个礼拜地溜走了。我在斯彭洛—乔金斯事务所当了学徒。姨奶每年支付给我九十英镑（房租和零用开销不包括在内）。住房定了一年的租约。尽管我仍然觉得漫漫长夜寂寞乏味，但自己却能够在低落却平静的心境中安静下来，喝喝咖啡打发时光。这样一来，现在回想起来，我似乎得用加仑[①]来度量我生命中的那段时光了。也就是在这一段日子里，我有了三个发现：一是克鲁普太太患有一种“抽紧[②]”的怪毛病，一般情况下，只要患病，鼻子就跟着发炎，需要不停地用薄荷来治疗。二是储藏室里的温度有点特别，装白兰地酒的瓶子会爆裂。三是我一个人形单影只，喜欢用英语韵文的形式把这种情景一鳞半爪地记录下来。

我正式当上学徒的那一天，除了给事务所的文书买了些三明治和雪利酒，夜间独自一人去剧场看了戏，没有举行什么别的庆贺活动。我看的是一出叫作《陌生人》[③]的戏，那是一出和民事律师公会属于同一类型的戏[④]，让我感觉既恐怖又痛苦，所以回到家里之后，我几乎都在镜子里认不出自己来了。履行完手续之后，斯彭洛先生当场就说他本来想要请我到他在诺伍德的宅邸去，庆贺一下我们从此建立了师徒关系，但由于他女儿就要从巴黎学成归来，家里面有点凌乱。但他表达了这样的意思，即等到女儿回家之后，他希望有幸招待一下我。我知道，他是个鳏夫，身边有一个女儿，我表达了谢意。

斯彭洛先生信守了诺言。一两个礼拜之后，他提起预约之事，并且说，如果我肯赏光下个礼拜六上他宅邸去，待到礼拜一，他会高兴不已的。我当然答应乐意前往。他安排好了用他的四轮敞篷轻便马车把我接去，到时再送我返回。

到了我前往的日子，那些领取薪水的文书们对我的旅行包都肃然起敬，因为对他们而言，诺伍德的宅邸是个神圣而又神秘的地方。他们中有一个人告诉我说，他听人说了，斯彭洛先生用餐的餐具清

---

① 液量单位，英制等于 4.546 升，美制等于 3.785 升。

② 实际上是说“抽筋”，因为克鲁普太太发音不准。

③ 德国剧作家科策布（A.F.F.Von Kotzebue，1761 年—1819 年）的悲剧，该剧原名《恨人与悔恨》，后经苏格兰诗人汤姆森（J.Thomson，1700 年—1748 年）译成英文，英国戏剧家谢立丹（Richard B. Sheridan，1751 年—1816 年）改编，取名《陌生人》。

④ 这儿是指陈腐气息。

一色是金杯银盘，高级瓷器。另一个透露，他府上的香槟酒可以按照啤酒的喝法，源源不断地从桶里取。那位戴了假发套的老文书，名叫蒂费先生，他在职业生涯中因事务去过那儿几回，而且每次都进入了早餐室。根据他的描述，餐厅极为富丽堂皇。他还说在那儿喝了东印度公司的雪利酒，那酒极为名贵，真会令人瞠目结舌。

我们那天在主教法庭审理了一桩延期续审的案件，案件是关于把一个面包师逐出教会的事，因为此人在教区会议上反对缴纳修路税。按照我的估算，案件的证据材料累牍冗长，其篇幅相当于两部《鲁滨孙漂流记》，所以案件到很晚才审理完毕。然而，我们还是把他逐出教会达一个礼拜之久，而且罚他缴纳各种各样数不清的费用。随后，面包师的代诉人、法官、双方的辩护人（他们关系都很亲密）一同出了伦敦城。斯彭洛先生和我一同坐在四轮敞篷轻便马车上离开。

四轮敞篷轻便马车豪华气派，马匹拱起脖颈，抬起蹄子，好像它们知道，自己是属于民事律师公会的。在民事律师公会里，竞相展示、一争高下的事情有一大堆，结果当时便有了精心挑选的车马装配，不过，我一直认为，而且将来也还会认为，在我待在那儿期间，巨大的竞争项目是比浆衣服用的淀粉浆，我认为，代诉人身上穿的衣服，其硬度已经到人可以承受的极限了。

我们心情愉悦，一路前行。斯彭洛先生就我从事的职业的事做了一些指点。他说了，这是世界上最最风雅韵致的职业，万万不可以同一名诉状律师的职业混为一谈，因为它完全是另外一种职业，有更多的排他性，更少的机械刻板，可获得更多的利益。他说，和其他任何地方比较起来，我们民事律师公会的人办事要容易得多，这样就突出了我们是属于有特权的一个阶层。他说，我们主要受雇于诉状律师，对于这样一个令人难堪的事实，那是不可能掩饰的。但是，我从他的话里领会到，诉状律师是一群低能儿，任何有抱负的代诉人都普遍瞧不起他们。

我问了斯彭洛先生，他认为哪种业务最好？他回答说，一桩案值三四万英镑的遗嘱争议案也许是最理想的。他说，在这样一桩案件中，审案过程的各个阶段都会开庭辩论，还有堆积如山的证据用于质询和反质询（更不用说先后上诉到代表法庭和贵族法庭了），这期间有客观的利益，不仅如此，还有由于各种费用最后肯定会在遗产中扣除，所以双方都会精神抖擞，跃跃欲试，定要一争高下，对于费用的事不会斤斤计较。接着他又对民事律师公会全面地颂扬了一番。他说，在民事律师公会，特别令人钦佩的是其组织结构周密紧凑，它可是世界上最最组织得当的地方。它是舒适安逸的完美体现，坐落于城中一隅。举个例子来说吧，你把一桩离婚案或者赔偿案递交到主教法庭，很好，你就到主教法庭审理吧。你就会在亲如一家的一群人中间不动声色，玩一把小小的轮回游戏，而且优哉游哉地把游戏玩到底。如果你对主教法庭不满意，那该怎么办呢？对啦，你就去拱门法庭吧。拱门法庭是怎么回事？那就是同一个法庭，在同一个房间里，同一个被告，同一群律师，但法官是另外一个人，因为在这个地方，主教法庭的法官可以在任何开庭日以律师身份出庭辩护。行啊，你再玩一把轮回游戏。如果你仍然不满意，很好。那你怎么办呢？对啦，你就把案子提到代表法庭去。代表是些什么人啊？呃，教会代表就是那些无事可干的辩护人，当轮回游戏在上述两个法庭玩时，他们在一旁看着来着，看着人家洗牌、抽牌、出牌，还跟所有玩游戏的人谈论玩的情况，现在轮到他们以法官的身份登场了，把事情玩弄得使人人都满意！斯彭洛先生最后郑重其事地说，心怀不满的人可能会说，民事律师公会存在腐败，民事律师公会故步自封，民事律师公会迫切需要进行改革。但是，当小麦价格每蒲式耳达到最高点的时候[①]，也就是民事律师公会最忙碌的时候。所

① 十九世纪初，英国的工商业已经很发达，但国家权力仍然掌握在大地主手上，国会于 1815 年通过了限制谷物进口的《谷物法案》，加上自然灾害频发，结果粮食价格猛涨，此法案到 1846 年才得以废除。这样一来，普通民众也就特别关注小麦的价格，人们遇到不合情理的事情时，往往也会拿小麦的价格来说事，说既然一蒲式耳小麦的价格都这么高，事情也就只有如此了。

以，任何人都可以把自己的手按在胸口上，对着全世界说这么一句话：“谁要是碰一碰民事律师公会，这个国家就会完蛋！”

我对这一番话洗耳恭听。不过我得说上一句，我满腹狐疑，这个国家是否如斯彭洛先生说的那样，存亡系于民事律师公会，但我还是在态度上毕恭毕敬，接受他的看法。至于每蒲式耳小麦的价格问题，我自认为非我的能力所及，事情就这么过去了。直到此时此刻，我压根儿就没有攻克过那一蒲式耳小麦的问题，在我的一生中，每当遇到各种各样的问题的时候，它就一而再、再而三地出现了，并把我击垮。我到现在都不能确切地明白，在难以计数的各种场合，一蒲式耳小麦到底跟我有什么关系，或者说它凭什么把我击垮。但是，不论什么时候，只要我看到了老朋友——一蒲式耳小麦被人生拉硬扯地带进谈话当中（我发现情况一直就是这样的），我便束手就擒了。

这是题外话。我可不是那个要去碰民事律师公会，好让这个国家完蛋的人，我默然不语，态度谦恭，以此表明了我认同这位年龄和知识都是我的前辈的人所说的话。我们谈到了《陌生人》和戏剧，还有两匹拉车的马，谈着谈着到达斯彭洛先生的宅邸门口了。

斯彭洛先生的宅邸有个美丽可爱的花园。尽管当时并不是一年当中欣赏花园的最佳时节，但花园被修整得美丽多姿，我还是被迷住了。里面有一块迷人的草地，有一丛丛树木，还有一条条景观小径，暮色苍茫中我可以辨别得清楚，小径的上方搭着拱形的架子，在花草繁茂的季节，上面会爬满灌木植物和花卉。“斯彭洛小姐独自一人在这儿散步，”我心里想着，“天哪！”

宅邸里灯光通亮，一派喜庆气氛，我们走了进去，然后进了一个厅堂，里面有各色各样的礼帽、便帽、大衣、彩格呢披风、手套、马鞭和手杖。“多拉小姐在哪儿？”斯彭洛先生问仆人。“多拉！”我心里想着，“多么美丽的名字啊！”

我们转入了就近的一个房间（我想，它就是那个因褐色的东印度公司的雪利酒而让人难以忘怀的早餐室了），这时我听见一个声音说："科波菲尔先生，这是我女儿多拉，这是多拉的亲密朋友！"毫无疑问，这是斯彭洛先生的声音，但我没有听出来，况且我也不在乎那是谁的声音。一切都在瞬间过去了。我已应验了自己的命运，成了一个俘虏，一个奴隶，我爱多拉·斯彭洛，爱得神魂颠倒。

多拉在我眼里不是个凡人，而是个仙女，是气精西尔弗[①]，我不知道她究竟是什么，是没人见过的任何一种物质，是人人想要得到的一种物质。我顷刻之间便陷入了爱情的深渊。没有在边缘上驻足犹豫，没有向下窥视，或者掉头回望。我还没有来得及向她说上一句话，就头朝下猛地栽了下去。

"我，"我鞠了一躬，嘴里喃喃地说了点什么之后，一个熟悉的声音说，"从前见过科波菲尔先生的。"

说话的人不是多拉，不是，而是那位亲密朋友，默德斯通小姐！

我觉得，自己并没有感到多么吃惊。我对自己最最恰当的判断是，我已无力感到惊诧了。在这个物质世界上，除了多拉·斯彭洛，已没有什么东西值得惊诧了。我说："您好啊，默德斯通小姐！我希望您一切都好。"她回答说："非常好。"我说："默德斯通先生好吗？"她回答说："我弟弟身体可健康啦，谢谢你。"

我估计，斯彭洛先生看到我们彼此相识，很是惊讶，然后插话说。

"科波菲尔，"他说，"我很高兴得知，你和默德斯通小姐原先就认识的。"

"我本人和科波先生，"默德斯通小姐说，态度冷若冰霜而又镇定自若，"是亲戚。我们曾经有点认识，那时候他还是个孩子，从那以后，现实情况使我们彼此分开了。我几乎都认不出他来了。"

我回答说，无论身在何处，我都认得出她来，这可是千真万确的事。

"承蒙默德斯通小姐仁慈厚道，"斯彭洛先生对我说道，"接受了

---

① 瑞士医师和炼金术士帕拉切尔苏斯（Paracelsus，1493 年—1541 年）假想中体态苗条、生活在空气中的精灵。

这样一项职务——如果我可以这样说的话——即做了我女儿的亲密朋友。我女儿遭受不幸，没有了母亲，默德斯通小姐怀着一片好意，做了女儿的同伴兼保护人。”

我心里产生了一个念头，转瞬即逝，觉得默德斯通小姐就像是一个藏在衣服口袋里的叫作护身棒的器具，与其说是用来防护，还不如说是用来攻击人。但是，当时我除了对多拉，对别的任何事情都只是涌上一个念头，就稍纵即逝了。因此，我随后立刻就看着多拉，心里想着，从她美丽可爱的面容上表现出执拗任性的态度，我看出来了，她并非心甘情愿地要对她那位同伴兼保护人保持特别亲密的关系。就在这当儿，铃声响起来了。斯彭洛先生说，这是晚餐的预备铃[①]，接着便领我去更衣。

在被爱弄得神魂颠倒的状态下，还会想着去替自己梳妆打扮一番，或者进行任何活动，这未免太有点滑稽可笑了。我只能在火炉前坐下，咬着自己旅行包的钥匙，心里想着摄人魂魄、充满稚气、明眸皓齿、美丽可爱的多拉。她的身段多么迷人，她的面容多么娇艳，她的举止态度多么文静娴雅，仪态万方，令人陶醉！

少顷，铃声又响起来了，所以我没有按照自己的愿望在当时的情况下精心地梳理打扮一番，而只是匆匆地换了衣服便下楼了。那儿已经有些客人了。多拉正和一位满头白发的老绅士攀谈。老绅士虽然满头白发——而且已经做了曾祖父了，他自己是这样说的——但我仍然疯狂地嫉妒他。

我陷入了怎样的一种心境啊！对每个人都心生妒意。想到有人竟然比我还更加熟悉斯彭洛先生，我心里就受不了。听着他们在叙说着我没有参与的活动，我就感觉在受刑。有个态度和蔼可亲、脑袋秃得铮亮的人，隔着餐桌问我，是不是头一回光顾这座府邸庭院，这时候，我简直对他什么野蛮的事都做得出来，以便施行报复。

---

① 也叫整装铃，指有一定地位的人家告知主人和宾客整装梳理，准备入座用膳的铃。

我记不清当时在场的任何人，只记得多拉，不知道晚餐都吃了些什么，只知道有多拉。我的感觉是，自己完全饱餐了多拉的秀色，五六盘食物连碰都没有碰就让撤走了。我坐在多拉旁边，同她交谈。她轻声细语，娓娓动听，笑声轻盈，令人快乐无比，一颦一笑，令人舒心，使人陶醉，她把一个失魂落魄的青年弄得不可救药，甘愿当牛做马。她的一切都显得有点娇小玲珑，唯其如此，我才觉得越发弥足珍贵。

当多拉和默德斯通小姐走出房间时(客人中没有别的女宾)，我沉浸在幻想之中，只有一个残酷的事实侵扰着我，那就是担心默德斯通小姐会在她面前说我的坏话。那个和蔼可亲、脑袋铮亮的人给我讲了一个冗长的故事，我想那是关于养花护草的事，感觉听到他说，“我的园丁”，说了好几回。我貌似对他的话洗耳恭听，但其实这期间，我一直在和多拉漫游着伊甸园。

我们走进客厅，看到默德斯通小姐表情阴郁，态度冷漠，这时候，我心里又开始紧张起来了，担心她会在我心驰神往的人面前诽谤我。但是，出乎我意料的是，我消除了紧张感。

“大卫·科波菲尔，”默德斯通小姐一边说着，一边示意我到一个窗户边，“有句话跟你说。”

我和默德斯通小姐单独面对面在一起。

“大卫·科波菲尔，”默德斯通小姐说，“我不必就家庭的事多费口舌，那可不是什么津津乐道的话题啊。”

“确实不是，小姐。”我说。

“确实不是，”默德斯通小姐表示赞同，“对于过去闹过的别扭，或者说过去受过的侮辱，我不堪回首。我曾遭受过一个人的无礼冒犯，说起来遗憾，那是个女的，真替我们女人感到脸上无光，这个人不提也罢，一提起就让人充满了轻蔑和厌恶。因此，我还是不提起她的好。”

我替姨奶感到义愤填膺，但我说了，如果默德斯通小姐乐意，当然是不提她的名字为好。我还说了，自己若是听到有人对她出言不逊，那我是会义正词严地表达自己的看法的。

默德斯通小姐闭上双眼，歪着头，一脸傲慢轻蔑的神情。然后，她慢慢地睁开眼睛，接着说：

“大卫·科波菲尔，我不打算掩饰事实，你小时候，我是对你态度不好。那或许是我看错了，要不就是你可能长大后变了，当时的看法不成立。但它现在不成为我们之间的问题。我相信，自己出身于一个素有坚定刚毅性格的家庭，不是那种因时过境迁就会改变自己的看法的人，所以，我可以有自己对你的看法，你也可以有自己对我的看法。”

这回轮着我歪着头。

“但是，我们各自的看法，”默德斯通小姐说，“没有必要在此发生冲突。在目前的情况之下，考虑到事情的方方面面，最好还是不要发生冲突的好。既然机缘巧合，我们现在再度聚首，而且今后可能还会相见，那我得说，我们就按远亲相待吧。鉴于家庭的情况，我们有充分的理由以这样的方式相处，大可不必相互把对方当作评头论足的对象。你看这样好吗？”

“默德斯通小姐，”我回答说，“我觉得吧，您和默德斯通先生曾经对我手段很恶劣，对我母亲也极不友好。我今生今世都会铭记于心的。但我很赞同您现在的提议。”

默德斯通小姐又一次闭上了双眼，并且垂下了头，用她那冰冷僵硬的手指触了触我的手背，然后整了整手腕上和脖子上的小枷锁，便走开了。这些刑具好像还是我最后看到她戴的那些，情形一模一样。这些东西和默德斯通刑具的性格联系起来，让我想起了监狱门上的镣铐，让人在门外看到，就会想象到里面的情形。

晚上剩下的时间里，我心里记住的全部情况是：听到心中的女皇用法语唱旋律悠扬的民歌，歌词的大意是，不管情况如何，我们应该永远舞蹈，嗒啦啦，嗒啦啦！她用一把类似于吉他一样的光彩夺目的乐器给自己伴奏。我听得如痴如醉，心驰神往。点心也不想吃，尤其厌恶喝潘趣酒。当默德斯通小姐监护着她，领着她离开时，她对着我嫣然一笑，并向我伸出一只纤纤玉手。我在镜子里照了照自己，完全是一副呆痴弱智和愚昧傻气的样子。我怀着极度凄婉的心情上床睡觉，早上却乏力而又痴迷地起床。

早晨天气晴朗宜人，一大清早，我觉得自己要去顺着那上方搭着拱形架子的曲径走上一圈，想一想多拉的倩影，纵容一下自己兴奋的心情。穿过厅堂时，遇上了她的小狗，名叫吉普——吉卜赛人的简称。我态度温柔地接近它，甚至连它也一道爱了，可是它不买账，露出了满嘴牙齿，立刻钻到了椅子底下，冲着我狂吠不止，一点儿也不理会我亲热的态度。

花园里清新凉爽，静谧无声，我漫步在园中，一边思忖着，自己若能同这位罕世美女订婚，那该会是何等幸福啊。至于说到结婚、财产，以及如此种种，我感觉自己几乎就如同当年爱上小埃米莉时一样，天真无邪，没有个打算。要是我能得到允许，叫上她一声“多拉”，给她写信，对她释放爱意，对她顶礼膜拜，确信她和别人在一起时，心里依然想念着我，那么在我看来，这便是人的雄心壮志的最高境界了——毫无疑问，这定是我能够达到的最高境界。现在看来，毫无疑问，尽管自己当时是个多愁善感的小傻瓜，但在整个过程中心是纯洁的，所以现在回想起来，尽管会觉得很好笑，但并没什么耻辱的感觉。

我漫步了没多久，便在转到一个角落时遇上了她。现在我的思绪转到那个角落时，不禁从头到脚又一次感到酥麻，手中的笔也颤抖着。

“您……出来得……好早啊，斯彭洛小姐！”我说。

“待在室内很无聊乏味的，”她回答说，“而默德斯通小姐又是荒唐透顶！她竟然胡说八道，说什么必须等到天干爽了，我才能出来活动。什么干爽了！”（她说到这儿哈哈笑了起来，声音悦耳动听极了）“礼拜天的早晨，我若不练习弹琴的话，总得做点什么吧。所以，我昨晚就对爸爸说了，我必须得出来。再说了，这也是一天当中最最清爽明媚的时刻，您说是不是？”

我一时间勇气陡增，壮起胆来说（但前言不搭后语），说这会儿我觉得清爽明媚，不过一会儿之前还是昏暗阴沉呢。

“您这是句恭维话吗？”多拉说，“还是说天气真的有了变化？”

我比刚才更加语无伦次，回答说，不是什么恭维话，而是明摆着的事实。不过，我并没有注意到天气有什么变化。我满含羞涩地补充了一句，是我的心情有了变化，我想要把话说得更加明白一些。

她摇了摇头，把一头秀发抖落了下来，遮掩住了羞得满是红晕的面容。我从来没有见过如此美丽的卷发，我怎么可能见过啊，世间根本就没有过如此美的卷发！至于那罩在卷发顶上配了蓝色饰带的草帽，我若是有幸能够把它挂在白金汉街我的房间里，那可真是无价之宝啊！

“您是刚从巴黎回来的吗？”我问了一声。

“是的，”她回答说，“您到过巴黎吗？”

“没有。”

“噢！我希望您很快有机会去，您一定会很喜欢那儿的！”

我的脸上露出了内心深处的痛苦，她竟然会希望我走开，竟然以为我可能会走开，这简直令人无法忍受。我讨厌巴黎，讨厌法国。于是我说了，在当时的情况下，无论如何也不会离开英国。任何诱惑都打动不了我。一句话，那条小狗沿着小径跑了过来，给我们解了围，她又一次抖动了自己的卷发。

小狗对我醋意大发，一个劲儿地冲着我狂吠。她把它抱在怀中——噢，我的天哪——还抚摸着它，但小狗还是一个劲儿地狂吠着。我本想抚摸一下它，可就是不被允许，于是，她打了它。她在小狗硬邦邦的鼻梁上轻轻地拍打着作为对它的惩罚，而小狗却眨巴着眼睛，舔着她的手，像一把低音提琴似的，喉咙里依然低声地吠着，看到这一切，我越发感到痛苦不已了。最后，小狗安静下来，它的头顶着她那有酒窝的下颚，它能不安静吗！于是我们一同走开去观赏一个温室。

“您和默德斯通小姐不是很熟，对不对？”多拉说，“我的宝贝儿啊！”(最后这句话是冲着小狗说的。噢，要是这话对着我说该有多好啊！)

“对啊，”我回答说，“一点也不熟。”

“她是个讨厌的人，”多拉噘着嘴说，“爸爸竟然会挑选这么个令人不爽的人来给我做伴，真想象不出他是怎么打算的。谁需要保护人来着！毫无疑问，我不需要保护人。吉普能够保护我，比起默德斯通小姐来要强多了。是不是这样的，亲爱的吉普？”

她吻了吻小狗圆圆的脑袋，而小狗只是没精打采地眨巴眨巴眼睛。

“爸爸称她是我的亲密朋友，可我看她根本就不是这么回事。对不对，吉普？我们根本就不想同这样脾气暴戾的人套近乎，我是说我和吉普。我们要同自己喜欢的人套近乎，自己寻找朋友，而不是要别人来替我们寻找。是不是这样的，吉普？”

作为回答，吉普发出了令人舒心的声响，有点像水开了，茶壶发出的声响。而在我看来，她的每一句话都是旧枷锁上套的新枷锁。

“由于我们没有和善慈祥的妈妈，结果便弄来了一个像默德斯通小姐这样一个满脸怒气、阴郁沉闷的老东西，一天到晚跟着我们转，此情此景简直惨不忍睹，对不对，吉普？不过没有关系，吉普。我们不跟她套近乎就是了，自己玩自己的，自得其乐，我们捉弄她，而不是让她开心。对不对，吉普？”

如果这种情形再持续下去的话，我都觉得，自己一定会在石子路上跪下，很可能把两个膝盖擦伤，同时还会立刻被人赶出宅邸。但是，幸好温室就在附近不远处，说完这些话就到了。

温室里面种植着美丽的天竺葵，我们在这些植物前面徘徊着，多拉时不时地停下来，一会儿赞赏这一株，一会儿又赞赏那一株，我也跟着停下来称赞一番。可多拉一面哈哈笑着，一面充满孩子气地抱起小狗儿凑近花儿，让它闻一闻。虽不能说我们全都处在仙境之中，但是，毫无疑问，我肯定是这样的。时至今日，每当我闻到天竺葵叶子的清香时，我都会不禁可笑而又严肃地惊叹，自己到底瞬间发生了什么样的变化啊。接着我便看见了，系着蓝色饰带的草帽，浓密的卷发，一条小黑狗被两条纤细的手臂抱着，背景是盛开着的鲜花和晶莹剔透的叶子。

默德斯通小姐一直在寻找我们，她在这儿找到了，接着她把那副不讨人喜欢的脸颊向着多拉凑了过来，让她吻。那脸颊的细小皱纹里填满了发粉。然后她挽起多拉的胳膊，率领着我们迈步进入宅邸去用早餐，其情形就像是士兵的葬礼。

由于是多拉沏的茶，我都不知道自己究竟喝了多少杯。但是，我记得真真切切的是，自己坐着开怀畅饮，直到全部神经系统——如果那时我还有什么神经系统的话——毁灭殆尽了。没过多久，我们上教堂去做礼拜了。我们坐在一条长凳上，默德斯通小姐坐在我和多拉之间。但是我听到她唱圣歌，会众们的声音都消失得无影无踪了。牧师布了一番道——当然是关于多拉的——恐怕这就是我记住的有关布道的全部内容。

我们度过了平静祥和的一天。没有别的客人，散了一次步，四个人一起吃晚饭，晚上浏览书籍和图片。默德斯通小姐的面前摆放着一本有关布道讲经的书，但眼睛却落在我们身上，紧绷着神经，监视着我们。啊！晚上用过晚餐之后，斯彭洛先生坐在我的正对面，头上盖着一方手帕，他根本不会想到，我当时满脑子幻想，想象着自己作为他的女婿，正热情奔放地拥抱着他呢！我向他道晚安时，他根本就想象不到，他刚刚满口答应了，同意我和多拉订婚，而我正在祈求上帝赐福于他呢！

第二天一大清早，我们就动身离开了，因为我们的海事法庭受理了一桩海上救助的案件，审理这个案件，需要对整个航海科学有精准的知识，其间（由于我们不可能指望民事律师公会的人精通这方面的知识），为了澄清事由，审案法官已请了两位领港协会①老专家前来帮助他审案。不过早餐时，多拉还是负责沏茶。分别时，她

① 负责主管英国沿海浮标、灯塔及领航工作的半官方机构。

抱着小狗吉普站在台阶上，我在马车里脱帽向她致意，心中既凄凉忧伤，又欣喜甜蜜。

我那天对海事法庭的事了解得怎么样？倾听着案件审理时，心里面关于案件的事胡思乱想了些什么？斯彭洛先生撇下我回家去了（因为我怀着痴心妄想，以为他会再一次领着我回家去），我仿佛是个水手，自己所属的那条船离我而去，把我抛在了一个荒无人烟的岛上，这时候，我的感想如何？凡此种种，我不想徒劳无益地来加以描述。如果那座昏庸沉睡的古旧法庭能够自己苏醒过来，把我所做的有关多拉的白日梦以任何看得见的形式呈现，那便会真真切切地展示我心里的一切。

我这里所说的种种白日梦，可不是单指那一天的，而是日复一日，周复一周，季复一季。我到那儿去，不是要去听审案，而是要去思念多拉。在案件慢条斯理、遥遥无期地审理的当儿，如果说我曾把心思放在过上面的话，那也只是在审理婚姻案件时（想起了多拉），心里惊叹着，结了婚的人怎么会享受不到幸福呢？而在审理遗产案件时，则会思忖着，要是案中涉及的金钱留给我，那为了多拉着想，我立刻要采取的行动该会是什么。在心旌摇曳的头一个礼拜当中，我一连买了四件昂贵的背心，不是替我自己买的。我并不醉心于那些东西，而是为了多拉。我在上街时喜欢戴着淡黄色的小山羊皮手套，而且脚上的全部鸡眼就是那时落下的。如果我当时穿的靴子能够拿出来和我的脚的实际大小比一比，那就可以展示我当时是怎样的一种心情了，简直会令人感动。

然而，虽说我顶礼膜拜于多拉，把自己弄成了一个可怜兮兮的瘸子，但是，我每日还是长途跋涉，为的就是要见到多拉。不久，我不仅像是诺伍德大道那片的邮差一样路人皆知了，而且还同样走遍了伦敦。我走遍了有最豪华的妇女用品商店的街道，像个游魂似的徘徊在出售高档衣物的商店。弄得自己精疲力竭之后，还没完没了地游荡在公园里。有时候，隔了很长时间，而且难得有这样的时候，也会看见她。或者是看见她戴着手套的手在马车的窗户口挥舞着，或者是我遇上她，陪着她和默德斯通小姐走上一段路，同她说说话。遇到后面这种情况时，事后心里总是沮丧得很，感觉自己尽说了些不着要领的话，或者她压根儿不明白我的一片痴情，或者她根本不在乎我。可以想象，我一直都指望着再一次应邀上斯彭洛先生府上去。可我一直都是失望扫兴，因为一直就没有得到过邀请。

克鲁普太太一定是个目光敏锐的女人。因为我的这一份恋情才持续了几个礼拜的时间，我在给阿格尼丝写信时，没有勇气写得更加明确，只是说我到过斯彭洛先生的府上，“他家里面，”临了我会补充上这么一句，“就一个女儿。”我说克鲁普太太一定是个目光敏锐的女人，那是因为，即便在这个早期阶段，她都给看出来了。一天晚上，我心里很郁闷，她上楼来到了我的房间，问我可不可以给她一点和大黄精混合的豆蔻酊，外加七滴丁香精合成的药水（她当时又患了我前面提到过的那种疾病），因为这是治她的毛病的最佳良药。或者，如果我手边没有这些药品，那就给一点儿白兰地酒也行，因为接下来就要数这个最有效了。她说了，她并非想要喝白兰地酒，而是接下来要数这个是良药。前面那个药我连听都没有听说过，后一种倒是在柜子里一直备着，我给克鲁普太太倒了一杯，而她却当着我的面就把酒给喝了（因为这样，我不至于怀疑她把酒用到什么不正当的方面）。

“振作起来啊，先生，”克鲁普太太说，“我不忍心看到您这副神态，先生，我自己也是做了母亲的人。”

我不太明白，她的这句话怎么可以用到我的身上，但我还是冲着克鲁普太太笑了笑，尽可能表现得态度友好。

“行啊，先生，”克鲁普太太说，“请原谅我，我知道是怎么回事，先生，这个事情里面有个年轻小姐。”

“克鲁普太太说什么啊？”我回答说，脸颊羞得通红。

“啊，天哪！振作起来吧，先生！”克鲁普太太说着，一面点头给我鼓劲，“绝不能泄气，先生！如果她不愿意对着您露出微笑，愿意露出微笑的人有的是。您是位人家愿意在您面前露出微笑的年轻绅士，科波福尔先生，您可要知道自己的价值啊，先生。”

克鲁普太太老把我叫成科波福尔先生，第一，毫无疑问，这不是我的姓名，第二，我不由得认为，她这是和某个洗衣服的日子稀里糊涂地牵扯在一起了。

“你怎么就认为这事情里面有个年轻的小姐呢，克鲁普太太？”我说。

“科波福尔先生，”克鲁普太太说着，激情澎湃，“我自己也是做了母亲的人啊！”

好一会儿，克鲁普太太只能把手捂在紫花布衣服的胸前，一小口一小口地呷着药，以抵挡病痛的复发。最后，她又开口说话了。

“当初，您亲爱的姨奶给您租下眼前这套公寓时，科波福尔先生，”克鲁普太太说，“我就说过的，我可找到一个可以照顾的人啦。‘谢天谢地啊！’当时就是这么说来着，‘我现在可是找到了一个可以照顾的人啦！’您吃得不够多，先生，也没有喝什么。”

“你就是根据这一点来猜测的吗，克鲁普太太？”我说。

“先生，”克鲁普太太说，口气近乎严厉，“除了您之外，我还给别的年轻绅士洗衣服来着。一位年轻绅士也许会过分注重自己的形象，也许太不在意自己的形象。他也许太勤地梳理自己的头发，也许太不在意自己的头发。他也许穿太大的靴子，不合脚，要么就穿太小的。这一切都要看年轻绅士原本的性格是怎么形成的。但是，他要走哪个极端那就让他走吧，先生，但是无论哪一种情况都会有一个年轻小姐涉及其中。”

克鲁普太太摇了摇头，态度很坚决，我根本没有半点招架的余地。

“在您之前，就是死在这儿的那位绅士，”克鲁普太太说，“谈上恋爱了，同一个酒吧女招待。虽然喝酒喝鼓了肚子，可他还是立刻把背心改小了。”

“克鲁普太太，”我说，“关于我的情况，我可得求求你，千万别把那位小姐同酒吧女招待混为一谈。”

“科波福尔先生，”克鲁普太太回答说，“我自己就是个做了母亲的人，不可能会那样呢。要是打搅了您，可别见怪啊，先生。我对于不受欢迎的地方，可不会擅自闯入。可是，您是位年轻的绅士，科波福尔先生，我要对您提出的忠告是，振作起来，调整好心态，明白您自身的价值。如果您想要玩点什么，先生，”克鲁普太太说，“如果您想要玩玩九柱戏什么的，因为这种活动对身体有益，您会发现，它可以分散您的精力，对您有好处的。”

克鲁普太太说完这番话之后，装出一副很珍惜那白兰地酒的样子，酒全部给喝完了。她郑重其事地朝我行礼表示谢意，然后告辞了。当她的影子消失在门口的黑暗中时，毫无疑问，我心里面觉得，克鲁普太太的这一番忠告显得有点冒昧。不过，同时，从另一方面来说，我还是乐于接受的，因为对于明白人而言，一言足矣，而且是以便今后更好地保守秘密的一种警示。

第二十七章

汤米·特拉德尔

或许是听了克鲁普太太的忠告，或许没有什么更加充分的理由，只是因为九柱戏这个词的发音同特拉德尔的名字的发音有点相似[①]，就在次日，我突然想到要去看看特拉德尔。他上次提到的那个时间已经过去了。他住在卡姆登区靠近皇家兽医学院的一条小街上。听我们那里一个住在那个方向的文书告诉我说，住在那儿的房客主要是些有身份地位的学生，汤米买来活驴，在自己的住所里拿那些四条腿的家伙做实验。我从那个文书那里打听到了该学术园的方向之后，同一天下午便出发了，去拜访我的那位老同学。

我发现，那条街并不像我想象的那么理想，由于特拉德尔的缘故，我才会往更加好的方面想的。看起来，那儿的居民似乎习惯于把自己不需要的各种小玩意儿随意扔到路上。这样一来，由于满地是菜叶子，不仅恶臭难闻，潮湿不堪，而且也一片狼藉。那些被扔掉的东西还不只是菜叶子呢，因为我在寻找门牌号码时，还亲眼看到了一只鞋子，一只压扁了的汤锅，一顶黑色女帽，一把伞，这些东西的破旧程度各不相同。

这儿的整体氛围给了我深刻的印象，使我不禁想起了同米考伯夫妇生活在一起的日子。我要寻找的那座宅邸有一种无法形容的风光不再的气势。所以它同坐落同一条街上所有其他的宅邸都不相同，尽管它们全都是按照一种统一的模式建造的，看上去就像是一个笨手笨脚的年轻人的早期模仿之作，因为他正在学习建房，尚不

① 九柱戏的英文为“skittles”，特拉德尔的英文为“Traddles”。

熟悉砌砖垒墙之道，这更加令我想起来米考伯夫妇。我到达门口时，刚好送牛奶的来了，门是开着的。

“我说啊，”送牛奶的对一个年龄很小的女仆说，“欠我的那一小笔费用有着落了吗？”

“噢，主人说了，他马上就支付。”女仆回答说。

“因为吧，”送牛奶的接着说，他之所以这样说，好像是没有听到回话，我从他说话的口气来判断，像是在开导宅邸里的什么人，而不是冲着年轻女仆说话。他眼睛一直盯着过道看，那神情更加强化了这种印象。“因为吧，这一小笔费用拖了这么长时间，我开始觉得，这账拖着拖着就没有了，再也收不到了。行啊，我可不想让它再拖下去啦，你知道的！”送牛奶的说，依旧朝着宅邸里直嚷嚷，盯着过道看。

顺便说一声，要他这样的人来经营牛奶这样的柔性物品，那是再错位不过了。瞧他那副举止态度，即便当个屠夫或是经营白兰地酒的商人，都会显得凶狠。

女仆的声音变得微弱了，但在我看来，根据她嘴唇动弹的样子，似乎还是在喃喃地说，账单马上就会支付。

“听我对你说，”送牛奶的说，他眼睛头一回恶狠狠地看着她，并且托住她的下巴颏，“你喜欢喝牛奶吗？”

“对，我喜欢喝。”女仆回答说。

“很好，”送牛奶的说，“那你明天就别想再喝了，你听见了吗？明天你一滴牛奶都喝不到了。”

从总体上来说，我觉得，她看到今天还有的喝，似乎松了一口气。送牛奶的冲着她摇了摇头之后，面色阴沉，放开了她的下巴颏，没有好气地打开了他的牛奶罐，按照平常的量，朝着这个家庭的牛奶壶里倒了牛奶。倒完之后，便嘟嘟囔囔地走开了，对着下一家又吆喝起来，喊声中还带着怒气。

“特拉德尔先生是住在这儿吗？”这时我问了一声。

过道的尽头传来一个神秘的声音，回答说：“是的。”听到这么一说之后，年轻女仆回答说："是的。"

"那他在家吗？"我问了一声。

那个神秘的声音又一次做了肯定的回答，女仆也又一次附和了。这之后，我走了进去，并且在女仆的指点下，上了楼。经过客厅的后门时，我感觉有目光在注视着我，大概就是那个神秘声音的目光吧。

我走到了楼梯的顶端，宅邸只有两层，特拉德尔正在楼梯口等着我。他见了我很高兴，热情洋溢地欢迎我，把我领进他的小房间。房间在宅邸的前面部分，虽然没有什么家具，但极为整洁。我看得出，他就这么一个房间，因为里面有一张沙发床，黑色的鞋刷和黑色的鞋油同书籍放在了一起，放在书架顶层一本词典的后面。桌子上摊满了各种文稿，他身穿一件陈旧的外衣，正在拼命工作呢。我知道，当我坐定之后，自己什么也没有看，但又什么都看见了，就连那只瓷墨水瓶上的教堂风景画都看见了，这也是我昔日同米考伯先生一家住在一起时练就的一种本领。特拉德尔做了各种精心巧妙的安排，把五斗柜给掩饰起来了，靴子、刮脸用的镜子等也都放得各得其所。这一切都给我留下了深刻印象，这让我感觉到，说明他还是当年那个特拉德尔，还是那个用纸做房子来盛苍蝇的特拉德尔，还是那个我一再提到的，受了虐待之后就画那种令人难忘的图画来安慰自己的特拉德尔。

在房间的一角，有样东西用一大块白布整整齐齐地覆盖着，可我看不出那是什么。

"特拉德尔，"我说，等到坐定后，又同他握了握手，"能见到你，我很高兴。"

"见到你，我也很高兴，科波菲尔，"他回答说，"见到你，我确实很高兴，因为我们在埃利路见面时，我高兴极了，而且我相信你见了我也极为高兴，我这才告诉了你这个地址，而没有告诉你律师事务所的地址。"

"噢！你都有律师事务所啦？"我说。

"是啊，有一间房子和一条走廊的四分之一，还有一个文书的四分之一，”特拉德尔回答说，“我和另外三个人合办了一个事务所，为了看起来郑重其事，我们四个人共同雇了个文书。我每个礼拜得付出半个克朗。”

他满脸堆着微笑，由此我感觉自己看到了昔日的他，淳朴的性格，温和的脾气，还有倒霉的运气。他带着微笑做了下面这番解释。

“你知道的，科波菲尔，”特拉德尔说，“我一般不把这儿的地址告诉别人，这倒不是因为我爱面子，只是因为那些到这儿来的人，可能不喜欢这儿。对我来说，我正在克服困难，处在闯出一番事业的过程当中，如果我要装出另一种姿态，那未免荒唐可笑。”

“沃特布鲁克先生告诉我说，你正在攻读法律，将来当律师呢，对不对？”我说。

“嗯，不错，”特拉德尔说着，一边两只手慢条斯理地相互搓着，“我是在为将来当律师而攻读法律。可实际情况是，拖了很长时间，这才开始履行契约。我当学徒已有时日了，但要缴纳那一百英镑费用是很费劲的事。真费劲！”特拉德尔说着，露出了痛苦的表情，好像拔掉了一颗牙齿似的。

“特拉德尔，我坐在这儿端详着你，你知道我不由得想起什么了吗？”我问了他一句。

“不知道。”他回答说。

“你从前穿的那套天蓝色衣服。”

“天哪，是这样吗！”特拉德尔大声说，哈哈大笑起来，“胳膊和腿都被绷得紧紧的，对不对？天哪！哎哟！那真是快乐的时光啊，对不对？”

“我认为，我们校长要是不虐待我们，日子本来还可能会更加舒心愉快的，这我得坦率地说一句。”我接话说。

“可能是这样，”特拉德尔说，“不过，哎呀呀，那时候有趣的事倒是挺多的。你还记得我们在宿舍里的那些夜晚吗？我们在一起用晚餐的时候？你常常给大家讲故事？哈，哈，哈！为了梅尔先生的事，我哭了，可挨了一顿藤条，你还记得吗？老克里克尔！我真该再见他一面才是啊！”

“他对待你够凶的，简直就是只野兽，特拉德尔，”我义愤填膺地说。因为爽朗的态度让我觉得，自己看到他挨打的情形仿佛就发生在昨天。

“你是这么认为的吗？”特拉德尔说，“真的？兴许他是像一只野兽。但一切都过了这么长时间了。老克里克尔！”

“你当时是由你的一位叔叔抚养吧？”我说。

“可不是嘛！”特拉德尔说，“就是那个我总想要给他写信的人，可总也没有写成，呃！哈，哈，哈！对啊，我当时是有一个叔叔。我离开学校不久，他就去世了。”

“真的吗？”

“真的。他是个歇了业的——你怎么叫来着——布匹商人，先前要我做他的继承人，可是等我长大了之后，他又不喜欢我了。”

“你说的这是真的吗？”我说。他态度镇定自若，我认为这其中一定有别的什么意思。

“噢，天哪，是真的，科波菲尔！我说的是实话，”特拉德尔回答说，“这是件倒霉的事，可他就是不喜欢我。他说了，我根本不是他所期待的样子，于是他同自己的女管家结了婚。”

“那你怎么办了呢？”我问。

“我没有什么特别的动静，”特拉德尔说，“我还跟他们住在一起，等着有朝一日被扫地出门，自闯世界，后来风湿病迅速蔓延到了他的腹部。于是乎，他去世了，所以她也就嫁了个年轻男人，所以我也就没人供养了。”

“到头来，你什么也没得到，特拉德尔？”

“噢，天哪，那倒不是！”特拉德尔说，“我得到了五十英镑。我从小到大没有掌握什么技能，刚一开始时，六神无主，不知道该去干什么。不过，我得到了一位律师的儿子的帮助，他上过萨伦学校的，名叫约勒，鼻子歪到了一边，你记起他来了吗？”

“记不起来了。他没有同我在那儿相处过。我在学校的时候，所有同学的鼻子都是直挺挺的。”

“记不起没有关系，”特拉德尔说，“凭借他的帮助，我开始抄写法律文书。但这样做起不了多大的作用，后来我便开始写案情陈述，撰写案情摘要，还有干些诸如此类的工作。你知道的，科波菲尔，我是个能够吃苦干活儿的人，很快我就掌握了简练处理这一类事情的方法。行啊！这么一来，我头脑中有主意了，应该去学习法律。于是，手头那五十英镑用光了。不过，约勒给我介绍了另外一两家律师事务所，沃特布鲁克先生的事务所就是其中一家。我揽到了大量活儿。我也很幸运，认识了出版行业的一个人，他正在编纂一部百科全书，安排了一些活儿给我干。而且确实，”(他朝自己的桌子上瞥了一眼)“我眼下就是替他干这个活儿呢，而且还是个很不错的编纂人，科波菲尔，”特拉德尔说，言谈之间神态依旧兴高采烈，充满了信心，“不过我毫无创新能力，一点儿也没有。我觉得，再也找不到比我更加缺乏创新能力的年轻人了。”

特拉德尔似乎指望着我会欣然接受他的这个说法，所以我便点了点头。他依旧和刚才一样，心情愉快，富有耐心，继续说着，我找不到更理想的表达方式。

“于是，我一点一滴，省吃俭用，终于积攒起了一百英镑，”特拉德尔说，“感谢上帝，这笔钱总算是付清了，尽管这事……尽管这事确实，”特拉德尔说着，又露出了痛苦的表情，好像是又拔了一颗牙齿，“费了很大的劲儿。我仍然凭着干我刚才提到的活儿生活着，并且期待着，有朝一日，能够跟哪家报纸连上关系，那几乎就是我时来运转的依靠。行啊，科波菲尔，你一点儿都没有变，还跟过去一样，一副讨人喜爱的面孔，看到你真让人高兴，所以我不会对你隐瞒任何情况。因此，我得告诉你，我订婚了。”

订婚了！啊，多拉啊！

“她是个牧师的女儿！”特拉德尔说，“十姐妹中的一个，家住德文郡，是啊！”因为看见他目光不由自主地落在墨水瓶的风景画上，“就是那座教堂！你出了这个大门，绕到左边，”他用手指着墨水瓶说，“正好就是在我握笔的这个地方，就是他们家的住宅。你知道的，正对着教堂。”

他兴致勃勃地讲述这些细节，我当时并没有完全领悟，到后来才弄清楚，因为那个时刻，我内心想到的是斯彭洛先生家的宅邸和花园。

“她是个可爱的姑娘！”特拉德尔说，“年龄稍比我大一点儿，但是个最最可爱的姑娘。我不是告诉过你我出城去吗？我就是到那儿去，步行着去，又步行回来，度过了一段最最快乐的时光！我得说，我们的订婚期可能会拖得很长，但我们的格言是，‘等待和希望！’我们一直把这话挂在嘴边。‘等待和希望，’我们一直说。而她会等待的，科波菲尔，她会等我等到六十岁，等到你说的任何年龄都可以。”

特拉德尔从坐着的椅子上站了起来，露出了得意扬扬的笑容，把手放到了我先前说过的那块白布上。

“然而，”他说，“不要以为我们对居家过日子毫无准备。不，不。我们已经开始着手准备了。这必须得一步一步来，但已经开始了。看这儿，”他把白布掀了起来，既满怀自豪感，又小心翼翼，“这是开始的两件家具。这是花盆和底座，是她买的。可以摆放到客厅的窗台，”特拉德尔说，他向后退了一点点，以便更好地欣赏它，“里面栽上花儿，然后，你看吧！这张小圆桌，配了个大理石面子（周长两英尺十英寸），是我买的。你看，放本书什么的，或者有人上门来看你和夫人，需要有个地方放杯茶什么的，还有，看这儿！”特拉德尔说，“一件令人赞叹的工艺品啊，像岩石一样坚硬！”

我高度赞扬了这两样东西，特拉德尔把东西盖上了，还和刚才掀起时一样，小心翼翼。

“说到家具，还不是很多，”特拉德尔说，“但总算是有了。最让我底气不足的是，要配桌布，枕头套，诸如此类的东西，科波菲尔。铁器也是如此，什么蜡烛匣呀，烤食物用的架子呀，诸如此类的必需品。因为这些器物关系重大，而且数量也要增加。不过，‘等待和希望！’我向你保证，她可是个最最可爱的姑娘！”

“这我可以肯定。”我说。

“与此同时，”特拉德尔说，他又坐回到了椅子上，“有关我本人的情况，就啰里啰唆说这么一些吧，我会尽我所能地过好日子。我挣钱不多，但开销也不大。一般情况下，我在楼下那家人家里搭膳，他们的确是很随和的一家人。米考伯先生和太太两个人都有丰富的生活阅历，是出色的伙伴。”

“亲爱的特拉德尔！”我急忙大声说，情绪激动，“你说什么来着？”

特拉德尔看着我，好像不明白我在说什么。

“米考伯先生和太太！”我重复了一声。“哎呀！我和他们熟得很呢！”

真是巧得很，就在这时，有人敲了两下门，根据我在温莎街时的经验，这声音我很熟悉，敲门的不可能是别人，只能是米考伯先生。敲门声使我疑虑顿消，他们就是我的老朋友。我请特拉德尔把房东叫上来。于是特拉德尔隔着楼梯的护栏叫了。米考伯先生一点儿也没有变，紧身裤、手杖、硬领、眼镜，一切照旧。他走进了房间，充满了温文尔雅的气派和年轻人蓬勃的朝气。

“对不起，特拉德尔先生，”米考伯先生说，说话的腔调还和过去一样，说话前正在哼着一支曲调，“我不知道贵处有客人呢。”

米考伯先生向我微微鞠了一躬，拉了拉衣领子。

“你好吗，米考伯先生？”我说。

“先生，”米考伯先生说，“您真是太抬举我了，我依然如故。”

“那米考伯太太呢？”我接着问。

“先生，”米考伯先生说，“感谢上帝，她也依然如故。”

“那孩子们呢，米考伯先生？”

“先生，”米考伯先生说，“我很高兴地回您的话，他们也同样安享快乐健康。”

这期间，米考伯先生虽然同我面对面站着，但他一点儿也没有认出我来。但是，这会儿，他看见我脸露微笑，便认真地端详起我的面容来了，他身子向后退，大声喊着：“这可能吗？我还能有幸见到科波菲尔！”接着便热情奔放地摇着我的双手。

“天哪，特拉德尔先生！”米考伯先生说，“想不到你竟然认识我年轻时的朋友，我昔日的伙伴！亲爱的！”他越过楼梯的护栏冲着米考伯太太喊话，特拉德尔听到他对我的描述时感到吃惊不小（合乎情理），“特拉德尔先生公寓里有一位先生，他很乐意把这位先生介绍给你，亲爱的！”

米考伯先生立刻转了回来，又同我握手。

“我们的好朋友——博士怎么样了，科波菲尔？”米考伯先生说，“坎特伯雷的那些人都好吗？”

“他们可没有不好的。”我说。

“听你这么一说，我真高兴，”米考伯先生说，“我们上次是在坎特伯雷见的面。我说得形象一点儿，就是在那座宗教建筑的阴处，该建筑因为乔叟的缘故而名垂青史，古时候来自天涯海角的朝圣客云集于此，一句话，”米考伯先生说，“是在很靠近坎特伯雷大教堂的地方。”

我回答说，情况是这样的。米考伯先生继续口若悬河，侃侃而谈。但是，我觉得，他的脸上时而流露出关切之情，因为他听到了隔壁房间里的动静，那是米考伯太太又是洗手，又是匆促忙乱地打开和关上抽屉的声音，行动显得有些不顺畅。

“你看得出来，科波菲尔，”米考伯先生说，用一只眼斜看着特拉德尔，“我们目前的生活基础不够厚实，也不够气派，但是，你知道的，我在自己的职业生涯中克服了重重困难，跨越了种种障碍。你对实际情况一点儿都不感到生疏，我生平当中有很多这样的时候，需要停下来歇歇脚，等待期待中的机遇出现，这时候，我必须退避三舍，然后才能有个飞跃。我相信这样才不至于被人指责，说我不知天高地厚。目前我就是处在人生至关重要的阶段之一。我有充分的理由相信，不久就会有个强劲的飞跃啦。”

我正表达我的赞同之意，这时米考伯太太进来了。形象比过去显得更加邋遢了一些，或者说，由于我不大习惯，她现在看上去如此，但为了见客人，还是修饰了一番，还特地戴了一双褐色手套。

“亲爱的，”米考伯先生一边说，一边把她领到我的跟前，“这里有位绅士，名字叫科波菲尔，他希望同你叙旧呢。”

情况表明，对于通报这个消息，若是能够悠着点，一步一步来，事情或许会更好一些，因为米考伯太太怀有身孕，听到这个事之后，一下子受不了，昏迷过去了，结果米考伯先生手忙脚乱地冲到楼下去，从后院的水桶里舀了一盆水，浇到她的额头上。不过很快她就苏醒过来了，见到我之后，她真的很高兴。我们在一起畅谈了半小时。我问了她关于那对双胞胎的情况，她说，他们都“长成大人了”。还问到了米考伯少爷和米考伯小姐，她说他们是“绝对的巨人”，不过，当时他们没有被领出来见我。

米考伯先生心急火燎，要我留下来吃晚饭，我本来不会不答应的，但从米考伯太太的眼神中，我想我觉察出了窘况，她心里正在筹划着还有多少冷肉呢。因此，我推说另有约会。同时我注意到，米考伯太太立刻精神爽朗起来了，无论他们怎么劝我放弃赴约，我都没有松口。

但是，我对特拉德尔、米考伯先生和太太说，在我告辞之前，他们一定要定下一个日子，到我那儿去吃顿饭。特拉德尔由于忙着完成承诺了别人的事，所以需要把日子定得远一点。但日子还是定下来了，对我们大家都很合适，接着我就告辞了。

米考伯先生说他知道一条比我来的时候走得更近的路，便以此为借口把我送到了街道的一角，因为实在想同老朋友说几句掏心窝的话（他是这么解释来着）。

“亲爱的科波菲尔，”米考伯先生说，“其实用不着我告诉你，在目前这种情况下，有你的朋友特拉德尔先生这样闪烁着智慧灵光的人，如果我可以这么说的话，闪烁着智慧灵光，和我们同住在一个屋檐下，我真说不出有多么欣慰。隔壁家住了个洗衣女工，在客厅的窗户口出售杏仁乳脂糖，街对面还住了个博街[①]的警察，你可以想象得到，有他做伴，对于我和米考伯太太那是怎样的一种慰藉啊。亲爱的科波菲尔，我现在在做粮食代售的生意。这并不是什么有利可图的营生，换句话说，就是挣不到钱，结果就会有暂时的经济困难。不过，我要高兴地补充一句，马上我就会有转机了，曙光就在前头（我眼下还不便说在哪个方面），这样的话，我相信，自己就可以一劳永逸了，使我自己和你朋友的生活无忧，因为我对于他怀有一种发自内心的关切之情。我可以告诉你，就米考伯太太眼下的身体情况来看，让爱情之果锦上添花不是没有可能，一句话，就是要添一个婴儿了。米考伯太太的娘家人可真是心肠好，他们竟然表达了对此事的不满情绪。我只能这样说，我不知道这事与他们何干，得用鄙视的态度来应对他们的情绪，不理睬那一套！”

米考伯先生随后又同我握了手，然后离开了。

---

① 伦敦市中心的一条街，主要警察法庭的所在地。

第二十八章

米考伯先生发出挑战

我要款待久别重逢的老友，在那一天之前，我心里一直思念着多拉，靠喝咖啡过日子。我深受爱情的折磨之苦，胃口锐减。我倒是因此而感到高兴，因为心里觉得，如果自己茶饭如常，那反而感觉到是一种对多拉不忠的行为。我不断地外出散步，可没有起到通常有的作用，因为沮丧的心情把外面的新鲜空气给抵消掉了。由于有了我人生当中这段时间里的痛苦经验，我的心里还充满了疑虑，疑心一个饱受紧靴子之苦的人是否能够品味到肉食的美味。我认为，人的四肢需要自由平和地舒展，胃口才会大增。

这是一次小型的家庭聚会，我这一次没有重蹈上次的覆辙，大事铺张，只配了两条鱼、一条小山羊腿，还有一个鸽子饼。我态度局促，刚一拐弯抹角地提及烹饪鱼和山羊腿的事，克鲁普太太便立刻提出了反对意见，说话的态度像是伤了她的自尊，“不行！不行，先生！请您不要叫我做这种事情！因为您是了解我的，我心里不乐意做的事，绝不会做！”但是，最后我们还是相互做了让步，克鲁普太太答应担当此任，但条件是，随后的两个礼拜中，我不在家里用餐。

我在这儿不妨说明一下，克鲁普太太对我居高临下，专横霸道，我在她面前的遭遇，想起来都心惊胆战，我生平从没有这样害怕过哪个人。我们之间遇到什么事情都得妥协让步。只要我态度上有些许犹豫，她那神奇古怪的毛病就会发作，因为那种病随时都在她的体内潜伏等候着，呼之即来，向她的要害部分发起攻击。如果我动作柔和地拉过五六次门铃，但毫无反应，这时我会不耐烦地猛拉一下，她最终亮相了，不过这也没个准，她会一脸的不高兴，连气都喘不过来，瘫坐在门边的一把椅子上，一只手捂住穿了紫花布衣服的胸口，要死要活的样子，这时候，我即便损失白兰地酒或别的什么东西，只要能够把她打发了事，心里也乐意。她要到下午五点才给我收拾床铺，如果我对这种安排提出异议——对于这件事，我现在想起来都还觉得很不舒服——可一旦她把一只手往紫花布胸前同样受了伤的敏感处一捂，我就会语无伦次，连忙赔礼道歉。一句话，只要不伤体面，我什么事情都可以做，就是不敢冒犯克鲁普太太。

我买了个二手上菜架，供这次请客用，这样就用不着再去雇用那个动作麻利的小伙子。我对此人心怀不满，因为有一个礼拜天的早上，我在斯特兰德街遇上了他，看见他穿了件背心，和我的一件非常相像，可我那件自从上次聚会之后就不见了。那个“小姑娘”倒是又被雇用来了，但是规定好了，她只是把菜端进来，然后就撤退到外面一道门外的楼梯口，待在那儿，客人不会面对她养成的那种探头探脑的习惯，而且她退着身子打碎盘子的事实际上就不可能发生。

我准备好了配制潘趣酒的各种配料，等待米考伯先生来调和。在梳妆台上放好了一瓶薰衣草香水，两支蜡烛，一包大小不等的别针和一个针插，以便米考伯太太梳妆打扮时使用。为了让米考伯太太舒适方便，我在卧室里也生了火。我还亲手铺好了桌布。然后就心平气和地等待客人到来了。

三位客人在约定的时间一同到达。米考伯先生的衣领子比平时的更高了，眼镜上面配了条新饰带。米考伯太太的帽子装在一个浅棕色的纸包里，特拉德尔一面拿着那纸包，一面让米考伯太太搂住自己的胳膊。他们看了我的住所都很高兴。我把米考伯太太领到梳妆台旁边，她看见我专门替她准备了这么多东西，便显得欣喜若狂，还把米考伯先生叫进来观赏。

“亲爱的科波菲尔，”米考伯先生说，“这很奢华，这种生活派头让我想起了自己往昔的一段时日，当时我还是独身一人，米考伯太太还没有被人诱导到婚姻之神的圣坛前，许下海誓山盟呢。”

“他这是说被他诱唆呢，科波菲尔先生，”米考伯太太说，态度俏皮风趣，“他没法把责任推给别人呀。”

“亲爱的，”米考伯先生说，他态度突然严肃起来，“我也不想把责任推给别人。我非常清楚，命运之神神秘莫测，从中安排，让你为我而生，这时候，你才有可能等待着这么一个人，这个人命中注定经历持久的挣扎，最终还是陷于纷繁复杂的经济纠纷之中不能自拔。我明白你的暗示，亲爱的，我为此感到很难过，但我能够忍受。”

“米考伯！”米考伯太太激动地说，两眼噙满了泪水，“难道我是这样的人吗？我压根儿就从未离弃过你，今后也绝不会离弃你，米考伯！”

“我的爱人啊，”米考伯先生说着，感动不已，“一个心灵受了伤的人，因为他最近同一个得势小人有过节，闹了别扭，结果痛心疾首，情绪激动。换句话说，就是同自来水公司一个管水龙头的下流坯有过节。我相信，你会原谅，我们患难与共的老朋友科波菲尔也会原谅。而且对于这种过分的情绪表露会怜悯同情，而不会鞭挞指责。”

米考伯先生接着便拥抱了米考伯太太，还紧紧地握了我的手。我从他只言片语的暗示中推断出，由于没有缴纳自来水公司的水费，他家的自来水当天下午被切断了。

为了让米考伯先生忘了这件伤心烦恼的事，我告诉他说，自己等着他来调配潘趣酒呢，于是，我把他领到了放柠檬的地方。他刚才一脸懊丧——虽不能说是绝望——但立刻就烟消云散了。我从未见过有谁像米考伯先生那天下午那样，兴致勃勃，完全自我陶醉，陶醉在柠檬皮的香气中，食糖的甜味中，开水的蒸汽中。他时而搅动，时而调配，时而品尝，透过散发着种种芳香的薄雾，只见他容光焕发，神采奕奕，那样子不像是在调配潘趣酒，倒像在替他家族的后代置办一份家业。此情此景，令人称奇叫绝。至于米考伯太太，不知是因为戴了帽子，还是用了薰衣草香水或那些别针，还是面对过炉火或烛光，反正她走出房间时，比较而言，更加可爱了。论开心快乐，连云雀都没法同这个兴致高昂的女人相比。

我猜想——因为我压根儿不敢冒昧询问，而只能猜想——克鲁普太太炸了那两条鱼之后老毛病又犯了，因为在那个当儿，我们的宴会停下来了。羊腿端上来的时候，里面通红，外表煞白，此外，上面还像撒了一层沙砾一样的异物，好像是掉进过厨房里那座不同寻常的炉灶的炉灰里。我们无法根据肉汁的色泽来对这种情况做出判断，因为那个“小姑娘”把肉汁全洒在楼梯上了。顺便说一句，肉汁形成了一条长长的痕迹，直到最后自行消失。鸽子饼不错，但也只是徒有个骗人的外表。从颅相学的角度来说，外皮就像个令人失望的脑袋，满是鼓凸隆起的部分，内里空空如也，毫无特别的内容。一句话，宴会给弄得一塌糊涂，本来我是会很难受的——我是说因为宴会没搞好而难受，而关于多拉的事，我一直就很难受——幸亏客人们个个都兴致勃勃，轻松惬意，加上米考伯先生有个聪明睿智的点拨，我这才放松了心情。

“亲爱的朋友科波菲尔，”米考伯先生说，“治理得再好的家庭也会出些意外情况啊。治理一个家庭，如果没有那种无微不至的影响力，而该影响力在增强的过程中会神圣化。呃，我就简单地说吧，如果没有来自具备作为妻子的崇高品格的女人的影响力，那这样的意外情况一定就会发生，而且必须以乐观豁达的态度加以忍受。请你允许我冒昧地说一句，没有什么比炙烤辣味菜肴更好吃的东西了，所以，我相信，稍做分工，如果叫那个来帮厨的小姑娘拿个烤肉架来，我们便可以做出美味可口的炙烤辣肉，那我向你保证，这个小小的缺憾便可以很容易地得到补偿。”

储藏间里有一个烤肉架，我早上吃的烤火腿片就是用它烤的。眨眼工夫，烤肉架就拿进来了，大家立刻动手，把米考伯先生的主意付诸实施。他所说的分工是这样的：特拉德尔把羊肉切成小片。米考伯先生（他可以把这类事情做到尽善尽美）在羊肉片上撒上胡椒、芥末、盐和辣椒。我则在米考伯先生的指点下，把它们放置到烤肉架上，用叉子翻动，然后取下来。米考伯太太用一只小汤锅加热蘑菇调味酱，并不断地搅动。肉片烤到了一定的量，可以开始吃了，我们便吃了起来。我们的袖子还向上卷着，更多的肉片在烤肉架上烤着，冒着热气，我们乐此不疲，一面吃着盘子里的，一面朝烤肉架添加肉片。

这样一种烹调方式，形式新颖独特，技艺高超卓越，气氛紧张热烈，大家不断站立起来看看烤得怎么样了，等到脆酥酥、热乎乎的烤肉片从烤肉架上取下来时，又不断坐下来品尝，忙得不亦乐乎，对着火满脸通红，妙趣横生。在这样一种诱人的喧闹声和扑鼻的香味之中，我们把一条羊腿吃得就剩下骨头了。我的胃口奇迹般地恢复了。现在叙述这个情况都觉得羞愧，但我确信，自己一时间忘记了多拉。我同样确信，如果米考伯先生和太太卖掉自家的床铺来举行这样一次餐宴，恐怕也不会像这样吃得津津有味。特拉德尔边吃边干活儿，差不多在整个过程中都笑得开心开怀。我们大家也同时跟着哈哈大笑。我敢说，这是一次再成功不过的餐宴了。

我们兴趣高涨，在几个不同的岗位上忙得不亦乐乎，我们使出浑身解数，把最后一批肉片烤得尽善尽美，写下这次餐宴最最精彩的一笔，突然间，我感到房间里出现了一个陌生人，接着目光便与利蒂摩的目光相遇了，他一脸的严肃，手里拿着帽子站立在我面前。

“有什么事吗？”我不由自主地问了一声。

“对不起，先生，他们直接就叫我上这儿来了。我们家少爷不在这儿吗，先生？”

“不在。”

“您没有看见他吗，先生？”

“没有。你不是从他那儿来的吗？”

“不是直接从他那儿来的，先生。”

“他告诉了你你可以在这儿找到他吗？”

“不完全是这样的，先生。但是，如果他今天不在这儿，那明天就会在。”

“他是从牛津来这儿吗？”

“先生，”他回答说，态度毕恭毕敬，“请您坐下吧，让我来干这个。”说着他便从我毫无设防的手上拿过了叉子，弓着身子对着烤肉架，似乎注意力全都集中到那上面了。

我可以说，哪怕是斯蒂尔福斯本人来了，我们也不会比这更加心慌意乱，可在这位体面威严的仆人面前，我们瞬间变成了温顺人当中最温顺的人了。米考伯先生嘴里哼着一支曲调，他一副镇定自若的样子，慢吞吞地坐回到自己的椅子上，一把匆忙中收起来的叉子的柄从外衣胸襟处冒了出来，仿佛他先前用刀子捅过自己。米考伯太太戴上了自己的褐色手套，显露出一副高雅贤淑的倦态。特拉德尔用两只油腻腻的手挠着自己的头发，结果挠得头发都竖立起来了，同时神色茫然地盯着桌布看。至于我自己，坐在餐桌的首位，纯粹就是个不懂事的婴儿，连看都不敢斗胆看一眼前面这个体面威严的人物，因为天知道他从哪儿冒出来，到我的寓所料理家务来了。

这时候，他把羊肉从烤肉架上取了下来，神态庄严地挨个把肉给大家。我们全都取了一些肉，但胃口已经没有了，只是装装样子而已。我们各自推开自己的盘子时，他便悄无声息地把盘子撤走了，摆上了干酪。等到我们吃过干酪之后，他把干酪也撤了，收拾好餐桌，把所有东西都堆到上菜架上，给我们摆上酒杯。然后自顾自地把上菜架推进了储藏间。这一切都做得尽善尽美，他全神贯注，从未抬眼看过别处。然而，当他背朝着我时，连他的两个胳膊肘都似乎在表达着对我一成不变的看法，认为我太过年轻了。

“还有什么我可以干的活儿吗，先生？”

我向他表示了谢意，并说：“没有了，但你不吃点吗？”

“不吃什么，十分感谢您，先生。”

“斯蒂尔福思先生要从牛津来这儿吗？”

“对不起，您说什么，先生？”

“斯蒂尔福思先生要从牛津来这儿吗？”

“我应该想到，他可能明天到这儿，先生。可我却认为他今天就会到这儿，先生。毫无疑问，是我弄错了，先生。”

“如果你先见到他……”我说。

“请您原谅，先生，我认为我不会先见到他。”

“万一你先见到他了，”我说，“就请你告诉他，说我感到很遗憾，他今天不在这儿，因为他的一个同学在这儿。”

“可不是嘛，先生！”他朝着我和特拉德尔鞠了一躬，还瞥了特拉德尔一眼。

他步履轻柔地走向门边，这时候，我心灰意懒，但还是想要自自然然地说点什么，因为在这个人的面前，自己从来就做不到这一点，我说：

“喂！利蒂摩！”

“先生！”

“你上一次在雅茅斯待了很长时间吗？”

“时间不大长，先生。”

“你看见那条船造好啦？”

“对，先生。我留在那儿，就是为了看到那条船造好。”

“我知道！”他抬起眼睛看着我，态度毕恭毕敬，“我看斯蒂尔福思先生还没见过那条船吧。”

“这个我说不准，先生。我想吧，不过，我真的说不准，先生。祝您晚安，先生。”

他说完这句话，便毕恭毕敬地鞠了一躬，这一躬是朝着在场的所有人鞠的，然后离开了。利蒂摩走了之后，我的客人们似乎呼吸更加自由了。而我更是感到如释重负，因为我在那个人面前总是特别觉得低人一等，除了这种局促不安感之外，心里还感到别扭，觉得自己曾经对他的主人产生过不信任感，而同时心里又压制不住一种隐隐的忧虑，担心他有可能看出我的心思。实际上我并没有什么好隐瞒的，可我却总是觉得此人看出了我的心思，这是怎么回事啊？

我的心里就这么寻思着，其中还掺杂着愧疚悔恨的心情，有点害怕见到斯蒂尔福斯本人，米考伯先生把我从沉思中唤醒。他对离去的利蒂摩大大赞扬了一番，说他是个极为体面的人物，是个无比出色的仆人。我可以说上一句，利蒂摩刚才对着所有人鞠了一躬，米考伯先生充分享受了属于他的那一份，而且是用纡尊降贵的态度享受的。

“但是潘趣酒，亲爱的科波菲尔，”米考伯先生说着，尝了尝酒，“就像时光一样，可是不等人的啊。啊！就在此刻，味道最佳。我的爱人啊，你的看法呢？”

米考伯太太说味道好极了。

“那么，”米考伯先生说，“如果我的朋友科波菲尔允许我冒昧行事，我就要为往昔的日子干杯了，那时候我和我的朋友科波菲尔还年轻，肩并肩地奋斗。至于我和科波菲尔之间的友谊，我可以用先前共同吟唱过的歌词来加以描述：

> 我们奔跑在座座山峦，
> 采撷绚丽多姿的葛恩。[1]

“用的比喻的说法，有几次是这样的。我并不确切地明白，”米考伯先生说，声音还是像过去那样抑扬顿挫，还是那样温文尔雅地描述着事物，其神情姿态无法形容，“葛恩是什么东西，不过我毫不怀疑，如果真有这样的东西，那我和科波菲尔是常常会去采撷的。”

说到这里，米考伯先生便“采撷”起潘趣酒来了，于是，我们大家全都学他的样子。显而易见，特拉德尔不明就里，不知道往昔什么时候，我和米考伯先生怎么成了并肩战斗打拼世界的战友。

“呃哼！”米考伯先生清了清嗓子，喝了潘趣酒，在炉火的作用下，他显得兴致勃勃，“亲爱的，再来一杯怎么样？”

米考伯太太说，只能再来一点儿，但我们不同意，结果斟了一满杯。

“我们在这儿都是推心置腹的朋友，科波菲尔先生，”米考伯太太一边说，一边呷着潘趣酒，“特拉德尔先生也算是我们这个家庭的

---

① 引自苏格兰诗人罗伯特·彭斯著名诗歌《昔日的好时光》，苏格兰语称“雏菊”为“葛恩”。另见253页注。

一员了，所以我想听听您关于米考伯先生前程的看法。正如我反复对米考伯先生说过的，”米考伯太太理直气壮地说，“粮食买卖算得上是风光体面的生意，但不挣钱。干上两个礼拜，得到两先令九便士佣金，尽管我们的要求有限，但这算不上是获利丰厚啊。”

我们大家都赞同这种看法。

“那么，”米考伯太太说，她为自己对事态有清醒的看法而备感自豪，而且当米考伯先生可能走点弯路的时候，她会用女人特有的智慧矫正他走上正轨，“那么，我要问自己这么一个问题，如果说粮食买卖靠不住，那做什么生意靠得住呢？煤炭生意靠得住吗？一点也靠不住啊。经过我娘家人的点拨，我们曾经把注意力集中到了那个上面，结果发现荒谬透顶。”

米考伯先生两只手插在衣服口袋里，身子向后靠在椅子上，眼睛斜视着我们，不时地点头，意思是说，这件事情已经说得很清楚了。

“既然粮食和煤炭这两种营生，”米考伯太太说，语气更加理直气壮，“都成为问题了，那么，科波菲尔先生，我自然而然地要环顾世界，并且说上一句，‘有什么营生，像米考伯先生这样有才气的人才有可能获得成功呢？’凡是靠挣取佣金的事，我都排除在外了，因为佣金是靠不住的。我认为，对于米考伯先生这样性情独特的人，最最适合的莫过于有把握的事情。”

我和特拉德尔都轻声轻气地表达了我们的看法，认为有关米考伯先生的这一发现毫无疑问是千真万确的，那样才能让他增光添彩。

“我不瞒您说啊，亲爱的科波菲尔先生，”米考伯太太说，“我早就觉察到，酿酒这个行当才特别适合于米考伯先生。看看巴克利和珀金斯公司！看看杜鲁门、汉伯利和巴克斯顿公司！凭着我对米考伯先生的了解，他在那样广阔的天地里才能大放异彩。我听人家说，利润大得很呢！但是，如果米考伯先生进不了那些公司——因为他曾写信申请即便是低下的职位，人家也还是没有回复——那蒙着脑袋想这一档子的事又有什么用呢？没有用。我坚信，米考伯先生的举止风度……”

“哼！真是这样的，亲爱的！”米考伯先生插嘴说。

“亲爱的，别插嘴，”米考伯太太说，她把戴着棕色手套的手往他手上一按，“我坚信，科波菲尔先生，凭着米考伯先生的举止风度，他特别适合于在银行业谋到职位。我心里面就寻思着，如果我有一笔存款要存到某家银行，而米考伯先生的举止风度代表了那家银行，这样我就会信心倍增，一定会拓展业务关系。但是，如果形形色色的银行拒绝让米考伯先生施展才华，或者傲慢无礼地拒绝他的申请，那蒙着脑袋想着一档子事又有什么用呢？没有用。至于说到自己开办一家银行，我知道，如果我的娘家人选择把钱交到米考伯先生手上，那倒是可以开办一家。可是，如果他们不愿意把钱交到他手上——他们不会乐意——那开了又有什么用呢？这我还是认为，我们还是和从前一样，原地踏步，毫无进展。”

我摇了摇头说：“没有一点儿进展。”特拉德尔也摇了摇头说：“没有一点儿进展。”

“我由此得出了什么结论呢？”米考伯太太接着说，还是那副神态，非要把事情说得清楚明白不可，“亲爱的科波菲尔先生，我不可避免地得出了什么结论呢？显而易见，我们必须得活下去，我没有说错吧？”

我回答说：“一点都没有说错！”特拉德尔也回答说：“一点都没有说错！”随后，我还充满哲理地补充了一句：“一个人要么活着，要么死亡！”

“是这个道理，”米考伯太太回答说，“完全是这个道理。可实际情况是，亲爱的科波菲尔，如果近期内情况没有大的改观，我们恐怕活不下去了。而我自己心里确信，同时我最近对米考伯先生说过几次了，不要指望事情会自然而然地有转机。我们必须得在一定程度上推动一下。我或许说得不对，但我心里就是这么想的。”

我和特拉德尔两个人都对她的看法给予了高度赞扬。

“很好，”米考伯太太说，“那我有什么主张呢？就是这位米考伯先生，具备种种资格，而且才华横溢……”

"说真格的，亲爱的！"米考伯先生说。

"亲爱的，请让我把话说完。就是这位米考伯先生，具备种种资格，才华横溢。我得说，有天才，不过这可能是出于一位做妻子的偏爱……"

我和特拉德尔两个人都低声地说："不是的。"

"而就是这位米考伯先生，却没有适合的职位或者工作。这责任何在啊？显而易见，责任在社会。那么，我得公开一个令人不爽的事实，而且大胆地挑战社会，要求改变这种状况。在我看来，亲爱的科波菲尔先生，"米考伯太太说，语气很强硬，"米考伯先生必须要做的就是，把这种艰难困苦归咎给社会，实际上就等于说，'让我看看，谁来承担这个责任，该负责人立刻站出来。'"

我冒昧地问了一声米考伯太太，这怎么办得到。

"登告示，"米考伯太太说，"登到所有报纸上。在我看来，米考伯先生为了还自己一个公道，为了还他的家庭一个公道，而我甚至要说一句，为了还社会一个公道，这些情况他迄今为止都没有想到，他必须要做的事情是，在所有报纸上登出启事，把自己的情况如何如何清楚明白地描述一番，说自己如何如何有才能，最后指出，'那就以丰厚的报酬聘用我吧，回复寄给坎登镇邮局威·米收，邮资预付[①]。'"

"米考伯太太的这个主意，亲爱的科波菲尔，"米考伯先生说，让硬衣领子碰到了下颌前面，他斜着瞥了一眼，"事实上，就是我上回有幸见到你时提到的那个飞跃。"

"登启事可是很花钱的啊。"我说了一声，满腹狐疑。

"确实是这样的！"米考伯太太说，还是言之成理的语气，"说得很正确，亲爱的科波菲尔先生！同样的话我也对米考伯先生说了来着。尤其是因为这个原因，我认为，米考伯先生应当（正如我已经说过的，为了还他自己一个公道，为了还他的家庭一个公道，同时也为

① 英国在十九世纪时首创邮局，邮资由收信人支付，所以这里特别说明邮资由寄信人"预付"。

了还社会一个公道）筹措一笔钱，用期票来筹措。”

米考伯先生向后靠在椅子上，手里摆弄着眼镜，目光向上看着天花板。但我同时也认为他在注视着正凝视着炉火的特拉德尔。

“如果我娘家人，”米考伯太太说，“不念亲情，不肯为那张期票做担保，我认为还有一个更好的商业名称可以表达我的意思……”

米考伯先生仍然看着天花板，说了一声：“贴现。”

“就是给那张期票贴现，”米考伯太太说，“那我的看法就是，米考伯先生应该到伦敦城[①]去，带着那张期票到货币市场去，拿去兑换成现金，拿到多少算多少。如果货币市场上的那些人非要米考伯先生做出巨大的牺牲不可，那就是有没有良心的问题了。我反正认定这是一种投资。亲爱的科波菲尔先生，我建议米考伯先生这样做。把它看成是一种投资，这是有稳定回报的，要拿定主意，不惜任何代价。”

我感觉到，但我现在肯定，自己不知道为什么，这是在米考伯太太身上表现出自我牺牲和忠贞不渝的品格。于是，我低声地表达出了大致的这个意思。特拉德尔顺着我的话，也表达了同样的意思，但眼睛仍然凝视着炉火。

“我不打算，”米考伯太太说，喝完了杯子里的潘趣酒，裹了裹披肩，打算要撤回到我的卧室里去了，“不打算再唠叨有关米考伯先生钱财方面的话题了。在您的火炉边，亲爱的科波菲尔先生，当着特拉德尔先生的面，虽说不是老朋友，但也已经是我们中的一员了，我忍不住要让你们知道，我劝说米考伯先生的经过。我觉得，是时候了，米考伯先生应该发奋图强，而且，我还得加上一句，要维护他自己的地位，同时，我觉得，这些就是付诸实施的途径。我知道，我只是个女流之辈，商讨这些问题的时候，男人的判断力更加靠得住。然而，我一定不会忘记，我在老家同爸爸和妈妈在一起生活的时候，爸爸总是习惯说，‘别看爱玛体质虚弱，但对问题的看法丝毫不比任

① 这里指首都伦敦的市中心，也是全国商业、金融等的中心。

何人的差。'爸爸出于偏爱，这我很清楚，但是，他多少还是善于观察人的人，无论从道义上还是从理智上来说，都不容我置疑。"

米考伯太太说完这番话之后，谢绝了我们要她再饮一杯潘趣酒的请求，回到我的卧室去了。确实，我感觉到，她是个高尚的女人，属于罗马贵妇人的那种女人，在公众处于危难之际，可以干出一番英雄业绩。

我心情激动，满脑子都是这种感觉，于是我向米考伯先生表示祝贺，祝贺他有这样一位明智达理的太太。特拉德尔也表示了祝贺。米考伯先生同我们先后握手，然后用手帕盖住了自己的脸庞，那上面的鼻烟味恐怕要比他自己意识到的要浓得多。接着我们又兴高采烈地喝起潘趣酒来了。

米考伯先生口若悬河，高谈阔论，让我们懂得了，在我们的孩子身上，我们获得了新生。尽管面临着经济的压力，但有孩子诞生，那是求之不得的事。他说了，米考伯太太最近对这个事情疑虑重重，但他帮着消除了疑虑，使她安下了心来。至于说到她的家人，他们和她根本就不是一路人，他完全不会理会他们的感受如何，他们或许可以——我用他的话来说——见鬼去。

米考伯先生随后对特拉德尔热情洋溢地赞扬了一番，说特拉德尔是个了不起的人，对于那种坚忍不拔的品格，他米考伯先生本人虽然不具备，但感谢上帝，他可以钦佩。米考伯先生充满深情地提到那位不熟悉的年轻小姐，特拉德尔对她真心相爱，小姐也用爱来回报他，给他幸福感。特拉德尔洋溢着对她的爱意。米考伯先生向她表示祝福，我也一样。特拉德尔对我们两个人表示谢意，语言朴实，发自内心，我对此感到由衷的高兴，"我真的非常感谢你们，我向你们保证，她可是最最可爱的姑娘！"

紧接着，米考伯先生关怀备至，礼貌有加，不失时机地暗示我的情感问题。他说，他已经深深地感觉到了，他的朋友科波菲尔爱上别人并且被别人所爱，只有他的朋友科波菲尔亲口郑重其事地加以否定了，他才能消除心里面的这种印象。好一阵子，我感到身上发热，心里很不自在，脸上绯得通红，语无伦次，矢口否认，然后手里端着酒杯说，“行啊！那我就提议为多[1]干杯吧！”话一出口，弄得米考伯先生激动不已，心花怒放，他端着一杯潘趣酒跑到我的卧室，以便让米考伯太太也来为我多干杯，太太热情洋溢地干了杯，在卧室里面尖声地大喊了起来：“听啊！听啊！亲爱的科波菲尔先生，我真高兴，听啊！”她一边拍打着墙壁，作为鼓掌。

随后，我们的话题转到了一些更加具体的事情上面。米考伯先生对我们说，他觉得住在坎登镇不方便，而一旦告示登出去了之后有什么好的转机的话，他说先要考虑做的一件事情就是搬家。他提到了在牛津街西端有一道排屋[2]，正对着海德公园[3]，他已经看中那地方了，但他不指望马上就实现心愿，因为这件事情需要有一大笔固定收入。他解释说，可能需要有一段时间，其间，要在某个地面的商业区住上一幢房子的上面一层，也就心满意足了，比如说在皮卡迪利大街[4]，那对于米考伯太太来说，是个令人赏心悦目的所在。在那里，增开一个凸肚窗，或者在房顶上再加建一层，或者做些诸如此类小的改变，他们便可以舒舒适适、体体面面地住上几年。他明确地说了，不管他的境遇如何，或者说，不管他的住所坐落何处，我们尽可以放心——总会替特拉德尔留着一个房间，替我留着一副刀叉。我们感谢他的一片真心诚意。他请求我们原谅他说了这些凡俗琐碎的事情，而对于一个完全要重新安排自己的生活的人来说，说一说这类事情也是情理之中的事。

米考伯太太又拍打起来墙壁，问一问茶是不是准备好了，这打断了我们这一段和谐友好的交谈。她替我们沏好了茶，态度十分优雅。我每次走近她身边传递茶杯和面包黄油，她就会轻声细语地问

---

① 指多拉。

② 指那种外表结构一样并由公共墙分隔的住房。

③ 伦敦市内的一座公园，因常被用作政治性集会场所而著称。

④ 伦敦的一条著名街道，因其鳞次栉比的时髦商店、俱乐部、旅馆和住宅而著称。英格兰西北部城市曼彻斯特的商业中心也叫皮卡迪利。

我，多长得皮肤白皙还是黝黑，身材矮小还个头高挑，诸如此类的情况。我对她问这些情况心里很乐意。喝完茶之后，我们在炉火前面海阔天空地谈了很多话题。米考伯太太兴致勃勃，给我们唱了两支最最得意的歌曲:《潇洒的白衣中士》[①]和《小塔夫林》[②]（她唱歌的声调细小微弱，平淡无奇，我记得初次认识她时，曾把这种声调看作是音质中的淡啤酒）。米考伯太太在老家和爸爸妈妈生活在一起时，因唱这两支歌而闻名遐迩。米考伯先生告诉我们说，他在她娘家听到她唱前面一支歌时，就被她弄得心醉神迷，但当她唱到《小塔夫林》时，他就下定决心，一定要设法赢得她的芳心，否则就不活了。

时间在十到十一点之间，米考伯太太站起身，把帽子放到浅棕色纸包里，然后戴上有带子的帽子。米考伯先生趁着特拉德尔穿外套的时机，把一封信塞到我手里，低声地请求我有空的时候看一看。我也趁着这个当儿把蜡烛举到楼梯护栏的上方，好让他们看得见，米考伯先生走在最前面，领着米考伯太太，特拉德尔提着帽子跟在后面，这时候，我在楼梯口拦住了特拉德尔。

“特拉德尔，”我说，“米考伯先生没有什么恶意，可怜的人，不过吧，我要是你，什么都不会借给他。”

“亲爱的科波菲尔，”特拉德尔说，他脸带微笑，“我手边也没有什么可借给他的啊。”

“你要知道，你有名字呀。”我说。

“噢！你说这个是可以借的东西吗？”特拉德尔说，一副若有所思的表情。

“当然。”

“噢！”特拉德尔说，“是啊，毫无疑问！十分感谢你，科波菲尔。但是，我恐怕已经把那个东西借给他了。”

---

① 歌曲由英国剧作家伯格因将军（John Burgoyne，1786—1855 年）作词，英国作曲家毕晓（H.R.Bishop，1763—1796 年）作曲。

② 歌曲出自英国歌剧作曲家斯托雷斯（Stephen Storace，1763—1796 年）的歌剧。

“是用在了作为一种投资的期票上了吗？”我问。

“不是，”特拉德尔回答说，“没有用在那上面。期票的事我今天还是头一回听说。我一直寻思着，他很可能会在回家的路上提出这件事。可我说的是另外一件事。”

“但愿不要出什么问题。”我说。

“但愿如此，”特拉德尔说，“不过，我认为不会出问题，因为就在前几天，他对我说过了，说事情已经准备就绪了。‘准备就绪’这是米考伯先生的原话。”

就在这个当儿，米考伯先生抬头开始朝我们站的地方张望，我匆忙中又把我刚才说过的话叮嘱了一遍。特拉德尔对我表示了谢意，然后下楼了。但是，我注意到，他下楼时手里提着那顶帽子，态度友好和善，让出手臂给米考伯太太挽着，这时候，我心里很担心，他恐怕会被一股脑儿地领到货币市场去。

我返回到了火炉旁，半是认真，半是玩笑，沉思起来，想到了米考伯先生这个人，想到了我们之间的关系，突然间，我听到急促上楼的脚步声。刚一开始，我还以为是特拉德尔返回来取米考伯太太落下的什么东西，但是，随着脚步声的临近，我明白过来了，我感觉到自己的心在剧烈地跳动，血液涌上了脸庞，因为那是斯蒂尔福斯的脚步。

我心里时刻都想着阿格尼丝，她从来没有离开过我思想的圣殿，如果我可以这么说的话，我从一开始就把她放在了那儿。但是，斯蒂尔福斯进来了，伸着手站立在我面前，这时，笼罩在他身上的黑暗，变成了一片光明，对于这样一个我打心眼里敬仰的人，自己竟然产生了怀疑，这令我惶恐不安，羞愧难当。我还是一如既往地爱着阿格尼丝，依旧把她看成是我生命中心地善良、优雅贤淑的天使。贬损了斯蒂尔福斯，我要责备的是自己，而不是她。只要我知道可以做出补偿，如何补偿，一定要对他加以补偿。

“怎么啦，雏菊，老伙计，怎么发呆啦！”斯蒂尔福思一边笑着说，一边喜气洋洋地同我握手，然后轻松愉快地把手松开，“我又逮着你摆宴席了吧，你这个锡巴里斯人[1]！我认为，这些民事律师公会的人可是全伦敦里最会开心寻乐的人，把我们这些穷酸朴实的牛津人比得一无是处了！”他在刚才米考伯太太坐过的正对我的沙发上坐了下来，拨了拨炉火，让它烧得更旺，然后神采飞扬，把整个房间环顾了一遍。

“我刚一看到你时很吃惊，”我说，我怀着最大的热情对他表示欢迎，“都几乎喘不过气来同你打招呼了，斯蒂尔福斯。”

“啊，正如苏格兰人说的，见到了我害眼病的人都会好，”斯蒂尔福思回答说，“所以，看到容光焕发的你，雏菊，也是一样的。你好吗，酒神的门徒？”

“我很好，”我说，“可今晚一点儿也没有狂饮闹宴，不过我承认，请了三个人来吃饭。”

“我在街上遇到他们了，扯着嗓子赞扬你来着呢，”斯蒂尔福思说，“我们那位穿紧身裤的朋友是谁？”

我言简意赅地介绍了一下米考伯先生的情况。面对我对米考伯先生苍白无力的刻画，他心情舒畅地笑了起来，说那是个值得结交的人，一定得去结交他。

“但你猜我们另外那位朋友是谁？”这回轮到我提问了。

“天知道，”斯蒂尔福思说，“但愿不是个讨厌鬼吧？我看他有点儿像。”

“是特拉德尔啊！”我说，神态扬扬得意。

“是谁？”斯蒂尔福思反问了一声，一副满不在乎的样子。

“你还记得特拉德尔吗？我们在萨伦学校的时候，特拉德尔同我们住一个房间的？”

“噢，是那个家伙啊！”斯蒂尔福思一边说着，一边用拨火棍敲打着炉火最上面的一个煤块，“他还是像从前那样软弱不堪吗？你是

---

① 锡巴里斯（Sybaris）是古希腊的一座城市，在今天的意大利南部，曾以其富饶和奢靡闻名，毁于公元前510年，如今锡巴里斯人成了奢靡逸乐的代名词。

在哪儿找到他的？”

我尽挑好的说，热情洋溢地把特拉德尔颂扬了一番，因为我感觉到，斯蒂尔福思看不起他。斯蒂尔福思轻快地点了点头，连带着微笑，还说他也很高兴见到过去的老同学，因为他以前一直就是个古怪的人，然后就岔开了话题，问我可不可以给他弄点吃的。在我们前面这一番简短的交谈当中，他没有兴致勃勃地说话时，大部分时间都是懒洋洋地坐着，用那根拨火棍敲打煤块。我还注意到，我去把剩下的鸽肉饼等端出来的当儿，他也还是那个样子。

“啊，雏菊，这简直是为国王准备的晚餐啊！”他激动地说，突然打破沉默站起身来，在餐桌边坐下，“我可要美美地享受一下，因为我刚从雅茅斯来。”

“我还以为你是从牛津来的呢。”我回答说。

“不是，”斯蒂尔福思说，“我到海上漂泊来着，更加有趣。”

“利蒂摩今天到这儿来找你了，”我说，“我理解他的意思是，你在牛津，但现在想起来了，他肯定没有这样说。”

“利蒂摩比我想象的还要更加愚蠢，竟然会跑来找我，”斯蒂尔福思说，他兴高采烈地斟了一杯酒，为我干杯，“至于说到理解他的意思，你要是能够做得到，雏菊，那可是比我们大多数人都更加聪明啊。”

“说得没有错，确实如此，”我说，我把我坐着的椅子移到餐桌边，“这么说来，你到雅茅斯去了，斯蒂尔福思！”我很想知道他此行的一切情况，“在那儿待了很长时间吗？”

“不长，”他回答说，“自由自在地闲荡了一个礼拜的样子。”

“那儿的人都好吗？当然啦，小埃米莉还没有结婚吧？”

“还没有呢，我想快了吧，许多个礼拜后，许多个月后，反正有个时间。我同他们见面不多。啊，对啦，”他放下手上一直在用个不停的刀叉，在衣服口袋里摸索了起来，“有封信要给你。”

“谁的信？”

“啊，是那位老保姆的，”他一边回答说，一边从胸前的口袋里掏出几张纸，"'詹·斯蒂尔福思先生，心悦楼的债务人'，不是这个，别急，马上就找出来了。那个叫老什么来着，情况很不好，我想，信上面说的就是有关他的事情。"

"巴吉斯，你是指他吗？"

"没错！"他依旧在衣服口袋摸索着，看看里面装的是什么东西，"我看啊，可怜的巴吉斯气数已尽了。看到一个小个头的药剂师在那儿，或者说外科医生，不管他是什么。那个人把阁下接生到这个世界。在我看来，他对巴吉斯的病情了如指掌，但是，他给出的结果是，车夫人生的最后一段旅程跑得快了些。伸手到那边我的大衣胸前口袋摸摸看，我估计你可以找到信，在那儿吗？"

"在这儿！"我说。

"是那封信！"

信是佩戈蒂写的，字写得比平常更加潦草难辨，内容很简短。信中告诉我说，她丈夫已病入膏肓，字里行间还透出这样的意思，他比先前"手更紧了"，因此，要让他过得舒适更加困难了。信中只字未提她如何疲倦劳累，看守护理，倒是高度地赞扬他。信写得简要明白，情真意切，朴实无华，一看就知道是发自肺腑之声，信的结尾处写着，"恭祝我的心肝宝贝儿"——这是指我。

我在吃力地看着信的内容，而与此同时，斯蒂尔福斯在不停地吃着喝着。

"这是件很不幸的事，"我看完信之后，斯蒂尔福斯说，"但是，太阳每天要落山，每时每刻都有人会死，面对这种大家共有的命运，我们也用不着担惊受怕。如果因为听见那会光顾所有人家门口的脚步在什么地方响起，我们就把持不住自己，那世界上的每一样东西都会从我们身边溜走。不！要扬鞭催马继续前行！必要时让马钉上防滑蹄铁。路好走时，让马光着蹄子，可就是要扬鞭催马勇往前行！跨过重重阻碍，赢得比赛胜利！"

"赢得什么比赛的胜利？"我问。

"人们已经开始的比赛，"他说，"勇敢前行啊！"

我现在还记得，自己当时注意到，他停下来之后，他那仪表堂堂的脑袋微微向后倾，眼睛看着我，手里端着酒杯，尽管他刚刚经受海风拂面，带着清新的气息，脸色红润，但有一种痕迹却是我上回见到他时不曾有的，他仿佛一直投身在一种习惯性的紧张状态之中，需要充满激情，而当激情在身上唤醒时，便会在他心中汹涌澎湃。我心里想到了这一点，便想要劝他不要不顾一切地去追寻什么幻想。比如说，这样面对汹涌澎湃的大海，搏击风浪，挑战恶劣的天气。可是，我的思绪瞬间又转回到了眼下的话题，于是便继续说了。

"我跟你说个事，斯蒂尔福斯，"我说，"如果你有精神听我讲的话……"

"我的精神正旺着呢，你想要干什么都行。"他回答说，人从餐桌转移到了火炉旁。

"那我就对你说，斯蒂尔福思，我想去乡下看看老保姆。倒不是说我能够给她带去什么喜色，或者说给她提供什么帮助，可她对我满怀深情，我去看看她，就好比我两个方面都做到了，也会在她身上起到同样的作用。她会热情友好地接待我，这对于她是莫大的慰藉和支持。我可以说，这事并不难办到，因为她是我心心相印的朋友，如果换了你是我，你会花上一天时间去走一趟吗？"

他脸上的神态若有所思，坐在那儿思忖了片刻，这才低声地回答说："行啊！去吧。总不会有什么坏处吧。"

"你刚从那儿回来，"我说，"要是我邀请你一道去，那办不到吧？"

"是难办，"他回答说，"我今晚要回海格特去，这一段时间以来都没有看见我母亲了，心里过意不去，她疼爱自己的浪荡儿子，总得应该回报才是啊。得啦！什么胡说八道的！我猜你是打算明天去吧？"他说着，伸出两条胳膊，一边一条搭在我的肩膀上。

"对，是这样的。"

"行，那样的话，就后天去吧。我本来想要你上我们家同我们待上几天。我上这儿来，就是特地来邀请你的，而你却要飞快地跑到雅茅斯去！"

“好你个斯蒂尔福斯，还说什么飞快地跑，你自己才是疯癫乱跑的，不知道窜到哪儿去了！”

他没有吭声，端详了我一会儿，然后才开口说话，胳膊依旧搭在我肩膀上，还摇了摇：

“行啊！说好了后天去，明天上我家去，好好同我们待上一天！谁知道以后什么时候再见面呢？行啊！说好了后天！我需要你挡在我和罗莎·达特尔之间，把我们两个人分隔开。”

“难道没有我在，你们两个会爱得难舍难分吗？”

“是啊，说不定是恨呢，”斯蒂尔福思笑着说，“不管是爱还是恨。得啦！说好了后天去！”

我答应了后天，他穿上了大衣，点了一支雪茄，准备迈步回家去。我看出了他的这种打算，便穿上了大衣（但没有点上雪茄，因为那一阵子吸得够多了），陪同他走到了空旷的大路，当时是晚上，大路上寂寥冷静。他一路上都兴致勃勃，到了我们分手的时候，我在他后面看着，只见他步履轻盈，风度潇洒，朝着家里走了，我想起了他说过的话，“跨过重重阻碍，赢得比赛的胜利！”而且我第一次有了这样的希望，希望他参加一场有价值的比赛。

我在自己的卧室里脱衣服的时候，米考伯先生写的信落到了地板上。我这才想起了这封信，于是拆开看了起来。写信时间在晚饭前一个半小时。我不能确定是否提到过，米考伯先生面临绝境时，就会使用一种法律术语来加以陈述，因为他似乎觉得，这样一来便可以解决一切困难。

> 先生——因为我不敢称呼，亲爱的科波菲尔，
>
> 谨此奉告于你，本信署名人已是一败涂地。他今日闪烁其词，极力掩饰，旨在不让你过早知晓其惨败的境况，你可能有所觉察。但是，希望已沉入地平线之下，署名人已是无力回天了。
>
> 撰写此信时，有某个人在场看着（我不能称之为陪

伴），此人受雇于某个对债务人被扣押财物的估价人，接近酩酊大醉。此人已依法占有了署名人的住处，作为扣押抵缴租金。扣押的目录清单上不仅包括此信署名人即本住处的常年住户所属的一切财产，而且还包括寄宿房客即内殿[①]荣誉学会会员托马斯·特拉德尔先生的一切所属物品。

盛满苦酒的杯子已经“置于”此信署名人的嘴边（此处借用了一位不朽作家之言[②]），如果已经溢出的酒杯还要添上一滴，那实际情况便是，上述托马斯·特拉德尔先生出于友谊，同意接受此信署名人面值二十三英镑四先令九便士半的期票，现期限已到，但钱未筹到。此外，还有一事，此信署名人本来肩负沉重赡养之责，但依照自然规律，将再添一弱小生命，可谓雪上加霜。命运不幸的小生命降生人世的时日，从目前算起——用整数计算——不出六个月。

言已至此，再添一语，即尘土与灰尘永远撒在署名人头顶[③]。

威尔金斯·米考伯

可怜的特拉德尔啊！至此，我对米考伯先生有足够了解了，因此可以预料，他会从这个打击中恢复过来。但是，我夜不能寐，心里尽想着特拉德尔的事，想着家住德文郡的那位牧师的女儿，十个女儿中的一个，一个那么可爱的姑娘，要等待着特拉德尔（多么不祥的赞扬啊），等到六十岁，或者提到的任何年龄。

---

① 即内殿法学院，为昔日伦敦四个培养律师的机构之一，详见本书第二十三章注释。

② 典出威廉·莎士比亚的《麦克佩斯》第一幕第七场。

③ 典出《圣经》，表示忏悔或耻辱。

第二十九章

重访斯蒂尔福思家

翌日早上，我对斯彭洛先生说，要请假一小段时间。我当时并不领取任何薪水，所以没有惹得那位不可通融的乔金斯先生恼怒，请假的事没有遇到什么困难就实现了。我还趁机向斯彭洛小姐问候请安，不过说话时，声音卡在喉咙里，两眼模糊不清。斯彭洛先生听到我的问候之后，做了回答，但并没有特别充满情感，就跟提到一个普通人差不多。他对我表示了感谢，说她一切安好。

我们这些当学徒的文书，作为代诉人这个高贵阶层的接班人，享受到诸多优待，所以我一直都可以替自己的任何事情做主。然而，由于我不想在那天一两点之前去海格特，而且由于那天上午我们还要审理一桩逐出教会的小案，该案乃蒂普金为拯救布洛克的灵魂而提起的诉讼，所以我陪同斯彭洛先生到达法庭，兴致勃勃地待了一两个小时。该案源于两个国教堂区俗人委员之间的斗殴，据称，其中一个把另一个推倒在抽水泵上，抽水泵的把手伸进了一所学校的校舍，而校舍又是建在教堂山墙下面的，所以这么一推就构成了对教会的冒犯。这是个很有趣的案子，我在前往海格特的路上，坐在公共马车的车厢里，心里想着民事律师公会，还有斯彭洛先生曾经说过的话，谁要是碰一碰民事律师公会，这个国家就要完蛋。

斯蒂尔福思夫人见到我很高兴，罗莎·达特尔也一样。利蒂摩不在，这令我喜出望外，伺候我们的是一个态度内敛的客厅小女仆，她的帽子上系着蓝色的饰带，若是偶尔看上她一眼，其目光比起那个体面的男仆来，要令人舒心多了，不会感觉那么心烦意乱。可是，我在那个家里待了还不到半小时，就特别地注意到，达特尔小姐一直在全神贯注地注视着我。她态度诡异，好像是在拿我的脸庞同斯蒂尔福斯的做比较，比较来比较去，伺机等待着，想从两者之间看出什么端倪。所以，只要我的目光投向她，毫无疑问，我就会看到那张热切的面容，令人生畏的黑眼睛和富有洞察力的表情，集中在我身上，或者突然从我身上转到斯蒂尔福斯身上，或者同时注视我们两人。她目光专注，就像是一只山猫，即便发现我注意到了，她也毫不回避，仍然盯着我看，目不转睛，目光锐利，神情专注。尽管我问心无愧，她也知道我没有做什么亏心事，但我面对她奇异不解的目光时，还是退缩了，忍受不了那虎视眈眈的气势。

一天当中，在整个宅邸里，她似乎无处不在。如果我在斯蒂尔福斯的卧室里同他交谈，就会听到室外的过道里传来她裙摆的窸窣声。要是我和他在宅邸后面的草坪上玩我们过去玩过的游戏，就会看到她的脸从一个窗口转到另一个窗口，像一道摇曳不定的亮光，直到定格在某一个窗口，注视着我们。到了下午，我们四个人一同外出散步，这时候，她瘦小的手像弹簧一样卡住我的胳膊，让我举步不前，而斯蒂尔福斯和他母亲径直走到听不见我们说话的地方，这时她便对我说话。

“已经很长时间了，”她说，“你都没有到这儿来。难道你的差事真是那么忙，那么有趣，以致使你全部身心都投入其中吗？我之所以这样问，是因为我很想知道自己不知道的事情。但真是这么回事吗？”

我回答说，我很喜欢自己的差事，不过肯定不能说喜欢到了那种程度。

“噢！我很高兴知道这一点，因为我弄错了的时候，总是希望有人来指正，”罗莎·达特尔说，“你的意思是说，那差事也有点枯燥，对吗？”

“可不是嘛，”我回答说，“或许是有点枯燥。”

“噢！所以你需要轻松轻松，换换环境，找点刺激，或者诸如此类的事，对不对？”她说，“啊，千真万确！但是，那对他来说，是不是有点……呃？我不是说你呢。”

达特尔小姐朝着斯蒂尔福思散步的地方快速瞥了一眼，只见他母亲挽着他的胳膊，这让我看出，她指的是谁。但除此之外，我一片茫然。而我当时的表情就是这样的，这我毫无疑问。

“那可不——我可没有说一定，请注意，我想要知道——那可不占去了他的全部精力了吗？或许说，那可不使得他比平常更加疏于探视盲目溺爱他的人了吗，呃？”她说完又快速朝他们瞥了一眼，同时也这样瞥了我一眼，这一瞥似乎看透了我的心思。

“达特尔小姐，”我回答说，“请你别以为……”

“我才没有呢！”她说，“噢，天哪，不要以为我有什么想法！我并没有疑神疑鬼，只是问一个问题罢了，并没有表达任何看法。我倒是想要根据你告诉我的情况形成自己的看法。那是不是这么回事呢？行啊！知道了这个情况，我很高兴。”

“当然不是那么回事，”我说，我感到不知所措，“我没法解释，斯蒂尔福思这次为何比平常离家更久，如果他果真是这么回事，要不是刚才从你这儿知道的，我确实不知道。我也这么长时间没有见到他，直到昨天晚上才见到。”

“没有见到他吗？”

“确实没有见到，达特尔小姐，没有见到。”

她目不转睛地盯着我看，这时我发现她的脸庞更加瘦削，脸色更加苍白，那道旧伤留下的痕迹拉得更长了，越过了变了形的上唇，深入了下唇，然后从脸部一直斜下去。这样一副尊容，加上犀利闪亮的目光，着实令我畏惧。她说话时，还是目不转睛地看着我：

“他都在干些什么啊？”

我由于惊诧不已，便重复了一下她的话，更多的是冲着自己，而不是冲着她。

“他都在干些什么啊？”她问，她心急火燎，似乎就像是一团火，足可以把她烤焦，“那个人看我时的目光中总是透着捉摸不透的虚假神色，他帮助他干什么来着？如果你这个人体面正派，忠实守信，那我不要求你出卖朋友。我只是要你告诉我，是什么因素诱导了他？是愤怒，是仇恨，是傲慢，是焦躁，是荒谬的幻想，是爱情？到底是什么？”

“达特尔小姐，”我回答说，“要我怎么跟你说，你才会相信我的话呢？我看斯蒂尔福斯跟我上次来这儿的时候的情形没有什么不同。我想不出有什么不同，我坚信没有发生任何变化。我甚至连你说的话是什么意思都没有弄明白。”

她仍然目不转睛地盯着我看，这时，她那道凶残的伤痕上出现了抽搐或抖动，这时我不得不联想到那是痛苦引起的。同时，她的一个嘴角向上一噘，似乎是对她瞧不起的目标表示出蔑视，或者怜悯。她连忙用手挡住伤痕——手显得那么瘦削，那么娇小，所以，我看见她对着炉火抬起手挡住脸庞时，心里面在把它比作细瓷——接着她便说了一句话，语气急促、凶狠、激动，“刚才说过的话，你要发誓保守秘密！”再也没有多说半句。

斯蒂尔福思夫人同儿子在一起，其乐融融，而斯蒂尔福斯这一回对母亲也是殷勤有加，毕恭毕敬。我看见他们母子在一起很有趣味，这不仅仅是因为他们表现出母子亲情，还因为他们俩性格酷似，从举止态度上看出，斯蒂尔福斯显得桀骜不驯，或者冲动急躁，而到了她身上却因为年龄和性别的关系，软化成了优雅庄重的气质。我不止一次想到，他们之间导致严重分歧的诱因，或者说两个如此性格的人——我应该更加准确地说，两个相同性格但存在细微差别的人——比起两个性格截然相反的人，可能更加难以协调和谐。但我得承认，这种想法并非源自我自己的观察判断，而是由于听了罗莎·达特尔小姐的一席话。

达特尔小姐在吃晚饭时说：

“噢，但是，不管哪一位，千万要告诉我，因为我想这件事想了一天，可就是想要弄个明白。”

“你想要弄明白什么啊，罗莎？”斯蒂尔福思夫人说，“请说吧，请说吧，罗莎，不要神秘兮兮啦。”

“神秘兮兮！”达特尔小姐大声说，“噢！真的吗？您认为我是这样的吗？”

“我一直都在恳请你，”斯蒂尔福思夫人说，“说话要直截了当，态度自然。”

“噢！这么说来，我态度不自然？”她接过话头说，“那你们真的要容忍我，因为我是要了解情况。我们就是没法了解自己。”

“这已是第二天了，”斯蒂尔福思夫人说，但并没有不高兴的意思，“但我记得——我想，你也一定还记得——从前你可不是这样的，罗莎，说话可不是那么谨小慎微，而是更加推心置腹。”

“毫无疑问，您说得对，”达特尔小姐回答说，“人们的坏习惯就是这样养成的！不是这样吗？少一点谨小慎微，多一点推心置腹？难以觉察到的是，我也不知道是怎么变化来的！是啊，真是不可思议啊！我得认真研究一番，以便恢复自己从前的样子。”

“但愿如此。”斯蒂尔福思夫人说着，脸露着微笑。

“噢！我确实会的，您知道！”她回答说，“我要学着坦陈直率，向——让我想想啊——詹姆斯学习。”

“你要学着坦陈直率，罗莎，”斯蒂尔福思说，他话接得很快，因为达特尔小姐说什么话都会带点讽刺的意味，即使就像刚才说话时的样子，态度再漫不经心也罢，“向他学习再好不过。”

“这我心里有数，”她回答说，她表现出异乎寻常的热情，“当然，您知道的，如果我对什么事情心里她有数的话，那对这件事情就心里有数。”

我看得出，斯蒂尔福思对自己刚才表现得有点恼怒而后悔，因为他立刻就用一种和蔼的语气说话了：

“行啊，亲爱的罗莎，你还没有告诉我们，你想要知道什么情况呢？”

“我想要知道什么情况？”她回答说，语气冷淡，惹人生气，“噢！我只是想要知道，相互间道德品行相似的人是不是，是这么说的吗？”

"跟别的说法一样的。"斯蒂尔福思说。

"谢谢，相互间道德品行相似的人，如果他们之间有了严重的意见分歧，同相互间道德品行不那么相同的人相比，是不是会更加容易嫉恨，并且裂痕更深呢？"

"我认为是这样的。"斯蒂尔福思说。

"是这样的吗？"她应声说，"天哪！那么比方说——任何不大可能的事情都可以用来做假设——你和你母亲之间有了严重的分歧。"

"亲爱的罗莎啊，"斯蒂尔福思夫人插话说，她开怀大笑着，"提出个别的假设吧！感谢上帝，我和詹姆斯都知道自己应该尽到什么义务。"

"噢！"达特尔小姐说，她若有所思地点了点头，"毫无疑问，那样就可以避免分歧了吗？嗯，当然可以，千真万确。对啊，我刚才傻乎乎的，竟然会举出这样的例子，不过我很高兴，知道了你们之间尽着义务，可以避免分歧！非常感谢你们。"

还有一件同达特尔小姐有关的小事，我绝不能忽略掉，因为到了后来，当无可挽回的过去明明白白地呈现时，我有充分的理由记起它。在整个那一天里，特别是那个时段之后，斯蒂尔福斯使出了浑身解数，运用技巧，而且运用得得心应手，把那个性情乖张的人调教成了一个讨人喜爱同时自己也心情愉悦的同伴。这样他获得成功，我一点都不感到奇怪。他使出令人愉悦的手段，显示令人着迷的魅力，而她会加以抗拒——我认为当时那手段是令人愉悦的——我对此也不感到奇怪。因为我知道，她有时候心怀猜忌，执拗任性。我看到她的面容五官和举止态度慢慢发生变化，看见她越来越怀着钦佩敬仰的目光看着他，看见她在他令人心醉神迷的魅力面前，越来越微弱地抵御着，然而总是愤愤不平，好像在谴责自己无能为力，最后看见她犀利的目光变得柔和了，脸上露出了和蔼优雅的微笑，我也不像一天里其他时候那样害怕她了，我们大家共同坐在火炉边，有说有笑，就像孩提时代那样，无拘无束。

是因为我们在那儿坐了很长时间，还是因为斯蒂尔福斯决意不失去业已获得的优势，我不得而知。反正在她起身离开后，我们待在餐室里没有超过五分钟。“她在弹竖琴呢，”斯蒂尔福思说，语气温柔，“我相信，最近三年来，除了我母亲，没有人听她弹过。”他说话时脸上露着异样的微笑，但笑容立刻就消失了。于是，我们走进那个房间，发现她独自一人在那儿。

“不用起身！”斯蒂尔福思说（但她已经站起身来了），“亲爱的罗莎，不用起身！行一次好吧，给我们唱一支爱尔兰歌曲。”

“你怎么喜欢听爱尔兰歌曲？”

“非常喜欢！”斯蒂尔福思说，“胜过喜欢其他任何歌曲。雏菊也一样，他打心眼里喜爱音乐。给我们唱一支爱尔兰歌曲吧，罗莎！让我和先前一样坐下来听吧。”

他没有触到她，也没有触到她刚刚坐的椅子，但是坐在了靠近竖琴的地方。她在竖琴旁站立了一会儿，样子非同寻常，用右手做了一遍弹拨的动作，但没有发出声响。最后，她坐了下来，突然把竖琴拉到身边，边弹边唱起来。

我不知道，在她弹拨和歌唱之中，有一种什么东西使得那支歌，成为我生平听过或者能够想象到的歌曲中最最超凡脱俗、曼妙动听的一支。歌曲的弹唱之中有某种令人敬畏的东西，仿佛根本就没人写出过歌词，或者谱成曲，而是从她的内心深处迸发出的，她在浅唱低吟时，情感没有得到完美的体现，但当一切回归平静之后，它又蜷伏起来了。她又一次在竖琴旁边倾着身子，用右手弹拨琴弦，但没有弹出声音，这时候，我惊呆了。

过了一会儿，下面的情形把我从如梦如幻的状态中唤醒，斯蒂尔福斯离开了座位，走向她的身边，大笑着用胳膊搂着她，并且说：“行啊，罗莎，从今往后，我们要真诚地相亲相爱！”她打了他一下，然后像一只发怒的野猫一样挣脱了他，冲出了房间。

“罗莎怎么啦？”斯蒂尔福思夫人说着走了进来。

“她做了一阵子，母亲，”斯蒂尔福思说，“天使，然后走向了另一个极端，作为补偿。”

“你可得当心，别去惹恼她，詹姆斯，她脾气变坏了，可要记住，别去惹她。”

罗莎没有再回来，也没有人再提到她，一直到我陪同斯蒂尔福斯到了他房间，说了晚安。这时候，他笑话她了，问我是否见过这样一个脾气暴躁、不可理喻的小东西。

我最大限度地表达了我的惊讶之情，并且问了他，是否猜出了她突然大发雷霆的原因何在。

“噢，天知道，”斯蒂尔福思说，“你怎么认为都行，或许根本就没有理由！我告诉过你，她把什么东西，包括她自己，都拿到磨刀石边去磨砺一番。她是一把利器，打交道时需要格外小心。她总是危险的。晚安！”

“晚安！”我说，“亲爱的斯蒂尔福思！明天早上不等你醒来，我就离开了。晚安！”

他不愿意让我走。他站立在那里，就像上次在我房间里的情形一样，伸出两条胳膊，一边一条搭在我肩膀上。

“雏菊，”他说，脸上露出了微笑，“因为虽然这个名字不是你的教父或者教母给你取的，但我最喜欢用这个名字来叫你，而我希望，我希望，我希望，你能够把这个名字给我！”

“行啊，只要我想给，就可以给你。”我说。

“雏菊，如果有什么事情把我们分开，你可要想到我的最好处啊，老伙计。得啦！我们一言为定吧。如果有什么情况使我们分离，你可要想到我的最好处啊！”

“在我看来，斯蒂尔福思，你没有最好处，”我说，“也没有最坏处。你在我心中永远受到同等的热爱和珍重。”

即便只是未经深思熟虑的想法，我曾经还是错怪了他，所以感到内疚不已，以致自己想要真情告白，坦陈自己曾经的所作所为的话都涌到了嘴边。要不是我不想出卖阿格尼丝对自己的信任，要不是我对于既能触及这个话题又不至于因为这样做导致风险的事心里没有底，那不等他说出“上帝保佑你，雏菊，晚安吧！”这样的话，我的话就已说出口了。迟疑之中，我的话还是没有说出口。我们握了握手，分别了。

天刚蒙蒙亮，我就起床了，悄无声息地穿好衣服之后，我看了看他的房间。他还在酣睡之中，还是像我在学校时常常看到的那样，头枕着手臂，悠然安详。

时光流逝，脚步匆匆，我当时有点纳闷，自己看着他时，竟然没有惊动他的安睡。但他睡着了——再一次让我想想他当时的情形吧——就像他在学校时睡的样子一样。因此，在这样一个宁静无声的时刻，我离开了他。

噢，愿上帝饶恕你吧，斯蒂尔福思！我永远不会再触碰那只在爱慕和友谊上消极的手了。永远不会，永远！

第三十章

损失——巴吉斯离世了

我傍晚到达雅茅斯，而且住进了旅馆。我知道，即便那位了不起的客人尚未光临这个住所，因为在他的面前任何活人都得让位啊，佩戈蒂那个空房间——给我留的房间——很可能不久就要有人住了，所以，我前往旅馆，在那儿吃饭，订好了床位。

我走出旅馆时已经十点了，许多店铺已经关门打烊，镇上寂寥冷清。我到达了奥默—乔兰姆店铺时，发现百叶窗已经关上，但店门依然敞开着。由于我看清了奥默先生在里面，在厅堂的门口抽着烟斗，便走进去，问候了他。

“啊，天哪！”奥默先生说，“您好啊，请坐吧。我吸烟不会妨碍您吧？”

“没有的事，”我说，“我喜欢闻……别人吸的烟。”

“怎么，您自己不抽烟，呃？”奥默先生回答说，他哈哈大笑起来，“那也好啊，先生。年轻人抽烟是个坏习惯。请坐吧，我是为了治疗哮喘才抽烟的。”

奥默先生给我腾出空间，放了一把椅子。随即他又坐了下来，气喘吁吁，大口地吸起烟斗来，好像那里面有他少不得的东西，少了就没命了。

“听说巴吉斯情况很不好，我很难受。”我说。

奥默先生看着我，表情凝重，摇了摇头。

“你知道他今晚情况怎么样吗？”我问。

“我还正要这样问您呢，先生，”奥默先生回答说，“只是不便启口。这是干我们这一行的不便问的事，若是有人生病了，我们不能打听人家情况怎么样。”

我倒是没有想到有这个不便，不过进店时，倒是也害怕听到昔日的那种咚嗒嗒的敲击声。不过，经他这么一挑明，我也就理解了，同时表达了这个意思。

“是的，是的，您理解，”奥默先生点着头说，“我们不敢那样做啊，天哪，如果说‘奥默—乔兰姆店铺的人向您致意，您今天早晨感觉怎么样’或者说今天下午，可能又会有这样的情况，那会把很多人吓坏的，恐怕都复不了原啊。”

我和奥默先生相互点了点头。奥默先生借助烟斗的力量，呼吸正常了。

“干我们这一行的人有诸多不便，这是其中之一，搞得我们想要关心一下别人的愿望都实现不了，”奥默先生说，“就拿我自己来说吧，我认识巴吉斯不只一年，而是四十年，他每次打从门口经过，都会打声招呼，可不能跑去问‘他怎么样啦？’”

我感觉奥默先生挺难为的，并且表达了这个意思。

“但愿我不比别的人更加自私，”奥默先生说，“看我现在的情形！说不定随时都会缓不过气来呢，我心里清楚，在这种情况下，我不可能会自私自利。我说啊，一个人知道自己早晚会断气，就像裂了口子的封箱，气说断就断了，而且都已经是做了外公的人了。”

我说：“绝不可能。”

“我也不是抱怨自己的职业，”奥默先生说，“不是这么回事。毫无疑问，干哪一行都有好的一面和不好的一面。我的愿望就是，人们要锻炼得意志坚强。”

奥默先生态度谦恭，表情和蔼，默然不语地吸了几口烟，然后接着前面的话题说。

“所以说，要想确切知道巴吉斯的情况，我们只得去向埃米莉了解。她会把我们看成是一群小羊羔，明白我们的真实目的，不至于对我们产生恐惧，或者怀疑我们。事实上，明妮和乔兰姆刚去那儿了（埃米莉下班后就去那儿，帮一帮她姨妈），去向她打听一下巴吉斯先生今晚的情况如何。如果您乐意等着他们回来，那他们就会告诉您详情。您要来点什么吗？来杯兑水的果汁酒怎么样？我自己就边吸烟边喝兑水的果汁酒来着，”奥默先生一边说着，一边端起了酒杯，“因为大家认为这种酒可以改善呼吸通道，而我这重重的呼吸就靠它来起作用啊。不过，我的天哪，”奥默先生说着，嗓门沙哑，“其实不是呼吸通道出了问题啊！‘只要有足够力气端起，’我对我女儿明妮说，‘我就能够找到呼吸通道，宝贝儿。’”

他确实没有多余的气可喘了，看到他笑的时候，怪吓人的。等到他恢复正常，可以与之交谈的时候，我谢绝了他提供的兑水果汁酒，因为我刚用过餐，但我说了，既然他一片好心向我提出来了，我可以等待，等待他女儿和女婿回来。我问了小埃米莉的情况怎么样。

“对啊，先生，”奥默先生说，他一边移开烟斗，一边摸一摸下巴颏，“我实话告诉您，如果她结了婚，我会很高兴的。”

“为什么这样说？”我问了一声。

“对啊，她眼下心神不定呢，”奥默先生说，“倒不是说她不如从前可爱了，实际上她更加可爱了，我向您保证，她更加可爱了。也不是说，她干活儿不如从前好，实际上她干得一样好。她先前一个人当六个人用，现如今也还是一个人当六个人用啊。但不知咋的，缺少精神。不知道您是不是明白了，”奥默先生又摸了摸下巴颏，思忖了片刻，之后接着说，“我这样泛泛而谈的意思，‘使劲拉啊，用力拉啊，大家一起拉啊，伙伴们，嗬嗨！’我要跟您说，就是这么个情况。泛泛地说起来，埃米莉缺少的就是这个。”

奥默先生的面容表情和说话语气表明得非常清楚，我发自内心地点头赞同，表示完全明白了他的意思。他看到我迅速领会了他的意思，显得很欣慰，于是接着说：

“是啊，我觉得，这主要是因为她心神不定，您知道的。我们空闲时反复谈到这个事，我和她舅舅，我和她心上人。我觉得，主要还是因为她心神不定。您一定还记得小埃米莉吧，”奥默先生说，他轻微地摇了摇头，“她是个情深意笃的小姑娘，有条谚语说，‘猪耳朵做不出丝绸钱包’。行啊，这也不一定。我倒是认为，如果人们从小就开始，或许可以做出来呢。她用那条旧船改造成了一个家，先生，连青石和大理石都比不上呢。”

“毫无疑问，她是这样的！”我说。

“看美丽可爱的小姑娘依恋她舅舅的样子，”奥默先生说，“看她每天依偎着他，越来越紧，越来越近，简直就是看一道风景。嗯，您知道，这样一来吧，就有一场思想斗争，为何拖得这么久啊，有必要吗？”

心地善良的老人说着，我聚精会神地听着，发自内心地赞同他的话。

“因此，我在他们面前，”奥默先生说，说话语气轻松愉快，从容自如，“提到了这一点。我说，‘行啊，你们不要把小埃米莉当学徒的时间定得那么牢，就像用钉子钉住了。你们可以自己掌握时间。她干的活比预想的要好得多，学习手艺的速度也比预料的要快。奥默—乔兰姆店铺可以把她剩下的学徒期一笔勾销，何去何从由着你们。她以后若是有些什么小的安排，比如，在家里面给我们干点活，那也很好。如果她不做安排，那也很好。无论如何，我们没有损失什么。’因为，这你难道还看不出来，”奥默先生说着，用烟斗触了触我，“像我这样一个气喘吁吁的人，都做了外公了，还会跟那个蓝眼睛如花似玉一样的小姑娘斤斤计较不成？”

“不可能会，这我肯定。”我说。

“不可能会啊！您说得很对！”奥默先生说，“行啊，先生，她表哥，您知道她要嫁给她一个表哥吧？”

“噢，知道，”我回答说，“我跟他很熟呢。”

“你当然跟他很熟，”奥默先生说，“行啊，先生！看起来，她表哥工作体面，也很富有，因这事对我表示了感谢，举止态度很有男子汉气概（我必须得说，从他的整个行为举止来看，我对他怀有深深的好感），然后去租了一幢小房子，温馨舒适，你我都会希望去看上一眼。那房子现在都布置得差不多了，家具一应俱全，整齐干净，就像个玩偶之家。要不是巴吉斯那个可怜人病情恶化，他们早就成夫妻了。我敢说，到这个时候已经那样了。可因为这个事，他们的婚事就延期了。”

“那小埃米莉的情况怎么样呢，奥默先生？”我问了一声，“她情绪更加稳定了吗？”

“啊，这个嘛，您知道的，”他回答说，又摸了摸自己的双下巴颏，“自然是说不准的。看得见的变化和分离，如此等等，可以说，离她很近，又离得很远，两者同时存在。巴吉斯若是去世了，倒是不会使婚事向后推多久，但他若是久久弥留，情况可能就不一样了。不管怎么说，情况难以预料，您明白的。”

“我明白。”我说。

“所以说，”奥默先生继续说，“小埃米莉情绪依然有点低下，心神依然有点不定。或许从整体上来说，她的精神状态比先前更差了。她似乎日复一日更加依恋她舅舅了，日复一日更加不愿意离开我们大家了。我对她说上一句温馨体贴的话，她都会双眼噙满泪水。您要是看见她同我女儿的小女儿在一起，那情景您绝不可能忘得了。天哪！”奥默先生说，一副思索的表情，“她多么爱那孩子啊！”

这是个再好不过的机会，趁着奥默先生的女儿和女婿还没有回来，我们之间的谈话还没有被打断，我突然想到，该问问他是否知道玛莎的情况。

“啊！”他回答说，摇了摇头，神色很沮丧，“情况不妙啊。听了以后挺让人伤心的，先生。我认为那姑娘根本就没有任何过错。我都不想在我女儿明妮面前提起这事，因为她立刻会责怪我，但我从未提起过，我们俩谁也没有提起过。”

奥默先生比我先听到他女儿的脚步声，便用烟斗触了我一下，闭起了一只眼睛，作为警示。紧接着，他女儿和丈夫就进来了。

他们带回来的消息是，巴吉斯先生的病情“再严重不过了”，已经不省人事，奇利普先生刚才在厨房里满怀着悲痛说，即便把内科医生学会、外科医生学会还有药剂师公会的所有医生都请来会诊，恐怕也挽救不了他了。奇利普先生说，前两个学会的医生无能为力，而药剂师公会的人只能把他给毒死。

我听他们这么一说，同时得知佩戈蒂先生也在场，便决定立刻到那个住处去。我向奥默先生道了晚安，还向乔兰姆先生和太太道了晚安，径直就向那儿出发了，我心情沉重，感觉巴吉斯先生是个生疏而又不同的人物了。

我轻声地敲了敲门，应门的是佩戈蒂先生。他看见我时，并没有像我预料的那样备感惊讶。随后佩戈蒂下楼时，我从她身上也注意到这个情况，而且随后情况一直如此，因此，我认为，在等待那件可怕的事情到来的过程中，一切变故和惊讶都变得微不足道了。

我同佩戈蒂先生握了握手，穿过了厨房，他轻轻地把门关上了。小埃米莉坐在火炉边，双手捂着脸。哈姆站立在她身旁。

我们低声地说着话，还时不时地倾听楼上有什么动静。我上次来时，没有想到会有这样的情况，可现在觉得，厨房里缺少了巴吉斯先生，真是不可思议！

“您真好，大卫少爷。”佩戈蒂先生说。

“真是太好了。”哈姆说。

“小埃米莉，宝贝儿，”佩戈蒂先生大声说，“看看这儿吧！大卫少爷来了啊！怎么啦，打起精神来，乖乖！就不跟大卫少爷说句话吗？”

她的身子颤抖着，我现在都看到了。我触着她的手时，手是冰凉的。此时我都还感觉得到。那手仅有的活力迹象就是从我的手里缩回去。然后，她悄悄地从椅子上站起身，蹑手蹑脚地走到她舅舅的另一边，弓着身子，依旧默然不语，浑身颤抖，伏到他的胸前。

“真是一颗充满了爱的心啊，”佩戈蒂先生说着，用粗糙的大手抚摸着她浓密的秀发，“经不起这样的悲哀。年轻人没有经历这样的，就像是小鸟一样怯弱，这很正常啊，大卫少爷，很正常。”

她的身子越加贴近舅舅了，但没有抬起头，也没有吭一声。

“时候不早了，宝贝儿，”佩戈蒂先生说，“哈姆来接你回家来了。行啊，跟着另外一个亲爱的人回去吧！听见了吗，小埃米莉？呃，宝贝儿？”

小埃米莉说话的声音没有传到我的耳朵里，但佩戈蒂先生低着头，好像是在听她说话，接着便说：

“让你和舅舅待在一起？啊，你是这个意思！跟你舅舅待在一起，心肝宝贝？马上就要做你丈夫的人到这儿来接你回家，怎么办？看见这么个可爱的小姑娘同一个像我这样经过风吹浪打的粗人在一起，谁也想不到啊，”佩戈蒂先生说着，看着我们两个人，语气中充满了无限的自豪感，“但是，海水中的盐分多，也没有她对舅舅的爱多，你个傻小埃米莉！”

“小埃米莉这么做是对的，大卫少爷！”哈姆说，“行啊！既然小埃米莉希望这样做，而且显得惊慌和害怕，那我也想在这儿待到明天早上。让我也留下来吧！”

“不，不，”佩戈蒂先生说，“你不该——你这样有家室的人，或者说跟有家室差不多——荒废一天的活儿。看护和干活儿，两方面的事情是保不齐的。那可不成。你回家去睡觉吧。你不用担心小埃米莉没人照顾，我知道。”

哈姆听从了劝告，拿起帽子要走。甚至在他吻她的时候，我根本没有看见他接近她，但我倒是感觉到，造物主赋予了他绅士的心灵。她似乎依偎舅舅更加紧密了，甚至为了回避自己选定的丈夫。我跟在他后面去关门，以免搅乱了笼罩在室内寂静的气氛。等到我返回时，发现佩戈蒂先生仍然在同小埃米莉说话。

“行啊，我上楼去，告诉你姨妈大卫少爷来了，她听后会高兴一点儿的，”他说，“你到火炉边坐一会儿吧，宝贝儿，让两只冰凉的手暖和暖和。你用不着这么害怕，这么忧伤。说什么？要同我一道去？行啊！那就同我一道去吧。来吧！如果她这个舅舅被逐出了家门，不得不栖身于沟壑之中，大卫少爷，”佩戈蒂先生说着，语气中依旧洋溢着自豪感，“我相信啊，她定会同他一道去呢，对吧！不过，会有别人啦，很快，有别人，很快，小埃米莉啊！”

后来，我上楼去，路过我那个小房间的门口，里面黑咕隆咚，我隐约觉得小埃米莉在里面，趴在地板上。但是，那是否真的是她，还是屋里杂乱的影子，我现在也还没弄清楚。

我在厨房的炉火前面有闲暇想一想可爱的小埃米莉的事，想想她对死亡的恐惧，除了奥默先生告诉过我的情况之外，这也是她不同往常的缘由。佩戈蒂还没有下楼来，我坐在那儿数着那只钟发出的嘀嗒声，更加深切地感受到弥漫在我周围庄严肃穆的气氛，有闲暇甚至怀着更加宽容的心情，想一想这其中的不足。佩戈蒂把我搂到她的怀里，一次次地对我又是祝福又是感谢，说我在她悲伤的时候（她原话就是这么说的）给她带来了莫大的慰藉。然后请求我上楼去，她抽泣着说，巴吉斯先生一直都喜欢我、钦佩我，在陷入昏迷之前，还常常谈到我。她相信，要是他能够醒过来，如果他面对人世间的什么事情会精神振奋的话，那他看到我就会精神振奋。

我看到巴吉斯先生之后，心里觉得，他醒过来的可能性极小。他躺着的姿势让人看了都感觉不舒服，头和肩膀伸到了床的外面，半个身子搁在那个给他带来诸多痛苦和麻烦的箱子上面。我了解到，他不能够再爬到床下箱子边了，不能再用那根我曾见到他用过的探条，以便确认箱子安全与否，这时候，他请求把箱子搬到靠在他床边的一把椅子上，从此，他日夜抱着箱子。他的手臂此时就放在箱子上面。时光和世界从他的身子底下溜走了，但箱子还在那儿。他说过的最后一句话（用解释的语气）是“旧衣服啊！”

“巴吉斯，亲爱的！”佩戈蒂说，语气几乎是高兴的，她俯着身子对着他，我和她哥哥则站在床脚一头，“我的宝贝孩子来了，我的宝贝孩子，大卫少爷，是他让我们走到一起的，巴吉斯！你知道啊，你叫他带口信的！你难道不跟大卫少爷说句话吗？”

他如同那只箱子一样，不会言语，毫无知觉，他的形象唯有从箱子上得到了体现。

“他就要随着潮水一道去了。”佩戈蒂先生对我说，手遮住了嘴。

我的两眼噙满了泪水，佩戈蒂先生也一样。但我还是低声地重复了一声，“随着潮水？”

“住在海边的人只有，”佩戈蒂先生说，“海潮退下时才会死。只有海潮上涨时，才会出生，一定要等到满潮才会出生。他会随着退潮离去。潮水三点半开始退，平潮半小时。如果他能够活到下次涨潮时，就能够坚持到潮满，随着下一次退潮离去。”

我们守在那儿，久久地注视着他，持续了几小时。他处于昏迷状态，我的出现到底对他产生了什么样的影响，我不敢妄自断言，但是，他最后有气无力、断断续续地开口说话时，毫无疑问，他说的是驾车送我去学校的事。

“他醒过来了。”佩戈蒂说。

佩戈蒂先生触了一下我，低声地对我说话，语气肃然起敬：“他和潮水很快就要去了。”

“巴吉斯，亲爱的！”佩戈蒂说。

“克·佩·巴吉斯，”他吃力地说，声音微弱，“天底下最好的女人！”

“看一看啊，这是大卫少爷！”佩戈蒂说，因为此时他睁开了眼睛。

我正要问他是否还认得我，却见他吃力地伸出胳膊，脸上挂着欣慰的笑容，清晰地对我说：

“巴吉斯愿意！”

此时正是退潮时间，他随着潮水去了。

DAVID

COPPERFIELD

大卫·科波菲尔

DAVID COPPERFIELD

（下）

〔英〕狄更斯◎著

潘华凌◎译

青岛出版社
QINGDAO PUBLISHING HOUSE

第三十一章

更大损失——小埃米莉出走了

应佩戈蒂的恳求，我很容易就决定待在那儿，直到故去的马车夫的遗体最后被运往布兰德斯通，跑完他的最后一次行程。多年以前，佩戈蒂就用自己的积蓄在我们昔日的教堂墓地靠近“她心爱的姑娘”——她一直就是这样称呼我母亲——的坟墓的地方买了一小片地，作为她和马车夫安息的地方。

我陪伴着佩戈蒂，尽我所能地替她做事（其实微不足道），这期间，现在想起来我感到很欣慰，自己心怀着感激之情，即便现在也希望自己当时是那样的。但是，恐怕让自己产生满足感的是，由于个人和职业的关系，我负责处理巴吉斯先生的遗嘱，阐述遗嘱的内容。

我可以说，最初提出在箱子里寻找遗嘱的建议，这个功劳应该记在我身上。经过一番寻找，遗嘱果然在箱子里找到了，藏在一只马匹的饲料袋[①]底下。饲料袋里（除了干草之外）发现了一块旧金怀表，表链和坠子齐全，巴吉斯先生在婚礼日佩戴过，那之前和之后都没有人再见到过。一个银质烟丝捏镊[②]，其形状就像一条腿。一个仿制的盒子，里面装满了小杯小碟，我心里面觉得，一定是在我小的时候，巴吉斯先生买了准备送给我的，但后来他自己又舍不得脱手。八十七个半几尼，面值是一个几尼和半个几尼。两百一十英镑，全是崭新的钞票。几张英格兰银行的证券收据。一块旧马掌，一块假

① 指挂在马匹等颈上的饲料袋。

② 指用来把烟斗中烟丝压紧的烟具。

先令币，一块樟脑，一个牡蛎壳。牡蛎壳打磨得很光亮，里面呈现出五光十色，由此，我推断出，巴吉斯先生对于珍珠贝壳之类的东西有一些笼统的概念，但从来没有达到精确的程度。

年复一年，巴吉斯先生每天外出跑车都带着那只箱子。为了更加有效地掩人耳目，他编造出一个故事，说箱子是“布莱克博伊先生”的，“留在巴吉斯这儿等着人家来取。”他把这个虚构的东西工工整整地写在箱盖上，字迹现在看不大清楚了。

我发现，这么些年来，他不停地积攒，成效可观，折合成现金有将近三千英镑。这其中，他把一千英镑遗赠给佩戈蒂先生终生收取利息，等到佩戈蒂先生去世后，本金由佩戈蒂、小埃米莉和我之间平分，或由我们中的健在者平分。除此之外，他死后留下的全部财产由佩戈蒂继承。佩戈蒂也是他遗嘱的唯一执行人。

我郑重其事地大声宣读这份遗嘱，向利益相关的人一次又一次地解释其中的条款，这时候，我感觉自己俨然就是个代诉人，我也开始感觉到，民事律师公会的作用比原先想象的更大。我仔细认真地审看遗嘱，确认所有方面都完善规范，用铅笔在旁边的空白处做些记号，感觉自己知道这么多，真有点非同寻常。

葬礼安排在一个礼拜后举行。我在那之前忙了方方面面的事情：完成解读遗嘱这个深奥玄妙的任务，帮助佩戈蒂清点属于她名下的全部财产，把所有事情有条不紊地安排好，让我们大家都满意。在这期间我没有见到小埃米莉，但他们告诉我，她将在两个礼拜后不声不响地结婚。

恕我冒昧地说一句，举行葬礼的时候，我没有按照规矩参加。我的意思是说，自己没有身穿黑袍，披上饰带，以便把小鸟儿吓跑。但是，一大清早我就步行到了布兰德斯通，灵柩到达墓地时，我已经在那儿了，灵柩只有佩戈蒂和她哥哥护送。那位疯癫的绅士在我先前住过的房间的小窗口朝外张望。奇利普先生的小娃娃伏在保姆的肩膀上，摇晃着其硕大的脑袋，还冲着牧师鼓着一双暴突的眼睛。奥默先生气喘吁吁地站在后面。现场没有别的什么人，显得寂寞冷静。完事之后，我们在墓地徘徊了差不多一小时，在母亲坟墓上方的树上采撷了一些嫩叶。

至此，一种恐惧感向我袭来。乌云低垂，直逼远处的城镇，我孤身一人返回到那儿去。我害怕走近镇子，那个永世难忘的夜晚发生的事情，不堪回首。而我如果继续叙述下去，事情还得重复一次。

那件事情不会因为叙述它而变得更糟，也不会因为我极不情愿写下去把手停下来而变得更好。事情已经发生了，任何情况都消除不了它，也改变不了它本来的面目。

老保姆和我次日要一道去伦敦处理遗嘱的事。小埃米莉那天待在奥默先生的店铺里。我们约定大家一起到旧船屋去。哈姆会在通常的时间去接小埃米莉。我则会悠闲地走回去。佩戈蒂兄妹两个怎么来的就怎么回去，到天黑的时候，会在火炉旁等待着我们。

我和他们在教堂墓地的栅栏门口分了手，也就是昔日想象中斯特拉普斯背着罗德里克·兰登[①]的背包停下来休息的地方。我没有径直返回，而是在通往洛斯托夫特的路上走了一小段，然后才转身朝雅茅斯的方向走。我在一家像模像样的酒馆停下来吃晚饭，酒馆离我先前提到过的渡口有一两英里路程。白天就这么过去了，等我到达目的地时，已是黄昏了。这时，天下起了瓢泼大雨，这是个狂风暴雨之夜，但乌云的后面现着月亮，所以不是很黑暗。

我很快就看见了佩戈蒂先生的船屋，看到从窗户里透出的亮光。我费了很大力气，踉踉跄跄地走过了一小段沙地，到达了门口，进了屋。

里面看起来真的很温馨舒适。佩戈蒂先生已经抽过了晚上的烟斗了，晚餐也一点点准备好了。炉火正旺，炉灰已经拨过了，小埃米莉昔日坐过的矮柜还放在老地方。佩戈蒂还坐在老地方，看上去（要不是衣服不同）从来就没有离开过座位。他已经与他那一套东西为伴了，那个盖子上画着圣保罗教堂图案的针线盒，放在小房子

① 英国小说家斯摩莱特小说中的人物，另见53页注。

里码尺，还有那一段蜡头。东西一应俱全，好像从来没有动过。格米治太太还在过去的那个角落里，显得有点焦躁，这样一来，也显得自然。

“您第一个到，大卫少爷！”佩戈蒂先生说，他脸上露出了喜气，“如果外衣湿了，少爷，就别穿在身上。”

“谢谢，佩戈蒂先生，”我说，并把外套递给他挂起来，“还很干呢。”

“可不是嘛！”佩戈蒂先生说，他摸了摸我的肩膀，“干燥着呢！您请坐吧，少爷。可用不着对您说上一番欢迎的话，但是，我们真心诚意地欢迎您光临。”

“谢谢，佩戈蒂先生，这毫无疑问。啊，佩戈蒂！”我一边吻她，一边说道，“你还好吗，老妈妈？”

“哈，哈！”佩戈蒂先生在我们旁边坐下，搓着双手笑道，表示从近期的烦恼中解脱出来，感到欣慰，也体现了他性格中的真诚，“世界上再没有哪个女人，少爷，正如我跟她说的，比她需要放宽心的！她替逝去的人尽到了一切义务，而且逝去的人心里也明白。她替逝去的人做了应该做的，逝去的人也替她做了应该做的。而且……而且……而且一切都圆满了！”

格米治太太呻吟着。

“开心起来，可爱的老妞儿！”佩戈蒂先生说，（但他转到一边冲着我们直摇头，显然他已经觉察出，最近发生的事情，勾起了她对老伴的回忆）“别垂头丧气了！开心一点儿，为了你自己着想，也要开心一点儿，很多好事情就自然跟着来了！”

“好事情轮不到我，丹尔，”格米治太太回答说，“我感到孤苦伶仃，觉得一切都不自然。”

“不，不！”佩戈蒂先生说，对她表示安慰。

“就是，就是，丹尔！”格米治太太说，“我是个没有钱的人，同他们住在一起。一切事情都与我作对，我还不如走了好。”

“啊，要是没有你，我可怎么过啊？”佩戈蒂先生说，说话的语气严肃，表示不赞成她的说法，“你都说的是什么话啊？难道我现在不是比以往任何时候都更加需要你吗？”

“我知道，从前根本就没有人需要我！”格米治太太大声说，她满腹委屈，哭泣起来，“现在有人这样告诉我了！我这么孤苦伶仃，事事不顺，怎么能指望人家需要我啊！”

佩戈蒂先生似乎对自己感到很惊诧，因为自己的一席话竟然被这样毫无情义地曲解了，但是，由于佩戈蒂又是扯他的袖子，又是摇头，他这才忍住了没有回话。他内心感到酸楚，看了一会儿格米治太太，然后，瞥了一眼那只荷兰钟，站起身，剪掉烛花，把蜡烛放到窗台上。

“行啊！”佩戈蒂先生说，他态度兴高采烈，“行啊，格米治太太！”格米治太太低声呻吟了一声，“亮起来啦，还跟平常一样！您不知道这是为什么吧，少爷！对啊，这是为了我们的小埃米莉。您看，天黑后路上没有亮光，寂寞无生气。她回家的时候，如果我在家里，我就会在窗台上放一盏灯。这个，您看，”佩戈蒂先生说，他兴致勃勃，俯着身子看我，“这达到了两个目的。她说，埃米莉说，‘这是家！’她这样说。小埃米莉同样还会说，‘舅舅在家呢！’因为我若不在家，就不可能在窗台上放一盏灯。”

“你真是个小娃娃啊！”佩戈蒂说。她虽然这样想，但却很喜欢他的这个样子。

“行啊！”佩戈蒂先生回答说，他站立着，两条腿张得很开，心里美滋滋的，开心舒适地用两只手上下搓揉着两条腿，时而看着我们，时而看着炉火，“我不知道自己是不是像个娃娃，但你知道，看起来不像。”

“不完全像。”佩戈蒂说。

“是不像，”佩戈蒂先生笑着说，“看起来不像，可是，想一想吧，你知道的。我可不在乎，天哪！对啊，我告诉你，我又去看了看我们小埃米莉漂亮的房子，我……我真该死，”佩戈蒂先生说着，突然加重了语气，“行啊！我不能多说了，我几乎把那些最最细小的东西都当成是她了，把它们拿起来又放下去，触到它们的时候，小心翼翼，就好像是我们的小埃米莉。我动她的帽子什么的时候，也是这样啊。我可看不得人家粗鲁地对待它们，给我整个世界也不行。这就是你叫作娃娃的那个人，样子像只大海豚。”佩戈蒂先生说着，哈哈大笑，诚挚之意溢于言表。

我和佩戈蒂两个人都笑了，不过没有笑得那么响亮。

“这是我的看法，你们知道的，”佩戈蒂先生说，他又在腿上搓揉了一会儿，喜悦写在脸上，“我过去老同她在一起玩耍，我们假定自己是土耳其人，法国人，贪婪狡猾的人，形形色色的外国人，天哪，是的，还有狮子和鲸鱼，还有我不知道的东西！当时她还没有我的膝盖高。我玩这个都成习惯了，你们可知道。啊，瞧这支蜡烛，可不是嘛！”佩戈蒂先生一边说着，一边兴高采烈地把手伸向蜡烛，“我心里想清楚了，等到她结了婚搬出去之后，要把蜡烛放到那个窗台上，就跟现在一模一样。我也想清楚了，我晚上待在这儿（哎呀，不管我发了多大的财，我还能住到哪儿去），她不在这儿，或者我不在那儿，这时候，我会把蜡烛放到那个窗台上，坐在火炉前，假装着等待她的到来，就像我现在这样。出现在你们面前的又是个娃娃了，”佩戈蒂先生说着，又哈哈大笑起来，“像一只大海豚！啊，就在此时此刻，我看到蜡烛熠熠生辉，便会对自己说，‘她正看着蜡烛呢！小埃米莉来了！’这就是出现在你们面前的娃娃，样子像只大海豚！这话说对啦，”佩戈蒂先生说着，止住了大笑声，两只手拍了一下，“因为她来了。”

来的只有哈姆一个人。从我进了屋之后，外面的雨下大了，因为他戴了一顶很大的防雨帽，把脸都给遮住了。

“小埃米莉呢？”佩戈蒂先生问。

哈姆用头做了个动作，好像她就在室外。佩戈蒂先生端起了窗台上的蜡烛，剪了烛花，把它放到了桌上，然后忙着拨弄起炉火来，而哈姆之前一动没动，这时他说：

“大卫少爷，您出去会儿，去瞧一瞧我和小埃米莉准备好的东西，好吗？”

我们到了外面，我在门口经过他身旁时，令我感到震惊和恐惧的是，我发现他脸色苍白，非常可怕。他赶忙把我推到室外，并随手关上了门。外面只有我们两个人。

“哈姆！怎么回事？”

“大卫少爷！”噢，他肝肠寸断，哭得多么可怕啊！

看到他悲恸欲绝的样子，我惊呆了。我不知道自己是怎么想的，或者说害怕什么，只能呆呆地看着他。

“哈姆！可怜的善良人啊！看在上帝的分上，告诉我出了什么事！”

“我的爱人，大卫少爷……我满心的自豪与希望……愿意为她去死，现在就愿意为她去死……她走了！”

“走了？”

“小埃米莉跑了！噢，大卫少爷，想想她怎么会逃跑，我都会在她毁了自己和蒙受耻辱之前，祈求仁慈的上帝要了她的命（尽管她无比珍贵，胜过了一切）！”

直到此时此刻，他那张脸仰望着乱云密布的天空，紧握着拳头的手颤抖着，身子痛苦不堪地挣扎着，连同那片寂寞荒凉的滩地一起，停留在我的记忆中。那儿永远是黑夜，他是黑夜荒滩上唯一的人。

“您是个有学问的人，”哈姆说，他语气急促，“知道什么是对的，什么是最好的。我进屋说什么好呢？怎么把这件事告诉他啊，大卫少爷？”

我看到门移动了一下，本能地想要从外面把门闩拉住，以便赢得一点时间。但已经太晚了，佩戈蒂先生已经露出了脸。他面对我们时，脸上表情的变化，即便我活上五百年，也不可能忘记。

我记得，接下来是一片号啕大哭声，女人们围在他身边，我们都在室内站着。我手里拿着一封信，是哈姆递给我的。佩戈蒂先生的背心被扯破了，头发乱蓬蓬的一团，脸部和嘴唇煞白，鲜血滴到了胸前（我认为那是嘴里出的血），他目不转睛地盯着我看。

“把信念出来吧，少爷，”他说，声音低沉而颤抖着，“请念慢一点儿，我不知道能不能听得懂。”

万籁俱寂之中，我念起了这封布满污渍的信。

你给予我的爱超出了我配得到的，即便在我天真无邪时也是如此。可当你看到这封信的时候，我已经远去了。

“我已经远去了！”佩戈蒂先生缓慢地重复了一声，“等一下！小埃米莉远去了，啊！”

早晨，当我离开我可爱的家时……我可爱的家……噢，我可爱的家！

信上的日期标明的是头天晚上：

我将不可能再返回了，除非他娶我做太太把我带回。许多个小时之后，你看到的是这封信，而不是我。噢，但愿不知道我是多么撕心裂肺啊。我伤你伤得这么厉害，你不可能再会原谅我，但愿你能知道我忍受的是怎样一种煎熬！我邪恶堕落，有关自己的情况根本不值得用文字叙说。噢，想想我这么坏，以此来安慰自己吧。噢，看在上帝的分上，请告诉舅舅，我现在比以往任何时候都更加爱他。噢，不要想着你们大家一直以来对我多么多么关爱体贴，不要想着我们计划好了就要结婚，而是设法想想，我在很小的时候就已经死掉了，埋在了某一个地方。祈求我离之而去的上帝，怜悯一下我的舅舅吧！告诉他，我比以往任何时候都更加爱他。请安慰他吧。爱上一个好姑娘，她要像我曾经那样对舅舅贴心，要真心真意爱你，并配得上你，除了我之外，没有见识过耻辱的事情。愿上帝保佑大家吧！我会跪在地上常常替你们祈祷的。如果他不娶我带回家做太太，我就不再替我自己祈祷，但替你们大家祈祷。临别的爱给舅舅，临别的泪水、临别的谢意，给舅舅！

这就是信的内容。

我停止念信之后很长时间，佩戈蒂先生伫立着，仍然目不转睛地看着我。最终，我冒昧地握住他的手，尽最大可能请求他，设法控制自己。他回答说："谢谢您，少爷，谢谢您！"但仍然一动不动。

哈姆对他说了话。佩戈蒂先生对他的苦楚感同身受，于是紧紧地握住哈姆的手。但是，除此之外，他依旧伫立在原地，没有人敢去打搅他。

最后，慢慢地，佩戈蒂先生把目光从我脸上移开，好像刚从幻觉中清醒过来，他环顾了一下房间，然后低声说：

"那个男人是谁？我想要知道他的名字。"

哈姆瞥了我一眼，我突然怔了一下，后退了一下身子。

"有个人值得怀疑，"佩戈蒂先生说，"他是谁？"

"大卫少爷！"哈姆恳求说，"请您出去一会儿，我要把必须要说的话告诉他。这话您不该听的，少爷。"

我又怔了一下，瘫坐在椅子上，极力想要接话，但舌头哽住了，视线模糊起来。

"我想要知道他的名字！"我又听到了一声。

"过去的一段时间，"哈姆前言不搭后语地说，"有个男仆时不时地在这儿出现，还有个绅士。他们是主仆二人。"

佩戈蒂先生和先前一样伫立不动，但这时他盯着哈姆看。

"有人看见，"哈姆继续说，"那个男仆昨晚同我们可怜的姑娘在一起。这一个多礼拜以来，他都一直躲藏在这儿的什么地方。大家以为他走了，其实他躲藏起来了。您不要待在这儿，大卫少爷，您不要待在这儿！"

我觉察出佩戈蒂的胳膊搂住了我的脖子，不过，即便房子朝我压下来，我都无法迈得动步子。

“今天早晨，天几乎还没有亮，城外通往诺里奇[①]的大路上，停了一辆陌生人的轻便马车，还套着马，”哈姆接着说，“那个男仆走到了马车边，离开了，又走了过去。他再一次走过去时，小埃米莉在他身旁。另外一人在车里面，就是那个男的。”

“上帝啊！”佩戈蒂先生说，他身子向后，伸出一只手，似乎是要挡掉他害怕的东西，“可别告诉我，他的名字叫斯蒂尔福斯啊！”

“大卫少爷，”哈姆激动地说，他声音断断续续，“这不是您的错，我根本就没有怪罪您，但他的名字就是叫斯蒂尔福斯，这个该死的恶棍！”

佩戈蒂先生没有哭出声音，没有流出眼泪，他站着一动不动，直到突然间醒了过来，从角落里的钉子上取下粗布外套。

“帮我一下！我动弹不得了，衣服都穿不成，”他说着，心急火燎，“搭把手，帮我一下。行啊！”有人帮了他一把后，他接着说，“把那边那顶帽子递给我！”

哈姆问他要去哪儿。

“我要去寻找我外甥女，去寻找我的小埃米莉，先去把那条船砸沉了。我是个大活人，要是曾经想到过他是这么个货色，我就会在砸沉船的地方把他给淹死！在他坐在我的前面的时候，”他说着，态度很疯狂，挥动着紧握拳头的右手，“在他坐在我前面的时候，面对面把我打死，但我也要淹死他，这是没有错的！我要去寻找我外甥女。”

“去哪儿寻找？”哈姆大声问，把自己挡在门口。

“哪儿都去！我要满世界去寻找我外甥女，我可怜的外甥女蒙受了耻辱，我要去找到她，把她领回来。谁也阻拦不了我！我告诉你们，我要去寻找我外甥女！”

“不，不！”格米治太太大声说，走进了他们中间，她急促地大声喊着，“不，不，丹尔，你现在这个样子不行的。过一阵子再去寻找

---

① 英格兰东部城市，诺福克郡的首府。

她，我孤独可怜的丹尔啊，那样才行。可你现在这样是不行的。请你坐下来，我一直就让你烦心，请你原谅我，丹尔，和眼下这个事情比起来，我不顺心的事算得了什么啊！我们谈一谈过去的事吧，那时候她是个孤儿，哈姆也是个孤儿，而我是个可怜的穷寡妇，你把我收留了。这样你难受的心就会平静一些，丹尔，”她把头搁在他的肩膀上，“面对悲伤，你会更加好受一些。因为你是记得那句诺言的，‘你们这样对待我最小的兄弟，就是这样对待我了[①]。’我们在这个屋檐下居住了这么多年，这句话不会落空的！”

这时候佩戈蒂先生平静下来。我心里一时冲动，本想跪下来，请求他们宽恕我，是我破坏了这个家庭的安宁，并诅咒一番斯蒂尔福斯，但听到他号哭之后，这种冲动被一种更加高雅的情感取代了。我这颗负担过重的心得到了相同的解脱，我也大哭了起来。

① 出自《圣经·新约·马太福音》第二十章第四十节。

第三十二章

踏上漫漫旅途

我推断，我自己觉得顺理成章的事，别的许多人也会觉得顺理成章。所以，我也就不害怕在这里叙述了，我与斯蒂尔福斯之间的关系破裂之后，自己从来没有像这个时候那样挚爱过他。发现了他的不齿行为之后，我处在剧烈的悲痛之中，这时候，我想得更多的倒是他身上所有耀眼的才华，面对他的种种优点，我的内心更加平静了。与过去对他一味地顶礼膜拜相比，对于他身上表现出的种种品质会更加公正地对待，而那些品质本来可以使他变得人格高尚，声名卓著。尽管我深切地感到，自己无意之中促成他玷污了一个忠厚质朴的家庭，但是，我相信，如果我面对面地同他站在一起，不可能会对他进行谴责。我仍然会深深地爱慕他，尽管他不再会令我如痴如醉了。我还会怀着温柔和蔼之心，思念着自己过去对他的美好感情，我会觉得自己就像个心灵受过伤痛的孩子一样脆弱，除了不会有我们可以重续友情的念头。我绝不会有这样的想法，我的感觉和他的感觉是一样的，我们之间的一切都已经结束了。我在他的记忆当中是怎么个样子，我不可能知道，也许微不足道，很容易就忘却了。可是，他在我记忆中的形象，就像是个挚友，已经故去了。

是啊，斯蒂尔福斯，你早就被驱逐出了这部微不足道的传记所描述的场景了！在末日审判的宝座前，我的悲伤可能会无意中成为不利于你的证据，但我知道，我绝不会有愤怒和谴责！

发生了这样一件事情，镇上的人很快就都知道了。因为次日早晨我走在街上时，就无意中听到人们在家门口议论这件事。许多人指责埃米莉，少数人也指责斯蒂尔福斯，但是，谈到她的第二个父亲和她的未婚夫，大家都众口一词，深表同情。无论是哪一类人，大家都对身处不幸中的他们表示出敬意，充满了关爱和体贴之情。一大清早，出海的人们看见他们两个人缓步行走在海滩上，都避开他们，三三两两站在一起，议论着这件事，充满了同情心。

就是在海滩上，在靠近海水的地方，我找到了他们。天大亮之后，即使佩戈蒂没有告诉我，他们如同我离开他们时一样一直坐着，我也很容易就看得出，他们彻夜未眠。他们看上去疲惫不堪。我感觉到，佩戈蒂先生的头一夜之间比我认识他这么多年当中都要垂得厉害。但他们像大海本身一样，庄严肃穆，沉稳坚定。这时候的大海伸展在阴沉沉的天空下，风平浪静，但海面上依旧有巨大的起伏，就像大海在睡眠中呼吸一样，在地平线上，大海泛着尚未露面的太阳射出的一道道银光。

“我们已经说得够多了，少爷，”我们三个人一同走了一阵子，大家默默无言，然后佩戈蒂先生对我说，“说了我们该干什么，不该干什么。但我们现在看清方向了。”

我正好瞥了一眼哈姆，这时他正朝外眺望着远方的亮光，一种恐惧感涌上我的心头，并不是因为他脸上有愤怒的表情，是因为他没有生气。我只记得，他严峻的表情中透着坚定的决心，那就是，如果他遇上了斯蒂尔福斯，他会把他给杀了。

“我在这儿的事情，少爷，”佩戈蒂先生说，“已经处理好了。我要去寻找我的……”他停了一下，接着再说，语气更加坚定，“我要去寻找她。这是我今后要做的事。”

我问他要去哪儿寻找她，他摇了摇头，并且问我是不是明天去伦敦。我告诉他，今天之所以没有走，是担心失去为他效力的机会。如果他什么时候要走，我随时都可以走。

“如果您乐意的话，少爷，”他回答说，“我明天同您一道走。”

我们又走了一会儿，默默无言。

“哈姆，”他立刻又接着说，“他要接着做他现在做的事，和我妹妹一道生活，那边那条旧船……”

“你要遗弃那条旧船吗，佩戈蒂先生？”我打断了他的话，语气和蔼。

“我所处的地方，大卫少爷，”他回答说，“不再是那儿了。自从纵深的大海上笼罩着黑暗[1]以来，如果曾有船只下沉过的话，那条就已经下沉了。但是，不，少爷，不。我并不是说那条旧船要遗弃，绝不是。”

我们还和先前一样，又走了一会儿，后来佩戈蒂先生解释说：

“我的愿望是，少爷，不管白天还是黑夜，不管冬季还是夏季，那条船要按照她最初知道的样子，永远保持原样。要是有一天她游荡着回来了，我不想让故地看起来把她给抛弃了似的，您明白吧，而是要看上去吸引着她靠近，并且朝里面看，或许吧，就像个幽灵似的，冒着风雨，透过旧窗户，看到火炉边昔日的座位。这时候，或许吧，少爷，看不到别人，只看见格米治太太，她可能会蹑手蹑脚地走进去，浑身颤抖，可能会在她昔日躺过的床上躺下，在曾经充满了快乐的地方歇一歇她昏昏沉沉的头。”

我虽然想对他说点什么，但说不出来。

“每天晚上，”佩戈蒂先生说，“天一黑下来，就得照例把蜡烛点在那个窗台上，如果她看到了，蜡烛仿佛在对她说，‘回来吧，孩子，回来！’天黑以后，如果有人敲你姑妈家的门（特别是轻轻的敲门声），哈姆，可别走进门边，要让你姑妈，而不是你，去见我那个迷途的孩子！”

佩戈蒂先生走到了我们前面一点儿，而且在我们前面持续了一会儿。这期间，我又瞥了一眼哈姆，注意到他脸上还是那种表情，眼睛仍然注视着远处的亮光，我碰了一下他的胳膊。

我叫了两声他的名字，那喊声就如同要唤醒一个沉睡的人，他这才意识到我在叫他。我最后问他在想些什么，他回答说：

“想我面临的处境，大卫少爷，还有那边的事。”

---

① 典出《圣经·旧约·创世纪》第一章第二节。

“想你要面对的生活，是这个意思吗？”我看他心不在焉地向外指了指大海。

“啊，大卫少爷，我也不明白是怎么回事，反正我觉得事情是从那边来的，那就是事情的结局。”他好像刚醒过来，看着我，但脸上的表情依旧是那么坚定。

“什么结局？”我问了一声，心里怀着先前那种恐惧。

“我不知道，”他若有所思地说，“我心里一直在想，一切都已经在这儿开始了，接着结局就要来。但事情已经过去了，大卫少爷，”他补充了一句，我想，他是看到了我的表情后才这样回答的，“您用不着替我担心，我一时间脑子蒙了，我好像对什么事情都弄不明白了。”这等于在说，他精神失常了，内心混乱。

佩戈蒂先生停下来等着我们，我们赶上了他，没有再说什么。然而，此情此景，加上先前的想法，时不时地在我心中萦绕，直到那个不可避免的结局在规定的时间到来的时候。

我们不知不觉中到达了旧船屋，进去之后，格米治太太不再窝在她通常待的那个特别的角落里愁眉苦脸，而是在忙着准备早餐。她接过佩戈蒂先生的帽子，给他摆好椅子，说话时语气轻松愉快，温柔体贴，她的这种状态我都没有见识过。

“丹尔，好人啊，”她说，“你必须得吃点喝点，保持体力啊，没有体力，什么事也做不了。来吧，听话啊！如果我哇啦哇啦烦着你了（她的意思是说自己唠叨），你就说出来，丹尔，我就不那样了。”

格米治太太伺候完我们大家之后，便退到窗户边去了，在那儿全神贯注地替佩戈蒂先生缝补一些衬衫和其他衣服，然后整整齐齐地叠好，放进一个水手用的帆布包里。同时，她接着说话，语气还是那么和蔼平静：

“你知道，一年四季里面，丹尔，”格米治太太说，“我都会守候在这里，把一切东西收拾得符合你的心愿。我没有什么文化，但你离开之后，我会偶尔写封信给你，把信寄给大卫少爷。你或许偶尔也可以给我写信，丹尔，把你孤苦凄凉的旅途情况告诉我。”

“恐怕你在这儿会过得孤苦凄凉啊！”佩戈蒂先生说。

“不，不，丹尔，”她回答说，“我不会那样的。别替我担心。我会不停地忙活儿，给你料理好这个窝（格米治太太的意思是指家），等你回来，在这儿料理好一个窝，等着哪一个回来，丹尔。天气好的时候，我会像过去那样守候在门口。如果有人走过，那他们大老远就可以看到我这个老寡妇真诚地对待他们呢。”

格米治太太在这短短的时间里变化可真大啊！她像是换了个人似的，这么情真意笃，思维敏捷，知道什么话该说，什么话不该说。她忘却了自我，牵挂着她周围人的忧伤，我对她肃然起敬。看她那天做的事情啊！有很多东西需要从海滩上运回来，储藏在外面的棚屋里，比如：划桨、渔网、船帆、缆绳、桅杆、捕龙虾的笼、装压舱物的袋子，等等。虽然帮手有的是，因为海边这一带的人凡是能够干活的，没有不乐意卖力给佩戈蒂先生干活的人，况且请去帮忙也有很丰厚的报酬呢，但是，她还是坚持整天去干那些重活儿，其实对于那些重活她是力不从心的，而她却为了一些不必要的事情来回奔忙。至于长吁短叹自己不幸遭遇的事，她好像完全忘记了自己曾经遭受过什么不幸。她怀着深深的同情心，同时又保持着乐观豁达的心态，这是她的变化中令人吃惊的一部分。怨天尤人的事绝对没有了。从早到晚，直到黄昏降临，我甚至都没有发现她说话时有前言不搭后语或者眼含泪花的情况了。屋里就剩下她、我和佩戈蒂先生在一起，佩格蒂先生疲劳至极，睡着了，这时候，她虽然强忍着自己，但还是哽咽痛哭起来，她把我拽到门口，然后说：“看在上帝的分上，大卫少爷，好好对待他吧，可怜的人啊！”然后，她赶紧跑到室外去洗脸，以便等到他醒来的时候，可以看到她平静地坐在自己身边，手里在干着活儿。一句话，我晚上离开的时候，把支撑痛苦中的佩戈蒂先生的责任交给了她。我从格米治太太身上得到了启示，她向我展示出了新的经验，对此，我回味无穷。

当时是夜里九、十点的样子，我怀着忧郁的心情漫步在街头，在奥默先生的店铺门口停住了脚步。他女儿告诉我说，奥默先生心里非常难受，整个一天都情绪低落，神情沮丧，没有抽烟斗就上床睡觉去了。

“那个坑蒙拐骗、心思不好的女孩子，”乔兰姆太太说，“她身上一无是处，一直如此！”

“可别这么说，”我说，“你心里并不是这么想的。”

“不对，我是这么想的！”乔兰姆太太大声说，满腔怒气。

“不，不。”我说。

乔兰姆太太把头一甩，极力做出严厉的表情、发怒的样子，但是性情温柔的她不听使唤，还是开始哭了起来。毫无疑问，我当时还很年轻，但是看到她这样充满同情心，我对她的印象更好了，同时认为，她确实是个贤妻良母。

“她将来怎么办啊！”明妮抽泣着说，“她要上哪儿去！她会成什么样子！噢，对她自己和对他，她怎么会这么狠心啊！”

我记起了过去的日子，那时候的明妮年轻漂亮。我很高兴，明妮也记得那个时候，而且充满了深情。

“我的小明妮，”乔兰姆太太说，“刚刚才睡着，睡着了还抽泣着喊小埃米莉呢。整个一天，小明妮都哭着喊着要找她，同时一次又一次地问我，小埃米莉是心地狠毒的人吗？头天晚上，小埃米莉在这儿，她从自己的脖子上解下一根饰带系到小明妮的脖子上，并且把小明妮的头放在自己旁边的枕头上，直到她睡着，面对这种情况，我能对她说什么！那根饰带现在还系在小明妮的脖子上呢。也许不该让她再系着了，但是我能怎么办呢？小埃米莉很坏，但她们两个人心心相印。孩子不懂事啊！”

乔兰姆太太痛苦不堪，结果她丈夫出来照顾她。我离开了他们，向着佩戈蒂的家里走去，心情比以往任何时候都更加忧郁愁苦。

那个心地善良的人——佩戈蒂——近来心情焦虑，多少个夜晚没有睡觉，她都没有被累垮，这时候她在她哥哥家，并打算在那儿待到次日早晨。在过去的几个礼拜当中，佩戈蒂无力照顾家务，于是雇了个老太太过来料理。所以，家里面除了我自己，就剩下老太太了。我没有什么事情要她伺候的，于是叫她去睡觉了，她也没有什么不乐意的。我在厨房的炉子前面坐了一会儿，想着这一切情况。

我在思忖这个事的当儿，便又想到了已故巴吉斯先生临终时的情景，思绪又随着潮水移向今天早上哈姆用奇特的目光眺望的远方，突然一阵敲门声把我从漫无边际的思绪中拉了回来。门上本来有一个门环，但声音不是门环击打发出的，而是用敲击的，而且敲击的位置在门的下方，像是孩子在敲门。

敲门声令我吃了一惊，仿佛仆人在敲一个达官贵人家的门[①]时的情形一样。我打开了门，先是朝下看了看，令我惊诧不已的是，没有看到任何人，好像只有一把巨伞在自行走动。但是，我立刻就在伞的下面发现了毛切尔小姐。

小个子女人把伞放下时，无论怎么使劲也收不拢。我们第一次也是最后一次见面时，她在我面前呈现的那副“轻薄”的表情给我留下极其深刻的印象。如果她这一次还是那副尊容，我可能不会打算友好地接待她。但是，她面对我时，表现得一脸诚意。我把她手上的雨伞接过来之后（这雨伞可够巨型的，连爱尔兰巨人[②]用起来都会觉得不方便），她痛苦不堪地扭动着那双小手，让我对她产生了怜悯之心。

“毛切尔小姐！”我对空空荡荡的街道前后打量了一番，并不清楚自己要看什么东西，然后说，“你怎么到这儿来啦？出了什么事？”

她用那条短小的右胳膊做了个动作，表示帮她把伞收起来，接着匆忙从我身边走过，进了厨房。我把门关上了，跟在她后面，手里拿着雨伞，这时，发现她坐在炉栏的角上——炉栏很低，是铁的，顶部有两块平板，可以摆放盘子——在煮锅的阴影处，她前后摇晃着身子，两只手在膝盖上使劲摩擦，像一个饱受苦痛的人。

---

① 典出威廉·莎士比亚的悲剧《麦克白》第二幕第二场，听到有人敲门（实际上是仆人在敲），麦克白说：“那打门的声音是从什么地方来的？究竟是怎么一回事，一点点的声音都会吓得我心惊肉跳？”（引自朱生豪的译本）。

② 爱尔兰人以身材高大著称。

对于她这么一位不速之客，只有我一个人来接待，而且只有我一个目击者来见证这种奇特怪异的行为，我感到诚惶诚恐，于是我又一次大声说："请告诉我，毛切尔小姐，发生了什么事？你是不是生病了？"

"亲爱的年轻人啊，"毛切尔小姐回答说，她两只手叠在一起紧紧地按住胸口，"我这儿生病了，病得很严重啊。想不到事情竟然会发展到这种地步！如果不是个没有头脑的傻瓜，我应该明白这件事，或许还可以阻止！"

她前后摆动着自己矮小的身材时，那顶硕大的帽子也跟着摆动（帽子与她的身材极不相称）。这时候，墙上挂着的那顶巨型帽子也在跟着摆动，节奏与其一致。

"看到你这么痛苦不堪，表情严肃，"我开口说，"我感到很吃惊。"这时候，她打断了我的话。

"是啊，情况一直就是这样的！"她说，"那些不会体谅人的年轻人，虽然已经完全发育成熟，但看到像我这样个头矮小的人也有正常的情感，竟然全都惊诧不已！他们把我当作玩物，拿我寻开心，玩腻了就把我抛开，而且还会发出感慨，说我比玩具马或者木头兵更加情感丰富！对啊，对啊，就是那么个情况。还是老一套呢！"

"对于别的人来说，可能是这样，"我回答说，"但是，我可以向你保证，我不属于这种情况。或许吧，我看到你现在这个样子，不应该大惊小怪，但我对你很不了解。我刚才没有自己思索，只是把自己一时的感觉说了出来。"

"我有什么办法呢？"小个子女人回答说，她站起了身子，张开双臂，展示自己的身材，"看看！我现在是什么样子，我父亲过去就是什么样子，我妹妹现在是，我弟弟现在也是。这些年忙着干事情，就是为了妹妹和弟弟。卖力干啊，科波菲尔先生，一天到晚如此。我必须活着，不做坏事。如果有人缺乏思考，性情残忍，以至于拿我来开玩笑，我除了拿自己、拿他们、拿一切来开玩笑，又能干得了什么呢？如果我一时间这么干了，那是谁的责任呢，我的吗？"

不是。不是毛切尔小姐的责任，我是这么认为的。

“如果我在您的那位虚情假意的朋友面前表现得个头虽然矮小，但思维敏捷，”小个子女人继续说，朝着我摇了摇头，严厉责备的神态溢于言表，“您认为，我该从他那儿得到多少帮助或诚意呢？如果小个子毛切尔（年轻的先生啊，她长得身材矮小，可自己无力左右啊），因为自己遭受的不幸，要面对他或者他那样的人说话，那您认为，她低声细小的声音什么时候可以被人家听到呢？即使小个子毛切尔是小个子当中最最令人觉得惨不忍睹，最最让人讨厌嫌弃，她也同样需要活下去呀。但是她做不到。不，她可能到死也指望不到面包黄油。”

毛切尔小姐坐回到炉栏上，随即掏出手帕擦了擦眼睛。

“如果您像我认为的那样，有一颗善良的心，那就为我心怀感激之情吧，”她说，“因为我很清楚自己是怎么个情况，但我能够满心欢喜，忍受一切。无论如何，我为自己心怀感激之情，因为我能够在这个世界上寻找到自己的一条小路，而不需要依赖任何人。在我向前迈进的过程中，世人出于愚蠢或虚荣向我扔来东西，作为回报，我能够扔气泡。如果我不为自己需要的东西殚精竭虑，那对我当然更好，对别人也不会更坏。如果我是供你们这些巨人用来当玩物的，可要对我温文尔雅一点。”

毛切尔小姐把手帕放回到了衣服口袋里，对着我凝视了一会儿，然后继续说：

“我刚才在街上看到了您，您可能会以为我腿短气短，没法走得跟您一样快，所以不可能赶上您。但是，我知道了您从哪儿来，所以就在后面跟着您。我今天到过这儿了，但那个心地善良的女人不在家里。”

“你认识她吗？”我问。

“我听人说起她，谈到了她的情况，”她回答说，“从奥默—乔兰姆店铺听来的。我早上七点到了那儿。您还记得吗，上一次在旅馆我看到你们两个人的时候，斯蒂尔福斯对我说的有关那个不幸的姑娘的事？”

毛切尔小姐提出这个问题之后，她头上那顶大帽子和墙上那顶更大的又开始前后摇摆起来了。

她提到的那个事情，我记得清清楚楚，当时我在心里面回想了好多遍。我告诉她记得。

“但愿他遭到天谴啊，”小个子女人说，我把一个食指举到我和她闪亮的眼睛之间，“而那个内心邪恶的仆人要遭受十倍的灾祸。但是，我相信，您对她倾注了儿时的恋情！”

“我？”我重复了一声。

“孩子气，孩子气！您说句老实话，”毛切尔小姐大声说，随着她的身子在炉栏上晃来晃去，两只手不耐烦地扭动着，“您为何那样赞扬她，还脸红，还看上去局促不安？”

我无法掩饰自己，我是那样做了，不过其中的缘由同她认为的大相径庭。

“我当时知道什么来着？”毛切尔小姐说，她又一次掏出了手帕，瞬间就会两只手同时擦眼睛，每当这个时候，她就用脚在地上轻轻地跺一下，“我看得出，他又是阻挠您，又是欺骗您。我看得出，您是他手里柔软的蜡。他的仆人告诉我，‘小天真’（他就是这么叫您来着，而您可以一辈子成天叫他‘老有罪’）已经一门心思地放在她身上了，她也稀里糊涂地喜欢上了他，但是他家少爷打定了主意，这事不能弄出什么不良结果来，更多的是为了您，而不是为了她。还说，他们就是为了这事到那儿去的，我当时不是立刻就离开了房间吗？我怎么能够不相信他呢？我看见斯蒂尔福斯赞扬她，以此来安慰您，让您高兴！您是第一个提起她的名字的。您承认自己从小就爱慕她。当我在您面前说起她来时，您立刻就又是热又是冷，又是通红又是煞白。我只能认为您是个缺乏经验的浪荡子，已经落到了经验老到的人手里，而且为了您好，对您做出安排（想象着），除此之外，我还能怎么想，还会怎么想？噢！噢！噢！他们担心我会发现事实真相，”毛切尔小姐激动地说，她从炉栏上下来了，在厨房里来回踱着步，举着两条短胳膊，样子痛苦不堪，“因为我是个反应灵敏的小矮个，我要在世界上混日子，需要反应灵敏！但他们完完全全地欺骗了我，我还给了那个可怜不幸的姑娘一封信。我现在完全相信，利蒂摩有目的地留下来不走，而姑娘有机会同他搭上话，就是从那封信开始的！”

毛切尔小姐揭露了上述背信弃义的行径，我听了之后为之愕然，站立在那儿久久地看着她，而她却在厨房来回踱步，最后连气都喘不过来了。后来她又坐在了炉栏上，用手帕擦干脸，长时间摇着头，没有移动身子，没有吭声。

“我漫游乡野，前天晚上，科波菲尔，”她最后补充说，“到达了诺里奇，结果无意中在那儿发现了他们的行踪，神秘兮兮，来来去去，这其中没有您，这事令人感到不可思议，我据此怀疑其中有问题。昨天晚上，我搭乘上了从伦敦来途径诺里奇的公共马车，今天早晨到了这儿。噢，噢，噢！太迟了！”

可怜的矮小个子毛切尔在一阵痛苦和烦躁之后冷得浑身瑟瑟发抖，结果她从炉栏上转过身，把一双湿的小脚放进炉灰里取暖，像个大玩偶坐在那儿看着炉火。我坐在火炉另一边的一把椅子上，心情沉重，陷入了沉思，也看着炉火，有时候看着她。

“我得走了，”她最后说，边说边站起身来，“时间很晚了，您不会不信任我吧？”

她问我这句话，目光像先前一样敏捷犀利。当我们俩的目光相遇时，我无法就这么一个简短的挑战性问题坦率地回答一声“不”。

“行啊！”她说，我主动伸手过去护她跨过炉栏，她做出了反应，并且神情热切地看着我的脸，“您知道的，如果我是个正常身材的女人，您不会不信任我！”

我感觉到，这话说得千真万确，同时也为自己感到羞愧。

“您还年轻啊，”她说着点了点头，“不妨听一句忠告，即便话是从一个身高三英尺的无用之人嘴里说出的也罢。除非有充分的理由，否则不要把身体的残缺同智力的残缺联系到一起，善良的朋友啊。”

此时，她已跨过了炉栏，我则消除了疑虑。我告诉她说，自己相信，她所说的情况句句属实，我们俩都不幸被心怀预谋的人当工具使了。她对我表达了谢意，并说我是个心地善良的人。

“啊，请注意！”她大声说，走向门口时转过身，机智地看着我，又一次举起了食指，“根据我听到的情况，我的耳朵一直是张开着的，要不遗余力地发挥自己的作用，我有理由怀疑，他们已经到国外去了。但是，如果有朝一日他们回来，如果他们中某个人回来，到时我还活着，由于自己四处漫游，我有可能比其他任何人都容易迅速发现。只要我知道了，您就会知道。如果我能够做点什么，为那个误入歧途的可怜姑娘效劳，上帝啊，我会真心诚意地去做的！而利蒂摩宁可后面被一条猎狗跟踪，也不愿意被小矮个子毛切尔跟踪啊！”

我看到她说最后这句话时表露出的神态之后，已经毫无保留地相信了她。

“希望您信赖我就像信赖一个身材正常的女人一样，不多也不少，”小矮个子女人说，她怀着祈求的神态触碰了我的手腕，“如果您将来某一天再一次看到我，发现我同现在不一样，而是同您第一次看到我时的情形一样，就请注意我是跟什么人在一起。心里记住，我是个无依无靠、毫无防卫的小矮个子女人。想一想我一天的事情忙完了的时候，回到家里与身材和我一样的弟弟妹妹在一起相处的情形吧。这样的话，您或许就不会苛刻地对待我了，或者如果我痛苦难受和态度严肃时，不会感到吃惊了。再见啦！”

我把手伸向了毛切尔小姐，对她的态度迥然相异了，然后打开门让她出去。要帮她把那把大伞撑起来，并且让她平稳地撑着，这可不是件微不足道的事情。不过我还是成功地完成了这个使命，看到雨伞沿着雨中的街道一上一下地快速移动着，看不到伞下面有人影儿露出来。等到行至某个屋檐的落水管处时，落水比先前更大，结果把伞打得歪向了一边，这时候才会看到毛切尔小姐猛力地挣扎着把伞扶正。我向外冲出去一两次，想要帮她一把，但结果都徒劳了，因为没有等我到达，那把伞就又像只大鹏鸟似的，一上一下地迅速向前移动了。我进了屋，上了床，一直睡到早晨醒来。

早上，佩戈蒂先生和我的老保姆来同我会合，我们早早地就去了公共马车站，格米治太太和哈姆已经在那儿等着给我们送行。

“大卫少爷，”哈姆低声地说，他趁着佩戈蒂先生把他的提包往行李当中堆放的当儿，把我拽到一旁，“他的一生都给毁了。他都不知道自己要去哪儿，不知道前面是个什么境况，请记住我说的话，除非他找到了要找的人，否则他往后的日子就得在颠沛流离的旅途中度过。我相信您会好好照顾他，对吗，大卫少爷？”

“请你相信我好了，我一定会的。”我说，我满腔热忱地同哈姆握手。

“谢谢您。谢谢您，您真好，少爷。还有一件事，我有一份报酬丰厚的差事，您知道的，大卫少爷，挣到的报酬也没处花，除了活下去，钱现在对我百无一用。如果您能把钱用到他的身上，那我干起活儿也会更加安心。不过，在这方面，少爷，”他说话时，态度冷静，语气柔和，“您不要以为，我不会像个男子汉那样整天干活儿，不会尽自己最大的努力把活儿干好。”

我告诉他，我相信他的话，并且还提示说，他现在心里自然而然会想着自己孤单寂寞的生活，但这样的生活会结束的，这一天终将会到来。

“不，少爷，”他摇了摇头说，“对于我来说，那一切都已经成为过去了，少爷。没有人填补得了这个空缺。但请您记住关于钱的事，我这儿随时都会攒下钱来给他，好吗？”

佩戈蒂先生从他已故的妹夫那儿继承到了一笔遗产，量虽然不大，但来源稳定。我提醒了哈姆这样一个事实，然后答应他定会遵照嘱咐的。随后我们就分别了。此时此刻，我叙述到同他告别的情景时，心里立刻就会不由得感到痛苦，想起他坚毅刚强和悲恸欲绝的样子。

至于格米治太太，她强忍着泪水，在公共马车的一侧沿着街道一路跑，眼睛看到的只有车顶上的佩戈蒂先生，老跟迎面走来的行人碰个满怀。如果我要设法把那情形描述出来，还真是个艰难的任务。因此，我最好还是让她坐在面包店门口的台阶上，上气不接下气，帽子完全不成形状了，鞋子也掉了一只，落在远处的人行道上。

我们到了旅程的终点之后，要做的第一件事情就是为佩戈蒂寻找一处小的出租房，她哥哥可以在那儿搭一个床铺。我们运气不错，找到了一处，干干净净的，租金也便宜，坐落在一家杂货店的楼上，离我住的地方只有两条街的距离。我们安排好住处之后，我便到餐馆买了些冷肉，然后把旅伴带回到家里喝茶。说起来我很懊悔，这一举动非但没有征得克鲁普太太的首肯，反而情况相反。不过，我得解释一下，那位太太之所以持这样一种态度，那是因为佩戈蒂到了那儿之后不过十分钟而已，就撩起重孝的外套，开始打扫起我的卧室来了，这个行动激怒了那位太太。克鲁普太太认为这是一种冒昧的行为，而她说，自己是万万不能容忍这种冒昧行为的。

佩戈蒂先生在前往伦敦的途中对我说了一件事，令我始料未及。事情就是，他打算先去见见斯蒂尔福斯夫人。我觉得自己必须要在这件事情上帮他一把，同时也可以在他们中间调解一下。为了尽可能地使做母亲的不至于太过伤心，我当晚给她写了封信，语气尽可能和缓地告诉她，佩戈蒂先生受到了什么样的伤害，以及在他受到的伤害中，我应该承担什么样的责任。我说，他是个普普通通的人，但为人和蔼，品性正直。同时，我冒昧表达一种希望，在处于极度痛苦的时候，她不会拒绝见他一面。我提出了，下午两点到达。然后，一清早就亲自把信交给第一个邮班送去。

我们按照预定的时间来到了宅邸的门口，这个宅邸门口我几天前还来过呢，当时是那么兴致勃勃。在此，我这颗年轻人充满信任和热忱的心得到了无拘无束的宣泄，可那扇门从那以后就向我关闭了，现在已是满目荒凉，一片废墟。

利蒂摩没有出现。是我上次到达这儿时代替了他的那张令人看了后更加舒服的面孔来开的门，并且把我们领到了客厅。斯蒂尔福斯夫人坐在里面，我们进去时，罗莎·达特尔从客厅的另一扇门悄悄进来了，站在斯蒂尔福斯夫人坐的椅子后面。

从斯蒂尔福斯夫人脸上的表情中，我立刻看出了，她从儿子那儿得知他干了什么事。只见她脸色苍白，表情中流露出深深的情感，这种情感不大可能单单是因为我的信引起的，况且她爱子心切，还会心生疑云，从而冲淡信的效力。我认为她比我过去认为的更像她儿子，同时我也感觉到，但并非看到，我的同伴也看出了他们之间相像。

斯蒂尔福斯夫人挺直了身子坐在安乐椅上，态度威严，不动声色，冷静沉着，看上去对什么事情都无动于衷。当佩戈蒂先生站到她身旁时，她凝神看着他，而同时，他也凝神看着她。罗莎·达特尔目光犀利，她把我们大家都尽收眼底。一时间，谁也没有吭一声。

斯蒂尔福斯夫人示意佩戈蒂先生坐下。他却低声地回答说："夫人，在这个府上坐下来，我会感到很不自在，我还是站着的好。"随后又是一阵沉默，最后她开口打破了沉默：

"我知道你为何来这儿，我很抱歉，你想要我做什么？"

佩戈蒂先生把帽子夹到胳膊下面，然后在胸前摸索小埃米莉的那封信，拿出来，把信展开，交给了她。

"太太，看看这封信吧，这是我外甥女写的！"

她看了看信，照样态度威严，表情冷漠。在我看来，信的内容并没有触动她，然后她把信还给了他。

"除非他娶我做太太把我带回，"佩戈蒂先生说，手指指着那句话，"我来这儿想要知道，夫人，他说话算话吗？"

"不算。"她回答说。

"为什么不算？"佩戈蒂先生问。

"这事是不可能的。他会让她自己蒙羞。你不可能不知道，她远远配不上他。"

"那就把她的身份提高吧！"佩戈蒂先生说。

"她缺乏教养，愚昧无知。"

"她也许如此，也许不是那么回事，"佩戈蒂先生说，"可我不那么认为，夫人，不过在这方面我判断不了。那就好好教她吧！”

“我本来不想把话说白，但既然你非要我这样做不可，那我就说了，别的不说，就凭她那些卑微低下的亲戚就会令这个事情不可能。”

“听我说，夫人，”佩戈蒂先生回答说，他语气缓慢，态度平静，“您知道，疼爱自己的孩子是怎么一回事。我也知道。我爱她胜过自己的孩子一百倍。您不知道失去孩子是怎么个滋味，可我知道。若能够买回她，我愿意用尽世界上所有的金银财宝（假如这些东西是属于我的）！但是，如果能够让她免受耻辱，我们决不能让她受到耻辱。这么多年来，她在我们中间长大，同我们一道生活，我们把她当作掌上明珠，我们不会有人再看到她美丽可爱的面容。我们都愿意由着她去，愿意在遥远的地方想着她，把她看成是生活在另一个太阳和另一片天空下，愿意把她托付给她的丈夫，或许她的孩子们，一直等到我们平等地站立在上帝面前的那一天！”

他说话时语气粗鲁但有说服力，这番话并非毫无效果。她仍然保持着那种傲慢的态度，但回答他的话时，语气稍有和缓：

“我不做任何辩解，不进行反驳，但我要遗憾地重复一声，这是不可能的。这样一桩婚姻会不可挽回地毁了我儿子的事业，断送他的前程。这样的事不可能发生，也永远不会发生，没有比这更加确切无疑的。如果有什么别的补偿办法……”

“我现在正看着这样一张与另外一张相似的面孔，”佩戈蒂先生打断了她的话，目光坚定沉静，但同时又炯炯闪光，“那张面孔已经看过我，在家里，在我的火炉旁，在我的船上——还有在哪儿没有的——笑脸相对，诚挚友好，而实际上却阴险奸诈，所以我想起来几乎都要发疯。如果这样一张相似的面孔，想到要给我钱，以弥补我的孩子所遭受的摧残和践踏，还不会羞得发热发烫的话，那便是同样的坏。我不知道，由于还是一张夫人的面孔，还有什么更坏的。”

斯蒂尔福斯夫人的态度瞬间就变了，她怒气冲冲，满脸涨得通红。她开口说话了，态度简慢，双手紧紧地抓住安乐椅的扶手：

“你在我和儿子之间开辟了这么一道深渊，你能够用什么来给予我补偿？你的爱比起我的来算得了什么？你们的分离比起我们的来又算得了什么？”

达特尔小姐动作轻柔地触了她一下，低着头轻声细语地说了点什么，但她一个字也听不进去。

“不，罗莎，别吭声，让这个男人听我说！我的儿子一直是我生命的意义所在，我一切的打算都是为了他，从小时候起，我就满足他的每一个愿望，打从他生下来起，我就没有同他分离过。一时间，他竟然同一个处境悲惨的丫头搅和到一起了，而且避开了我！为了她，他处心积虑，用欺骗的行径来回报我的信任，为了她，他离我而去！可悲可叹，想入非非，他不顾做母亲的应该享有的权利，抛弃了义务、爱心、敬重、感激。对于母亲应该享有的这些权利，他应该在他生命中的每日每天和每时每刻加强，形成任何东西都无法抵制的束缚！这难道没有蒙受伤害吗？”

罗莎·达特尔再一次试图安慰她，但再一次没有起到效果。

“我说，罗莎啊，别吭声！如果他能够倾他所有，把赌注压在一个最最微不足道的目标上，那我也可以倾我所有，把赌注压在一个更加宏大的目标上。他要去哪儿就让他去吧，带着我出于爱为他提供的保障！他是想要用长时间不同我见面的办法来制服我吗？如果是这样，那他就太不了解他母亲了。他若是抛弃掉他那异想天开的念头，我照样欢迎他回家。若是他现在不抛开她，那不管我是活着还是奄奄一息，只要我能够抬手示意表示反对，他就休想靠近我，除非永远抛开她，低三下四地来到我身边，请求我宽恕。这是我的权利。我一定要他承认这一点。这是我们之间的分歧所在！而这难道，”她补充说，眼睛看着上门来的人，还是刚开始时那副简慢无礼的态度，“没有受到伤害吗？”

我听见那位母亲说的那一番话，看到了她的那副神态，这时候，我似乎看见她的儿子，对她的话充耳不闻。所有我过去在斯蒂尔福斯身上看见过的刚愎自用和执拗任性的性格在她身上都表露无遗。我知道斯蒂尔福斯喜欢滥用精力，这种认识转变成了对他母亲性格的认识，同时发现，在最冲动的时候，性格也完全是一样的。

斯蒂尔福斯夫人这时候恢复到了先前克制的状态，便大声对我说，再听什么话，再说什么话，都无济于事了，于是她请求结束这次会面。她站起身，神态威严，要离开房间，而佩戈蒂先生则表示，没有必要这样。

“别担心我会阻挠您，我没有什么要说的了，夫人，”他一边说着，一边朝门口走，“我本来就没有抱什么希望到这儿来的，所以也没想抱什么希望离开。我只是把自己想要做的事情做了而已，但我根本没有指望自己会在站立的这个地方得到什么好处。这个家庭对于我和我的家人来说，邪恶透顶，都会把我弄得神志不清，所以不指望什么。”

说完这话，我们就离开了，留下她站立在安乐椅边，一副高贵的尊荣和一张秀雅的面孔。

我们出去时，走过了一段铺了地面的过道，两边和顶端都有玻璃，上面爬满了经过修整的葡萄藤，当时，葡萄叶和嫩芽呈绿色，天气晴好，通向花园的一道对开的玻璃门打开来了。我们走到门边时，罗莎·达特尔悄无声息地进来了，并且对我说：

“你做的好事，”她说，“真是，竟然把这个家伙领到这儿来了！”

她怒不可遏，充满了蔑视，脸都发青了，乌黑的眼睛闪烁着凶光，这样的一副神态，我压根儿没有想到会呈现在这样的一张脸上。在这样的一种激动状态中，跟平时一样，那道被锤子敲出了的疤痕显露得十分明显。我朝着她看，像我先前看到的那样，那道疤痕颤抖起来。

“就是这么个家伙，”她说，“应该护着，领到这儿来，对不对？你算是个真正的男子汉啊！”

“达特尔小姐，”我回答说，“你这样谴责我，肯定没有觉得对我不公平吧！”

“你为什么要在两个疯子之间制造分裂？”她回答说，“他们两个自以为是，傲慢无礼，你难道不知道他们全都疯了吗？”

“是我造成的吗？”我反驳说。

“是你造成的！”她反唇相讥，“你为什么要把这个人领到这儿来？”

“他受到了深深的伤害，达特尔小姐，”我回答说，“你可能不知道啊。”

“我知道，詹姆斯·斯蒂尔福斯，”她说，一只手按住胸口，好像是为了避免暴风雨般的怒火从那儿爆发，“内心虚伪，卑鄙堕落，是个背信弃义之徒。而对于这个家伙，还有他那个粗俗下贱的外甥女，我有什么必要要知道和在乎他们呢？”

“达特尔小姐，”我接话说，“你这是要雪上加霜啊，人家受到的伤害已经够大的了。临别时，我只能说一句，你大大地冤枉他啦。”

“我没有冤枉他，”她回答说，“他们是一群卑鄙下贱的人，我恨不得有人用鞭子抽她！”

佩戈蒂先生没吭一声就走过去了，走出了门口。

“噢，可耻啊，达特尔小姐！可耻！”我义愤填膺地说，“他清白无辜，你竟然忍心糟践人家啊！”

“我要糟践他们家所有人，”她说，“我要拆毁他家住房，在他外甥女的脸上烙下印子，给她穿上破衣烂衫，让她流落街头饿死。如果我有权力审判她，我就要看着她受审。看着她受审？我会这样做的！我恨透了她。如果我能够当面谴责她，说她厚颜无耻，要我去哪儿，我都会去。如果我能够把她追赶到坟墓去，我会这样做。如果在她弥留之际，人世间有什么话能够给予她安慰，而这个话只有我拥有，我至死也不会说出口。”

我意识到，她的这番愤怒十足的言辞只能表达她内心情绪的一小部分，因为她的愤怒情绪在全身弥漫着，她说话的声音不但没有比平常提高，反而降低了。对她进行什么样的描述都无法准确刻画出她当时留在我记忆中的形象，或者说她当时发泄自己愤怒情绪的完整形象。我见过发泄愤怒之情的许多形式，但从没有见过她的那种发泄形式。

我走到佩戈蒂先生身边时，他正在朝山坡下面走去，步履缓慢，若有所思。我一赶上他，他便告诉我，他打算要在伦敦做的事情，现在已经做了，所以，打算当天晚上就“踏上旅程”。我问他打算去什么地方？他只是回答说：“我要去，少爷，寻找我的外甥女。”

我们回到了杂货店楼上那套小出租屋里，在那儿，我找到了一个机会，把他对我说过的话复述给佩戈蒂听。她听后告诉我说，他早上已经把同样的话说给她听了。佩戈蒂先生要去哪儿，佩戈蒂知道的并不比我多，但是，她认为，他心里面已经有了计划了。

在这样一种情形之下，我不想离开他，我们三个人在一起吃了一个牛肉饼，佩戈蒂做美味食品出了名，这是许多种类中的一种。我清楚地记得，这一次的味道别具一格，因为掺杂了源源不断地从下面店铺冒上来的形形色色的味道，有茶味、咖啡味、黄油味、火腿味、干酪味、新鲜面包味、柴火味、蜡烛味、核桃酱味，等等。吃过晚饭之后，我们在窗前坐了一小时左右，没有说什么话，随后，佩戈蒂先生站起身，把他的帆布提包和粗手杖放到了桌子上。

从他妹妹的现款中，他拿了属于他名下的遗产中的那一小笔钱。我认为，那还不够他一个月开销的。他答应了，一旦发生什么情况，他就会给我写信。接着他背起了背包，拿起了帽子和手杖，对我们俩说了声“再见！”

“祝你万事如意，亲爱的老妹子，”他说着，紧紧地抱住佩戈蒂，“您也一样，大卫少爷！”同我握了握手，“我要走遍四面八方去寻找她。如果我不在家时，她回来了——但是，啊，那不大可能啊——或者，如果我把她领回来了，我的意思是说，我要同她生死相依，到一个无人能够谴责她的地方。如果我遭遇到什么不测，请记住，我留给她最后的话是：‘我对我宝贝孩子的爱一如既往，永不改变，我原谅她了！’”

他光着脑袋，态度庄严地说了这一番话，然后戴上帽子，下楼走了。我们跟到了门口。傍晚时分，气候温暖，尘土飞扬，那条小街折向外面的一条主街道，那儿没完没了、川流不息的人流暂时变得寥寥落落起来，晚霞正红。在外面所处的阴暗的街道一角，他独自一人转入通亮的大街，消失在我们的视线中。

每当黄昏降临，每当夜间醒来，每当仰望着天上的月亮，或者星星，或者观察雨水落下，或者倾听风声掠过，我总是会想到那个孤独的身影，可怜的漫游者，在苦苦地前行，我也总会想起下面的话语：

> “我要走遍四面八方去寻找她。如果我遭遇到什么不测，请记住，我留给她最后的话是：‘我对我的宝贝孩子的爱一如既往，永不改变，我原谅她了！’”

第三十三章

享受快乐时光

整个这段时间，我一直不断地爱着多拉，情感比以往任何时候都更加热烈。心中想念着她便会使处在失望和痛苦中的我得到慰藉，即便在我失去朋友的时候，也会得到些许补偿。我越是可怜自己，或者怜惜他人，就越能从多拉的形象中寻找到慰藉。世界上欺骗的行为和麻烦的事情积累得越多，多拉这颗高高闪烁在世界上空的星星就越发显得晶莹剔透，纯洁无瑕。多拉来自何方，或者说她在高级的神灵当中属于什么等级[①]，我感觉自己其实并没有确切的概念，但是，我能够肯定的是，如果有人认为，她就像其他年轻小姐一样只是个普通人而已，那我一定会义愤填膺，嗤之以鼻。

如果我可以这样说的话，我可以说自己沐浴在对多拉的爱之中，我不仅仅完全沉浸在对她的爱恋之中，而且浑身完完全全已经浸透。可以用一种比喻来表达，从我身上拧出的爱液足以把任何人淹死，但我浑身上下剩下的爱足以浸透我的全身。

我返回到家里之后，为自己做的第一件事情就是，夜间散步到诺伍德，就像童年时猜的一个古老的谜语说的，心里面一边想着多拉，一边“围着房子转呀转，就是不把房子碰”。我现在相信这个古老谜语的谜面是指月亮。不管指的是什么，我这个被多拉这轮月亮弄得神魂颠倒的奴隶，围着宅邸和花园一圈又一圈，漫步了两小时，透过木栅栏的空格朝里面探望，把下巴颏吃力地搁在栅栏顶端生了锈的钉子上，对着窗户口的灯光送去一个个飞吻，

① 天主教教义认为天使分为九级。

还时不时不切实际地祈求黑夜守护好我的多拉，我不确切地知道，使她免遭什么侵害，我想可能是火，也可能是耗子，因为她很讨厌耗子。

我的心中洋溢着爱情，所以很自然，便把心中的秘密吐露给了佩戈蒂。有一天晚上，她带着昔日那套针线用具，又一次来到了我的身边，忙着把我的衣柜巡视了一遍，当时，我以足够委婉的方式，把自己心里的巨大秘密告诉给她。佩戈蒂兴致勃勃，可我没法使她接受我对这件事情的看法。她不遗余力地偏袒我，所以无法理解，关于这件事，我怎么还会疑虑重重，或者说情绪低下。“那位小姐能够找到这么一位如意郎君，”佩戈蒂评价说，“她应该觉得自己有福气才是啊。还有她的爸爸，”她说，“天哪，那位老绅士到底还要指望什么啊！”

然而，我发现，斯彭洛先生的代诉人长袍和领结对佩戈蒂有了一点点震慑作用，也激发了她对那位先生的更多敬意。慢慢地，那位先生在我眼中变得日益崇高起来。他挺直着身子坐在法庭上，身边围着卷宗档案，就像是文具海洋中的一座小灯塔，这时候，我觉得他周身反射出耀眼的光芒。顺便说一句，我记得，令我特别感到不可思议的是，当我也坐在法庭上时，我心里在想，即使那些人老昏聩的法官和博士先认识多拉，他们如何不会对她动心思。即使有人向他们提议同多拉结婚，他们如何不会丧失理智，欣喜若狂。多拉如何会唱歌，用那把熠熠生辉的吉他弹奏，直到令我疯狂，然而也不会使那些迟钝的人当中的任何一位迈出老路半步！

我鄙视他们那一伙人。他们是心灵的鲜花坛中被严寒冻僵了的老园丁，我对他们反感至极。法官在我看来什么都不是，只是麻木不仁的错误制造者而已。法庭上的律师席并不比酒馆里的吧台更加富有温情和诗意。

令我颇感自豪的是，佩戈蒂的事情由我亲自来处理。我验证了那份遗嘱，然后到遗产税办公处履行了手续，再带她到银行，把一切都安排得井井有条。我们在办理这些法律手续的过程中改变了一下行程，去弗利特街参观了一些汗水淋淋的蜡像[①]（我看经过了二十年都已经融化掉了）。去参观了林伍德小姐的刺绣展览[②]，我还记得，那是一座刺绣的陵园，很适合于人们进行自省和忏悔。去观赏了伦敦塔，还登上了圣保罗大教堂顶部。所有这些奇观美景，在当时的情形之下，给了佩戈蒂最大的享受。但是，我认为，只有圣保罗大教堂是个例外，因为长期以来，她对自己那只针线盒珍爱有加，它成了针线盒盖上画着的图案的竞争者，而她认为，在一些细节上，它败给了那幅艺术品。

我们过去在民事律师公会把佩戈蒂的事务称为"遗嘱普通验证方式[③]处理的事务"（用这种方式处理的事务既轻松又有利）。她的事情办妥了之后，一天上午，我带她到事务所缴纳费用。老蒂费告诉说，斯彭洛先生不在，他领着一位先生做领取结婚证前的宣誓去了。但是，我知道他马上就会回来，我们的所在地离主教代理人[④]所在地很近，离主教法律代表所在地也很近，所以，我告诉佩戈蒂等一等。

在民事律师公会里，涉及遗嘱验证业务时，我们有点儿像殡葬承办人，因为在不得不面对穿着孝服的当事人时，一般情况下，我们照例得或多或少地表露出悲伤的样子。怀着同样感同身受的情感，我们在领取结婚证的当事人面前显得轻松愉快、喜气洋洋。因此，我暗示佩戈蒂，她会发现，斯彭洛先生马上就会从巴吉斯先生去世的悲痛中恢复过来。确实，他进来时，就像是个新郎。

但是，无论是佩戈蒂还是我都没有把目光投向他，因为这个时候我们看见同他一道进门的默德斯通先生。默德斯通先生看上去没有什么变化，头发还跟以往一样浓密，当然也一样乌黑。他的眼神还跟过去一样令人感到不可信任。

---

① 指英国萨蒙夫人的蜡像展览，在弗利特街（舰队街）十七号展出。

② 玛丽·林伍德小姐（Mary Linwood，1755年—1845年）的刺绣展览是当时伦敦的一景，展出的时间长达五十年之久。

③ 指对无争议的遗嘱由遗嘱执行人宣誓证明即可验证。

④ 主要指英国国教会里负责签发结婚证的人。

“噢，科波菲尔？”斯彭洛先生说，“我认为你认识这位先生吧？”

我对那位先生冷淡地鞠了一躬，而佩戈蒂则几乎不怎么理会他。他遇到我们两个人在一起，一开始多少有点窘迫难堪。但很快就镇定下来了，于是，他向我走来。

“我希望，”他说，“你一切都好吧？”

“这也不会对您产生什么兴趣的，”我说，“如果您想要知道的话，一切都好。”

我们互相打量了一番，然后他对着佩戈蒂说话。

“还有你，”他说，“我很遗憾地注意到，你丈夫去世了。”

“我这一辈子，这回不是头一次失去亲人，默德斯通先生，”佩戈蒂回答说，她从头到脚浑身都在颤抖，“我感到欣慰的是，这回失去亲人不用责怪任何人——没有人需要对此负责。”

“哈！”他说，“这是一种心安理得的想法。你尽到了自己的义务了吗？”

“我没有摧残掉哪个人的性命，”佩戈蒂说，“这是我想起来心安理得的事情！不，默德斯通先生，我没有让任何心爱的人忧心忡忡，担惊受怕，结果过早地进了坟墓！”

他态度阴郁地看着她，我想，还流露出懊悔的神情。看了一会儿，他再转过头对着我，但看着我的脚而不是脸，然后开口说：

“我们可能不会很快再见面的。毫无疑问，这对我们两个人来说都是件求之不得的事，因为像这样的会面不可能令人感到高兴的。过去我为了你好，能够改过自新，对你进行正当的管束，可你一直同我对着来。对你这样的一个人，我并不指望，现在会对我有什么好感。我们相互之间有一种根深蒂固的厌恶感……”

“我想由来已久了吧？”我说着，打断他的话。

他笑了笑，黑眼睛恶狠狠地朝我瞥了一眼。

“这种厌恶感从你小的时候起就在心里酿成了，”他说，“让你那死去的母亲备感痛苦。你说得对，我希望你好起来，希望你改正自己的毛病。”

我们的这一番对话是在事务所外面的一个角落里低声进行的，对话就此打住了，因为他走进了斯彭洛先生的办公室，用最最平和的语气高声说：

“对于家庭分歧，从事斯彭洛先生这一行的各位先生们，已经习以为常了，当然也知道处理起家庭的分歧来有多么复杂和困难！”说完，他就支付了办理结婚证的费用。斯彭洛先生把折得妥妥帖帖的结婚证交给了他，并同他握了握手，还礼貌谦恭地祝愿他和他太太幸福美满。最后默德斯通先生离开了事务所。

佩戈蒂听了默德斯通先生的话之后，义愤填膺（她的愤怒全是因为我的缘故，真是心地善良的人啊），我好不容易使她强压住了愤怒，告诉她说，这儿不是理论的地方，并且请求她保持平静，要不是这样的话，我可能会更加难以控制自己，不会缄口不言的。佩戈蒂异常激动，勾起了我们对昔日受到过的创伤的回忆，所以，当着斯彭洛先生和几位文书的面，我亲热地拥抱了她，以此对她进行安慰，竭尽全力平息她的情绪。

斯彭洛先生看起来并不知道我和默德斯通先生之间的关系，我对此感到很庆幸，因为我想起自己经受过的我已故母亲那段苦难的经历，便无法忍受同他相认的现实，即便在心里也罢。如果斯彭洛先生对这件事情有什么想法的话，他似乎是认为，我姨奶是我们这个家庭中执政党的领袖，同时，还有一个由另外某个人领导的反对党，我们在等待蒂费先生给佩戈蒂要缴纳的费用开账单时，我至少从斯彭洛先生说的话中揣摩出了这个意思。

“特罗特伍德小姐，”斯彭洛先生说，“毫无疑问，很沉稳坚定，不可能向任何对立面妥协让步。我很佩服她的个性，也要祝贺你，科波菲尔，因为你站在了正确的一方。亲属之间闹分歧很令人感到痛惜，但这种事情司空见惯，重要的是，要站在正确的一方。”我理解他这话的意思是，要站在有钱有利的一方。

“我想，这是一桩很美满的婚姻吧？”斯彭洛先生说。

我解释说，自己对此一无所知。

“可不是嘛！”他说，“从默德斯通先生嘴里放出的话——一个人在这种情形之下往往会有这样的表现——再依据默德斯通小姐放出的口风，我感觉到，这是一桩美满的婚姻。”

“你是说有钱是吧，先生？”我问。

“是的，”斯彭洛先生说，“我知道她很有钱，据说还很漂亮。”

“真的吗？他的这位新太太年轻吗？”

“刚成年，”斯彭洛先生说，“最近才到年龄，所以我觉得，他们一直在等待的就是这个。”

“天哪！”佩戈蒂说，她语气坚决，出乎意料，我们三个全都被弄得诚惶诚恐的，最后蒂费拿着账单进来了。

老蒂费把账单交给斯彭洛先生过目。斯彭洛先生把下巴颏缩进硬邦邦的衣领子里面，并且轻柔地摩擦着，复核各个项目，态度不以为然，好像那全是乔金斯做的事。看完后他把账单还回给了蒂费，满不在乎地叹息了一声。

“没错，”他说，“算得对，很对。我本来非常乐意，科波菲尔，费用实际开销多少就收取多少，但是，干我这一行的有麻烦的事情，不能擅自按照自己的意愿来行事。我还有个合伙人——乔金斯先生。”

他说这话时，神态中掠过一丝淡淡的忧伤，这差不多等于不收取任何费用了，所以我代表佩戈蒂表达了谢意，用现钞支付给蒂费。随后，佩戈蒂返回到她的住所，我和斯彭洛先生进了法庭，因为要在那儿受理一桩离婚案，依据的是一项精心设计的小法令（我相信，这项法令现在已经废止了，但是，依据这项法令，我看到判了几桩婚姻）。该法令的优点下面加以陈述。丈夫的名字叫托马斯·本杰明，但他当初在办理结婚证时，只用了托马斯这个名字，把本杰明隐瞒掉了，以防婚后发现自己并不像预期的那样称心如意。结果果然不如预期的那样称心如意，或者他对那个可怜的妻子感到厌烦，于是结婚一两年后，由他的一个朋友出面，声称他的名字是托马斯·本杰明，因此，他根本就不曾结过婚。法庭确认了这一点，他心满意足了。

我必须得说，对这个案件的判决是否属于严格意义上的公正，我疑虑重重，而且即使用一蒲式耳小麦的价格来说事[①]，让人们接受不合情理的事情，我的疑虑也消除不了。但是，斯彭洛先生在这件事情上同我理论，他说，放眼世界，有好事也有坏事。看看教会法，有好的也有坏的。全都是制度中的一部分。很好，就这样吧！

我没有这个勇气来向多拉的父亲指出，如果我们一早起床，然后脱掉外套投入工作，说不定我们有可能使这个世界有所改善。但是，我还是直言，我认为，我们可以改善民事律师公会。斯彭洛先生回答说，他特别想要对我提出忠告，从心里面打消这个念头，这样不符合绅士的身份，但同时又说，他很乐意听听，我认为民事律师公会可以做哪些改善。

我们正好离遗嘱验证事务所最近，我就拿民事律师公会的这个部门作为例子——因为这个时候我们受理的那个人被判没有结过婚，我们已经走出了法庭，正好漫步经过遗嘱验证事务所——指出，这个事务所是个管理得离奇古怪的机构。斯彭洛先生问表现在哪些方面。我回答说，对他的人生经验表示出应有的尊重（但恐怕这种尊重更多是因为他是多拉的父亲），或许有点荒唐可笑的是，已经过去整整三个世纪了，那个法庭的遗嘱注册处存放了坎特伯雷这么一个偌大教区里凡是留有遗嘱的人的遗嘱原本，而该处竟然是一幢随意安排的建筑，根本没有为了保存这些文献而专门设计过，而是由注册处的官员为了一己私利租赁来的，毫无安全可言，更不要说确保是否防火。确实，从楼顶到地下室，房子里塞满了这种重要文献。这里成了注册处的官员中饱私囊的场所，因为他们向公众收取了高额的费用，却把公众的遗嘱随丢乱放，没有别的目的，就图便宜打发了事。或许有点不合情理的是，遗嘱注册处的那些人年薪高达八九千英镑（助理登记官和有席位的文书的收益就更不用说了），却竟然不肯从中拿出一点点钱来，为那些重要文献寻找一个像样

① 人们遇到不合情理的事情时，往往会拿小麦的价格来说事，说既然一蒲式耳小麦的价格都这么高，事情也就只有如此了，详见378页注。

的安全之所，各个阶层的人不管愿意与否，都必须得把这种重要文献交由他们管理。或许有点不够公正的是，在这么一个庞大的事务所里，所有重要的职位竟然都被工作清闲而报酬丰厚的重要人物占着，而待在楼上又冷又暗的房间里的那些命运不济、忙着干活儿的文书却是报酬最最微薄的人，也是全伦敦干着重要的差事却是最得不到重视的人。或许还有点不成体统的是，那位主任注册官，其职责就是要向不断上门办事的公众提供一切必要的方便，可是他占在该职位上清闲着却拿高薪（除此之外，他可能还是个教士，是个有俸圣职兼任者，还在大教堂占有一个席位，还有不知道的），而公众却享受不到便利，对于这种情况，每天遗嘱验证事务所忙碌着的时候，我们都看到了，而且我们知道，这样的事情很荒谬。或许可以简单地说，坎特伯雷教区的这个遗嘱验证事务所完全是个贻害社会的所在，对于这样一个弊病丛生、荒唐透顶的所在，要不是被挤到了圣保罗教堂墓地这样不起眼的角落，很少有人知晓，早就会被人们弄得底朝天了。

在我对这个问题谈得有点慷慨激昂的时候，斯彭洛先生先是笑了笑，然后还跟对待别的问题一样同我争辩了起来。他说，那又怎么样呢？是个感觉的问题。如果公众觉得，他们的遗嘱保存得很安全，而且理所当然认为，事务所无须做任何改善，有谁因此受到了损害吗？没有。有谁因此获得了更多好处了吗？所有工作清闲收入丰厚的人。很好，那么，还是好的方面占了主导嘛。这或许不是一个完美的制度，没有任何东西是完美的，但是，他所要反对的就是，强行往这个中间加进楔子导致分裂。维持遗嘱验证事务所的这种制度，国家繁荣昌盛，在遗嘱验证事务所加进一个楔子，国家就不再繁荣昌盛。他认为维持事务所的原状，这是君子处事的原则。他毫不怀疑，遗嘱验证事务所定会在我辈手中流传下去。尽管我内心对他的看法疑虑重重，但还是遵从了。不过，我发现他说得很对，因为遗嘱验证事务所不仅保持到了现在，而且顶住了早在十八年前由议会做出（不是很情愿）的一份重要报告。当时，我这里提到的这些意见全都详尽地列举出来了，而且报告中还提出，遗嘱的储藏能力只能延续两年半。从那以后，他们是怎么处理那些遗嘱的，是遗失了很多，或是时不时地卖了一些给黄油店铺里，我不知道。我高兴的是，自己的遗嘱不在那儿，我希望一时间还不会放到那儿去。

我在眼前描述享受快乐时光的这一章里把这些情况都记下来，因为这些情况在这儿适得其所。斯彭洛先生和我交谈着，我们边走边谈，后来我们进入一些一般性的话题。最后的情形是，斯彭洛先生告诉我说，下个礼拜的今天是多拉的生日，还说如果我到时去那儿参加一个小型野餐会，他会很高兴的。我听了之后，顿时神魂颠倒起来。次日，我就收到了一张花边信笺，上面写着“爸爸赞成，切勿忘记”。见到这个之后，我更是激动得话都不会说了，云里雾里地度过了中间那一段时间。

我做着各种准备，迎接这件幸福的事情到来。这期间，我认为自己做尽了荒唐可笑的事。现在回忆起当初买领结的情形时，我都会脸上发烫。我的靴子可以进入任何刑具收藏。我准备了一只精巧雅致的小型带盖食品篮，头天晚上就让去诺伍德的公共马车送过去了，我认为，食品篮本身就等于是一种表白，里面装着彩包爆竹[①]，还附了能够用钱买得到的最最情意绵绵的警句格言。早晨六点，我到了科文特加登市场，替多拉买了一束花。十点时，骑到了马背上（为了这次赴约，我租了一匹灰骏马），把花束放在帽子里，以便保持新鲜，扬鞭策马奔向诺伍德。

我看见多拉在花园里，却假装没有看见她，我骑马经过家门口，却假装心急火燎地去寻找家门，这时候，我认为自己干了两件小小的蠢事，尽管这样的事情别的年轻人处在我所处的情况下也会干，因为在我看来，这样的事情很自然。但是，噢！我确切无疑地找到了那宅邸，确切无疑地在花园门口下了马，拖着那双铁石心肠的靴子横过草坪到达多拉身边，她坐在丁香花树下的花园椅子上，

① 指联欢会、宴会上装有糖果、小饰物、箴言警句等的小礼包，抽开时发出噼啪声。

这时候，在这样天气晴朗的上午，只见她在翩翩起舞的蝴蝶中间，头戴着一顶白色草帽，身穿天蓝色的衣服，她是一幅多么美妙的图画啊！

有位年轻小姐陪同她在一起，年龄比多拉稍大一些，我应该说，差不多有二十岁了。她名字叫米尔斯小姐，而多拉叫她朱莉娅。她是多拉的闺中密友。真是幸福的米尔斯小姐啊！

吉普也在，又会冲着我狂吠。我把花束送给多拉时，吉普心生妒意，对着我咬牙切齿。它会这样的。哪怕它是有那么一点点明白我是多么爱它的女主人，它也会心生妒意的！

“噢，谢谢你，科波菲尔先生！多么美丽可爱的花啊！”多拉说。

我本来打算要说（而且在三英里的途中，一直在琢磨着最佳的措辞），我认为，看到鲜花靠近她之前，它们是美丽可爱的。可是我说不出来。她太叫人心醉神迷了。看到她把鲜花贴在长着酒窝的下巴颏，我陶醉了，我失去了理智，说不出话来。我纳闷，当时为什么没有说：“杀了我吧，如果你还有同情心的话，米尔斯小姐。让我死在这儿！”

这时候，多拉把我送的花递到吉普跟前，让它闻一闻，但吉普汪汪大叫，不闻鲜花。多拉笑了起来，把鲜花离吉普更近一些，一定要它闻。结果吉普用牙齿咬了一点天竺葵，把鲜花当成了猫。多拉打了吉普，噘起嘴巴说：“我可怜美丽可爱的花啊！”她充满了怜惜之情，我觉得，那神态就好像吉普咬的是我。我倒巴不得是这样啊！

“有件事你听了之后一定会很高兴，科波菲尔先生，”多拉说，“就是那位气急败坏的默德斯通小姐不在这儿，参加她弟弟的婚礼去了，至少要离开三个礼拜。这难道不令人开心愉快？”

我说，我可以肯定，她一定开心愉快，而她认为开心愉快的任何事情我都会感到开心愉快。米尔斯小姐的表情中显得更加有智慧和更加仁慈宽厚，冲着我们微笑。

“她是我见到的最最讨厌的人，”多拉说，“你简直就想不到，她的脾气有多么暴躁，她有多么令人厌恶，朱莉娅。”

“是啊，我想得到，亲爱的！”朱莉娅说。

“也许，你想得到，亲爱的，”多拉说，她把手放到朱莉娅的手上，“亲爱的，原谅我一开始没有把你区别对待。”

我从这句话当中听出了，米尔斯小姐过去的生活变化无常，饱受磨难。我先前注意到的仁慈宽厚的态度或许源于此。在那一天的时间里，我发现情况果然如此。米尔斯小姐曾经因为找错了对象，爱情遭受不幸，人们认为，她由于这种痛苦的经历，再不愿意涉足社会了，但仍然态度冷静，关注着未经磨难的年轻人的希望和恋爱。

但是这个时候，斯彭洛先生从宅邸里出来了，多拉迎上去说：“看看，爸爸，多么美丽可爱的花啊！”米尔斯小姐则微笑着，若有所思，仿佛在说：“你们这些蜉蝣啊，在这充满着希望、阳光明媚的上午，尽情享受短暂的人生吧！”我们一同走过草坪，走向已经在等待着的马车。

我不会再有这种骑马出游的经历了，过去也不曾有过。那辆轻便马车里，就只有他们三个人，他们的食品篮，我的食品篮，还有吉他琴盒。当然，马车是敞篷的，我骑马走在后面，多拉坐在马车上背朝着马匹，面向着我。她把那束花放在身边的坐垫上，不准吉普坐在她身旁，担心它会把花压坏。她还常常把花拿在手上，闻一闻花香。当时我们的目光时常相遇，令我备感惊诧的是，自已竟然没有从灰骏马的头部翻过去摔进马车里。

我相信，途中有尘土。相信途中尘土飞扬。依稀记得，斯彭洛先生看见我骑马走在车后面的灰尘里，还劝过我，可是我一点没有觉察到。我觉察到，多拉周围笼罩着的只有一片爱与美的雾霭，别的什么都没有。斯彭洛先生有时候会站起来，问我景色怎么样。我说令人赏心悦目。我肯定实际情况就是这样的，不过在我眼里，整个景色就是多拉。阳光照耀着多拉，鸟儿歌唱着多拉，南风吹拂着多拉，围篱上开着的野花，包括花蕾，全都是多拉。令我感到心情愉快的是，米尔斯小姐理解我。只有米尔斯小姐完全理解我的心情。

我不知道，我们走了多远的路程，直到此时此刻，我都不明白我们到了什么地方。或许到了吉尔福德[①]的附近。或许《天方夜谭》中的某位魔法师那天打开了那个地方的门，而等到我们离开了之后，把门永远关闭了。那是山坡上的一片绿地，绿草如茵，树木成荫，石楠遍地，极目远望，美不胜收。

看到有人在那儿等着我们，这是件令人难以忍受的事情，因此我妒意浓烈，无法控制，即便是对着女士也罢。但是，所有男士——尤其是有一个江湖骗子，比我年龄大三四岁，长着一把红胡子，仗着红胡子耀武扬威，令人无法忍受——全都是我的死敌。

我们全都打开了自己带去的食品篮，忙着准备起野餐来了。红胡子自诩说会做沙拉（我根本不相信），他自我表现一番，目的就是引起大家注意。有几位小姐就帮他洗莴苣，并且在他的指点下切成薄片。多拉是这其中的一位。我感觉到，命运之神安排了我同那个男人决斗，我们中只有一个不会倒下。

红胡子做着他的沙拉（我真不知道他们怎么吃得下那东西，我是无论如何也不会去碰的），同时，还推荐自己负责安排酒窖。讨厌鬼头脑精明，竟然想出了一个办法，把一棵树的空树干当作酒窖。过了一会儿，我看见他盘子里盛着大半个龙虾，坐在多拉的脚边吃了起来！

那幅扫兴的景象闯入我的视线之后，我对于后面一段时间里出现的情况只有一个模糊印象。我知道，自己开心快乐，但快乐的心情是装出来的。我和一个穿粉红色衣服的小眼睛姑娘打得火热，一个劲儿地同她打情骂俏，她也欣然接受我对她的殷勤，但是，到底她纯粹是由于我的原因，还是在红胡子身上打了什么主意，我说不准。大家举杯祝多拉健康，我举杯祝愿时，装作特地为此中断了同人家的对话，举过杯之后立刻又说了起来。我向多拉鞠躬行礼时，遇上了她的目光，感觉到目光中含有祈求的意味。但目光是越过红胡子的头朝我看过来的，但我不为其所动。

---

① 英格兰萨里郡的一座城市，坐落在伦敦西南二十五英里处。

那个穿粉红色衣服的姑娘有个穿一身绿色衣服的母亲。我倒是觉得，做母亲的存心要把我们分开。虽然如此，这时候所有人都散开了，大家把剩下的食物收拾掉。我自顾自地到树林间散步去了，心里面又是气愤又是懊悔。我心里正在寻思着，要不要假称说自己身体不舒服，骑上那匹灰色骏马赶紧逃跑，我不知道要逃到哪儿去。突然，多拉和米尔斯小姐遇上了我。

"科波菲尔先生，"米尔斯小姐说，"你闷闷不乐啊。"

我请求她原谅，没有的事。

"还有多拉，"米尔斯小姐说，"那就是你闷闷不乐。"

噢，天哪，没有！一点儿也没有。

"科波菲尔先生和多拉！"米尔斯小姐说，她怀着令人肃然起敬的神情，"闹够了吧，可不要让微不足道的误会摧残了春天的花朵啊，鲜花一旦开放了，摧残了，就不可能重新复原。我所说的话，"米尔斯小姐说，"根据以往的经验，那个遥远的一去不复返的过去。清泉在阳光下喷出，决不能因为仅仅是执拗任性就将其堵塞。撒哈拉沙漠上的绿洲决不能随意就铲除了。"

我几乎都不知道自己干了什么，浑身发烫，不同寻常，但我握住了多拉的小手，吻了一下，她放任了我！我也吻了米尔斯小姐的手。我想象着，我们大家一下子登上第七重天了。

我们再也没有下来过，整个夜晚就一直待在那儿。一开始，我们在树林中来回漫步，多拉羞答答地挽着我的胳膊。确实啊，虽然这全是傻念头，但是如果能够永远抱着那些傻念头，永远在树林中漫步着，那该有多么幸福啊！

可是，转眼工夫，我们就听见其他人说说笑笑的声音，还听到在喊"多拉到哪儿去了！"于是，我们返回到他们中间，他们想要多拉唱歌。红胡子要去马车上取装吉他的琴盒，但多拉对他说，除了我之外，谁都不知道琴盒放在哪儿。这么一来，红胡子瞬间就完蛋了。是我把吉他琴盒提来的，是我把吉他琴盒打开的，是我把吉他拿出来的，是我坐在她的旁边，是我帮助她拿着手帕和手套，是我全神贯注地倾听她美妙歌声中的每一个音符，她为爱着她的我而歌唱，所有其他人可以尽情地鼓掌欢呼，但他们跟这事毫无关联！

我如痴如醉，沉浸在欢乐之中，但由于太过幸福了，唯恐这不真实，以致马上就会在白金汉街的住处醒来，听见克鲁普太太准备早餐时把茶杯弄得叮当作响。但是，多拉唱歌，其他人唱歌，还有米尔斯小姐唱歌，唱的是记忆洞穴中沉睡的回声，她好像已经是百岁老人了。夜色降临，我们喝着茶，像吉卜赛人那样用水壶煮茶，仍然尽情地享受着快乐。

野餐会结束时，我比以往任何时候都更加幸福快乐。其他人，即那个吃了败仗的红胡子和所有人都分道扬镳，各走各的方向，我们就着宁静的傍晚和暗淡的夜色，踏上了我们的路途，甜蜜的芳香弥漫在我们的周围。斯彭洛先生喝了香槟酒之后有点昏昏欲睡，他向生长了葡萄的土地致敬，向酿成了酒的葡萄致敬，向使葡萄成熟的太阳致敬，还要向把酒进行勾兑的商人致敬！他很快就在马车的一角睡着了，于是，我一边策马并行，一边同多拉说话。多拉称赞我的马，并抚摸它。噢，小手放在马的身上，显得多么可爱啊！她的披肩不能妥妥帖帖地披在身上，我时不时地用手臂探过去把它披好。我甚至想象着，吉普开始明白是怎么一回事，而且懂得，它必须要打定主意，跟我做朋友。

还有那位明达睿智的米尔斯小姐，那位虽然精疲力竭但却和蔼可亲的遁世者，那位二十岁小长老早已经了却尘缘，无论如何也不会让记忆洞穴中沉睡的回声苏醒，就是她，做了一件多么了不起的善事啊！

“科波菲尔先生，”米尔斯小姐说，“请到马车这边来一下，如果你能抽出片刻时间的话，我有话想要跟你说。”

看看我，骑在灰色骏马的背上，身子俯在米尔斯小姐一侧，手搭在马车的门上！

“多拉要陪同我去我家待一阵子，后天就出发，如果你乐意的话，我想爸爸见了你会很高兴的。”

除了默默地祈求上帝赐福于米尔斯小姐，还有牢牢地记住她家的地址，我还能做什么啊！除了用感激的表情和热切的言辞告诉米尔斯小姐，我有多么感激她的热心帮助，多么珍惜她的诚挚友谊，我还能做什么啊！

接着，米尔斯小姐态度友善地要我离开，并说："回到多拉那边去吧！"于是我去了。多拉身子朝马车外倾着同我说话，接下来我们一路上说个不停。我骑在灰色骏马上离马车轮很近，结果靠近轮子的马前腿被擦伤了，"擦掉了皮，"正如马的主人说的，"得赔偿三英镑七先令。"我照价赔了，并且认为，享受到了这么多快乐，真是太便宜了。这时候，米尔斯小姐坐在那儿仰望着月亮，低声吟诵着诗句，我想，同时还在回忆着她自己同尘世紧密相连的昔日时光。

通向诺伍德的路程太短了，到达那儿的时间太短促了。但是，等到快要到达的时候，斯彭洛先生醒过来了，并且说："科波菲尔，你得进去休息一下！"我答应了，我们吃了三明治，喝了兑水的葡萄酒。在灯光通亮的房间里，多拉脸色绯红，非常可爱，我感到难舍难分，坐在那儿，如梦如幻，凝神看着多拉。最后，我听到了斯彭洛先生的鼾声，这才充分意识到自己该要告辞了。于是我们离别了，我策马扬鞭一路返回伦敦，临别时多拉同我握手的感觉还在我的手上停留，我千万次地回味着每一个细节和每一句话。最后终于在自己床上躺下了，但还是像任何被爱弄得神魂颠倒的小傻瓜一样，心醉神迷。

第二天早晨醒来时，我下定决心要向多拉表白我的情感，以便弄明白自己的命运如何。幸福美满还是悲惨凄苦，这是现在要面临的问题。我知道，在这个世界上，不存在别的问题，只有多拉才能给我提供问题的答案。我在充满了苦恼的舒适状态中度过了三天，心里很纠结，对于我和多拉之间发生的所有事情，凡是令人失望的解释都想到了。最后，我不惜一切代价特地梳妆打扮了一番，带着要表白的打算，去米尔斯小姐家里。

在我能够鼓起勇气走上台阶敲门之前，自己沿着街道来回徘徊了多少次，绕着广场转了多少圈。内心充满了痛苦，我终于意识到，对于那个古老的谜语而言，这个答案比起最初那个要更加理想得多，但是现在已经并不重要了。最后我终于敲了门，在门口等待着，即便到了这个时候，我都还在慌忙之中有了一个想法，问一声这是不是布莱克博伊先生的家（模仿已故巴吉斯的做法），然后说声抱歉走人。但是，我还是坚持下来了。

米尔斯先生不在家，我本来就希望他不在家。没有谁需要他。米尔斯小姐在家，有她就够了。

我被领到了楼上的一个房间，米尔斯小姐和多拉在里面，吉普也在。米尔斯小姐在抄写乐谱（我记得，那是一首新歌，名字叫作《爱的挽歌》），多拉在描画花朵。当我认出了那是我买的花朵的时候，我多么激动啊。就是我在科文特加登市场买的！我不能说，花画得很像，或者特别像我曾经看到过的什么花朵，但是，我从那画得非常逼真的裹花纸看出，那画上面是什么内容。

米尔斯小姐见到我后很高兴，同时感到很遗憾，她爸爸不在家，不过，我觉得，我们全都不在乎这个。米尔斯小姐说了一会儿话，然后把笔放在《爱的挽歌》的乐谱上，起身离开了房间。

我开始觉得，表白的事要推迟到明天。

"但愿你那匹可怜的马那晚回到家后没有累坏，"多拉说，她抬起美丽的眼睛，"对它而言，那可是一段很长的路啊。"

我开始觉得，表白的事今天就要办。

"对它而言，那是一段很长的路，"我说，"因为途中没有任何事情支撑它。"

"可怜的马啊，没有吃什么东西吧？"多拉问。

我开始觉得，还得把表白的事推迟到明天。

"吃……吃了，"我说，"把它照顾得可好呢，我的意思是说，它没有享受到在你身边享受到的那种无法言表的幸福快乐。"

多拉低着头画画了，过了一会儿——在那期间，我坐在那儿，身上发热，双腿麻木——她说：

"可有一阵子，你好像并没有享受到那种幸福快乐嘛。"

我看出，自己没有退路了，必须此刻就表白。

“你坐在基特小姐身边时，”多拉说，她眉头稍稍地扬了起来，摇了摇头，“一点儿都不在乎那种幸福快乐啊。”

我该说明一下，基特是那个身穿粉红色衣服，长着小眼睛的姑娘的名字。

“不过，毫无疑问，我不知道你为何要在乎，”多拉说，“或者说，要把那称作幸福快乐。你把它称作幸福的原因？但是，当然，你是言不由衷，说的不是心里话。我肯定，没有人会怀疑你自行其是，想干什么就干什么。吉普，你个淘气的孩子，过来！”

我不知道自己是怎么行动的，反正瞬间就行动了。我挡住了吉普，把多拉搂到了怀里。我滔滔不绝，没有打一个字的顿儿，告诉她，自己有多么多么爱她。告诉她，离开了她，我活不下去。告诉她，我把她当成偶像，顶礼膜拜。这期间，吉普疯狂地吠个不停。

多拉垂着头，哭泣着，颤抖着，这时，我更加滔滔不绝起来。如果她要我为了她去死，她尽管开口好啦，我随时做好了准备。没有多拉的爱，生命没有任何意义。我忍受不了，也不会忍受。自从我第一次见到她之后，我就日日夜夜、每时每刻爱着她，每时每刻都爱她爱得发狂。我要永远每时每刻爱她爱得发狂。人们从前爱过，而且还会相爱来着。但是，没有任何人像我一样，可以、能够、愿意、应该爱多拉。我的话说得越多，吉普吠得越凶。我们俩都以各自的方式时刻变得更加疯狂。

行啊，行啊！我和多拉后来坐到了沙发上，平静下来了，吉普躺在她膝盖上，平静祥和地朝我眨着眼睛。我放下心来了，高兴得如痴如醉。我和多拉订婚了。

我认为，我们心里都想到了，这事要等到结了婚才算是圆满了，我们必须得这么认为，因为多拉明确提出，没有她爸爸的首肯，我们是不能够结婚的。但是，我们青春年少，欣喜若狂，我认为，我们都不会真正对事情前思后想，或者心怀着超出眼下懵懵懂懂状态的什么远大志向。我们说好了这事要向斯彭洛先生保密，但是，我可以肯定，自己当时压根儿没有想到过，这事有什么不光彩的地方。

多拉去找米尔斯小姐，并把她叫了回来，这时候，米尔斯小姐比平常更加忧心忡忡。我理会到了，发生过的事情有可能唤醒记忆洞穴中沉睡的回音。但是，她向我们表示了祝福，而且保证，友谊长存。她同我们说话时，声音从总体上来说，如同从修道院发出来的。

那是一段多么悠闲自在的时光啊！那又是一段多么不切实际、幸福快乐、荒谬可笑的时光啊！

当时，我量了多拉的手指，以便定做一个“勿忘我”图案的戒指。但我把尺码交给珠宝商时，他知道了我是什么意思，对着定做登记簿笑了起来。对于这么一个精巧的小玩意儿，上面镶有蓝宝石，由着他漫天要价。因此，我昨天碰巧看到女儿手指上的另一只戒指时，记忆中出现了多拉的手指的形象，心中瞬间有了一种痛苦的感觉。

当时，我激动的内心里藏着那个秘密，四处走动，兴致勃勃，爱着多拉，同时又被她爱着，备感尊严体面。所以，即便我登上了空中，同匍匐行走在地上的人们相比，我也不会满足于自己的地位过高。

当时，我们在广场的花园里相会，坐在光线暗淡的凉亭里，幸福美满，以致我到现在都爱伦敦的麻雀，没有别的原因，就因为可以从它们烟灰色的外表上看到热带鸟类的羽毛！

当时，我们有了第一次激烈的争吵（那是我们订婚后不到一个礼拜的事），多拉这时退回了我送给她的戒指，还附了一封折成三角形的让人肝肠寸断的短信，信中的措辞令人毛骨悚然，“我们的爱情以荒唐可笑的方式开始，却以愤怒狂乱的方式结束！”可怕的文字让我看了之后揪扯起自己的头发，直叫着，一切都完了！

当时，趁着夜色昏暗，我跑去找米尔斯小姐，悄悄地在她家后厨房见到了她，那儿放着一架轧布机，我恳请米尔斯小姐从中调解，避免她失去理智的行为。当时，米尔斯小姐承担了这项使命，领着多拉返回。她用自己苦难的青春像是讲经布道，恳请我们互忍互让，避开撒哈拉沙漠。

当时，我们哭了，重归于好，又一次幸福美满起来，所以，那间后厨房，轧布机，还有一切的一切，演变成了爱神的圣殿，我们在此订出了一个计划，即通过米尔斯小姐的传递，每天每人至少写一封信！

那是一段多么悠闲自在的时光啊！那又是一段多么不切实际、幸福快乐、荒谬可笑的时光啊！在由时光老人掌握着的我的全部时光中，没有任何一段，让我回忆起来像这样露出一半会心的微笑，会感觉到一半这样温馨甜蜜。

第三十四章

姨奶把我吓了一大跳

我和多拉刚一订婚，就给阿格尼丝写了信，信写得很长，尽量让她明白，我感觉有多么幸福，多拉有多么可爱。我恳求阿格尼丝，不要把这种爱看成是不假思索的激情，可以施与任何别人，或者同我们过去嘲笑过的那种儿时的幻想有些许相似。我向她保证说，感情深笃，深不可测，同时我还相信，我们的爱情是前所未有的。

那是个风清月明的夜晚，我坐在住处敞开着的窗户边给阿格尼丝写信，不知不觉之中想起了她那清澈明亮而又温柔宁静的眼睛和亲切淑雅的面容，近些日子以来，我生活在浮躁匆忙和激动兴奋的状态之中，而且我的幸福也具有这方面的特征，不知怎么的，她的形象给我的这种生活情境平添了一种平静祥和的氛围，以致我受到了安慰，感动得流泪了。我现在记得，当信写到一半时，我用一只手托着头坐在那儿，心中洋溢着一种幻想，仿佛阿格尼丝就是我自然家庭中的一个部分。仿佛这个住处由于有了她的出现，几乎在我眼中变得神圣了，在其静谧舒雅的氛围中，我和多拉比在任何地方都感觉更加幸福美满，仿佛每当我处在爱情、欢乐、悲痛、希望，或者沮丧的状态中，在一切情感状态中，我的心都会自然而然地转向那儿，找到慰藉，找到最最知心的朋友。

有关斯蒂尔福斯的事，我只字未提。我只是告诉她说，雅茅斯那边由于埃米莉出走了，大家伤心悲痛，还有就是，这件事和由于与其有关联的情况，使我受到了双重的打击。我知道，她总是可以凭直觉就猜得出事实真相的，而且她绝不可能第一个说出斯蒂尔福斯的名字。

邮班返回时，我就收到了回信。我看信时，似乎听到了阿格尼丝在同我说话，耳畔像是响着她那真诚恳切的声音。我还有什么可说的啊！

近期我不在家时，特拉德尔来探访过两三次。他看到佩戈蒂在里面，而且听到佩戈蒂说（她总是自告奋勇把情况告诉任何愿意听的人），她是我过去的保姆，于是，他便愉快地同她认识了，坐下来同她聊了一些有关我的情况。佩戈蒂就是这样对我说的，但是，恐怕全都是她一个人说的，而且准是没完没了，因为她这个人一旦谈到我的事情的时候，真的很难停下来，愿上帝保佑她啊！

这时我想起来了两件事：一是要在某个下午等待特拉德尔，时间是他定的，现在时间到了。二是克鲁普太太推掉了属于她职责范围内的一切事务（薪金照拿），直到佩戈蒂离开。涉及佩戈蒂的事，克鲁普太太不止一次在楼梯口高声大气地谈到过，看似跟某个没有露面的熟人交谈，因为实际上家里这个时候就只有她一个人。之后，她还写了一封信给我，详细阐述她的观点。信的开头就是那句用在哪儿都适用的话，适合于她人生的任何事情，也就是，她本人是个做了母亲的人，接着便告诉我，她经历过很不相同的日子，但是，在她人生的所有时期，自己与生俱来地厌恶密探、私自闯入者和告密者。她说，她不指名道姓，让人家自己对号入座，拿着帽子自己戴去。但是，对于密探、私自闯入者和告密者，尤其是身穿孝服的寡妇（这句话用了着重符号），她任何时候都是瞧不起的。如果某位绅士成了密探、私自闯入者和告密者的受害者（但还是不知道姓），那是他自己乐意找的。他有权替自己找乐，那就随他去吧。她克鲁普太太要明确指出的是，她不会跟那种人“扯上瓜葛”。因此，她请求原谅，不再上楼伺候，直到情况恢复到原先的样子，像她希望的那样。她还进一步告知，出于好心，为了免除麻烦，如果她要求结账，她会把那本小账本每个礼拜六放在早餐桌上。

从那之后，克鲁普太太便总会在楼梯上放置一些磕磕碰碰的东西，主要是水罐什么的，处心积虑地要让佩戈蒂摔断腿。我发现生活在这样一种重重围困的状态中，很是惶恐不安，但是，我太惧怕克鲁普太太了，根本想不出什么好的办法。

“亲爱的科波菲尔，”特拉德尔大声喊着，尽管楼梯上障碍重重，他还是准时到了我的房门口，“你好啊！”

“亲爱的特拉德尔，”我回话说，“终于又见到你啦，我真高兴，很抱歉，前段时间一直没在家。但我一直在忙碌着……”

“是啊，是啊，我知道，”特拉德尔说，“当然，我想，你的那位是住在伦敦吧？”

“你说什么啊？”

“她……对不起……多小姐，你知道的，”特拉德尔说，他感到不好意思，脸红了，“我相信，是住在伦敦吧？”

“噢，没错。靠近伦敦。”

“我那位，你或许还记得，”特拉德尔说，他脸上的表情严肃，“住在德文郡，十姐妹中的一个。所以，我不像你那么忙碌，从这一点上来说。”

“你同她见面那么少，”我回答说，“我真是奇怪，你怎么受得了。”

“唉！”特拉德尔说，若有所思，“看起来是奇怪，我看是这样，科波菲尔，因为没有办法，对不对？”

“我看是这样的，”我回答说，露出了微笑，不免还有点脸红，“还因为你有毅力和耐性，特拉德尔。”

“天哪，”特拉德尔说，他琢磨着这个事，“我让你留下了这个印象吗，科波菲尔？我真的不知道自己有这样的品格。但她与众不同，是个可爱的姑娘，所以说，她的那些美德可能对我产生影响。既然你现在提到这个，科波菲尔，我也就不感到奇怪了。我向你保证，她总是忘却自己，细心照料着另外九个姐妹。”

“她是老大吗？”我问。

“噢，天哪，不是，”特拉德尔说，“老大是个大美人。”

我估计，他看出来了，由于他回答得这么干脆坦率，我忍不住想笑。他自己天真的脸上露出了微笑，并且补充说：

“不是，当然，但并不是说我的索菲——漂亮的名字，科波菲尔？我一直认为这是个漂亮的名字，对吗？”

“非常漂亮！”我说。

“不是，当然，但是，在我眼中，索菲人也漂亮，是任何人眼中最最美丽可爱的姑娘之一（我是这么看的）。但是，当我说到老大是个美人儿时，她确实是个……”他挥舞着双手，就像是在描述头上的云彩，“美丽绝伦的姑娘，你要知道。”特拉德尔说着，精神抖擞。

“可不是嘛！”我说。

“噢，我敢向你保证，”特拉德尔说，“美丽绝伦，确实是！可是啊，你知道的，她生就了参加社交和受人爱慕的坯子，但由于她们的条件所限，不能够尽情地享受，所以她有时候显得容易生气和对人苛刻。索菲会逗她开心！”

“索菲是最小的吗？”我随口问了一句。

“噢，天哪，不是！”特拉德尔说，他抚摸着下巴颏，“最小的那两个，一个九岁，一个十岁，索菲管教她们。”

“那她就是排行第二的女儿啰？”我又随口问了一句。

“不是，”特拉德尔说，“萨拉排行老二。萨拉脊椎有问题，可怜的姑娘。医生说了，她的毛病会慢慢好起来的，但眼下她得卧床十二个月，索菲伺候她。索菲排行老四。”

“母亲还健在吗？”我问。

“噢，是的，”特拉德尔说，“她还健在，是个出色的女人，确实是，但乡村里潮湿[1]，她的身体适应不了，而且……实际上，她下肢已经瘫痪了。”

“天哪！”我惊叹了一声。

“很不幸，对不对？”特拉德尔说，“不过，仅仅从家庭方面来看，情况倒不是太坏，因为索菲代替了她的位置。对于她母亲来说，就像母亲本人对待另外九个孩子一样，索菲就好比是母亲。”

---

① 德文郡是全英国雨水最多的地方。

对于这位年轻小姐的善良美德，我由衷地感到敬佩。我真心诚意地想要尽自己的最大努力，避免特拉德尔善良的天性被人利用，以致殃及他们未来的共同生活，于是我问了一声："米考伯先生怎么样？"

"他挺好的，科波菲尔，谢谢你，"特拉德尔说，"我们眼下没有同他住在一起。"

"没有？"

"对。要知道，真实情况是，"特拉德尔说，他轻声细语，"由于他暂时境况窘迫，所以把名字改成莫蒂默了，要等到天黑以后才会外出，那个时候都还要戴上眼镜。由于拖欠房租，我们原先住的房子已被法院强制执行了。米考伯太太的情况糟透了，我不能不在我们在这儿说到过的那第二张期票上签字。看到有了这个手续之后，事情总算有着落了，你可以想象得到，我的心里别提有多高兴，科波菲尔，而米考伯太太也振作起了精神。"

"哼！"我哼了一声。

"不过，她欣喜的情绪并没有持续很久，"特拉德尔接着说，"因为，不幸的是，没过一个礼拜，又迎来了一次法院强制执行。这样使得那个家就散掉了。打那以后，我就住在一套带家具的公寓里，莫蒂默一家真的就东躲西藏了。科波菲尔，如果我说出来，那个估价人拿走了我那张带大理石桌面的小圆桌，还有索菲的花盆连同座子，我希望你不会认为我这是自私吧？"

"太不近人情了！"我义愤填膺地大声说。

"这是一件……这是一件难办的事，"特拉德尔说，他说这个话时，还跟平常那样畏畏缩缩，"不过，我提起这件事，并不是要埋怨什么，而是有别的意思。事实是，科波菲尔，在那些东西被扣押查封时，我无法把它们赎回。首先，扣押财物代售人看出来了，我很需要那些东西，所以把价格抬高到离谱的程度。其次，我……身边没有钱。不过嘛，从那以后，我一直眼睛盯着代售人的店铺，"特拉德尔说，他样子神秘兮兮，颇为得意，"他那家店铺就在托特纳姆法院路上的第一家。今天，我终于看到他把那些东西拿出来卖了。我只是隔着街道在店铺的对面看到的，因为如果代售人看到了的话，天哪，他准会漫天要价！现如今倒是有钱了，我突然想到，有件事你或许不会反对的，那就是请你那位好心的保姆陪同我到店铺那边去一趟，我可以在邻街的拐角处把那家店铺指给她看。如果说她自己要买那些东西，那就可以还得一个理想的价格，这个她是办得到的！”

特拉德尔兴致勃勃地把这个计划说给我听，同时他感到这项计策不同凡响，这些情况我都记忆犹新。

我告诉他说，我的老保姆一定会很乐意帮助他，并说我们三个人一起上阵，不过，有一个条件。那就是，他得郑重其事地下定决心，答应以后不再以他的名义或其他什么东西借钱给米考伯先生了。

“亲爱的科波菲尔，”特拉德尔说，“我都已经做了这样的事了，因为我开始感觉到，自己不仅办事欠考虑，而且着着实实对索菲不公平。我的话已经说出口了，当然也就用不着担心什么。但我也要心悦诚服地向你做出郑重承诺。那第一笔倒霉的债务我已付清了。毫无疑问，如果米考伯先生自己有这个能力，他是一定会付的，可他没有这个能力。有件事情我得说一说，这是米考伯先生身上表现出来的我很喜欢的一点，科波菲尔。它与第二笔债务有关联，那笔债现在还没有支付呢。他没有对我说，那笔钱已经筹到了，而是说他会去筹。你瞧，我觉得他这事做得光明磊落，诚实坦率！”

我不愿挫伤好朋友的自信，所以也就表示认同了。我们再聊了一会儿之后，便绕到了那家杂货店，去找佩戈蒂。特拉德尔不同意留下来陪我过夜，有两个原因：一是他心急火燎，担心有人会抢在他前面把东西买走；二是晚上他要给那个世界上“最最可爱的姑娘”写信。

当时的情景我永志不忘，佩戈蒂在讨价还价要买那些宝贝时，特拉德尔站在托特纳姆法院路的拐角处偷偷盯着看。还有佩戈蒂讨价还价不成，慢慢朝着我们走回来，态度软下来了的代售人又召唤她，结果她返回去了，这时候他那激动的样子。最后的结果，佩戈蒂用还算便宜的价格买到了那些东西，特拉德尔心花怒放。

“我非常感激你，真的，”听说已经安排好了，东西当天晚上送到他住的地方，特拉德尔说，“如果我再请求你帮一个忙，希望你不会觉得很荒唐吧，科波菲尔？”

他还没有说帮什么忙，我就说“当然不会”。

“那好，如果你行行好，”特拉德尔对佩戈蒂说，“现在就去取那个花盆，我觉得我应该（因为那是索菲的，科波菲尔）亲自把它拿回家去！”

佩戈蒂很乐意帮他去取花盆，他对她千恩万谢，然后深情款款地抱着花盆沿着托特纳姆法院路走，我从他脸上看到的是最最兴高采烈的表情。

然后，我们转身朝着我的住处走去。佩戈蒂被那些店铺吸引住了，我从来不觉得它们对别的什么人有如此的魅力，于是我便信步走着，速度很慢，我看见她盯着橱窗看的样子便觉得很有趣，我还时常遵从她停下来等她。我们走了很长一段时间才到达阿德尔菲。

上楼时，我提醒她注意，克鲁普太太放置的那些磕磕碰碰的东西突然不见了，还有刚刚有人走过的脚印子。我们再往上走，结果非常惊讶地发现，住处外面的那扇门敞开着（我离开时是关好了的），而且还听到室内有声音。

我们两个人面面相觑，不明就里，于是走进了起居室。令我们惊诧不已的是，里面不是别人，而是我姨奶和迪克先生！姨奶坐在一堆行李上喝茶，她的两只鸟摆在跟前，那只猫坐在她膝上，那样子就是个女鲁滨孙·克鲁索。迪克先生若有所思，倚靠在一只硕大的风筝上，就是我们先前常常出去放的那种，周围堆放了更多行李！

“亲爱的姨奶！”我大声喊着，“啊，真是喜出望外啊！”

我和姨奶亲切地拥抱，和迪克先生亲切地握手。而克鲁普太太正忙着沏茶，别提有多殷勤了，她热情洋溢地说，她很清楚，科波福尔先生见到自己心爱的亲戚时，准会心都跳到嗓子眼了。

“嘿！”姨奶对佩戈蒂说，因为佩戈蒂面对自己的威严显得畏首畏尾，“你还好吗？”

“你记得我姨奶吧，佩戈蒂？”我问。

“天哪，孩子啊，”姨奶激动地说，“不要再用那个南海岛上的名字来称呼这个女人啦！如果她结了婚不用那个名字了，而不用是明智的做法，那你为何不把她的名字改一改呢？你现在叫什么名字，佩？”姨奶这样叫着，也算是对那个讨厌的名字的一种妥协让步。

“巴吉斯，小姐。”佩戈蒂回答说，行了个屈膝礼。

“行啊，这才像人的名字呢，”姨奶说，“这个名字听起来倒是不需要传教士来帮忙。你好啊，巴吉斯！但愿你一切都好吧？”

巴吉斯听了姨奶这几句和蔼可亲的话后备受鼓舞，加上又看到姨奶伸出了一只手，便走上前，握住了那只手，行起了屈膝礼表示感激。

“我知道，我们都比过去老了，”姨奶说，“我们过去只见过一面，你知道的，当时，我们干了一件好事啊！特罗特，亲爱的，再来一杯吧。”

我殷勤周到，把茶递给了姨奶，她还是像平时那样身子骨直挺挺的。我便壮着胆子劝她不要坐在箱子上。

“我把沙发或者安乐椅拖到这儿吧，姨奶，”我说，“您何必这么坐着不舒服呢？”

“谢谢你，特罗特，”姨奶回答说，“我宁愿坐在自己的财产上。”姨奶说到这儿，盯着克鲁普太太看，然后说，“我们不麻烦你在这儿等，太太。”

“要不要我离开之前在茶壶里加点茶叶，小姐？”克鲁普太太说。

“不用了，谢谢你，太太。”姨奶回答说。

“要再拿块奶油来吗，小姐？”克鲁普太太说，“或者拿个新下的鸡蛋尝尝？要不给您烤一点儿熏肉片来？难道我就不能替您亲爱的姨奶做点什么吗，科波福尔先生？”

“不需要做什么，太太，”姨奶回答说，“我这样很好，我谢谢你啦。”

克鲁普太太的脸上没完没了地堆着笑容，表明自己的脾气如何如何亲切和蔼，没完没了地把头歪向一边，表明自己整个身子骨如何如何弱不禁风，没完没了地搓揉着双手，表明渴望着伺候值得伺候的对象。然后，微笑着，歪着头，搓着手，走出了房间。

“迪克！”姨奶说，“你还记得我对你说过的那些趋炎附势和见钱眼开的人的事吧？”

迪克先生——一脸惊愕，似乎是已经忘记了——赶忙做了肯定的回答。

“克鲁普太太就属于那种人，”姨奶说，“巴吉斯，我要麻烦你照看一下茶水，给我再来一杯吧，因为我不喜欢那个女人倒茶。”

我很了解姨奶，心里知道，她心里有什么重要的事情，这次来一定有很重要的事情，这个情况外人是不可能想得到的。我注意到，当她认为我的注意力集中到别的事情上时，便把目光落在我的身上。尽管她外表不动声色，沉着冷静，可她心里面却异常犹豫不决。我开始思考，自己是不是做了什么事情惹她生气了。我的良心在低声地对我说，我还没有把多拉的事告诉她呢。我心里纳闷着，是不是会是这件事情啊！

我知道，她只有到自己认为合适的时机才会说出来，所以我在她身边坐下，对着鸟儿说话，逗那只猫玩，尽可能地轻松自如。但是，实际上我远远做不到轻松自如。迪克先生倚靠在姨奶身后的那个大风筝上，他抓住一切时机偷偷地朝我摇头，同时还指着姨奶，即便没有这种情况存在，我也远远做不到轻松自如。

“特罗特，”姨奶喝完了茶，她小心翼翼地抚平了自己的衣服，然后，擦了擦自己的嘴，终于开口说话了，“你不必离开，巴吉斯！特罗特，你能不能做到坚定沉着、自力更生？”

“但愿能够，姨奶。”

“你认为怎么样？”贝齐小姐问了一声。

“我认为能够，姨奶。”

“那么，行啊，宝贝儿，”姨奶说，她态度庄重地看着我，“想想看，今晚我为何宁可坐在自己的这些财产上面？”

我摇了摇头，猜不出。

“因为，”姨奶说，“这是我的全部家当。因为我倾家荡产了，宝贝儿！”

即便这幢房子连同我们所有人全部坠入了河里，我也不可能会比这更加震惊。

“迪克清楚这事，”姨奶说，她态度平静地把手搭在我肩膀上，“我倾家荡产了，亲爱的特罗特！除了那幢房子，我在世界上拥有的一切全都在这间房子里面。我叫珍妮特拿去出租了。巴吉斯，今晚我得替这位先生弄到个床位。为了节省开支，或许你可以帮我在这儿想想办法。怎么样都行。只是今天一个晚上。明天我们再详细说这事。”

一时间，姨奶搂住我的脖子，哭泣着说，她是替我感到难过，我这才从惊愕和替她担忧的情绪状态中缓了过来，毫无疑问，我是替她担忧。过了一会儿，她强忍着感情，显得情绪高昂，而不是垂头丧气，并说：

“我们必须勇敢地面对逆境，不被困难吓倒，亲爱的。我们要学会把戏演完，在不幸当中生活下去。特罗特！”

第三十五章

意气消沉

姨奶带来的消息如五雷轰顶，一时间把我弄得六神无主，但我一旦恢复了平静之后，便建议迪克先生去杂货店那边，睡到佩戈蒂先生最近空出来的床上去。那家杂货店地处亨格福德市场，而亨格福德市场那个时候跟现在很不相同，店铺门前有一道低矮的栅栏，就像老式晴雨计[①]里那种住着小男人和小女人的房子前部一样，迪克先生看过之后兴致勃勃。住在这样一种风格的建筑上面的公寓里，他感到很荣幸，我敢说，这为他弥补了诸多不便。但是，实际上，只有前面提到过五味杂陈混在一起，还有或许缺少一点活动空间，除此之外，并没有什么不可忍受的地方，因此，迪克先生对于这个住处完全如痴如醉了。克鲁普太太曾怒火满腔地警告他，那儿连逗猫的场所都没有[②]。但是，迪克先生坐在床脚一头，手抚摸着自己的大腿，态度公允地对我说："你知道的，特罗特，我不想逗猫，也从来不会逗猫，所以，她对我说的话有什么意义呢？"

我想要弄清楚，迪克先生是否知道姨奶突遭巨大变故的缘由。正如我预料的，他一无所知。有关这件事，他唯一讲得出来的就是，姨奶前天告诉他说："对啊，迪克，你真真切切是那个像我认为的乐观豁达的人吗？"他听后回答说，是的，但愿是。接着，姨奶说："迪

---

① 晴雨计是有晴雨标记的气压表，根据其水银柱或指针的变化预测天气是晴还是雨。老式晴雨计上会有些装饰，如娃娃、小鸟等。此处即指建筑风格很像晴雨计里的某种装饰。

② 这是英语中的一个成语，意思是，没有活动的余地，地方狭窄。但迪克先生按字面意思理解这句话了，所以他才会说逗猫不逗猫与他无关。

克，我倾家荡产了。”然后他说：“噢，可不是嘛！”然后，姨奶给了他高度评价，他听后高兴不已。后来，他们就到我这儿来了，路上喝了罐装黑啤酒，吃了三明治。

迪克先生一副沾沾自喜的样子，他坐在床脚一头，抚摸着自己的大腿，眼睛睁得大大的，脸上露着惊异的笑容，所以，我很遗憾地说，我当时只得向他做一番解释，破产意味着穷困潦倒，缺衣少食，忍饥挨饿，但我马上又痛苦地责备起自己来，认为自己不该这样冒失，因为我看到他脸色苍白，泪水顺着那张拉长了的脸往下流，目不转睛地看着我，眼神中透着无以言表的悲哀，让人看了之后，不要说是我，即使再铁石心肠的人也都会被软化。可不像我使他神情沮丧那么容易，我费了九牛二虎之力才使他高兴起来。很快我就明白了（其实我一开始就应该明白的），他之所以那么信心十足，完全是因为他认为姨奶是女人当中最最聪明和最最杰出的人，同时也无限地信赖我的聪明才智。对于我的聪明才智，我相信，他认为，只要不是灭顶之灾，任何灾难都可以应付得了。

“我们该怎么办，特罗特？”迪克先生问，“还有那份呈文……”

“毫无疑问，是还有那份呈文，”我说，“但是，我们眼下能够做的，迪克先生，就是保持高兴的状态，不要让我姨奶看出，我们心里面一直想着这件事。”

他对这一点表示赞同，态度极其诚恳，并且请求我说，如果发现稍微有一点点偏离了正轨，就要用我惯用的高招把他给拉回来。但是，我很遗憾地说，我给他造成的惊恐太大了，以致他想方设法都无法掩饰。整个晚上，他都表情沮丧，神态忧郁，目光还时不时地落在姨奶的脸上，好像他看到她当场瘦了下去。他自己也意识到了这个情况，于是控制住自己的脑袋，但是，他脑袋是不动了，坐着，像一架机器似的眼睛不停地转，这样做并没有使情况得到半点改善。吃晚饭时，我看见他盯着一块面包（碰巧又是一块不大的面包），好像我们已经缺衣少食了，就等着挨饿似的。姨奶坚持要他和平常一样吃东西，这时候，我发现，他把面包和干酪的碎片放进衣服口袋。我可以肯定，他之所以这样做，目的就是把这些东西省下来，以便我们到了饿得不行了的时候，可以拿出来充饥。

相反，姨奶倒是心情平静，泰然自若，是我们所有人的榜样，毫无疑问，对我是这样的。他对待佩戈蒂的态度非常和蔼可亲，只有我有时候疏忽大意用佩戈蒂这个名字叫她时除外。尽管我知道，她对伦敦不大习惯，但她还是显得很安心自如。她被安排睡在我床上，我则躺在起居室里，以便守卫着她。她特别看重住处靠近河边这一点，一旦着火也不怕。我看她确实对当时的情况很满意。

“特罗特，宝贝儿，”她看到我配兑她通常夜间要喝的酒时，便说，“不用了！”

“什么都不喝，姨奶？”

“不喝葡萄酒，亲爱的，来点麦芽酒吧。”

“但这儿还有葡萄酒呢，姨奶，您不是一直都用葡萄酒配兑吗？”

“葡萄酒留起来吧，以防生病时需要，”姨奶说，“我们不能大手大脚了，特罗特。我就喝点麦芽酒，半品脱够了。”

我觉得，迪克先生听后定会晕倒并不省人事的，可是姨奶坚定不移，非要这样不可，我便要亲自出去买麦芽酒了。由于时间很晚了，佩戈蒂和迪克先生便抓住机会一同去杂货店那边。我和迪克先生在街道的拐角处才分手，可怜的人，背上背着那只大风筝，简直就像是人类苦难的纪念碑。

我返回住处时，姨奶正在房间里来回踱着步，手里揉捏着帽子的边缘。我依照惯例，烫好麦芽酒，烤好面包，为她准备好。她也准备好了，头上戴着睡帽，睡袍的下摆撩到膝盖边。

“亲爱的宝贝儿，”姨奶一边说，一边喝了一茶匙配兑好了的麦芽酒，“麦芽酒比葡萄酒好喝多了，一半都没有葡萄酒那么伤肝胆。”

我估计，自己当时看上去是一副满腹狐疑的样子，因为她接着补充说：

“啧啧，啧啧，孩子啊。如果我们一直保持有麦芽酒喝，那就很不错了啊。”

“倒是我自己应该这么想来着，姨奶，毫无疑问。”我说。

“行啊，那么，你为什么不这么想呢？”姨奶说。

“因为您和我是很不相同的人。”我回答说。

“一派胡言，特罗特！”姨奶说。

姨奶用茶匙喝着温过的麦芽酒，把面包往酒里面蘸着，神态安详自在，津津有味，这其中如果说有什么做作的话，那也是少之又少。

“特罗特，”她说，“我平常不喜欢陌生人的，但是，我倒是蛮喜欢你那个巴吉斯的，你知道吧！”

“听您这么一说，比进了一百英镑还舒服呢！”我说。

“这真是个不同凡响的世界啊，”姨奶说，她揉了揉自己的鼻子，“可我就是不理解，那女人怎么会取那么一个名字啊。人们会觉得，如果取一个杰克逊或者诸如此类的名字，倒是听起来舒心得多。”

“说不定她也这么想来着，但不是她的过错。”我说。

“我想也不是，”姨奶回答说，她勉强接受我的想法，“但那名字实在让人听了别扭。不过，她现在已经叫巴吉斯了。这多少是一种慰藉。巴吉斯不是一般喜欢你，特罗特。”

“她为了证明这一点可是不遗余力啊。”我说。

“是不遗余力，我相信，”姨奶回答说，“你看，那个可怜人刚才一直央求着，请求拿出她的一部分钱来。因为她的钱财很多，真是个傻瓜啊！”

姨奶高兴得热泪盈眶，泪水都滴到麦芽酒里面了。

“她真是世界上最最可笑的人，”姨奶说，“当初我看到她同你那已经故去的像个娃娃似的母亲在一起，从那一刻起，我就知道，她是世界上最最可笑的人。不过巴吉斯身上还是有优点的！”

她假装哈哈大笑，并趁机把一只手凑到眼睛边，用手擦了擦，然后接着吃面包，同时继续说话。

“啊！天哪！”姨奶叹息着说，“我全都知道了，特罗特！你和迪克出去的那会儿，我和巴吉斯正聊着呢。我全都知道了。在我看来，真不知道那个不讲脸面的女孩子要到哪儿去。我就纳闷了，她怎么就不把脑袋往壁炉架上撞，撞出脑浆来啊。”姨奶说，她的这个想法说不定是她凝视了我的壁炉架之后萌生出来的。

“可怜的小埃米莉！”我说。

“噢，不要对我说什么可怜的事，”姨奶回答说，“她在导致这场痛苦之前，就应该想到这一点的！吻我一下，特罗特。你年纪轻轻的就有这样的经历，我替你难过。”

我向前俯过身去的当儿，她把手上那只平底酒杯放到我膝盖上挡住了我，然后说：

“哦，特罗特，特罗特！你想象着自己在恋爱了！对吧？”

“想象着，姨奶！”我激动地说，满脸通红，“我是全心全意爱慕她来着！”

“那个多拉，可是真的！”姨奶紧接着说，“你的意思是说那个小姑娘很迷人，我猜是这样吧？”

“亲爱的姨奶，”我回答说，“您简直就想象不出她有多么可爱！”

“啊！不会是傻乎乎的吧？”姨奶说。

“傻乎乎？姨奶！”

说老实话，多拉是傻还是聪明，我还真的片刻都没有考虑过。当然，我憎恨这种想法，但是，由于这完全是个新的想法，所以我还是显得有点吃惊的样子。

“她不轻浮无知吧？”姨奶说。

“轻浮无知？姨奶！”我和前面重复的那一句一样，只能怀着同样的情感重复这个出人意料的猜测。

“行啊，行啊！”姨奶说，“我只不过是问一问而已，并非要贬损她。可怜的一对小年轻！所以，你觉得你们是天生的一对儿，并且要像两块精致的糕点一样，摆在晚餐桌上过日子，对不对，特罗特？”

她问我话时，语气热情友好，态度温柔体贴，半开玩笑半显忧虑，令我深受感动。

“我们年轻，缺乏经验，姨奶，我知道，”我回答说，“我敢说，我们说话，考虑问题，有很多糊涂傻气的地方。但我们是真心相爱的，我可以肯定。如果我觉得多拉会爱上别的什么人，不再爱我了，或者我会爱上别的什么人，不再爱她了，我都不知道自己该怎么办。我想，我会失去理智的！”

“啊，特罗特！”姨奶说，她摇了摇头，表情严肃地微笑着，“盲目，盲目，盲目啊！”

“我知道的，一个人，特罗特，”姨奶停顿了一下后接着说，“尽管她性格柔顺，但感情真挚，这使我想起了那个故去的娃娃。感情真挚正是这个人要追求的，以便使她立足，使她升华，特罗特。感情真挚表现在深厚浓烈、直接坦率、矢志不移。”

“要是您知道多拉有多么感情真挚，那该多好啊，姨奶！”我大声说。

“噢，特罗特！”她又说了一声，“盲目，盲目啊！”不知什么原因，我心里隐隐地感到不悦，有种失落感，缺少某种像云一样地遮蔽我的东西。

“然而，”姨奶说，“我并不想让两个年轻人否认他们的爱情，或者让他们感到不幸福。所以说，尽管这是少男少女之间的恋情，少男少女之间的恋情常常——请注意！我说的不是永远——没有结果，但我们仍然要郑重其事地对待，希望将来有个幸福美满的结果。当然，成就美满需要足够的时间！”

这番话，对于一对如痴如醉的恋人来说，总体上听了会很不舒服，但是我把心里的话说给姨奶听了，还是很高兴的，同时我担心她已经很累了。于是，我对她给我的关心提醒表示了热情的感谢，同时也感谢她在其他方面对我关怀体贴。温柔体贴地道过晚安之后，她戴上睡帽，进了我的卧室。

我躺下之后，心里感到多么痛苦啊！我思绪万千，想了很多事，想到自己在斯彭洛先生的眼里是一副可怜兮兮的样子。想到自己向多拉求爱时，并不像自己认为的那样。想到自己应该慷慨大度地如实告知多拉自己的经济状况，如果她认为有必要，可以请她解除婚约。想到自己在漫长的见习期内挣不到分文，却要如何艰难地过日子。想到自己要做点什么帮一帮姨奶，可又看不到任何帮忙的途径。想到自己落魄到口袋里一文不名，衣衫褴褛，无力给多拉买任何小礼物，不能骑灰色骏马，无法展示自己的气派！我这样满脑子想着自己的艰难困苦，尽管我知道这样做卑鄙无耻，自私自利，而且我意识到了这个情况之后，心里备受折磨，但是，我对多拉一往情深，无法不想起这些事。我知道，自己没有多考虑一点姨奶的事，少想一点自己的事，这样做显得不厚道，但是，到现在为止，自私自利的德行就是无法同多拉分离开来，就是无法把多拉同任何肉眼凡胎搁置在一起。那个晚上，我有多么痛苦，无法言表！

说到睡眠，我梦魇不断，梦见贫穷以形形色色的形式呈现，我似乎没有进入梦乡这道程序就做起梦来了。时而梦见自己破衣烂衫，想要把火柴卖给多拉，六包卖半个便士。时而梦见自己在事务所里穿着睡衣和靴子，斯彭洛先生劝诫我，不要当着当事人的面衣着不成体统。时而梦见自己饥肠辘辘，捡老蒂费每天掉下的饼干屑吃，通常是在圣保罗教堂上的钟敲响一点时吃。时而梦见自己无可奈何，想要弄到一种结婚证书，娶多拉，可是无法付费，只有尤赖亚·希普的一只手套，整个民事律师公会没人肯接受。但是，由于我仍然或多或少地意识到是在自己的房间里，所以在被褥的海洋中辗转反侧，就像一艘遇难的船。

姨奶也是无法入眠，因为我时不时地听见她来回踱着步。她身穿长长的法兰绒睡衣，看上去有七英尺高，夜间有两三次，像个游魂似的，出现在我的房间，走到我躺着的沙发边上。第一次时，我吓了一大跳，结果得知，她看见了天空中一道特别的亮光，便以为是威斯敏斯特教堂[①]着火了，便过来打听一下，如果风向发生变化，大火会不会有可能蔓延到白金汉街来。然后，我安静地躺下了，结果发现，她在我的身边坐了下来，自言自语地低声说着“可怜的孩子啊！”这时候，我心里明白，她是多么无私奉献，一心想着我，而我自己却是

① 也可译作西敏寺，伦敦著名教堂，是英国国王加冕和著名人物下葬之地。

多么自私自利，一心想着自己，这使我痛苦难受二十倍。

简直令人难以置信的是，一个在我看来如此漫长的夜晚别人却会觉得很短暂。这一情况使得我想啊想，想到了一次聚会，人们翩翩起舞，连续几个时辰，最后也变成了一场梦，我听到音乐没完没了地奏着同一个调子，看见多拉没完没了地跳着同一种舞步，全然不理会我。整个夜晚一直在演奏竖琴的那个人，想要用一顶普通大小的睡帽把竖琴盖起来，可就是盖不住，这时候，我醒了。或者，我应该说，当我停止做睡觉的努力时，终于看见太阳的光线从窗户口照射进来了。

那个时候，斯特兰德大街外一条街道的尽头有一个古罗马浴室——它可能现在还在——我曾多次在里面洗过冷水浴。我穿好衣服，尽可能不弄出动静，让佩戈蒂照顾好姨奶，然后一头冲进浴室，之后步行到汉普斯特德[①]去。当时我希望，用这种振奋精神的办法可以激发一点自己的心智。现在觉得，这样做对心智有好处，因为我很快就得出结论，我应该要采取的第一个步骤是，试试看，我的学徒契约是不是可以解除，从而收回所交的那笔费用。我在汉普斯特德荒原吃了点早餐，然后步行返回民事律师公会，途中顺着洒过水的马路，闻着夏季鲜花的芳香，鲜花开在花园里，由卖花的小贩用头顶着运进城里，我打算通过第一个措施来应对改变了的境况。

我到达事务所的时间过早，于是在民事律师公会周围溜达了半小时，老蒂费这才拿着钥匙出现在门口，他一直是第一个到达的。然后，我在一个光线昏暗的角落里坐下，仰望着照在对面烟囱管帽顶上的太阳光，心里想着多拉，最后，斯彭洛先生进来了，露着一头卷曲的头发。

"你好，科波菲尔，"他说，"今天天气很好啊！"

"是个天气晴朗的早晨啊，先生，"我说，"我能在您去法庭之前

① 伦敦北郊的一个地方，该地方也在狄更斯的好友和合作者即英国著名小说家，《月亮宝石》的作者威廉·威尔基·柯林斯（William Wilkie Collins，1824 年—1889 年）的多部小说中出现。

同您说句话吗？”

“没有问题，”他说，“到我办公室吧！”

我跟着他进了房间，他开始穿上长袍，在里间的一面镜子前整理了一下自己的装束。

“说起来很遗憾，”我说，“我从我姨奶奶那儿得到了很伤心的消息。”

“真的？”他说，“噢，天哪，但愿不是瘫痪吧？”

“不是说她身体有什么问题，先生，”我回答说，“她遭受了巨大损失，事实上，她的财产确实已经所剩无几了。”

“你让我很震惊，科波菲尔！”斯彭洛先生说。

我摇了摇头。“千真万确，先生，”我说，“她突遭变故，所以，我想要问一问您，是不是有可能……当然，站在我们双方的立场上，要损失一部分预付金，”我看到他表情冷漠，便有所警觉了，于是当即加了这么一句，“解除我当学徒的合同？”

我提出这么一个要求，将要付出什么代价，谁也不知道。这就像是请他帮忙，罚我流放，离开多拉。

“解除你的学徒合同，科波菲尔？解除？”

我态度还算沉着冷静，解释说，我除了自谋生路，真不知道如何解决今后的生活所需。我说了，自己并不担心前途的问题。对于这一点，我进行了特别强调，仿佛为了暗示，自己将来一定是一个称职的女婿。但是，就目前的情况来看，我不得不依靠自己。

“听到你这么一说，我感到非常难过，科波菲尔，”斯彭洛先生说，“非常难过。但凭着诸如此类的理由，通常是不解除学徒合同的。这也不符合职业的程序。这不是一个合适的先例，远不是，同时……”

“您真好，先生。”我低声说，指望着他会做出让步。

“哪里的话，客气，”斯彭洛先生说，“同时，我刚才要说的是，如果我自己做得了主，不至于手脚被人家束缚住。如果我没有一个合伙人，乔金斯先生……”

我的希望瞬间化为了泡影，但是我还做了一番努力。

“先生，如果我把这事向乔金斯先生提出来，”我说，“您认为……”

斯彭洛先生令人失望地摇了摇头。“科波菲尔，上帝不允许我，”他回答说，“做对任何人不公的事，更不能做对不起乔金斯先生的事。但是，我了解我的合伙人，科波菲尔。对于这种超出常规的提议，乔金斯先生是不会做出响应的。要乔金斯先生走出常轨，这是很困难的事。你知道他是怎样的一个人！”

毫无疑问，关于乔金斯先生的情况，我只知道一开始他单独一个人干，现在孑然一身，住在蒙塔古广场附近的一幢房子里，可那房子急需油漆了。他每天到得很晚，走得很早，好像从来就没有人找他商议过什么事情。他在楼上有一间属于他自己的光线暗淡得像个黑牢似的小房间，但他从来没有在里面办理过业务，里面的办公桌上铺着一张泛黄的旧粗面纸板，上面没有沾墨水，据说那纸板有二十个年头了。除此之外，其他我一无所知。

“如果我在他面前提出这个事，您会反对吗，先生？”

“决不会，”斯彭洛先生说，“不过，我是了解乔金斯先生的，科波菲尔。要是情况不是这样该有多好啊，因为在任何方面我都乐意满足你的要求的。科波菲尔，如果你认为值得，我丝毫也不会反对你在他面前提出这事。”

斯彭洛先生答应了我的要求，并且同我热情地握了手，我便利用这一点，坐下来想想多拉，看着对面房子上的烟囱管帽顶上的太阳光线已经下移到墙壁上了，最后，乔金斯先生来了。这时，我上楼到乔金斯先生的房间，显而易见，我出现在那儿，着实让乔金斯先生惊诧不已。

“进来，科波菲尔先生，”乔金斯先生说，“进来！”

我进入了房间，坐了下来，如同在斯彭洛先生面前陈述的一样，我把事情又在乔金斯先生面前陈述了一遍。乔金斯先生一点儿都不像人们预料的那样，是个威严可怕的人物，但却是个年届六十的人，大块头，身材高大，性情温和，脸部光亮。他吸鼻烟的量很大，以致在民事律师公会有一种传说，说他主要靠那种兴奋剂过日子，在他的身体系统当中没有多少空间来容纳别的什么食物了。

“我猜，这事你跟斯彭洛先生说过了吧？”乔金斯先生坐立不安地听完了我的陈述，然后说。

我回答说，是的，同时我告诉他说，斯彭洛先生建议我来找他。

“他说我会反对吧？”乔金斯先生说。

我不得不承认，斯彭洛先生认为很可能是这么回事。

“说起来很遗憾，科波菲尔先生，我不能把你的事提到前面来处理，”乔金斯先生说，他神色紧张，“实际情况是……不过，如果你能宽宏大量原谅我的话，我事先同银行有了约定了。”

说完他便急急忙忙站起身，要往室外走，这时候，我壮着胆子说，那么，我的事是不是就没有办法安排了呢？

“没有办法！”乔金斯先生说，他人站在门口摇了摇头，“噢，没有办法！我不同意，你知道的。”他说完这句话便赶紧出去了，“你必须知道，科波菲尔先生，”他补充说，又在门口往室内看了看，神态不安的样子，他补充说，“如果斯彭洛先生反对……”

“从他个人的角度，他并不反对，先生。”我说。

“噢，从他个人的角度！”乔金斯先生重复了一声，态度显得不耐烦，“我跟你实话实说，实际上是反对的，科波菲尔先生。没有办法！你希望的事情，没有办法实现。我……我确实同银行有约定的。”说完他便赶紧跑开了。据我所知，他事后一连三天都没有在民事律师公会露过面。

我心急火燎，千方百计想要解决这个问题，我一直等着，等到斯彭洛先生进来，然后把经过说一遍，意思就是要使他明白，如果他肯帮忙，我要说服铁石心肠的乔金斯先生，并不是毫无希望。

“科波菲尔，”斯彭洛先生说，他脸上笑容可掬，“你不像我一样，认识我的那位合伙人乔金斯先生那么长时间。我并不认为乔金斯先生会要什么伎俩，但是，他表达反对的方式往往会蒙骗到人。不，科波菲尔！”他摇了摇头，“你说服不了乔金斯先生，相信我好啦！”

我在斯彭洛先生和乔金斯先生两个人之间完全被搞得云里雾里了，弄不明白他们两个合伙人之间哪个是持反对意见的。不过，我很清楚地看出来，这个事务所的人冷酷无情，要拿回我姨奶那一千英镑是不可能的。我情绪沮丧，现在回想起来还很内疚，因为我知道，这事还是过多地牵扯到我自己（尽管总是同多拉有关系）。怀着这样的心情，我离开了事务所，朝着住处走去。

我心里正在设想着最坏的情况，考虑着我们将来遇到的最严峻的情况时，该做出什么样的安排，就在这个时候，我的后面驶来了一辆出租马车，并且在我身边停下，这使得我不由得抬头看了看。只见一只白皙的手从窗口向我伸出来，一张脸对着我微笑。当初在那段配有宽阔扶手的古橡木楼梯上，那张脸转过来时，我第一次看到了，当时我把它柔和的美同教堂里的那些彩色玻璃联系了起来。打那以后，每次我看到那张脸就总会不由得有一种宁静祥和和幸福美满的感觉。

"阿格尼丝！"我兴高采烈，激动地大声叫了起来，"噢，亲爱的阿格尼丝，这真是巧啊，见到你真高兴啊！"

"这是真的吗？"她说，语气热情洋溢。

"我多想同你谈谈啊！"我说，"只要见到你，我心里就别提有多轻松愉快了！如果我有了一顶魔术师的帽子，除了你我谁都不想见[①]。"

"什么？"阿格尼丝反问了一声。

"行啊，也许先要见到多拉吧。"我承认说，脸上绯得通红。

"当然，我也希望，你先见到的是多拉。"阿格尼丝说着，哈哈大笑起来。

"可接下来就是你啊！"我说，"你这是要去哪儿？"

她原本是要去我的住处看望我姨奶的。由于天气晴朗，她很高兴地从马车上下来，而车上有一股气味（因为这时候我的头一直停留在车里面），就像是马厩安排在黄瓜架子下面。我打发走了车夫，她挽住了我的胳膊，我们一同朝前走去。在我看来，她就像是化成了人身的希望之神。有了阿格尼丝在我身边，我的感觉瞬间就大不

---

① 有一种说法认为，有了魔术师的帽子，想见谁就可以见到谁。

一样了。

姨奶给阿格尼丝写了一封措辞古怪、行文支离的短信——比一张钞票大不了多少——她平常写信一般就控制在这个长度。她在信中说，自己现在身处逆境，打算离开多佛尔，不再回头。但是，她已经有了心理准备，一切都好，谁也用不着替她担心。阿格尼丝就是到伦敦来探望我姨奶的，因为这么多年来，她们俩关系一直很好。确实，那时间还得从我寄宿在威克菲尔德先生府上的时候算起。阿格尼丝说，她并不是一个人来的，她爸爸陪同她来，还有尤赖亚·希普。

“他们现在是合伙人了，”我说，“那个遭天谴的！”

“没错，”阿格尼丝说，“他们有事来这儿，我也就来了，你也不必觉得，我这趟来有多么情深义重和毫无私心，特罗特伍德，因为——我恐怕是成见太深——我不乐意看到爸爸同他单独外出。”

“他还是那样摆布威克菲尔德先生吗，阿格尼丝？”

阿格尼丝摇着头。“我们有了巨大的变故了，”她说，“那幢令人备感亲切的老宅邸，你恐怕都认不出来了，他们现在同我们住在一起。”

“他们？”我问。

“希普先生和他母亲。他就睡在你原先睡的房间里。”阿格尼丝说着，抬头盯住我的脸看。

“我要是能够操纵他的梦该有多好啊，”我说，“那样他就不会长久地睡在那儿了。”

“我还住在自己那间小房间里，”阿格尼丝说，“就是先前学习功课的那间。时间过得多快啊！你还记得吗？就是那个镶嵌了护墙板的通向客厅的小房间？”

“记得，阿格尼丝，我第一次见到你时，你从里面出来，腰上系着那只装钥匙的古怪小篮子，对不对？”

“正是，”阿格尼丝说着，脸上露出了微笑，“你还这么愉快地想起来了，我真高兴。我们那时开心愉快。”

“真的是开心愉快。”我说。

“我至今还自己保留着那个房间，但是，你可要知道，我不可能一直都不理睬希普太太。因此，”阿格尼丝说着，态度平静，“在我宁愿一个人待着的时候，我不得不耐着性子去陪她。不过，我也没有什么别的理由对她可抱怨的。如果说她有时候夸奖自己的儿子，我会觉得很厌烦，但夸奖儿子是一个母亲的天性。在她眼里，他是个理想的儿子。”

阿格尼丝说这番话时，我端详着她，并没有发现她对尤赖亚的心思有所觉察的迹象。她温柔真诚的眼睛透着美丽和坦率，我们相互看着对方。她文静淑雅的脸上毫无变化。

“他们住在我们家里，有个主要的坏处，”阿格尼丝说，“那就是，我不能按照自己的愿望接近爸爸，因为尤赖亚·希普老是挡在我们中间。而且不能尽可能近距离地保护他免遭伤害，如果这样说不算太唐突的话。但是，如果他们对他策划什么阴谋诡计，我希望，纯朴的爱心和诚意终究会更加强大。我希望真挚的爱心和诚意会战胜世界上的任何邪恶和不幸。”

一种我从未在任何别人脸上看到过的灿烂笑容消失了，甚至就是在我想到它有多么美妙，它曾经在我眼里是多么亲切的时刻消失的。随着她表情的迅速变化（我们快要到我住的那条街道上了），她问我，是否知道我姨奶遭受变故的缘由。听到我回答说不知道，她还没有告诉我，这时候，阿格尼丝沉思起来，而且我感觉到，她挽着我的胳膊在颤抖着。

我们发现姨奶独自一人待着，情绪有些激动。关于一个抽象的问题（公寓里住着女房客是否合适），她和克鲁普太太之间产生了意见分歧。姨奶全然不顾克鲁普太太不停地痉挛抽搐，告诉那位太太说，她闻到了我的白兰地酒的味道，并且麻烦她出去，这使得这场争论戛然而止。克鲁普太太认为，凭着这两种说法，她都可以提起诉讼，而且表达她要告到“大不列颠朱迪[1]”去，根据猜测，她的意思是

[1] 这里克鲁普太太把“陪审团”（jury）说成了“朱迪”（Judy），因为朱迪是英国传统滑稽木偶剧《潘趣和朱迪》中的妻子，是个家喻户晓的人物。

要告到维护我们国家自由的支柱——大不列颠陪审团那儿去。

然而，当佩戈蒂领着迪克先生去看近卫军骑兵旅司令部士兵举行仪式[①]时，姨奶有时间平静下来。此外，她见到阿格尼丝后，感到喜出望外，所以，她对于这件事情不但没有感到垂头丧气，反而显得扬扬得意起来，所以接待我们时，好心情丝毫不减。阿格尼丝把帽子放在桌上，在姨奶身边坐下，这时候，我看到她眼神温柔和蔼，前额容光焕发，于是情不自禁地想到，她坐到那儿是多么适得其所。虽然她青春年少，缺乏经验，但姨奶对她信任有加，显得多么至真至诚。她凭着纯朴的爱心和诚意显得多么坚强有力。

我们开始谈到姨奶蒙受的种种损失。我把上午努力想要做的事情跟他们说了。

“你那样做不明智，特罗特，”姨奶说，“但出发点是好的。你真是个宽厚仁慈的孩子，我想，现在必须称你青年了。我为你感到自豪，宝贝儿。从某种程度上说，一切顺利。对啦，特罗特和阿格尼丝，现在我们无所畏惧地来直面贝齐·特罗特伍德这个事情，看看是怎么一回事。”

我注意到，阿格尼丝一边目不转睛地看着姨奶，脸色变得煞白起来。姨奶一边轻轻地抚摸着那只猫，也目不转睛地看着阿格尼丝。

“贝齐·特罗特伍德，”姨奶说，她一向不对别人谈起自己钱财方面的事情，“我指的不是你姐姐，特罗特，宝贝儿，而是指我自己，有一笔钱财。钱财有多少并没有关系，足以维持生计。还要多一些，因为她积攒了一点，还加进了一些。贝齐一度把钱投资到了公债上面，但后来听了她的法律代理人的建议，把钱又投资到了用土地做抵押的债券上了，运作得很好，收回的利润可观，直到全部收回贷款。我现在谈到贝齐，好像她是一艘战舰似的。行啊，这时候，贝齐必须得环顾四周，寻找新的投资机会。此时，她认为自己比她的法

① 英国王室近卫军骑兵旅司令部位于伦敦白厅街，门口站岗的骑兵身材高大，每天上午十一点前出勤时和下午四点撤岗时，要举行仪式，民众可以观看。

律代理人更加聪明，因为到了这个时候他不再像过去那样是个理想的法律代理人了，阿格尼丝，我指的是你父亲。于是，她想到要自己去投资。所以，她把资金，”姨奶说，“投到了国外市场，结果证明那是个很糟糕的市场。一开始，她投资在采矿上，结果亏了本，后来投资到打捞业上，也亏了本。是打捞财宝，或者是做着汤姆·狄德勒那一套胡闹游戏[①]，”姨奶一边解释说，一边揉了揉鼻子，“再后来，她又在采矿业上亏了本。最后，她想要彻底扭转局面，结果投资银行业也亏了本。一时间，我都不知道银行股票值多少钱，”姨奶说，“我相信，与本金相等的利息总归是最低值吧，但是，那家银行在世界的另一端，我知道，银行一下子就土崩瓦解了，不会也不可能收回分文了。可贝齐的全部财产都在里面，一切都完了。现在再说也于事无补！”

阿格尼丝的面容慢慢恢复了血色，姨奶得意扬扬地盯住她看，从而结束了这一番泰然自若的陈述。

“亲爱的特罗特伍德小姐，这就是事情的全部吗？”阿格尼丝问。

“但愿这已经足够了，孩子啊，”姨奶说，“如果还有更多钱财可供亏损的话，我敢说，事情还不至于就此结束。我毫不怀疑，贝齐还会把剩下的钱扔进去，给故事再续写一章。但是，不再有钱了，所以也就没有故事了。”

开始时，阿格尼丝焦躁不安，屏气倾听。她脸色虽然仍然不断变化着，但呼吸自如多了。我想我知道是什么原因了。我觉得她原本就担心，自己不幸的父亲对于已经发生的事情多少负有一定的责任。姨奶拉起阿格尼丝的手，哈哈笑了起来。

“这就是事情的全部吗？”姨奶重复了一声，“是啊，没错，这是全部。除了还要加上一句‘后来她生活得很幸福’。我或许有朝一日要在贝齐的故事中加上这一句。对啦，阿格尼丝，你有一个聪明的

① 典出一种儿童游戏，孩子们做这种游戏时，一人守地，其他设法冲进去，因为里面可以找到财宝，所以汤姆高唱着“我们到了汤姆·狄德勒的地盘，捡到了金子和银子”。

脑袋。对待某些事情，你也一样，特罗特，但我不能称赞你所有时候都这样。”姨奶说到这儿朝我摇了摇头，充满着活力，这是她特有的，“该怎么办呢？乡间那幢房子算起来平均每年可以收到租金七十英镑，我想我们这个收入是有保障了。行啊！这就是我们的全部收入。”姨奶说。姨奶说话时有这么一种特有的风格，就像有些马匹一样，本来跑得好好的，像是要继续长途跋涉下去，但却戛然而止了。

“还有，”姨奶停了片刻后接着说，“还有迪克呢。他每年有可支配收入一百英镑，不过，那个钱必须得全部用在他自己身上。尽管我是唯一欣赏他的人，但是，如果把他留下，又不把钱用在他自己身上，我宁愿打发他走人拉倒。依靠我们现有的收入，我和特罗特该怎么办最好？你有什么好建议吗，阿格尼丝？”

“我说啊，姨奶，”我插话说，“我必须要有所作为！”

“去当兵，难道你是这个意思？”姨奶回答说，一脸惊愕，“或者当水手去？我不听这个。你是要做代诉人的人。在这个家庭里，我们的头上可不能再遭受打击了，求求你啦，少爷。”

我正要解释说，自己并不乐意干那样的事来养家糊口，阿格尼丝突然问我，我居住的公寓租期是不是很长。

“你这话可说到点子上啦，亲爱的，”姨奶说，“除非有可能转租出去，否则我们至少还可以在这公寓里住上六个月，可我并不相信有那样的事发生。上一个房客死在这儿，六个人当中会有五个死在那个穿紫花布衣服配法兰绒衬裙的女人手上。我手上还有一点现钱。我同意你的看法，最好的办法就是在这儿住到期满，再在附近给迪克弄个床位。”

姨奶住在这里，会持续不断地同克鲁普太太处于游击战状态，她得忍受别扭。我觉得自己有义务向她暗示出这个意思。但她声称，一旦有什么不友好的苗头，她立刻就会把克鲁普太太吓得后半辈子都胆战心惊，她一句话就立刻把这个意见给顶回来了。

“我一直在想啊，特罗特伍德，”阿格尼丝说，她态度犹豫迟疑，“你是不是有时间……”

“我有大量时间，阿格尼丝。四五点之后就空闲了，大清早也有时间。无论如何，”我说，想到自己曾经投入全部身心，一小时又一小时地奔波在伦敦街头，往返在通向诺伍德的大路，便不自然地脸红了，“我有充裕的时间。”

“我知道，你不会嫌弃，”阿格尼丝说着，她走到我跟前，轻声细语地说话，充满了体贴关切之情，让人感受甜蜜和希望，那话语到现在都还在我的耳畔响起，“干一个秘书的差事。”

“嫌弃，亲爱的阿格尼丝？”

“因为吧，”阿格尼丝接着说，“斯特朗博士已经遂了自己的心愿退了休，而且住到伦敦来了。我知道的，他请求爸爸帮他推荐一个秘书。你想啊，他不把自己过去的得意门生放到身边使用，难道还会使用别的什么人不成？”

“亲爱的阿格尼丝！”我说，“没有你我简直就是一事无成啊！你永远是我的吉祥天使。我过去曾经对你这么说过的，对于你，我从来就没有认为是别的什么。”

阿格尼丝爽朗地笑着说，有一个吉祥天使（指多拉）就足够了。然后她接着提醒我说，博士习惯于一大清早和晚上待在书房里，这样一来，我的空闲时间正好同他的要求相吻合。有了自食其力的前景我打心眼里高兴，但有了在我昔日老师的手下工作的希望心里也同样高兴。一句话，遵照阿格尼丝的建议，我坐下来给博士写了一封信，表明了我写信的目的，并约定次日上午十点去拜访他。信封上的地址写的是海格特，因为他住在那儿，那可是我刻骨铭心的地方啊。然后我亲自出去把信寄了，片刻都没有耽搁。

阿格尼丝无论出现在哪儿，哪儿似乎就会因为她悄无声息的身影弥漫着某种令人舒心惬意的氛围。我返回到住处时，发现姨奶的鸟笼已经挂起来了，那情形就像在那幢乡间小屋里长时间挂在客厅窗户边一样。我的那把安乐椅仿照姨奶那把更加舒适的安乐椅放置在敞开着的窗口处。连那把姨奶带来的绿色扇团也都钉在窗台上了。这一切都不动声色，似乎是浑然天成的，但我明白这是谁干的。

我的书籍乱摆乱放，疏于整理，但现在已经按照我昔日求学时的样子井然有序地整理好了，即便我觉得阿格尼丝在数英里之外，而没有看到她面带微笑，忙个不停，我也瞬间就明白了，这是谁干的。

姨奶对泰晤士河上的风光颇有好感（太阳照在河面上，确实很美丽，尽管不像乡间小屋前的大海那么壮观），但她对伦敦的大雾态度却不那么宽容，因为对此，她会说："一切事物上面都撒上了胡椒面。"针对这种胡椒面，他们在我房间的每一个角落展开了一场彻底的革命，佩戈蒂在其中扮演了至关重要的角色。我则在一旁观望着，心里面觉得，佩戈蒂虽然看上去忙个不停，但少有建树，而阿格尼丝不慌不忙，却成就卓著。这个时候，有人敲门了。

"我认为，"阿格尼丝说，她脸色变得煞白，"是我爸爸，他答应了要过来的。"

我去应了门，走进来的不仅是威克菲尔德先生，还有尤赖亚·希普。我有一段时间没有看见威克菲尔德先生了。听了阿格尼丝的讲述之后，我已经有了心理准备，他一定变化巨大，可是他的样子还是让我大吃了一惊。

我之所以感到震惊，其原因并不是他看上去年老了许多岁，尽管他身上的装束依旧庄重整洁，或者他脸上呈现出一种不健康的红色，或者眼睛鼓突，布满血丝，或者手上出现了神经质的颤抖，其原因我知道，多年前我就看到了。不是因为他已失去了帅气的容貌，或者没有了他昔日的绅士风度，因为他并没有失去这些东西。但最令我惊讶的是，他那与生俱来的优越感明显还在，却竟然对那个奴颜媚骨、卑鄙无耻的尤赖亚·希普俯首帖耳。他们两人的关系主次颠倒，尤赖亚大权在握，威克菲尔德先生从属依附，此情此景给我带来的痛苦无以言表。如果我看到一只类人猿对一个人颐指气使，我几乎不会觉得有什么比这一幕更加卑劣可耻。

威克菲尔德先生本人似乎也十分清楚地意识到了这种情况。他进门之后，不动声色地站立着，垂着头，好像是觉得很尴尬。但这只是片刻的情形，因为阿格尼丝语气温柔地对他说："爸爸！特罗特伍德小姐在这儿，还有特罗特伍德，你都很长时间没有看到他了！”他随后走上前，态度拘谨地把手伸向我姨奶，然后更加热情地同我握了手。就在我说到的停顿的那一片刻，我看见尤赖亚的脸上显露出了令人讨厌的笑容。我估计，阿格尼丝也看见了，因为她面对他畏缩不前。

姨奶是看见了，还是没有看见，如果她自己不认可，我断定，即便使用面相术也破解不了。我相信，如果她自己要保持缄默沉静，那谁也比不上她。在这样的场合，不管她心里面有什么想法，可她的表情可以做到像一堵静止的墙。最后，她像平常那样突然打破了沉默。

“行啊，威克菲尔德！”姨奶说，她这才第一次抬起头看了看他，“我一直在对你女儿说来着，说我自己处理自己的钱财，处理得多么好，因为你对业务上的事情越来越生疏了，所以我不能把钱托付给你。我们在一起商量着来着，进展顺利，全部情况都考虑到了。依我看啊，阿格尼丝一个人当得了你的整个事务所。”

“我人微言轻，如果允许我说一句的话，”尤赖亚·希普说着，扭动了一下身子，“我完全赞同贝齐·特罗特伍德小姐的看法，如果阿格尼丝小姐能够做合伙人，那是再令人高兴不过的事情。”

“你自己是个合伙人了，你知道的，”姨奶回答说，“我看已经够满意了吧。你对自己的感觉如何，先生？”

希普先生面对着这个问得尤为简慢无礼的问题，感到局促不安，他紧紧地抓住他手上提着的那只蓝色包，回答说，感觉很好，对我姨奶表示了感谢，并希望她也很好。

“还有您，科波菲尔少爷——我得称，科波菲尔先生，”尤赖亚接着说，“我希望您也一切都好！即便是在眼下这个情况之下，见到您我仍然很高兴，科波菲尔先生。”我倒是相信他说的这话，因为他好像巴不得有眼下这个情况似的，“眼下的情况，并不是您的朋友们希望在您面前出现的，科波菲尔先生。不过，钱并不能成就一个人，那什么，我这个人卑微低下，能力有限，真的不知道如何表达，是什么成就了一个人，”尤赖亚说着，扭动了一下身子，一副奴颜媚骨的嘴脸，“但不会是钱！”

他说到此同我握了握手，其方式不同于平常那种，而是站得离我很远，就像是握住水泵的手柄似的握住我的手上下移动，显得有点害怕。

“您觉着我们现在看起来怎么样，科波菲尔少爷——我得说，先生？”尤赖亚谄媚地说，“您难道没有发现威克菲尔德先生容光焕发吗，先生？岁月没有给我们事务所的人带来多大的变化，科波菲尔少爷，只是使卑微低下的人，也就是我母亲和我自己，地位得到了提升。还有就是使，”他补充说，就像是事后想起来似的，“美丽可爱的人，也就是阿格尼丝，更加美丽可爱了。”

他说过这句恭维话之后便不停地扭动着身子，行为举止令人难以忍受，姨奶刚才本来一直盯着他看，现在完全失去耐性了。

“这人魔鬼附体了！”姨奶说，她语气严厉，“他都在干什么啊？别这么像抽筋似的，先生！先生！”

“请您原谅，特罗特伍德小姐，”尤赖亚回答说，“我知道您心里烦躁。”

“去你的吧，先生！”姨奶说，她满腔怒气，“不要胡乱猜测，乱说一通！我才不是那种人呢。如果你是条鳗鱼，先生，那你就像条鳗鱼似的扭捏着吧。如果你是个人，那就像个人的样子控制一下自己的四肢，先生！仁慈的上帝啊！”姨奶说着，义愤填膺，“我可不愿看到这副扭动旋转的德行，非叫人精神失常不可！”

我姨奶这一通怒气迸发，令希普先生感到很难堪，大多数人都会是这样的。姨奶本来就怒气未消，这就更加火上浇油了，所以随后她在椅子上移动着身子，不停地摇头，就好像要冲着他猛咬或者猛扑似的。但是，尤赖亚在一旁语气温和地对着我说：

“我很清楚，科波菲尔少爷，特罗特伍德小姐虽然是位卓越的女士，但脾气很急躁（确实，我觉得认识她很荣幸，那是在我做地位低下的文书的时候，那时候还不认识您呢，科波菲尔少爷），我心里有数，这再正常不过了，眼下的情形只会使她的脾气更加暴躁。可令人感到奇怪的是，脾气并没有因此变得更坏！我来到这儿只是想要说一声，面对眼下的情形，我们是不是可以做点什么，我母亲或者我本人，或者威克菲尔德—希普事务所，我们真的很乐意做点什么。我可以这样说吗？”尤赖亚一边说着，一边令人恶心地对着他的合伙人微笑着。

“尤赖亚·希普，”威克菲尔德说，他声音单调，话是挤出来的，“在业务上很积极，特罗特伍德，他说的话，我表示赞同。你知道，我对你们一向很关切的。此外，尤赖亚说话，我表示赞同！”

“噢，受到如此信任，”尤赖亚一边说着，一边抬起一条腿，面临着再次招致姨奶的一顿谴责的危险，“这是一种多么了不起的奖赏啊！但是，我希望自己能够有所作为，减轻他在业务上面的负担，科波菲尔少爷！”

“尤赖亚·希普让我轻松了许多，”威克菲尔德先生说，语气还是那么单调刻板，“有这样一个合伙人，我精神上的负担就减轻了，特罗特伍德。”

我知道，那只赤狐迫使他说了这番话，以便在我面前表明，他上次对我暗示过的话是正确的，那一次搅得我一个晚上都没有睡觉。我现在又在他的脸上看到了同样令人厌恶的笑容，也看到了他在注视着我。

“您不准备走吗，爸爸？”阿格尼丝问，她显得焦虑不安，“您不同我和特罗特伍德一块儿走回去吗？”

我相信，要不是尤赖亚抢先回答了，威克菲尔德先生定会先看看这位大人物，然后才回答女儿的问话的。

“我已经同人家约好了，”尤赖亚说，“关于业务上的事。否则，我很乐意陪同我的朋友们。但是，我把我的合伙人留下来代表事务所。阿格尼丝小姐，再见！再见啦，科波菲尔少爷！向贝齐·特罗特伍德小姐致以卑微的敬意。”

他说完这话后，便退出去了，一边还用大手送了飞吻，像个假面具似的斜睨了我们一眼。

我们坐在那儿，畅谈着我们昔日在坎特伯雷时温馨快乐的日子，持续了一两小时时间。威克菲尔德先生面对阿格尼丝时，很快就变得像从前的他了，尽管身上还是有一种挥之不去的沮丧神态。即便如此，他还是显得喜气洋洋，听我们回忆着昔日生活中的点点滴滴，明显感到快乐惬意，他对其中的许多事情记忆犹新。他说，仿佛又一次回到过去只有阿格尼丝和我陪伴他的时候。他期望着上帝永远不要让那种时候发生变化。我可以肯定，阿格尼丝平静娴雅的面容和她的手在他胳膊上触碰有一种影响力，在他的身上产生了奇效。

姨奶（这段时间里，她差不多一直跟佩戈蒂在里屋忙碌着）不打算陪同我们一起到他们住的地方去，但是坚持要我陪同去，所以我就去了。我们在一起吃了饭。饭后，阿格尼丝像过去那样坐在他身边，给他斟酒。她给他斟多少，他就喝多少，没有再多喝，就像个孩子。夜幕降临时，我们三个人一同坐在窗户边。等到天慢慢黑下来的时候，威克菲尔德先生在一张沙发上躺下了，阿格尼丝给他放好枕头，俯着身子看了他一会儿。她返回到窗户边时，天还不是太黑，我能够看见她的双眼里噙满了晶莹的泪花。

我向上帝祈祷，永远不要让我忘记自己人生的那个阶段中的那位充满爱心和诚意的可爱姑娘，因为如果我忘记了，那我也就快要走到生命的终点了，这个时候，我就更加渴望记住她！她以自己为榜样，使我的内心充满了坚定的决心，使我的意志更加坚强，从而——我不知道她是如何做到的，她谦逊内敛，温柔贤淑，不会用言语对我进行指点——对我身上游离恍惚的热情和摇摆不定的目标进行引导，所以说，对于所做的全部细微的好事，避免做坏事，我真诚地认为，应该归功于她。

黑暗中，我们坐在窗户边，她谈到了多拉，听我称赞多拉。她也称赞多拉。她在多拉那个小仙女的周围投下了她自己纯洁的光芒，所以使得小仙女在我的心中更加弥足珍贵，更加天真纯洁！哦，阿格尼丝，我少年时代的妹妹，如果当初就知道很长时间之后才知道的事该有多好啊！

我下楼之后，看到街上有个乞丐。我转过头朝着那扇窗户望去，心里想着阿格尼丝那双天使般恬静的眼睛，这时候，乞丐喃喃的话语吓了我一大跳，像是早上那个话的回声：

“盲目，盲目，盲目啊！”

第三十六章

热情洋溢

次日一早，我又去罗马浴室洗了个澡，然后动身去海格特。我现在已经不再意气消沉了，不害怕破衣烂衫，不再渴望骑灰色骏马。关于最近我们遭受的不幸，我的整个思路都发生了变化。我必须要做的就是，向姨奶奶表明，她往日的诚心善意并没有白白地投向一个无动于衷、薄情寡义的人。我必须要做的就是，坚定不移，沉稳持重，投入工作，利用好年轻时代受到过的痛苦的磨砺。我要做的就是，执掌着我手上伐木人的斧头，在艰难困苦的林地里披荆斩棘，开辟出一条道路，最后走向多拉身边。于是，我快速向前，仿佛这一切走路就可以成就。

我走在那条通往海格特的熟悉的路上，过去去那儿是寻求快乐，因为过去它是与快乐联系在一起的，这回却不同了，这时候，看起来我的整个人生都发生了变化。但是，这并没有使我垂头丧气。随着新生活的到来，我有了新的目标，新的志向。需要付出的劳动是巨大的，但得到的回报是无价的。多拉就是我要得到的回报，我必须要赢得多拉。

我激情洋溢，以致自己没有为衣衫褴褛而感到惋惜。我想要把充满艰难困苦的林地中的那些树木砍倒，以便证明自己的力量。有位戴着金丝边眼镜的老人正在路上凿石块，我想要诚心诚意地请求他，把他手上的锤子借给我一会儿，让我开始在花岗岩上开凿出一条通向多拉的路。我激动得热血沸腾，气喘吁吁，感觉自己好像挣到不知道多少钱。我怀着这样的心情走进了一幢正要出租的别墅，并且仔仔细细地察看了一番，因为我觉得需要实事求是。我和多拉住在这儿适得其所，房前有个小花园，吉普可以在里面来回奔跑，隔着栅栏朝着商贩狂吠。楼上一个最好的房间留给姨奶奶住。我又到房子外面了，身上更加热乎，步伐更加迅速，飞似的直奔海格特，结果早到了一小时。即便我没有提前到达，我也必须四处走走让自己冷静下来，然后才能去见人家。

完成了这个必要的准备之后，我要做的第一件事情就是，寻找到博士的住处。它不在海格特斯蒂尔福斯夫人住的那一块儿，而是在小镇的另一边。了解到这个情况之后，我又情不自禁地折回到斯蒂尔福斯夫人府上旁边的一条小巷，隔着花园院墙的一角朝里面张望。斯蒂尔福斯住的那个房间门窗紧闭。温室的几处门倒是敞开着，罗莎·达特尔在散步，光着头，步伐急促，焦躁不安，在草坪一端的石子路上来回走着。她给我的印象是，她就像是一只脾气暴躁的野兽，被链子拴住了，只能在链子长度的范围内来回走着，耗尽心血。

我悄悄地离开了张望的地方，避开附近那一片地方，后悔自己到了那儿，接着我四处徘徊，直到十点。那座现在耸立在山顶上的尖顶教堂当时还没有，但已不能告诉我时间。那儿当时有一幢红砖大房子，用作学校的校舍。我记得，那是一座雅致的古建筑，是个上学求知的好去处。

我走近斯特朗博士住的房子时——那是一所精巧雅致的住房，如果从那外表刚刚修缮过的情况来判断，他似乎在上面花费了不少钱——看见他在住房一侧的花园里散步，裹腿装束一应俱全，好像从我当他的学生的时候起，他就一直不停地在行走似的。昔日他周围的那些陪伴也还在，因为附近有大量参天大树，草地上三两只秃鼻乌鸦陪伴着他，仿佛那些坎特伯雷的秃鼻乌鸦给它们写过信，因此便悉心地照料着他。

我当时站立的地方有那么远的距离，所以知道要引起他的注意完全不可能，所以，我一边斗胆推开栅栏门，走到他的身后，一边等他转过身来时同他照面。他转过身，并且朝着我身边走，这时候，好一会儿，他满腹狐疑地端详着我，很显然，他根本没有想到会是我，随后，他慈眉善目的脸上呈现出异常的喜悦，握住了我的双手。

“啊，亲爱的科波菲尔，”博士说，“你都长成大人啦！你好吗？见到你真高兴啊。亲爱的科波菲尔，你可长进真大啊！你真的……对啊……天哪！”

我问候了他，也问候了斯特朗夫人。

“噢，很好！”博士说，“安妮很好！她见到你也会很高兴的。她一直都很喜欢你，昨天晚上我把你的信给她看了之后，她就是这么说来着。而且——对，毫无疑问——你还记得杰克·马尔登先生吧，科波菲尔？”

“记得很清楚，先生。”

“当然，”博士说，“毫无疑问，他也很好。”

“他回国了吗，先生？”我问了一声。

“从印度吗？”博士说，“回来了，马尔登先生受不了那儿的气候，亲爱的。马克勒姆太太——你没有忘记马克勒姆太太吧？”

怎么会忘了那位老军事家！才多长时间啊！

“马克勒姆太太，”博士说，“为了他的事挺揪心的，可怜的人啊。所以，我们又把他给弄回来了，花钱替他在专利局谋到了一个不很重要的职位，这对他倒是合适多了。”

我很了解杰克·马尔登先生，所以，根据这个说法，我认为，那个职位事情不多，但报酬还挺丰厚的。博士的一只手搭在我肩膀上来回走着，和善的面孔带着鼓励的神情转向我，接着说：

“对啦，亲爱的科波菲尔，谈到你这个提议的事，毫无疑问，我很感激，也很赞同，可是，难道你就没有想过，你可以找到一个更加理想的差事吗？你知道的，你同我们在一起的时候，就已经成就卓著、出类拔萃了。你完全能够胜任很多理想的职位。你打下了扎实的基础，任何高楼大厦都可以建造起来。你把自己的青春年华耗在我给你提供的这么一个微不足道的职位上，难道就不觉得可惜吗？”

我浑身热情洋溢起来，并且，我表明了自己的意思，恐怕得说，用的是狂热的语气，我强烈地提出了自己的要求，并且提醒博士说，我已经有了一个职业了。

“行啊，行啊，”博士回答说，“这是事实，毫无疑问，你有了一个职业了，而且正在学习提高，这就不同了。但是，我的年轻朋友啊，一年七十英镑顶个什么用呢？”

“而我们的收入却增加了一倍啊，斯特朗博士。”我说。

“天哪！”博士回答说，“想想也是啊！我的意思并不是说，严格控制在每年七十英镑，因为我一直考虑，对于我雇请来的任何年轻朋友，都还得送份礼物。毫无疑问，”博士说着，一只手仍然搭在我肩膀上来回走着，“我总是要考虑每年送一份礼物的。”

“亲爱的导师，”我说（确实，这会儿可没有胡言乱语），“您已经对我恩重如山，我简直就无以为报……”

“不，不，”博士打断我的话，“别这么说！”

“我的时间是一早一晚，如果您能接受我的这个时间，并且认为值一年七十英镑的话，那您给我帮的忙，我就无法表达了。”

“天哪！”博士说，他一脸天真，“想想这么一点钱竟然这么神乎其神！天哪，天哪！要是有更好的差事，你再去干，好吗？你现在承诺好吗？”博士说，他总是这样严肃认真地抬举我们年轻人。

“我承诺，先生！”我回答说，还是用我们昔日在学校时的腔调回答。

“那就一言为定！”博士说，他拍了拍我的肩膀，手仍然搭在我的肩膀上，我们仍然来回走着。

“如果我要做的事同那部词典有关的话，”我说，话里面带有点——但愿不是有意为之——奉承的意思，“那我会二十倍地开心，先生。”

博士驻足不前，微笑着，再一次拍了拍我的肩膀，他扬扬得意地大声说，叫人看了高兴不已，仿佛我洞察到人类最最深邃的智慧：“亲爱的年轻朋友啊，你说到点子上啦，就是编纂词典！”

怎么可能会是别的什么差事啊！就像他的脑袋一样，所有口袋里都装满了词典的东西，正浑身上下地冒出来。他告诉我说，离开教书的生涯之后，词典编纂的工作有了惊人的进展，对于我提出的一早一晚做事，这种安排太适合他了，因为他习惯于白天散步，边走边思考。由于近来杰克·马尔登先生自告奋勇，偶尔会来帮着抄抄写写，其实他并不习惯做这方面的事情，结果手稿弄得有点凌乱了，但是我们很快就会整理好的，然后再顺顺利利地继续编纂下去。后来，我们真正开始了工作之后，我才发现，杰克·马尔登先生给我帮的倒忙比我原先预料的要更加得多，因为他不仅仅在斯特朗博士的手稿上弄得错误百出，而且还在上面画了许多士兵，还有女士的头像，经常把我搞得云里雾里。

博士看到我们要共同合作，进行这项了不起的工作，感到很高兴，于是我们说好了，次日七点开始工作。我们定好每天早上工作两小时，每天晚上两到三小时，礼拜六除外，因为那天我休息。当然，礼拜天我也是休息的，我认为这样的条件很宽松。

我们的工作计划就这么安排好了，双方都很满意。博士把我领进屋，来到斯特朗夫人跟前，我们在博士的书房里找到了她，她正在给书籍掸去灰尘。和他那些神圣的心爱之物打交道，这种自由权他是不允许任何人享有的。

为了我，他们推迟了早餐，我们一块儿坐在餐桌边。我们坐下没多久，我都还没有听到有人来了的声音，便从斯特朗夫人的面部表情看出有人来了。有位骑着马的绅士来到了院门口，接着牵着马进了小院落，把缰绳缠绕在胳膊上，好像到了自己家，把马拴在空马车房墙上的一个铁环上，走进了早餐室，手里握着马鞭。是杰克·马尔登先生。我看，杰克·马尔登先生到了印度之后也没有什么长进。然而，我当时有那么一种心态，那就是对不在困难的林地里披荆斩棘的年轻人十分反感，所以说我的印象必须要打一定的折扣。

“杰克先生！”博士说，“这是科波菲尔呢！”

杰克·马尔登先生同我握了手，但我觉得他不是很热情，态度上懒洋洋的，感觉抬举了我，对此，我内心里感到很不爽。不过他那副懒洋洋的德行完全就是一道了不起的风景，只有同他表妹说话时除外。

“吃过早餐了吗，杰克先生？”博士问。

“我差不多从不吃早餐的，先生，”他回答说，并坐在安乐椅上头往后靠，“我讨厌吃早餐。”

“今天有什么消息吗？”博士问了一声。

“没有任何消息，先生，”马尔登先生回答说，“有一条报道说，在北方地区，人们忍饥挨饿，心怀不满，但是，忍饥挨饿、心怀不满的人总是有的。”

博士的表情变得严肃起来，似乎想要换个话题。他说：“那也就是说没有什么消息啦。人们说，没有消息就是好消息。”

“多家报纸登出了一则长篇报道，是关于一个谋杀案的，先生，”马尔登先生说，“但是，总会有人遇害的，所以我没有看。”

我认为，对于人的一切行为和情感表现得漠不关心，在当时，并不像我后来观察到的那样，被认为是一种高贵的品质。我知道，这种做派后来确实很时髦，看到过人们把它表现得很成功，遇上过一些高雅的女士和先生，他们可能天生就像是毛毛虫。也许我觉得马尔登先生的那种态度在我看来感到很新奇，所以当时印象更加深刻一些，但是并没有因此就对马尔登先生的印象变得更好一些，或增强了对他的信任。

“我出来是想要看看安妮今晚去不去听歌剧，”马尔登先生说着，转向了她，“这可是本季里上演的最后一场了。有位歌唱家，真该去听听，她唱得棒极了，不仅如此，而且还丑陋得令人着迷。”说完他又变得懒洋洋起来。

博士任何时候都喜欢看到自己年轻的夫人高高兴兴的样子，于是便转向她说：

“你必须得去，安妮，你必须得去。”

“我不是很想去，”她对博士说，“我宁愿待在家里。我很愿意待在家里。”

她没有朝她表哥看一眼，接着便转身对着我说话，询问我关于阿格尼丝的情况，她能不能看到她，哪天会不会来。她显得非常焦躁不安，我感到很惊讶，博士正在给面包涂上黄油，这么显而易见的状态，他怎么就没有看见呢？

但是，博士什么也没有看见。他态度和蔼地告诉她说，她很年轻，应该参加娱乐活动，开心开心，不要让一个呆板愚钝的老人把自己也给弄得呆板愚钝了。此外，他还说，他希望她把那个新歌唱家唱的歌唱给他听，她若是不去，怎么唱啊？所以，博士坚持要替她安排这件事，杰克·马尔登先生要回来吃晚饭。安排好了之后，马尔登先生走了，我想是去专利局了，反正是骑着马走了，看上去悠闲自得。

翌日早晨，我迫不及待地想要知道，她到底去了没有。她没有去，但派了别人陪她表哥去伦敦，这事算是敷衍过去了。但她下午外出了，去看了阿格尼丝，并且说服了博士陪同她一道去的。博士告诉我说，他们是穿过田野走回家的，傍晚的风光令人心旷神怡。我当时心里思忖着，如果阿格尼丝不在伦敦，她会不会去看歌剧，阿格尼丝是不是也会对她产生好的影响啊！

我觉得，她看上去不是很开心，但脸上的表情很好，要不就是装出来的。我时常会用眼睛瞥一瞥那张脸，因为我们工作时，她一直就坐在窗户边。她替我们配好早餐，我们便一边忙着一边吃。等到晚上九点我离开的时候，她便跪在博士脚旁的地上，给他穿鞋，打绑腿。绿色的树叶低垂在楼下敞开着窗口，在她脸上投下柔和的阴影。在去民事律师公会的路上，我在想着那天晚上我看到的情景，博士在阅读，她看着他。

我现在够忙碌的，早上五点起床，晚上九点或者十点回家。但是，自己这么一刻不停地忙碌着，心里感到无限满足。走路从来就不慢吞吞的。我热情洋溢，心里觉得，自己越疲劳，就越对得起多拉。我还没有把自己严峻的状况告诉多拉，因为她过几天就会来看米尔斯小姐，我想到时候再告诉她也不迟，所以只是在信中告诉她说（我们的书信都是通过米尔斯小姐秘密传递的），我有很多事情要告诉她。在这期间，我已经很少用润发油，香皂和香水也根本不用，还用低得出奇的价格卖掉了三件背心，因为相对于我的艰苦生活，这些东西显得太过奢华了。

我并不满足于采取这一系列措施，而且还心急火燎地想要多干点活儿，于是我去看了特拉德尔。他现在住在霍尔本区城堡街一幢房子顶上的女儿墙①后面。迪克先生已经同我去过海格特两次了，而且重续了昔日的友谊，所以这次我带他与我一同前往。

我之所以带着迪克先生一同去，那是因为，他对姨奶遭受的厄运感同身受，同时打心眼里觉得，连划桨的奴隶或者囚犯都没有像我这样拼命干活的，而他自己又帮不上什么忙，所以开始感到忧心烦躁，情绪低下，茶饭不思。在这种情形之下，他比以往任何时候都觉得自己无能为力，无法完成呈文。他越是拼命投入写作，查理国王那颗倒霉的头就越是经常搅和进去。我感到忧心忡忡，担心他的状况会越来越严重，除非用些善意的谎言哄骗他一下，使他相信，他是有所作为的。或者我们想出个办法，让他真正有所作为（这样当然更加理想），于是，我决定试一试，看看特拉德尔能否助我们一臂之力。我们去看特拉德尔之前，我给他去了一封信，把已经发生的全部情况原原本本地告诉了他。特拉德尔写来了一封热情洋溢的回信，字里行间洋溢着同情和友谊。

我们发现，特拉德尔正在卖力地同纸笔打着交道呢，他显得精神振奋，因为我看到了那个花盆底座和那张小圆桌放在小公寓的一角。他热情地接待了我们，而且一会儿就和迪克先生成了朋友。迪克先生口气很坚决，说他以前什么时候见过特拉德尔，我们两个人都说："很有可能啊。"

我首先要和特拉德尔商量的事情是这样的，我听说，有许多在

① 指建在屋顶、桥梁、露台等边上的低矮挡墙。

各行各业出人头地的人物都是依靠报告议会的辩论起家的。特拉德尔曾经向我提到过新闻报纸的事，说那是他希望从事的职业之一，所以我把这两件事联系在一起，并且在信里面告诉特拉德尔，我要怎样才能具备从事新闻报纸的职业。特拉德尔进行了一些咨询，他现在告诉我，若是要在其中功成名就，除了极少数情况之外，单单是掌握那个机械刻板的必要技能，也就是说，要完全精通速记和阅读的奥秘，就跟精通六门语言一样艰难。但是，如果几年下来，孜孜不倦，坚忍不拔，或许还是可以达到的。特拉德尔有理由认为，这样说事情就了结了。但是，我只是觉得这儿确实有一些大树要砍伐，于是便立刻下定决心，要在这一片丛林中手执这柄斧头披荆斩棘，开辟出一条通向多拉的路。

“真是谢谢你啊，亲爱的特拉德尔！”我说，“我明天就开始。”

特拉德尔惊诧不已，他本来就是这样的人，但他并不明白我欣喜若狂的心情。

“我要去买本书，”我说，“上面系统介绍这方面的知识技能。我打算在民事律师公会里学习，因为我有一半时间是空闲的，把法庭上的陈词抄录下来用作练习。特拉德尔，亲爱的伙伴，我要精通它！”

“天哪，”特拉德尔说着，他眼睛睁得大大的，“我压根儿没有想到，你有如此坚定不移的性格，科波菲尔！”

他如何会想得到啊，连我自己都是刚刚才想到的。我把这件事先放下了，提起了迪克先生的事。

“你看看，”迪克先生说，他情绪热切，“我能不能够使上一点儿劲，特拉德尔先生，看我能不能敲敲鼓，或者吹吹喇叭什么的！”

可怜的人啊，我并不怀疑，比起所有其他事情来，他更是打心眼里高兴干诸如此类的事情。特拉德尔无论如何也不会觉得好笑，他沉着冷静地回答说：

“但是，您的字写得很漂亮，先生。你是这样告诉我的吗，科波菲尔？”

“漂亮极了！”我说。他的字确实写得漂亮，非常工整。

“如果我安排给您，先生，”特拉德尔问道，“您愿意做抄写文稿的工作吗？”

迪克先生满腹狐疑地看着我：“呃，特罗特？”

我摇了摇头。迪克先生也摇了摇头，然后叹息了一声。“把那份呈文的事告诉他吧。”迪克先生说。

我向特拉德尔解释说，要把查理国王一世拒之于迪克先生的文稿之外，存在困难。与此同时，迪克先生恭敬谦逊，态度严肃，他一边看着特拉德尔，一边还吸吮着自己的大拇指。

“但是，你要知道，我所说的这些文稿是已经拟就完成了的，”特拉德尔考虑了片刻之后说，“迪克先生用不着做任何改动。这情况就不一样，对不对，科波菲尔？不管怎么说，试一试总是可以的吧？”

这么一说又燃起了我们新的希望。我和特拉德尔单独商量了一下，而迪克先生焦急不安地坐在椅子上看着我们。我们商量出了一个办法，次日就按照该办法让迪克先生开始工作，结果很成功。

在白金汉街我住处窗户边的一张桌子上，我们摆好了特拉德尔替迪克先生揽来的活儿——抄写一份有关通行权的法律文献，我忘记抄写了多少份了，同时在另一张桌子上摊开了他那份伟大呈文最近尚未完稿的原始文稿。我们吩咐了迪克先生，他必须要原原本本地抄写摆在他前面的东西，不能对原文做丝毫改动。一旦他觉得有必要稍稍提一提查理国王一世，他就要快速地跑到呈文那边去。我们恳请他要坚定不移地按照这个要求做，同时安排姨奶监督他。姨奶事后报告给我们说，刚开始时，他就像个打定音鼓的，注意力分到了两件事情上，但是，后来发现，这样做会使他心思紊乱，疲惫不堪。要抄写的文稿明明白白地摆在他眼前，他很快就面对着文稿坐了下来，有条不紊地抄着，而把起草呈文的事推迟到后面某个更加适当的时间进行。一句话，尽管我们谨小慎微，不让他抄写得太多，以免影响他的健康，尽管他不是一个礼拜的头一天开始做的，但到了礼拜六夜间的时候，他还是挣了十先令九便士。他跑遍了附近一带的店铺，把那笔财宝全部换成六便士的辅币，并且在一只托盘里摆成一颗心的形状交给我姨奶，而且眼睛里噙满了欢乐和自豪的泪水，此情此景，我一辈子都忘不了。自从他派上了用场的那一刻起，他像是成了一个在吉祥符保佑下的人。那个礼拜六的夜晚，如果说世界上有一个幸福快乐的人的话，那就是心怀感激之情的迪克先生，他认为我姨奶是世界上最最了不起的女人，认为我是世界上最最了不起的青年。

“现在不会忍饥挨饿了，特罗特，”迪克先生一边说，一边在一个角落里同我握着手，“我来供养她，少爷！”他使劲地在空中挥舞着的是个手指，好像那是十座银行似的。

我都不知道我们谁更加开心，是特拉德尔还是我自己。“这事确实，”特拉德尔突然一边说，一边从口袋里掏出一封信，递给我，“弄得我把米考伯先生给忘掉了！”

信是写给我的（米考伯先生从来都不会错过任何写信的机会），“谨烦内殿律师学院托·特拉德尔先生转交”。信的内容如下：

亲爱的科波菲尔：

当你得知我机运好转的消息时，可能不会觉得突然吧。上一次我可能向你提起过，我正在等待着好机运的到来。

我拟安顿在我们得天独厚的岛国的一个乡下小镇（此处社会和谐，农业和宗教相得益彰），从事着一项与高深学问密切相关的职业[①]。米考伯太太及我们的孩子们与我一同前往。将来的某个时候，我们的尸骨或许会葬于一座巍峨建筑的附属墓地，我所指的这个地方将因此建筑而声名远扬，我可以说声名从中国传到秘鲁[②]吗？

我们一家寓居在这个现代巴比伦期间，虽几经沧桑沉浮，但自信没有不光彩之处。我和米考伯太太都无法掩饰

① 主要是指神学、法学和医学。

② 典出英国文学家塞缪尔·约翰逊（Samuel Johnson，1709年—1784年）的长诗《人类欲望的虚幻》。

我们的离别之情，因为我们将要同一位与我们的家庭生活息息相关的人离别，或许许多年，或许永远。临别之际，你若陪同我们共同的朋友托马斯·特拉德尔先生前来我的住处，互致离别之情，道一声珍重，你将施惠于否？

永远属于你的朋友

威尔金斯·米考伯

得知米考伯先生摆脱了令人沮丧的处境，终于真正时来运转了，我感到很高兴。特拉德尔告诉我说，信中提出的邀请就在当天晚上，我当即表示，有幸受邀，欣然前往。于是，我们一同去了米考伯先生以莫蒂默先生名义租住的公寓，该公寓坐落在格雷律师学院[①]路入口附近。

公寓的条件很有限，我们发现，那对双胞胎已经八九岁了，躺在家庭起居室里一张折叠床上，米考伯先生在里面一只放在脸盆架上的大罐里调配了他因此而闻名的“酿造饮料”。在这样一个场合，我有幸同米考伯少爷重续友情，我发现，他已经是个二十二三岁的有为青年了，他手脚动个不停，这种情况倒是他这个年龄的青年人身上不常见的。我还再一次见到了他妹妹米考伯小姐，正如米考伯先生告诉我们的，“像凤凰鸟一样，她母亲在她身上恢复了自己的青春。”

“亲爱的科波菲尔，”米考伯先生说，“你和特拉德尔先生都知道，我们就要搬家了，所以难免会有一些小的不便，还请多多原谅。”

我做了恰如其分的回答，同时我环顾了一下四周，注意到，家里面的行李都已经打点好了，行李量不算很多。面对即将到来的变化，我向米考伯太太表示了祝贺。

“亲爱的科波菲尔先生，”米考伯太太说，“您热情友好，对我们的事情倍加关切，我心里很清楚。我娘家人可能会认为这是流放他

① 昔日伦敦四个培养律师的机构之一。

乡，随他们认为好啦，但是，我是个妻子和母亲，决不会抛弃米考伯先生的。”

特拉德尔受到米考伯太太目光的祈求，充满情感地表示赞同。

“这，”米考伯太太说，“这，至少是我的看法，亲爱的科波菲尔先生和特拉德尔先生，对责任的看法，我复述过那句不能反悔的话，‘我，爱玛，愿意嫁给你，威尔金斯。’这时候，我就得承担起这种责任。昨天晚上，我就着昏暗的烛光，又念了一遍婚礼仪式上说过的话，由此得出的结论是，我永远也不会抛弃米考伯先生。还有，”米考伯太太说，“即使我对婚礼仪式上说过的话可能理解错了，我也决不会那样做！”

“亲爱的，”米考伯先生说，他有点不耐烦了，“我认为，你是绝对不会那样做的。”

“我很清楚，亲爱的科波菲尔先生，”米考伯太太接着说，“我现在要到陌生人中间去，去碰碰自己的运气。我也很清楚，米考伯先生已经给我娘家各个成员写了信，信的措辞礼貌文雅，把这件事通报给了他们，但他们对米考伯先生的信置之不理。确实，我可能是迷信了，”米考伯太太说，“但我觉得，米考伯先生不管写多少信，其中大部分是得不到回音的。根据我娘家人缄默不语的态度，我可以预测，他们反对我所做出的决定，但是，科波菲尔先生，我决不会受他们的影响，偏离自己的责任轨道，即便我爸爸妈妈还活着，我也不会那样做。”

我表明了自己的看法，这样做是朝着正确的方向走的。

“把自己封闭在一个有大教堂的城镇里，”米考伯太太说，“或许是一种牺牲，但是，毫无疑问，科波菲尔先生，如果说对我而言是一种牺牲的话，那对于像米考伯先生那样有才华的男人，就更是一种牺牲了。”

“噢！你们要去一个有大教堂的城镇啊？”我说。

米考伯先生刚才一直在从脸盆架上的那个大罐里给我们斟饮料，这时候他回答说：

“去坎特伯雷。实际情况是，亲爱的科波菲尔，我已经把各方面的事情都安排好了，根据安排，我同我们的朋友希普签订了合同，尽力辅佐他，为他效力。我还要担任他的机要秘书。”

我感到很惊讶，盯着他看，他面对我吃惊的表情乐不可支。

“我必须要向你把情况说明清楚，”米考伯先生说，他态度一本正经，“米考伯太太处事风格独特，考虑问题周全，这在很大程度上促成了今天这样一个结果。米考伯太太先前有一次提议，以告示的形式发出挑战，结果我的朋友希普先生接受了挑战，于是我们达成了共识。关于我的朋友希普，”米考伯先生说，“他可是不同凡响，足智多谋。说到他，我就要由衷地对他表示敬意。我的朋友希普没有把我的固定薪水定得太高，但是，他帮了大忙，帮助我摆脱了经济困难带来的压力，依据的是我服务的价值。而我的信念则寄托在那些服务的价值上了。如此技巧和才智我碰巧拥有，”米考伯先生说，一副他素有的温文尔雅的派头，既炫耀又自谦，“我将把自己的技巧和才智在为我的朋友希普的服务中奉献出来。自己已经掌握一些法律方面的知识——由于我当过民事诉讼中的被告——并且拟马上研读《英国法律评论》，作者乃英国最最卓越的法学家之一。我想无须补充说，我所指的就是布莱克斯通法官先生[①]。”

正说这番话呢，确实，这也是那天晚上所说的话的大部分内容，可是话突然被米考伯太太给打断了，因为她发现，米考伯少爷或坐在自己的靴子上，或双臂抱住自己的脑袋，好像脑袋要掉下来似的，或在桌下面偶尔朝特拉德尔踢上一脚，或两只脚不断地相互变换着位置，要不就是把两只脚伸到老远的地方，很不成体统。他或侧着身子躺着，头发散落在酒杯之间。或手舞足蹈，显得焦躁不安，弄得在场的人都不舒服。由于母亲发现了他的这些行为举止，米考伯少爷很不高兴。我一直坐在那儿，听到米考伯先生的叙述之后，惊愕

① 指威廉·布莱克斯通爵士（Sir William Blackstone，1723 年—1780 年），英国法学家，当过法官、下议院议员，主要著作有《英国法律评论》。

不已，不明白那是什么用意。最后，米考伯太太接着说下去，我这才回过神来。

"我特别请米考伯先生注意的是，"米考伯太太说，"亲爱的科波菲尔先生，他在攀上法律这根旁枝时，不要影响自己最终攀上树顶。我坚信，米考伯先生才华横溢，能言善辩。如果他专心致志，把他的优势施展到一门职业上，他一定会出人头地。喏，比如，特拉德尔先生，"米考伯太太说着，摆出一副高深莫测的架势，"当个法官，甚至说当个大法官。是不是说一个人若是从事了米考伯先生接受的这样一个职位之后，就不可能会被提升到那样的职位了？"

"亲爱的，"米考伯先生说，但同时又用探寻的目光瞥了一眼特拉德尔，"我们还有足够的时间来考虑那些问题的。"

"米考伯，"她回答说，"不！你这一辈子错就错在自己没有远见卓识。即使不是为了还自己一个公正，也得还你的家庭一个公正啊，你应该放眼看到远方的地平线，那可是你的能力所及的地方啊。"

米考伯先生咳嗽着，同时喝着自己勾兑的潘趣酒，一副乐不可支的神态，但他仍然用眼睛瞥着特拉德尔，似乎是想要征询他的看法。

"对啊，事情显而易见，米考伯太太，"特拉德尔说，他语气婉转地向她透出实情，"我的意思是说，真真切切的情况，你知道……"

"就是嘛，"米考伯太太说，"亲爱的特拉德尔先生，涉及这么重要的一个问题，我希望尽可能要真实确切。"

"那是，"特拉德尔说，"在法律这个行当里，即便米考伯先生是个正式的初级律师……"

"说的正是，"米考伯太太说。（"威尔金斯，你斜着眼睛看东西，到头来都复不了原啦。"）

"那跟这个情况也扯不上边儿，"特拉德尔接着说，"只有在任何法庭出庭辩护的专门律师才会有资格升任到大律师。而米考伯先生如果没有进律师学院学习满五年，那是当不了专门律师的。"

"我不知道是否听明白了您的话，"米考伯太太说，她态度求真务实、和蔼真诚，"我是不是可以这么理解，亲爱的特拉德尔先生，学满五年之后，米考伯先生就有资格当法官或者大法官了？”

“那他就有资格了。”特拉德尔说，并对后面几个字加重了语气。

“谢谢您啊，”米考伯太太说，“这就足够了。如果情况果然如此，米考伯先生去从事现在的工作，他的权益不会因此受到什么损失，那我也就放心了。当然，我这是，”米考伯太太说，“作为女人说的话。但是，我从前住在爸爸妈妈家时，常听见爸爸说起司法方面的才能，我一直都认为，米考伯先生具备了这方面的才能。我希望，米考伯先生现在进入这个行当，他的才能能够得到发挥，能够达到引入注目的地位。”

我现在完全相信，米考伯先生当时用他那具有司法才能的眼光，看得见自已端坐在设有羊毛坐垫的席位上。他用手掠过谢了顶的头，一副沾沾自喜的样子，接着便用故作无可奈何的口气说：

“亲爱的，命运难料。如果我注定要戴法官发套，我至少在外表上做好了准备，”他是针对自己的秃顶说的，“接受那一项殊荣。并不，”米考伯先生说，“因为自己头发的事而感到懊悔，我掉了头发原来是有特别意义的。这事我说不准。亲爱的科波菲尔，我拟教育自己的儿子，将来替教会效力，并不否认，要是因为他出人头地，我会心满意足的。”

“替教会效力？”我问了一句，心里面还在想着尤赖亚·希普的事。

“对啊，”米考伯先生说，“他的头声很出色，可以从担任唱诗班的歌手开始。我们就住在坎特伯雷，我们在当地也有人缘，毫无疑问，一旦大教堂的唱诗班里有了空缺，他定能增补进去。”

我又看了一眼米考伯少爷，发现他的脸上呈现出一种表情，好像他的头声是藏在眉宇后面的，因为不一会儿他给我们唱起《啄木鸟之歌》[①]时（唱歌或者去睡觉，二者选其一），那声音果然就是从那

---

① 这是爱尔兰诗人、作曲家和音乐家托马斯·穆尔（Thomas Moore，1779—1852年）所作的一首著名歌曲，曾经风靡一时。英国著名小说家威廉·威尔基·柯林斯的《月亮宝石》中卡夫探长喜爱哼的《夏天里的最后一支玫瑰》也是穆尔的作品。

儿发出来的。大家对他的表演大大地赞扬了一番，随后便海阔天空地聊了一会儿。对于自己境遇的种种变化，我本来铁了心埋在自己的肚子里，不告诉任何人，但终究还是按捺不住告诉了米考伯先生和米考伯太太。他们想到我姨奶身处逆境，竟然兴高采烈，舒心惬意，热情友好，那情形我简直无法描述。

我们喝潘趣酒差不多快到最后一巡了，这时候，我对着特拉德尔说话，提醒他，我们应该举杯祝愿，祝愿我们的朋友身体健康，幸福美满，事业有成，然后才能分别。我请求米考伯先生给我们大家斟满了酒，然后按正规的形式给大家祝酒：隔着桌子同他握手，吻了米考伯太太，以此来纪念这样一次非同寻常的相聚。对于第一个举动，特拉德尔学着我的样子，如法炮制，但对于第二个举动，他自觉交情还没有到那一步，不敢贸然行事。

"亲爱的科波菲尔，"米考伯先生说，他站起身来，大拇指一边一个插入自己的背心口袋里，"我青年时代的伙伴，如果你允许我这样说的话。还有我尊敬的朋友特拉德尔，如果你允许我这样称呼他的话。请允许我代表米考伯太太，我自己，还有我们的孩子们，用最最热诚和最最由衷的言辞，对于二位的好意表示感谢。我们即将迁往异地，去开始一种全新的生活，值此成行之际，"米考伯先生说着，看样子他们好像要去长途跋涉五十万英里，"面对站在我们面前的两位朋友，我应该说上几句临别赠言。不过，关于这方面的话，该说的我都已经说了。如今，我就要投身于一种需要高深学问的职业，要在其中当一个无名小辈，通过这样一种途径，不管自己能够达到什么样的社会地位，我将竭尽全力，不至于辱没那个地位，米考伯太太也必定会为其增光添彩。我曾签约举债，本想立刻偿还，但无奈世事弄人，未能如愿。在这种暂时的经济压力下，我不得不乔装打扮，其实这是我天性中厌恶的事情，我指的是戴上眼镜，还得隐姓埋名，换上一个并不合法的姓氏。在这一方面，我所要说的是，阴郁沉闷的场景上方，阴霾已经散尽，白昼之神再次高高地重现于群山之巅。到了礼拜一的下午四点，马车抵达坎特伯雷，我的脚就踏上了故土，我就要姓米考伯啦！”

米考伯先生说完这番话后便坐了下来，接着便态度严肃地接连喝了两杯潘趣酒。然后郑重其事地说：

“这次分别之前，我还有一件事情要处理，那就是要履行完一项法律手续。我朋友托马斯·特拉德尔先生为了我住宿的事情，分别两次在期票上‘签名’，如果我可以用这种非专业的说法的话。第一次，托马斯·特拉德尔先生被置于……简单地说，困境之中。第二次的期票尚未到期。第一张期票欠下的数额，”米考伯先生说到这儿仔细认真地查看了那些单据，“我认为，是二十三英镑四先令九便士半。第二次期票的数额，根据我记录的账目，是十八英镑六先令二便士。如果我计算得没有错的话，总共加起来是四十一英镑十先令十一便士半。我的朋友科波菲尔可以帮帮忙替我核对一下吗？”

我核对了一下，确实没有错。

“自己如果没有清算这笔债务，”米考伯先生说，“就离开伦敦这座大都市，离开我的朋友托马斯·特拉德尔先生，我会觉得心情沉重，难以忍受。因此，我替我的朋友托马斯·特拉德尔先生拟就了一份借据，现在我手上拿着的就是，有了它目的就达到了。我请求把这份欠有四十一英镑十一便士半的借据交到我的朋友托马斯·特拉德尔先生的手上。我感到很高兴，找回了自己的道德尊严，同时我知道，自己又一次可以在同胞面前直挺着身子行走了！”

米考伯先生说完这段话之后（他说得很动情），把借据交到了特拉德尔手上，并说，他祝愿他今生今世万事如意。我深信不疑，不仅米考伯先生觉得这就像是还清了钱一样，而且连特拉德尔本人在他有时间来考虑这件事情之前也觉察不出这两者之间有什么差别。

有了这么一个彰显高尚的举动，米考伯先生果然直挺着身子在他的同胞面前行走了，所以他举起蜡烛照着我们下楼时，胸膛都显得宽出了一半。我们告别了，双方都热情洋溢。我把特拉德尔送到了他的住处门口，然后独自一人返回，这时候，心里面想着种种离奇古怪而又充满矛盾的事情，其中想到，米考伯先生虽然为人圆滑，但他大概还记得我做过他的小房客，于是对我怀有怜悯之心，因为他从来没有开口问我借过钱。否则要是他向我开了口，我肯定自己也不会好意思拒绝。我毫不怀疑，他同我一样很清楚这一点（所以在这里提上这么一笔，算是对他的赞赏吧）。

第三十七章
一点点凉水

我的新生活已经持续了一个多礼拜了。我感到，面临危机，需要有切实可行的巨大决心，自己比以往任何时候都更加坚定了。我仍然步履匆匆地前行着，而且总的感觉是，自己一直进步着。我定下了一个规矩，面对任何事情，自己都要竭尽全力。我要奉献出自己的一切，甚至打算要吃素，我朦朦胧胧地感觉到自己成了一只素食动物了，我应该祭献给多拉。

然而，除了我的书信中有了些许模糊的暗示之外，小多拉对我意志坚定拼力一搏的精神一无所知。不过，又到了一个礼拜六，那个礼拜六的傍晚，她按照安排要去米尔斯小姐的家里。等到米尔斯先生去了他所属的惠斯特牌俱乐部后（她们会在客厅中间的一个窗户口挂上一只鸟笼子，作为信号，告诉在街上的我），我便去那儿喝茶。

这个时候，我们在白金汉街安顿了下来，迪克先生舒心惬意，继续做他的抄写工作。姨奶付清了克鲁普太太的工钱，把她放置在楼梯上的那第一只水罐扔到窗户外面去了，从外面雇了个干杂活儿的，上下楼都亲自护送，这样一来，她在克鲁普太太面前打了场大胜仗。这些强有力的措施令克鲁普太太惊恐不安，她以为我姨奶疯了，所以躲到厨房里面去了。姨奶心高气傲，毫不理会克鲁普太太和其他人的看法，对于那些看法不但不感到垂头丧气，反而还挺得意的，这样一来，先前强悍的克鲁普太太没几天工夫就变得怯懦胆小了，不敢在楼梯上同姨奶照面，想方设法把自己肥胖的身子躲藏到门的后面。不过，她那法兰绒衬裙的宽边还是露在了外面，或者蜷缩到黑暗的角落里。这种情形令姨奶有一种说不出的满足感，所以我认为，每次克鲁普太太有可能出现的时候，姨奶就会举止张扬，把帽子斜戴在自己头上，上上下下徘徊，以此为快乐。

姨奶极爱整洁，心灵手巧，对家里面的陈设做了诸多改进，所以我没有觉得比以前更加贫穷，反而更加富有了。比如说，她把那个储藏间改变成了我的梳妆室。还帮我买了一个床架，并进行了一番装饰，结果白天看上去极像是一个书架。我时时刻刻都得到她无微不至的关怀，即便我那故去的母亲都不会比她更加疼爱我，更加用心关注我是否幸福快乐。

佩戈蒂因能够参与这些活动而感到无上荣光。尽管她对我姨奶仍然存有昔日那种敬畏感，但她听到了很多鼓励和信任的话，她们便成了最好的朋友。但是，那个时刻到来了（就是我说的那个礼拜六，到时我要去米尔斯小姐家喝茶），而佩戈蒂必须得回家去，去承担起照顾哈姆的责任。"那么再见了，巴吉斯，"姨奶说，"你多保重自己！说真格的，我从未想到，离开了你会这么难过！"

我送佩戈蒂到公共马车站，和她告别。她在分别时哭了，像先前的哈姆一样，嘱咐我善待她哥哥。佩戈蒂先生自从在那个阳光明媚的下午离别之后，我们就再也没有他的音讯了。

"对啦，心肝宝贝大卫，"佩戈蒂说，"您在当学徒期间，如果需要用钱，或者您学徒期满之后，宝贝儿，需要钱开业（不管您是学徒还是期满后要开业，您总是需要钱，宝贝儿）除了那个可爱女孩，也就是我这个年老愚昧的人，谁还会有权利要求把钱借给您呢！"

我的独立自主之心还没有达到狂妄无礼的地步，所以没有多说什么，而只是说，如果我需要向别人借钱的话，我一定就会向她借。这话差不多就像是当场从她那儿接受了一大笔钱一样，我认为，佩戈蒂听了之后会感受到莫大的安慰。

"还有啊，宝贝儿！"佩戈蒂低声细语地说，"告诉那位美丽可爱的小天使，我多么想要见到她，哪怕是看一眼也罢！同时还要告诉她，在她嫁给我的孩子之前，如果您允许的话，我要来帮助您收拾屋子，收拾得漂漂亮亮的！”

我向她保证，任何别人都别想沾上边儿，这话令佩戈蒂高兴不已，于是她兴致勃勃地离开了。

在民事律师公会的一整天，我心里面尽情地构思着各种各样的计划，结果把自己给弄得精疲力竭，但到了傍晚预定的时间，我便动身前往米尔斯先生家所在的街道。米尔斯先生特别喜欢吃完饭之后打个盹，所以还没有外出，因为中间的窗户口还没有挂出鸟笼。

我就这么长时间地等待着，心急火燎的，真希望俱乐部因为他迟到而罚他的钱。最后他终于出门了，这时候我看到我的多拉把鸟笼挂了起来，还到阳台上探着头寻找我。看到我之后，便又跑进去了，而吉普留在后面，毫无自知之明地冲着街上屠夫铺的一条大狗狂吠，其实人家都可以把它像个药丸子一样吞进去。

多拉到客厅门口迎接我，吉普踉踉跄跄地跟在后面，不停地吠着，把我当成强盗了。我们三位一同进入，洋溢着幸福和爱意。但是没一会儿，我便给我们欢乐无比的气氛蒙上了一层阴影——我并不是有意为之，而是因为我心里太迫不及待了——未加思索，我开口便问，多拉是否爱一个乞丐。

我美丽可爱的小多拉大吃了一惊！乞丐这个词让她想到的唯有一张蜡黄的脸和一顶睡帽，或者一副拐杖，或者一条木头假腿，或者一条狗，嘴里叼着个饮料瓶托，或者诸如此类的东西。她高兴的脸上带着惊诧，直盯着我看。

“你怎么会问我这么傻的问题？”多拉噘着嘴说，“爱一个乞丐！”

“多拉，我最最亲爱的！”我说，“我就是个乞丐！”

“你怎么会这样傻啊？”多拉回答说，她轻轻地拍了一下我的手，“竟然坐在这儿说傻话？我会叫吉普咬你的！”

在我看来，她的孩子气是世界上最最赏心悦目的样子，但事情还得要说清楚，于是我郑重其事地重复了一遍：

“多拉，我的命根子，我是你一贫如洗的大卫啊！”

“如果你再这样胡说一气，”多拉说着，抖了抖她的鬈发，“我可是说了，会叫吉普咬你的！”

但是，我一脸严肃认真的神态，多拉便停止抖动自己的鬈发，把一只颤动的小手搁在我肩膀上，一开始她显得战战兢兢，焦虑不安，接着便开始哭了起来。事情糟透了。我在沙发前面双膝跪地，抚抱着她，恳请她不要令我撕心裂肺。但是，过了一会儿，可怜的小多拉什么也没说，只是情绪激动地大声喊着，天哪！天哪！噢，她可真的吓坏了！朱莉娅·米尔斯在哪儿啊！噢，把她领到朱莉娅·米尔斯那儿去，快去吧！最后弄得我都神志不清了。

最后，经过一番痛苦的哀求和劝解，我终于使多拉平静下来看着我，但她脸上的表情依旧惊恐不安，我慢慢地对她进行安慰，后来她美丽可爱的脸上只有爱意和温情。她把脸蛋贴在了我的脸上。然后，我双臂搂着她，并告诉她说，我是多么多么爱她，爱得是那么深，那么深。由于自己现在成了个穷光蛋，我想自己应该主动提出解除订婚，让她得到解脱才是。如果我一旦失去了她，我会多么无法忍受，或者一蹶不振。只要她害怕贫穷，我就对贫穷无所畏惧，因为有了她，我就感觉双臂有了力量，内心受到了鼓舞。现在我正鼓足勇气在工作，这种情况除了情人，别人是无法体会的。我已经开始求真务实、着眼未来了。一片由自己体面地挣来的面包屑比起一席继承来的盛宴要更加甜美。我热情洋溢，口若悬河，诸如此类的话说了一大堆，令我自己都感到惊讶不已。不过这些话是自从姨奶把我吓了一大跳之后，日思夜想，酝酿出来的。

“你的心还是属于我的吗，亲爱的多拉？”我问了一声，心里激动不已，因为从她紧紧地依偎着我的样子，我知道那颗心还是属于我的。

“噢，是的！”多拉哭着回答说，“噢，是的，我的一切都是属于你的。噢，不要吓人！”

我吓人了！吓着多拉了！

“不要再说穷困潦倒和拼命工作的事了！”多拉说着，依偎着我，比刚才更紧了，“噢，不要说，不要说！”

“我的心肝宝贝，”我说，“体面地挣来的面包屑……”

“噢，是的，但我不想再听什么面包屑了！”多拉说，“吉普每天十二点的时候必须得吃上一块羊排，否则它会死掉的！”

她充满着孩子气，她可爱迷人的样子，弄得我心醉神迷。我满怀深情，向多拉解释说，吉普已经养成习惯了，它必须得按时吃它的羊排。我把我们朴素简陋的家描述了一番，凭着我的劳动自食其力——还把我在海格特看过的那座小房子简略地描绘了一下，姨奶住到楼上她自己的房间里。

“我现在不吓人了吧，多拉？”我说着，话语中充满着温情。

“噢，不了，不了！”多拉大声说着，“但是，我希望你姨奶大部分时间待在她自己的房间里！我希望她不是个动不动就训斥人的老太太！”

要是我可以比以往任何时候更加爱多拉，我肯定自己会这样做的。但是，我感觉到，她有点不那么讲求实际。令我感到有点气馁的是，自己新萌生出来的热情难以传递给她。我又努力地试了一次。等到她平静下来，卷捏着躺在膝上的吉普的耳朵时，我态度严肃地说：

“我的心肝宝贝啊！我可以说点事情吗？”

“噢，请不要说什么讲究实际的话了！”多拉央求着说，“因为会把我给吓着的！”

“心肝宝贝啊！”我回答说，“这里面没有什么可怕的。我想要你从不同角度来想这件事。我想要让你增添力量，使你振作精神，多拉！”

“噢，但那着实令人害怕啊！”多拉大声说。

“我的爱人啊，不是这么回事。持之以恒，坚忍不拔，再大的艰难困苦我们也能挺得住。”

“可是我一点儿都不坚忍不拔，”多拉说着，抖了抖自己的鬈发，“我坚忍不拔吗，吉普？噢，吻一下吉普吧，高兴一下！”

她抱起吉普对着我要我吻，自己鲜亮通红的小嘴做出要吻的姿势，而且坚持要我照着样子，吻吉普鼻子中间一点儿，这时候，我不吻都不行了。我照着她的要求做了，事后，由于我乖乖听话，得到了奖赏。她迷得我神魂颠倒，我严肃的劲头也不见了，都不知道持续了多长时间。

“但是，多拉，我的爱人！”我说，我终于回过神来了，“我要说一点事情。”

她的两只小手合着举了起来，恳切地请求我不要再吓人了，此情此景，就是连遗嘱验证法庭的法官见了都会爱上她的。

“说真的，我不会吓人，宝贝儿！”我向她保证说，“不过，多拉，我的爱人，如果你有时候想想，你知道，不要垂头丧气。决不会吓人的！但是，如果你有时候又想想，只是给自己鼓劲，你同一个穷小子订了婚……”

“不要说，不要说！请不要说！”多拉大声说，“这真可怕啊！”

“我的心肝宝贝啊，一点都不可怕！”我说着，一副兴高采烈的样子，“如果有时候想想这个事，时不时地留意一下你爸爸持理家务的情况，设法养成一种小小的习惯，比如记记账什么的。”

可怜的小多拉听了我的这个建议之后，又是啜泣，又是尖叫。

“这对我们以后是大有裨益的，”我接着说，“如果你答应我看一点儿……一点儿我要送给你的烹饪书，那对于我们两个人来说都是好极了。因为我们的生活之路，多拉，”我说到这一点心里就兴奋起来了，“现在充满了坎坷，由我们去铺平。我们必须发奋努力，勇往直前，对于要面对的艰难险阻，我们必须去面对，并且克服它们！”

我紧握着一个拳头，滔滔不绝，热情洋溢，不停地说着。但其实没有必要再说下去了。我说得够多了，结果又重蹈覆辙。噢，她又吓得不得了！噢，朱莉娅·米尔斯哪儿去了！噢，把她领到朱莉娅·米尔斯那儿去，快去吧！一句话，这样一来又把我给弄得神志不清，在客厅里发疯似的叫喊着。

我感觉这一回怕是要了她的命了，于是我朝她脸上泼水，双膝跪了下来，猛揪自己的头发，诅咒自己是只毫无悔改之意的畜生，是只毫无怜悯之心的野兽，恳请她宽恕我，哀求她抬头看我一眼。我在米尔斯小姐的针线匣里乱翻了一气，想要找到嗅盐瓶，心里痛苦万分，结果拿到了一个象牙针盒，把针全都散落到了多拉身上。我朝着吉普挥舞拳头，因为它也像我一样疯狂透顶了。我做着各种疯狂的动作，等到米尔斯小姐进入房间里来时，我已经完全丧失理智了。

"这是谁干的好事？"米尔斯小姐一面激动地说，一面照料着她的朋友。

我回答说："是我，米尔斯小姐！一切都是我干的！看罪魁祸首在这儿呢！"我说了诸如此类的话，然后一边把脸伏在沙发垫子上，一边避开灯光。

刚开始时，米尔斯小姐以为我们吵了架，以为我们走近了撒哈拉沙漠的边缘，但是，很快她就弄清了事情的原委，因为我那温柔可爱的小多拉紧紧地抱住她，开始情绪激动地说，我是个"贫穷的劳工"。然后又为我哭了起来，搂抱着我，问我要不要让她把所有的钱交给我保存，然后又搂着米尔斯小姐的脖子，啜泣着，看来她那颗温柔的心被弄碎了。

米尔斯小姐准是生来就注定要给我们带来福音的。她从我所说的寥寥几句话中就明白了事情的原委，便安慰起多拉来了，慢慢地使多拉相信，我并不是个劳工。我现在相信，多拉根据我陈述情况的态度，断定我是个苦工，成天推着手推车在一块搭板上摇摇晃晃，上上下下，就这样她使我们两个一起平静下来了。我们都很平静了，多拉到楼上去往眼睛里滴玫瑰水，这时候，米尔斯小姐摇响了铃，吩咐上茶水。在接下来的时间里，我对米尔斯小姐说，她永远是我的朋友，我只有在心脏停止了跳动时才会忘记她的情怀。

然后，我把竭尽全力都无法向多拉解释清楚的情况向米尔斯小姐进行解释。米尔斯小姐按照一般原则做了回答，她说舒心惬意的农舍胜过冷漠凄凉的豪华宫殿，有爱便有了一切。

我对米尔斯小姐说，她的看法千真万确，谁会比我对这句话有更深的体会啊，因为我对多拉的爱，别的任何人都不曾体会过。可是，米尔斯小姐流露出沮丧的神情，说情况果然如此，那某些人的心里倒是会感到愉快，我听后连忙解释说，我请求谅解，这话的意思仅限于男性。

接着我又对米尔斯小姐提出，问她我迫不及待地提出要记账、持理家务、阅读烹饪书籍的建议是否有实际意义。

米尔斯小姐思忖了片刻之后回答说：

“科波菲尔先生，我坦率地对你说吧。精神上的痛苦和折磨对于某些人而言相当于岁月流逝，我就好比是个女修道院的院长，对你实话实说。不成。这个建议对于我们的多拉来说不合适。我们最最可爱的多拉是个大自然的宠儿，是光明、活泼和快乐的化身。我坦诚地说，事情若是能够办得到，当然很好，但是……”米尔斯小姐摇了摇头。

米尔斯小姐最后这句话给了我鼓励，于是我问她，为了多拉着想，如果她有机会引导多拉集中注意力，为了将来脚踏实地地过日子做些准备，她会利用那个机会吗？米尔斯小姐欣然答应了，于是我进一步问她，她是否愿意把要多拉阅读烹饪书籍的任务担当起来，而且，如果她能够劝导多拉阅读，同时又不至于吓着她，那就劳苦功高了。米尔斯小姐也接受了这项托付，但并不显得信心满满。

多拉返回来了，只见她一副娇小玲珑、美丽可爱的样子，我的心里不由得产生了疑惑，该不该用这样平常的事情去烦扰她。她那么深深地爱着我，那么令人失魂落魄（尤其是她命吉普用自己的后腿站立起来接烤面包的时候，还有由于吉普不肯接受，她便揪住它的鼻子往热茶壶上靠，假装要惩罚它的时候），而我刚才却吓着了她，把她给吓哭了，想到这一点，我顿时感觉到自己就像一只闯入仙境的怪兽。

喝过茶之后，我们便弹起吉他来，多拉还唱昔日唱过的那些悦耳动听的法文歌曲，歌中唱到，无论如何，都不可能停止跳舞，啦——

来——啦，啦——来——啦，最后，我感觉到自己成了一只比先前更加可怕的怪兽了。

我们一直沉浸在欢乐的气氛中，中间只打断过一次，事情发生在我离开前的一会儿，当时，米尔斯小姐无意中提到明天早晨的事情，我则不留神说漏了嘴，说自己必须勤奋努力，五点就起床。多拉是不是怀疑我是哪个私人家里打更报晓的，我可说不准。但是，这事对她影响巨大，她随后便不弹琴，也不唱歌了。

在我向她告别的时候，她对刚才的话还耿耿于怀。她语气优雅，像是哄孩子似的对我说话。我感觉到，自己就像个玩具娃娃！

"听着，可别五点起床啊，你这个淘气的孩子。这样做很荒唐的！"

"宝贝儿，"我说，"我必须要工作啊。"

"可就是不要那样做！"多拉回话说，"你为何要那样做呢？"

面对那张甜美、惊诧的小脸蛋，我还能说什么呢，只能语气轻松，带着调侃说，我们必须得工作才能活下去。

"噢，多么荒唐可笑啊！"多拉大声说。

"不工作，我们怎么生活啊，多拉？"我说。

"怎么生活？怎么生活都成！"多拉说。

她好像觉得，自己已经把这个问题解决了，于是扬扬得意地给了我一个吻，其用意来自她那颗天真无邪的心，对此，我即便是为了一大笔财产，也不至于破坏她的那种感觉。

行啊！我爱着她，一如既往地爱着她，专心致志，一心一意，完全彻底。但是，我也还一如既往地拼命工作，忙忙碌碌，趁热打铁。我有时候晚上会坐在姨奶的对面，心里思忖着，那一会儿怎么就把多拉给吓着了呢，自己怎么才能背着吉他的琴盒在困难的丛林中披荆斩棘，一直寻思到感觉自己的头发好像变白了。

第三十八章

合作关系解体

关于记录议会辩论的事，我不能让自己的决心冷下去。我要凭着自己打心眼里赞赏的坚忍不拔的意志，立刻开始把铁烧热，这是其中的一块，要趁热对铁进行敲打，这也是其中的一块。我买了一本讲述速记这门高尚的艺术和秘诀的书（花去了我十先令六便士）。然后一头扎进了令人眼花缭乱的大海，近几个礼拜的时间，我总是把自己弄得心神烦乱。一个个小点儿变幻莫测，在某一个位置上是某一种含义，在另一个位置上又是另一种含义，大相径庭。一个个圆圈儿扮演着奇特怪异的角色，令人称奇叫绝。苍蝇腿似的符号演绎出不可思议的含义。一条曲线若是画错了地方，便会导致巨大的差异。一切的一切，不仅在我醒着的时候烦恼伤神，而且在睡梦中也会不断呈现。我漫无目标，在这重重困难中一路摸索着，终于掌握了基本的知识，因为它本身就像是一座埃及神庙。可是，一连串可怕的东西又接踵而至，叫作随意符号。这可是些我见所未见的最最暴虐霸道的东西，比如说，规定一个像蛛网开端似的东西表示“期待”的意思，规定一个用笔墨画出的冲天焰火代表“不利”。等我把这些无聊可恶的东西铭记在脑子里面之后，却发现，它们把原先存在那儿的东西驱除得一干二净了。然后，又重新开始，结果把它们又给忘记了。等到我把它们熟悉起来之后，这套系统中的其他东西又给忘记了。一句话，这事情几乎要令人心碎。

要不是有多拉，那可真是会令人心碎，因为她是我这只狂风暴雨摧残中的小帆船的支索和铁锚。速记系统中的每一个笔画都是困难丛林的一棵盘根错节的大橡树，我使出浑身的力量，不停地把它们一棵接着一棵地砍倒，结果三四个月之后，我便想在民事律师公会里最出色的演说家身上一试身手。结果，我还没有开始记，那位出色的演说家便毫无征兆地离我而去了，弄得我那支笨拙的铅笔在纸上踉踉跄跄，像抽风一样，此情此景，我怎么能够忘记啊！

这样不成，事情很显然。我飞得太高，这样不可能持久，于是我去请教特拉德尔，他提出了一个建议，他用一定的速度口授演讲词，由我来记，一旦发现我跟不上，他就停一停。对于这种友好的帮助，我心怀感激，于是接受他的建议。很长一段时间里，一晚接着一晚，几乎是每个夜晚，在我从民事律师公会回家之后，我们都会在白金汉大街的寓所里私下举行议会。

我倒是想要在别的什么地方也可以看到这样的议会！姨奶和迪克先生代表政府或者反对党（这要根据具体情况而定），而特拉德尔借助于恩菲尔德的《演说家》[①]或者一卷议会演讲集，以雷霆之势，对他们给予反驳。特拉德尔站立在桌子边上，左手的食指按住书的页码，右臂举过头顶使劲地挥舞着，好比是皮特先生[②]、福克斯先生[③]、谢里丹先生[④]、伯克先生[⑤]、卡斯尔雷勋爵[⑥]、西德默

---

① 恩菲尔德（W. Enfield，1741年—1791年），英国牧师，1774年发表《演说家》。

② 英国历史上有父子两个威廉·皮特（William Pitt），老皮特（1708年—1778年），政治家，曾任英国首相（1757年—1761年，1766年—1768年），为英国赢得七年战争（1756年—1763年）的胜利，使英国成为北美和印度的霸主。小皮特（1759年—1806年）是老皮特的次子，曾任英国首相（1783年—1801年，1804年—1806年），改组东印度公司，改革财政和关税制度，组织反法联盟，进行反对法国革命政权和拿破仑的战争。

③ 福克斯（Charles James Fox，1749年—1806年），英国辉格党下院领袖，外交大臣，反对乔治三世，主张议会改革，反对首相诺斯对美洲殖民地的高压政策，主张废除奴隶贸易，赞成法国革命。

④ 谢里丹（Richard Brinsley Sheridan，1751年—1816年），英国戏剧家，曾当选为下院议员（1780年），先后在外交部、财政部和海军部任职，著有《情敌》《造谣学校》《批评家》等剧本，在英国戏剧史上占有重要地位。

⑤ 伯克（Edmund Burke，1729年—1797年），英国辉格党政论家、下院议员，维护议会政治，主张对北美殖民地实行自由和解的政策，反对法国大革命。

⑥ 卡斯尔雷勋爵（Lord Castlereagh，1769年—1822年），英国外交大臣（1812年—1822年），制定遏制拿破仑和俄国的英国对外政策，参加了1815年的维也纳会议。

斯子爵[①]，或者坎宁先生[②]，他情绪激愤，言辞犀利，数落姨奶和迪克先生挥霍无度，贪污腐败，抨击得体无完肤。而我通常是隔着一点距离坐着，速记本搁置在膝盖上，使出浑身解数，殚精竭虑地跟在他后面记录。特拉德尔反复无常，胡言乱语，任何现实生活中的政客都超过不了他。他会在一个礼拜之内，提出任何政策主张，在每一根桅杆上挂所有旗帜。姨奶看上去很像个不动声色的财政大臣，只是在必要的时候，偶尔插上一句，诸如"说得对！"或者"不对！"或者"噢！"这么一来，就等于给了迪克先生（一个地道的乡绅）提示，随即他也斗志昂扬地大声叫了起来。但是，迪克先生在自己的议会生涯中受到了如此多的指责，还要对如此严重的后果负责，他难免有时候心里会感到忐忑不安。我相信，他实际上已经开始担心自己做错了什么事情，对英国的宪法造成了破坏，给这个国家带来了灭顶之灾。

我们持续进行着这样的一些辩论，往往要进行到半夜，蜡烛都燃尽了。这么大有好处的演练所导致的结果是，我慢慢地开始能够跟上特拉德尔的节奏了。如果我有一丁点儿明白自己记录的东西，我就应当会感到很得意。但是，当我回头来阅读自己记录的东西时，我简直就像是抄写了一大堆中国茶叶箱上的文字，或者就像是药店里那些红红绿绿的瓶子上面的金字！

除了一切从头开始，没有别的办法。这事令人难以忍受，但是，我还是怀着沉重的心情从头再来，就像蜗牛爬步似的，不辞辛劳，循规蹈矩，重新开始艰难的行程，途中每遇到一个细微的斑点都会立刻停下来仔细探究，竭尽全力，识别那些难以辨认的符号。我一直

---

① 西德默斯子爵（Viscount Sidmouth，1757 年—1844 年），历任英国首相（1801 年—1804 年）、枢密大臣（1805 年，1806 年—1807 年，1812 年）、掌玺大臣（1806 年）和内务大臣（1812 年—1822 年）。

② 坎宁（George Canning，1770 年—1827 年），英国外交大臣（1807 年—1809 年，1822 年—1827 年）、首相（1827 年），托利党人，实行独立自主政策，脱离神圣同盟，支持希腊的独立战争。

都准时到达事务所，也准时到达民事律师公会。我确实像人们常说的，像一匹拉车的马辛勤地工作着。

有一天，我和平常一样到达民事律师公会，结果看到斯彭洛先生站在门口，神情格外严肃，在自言自语地说着话。由于他常常会患头痛的毛病——天生脖子短，我确确实实认为，他的衣领浆得太硬了——所以，刚一开始，我吓了一大跳，以为他那毛病又犯了，但是很快他就让我释怀了。

我同他打了招呼之后，他并没有像平常那样和蔼可亲地回应一声"早上好"，而是看着我，虚以客套，然后神情冷淡地邀请我陪同他一道到一家咖啡馆去。那个时候，那家咖啡馆有一扇门直通民事律师公会，门就在圣保罗教堂墓地的小拱道里。我遵命前往，心里很不是滋味，感觉浑身发热，仿佛心里面的恐惧感要冒出芽来了。由于通道狭窄，我便让他走在前面一点点，这时候，我注意到，他高昂着头，神情傲慢，这尤其不是什么好兆头。我满腹狐疑，恐怕他已经发觉了我和亲爱的多拉之间的事。

即便我在去咖啡馆的路上没有猜测到这一点，那么在我跟随着他走进那个楼上的一个房间，发现默德斯通小姐在那儿，我也不可能不明白这是怎么回事。默德斯通小姐身后立了个餐具柜，上面倒放着几只盛柠檬用的平底玻璃杯，还有两个那种非同寻常的盒子，全是棱角和凹槽，是插刀叉用的，现在已经不时兴了，这也算是人类的大幸。

默德斯通小姐态度冷漠，把手指甲伸向我，僵直着身子坐在那儿。斯彭洛先生把门关上了，示意我在一把椅子上坐下，他自己却站立在火炉前面的地毯上。

"默德斯通小姐，有劳您把提包里的东西拿出来，"斯彭洛先生说，"给科波菲尔先生看看吧。"

我相信，那就是我童年时代见到过的那只手提包，上面有钢扣儿，关起来时像是咬着的。默德斯通小姐紧闭着嘴唇，跟手提包一模一样。她打开了提包，同时也张开了一点嘴唇，取出了我最后给多拉的那封信，里面写满了充满爱意的言辞。

“我相信这是你写的吧，科波菲尔先生？”斯彭洛先生说。

我浑身发热。我说了一声“是我写的，先生”，那声音听起来好像不是我的。

“如果我没有弄错的话，”随着默德斯通小姐从手提包里取出一包书信，信是用最最可爱的蓝丝带扎着的，斯彭洛先生说，“这些也是出自你的手笔，对吧，科波菲尔先生？”

我从她手里接过信，情绪沮丧到了极点，用眼睛瞥了一下信抬头的表述，诸如，“最最亲爱的属于我的多拉”，“我最最心爱的天使”，“永远给我带来福音的人儿”等，我脸绯得通红，垂下了头。

“不用了，谢谢！”当我机械地把信交还给斯彭洛先生时，他语气冷淡地说，“我不会要你的信的。默德斯通小姐，请您接着说吧！”

那个温文尔雅的女人若有所思地打量了一下地毯，片刻之后，说出了下面的话，冷若冰霜，充满着虚情假意。

“我必须得承认，对于斯彭洛小姐和大卫·科波菲尔的关系，我产生疑心有一阵子了。斯彭洛小姐和大卫·科波菲尔第一次见面时，我就注意上他们了，当时给我留下的印象并不是很好。人心的邪恶真是那么……”

“对不起，小姐，”斯彭洛先生打断了她的话，“请您就讲事实吧。”

默德斯通小姐两眼朝下看，摇了摇头，好像是对这种不礼貌地打断她的话的行为表示抗议，她态度威严，皱着眉头，继续说下去：

“既然我仅限于讲述事实，那我就尽可能讲事实吧，不掺半点水分。也许事情只有这么讲述才合适。我已经说过，先生，我对斯彭洛小姐和大卫·科波菲尔之间的关系产生疑心有一阵子了，而且时常设法寻找到确凿的证据，但没有什么效果。因此，我一直就按捺住性子，没有在斯彭洛小姐父亲面前说出我的疑心，”她目光严厉地看了看斯彭洛先生，“因为我知道，对于诸如此类的事情，人们一般很少会认可，这是出于责任感而做出的有良知的行为。”

默德斯通小姐的言谈举止充满了豪气，显得威严苛刻，斯彭洛先生似乎被弄得胆怯懦弱了，于是挥手求和，使她不要那么严厉。

“由于我弟弟要举行婚礼，我得离开一段时间，等我返回诺伍德之后，”默德斯通小姐接着说，她语气中充满了傲气，“正值斯彭洛小姐去拜访她的朋友米尔斯小姐后返回，我心里感觉到，斯彭洛小姐的行为举止令我比先前产生更加强烈的疑心。因此，我密切注视起斯彭洛小姐来了。”

温柔可爱的小多拉竟然对这条巨蛇监视的目光浑然不觉！

“不过，”默德斯通小姐接着说，“我一直到昨天晚上才找到证据。我先前一直觉得，斯彭洛小姐从她的朋友米尔斯小姐那里收到了很多很多信件，但米尔斯小姐是斯彭洛小姐的父亲认可她交往的朋友，”这话又给了斯彭洛先生当头一棒，“所以我是不便干涉的。如果不允许我说人性生来堕落的话，那我至少可以，必须要说一说，诚心托付，结果看错了人。”

斯彭洛先生带着歉意低声表示了认可。

“昨天傍晚喝过茶之后，”默德斯通小姐继续说，“我注意到，那只小狗在客厅里乱蹦乱跳，满地打滚，狂吠不止，像是因为什么事情而焦虑。我对斯彭洛小姐说，‘多拉，小狗儿嘴里叼着什么东西？是纸啊。’斯彭洛小姐立刻去摸自己的上衣口袋，她突然大叫了起来，跑到狗的跟前。我拦住了她，并且说：‘多拉，亲爱的，让我来吧。’”

噢，吉普，可恶的狗东西，这种泄露机密的下作行为原来是你干的啊！

“斯彭洛小姐想方设法地，”默德斯通小姐说，“要贿赂讨好我，又是亲吻，又是给我针线盒，还要给各种珠宝饰物，当然，我不会理会这一套啦。小狗一见我靠近便钻到沙发底下去了，我好不容易才用火炉钳子把它给赶出来。即便被赶出来了之后，它的嘴里还仍然叼着那封信。我冒着被咬伤的危险，想方设法要从它嘴里拿到信，可它坚定执着，死死地咬着就是不松口，我扯着信把它的身子都悬到空中了。最后，我终于拿到了信。我仔细看了信之后，便指责斯彭洛小姐，说她手上还有很多类似的信件，最后从她那儿拿到了现在大卫·科波菲尔手上的那包信。”

默德斯通小姐说到这儿打住了，啪的一下合上手提包，缄口不言了，摆出一副宁死不屈的样子。

“你已经听到默德斯通小姐说的话了，”斯彭洛先生转向我说，“我倒是要问一句，科波菲尔先生，你有什么话要说的吗？”

我眼前呈现的画面是：我心中美丽可爱的宝贝儿，整个夜晚都在哭泣着。当时，她独身一人，胆战心惊，可怜兮兮，低三下四地苦苦哀求，希望那个铁石心肠的女人放她一马。她徒劳无益地主动亲吻她，给她针线盒，还有饰物。她处在哀苦凄凉的境地，可一切都是为了我，此情此景，把我刚刚激发起的一点点自尊心都摧毁殆尽了。恐怕我有一两分钟的时间都在颤抖着，尽管我竭尽全力掩饰。

“我没有什么可说的，先生，”我回答说，“只能说一切的不是都是我造成的。多拉……”

“请你称呼她斯彭洛小姐。”她的父亲说，态度威严。

“经我的劝导和说服，”我吞掉了那个显得更加冷漠的称呼，接着说，“这才同意把这件事隐瞒下来，我对此后悔莫及。”

“都是你的错，先生，”斯彭洛先生一边说着，一边在炉前地毯上来回踱着步，由于他的领结和脊椎很僵硬，他用整个身子而不是用脑袋来强调自己说的话，“你做出了偷偷摸摸、有失体面的事情，科波菲尔先生。我请一位绅士到我家里去，无论他是十九岁、二十岁，还是九十岁，我都是抱着信任的态度带他去的。如果他滥用了我对他的信任，那他就干出了名誉扫地的事，科波菲尔先生。”

“我觉得是这样的，先生，实话对您说，”我回答说，“不过，我先前从未有过这种感觉。真心诚意，发自内心，确确实实，斯彭洛先生，我先前从未有过这种感觉。我爱斯彭洛小姐爱得……”

“呸！胡说八道！”斯彭洛先生说，他气得脸都涨红了，“请别当着我的面说什么你爱我女儿，科波菲尔先生！”

“如果我不爱的话，我能够替自己的行为辩护吗，先生？”我回答说，忍辱负重。

“如果你爱她，难道你就可以替自己的行为辩护吗，先生？”斯彭洛先生说，他突然在炉前的地毯上停住了，“你是否考虑过你自己的年龄和我女儿的年龄，科波菲尔先生？你是否考虑过，使我女儿和我本人之间应有的信任感逐渐丧失，这是怎样的一种性质？你是否考虑过，我女儿的社会地位，我替她筹划的前途，我会留给她什么样的遗产？你是否考虑过什么事情来着，科波菲尔先生？”

“恐怕很少，先生，”我回答说，对他说话时，我尽可能做到毕恭毕敬，痛苦内疚，“不过，请相信我，我倒是考虑过自己的社会地位来着。在我向您解释这件事情时，我们已经订了婚……”

“我请求，”斯彭洛先生说，他使劲地用一只手敲打另一只，比我任何时候看到的他都更加像木偶潘趣，即便我处在绝望的情绪当中，我也还是会不禁注意到这一点，“你可不要对我说什么订婚的事，科波菲尔先生！”

本来一直不动声色的默德斯通小姐哼哼地笑了笑，笑声轻蔑而又短促。

“我当时向您解释说自己的境况有了变化时，先生，”我又开口说，这次换了一种新的说法，使他听起来更加顺耳一些，“很糟糕的是，我和斯彭洛小姐已经开始暗中来往了。由于自己的境况发生了变化，我便使出了全部力气，以便改善处境。我坚信终究会改善的。您能不能容我些时间，多长都行，我们两个人都这么年轻，先生……”

“这话说得在理，”斯彭洛先生打断我的话说，他一次次不停地点头，但眉头锁得很紧，“你们两个都很年轻。这全是瞎胡闹。这种瞎胡闹的行为就到此为止吧。把那些信拿走，扔进火里面去。把斯彭洛小姐的信给我，我要扔进火里面去。你是知道的，尽管我们今后的交往必须限于在这民事律师公会里，但是我们可以说定，今后不再提过去的事。行啊，科波菲尔先生，你也算是明白人，这可是个明智之举啊。”

不。我不会赞同这样做的。我很抱歉，但还有比明事理更加高雅的东西。爱情高于尘世间的一切，我爱多拉，爱到了顶礼膜拜的地步了，多拉也同样爱我。不过话没有这么说，我尽可能委婉地表达，把意思透露出来了，而且态度很坚决。我觉得自己并没有什么荒唐可笑的地方，但我很清楚，自己的态度很坚决。

“很好，科波菲尔先生，”斯彭洛先生说，“我必须设法对女儿施加影响了。”

默德斯通小姐把一声呼吸拖得很长，声音里包含着意味，既不是叹息，也不是呻吟，但两者兼而有之，表露出的意思是，他从一开始就该这样做。

“我必须设法，”斯彭洛先生得到这样一种支持，便说，“对女儿施加影响了。你不愿意拿回那些信吗，科波菲尔先生？因为我把信放在了桌上。”

是这样的，我告诉他说，我希望他不要觉得这事有什么错，但我不可能从默德斯通小姐手中拿回那些信。

“从我手中拿回也不行吗？”斯彭洛先生说。

不行，我用最最恭敬的口气回答说，从他手上拿回也不行。

“很好！”斯彭洛先生说。

接下来是一阵沉默，我拿不定主意，不知道是该离开，还是该留下来。最后，我悄无声息地走到门口，想要说，考虑到他的心情，我还是离开的好。然后他开口说话了，只见他一边说一边把双手往衣服口袋里插，他费了很大的劲才插进去，说话的口气总体上来说，我可以称之为是很诚恳：

“科波菲尔先生，我可不是个一无所有的人，而我的女儿是我最亲近和最宠爱的亲人，这你大概知道吧？”

我赶忙回答了他的话，大概意思是，自己为了爱，不顾一切，结果犯下大错，但愿他不要以为我是贪恋财物。

“我并不是那个意思啊，”斯彭洛先生说，“如果你是贪恋财物，那对于你自己，对于我们大家，倒是会更好些，科波菲尔先生，我的意思是说，如果你行事更加慎重一些，少受一些这种年轻人胡闹性情的影响，那该多好啊。不对，我只是想说，用另外的一种观点来加以表达，你或许清楚，我会给自己的孩子留下一些遗产的，对不对？”

这我当然知道。

“在这民事律师公会里，你身临其境，”斯彭洛先生说，“每天都会看到，人们在对自己的遗嘱做出安排的时候，有着形形色色的行为，莫名其妙，疏忽大意。世间万事，人类反复无常的性情可能在这上面表现得最为不可思议了。有了这样的经验，你可能不会想到我已经立好了自己的遗嘱了吧？”

我垂下头表示赞同。

“我不允许，”斯彭洛先生说，显而易见，他态度更加真诚了，他缓慢地摇了摇头，身子的重心一会儿在脚尖，一会儿在脚跟，“你们眼下这种年轻人的愚蠢行为影响我替孩子做出的恰当安排。纯粹是愚蠢之举，纯粹是胡闹行为。过不了多久，就会变得比鸿毛都更轻了。但是，如果对这种傻气愚蠢的行为不彻底地进行遏制的话，那我可能……可能会心急火燎，提防着她，派人守护着她，在婚姻的问题上，不至于再有愚蠢之举，酿成不良的后果。好啦，科波菲尔先生，但愿你不要逼得我不得不把已经合上的人生书页再翻开，哪怕是一刻钟也罢，还有打乱很早以前就已经安顿好了的大事，哪怕是一刻钟也罢。”

斯彭洛先生的神态显得平静淡定，安之若素，透着一种夕阳西下时的静谧。我都受到了感染。他显得如此平静安详，淡定从容。显然，他已经把自己的事情安排得环环相扣，部署得周密妥帖，以至于想一想都会使人动容。我确实觉得，自己看到他眼睛里噙着泪水，那是因为他深深地受到感触了。

但我该怎么办啊？我和多拉之间心心相印，这是不容置疑的。他对我说，要我对他说过的话最好考虑一个礼拜，这时候，我怎么能说，自己不需要一个礼拜？我又何尝不知道，不管是多少个礼拜都不可能影响得了我的爱？

“同时，跟特罗特伍德小姐，或任何别的有人生阅历的人交谈一下，”斯彭洛先生一边说着，一边用双手整了整自己的领结，“花上一个礼拜的时间吧，科波菲尔先生。”

我答应了，不过，我尽可能地使脸上的表情显得既悲观失望又坚定不移，然后走出了房间。默德斯通小姐的那两道浓眉注视着我到了门口，我说她的两道浓眉，而没有说双眼，因为它们在她的脸部要显得重要得多。她的表情看上去跟过去在布兰德斯通我们家的客厅里早晨时分看上去一模一样，所以我仿佛觉得，自己又一次做不出功课了。仿佛觉得那本可怕的旧拼字课本沉甸甸地压在了我的心头，上面有椭圆形的木刻图画，在我幼小的心灵中，那形状就像是眼镜上取下的镜片。

我回到了事务所，在办公桌前坐了下来，躲在属于自己的小天地里，用双手捂住脸，不看老蒂费和其他人一眼，心里还在想着这一次毫无征兆的地震，心里痛苦不堪，一边还诅咒着该死的吉普，这时候，我想到多拉就心如刀绞，真是感到不可思议，自己竟然没有戴上帽子，发疯似的冲到诺伍德去。想到他们威胁着她，把她弄哭了，而我则不在身边安慰她，真是痛不欲生，于是，我给斯彭洛先生写了一封荒唐透顶的信，哀求他不要把我可怕的命运导致的恶果加到她的身上。恳请他怜惜多拉温柔娴雅的天性，不要摧残一朵娇嫩的鲜花。就我现在的记忆所及，我在信中通篇对他的措辞，好像没有把他当成是她的父亲，而是一只吃人的妖魔，或者是旺特里恶龙。我把信密封好，趁着他还没有回来放到他的办公桌上。等到他返回之后，透过他房间半开着的门，我看见他拿起信看了起来。

整个上午，斯彭洛先生缄口不言信的事，但在下午他离开之前，把我叫进了他的房间。他告诉我说，有关他女儿幸福与否，用不着我操心伤神。他说，他已经向女儿表达得很清楚了，这事全是胡扯瞎闹，他再没有什么好对她说的了。他相信自己是个充满了溺爱之心的父亲（而实际上他就是），而我也大可不必为了她的事操心。

“如果你依旧冥顽不化，一意孤行，科波菲尔先生，”斯彭洛先生说，“那我或许只能把女儿再一次送到国外去住上一段时间了。但是我认为你还不至于如此。希望你一些日子过后会变得更加明智。至于默德斯通小姐，”由于我在信中提到了她，“小姐有警觉性，我很敬重，对她深表感激。不过，我已经严格规定她，不要再提及这件事了。科波菲尔先生，我所希望的一切就是，这件事情完全被遗忘掉。而你要做的一切，科波菲尔先生，就是忘了它。”

一切！我在写给米尔斯小姐的短信中充满苦涩地引用了这个说法。我用阴郁揶揄的口吻说，我必须要做的一切就是，要忘记多拉。这就是一切，而这一切是什么啊！我请求米尔斯小姐那天傍晚见我一面。如果得不到米尔斯先生的首肯，我请求在放置轧布机的那个后厨房里同她偷偷地见一面。我告诉她说，自己的理智已经到了崩溃的边缘，只有她，米尔斯小姐，才能避免崩溃。我署名时，署的是她心神烦乱的朋友。我打发信差把信送走之前，又把信的内容看了一遍，这时候，我不禁感觉到，此信颇有米考伯先生的风格。

然而，我还是把信送走了。晚上，我走到了米尔斯小姐家住的街道，来回徘徊着，最后，米尔斯小姐的女仆偷偷地把我领了进去，顺着采光井处的通道进到了后厨房。从此，我有理由认为，即便我从正门走进去，直接到达客厅，也不会有任何阻碍，只是因为米尔斯小姐喜欢把事情搞得浪漫而又神秘而已。

在后厨房里，我语无伦次，乱说一气。我觉得，自己到那儿去就是为了给自己出一番丑的。我相信我达到目的了。米尔斯小姐收到了一封多拉寄来的匆忙书写的短信，告诉她，一切都露馅了，还说：“噢，请到我身边来吧，朱莉娅，一定要来，一定！”但是，米尔斯小姐怀疑，自己去了，会在那家大人面前自讨没趣的，所以没有去。我们全都困在撒哈拉沙漠里了。

米尔斯小姐说起话来滔滔不绝，令人惊叹，她喜欢一吐为快。尽管她也陪着我一道流泪，但我不禁觉得，她从我们的痛苦中得到了极大的享受。我可以说，她把我们的痛苦当成了宝贝儿，最大限度地享受着快乐。她说，我和多拉之间出现了一道鸿沟，唯有爱神借助彩虹搭起通途。在这个严酷的世界上，爱神也必须得受苦受难，过去是这样，将来也还是这样。米尔斯小姐说了，没有关系。被蛛网缠住的两颗心终究会挣脱出来的，到时候爱神就报仇雪恨了。

这话并没有带来多少慰藉，但米尔斯小姐不会鼓励我抱着虚幻的希望。她弄得我比先前更加凄惨痛苦了，但我感觉到（我也怀着深深的感激之情告诉了她），她确确实实够朋友。我们决定，次日早晨她的第一件事就是去看多拉，设法用神色或者言辞让她明白我执着的爱和深深的痛。我们痛苦不已地分别了。同时我也感觉到，米尔斯小姐完完全全享受到了快乐。

我回到家之后，把一切情况全都告诉给了姨奶，尽管她说了很多话来劝我，但我还是怀着失望的心情上床睡觉，怀着失望的心情起床，怀着失望的心情外出。那是礼拜六的早晨，我直接就去了民事律师公会。

当我快到我们事务所的门口时，我看到一些佩戴了证章的搬运工正站立在外面交谈着，还有五六个闲杂人员正盯着紧闭的窗户看，我感到很吃惊。我加快了步伐，从他们身边走过，对他们的音容笑貌感到很纳闷，然后匆匆忙忙进了屋。

文书们在里面，但没有一个在忙事情。老蒂费坐在别人的凳子上，帽子没有挂起来，我认为，这种情形是他一生中的头一回。

“这是一次可怕的灾难啊，科波菲尔先生。”我进去时，他说。

“什么事？”我情绪激动地问，“发生什么事啦？”

“难道你还不知道吗？”蒂费大声说，其他人全都走过来围着我。

“不知道啊！”我说，我一个挨着一个地看他们脸上的表情。

“斯彭洛先生。”蒂费说。

“他怎么啦？”

“死了！”

当一个文书搀扶着我时，我认为是事务所在摇动，而不是我本人。他们扶着我坐到了一把椅子上，解开我的围巾，给我端来了水。不知道过了多长时间。

“死了？”我问了一声。

“他昨天在城里用餐，然后自己亲自驾了轻便马车回去，”蒂费说，“因为他打发车夫乘公共马车回家去了，他有时候就是这么做的，这你是知道的……”

“嗯？”

“马车到了家，可车上不见他的人。几匹马停在马厩的门口，仆人提着灯笼出来，马车里面空无一人。”

“是马匹受惊了吗？”

“马匹并没有感到兴奋，”蒂费一边说着，一边戴上眼镜，“我明白，马匹按照平常的步伐走，不会感到更加兴奋的。马的缰绳断了，是在地面上拖着的。这事立刻惊动了府上的人，有三个人沿着路寻找去了。他们在一英里远的地方发现了他。”

“不止一英里远啊，蒂费先生。”有个小文书插嘴说。

“是吗？我看你说得对，”蒂费说，“在一英里多的距离的地方，离教堂不远，脸朝下躺着，身子一半在路旁，一半在路上。他是不是昏厥了掉下去的，或者昏厥之前感觉不舒服，自己下去的，或者甚至是不是当时就已经死了，不过他已经失去了知觉，这是没有疑问的，看来谁都不知道。即使他有呼吸，但也肯定说不出话来。尽管尽快给予了医疗抢救，但已经无济于事了。”

我简直无法表达自己听到这个消息之后的心情。这件事来得这么突然，而且又是发生在一个看法与自己不相同的人身上，令人感到震惊。他近期待过的房间变得空空荡荡，令人害怕，里面的椅子和桌子似乎在等待着他，他昨天写下的文字就像是鬼魂。这种无法把他同这个地方分离开的感觉难以表达，当房门打开的时候，感觉他可能会进来。事务所里停止了业务，懒散清闲，一片寂静，大家津津乐道，一直在谈论着这件事，别的人却成天进进出出的，拼命地打听这事，这种情况谁都容易理解。但是，在我内心深处，隐藏着一种对死神的嫉妒感。我仿佛觉得死神的力量会把我在多拉思绪中的位置挤掉。我有一种无法用言辞表达的厌恶感，妒忌起她的悲伤来了。

想到她对着别的人痛哭，或者接受别人的安慰，我就会焦虑不安。我有一种贪婪无度的愿望，希望多拉在这个最最不合时宜的时刻排斥所有人，让我成为她的一切。凡此种种，我无法加以表达。

我处在这样一种烦乱的心境中，但愿不是唯独我一个人如此，别人也会这样。那天傍晚我就去了诺伍德，我在多拉的门口打听情况，于是从一个仆人那儿了解到，米尔斯小姐也在那儿。我给她写了一封信，叫姨奶写了信封上的姓名和地址。我态度恳切，对于斯彭洛先生的离世，表示最诚挚的哀悼，而且边写信边流着眼泪。我恳请她转告多拉，如果多拉有心思听的话，斯彭洛先生曾怀着真诚友善和关怀体贴的态度同我交谈，当提到她的名字时，更是一片温情，毫无半句激动或责备的言辞。我知道，让人在她面前提及我的名字，这样做显得很自私，但我尽量使自己觉得，这是一种纪念他的正当行为。或许我真的就是这样认为的。

翌日，姨奶收到了一封几行字的回信，信封上的名字是她的，但里面的信是写给我的。多拉沉浸在悲痛之中。当她的朋友问她是否要对我问候一声时，她只是像平常那样痛苦，“噢，亲爱的爸爸！噢，可怜的爸爸！”但她也没有说不，这样，我便心满意足了。

乔金斯先生自从事发之后一直待在诺伍德，但几天之后，他到了事务所。他和蒂费待在室内密谈了好一阵子，然后，蒂费朝门外张望，示意要我进去。

“噢！”乔金斯先生说，“科波菲尔先生，我和蒂费先生正对逝去的人的办公桌、抽屉和别处存放东西的地方进行一番检查，以便封存他的个人文件，同时寻找一份遗嘱。但找遍了各处，都没有半点痕迹。可能得请你来帮帮我们。”

我一直心急如焚，迫不及待地想要知道遗嘱里面对于我的多拉是怎么安排的，比如由谁监护等，这样做正中下怀。我们立刻开始寻找，乔金斯先生打开了抽屉和书写文具箱，我们把所有文件统统拿了出来。把事务所的文件放置到一处，私人文件（数量不是很多）放置到另一处。我们神情凝重，碰到一枚单个的标识，或者铅笔盒，或者戒指，或者其他同斯彭洛先生个人有关联的什么小物件，我们交谈时都会低声细语。

我们把东西放在几个包里密封起来，但继续在布满尘埃的环境中默默地寻找。这时候，乔金斯先生对我们说话了，说的话正是他已故的合伙人先前用来说他自己的话：

“斯彭洛先生很难脱离成规旧例办事。你们知道他是这么个人！我倒是认为，他并没有立下遗嘱。”

“噢，我知道，他立过遗嘱的！”我说。

他们俩都停了下来，看着我。

“在我最后看见他的那天，”我说，“他告诉我说，他立了遗嘱了，而且他的事情很早以前就安排妥帖了。”

乔金斯先生和老蒂费同时摇了摇头。

“看来没有希望找到了。”蒂费说。

“确实没有希望。”乔金斯先生说。

“显然，你们并不怀疑……”我开口说。

“我的好科波菲尔先生啊！”蒂费说着，一只手搭在我的胳膊上，摇头时紧闭着双眼，“如果你在民事律师公会待的时间和我待的一样长，那你就会知道，人们没有比在遗嘱这个问题上反复无常的了，很少有什么东西是可信的。”

“对啊，天哪，他也说过同样的话啊！”我语气坚决地回答说。

“我几乎可以下最后的定论了，”蒂费说，“我的看法是……没有遗嘱。”

在我看来，这似乎是一件不可思议的事情，但结果就是没有找到遗嘱。从各种文件所能提供的线索来看，斯彭洛先生甚至压根儿没有想过要立遗嘱，因为没有任何有关要立遗嘱的暗示、草稿或者备忘录。同样令我感到惊诧不已的是，他对事务的安排一塌糊涂。我听说，他欠了别人多少钱，已经还了多少，或者死后有些什么财产，简直难以弄清楚。大家很可能又认为，多年来，关于这些事情，连他自己都心中无底。大家后来慢慢弄清楚了，在民事律师公会里，当时攀比之风盛行，崇尚奢华，讲究排场，他的开销超出了业务带来的收入，因为进项并不是很大，于是便动用起自己的私有财产，即便私有财产数额巨大（这一点很值得怀疑），后来也捉襟见肘，所剩无几了。诺伍德的家具卖掉了，住宅出租了。蒂费把情况讲述给我听时，也没有多想一想我对他说的事情有多大的兴趣。他告诉我说，把逝者所欠的正当的债务全部还掉，把别人拖欠事务所长期不还的坏账和疑账分摊到属于他的那一部分减去，他所剩下的财产恐怕都不到一千英镑了。

这时候已经过去了六个礼拜。在这一段时间里，我备受折磨，米尔斯小姐依旧报告给我说，当提及我时，我那肝肠寸断的小多拉还是什么都不说，还是那几句话，“噢，可怜的爸爸！噢，亲爱的爸爸！”这时候，我真觉得自己必须要对自己下毒手。还有，米尔斯小姐对我说，多拉没有别的亲戚，只有两个姑妈，也就是斯彭洛先生两个待闺未嫁的姐姐，她们住在普特尼[①]，多年来，除了同她们的弟弟偶尔有书信来往之外，很少交往。并不是因为她们之间吵过架（米尔斯小姐告诉我说），而是因为多拉受洗礼的那一天，她们应邀前来喝茶，而实际上她们认为自己应该被邀请前来赴宴的，所以她们在书信中便表达了自己的看法，“为大家过得更加幸福快乐”起见，她们就不来了。从那之后，双方便分道扬镳各走各的路了。

两位小姐现如今从自己的隐居处走出来了，她们提出要把多拉接到普特尼去住。多拉紧紧搂住她们俩，痛苦着大声说，“噢，好的，姑妈啊！请把朱莉娅·米尔斯和我，还有吉普一同带到普特尼去吧！”就这样，他们在斯彭洛先生的葬礼后不久便去普特尼了。

我如何抽出时间常常光顾普特尼，自己真的不知道。但我还是常常想方设法悄然徘徊在那一带。米尔斯小姐为了更好地尽到做朋友的责任，特地记了日记。有时候她会在公共牧地上同我会面，把日记念给我听，或者（如果没有时间的话）借给我自己看。我把那些

---

① 伦敦西南郊的一处地方。

日记视为珍宝！以下列举数则：

礼拜一。温柔可爱的多仍然郁郁寡欢。头痛。要她看看吉，皮毛很美丽。多抱起了吉。于是引起了联想，打开了悲伤的闸门。放声痛哭。（眼泪是心灵的露珠吗？朱·米）

礼拜二。多虚弱，心里紧张。苍白的面容彰显美丽。（难道我们不可以说这有月亮之美吗？朱·米）多、朱·米和吉一道乘马车外出兜风。吉朝窗户外看，冲着清扫工狂吠，引得多脸上露出微笑。（生命之链就是由这样微不足道的小链节构成的啊！朱·米）

礼拜三。多比较高兴。为她吟唱曲调愉快的《暮色晚钟》[①]，意在怡情，结果适得其反。多无比伤感起来。后来发现她在自己房中哭泣。引用有关自我和小羚羊的诗句[②]，亦无效果。又提及纪念碑上的忍耐[③]。（问：为何在纪念碑上？朱·米）

礼拜四。多情况明显有所好转。夜间睡得更好了。脸颊略现红晕。决定提及大·科的名字。散步时谨小慎微提起。多立刻情不自禁。"噢，亲爱的，亲爱的朱莉娅！噢，我一直就是个淘气顽皮和执拗任性的孩子！"给予劝慰和爱抚。把大·科濒临死亡的惨状描述了一番。多又一次情不自禁。"噢，我该怎么办，我该怎么办啊？把我领到别处去吧！"我惊恐不已。多昏迷过去，从酒馆要了一杯水。（富有诗意的关联：门前招牌色彩斑斓，人生境遇盛衰无常。唉！朱·米）

礼拜五。多事之日。有个男人提着个蓝色袋子进到

---

① 当时的一首流行歌曲。

② 典出爱尔兰诗人托马斯·穆尔的叙事诗《拉拉·鲁克》中的《烈火崇拜者》。

③ 典出威廉·莎士比亚的剧作《第十二夜》第二幕第四场。

厨房,“来修理女鞋的后跟。”厨子回答说,“没人吩咐过。”男人坚称有这么回事。厨子去打听去了,留下男人单独和吉在一起。厨子返回后,男人依旧坚称,但最后还是离去了。吉不见了。多心神不宁。报了警。描述说,那人是个大鼻子,双腿像桥的栏杆。于是四处搜寻。没有找到吉。多痛哭流涕,安慰也没用。重又引述小羚羊的诗句。很切合,但无济于事。到了黄昏时刻,有个陌生的小伙子上门了。领进客厅。来者鼻子虽大,但腿不像桥的栏杆。说要一英镑,知道狗的下落。虽紧追不舍,但终不肯多言。多拿出一英镑,于是领着厨子到了一幢小屋,吉孤零零地被拴在桌子的脚上。多欣喜不已。吉吃晚饭时,多绕着它翩翩起舞。见到这种可喜的变化,我壮起胆子,到楼上提起大·科。多又痛哭流涕,语气哀婉地大声说:“噢,不要说,不要说,不要说。不想可怜的爸爸,而去想别的什么事情,这很不厚道!”抱着吉,然后啜泣着睡着了。(难道大·科不是一定得把自己拴在宽大的时光之翼上吗?朱·米)

这段时间里,米尔斯小姐和她的日记是我唯一的慰藉。可以看见片刻之前刚刚见过多拉的她,可以在她充满同情心的日记中见到多拉名字的首写字母,可以被她弄得越来越痛苦悲伤,这一切是我独有的安慰。我感觉自己就像是生活在由纸牌搭起的宫殿中,宫殿坍塌了,废墟中只留下我和米尔斯小姐。感觉好像某个严厉的巫师围着我心目中天真无邪的女神画了一道魔圈,除了能够运载众多人那强大的时光之翼外,没有任何东西能够载着我进入那道魔圈!

第三十九章
威克菲尔德与希普

我猜想，由于自己长时间情绪低落，姨奶开始觉得很不安了，于是，她找了个借口，说不放心多佛尔那幢出租了的房子的事，迫不及待地要我回多佛尔去看看情况如何，同时跟那个房客续签一个更长时间的租房合同。珍妮特转去伺候斯特朗夫人去了，我每天都可以在斯特朗夫人家看到她。当初要离开多佛尔时，她犹豫踌躇，决定不了是不是要嫁给一个领航员，以便消除排斥男性的观念，这是她所受的教育的影响，但最后还是决定不去冒这个险。我倒是认为，不是因为她要遵循原则，而是因为她正好没有喜欢上那个人。

尽管要离开米尔斯小姐不是件容易的事，但我还是很高兴就着姨奶的借口行事，因为这样一来，我可以安安静静地同阿格尼丝在一起待上一阵子。我去同心地善良的博士商量，请求离开三天，博士希望我借此放松一下自己的心情，他还要我多待些时间。但我精力旺盛，不愿意那样做，于是我打定主意要去了。

至于民事律师公会，我用不着特别在意那儿的职责。说实在的，我们在顶尖代诉人中间已经没有什么特别卓著的声誉了，地位每况愈下，岌岌可危。在斯彭洛先生加盟之前，乔金斯先生领导下的事务所管理得差强人意。尽管注入了新鲜血液之后，加上斯彭洛先生的张罗，事务所很快有了喜色，但基础仍然不是很牢固，现在突遭打击，没有了积极主动的经理人，没有不伤筋动骨的。事务所的业务一落千丈。乔金斯先生虽然在事务所内有声望，但他是个懒散悠闲、昏庸无能之辈，在外人的心目中，他是支撑不起事务所来的。我现在已经转到他的手下当学徒了。当我看到他吸着鼻烟，对业务放任不管时，我比以往任何时候都更加后悔，姨奶真不该花上那一千英镑。

但这还不是最糟糕的事。民事律师公会周围有一大帮混饭吃的局外人，他们本人并不是什么代诉人，但承揽到遗嘱普通验证方式的业务，然后交由真正的代诉人去办理。而真正的代诉人把自己的名字借了出去，为的是捞取一份非法所得，这样的人还不在少数。不管怎么说，我们的事务所需要有业务可做，于是我们加入这个壮观的行列中。向那帮混饭吃的局外人抛出诱饵，让他们把业务揽给我们来做。办理结婚证和小额遗产验证是我们最想接到的业务，因为这种业务最赚钱。这类业务的竞争确实很激烈。生拉硬拽和巧言令色者埋伏在通向民事律师公会的各个路口，他们奉命使出浑身解数，把一切戴孝在身的人，还有表情上略显羞涩的男士，统统拦截下来，把他们领到自己各自的事务所去。他们执行使命不打折扣，我本人在他们没有认识我之前，就两度被拽到了我们主要竞争对手的事务所。这帮招揽生意的先生由于利益上的冲突，相互之间自然会伤和气，发生冲突。我们雇用的一个主要承揽业务人（此人曾经营酒类业务，后来干起了宣誓经纪人[①]这一行）鼻青脸肿地四处行走，给民事律师公会惹来了不少流言蜚语。这帮人中任何人都不会在乎客客气气地把一个身穿丧服的老太太搀扶下马车，把老太太打听的某个代诉人给毙了，说他的雇主是那位代诉人的合法继承人和代理人，于是把老太太领走（有时候人家还会深受感动），带到其雇主的事务所。我就接待过很多用这种方式押解过来的人。至于办理结婚证的事，竞争更是不亦乐乎，某位面带羞涩想要办理结婚证的男士，毫无别的办法，只能任由头一个巧言令色者的摆布，要不就遭遇众人抢夺，最后成为最最强悍者的战利品。我们这儿有位文书，他就是个局外人，在这种竞争白热化的时刻，他往往就坐在那儿，帽

① 指从业之前在区长或市长面前举行过宣誓仪式。

子都不脱，随时准备冲出去，把俘获的人带到主教代理人[①]面前去宣誓。我认为，直至今日，这种连蒙带骗的手法还在持续着。我最后那次到民事律师公会去时，有个人态度殷勤，身强体壮，穿着白色的外套，从门口向我冲过来，对着我的耳朵低声细语地说“办理结婚证书”，我费了好大的劲才挣脱了他，没被他双臂抱起，抱进一个代理人的事务所。

这是题外话，我还是接着讲述去多佛尔的事吧。

我发现，那幢房子里的一切都令人满意。我报告说，房客承袭了姨奶的世仇，不停地对敢于进犯的驴展开战斗，这令姨奶深怀感激之情。我在那儿要办的那件小事办妥帖了，并且在那儿睡了一个晚上，一大早便步行到坎特伯雷去了。现在又是冬季，空气清新，寒风凛冽，面对一望无际的丘陵地，我的心中燃起了一点点希望。

进入坎特伯雷之后，我怀着从容而喜悦的心情漫步在古老的街道上，这令我精神平静，心情愉悦。还是昔日的告示，店铺还是昔日的名称，在里面干活儿的还是昔日的人。从我在那儿当学生以来，似乎已经过去了很长时间，但看到当地几乎没有发生什么变化，我感到惊诧不已，最后，我才想起，自己也没有发生什么变化啊！说起来真是不可思议，我心目中不能与阿格尼丝分离的那种宁静安详的氛围甚至弥漫在她所居住的城市中。那些古老神圣的大教堂尖塔，那些昏庸老迈的寒鸦和秃鼻乌鸦，其高傲做作的叫声比起缄默无声更显得清静悠闲，那些已被损毁的门道，曾经镶嵌满了雕像，但早已斑驳脱落了，就像曾经目不转睛地瞻仰它们的顶礼膜拜的朝圣者一样，消失得不见了踪影，那些僻静的角落，断壁残垣上爬满了几个世纪的常青藤，那些古老的宅邸，那些田野、果园和花园的田园风光，所有地方，所有景物，我都同样感受到一种更加静谧安详的气氛，同样幽静安宁、沉思念想、温雅柔和的精神境界。

我到达了威克菲尔德先生的宅邸，发现在楼下那个小房间里，

---

① 指签发结婚证书的人。

也就是过去尤赖亚·希普一直坐在里面的那个房间，米考伯先生坐在里面奋笔疾书。在那么一个小小的办公室里，他身穿一套从事法律的人穿的黑色衣服，隐隐约约，显得粗壮高大。

米考伯先生见到我之后高兴不已，但同时也有点局促不安。他本想立刻领着我去见尤赖亚，但我拒绝了。

“我过去就熟悉这座宅邸的，这你是记得的，”我说，“我找得到楼梯。你觉得干法律这一行怎么样，米考伯先生？”

“亲爱的科波菲尔，”他回答说，“对于一个具有丰富想象力的人来说，不足的一点就是，研究法律过于烦琐。即便我们处理专业信函时，”米考伯先生说着，眼睛瞥着他正在书写的一些信函，“思绪不能自由飞翔，展示洋洋洒洒的文字。但是，这仍然是个了不起的行当，了不起的行当！”

米考伯先生随后告诉我说，他成了尤赖亚·希普先前住房里的房客了。还说米考伯太太会再一次在属于自己的屋檐下欢天喜地地招待我。

“很卑微低下，”米考伯先生说，“如果借用我的朋友希普喜欢说的一句话来表达的话，但是，它可能是将来住上舒适宽敞的豪宅的基石呢。”

我问他，迄今为止，他在他的朋友希普那儿受到的待遇，是否感到满意。他先是站起身，看看门是否关好了，然后才放低嗓门说：

“亲爱的科波菲尔，一个经济上拮据、饱受压力的人，在绝大多数人面前，都会处于不利的地位。而如果压力迫使他不得不提前支取薪水时，不利的地位是不会得到改善的。我所能够说的是，我的朋友会满足种种要求，要求的具体内容不必详述，其态度旨在给他的头脑和心灵增光。”

“我倒是觉得他在金钱方面不是很大方。”我说。

“对不起！”米考伯先生说，他说话的态度很克制，“我是按照自己经历的事情来谈论我的朋友希普的。”

“你有如此一帆风顺的经历，我很高兴。”

“你真善解人意，亲爱的科波菲尔。”米考伯先生说，接着哼起了小曲儿。

“你常看见威克菲尔德先生吗？”我换了个话题问。

“不常看见，”米考伯先生说，他态度漫不经心，“我得说，威克菲尔德先生是个心地极好的人。但是，他已经，一句话，他已经落伍了。”

“恐怕他的合作者存心要让他这样吧。”我说。

“亲爱的科波菲尔！”米考伯先生心神不宁地在凳子上转了转身子后回答说，“请允许我发表一点看法！我在这儿从事的是机要工作，我在这儿处于受到信赖的地位。谈及某些问题，即便面对米考伯太太本人（长期以来，她与我经历风雨，患难与共，是个洞彻事理、才智非凡的女人），我认为，那也是不行的，因为与我承担的职责不相符。因此，我冒昧地提议，在我们友好的交谈中——我相信，这种交谈是不可能会受到干扰的——我们划定一条界线。这条界线的一边，”米考伯先生一边说，一边用办公室的尺子在桌子上比画着，“是人类智能的整个范围，但有一个小小的例外，界线的另一边就是这个例外，也就是说，涉及威克菲尔德—希普事务所的一切事务。我向年轻时代的伙伴提出这个建议，供他冷静地判断一下，我相信不会对他有所冒犯吧？”

尽管我看到了米考伯先生情绪上变得不安，而且久久不能释怀，看起来他不是很适应自己新的职责，但我没有理由认为受到了冒犯。我对他表明了这个意思，这似乎使他感到轻松了一些。于是同我握了握手。

“科波菲尔，”米考伯先生说，“我向你保证，我觉得威克菲尔德小姐很迷人。她是位了不起的年轻小姐，风姿绰约，气质优雅，秀外慧中。说句心里话，”米考伯先生说，用自己的手送出了一个飞吻，用温文尔雅的姿态鞠了一躬，“我要向威克菲尔德小姐致敬！嗯！”

“你这样说，我至少会感到很高兴。”我说。

“亲爱的科波菲尔，在我们幸福快乐地同你度过的那个下午，如果不是你明确地告诉我们，‘多’是你最喜爱的一个字，”米考伯先生说，“我毫无疑问会认为，‘阿’字是你最喜爱的字。”

我们所有人都会有某种体会，即偶尔会有这样一种感觉，觉得现在正在说的话和正在做的事，在先前某个久远的过去，已经说过和做过了。在朦胧久远的过去，我们的周围就有同样的面孔，同样的物件，同样的情景，我们清清楚楚地知道，接下来将要说什么话，好像是突然记起来了似的！我有生以来从来没有比在米考伯先生说那些话之前更加强烈地体会到那种神秘莫测的感觉。

我暂时同米考伯先生告别，请他代替我向全家人致以最诚挚的问候。我离开他时，他重又在凳子上坐了下来，握起了笔，转动着他埋在宽大硬领圈里的脑袋，以便处于便于写字的姿势。这时候，我清楚地感觉到，自从他开始履行起新的职责之后，我和他之间便有了某种疙瘩，这就使得我们不能像昔日那样推心置腹地进行交谈了，因此，我们之间交谈的性质也随之改变了。

别致古朴的客厅里空无一人，不过有迹象表明，希普太太就在附近什么地方。我朝那个仍然属于阿格尼丝的房间里看了看，只见她坐在火炉旁，坐在她那张精致古朴的写字台边写着什么。

由于我挡住了光线，她得抬起头来看看。我使得她聚精会神的脸上露出快乐的表情，受到了她亲切的问候和欢迎，这是怎样的一种快乐啊！

“啊，阿格尼丝！”我们俩并排坐下来之后，我说，“我近来非常想念你啊！”

“真的吗？”她接过话说，“又想念了！这么快？”

我摇了摇头。

“我不知道是怎么回事，阿格尼丝。我似乎缺少自己应该有的某种心智。昔日在这儿的快乐日子里，你总是习惯于替我考虑，我也会自然而然地到你面前请教，获得支持。我真真切切地觉得，自己缺少的就是这个。”

“那是什么呢？”阿格尼丝说，她表情兴高采烈。

“我不知道把它称作什么，”我回答说，“我认为自己还算忠诚老实和坚定执着吧？”

“这我可以肯定。”阿格尼丝说。

“而且还勤奋耐心吧，阿格尼丝？”我问了一声，语气有点迟疑。

“是……是的，”阿格尼丝回答说，她哈哈笑了起来，“很勤奋耐心。”

“然而，”我说，“我痛苦忧伤，心情焦虑，总是摇摆不定，优柔寡断，我知道，自己一定是缺少——怎么说呢——某种依赖吧？”

“你姑且这么说吧。”阿格尼丝说。

“行啊！”我回答说，“你看吧！你到了伦敦，我依赖你，立刻就有了目标和方向。我迫不得已，到了这儿，瞬间就觉得自己像变了个人似的。从我走进这个房间以来，困惑着我的事情并没有发生变化，但片刻之间，有一种影响我的氛围弥漫在我的周围，噢，变得好多了啊！那是什么，你的秘诀是什么，阿格尼丝？”

她垂下了头，看着炉火。

“还是老一套，”我说，“我说在小事情上跟在大事情上一个样，你可别笑话啊。我过去说到的麻烦事那是瞎胡闹，而现在的麻烦事可是严重着呢，但是，无论什么时候，我一旦离开了我认作的妹妹……”

阿格尼丝抬头看了看，露着一张天使般的脸蛋啊！她向我伸出了一只手，我在手上吻了一下。

“阿格尼丝，无论什么时候，一旦你不在我身边，一开始就提出忠告，任何计划，我似乎就会头脑一片混乱，陷入这样那样的困境。而到了最后（我总是会这样做），当我来到你的身边时，我就会变得心境平和，幸福快乐。现在，我就像是一个疲惫不堪的游子回到了家，找到了幸福安宁的感觉！”

我的这番话是发自肺腑之声，深深地打动了我的心弦，以至于自己欲言无声，用手捂住了脸，哭泣起来。我记录的是真情实感。不管我这个人像我们中的许多人一样，多么充满着矛盾，前后不一致；不管过去有多大的不同，以及多么优秀；不管我做了什么，其中有背离了自己良心的事，我全都一无所知了。我只知道，当自己有了阿格尼丝在身边我感受到了平静与安宁的时候，我就会热情洋溢，真诚恳切。

阿格尼丝的态度娴静淑雅，充满了姐妹之情，她眼睛晶莹闪亮，嗓音柔美甜润，还有她温柔可爱的性格，所以在很久以前就使她所居住的这个宅邸成了我的神圣之所。她很快就使我战胜了缺点，引导我把我们上次见面以来所发生的一切全都告诉她。

“我一五一十地全都说了，阿格尼丝，”当我把心里话全都说出来之后，我说，“行啊，我就指望你啦。”

“但是，一定不能指望我，特罗特伍德，”阿格尼丝说着，莞尔一笑，“得指望另外一个人。”

“指望多拉吗？”我问。

“毫无疑问。”

“行啊，我还没有说呢，阿格尼丝，”我说，我显得有点尴尬，“多拉很难，我绝不是说，很难指望，因为她是个纯洁无瑕和真挚诚恳的人。但很难，我真的不知道该怎么表达，阿格尼丝。她是个胆怯怕事的小东西，很容易被弄得心神不宁，担惊受怕。一段时间之前，她父亲还没有过世，当我认为应该和她谈一谈的时候，但如果你能够耐着性子，我把情况告诉你，那是怎么一回事。”

于是，我把情况告诉了阿格尼丝，讲了我如何声称自己一贫如洗，要她阅读烹饪书籍，记录家庭账目，还有其他一切情况。

“噢，特罗特伍德！”阿格尼丝对我表示不满，但脸上带着微笑，“你还是像从前那样鲁莽轻率！你尽可以脚踏实地地勤奋努力，立足于世界，而无须这样突如其来地吓着一个胆怯怕事、温柔可爱、毫无经验的姑娘。可怜的多拉啊！”

阿格尼丝回我的话时，声音温柔甜美，透着宽容仁慈之心，这是我从未听到过的。我仿佛看见她怀抱着多拉，充满着钦佩和爱意。同时，由于我鲁莽轻率的态度把小多拉的心吓得怦怦直跳，她这才用温存体贴的呵护来无声地责备我。我仿佛看见多拉以纯真迷人的姿态依偎着阿格尼丝，对她充满着感激之情，对我既娇嗔，又充满着爱意，尽显孩子气。

我对阿格尼丝充满了感激之情，而且无比钦佩她！我看见她们两人相拥在一起，形成一幅美妙的画面，一对亲密无间的朋友，彼此洋溢着爱意！

“我该怎么办才好啊，阿格尼丝？”我注视了一会儿炉火，然后问，“怎么办才对啊？”

“我认为吧，”阿格尼丝说，“体面的做法应该是给那两位姑妈写封信。你难道不觉得，任何神神秘秘的做法都是不可取的吗？”

“对。如果你也这么认为的。”我说。

“我这个人对事情的判断力很差，”阿格尼丝回答说，她谦逊地犹豫了片刻，“不过我真切地感觉到，一句话，我觉得，神神秘秘，偷偷摸摸，可不是你为人处世的风格。”

“我为人处世的风格，恐怕你高看我了，阿格尼丝。”我说。

“我说的不是你为人处世的风格，是针对你真挚坦诚的秉性来说的，”她回答说，“因此，要换了是我，就会给那两位姑妈写封信，把已经发生的情况，清清楚楚、原原本本地告诉她们。向她们提出请求，请求允许适当的时候拜访她们。考虑到你还年轻，正要努力谋生，我认为，你最好是表明，你真心诚意地接受她们向你提出的任何条件。请求她们不要不问问多拉的意见就拒绝你的请求。同时还请求她们在适当的时候同多拉商量一下这件事。情绪不要过于激动，”阿格尼丝说，她语气很温柔，“要求也不要提得过多。相信自己的真心诚意和坚忍不拔，同时相信多拉。”

“但是，如果她们对多拉一说，又把她给吓着了，那该怎么办啊，阿格尼丝？”我说，“如果多拉只是一味地哭泣，对于我缄口不言，那该怎么办？”

“可能会那样吗？”阿格尼丝问，她脸上露着同样温柔甜美的关切之情。

“天哪！她就跟一只小鸟一样容易受到惊吓，”我说，“有可能会是这样的！或者说，如果两位斯彭洛小姐（像那种上了年纪的小姐一样有时候性格很怪异）不是那种可以那么尽兴交流的人！”

“我想啊，特罗特伍德，”阿格尼丝回答说，她抬起温柔的眼睛看着我，“要是我，就不会那样想。或许，最好只是想一想这样做对不对，如果对，那就去做好啦。”

对于这件事，我已经完全释疑解惑了。尽管我深深感到自己任重道远，但此时心情已大大放松了，所以我用了整整一个下午的时间来起草书信，为了实现这个重大的目标，阿格尼丝把她的写字台让给了我。但是，我首先得下楼去见见威克菲尔德先生和尤赖亚·希普。

我发现，尤赖亚已经有一间新的办公室，是扩建到花园里的，里面还散发着灰泥的气味。只见他置身于一堆书籍和文件中间，显得格外猥琐。他还是用通常那种摇尾乞怜的姿态接待了我，假装着没有从米考伯先生那儿听说我到了。这种谎言我怎么也不会相信。他陪着我到了威克菲尔德先生的房间，房间现在已成其前身的影子了。为了这位新的合作人的便利，房间里的种种设施都已经撤走了，我和威克菲尔德先生互致问候的当儿，尤赖亚站立在火炉前面，温暖着自己的背，用一只瘦骨嶙峋的手刮自己下巴颏。

“特罗特伍德，你待在坎特伯雷期间，就住在我们这儿吧？”威克菲尔德先生说，他不住地用眼睛瞥尤赖亚，以便征得他的同意。

“有供我住的房间吗？”我问。

“毫无疑问，科波菲尔少爷，我应该说，先生，但自然而然地就会叫您少爷，”尤赖亚说，“如果您乐意的话，我很乐意把您过去住的房间腾出来。”

“不，不，”威克菲尔德先生说，“为什么要给你造成不便呢？另外还有一个房间。另外还有一个房间呢。”

“噢，但是，你知道的，”尤赖亚一边回答说，一边龇牙咧嘴地笑，“我真的是很乐意的啊！”

为了把事情定下来，我回答说，要住另外那一间，否则就不住到那儿。于是，事情定下来了，我住进另外那一间。我离开了他们，说吃饭时再见，然后就上楼去了。

我本来希望，只有阿格尼丝同我做伴，但是，希普太太来了，请求允许她拿着编织活儿坐到该房间里的火炉边，借口是，她有风湿病，按照当时的风向，待在该房间里比待在客厅或餐厅更加有利。尽管我当时恨不得把她送到大教堂的尖顶上去，任凛冽的寒风劲吹，毫不留情，但不得已还是做了个人情，客客气气地问候了她。

"我卑微低下，真是感激您，先生，"希普太太说着，对于我对她的问候表示感谢，"但我还算好，自己没有什么值得夸口的。如果我能够看到我的尤赖亚的人生有个好的着落，我想自己就没有更多奢求了。您觉得我们家尤利的气色怎么样，先生？"

我觉得他还和以往任何时候一样相貌猥琐，于是我回答说，我看他没有什么变化。

"噢，您认为他没有变化吗？"希普太太说，"对于这一点，我这个卑微低下的人倒跟您有不同的看法啦。您没有看见他比以前更瘦了吗？"

"我看差不多。"我回答说。

"您看得不仔细！"希普太太说，"但是，您不是用一个母亲的眼光去看的。"

他母亲的目光同我的相遇时，我觉得，不论她对儿子多么深情慈爱，但对世界上的所有人都充满了邪恶。我相信，她同儿子之间感情深厚，相依为命。她的目光掠过了我，转向了阿格尼丝。

"您看出他人消瘦憔悴了吗，威克菲尔德小姐？"希普太太问。

"没看出，"阿格尼丝说，她继续平静地注视着自己手上忙着的活儿，"你对他多余操心了，他其实是好好的。"

希普太太使劲抽了一下鼻子，然后继续做她的编织活儿。

她一刻都没有停下手中的活儿，或者说一刻都没有离开我们。我白天到的时间很早，离吃饭还有三四个小时，但是，她坐在那儿，单调乏味地做着编织活儿，就像是一个计时的沙漏往外漏沙子。她坐在火炉前的一侧，我则坐在火炉前的写字台边。阿格尼丝坐在另一侧，离我有一点儿距离。我平静舒缓地构思着信的内容，无论什么时候抬起头看着阿格尼丝，都会看到她清丽焕发的面容以及透着天使般的表情，对我倍加鼓励。但是，我立刻就会意识到，有邪恶的目光掠过我，然后转向她，再转向我，最后神秘兮兮地落到了编织活儿上。她在编织什么，我根本不知道，因为对编织工艺我不在行。但是，那看上去像是一张网。她用像中国筷子似的编织针不停地编织着，在炉火的光照下，就像个相貌丑陋的女巫，只是碍于对面坐着光明天使，但迟早准备撒出她手中的网。

晚餐时，她仍然监视着，眼睛都不眨一下。晚餐之后，儿子接替了她。当威克菲尔德先生、他本人和我单独待在一起时，他斜睨着我，目光中充满了敌意，同时扭动着身子，弄得最后受不了。到了客厅，做母亲的又开始编织和监视。阿格尼丝唱歌和弹琴的整个时间里，做母亲的都一直坐在钢琴旁边。有一次，她还特地点了一支民歌，说是她的尤利（此时正坐在椅子上打着哈欠）最喜欢。她还时不时地转过身朝他看一看，然后对阿格尼丝说，他听音乐听得欣喜若狂。她要么缄口不言——我相信毫无例外——要么开口必然提到他。在我看来，很显然，这是她所接受的使命。

这种情况一直持续到睡觉的时候。看到那对母子就像是两只大蝙蝠盘旋在整座宅邸里，他们丑恶的躯体给宅邸投下了阴影，我感到很不自在，所以我宁可待在楼下，看着编织点什么，也不愿意上床睡觉。我几乎没怎么睡，第二天，编织和监视的事又开始了，持续了一整天。

我连同阿格尼丝说十分钟话的机会都没有，连把写好的信给她看的机会都没有。于是，我向她提议陪同我到外面去散步，但希普太太反复强调说自己病情加重了，而阿格尼丝心地善良，便留在了室内陪着她。临近黄昏时，我独自一人出去了，默默地思忖着自己该怎么办，尤赖亚·希普当初在伦敦时对我说过的话，是否该继续瞒着阿格尼丝，因为此刻，他说过的话又一次开始困惑着我，令我很难受。

我顺着通向拉姆斯盖特[①]的路走着，那儿有一段很好的人行道，没走多远，还没有出城呢，突然，透过身后的暮色，我听到有人呼唤我。那踉踉跄跄的身影，还有那显得过紧的外套，我绝对不会弄错。我停住了脚步，尤赖亚·希普走了上来。

“嗯？”我说。

“您走得真快啊！”他说，“我腿虽然长，但追上您还是费了挺大劲儿。”

“你上哪儿去？”我问。

“我跟着您来了，科波菲尔少爷，如果您能赏脸同一个老熟人散散步的话。”他说这话时，身子抽搐一下，这一动作是为了向我示好，也可能是加以嘲弄。紧接着便同我齐步行进了。

“尤赖亚！”沉默了一会儿过后，我开口说，语气尽可能客气。

“科波菲尔少爷！”尤赖亚说。

“实话实说（听后请你不要生气），我出来就是想要一个人走走，因为我被人陪伴得过多了。”

他斜眼看了看我，极为勉强地咧嘴笑着说：“您是指我母亲吗？”

“啊，对，我是这个意思。”我说。

“哎呀！不过，您知道的，我们万般卑微低下，”他回答说，“我们清楚自己卑微低下，所以我们得格外谨小慎微，不要让不卑微低下的人推倒。爱情方面总是各显神通的啊，先生。”

他举起那双大手触到了下巴颏，轻柔地搓了搓，然后发出了轻声的冷笑。我觉得，他那样子比哪个人都更加像一只凶狠的狒狒。

“您知道的，”他说着，双手仍然紧合在一起，保持着那种令人厌恶的姿态，对着我摇了摇头，“您是个危险的情敌，科波菲尔少爷，您一直就是，您知道的。”

“就因为我，你就对威克菲尔德小姐进行监视，弄得她的家不像个家？”我说。

---

① 英格兰肯特郡的海滨小镇，在伦敦东南部六十五英里处。

“噢，科波菲尔少爷！这样说话太苛刻了。”他回答说。

“我的意思你爱怎么理解就怎么理解吧，”我说，“你和我一样，知道怎么回事，尤赖亚。”

“噢，不！您还是把话明说出来的好，”他说，“噢，真的！我自己理解不了。”

“你以为，”我说，为了阿格尼丝着想，我克制着自己，对他的态度随和平静起来，“我除了把威克菲尔德小姐看成自己亲密的妹妹，还有别的什么意思吗？”

“行啊，科波菲尔少爷，”他回答说，“您看得出来，我无法回答这个问题，您可能没有别的意思，您知道的。可是，您知道，您可能有！”

我从未见过那样一副卑鄙狡诈的嘴脸，还有那么一双毫无睫毛遮盖的眼睛。

“那么，行啊！”我说，“看在威克菲尔德小姐的分上……”

“我的阿格尼丝啊！”他激动地大声说，笨拙地扭动身子，令人恶心，“还是请您叫她阿格尼丝吧，科波菲尔少爷！”

“看在阿格尼丝·威克菲尔德的分上，愿上帝保佑她！”

“谢谢您的祝福，科波菲尔少爷！”他插嘴说。

“我来告诉你吧，可要是在别的情况下，我宁可告诉杰克·凯奇[①]。”

“告诉谁，先生。”尤赖亚一边说，一边扯长着脖子，用一只手遮挡着耳朵。

“告诉刽子手，”我回答说，“那个我最不可能想到的人，”不过他的那副嘴脸让人想到那是很自然的事，“我已经同另外一位年轻小姐订婚了。我希望这消息合你的心意。”

“您说的可是实话？”尤赖亚说。

我满腔怒火，正要把对他提出的问题做出肯定的回答，谁知他

---

① 英国17世纪的一个著名刽子手，十分残忍，后来这个名字成为刽子手通称。

一把拽住了我的手，使劲地捏了一下。

“噢，科波菲尔少爷，”他说，“我睡在你起居室火炉前的那天晚上，给你造成了很大的不便，当时我把满肚子的心里话都说出来了，要是您当初也能够屈尊俯就地把事情告诉我，我就用不着对您心生疑惑啦。既然情况是这样的，那我立马就叫我母亲撤了，真是开心啊。我知道，对于这些在感情上采取的防范措施，您是会谅解的，对不对？真遗憾，科波菲尔少爷，您当时没有屈尊俯就地对我报以信任！毫无疑问，我是给了您机会的。但您没有像我期待的那样，拿下架子对待我。我知道，您压根儿就不喜欢我，而我却喜欢您！”

在整个这段时间里，他一直就是用他那像鱼一样黏糊糊的手指紧紧捏住我的手，而我尽量礼貌地设法把手抽出来，但没有成功。他把我的手拽到了他那深紫色的外套袖子下面了，我继续走着，几乎是被强制性地同他手拉着手走着。

“我们返回好吗？”尤赖亚说，一会儿他就拉着我转过身面对市镇，这时候，初升的月亮映照在市镇的上空，给远处的窗户洒下银色。

“我们结束这个话题之前，你应该要清楚，”长时间的沉默之后，我开口说了，“我认为，阿格尼丝·威克菲尔德远远超出了你，她就像月亮一样，尽管你心驰神往，但你遥不可及！”

“平静安宁，难道不是吗？”尤赖亚说，“非常平静安宁！好啦，说实话，科波菲尔少爷，您不喜欢我，可我喜欢您。尽管您一直认为我卑微低下，但我并不感到奇怪，对不对？”

“我不喜欢把卑微低下挂在嘴上，”我回答说，“或者把别的什么挂在嘴上。”

“行啊！”尤赖亚说，月色中的他，看上去体弱乏力，脸色苍白，“难道我不知道吗？但是，您极少想到，一个处在我这个地位的人，卑微低下是很正当的，科波菲尔少爷！我父亲和我都是在靠基金维持的学校里接受教育成长起来的，我母亲也是在一个类似慈善机构的公立学校里成长的。他们一天到晚教育我们要谦卑内敛，除此之外，我就没有学到其他东西。我们得在这个人面前显得卑微低下，在那个人面前也要显得卑微低下。这个要脱帽，那个要鞠躬。永远要明白自己的身份地位，在我们的上等人面前要低三下四。而我们要面对太多太多的上等人！父亲由于谦卑，获得了班长奖章。我也一样。父亲由于谦卑，谋得了教堂司事[①]的差事。上等人认为他是个品行端正的人，所以他们才下决心任用他。‘要表现得卑微低下，尤赖亚，’父亲对我说，‘那样你才会有出息。这种观念是我们在学校里一直被灌输的，也是最最惯用的。一定要表现得卑微低下，’父亲说，‘那样你才会成功！’确确实实，结果并不坏啊！”

我这才第一次明白了，这种虚伪可恶的卑微情绪原来是希普家族传下来的，我只看到了果实，但压根儿就没有想到种子。

“我还是很小的时候，”尤赖亚说，“就已经明白了，谦卑的品质是干什么用的，而且铭记于心。我津津有味地吃着卑微馅饼。学习方面，也是止步于卑微的程度，我说，‘就此打住啊！’您上次主动提出要教我拉丁文，我当时就再清楚不过了。‘人们喜欢超出你，’父亲说，‘那你就甘拜下风好啦。’直到现在，我都还是表现得卑微低下，科波菲尔少爷，但我已经有一点权力了！”

而他之所以说这番话——那是我就着月色看清楚了他的脸时，心里明白的——为的是要我知道，他下定决心要施展自己的权力，以便对自己做出补偿。我从未怀疑过，他就是那种卑鄙下作、诡计多端、阴险毒辣的人，但到现在我才第一次完全明白了，由于他早年受到压抑，而且长时间受到压抑，这才不可避免地在他身上酿成了卑鄙、残忍和复仇的心理。

至此，他的这番自我表白有了一个令人满意的结果，因为这样一来，他忍不住要把手抽回去，以便再一次两手合在一起放置在下巴颏下面。一旦同他分离了，我就打定主意不同他掺和到一起了。我们并排地走回，一路上很少吭声。

他情绪高昂，兴致勃勃，是因为我把那个信息透露给了他呢，还

---

① 指担任管理教堂、敲钟、挖掘墓穴等工作的人。

是因为想起了这个事，陶醉其中，我不得而知，但是，其高兴的情绪一定是受到某种影响而产生的。吃晚饭时，他的话比平常更多，问他母亲（从我们进入宅邸的那一刻起就撤离岗位了），他是不是年龄已经大了，不能再继续当单身汉了。他还用那种目光看阿格尼丝，如果允许我把他打倒在地，我宁可付出一切代价。

吃过晚饭后，饭厅里就剩下我们三个男人了，这时候，他更加胆大妄为了。他喝酒很少，几乎就没有喝。我猜测，他得意忘形，被胜利冲昏了头脑，或许是因为有我在场，更要显示一番。

我昨天就注意到了，他一个劲地劝威克菲尔德先生喝酒。我领会了阿格尼丝离开时看我的眼神，因此我限定自己只喝一杯，然后建议说，我们随阿格尼丝去。今天本来也打算这么做的，但尤赖亚动作更快，抢在了我前面。

“我们眼前这位客人很少上这儿来，先生，”他对着坐在正对面桌子另一端的威克菲尔德先生说，他们两个人形成了鲜明的对照，“所以，如果您不反对的话，我提议我们再喝一两杯对他表示欢迎。科波菲尔先生，为了您的健康和幸福干杯！”

他隔着餐桌把手向我伸过来，我不得不做出表示。然后，他怀着大不一样的心情，握住了那位心碎的老人也就是他的合伙人的手。

“行啊，伙计，”尤赖亚说，“恕我冒昧，行啊，那就请您提议为科波菲尔的亲友干杯吧！”

威克菲尔德先生提议为我姨奶干杯，提议为迪克先生干杯，提议为民事律师公会干杯，提议为尤赖亚干杯，而且每次一干就是两杯。他意识到了自己的弱点，但没有办法克服。他一方面因尤赖亚的行为举止感到羞耻，另一方面又想要巴结讨好他，在两种情境中挣扎着。尤赖亚欣喜若狂之态显露无遗，他扭动着身子，让威克菲尔德先生在我面前出丑。这些情况我都略而不述了。想到这些就让我心里觉得难受，我的手写不下去。

“行啊，伙计！”尤赖亚最后说，“我还要同您干一杯，我谦卑地请求把酒杯都斟满，我要把她当成女性中最神圣的人。”

做父亲的手端着空杯子。我看见他把杯子放下，注视着那幅惟妙惟肖的肖像画，把手按在额头上，坐回自己的扶手椅上。

“我是个卑微低下的人，不能为了她的健康向您敬酒，”尤赖亚接着说，“但是，我仰慕她，爱慕她。”

在我看来，白发父亲所忍受的肉体上的痛苦已经是再可怕不过了，但还是不及他精神上忍受的痛苦。我看到，那种痛苦集中反映在他的那两只手上。

“阿格尼丝，”尤赖亚说，他既不把威克菲尔德先生放在眼中，也不在乎自己的行为是一种什么样的性质，“我完全可以说，阿格尼丝·威克菲尔德是女性中最最圣洁的。我可以当着朋友们的面把这个意思说出来吗？做她的父亲光荣自豪，但做她的丈夫……”

做父亲的从桌子旁站立起来，大叫了一声，那种叫声我再也不想听到第二次了。

“怎么回事？”尤赖亚说，他脸色变得可怕极了，“我希望，您没有疯吧，威克菲尔德先生？如果我说，我梦寐以求地想要把您的阿格尼丝变成我的阿格尼丝，我和另外那个人一样有这个权利吧。我比任何别的人都更加有权利！”

我双臂抱住威克菲尔德先生，用自己想得到的所有安慰的话，说得最多的就是关于他对阿格尼丝的爱，我恳请他冷静一点。他一时间疯狂了，又是揪头发，又是敲脑袋，奋力挣脱我，奋力推开我，一言不发，不看任何人，也看不清任何人，更不知道究竟为了什么而拼命地挣扎，他两眼瞪得大大的，脸部变形了，这着实是可怕的一幅景象。

我劝导着他，话语虽不连贯，但感情诚挚，请他不要放任自己做出疯狂的行为，而是要听我的劝解。我恳请他想想阿格尼丝，把我同阿格尼丝联系起来，回忆一下我和阿格尼丝一道成长的情景，我多么尊敬她和爱慕她，她是他的骄傲和快乐。我千方百计用种种方式使他想起她，甚至责备他不够坚定沉着，弄不好让她知道了眼前的情形。或许是我的劝解起了作用，或许是他疯狂的情绪已经发泄过了，反正他慢慢地挣扎得不那么强烈了，他开始看着我，一开始感到莫名其妙，然后才流露出认出了我的神情。他最后说："我知道，特罗特伍德！我亲爱的宝贝儿和你……我知道！但你看看他！"

他指着角落里脸色苍白、怒目而视的尤赖亚，后者显然打错算盘了，被弄得出乎意料。

"看看给我带来痛苦折磨的人，"他回答说，"在他的面前，我一步一步地抛弃了名称与名誉、安宁与平静、宅邸与家庭。"

"我替您维护着名称与名誉，还维护着您的安宁与平静、宅邸与家庭，"尤赖亚说着，他闷闷不乐，语气急促，一副失败后无可奈何的神态，"别犯糊涂了，威克菲尔德先生。如果我做得过分了点，让您猝不及防，我想我退回来总可以吧？我并没有造成什么伤害啊。"

"我在每个人身上寻找单纯的动机，"威克菲尔德先生说，"出于利益的动机，让他同我结合在一起，本来我还是满意的。但看看他是什么货色！噢，看看他是什么货色！"

"您最好让他住嘴别说了，科波菲尔，"尤赖亚大声说着，用他那长长的食指指着我，"他马上就要说出什么话来，注意好啦！他事后会因为自己说过的话后悔的，而您也会因为听了这些话而难过！"

"我什么话都要说！"威克菲尔德大声吼着，一副绝望的神态，"我都已经受到你的控制了，为什么就不可以受到全世界的人的控制呢？"

"听好啦！我可告诉您！"尤赖亚继续提醒我说，"如果您再不让他闭嘴，您就不是他的朋友了！您为什么不可以受到全世界的人的控制，威克菲尔德先生？因为您有一个女儿。我们知道的事，你我都知道，难道不是吗？别没事找事，狗睡着了就让它睡着好啦，谁愿意把它惊醒呢？我可不想。您难道看不到我尽可能地谦卑内敛吗？我要告诉您，如果做得太过分了一点的话，那我就说声对不起。您还想要我怎么样，先生？"

"噢，特罗特伍德，特罗特伍德！"威克菲尔德先生一边激动地大声说，一边紧握着双手，"从我头一次在这座宅邸里看到你起，我一路下滑到了什么地步！我从那时开始就每况愈下，悲哀啊，悲哀，我从此走的是什么样的一条路啊！软弱放纵把我给毁了。沉溺在对往事的记忆中，沉溺在对往事的忘却中。出于本性，我哀悼孩子的母亲，但已酿成疾病。我传染了自己接触到的一切。我知道，我给深爱着的一切带来了痛苦，你也知道的！我认为，在这个世界上，真正爱一个人，而不爱其余的人，这是可以做得到的。我认为，真心地哀悼离开人世的某一个人，而不去分担别人的哀思，这也是可以做得到的。就这样，我颠覆了人生的信条！我糟蹋了自己这颗病态懦弱的心，而反过来它也糟蹋了我。我的哀思是卑鄙可怜的，我的爱心是卑鄙可怜的，我痛苦地逃避两者的阴暗面的行为也是卑鄙可怜的，噢，看看我毁灭成什么样子了，痛恨我吧，避开我吧！”

威克菲尔德先生瘫坐在椅子上，有气无力地抽泣着。先前被激发的激动情绪正在消退。尤赖亚从他待的角落里走了出来。

“我昏庸痴呆，都不知道自己做了什么事，”威克菲尔德先生说着，伸出两只手，好像是为了恳求我不要指责他似的，“而他知道得一清二楚，”他是指尤赖亚，“因为他总在我身边，对我交头接耳。你看清了他正要往我脖子上套的磨盘石。你看到了，他住进了我的家里，你看到了，他参与了我的业务。就在片刻之前，你听到了他说的话。我还需要多说什么呢？”

“您没有必要说这么多，一半都不需要，什么都可以不需要说，”尤赖亚说，态度半是蔑视，半是讨好，“如果不是喝了那么多酒，你也就不会说那么多话了，到了明天想一想就更加明白啦，先生。如果我说得过了头，或者超出了我的本意，那又有什么关系呢？可我并没有坚持自己的意思啊！”

门开了，阿格尼丝悄然进来了，她脸上毫无血色，双臂搂着父亲的脖子，平静地说：“爸爸，您不舒服，跟我来吧！”威克菲尔德先生把头搭在她的肩膀上，心头好像压着沉重的羞辱感，随着她出去了。她的目光只有瞬间同我的相遇，我看得出，她对刚才发生的事情已经知道多少了。

“我没想到他会这么大发雷霆，科波菲尔少爷，”尤赖亚说，“但这并没有关系，我明天就会同他重归于好的。这全是为他好，我卑微低下，但迫不及待地为了他好。”

我没有回他的话，上楼走进了那个静悄悄的房间，昔日我看书时，阿格尼丝常常坐在我的身边。直到深夜，都没有任何人接近我，我拿起一本书，试图看了起来。我听到时钟敲打十二下，我还在看着书，但不知道看了些什么内容，就在这个时候，阿格尼丝触碰了我一下。

“你明天一大早就要离开，特罗特伍德。那我们现在就说声再见吧！”

她之前一直在哭来着，但此时面容显得平静和美丽。

“愿上帝保佑你！”她说着向我伸出了一只手。

“最最亲爱的阿格尼丝！”我回答说，“我明白你想要我不提今晚的事，但就没有什么事情可做了吗？”

“不是有上帝可以信赖吗？”她回答说。

“我就什么事都做不了吗？我本来是带着自己可怜的悲痛来投奔你的。”

“你令我的愁苦减轻了许多，”她回答说，“亲爱的特罗特伍德，没有什么可做的了！”

“阿格尼丝，亲爱的阿格尼丝啊！”我说，“我贫乏的东西你却是富有的：仁慈善良，意志坚定，一切高贵的品质。而若是由我来怀疑你，或者指教你，那未免显得不自量力了。但是，你知道的，我有多么爱你，对你怀有多大的感激之情。你无论如何都不能因为一种误解的责任感而牺牲了自己啊，阿格尼丝，好不好？”

一时间，她比先前我见到时更加激动了，把手从我身边缩了回去，还向后退了一步。

“告诉我，你没有那种想法，亲爱的阿格尼丝！比妹妹还要亲！想想看，你有这样的心灵，你有这样的爱，这可是无价之宝啊！”

噢，很久，很久以后，我看到那张面容在我的面前扬起，带着瞬间的表情，没有惊讶，没有指责，没有悔恨。噢，很久，很久以后，我看了那种表情就像现在一样演化成了可爱的微笑，带着微笑，她对我说，她不替自己感到担惊受怕了，我也不必替她担惊受怕了，她叫了我一声哥哥后向我告别，然后离去了。

翌日凌晨，天还没有亮，我就上了旅馆门口的公共马车。动身离开时，天才刚刚破晓，然后，正当我思念着阿格尼丝，透过昼夜相交的时刻，在公共马车的一侧，尤赖亚的脑袋挣扎着冒了出来。

“科波菲尔！”他拽住了车顶的铁条，用沙哑的嗓门低声说，“我们之间已没有隔阂了，我想赶在您离开之前把这事告诉您，您听了一定会高兴的。我已经到他的房间，消除了一切隔阂。对啊，尽管我卑微低下，但对他还是有用的，这您是知道的。他没有喝酒的时候，对自己的利害关系是清楚的！他毕竟是个令人喜爱的人啊，科波菲尔少爷！”

我不得不说，他向他进行了赔礼道歉，我很高兴。

“噢，毫无疑问！”尤赖亚说，“您知道的，一个人卑微低下，道歉算得了什么？很容易嘛！嘿！我猜想啊，”他又扭了一下身子，“您摘过没有熟的梨子吧，科波菲尔少爷？”

“我想我摘过的。”我回答说。

“我昨天晚上就摘了，”尤赖亚说，“但迟早会熟的，只是需要精心照料罢了，我可以等待！”

他一再向我告别，马车夫上车之后，他才下去。我看得出，他嘴里在吃着什么，以便把早晨的寒气挡在外面，但是，从他动嘴的情况来看，好像那梨子早已经熟了，而且他正津津有味地咂着嘴在啃呢。

第四十章
浪迹天涯

那天晚上，我们在白金汉大街进行了一次严肃认真的交谈，谈到了我在上一章中详述过的有关威克菲尔德先生家里发生的情况。姨奶对他们一家人深表关切，随后的一两个小时里，她双臂相交，在房间里来回走着。每当她心情特别不平静的时候，总是会长时间地踱步，而她心情不平静的程度总是可以用踱步持续的时间长度来衡量。这一次，她心情极为焦虑不安，以致必须把卧室的房门打开，以便使她能够从这个卧室的墙边走到另一个卧室的墙边。我和迪克先生默默无言地坐在火炉边的当儿，她顺着这条测定了的线路，保持着均匀不变的步伐，进进出出，像钟摆一样有规律。

迪克先生出去睡觉去了，就剩下我和姨奶两个人在一起，这时候，我坐下来给那两位姑妈写信。当时，她走累了，于是跟平常一样，把衣裙撩起来坐在火炉边。但是，她一改平常坐着的姿势，不再捧着酒杯放在膝上，而是把杯子放置在壁炉架上，不予理会。她用右臂托着左胳膊肘，左手托着下巴颏，若有所思地看着我。每次我把目光从自己专注的地方移开时，总会遇上她的目光。"我的心里充满着关切之情，亲爱的，"她会点点头向我表明，"但焦躁不安，痛苦难受。"

我一直在忙着手上的事，所以直到她去睡觉了之后，才注意到她的夜间混合饮料——她一直就这么叫——没有动过，还放在壁炉架上。当我去敲她的门，提醒她这件事的时候，她迎到了门边，神态比平常更加慈祥，但只是说了一句"我今晚没有兴致喝，特罗特"，然后摇了摇头又进去了。

翌日早晨，她看了我写给两位姑妈的信，表示赞同。我把信寄出去了，这时候没有什么事情可做了，只是等待回音，尽可能耐着性子等待。一个风雪之夜，我离开民事律师公会后步行回家，这时候，我依旧怀着期待的心情，差不多期待了一个礼拜了。

那天天气很恶劣，刺骨的寒风吹了一阵子。暮色降临之后，风也消减了，然后下起了雪。我记得雪下得很大，大片的雪花纷纷扬扬地下着，地上积雪很厚。马车轮子碾过的声音和人走路的脚步声都听不见了，街道上仿佛铺上了厚厚的一层羽毛。

我到家最近的路——这样的夜晚，我当然得抄最近的路——便是穿过圣马丁教堂巷。对啦，该巷因为教堂而得名，当时教堂的周围并不宽敞，前面也没有空地。巷子弯弯曲曲一直延伸到斯特兰德大街。我走过柱廊下的台阶时，在拐角处看见了一张女人的脸。她朝我看了看，横过狭窄的巷道，不见了。我对那张脸隐约有点印象，所以心里面立刻怔了一下，但刚才迎面相遇时，我正在想着别的事情，所以一时不是很清晰。

在教堂的台阶上，有个男人的身影正弓着身子，把背上背着的东西放置在平滑的雪地上，以便调整一下姿势。我看到那张女人的脸时，同时也看到了他。我记得当时惊异之余并没有停下脚步，但是，不管怎么说，我继续向前走时，男人挺直了身子，朝我走了过来。我面前站立着的是佩戈蒂先生！

这时候，我记起了那个女人是谁，是玛莎，就是那天晚上埃米莉给了她钱的那个女人。玛莎·恩德尔，哈姆曾经告诉我，即便拿沉入了大海的所有财宝来换，佩戈蒂先生也不愿意看到自己的外甥女同玛莎混在一起。

我们热情地握了握手。刚一开始，我们谁也没有开口说话。

“大卫少爷！”他紧紧地握住我的手说，“见到您我心里真高兴啊，少爷。真的很巧，真的很巧啊！”

“是很巧，亲爱的老朋友啊！”我说。

“我原本就想今晚去看您的，少爷，”他说，“可我知道您姨奶同您住在一起，因为我到过那边，通向雅茅斯的路，我担心时间太晚了。所以打算明天一大早去看您，少爷，然后再走。”

“还要走吗？”我问。

“是啊，少爷，”他回答说，充满耐性地摇了摇头，“明天就走。”

“那现在要去哪儿呢？”我问。

“啊！”他一边回答说，一边抖了抖长发上的积雪，“去找个什么地方过夜。”

那个时候，有道边门通向金十字架旅馆马厩的院落，差不多就在我们站立处的正对面，旅馆同佩戈蒂先生的不幸有关联，所以我记忆犹新。我指了指大门，挽着他的胳膊一同进入。马厩的外面，有两三间公共休息房的门敞开着，看了其中一间，发现里面是空的，但炉火却烧得正旺，我领着他进入了。

当我在灯光下看清楚了他时，发现他不仅蓬头垢面，头发很长，而且脸庞也被太阳晒得黝黑。白头发增多了，脸部和额头的皱纹更深了。从他的外貌就可以看出，他浪迹了天涯，饱经了风霜，但看上去很壮实，像个胸怀着坚定的目标、勇往直前不知疲倦的男子汉。他抖了抖帽子和衣服上的雪，把脸上的雪也抹掉了，我在暗暗地观察他的这些举动。他正对着我在一张桌子边坐下，背朝着我们刚才进来的门，又一次伸出了粗糙的手，热情洋溢地握住了我的手。

“我要跟您讲一讲，大卫少爷，”他说，“我所到过的地方，所听到的事情。我走了很远，但听到的情况不多。不过我还是要跟您讲一讲！”

我拉响了铃，要求送点热的东西来喝，他不喝比麦芽酒更厉害的东西。东西送过来了，正放在火上热着，这时候他坐在那儿思忖着。他脸上的表情安详凝重，我没有冒昧去打扰。

“她小时候，”房间里就剩下我们两个人，他立刻抬起头说，“总会跟我说起大海的事，说起海水变得深蓝而且在阳光下闪闪发亮的海滨。我有时候想，因为她父亲是在大海里被淹死的，所以她才对大海想得那么多。对啊，您看，我不知道，但或许她相信，或者希望，她的父亲已经漂到那些地方去了，因为那儿鲜花盛开，阳光明媚。”

“这可能是孩子的幻想啊。”我回答说。

“她……失踪了之后，”佩戈蒂先生说，“我心里清楚，他会把她带到那些地方去。我心里清楚，他会把那儿的种种奇观讲给她听，说她如何会在那儿成为阔太太，他会先用这类东西使她听他的。我们见到他母亲时，我很清楚，自己的判断是对的。所以，我跨过了海峡，去了法国，在那儿上了岸，就像是从天上掉下来的一般。”

我看见门开了一点儿，雪花飘了进来，又开了一点儿，一只手轻轻地伸了进来，让门开着一点儿。

“我找到了一位英国绅士，是个当官的，”佩戈蒂先生说，“并且告诉他，我要去寻找外甥女。他给我办理了需要的公文，以便我能够通行，我不确切地知道，那些公文叫什么名字来着。他要给我钱，但我表示了谢意，说不需要。他帮了我的忙，我很感激他，这是毫无疑问的！‘在你去之前，’他对我说，‘我就给你要去的地方写了信，把你的情况告诉许多人，所以你独自一人到了遥远的地方，也会有许多人知道你的。’我对他千恩万谢，然后去了法国各地。”

“独自一个人，而且还是步行？”我问。

“主要是步行，”他回答说，“有时候遇到人们去赶集，就顺便搭他们的大车，有时候搭放空的公共马车。一天要步行很远的路程，我常常会和某个去看朋友的穷困潦倒的士兵或别的什么人结伴而行。我无法同他交谈，”佩戈蒂先生说，“他也无法同我交谈。但我们在尘土飞扬的路途上相依相伴。”

从他亲切的语气中，我应该知道是这样的。

“我每到一座市镇，”佩戈蒂先生接着说，“就去找到一家旅馆，在院落附近等待着，等待有某个会讲英语的出现（多半会有这样的人来）。然后就问，我怎样才能找到外甥女。他们就会告诉我，旅馆里住着一些什么样的客人，于是我等待着，进进出出的人中，看看有没有像她的。看到里面没有埃米莉，我又接着上路了。慢慢地，我到达一个新的村落什么的，到达了穷苦人中间，结果发现，他们全都知道我的事。他们总会要我在他们的家门口坐下来，给我一些叫不出名字的东西吃喝，还带我去夜宿的地方。有许多妇女，大卫少爷，有和埃米莉年纪一般大的女儿，她们会在村外“救世主十字架教堂”旁边等我，为的是给我提供类似的便利。有的有女儿，但已经死了。上帝有眼，她们的妈妈对我可真好啊！”

在门口的是玛莎，我看得很清楚，她面容憔悴，细心在听。我担心佩戈蒂先生会转过脸看见她。

“她们往往会把自己的孩子，尤其是女儿，”佩戈蒂先生说，“抱到我的膝盖上坐着。很多次，当夜幕降临的时候，会看到我坐在她们家门口，那些孩子就像是我自己的宝贝儿。噢，我的宝贝儿啊！”

他说到这儿悲伤不已，情不自禁地哭出声来了。他的一只手捂住了脸，我的手颤抖着放到了他的手上。“谢谢您啊，少爷，”他说，“我没有关系的。”

不一会儿，他把捂住脸的手放到了胸前，继续诉说经过。

“她们常常在早上陪着我走上一段，”他说，“或许在大路上走上一两英里。临别时，我说，‘我非常感激你们，愿上帝保佑你们！’她们总是看上去听懂，并且会高兴地回答。最后，我来到了海边。您可以设想，对于一个像我这样出海的人要渡海到意大利去并不是什么难事。到了意大利后，我还像先前一样四处寻访打探。人们对我也很友善，我要一个市镇一个市镇地走，或许走遍整个国家，但是，我从人们那儿打听到了有关她的消息，说她在瑞士的群山那边。有个人认识他的仆人，看见他们三个人在那边，还告诉了我有关他们旅行的情况，他们在什么地方。我日夜兼程，要跨过群山，去寻找他们，大卫少爷啊。无论我走多远，那些群山似乎还是远离我。不过我还是走到了群山的边上，而且跨过了它们。当我快要到达人家告诉我的那个地方时，我的心里开始思忖起来了，‘等到我见到她的时候，我该做什么？’”

风雪之夜寒气袭人，但在外面听的那个人全然不顾这个，仍然弓着身子站在门口。用双手做着手势，恳求我，祈求我，不要关上门。

“我从来都没有对她产生过疑心，”佩戈蒂先生说，“没有！一点都没有怀疑过！只要让她看看我这张脸，只要让她听听我的声音，只要让我安安静静地站立在她的面前，使她想起她逃离的那个家，还有她的童年时代。即便她果真成了贵妇人，她也会跪在我的面前的！我对这一点很清楚！多少次，我在睡梦中听见她大声喊着，‘舅舅！’看见她像是死了似的倒在我的面前。多少次，我在睡梦中，把她搀扶起来，轻声细语地对她说，‘埃米莉啊，宝贝儿，我来这儿，就是带着宽恕来的，要把你接回家去！’”

他停顿了一下，摇了摇头，然后叹息了一声接着说。

“这时我才不管他呢，埃米莉是我的一切。我带了一套乡下人穿的衣服准备给她穿上，我知道的，一旦找到了她，她就同我并行走在石头路上，我到哪儿都跟着，决不，决不会让她再离开我。把那套衣服给她穿上，把她先前穿的衣服扔掉。又一次让她搂着我的胳膊，路途遥遥地朝着家里走去。有时候在路边停一停，治愈她受伤的脚，还要治愈她伤得更严重的心，这些就是我当时心里面考虑的。我相信，自己是不会朝他看上一眼的。但是，大卫少爷，这都不是真实的，一切还没有实现呢！我到得太晚了，他们已经离开了。去了哪儿，我不得而知。有的人说在某个地方，有的人说在另一个地方。我走到某个地方，又走到另一个地方，但是没有找到埃米莉，于是便回家来了。”

“这是多久前的事？”我问。

“四天的样子，”佩戈蒂先生说，“天黑之后，我看见了旧船屋，窗户里面亮着灯。我走近船屋，透过玻璃往里面看了看，看见忠实守信的人——格米治太太独自一人坐在火炉边，就像我们先前约定的那样。我大声地说，‘别害怕！我是丹尔！’随即便进去了。我压根儿没有想到，旧船屋竟然会显得如此陌生！”

佩戈蒂先生用一只手小心翼翼地从胸前的口袋里掏出一个小纸包，里面有两三封信或小包，他把它们放置在桌子上。

“这第一件，”他说着，从中把它挑了出来，“是我离开之后一个礼拜收到的。一张包着的五十英镑的钞票，外面写着我的名字，是夜间从门下面塞进来的。她设法想要隐瞒自己的笔迹，但她瞒不过我啊！”

他耐心细致，小心谨慎地把钞票原样折好，然后放到一边。

“这是给格米治太太的，”他一边说着，一边打开另一个纸包，“是两三个月以前收到的。”他看了一会儿之后，把它递给了我，接着还低声地补充说，“请您看看这封信，少爷。”

我看到了信的如下内容：

噢，当您看到了这封信，而且知道它是一个邪恶的人手写的时候，您会有什么感受啊！但是，务必，务必，不是因为我，而是因为我舅舅的善良美德，对我保持心情平静，只是一小会儿工夫！求求您，求求您，对一个命运悲惨的姑娘发发慈悲，在一张小字条上写下他是不是一切都好，在你们不再提及我的名字之前，他是怎么说我的。晚上，在我昔日回家的时刻，您是否看见他，看上去是在想念他亲爱的人的样子。噢，想到这一点，我心都碎了！我现在跪在您的面前，恳求和祈求您对我不要那么狠心，其实我是罪有应得。我很清楚，很清楚，自己罪有应得，而您是宽宏大度，仁慈有爱，写下一些有关他的情况，然后把它寄给我。您不必称呼我小什么了，也别用那个被我玷污了的名字称呼我。但是，噢，听听我的痛苦，对我发发慈悲，给我写一点有关舅舅的话，我今生今世永远、永远不可能再亲眼看见他啦！

亲爱的，如果您对我心肠狠，我知道，其实狠也是正当的。但是，请听我说吧，如果要狠心对待我，亲爱的，在您决定无视我可怜的祈求之前，问一问我伤害得最严重的那个他，我本来是要嫁给他做妻子的！看看他会不会满怀着同情心，说您可以写一点东西让我看一看，我相信他会这样说的，只要您去问他的话，因为他一直都勇敢无畏，宽容厚道。那就对他说（但不要说别的），现在，当我晚上听到刮风的时候，我就感觉到，那风就像是看到了他和舅舅之后愤怒地刮过的，而且是要上升到上帝那儿去控告我。对他说，如果我明天就会死去（噢，要是我适合在这个时候，那我倒是会高高兴兴去死的），那我会用临终之言祝福他和舅舅，一息尚存，要祈祷他家庭幸福！

这封信里面也夹了一些钱，是五英镑。也跟前面那笔钱一样，没有动过，他还是原样折好。信上还附了回信的详细地址，这当中尽管透露了几个转交信的人，但很难准确判断，她的藏身处可能在什么地方，不过至少有一点是可能的，她写信的地方就是人们看见她的地方。

"给了她什么回信吗？"我问佩戈蒂先生。

"格米治太太，"他回答说，"不怎么识字，少爷，哈姆热情地打了草稿，她再把信抄了一遍。他们告诉她说，我已离家寻找她去了，把我临行前说过的话写在里面。"

"你手里是另外一封信吗？"我问。

"是钱，少爷，"佩戈蒂先生说，他把纸包打开了一点点，"您看，是十英镑。里面写道'寄自一个忠实的朋友'，跟第一件是一样的。但第一件是从门底下塞进来的，这个是通过邮局寄来的，就在前天。我打算按照邮戳的提示找她去。"

他把邮戳给我看，那是莱茵河边的一座小镇。他已经在雅茅斯找到了一些外国商人，他们知道那个地方，并且在一张纸上给他画了个草图，他对草图看得很明白。他把那张图摊在我们之间的桌面上，一只手托着下巴颏，另一只手在图上比画要走的路线。

我问他哈姆怎么样，他摇了摇头。

"他使出全部的劲头，"他说，"干活儿。他的名声在那一带不比任何人的差，响当当的，在世界上的任何地方都是响当当的。您知道，人人都会热心地给他伸出援助之手，他也会热心地帮助他们。

从来都没有人听到他抱怨过。但我妹妹的看法是（只是我们之间说说），这件事情伤透了他的心。”

“可怜的年轻人啊，我相信是这样！”

“他什么都不在乎，大卫少爷，”佩戈蒂先生郑重其事地低声说，“连自己的生命都不在乎。恶劣的天气中，需要人去干粗重活儿的时候，他就会出现在那里。当需要冒着危险去履行重大责任时，他会勇往直前，抢在所有同伴的前面。然后他为人却像个孩子一样温顺，在雅茅斯，没有哪个孩子不认识他的。”

他小心谨慎地把信收了起来，用手抚平，把它们包成一个小包，再小心翼翼地放进胸前的口袋里。站在门口的人走了。我仍然看见雪花飘进来，但门口什么也没有。

“行啊！”佩戈蒂先生说，他看着自己的包裹，“今天晚上已经见到了您，大卫少爷（这真令我高兴），我明天一早就要走了。您都已经看过我这儿的东西了，”他说着把手按在放小纸包的地方，“我放不下心来的是，担心这钱还没有还回去，自己就受到伤害了。如果我死了，或者钱弄丢了，或者被盗了，或者因为别的什么原因弄丢了，他可能永远不知道，还以为我把钱收下了，我相信另外一个世界也不会收留我！我相信自己还会回来的！”

他站起身，我也站起身。我们走出去之前又握了握手。

“我得走一万英里，”他说，“我要坚持走，一直到自己倒下死了，也要把钱放到他的面前。如果我做到了这一点，找到了我的埃米莉，我就心满意足了。如果我找不到她，也许她会在未来的某一天听说，爱她的舅舅只是因为自己生命结束了才停止寻找她的。如果我对她的了解不错的话，即便在那种情况下，她也还是会回来的！”

当我们向外走进寒风凛冽的夜色中时，我看见那个孤单的人影赶在我们前面匆匆离去。我找了个借口，让他赶紧转过身来，缠着他说话，直到人影消失。

佩戈蒂先生提到多佛尔大道旁有个旅行者之家，他知道那儿可以找到干净和简朴的房间过夜。我陪着他过了威斯敏特桥，在萨里郡的岸边同他分别了。在我想象中，当他孤身一人冒着风雪继续前行的时候，一切似乎都变得静谧了，以便向他表达敬意。

我返回了旅馆的院落，那张脸还历历在目，我惊奇地朝四周张望，寻找那张脸，但不在了。雪把我们先前走过的脚印覆盖了起来，唯一见到的是我新踏出的脚印，而当我回首看时，连新脚印都要被掩没了。

第四十一章
多拉的两个姑妈

最后，两位姑妈终于回信了。她们向科波菲尔先生表达了敬意，接着告诉他说，“为了双方的幸福”，她们仔细认真地考虑了他的来信。这种措辞令人忧虑，不仅因为如前面提到的，她们在涉及家族的分歧时用了这种措辞，而且因为我以前注意到（一生都如此），约定俗成的说法就像是一种焰火，很容易点燃放响，呈现的形态各异，色彩斑斓，而从其原始的形状上是无论如何也想不到的。两位斯彭洛小姐还说，她们请求谅解，对于科波菲尔先生来信中提到的事情，不予“通过书信的方式”发表看法，但是，如果科波菲尔先生在某个日子里肯赏脸登门造访（如果他觉得恰当，可以请某个知心朋友陪同前往），她们乐于就此事进行交谈。

面对如此盛情，科波菲尔先生立刻做了回复，对两位斯彭洛小姐表达了诚挚的敬意，说他很荣幸，到时一定拜访两位小姐，蒙她们首肯，将由他的朋友——内殿律师学院的托马斯·特拉德尔先生陪同前往。科波菲尔先生把回信发出去之后，心情激动，情不自禁，这种心情一直延续到了约定的日子到来。

在这个成败攸关的时刻，本来因有米尔斯小姐的帮助，其价值无法估量，但这种帮助没有了，这陡然增加了我的不安情绪。但是，米尔斯先生总是会用这样那样的事情使我感到心里不爽，或者说我感觉他是这样的，其实是一回事。他这次的行径发展到了极致，因为他突然冒出了一个念头，要到印度去。如果不是有意要同我作对，他为什么要去印度？不过可以肯定的是，他同世界上任何别的地方都没有任何关系，而同那个地方倒是关系密切，因为他做的完全是印度生意，不管那是什么生意（有关那些金丝披肩和象牙，我本人就朦朦胧胧地做过梦）。他年轻时代到过加尔各答，现在打算以驻外合伙人的身份再度现身那儿。但这事跟我毫无关系。然而，对他关系却重大了，他决定去印度，还要把朱莉娅带去，所以，朱莉娅到乡村同亲友们告别去了。她家的宅邸贴满了各种招贴告示，宣布宅邸要出租或者出卖，家具（轧布机和所有其他的）全都估了价。因此，我还没有从上次的地震中回过神来，却又成了另一次地震摆弄的对象！

在那个重大的日子里，我就如何装束自己的事踌躇再三。一方面想要衣着潇洒大方，尽显风流倜傥的形象；另一方面又担心，这样一来，会在两位斯彭洛小姐的眼中有损自己稳重质朴的品性。我想方设法，在这两者之间找到了一个满意的折中办法。姨奶认可我的做法，我和特拉德尔下楼时，迪克先生在我们后面扔了一只鞋子，以求吉利①。

尽管我知道特拉德尔是个顶好的人，我同他的关系也非常密切，但是，在这种敏感微妙的时刻，我还是不满意他把头发梳理得往上翘的做法。这种发型令他平添了一种惊诧的表情，更不要说像壁炉地面扫帚的样子了。我心里担心着，这种形象可能会给我们致命的一击。

我们在步行到普特尼的途中，我直言不讳地向特拉德尔指出了这一点，提出如果他能把头发往下压平一点点的话。

“亲爱的科波菲尔，”特拉德尔一边说，一边摘下帽子，往四面八方搓揉自己的头发，“能够把头发压下去，我可是求之不得啊，可它就是不听使唤。”

“不能往下压平吗？”我说。

“不能，”特拉德尔说，“怎么也不成。即便在我去普特尼的途中，往上面压五十磅的东西，等到把东西取下来，它又往上翘了。你

---

① 在国外某种宗教文化中，鞋子是很脏的东西，尤其是鞋底更被视为肮脏、邪恶的象征。因此，此处“扔了一只鞋子”即指将“不吉利的东西”丢掉了。

真是想象不到我的头发有多么顽固，科波菲尔。我简直就成了一只苦恼烦躁的豪猪了。”

我必须得承认，自己有点沮丧，但同时也被他和蔼可亲的性格着迷了。我对他说，他很看重他和蔼可亲的性格，还说，他的头发一定是从他的性格中取走了全部执拗任性的成分，弄得他一点任性的性格都没有了。

“噢！”特拉德尔回答说，他哈哈大笑起来，“实话对你说吧，我这令人遗憾的头发，说来还有故事呢。我婶婶受不了，说看到我的头发她就生气。我刚刚同索菲谈恋爱时，也很碍我的事，很碍事！”

“她也看不惯吗？”

“她倒没有，”特拉德尔回答说，“但她大姐——就是那位大美人——老拿它开玩笑，这我知道。事实上，她所有姐妹都取笑我。”

“开心愉快啊！”我说。

“是啊，”特拉德尔回答说，一脸天真纯朴，“我们大家都拿它开玩笑。她们假装着说，索菲把我的一缕头发锁在了书桌的抽屉里，不得不用一本书合着，这样才能把它压下来。我们大家都笑了。”

“顺便说一句，亲爱的特拉德尔，”我说，“你的经历倒是对我有点启发了。你同那个刚刚提到的小姐订婚的时候，你有没有向她的家庭正式提出过求婚？有没有什么情况类似，比如我们今天要经历的？”我心里不安地补充说。

“啊，”特拉德尔回答说，那张体贴关切的脸上掠过一丝阴影，若有所思，“听说我的事情后让人揪心，科波菲尔。你看吧，索菲在那个家庭里作用巨大，想到她要结婚嫁人，谁都受不了。确实，他们全都达成了一致的意见，索菲决不能嫁人，所以，他们叫她老闺女。因此，当我小心翼翼地向克鲁勒太太提出这事时……”

“她们的妈妈吗？”我问。

“是她们的妈妈，”特拉德尔回答说，“贺拉斯·克鲁勒牧师的太太。当时我尽可能小心翼翼地向克鲁勒太太提出这事时，她听后大叫了一声，不省人事了。几个月的时间里，我都不能再提起那个话题。”

“你最后还是提出来了？”我说。

“啊，是贺拉斯牧师提出来的，”特拉德尔说，“他是个了不起的人，方方面面堪称楷模。他向太太指出，作为一名基督徒，她应该甘愿做出牺牲（特别是，是不是牺牲还不一定），不能对我毫不讲仁慈。至于我自己，科波菲尔，我可是实话对你说，觉得自己对于那个家庭就是一只十足的食肉猛禽啊。”

“我看那些姐妹是站在你那一边的吧，特拉德尔？”

“啊，我说不准她们是站在我一边的，”他回答说，“我们把克鲁勒太太说服得差不多的时候，便把事情对萨拉讲了。你记得我提到过萨拉吧，就是那位脊椎有毛病的？”

“记得清清楚楚！”

“她紧握着两只拳头，”特拉德尔说，眼睛惊恐不安地看着我，“双眼紧闭，脸色苍白，人都完全呆住了，一连两天，除了用调羹给她喂了点水泡面包之外，别的什么也没有吃。”

“真是个不讨人喜欢的姑娘啊，特拉德尔！”我说。

“噢，请原谅，科波菲尔！”特拉德尔说，“她是个性情可爱的姑娘，但就是多愁善感。实际上，她们全都多愁善感。索菲后来告诉我说，她在照料萨拉时，自己心里感受到的自责无法用言辞来形容。我知道，将心比心，那种感觉一定是很痛苦的，科波菲尔，就像是犯了罪似的。萨拉的情绪恢复了之后，我们还得把这事告诉给另外八个姐妹。她们听到这事之后，反应各不相同，但都令人感到酸楚。由萨拉负责教育培养的两个小妹妹到现在才不记恨我。”

“不管怎么说，我想她们现在都已经认可了吧？”我说。

“是……是啊，我得说，从总体上来说，她们都认可了，”特拉德尔说，他心存着疑惑，“实际情况是，我们避免提到这件事，我前途未卜，现状平庸，种种情形对她们现在是莫大的慰藉。无论我们什么时候完婚，那情形都会是惨不忍睹的。到时，与其说是举行婚礼，还不如说是举行葬礼。她们都会因为我把她娶走了而恨我的！”

特拉德尔庄重而又诙谐地看着我摇摇头，他那透着真心诚意的面容给我留下了深刻印象，停留在记忆中的形象比当时的实际情况还更鲜明，因为我当时紧张不已，心有旁骛，根本对任何事情都集中不了注意力。我们快要到达两位小姐居住的宅邸时，我对自己的音容笑貌和心理状态很没有底，还是特拉德尔提议，喝杯麦芽酒稍微提提神。于是我们在附近的一家酒馆里喝了麦芽酒，然后他领着我踉踉跄跄地走到了两位斯彭洛小姐的家门口。

女仆把门打开时，我有一种朦朦胧胧的感觉，觉得自己像是被展示给人看的，而且有点摇摇晃晃地走过了一段挂了个晴雨计的门厅，进到了一楼的一个幽静的小客厅里，客厅的窗户外面是个料理得很整洁的花园。我觉得我自己在客厅里的沙发上坐下了，看到特拉德尔一脱下帽子，头发便翘了起来，就像那种弹簧做的莽撞小人，装在仿制的鼻烟壶里，盖子一掀，就弹了起来。我还觉得听到了壁炉架上一座老式的钟在嘀嗒嘀嗒地响着，于是试图想让它与我的心跳合拍同步，但做不到。我还觉得我环顾了一下整个房间，想看看多拉在不在，结果不在；甚至觉得听到远处有吉普的狂吠声，但立刻又被人捂住了。最后，我发觉自己快要把背后的特拉德尔挤到壁炉里去了，我诚惶诚恐地朝两个干瘪瘦小的老小姐鞠躬，只见她们一身黑色，令人惊奇的是，两人都像是用碎木片或树皮制作的已故斯彭洛像的标本。

"请，"两位瘦小个了小姐中的一位说，"坐吧。"

我仓促地从特拉德尔身边走过，坐在了什么东西上，但不是一只猫，一开始时坐在一只猫身上。我恢复了自己的视力，分辨得清楚，斯彭洛先生显然是这个家庭中年纪最小的，这两个姐妹的年龄也相差了六岁或八岁，年纪轻的那位好像是这次会面的主持人，因为她的手上拿着我的信，那信在我看来既熟悉又陌生！她正举着单片眼镜看着。姐妹两个衣着相似，不过这位妹妹同那位姐姐比起来，衣着上透出更多青春的气息，或许是多了一点儿皱褶边，或者胸前的花边，或者一枚胸针，或者一只手镯，或者诸如此类的小饰物，这使她看上去更充满活力。她们两个都姿势挺直，态度谦和，举止得体，平静优雅。手上没有拿着我的信的姐姐两臂相交搁置在胸前，一上一下的，就像是一尊偶像。

“我想是科波菲尔先生吧。”手上拿着我的信的妹妹说，话是对着特拉德尔说的。

这是个令人哭笑不得的开端。特拉德尔只好解释说，我才是科波菲尔先生，我也只好自我确认，而她们也只好改变特拉德尔是科波菲尔先生这个先入为主的想法，结果气氛完全给弄得乱糟糟。乱上加乱的是，我们都清晰地听见了吉普短促地吠了两声，但声音立刻又被捂住了。

“科波菲尔先生！”拿着信的妹妹说。

我做了什么动作，我认为是鞠了一躬。我全神贯注，这时候，那位姐姐插话了。

“我妹妹拉维妮亚，”她说，“对这方面的事情很在行，所以由她来讲一讲我们的看法，怎样才能促进双方的幸福。”

后来我发现，拉维妮亚是恋爱方面的权威，因为很多年前，有位皮杰尔先生，喜欢玩短惠斯特牌戏[①]，据说迷恋上了她。可我心里面觉得，这完全就是毫无根据的猜测，皮杰尔先生压根儿就没有往那方面去想，因为据我听到的情况，他从来就没有过那方面的表示。然而，拉维妮亚小姐和克拉丽莎小姐都盲目相信，如果皮杰尔先生不是饮酒过度伤了身体，接着又过量饮用巴斯矿泉水，想方设法要把身体调养过来，结果英年早逝（六十岁的时候），他是会表白自己的情感的。她们心里甚至暗自怀疑，他是因为害相思病而死的。不过，我必须得说，府上有他的一幅肖像画，长了个酒糟鼻子，看不出有害过相思病的样子。

“关于这件事情，”拉维妮亚小姐说，“我们就不谈过去的事了。我们可怜的弟弟弗朗西斯去世了，事情也就一笔勾销。”

“我们同弗朗西斯弟弟之间，”克拉丽莎小姐说，“虽然不常走

---

① 指以五分为一局的惠斯特牌戏。

动，但我们之间并不存在什么明显分歧和隔阂。弗朗西斯走他的路，我们走我们的。我们认为这样有利于大家的幸福，应该如此。事实上也就是这样的。”

姐妹两个说话时身子都会微微向前倾，说完后会摇摇头，沉默不语时，身子又挺拔了。克拉丽莎小姐从未移动过自己的双臂，有时候用指头在上面弹弹曲子，我认为是小步舞曲和进行曲，但就是没有移动过。

“我们侄女儿的地位，或者说假定的地位，由于我们的弗朗西斯弟弟的去世而发生了重大变化，”拉维妮亚小姐说，“因此，我们认为，弗朗西斯弟弟为她筹划好的地位也发生了变化。我们没有理由怀疑，科波菲尔先生，您是一位品质优秀、人格高尚的青年绅士。也不怀疑，您爱我们的侄女儿，或者说完全相信您爱她。”

只要有机会，我总能抓住，回答说，别人爱一个人，其程度谁都比不上我爱多拉。特拉德尔也会在一旁嘟嘟囔囔地帮我的腔。

拉维妮亚小姐正要回我的话，克拉丽莎小姐因迫不及待地想要提到她的弗朗西斯弟弟而一直焦虑不安，这时候她又插话了：

“当年多拉的妈妈嫁给我们的弗朗西斯弟弟时，”她说，“如果她直截了当地说，餐桌上容不下家里这么多人，那大家倒是会更加开心愉快一些。”

“克拉丽莎姐姐，”拉维妮亚小姐说，“现在或许我们不必把那件事放在心上了。”

“拉维妮亚妹妹，”克拉丽莎小姐说，“它可是跟这件事情息息相关啊。这件事情中属于你的那个部分，只有你能够发表意见，我不想插嘴。但在事情的这个方面，我是有话可说的。当年多拉的妈妈嫁给我们的弗朗西斯弟弟的时候，如果她把她的心思直截了当地说了，那大家倒是会更加开心愉快一些。我们当时就应该知道会出现什么情况。我们应该说‘恳请任何时候都不要邀请我们’那样的话，一切可能出现的误解都可以避免。”

当克拉丽莎小姐晃了晃脑袋之后，拉维妮亚小姐接过了话头，并用单片眼镜看我的信。顺便提一下，她们姐妹两个都长着一双小眼睛，圆溜溜的，晶莹闪亮，像鸟儿的眼睛。总的说来，她们也就跟小鸟儿差不多，举止敏捷、轻快、突然，把自己的仪表收拾得简约整洁，就像是金丝雀似的。

我刚才提到了，拉维妮亚小姐接过了话头继续说：

"科波菲尔先生，您在信中请求我和我姐姐克拉丽莎同意您作为我们侄女儿的求婚者上门。"

"如果我们的弗朗西斯弟弟，"克拉丽莎小姐说，这话是突然蹦出来的，如果我可以把这么平静的话语说成是突然蹦出来的话，"希望他被民事律师公会的氛围包围，而且只是民事律师公会的氛围，那我们还有什么权利和理由反对呢？没有，毫无疑问。我们压根儿就不喜欢凑到任何人边上去。可是为什么不这样说出来呢？让我们的弗朗西斯弟弟和他妻子拥有他们的社交圈，我和我的拉维妮亚妹妹拥有我们的社交圈。我想我们能够找到我们的社交圈！"

由于这话好像是对我和特拉德尔说的，所以我和特拉德尔便说了点什么，算是回答。特拉德尔说的话听不清楚。我觉得，我自己说了，这样对所有相关的人都很体面，其实一点都不明白自己说这话是什么意思。

"拉维妮亚妹妹，"克拉丽莎小姐说，她现在心情轻松了，"亲爱的，你可以接着说了。"

拉维妮亚小姐接着说：

"科波菲尔先生，我和克拉丽莎姐姐确实仔细认真地考虑了这封信的内容，最后还决定把信给我们的侄女儿看看，同她进行商量。我们毫不怀疑，您认为您非常喜欢她。"

"可不是嘛，小姐！"我欣喜若狂地开口说，"噢！"

但是，克拉丽莎小姐朝我看了一眼（就像一只敏捷的金丝雀），意思是请我不要打断眼前这位圣哲的话，我表达了歉意。

"爱情，"拉维妮亚小姐说，她瞥了姐姐一眼，以求得赞同，结果她每说完一句话姐姐就轻微地点一下头，"成熟的爱情、敬意、忠诚，是不会轻易表露的。它声音很低，它很谦逊，很羞涩，它一直潜伏着，等待又等待。这样才是成熟的果实。有时候，一生也就悄然过去了，但爱情还在暗中等待成熟呢。”

毫无疑问，我当时并不明白她那是在暗指假定在身体受到重创的皮杰尔那儿获得的经验，但是，根据克拉丽莎小姐郑重其事地点头这一点，我发现，这番话是很有分量的。

“年轻人轻浮的——我之所以这样说，那是跟我上面所说的情感相比，轻浮的——所谓好感，”拉维妮亚小姐说，“是跟磐石相比之下的尘埃。因为很难确定，好感是否会持久，或者是否有基础，所以我和克拉丽莎姐姐很犹豫，不知道该怎么办，科波菲尔先生，还有这位什么……”

“特拉德尔。”我的朋友说，因为他发现对方在看着自己。

“对不起，我想您是来自内殿律师学院的吧？”拉维妮亚小姐说，又朝我的信瞥了一眼。

特拉德尔说“正是”，脸上绯得通红。

这时候，尽管我并没有受到什么确切的鼓励，但我心里在想，从这两个身材瘦小的姐妹身上，尤其是从拉维妮亚小姐身上，我自己看出了她们对于这件事关家庭利益的新事和好事显得越来越兴致勃勃了，打算要充分表现一番，展示她们自己看重这事的意向，因此这其中显现出了希望的曙光。我感觉到，自己已经看出，拉维妮亚小姐对于承担起监护像我和多拉这样一对青年恋人的任务，有一种异乎寻常的满足感。而克拉丽莎小姐看到妹妹监护我们，同时，遇到属于她自己那一部分的话题时，只要兴致上来了，按捺不住，还会插上几句话，这样一来，她的满足感也不逊色。这给了我勇气，使我敢于满怀豪情地申辩说，我对多拉的爱无以言表，超出人们的想象。我所有的亲友都知道，我有多么爱她。我姨奶、阿格尼丝、特拉德尔，任何认识我的人，都知道我多么爱她，我的爱使我变得多么诚挚坦诚。我说的这话真实与否，我请求特拉德尔证实。这时候，特拉德尔挺身而出，就像是投身于议会的辩论中一样，确实表现非凡，他慷慨陈词，通情达理，坦诚务实，证明我的话千真万确，这些都给对方留下了一个良好的印象。

“如果我可以冒昧地说一句，我是一个在这方面稍微有点经验的人来说这话的，”特拉德尔说，“因为我自己跟一位年轻小姐订了婚——她是十个女儿中的一个，家在德文郡，我们的订婚期眼下还不可能结束。”

“您或许能够证实我说过的话，特拉德尔先生，”拉维妮亚小姐说，显然她在他身上发现了新的兴趣点，“就是我所说的爱情是谦逊和羞涩的，等待又等待，对不对？”

“完全可以，小姐。”特拉德尔说。

克拉丽莎小姐看了看拉维妮亚小姐，态度严肃地摇了摇头。拉维妮亚小姐会意地看了看克拉丽莎小姐，轻轻地叹息了一声。

“拉维妮亚妹妹，”克拉丽莎小姐说，“用一用我的嗅盐瓶吧。”

拉维妮亚小姐闻了几下嗅盐瓶，香醋的味道使她提起了精神，这当儿，我和特拉德尔十分关切地在一旁观望着。随后她接着说，只是声音显得微弱：

“特拉德尔先生，对于您的朋友科波菲尔先生和我们侄女儿这样的小年轻之间的好感，或者是想象中的好感，我和我姐姐应该采取什么样的态度，还感到迟疑不决呢。”

“我们的弟弟弗朗西斯的孩子，”克拉丽莎小姐说，“如果我们的弟弟弗朗西斯的太太在生时感觉到方便（不过她有不可争辩的权利采取她认为最理想的行动）邀请我们赴她的餐宴，那眼下，我们或许会更加了解我们的弟弟弗朗西斯的孩子。拉维妮亚妹妹，接着说吧。”

拉维妮亚小姐把我的信翻了过去，看着署了名的那一页，然后用单片眼镜看她自己在那一页上面写得工工整整的备注。

“我们觉得，”她说，“特拉德尔先生，我们得亲自考察一下他们的情感，这样显得慎重一些。目前，我们还对其一无所知，所以还不能判断，其中可能有多少真实的成分。因此，我们倾向于接受科波菲尔先生的提议，同意他上门到这儿来。”

“亲爱的小姐们，我永远都不会，”我心里的恐慌烟消云散了，于是我激动地大声说，“忘记你们的大恩大德。”

“不过吧，”拉维妮亚小姐接着说，“不过，特拉德尔先生，眼下，我们还是宁愿把他当成上门来看我们。我们心里有警觉，这不等于认可科波菲尔先生和我们的侄女儿之间订了婚，直到我们有了机会……”

“是你有了机会，拉维妮亚妹妹。”克拉丽莎小姐说。

“那行，”拉维妮亚小姐一边表示认同，一边叹息了一声，“直到我有机会注意到他们。”

“科波菲尔，”特拉德尔转身朝向我说，“毫无疑问，你会感觉到，这再合情合理和细致周到不过了。”

“那是！”我大声说，“我深深地感觉到了。”

“事已至此，”拉维妮亚小姐说，又看了看她写的备注，“只有在这样的前提下允许他上门，那我们必须要提请科波菲尔先生，要他用自己的名誉向我们做出担保，他与我们侄女儿之间的任何交往都必须得让我们知道。涉及我们侄女儿的任何打算，都必须得先向我们提出来……”

“向你提出来，拉维妮亚妹妹。”克拉丽莎小姐插嘴说。

“那行，克拉丽莎！”拉维妮亚小姐顺从地表示认可，“向我提出，征得我们的同意。我们必须得把这一点作为最最明确和严格的规定，无论如何都不得违背。我们之所以希望科波菲尔先生今天有一位亲密朋友陪同前来，”她把头倾向特拉德尔，后者点头认可，“目的就是，不要在这件事情上产生疑惑或者误解。科波菲尔先生，或者您，特拉德尔先生，如果你在做出承诺时，还有些许顾虑，我请你们花时间考虑一下。”

我欣喜若狂，激情洋溢，大声说，片刻考虑的必要都没有。我以最热情的态度保证自己遵守承诺，提请特拉德尔做见证人，并声称，如果自己对此有半点违背，那就是个十恶不赦的坏蛋。

“等一会儿！”拉维妮亚小姐举起一只手说，“我们在有幸接待两位绅士之前，回避一下，让两位待上一刻钟，考虑考虑这件事，然后我们再返回。”

我说了没有考虑的必要，但无济于事，她们执意要离开这么一段时间。于是，两只小鸟威风凛凛地快速走出去了。留下我接受特拉德尔的祝贺，我感觉自己好像被送到了美妙的幸福之乡。正好到了一刻钟的时候，她们现身了，威风凛凛的神气一点不亚于离开时。她们离开时衣服发出窸窣的声响，好像她们的小衣裙是秋天里的落叶做成的，返回时，情形依旧。

我接着再一次承诺，遵守规定。

“克拉丽莎姐姐，”拉维妮亚小姐说，“接下来就是你的啦。”

克拉丽莎小姐第一次松开双臂，拿过备注，往上面看了看。

“如果科波菲尔先生方便的话，”克拉丽莎小姐说，“我们很高兴地邀请他每个礼拜天来吃中午饭。我们中午饭的时间是三点。”

我鞠了一个躬。

“一个礼拜的其他日子里，”克拉丽莎小姐说，“我们很高兴邀请科波菲尔先生来喝茶，我们喝茶的时间是六点半。”

我又鞠了一个躬。

“一个礼拜两次，”克拉丽莎小姐说，“但作为一个规定，不能再多。”

我又鞠了一个躬。

“特罗特伍德小姐，”克拉丽莎小姐说，“科波菲尔先生信中提到的那位，或许也可以来看我们。如果串门让大家都感到更加幸福愉快，那我们会很高兴接待来访，同时我们也会回访。如果相互之间不来往大家感到更加幸福愉快（如同跟我们的弟弟弗朗西斯和他的家人一样），那就另当别论了。”

我当即表示，姨奶一定会高兴而自豪地同她们认识的，不过，我必须说清楚，她们在一起能不能相处得默契，那我就吃不准了。该说的条件都已经说过了，我便以最最热烈的态度表示了感谢。然后，我先握着克拉丽莎小姐的手，再握着拉维妮亚小姐的，分别在我的嘴唇上碰了一下。

拉维妮亚小姐随后站起身，恳请特拉德尔先生允许我们离开一会儿，请我跟她走。我浑身颤抖着遵命了，结果被领到了另外一个房间。在那儿，我看到了我心爱的宝贝儿捂着耳朵站在门的后面，俏丽的小脸蛋对着墙壁，吉普则待在盘子保温器里，头上包了条毛巾。

啊！她身穿一袭黑色长裙，多么美丽动人啊，刚一开始时，她哭得很伤心，躲在门后面都不肯出来！等到她终于出来了之后，我们多么相亲相爱啊！我们把吉普从盘子保温器里抱出来，让它重见光明。它打了很多喷嚏，我们三个至此又团聚了，这时候，我的心里有多么幸福快乐啊！

"最最亲爱的多拉！你现在真的永远属于我了！"

"噢，别这样说！"多拉恳求说，"请你啦！"

"难道不是永远属于我的吗，多拉？"

"噢，是的，当然是！"多拉大声说，"但我很害怕！"

"吓着啦，宝贝儿？"

"噢，是的！我不喜欢他，"多拉好奇地问道，"他为什么不走？"

"谁，我的宝贝？"

"你的朋友，"多拉回答说，"这不关他的事。他真是个大笨蛋！"

"我的宝贝！"(她充满了孩子气，再没有比她这样更迷人的了)"他可是个大好人啊！"

"噢，但我们可不需要什么大好人啊！"多拉噘着嘴说。

"亲爱的，"我坚持说，"你很快就会了解他，而且会非常喜欢他。我姨奶不久就要到这儿来，等到你认识了她之后，也会非常喜欢她的。"

"不，不，请不要带她来！"多拉说，她惊恐不安地吻了我一下，然后双手交叉，"不要。我知道她脾气不好，是个喜欢生事的老小姐！不要让她到这儿来，道迪(这是"大卫"的讹误音)！"

当时，劝说无济于事，于是我又是大笑，又是赞美，沉浸在爱意之中，非常幸福。她把吉普新学会的把戏展露给我看，就是后腿在一个角落站立起来，它站立的时间只是一眨眼的工夫，接着便跌下来了，如果不是拉维妮亚小姐进来把我叫走，我真不知道自己抛下特拉德尔会在那儿待多长时间。拉维妮亚小姐很喜欢多拉（她告诉我说，多拉跟她自己那般大年纪的时候一模一样，她现在一定是变化惊人），她对待多拉就像对待一件玩具。我想要说服多拉出去见见特拉德尔，但是，她听了我的提议之后，立刻跑到了她自己的房间，锁上了门，于是我自个儿到了特拉德尔身边，然后同他一道满面春风地告辞了。

"再令人满意不过的结果啊，"特拉德尔说，"毫无疑问，她们还真是两位讨人喜欢的老小姐呢。你若是比我早结婚几年，我可一点儿都不会觉得奇怪啊，科波菲尔。"

"你的索菲会弹奏什么乐器吗，特拉德尔？"我问了一声，心里满怀着自豪感。

"她钢琴弹得不错，都可以教她的小妹妹们。"特拉德尔说。

"她唱歌吗？"我问。

"啊，有时候，家里面的人打不起精神的时候，她就会唱唱民歌，给他们振作精神，"特拉德尔说，"但不讲究什么技巧。"

"她不会给吉他伴唱吧？"我问。

"噢，天哪，不会！"特拉德尔说。

"画画呢？"

"不会。"特拉德尔说。

我向特拉德尔承诺，他会听到多拉唱歌，而且会见识到她画的花朵。他说他很乐意，我们心情愉悦，喜气洋洋，手挽手一路打道回府。一路上我鼓励他说说索菲的事，他洋溢着对她的爱意，说了她的情况，令我羡慕不已。我在心里面拿她同多拉做了比较，很有满足感，但我真心诚意地承认，她对于特拉德尔而言，也是个少有的好姑娘啊。

当然，我立刻就告诉了姨奶，会面如何如何成功，还有会面过程中说过的话，做过的事。看见我幸福快乐的样子，她也幸福快乐，而且答应，事不宜迟，很快她就会去拜访多拉的两个姑姑。那天晚上，我在给阿格尼丝写信时，姨奶在我们房间来回走了很长时间，我都觉得她打算要走到天亮。

我给阿格尼丝写了一封热情洋溢和充满了感激之情的信，详细叙述了自己听从了她的建议之后所取得的种种理想的效果。她通过返回的邮班给我寄来了回信。她的信中充满了希望、诚挚和欣喜之情，从那以后，她心情一直都很愉快。

我现在手边要做的事情比以前更多了，把我每天要到海格特的行程算在内，到普特尼的行程就更加远了，我当然想要尽可能多去那儿。先前约定的喝茶时间不是很实际，于是，我请求拉维妮亚小姐同意，允许我每个礼拜六下午前去拜访，但又不影响特许的礼拜天的时间。因此，每个礼拜结束的时候就是我幸福甜蜜的时间，其余的日子都在翘首以盼中度过。

我发现姨奶和多拉的两个姑妈之间的相处总的看起来比我预料的要相安无事得多，这令我惊奇不已，如释重负。我的那次会面之后没几天，姨奶就答应去拜访她们，而几天之后，多拉的姑妈们也依照礼节回访了她。随后便有了类似甚至更加友好的交往，通常是三四个礼拜一次。我知道，姨奶令多拉的两位姑妈备受折磨，因为她完全不顾外出要乘马车的尊严，而是在不同寻常的时间段里步行到普特尼去，不是在刚吃过早餐，就是在正好喝茶之前，还有头上的帽子也一样，毫无遵从文明社会在帽饰方面的成规，图着自己头上感觉舒服，想怎么戴就怎么戴。但是，不久之后，多拉的两个姑妈一致认为，我姨奶是个行为古怪、多少带有点男子气的小姐，领悟力很强。然而，尽管姨奶会时不时地针对各种礼节发表旁门左道的观点，惹得多拉的姑妈们像小鸟发怒一样竖起羽毛，但她还是过于疼爱我，所以不得不放弃自己的一些小怪癖，以求得大家和睦相处。

我们这个小圈子里唯独有一个成员断然不肯让自己随行就市，那就是吉普。每次它看到姨奶都会立刻露出满嘴牙齿，退缩到椅子底下，吠个不停，时不时地还会发出一声哀号，好像姨奶确实太伤它的感情似的。各种手段全都对它使上了，哄骗、责骂、敲打，把它带到白金汉大街的住处（一到了那儿，它就去追逐两只猫，把所有在一旁看到的人吓得惊恐不安），但还是无法同我姨奶相处。有时候，它会觉得自己消除了不满情绪，和蔼可亲地待上几分钟，但接着又会扬起自己扁平的鼻子，一个劲儿地吼起来，结果弄得没有别的办法，只有把它的眼睛蒙起来，放进盘子保温器里。最后，凡是听说姨奶到门口来了，多拉就会用毛巾把它蒙住，把它关到那儿。

我们进入平静安宁的状态之后，有件事使我充满了烦恼。那就是，大家都好像一致把多拉看作一件可爱的玩具或玩物。姨奶渐渐地同多拉熟悉起来，总是把她叫作"小花儿"。拉维妮亚小姐生活中的乐趣就是伺候多拉，帮她卷头发，帮她制作装饰品，把她当成宠爱的孩子。拉维妮亚小姐做的事，她姐姐自然如法炮制。我觉得很奇怪，她们对待多拉的方式，就像多拉对待吉普一样。

我决定同多拉说这件事，所以，有一天，我们外出散步时（因为一段时间之后，经拉维妮亚小姐准许，我们可以单独外出散步），我对她说，希望她们能够用不同的方式对待她。

"因为你知道的，亲爱的，"我劝她说，"你不是个孩子。"

"行啊！"多拉说，"你看，你又生气！"

"生气了吗，宝贝？"

"我相信，她们对我和蔼仁慈，"多拉说，"我感到很幸福。"

"行啊！但是，我的宝贝！"我说，"如果她们按照理性对待你，你也同样会感到幸福啊。"

多拉娇嗔地看了我一眼，最最美丽的一眼！随即便哭泣起来，嘴里说，如果我不喜欢她，何苦这么想着要同她订婚？如果忍受不了她，为何不现在就离开？

接着，我除了吻干她的泪水，告诉她我有多么多么爱她，还能干什么！

"我相信自己很爱你，"多拉说，"但是你不应该对我狠心，道迪！”

“狠心，我的心肝宝贝啊！天地良心啊，好像我会——能够——对你狠心似的！”

“那你别尽给我挑刺儿，”多拉说，她把嘴努得像一朵含苞待放的玫瑰，“我会很听话的。”

她立刻主动地要我把曾经提到过的烹饪书给她，同时按照我曾经向她承诺的，教她如何记账，这令我高兴不已。随后有一次去那儿时，我把书带去了（我首先把它精美地包装了一番，使之看上去不那么枯燥，更加引人入胜）。我们漫步在公共牧地时，我给她看了一本我姨奶昔日的账本，还给了她一本简册，给了她一个精美的小铅笔匣子和一盒铅芯，供练习记账用。

但是，烹饪书令多拉感到头痛，那些数字也弄得她大呼小叫地哭了。她说，那些数字就是加不到一块儿。于是，她又把它们擦掉了，然后在整个简册上画满了花束，还有我和吉普的肖像。

后来，在一个礼拜六的下午，我们四处漫步时，我又开玩笑似的向她讲述料理家务方面的事情。例如，我们有时路过一家屠夫店铺，我就会说：

“宝贝，现在假定我们已经结婚了，你要去买一块羊前腿肉做一道菜，你知道怎么买吗？”

我美丽可爱的小多拉脸儿一沉，把嘴又努成了一朵含苞待放的花蕾，好像她宁可用一个吻来堵住我的嘴。

“你想知道怎么买吗，亲爱的？”如果我坚持的话，我还会问。

多拉思考片刻，然后用扬扬得意的口吻回答说：

“啊，屠夫知道怎么卖的，我有什么必要知道？瞧啊，你这个傻孩子！”

像这样的，我还有一次问多拉，一边眼睛看着烹饪书，如果我们结婚了，她打算怎么办，我的意思是说，我想吃一道味道精美的洋葱土豆煨羊肉，她回答说，她会吩咐仆人做的，然后两只小手同时在我的胳膊上拍打着，笑得姿态迷人，比以往任何时候都更加开心愉快。

因此，那本烹饪书的主要作用变成搁置在角落里供吉普站立了。但是，多拉把吉普训练得站立在上面不想下来，同时嘴里还叼着那个铅笔匣子，这时候，她开心极了。而我也会因为当初买了它而感到高兴。

就这样，我们又回归到了过去的生活中：弹弹吉他，画画花束，唱唱永远离不开舞蹈的歌曲，嗒——来——啦！一个礼拜有多久，我们就快乐多久。我偶尔希望，自己能够斗胆向拉维妮亚小姐暗示，她对待我的心上人太过于像件玩具了。但我有时候醒来时，会惊奇地发现，自己也犯了大家犯的错误，也像对待一件玩具似的对待她，但不是很经常。

第四十二章
挑拨离间

关于这部书稿，即便我不打算把它示于他人，只是留给自己，我也感觉，自己好像不应该总是描述心里如何想着要向多拉和她的姑妈负责，勤学苦练那门艰深的速记技术，以及与之相关的一切进展。我生命中的这一段时期表现出的坚忍不拔的意志，还有当时在我身上开始成熟起来的忍受痛苦和锲而不舍的力量，而我知道，这是我性格中坚强有力的部分，如果我性格中存有力量的话，对于这些情况，我已经有过描述了，但在这个基础上，我只想补充一点就是，回首往事，我找到了自己成功的源泉。我在为人处世方面一直很幸运，许多人要比我勤奋努力得多，可是成就却不及我的一半。不过，如果我没有养成遇事守时、有条不紊、勤勉用功的习惯，没有在一段时间内集中精力做好一件事情的决心，不管后面接着要面临的事情有多么急迫，我都不可能实现自己已经实现的目标。上帝做证，我写出这一点，绝对没有要自我炫耀的意思。一个人在回首自己的人生时，就像我现在这样，一页接着一页地叙述着，如果他没有那种深切的感受，即认为自己怀才不遇，错失了良机，内心里不断纠结着古怪和反常的念头，结果一蹶不振，那他必定就是个很了不起的人。我可以说，自己的全部禀赋都被滥用了，这意思说白了就是，我一生中无论想要做什么事情，都一定想方设法把它做好，无论从事什么，都会专心致志，直至完成。目标无论大小，我都会认认真真地对待。我认为，一个人先天或后天的才干，如果不辅之以脚踏实地、朴实坦诚、埋头苦干的品质，那是不可能获得成功的。世界上不存在这样圆满的好事。某项聪明才智和某次良好机会可以构成人们向上攀登的阶梯的两侧，但是梯子的横档必须得用经久耐磨的材料制成。在这个世界上，没有任何东西能够代替完全彻底、满腔热忱和真心诚意的态度。凡是能够全身心投入的事情，决不只用一只手。无论做什么事，决不采取轻率的态度。我现在发现，这些是我为人处世的准则。

我刚才总结出的经验，其中有多少应归功于阿格尼丝，我不准备在此重复。我要怀着感激和爱意继续叙述阿格尼丝的情况。

阿格尼丝到博士家做客，准备住上两个礼拜。威克菲尔德先生是博士的老朋友，博士希望同他聊聊，这样对他大有裨益。上一次阿格尼丝在伦敦时，就曾谈到过这件事，所以这就登门拜访了。她是同父亲一道来的。她告诉我说，她在附近给希普太太找了个住处，因为希普太太患风湿病需要换换环境，同时她也很高兴有这么些人做伴，我听到这件事情之后并不感到吃惊。翌日，尤赖亚像个孝子似的领着他要孝顺的母亲住进了找来的住处，对此，我也不感到吃惊。

"您知道的，科波菲尔少爷，"尤赖亚说，当时他拽着我陪同他在博士的花园里散步，"只要某个人恋爱，另一个人就会有点儿嫉妒，至少是，迫不及待地要留意那个被爱的人。"

"那你现在嫉妒谁来着？"我说。

"得要感谢您，科波菲尔少爷，"他回答说，"眼下没有特定的哪个人，至少是没有男性。"

"你的意思是说你在嫉妒某个女性？"

他那双充满邪恶的红眼睛斜睨了我一下，然后哈哈大笑起来。

"确实，科波菲尔少爷，"他说，"我应该叫先生，但我知道，我已经叫习惯了，您会谅解的。您真会旁敲侧击，像个瓶塞钻似的，把我的心思全给套出了！行啊，告诉您也没有关系，"他把他那像鱼一样的手放到我手上，"我这个人一般不讨女人喜欢，少爷，我从来没有讨过斯特朗夫人的欢心。"

当他卑鄙奸诈的目光同我的目光相遇时，他的两眼看上去发绿。

“你这是什么意思？”我说。

“啊，尽管我是个律师，科波菲尔少爷，”他回答说，神情冷漠，咧着嘴笑，“但就眼下而言，我是实话实说。”

“那用神态表达什么意思？”我反问，态度平静。

“用神态？天哪，科波菲尔，真是厉害啊！我用神态表达什么意思？”

“对，”我说，“你用神态。”

他似乎觉得很有趣，不禁开怀大笑起来，仿佛他天生就爱笑似的。他用手搓几下下巴颏之后，眼睛朝下看着，手仍然在慢慢地搓着，然后说：

“我还是个卑微低下的文书时，她一直就瞧不起我。她一向叫我的阿格尼丝来来回回地上她家去，对您也一向很友好，科波菲尔少爷，但我地位低下，同她相比差得太远了，所以她对我不屑一顾。”

“呃？”我说，“即便当时是那样的！”

“在他面前也低人一等。”尤赖亚接着说，手依旧在搓着下巴颏，若有所思，话说得很清晰。

“难道你不了解博士吗？”我说，“竟然认为你不在他眼前，也会意识到你的存在？”

他又斜睨了我一眼，为了便于揉搓，鼓起了腮帮子，然后回答说：

“噢，天哪，我不是说博士！噢，不，可怜的人啊！我指的是马尔登先生！”

我听他这么一说后，心都凉了。我过去在这件事情上的全部疑虑与担心，博士的全部幸福与安宁，全部纠结在一起的无辜的和有害的行为，凡此种种，理不出头绪，可现在瞬间就清楚了，原来全在这个家伙的掌控之中，任其摆布。

“他每次到事务所来都会对我发号施令，差来遣去，”尤赖亚说，“他是你们上等人中的一员！而我是个唯唯诺诺、卑微低下的人，现在也还是。但我不满意那一套，现在也一样！”

他不再揉搓自己的下巴颏了，把腮帮子吸了回去，好像都要吸得两边碰到一块儿了，这期间他一直斜视着我。

“她是你们那个阶层美丽可爱的女人中的一员，确实是，”他一边说，一边把自己的脸部慢慢恢复到自然的形状，“可我很清楚，她不屑同我这样的人交朋结友，只会把我的阿格尼丝调教成自认为高人一等的人。行啊，我不讨你们那个阶层的女人的欢心，科波菲尔少爷，但早在很多年以前，我的头上就长着眼睛呢。从大体上来说，我们卑微低下的人也长着眼睛，我们会用眼睛看东西的。”

我设法让自己看上去不动声色，若无其事，但从他脸上的表情看出，自己表现拙劣。

“现在，我可不再允许别人把我踩在脚下了，科波菲尔，”他接着说，并扬起了面部本该长着红色的眼睫毛的那个部分，他心怀恶意，趾高气扬，“我要尽自己的一切所能，终止他们的友谊，我不允许它存在。我也不在乎在您面前承认，我这个人心胸不开阔，但又想要抵挡住全部闯入者。只要我知道，我就不会冒被人算计的风险。”

“你一直就是在算计人，所以你就误认为，别人个个也同样在算计你，我是这么认为的。”我说。

“或许是这样的，科波菲尔少爷，”他回答说，“但是，正如我的合伙人过去常说的，我怀有一种目的，于是要全力以赴地达到目的。我决不能被人当作卑微低下的人欺压蹂躏得太过分，不允许人家挡我的道。确实，他们必须得下车让位，科波菲尔少爷！”

“我弄不明白你的意思。”我说。

“您不明白吗？”他回答说，身子抽搐了一下，“我真的感到很惊讶，科波菲尔少爷，您平常反应挺敏捷的！下次我设法说得更加直白一些。是不是马尔登先生骑了马在门口拉门铃啊，少爷？”

“好像是他。”我回答说，态度尽可能地漫不经心。

尤赖亚突然打住了，把两只手放在两块大膝盖骨之间，笑得弯着身子。那种笑完全是无声的，所以他没有发出半点声响。他的一番丑恶的表现，尤其是最后那一招，令我厌恶至极，所以我一声没吭，掉头就离开了，让他一个人待在花园中间，弯着身子，像个没有支撑的稻草人似的。

我清楚地记得，自己领着阿格尼丝去看多拉，不是那天傍晚，而是在第三天，即礼拜六的傍晚。本次拜访，我事先就同拉维妮亚小姐安排好了，阿格尼丝去那儿喝茶。

我当时心里忐忑不安，既自豪又焦虑。自豪的是因为自己有这么一位娇小玲珑的未婚妻，焦虑的是不知阿格尼丝是否会喜欢她。去普特尼的途中，阿格尼丝坐在公共马车的车厢里面，我则坐在外面，我的心里面呈现着自己熟悉的多拉美丽形象的方方面面，一会儿断定，我想要看到她跟某一次的样子一模一样，一会儿又心生疑虑，我是不是应该更加喜欢她另一次的样子，就这么翻来覆去，激动不安。

不管怎么说，多拉美丽可爱，这我是毫不怀疑的，但结果是，我从未见过她如此光彩照人。我把阿格尼丝介绍给她的两位身材瘦小的姑妈时，她不在客厅里，而是羞羞答答地躲起来了。我现在知道在哪儿可以找到她，果然就找到了，只见她又捂着两只耳朵，依旧躲在那扇毫无光泽的旧门后面。

刚开始时，多拉就是不肯出来，她接着请求，要我看着表，允许她再待上五分钟。最后，当她搂着我的胳膊被领着走向客厅时，迷人的小脸蛋儿绯得通红，从来都没有如此美丽可爱。但是，等到走进客厅之后，她脸色又变得苍白了，但比原先美丽可爱一万倍。

多拉惧怕阿格尼丝，她曾告诉我，她知道阿格尼丝“太过聪明”。但她看到阿格尼丝立刻显得兴致勃勃，真挚诚恳，关怀体贴，温柔和善，这时候，她喜出望外，轻轻地叫了一声，立刻就热情洋溢地用双臂搂住了阿格尼丝的脖子，把自己天真无邪的脸贴近阿格尼丝的脸。

我从未像这样充满了幸福感。看到她们两个肩并肩地坐在一块儿，看到我的心上人自然地扬起头看着那双充满热情的眼睛，看到阿格尼丝用自己温柔美丽的眼睛向她投去关爱的目光，这时候，我体验到从未有过的快乐。

拉维妮亚小姐和克拉丽莎小姐用她们各自的方式分享着我的快乐。这是世界上最温馨惬意的一个茶会。克拉丽莎小姐是茶会的主持，我把味美香甜的外表撒有瓜仁、芝麻之类的糕饼切开后分发给大家，身材瘦小的姐妹俩像鸟儿似的喜欢啄糕饼外表的瓜仁和糖粒。拉维妮亚小姐态度慈祥，一脸恩赐的表情，仿佛我们的幸福快乐全是她给带来的。我们心里全都其乐融融，相互之间和睦友好。

对于阿格尼丝温文尔雅、开心快乐的态度，她们全都感同身受。阿格尼丝对于多拉感兴趣的一切也静静地表示出兴趣。她以自己特有的态度同吉普套近乎（吉普立刻就做出反应）。当多拉因为害羞不肯出来像平常一样坐到我身边时，她用亲切愉快的方式面对。她态度谦和内敛，举止优雅大方，使得多拉心里感到踏实了，于是红着脸说了一大堆平常琐碎的话，这样一来，我们的集会就很圆满了。

“你喜欢我，”喝过茶之后，多拉说，“我真高兴啊。我先前以为你不会喜欢我的。现在朱莉娅·米尔斯已经走了，所以我比以往任何时候都希望得到别人的喜欢。”

顺便说一下，这件事情我给忽略过去了。米尔斯小姐乘船离开了。我和多拉到格雷夫森德登上了一艘大货船，去给她送行。我们之前在一起吃了午饭，吃了姜蜜饯、番石榴浆果，还有其他种种美味。我们离开时，米尔斯小姐坐在后甲板上的一个轻便折凳上哭泣，腋下夹着崭新的大日记本，她要凝视大海，把由此引发的种种奇思妙想记录下来，珍藏在日记本里。

阿格尼丝说，她认为，我一定会把她说成一个不成器的人，但多拉立刻纠正了阿格尼丝的说法。

“噢，不！”多拉说，她朝着我甩了甩头上的卷发，“说的全是赞美的话。他很看重你的意见，弄得我都挺担心的。”

“我提了什么有利的看法又不能增强他对他所认识的一些人的感情，”阿格尼丝面带微笑说，“所以我的看法没有什么价值。”

“但是，如果你肯说的话，”多拉用娇嗔的口吻说，“那就请让我来受用吧。”

多拉想要人家喜欢她，我们都拿她寻开心。多拉说，我是只鹅，她无论如何也不喜欢我，傍晚短促的时光犹如装上了轻薄的翅膀飞走了。公共马车接我们走的时间马上就到。我独自一人伫立在壁炉的前面，突然，多拉悄悄地进了房间，像平常一样给我一个弥足珍贵的吻。

“如果我很早以前就同她交上了朋友，道迪，你会不会认为，”多拉说着，明亮的眼睛晶莹闪烁，那只娇小的右手毫无目的地摆弄着我衣服上的一个纽扣，“我或许会更加聪明一些？”

“亲爱的，”我说，“你胡说什么啊！”

“你认为这是胡说吗？”多拉回答说，眼睛没有看着我，“你确认这是胡说吗？”

“我当然确认！”

“我已经忘记了，”多拉说，她仍然在不停地转着纽扣，“你跟阿格尼丝是什么关系，你这个亲爱的坏孩子。”

“没有血缘关系，”我回答说，“但我们是像兄妹一样一起长大的。”

“我真是搞不懂，你怎么就跟我恋爱上了呢？”多拉说，她开始摆弄我外衣上的另外一个纽扣。

“也许是因为我见到你就不能不爱你啦，多拉！”

“要是你从未见到我。”多拉说，手转到另外一个纽扣上。

“要是我们根本就没有出生！”我兴致勃勃地说。

我满怀着爱意，默默地看着那只娇小玲珑的手不停地摆弄着我外衣上的那排纽扣，看着那贴在我胸前的一缕缕头发，看着她朝下看的眼睛上的睫毛，眼睛随着漫无目的地摆弄我的纽扣的手指微微扬起，这时候，我不知道多拉的心里在想什么。最后，她抬起头看着我的眼睛，显得比平常更多心事的样子，踮起脚跟给了我一个珍贵的小吻——一下，两下，三下——然后出了房间。

五分钟之后，她们一起返回了，这时候，多拉若有所思的神情消失了。她大笑着，决定在公共马车到达之前，要让吉普把它的全部节目表演一遍。这需要些时间(不是因为节目种类繁多，而是因为吉普不情愿)，所以听到马车到了门口时，吉普的节目还没有表演完。于是，阿格尼丝便匆忙而又热情地同多拉告别了。说好了多拉要给阿格尼丝写信(她说，只是阿格尼丝不要在乎满纸傻话)，阿格尼丝要给多拉写信。她们在马车旁边又做了一次告别，然后，多拉不顾拉维妮亚小姐的劝阻，又一次跑出来，跑到马车的窗户边，提醒阿格尼丝别忘记写信的事，还朝着坐在车厢上的我甩了甩自己的卷发，算是做了第三次告别。

我们在科文特加登附近下了公共马车，然后换乘另一辆去海格特。这段路程不长，我迫不及待地希望阿格尼丝会在我面前赞扬多拉。啊！多么美妙的赞扬啊！阿格尼丝态度亲切友好，热情洋溢，赞扬了我赢得美人，称赞她气质优雅，坦率纯真，要求我用温柔的态度精心呵护！阿格尼丝毫不矫情，细心周到地提醒我，要照顾好那个失去父母的孩子，这是怎样的一种重托啊！

我爱多拉，从来没有像那天晚上那样，爱得那么深切，那么真诚，从来没有。我们再度下了公共马车，星光下漫步在那段通向博士住处的幽静的路上，这时候，我告诉阿格尼丝，这都是她促成的。

"你坐在她身边时，"我说，"你似乎不仅是我的守卫天使，也是她的。你此时此刻也是如此，阿格尼丝。"

"是个不称职的天使！"她回答说，"但真心诚意。"

她清脆的话语直达我的心田，令我自然而然地说：

"我今天注意到，本来就属于你的开心快乐的性情，阿格尼丝(这种情形我在任何别的人身上都未曾见过)，已经全部恢复了，我开始觉得，你在家里感到更加开心快乐吧？"

"我自己感到更加开心快乐了，"她说，"我挺兴致勃勃、轻松愉快的。"

我看到她恬静安详的面容朝上仰着，感觉那是因为在星光的衬托下显得如此高贵。

"家里的情况毫无变化。"阿格尼丝沉默了一会儿之后说。

“再没有提到，”我说，“提到……我不是要让你感到痛苦难受，阿格尼丝，但我还是忍不住要问一句，提到我们上次分手时说过的那件事情吧？”

“没有，没有提起过。”她回答说。

“我心里可一直挂念着那件事。”

“你快别想那么多了。你记住，我终究是个信赖纯真的爱情和忠诚的人。用不着替我担心，特罗特伍德，”她停了片刻之后补充说，“你担心我会跨出的那一步永远都不会跨出的。”

尽管我觉得，无论什么时候，只要冷静地想一想，自己并不真正地担心那事，但是，有了这一番保证，而且是她真挚诚恳地亲口说的，我心里轻松的感觉无以言表。我发自内心地向她表达了我的感受。

“你这次回去之后，”我说，“因为下次可能我们两个人不能单独在一起了，你要多久之后才会再来伦敦啊，亲爱的阿格尼丝？”

“或许要过很长时间，”她回答说，“我想最好还是——为了爸爸的缘故——待在家里。在今后的日子里，我们可能不会经常见面，但我会记住经常跟多拉通信，我们可以通过这种方式了解相互的情况。”

我们来到了博士住宅的小院，这时候已经很晚了，斯特朗夫人的房间里亮着灯，阿格尼丝朝那儿指了一下，同我告别。

“我们虽然身处逆境，满怀焦虑，”阿格尼丝说着，把手伸向了我，“但你用不着替我们担心。没有什么事情比看到你高兴更使我感到高兴了。如果有需要你帮忙的时候，放心好啦，我定会请求你帮助的。愿上帝永远保佑你！”

看着她灿烂的笑容，听到她最后这一席充满快乐的话语，我仿佛又看到和听到了她和我的小多拉在一起的情形。我伫立片刻，在门廊处仰望着星空，心里充满了爱意和感激之情，然后慢步向前走。我已在附近的一家酒店里订了个床位，正要朝酒店门口走去，不经意间转了一下头，结果看到博士的书房里还亮着灯。我心里多少感到有点自责，因为博士一直在编纂词典，而我竟然没有助他一臂之力。为了看个究竟，不管怎么说，如果他还坐在那一大堆书籍旁边工作着，也应该去问候一声，于是，我转过身，悄悄地走过厅堂，轻轻地打开房门，朝着里面看了看。

令我感到惊讶的是，昏暗的灯光下，我看到的第一个人竟是尤赖亚。他站立在灯的旁边，一只瘦骨嶙峋的手捂在嘴上，另一只支在博士的书桌上。博士坐在书房的椅子上，双手捂着脸。威克菲尔德先生神态焦虑，满面愁容，身子向前倾着，态度犹豫地触着博士的胳膊。

霎时，我以为博士生病了。怀着这个念头，我急忙向前移动了一步。当目光同尤赖亚相遇时，我明白了是怎么一回事。我本来想抽身离开，但博士示意我别走，我便停住了。

"不管怎么说，"尤赖亚说着，扭了一下他那丑陋笨拙的身子，"我们可以把门关上了，用不着让全伦敦的人都知道这事。"

尤赖亚说着这话时，一边还踮着脚尖走到门边，把我刚才进入时开着没关的门小心翼翼地关上了。然后返回，站立在先前的位置上。他的言谈举止显得过分关心热情，但是，在我看来，比他的任何行为都更加令人难以忍受。

"我觉得，自己有责任，科波菲尔少爷，"尤赖亚说，"把我和您已经谈过的事情向斯特朗博士指出来。您还没有明白我的意思吗？"

我看了他一眼，但没有做任何别的回答。然后走到我昔日的恩师面前，说了几句我想好了要说的安慰和鼓励的话。他用一只手搭在我的肩膀上，我小时候，他就习惯做这个动作，但没有抬起苍白的头。

"既然您没有弄明白我的意思，科波菲尔少爷，"尤赖亚接着说，态度依然殷勤，"这里当着朋友们的面，我这个卑微低下的人就要冒昧地提一提，我已经提醒了斯特朗博士，要他注意斯特朗夫人的行为举止。我老实对您说，科波菲尔，这种令人不愉快的事情跟我是格格不入的，但是，实际上，我们大家都牵扯进了本不该出现的情况当中。刚才您不明白我说的话，我指的就是这个意思，少爷。"

现在，我回忆起他斜睨着我的样子时，感到诧异的是，怎么当时就没有揪住他的衣领子，掐得他断气。

“我必须得说，我当时没有把意思说得很清楚，”他接着说，“您也一样。很自然，对于这样一件事情，我们两个人都想要回避。然而，我最终还是打定主意说清楚，所以，我在斯特朗博士面前提出来了。您说什么，先生？”

他这话问的是博士，因为博士刚才呻吟了一下。我觉得，他的声音可以打动任何心灵，但对尤赖亚的心毫无作用。

“在斯特朗博士的面前提出来了，”尤赖亚继续说，“任何人都可以看得出来，马尔登先生跟博士那位可亲可爱的夫人之间的关系过于亲密。确实，现在是时候了（因为我们大家都牵扯进了本不该出现的情况当中），必须告诉斯特朗博士，这件事情早在马尔登先生去印度之前就尽人皆知了，就像太阳一样显而易见。马尔登先生借口返回，其实没有别的任何原因。他老是出现在这儿，也没有别的任何原因。刚才您进门时，少爷，我正在对我的合伙人说，”他转向威克菲尔德先生，“要他凭着良心对博士说，他是不是很早以前就知道了这件事。威克菲尔德先生，说啊，先生！您真心诚意地告诉我们一声好吗？是不是这样的？说啊，合伙人！”

“看在上帝的分上，亲爱的博士，”威克菲尔德先生说，他又一次犹豫不决地把手搭在博士的胳膊上，“无论我有什么疑心，你都别太放在心上啊。”

“什么话啊！”尤赖亚大声说，摇了摇头，“多么苍白无力的证实，是不是？他啊！还是位老朋友呢！天哪，当我只是他事务所里的一名文书时，科波菲尔，我就看见过他为这事心事重重的，非常烦恼，您知道的（作为一个父亲，这种情况也很正常，毫无疑问，我不能责怪他），想想看，阿格尼丝小姐也牵扯进了本不该出现的情况当中。”

“亲爱的斯特朗，”威克菲尔德先生说，她声音颤抖，“我好朋友啊，用不着我对你说了，我的一个错误就是，要从每个人身上寻找到主导动机，而且用这么一个狭隘的标准来衡量一切行为。有了这么个错误，我可能就曾经产生过类似的猜疑。”

“你有过猜疑，威克菲尔德，”博士说，头都没有抬一下，“你有过猜疑。”

“说出来吧，合作伙伴。”尤赖亚催促着说。

“毫无疑问，我一度有过猜疑，”威克菲尔德先生说，“我……愿上帝宽恕我，我认为你也猜疑过。”

“没有，没有，没有！”博士回答说，语气中充满了悲伤。

“有一段时间，我觉得，”威克菲尔德先生说，“你之所以希望把马尔登打发到国外去，目的是要分开他们。”

“不，不，不！”博士回答说，“给安妮童年时代的伙伴帮点忙，为的就是让她高兴。没有别的意思。”

“我看也是这样，”威克菲尔德先生说，“你这样对我说了，我毫不怀疑。但是，我觉得，不管怎么说，你们两人毕竟年龄悬殊，我恳请你别忘了，我看问题总是有种狭隘的看法。”

“这样说就对啦，您看看，科波菲尔少爷！”尤赖亚说，脸上露着怜悯的神态，献媚讨好、令人厌恶的德行。

“一个这么青春年少、妩媚动人的女人，不管她对你的崇敬是多么发自内心，但在婚姻上，都有可能只是受到世俗观念的影响。我这样说时，并没有把无数导致人们走向高尚的情感和情况考虑进去，你可千万要记住这一点啊！”

“看他说话态度，多么仁慈宽厚啊！”尤赖亚摇了摇头说。

“我一直是从某一个角度来观察她的，”威克菲尔德先生说，“但是，依据你所珍视的一切，我的老朋友啊，我请求你考虑一下这个情况。我现在不得不承认了，事情无法回避……”

“是啊！事已至此，威克菲尔德先生，”尤赖亚说，“没有别的办法了。”

“我得承认，”威克菲尔德先生一边说着，一边看了看他的合伙人，显得无可奈何，心烦意乱，“我确实怀疑过她，认为她对你缺乏责任感。而如果必须要实话实说的话，有时候还不愿意让阿格尼丝同她关系那么密切，以免看到我所看到的情况，或者像我那样，用那种病态的观点来分析看到的情况。这个情况我们没有同任何人提起过，也不打算让任何人知道。不过，尽管你听了之后会感到很难受，”威克菲尔德先生说，他情绪很低沉，“你如果知道我在说出这些情况时心里有多么难受，你就会理解我了！”

天生十足仁慈宽厚的博士伸出了自己的一只手，威克菲尔德先生把那只手握了一会儿，头向下垂着。

“毫无疑问，”尤赖亚说，他像一条康吉鳗似的，扭动着身子打破了沉默，“对于这件事情，谁的心里都会充满了别扭。但是，我们既然把话说到了这个份上，那我就该冒昧地指出，科波菲尔也注意到了这件事情。”

我转过头对着他，问他怎么敢把我也扯上。

“噢！您这话问得好，科波菲尔，”尤赖亚回答说，扭动着整个身子，“我们大家都知道，您是怎样一个性格和蔼可亲的人，但是，您知道的，那天晚上我同您说话时，您当时就明白了我的意思。您很清楚，您明白了我的意思，科波菲尔。用不着否认！您否认是出于好心，但不要这样，科波菲尔。”

我看到，一时间，仁慈宽厚的老博士那温和慈祥的目光落到了我身上，所以我感觉到，自己的脸上再明确不过了，认可过去的担忧和对当时情况的记忆根本无法掩饰。表露出愤慨也无济于事，我无法改变现状。不管说什么，我都消除不了它。

我们全都又缄口不言了，而且一直持续着，后来，博士站起身在房间里来回踱了两三回，然后立刻转到椅子边，身子倚在椅子的靠背上，时不时地用手帕擦眼睛，朴实坦诚的情感，在我看来，比起任何装腔作势的掩饰都使他显得更加令人肃然起敬。他说：

“这都怪我，我认为自己有责任。让自己心爱的人去经受磨难和遭人诽谤。我称之为诽谤，即便是任何人内心深处的想法也罢，她要不是为了我，决不会成为人家诽谤的对象。”

尤赖亚·希普做出抽鼻子的动作，我想是为了表现出怜悯。

“要不是因为，”博士说，“我的安妮绝不可能成为人家诽谤的对象。先生们，你们都知道的，我现在年岁大了，今晚我在此感觉到，自己活着没有太多的意思。但是，我的生命——我的生命——可以担保，我们这次谈话涉及的这位亲爱的女士是忠贞和体面的！”

直白坦率的老博士说出的这番话感人肺腑，威严庄重，我认为，即便是行侠仗义者之中最理想的化身，画家凭着想象力展示的最风流倜傥和浪漫多情的人物，他们说出的话也达不到这样的效果。

“但是，我并不准备，”博士继续说，“否认——或许我自己并没有意识到在一定程度上已经准备承认——我可能不知不觉中使那位女士陷入一个不幸婚姻的圈套。我这个人素来不善于察言观色，而有那么几个人，他们年龄各异，地位不同，但他们的观察全都显而易见地指向同一个方向（而且自然而然），我只能相信，他们的观察是胜过我的。”

正如我在别处描述过的，我常常钦佩他对待自己青春年少的夫人的那种宽厚仁慈的态度，但是，这一次，他每每提到她的时候，话语中充满了崇敬和温情，他以近乎敬仰的态度拒不认可别人对她忠贞纯洁品质的最细微的怀疑，在我眼中，这使他显得无法形容的高大。

“我娶那位女士的时候，”博士说，“她还很年轻。她的性格尚未形成，我就让她受我自己的影响。从她性格养成的情况来看，我培养了她的性格，这令我感到幸福快乐。我同她父亲很熟悉，同她也熟悉，由于爱她美丽和善良的品格，我把自己能够教给她的东西都教给她了。如果说我利用了（并非出自我的本意）感激之情和爱慕之心，给她造成了伤害，因为我担心会给她造成伤害，我要发自内心地请求那位女士原谅！”

他又踱步走过房间，然后返回原地，颤抖的手扶住椅子，像他低沉忧伤的声音一样，态度认真。

“我把自己看成她的避风港，使她免于遭受人生中的种种险情和莫测的变化。我相信，尽管我们之间年龄不相称，但她同我生活在一起，可以做到平静安宁，心满意足。我并不是没有想到过，有朝一日我离开了她，她自由了，而且仍然年轻，仍然貌美，但思想却更加成熟了。我想到过的，先生们，我说的是实话！”

他忠诚宽厚，慷慨大度，这使他普通平凡的身躯显得光彩夺目。他说出的每一句话都透着一种力量，这种力量不是任何别的优雅仪态所能赋予的。

“我同那位女士在一起的生活一直幸福美满。直到今天晚上，我有从不间断的理由感激那个给她带来巨大不公的日子。”

他说着这些话时，嗓音越来越颤抖得厉害，停了片刻之后，他接着说：

“我一从梦中惊醒了之后——我这一辈子都在做着这样那样的梦，是个可怜的梦幻者——便明白了，她对自己昔日的伙伴和条件相当的人怀着某种懊悔之情，这是很自然的事。她在实际对待他的过程中，怀着某种天真的懊悔，怀着某些无可指责的想法，即如果不是因为我便可能会出现的情况，恐怕这是再真实不过的了。在这个令人难堪的时辰内，许多我已经看到但未加留意的事情蕴含着新的意义涌上了我的心头。但是，除此之外，先生们，那位可亲可爱的女士的名誉决不应该蒙受一言一语、一丝一毫的怀疑。”

一时间，他目光炯炯有神，声音铿锵有力。片刻之后，他又缄默不语。接着又和先前一样继续说下去：

“对我而言，知道了由我导致的这种不幸，那么只有心甘情愿地忍受着这种心理。出来指责别人的人应该是她，而不应该是我。使她免遭误解，令人痛苦的误解，连我的朋友们都难免会产生那样的误解，这已成了我的责任了。我们越是离群索居，我就越能更好地尽到这份责任。有朝一日——如果上帝大发慈悲，但愿那个时间早点到来——我的去世会使她得到解脱，那时候，我将怀着无限的信任和爱恋，面对她受到尊重的面容，闭上自己的眼睛。到时让她毫无半点忧伤地过着更加幸福美满和更加充满阳光的日子。”

他诚挚善良的秉性和质朴纯真的态度互为衬托，互为添彩，结果把我感动得热泪盈眶，我都看不清他人了。他都走到门口了，这时又补充说：

“先生们，我已经把自己的心都掏给你们看了，我相信你们会尊重它的。今天晚上我们说的事情以后决不能再提起了。威克菲尔德，用你那只老朋友的手臂扶我上楼吧！”

威克菲尔德先生急忙走到他身边。他们没有言语交流，便一同缓步走出了房间，尤赖亚在后面看着他们。

“行啊，科波菲尔少爷！”尤赖亚说，他态度温和地转身向着我，“事情并没有按照预料的方向发展，因为那位老学究——真是个大好人啊——像块砖头似的没有长眼睛，不过，我认为，这个家庭就要完蛋了！”

只听到他说话的声音，我的气就不打一处来，狂怒不已，这种愤怒的情绪先前没有过，后来也没有。

“你这个浑蛋，”我说，我真想大骂他一顿，“你设计把我扯进你的阴谋当中，是何居心？你这个虚情假意的浑蛋，刚才居然敢要我替你做证，好像我们在一起商量过来着？”

我们面对面站着，他的脸上堆满了暗自得意的神情，喜不自禁，所以我对本来已经很清楚的事情现在看得更加清楚了。我的意思是说，他硬要把自己的心里话说给我听，明显就是要我痛苦难受，在这件事情上，他处心积虑地设置了一个圈套，要我往里面钻，令我无法忍受。他整个一张瘦长的脸在我面前招惹着我，所以我张开巴掌使劲地扇了过去，由于用力过猛，手指感到一阵刺痛，就像是被火烧过一样。

他一把抓住了我的手，我们就这么纠结着站在一起，怒目而视，站了很长一段时间，以致我都看到，我的手指在他深红色的脸颊上打出的白色印记消失了，变成了更深的红色。

“科波菲尔，”最后他上气不接下气地说，“您难道连理智都抛弃了吗？”

“我抛弃的是你，”我说，我把手挣脱开了，“你这条狗，从今往后我不认识你了。”

“是这样吗?”他说，他脸颊上痛得厉害，不得不用手捂着，“可能您做不到呢，这样做不是显得不厚道吗?”

“我多次向你表明了，”我说，“我瞧不起你，而现在要更加明白无误地告诉你，我瞧不起你。我为什么要害怕你向周围的所有人使出最最恶劣的手段？除此之外，你就不能干点别的事情吗?”

他完全清楚，我的这一暗示指的是我心里面的顾虑，这些顾虑使得我一直以来都克制着自己，保持同他交往。但我心里觉得，要不是那天晚上阿格尼丝把情况明白无误地告诉我，要我放心，我也不至于扇他耳光，不至于说出这种暗示。现在不存在什么问题了。

又是好一阵的沉默。他盯着我看时，眼睛里呈现出使之丑陋不堪的种种颜色。

“科波菲尔，”他说着，把手从脸颊上移开，“您总是跟我过不去。我知道，过去在威克菲尔德先生府上时，您就跟我过不去。”

“你爱怎么想那是你的事，”我说，我仍然义愤填膺，“如果事情不是这样的，说明你还值得人家看重。”

“可我一直都是很喜欢您的啊，科波菲尔！”他接着说。

我根本不愿意搭理他，于是拿起帽子，正准备朝外走，回家睡觉去，他突然走到我前面挡在了门口。

“科波菲尔，”他说，“吵架是双方的事。我不想做那一方。”

“你滚开吧！”我说。

“别那么说啊！”他回答说，“我知道，您今后会后悔的。您怎么能够对我这么下作，以致如此气急败坏？但我原谅您。”

“你原谅我！”我重复了一声，态度轻蔑。

“是这样的，而您左右不了，”尤赖亚回答说，“想想您的举止，竟然动手打我，而我一直都是把您当朋友的！但是吵架是双方的事，我可不想做那一方。尽管您这样的态度，但我还是会把您当朋友的。因此，您现在可以预料到今后会是怎样的一种情况。”

我们的对话必须压低嗓门进行（他说得很慢，我说得很快），不至于时间这么晚了全家人还受到惊扰，但这样做并没有舒缓我的愤怒。不过，我激动的情绪平静了下来。只是对他说，他的情况，过去预料的怎么样，今后还是怎么样，不会出乎预料的，接着对着他把门扇打开，好像他是一颗摆在那儿的核桃，等待着通过开门来压碎。然后我走出了住宅。但是，他也不住在那儿，而是住在他母亲租的房子里，所以，我还没有走上几百码，他就赶上我了。

“您知道的，科波菲尔，”他贴着我的耳朵说（我并没有扭过头），“您这样是不对的，”我觉得这话倒是实事求是，但弄得我气更是不打一处来，“您不能把这看成是勇敢之举，人家要原谅您，您也是没有办法的。我不打算把这事对我母亲说，也不跟任何别的人提起。我是打定主意要原谅您的。但是，我不理解的是，对于一个您知道是卑微低下的人，您怎么就会举起手来打他！”

我感觉到，自己也卑鄙无耻，只是程度不如他而已。他对我了解的程度胜过了我自己。如果他对我还以颜色，或者公然激怒我，那倒是会让人感觉欣慰，感到合乎情理，但他却把我放到了文火上，让我受苦受难了大半宿。

翌日早晨，我出门时，教堂的晨钟正好敲响，他和他母亲来回走着。他同我打招呼，好像什么事情都不曾发生过，我也不得不搭理他一下。我估计，那一巴掌打得够狠的，恐怕牙齿都痛。反正不管怎么说，尽管他的脸部用一条黑色丝绸手帕裹着，加上头上罩了顶帽子，但这丝毫没有改善他的形象。我听说，他礼拜一去看伦敦的牙医了，拔掉了一颗牙。但愿相当于拔了两颗。

博士表示，自己身体不适，所以客人后来逗留府上期间，每天的大部分时间都一个人待着。阿格尼丝和父亲离开有一个礼拜了，我们这才恢复了往常的工作。恢复工作的头一天，博士亲手交给我折好的短信，但信没有加封，信是写给我的，用几句充满了感情的话嘱咐我，永远不要再提起那天晚上说到的事情。我把事情说给了姨奶听，但没有在别的任何人面前提起。它不是我和阿格尼丝之间讨论的话题，毫无疑问，阿格尼丝对于发生的事情毫不知情。

我确信，斯特朗夫人当时对事情也毫无所知。几个礼拜过后，我这才从她身上看出了些许变化。像无风时的一片浮云，变化来得缓慢。刚一开始时，她面对一些情况感到很纳闷，博士对她说话时，温柔亲切，情意绵绵，博士还希望，她应该让母亲陪着自己，以排解生活中沉闷单调的气氛。经常会有这样的情况，我们工作时，她会坐在一旁，我会看到她凝神看着博士，脸上呈现着令人难忘的表情。后来，有时候我会看到她站起身，眼睛里噙满了泪水，走出房间。慢慢地，她美丽的容貌蒙上了忧伤的阴影，而且日益加深。马克勒姆太太是这幢住宅里的常客，但她只是喋喋不休地说话，发现不了任何情况。

安妮原本是博士家里面的阳光，但随着这种变化在她身上悄然出现，博士的外表也显得更加苍老，态度更加严肃，但是，与日俱增的是，他对安妮的脾气更加和蔼温和了，态度更加平静慈祥了，体贴关爱之情更加浓郁了。安妮生日的那天一早，我们在工作时，她坐到房间的窗户旁边（她一直是坐在那儿的，不过现在坐在那儿时，开始有了一种羞怯和不安的神态，我心里满怀着同情），我看见博士双手捧着她的前额亲吻起来，然后匆匆离去，因为他心里太过感动，所以待不下去。我看见她伫立在博士离开她的地方，像一尊雕像似的，然后垂下头，紧合双手，哭泣起来，其痛苦悲伤的样子，我无法表达。

打那以后，有时候我觉得，当我们时不时地两个人独处时，她甚至想要同我说说话，但就是没有开口言语过。博士总是会有新的安排，要她同母亲一道出去参加娱乐活动。而马克勒姆太太正好对娱乐活动乐此不疲，很不愿意干别的什么事情，于是便兴致勃勃地参加娱乐活动去了，而且还高声赞扬。但是，安妮却情绪索然，无精打采，只是跟着去，到了哪儿算哪儿，似乎对什么都不感兴趣。

我不知道该怎么来看这件事，姨奶也没有办法，她六神无主，不停地踱着步，前后加起来怕是走了一百英里路程。最最不可思议的是，对于这个不幸的家庭，唯一能够涉猎其隐秘领域，并且真正带来慰藉的，似乎只有迪克先生。

他对于这件事情有些什么想法，或者说他观察到了什么，我无法解释清楚，就像我敢说他在这方面无法帮上我的忙一样。但是，正如我在叙述学生时代的生活时所描述的那样，他对博士怀有无限的崇敬。而爱恋之情会衍生出一种奥妙无穷的洞察力，即便这种洞察力是更加低级的动物对待人类时也罢，会胜过最高级的智能。迪克先生用心中的这种智能，如果我们可以这样称呼的话，直接看到了事实的真相。

他感到很自豪，在大量闲暇时光里，重新享有了同博士在花园里来回散步的特权，如同当初习惯于在坎特伯雷的博士路上来回散步一样。但是，事情才刚刚进入这么一种状态，他很快就把自己全部的闲暇时光（而且还一早就起床，以便有更多时光）用到散步上面了。如果说，迪克先生过去最快乐的时光莫过于博士把他那部编纂中的杰作——词典——念给他听，那么现在，如果博士不把词典的文稿从衣服口袋掏出来开始念，他就会感到痛苦难受。当我和博士忙碌着时，他就会同斯特朗夫人一道来回散步，帮助她修剪她最钟爱的花卉，或者除去花圃中的杂草，这已经形成习惯了。我可以这么说，他一小时之内都说不上几句话，但他默默的关切和专注的神态，他们夫妇俩都会立刻心领神会，彼此都知道对方喜欢他，他也热爱他们俩。他成了他们俩之间任何人都替代不了的纽带。

迪克先生的脸上表露着高深莫测的智慧，陪同着博士来回散步，兴高采烈地被词典中的艰涩词汇难住。他拿着巨大的喷水壶跟在安妮的后面，双膝跪下，用戴了手套的笨拙的双手，在细小的叶子中干着耐心细致的活儿，他在做每一件事情时，都会表达着一种发自内心的渴望，渴望成为她的朋友，这是任何哲学家都无法表达的，从喷水壶的每一个孔中洋溢出同情、真诚和友爱。面对不幸的事情时，他善良的心从不动摇，他从来不把那个不幸的查尔斯国王带入花园，毫不动摇地怀着感恩的心提供服务，发现有什么差错时，便会渴望加以纠正，义无反顾。凡此种种，每当我想到这些情形时，由于自己知道，考虑到我凭着自己的心智的所作所为，他是个心智不够健全的人，我真的几乎无地自容。

“特罗特，除了我之外，没人知道迪克先生是怎样的一个人！”当我们谈到他的情况时，姨奶会自豪地说，“他定会出人头地的！”

在结束这一章的叙述之前，我必须提一提另外一件事。威克菲尔德先生一行还在博士的住处做客期间，我注意到，邮差每天早晨都会给尤赖亚·希普送来两三封信，由于当时是闲暇时光，他一直待在海格特到其他人都回去了之后。我还注意到，那些信是米考伯先生写来的，信封上的姓名地址写得工工整整，他现在习惯用从事法律的人爱用的正圆体了。从这些细节，我很高兴地看出，米考伯先生干得得心应手。因此，大概就在当时，我收到了下面这封由他和蔼可亲的太太写来的信，感到很吃惊。

> 亲爱的科波菲尔先生，毫无疑问，您收到这封信时定会感到很吃惊。而您看了信的内容之后，会更加吃惊。而我恳请您万望保守秘密，那就会更吃惊了。但是，我一个做妻子和母亲的人，感情需要得到慰藉，由于我不想同我娘家的人商量（他们已经伤了米考伯先生的心），所以，我知道，除了找我的朋友兼昔日的房客之外，再找不到更加理想的人来寻求良策。
>
> 您可能很清楚，亲爱的科波菲尔先生，我和米考伯先生之间（我是永远都不会抛弃他的），一直保持着相互信任的态度。米考伯先生可能会时不时地不同我商量就开出一张期票，或者对我有所隐瞒，不把债务的期限告知我。这样的事确实发生过。但是，从总体上来说，米考伯先生对这个爱之所系——我指的是他的太太——毫无秘密，而且会毫无例外地在我们停下来休息时，把一天当中的事情回顾一遍。
>
> 亲爱的科波菲尔先生，当我告诉您米考伯先生完全变

了的时候，您尽可以想象得到，我有多么伤心难受啊。他把事情藏着掖着，沉默寡言，他的生活情况在他患难与共的人——我还是指他的太太——面前成了不解之谜，如果我向您保证，除了知道他从早到晚在事务所度过之外，对于其他情况，我所知道的还不如对南方那个人[①]的情况知道得多呢，有关那个人的情况，年幼无知的孩子们复述了一个荒诞不经的故事，说他喝冷李子粥烫伤了嘴，我是借用一个荒诞不经的故事来说明一个业已存在的事实。

但是，还不止这些呢。米考伯先生变得脾气阴郁乖戾，对人苛刻，同我们的大儿子和大女儿疏远了，也不再为那对双胞胎感到自豪了，就连对那位刚成为我们家庭中一员的无忤无逆的新来者也是冷眼视之。我们节衣缩食，开支维持在最低水平，但要从他那儿拿到钱很不容易，他甚至放出言来威胁说，他要结果了自己（这可是他亲口说的）。对于这种令人困惑的做法，他断然拒绝做出解释。

这令人难以忍受，令人肝肠寸断。您是知道的，我这个人力量有限，您过去帮了我许多忙，但面对如此困境，如果您给予我忠告，如何发挥好我的这一点点绵薄之力，那您就又是帮了我的一个大忙了。带去孩子们对您的问候，还有那个幸而不通世事的新来者的微笑。科波菲尔先生，我是您

饱受折磨的朋友

爱玛·米考伯

礼拜一夜晚写于坎特伯雷

---

① 典出英国19世纪的童谣《月中人》，说月亮中的人因为喝了冷李子粥，结果把嘴给烫伤了。

对于一个有米考伯太太这样的经历的妻子，我应该建议她，试图用耐心和善意使米考伯先生回心转意（我知道，无论如何，她是会这样做的），除此之外，任何别的建议都是不合情理的。不过，这封信令我想了很多有关他的事情。

第四十三章

再回顾一段往事

让我再次停下来回首我生命中的一段难以忘怀的岁月吧。让我站在一旁，看着那如梦如幻的往日情景，伴随着我的身影，朦朦胧胧，一串一串，在我身边闪过。

时光流逝，一个礼拜接着一个礼拜，一个月接着一个月，一个季度接着一个季度。但岁月却像是一个夏日和一个冬夜。时而，我和多拉散步的公共牧地上鲜花盛开，一片金黄[①]。时而，看不见的欧石楠一丛丛一簇簇，躺在积雪的下面。流经我们散步场所的河流在夏日的阳光下波光闪烁，但转眼间就被冬日的寒风吹起涟漪，或者积起厚厚的浮冰。河水流向大海，比以往更加湍急，它时而波光粼粼，时而昏暗浑浊，滚滚而去。

那两位小鸟儿一样的小姐的府上毫无半点变化。壁炉架上方的钟嘀嗒作响，晴雨表挂在门厅里。时钟和晴雨表没有一样是准确的，但我们却怀着虔诚的心，相信它们。

我已经进入法定的成人期了，获得了二十一岁的尊严。不过，这种尊严是强迫人接受的。让我来想想自己有什么建树吧。

我已经驯服了凶狠残暴而又神秘莫测的速记技术，并且靠它获得了可观的收入。由于在这门技艺上的种种成就，我声名卓著，于是联合另外十一个人，给一家晨报[②]报道议会的辩论情况。夜复一夜，我记录着永远实现不了的预言，永远无法兑现的承诺，只是为了

---

① 黄色的金雀花和紫色的欧石楠是英国郊野荒地上最普通的植物。

② 1831 年—1836 年，狄更斯曾为《议会之镜》《太阳报》和《时事晨报》撰写有关议会辩论的报道。

让人听后感到莫名其妙的解释。我沉溺在文字中间。不列颠尼娅[①]，那个命运多舛的女人，就像是一只缚住了翅膀的家禽，一直呈现在我的面前：用事务所的笔当扦子，刺穿了再刺，用红带子[②]把翅膀和脚缚得牢牢的。我深入地处在幕后，所以知道政治生活有何价值。对待政治，我是个离经叛道者，所以永不可能皈依。

我的亲密老友特拉德尔也在同一个行当里一试身手，不过这一行不对他的路。他以绝对平和的心态对待自己的失败，而且还提醒我说，他一直就觉得自己很迟钝。他偶尔也会给同一家报纸做点事，为枯燥乏味的事情准备素材，然后再由文思敏捷者进行加工锤炼。他已取得律师资格了。他勤奋努力，节俭忘我，令人钦佩，结果又积攒了一百英镑，他把钱给了一位承办产权转让事务的律师，作为在其律师事务所[③]学习的费用。他在取得律师资格时，消耗掉了大量浓烈的波尔图葡萄酒[④]，从数字上来看，我认为，内殿律师学院在这上面挣了一把。

我还开辟了另外一条途径，提心吊胆，战战兢兢，我开始了写作生涯[⑤]。暗地里写了一篇小东西，把它投到了一家刊物，结果该刊物给发表出来了。从那以后，我精神振奋，写下了很多短小的文章。现在，我常常可以领到报酬。总体说来，我日子过得很富足。我用左手的指头算收入时，已数过三个指头，第四个指头达到中间的一个节了[⑥]。

---

① 不列颠的拉丁文，这里采用拟人化的称呼。

② 红带子在过去用于捆绑公文，这里隐喻为繁文缛节，官样文章。

③ 这里是指在伦敦四所律师学院中租用的事务所。

④ 原产自葡萄牙的一种高酒精度葡萄酒，常为深红色。

⑤ 1833 年，也就是在狄更斯担任《议会之镜》的记者期间，开始了写作生涯，他的处女作《博兹特写集》（1836 年出版）中的第一篇《明斯先生和他的表弟》在《月刊》第十二期上发表。

⑥ 一个指头代表一百英镑，三个指头就是三百英镑，一个指头三个节，每一节代表三十三英镑，那么到了中间一个节，那就是六十六英镑多。这里是作者个人真实经历的写照，狄更斯在 19 世纪 30 年代时每个礼拜的收入是七英镑，一年加起来就是三百七十多英镑，这可是一笔可观的收入，所以这里说到日子过得很富足。

我们已经离开白金汉大街，搬到了一幢优雅舒适的小房子里，距离我第一次激情四溢时去看过的那幢很近。然而（姨奶已经卖掉多佛尔的房子，卖了个好价钱），姨奶却不愿意待在这儿，而是打算搬到附近一幢更小的房子里去。这预示着什么呢？我要结婚了吗？没错！

就是！我要娶多拉了！拉维妮亚小姐和克拉丽莎小姐已经表示同意了。如果说金丝雀也会忙乱不安，那她们就是。拉维妮亚小姐自告奋勇，负责监督置办我的心上人的嫁妆的事，从未消停过，要么用牛皮纸剪出胸甲的式样，要么同一个仪表堂堂、腋下夹着个长包袱和一把量衣尺的青年人产生意见分歧。有个专门缝制女装的裁缝吃住都在她们家里，她胸前一直就别着一枚穿了线的针。在我看来，她无论吃喝还是睡觉，顶针都没有取下来过。她们把我亲爱的多拉当成商店橱窗里的人体模型了，老是打发人来叫她去，穿这个试那个。晚上的时候，我们都不能快快乐乐地在一起待上五分钟，总是会有哪个女人来敲门打搅，并说："噢，对不起，多拉小姐，请您到楼上去一下吧！"

克拉丽莎小姐和我姨奶跑遍了整个伦敦，为的是寻访到各种家具，以便我和多拉去看。其实最好的办法就是她们立刻把家具买下来，省掉我们再去看这道程序，因为我们去看厨房的炉栏和烤肉板时，多拉看到一个中国房屋式样的狗窝，顶上还挂了小铃铛，想要替吉普买下来。我们买了之后，过了很长时间，吉普才习惯这个新住所。它进进出出时，总会弄得小铃铛响个不停，吓得它不得了。

佩戈蒂也过来帮忙了，而且人一到就开始干活儿。她所属的那个部门似乎就是负责把东西一遍又一遍地擦拭干净。她一刻不停地擦，把凡是能擦的东西都给擦了，直到把一切都擦得像她自己忠诚老实的脑门子一样锃亮发光。而这个时候，我开始看到她哥哥，独身一人，晚上穿行在昏暗的街道上，边走边朝过往的行人看。这种时候，我从不跟他打招呼，因为看到他神情凝重地走过时，我心里很清楚，他寻找的是什么，害怕的是什么。

时间充裕的时候，为了走走形式，我偶尔会到民事律师公会去。

今天下午，特拉德尔到民事律师公会来看我，他为何显得如此重要？原来我孩子气的白日梦就要成为现实了。我要办理结婚证书。

一个小小的文本，作用可大啦。把它亮在我的写字台上，特拉德尔凝神看着，半是羡慕，半是惊叹。昔日的美梦成真了，证书上面把大卫·科波菲尔和多拉·斯彭洛两个名字连在了一起，证书的一角印着那个慈父般的机构——印花税局，因为它温厚善良地关注人类生活中的桩桩件件事情，同时也俯视着我们的结合。上面还印有坎特伯雷大主教祝福我们的话，这种祝福的方式要多廉价有多廉价。

然而，我仿佛仍然置身于梦中，这是一个慌乱不安、幸福快乐、匆匆忙忙的梦境。我相信梦想就要成真了，但我又不能不相信，因为大街上从我身边走过的每一个人一定都会有某种感觉，觉得我后天就要结婚了。我到主教代理人那儿去宣誓领取结婚证书时，他认识我，所以很容易就办妥了，我们之间好像感同身受，心灵相通。特拉德尔本来根本就不需要在场，但他一直都跟随着我，给我撑腰鼓劲。

"亲爱的朋友啊，但愿下回你来这儿时，"我对特拉德尔说，"是来替你自己办这样的事。我希望事情快了。"

"谢谢你的良好祝愿，亲爱的科波菲尔，"他回答说，"我也希望是这样啊。但令人感到欣慰的是，我知道她不管过多久都会等着我，还知道她真正是个最最可爱的姑娘。"

"你什么时间到公共马车去接她？"我问。

"七点，"特拉德尔一面说，一面看了看他那块普通的旧银表，早在学校的时候，就是对着这块表，他拆下了一个齿轮做了水车，"威克菲尔德小姐也大概是这个时候到，对不对？"

"稍微早了一点儿，她到达的时间是八点半。"

"实话对你说，亲爱的伙伴，"特拉德尔说，"想想这件事情有了这么一个圆满的结局，几乎就像是我自己要结婚一样高兴啊。你热情友好，体贴周到，想到要索菲来亲历这个喜庆的场面，并邀请她和威克菲尔德小姐一道做伴娘，对此，我感激不已，对这种深情厚谊感同身受。”

我听到他说这番话，并同他握了手。我们一边说话，一边走路，然后在一起吃饭，等等。但是，我仍然不相信这事是真的，一切都不像是真的。

索菲按照预定的时间到达了多拉的姑妈家里，她长着一张极为讨人喜爱的脸蛋。虽然不是绝对漂亮，但极为可爱。在我见过的姑娘当中，她是最亲切、率真、坦诚、动人的一个。特拉德尔把她介绍给我们，充满了自豪感。我在房间的一角，向他表示祝贺，祝贺他做出了这么理想的选择。这时候，他搓着手，按照那座钟的显示，足有十分钟之久，头上是每一根头发都踮着脚站得笔直。

我从坎特伯雷驶来的公共马车上接到了阿格尼丝。她欢乐美丽的面容第二次出现在我们中间。阿格尼丝对特拉德尔很有好感，看到他们彼此相遇，看到特拉德尔把世界上最可爱的姑娘介绍给他的新相识时表现出的自豪感，真是美妙无比啊。

但我还是不相信这事是真的。我们度过了一个开心愉悦的夜晚，感到无比高兴，但我还是不相信这事是真的。我平静不下来，面对着幸福却不知道如何是好，云里雾里，理不出头绪，好像一两个礼拜之前一大早起床，打那以后，就从来没有上床睡过觉似的。我弄不清楚昨天是什么时候，感觉自己把结婚证明一直揣在衣服口袋里走上走下有几个月的时间了。

翌日，我们一帮人去看新房，我们的新房，我和多拉的。我还是没法把自己看成那房子的主人，好像征得了某人许可才到那儿的，心里寻思着真正的主人马上就会回来了，并且会说，他见到我很高兴。这是一幢美丽精致的房子，里面的一切都是光亮的和崭新的，地毯上的花朵就像是刚采撷来的，墙纸的绿叶就像是刚生长出来的，窗户上挂着洁净无瑕的平纹细布窗帘，室内摆着玫瑰红的家具，多拉在花园里戴的帽子系着蓝色的饰带——我现在还清楚地记得，自己刚刚认识她时，她戴了一顶这样的帽子，就深深地爱上了她——已经挂在一个小钩子上。那个装着吉他的匣子竖在一个角落里，适得其所。大家都会绊在吉普的宝塔式房子上，因为它放在室内显得太大了。

又是一个幸福快乐的夜晚，还跟其他夜晚一样，不像是真实的。离开之前，我悄然无声地进到了我们常待的那个房间，多拉不在那儿。我估计，她们试衣服的事还没有完成。拉维妮亚小姐探着头朝里面看了看，于是神秘兮兮地告诉我说，多拉不会在那儿待很久，话虽是这么说，但还是待得够久的。不过终究还是听到了门口传来的窸窣声，然后便有人敲门。

我说了声“进来”，但那人还在敲门。

我心想到底是谁啊，于是走向门口。啊，眼前看到的是一双晶莹闪亮的眼睛，一张红扑扑的脸蛋。那是多拉的眼睛和脸蛋，拉维妮亚小姐已经用明天给她打扮的衣帽服饰全给她穿戴上了，专门打扮给我看。我把娇小玲珑的妻子搂到自己怀里，拉维妮亚小姐发出了轻声的尖叫，因为我把多拉头上的帽子给弄歪了。多拉看到我一副乐不可支的样子，又是大笑又是大叫，弄得我更加不相信这事是真实的。

“你觉得这样好看吗，道迪？”多拉问。

好看！我认为自己就是这么想来着。

“你确认自己很喜欢我吗？”多拉问。

这个话题预示着要伤及那顶帽子，所以拉维妮亚小姐又发出了一声轻声的尖叫，她请求我理解，多拉只能看，万万碰不得。于是，有一两分钟的时间，多拉伫立在那儿，既兴致勃勃，又局促不安，让我观赏。接着她取下帽子，这才显得自然呢，然后一身平常自然可爱的打扮蹦蹦跳跳着回来了，还问吉普我是不是找了个漂亮的妻子，她要结婚嫁人了，它会不会原谅她，然后她双膝跪在地上，作为单身生活中的最后一回，让吉普站立在烹饪书上。

我回到坐落在附近的家里，心里感到更加疑惑，一大早我就起床了，乘马车去海格特接姨奶。

姨奶的穿着打扮我从未见过，她身穿一套淡紫色丝绸衣裙，头戴一顶白色帽子，令人惊奇不已。珍妮特给她穿戴打扮停当之后，便在那儿盯着我看。佩戈蒂准备去教堂，要在那儿的楼座里观看婚礼仪式。迪克先生承担着在圣坛边把我的心上人交到我手上的任务，他已经把头发卷好了。至于特拉德尔，我和他约定好了，在收税路口接他。只见他身上穿着米黄色和浅蓝色，两色混合，令人炫目。他和迪克先生给人的总的感觉就是，全副武装，郑重其事。

毫无疑问，我看到了这一点，因为我知道情况就是这样的，但我迷迷糊糊，好像什么都没有看清，同时什么也都不相信。不过，在我们乘着敞篷马车一路前行的当儿，这场童话般的婚礼又显得很真实。有些人没有机会参加婚礼，而是在清扫店铺，准备一天的生意。对于那些不幸的人，我心里感到惊讶，充满了怜悯之情。

一路上，姨奶握着我的手没有松开过。佩戈蒂坐在车夫的驾驭座上，当我们在教堂附近停下让她下车时，姨奶紧紧地捏了一下我的手，还给了我一个吻。

“愿上帝保佑你，特罗特！你可是比我亲生的孩子还要亲啊。今天早晨，我想起那位故去的宝贝娃娃了。”

“我也是，我还想到了您对我的所有恩情，亲爱的姨奶。”

“啧啧，孩子啊！”姨奶说。然后热情洋溢地把手伸向特拉德尔，特拉德尔又把手伸向迪克先生，迪克先生把手伸向我，我则把手伸向特拉德尔。然后，我们一同来到了教堂门口。

毫无疑问，教堂里静谧无声，但是，要说它会在我身上产生什么镇静作用的话，它可能就像是一台开足了马力的蒸汽织布机。我过于激动了，镇静不下来。

其余的都或多或少是不连贯的梦境。

我梦见他们领着多拉进来，教堂里的领座人像操练新兵的教官似的，把我们安排到了圣坛的护栏前面。即便在这时，我心里依然纳闷，为什么教堂里的领座人必须总是由最最令人讨厌的女人担任，是不是有某种宗教上的原因，害怕心气平和的人会招致灾祸，所以必须得在天堂之路上安排那些尖酸刻薄的人。

我梦见牧师和他的助手出现了。梦见几个船夫和其他人信步走进教堂，我的身后有个老船夫，弄得教堂弥漫着一股浓烈的朗姆酒的味道。梦见牧师用低沉的声音宣布婚礼仪式开始，我们所有人都全神贯注。

我梦见拉维妮亚小姐担任助理伴娘。她第一个哭了起来，抽泣着向已故的皮杰尔表达敬意（我是这么猜测的）。克拉丽莎小姐在使用嗅盐瓶。阿格尼丝在照顾多拉。姨奶脸上流着泪，但极力使自己成为坚定沉着的表率。小多拉浑身颤抖得厉害，做应答时声音很微弱。

我梦见我们一同并排跪了下来，多拉慢慢地不那么颤抖了，但一直紧握住阿格尼丝的手。在平静安宁和庄严肃穆的气氛中，婚礼仪式进行完了。婚礼结束之后，我们俩相互看着对方，像四月的天气，满脸微笑，热泪盈眶。在更衣室里，我年轻的妻子声嘶力竭地大哭了起来，哭喊着她故去的爸爸，她亲爱的爸爸。

我梦见多拉很快又兴致勃勃起来了，我们轮换着在结婚登记簿上签名。我进入了楼座，找到佩戈蒂，要她也去签名。佩戈蒂在一个角落里拥抱了我，并告诉我说，她亲眼看到过我亲爱的母亲结婚的场面。一切程序都结束之后，我们便回家去了。

我梦见自己洋溢着自豪和爱意，手挽着心爱的妻子走过教堂的席间纵直通道，朦朦胧胧地看到人群、布道坛、纪念碑、座位、洗礼盆、风琴、教堂窗户，这一切的一切，勾起我对过去很长时间对家乡教堂情景的淡漠了的记忆。

我梦见从他们身旁走过时，他们窃窃私语，我们是多么青春年少的一对啊，多拉是个多么美丽可爱的小娇妻啊。我们在回家的马车上欢声笑语，喋喋不休。索菲告诉我们说，她看见我向特拉德尔索要结婚证书的时候（因为我委托他保管），差一点又晕过去了，因为她断定，特拉德尔一定是把证书丢失了，要不就是被人掏了口袋。阿格尼丝兴高采烈地笑着。多拉十分依恋阿格尼丝，不愿意同她分开，仍然握住她的手。

我梦见早餐[1]准备好了，摆出了大量吃喝的东西，精美而又丰盛，就像在其他梦境中那样，我可以说，自己吃也吃了，喝也喝了，但就是没有领略到半点美食的滋味儿，只有爱意和婚礼，没有别的。如同不相信其他东西一样，我同样不相信餐桌上的种种珍馐美味。

我梦见自己同样迷迷糊糊地发表了一通演讲，其实自己心里根本就不知道要说什么，有一点确信无疑，那就是自己什么也没有说。我们相处在一起，气氛融洽，态度纯朴，幸福快乐（尽管一直是在梦境中）。吉普吃了一块婚礼蛋糕，吃了之后感到不舒服。

我梦见雇来的两匹驿站的马已经套在了车上。多拉换衣服去了。姨奶和克拉丽莎小姐同我们待在一起。我们在花园里散步。姨奶用早餐时已经发表了一通演讲，令多拉的两个姑妈很受感动，她感到很开心，而且还有点自豪。

我梦见多拉准备停当了，克拉丽莎小姐一直在她身边徘徊，一副依依不舍的样子，舍不得失去给自己带来诸多快乐的漂亮宝贝儿。多拉不停地意外发现，自己忘了很多小东西，大家就又跑上跑下地去取。

我梦见等到多拉要开始辞行的时候，所有人都围在她的身边，衣着服饰，色彩艳丽，有如一座花坛。我亲爱的人身处鲜花丛中，被簇拥得喘不过气来，最后又是大笑又是大叫地走了出来，投入满怀着妒意的我的怀抱。

我梦见自己想要去抱吉普（因为我们要带着它走），多拉不同意，她一定要自己抱，否则它会觉得她不再爱它了，因为她已经结婚嫁人，这事令它肝肠寸断。我们手挽着手走了，多拉停住了脚步，回头张望，并且说："如果我从前脾气不好，得罪了什么人，请不要放在心上！"接着便哭了起来。

我梦见多拉挥动着纤纤玉手，我们又朝前走了。而她又一次停

---

① 依照习俗，婚礼结束后，新郎新娘同回新娘家，设宴招待，即便是在午后，也叫"早餐"。

了下来，回头张望，她匆忙走到阿格尼丝跟前，面对着所有人，她只同阿格尼丝做了吻别。

我们一同乘车离开了，我从梦境中醒了过来，最后终于相信这是真的，我亲爱的娇小玲珑的妻子就坐在我身边，我是多么爱她啊！

“现在开心愉快了吗，你这个傻孩子？”多拉说，“你确信自己不后悔吗？”

我一直伫立在一旁，看着如梦如幻的昔日情景从我身边闪过。它们已经过去了，让我接着开始自己的故事之旅吧。

第四十四章

我们料理家务

蜜月期已过，伴娘也回家去了，我和多拉坐在属于自己的小房子里，这时候，感觉事情有点莫名其妙。我可以说，过去我们在一起甜甜蜜蜜，谈情说爱，而在这方面，现在算是失业了。

让多拉一直待在身边似乎是一件不同寻常的事情。令人感到不可思议的是，不必外出就可以见到她，不必老想着，吃尽相思之苦，不必给她写信，不必处心积虑地制造机会，为了能够同她单独在一起。到了晚上，有时候，当我停下手中的笔抬起头来，看见她坐在我的正对面，我会把身子靠到椅子背上，寻思着，多么奇怪啊，我们俩单独在一起竟然成了一件理所当然的事，不再关任何人的事。我们恋爱期间的全部浪漫情调都可以束之高阁，予以尘封，除了我们相互之间，无须取悦任何人，我们要一生一世彼此相悦。

每当议会有辩论，我就会很晚回家。步行回家的途中，想到多拉在家里，我心里不禁会有一种奇怪的感觉！刚一开始时，我坐在那儿吃晚饭，多拉轻轻下楼来同我说话，这真是件美妙奇特的事情。我确切地知道她用纸卷头发后，感觉是件令人触目惊心的事。看见她这样做，那才真是件惊诧的事呢！

我觉得，我和我美丽可爱的多拉在料理家务方面，恐怕两只小鸟都不会比我们更差。当然，我雇了个仆人，她替我们料理家务，但现在我仍然隐隐地觉得，她一定是克鲁普太太的女儿，经过一番乔装改扮，因为玛丽·安妮给我们当仆人时，我们吃尽了苦头。

玛丽·安妮姓帕拉冈，我们雇用她时，她在我们面前展示的性情犹如在她姓名中微微展示的一样[①]。她带了一份有布告那么大的品行证明书，证明书上说，她对家务活儿样样精通，包括我听说过的，还有许多我压根儿没有听说过的。她是个风华正茂的女子，表情严肃，喜欢长（尤其是两条胳膊上）类似疹子一样的红色小疙瘩。她有个表兄在英国近卫骑兵团，此人两条腿很长，简直就像是别的什么人在下午投下的影子，身上那套紧身夹克显得太小了，不适合他穿，就像他在这所房子里显得太大一样，因为他待在这所房子里显得比例失调，使这幢房子显得更加小了。除此之外，房子的墙壁不是很厚，无论什么时候，只要他晚上来我们家，听到厨房里不断发出的咆哮声，我们就会知道是他来了。

人家保证我们这个宝贝疙瘩不善饮酒，忠诚老实。因此，我愿意相信，她醉倒在锅台下，那是一时昏厥，茶匙少了，那是清洁工偷走了。

但是，她让我们的内心备受折磨。我们感觉自己缺乏生活经验，没有自立能力。如果她有些许怜悯之心，我们都会听任她摆布，但她是个残忍无情的女人，毫无怜悯之心。我们最初的争吵就是因为她而起的。

"亲爱的宝贝，"有一天我对多拉说，"你认为玛丽·安妮有时间观念吗？"

"怎么啦，道迪？"多拉问，她当时正在画画，一脸天真地抬起头来看着。

"亲爱的，因为时间已经是五点了，而我们的午餐应该是四点的。"

多拉愁眉苦脸地看了看钟，然后暗示说，钟走得太快了。

"正好相反，宝贝，"我看了看我自己的表说，"那钟还慢了几分。"

我娇小玲珑的妻子过来坐到我的膝上，娇嗔说着要我别吭声，还用铅笔在我鼻子中间画了一条线。尽管这令人兴致勃勃，但不能

① 帕拉冈这个姓氏的英文原文是 Paragon，意思是尽善尽美的人。

当午饭吃啊。

“亲爱的，你难道不觉得，”我说，“你应该劝说一下玛丽·安妮吗？”

“噢，不，对不起！我不能去说，道迪！”多拉说。

“为什么不能去说呢，亲爱的？”我语气温柔地问。

“噢，因为我是只小笨鹅，”多拉说，“而她知道我的情况的！”

我寻思着，这种态度根本没法约束玛丽·安妮，因此我有点愁眉不展。

“噢，我的坏男孩额头上的皱纹多难看啊！”她说着，仍然坐在我的膝上，用铅笔描着我的皱纹，还把铅笔放在红扑扑的嘴上湿润了一下，以便描得更黑些，她一副俏皮的样子，表现得很卖力，让我忍俊不禁。

“这就是个好孩子，”多拉说，“笑一笑，脸蛋儿就更好看啦。”

“但是，亲爱的。”我说。

“不，不，对不起！”多拉大声说，亲了我一下，“不要学那个邪恶的蓝胡子[①]！不要较真！”

“我的宝贝啊，”我说，“我们有时候就必须得较真。行啊！坐到我身边的椅子上吧！把铅笔给我！拿来！我们认认真真地谈谈吧。你知道的，亲爱的，”我握着的是一只多么纤细的手啊，看到的是一只多么小的结婚戒指啊！“你知道的，亲爱的，一个人不吃午饭出门，那是很不好受的。啊，对不对？”

“是的！”多拉回答说，声音很微弱。

“亲爱的，你怎么颤抖啦！”

“因为我知道，你要斥责我了。”多拉情绪激动地说，语气听起来令人觉得可怜。

“宝贝啊，我只是要讲道理。”

“噢，但讲道理比斥责更加可怕！”多拉激动地说，语气中透着

---

① 见 322 页注。

绝望，“我结婚嫁人不是为了听人家讲道理的。如果你一门心思想着要跟我这么个可怜的小姑娘讲道理的话，你当初就应该跟我说清楚，你这个狠心的孩子！”

我想方设法要安慰多拉，但她把脸扭开了，左右甩着自己的卷发，然后说：“你这个心狠的、心狠的孩子！”说了一遍又一遍，弄得我真不知道该怎么办好，于是，我六神无主，在房间来回踱着步，然后回到原地。

“多拉，亲爱的！”

“不，我不是你亲爱的。因为你娶了我一定是感到很后悔了，否则你就不会要跟我讲道理了！”多拉回答说。

听到她这么无理责备我，我感到难过，但因此也给了我勇气，让我摆出一副严肃认真的架势。

“行啊，我的多拉，”我说，“你很孩子气，而且说话不讲道理。毫无疑问，你一定还记得，昨天，我午饭才吃了一半就不得不外出。还有前天，由于匆匆忙忙地吃了半生不熟的小牛肉，结果很不舒服。今天，什么都没有吃，而我都不敢说，早餐时我们等了多长时间，而且后来水也没有烧开。我不是要指责你，亲爱的，但这样是很不舒服的。”

“噢，你这个狠心的、狠心的孩子，说我是个不讨人喜欢的妻子！”多拉大声说。

“行啊，亲爱的多拉，你必须要知道，我可是从来也没有说过这样的话啊！”

“你说了我令人感觉不舒服！”多拉说。

“我是说这家务料理得令人感觉不舒服。”

“这实际上是一回事！”多拉哭着说，显然她心里就是这么想的，因为她哭得很伤心。

我又在房间里踱了个来回，心里满怀着对娇妻的爱意，对自己充满了自责，真想把头往门上撞。我重新坐了下来，然后说：

“我并不是要责怪你，多拉。我们两个都有很多东西需要学习。

亲爱的，我只是想要向你说明，你必须，你真的必须，”我打定了主意，这一点决不让步，“养成习惯，要监督玛丽·安妮。这也同样是替我和替你自己做一点事。”

“你竟然说出这样无情无义的话来，我真的是很吃惊啊，”多拉啜泣着说，“你明明知道，有一天，你说你想吃鱼，我便亲自出去，走了大老远的路，总算订到了，目的就是给你个惊喜。”

“你尽了一番好意，亲爱的，”我说，“我深受感动，所以无论如何都不忍心说，你买回来的是一条鲑鱼，太大了，两个人吃不了。或者说，花费了一英镑六先令，这超出了我们的支付能力啊。”

“但你吃得津津有味，”多拉啜泣着说，“可你说我是只耗子。”

“可我还要这么说，亲爱的，”我回答说，“说上一千遍！”

但是，我伤了多拉那颗柔弱稚嫩的心，她听不进安慰的话。她痛哭流涕，伤心可怜，以致我心里感觉到，自己好像说了什么令她伤心的话。我不得不匆忙离开，在外面待到很晚，到了晚上都还追悔莫及，痛苦不已。我受到了良心的谴责，感觉自己像是个杀人犯，罪大恶极，心里平静不下来。

等我回到家里时，已经是深夜两三点了。我发现姨奶在我们家里，还没有睡觉，在等着我。

“出了什么事吗，姨奶？”我说，态度惊慌。

“没什么事，特罗特，”她回答说，“坐下，坐下吧。小花朵儿情绪不好，我一直陪着她，就这么回事。”

我用一只手托着脑袋，坐了下来，眼睛看着炉火，没想到自己最最光明的希望刚刚才实现，就有了这样的事，心里真是有说不出的难过和沮丧。我坐着陷入了沉思，这时候，我的目光正好与姨奶的相遇，她的目光停留在我的脸上，那目光中透着焦虑的神色，但很快就消失了。

“我跟您实话实说，姨奶，”我说，“想到多拉怎么会这样，我整个晚上心里面都不舒服。但是，我并没有别的意思，只是想要态度温和，充满爱意，把我们家里面的事情向她说一说。”

姨奶点了点头，表示赞同。

“你必须得要有耐心，特罗特。”她说。

“当然，上帝知道，我并不是不讲道理，姨奶！”

“对，对，”姨奶说，“但是，小花朵儿是一朵非常娇嫩的小花儿，面对着她必须得吹柔和的风。”

我打心眼里感谢我心地善良的姨奶，感谢她温柔和蔼地对待我的娇妻。我心里清楚，她是明白我的心思的。

“姨奶，您难道不觉得，”我端详了一阵炉火之后说，“您可以时不时地去劝一劝和安慰一下多拉，这样对我们两个人都会更加好些吗？”

“特罗特，”姨奶回答说，她情绪有些激动，“不！别要求我做这样的事！”

她的话说得很恳切，我吃惊地抬起头看了看。

“我回顾自己的一生，孩子啊，”姨奶说，“想起了某些逝去了的人，我原本可以同他们相处得更加友好一些。如果我对别人在婚姻上的错误给予严厉的指责，那可能是因为我有很痛苦的理由对自己的错误进行严厉指责。过去了的就让它过去吧。许多年以来，我一直就是那种脾气暴躁、气急败坏、执拗任性的女人，现在是，将来也一直是。但是，你我之间相互关爱，特罗特，不管怎么说，你给我带来的好处，亲爱的，在现在这种时候，我们之间决不能产生分歧。”

“分歧！我们之间！”我大声说着。

“孩子，孩子！”姨奶说，她抚平了一下自己的衣服，“如果我对什么事情掺和进来，很快我们之间就会产生分歧，我们的小花朵儿会被弄得有多么痛苦，预言家都说不准。我想要我们的宝贝儿喜欢我，像只蝴蝶似的欢快。记住你自己的家里，那第二次婚姻的情形[①]。千万不要给我和多拉带来那种你暗示过的伤害！”

我立刻就领悟到，姨奶是对的。领悟到了她对我亲爱的妻子宽

---

① 指大卫的母亲嫁给默德斯通。

容大度情感的全部意义。

“特罗特，事情才刚刚开始，”她接着说，“罗马不是一天建成的，也不是一年建成的。你已经替自己做出了自由的选择，”我感觉到，姨奶的脸上一时间掠过一片愁云，“而且你选择了一位美丽可爱和温柔多情的姑娘。你要（像你选择她那样）依据她所具备的品性，而不是她可能不具备的品性，来对她做出评价，这是你的责任，同时也是你的快乐，当然，这我是知道的，但我并不是在这里说教。对于她不具备的品性，如果可能，你可以培养她。而如果你不能，孩子啊，”姨奶说到这儿揉了揉鼻子，“你就应该使自己习惯没有那些品性的她。但要记住，亲爱的，你的未来存在于你们两个人之间。没人能够帮助你们，你们得自力更生。这是婚姻，特罗特，对于你们这样一对林中的儿童[1]，愿上帝保佑你们啊！”

姨奶说出这番话时，表情轻松愉快，并且吻了我一下，以证实刚才所说的祝福话。

“行啊，”姨奶说，“替我把小灯笼点亮吧，顺着花园的小路，照着我到那幢小盒子似的房子里去，”因为那边在我们两幢房子之间有一条通道，“等你返回之后，向小花朵儿带去贝齐·特罗特伍德的问候。无论你干什么，特罗特，千万别想着要把贝齐当作一个稻草人来吓唬人，因为如果我看到了镜子里面的她，那副模样已经是阴郁可怕，瘦骨嶙峋，够吓人的！”

姨奶说完这话后，便用一方手帕把头扎了起来，每逢这样的情境，她就会用手帕扎头，我护送她回到了家里。就在她伫立在花园里，举着小灯笼照着我返回的当儿，我感觉到，她目送我的表情中又透着忧虑的神情，但是，我一门心思在琢磨着她刚才说过的话，而且印象鲜明。事实上，这是头一回，我相信我和多拉实实在在地必须自己开辟自己的未来，谁也帮不了我们，所以没怎么注意到她的表情。

---

① 典出一首英国民歌，叙述一对天真无邪容易上当受骗的男女儿童被其贪财的舅舅抛弃在林中的遭遇。

多拉穿着小拖鞋，悄无声息地走到楼下来接我，因为只有我一个人在场，然后她伏在我肩膀上哭了起来，还说我先前铁石心肠，她自己也执拗淘气。我相信，我当时也说了类似的话。我们和好如初了，并且一致同意，我们这是第一次闹别扭，也必须是最后一次，即便活到一百岁，也不能再有第二次。

我们在家务上经受的另一种考验是来自仆人方面的折磨。玛丽·安妮的表哥擅离职守，从近卫骑兵团开了小差，躲进了我们家的地下小煤库。但令我们感到震惊的是，他被一伙全副武装的纠察队员给搜查出来了，戴上了手铐被带走，在我们家前面的花园里列着队伍，丢尽了面子。这件事使我下定了决心，要辞退玛丽·安妮，但她态度很温和，拿到薪水就离开了，这令我感到很意外。直到后来，我才发现，茶匙少了，还未经我的授权，擅自以我的名义向店铺老板借了几笔小款子。基杰伯里太太干了一段时间之后——我认为，她是肯特什小镇[①]上最年长的居民，一直外出给人家干家务杂活儿，但年老体衰，力不从心——我们又找了另外一个宝贝疙瘩，可以算是女人中最最亲切和蔼的了，但是，她端着托盘上下厨房的台阶时，总会跌得前仰后翻，而端着茶具进客厅时，就像是跳进浴池似的，一头栽了进来。由于这个不幸的女人接二连三地出错，我们只得打发她走人，随后雇请过一大串不中用的仆人（中间基杰伯里太太隔三岔五地来干一阵子）。最后请了个年轻女孩子，外表倒是文静素雅的，但竟然戴着多拉的帽子去赶格林尼治集市。此女走了之后，除了清一色的失败之外，别的我没有什么印象了。

凡跟我们打过交道的人似乎都想要欺骗我们。我们若是到商店，人家就立刻心领神会，把损毁了的东西拿出来。我们若是买回一只龙虾，里面准是注满了水。买回的肉，结果是啃不动的，买回的面包几乎是没有皮的。我摸索着烤肉的技巧，要烤得恰到好处，不至于太过，便亲自查阅烹饪书籍，结果看到书上规定，一磅肉允许烤

① 伦敦北面的一个地方，在海格特以南。

一刻钟，就说一刻钟多一点点吧。但是，不可思议的是，我们按照原则去做，结果总是以失败而告终。不是显着红色，就是烧焦了，无法做到恰如其分。

我有理由相信，我们这么连遭失败，比起我们假若获得一系列成功来花费的开支要大得多。我查看一下店铺里的记账簿，感觉我们家的地下室可能是用黄油铺的，因为我们家消耗的黄油量实在是太大了。我不知道那一段时期税务局的收入是不是因为胡椒需求量的增加而增加了，但是，如果说我们家的消耗量没有影响到市场，那我应该说，有几个家庭一定是停止了使用胡椒。而最最令人感到惊奇的事实是，在我们的家里，从来就没有什么东西。

至于洗衣女工把衣服往当铺里放，而事后又后悔不迭，喝得酩酊大醉，前来道歉，我估计，这样的事可能谁都会遇到过几次吧。还有靠近壁炉的地方着火了，派来了教区的消防车，教区执事趁机收钱。不过，恐怕我们特有的不幸还是源于我们雇请了一位爱喝加香烈性甜酒的女仆，她使我们在酒馆里开的黑啤酒流水账单膨胀了起来，平白无故地添加一些项目，诸如，“四分之一品脱掺了朗姆酒的果汁甜酒（科夫人）”“八分之一品脱丁香杜松子酒（科夫人）”“一杯薄荷甜酒（科夫人）”括号里清一色指的是多拉。解释起来，意思好像就是说，多拉喝掉了所有这些提神甜酒。

我们在持理家务的过程中一开始就安排了一些宴请，其中之一就是为特拉德尔安排的小型家宴。我到伦敦城里同他见面，然后邀请他当天下午同我一道走出城，他欣然接受了邀请，我给多拉写了封信，告诉她我要带特拉德尔到家里去。那天气候宜人，我们一路上集中畅谈我家庭生活的甜蜜景象。特拉德尔全神贯注，并且说了，自己憧憬着有这么一个家庭，索菲在家里等待着，为他准备好了饭，他会觉得自己什么也不缺，幸福美满。

我不可能指望着餐桌的正对面坐着个更加美丽可爱的娇妻，但当我们坐下来之后，我希望我们的空间更加大一些。我不知道怎么搞的，但虽然家里就我们两个人，可我们总觉得地方很拥挤，同时又觉得地方够大的，大到样样东西放到里面都找不到。我琢磨着，这可能是因为任何东西都没有固定的地方，当然除了吉普的宝塔式房子，它总是挡在我们的要道上。就说这一回吧，吉普的塔房和吉他匣子，还有多拉画花卉的画架和我的写字台，把特拉德尔牢牢包围住了，结果我心里很疑惑，他是不是摆弄得了手上的刀叉，但他脾气温和，硬要说："地方像海洋一样宽阔呢，科波菲尔！我跟你说的是实话，像海洋一样宽阔！"

我还有另外一个愿望，那就是，用餐时千万不要怂恿吉普跳上餐桌，在桌布上走来走去。一旦它上了餐桌，即便它没有那种习惯，即把爪子伸到食盐或者融化的黄油里，我都会感觉到事情有点乱。这一回，它好像觉得自己明显是被请来控制特拉德尔的。它冲着我的老朋友狂吠，肆无忌惮，没完没了，对着人家的盘子连蹦带跳，可以说搅得大家说话都说不成。

然而，我知道，亲爱的多拉心肠很软，对于任何对她心爱的宠物表现出的简慢态度都很敏感，所以我们没有表露出任何不满情绪。出于同样的原因，看到地板上的盘子相互之间发生冲突，看到调味瓶横七竖八，像喝醉了酒似的，躺在餐桌上，或者看到特拉德尔被散乱的盘盘罐罐封锁得不能动弹，我都没吭一声。当我凝视着眼前煮熟但尚未切开的羊腿肉时，心里就一直在纳闷着，我们家买的羊腿肉何以如此这般的形状怪异，是不是我们那位肉铺子的老板把世界上所有身体畸形的羊给包揽下来了，但我把自己的想法埋在了心里。

"亲爱的，"我对多拉说，"那个盘子里装的是什么？"

我真不明白，多拉为何要挤眉弄眼，一副迷人的样子，好像想要吻我。

"是牡蛎呢，亲爱的。"多拉说，她显得有点胆怯。

"这是你的主意吧？"我说，我显得兴高采烈。

"是啊，道迪。"多拉说。

"这是再可心不过的一道菜！"我激动地说，同时我放下了切肉的刀叉，“特拉德尔最喜欢吃这个！”

“是啊，道迪，”多拉说，“所以我便买了满满一小桶，那人说牡蛎很新鲜。但是，我……我担心，这里面有点问题，好像有点不对劲。”多拉说到这儿摇了摇头，眼睛里噙满了晶莹的泪花。

“只要把两片壳撬开就行了，”我说，“把上面那一片扯下来，亲爱的。”

“但是扯不下来啊。”多拉一边说着，一边使劲去扯，看上去很难过的样子。

“你知道的，科波菲尔，”特拉德尔说，他兴致勃勃地打量着那道菜，“我觉得，由于——它们本来是上等的牡蛎呢，但我觉得由于——它们根本没有被撬开过[①]。”

牡蛎根本没有被撬开，而我们又没有牡蛎刀。即便是有，也不会使用，因此我们只有眼看着牡蛎，吃着羊肉，至少煮熟了多少就吃了多少，还用上了腌制之后用作调味品的刺山果花蕾。如果我由着特拉德尔的兴致来的话，我确信，他准会像个十足的野人，把一盘子生肉也给一道报销，以表达他对餐宴的喜爱。但是，我决不能听任为了友谊而做出如此牺牲，于是，我们改吃了一道咸肉，还算运气好，储藏间里正好有冷咸肉。

我可怜的娇妻想到我会不高兴时，一脸痛苦沮丧的样子，但当发现我并不是那么回事的时候，又兴高采烈了，结果我强忍着的不愉快的心情很快就烟消云散了，我们度过了一个欢快惬意的夜晚。我和特拉德尔在品着一杯酒，多拉坐着，一条胳膊搭在我的椅子上，并且抓住一切机会，轻声细语地对着我的耳朵说话，说我心地真好，不是个秉性残忍、性格暴戾的大孩子。过了一会儿，她又替我们沏茶，看着她忙碌的样子真是赏心悦目，瞧她忙忙碌碌的样子，就好像是在摆弄着一套玩具娃娃用的茶具，所以我也就顾不上特别注意茶

---

① 按照惯例，到店铺去购买牡蛎时，货主要帮着把牡蛎撬开，但多拉不懂这个规矩，所以才会出现这种情况。

的味道了。后来，我和特拉德尔玩了一两把克里比奇牌戏[①]。多拉在边弹吉他边唱的当儿，我似乎感觉到，我们的求爱和结婚就像是我做了一场甜蜜的梦，而我头一次听见她的声音的那个晚上似乎还没有过去。

我送走特拉德尔之后回到了客厅，妻子把她的椅子放到靠近我椅子的地方，然后在我身边坐下。

“我感到很难过，”她说，“你教教我好吗，道迪？”

“我得首先教教自己才对啊，多拉，”我说，“我比你好不到哪儿去，亲爱的。”

“啊！但你会学习，”她回答说，“你可是个很聪明、很聪明的人啊！”

“净胡说，你这个小耗子！”我说。

“我真巴不得，”妻子沉默了好一会儿后接着说，“自己能够到乡下待上整整一年，同阿格尼丝住在一起！”

她两手相交搁置在我肩膀上，下巴颏又枕在手上，那双蓝色的双眼平静地看着我的眼睛。

“这是为什么呢？”我问。

“我觉得，她可以让我进步，同时我觉得，我可以向她学习。”多拉说。

“不要着急，亲爱的。阿格尼丝这么多年都得照顾她父亲，这你不要忘了。哪怕在她很小的时候，她就已经是我们所知道的阿格尼丝了。”我说。

“你愿意用我想要你用的名字称呼我吗？”多拉问了一声，身子一动不动。

“那是什么名字呢？”我微笑着问。

“是个傻乎乎的名字，”她说，她甩了一会儿自己的卷发，“娃娃妻子。”

---

① 一种由二人、三人或者四人玩的纸牌戏，用插在有孔的记分板上的木钉计分。

我哈哈笑了起来，问我的娃娃妻子，她想要我这么称呼她是什么意思。她一动不动，只是由于我的胳膊搂着她的身子，可能使得她的蓝眼睛更加靠近我，然后回答说：

“你这个笨家伙，我的意思并不是说，你这样称呼我，就不叫我多拉了。我只是想要你这样想着我。当你打算要生我的气时，心里就要想到，‘这只是我的娃娃妻子！’当我令你大失所望的时候，就要想到，‘我很早以前就知道了，她只是会做个娃娃妻子！’当你发现我达不到自己的愿望时，实际上我觉得自己永远也达不到，你就要想到，‘不过我傻乎乎的娃娃妻子还是爱我的！’因为我确确实实爱你。”

我对她的态度一向都不是严肃认真的，因为直到现在我压根儿没想到她是个态度严肃认真的人。但是，我推心置腹地对她说出了自己的心里话之后，生性多情的她满心欢喜，眼睛里晶莹闪烁的泪花还没有干，脸上就露出了灿烂的笑容。她很快就的的确确成了我的娃娃妻子了，她在那幢中国式房子外面的地板上坐了下来，一个接着一个地把铃铛摇响，作为对吉普近期不良表现的惩罚。而这个当儿，吉普就眨巴着眼睛躺在房子的门道里，头露在外面，一副懒惰的样子，逗它也不理睬。

多拉的这一请求给我留下了深刻的印象。现在回顾我写的那一段时间，我呼唤着自己挚爱的那个天真烂漫的形象从朦朦胧胧、烟雾弥漫的往昔中现身。那温柔娴雅的头再一次转向我。而我仍然可以宣称，当时那短短的一席话一直铭刻在我的记忆中。我可能没有最最有效地运用，因为我很年轻，缺乏经验，但对于她天真烂漫的请求，我绝没有充耳不闻。

过后不久，多拉告诉我，她要当一个了不起的家庭主妇。因此，她把写字板擦得锃亮，把铅笔削尖，买了一本硕大的记账簿，把吉普从烹饪书上撕下的页码小心翼翼地用针线缝起来，正如她自己所说的，要下一番小苦功“学好”。但是，那些数字依旧我行我素，执拗任性，就是加不起来。她吃力费劲地在账本上记了两三笔账目，可吉普又摇着尾巴在账本上走过，弄得墨迹斑斑，一塌糊涂。她自己右手纤细的中指浸透了墨水，都渗透到骨头了。我觉得那是她所取得的唯一确凿无疑的成果。

有时候晚上我在家里工作——因为这个时候我写了很多东西，而且成了一个小有名气的作家——我会放下手中的笔，注视着我的娃娃妻子，看着她想方设法地学好这些。首先，她会拿出那本硕大的记账簿，把它摊在桌子上，深深地叹息一声。然后，翻到头天晚上吉普弄得模糊不清的地方，把吉普叫过来，让它看看自己做的坏事。结果她倒是逗起吉普玩儿来了，或许还会在它鼻子上点一点墨水，以示惩罚。接着她会要吉普立刻在桌子上躺下，“像只狮子”——这是它表演的戏法之一，不过我认为，两者相似的程度并不明显——同时，如果吉普心情好，便会奉命行事。然后她拿起一支笔，开始写字，但发现笔上有一根毛，接着便拿起另一支，开始写字，但发现这支笔溅墨水，便又拿起另一支，开始写字，并且低声说：“噢，这是一支会说话的笔，都打搅道迪了！”然后，把这当作一件徒劳无益的事给搁下了，拿着记账簿做了个假装要把那狮子压扁的动作，放到一旁了。

或者，如果她心情平静，态度认真，便会坐下来，拿着写字板、一小篮子账单和其他凭据，那些东西倒是不像别的，更像是卷发用的纸，然后竭尽全力地要算出一个结果来。只见她皱眉蹙额，用一张账单同另一张做比较，列在写字板上，接着又擦掉，用左手的全部手指，数了一遍又一遍，从前数到后，从后数到前，然后显得烦躁不已，神情沮丧，一副很不开心的样子，所以，我看到她阳光灿烂的脸上布满了愁云，心里很难过。而且还是为了我，于是，我会轻轻地走到她身边，开口说：

“怎么啦，多拉？”

多拉会无可奈何地抬起头，回答说：“这些账目对不上，让我头痛。就是不合我心愿！”

这时候，我就会说：“那我们就一同来试试吧，我来算给你看，多拉。”

于是，我便开始动手做示范，多拉则全神贯注地看着，或许有那么五分钟的时间，然后就开始显现出一副疲惫不堪的样子，于是开始卷了卷我的头发，或者把我的衣领子往下翻，看看我脸上的表情如何，以此使这件事情变得轻松一些。如果我态度委婉，有制止这种嬉戏动作的意思，而且坚持示范，她就会显得惊恐不安，忧郁扫兴。她的表情越来越局促不安，这令我想起了，当初我闯入她所在的那条小路头一回见到她时那种天真活泼的样子，而现在做了我的娃娃妻子，这时候，我的内疚感油然而生。于是，我放下铅笔，叫她把吉他拿过来。

我有大量的工作要做，还有许许多多的忧虑，但是，出于同样的考虑，我得把这些忧虑隐藏在心里。现在，我远不能确定，自己这样做是不是正确，但是，看在我娃娃妻子的分上，就这样做了。我现在要搜肠刮肚，把凡是知道的内心秘密毫无保留地在这本书里呈现出来。我心里清楚，自己对往昔那不幸失去的或者缺乏的东西心里多少还耿耿于怀，但这并没有让我觉得人生有多么举步维艰。阳光明媚的日子里，我独自外出散步，想起了那些夏天的日子，连空气中都弥漫着我少年心醉神迷的气息，这时候，我确实心有遗憾，感觉自己的一些梦想并没有实现。但是，我觉得，这是昔日暗淡了的光轮，现在已不可能恢复。有时候，自己确实会一时间感觉到，我多么盼望我的妻子是自己的顾问，有更加坚强的性格和意志支撑着我，使我得到进步。当自己的心里感到空虚的时候，她能够给予我力量，填补我的空虚。但是，我又感觉到，这种完美无缺的幸福，人世间是不存在的。我不期盼这种幸福，也不可能实现。

从年龄上来衡量，我是个稚气未脱的丈夫。除了本书中叙述过的种种忧伤烦恼和人生经历之外，没有任何别的因素对我造成影响，使生活变得暗淡。如果说我做错了什么事情，其实我可能做错了很多事情，那也是因为我误解了爱情以及缺乏智慧所致。我这里写下的是实情，现在要来替自己的错误开脱，那是无济于事的。

于是，实际情况是，我独自一人担当起我们生活中的种种疾苦与忧愁，无人与我分摊。就我们匆促草率的家务安排而言，我们的生活还跟从前一样，但我对此已经习以为常了，而且我欣喜地看到，多拉现在很少忧心焦虑了。她还跟少女时代一样，机敏灵动，兴致勃勃，亲亲密密地爱着我，开心惬意地摆弄着她从前的那些小玩意儿。

如果议会辩论的事务很繁重——我指的是辩论耗费的时间，而不是辩论的质量，因为涉及质量时往往不会有什么异样——我回家就会很晚，这时候，多拉往往没有睡，听见脚步声，便总是下楼来迎我。如果我晚上能够闲着没事，不必忙碌着自己历尽艰辛才具备了资格的差事，而是坐在家里从事写作，不管时间多么晚，她都会静静地坐在我身边，默默无语，以致我常常会以为她睡着了。但是，在一般情况下，只要我抬起头，就会看到她蓝色的眼睛看着我，正如我说过的，神情专注，态度安宁。

“噢，一个多么疲倦的男孩子啊！”有一天夜里，我伏在写字台上写作，抬起头看到多拉的眼睛时，她说。

“一个多么疲倦的女孩子啊！”我说，“这样说才更加着要领呢，下次你得睡觉去，亲爱的。你待得太晚了。”

“不，别打发我睡觉去！”多拉恳求着说，她走到了我身边，“求求你，别那样！”

“多拉！”

令我大吃一惊的是，她搂着我的脖子抽泣起来。

“身体不舒服吗，亲爱的？不高兴了吗？”

“不！身体舒服，心情很愉快！”多拉说，“但得说你让我待着，看着你写作。”

“行啊，深更半夜，看到这么一双晶莹闪亮的眼睛，这是多么美妙的一道风景啊！”我回答说。

“可是这双眼睛晶莹闪亮吗？”多拉笑着接过话说，“晶莹闪亮，我真高兴。”

“有点小虚荣了吧！”我说。

但这不是什么虚荣，只是对我赞美表露出的喜悦，并无大碍。她还没有开口这样告诉我，我就清楚地知道了。

“如果你认为这双眼睛漂亮，那就说我可以一直待着，看着你写作！”多拉说，“你认为这双眼睛漂亮吗？”

“非常漂亮。”

“如果那样的话，就让我一直待着，看着你写作吧。”

“我担心，那样眼睛不会更加晶莹闪亮，多拉。”

“会更加晶莹闪亮的！因为吧，聪明的孩子啊，你在默默地构思时，不会把我给忘记掉。如果我说句非常非常傻气的话，你会介意吗？比平常说的还要更傻气？”多拉问，把头探过我的肩膀看着我的脸。

“那是怎样一句奇思妙想的话啊？”我说。

“请让我拿着那些笔，”多拉说，“你勤奋刻苦地写作，在这么漫长的时间里面，我想要找点事情做做。我可以拿着那些笔吗？”

我说了声可以，她显得美丽可爱，开心愉快，想起这一点，我不禁热泪盈眶。后来我坐下来写作的时候，她一直就坐在老地方，身边摆着一支备用的笔。她心想事成，终于同我的工作搭上关系了，每当我需要一支笔时，她就会显得兴致勃勃。我常常假装需要一支新笔，这让我找到了新的途径，知道如何取悦我的娃娃妻子了。我偶尔会谎称说，有一两张手稿需要抄写，这时候，多拉就会跃跃欲试，为这项了不起的工作做着各种准备，穿上工作裙，从厨房里借来围兜，防止墨水溅到身上。她花费了时间，还有不知多少次地停下来，冲着吉普大笑，好像它也懂得这其中的含义。她坚信，只有在末尾署上自己的名字，工作才算是完成了。她把抄写好的稿子交给我的方式，就像是学生交作业似的，然后，如果我表扬一番，她就会搂着我的脖子。这一切的一切，在别人看来可能平淡无奇，但我回忆起来确实感动不已。

这之后不久，她就掌管起钥匙来了，一串钥匙搁在一只小篮子里面，篮子系在她的纤纤细腰上，叮叮当当地在屋里走来走去。我极少发现，需要用到钥匙的地方是锁了门的，钥匙除了给吉普当玩具极少派上用场，但是多拉显得很开心，这样一来我也就开心了。令多拉感到心满意足的是，她把装模作样地管理家务当成真真切切地管理家务了。她开心快活，仿佛我们为了逗乐，在管理着一个娃娃的房子。

我们就这样过着日子。多拉对待姨奶一往情深，就像对待我一样，并且她时常对姨奶说，当初自己担心她是个“脾气暴戾的老东西”。姨奶事事宽容迁就，我从未见过她对任何人这样。她会逗引讨好吉普，但吉普对她不理不睬，会日复一日地听她弹吉他，但我觉得她并不喜欢音乐。从不数落那些百无一用的仆人，但她心里还是窝着火，很想发作。对于任何微不足道的东西，她一旦发现我们的多拉想要，就会大老远地步行去购买，让多拉喜出望外。每次从花园里来，发现多拉不在室内，就会在楼梯口大声呼喊，欢快的声音响彻整个房子：

“小花儿在哪儿呢？”

第四十五章

迪克先生践行了姨奶的预言

到如今，我不在斯特朗博士身边工作已经有一段时间了。但由于我同他住在同一个区域里，便常常可以看到他。有那么两三次的机会，我们大家一同去他家吃饭或者喝茶。老军事家已经在博士家里安营扎寨，常住不走了。她还是一如既往，完全没有变化，那两只长命百岁的蝴蝶依旧在帽子上面翩翩起舞。

我生平中见识过其他人的母亲，马克勒姆太太像她们中的一些人一样，喜欢寻欢作乐，其程度远远超出了自己的女儿。她要求大量的娱乐消遣，像个老谋深算的军事家，为了迎合自己的兴趣嗜好，假装出一片款款深情，说是为了替自己的孩子着想。博士倒是巴不得安妮愉悦心情，所以这特别符合这位卓越母亲的心意。对于博士明智审慎的见解，她由衷地表示赞同。

确实，我毫不怀疑，她在不明就里的情况下刺中了博士的伤口。除了显示一下成年人轻薄无聊和自私自利的做派之外，并没有别的什么意思，当然，并不是成年人就一定有这种做派的，所以，我认为，博士本来担心，自己对年轻的妻子形成了束缚，同时她这么强烈地建议他让妻子减轻生活压力，是不是他们之间感情不融洽，而她这样一来更是证实了他的担心。

“亲爱的人啊，”有一天，马克勒姆太太对博士说，当时我也在场，“你也是知道的，安妮总是这么被关在这儿，毫无疑问会感到郁闷无聊。”

博士点了点头，一脸慈祥。

“等到安妮到了她母亲这般年龄的时候，”马克勒姆太太一边说，一边挥舞着扇子，“到那时，可是另一番景象。如果有斯文雅致之士相伴，有牌局，你就是把我关进牢房，我也决不会想着要出来。但是，我不是安妮，你知道的。安妮也不是她母亲。”

“当然，当然。”博士说。

“你可是最最杰出的人。不，对不起！”因为博士做了个要她不要往下说的手势，“我必须要当着你的面说，就像背着你也一直是这样说一样，你是最最杰出的人。不过，当然啦，你总不会——对不对——同安妮有着一模一样的追求和爱好吧？”

“那倒是。”博士说，语气中透着伤感。

“那是，当然不一样，”老军事家回答说，“就拿你编纂的词典来说吧，一部词典是一部多么有用的著作啊！是多么有必要的一部著作啊！诠释着词汇的意义！如果没有约翰逊博士[①]，或者诸如此类的什么人，我们到此时此刻都可能还会把意大利熨斗说成是床架呢。但是，我们不能指望着一部词典——尤其是正在编纂当中的——使安妮产生兴趣吧，对不对？”

博士摇了摇头。

“因此，这就是为何我对你的体贴周到，”马克勒姆太太一边说，一边用收起的扇子在博士的肩膀上轻轻地敲了一下，“表示赞同的缘由。这表明，你不像一些上了年纪的人那样，盼望着年轻人的肩膀上长着老年人的脑袋。你观察过安妮的性格，而且已经了解了。这正是我所发现的魅力十足的地方！”

面对这一番听后令人难受的恭维话，我觉得，连心境平和和忍让有度的斯特朗博士脸上都露出了些许痛苦的表情。

“因此，亲爱的博士，”老军事家说，她亲热地在他肩膀上轻轻拍了几下，“无论何时，你都可以吩咐我。行啊，请一定要明白，我全

---

① 塞缪尔·约翰逊（Samuel Johnson，1709 年—1784 年），英国作家、诗人、评论家、词典编纂家，1755 年出版了两卷本《英语词典》，收词四万，词义精确，文学引语丰富，影响巨大，是英语词典编纂历史上的一座里程碑。此外还编著出版了八卷本《莎士比亚集》，十卷本《英国诗人作品序言和评传》（后修订为四卷本《诗人传》）等。

心全意为你效劳。我随时愿意陪同安妮去听歌剧，听音乐会，参观展览，去所有地方参加活动。你绝对不会发现我疲惫不堪。亲爱的博士啊，世间万事，责任是首要的！”

马克勒姆太太言行一致，属于那种能够承受大量消遣娱乐活动的人，而且能够做到坚忍不拔，乐此不疲。她只要拿起报纸（她每天都会坐在房子里那把最最柔软舒适的椅子上用单片眼镜看上两小时报纸），总能发现点内容，她肯定安妮是爱看的。安妮会争辩说，自己厌烦了这类东西，但徒劳无益。她母亲总是会劝说：“行啊，亲爱的安妮，我知道，你很明事理，但我必须得告诉你，亲爱的，对于斯特朗博士的一片好心，你并没有做出适当的回报啊。”

这种话通常都是当着博士的面说的，而在我看来，如果安妮有什么反对意见，这真会成为一个主导因素，促使她收回自己的不同意见。不过，她一般情况下都会听她母亲的。老军事家去哪儿，她就去哪儿。

马尔登先生现在很少陪同他们。有时候，我姨奶和多拉会被邀请到家里去，她们会接受邀请。有时候，只有多拉一人受到邀请，当时我对多拉去的事情感到不踏实，但想一想先前在博士书房里面发生过的事情，我改变了自己不信任的态度。我相信，博士是对的，也就不再疑心了。

姨奶有时候单独同我在一起时，会揉揉自己的鼻子说，她弄不明白那是怎么一回事，她希望他们更加幸福美满，认为我们的军人朋友（她就是常常这么称呼老军事家的）于事无补。姨奶进一步表明了自己的态度，“如果我们的军人朋友剪下那几只蝴蝶，送给扫烟囱的庆贺五朔节[①]用，那样的话，她就算是开始明事理了。”

但是，她坚定不移地相信迪克先生。此人显然是心里有数的，她会这样说，要是他能够把心里面的想法圈到某一个角落里，而这

---

① 该节日在每年的5月1日，中古时代和现代欧洲的传统春季节日，各地的习俗不同，但庆祝活动一般包括举着小树、枝叶或花环游行。狄更斯的《博兹特写集》中有一个篇章就叫《五朔节》，其中描述了扫烟囱的庆祝五朔节的情形。

恰恰是他的一个巨大困难，那他一定会以某种不同凡响的形式出人头地。

迪克先生对姨奶的这个预言并不知情。他一如既往地保持同博士和斯特朗夫人同样的关系，既没有加深也没有淡化，似乎像是一座建筑物，牢牢地落在原有的基础上。我必须得承认，我相信他的信念会坚定不移，就如同相信一座建筑物不会移动一样。

但是，我结婚几个月之后的一个晚上，当时我独自一人在客厅里写作（多拉和姨奶一道外出去同那两只小鸟喝茶去了），迪克先生把头探了进来，意味深长地咳嗽了一声，并且说：

"特罗特伍德，恐怕你同我说话就会影响你写作吧？"

"肯定不会，迪克先生，"我说，"请进来吧！"

"特罗特伍德，"迪克先生说，同我握了手，然后把一个手指按在自己鼻子的一侧，"我坐下来之前，想要问句话，你了解你姨奶吗？"

"了解一点点。"我回答说。

"她可是世界上最最了不起的女人啊，少爷！"

迪克先生像发射炮弹似的说过这句话之后，便坐了下来，神情比平常更加严肃，并且盯着我看。

"行啊，孩子，"迪克先生说，"我要问你个问题。"

"问多少问题都可以。"我说。

"你怎么看我这个人，少爷？"迪克先生把双手交叉往胸前一抱，问了一声。

"您是我亲爱的老朋友。"我回答。

"谢谢你，特罗特伍德。"迪克先生说，他双臂相交。

"一个亲密的老朋友。"我说。

"谢谢，特罗特伍德，"迪克先生回答说，他哈哈大笑，兴高采烈，伸过手来同我握了握，"但是，我的意思是，孩子啊，"他恢复了严肃的神态，"你觉得我这个方面怎么样？"说着他便触了触自己的额头。

我感到很茫然，不知如何回答，但是，他提示了我一下。

"比如说不好使？"迪克先生说。

“呃，”我含糊其词地回答说，“有那么一点儿。”

“一点没错！”迪克先生大声说，好像对我的回答很着迷，“那就是说，特罗特伍德，他们从那个人的脑袋里提取出一些烦恼的事情，放到你知道的那个地方，这时候，就有一种……”迪克先生两只手绕在一起，快速地相互转了起来，转了很多次，然后相互碰撞，接着又让其相互翻转，以表明处在一种心烦意乱的状态，“不知怎么搞的，那种事情就落到了我的身上，对不对？呃？”

我朝他点了点头，他又反过来朝我点了点头。

“一句话，孩子啊，”迪克先生说，他把声音放得很低，“我这人头脑简单。”

我本来想要修正他的这个结论的，但他阻止了我。

“没错，我是这样的人！你姨奶谎称我不是这样的人，说了她不听，但我就是这样。我知道自己是这样的。如果她不把我当朋友，少爷，这么多年来，我就会被关起来，过着惨不忍睹的生活。但是，我要赡养她！我抄写文稿挣来的钱一点儿都没有花，放在一只箱子里，我把遗嘱也立好了，钱全部都留给她。让她成为个富人，当个贵族！”

迪克先生掏出手帕，擦了擦眼睛，然后再小心翼翼地把它折起来，用两只手压平，放进口袋，仿佛姨奶也随着手帕放进口袋里了。

“你现在是个学者了，特罗特伍德，”迪克先生说，“是个优秀的学者，你知道，博士是个多么有学问的人，是个多么了不起的人。你知道，他一直都有多么抬举我。不因为自己的智慧而骄傲自大。他谦逊内敛，很谦逊内敛，连对头脑简单和不学无术的可怜的迪克都屈尊俯就。我把风筝放到天上，在云雀之间翱翔时，曾把他的名字写在一张字条上，顺着风筝的线往上升，风筝收到字条很高兴，少爷，天空因此而更加明媚如洗。”

我热情洋溢地对他说，博士理应受到我们最崇高的敬意和最诚挚的尊重，他听后高兴不已。

“而他美丽的夫人是一颗星星，”迪克先生说，“一颗耀眼的星星。我看着她发光发亮，少爷，但是，”他把椅子拉近了一点，一只手放到我的膝盖上，“阴影，少爷，阴影啊。”

他的脸上表露出了关切焦虑的神情，我的脸上也表露出同样的神色，我摇了摇了头，作为对他的神态的回应。

“是什么阴影呢？”迪克先生说。

他看着我的脸，充满渴求的目光，迫不及待地想要弄明白，所以，我说话速度缓慢，吐词清楚，费了很大的劲回答他的问题，就像对一个小孩子解释什么东西一样。

“很不幸的是，他们之间有分歧了，”我回答说，“有了某种不幸的缘由导致的分歧。这是个隐情。这事或许跟他们之间的年龄差异不无关系，或许什么原因也没有。”

迪克先生若有所思地点着头，数着我说的每一句话，等到我的话说完了，他便不点头了，而是坐在那儿，想起心事来了，他看着我的脸，一只手放在我膝盖上。

“博士没有生她的气吧，特罗特伍德？”过了一会儿，迪克先生说。

“没有。对她一往情深呢。”

“那样的话，我明白啦，孩子啊！”迪克先生说。

他突然兴奋起来，拍了拍我的膝盖，然后身子往椅子靠背上仰，眉头往上扬得不能再扬，这令我觉得他的神志比平常更加不正常了。他霎时又神情严肃起来，像先前一样身子往前倾，并且说——开始，毕恭毕敬地从口袋里掏出手帕，好像手帕确确实实代表了我姨奶：

“那位世界上最最了不起的女人，特罗特伍德，她为什么不出面扭转局面呢？”

“这种事情太过微妙，也太艰难，不便插手的。”我回答说。

“优秀的学者呢，”迪克先生说着，用手指触了触我，“他怎么也不出面啦？”

“原因和上面说的一样。”我回答说。

“如果那样的话，我明白了，孩子啊！”迪克先生说，接着在我面前站立起来，情绪比先前更加激动，不停地点着头，反复捶打着自己的胸脯，别人都会怀疑他非要点头和捶胸到断气才肯罢休。

“一个癫狂可怜的家伙，少爷，”迪克先生说，“一个傻子，一个心智不健全的人，就在眼前，你知道的！”他又捶打起自己来了，“或许可以干出杰出人物都干不出的惊天伟业。我要把他们俩召到一起，孩子啊，我要试上一试。他们不至于责备我，也不会对我表示厌恶，我做的事情即便是错了，他们也不会放在心上的。我只是迪克先生，谁会在意迪克呢？迪克是个微不足道的人！呼！”他吹了一口气，表示不屑和轻蔑，好像要把自己也吹走似的。

还好，他把自己的秘密透露到了这个程度，因为我们听到公共马车在花园的小门边停下了，是姨奶和多拉回来的那趟车。

“可不要吭声啊，孩子！”他轻声细语地接着说，“把所有责任都推到迪克身上，头脑简单的迪克，神志不清的迪克。一段时间以来，少爷，我一直在想，要想出一个办法来，现在想出来了。听了你对我说的话之后，我肯定，自己有办法了。这就对啦！”

关于这件事情，迪克先生再没有吭声过。但是，在接下来的半小时当中，他都把自己当成发报机了（让姨奶的心神不得安宁），向我发出指令，要严守秘密。

尽管我兴趣盎然，想要看看他的努力有什么结果，因为从他做出的决断当中，我看到了一道不可思议的亮光：他思维正常，情感高尚就更不要说了，因为他一向就表露着，可是，令人感到惊诧的是，两三个礼拜过去了，再没有听到这件事情的下文。最后，我开始相信，他满脑子奇思怪想，而且心神不定，要么早已忘记了自己的意图，要么放弃了。

一个天气晴朗的黄昏，多拉不想外出散步，我和姨奶便信步走到了博士的住房边。时值秋季，没有议会的辩论来搅乱傍晚的空气。我记得，我们脚踏着树叶朝前走，树叶散发出的气味，多像我们在布兰德斯通花园里的。随着呼啸而过的风，多像昔日痛苦的情感从身边掠过。

我们到达那幢房子边时，已经暮色四合了。斯特朗夫人正要从花园里出来，而迪克先生还逗留在里面，手上拿着刀在忙碌着，帮助园丁把木桩子削尖。博士则同什么人在书房里谈事情。但客人马上就会离开，斯特朗夫人说，请求我们留下来，见见博士。我们随着她一同走进客厅，在渐渐暗下来的窗户边坐下。我们作为老朋友和邻居，每次拜访时就免掉了客套。

马克勒姆太太通常总是会对什么事情大惊小怪，我们在那儿没坐多久，她突然就窸窸窣窣进来了，手里拿着报纸，气喘吁吁地说："天哪！安妮，你为什么不告诉我，书房里有客人啊？"

"亲爱的妈妈，"安妮语气平静地回答说，"我怎么知道，您想要知道这个信息呢！"

"想要知道这个信息！"马克勒姆太太说，她身子窝在沙发上，"我一辈子都没有这么吃惊过！"

"那就是说您到过书房啦，妈妈？"安妮问。

"是到过书房，亲爱的！"她加重语气回答说，"确实，我到过！我看到那位和蔼可亲的人——如果你们想一想我的感受，特罗特伍德小姐和大卫——正在立遗嘱。"

她女儿赶紧从窗户口回过头看了看。

"正在，亲爱的安妮，"马克勒姆太太一边重复说，一边把报纸摊在膝上，然后双手放在上面，"立他的遗嘱！亲爱的人儿深谋远虑，款款深情！我得把事情的原委告诉你。为了对得起亲爱的人，我确实必须——因为他就是个好人——得把事情的原委告诉你。或许您知道，特罗特伍德小姐，在这个家庭里面，不等到哪个人为看一张报纸把眼睛睁大到快要掉出来，是不会点上蜡烛的。还有，这个家里除了书房里有一把椅子，其他地方都没有，不能像我说的那样坐下来看报纸。这样我就去了书房，结果看到那儿灯亮着。我推开门，看到同亲爱的博士在一起的是两位专家，显然是搞法律的，三个人站在桌子旁边，亲爱的博士手里握着笔。'这么一来，就表达得清楚明了了'博士说——安妮，宝贝儿，这话可得仔细听好——'这样一来，先生们，我对斯特朗夫人的信任就表达得清楚明了了，把一切都全部无条件地留给她，对不对？’其中一位专家回答说，‘把一切都无条件地留给她。’听到他这么说之后，我怀着一个做母亲的天生的情感，说了‘天哪，对不起！’我还在门阶边摔了一跤，然后顺着后面储藏间的过道就离开了。”

斯特朗夫人打开了落地窗，走到了外面的露台，身子倚靠着一根柱子站立着。

“但是，难道，特罗特伍德小姐，难道，大卫，”马克勒姆太太说着，目光机械地随着女儿的身影，“看到在斯特朗博士这个年龄的人，有这个心力做这样的事情，不是很令人振奋吗？这只会表明我当初的决定是多么正确啊。那时候，斯特朗博士殷勤有加，前来拜访我，要向安妮求婚，我就对她说：‘亲爱的，我的看法是，安安逸逸的生活那是一点疑问都没有，而且斯特朗博士还会比他承诺的做得更加漂亮。’”

这时，铃声响了起来，我们听到了客人出门的脚步声。

“毫无疑问，一切都办妥帖了，”老军事家听了之后说，“亲爱的好人已经签了名，盖了密封印，交了出去，心安了。这样做就对啦！安妮，宝贝儿，我要拿着报纸到书房去了，不了解新闻我很难受。特罗特伍德小姐，大卫，请来见博士吧。”

我们跟随着她向书房走去的当儿，我留意到了迪克先生伫立在房间的阴暗处，正在把手里的刀子合拢。我还留意到，姨奶拼命地揉自己的鼻子，以这样一种温和的发泄形式，表明她不能忍受我们的军人朋友。但是，是谁第一个进入书房，马克勒姆太太如何一瞬间就坐到了她那把安乐椅中，或者我和姨奶如何一同被晾在门口边（除非是姨奶的目光比我的更加敏锐，结果把我给拦住了），如果说我曾经清楚这些情况的话，现在也已经忘记了。但是，一些情况我是记得清楚的，博士还没有看见我们，我们就看见他了，只见他坐在书桌边，态度平静，一只手支撑着头，身边全是他心爱的对开本书籍。与此同时，我们看到斯特朗夫人悄然进到了书房，脸色苍白，浑身发颤。迪克先生用一只胳膊搀扶着她，另一只胳膊搭在博士的胳膊上，引得博士神色茫然地抬头看了看。就在博士抬头的当儿，他夫人用一个膝盖跪在他跟前，祈求着举起双手，凝视着博士的脸庞，那表情我永远也不会忘记。面对此情此景，马克勒姆太太扔下手上的报纸，眼睛直勾勾地看着，就像是一具打算置于一艘叫作"惊愕号"船上的雕像，这恐怕是我能够想象得到的最形象的东西。

博士温文尔雅的态度和惊异的表情，他夫人恳求的姿态中蕴含着的尊严，迪克先生表露出的友好的关切之情，我姨奶喃喃自语着"竟然说他疯了"（语气中透着得意，因为她把他救出了苦难）时表现出的真挚情谊，当我在叙述的时候，我是看见了，听见了，而不仅仅是凭着记忆。

"博士！"迪克先生说，"出什么差错了？看这儿！"

"安妮！"博士大声喊着说，"不要跪到我跟前，亲爱的！"

"不！"安妮说，"我恳求你们大家，谁也不要离开这个房间！噢，我的丈夫兼父亲，打破长期以来的沉默吧。让我们说清楚，我们两人之间到底是怎么回事！"

这时候，马克勒姆太太已经恢复说话能力了，家族的尊严感和母亲的愤怒情绪油然而生，于是她激动地说："安妮，立刻站起来，不要像这样把自己弄得卑躬屈膝，让每一个同你有关的人都蒙受耻辱，除非你存心要看着我当场发疯！"

"妈妈！"安妮回答说，"别在我身上费口舌，因为我恳求的是我的丈夫，在这儿，连您都不算什么。"

"不算什么！"马克勒姆太太激动地大声说，"我，不算什么！这孩子神志不清了。请给我一杯水！"

我的全部注意力都集中在博士和他夫人身上，所以没有理会这一请求，其他人也根本没有在意，于是，马克勒姆太太气喘吁吁，眼睛发直，用扇子扇自己。

"安妮！"博士说，他温柔地用双手抱住她，"亲爱的！如果随着时光的推移，我们的婚姻生活会出现什么不可避免的变故，那不是你的错。错是我的，只是我一个人的。我的款款情意、爱慕之心和崇敬之意不会有任何变化。我渴望着让你幸福快乐，真诚地爱你，尊敬你。起来吧，安妮，求你啦！”

但安妮就是不起来。她朝他看了一会儿之后，向下依偎着他更近了，她把一只胳膊横放在他的膝盖上，然后把头伏在上面，开口说：

“如果我在这儿有朋友，在这件事情上，能够替我或者替我丈夫说句话；如果我在这儿有朋友，能够就我内心萌生的什么疑惑明明白白地说出来；如果我在这儿有朋友，尊重我的丈夫，或者关心过我，知道了什么情况，不管是什么，可能有助于我们之间的和解，我请求这位朋友站出来说吧！”

一片沉寂，我痛苦地犹豫迟疑了一阵之后，打破了沉默。

“斯特朗夫人，”我说，“我知道一点情况，但斯特朗博士曾经恳切地请求我保密，直到今晚，我一直都守口如瓶。但是，我认为，现在是时候了，如果再继续保密下去，那就是错误的守信和体谅了。你刚才的请求，使我从我的约束中解脱出来。”

她转过脸朝我看了一会儿，我知道我的做法是对的。即便她脸上的表情给予我的保证还不足以心服口服，但面对那恳求的神态，我也不能置之不理。

“我们将来能否平平和和地过日子，”安妮说，“这可能取决于你。我打心眼里相信，你不会隐瞒任何事情。我事先就知道，你或者任何别的什么人能够告诉我的就只有我丈夫如何如何心灵高尚，不会是别的什么事情。可能涉及我的话，尽管说出来好啦，不要有顾虑，事后，我会在他面前，在上帝面前，替自己辩解的。”

如此一番恳切的请求之后，我没有征得博士的许可，除了把尤赖亚·希普粗俗不堪的说法稍微委婉了一点，未做任何别的掩饰，便原原本本地把那天晚上在这同一间屋子里的经过说了出来。整个叙述过程中，马克勒姆太太眼睁睁地看着，偶尔还会发出尖锐刺耳的叫声，打断我的叙述，其情形无法描述。

我叙述完之后，安妮就像我先前描述的那样，默默无语了一阵子，头往下垂着。然后，她握住博士的一只手（他一直坐在那儿，保持着我们进房间时看到的相同姿势），紧紧贴在自己胸前，亲吻着。迪克先生轻轻地把她扶起来。当她开口说话时，便倚在迪克先生身上站立着，向下看着丈夫，目光没有从他身上移开过。

“对于自从我们结婚以来我心里面有过的所有想法，”她轻声地说，她语气温和，态度顺从，“我要全都说给你们听，既然我现在已经知道了这些情况，若是还有所保留，那是没法活下去的。”

“不，安妮，”博士说，他语气温和，“我从来就没有怀疑过你，孩子啊。没有必要说，真的没有必要说，亲爱的。”

“很有必要，”她用同样的语气回答说，“我要在这个心胸开阔、忠厚诚实的人面前敞开心扉，因为年复一年，日复一日，我越来越爱他，越来越崇敬他，此情此景，苍天可鉴！”

“确实，”马克勒姆太太插话说，“如果我还有一点判断力的话……”

（“你偏偏没有，你个咋咋呼呼只会坏事的女人。”姨奶义愤填膺，声音压得很低说。）

“那可就得允许我说一句话，讲这些细枝末节是没有必要的。”

“谁都不能对此做出判断，只有我丈夫能，妈妈，”安妮说着，目光还是没有从博士的脸上移开，“而他会愿意听我说的。妈妈，如果我说了什么话让您感到痛苦的话，请您原谅。首先，长期以来，我自己就常常背负着痛苦。”

“这我保证！”马克勒姆太太气喘吁吁地说。

“我很小的时候，”安妮说，“还是个小孩子时，我最早获得的知识，同一个耐心细致的朋友兼教师密不可分，这个朋友就是我已故的父亲，他永远是我热爱的人。我只要回忆起自己知道的什么事，就会想起他。他给我的心灵储存了第一笔财富，而且上面全部打上了他性格的烙印。我觉得，如果这些东西是从别人那儿得来的，那我是决不会把它们看得这么弥足珍贵的。”

“把她母亲看得一钱不值啦！”马克勒姆太太激动地大声说。

“不是这么回事，妈妈，”安妮说，“我只是实事求是地看待他罢了。我必须要这样做。我长大成人之后，他在我心里的地位依然如故。我为有他的关爱而感到自豪，于是我对他情深意笃，崇敬有加，感激不已。我对他的敬仰无法表达，作为父亲，作为导师，他的赞扬同其他所有人的都不同，即便我怀疑世界上所有的人，他都是我值得信赖的人。您是知道的，妈妈，当您突如其来地把他作为爱人介绍给我时，我是多么年轻而没有经验。”

“对于这个事情，我向这儿的每一个人至少说了五十遍啦！”马克勒姆太太说。

（“那么，看在上帝的分上，你就闭起嘴，不要再提好啦！”姨奶低声说。）

“刚开始时，我感觉到，这是个巨大变故，巨大损失，”安妮说，她仍旧保持着原有的神态和语气，“所以，我烦躁不已，焦虑不安，自己只是个小姑娘，一个长期以来我所敬仰的人，角色突然大变，我感到很难过。但是，无论如何，他不可能再回归到原先的他了，令我感到自豪的是，他竟然很看重我，所以我们就结婚了。”

“婚礼是在坎特伯雷的圣阿尔菲治教堂举行的。”马克勒姆太太说。

（“讨厌的女人！”姨奶说，“她就是静不下来！”）

“我压根儿就没有想过，”安妮接着说，脸上绯得通红，“丈夫会给我带来什么物质财富。我年轻的心容不得有如此低俗的向往。妈妈啊，如果我说，第一个让我觉得，用这样残酷的猜疑来冤枉我和冤枉他的人，恰恰是您，您可得原谅我啊。”

“我！”马克勒姆太太喊着。

（“啊！你，毫无疑问！”姨奶说，“我的军人朋友啊，你可无法用扇子扇掉啊！”）

“这是我步入新生活之后遇到的第一件伤心痛苦的事情，”安妮说，“这是我所遭遇的每一件不愉快的事情当中的第一件。后来，不愉快的时刻接二连三，数不胜数，但是，并不是……我宽宏大度的丈夫啊！并不是你所认为的那种原因造成的，因为在我的心目中，任何力量都不能把其中的每一种想法、记忆或者希望同你分开。”

安妮抬起眼睛，双手紧握，我认为，她看上去美丽动人，真心诚意，同任何圣灵相比，毫不逊色。从这一刻开始，博士也像她一样，目不转睛地看着她。

“妈妈无可指责，”她接着说，“因为她从未因为自己的事敦促过你什么，无论哪一方面，她的出发点都是无可指责的，这我可以肯定。但是，我看到，有多少无理要求借着我的名义压在你的身上，如何以我的名义拿你做交易，你又是多么慷慨大方，而威克菲尔德先生为了你的幸福着想，却对此多么深恶痛绝，这时候，我才第一次意识到这种无耻的怀疑，即我的柔情蜜意是买来的，世界上男人有的是，却卖给了你，这种怀疑就像无端的侮辱落到了我身上，而且还要强迫你来分摊。我无法告诉你这是怎样的一种感受，妈妈也不乏想象这种感受，我心里一直怀着这种恐惧和烦恼，但是，我自己的心里却明白，从我结婚的那一天开始，我登上了人生爱情和荣耀之巅！”

“为了关照一个家庭，”马克勒姆太太大声说，她声泪俱下，“竟然获得这样的酬谢！我真巴不得自己是个专横凶残的土耳其人！”

（“我也满心希望你是——而且是本土的！”姨奶说。）

“就在那个时候，妈妈处心积虑地为马尔登表哥着想。我先前是喜欢过他，”她说话的语气很柔和，但没有半点迟疑，“非常喜欢。我们曾经是一对小情人。如果不是情况有了异样，我可能会最终说服自己，真正爱上他，还可能嫁给他，成为命运最最悲惨的人。婚姻中最大的悬殊莫过于情不投意不合。”

即便我在聚精会神地听着她后面说的话的当儿，我仍然在仔细地琢磨着她刚才说过的话，好像其中包含着什么特殊的意味，或者里面有什么我没有领悟的含义。“婚姻生活中最大的悬殊莫过于情不投意不合。”

“我们之间，”安妮说，“不存在任何共同志趣。早就发现了，根本不存在。即便我没有更多的东西要感谢我的丈夫，而只是就着这一点，我应该对他深怀感激之情，因为我未加磨砺的心，有了最初不该有的冲动，是他把我从中拯救了出来。”

安妮静静地站立在博士面前，说话的语气真诚恳切，令我感动不已。但她说话的声音还和先前一样轻柔。

“他等待着你的慷慨相助，而且为了我的缘故被慷慨给予，我也被迫披上了唯利是图的外衣，我心里很难过，这时候，我觉得，如果他自己去开辟一条道路，对他会更加好些。我觉得，如果换了是我，我会不惜一切艰难困苦，试着去闯出一条道路。但是，在他动身去印度的那个晚上之前，我并没有把他想象得更坏。那天晚上，我知道了，他是一个虚情假意、无情无义之徒。当时，我从威克菲尔德先生对我审视的目光中看出了另一层意思。第一次意识到，我的生活中蒙上了一层猜疑的阴影。”

“猜疑，安妮！”博士说，“没有，没有，没有！”

“在你的心里，确实没有，我知道的，我的丈夫啊！”她回答说，“那天晚上，我到了你的跟前，目的是要卸下整个耻辱和痛苦的心理重负，我知道，自己必须得告诉你，在你的屋檐下面，我的一个亲戚，其实你为了爱我，已经成为这个人的恩人，对我说出了不应该启齿的话，即便我是他所认为的那种意志薄弱、见利忘义的人，也不应该说。这时候，那些话散发出的恶臭味，让我心里作呕，所以我便缄口不言了，直到如今，我也没有吭过一声。”

马克勒姆太太急促地呻吟了一声，身子向后靠在安乐椅上，躲到了扇子后面，好像永远都不打算露面了。

“从那时起，除了当着你的面，我从来就没有同他说过话，即使这个时候，也只是为了要避免像这样似的做一番解释。自从他从我这儿知道了他自己在这儿的地位之后，已经若干年过去了。你为了他有所长进，暗地里给他友好相助，是为了使我喜出望外才告诉给我，但你得相信，这样做只会加重我内心的痛苦和负担。”

她不顾博士拼命阻挠，动作柔和地在他面前跪下，双眼噙满泪水地看着他的脸，然后说：

“你先别同我说话！让我再说几句！无论对与错，如果这件事还要重新来过一次的话，我认为自己应该还会这样做的。我对你情真意笃，加上昔日的频繁交往，结果发现有人铁石心肠，竟然认为，我拿真心诚意做了交易，而且周围的种种迹象佐证了这种看法，你根本无法知道，这会是怎样的一种情形。我很年轻，加上没有人指导，在涉及你的问题上，我和妈妈之间存在很大的分歧。如果说我缄口不言，把自己遭遇的简慢无礼掩盖起来，那是因为我非常尊重你，同时非常希望你也会尊重我！”

“安妮，我纯洁的心啊！”博士说，“我亲爱的姑娘！”

“再说几句！很少的几句话！我心里常想到，你可以娶为妻子的女人很多，她们不会给你招致指责和烦恼，反而会使你的家变得更加温馨。还时常想到，自己恐怕还是继续当你的学生好些，几乎就是你的孩子，因为担心同你的学术和智慧不相匹配。如果说这一切使得我畏缩不前（我确实就是这么回事），其实我是要把这个说出来的，那仍然是由于我非常尊重你，同时也希望你有一天会尊重我。”

“那一天已经闪耀这么长时间了，安妮，”博士说，“而且只有一个长夜，亲爱的。”

“还有一句话！对于那个你施了恩惠的人，知道他是个卑鄙可耻之徒后，我心里有了压力，在这之后我打定主意——坚定地打定主意——承担全部压力。而现在要说最后一句话，最最亲爱和最最真挚的朋友啊！近期在你的身上有了变化，这是我怀着莫大的痛苦和悲伤看到的，有时候想到跟从前的恐惧有关，有时候心里思忖再三，做出种种更加接近于事实真相的推测，导致你变化的原因今晚揭晓了，同时，今晚我也偶然知道了，即便是有了误会，你依然宽宏大量，对我怀着充分的信任。我并不指望，自己回报的爱情和义务会使自己无愧于你对我的无价信赖，但是，既然我突然知道了这一切，我就可以昂起头来，凝视着这张亲切的脸，这张脸作为父亲的令我崇敬，作为丈夫的令我挚爱，作为朋友的早在我的童年时代就已视为神圣，同时我要庄严地宣告，我从未有过一丝一毫对不起你的念头，从未动摇过对你怀有的爱情和忠贞。”

安妮双臂搂着博士的脖子，博士垂着头靠向她，他灰白的头发同她深褐色的长发交缠在一起。

“噢，让我紧贴着你的心口吧，我的丈夫啊！决不要把我赶出去！不要认为也不要说我们之间存在什么差距，除了我有诸多不完善之外，我们之间根本没有任何差距。每过一年，随着我对你的尊重的加深，我对这一点也会看得更加明白。噢，把我贴近你的心口吧，我的丈夫啊，因为我的爱建立在巨石之上[①]，恒久不变！”

接下来是一片沉静，姨奶从容庄重地走向迪克先生，搂着他，给了一个响吻。幸亏为了犒劳他的功劳，姨奶有了这么一个举动，因为我相信，我看到他正要准备来个金鸡独立，作为一种表达快乐的恰当方式。

“你真是个了不起的人啊，迪克！”姨奶说，她洋溢着无限赞美的神情，“再不要装成另外一种样子啦，因为我很了解你！”

说完，姨奶扯了扯他的袖口，同时向我点了点头，我们三个人不声不响地出了房间，离开了。

“不管怎么说，我们给了我们那位军人朋友一个迎头痛击，”在回家的路上，姨奶这样说，“即使没有别的什么情况值得高兴的，就冲着这个我也会睡得更加安稳踏实的！”

“恐怕她心里挺受打击的。”迪克先生怀着深深的同情说。

“什么话！你见过鳄鱼很难过吗？”姨奶反问了一声。

“我想我没有见过鳄鱼。”迪克先生回答说，语气很温和。

“要不是那只老畜生，什么事情也不会有，”姨奶说，她语气加重了，“真的是很希望，一些做母亲的，在女儿出嫁了之后，还是让人家消停些好，不要那么疯狂地表示亲热。那些做母亲的好像以为，

---

① 典出《圣经·新约·马太福音》第七章第二十五节，聪明人把房子建在巨石上，可以经受风吹雨打。

她们把一个不幸的年轻女人带入这个世界上来，给她们唯一的回报——天哪，好像是女儿要求被带入，或者想要来似的——享有充分的自由，折磨着女儿再离开世界。你在想什么，特罗特？”

我在想着前面听到的那些话，心里还在琢磨着一些只言片语，“婚姻中最大的悬殊莫过于情不投意不合。”“一颗未加磨砺的心，有了最初不该有的冲动。”“我的爱建立在巨石之上。”但是，我们到家了。缤纷的落叶被踩踏在脚下，秋风萧瑟。

第四十六章

消　息

我对日期的记忆不是很精准，但如果可以信赖这种记忆的话，那一定是在我结婚一年左右的时候，有一天傍晚，我独自散步后返回，心里面想着当时正在写的一本书。由于自己坚持不懈的努力，我的成就与日俱增，而当时我正在忙着写自己的第一部小说。这时候，我从斯蒂尔福斯夫人的宅邸边经过。我先前居住在这个区域期间，经常从此经过，不过，能够选择别的路径，决不这样。然而，有的时候，不绕一个大弯子，还真不容易找到另外的路径，所以，总体说来，我还是经常打这儿经过的。

每当我步履匆匆从宅邸旁边走过时，顶多朝它瞥上一眼。宅邸一直都是那么阴森沉闷。最豪华的房间没有一间是临近大路的。那些空间狭窄、框架笨重的老式窗户，原本在任何情况下都毫无生气，现在窗门紧闭着，百叶窗总是拉得严严实实的，更加显得凄凉萧疏。有一道走廊横过铺了石头地面的小院落，通向一个从未启用的入口，楼梯边的墙上有个圆形窗户，与其他窗户显得不相称，唯有它没被百叶窗帘遮蔽，但也是一番毫无生气并且荒凉废弃的景象。我记得，整个宅邸里没有看到一道亮光。如果我是个偶尔路过的人，说不定会认为，有某个无儿无女的人死在里面了。如果我有幸不熟悉这个地方，而且常常看到其毫无变化的样子，我敢说，自己一定会兴致勃勃，产生许多奇妙的遐想。

实际情况是，我竭尽全力不去想它。但是，我的心思并不像身子那样，过去了就过去了，通常会产生万千思绪。在提到的这样一个特定的傍晚，童年时的种种记忆和后来的想象，半成形的希望的幽灵，朦朦胧胧的失望的残影，加上我当时正在忙于构思的作品，由此产生的经验和想象的混合全都交织在一起，呈现在我面前，因此，更加异乎寻常地引发了我的联想。我边走边出神地想着，旁边的一个声音让我大吃了一惊。

而且这还是个女人的声音，我立刻就想起来，这是斯蒂尔福斯夫人客厅里的那位小女仆，先前帽子上会系着蓝色的饰带。现在饰带去掉了，我估计是为了适应自己在府上情况的变化，只系上了一两个暗淡素净的棕色花结。

“对不起，先生，请您进屋同达特尔小姐谈一谈好吗？”

“是达特尔小姐叫你来找我的吗？”我问了一句。

“今天傍晚没有，先生，但都一样。一两天前，达特尔小姐看见您从这儿经过，于是安排我在楼道口干活儿，说如果再看见您，就请您进屋同她谈一谈。”

我转过身来，边走边问给我领路的仆人，斯蒂尔福斯夫人的情况怎么样。她说，夫人的情况很不好，很多时间都待在自己的房间里。

我们到达了府中，我被告知说，达特尔小姐在花园里，要我自己去见她。达特尔小姐坐在一个类似露台的一端的座位上，俯视着伦敦这座大都市。这是个阴森昏暗的傍晚，天空中呈现着灰暗的亮光，我眺望着远处阴森森的景致，阴暗的光线中，四处突兀着巨大的物体，这时候，我想到，眼前的景致同我记忆中的这位凶悍的女人倒是相得益彰啊。

我向她走近时，她看见了我，然后起身片刻迎接我。我当时觉得，她同我上次看到时相比，脸色更加苍白，身子更加瘦削，那双闪亮的眼睛更加明亮，嘴边的伤痕更加显而易见。

我们见面的气氛并不热烈，上次的见面就是不欢而散的，她显露出不屑一顾的态度，而且毫不掩饰。

“听说你有话对我说，达特尔小姐。”我说，我站在离她不远处，一只手搭在座位的靠背上，谢绝了其手势示意我坐下的邀请。

“对不起，”她说，“问一声，那个姑娘找到了吗？”

“没有。”

“可她已经跑了。”

我看到，她看着我的当儿两片薄薄的嘴唇在动着，好像是迫不及待地要对埃米莉进行谴责。

“跑了？”我重复了一声。

“没错！从他身边跑的，”她说着，笑了笑，“如果还没找到她，或许永远找不到了，她可能已经死了。”

她看我时，脸上露着扬扬得意的残忍表情，这我在任何人脸上都不曾见到过。

“巴不得她死了，”我说，“这或许是她的同伴所能够寄予她的最善良的愿望。达特尔小姐，时光流逝，你变得温柔了许多，这我很高兴。”

她没有屈尊俯就地接过这句话，但是，她把脸转向我，又轻蔑地笑了一下，然后说：

“那位卓越的而又受到严重伤害的年轻小姐，凡是她的朋友，同时也都是你的朋友。你是他们的声援者，捍卫着他们的权利。你希望知道有关她的情况吗？”

“希望。”我说。

她露出令人厌恶的笑容然后站起身，朝着把草坪和菜园分隔开的冬青树篱走了几步，提高嗓门喊了一声，“到这儿来！”好像是在吆喝一头肮脏的畜生。

“毫无疑问，你在这儿会克制住自己，不做感情外露的声援者或复仇者吧，科波菲尔先生？”她问，扭过头看着我，表情依旧。

我点了点头，但不知道她这么说是什么意思。她接着又喊了一声，“到这儿来！”她转过身后，后面跟着那位体面的利蒂摩先生，朝我鞠了一躬，随后站立在达特尔小姐身后。达特尔小姐靠坐在我们之间的一把座椅上，凝视着我，一副邪恶的样子，得意扬扬，说起来很奇怪，这其中也不乏女性的媚态，真抵得上传说中的那位残忍的公主[①]。

“行啊，”她说，她态度专横跋扈，连看都没有看他一眼，摸了摸那块在颤抖着的旧伤疤，或许在眼下这个情形下，她心里怀着的是快乐而非痛苦，“把那个姑娘逃跑的事告诉科波菲尔先生吧。”

“我自己和詹姆斯先生，小姐……”

“别对着我说！”达特尔小姐皱着眉头，打断了他的话。

“我自己和詹姆斯先生，先生……”

“也请你别对着我说。”我说。

利蒂摩先生毫不慌张，用微微的鞠躬表示，任何事情，我们心满意足的，他就心满意足。然后又开口说：

“打从那个年轻女人在詹姆斯先生的保护下离开了雅茅斯之后，我和詹姆斯先生就带着她到了国外。我们到过许多地方，见识过很多国家，到过法国、瑞典、意大利，实际上，几乎是所有地方。”

他看着座椅的靠背，好像是在对着那个说话，他轻轻地用手在上面弹着，好像是在弹奏一架无声钢琴的琴键。

“詹姆斯先生不是一般地喜欢那个年轻女人，我伺候了他很长时间，根据我对他的了解，他从来都没有这么安分过。年轻女人是可塑之才，可说几种外语，谁都不认为她是原先的那个乡下人了。我注意到，无论我们走到哪儿，她都颇受人们钦佩。”

达特尔小姐把一只手支在腰上。我看见利蒂摩不动声色地瞥了她一眼，暗自微笑着。

“那个年轻女人确实大受人们钦佩。有漂亮的衣着打扮，有清新的空气和明媚的阳光，有众人的另眼相看，有这样那样的情况，她的

① 典出古希腊悲剧大师欧里庇得斯的《美狄亚》。科尔喀斯城邦国王的女儿美狄亚爱上了伊阿宋王子，并帮他盗取金羊毛，在他们返回希腊途中，美狄亚杀死了追赶她的亲弟弟。回国后，美狄亚用计杀死了伊阿宋的叔叔，帮他夺回王位。后来，伊阿宋移情别恋，美狄亚为了复仇，杀害了自己的亲生儿子，毒死了伊阿宋的新欢，然后逃回了故乡。因此，在希腊神话中美狄亚代表着高贵、美丽、聪明、冷酷、残忍的复仇女神形象。

优点确实吸引广泛的关注。”

利蒂摩先生稍停了片刻，达特尔小姐神情不安，目光游离到了远处的景致，咬住下嘴唇，不让嘴巴抖动。

利蒂摩先生双手从座椅背上移开，身子重心支在一条腿上时，一只手握住另一只，眼睛朝下看，那颗体面的头微微向前倾，微微侧向一边，接着说：

“那个年轻女人就这样持续了一段时间，有时候情绪低落，到后来，我估计，她情绪低落，脾气又不好，这使得詹姆斯先生烦腻了，事情被弄得很别扭。詹姆斯先生又开始烦躁不安起来。他越是烦躁不安，她的情绪就越不好，而对于我本人而言，我得说，自己夹在他们中间，真是很不好过。但是，事情还是不断地得到了补救，一次又一次地这样，毫无疑问，总体来说，持续的时间比任何人预料的都要长些。”

达特尔小姐把目光从远处收了回来，再一次用先前的那种目光看着我。利蒂摩先生用手遮掩着体面地咳嗽了一下，以便清清嗓子，身体的重心换到另外一条腿上，然后接着说：

“最后，总体来说，争吵和责骂不断。我们当时住在那不勒斯[①]一个区域的一幢别墅里（年轻女人对大海情有独钟）。一天早晨，詹姆斯先生出发离开了那儿，谎称自己一两天就会回来，实际上又责成我负责说明真相，为了大家的幸福，他这一去，”说到这儿，他又短促地咳嗽了一声，“就不复返了。但是，我得说，毫无疑问，詹姆斯先生的做法特别有风度，因为他提出，年轻女人嫁给一个非常体面的人物，此人对过去的一切完全忽略不计，而且，年轻女人的家庭背景平常得很，正常情况下要攀上什么人，此人至少不会比那些人中的任何一个差。”

他又换了一条腿来支撑身子重心，湿润了一下嘴唇。我心里已经有底了，这个浑蛋说的就是他自己。我发现，自己的想法从达特

① 意大利西南部港口城市。

尔小姐脸上的表情中得到了证实。

“这些话我也是奉命说的。为了能够帮助詹姆斯先生摆脱困境，能够使他和充满爱心的母亲之间和好，母亲为了他含辛茹苦，我什么事情都愿意去做。因此，我担当起了使命。我把詹姆斯先生离开的实情说明了之后，年轻女人反应强烈，其程度出乎预料。她很疯狂，要使出力量才能制止住，或者说，即便弄不到刀子，或者到达不了海边，她也会把脑袋往大理石地板上撞。”

达特尔小姐身子向后靠着座椅上，脸上呈现得意之色，好像要把那家伙嘴里吐出的每一个词品味一番。

“但是，当我要着手处理托付给我的第二件事情时，”利蒂摩先生说，他态度不安地搓着双手，“不管怎么说，这种事情任何人都认为，这种好意应该深表感激才是，那个女人显露出了本来面目。我确实没有见过比那更加气急败坏的人，其行为恶劣，很令人吃惊，没有了感激，没有了情感，没有了耐性，没有了理性，跟一块木头或者石头差不多。要不是我小心提防，我肯定，她会要了我的命。”

“因为这个，我更加对她肃然起敬了。”我说着，义愤填膺。

利蒂摩先生垂下了头，等于在说：“真的吗，先生？但是你还年轻着呢！”然后他继续叙说。

“一句话，在一天时间里，凡是她能够用来伤害自己或者别人的东西，都拿得离她远点，并且把她关起来。尽管如此，她还是在夜间逃跑了。有一扇格窗，是我亲手钉牢的，但她给撬开了，人落在下面缠绕的葡萄藤上。据我所知，从那以后，没人看到过她，或者听到过有关她的消息。”

“她或许已经死了。”达特尔小姐说，脸上露着微笑，好像可以朝着那个毁掉了的姑娘的尸体踏上一脚似的。

“她也可能投海自尽了，小姐，”利蒂摩先生回答说，“很有可能是这样的。要不就是，得到了船夫们、船夫的妻子们和孩子们的帮助。她喜欢和下等人相处，习惯于同他们在海滩上说话，达特尔小姐，坐在他们的船边。詹姆斯先生不在家的时候，我知道，她整天就是这么做的。有一回，詹姆斯先生很不高兴，因为他发现，她告诉了孩子们，自己是个船夫的女儿，很久以前，在自己的国家里，像他们一样，漫步在海滩。”

噢，埃米莉！不幸的美人啊！我的眼前出现了她的身影，只见她坐在远处的海岸边，在同她一样天真无邪的孩子们中间，一边听着他们尖细的声音，如果她是个穷人的妻子，孩子们可能要叫她母亲了，一边听着大海的咆哮，似乎在没完没了地喊着："永不再！"

"当情况已经很清楚，没有任何办法的时候，达特尔小姐……"

"我不是告诉过你，不要对着我说话吗？"达特尔说，态度严厉，表情轻蔑。

"您对我说过的，小姐，"他回答说，"请原谅，但是，我的职责就是服从。"

"那就尽你的职责吧，"她回答说，"把你的故事叙述完，然后走人！"

"情况已经很清楚了，"他说着，一副十足体面的样子，然后顺从地鞠了一躬，"再也找不到她，这时候，我就去见詹姆斯先生，到了我们约定通信的那个地方，把发生的情况告诉了他。结果我们之间争吵了起来，我感觉为了维护自己的人格尊严，我必须得离开他。在詹姆斯先生面前，我能够忍气吞声，而且也忍了很长时间，可这次他太过分，他侮辱了我，伤害了我。我知道，很不幸的是，他们母子之间有了分歧，做母亲的心里很是焦虑，于是我擅作主张回到了英国，叙说……"

"因为我付了钱给他。"达特尔小姐对我说。

"事情确实如此，小姐，叙说了我所知道的情况。我不知道，"利蒂摩先生说，他思忖了片刻，"还有别的什么情况。眼下我已经失业了，很想有份体面的事做。"

达特尔小姐瞥了我一眼，好像是想要询问我还想要问什么问题，由于我当时脑子里面突然想到一件事情，于是便回答说：

"我想要从这个……这个人嘴里知道，"更加客气的话，我说不出口，“他们是否压下了埃米莉家里面寄给她的一封信，或者他是否认为，她收到了那封信。”

他态度平静，缄口不言，眼睛盯着地上看，右手的每个指尖灵巧地顶着左手的每个指尖。

达特尔小姐态度轻蔑，扭过头向着他。

“对不起，小姐，”他说，他从沉思中回过神来，“但是，不管我在您面前要多么俯首帖耳，尽管我是个仆人，但我还是要有自己的原则立场。科波菲尔先生和您，小姐，是属于不同类型的人。如果科波菲尔先生想要从我这儿了解到什么情况，我冒昧地提醒科波菲尔先生，他可以向我提出问题，但我要维护自己的人格。”

我让自己平静了片刻，然后目光投向他说：“你已经听到我的问题了，就请把它看成是向你提出的吧。你怎么回答呢？”

“先生，”他回答说，灵巧的手指时而分开时而合拢，“我的回答必须是有限度的，因为把詹姆斯先生的秘密透露给他母亲，跟透露给您，这是两件不相同的事情。我认为，对于造成情绪更加低下、心情更加不愉快的信，詹姆斯先生是不大可能会让她收到的，先生，只能点到为止啦，不能再说下去。”

“就这个问题吗？”达特尔小姐问我。

我表示说，自己没什么别的话要说了。“只不过，”我见他要离开，便补充说，“我明白了，在这件缺德的事情当中，这个家伙扮演了什么样的角色，还有就是，由于我会把这个情况告诉那位埃米莉从小就认作父亲的诚实人，我倒是要提醒眼前这个人，公共场所还是少去为妙。”

我刚一开口，他就停住了脚步，认真地听着，态度还跟平常那样镇定。

“谢谢，先生。但是，请原谅，先生，我得说，在这个国家，没有奴隶，也没有奴隶主，人们不可以藐视法律。我相信，如果这样，那是自取灭亡，而不至于给别人带来什么影响。所以说，我愿意去哪儿就去哪儿，用不着害怕，先生。”

说罢，他毕恭毕敬地向我鞠了一躬，也向达特尔小姐鞠了一躬，然后穿过冬青树篱中间的一个拱门，他就是从那儿过来的，然后离开了。我和达特尔小姐彼此默默无言，相互打量了片刻，她的举止神态跟刚才把那个人召唤过来时一模一样。

“此外，他还说，”她说，嘴唇慢慢向上噘，“他听说，他的主人在西班牙海岸航行，结束之后，离开了那儿，去过航海的瘾，直到玩腻了为止。但这个事情对你来说没有什么兴趣。在那两个高傲自大的人之间，就是那位母亲和儿子之间，裂痕比先前更加大了，几乎没有什么希望修复，因为他们属于一路人，时光流逝，他们各自都变得越来越固执己见，越来越傲慢无礼。这个你也不会感兴趣的。但是，这倒是引出了我想要说的话，那个你把她当作天使的魔鬼，我指的是那个他从潮汐的淤泥里救出的卑贱女子，”她黑眼睛睁得大大地看着我，激动地抬起一根指头，“有可能还活着，因为我认为，有些平凡的东西是很难消亡的。如果她还活着，那你一定很想找到那颗无价的珍珠，并且珍藏好。我们也想这样啊，那样的话，他也就不可能再一次成为她的受害者了。至此，我们的利害关系是一致的。正因为如此，我才叫仆人把你召唤进来，让你听听刚才说到的那些情况。至于那个卑微下贱的人，要让她尝尝苦头，我是使得出手段的。”

从她脸上表情的变化，我明白了，有人在我身后向我走来了。是斯蒂尔福斯夫人，她把手伸向我，神情比上一次还要冷漠，态度也更加威严。不过，尽管如此，我还是看得出——这一点令我感动——她神情中还是透着对我昔日对他儿子爱慕的感念。她变化很大，硬朗的身子远不如从前挺直了，秀美的脸上刻下了深深的皱纹，头发几乎全白了。但是，等她在座位上坐下之后，还是位端庄秀美的夫人，我很熟悉那明亮而透着高傲神情的目光，在我读书求学时，那目光是我梦中的灯光。

“把所有情况都告诉科波菲尔先生了吗，罗莎？”

“告诉了。”

“是听利蒂摩说的？”

“对，我把您为何想要让他知道这事的原因告诉了他。”

“你是个好姑娘。我和你从前的朋友通过一些信，先生，”这话她是对着我说的，“但没有唤醒他的理智，想到要尽一尽做儿子的责任或者天职。因此，对于这件事情，除了罗莎提到的，我再没有什么别的奢求。这样一来能够减轻你带到我家里来的那个体面人的心理负担（对于他，我只能说对不起），如果通过这种办法，可以避免我儿子再次落入处心积虑的敌人设置的重重陷阱，那该有多好啊！”

她挺直了身子坐着，眼睛朝前看，眺望着远处。

“夫人，”我说，态度毕恭毕敬，“我明白您的意思，保证不会误解的。但是，即便是当着您的面，我也必须得说，我从童年起就熟悉那个受到了伤害的家庭，如果您认为那个蒙受了深深的屈辱的姑娘没有受到别人恶毒的欺骗，而她现在如果不是哪怕死上一百次，也不肯从您儿子的手上接过一杯水的话，那您就大错特错了。”

“行啊，罗莎，行啊！”斯蒂尔福斯夫人说，因为罗莎正要准备插嘴，“没有关系，该怎样就怎样吧。我听说你结婚了，先生？”

我回答说，自己结婚有一段时间了。

“而且日子过得很舒心吧？我现在深居简出，听到的消息很少，但我知道，你已经开始出名了。”

“我一直运气很好，”我说，“我得到了一些人的赞扬。”

“您没有了母亲吧？”她问话的声音很轻柔。

“没有。”我回答说。

“真是遗憾啊，”她回答说，“如果她在的话，一定会为您感到自豪的。再见吧！”

她态度矜持，神情冷漠，我握住了她向我伸过来的手，那只手显得很平静，同她的心一样平静。看起来，她的傲气可以使她的脉搏镇静，能够使她的面部遮上一层平和宁静的面纱，透过面纱，她坐着径直眺望远方。

我在顺着露台离开她们的当儿，不禁注意到，她们两个人一动不动地注视着前方的景致，暮色笼罩着她们。远处的城市里，早早点燃的灯光星星点点，已经在各处亮起来了。东方的天际，灰暗的霞光依旧闪烁着。但是，在她们与城市之间形成了一片宽广的谷地，一片雾霭升起，有如大海，正同暮色混为一体，仿佛滚滚洪流要把她们吞没。我有理由回忆这个情景，想起来感到恐惧，因为我还未来得及再看上她们一眼，那汹涌澎湃的大海就已经涌到她们的脚下了。

想了想我听到的这些情况，我觉得，我应该告诉佩戈蒂先生。翌日傍晚，我便到伦敦去找他。他一直在各处徘徊着，目的只有一个，那就是找到外甥女，但是在伦敦待的时间比在别处要多些。我常常在夜深人静的时候看见他在街上走过，想从在那种时间里还在外面徘徊的寥寥落落的人群中间寻找到他害怕找到的人。

他在亨格福德市场的一家小杂货店楼上租了间房子，我不止一次提到那个地方，他当时就是从那儿出发开始寻人行动的。我朝着那儿走去，向店主打听了一下后得知，他还没有出门，上楼就可以在他的住处找到他。

他坐在窗台边看书，窗台上摆了些花草，房间里收拾得干干净净，井然有序。我一眼就看出了，他做好了随时迎接埃米莉的准备，所以每次外出都会想到，自己会把她带回家来。我轻轻地敲门，但他没有听到，等到我把手触到他肩膀上时，他才抬起头来。

“大卫少爷来啦！谢谢您，少爷！我打心眼里感谢您来看我！您请坐吧。热烈欢迎啊，少爷！”

“佩戈蒂先生，”我说，我坐到了他给我搬过来的一把椅子上，“不要抱太大的希望！不过我倒是听到了一点消息。”

“关于埃米莉的！”

他眼睛直勾勾地看着我，神色紧张，一只手放到嘴边，脸色苍白。

“消息没有提供她的下落，但知道她已经不跟他在一起了。”

佩戈蒂先生坐了下来，目不转睛地看着我，默不作声地倾听我把情况告诉他。我还清楚地记得，当时，他慢慢地把目光从我身上移开后，坐在那儿眼睛向下看，一只手支撑着前额，那张给我留下深刻印象的坚韧庄重的脸上透着尊严感，甚至是美感。他没有插一句话，始终默默无语，似乎在随着我的叙述追寻着埃米莉的身影，其他事情一概让它过去，好像根本不存在。

等到我叙述完之后，他双手捂住脸，仍然一声不吭。我朝着窗户外面看了一会儿，又仔细端详着那些花草。

“您怎么看这个事，大卫少爷？”他最后开口问了一声。

“我认为她还活着。”我回答说。

“我不知道。或许第一个打击太过沉重了，我心里面茫然，她过去常常说到蓝色的海水。这些年来她时时想到大海，难道是因为大海要成为她的坟墓吗？”

他一边沉思着，一边说着这些话，声音低沉，透着恐慌，然后在小房间里来回走着。

“然而，”他补充说，“大卫少爷，我可以肯定，她还活着。我心里清楚，无论是醒着还是睡着了，我都相信，自己一定可以找到她。这个信念一直引导着我，支撑着我，我决不相信自己会受骗。不会！埃米莉还活着！”

他坚定地把那只手放下搁在桌子上，黝黑的脸上透着坚毅的神情。

“我外甥女埃米莉还活着，少爷！”他语气坚定地说，“我不知道这消息是从哪儿听来的，怎么会有这个消息，但我已经知道了，她还活着！”

他说这话时，就像个被神灵启示过的人一样。我等待了片刻，直到他能够集中注意力看着我，我这才把昨晚想到的可以采取的措施解释给他听。

“先听我说吧，亲爱的朋友……”我开口说。

“谢谢，谢谢，心地善良的少爷！”他说，双手紧握着我的一只手。

“如果她来伦敦的话，这很可能，因为伦敦这么一座大城市，她要隐姓埋名躲藏起来的话，比哪儿都更加方便。而如果不愿意回家，除了隐姓埋名躲藏起来，她还会希望干什么呢？”

“而她不会回家的，”他插话说，他伤心地摇了摇头，“如果是她自愿离开家，也许会回家，可实际情况不是这么回事啊，少爷。”

“如果她回到了这儿，”我说，“我认为这儿有那么一个人，比世界上任何一个人都更加有可能寻找到她。还记得吗？用坚强的意志，记住我说的。想想自己怀有的宏伟目标，还记得玛莎吗？”

“我们那镇上的？”

不用他回答，从他的脸上就知道了。

“你知道她在伦敦吗？”

“我在街上看见过她。”他回答说，身子哆嗦了一下。

“但是，你不知道，”我说，“埃米莉在离家出走前不久的一个晚上，在你妹妹的家里，她征得哈姆的同意，接济过玛莎。你也不知道，有一天晚上我们相遇了，在那边的房间一道说话来着，当时，她在门外听着呢。”

“大卫少爷？”他回答说，惊诧不已，“就是下大雪的那天晚上？”

“是那天晚上。后来就再没有见到她了。离开你之后，我就想要返回去同她说话，但她已经走了。当时我不愿意同你提起她，现在也还是不愿意，但她就是我说的那个人，我觉得我们应该同她联系上。你明白我的意思了吗？”

“太明白了，少爷。”他回答说。我们说话时压低了嗓门，几乎是耳语了，而且持续用那种声音交谈着。

“你说你见到过她，你觉得能够找到她吗？我希望能够有幸遇上她。”

“我觉得吧，大卫少爷，我知道到哪儿去找她。”

“天已经暗下来了，既然我们已经在一起了，现在就出去，今晚就去找她，怎么样？”

他同意了，准备陪同我一道出去。我没有表露出在注意他的行动，但我发现他在小心翼翼地整理小房间，摆好了蜡烛和点燃蜡烛的东西，铺好床铺，最后打开抽屉，从一堆她叠得整整齐齐的衣服中取出一件（我记得看见她穿过的），还有一顶帽子，他把它们放在一把椅子上。他并没有提到这些衣物，我也没有。毫无疑问，衣物在那儿等啊等，等了一个又一个夜晚。

“那时候，大卫少爷，”我们下楼时，他说，“我把玛莎那个丫头差不多看成埃米莉脚下的尘土，愿上帝宽恕我啊，现在情况可大不一样啦！”

我们一路向前走时，我询问了他关于哈姆的情况，一方面是要寻找话题同他说话，另一方面也是想要知道哈姆的情况。他的说法几乎还是同原先的一模一样，说哈姆还是老样子，“拼命干着活儿，毫不顾及自己的身体，毫无半句怨言，大家都喜欢他。”

涉及造成他们不幸的那个人时，我问他，哈姆的心里是怎么想的？他是不是认为这事很危险？比如说，如果哈姆同斯蒂尔福斯冤家路窄见了面，他认为哈姆会采取什么行动？

“我不知道，少爷，”他回答说，“我也常常想到这个事，但不管怎么想，都想不出一个结果来。”

我提醒他回忆一下离开后那个早晨的情形，当时我们三个人聚在海滩上。“你还记得吗，”我说，“他一脸疯狂的样子，看着大海，嘴里说着‘事情的结局’。”

“我当然记得！”他说。

“你认为他的话是什么意思？”

“大卫少爷，”他回答说，“这个问题我也问了自己不知多少遍，但没有找到答案。还有一件不可思议的事情，那就是，尽管他和蔼客气，但不知道他心里是怎么想的，我对这事心里挺不踏实的。他对我说话时，从来都是毕恭毕敬的，现在也还没有任何改变，但他的心思绝不是像浅水一样一眼就可以见到底，水深着呢，少爷，我是没法见到底的。”

“你说得对，”我说，“我有时候也为这事焦虑着。”

“我也是，大卫少爷，”他回答说，“实话对您说，他这个样子，比他拼着命干活儿还要更加令我揪心，尽管两种情况都是在他身上发生的变化。我不知道他遇到什么情况会不会做出暴力的事情，但愿他们两个人不要遇到一起。”

我们走过圣堂栅栏门[①]进入城内。这时佩戈蒂先生不再说话了，他在我身旁走着，全心全意地在思索着自己毕生为之奉献的唯一目标，他继续朝前走着，默默无言地调动自己的全部心智，从而使得他在芸芸众生中显得形单影只。我们走到离黑衣修士桥不远处了，这时，他突然扭过头，指着街道对面一个匆匆独行的女子，我马上就知道，那就是我们要寻找的人。

我们横过了街道，匆忙追赶着她。这时我突然想到，如果我们离开人群，在一个静谧的地方同她说话，因为那样我们不大容易被人注意，也许她更加容易被激发起一个女人对那个失踪的姑娘的关切之情。因此，我向佩戈蒂先生提议，我们先不急于同她说话，而是跟随她，之所以商议这样一种做法，同时我的心中还隐隐地怀着一种欲望，那就是想要知道她到底要到何处去。

佩戈蒂先生同意了我的提议，我们便远远地跟随着她，决不能让她消失在视线中，又决不走得太近，因为她会常常朝四周张望。她一度停下来听一支乐队演奏，这时我们也停下来了。

她一直不停，走了很长路程，我们仍然跟随着。很显然，从她那行走的架势可以看出，她是要走向一个固定的目的地。这样一来，还有她一直行走在繁忙的街道上，以及我认为，这样神神秘秘地跟踪某一个人，其中具有的不可思议的魅力，使得我要坚持最初的打算。最后，她拐进了一条寂静昏暗的街道，这儿再也听不到喧闹声，看不到熙熙攘攘的人群。这时，我说：“我们现在可以同她交谈了。”于是，我们加快了脚步，朝着她身后走去。

① 昔日伦敦城的西门。

第四十七章
玛　莎

我们现在已经到达威斯敏斯特区。我们看见她迎面朝我们走过来，便也转过身跟在她后面。走过威斯敏斯特区后，她便从大街上的灯光和喧闹声中消失了。她摆脱了从桥上来回的两股人流之后，便继续步履匆匆地向前行走，由于这个原因，加上她拐弯时落下我们一大段，我们一直追到米尔班克附近的一条狭窄的临河小街才赶上了她。在那当儿，她横过了街道，好像是要躲闪开她听到的紧跟在身后的脚步声。她没有回头看，但继续横过街道，步伐更快了。

我们到达了一个昏暗阴沉的门道口，那儿停着几辆供人夜宿的大篷马车，透过门道我们瞥见了那条河，这使我不由得停下了脚步。我没有吭声，只是碰了一下身边的伙伴，我们俩都没有横过街道去跟踪她，而是在街对面跟着，尽可能不声不响地沿着房屋的阴处跟踪着，但靠她很近。

当时，那条地势很低的街道尽头有一幢久废失修的小木屋，我写作的时候还在，可能是一个废弃的渡船码头。其位置正好是在街道尽头。旁边就是一条大路，一边是房舍，一边是河流。她一到了这儿，并且看到了水，便停住了脚步，好像目的地到了。随即她又慢慢地沿着河边朝前走，一边凝视着河水。

到这儿来的一路上，我一直都以为，她是要去某一个住所，确实，我隐隐约约地怀着这样的希望，那个住所有可能同那位失踪的姑娘有关。但是，透过门道，朦朦胧胧地看到那条河之后，我隐约感到，她不会再往前走了。

当时，那一带萧疏荒凉，如同伦敦周边的任何一个地方一样，到了夜间，气氛沉闷，衰败凄凉，荒芜寂寥。那座阴森森的大监狱旁边是一条冷僻荒芜的路，路边没有码头，也没有房舍。监狱的围墙根下，是一条积满淤泥的水沟，没有流动的水。附近是一片沼泽滩地，满地杂草。在一处地方，搭了一些房舍的架子，由于当时未选在吉日开工，便半途而废了，现在任其圮废坍塌。在另一处地方，满地躺着锈蚀了的铁疙瘩，有锅炉、轮子、曲轴、管子、火炉、桨、锚、潜水钟、风磨帆，还有许多我叫不出名字的奇形怪状的东西，全是哪个投机商人收集来的，全都躺在地上。遇上天下雨，地面潮湿了，由于其本身的重量，它们便下沉到土里了，看那架势要把自己隐藏起来，但又徒劳无益。河岸边，形形色色地传出叮叮当当的敲击声和发出闪烁耀眼的光束，到了夜间，会惊扰一切，除了烟囱里源源不断冒出的浓烟之外。积满黏泥的洼地和堤道蜿蜒着延伸，上面立满了陈旧的木桩[①]，途经烂泥浊水，一直延伸到落潮处。木桩上沾满了绿毛似的东西，看了令人恶心，还有去年贴出的悬赏寻找溺水者告示的残片，在高潮线上方飘动着。据说，当年大瘟疫[②]时期，为掩埋死者而挖的众多大坑，有一个就在附近，所以整个这一片地方似乎仍然弥漫着瘴气。要不然就是，由于污泥浊水泛滥，整个地方慢慢腐烂了，这才有了眼前噩梦般的景象。

我们一路跟踪的这个姑娘漫无目标地来到了河边，就像是一具抛弃的垃圾，任其腐烂变质，只见她伫立在这样一幅夜景之中，形单影只，纹丝不动，凝视着河水。

淤泥中搁浅着几条小船和驳船，就因为有了这些船抵挡视线，我们才能走到她的附近而又不被她看见。这时，我示意佩戈蒂先生待在原地不动，自己从船的阴影处走出来同她说话。我走近她孤零零的身边时，不免身上颤抖起来。她坚定不移地朝前走，竟然到达

① 河边或者湿地，为了建房、筑墙、修路等，往往需要打入许多木桩，以便固定基础。

② 指1665年—1666年发生在伦敦的鼠疫，死亡人数众多，无法一一用棺木埋葬，只能挖大坑埋。

了这么一个阴森凄凉的终点，还有她伫立着的样子，几乎就是在铁桥似洞穴般幽暗的阴影处，她注视着猛涨的潮水中歪歪扭扭变了形反射出的灯光，这一切使我的心里不由得产生一种恐惧感。

我感觉她是在自言自语。尽管我当时正全神贯注地看着潮水，但我肯定，她的披肩从肩膀上脱落了，她用它包住了自己的双手，心神不定，神情恍惚，其神态举止不像是个神志清醒的人，更像是个梦游者。我知道，而且永远也不会忘记，看她那狂乱迷离的神态，我心里断定，她会在我的眼前沉入水中，然后我急忙抓住了她的手臂。

就在同一瞬间，我喊了一声“玛莎！”

玛莎发出了一声可怕的尖叫，而且拼命地同我挣扎起来，力量可大啦，我都怀疑自己一个人是不是控制得住她，但是有一只比我更加强壮的手抓住了她，当她惊恐万状地抬起头看了看，看清了是谁的时候，她只是使劲地挣扎了一下，接着就在我们两个人中间瘫下去了。我们拽着她离开了水边，来到了一堆干石头边，把她放下，她哭泣着，呻吟着。一会儿过后，她才在石头上坐了下来，双手抱住蓬乱的头。

“噢，这条河！”她情绪激动地叫喊着，“噢，这条河！”

“别叫喊，别叫喊！”我说，“安静下来吧。”

但她依旧重复着刚才的叫喊，仍然情绪激动，“噢，这条河！”一遍又一遍地喊着。

“我知道，河流和我一样！”她激动地大喊着，“我知道，我属于这条河。我知道，它是我天然的伙伴，我也是它天然的伙伴！它源自乡村地区，在乡下时，它洁净无害。后来它慢慢流过了阴郁肮脏的街道，变得污浊不堪，一片惨状。河流要消失了，就像我的生命一样，要融入大海，永远波涛汹涌，我觉得自己必须要随它而去！”

只是从她说话的语气中，我就知道了绝望是怎么回事。

“我不能与它分离，忘不了它，它白天黑夜萦绕在我心头，它是整个世界上我唯一适合的东西，或者说它适合于我的东西。噢，这条可怕的河啊！”

我的同伴看着她，一声不吭，一动不动，这时候，我的头脑中掠过一个想法，即便我对他外甥女的身世经历一无所知，我也可以从他脸上的表情看得出来。无论是在画面还是在现实生活中，我从未见过恐惧与同情如此感人地混合在一起的表情。他摇晃着，好像要跌倒了，他的手——我用自己的手触碰了一下，因为他的面色把我给吓着了——是冰凉的。

“她这会儿心里狂乱着，”我轻声细语地对他说，“过一会儿说话就不是这样了。”

我不知道他要回答什么话，因为他动了动嘴，似乎以为自己说话了，但他只是伸出一只手指了指她。

玛莎又是一阵啼哭，其间又一次在石头中把自己的脸挡了起来，她伏在我们面前，像一尊饱受屈辱和伤害的卧像。我心里清楚，要想同她说话，必须等着这种状态过去，于是，当佩戈蒂先生想要把她搀扶起来时，我冒昧地制止了他。我们随即伫立在一旁，默不作声，直到最后她平静了一些。

“玛莎，”这时我说，我俯下身子，搀扶着她起来。她好像是想要站起身离开，但身子很虚弱，她靠在一条船上，“你知道这个同我在一起的人是谁吗？”

她声音微弱地回答：“知道。”

“今晚我们跟踪了你很长的路程，你知道吗？”

她摇了摇头，既没有看着他，也没有看着我，只是一副卑微低下的样子，她站立着，一只手拿着帽子和披肩，但好像没有意识到它们的存在，另一只手紧握着拳头，按在额头上。

“你已经平静下来了，”我说，“可以说说你感兴趣的那个话题吧？我希望上帝还能够记得！就是那个下着大雪的晚上。”

她又一次抽泣起来，嘴里喃喃地说了些表示感谢的话，谢谢我那天晚上没有把她从门口赶走。

“我不想替自己说什么，”她过了一会儿说，“我很糟糕，没有救了，毫无希望了。但是，请告诉他，先生，”她吓得从他身边退缩了回去，“如果你对我还不是太心狠，不至于拒绝这样做的话，请告诉他，他的不幸跟我毫无关系。”

“根本没有要归咎到你身上的意思。”我说，由于她态度诚恳，我也以诚恳的态度对待。

“如果我不欺骗自己的话，就是你，”她说着，前言不搭后语，“进到了厨房，那天晚上，埃米莉那么怜悯我，对我那么和蔼可亲，不像其他人一样，躲着我，躲得远远的，给予我友好的帮助！进到厨房的是您吧，先生？”

“是的。”我说。

“如果我心里面感觉到对她有什么过错的话，”她说着，带着可怕的表情瞥了一眼河水，“那我很早以前就到了河里了。如果我不是觉得自己在那件事情上是无辜的，不可能在岸上度过一个冬夜！”

“她离家出走的缘由大家都再清楚不过了，”我说，“我们完全相信，你跟那件事毫无瓜葛，我们知道的。”

“噢，如果我的心肠更好一些，我可能会对待她更好一些的！”姑娘激动地说，一脸后悔沮丧的样子，“因为她对我一直都慷慨友好！她从未对我说过一句不中听和不合情理的话。我自己是什么货色再清楚不过了，叫她学着我的样子，这可能吗？当我失去了使生命变得珍贵的一切东西时，令我想起来最最难受的是，我跟她永别了！”

佩戈蒂先生站立着，一只手扶着小船的船帮，眼睛朝下看，用另一只闲着的手捂着脸。

“在那个雪夜之前，我听说发生了事情，是从我们镇上人那儿听说的，”玛莎哭着说，“当时候，我心里面最最痛苦的就是，人们会记住，她曾经同我在一起，会说是我带坏了她！这时候，上帝做证，如果能够把她的名誉恢复过来，我死都可以！”

由于她很久不习惯于控制自己，所以在表达悔恨和悲伤之情时的痛苦之状令人可怕。

“死去了，算不了什么。我能怎么说呢？但我要活下来！”她哭着说，“我要在破败不堪的街道上活到老，在黑暗中四处游荡，让人们避开我。看到阴森森的一排排房舍迎来白天，同时我想起，同样的一轮太阳曾经也照进我的房间，把我惊醒。如果能够拯救她，即便是这样，我也要活着！”

玛莎伏在石头堆上，每只手上都抓了一些石子，使劲地抓着，好像是要把石子捏碎似的。她不停地扭动着身子，显示不同的姿势，或挺直两条胳膊，或弯曲起来挡着脸，仿佛要把那点光线从眼前挡开，或垂着头，好像是往事历历，过于沉重，无法支撑。

“我究竟该怎么办才好啊！”她说着，绝望地挣扎着，“像我现在这样，怎么过下去，独自一人诅咒着自己，接近任何人都觉得是个耻辱！”突然间，她转向我的同伴，“把我踩在脚下，踩死我吧！当她还是您的骄傲的时候，即便我在街上碰了她一下，您都会觉得我会害她。从我嘴里说出任何一个词您都不会相信，您为什么要相信呢？即便是现在，如果我跟她说上一句话，您也会认为对您是个奇耻大辱。我并不抱怨，决不会说她跟我是一样的。我知道，我们之间有很大很大的距离。我只是说，尽管我的身上背着重重罪过和恶名，但我打心眼里对她心怀感激之情，而且爱慕她。噢，不要认为，我身上所有爱的力量都已经耗尽了！您可以像世界上所有人一样，抛弃我，由于我这个样子，还有曾经跟她熟悉，您可以宰了我，但就是不要把我看成是那种人！”

在她提出这样的请求时，佩戈蒂先生看着她，神情恍惚。等到她安静下来之后，便轻轻地把她搀扶起来。

“玛莎，”佩戈蒂先生说，“我要那样看待你，上帝都不答应。我决不会那样想的，孩子啊！你以为可能会那样，但是，你不知道，随着时间的流逝，变化可大啦。行啊！”他停顿了片刻，然后接着说，“你不明白，我和这位先生有多么想要跟你谈谈。你不明白我们眼前要干什么。那你就听吧！”

他的话对她完全起了作用。她畏畏缩缩地站在他的面前，好像害怕同他的目光相遇，但她悲伤的情绪已经平息下来了。

“下大雪的那天夜里，”佩戈蒂先生说，“如果你听到了我和大卫少爷之间的谈话，你就会知道，我一直在四处寻找——还有哪儿没有找啊——我亲爱的外甥女儿。我亲爱的外甥女儿，”他语气坚定地重复了一声，“玛莎啊，我现在比以往任何时候都更加宝贝她啦。”

她用双手捂着脸，除此之外，一动不动。

“我曾听她告诉我，”佩戈蒂先生说，“说你很小的时候就没有了父母亲，无亲无故，哪怕有个出海打鱼的粗人来代行父母职责也好啊。你或许会猜想，如果你有这样一个朋友，随着时光的流逝，你会喜欢上他的，而对我而言，我的外甥女比亲女儿还要亲。”

由于她默默无语，浑身颤抖，佩戈蒂先生从地上捡起她的披肩，小心翼翼地帮她披上。

“因此说，”佩戈蒂先生说，“我知道，两种可能性都有，如果她能够再见到我，会随我到天涯海角，要不就是自己逃到天涯海角，躲着不肯见我。因为她不会怀疑我对她的爱，不会的，不会的，”他重复说着，认定自己说的话不会有错，“可是会产生羞愧感，横在我们两个人中间。”

他一字一句清清楚楚地表达了自己的心思，从他说话时脸上的每一个表情，我发现，他对这个问题已经考虑得很周全了。

“根据我们的想法，”他接着说，“根据大卫少爷和我的想法，她有可能某一天会可怜兮兮地孤零零的一个人回到伦敦来。我们相信——大卫少爷，我，还有所有同我们有关联的人——你跟发生在她身上的事一点瓜葛都没有，你就像没有出生的婴儿一样清白无辜。你说过，她对待你和蔼可亲、友好仁慈、温柔体贴。上帝保佑她，我知道她是这样的！她对所有人都这样。你对她怀有感激之情，你爱慕她。那就尽你的能力帮助我们寻找到她吧，上帝会酬报你的！”

她匆匆地打量了他一番，这也是第一次，好像她对他说的话还存有疑惑。

“您信得过我吗？”她问了一声，声音很低，但令人惊诧。

“完完全全信得过啊！”佩戈蒂先生说。

“如果我发现了她，就同她攀谈，如果我有什么地方能够同她合住下来，就把她留下，然后，在她不知情的情况下来找您，把您叫去见她，是不是这样？”她急急忙忙问了这些。

我们两人异口同声地回答：“是这样的！”

她抬起眼睛，郑重其事地说，她要不余遗力地去做这件事，她满腔热忱，真心诚意。只要有些许希望，她都会毫不动摇，毫不懈怠，永不放弃。如果她不真心诚意地去做这件事，那就让她现在生活中怀有的这个要使自己摆脱邪恶的目标远离她，如果可能的话，让她更加孤苦凄凉，绝望无援，连那天晚上在河边的境况都不如。让一切帮助，来自人间的和上帝的，统统与她无缘！

她没有提高嗓音说话，她的话不是对着我们说的，而是对着夜空说的，然后伫立着，默默无言，表情深沉，注视着阴暗的河水。

我们认定，现在是时候了，应该把我们知道的一切都告诉她，于是，我详详细细地对她叙述了一遍。她聚精会神地听着，脸上的表情不断地变化着，但不管表情如何变化，坚定的神态是始终如一的。她的眼睛有时会噙满了泪水，但她努力克制自己。看起来，她的情绪发生了很大变化，无法保持平静了。

等我叙述完之后，她问，如果情况需要，她到哪儿找我们。就着路边一盏昏暗的灯，我在我的笔记本的一页纸上写下了我们两个人的地址，然后把纸撕下来给了她，她把纸揣进了瘦弱的胸口。我问她住在哪儿，她停了片刻后回答说，没有任何地方是常住的。还是不知道的好。

佩戈蒂先生轻声地提醒了我一句，其实我已经想到了，于是我掏出了钱包，可她怎么也不肯把钱收下，也同样没法使她答应，下次要收下钱。我向她表明，佩戈蒂先生照他目前的状况还算不上穷，而想到她要投身于寻人的工作当中，要凭着她自己的生活来源，我们两个人心里都不安定。可她依旧态度坚决。在这个具体问题上，佩戈蒂先生对玛莎的影响同样毫无作用。她非常感激他的一片好意，但仍然不肯依从。

“或许可以找到事做，”她说，“我要去试一试。”

“至少在你尝试之前，”我对她说，“接受一点帮助啊。”

“我不能为了钱，去做承诺要做的事，”她回答说，“即便忍饥挨饿，我也不能收下这钱。你们给我钱，就是信不过我，就是要撤回你们交给我的使命，撤回把我从河里拯救上来的唯一理由。”

“以伟大的审判者的名义，”我说，“因为你和我们所有人在那个可怕的时刻，都要站在他的面前，请打消那样可怕的念头吧！只要我们愿意，我们都可以行善积德的。”

她浑身颤抖着，嘴唇抖动着，脸色更加苍白了。她回答：

“或许，你们想要有心拯救一个要改过自新的可怜人。我不敢这样想，因为这样似乎太大胆了。如果我能够做点什么好事，我倒是可以抱有希望，因为我的行为举止中没有好事，尽是坏事。现在你们嘱咐我试着去做的这件事情，在我长期悲惨无助的生活当中，这还是头一次有人信得过我。别的我不知道，别的话我也不会说。”

玛莎又一次强忍着正要夺眶而出的泪水，伸出一只颤抖着的手，触了触佩戈蒂先生，好像他身上有什么治病救人的特殊功效，然后她顺着偏僻荒凉的路离开了。她可能先前病了很长时间，经过这么一番近距离的观察之后，我注意到，她面容憔悴，形容枯槁，凹陷的眼睛表明，她饱经了风霜，历经了磨难。

我们跟随在她后面，保持很短的一段距离，因为我们要去的方向跟她的是一致的，最后我们返回灯光通亮和行人密集的街道。我绝对相信她说过的话，所以，我接着便对佩戈蒂先生说，如果我们继续跟随她下去，是不是会从一开始就显得有点不信任她的意思。他也觉得是这么个理，也同样信赖她，于是我们就让她走她的路，我们走我们的，向着海格特走去。佩戈蒂先生陪着我走了很长一段路，分别时，我们祈祷了一番，但愿这次新的行动能够获得成功，我清楚地看出，他此时怀着别样的关切之情。

我回到家里时已经半夜了。到达院落门口时，我驻足倾听圣保罗教堂深沉的钟声，我感觉到，其声音混杂着无数时钟敲打的声响传到我的耳畔。突然间，我看到，姨奶住房的门打开了，门口一道昏暗的灯光照到了路的另一边，这令我感到很吃惊。

我以为姨奶又犯了过去那种惊恐不安的老毛病，可能是观察到了远处的那个地方正在着火，于是走过去同他说话。令我惊诧不已的是，我看到一个男人站在她的小花园里。

男人手里拿着个杯子和瓶子，正在喝着。我立刻停住了脚步，站在门外浓密的枝叶间，月亮升起来了，尽管很朦胧，但我还是辨认得出来，此人就是我曾一度误认为是迪克先生的那个人，也就是我曾经在伦敦街头遇到过的同我姨奶在一起的那个人。

他既在喝也在吃，好像是饥不择食的样子，他还在充满好奇地打量着那幢房子，好像是头一次看到似的。他弓着身子把酒瓶放到了地上之后，便抬头看着几个窗户，又环顾了一下四周。他一副鬼鬼祟祟和急不可耐的样子，好像迫不及待地想要离开似的。

过道里的灯光挡住了片刻，姨奶走了出来。她一副躁动不安的样子，把一些钱数到他的手上，我听到叮当作响。

“这点钱干得了什么啊？”男人说。

“我只能拿出这么多了。”姨奶回答说。

“那我走不了了，”他说，“喏！你把钱拿回去吧！”

“你这个坏蛋，”姨奶回答说，她很生气的样子，“你怎么能这样对待我？但我为什么要问呢？因为你知道，我有多么脆弱！要使我自己摆脱你的纠缠，除了让你活受罪之外，我还能有什么办法啊？”

“那你为什么不让我去活受罪呢？”他说。

“你竟然还问我为什么！”姨奶接话说，“你长着一副什么样的心肠啊！”

他站在那儿，一副悻悻的样子，把钱弄得叮当作响，摇了摇头，最后开口说：

“那你的意思是只给这点钱啦？”

“我能给你的就这么多，”姨奶说，“你知道的，我遭受了损失，手头比过去更加拮据了。我已经把情况告诉你了。钱你已经拿到手了，为什么还要叫我受苦受难，要我再看上你一眼，看到你这么一副德行？”

“我是够窝囊的，如果你是指这个的话，”他说，“我现在是过着夜猫子式的生活[1]。”

“我原本拥有的一切大部分都被你给搜刮走了，”姨奶说，“多年来，你使我的心都与世隔绝了，你对待我虚情假意，冷酷无情，心狠手毒。走开，去为此忏悔去吧。你已经给我造成了数不清的伤害，可不要再在旧痕上添新伤了！”

“好的！”他回答，“很好！对啊！我想，眼下我必须尽可能做好。”

尽管他努力克制，但看到姨奶义愤填膺，泪流满面，还是表露出了羞愧的神情，接着他便低头垂肩地离开花园。我加快步伐朝前走了两三步，显得是刚刚到的样子，在花园门口同他相遇，他出去我进来，擦肩而过，我们态度不友好地相互看了一眼。

“姨奶，”我说，我一副急急忙忙的样子，“此人又来吓唬您来啦！让我来跟他说，他是谁啊？”

“孩子啊，”姨奶说着，拽住我的胳膊，“进屋吧，十分钟之内不要同我说话。”

我们在她的小客厅里坐下，姨奶躲在从前那道绿色扇屏里，扇屏固定在一把椅子的靠背上，足有半小时的时间，她偶尔睁开眼睛。然后，她走了出来，在我旁边的椅子上坐下。

“特罗特，”姨奶说，她态度很平静，“是我丈夫。”

“您丈夫，姨奶？我还以为他不在人世了呢！”

“在我心中他已经死啦，”姨奶回答说，“但实际上还活着。”

我惊诧不已，默默无语地坐着。

“贝齐·特罗特伍德现在看起来不像是个温柔娴雅的人，”姨奶说，神态镇静，“但是，当初她完完全全信赖那个人的时候，她却是那样的人，特罗特。当初她爱他，特罗特，很爱他。当初她爱他、依

---

① 夜猫子昼伏夜出。当时英国的法律规定，日落之后不得逮捕欠债的人。

恋他，到了无以复加的地步。他耗尽了她的家财，差不多撕碎了她的心。他就是用这样的方式来回报她的。所以，她把那一方面的情愫统统放进了坟墓，填上了土，踩平了。”

“亲爱的仁慈的姨奶！”

“我离开了他，”姨奶接着说，跟平常一样，她把手放在我的手背上，“慷慨大度地离开了他。这么长时间过去了，特罗特，我可以说，我慷慨大度地离开了他。他曾一直对我残酷无情，我本来可以提出有利于自己的条件同他分手的，但我没有这样做。他很快就把我给他的钱财挥霍殆尽，后来情况每况愈下，他娶了另外一个女人，我认为，他已经是投机取巧，赌博成性，坑蒙拐骗的人。他现在是什么样子，你看到了。但是，当初我嫁给他时，那是个仪表堂堂的美男子，”姨奶说，语气中洋溢着昔日自豪和敬慕的回声，“我相信他，我真是个傻瓜啊！相信品德高尚！”

她使劲捏了一下我的手，然后摇了摇头。

“他现在在我心目中什么都不是了，特罗特，一钱不值了。但是，我也不愿意他因为自己作恶而受到惩罚（但如果他持续在这个国家招摇撞骗下去，迟早会受到惩罚的），所以他时不时地冒出来的时候，我总是超出自己能力地给他钱，为的是打发他走人。自己嫁给他的时候是个傻瓜，在这一点上，自己迄今仍然是个不可救药的傻瓜，由于我曾经一度相信他是个道德高尚的人，所以连我空虚的幻想的影子都不忍心严厉对待。因为世界上如果有那么一个真心执着的女人，特罗特，我就是那个女人。”

姨奶长叹了一声结束了这个话题，接着把自己的衣服抚平。

“情况就是这样的，亲爱的！”姨奶说，“对啦，你已经知道事情的开始、中间、结尾、全部经过。我们两人之间再不要提这件事情了，当然，你也不要对任何人提起。这就是我伤心痛苦的经历，我们两个人知道就行了，特罗特！”

第四十八章
料理家务

我不辞辛劳地写着自己的书，但不让这事影响按时完成自己在报社的工作任务。书后来出版了，而且获得了很大的成功。赞扬之声不绝于耳，尽管我对这种赞扬声很敏感，而且，毫无疑问，对自己的成就比别的任何人都更加高看一眼，但我并没有因此而得意忘形。我在洞察人类的秉性时发现，一个对自己充满信心的人往往不会在别人面前刻意炫耀自己，以博得别人的信任。正因为如此，我保持节制内敛，谦逊自抑，听到的赞扬声越多，越要设法使自己实至名归。

在这部自传当中，尽管所有其他的基本事实都写的是我人生的记忆，但我无意展示自己创作小说的经历。我的小说本身已经说明了问题，就任其自己去说明吧。当我偶尔提到它们的时候，那也只是作为我写作进程的一部分而已。

到了这个时候，我已经有理由相信，禀赋和机遇已经使我当上了作家，我信心满满地从事起了这一职业。要是没有这个把握，我肯定已经弃之不顾，把自己的精力投入到别的事业上去了。我应该想方设法弄明白，是怎样的禀赋和机遇真正造就了我，造就我成了个作家，而不是别的什么。

我一直给报纸和其他地方撰稿，成果丰硕，因此，当我取得新的成就时，我认为自己有理由放弃那些繁杂乏味的议会辩论。于是，在一个欢快惬意的夜晚，我最后一次记录下了议会那风笛般的音乐声，然后就再也没有听过了。然而，在整个漫长的议会辩论期间，我仍然从报纸上领略到昔日那种单调乏味的声音，而并无实质性的变化（或许只是有过之而无不及）。

我想，现在写到了我结婚后一年半左右的那个时间。我们经过了几种不同的尝试之后，感觉料理家务是件很糟糕的事情，所以干脆撒手不管了。家务事顺其自然，我们请了个跑腿的小男仆，他的主要任务就是同厨子吵架。他在这个方面就是个活脱脱的惠廷顿[①]，不过他没有养猫，或者说绝对没有可能成为伦敦的市长。

在我看来，他就像是在冰雹似的锅盖的敲打下生活着，成天就是处在扭打混战之中，在最不合时宜的场合呼喊着救命。比如我们举行一个小型的餐会，或者晚上来了几个朋友，他会跌跌撞撞地逃出厨房，铁质器物在他后面飞舞着。我们想打发他离开，但他十分依恋我们，不肯走。他是个爱哭的小家伙，一旦我们表露出要解聘他的意思，他便可怜兮兮，痛苦不已，无奈之下，我们只好留下他。他没有了母亲，我发现，除了一个姐姐，他没有任何别的亲人。我们刚从那位姐姐身边把他雇用过来，姐姐就逃到美洲去了。所以，他就像个被仙女偷换后留下的又丑又蠢的怪孩子，赖上我们不走了。他对自己不幸的境遇非常敏感，总是用自己的袖子抹眼泪，或者俯着身子用一方小手帕的一角擤鼻涕。他从来都不会把手帕完全从口袋里扯出来，而总是节省着用，藏着掖着。

我在不景气的时候雇用那个命运多舛的小男仆，一年支付薪水六英镑十先令。他给我带来了无尽的麻烦。我看着他长高，他竟然像红花豆似的长得很快。我心里忧心忡忡，害怕他要待到开始刮胡子的时候，甚至到秃顶白头发的时候。我看不到摆脱掉他的前景，展望自己的将来，我想到，等到他成了老人的时候，那该会是怎样的一个累赘啊。

我压根儿就没有料到，那个可怜的倒霉蛋会以这样一种方式使我摆脱困境。他偷窃了多拉的手表，那块表跟任何其他物品一样，

---

① 惠廷顿（Richard Wittington，1358 年—1423 年），英国商人，三次任伦敦市长（1397 年—1420 年）。据说此人原为孤儿，在厨房当奴仆，因受厨子虐待而出逃，后因摩洛哥鼠害肆虐，国王高价买下他的猫而使他成为巨富。

没有特定的地方放置。他把表变卖成了钱，再把得到的钱花在（他是个头脑不好使的孩子）不断往返于伦敦和阿克斯布里奇[①]的公共马车上，他总是坐在马车外面的座位上。根据我的记忆，他是在完成了第十五次旅行时被警察抓到博街[②]去的。从他身上搜出了四先令六便士，还有一支他根本不会吹的旧笛子。

如果他不思悔过，那这件意外事情及其导致的后果还不会那么令人难过。但他确实知错悔过，而且是以一种独特的方式，不是一次性交代，而是分期分批。比方说，我不得不出庭同他对质之后的一天，他抖露出了一些情况，是关于我们储藏间里一只带盖食品桶的事情，我们以为里面盛满了葡萄酒，但是，里面除了空瓶子和瓶塞子之外，什么也没有了。我们以为，他现在该安心了，把他所知道的有关厨子的最最恶劣的行径都揭露出来了，但是，一两天过后，他的良心又有了新的触动，供出了厨子有个小女孩，每天一大早，小姑娘就来拿我们家的面包吃。还有他自己被一个买牛奶的买通了，给人家提供煤块。又过了两三天，警方通知我说，他供出曾在厨房的垃圾里面发现牛排，在盛破布的口袋里发现床单。又过了一阵子，他又在一个全新的领域里抖露出了内容，他承认，自己知道，酒店里的一个侍者图谋到我们家里行窃，结果那家伙立刻被逮起来了。自己竟然成了这样一个受害者，真是无地自容，所以，他若能够闭起嘴来，我给他多少钱都可以，或者是花上一大笔钱行贿，让他逃跑了事。令人气愤的是，他压根儿没有想到这一点，反而认为，他每提供一点新的情况，都是在对我做出补偿，更不要说是给我带来好处了。

到后来，我只要看到警察来向我报告什么新的情况，就会一走了之，直到他被开庭受审，被判流放，我这才结束了偷偷摸摸过日子的状态。即便到了这个时候，他还是不得消停，静不下来，并总是一个劲地给我们写信，说他很想在离开之前见上多拉一面，于是，多拉

---

① 伦敦西北部郊区的一市镇，距离伦敦十八英里。

② 伦敦市中心的一条街名，主要警察法庭的所在地。

去看了他，结果进了监狱的铁栅栏之后就晕过去了。一句话，我们一直没有过过平静安宁的日子，直到他被押解流放，送到“北方乡野”一个什么地方当了牧羊人（我是后来听说的），我不知道确切的地点。

这一切使得我做了严肃认真的思考，尽管我对多拉温柔体贴，但有一天晚上，我还是忍不住从一个新的角度向她阐述了我们的错误所在。

“亲爱的，”我说，“我们的家务缺乏系统性，缺乏管理，这事不仅仅影响我们自己（我们自己倒是习以为常了），而且还影响到别人，我想到这个事情心里面就很难过。”

“你忍气吞声不说话已经很长时间了，现在又开始要脾气瞪眼了！”多拉说。

“不，亲爱的，真不是！我把我的意思解释给你听吧。”

“我认为我不用知道。”多拉说。

“但是，我还是想要你知道，亲爱的。把吉普放下吧。”

多拉用吉普的鼻子顶到我的鼻子上，并且说了声“嘘！”以便驱散我严肃庄重的神情，但没有成功，她便吆喝着要吉普进自己的塔屋，然后坐下来看着我，两只手相交着，脸上一副无可奈何的样子。

“实际情况是，亲爱的，”我开口说，“我们身上有一种传染病菌，会传染给我们周围的每一个人。”

如果多拉的表情没有提醒我，我可能会继续用这种比喻的方式说下去。她向我传递的意思是，她一门心思想要知道，针对我们这种不健康的状况，我是不是要提出什么新疫苗，或者别的什么治疗方法。因此，我只得打住，把话说得更加简洁明了一些。

“如果我们不学会更加谨慎小心地处理事情，宝贝，”我说，“那我们不仅失去金钱和舒适，有时甚至受气，而且还会因为惯坏了每一个替我们服务的人，或者同我们相关联的人，承担重大责任。我都开始担心了，担心错误不是完全出在一方，那些人一个个都变坏，那是因为我们自己做得不是很好。”

“噢，这是怎样的一项罪责啊，”多拉激动地说，她眼睛睁得大大的，“意思是说，你曾看见我偷了金表！噢！”

“最最亲爱的，”我辩解着说，“可不要荒唐透顶，胡说八道啊！谁提到过一点儿关于金表的事儿啦？”

“你提了，”多拉回答说，“你知道的，你提了。你说了最终是我的不好，拿我同他比较。”

“同谁比较？”我问了一声。

“跟那个小男仆比较，”多拉抽泣着说，“噢，你这个狠心的人啊，竟然把你充满爱意的妻子同一个被流放的小男仆相比较。你为什么不把你对我的看法在我们结婚之前告诉我啊？你这个铁石心肠的东西，你为什么不说，你觉得我比一个被流放的小男仆还更坏呢？噢，你对我的这种看法多么可怕啊！噢，上帝啊！”

“行啊，多拉，亲爱的，”我回答说，我轻轻地想要把她捂在眼睛上的手帕拿开，“你这样不仅荒唐可笑，而且大错特错。首先，不是这么回事。”

“你一直都说他就是个说谎话的人，”多拉抽泣着说，“而你现在又这样说我！噢，我该怎么办！我该怎么办啊！”

“亲爱的宝贝姑娘啊，”我回答说，“我真的必须求你讲讲道理，听听我刚才说了什么话，还要说什么话。亲爱的多拉，如果我们不学会对那些我们雇用的人尽到我们的责任，他们永远不可能学会对我们尽到责任。我担心，我们给人家做错使坏提供了机会，而这种机会是万万不该给的。在整个处理家务的过程中，即便我们打心眼里乐意像现在这样顺其自然。其实我们并不乐意，即便我们喜欢这样，而且发现这样令我们舒心惬意，其实并不是这么回事，我也会坚信，我们无权这样持续下去了。我们实实在在地把人给腐蚀坏了，我们必须得这么去考虑。我忍不住会这样去想，多拉。对于这种想法，我挥之不去，而且有时候令我心神不宁。喏，亲爱的，情况就是这样的，行啦！别再冒傻气啦！”

但是，好一阵子，多拉都不让我把那条手帕拿开，只是捂着手帕坐在那儿抽泣着，喃喃地说着话，说如果我觉得心神不宁，那为何要结婚？即便是在我们上教堂的头一天，为何不说，我知道，我会心神不宁的，最好还是不结婚的好。如果我忍受不了她，为何不把她送回到普特尼她姑妈家去，或者送到印度朱莉娅·米尔斯身边去？朱莉娅见到她会很高兴的，不会把她称作是被流放的仆人，朱莉娅可从来没有用诸如此类的称呼叫过她。一句话，多拉伤心欲绝，而那个样子，令我也伤心欲绝，所以，我感觉到，再这样坚持下去已经无济于事了，即便我的态度再委婉温柔也无济于事，我必须采用其他办法。

还有什么其他办法可以采用的吗？"塑造她的心灵！"这是一句老生常谈的话，听起来既郑重其事，又充满了希望。于是，我打定主意塑造多拉的心灵。

行动立刻就开始了。多拉显露孩子气，而我本来想要百般迎合她的心境，这时候，我就摆出威严庄重的表情，结果弄得她仓皇窘迫，我自己也一样。我跟她谈论萦绕在心里的一些问题，给她朗读莎士比亚的作品，结果把她弄得疲惫不堪。我还表现出一种不经意的样子，习惯于给她灌输一些零零星星的有用知识、理想的见解，但我刚一说出口，她便一惊一乍，予以回避，好像那是一些鞭炮似的。在想方设法塑造我娇妻的心灵的过程中，不管我表现得多么不经意，多么自然而然，我都毫无例外地看得出，她总是凭着直觉就意识到我的用意所在，然后她就敏感忧虑，惊恐不安。我尤其明显地看到，她认为莎士比亚是个可怕的人。塑造心灵的过程进展缓慢。

在特拉德尔不知情的情况下，我生拉硬拽着他来帮我的忙。每次他来看望我们时，我便冲着他引爆我的知识宝库，为的是让多拉间接受到熏陶。我以这种方式向特拉德尔灌输的适用智慧，数量巨大，质量上乘，但是对于多拉起不到任何别的效果，只会使她情绪沮丧，使她总是诚惶诚恐，担心接下来要轮着向她灌输了。我发现自己成了一个学校里的督导，一个圈套，一个陷阱，成天扮演着蜘蛛的角色，为的就是网住多拉这只苍蝇，我总是会从自己的洞穴里蹿出来，吓得她心惊肉跳。

尽管如此，通过这样一个过渡时期，我仍然展望着那样一个时刻的到来，即我和多拉之间完完全全和谐默契，我能够心满意足地“塑造她的心灵”，因此，在几个月的时间里，我都坚持不懈。然而，我终究发现，尽管我在整个这段时期之内就像是一只豪猪或刺猬，浑身充满豪情壮志，但仍然毫无收效，所以我开始想到，是不是多拉的心灵已经塑造成形了。

进而想一想，我觉得情况可能就是这么回事，以至于我放弃了自己的规划，因为它说起来很有希望，但实施起来并不是那么容易，因此，我决定迁就我的娃娃妻子，不再采取任何行动，以期使她做出什么改变。我一直自诩洞明世事，遇事谨慎，但我已经打心眼里厌恶了这种做派，也厌恶看到自己心爱的人畏首畏尾，于是，有一天，我给她买了一副精致的耳环，给吉普买了一个颈圈，回家讨好她。

多拉很喜欢这两件小礼物，便欢天喜地地吻了我，不过，我们之间还是存有阴影，尽管阴影很微弱，但是我下定决心，一定要消除掉。如果说必须要在什么地方存有这样的阴影的话，那我宁可存在将来自己的心里。

我在沙发上挨着妻子身边坐下，给她戴上耳环，然后告诉她说，恐怕我们最近不像过去那样亲亲密密了，这全是我的错，我真心实意地感觉到了这一点，而且实际情况就是这样的。

“实际情况是，多拉，我的命根啊，”我说，“我一直都在自作聪明。”

“而且想要把我也变得聪明起来，”多拉怯生生地说，“是不是这样的，道迪？”

面对她扬起眉头一副可爱的询问神态，我点头表示认可，并且吻了她张开的嘴唇。

“这一点用都没有，”多拉说着，摇着头，直摇得耳环又响了起来，“你知道的，我是个多么娇小的人，而一开始我就想要你怎么称呼我。如果你这都做不到，恐怕你决不会喜欢我。你有把握吗？自己有时候没有觉得，最好还是……”

"还是干什么，亲爱的？"因为她没有把话再说下去。

"没什么！"多拉说。

"没什么？"我重复了一声。

多拉伸出双臂搂住我的脖子，哈哈笑着，用她最最喜欢的一只鹅的名字称呼她自己，把脸伏在我的肩膀上，散开着一头浓密的卷发，我好不容易才扒开头发看清楚脸。

"是不是觉得，最好一开始什么都不要干，就是设法塑造我娇妻的心灵？"我说，我嘲笑着自己，"是这个问题吗？不错，确实如此，是这样觉得。"

"你一直努力干的是不是就是这个事？"多拉大声说，"噢，多么吓人的孩子啊！"

"可我绝对不想再试了，"我说，"因为还是亲亲密密地爱她本来的样子！"

"没有说谎话，真的吗？"多拉问，挨我更加近了。

"我为何要寻求变化啊，"我说，"要变掉我这么长时间以来对我弥足珍贵的东西！你本来的样子是最最光彩夺目的，心肝宝贝多拉啊，我们再也不搞什么自作聪明的实验了，而是回复到我们昔日的生活状态中，幸福美满。"

"幸福美满！"多拉接话说，"对！天天如此！如果有时候出点小的差错，你不会介意吧？"

"不会，不会，"我说，"我们一定要竭尽全力。"

"你不会再对我说，我们把别人惯坏了，"多拉娇嗔地说，"对吗？因为你知道，那样说很令人生气的。"

"不会，不会。"我说。

"对我来说，傻乎乎比心里不舒服要好些，对吗？"多拉说。

"天生本真的多拉比世界上任何别的东西都要美好。"我回答说。

"世界上！噢，道迪，真大的一个地方啊！"

多拉摇了摇头，抬起那双喜悦明亮的眼睛看着我，吻了我，爆发出一阵爽朗的笑声，一跃身跑去给吉普戴上新颈圈了。

我想要使多拉有所变化的最后一次尝试就这么结束了，而在这种尝试的过程中，一直就不顺心。我无法忍受自己唯我独有的智慧，无法使之同她要我把她当作我的娃娃妻子的要求协调起来。我决定尽自己所能，不动声色地由我自己来改善我们的行为，但是，我预先就看出了，我的全部力量是微乎其微的，否则我又得退化成一只蜘蛛，永远等待着。

我提到的阴影已在我们之间不复存在了，但是，会完全残留在我的心中吗？那是怎么投下的呢？

昔日不愉快的情绪弥漫在我的生活中。如果说有什么变化的话，那就是这种情绪加深了。但是，还是像往昔一样，生活呈现一种莫名的状态，有如夜间隐约听到的凄婉哀伤的音乐。我深情地爱着我的妻子，心里洋溢着幸福感，但是，自己曾经依稀憧憬的幸福不是我眼下享受到的这种幸福，总是缺少点什么。

为了践行自己跟自己订立的协定，即在本书中反映自己的思想，我又一次对自己的思想进行了一番仔细认真的审视，然后把秘密暴露在光天化日之下。我依旧认为——一直认为——自己所缺乏的是，青春年少时想象中的一种梦境，那是一种无法实现的梦境。而我现在发现情况如此，像所有人一样，心里自然而然会感到痛苦。但是，如果我的妻子能够给予我更多帮助，能够共同拥有我许多无人共享的想法，那对我而言，情况会更加理想一些。而且我知道，这种情况是可能的。

我的心里呈现着两种不可调和的结论：一种是，自己所感受到的东西是普遍的和不可避免的。另一种是，自己所感受的东西是我独有的，可能是与众不同的。我在这两种结论之间奇特地保持着平衡，没有明确地意识到它们相互之间的对立性。当我想到青少年时代那虚无缥缈的梦境无法实现的时候，我就会想到进入成年之前自己度过的那段更加美好的时光。这时候，那段同阿格尼丝在那幢亲切的古宅里度过的美好时日就会浮现在眼前，那样的日子就像是逝者的幽灵，在另一个世界里可以获得新生，但是，在这个世界上永远不可能复活。

有时候，我的心里会产生这样一种念头：如果我和多拉互不相识，那可能会出现什么情况，或者说会出现什么情况？但是，多拉已经同我的生命息息相关了，所以这种想法完全就是无稽之谈，于是这很快就像是飘浮在空中的游丝，转瞬即逝了。

我一直爱着多拉。我刚才描述的这一切，在我最最隐秘的内心深处沉睡着，半睡半醒，然后又沉睡了。在我的身上没有显现半点迹象。我知道这些东西对我的言行毫无影响。我承受着所有我们小的烦心事和我自己的种种规划所带来的压力。多拉手里拿着那些笔，我们两个人都感觉到，我们已经做出调整，根据需要，各司其职了。她真心诚意地爱着我，为我感到自豪。阿格尼丝在写给多拉的信中，会有一些真情表白的话语，说我的老朋友们听到我的名声与日俱增时，自豪之情和关切之意溢于言表，并且阅读我的书籍，就像是亲耳聆听我讲述书中的内容一样，这时候，多拉会把那些话念给我听，晶莹闪亮的眼睛中噙满了快乐的泪花，说我是位聪明智慧、声名卓著的亲爱的老小孩子。

"一颗未加磨砺的心，有了最初不该有的冲动。"这个时候，斯特朗夫人的那句话不断地在我的头脑中出现，几乎一直就萦绕在我的心头。我常常在夜间因这句话而醒来，甚至记得在梦中看见这句话写在房舍的墙壁上。因为这时候我明白了，我最初爱上多拉时，自己的心尚未经过磨砺。同时，如果心经历了磨砺，那我们结婚之后，我就不可能会感受到内心深处隐隐感受到的东西。

"婚姻中最大的悬殊莫过于情不投意不合。"这句话我也记住了，并且我想方设法要让多拉适应我自己，结果行不通。反过来还是我自己适应多拉，尽我所能同她分享一切，而且幸福美满。用自己的肩膀扛起自己必须扛起的一切，仍然幸福美满。当我开始想这些事情的时候，我认为这就是我试图让自己的心受到的磨砺。所以第二年的生活比第一年过得更加美满，而且更加可喜的是，这使得多拉的生活阳光明媚。

但是，那一年之后，多拉的身体不健康了。我曾经指望着，比我更加纤细小巧的手会有助于铸造她的性格，她的怀里露着一张婴儿的笑脸可能使我的娃娃妻子成为一个成年女人。但事情没有如愿。那个精灵在囚禁他的小监牢的门槛处拍打了一会儿翅膀，还没有意识到被囚禁，便展翅飞走了。

“等我再次像过去那样能够四处奔跑时，姨奶，”多拉说，“我要让吉普跟我比赛，它现在跑得很慢，还很懒惰。”

“我看吧，亲爱的，”姨奶一边说着，一边坐在多拉身边平静地干着手工活儿，“它还有比这更加严重的毛病呢，年龄啊，多拉。”

“您觉得它老了吗？”多拉说，她表情惊异，“噢，多么奇怪啊，吉普竟然老了！”

“随着我们的日子过下去，年老可是我们都会患的一种毛病啊，小花朵儿，”姨奶说，她语气轻松愉快，“实话对你说，我感觉不如从前了。”

“可是吉普，”多拉说，她满怀同情地看着吉普，“连小吉普也一样！噢，可怜的东西啊！”

“我敢说，它还有很长的时间可活呢，小花朵儿，”姨奶说，她从沙发上倾着身子打量吉普时，在多拉的脸颊上轻轻拍了拍，而吉普却用后腿站立起来做出回应，几次气喘吁吁地想要连头带肩往沙发上蹿，但没有如愿，“今年冬天，得在它的房子里放上一块法兰绒，可以肯定，等到春暖花开的时候，它一定又会是生机盎然。愿上帝保佑这条小狗吧！”姨奶心情激动地大声说，“如果它有猫那么多条命的话，即便所有的命都快要丢失时，趁着还有最后一口气，它都还会冲着我吠，这我是相信的！”

多拉助了吉普一臂之力，上到了沙发上，到了沙发上后，它还真的气势汹汹，一直冲着我姨奶狂吠，结果连身子都直不起来，而是把身子扭到一侧吠叫。姨奶越是看着它，它越是对她凶，因为姨奶最近戴上眼镜了，出于某种无法理解的原因，它把眼镜看成人体的一部分了。

多拉百般安抚，才使得吉普在自己身边躺了下来。待它安静下来之后，她反复地用手拉它两只长耳朵中的一只，若有所思，重复着那句话，“连小吉普也一样！噢，可怜的东西啊！”

“它的肺功能挺不错的嘛，”姨奶兴高采烈地说，“憎恨人的劲头丝毫没有减弱，还可以活许多年，毫无疑问。但是你若想同一条狗比赛，小花朵儿，它生活得太舒适了，比不了赛，而我可以送给你一条。”

“谢谢您啊，姨奶，”多拉有气无力地说，“不过，还是请不要麻烦了！”

“不要？”姨奶问，把眼镜摘了下来。

“除了吉普，我不能再饲养别的狗了，”多拉说，“那样对吉普不好！此外，除了吉普，我不能同别的狗友好相处，因为别的狗不可能在我结婚嫁人之前就认识我，不会在道迪第一次到我家时，冲着他狂吠。我恐怕，除了吉普之外，也不会喜欢上别的狗，姨奶。”

“那是当然的！”姨奶说，她又在多拉的脸蛋上轻轻拍了拍，“你说得对啊。”

“我没有惹您生气吧，”多拉说，“您生气了吗？”

“啊，多敏感的小宝贝啊！”姨奶大声说，她俯下身子，态度亲切，“竟然想到，我可能会被惹得生气呢！”

“没有，没有，我真的没有这么想，”多拉回答说，“但我有点累了，这使我一时间犯傻了——我一直就是个傻乎乎的小东西，您知道的，但这使我更加冒傻气——说起关于吉普的事来了。我经历过的一切，它都清楚，是不是这样的，吉普？要我简慢它，我受不了，因为它有了一些小的变化，我受得了吗，吉普？”

吉普同主人偎依得更紧密了，并且懒洋洋地舔她的手。

“你还没有老到要离开你的主人吧，吉普？”多拉说，“我们还要相依相伴一些时日呢！”

我美丽可爱的多拉啊！过后的那个礼拜日，她下楼来吃饭，见到老朋友特拉德尔很高兴（特拉德尔每个礼拜日都来同我们一起吃饭），当时，我们认为，几天之后，她就会“像过去一样四处跑了”。但是，他们说，再等些时日吧。那么，就再等些时日，可是她仍然既不能跑也不能走。她看起来美丽可爱，心情愉快，但是，那双小脚，过去绕着吉普跳舞时是那般轻盈灵活，现在却僵硬麻木，不能动弹了。

我开始每天早晨抱着她下楼，每天晚上抱着她上楼。这期间，她双手搂着我的脖子，哈哈大笑，仿佛我这样做是为了打赌似的。吉普吠叫着，绕着我们蹦蹦跳跳，走在我们前面，然后站立在楼梯口向后看着，气喘吁吁，看看我们是不是来了。姨奶是护士当中最最称职和最最让人开心的一个，她吃力地跟在我们后面，成了会移动的一堆披肩和枕头什么的。迪克先生恪尽职守，承担着举蜡烛的任务，决不把这个工作让给任何人。特拉德尔常常在楼梯脚下的一旁看着，负责把多拉欢乐开心的信息传递给那个世界上最最亲爱的姑娘。我们形成了一支欢乐的队伍，而我的娃娃妻子是其中最最欢乐开心的一个。

但是，有时候，我抱起她，感觉到她在我怀里更轻了，心里顿时产生一种空虚茫然的感觉，我好像是在朝着某个尚未显现的冰冻地区走去，那儿将会把我的生命冻僵。我避免用什么名称来认可这种感觉，也不让自己多想，直到有一天晚上，我的这种感觉非常强烈，姨奶大声地说了“晚安，小花朵儿”向多拉告别，我这才独自一人在书桌边坐下，边哭边心里想着，噢，多么不祥的一个名字啊，鲜花还在树上开着的时候就会凋谢啊！

第四十九章
我坠入五里云雾

一天早上，我从邮差手上接过下面这封信，来信寄自坎特伯雷，写的是我在民事律师公会的地址。我看信后感到有点惊讶。信的内容是：

> 尊敬的先生：
>
> 历时许久，因世事境遇非个人力量所能控制，致使亲密友谊断绝。本人事务缠身，每当偶有闲暇之时，便会追忆往昔，想着那些往事旧景，形形色色，感触颇多，于是感激欣慰之情油然而生，其情形难以言表，今后也会如此。尊敬的先生，上述情况，加上您凭着自己的才华，已经闻名遐迩，所以，我不敢不揣简陋，冒昧从事，用“科波菲尔”这个亲昵的名称来称呼我青年时代的伙伴了！十分清楚的是，本人有幸提及的这个大名将永远珍藏在我们房舍的证件契据当中（此处指的是同我们先前的房客有关联的档案资料，那些东西由米考伯太太保存着），尊重之情近乎挚爱。
>
> 如今提笔致函给您的这个人，本不是适宜之人，因为他原本过失在身，而后又频遭厄运，处境有如沉没之舟（如若他可以用这样一个航海名称来比喻的话）——我拟重复一声，如此处境之人乃不宜用言辞表达赞美之情、贺喜之意。应该交与更为高雅之士和更加高洁之人来执行。
>
> 如若您更加重要的写作伟业容您将这些瑕疵百出的

文字浏览至此——能否如此，得视情况而定——您自然会问，我写此信意欲如何？请容我言明，这一疑问完全合情合理，容我进一步解释，此信不涉及金钱。

此处不予讨论，我身上可能潜藏着什么掌控雷电之力，或者拥有什么点燃吞没一切的复仇之火于四方八面[①]之功，但我可以顺便提及，本人光明灿烂的前景已被永远驱散了，平静安宁状态已被打破了，享受快乐的力量已被摧毁了，我的心已不在正当的位置上，再不可能在同伴面前挺直腰杆走路了。害虫已居于花卉，苦酒斟满了酒杯。害虫正忙碌着，很快就会把花朵摧毁。越快越好啊，但本人拟不离题。

我现承受内心疾苦，其状非同一般，米考伯太太虽兼女性、妻子和母亲于一身，勉力安慰，但无法减轻痛苦，故欲逃避短暂时间，用上四十八个时辰稍做休息，重访昔日欣赏过的都市故地旧景。除去其他享受过家庭安宁、心境平和之地外，我将自然而然地走向王座法庭监狱。我拟（若天遂人愿）后天傍晚七时整到民事拘留所南墙外，言明此事之后，本人此信的目的就已经达到了。

本人不揣冒昧，恳请老友科波菲尔先生和老友内殿律师学院的托马斯·特拉德尔先生（如此公仍在，并可前往），屈尊俯就同我见上一面，（如若可能）重叙我等昔日友情。最后只想说，在上述时间和地点，君可能见到的是一座圮废之塔的残迹。

威尔金斯·米考伯

又及：有必要补充说明的是，米考伯太太对本人的意图并不知情。

---

① 典出《圣经·旧约·以赛亚书》第三十三章第三十节。

我把这封信反复看了几遍。米考伯先生的行文风格玄虚高深，特别喜欢利用一切可能和不可能的机会，伏案书写长信，我虽然充分考虑到了这个情况，但心里还是觉得，在这封拐弯抹角的书信背后隐藏着什么重要的事情。于是，我把信放下，思忖起来，接着又拿起信，从头再看一遍，再放下做进一步思考。正当我还在反复琢磨的时候，特拉德尔突然出现了，发现我一副困惑不解的样子。

“亲爱的朋友，”我说，“此时见到你，我再高兴不过了，你来得正是时候，凭着你冷静的判断来帮帮我的忙吧。特拉德尔，我收到了米考伯先生一封很奇特的来信。”

“不会吧？”特拉德尔大声说，“真有这样的事？我倒是收到了米考伯太太一封信呢！”

特拉德尔说着这句话时，掏出了他身上的信，同我交换。他因为走了路而满脸通红，由于运动和激动的共同作用，头发竖起来了，他好像见到了兴致勃勃的鬼魂似的。我看着他把米考伯先生的信看到了中间部分，然后他扬起眉头说：“‘掌控雷电，或者点燃吞没一切的复仇之火’，天哪，科波菲尔！”然后我才认认真真地看起米考伯太太的信来。她的信是这样写的：

> 谨向托马斯·特拉德尔先生致以最亲切的问候，如果他还记得有个人曾经有幸同他相识的话，我可不可以占用他片刻闲暇时光？我向托·特先生保证，若不是濒临疯狂的境地，是不会打扰先生的。
>
> 说起来令我痛心疾首，但米考伯先生（昔日十分顾家恋家）已同他的妻子和家人疏远了，这是我向特拉德尔先生做此不幸恳求的原因所在，恳请他体恤关爱。特先生无法想象得到，米考伯先生行为反常，态度疯狂，性格暴戾。而且情况日渐加重，已显现精神失常的迹象。我实话对特拉德尔先生说，反常之态几乎没有一天是不发作的。米考伯先生断言，他已把自己卖给了魔鬼，诡秘莫测早就成了

他的主要性格特征，早就代替了无限信任，这样的话我都已经习以为常了。我把这个情况告知了特先生之后，就不会要求我述说自己的心情了。稍有冒犯，哪怕就是问一问晚餐想要吃点什么，也会令米考伯先生提出要分开过。昨天晚上，那对双胞胎充满着孩子气，问他要两个便士，想买“柠檬饴”——本地的一种糖果——他竟然拿起牡蛎刀对准他们。

我恳请特拉德尔先生容我述说这些事情的细节原委，要不讲述这些东西，特先生很难体察我肝肠寸断的心境。

我现在可以斗胆把我写此信的意图告诉特拉德尔先生吗？他现在允许我完全依赖他的友好关切吗？噢，可以的，因为我知道他的为人！

女性若是充满深情，则目光敏锐，不易受到蒙蔽。米考伯先生要去伦敦了。今天早餐前，他写了地址卡片，系在更加幸福快乐日子里的那只棕色小提包上，尽管他处心积虑，掩饰自己的手迹，但作为妻子，心情焦急，目光敏锐，还是看到书写“伦敦”字样的端倪。公共马车到达西区的终点是金十字架街。我可以斗胆恳请特先生去看看我那误入歧途的丈夫并对他晓之以理吗？我可以斗胆请特先生在米考伯先生和他备受折磨的家人之间做些调解吗？噢，不行的，因为这样的要求太过分啦！

如果科波菲尔先生还记得一个无名之辈的话，特先生可以代为致以我始终不变的敬意和类似的恳求吗？不管怎么说，务请他本着仁慈之心，对此信绝对保密，在米考伯先生面前万万不可提及。如蒙特先生回复此信（我认为这是极不可能的事），请寄到坎特伯雷邮局，米·爱[1]收即可，

① 这是米考伯太太的名字爱玛·米考伯倒过来的首写字母。

因为这样做，比起直接写上下面悲恸欲绝的署名人的姓名，更可以减少痛苦的后果。

对托马斯·特拉德尔先生满怀敬意的朋友和求助者

爱玛·米考伯

“你怎么看这封信？”我把信看了两遍之后，特拉德尔问，看着我。

“你怎么看另外那封信呢？”我说，因为他仍然在皱着眉头看那封信。

“我认为，把两封信合在一起来考虑，科波菲尔，”特拉德尔回答说，“其含义比米考伯先生和米考伯太太平常写的信的含义要更加丰富，但我不明白这其中的含义。两封信都写得情真意切，这我毫不怀疑，他们并没有相互串通好。可怜的人啊！”他现在是指米考伯太太那封信，我们两个人并排站立着，比较两封信，“无论如何，得怀着宽容仁慈之心，给她做个回复，告诉她，我们定会去见米考伯先生的。”

我欣然赞同他的这个提议，因为上次收到她的那封信时，我处理得很草率，现在心里面都还感到自责。正如我前面提到的那样，刚收到信时，心里面想到了很多，但当时全神贯注于自己的事务，跟那家人有过打交道的经历，加上没有得到他们更多的音信，所以慢慢地就把事情给搁置下来了。我常常想到米考伯一家，但主要是想着他们在坎特伯雷欠下了什么样的“金钱债务”，还有就是回忆一下，米考伯先生当上了尤赖亚·希普的文书之后，见到我之后那副羞答答的样子。

然而，这时我还是以我们两个人的名义给米考伯太太写了一封安慰信，我们两个人都签了名。在我们步行进城邮寄信的当儿，我和特拉德尔进行了长时间的交谈，提出了种种猜测，这些我就不必复述了。那天下午，我们还邀请姨奶加入我们的讨论，但我们得出的唯一结论是，我们得准时去赴米考伯先生的约。

尽管我们离约定的时间提前了一刻钟到达指定地点，但我们到达时发现米考伯先生已经在那儿了。他面对着墙站立着，双臂相交，注视着墙头上的尖铁，表情显得很伤感，好像那些东西是他青年时代给他遮阴的纵横交错的大树枝丫。

我们上前同他打招呼，他的举止神态同昔日相比，显得更加局促茫然，不是那么温文尔雅。他为了这趟外出，脱去了那套从事法律职业的人穿的黑色制服，穿上了昔日的紧身外套和马裤，但全无昔日的风度。随着我们谈话的深入，他这才慢慢地恢复了过去的那种神态，但他的单片眼镜似乎挂得不是那么顺当，衬衣领子虽然还是过去那种大规格的，但显得松松垮垮的。

“先生们啊！”一阵寒暄之后，米考伯先生说，“二位是我患难的朋友，所以是真正的朋友。请允许我问候现今的科波菲尔夫人和未来的特拉德尔夫人，也就是说，我假定我的朋友特拉德尔先生尚未和意中人结百年之好，甘苦与共，祝她们身体健康。”

我们对他的问候表达了谢意，同时也做出了相应的回答。接着他便提请我们注意那堵高墙，而且开口说：“我向你们保证，先生们。”这时候，我对他礼貌客气的称呼冒昧地表示反对，请求他还是照着过去的称呼好。

“亲爱的科波菲尔，”他回答说，紧紧地握着我的手，“你真挚热忱，我感激不已。对于一个曾经一度叫作人现在却成了庙宇的残迹来说——如果我可以如此形容自己的话——给予这样的接待，这证明拥有一颗给我们共同的天性增添荣耀的心。我接下来要说的是，我又一次看到了我生命中最最幸福快乐的时光流逝掉的宁静之地了。”

“毫无疑问，之所以如此，那是因为有米考伯太太的缘故，”我说，“我希望她一切安好吧？”

“谢谢你，”他回答，听到我这么一说，他脸上布满了愁云，“她也就一般过得去吧。而这就是，”米考伯先生说，他表情忧伤地点了点头，“王座法院监狱！多少年中，日复一日，总是有人在过道上喋喋不休地叫喊，无法驱除，声称我欠了多少多少债务，我被压得连气都喘不过来，而在这个地方，第一次没有了那种叫喊声。在这个地方，门上没有了任何可供债主们猛烈敲击的门环。在这个地方，法院的传票不需要送到当事人本人，继续拘留状只需送达到门口就行了！先生们，”米考伯先生说，“当砖墙顶端的那些铁器装置在散步广场的砾石地上投下阴影时，我看见过我的孩子们穿行在那些错综复杂的迷宫里，避开阴影。我熟悉这儿的每一块石头。如果我表露出对这儿的偏爱，你们一定知道该如何原谅我的。”

“从那以后，我们都在人生的道路上向前行进着，米考伯先生。”我说。

“科波菲尔先生，”米考伯先生回答说，一副伤心的样子，“当我居住在这个隐蔽之处时，我倒是可以问心无愧地直视我的同胞，如果他们冒犯了我，我可以对准他们的头拳头相向。可是，我与我的同胞之间不再相处得那么风光体面了！”

米考伯先生从监狱建筑的方向转过了头，一副垂头丧气的样子。他一边挽着我伸给他的胳膊，另一边挽着特拉德尔伸给他的胳膊，走在我们两个人的中间。

“通向坟墓的路上，”米考伯先生说，他回首望着，依依不舍，“有一些界碑，要不是那种想法亵渎神明[①]，一个人是绝不想跨过那些界碑的。在我命运多舛的人生旅途中，王座法院监狱就是其中一个界碑。”

“噢，你的情绪不佳啊，米考伯先生！”特拉德尔说。

“是这样的，先生。”米考伯先生插话说。

“我希望，”特拉德尔说，“不是因为你厌恶法律了吧，因为我自己就是个律师，这你是知道的。”

米考伯先生没有吭声。

---

① 这里的“那种想法”是指“自杀”，基督教的教义是反对自杀的，所以说“亵渎神明”。

“我们的朋友希普怎么样，米考伯先生？”一阵沉默之后，我说。

“亲爱的科波菲尔，”米考伯先生回答，突然他情绪开始激动，脸色变得苍白，“如果你是把那位雇主当作你的朋友来问候的，那我对此感到很遗憾。如果你是把他当作我的朋友来问候的，那我对此报以嘲笑。不管你以什么身份来问候我的雇主，对不起，我没有冒犯你的意思，我的回答只能是这样的，不管他的身体状况怎么样，他的样子就像是只狐狸，且不说像个恶魔了。作为独立的个人，请允许我拒绝谈论那个人，因为他在我的职业上把我逼到了绝望的边缘。”

我无意之中触及了这样一个话题，弄得他这么激动，于是，我表达了歉意。“为了不至于再犯错误，”我说，“我能否问一声，我的老朋友威克菲尔德先生和威克菲尔德小姐的情况怎么样？”

“威克菲尔德小姐，”米考伯先生说，他现在脸色红通通的，“任何时候都一样，是个典范，是个光辉灿烂的榜样。亲爱的科波菲尔，她是悲惨凄凉生活中唯一的闪光点。我敬仰那位小姐，敬佩她的品格，由于她的爱意、真诚和善良，我对她充满了挚爱！领着我，”米考伯先生说，“到一个拐角处去吧，说实在话，在目前这种心境下，我控制不了自己。”

我们架着他拐进了一条狭窄的街道，到那儿之后，他从口袋里掏出手帕，背靠一堵墙站着。如果我也像特拉德尔那样，神情严肃庄重地看着他，他一定会觉得，同我们在一起，精神根本无法振奋起来。

“我命该如此啊，”米考伯先生说，他毫不掩饰地抽泣起来，但即便是在抽泣的时候，仍然隐约可见昔日那种风雅韵致的表情，“我是命该如此，先生们，我们天性中更加美好的情感，成了我的耻辱。我对威克菲尔德小姐的敬仰是射入我胸膛的一支支利箭。请你们最好还是扔下我吧，让我做个流浪汉，行走四方。那条蛀虫会以加倍的速度结果我的事情。”

我们没有理会这一要求，而是站立在一旁，一直等到他收起了自己的手帕，往上拉了拉自己的衬衣领子。然后，为了避免附近有某个人一直在注视着他，还把帽子歪戴在一边，嘴里哼起曲调来了。我这时候提出——担心如果我们不一直看着他，不知道会出什么事情——如果他愿意乘马车到海格特去，因为那儿有他住的地方，我十分乐意把他引荐给我姨奶。

“你可以帮我们调制一杯你独具风格的潘趣酒啊，米考伯先生，”我说，“想着那些更加温馨的往事，你就会把心里不愉快的事情统统忘掉的。”

“或者说，如果把心里的话向朋友诉说，这样做可以使你更加心情舒畅，那你就跟我们诉说吧，米考伯先生。”特拉德尔说，说话的态度很谨慎。

“先生们，”米考伯先生回答说，“你们想要我怎么办就怎么办吧！我就是大海上的一根稻草，任由着风吹向四面八方。对不起，应该说是任由着风浪。”

我们再次手挽着手向前走，到了公共马车站发现马车正要出发，于是便一路畅通无阻地到达了海格特。我心里忐忑不安，没有了底，不知道最好该说点什么，或者做点什么。显而易见，特拉德尔也是如此。米考伯先生大部分时间里都沉浸在深深的忧郁中，只是偶尔想要装点一下自己，哼一哼某一支曲调的尾音。但是，他那帽子严重地歪戴到了一边，衬衣领子扯得齐眼高，一副滑稽可笑的样子，只会把他那再次陷入深深的忧伤中的神态衬托得更加鲜明。

我们没有到我家去，而是去了姨奶家，因为多拉身体不好。经过通报之后，姨奶便出来了，她热情洋溢地欢迎米考伯先生到来。米考伯先生吻了一下她的手之后，便退到了窗户边，掏出手帕，黯然神伤起来。

迪克先生在家里。他对任何看上去情绪低下的人，天生就怀着深深的同情心，而且对于这种人他一眼就可以看得出来，所以，五分钟之内，他至少同米考伯先生握了五六次手。而对于处在烦恼中的米考伯先生来说，一个陌生人表现的热情如此感人，于是，在每一次握手时，他只能说："尊敬的先生，您让我感动不已啊！"这话让迪克先生听着很受用，于是他再握手时比先前更加用力了。

"这位先生的热情友好，"米考伯先生对我姨奶说，"小姐，如果您允许我从我们更加剧烈粗暴的国民运动项目词汇中选一个词来形容的话，就是把我给'击倒'了[①]。实话对您说吧，对于一个挣扎在重重压力之下、忧郁苦闷和焦虑不安的人来说，这样热情的接待真是承受不起啊。"

"我的朋友迪克先生，"姨奶回答说，语气中洋溢着自豪感，"可不是个普通的人物啊。"

"这我深信不疑，"米考伯先生说，"尊敬的先生！"因为迪克先生又一次在同他握手，"我深深感受到了您的热情友好！"

"您心里面觉得怎么样？"迪克先生说，表露出关切的神色。

"没事，尊敬的先生。"米考伯先生回答说，叹息了一声。

"您一定要振作起精神来啊，"迪克先生说，"尽可能使自己心里感到舒服一些。"

几句关切友好的话语，还有看到迪克先生又一次同自己握手，这使得米考伯先生深受感动。"人生变幻莫测的全景中，"他说，"我的命运是，偶尔会遇上沙漠中的绿洲，但是，像眼前这样，草木苍翠、甘泉喷涌的景致却从未遇上啊！"

如果是在别的时候，我听到这话后会觉得很有趣，但是，我感觉到，我们大家都拘谨约束，局促不安。我焦躁不安地看着米考伯先生，只见他犹豫不决，游离在两种意向之间，一方面明显想要说点什么，另一方面又极力克制自己不要说出来，此情此景令我焦急万分。特拉德尔坐在他那把椅子的边缘上，两眼睁得大大的，头发夸张得比平时竖得更加挺直。他时而注视着地面，时而端详着米考伯先生，好像没有想要说点什么的意思。至于姨奶，尽管我注意到，她目光敏锐，注意力全部集中在她的这位新客人身上，比我们两个人都更

---

① 此处指拳击运动。

加善于调动自己的智慧，因为她一直在同他交谈着，不管他心里乐意与否，总是使他觉得有必要开口说话。

“您是我外孙的老朋友了，米考伯先生，”姨奶说，“要是我以前就能够同您相识，那该有多好啊。”

“小姐，”米考伯先生回答说，“我也希望能够早一些荣幸地同您相识啊，我过去可不总是您现在看到的窝囊落魄的样子。”

“但愿米考伯先生和您的家人都很好吧，先生？”姨奶说。

米考伯先生垂着头。“他们吧，小姐，”他停了一会儿，然后不顾一切地说，“就跟被排斥在外的人和无家可归的人所能希望的那样。”

“天哪，先生！”姨奶情绪激动，唐突地大声叫了起来，“您都说的是什么话啊？”

“我一家人的生活，小姐，”米考伯先生回答说，“处于风雨飘摇之中。我的雇主……”

米考伯先生像是要卖个关子似的突然停住了，然后开始剥柠檬的皮，那是在我的吩咐下摆到他面前的，同时还有其他物品，供他调制潘趣酒用。

“您的雇主，您知道的。”迪克先生说着，轻轻地碰了碰他的胳膊，提醒他。

“仁慈友好的先生啊，”米考伯先生回答说，“您让我想起来了，非常感谢您。”他们再次握了手，“小姐，有一次，我的雇主——希普先生，蒙他看得起我，对我说，如果不是他雇用了我，给我发薪水，我说不定就成了个江湖骗子，走南闯北，玩些吞刀吐火的戏法。即便不是这样，还有可能是另外一种情况，我的孩子们可能沦落到靠扭曲身子做出各种姿势谋取生活，而米考伯太太则在一旁奏着手摇风琴，给孩子们表演那些有悖常规的技巧捧场助兴。”

米考伯先生随意但很有表现力地挥了一下手中的刀子，意思是说，等到他不在人世之后，孩子们卖艺谋生是可能会发生的事情，然后他继续剥柠檬皮，一脸绝望的样子。

姨奶把胳膊肘撑在那张小圆桌上，她通常都把小圆桌放在自己身边，全神贯注地看着米考伯先生。尽管我不喜欢诱使他把自己不想主动说出的话说出来，但要不是看见他做出一些古怪的动作，我本来还是会趁此机会向他挑起话头来的。我看见他把剥下的柠檬皮放进壶里，把糖倒进放烛花剪子的盘子里，把酒精倒进空壶里，还信心满满地打算从烛台里倒出开水来，凡此种种，不可思议。我知道危急时刻就在眼前，果然说来就来了。他把身边所有的用具器皿稀里哗啦地拢成一堆，从坐着的椅子上站起身，扯出口袋里的手帕，放声哭了起来。

“亲爱的科波菲尔，”米考伯先生说，用手帕捂住了脸，“这个活儿跟其他所有活儿都不一样，它需要心境平和，充满自尊。这活儿我干不了，不可能干得了！”

“米考伯先生，”我说，“这是怎么回事啊？请说出来吧。站在你面前的都是朋友。”

“都是朋友，先生！”米考伯先生重复了一声，接着便把藏在心里的话一股脑儿地说出来了，“上帝啊，正是因为我在朋友们的面前，我才会有这样的心情啊。怎么回事，先生们？怎么回事？凶狠恶毒就是这回事，卑鄙无耻就是这回事，欺诈蒙骗、阴谋诡计就是这回事。集这些恶性于一身的人的名字就叫——希普！”

姨奶拍了拍手，我们突然全都站立起来，就像是着了魔似的。

“挣扎已经结束了！”米考伯先生说，他猛烈地拿着手帕打着手势，还时不时地挥舞着双臂，好像是在人力无法控制的困境下游泳似的，“我再也不会过这种日子了。我是个悲苦可怜的人，一切的一切都被剥夺了，连说得过去的日子都过不上。我在给那个穷凶极恶的恶棍做事时，饱受禁忌。只要能把我的妻子还回给我，把我的家人还回给我，把这个眼下脚上戴着刑具四处行走的微不足道的小可怜虫换成过去的米考伯，即使明天要我去吞剑，我都会去，心甘情愿地去！”

我生平从未见过情绪这么激动的人，我极力想要使他平静下来，以便我们可以理性地探讨事情，但是，他越来越激动，一句话都听不进去。

“不等到我把那……条……呃……可恶可憎的……毒蛇……希普……炸成碎片，”米考伯先生说，他喘息着，抽泣着，像个在冷水中挣扎的人一样，“我是不会把手伸出去给人家握的！不等到我……呃……把维苏威火山[①]……抖动……呃……朝着……那个卑鄙无耻的恶棍……希普……喷发，我不会接受任何人的盛情款待！不等到我……先……呃……把那个没完没了骗人说谎的……希普的……眼珠子从脑袋上抠出来，这个屋檐下的……呃……茶点饮料……尤其是……潘趣酒……会……呃……呛着我！不等到我把……呃……那个空前绝后的伪君子和伪证犯……希普……碾成无法辨认出的粉末，我……呃……我不认识任何人……还有……呃……不说任何事……还有……呃……不住到任何地方！”

我确实有点担心，米考伯先生会当场毙命，他口齿不清，挣扎着说出这些话，只要接近提到希普这个名字时，他便吃力地朝着那个名字迸发，有气无力地冲向它，然后以近乎不可思议的猛劲吐了出来，那样子很吓人。不过现在他已经坐到椅子上了，喘着粗气，看着我们，脸上呈现出种种不应该有的颜色，没完没了的硬块一个接着一个地急速涌上喉头，好像是要从那儿直冲上前额，他那样子看来要气绝身亡了。我本来想去安抚他一下的，但他挥舞着手要我站开点，一句话都听不进去。

“不，科波菲尔！不等到……威克菲尔德小姐……呃……从那个……十恶不赦的恶棍……希普……那儿受到的侮辱……呃……得以雪耻——我是不会做任何交流的！”（我深信不疑，要不是他感觉到“希普”这个名字要冒出来，这才使他焕发出了惊人的能量，他可能连三个字都说不出来。）“不可泄露的秘密……呃……对整个世界……呃……毫无例外……下个礼拜的今天……呃……早餐时

① 欧洲大陆唯一的活火山，位于意大利西南部。

间……呃……这儿的每一个人……呃……包括姨奶……呃……还有极为友好的先生……呃……全都到坎特伯雷的旅馆……在那儿……呃……我和米考伯太太……合唱《昔日的好时光》……还有……呃……将要揭露那个令人无法容忍的恶棍……希普！没有更多话要说了……呃……也不想再听劝告了……立刻要走……和别人待在一处……呃……受不了了……要去盯着那个必遭天谴的背信弃义者……希普！”

米考伯先生能够一连串说出这段话，靠的就是这个神奇的名字的支撑。他已超出先前所有的力气说出这个名字之后，便冲出了屋子，让我们大家待在那儿，兴奋不已，怀着希望，惊奇万分，结果我们的心情比他的也好不到哪儿去。不过，即便到了这个时候，他仍然激情高涨，非要写封信不可，因为正当我们处在兴奋、希望和惊异当中时，附近的旅馆里有人送来了以下这封牧函式的短信[①]，信函就是他到了旅馆后写的：

绝对机密

尊敬的先生：

本人刚才情绪激动，恳请通过您向令姨奶转达歉意。愤懑之情长期郁积，如闷烧之火山，一朝喷发，皆因内心纠结的结果，其情形易于想象，却难以言表。

本人邀请诸位下个礼拜的今日上午在坎特伯雷的公共活动场所一聚，我和米考伯太太曾经有幸与君同唱特威德河畔那位永垂不朽的税务官的著名歌曲[②]，想必此事已略表清晰了。

职责尽到，补偿践行，唯其如此，本人方能直面世人，届时本人将不复存在。只求葬于万众归宿之地。正所谓：

---

① 指主教写给其教区内神职人员或教徒的公开信函。

② 此处指罗伯特·彭斯的《昔日的好时光》。彭斯出生在苏格兰特威德河北岸的阿洛韦镇，曾任税务官。详见 253 页注。

各自在洞窟里永远放下了身体，
小村里粗鄙的父老在那里安睡。[1]

——简短的碑文为
威尔金斯·米考伯

① 引自英国诗人托马斯·格雷（Thomas Gray，1716年—1771年）的著名诗作《墓园挽歌》，此处采用我国著名翻译家卞之琳先生的译文。

第五十章

佩戈蒂先生梦想成真

这个时候，离我们同玛莎在河畔相会已经有几个月了。从那之后，我就再没有见到过她，但她跟佩戈蒂先生通过几次信。玛莎热情洋溢地介入，但尚未取得任何结果，而且根据佩戈蒂先生告诉我的情况，我也无法推断能否找到小埃米莉，一时间还没有得到任何线索。我承认，自己对于寻找到她的事情已经绝望了，慢慢地，越来越相信，她已经不在人世了。

佩戈蒂先生心愿坚定，矢志不移。据我所知——我相信，他的那颗诚挚善良的心，在我的面前，一览无余——他确信一定可以找到小埃米莉，而且从未再动摇过。他从未丧失过耐性。尽管我心情焦虑，担心有一天一旦他坚定的信念破灭了，他可能要承受着巨大的痛苦，但他的信念中蕴含着虔诚，其表现的精神感人至深，因为它根植于他那高尚秉性的最纯洁的深处，所以我对他的敬佩和敬仰之情与日俱增。

他的信念不是那种只是怀有希望而行动上懒惰、无所作为的信念。他是个一生一世都执着行动的人，而且他知道，做所有事情，如果需要别人的帮助，首先自己必须踏踏实实地做好，自己帮助自己。我知道，他由于担心雅茅斯旧船屋的窗口的蜡烛可能因故没有点上，便会夜间出发步行到那儿去。我还知道，他由于看到报纸上的某则消息可能与小埃米莉有关联，便会拿起手杖，长途跋涉走上七八十英里。他听了我叙述从达特尔小姐那儿得来的情况之后，乘船到那不勒斯打了个来回。他在所有的行程中吃苦耐劳，克勤克俭，因为始终抱定了一个目标，要积攒钱，以便找到小埃米莉之后需要钱用。

在这长时间寻找的过程中，我从来都没有听到他抱怨过，从没有听到过他说疲劳，或者说丧失信心了。

我们结婚之后，多拉常常看到佩戈蒂先生，而且也很喜欢他。我现在想象着他出现在我面前的形象，站立在沙发旁边，手里拿着那顶粗布便帽，我娃娃妻子的那双蓝色眼睛抬起来看着他的脸，神态胆怯而又惊奇。有时候在傍晚，大概黄昏时刻，他来同我交谈，我就会劝他到花园里抽烟斗，我们一同慢慢地来回走着。这时候，他抛下的那个家的画面，黄昏时屋里的炉火烧得正旺时，我童年时眼中看到的那种舒适的氛围，还有那个家的周围悲号哀鸣的风，全都在我的脑海中活灵活现地呈现了。

一天傍晚，同样是在这个时辰，他告诉我说，头天晚上，当他正要出门时，他发现玛莎在他租住的房子附近等待着，还有她请求他无论如何不要离开伦敦，要等到下次再见到她。

"她告诉了你为什么吗？"我问。

"我问了她，大卫少爷，"他回答说，"但是她说的总是寥寥几句话，只是要我答应，然后就离开了。"

"她说了没有，你什么时候可以再见到她？"我再问。

"没有，大卫少爷，"他回答说，他若有所思地用手自上而下摸了一把脸，"这我也问了，可是（她说）她也说不准。"

由于我早就不用那种虚无缥缈的希望来对他加油鼓劲，所以我听到这个情况之后，没有发表别的什么意见，只是说，他很快就会见到她的。至于这个情况在心里引发的种种猜测则憋在自己心里，毕竟都是些模糊不清的想法。

大概两个礼拜之后，一天傍晚，我独自一人在花园里散步。我现在清楚地记得那天傍晚的情形，那是在米考伯先生充满悬念的那个礼拜的第二天。一整天都下着雨，空气中弥漫着一种湿漉漉的感觉。树木枝叶繁茂，沉甸甸地沾着雨珠。但是，雨已经停止了，尽管天空还是阴沉沉的，满怀着希望的鸟儿在欢快地鸣唱。我在花园来回散步的当儿，周围开始暮色四合了，轻柔的鸟鸣声停息了。乡野间的黄昏到处是一片静谧，此时，连最细小的树木都已经平静了，只有偶尔从树枝上落下的雨滴声。

我们小屋的旁边有一道爬满常青藤的格子棚架，形成一道绿色屏障，从我散步的花园里，透过棚架的方格，我可以看到房子前面的大路。我当时心里正在想着很多事情，正巧朝着那个地方看了看，结果我看到那边有个人影，身上穿着一件很朴素的外衣。只见人影急切地转向我这边走来，同时还打着手势。

“玛莎！”我喊了一声，便朝着人影走过去。

“你能同我走一趟吗？”她问，声音很低，但很急切，“我去过他那儿了，他不在家里。我写了个地址告诉他去哪儿，亲手放在他的桌子上。那儿的人说他很快就会回来。我有消息要告诉他，你能立刻同我走一趟吗？”

我回答当然可以，便立刻跨出花园的栅栏门，她急忙打了个手势，好像是请求我不要着急，不要声张，然后我们转身朝着伦敦城走去，从她的衣着可以看出，她是从城里匆匆忙忙赶过来的。

我问她，我们这是不是要到伦敦去？她和先前一样，急忙做了手势，表示认可。我拦住了打从我们身边驶过的一辆空马车，我们便上了车。我问她，要车夫把马车赶到哪儿去，这时候，她回答说：“不管停到哪儿，只要靠近广场就可以！快点！”然后她缩着身子躲到一个角落里，用一只颤抖着的手捂住脸，另一只手还做着先前那种手势，好像说不出话来似的。

这时候，我心里极不平静，希望和恐惧之光交织在一起，弄得我头晕目眩，于是我看着她，想要获得某种解释。但是，看到她有一种强烈的愿望，那就是要保持安静。同时，我也感觉到，在这样一种时刻，我自己也自然会是这样一种心境。所以，我不打算打破这种沉默。我们一路行进，没有吭一声。她有时瞥一眼窗外，好像觉得我们跑得太慢了，其实我们行进的速度确实很快，除此之外，她一直保持着刚开始时的样子。

我们在她说到的广场的一个入口处下了马车，我吩咐车夫原地等着，因为说不定我们还要用车。她把手搭在我的胳膊上，急急忙忙领着我踏上了一条昏暗的街道，那个区域里有几条这样的街道，街道两旁一度是很气派的住宅，清一色的独门独户，但后来日渐萧疏，沦落为按房间出租的贫民出租屋了。到了其中一幢敞开着门的住宅前，她松开了我的胳膊，示意我跟着她登上一道公用楼梯，楼道简直就像是通往大街的一条支路。

房子里挤满了房客。我们走上去的当儿，一个个房间全都打开了，人们把头探了出来。我们在楼梯口还碰到了另外一些下楼梯的人。我们进屋前，我在外面朝上看了看，看到女人和孩子懒洋洋地靠在摆满花盆的窗台边。我们好像吸引了他们好奇的目光，因为从房间门口探出头来看的主要是这些人。楼梯很宽，是嵌板的，装有粗大的乌木扶手。门的上方镶嵌着门楣，上面刻有水果和花卉的装饰图案。窗户口有宽大的窗台。但是，所有这些标示着昔日富丽堂皇的东西变得一片狼藉，腐朽不堪，肮脏邋遢。腐朽破损，潮湿霉变，岁月流逝，这一切把地板给损伤了，许多地方变得不牢靠，甚至不安全了。我留意到，这些昂贵的旧式木质结构处处有用普通木材修补过的痕迹，企图要给这个摇摇欲坠的结构输入新鲜血液，但是，这种做法就像要一个落魄的老贵族同一个卑贱的贫民联姻，对于这种门不当户不对的结合，双方都会退避三舍。楼梯上有几扇后窗黑咕隆咚的，或者干脆全给堵住了。保留着的那些，也几乎没有玻璃了。透过那些破败的窗架，污浊的空气似乎只进不出。透过另外那些没有玻璃的窗户，我看到了另外那些情况类似的房子。我头晕目眩，朝着下面看了看，看到了一个肮脏不堪的院子，那是这个住宅楼的公共垃圾堆。

我们继续朝着住宅楼的顶层走，这期间，有两三回，我觉得，自己就着昏暗不清的光线看到了有个在我们前面走着的女人衣裙的下摆。当我们拐弯登上我们和屋顶之间最后一段楼梯时，我们看清楚了那个女人的整个形象，她在门口处停留了片刻，然后转动房门的把手进去了。

“这是怎么回事啊！”玛莎说，她声音很低，“她进了我的房间，可我不认识她啊！”

我可是认识她。我惊异地认出了她，她是达特尔小姐。

我对领路的玛莎说了几句话，大意是眼前这位小姐我以前见过她几次，但是，我们的话还没有说完，就听见房间里面传出了她说话的声音，不过在我们站的地方听不清说的是什么。玛莎一脸惊诧，重复了她先前的动作，悄悄地领着我上楼。然后，我们到达了一扇小小的后门口，门似乎没有上锁，因为她轻轻一推门就开了，我们通过这个门口进到一间很小的空阁楼间，里面的斜屋顶很低矮，比一个橱柜强不到哪儿去。在这个阁楼间和那个她称之为她的房间之间，有一扇相通的小门，门半掩着。我们在此停了下来，由于刚才上楼的缘故，我气喘吁吁，玛莎轻轻地用手掩住我的嘴唇。我只能看到那边的那个房间挺大，里面有一张床，墙上挂着一些普通图画，画的是船舶。我没有看见达特尔小姐，也没有看见她对着说话的人。可以肯定的是，我的同伴也没有看见，因为我站的是最佳位置。

一时间寂静无声。玛莎用一只手掩住了我的嘴唇，举起另一只手，做出一副倾听的姿态。

“她在不在家里跟我毫无关系，”罗莎·达特尔说，她语气很傲慢，“我压根儿就不认识她，我到这儿来是看你的。”

“看我？”一个轻柔的声音回答说。

一听到这声音，我浑身感到兴奋，因为那是小埃米莉的声音！

“是啊，”达特尔小姐回答说，“我是来看你的。怎么啦？弄出了这么大动静，你竟然不为这张脸感到害羞吗？”

她态度坚定，铁石心肠，语气中透着仇恨，神情冷酷，锋芒毕露，满腔的怒火压抑着，这就是她展示在我面前的样子，就像我在光天化日之下看到的她一样。我看见那双闪烁着光芒的黑眼睛，还有被激情销蚀了的身段。我看见了那道白印横过她嘴唇的疤痕，边说话边哆嗦颤抖着。

“我是来看你的，”她说，“詹姆斯·斯蒂尔福斯的心上人，那个跟着他一道离家出走的丫头，成了她家乡最最普通的人街谈巷议的话题，敢跟斯蒂尔福斯那种人搅和在一起，胆大妄为，肆行无忌，手法老到。我想要知道这是怎样的一个货色。”

达特尔小姐的这一通侮辱人的话一股脑儿地堆到了那个可怜的姑娘身上，这时传来一阵窸窣声，好像是那姑娘跑到了门口，说话的人迅速阻拦住了，接下来又停顿了。

等达特尔小姐再度开口说话时，声音从紧闭着的牙齿缝里挤了出来，而且她还在地上跺了一脚。

“站在那儿别动！”她说，“否则我就把你的事向整个住宅和全街道的人宣告！如果你企图要回避我，我就要阻拦住你，即便是揪住头发，拿起石头来对付你，我也要阻拦住你！”

我听到的只有一阵惊慌失措的喃喃的回话声，接着又是一阵沉默。我不知道该怎么办，尽管我很想制止这样一种会面，但我还是感觉到，自己无权出面，只有佩戈蒂先生能够出来见她，拯救她。难道他就不来了吗？我心里迫不及待。

“所以啊！”罗莎·达特尔说，她发出轻蔑的笑声，“我终究还是看到她啦！哎呀，他真是个可怜窝囊的人啊，竟然会被这样一个弱不禁风、假装正经、垂头丧气的丫头给迷住了！”

“噢，看在上帝的分上，饶恕了我吧！”小埃米莉激动地大声喊着，“不管你是谁，您知道了我这段可怜可悲的经历，看在上帝的分上，如果您想要使自己得到饶恕的话，就饶恕了我吧！”

“如果我想要得到饶恕的话！”对方恶狠狠地回道，“你以为我们之间有什么共同点吗？”

“除了我们都是女人，没有任何共同点。”小埃米莉说着，顿时哭了起来。

“而这个，”罗莎·达特尔说，“竟然被一个臭不要脸的拿来当作充足的理由，所以，如果我的心里除了鄙视和憎恨之外，还有别的什么情感的话，那这个理由也已经使那种情感冰冻起来了。我们都是女人！你可真是我们女人的荣耀啊！”

“我罪有应得，”小埃米莉哭着说，“但这可怕至极，亲爱的，亲爱的小姐啊，想一想我遭受的苦难，沦落到什么样的地步吧！噢，玛莎，回来吧！噢，回家吧，回家吧！”

达特尔小姐在一把门口看得见的椅子上坐了下来，眼睛朝下面看着，好像小埃米莉蹲到她前面的地板上了。因为达特尔小姐现在所处的位置在我和那亮光之间，所以我看得见她噘起的嘴唇，还有她冷酷无情的眼睛直勾勾地盯住一个地方看，流露出贪婪的得意之情。

“听我说吧！”她说，“把你这套虚情假意的伎俩留给你那些傻瓜蛋吧。你是指望着用眼泪来感动我吗？就跟你用笑脸来迷惑我一样不管用的，你这个卖身的奴隶。”

“噢，对我发点善心吧！”小埃米莉哭着说，“对我表示点同情吧，否则我会在疯狂中死去的！”

“对于你所犯的罪行而言，”罗莎·达特尔说，“这算不得什么惩罚。你知道自己干了什么事情吗？你想过自己已经毁掉了那个家庭吗？”

“噢，我没有一日，没有一夜不在想着那个家啊！”小埃米莉哭着说，这时候我正好看清楚了她，她双膝跪地，头向后仰着，苍白的脸朝上看着，双手疯狂地紧握着向外伸，头发散落在四周，“不管是醒着还是睡着，那个家无时无刻都呈现在我的面前，就像昔日我永远离开它的时候一模一样！噢，家啊，家啊！噢，亲爱的，亲爱的舅舅啊，如果您知道，在我背信弃义离家出走时，您的爱会给我带来什么样的痛苦，您就决不会像您自己感觉到的那样如此一如既往地给予我爱了，而是对我表示出愤怒，哪怕是我一生中就那么一次也罢，那我都可能得到些许的安慰啊！我没有得到，没有得到，没有得到半点安慰，因为他们全都一直爱着我！”面对着椅子上那个专横跋扈的女人，她俯着脸蹲着，恳求抓住那个女人衣裙的下摆。

罗莎·达特尔就像是一尊铜像，纹丝不动，坐在那儿目光朝下地看着她，双唇紧闭，好像她明白，她必须努力控制住自己——我这里写的是自己心里的真实想法——否则她会忍不住用脚去踢眼前这个漂亮的女人。我看到她的面部表情了，看得真真切切，她的面容和性格的全部力量都似乎凝成这种表情。难道佩戈蒂先生不会来了吗？

“卑鄙下贱的小人们竟然还有什么可怜的虚荣心！”当她控制住了从心中升腾起的怒火，确认自己可以说话时，她便说，“还你的家！你以为我会想到它吗？或者对于那个用钱就可以补偿，而且可以体体面面地补偿的下贱的地方，会认为你给它带来什么伤害吗？还你的家！你就是那个家经营买卖的一部分而已，就像你们那些人经营的货物一样，买进卖出。”

“噢，别这么说！”小埃米莉哭着说，“说我什么都行，但是，不要把我丢人现眼的丑事言过其实地栽到和您一样体面正派的人身上去！您是位小姐，如果您对我毫无仁慈之心可言，还是请您尊重一下他们吧！”

“我是说，”她说，她对于小埃米莉的这一请求毫不理会，只是把衣裙的下摆扯开，以免小埃米莉触到弄脏了，“我是说他的家，我住在那儿的那个家。这就是，”她说着，轻蔑地笑着伸出一只手，低头看着神情沮丧的姑娘，“搅得做贵妇人的母亲和做绅士的儿子分离的罪魁祸首，这就是给一个家庭带来悲痛的根源，而她连在那儿当个厨房帮厨女都不配，弄得人家愤怒不已，烦恼不断，相互指责。这么一件从海边捡来的受过污染的东西，被别人在一个时辰里面当那么一回事，随后便被扔回到原先的地方了。”

“不！不！”小埃米莉哭着说，两只手紧紧握在一起，“当他第一次同我相遇时——但愿没有过那一天，但愿他看到我时是被人抬着进坟墓的——我也跟您或者其他任何小姐一样，从小到大品行端正，也会跟您和世界上任何别的小姐一样，嫁给一个正直的男人做妻子。如果您住在他家里，而且对他有所了解，您或许就知道，他对待一个意志薄弱、爱慕虚荣的姑娘有什么样的本事。我不是要给自己辩解，但是我清楚地知道，他也清楚地知道，或者等到他离开人世，心里感觉不安，那时，他将会知道，他不遗余力地欺骗了我，结果使我相信了他，忠诚于他，爱上了他！”

罗莎·达特尔从座椅上一跃而起，向后退了一下，后退时朝着小埃米莉打了过去，一张不怀好意的脸，因情绪激动沉了下来，变了形，以至于我都差不多要冲到她们俩之间去了。她没有瞄准目标打的那一下落空了。她气喘吁吁地站在那儿，怀着极大的憎恨看着小埃米莉，由于愤怒和蔑视，她从头到脚都在颤抖着，我感觉自己从来都没有见识过这样的场面，将来也绝不可能再看到了。

“你爱他？你？”她大声叫喊着，拳头握得紧紧的，颤抖着，仿佛只缺一件武器朝着她仇视的目标猛击过去。

小埃米莉退缩到了看不见的地方，没有回答的声音。

“竟然用你那不知羞耻的嘴，”她补充说，“告诉我这个？他们为什么不用鞭子抽打这类货色？如果我能够命令他们，我要他们用鞭子把这个丫头抽死。”

而她会这样做，这我毫不怀疑。只要她那副怒气冲冲的样子存在，我相信她会使用那种刑具的。

她缓慢地、非常缓慢地笑了起来，用手指着小埃米莉，好像小埃米莉是个充满耻辱的目标，人神共愤。

“她爱！”她说，“那么一具行尸走肉！她竟然告诉我，说他曾经喜欢过她？哈，哈！那些做买卖的是些谎话连篇的人啊！”

她的这种揶揄挖苦比她那不加掩饰的愤慨更加可怕。两者比较起来，我宁可成为她发泄愤慨的对象。但是，她的发泄只持续了一会儿工夫。她立刻又控制住了，不管内心如何遭受折磨，她还是抑制住了。

“你这纯洁的爱之泉，我来到这里，”她说，“要看看——正如我刚开始时告诉你的那样——你到底是什么样的一个货色。我先前充满了好奇，现在心里得到了满足。我还要告诉你，你最好找到你的那个家，以最快的速度，把自己躲藏在等待着你的那些卓越的人当中，你的钱可以给他们带去慰藉。当把钱全都用光了之后，你可以又一次相信、忠诚和爱上什么人，你知道的！我以为你是一件过了时的玩具，一件一钱不值的装饰品，暗淡无光了，被人扔掉了。但是，由于发现了你是块真金，一个十足的大家闺秀，一个受过虐待的无辜女子，有着一颗充满了爱和信任感的纯洁的心，你看上去真是这样，而且也与你的经历相符！所以我就有话要说了，你听好啦，我怎么说的就会怎么做。你听清楚我的话了吗，你这个神仙一样的精灵？我说得到就做得到！”

她又发作了一通怒气，但就像是痉挛一样，在脸上出现后就很快消失了，露出了微笑。

“即使不躲藏在家里，”她接着说，“那也要找个什么地方把自己藏起来。那就藏到一个没人找得到的地方去吧，离群索居地过日子。或者，更加理想的做法是，悄无声息地死去。我就奇怪了，你那充满了爱的心怎么就没有破碎，怎么就没有找到办法帮助它安静下来呢？我有时候听说过这类办法，相信它们是挺容易找到的。”

小埃米莉低声痛哭的声音把她的话给打断了。她停了下来，倾听着哭声，就像是欣赏音乐似的。

“可能是我这个人性格古怪，”罗莎·达特尔接着说，“但是，在你呼吸的空气里，我就觉得呼吸得不顺畅，感觉作呕。因此，我要让空气净化，把你呼吸过的空气清洁掉。如果你明天还住在这儿，我就要把你的丑事和你的德行在公共楼梯上公之于众。我听说，这个住宅楼里面住的是体面正派的女人。真是可惜啊，你这么一位光彩照人的杰出人物竟然躲在她们当中隐姓埋名不露面。如果你离开这儿，除了不用自己的真实身份，你可以用任何身份（你尽管用，我不会干涉）躲藏在伦敦的某个地方，但如果我打听到了你躲藏的地方，那我会用同样的办法对付你的。有了不久前对你心仪的那位绅士伸出援手，我对此是很乐观的。”

难道佩戈蒂先生永远永远不会来了吗？这种情形我要忍受多久啊？我能够忍受多久啊？

“噢，天哪，噢，天哪！”惨不忍睹的小埃米莉悲痛地叫喊着，我认为，那说话的声音足以感化最最铁石心肠的人，但从罗莎·达特尔的微笑中看不出半点宽容，“我该怎么办，怎么办啊！”

“怎么办？”对方回答说，“在你自己的回忆中幸福快乐地生活下去吧！一辈子沉浸在对詹姆斯·斯蒂尔福斯柔情蜜意的回忆中，他要你嫁给他的佣人做老婆，对不对？或者沉浸在对那个为人正直和劳苦功高的人的感激中，他会把你作为他的礼物收下的。再不然就是，那些令人感到自豪的回忆，那种对你自己的美德的意识，还有你的美德使你在所有具备人形的人的眼中把你提升到了崇高的地位，如果这一切还不足以使你支撑下去，那就嫁个体面风光的人，在他纡尊降贵的行为中享受幸福快乐吧。如果这样也还不行的话，那就去死吧！对于这样的死法，这样的绝望，有的是门道，有的是垃圾堆，找到一个这样的去处，送你逃到天堂去！”

我听见远处传来上楼的脚步声，我知道这脚步声，确信无疑，谢天谢地，是他的脚步声。

罗莎·达特尔说着这番话时，慢慢地离开了前面的门口，离开了我的视线。

“但是，可得当心点！”她补充说，她一边语气慢条斯理，严厉尖刻，一边打开门准备离开，“除非你躲到一个我完全找不到的地方，或者扯掉你漂亮的面具，否则由于我具有的理由和怀有的仇恨，我定会矢志不移地把你抛出来。这是我要说的，而且说话算话！”

上楼的脚步声越来越近了，越来越近了，从罗莎·达特尔下楼时的身边经过，他冲进了房间！

“舅舅！”

这声叫喊之后便是可怕的哭声。我停顿了片刻，朝室内看了看，看到他把她失去知觉的身子搂在怀里。他目不转睛地盯着那张脸看了一会儿，然后俯下身子吻了吻。噢，多么温柔慈祥啊！然后他掏出一块手帕盖住那张脸。

“大卫少爷，”他盖住了那张脸之后，便低声地说，声音颤抖着，“感谢上帝，我梦想成真了！我真心诚意地感谢上帝，给我引了路，使我找到了我的宝贝！”

他说完这话，双臂抱起了她，盖着的脸紧贴在他的胸口，对着他自己的脸，抱着一动不动和失去知觉的她向楼下走去。

第五十一章

踏上更加漫长的旅程

翌日一大早，当时我正和姨奶一道在花园里散步（姨奶由于现在花费很多精力照顾亲爱的多拉，很少开展别的什么运动），仆人告诉我说，佩戈蒂先生想要见我。我正要朝着花园的栅栏门口走去，佩戈蒂先生便进来了，把我拦在了半路。他很尊敬我姨奶，每次见到她时都会习惯于脱帽致意，这时也脱下了帽子。由于我先前一直在告诉姨奶头天晚上发生的事情，所以，她一声没吭，脸上洋溢着热情，走上前去，同他握手，还在他的胳膊上轻轻地拍了拍。这已经把心意再清楚不过地表明了，她无须再说一句话。佩戈蒂先生对她的这一举动，比起她说上千言万语，都更加能够心领神会。

“我现在要进屋了，特罗特，”姨奶说，“小花朵儿马上就要起床了，我得去照顾她啦。”

“小姐，但愿不是因为我来了的缘故吧？”佩戈蒂先生说，“除非今天早晨我的脑袋成了掏空的鸟巢，”佩戈蒂先生指的是鸟巢，意思是糊涂了，“否则就是因为我的缘故，您才离开我们的对吗？”

“你有什么话要说，我的好朋友啊，”姨奶回答说，“我不在场更加方便一些。”

“请您原谅，小姐，”佩戈蒂先生回答说，“如果您不嫌弃我啰唆唠叨的话，有您在场，我看是一种脸面啊。”

“是吗？”姨奶说，她态度爽朗，“这样的话，我就肯定不走啦！”

于是，姨奶挽着佩戈蒂先生的胳膊，同他一道走到花园尽头一个树枝掩映的小凉亭里。她在凉亭的一条长凳上坐下，我则坐在她身边。还有个座位可供佩戈蒂先生坐，但他宁可站着，一只手扶在那张小粗木材桌上。他伫立着，开口说话之前先看了一会儿自己的那顶帽子，我不禁注意到，他那只强壮的手表达着怎样的性格力量，同他透着诚实的眉宇和花白的头发多么相得益彰啊。

"我昨晚把我亲爱的孩子带走了，"佩戈蒂先生抬起眼睛看着我们时，开口说，"带到了我租住的屋里，很长时间以来，我一直在那儿等待着她，替她做着准备。过了几小时她才认出我来，而认出来了之后，她便跪在我的跟前，好像祈祷似的，把情况原原本本地讲给我听了。你们尽管相信我好了，我听到她说话的声音时，就像先前在家时开心玩耍着一样，看到她低声下气的样子，就像我们的救世主用他圣洁的手在泥土上写字[①]的情景一样。我一面怀着感激不尽的心情，一面心里觉得像刀绞一样痛。"

佩戈蒂先生用袖子擦了一把脸，毫不掩饰其缘由，然后清了清嗓子。

"我的那种感觉并没有持续很长时间，因为找到她了。只要想一想找到她了，痛苦的心情就过去了。我不知道现在为什么关于这件事说了这么多，真的。片刻之前，我根本没有想到要说一句关于自己的话，但是，不由自主地就说出来了，不知不觉地就说出来了。"

"你是个毫无自私之心的人，"姨奶说，"会有好报的。"

树叶投下的影子在佩戈蒂先生的脸上摇曳着，他感到很吃惊，朝着姨奶点了点头，对她的赞扬表示感谢，然后，提起刚才掐断的话头。

"正如大卫少爷清楚的，"他说，此时他神情严肃，义愤填膺，"我的埃米莉被那条花斑蛇关在家里，成了囚徒，当她逃离那儿的时候——花斑蛇说的情况是真实的，愿上帝惩罚他——她夜间逃脱了。那是个漆黑的夜晚，但天上繁星点点。她疯狂了，由于相信那

---

① 典出《圣经·新约·约翰福音》第八章第八节至第十一节，人们把一个淫乱时被抓住的妇人带到主耶稣面前，说要用石块把她砸死，问主耶稣如何处置，耶稣只是在地上写着字，最后说："你们中谁是没有罪的，就可以用石块砸她。"众人听后都散去了，这时候，主耶稣对妇人说："我也不定你的罪，去吧，从今往后不要再犯罪了。"

条旧船就在那儿，便沿着海滩拼命跑，还一路喊着，要我们把脸转过去，说她要经过了。她听到了自己的哭喊声，就好像是另外一个人的声音，锋利的石头和岩石把她划破了，但她就像是岩石一样，毫无知觉。她就这么跑了很远，眼前冒着火星儿，耳畔响着怒号声。霎时——或者她自己感觉如此，你们知道的——天亮了，下雨了，还刮着风，她躺在海岸边的一堆石头下，有个女人对着她说话，说的是那个国家的语言，问她怎么弄成这般田地？”

佩戈蒂先生看到了自己讲述的一切情景。他在讲述的当儿，那情景栩栩如生地呈现在他的面前，因此，加上他讲述时的那种诚恳的态度，他展示在我面前的情况，比我现在能够表达的要更加清晰生动。现在过去了很长时间，我回过头来描述当时的情形，简直难以置信，自己并没有真正身临其境，但它们给我留下的印象却惊人的逼真。

“当埃米莉的眼睛——当时很迷糊——把那个女人看得更加清楚一点的时候，”佩戈蒂先生接着说，“她认出来了，那女人是她经常在海滩上交谈的女人当中的一个。因为尽管她夜里跑了那么远（她自己是这么说来着），但她平常也经常顺着海滩走很遥远的路程，有时候步行，有时候乘船和马车，所以对那一带很熟悉。眼前这个女人是位年轻太太，没有自己的孩子，但她盼望着不久会生一个。我向上帝祈祷，保佑她生一个孩子，给她一生一世带来幸福，带来安慰，带来荣耀！等她到了晚年的时候，孩子会爱她，孝敬她，照顾她。今生和来生都是她的天使！”

“阿门！”姨奶说。

“埃米莉先前同孩子们说话的时候，”佩戈蒂先生说，“该女人一开始胆怯不好意思，往往坐在离得稍远一点的地方，手上做些编织活儿，或者诸如此类的事情。但是，埃米莉注意到了她，便走过去同她攀谈，由于该年轻女人自己也同样喜欢孩子，她们很快便成了朋友，两人的关系越来越亲密，以至埃米莉到那一带去，她就送埃米莉鲜花。就是她问埃米莉怎么弄成这般田地的。埃米莉把情况告诉了她，而她把埃米莉领回家去了。她确确实实这么做了，把她领回家去了。”佩戈蒂先生说着，把脸捂了起来。

自从埃米莉离家出走的那天晚上以来，我没有看到有哪件事情比该女人的这一友好行善的行为更令佩戈蒂先生感动的了。我和姨奶不想去惊扰他。

“你们可以想象，那是一幢很小的房子，”他很快又接着说，“但她还是在屋里给埃米莉腾出了空间，她丈夫出海去了，她保守着这个秘密，还说服左邻右舍也照她的样（附近邻居不多）保守秘密。埃米莉发起了高烧，令我觉得很奇怪的是——可能有学问的人不觉得奇怪——那个国家的语言从她的脑子里跑掉了，她只会说她自己国家的语言，结果没有一个人听得懂。她记得，就像是做梦似的，她躺在那儿，一直说着自己国家的语言，一直相信那条旧船就在海湾的下一个岬角处，她恳切地哀求他们派人去报个信儿，说她快要死了，并且捎个信儿回来，说他们原谅她了，即便只有一句话也行。几乎在整个这段时间里面，她觉得，时而我刚才提到的那个他就潜伏在窗户下面，要抓来她，时而那个把她弄成这步田地的他就在房间里。于是她哭着求该好心的年轻女人不要把她交出去，同时她知道，自己说的话人家听不懂，所以担心，自己一定会被抓走。同样，她的眼前冒着火星儿，耳畔响着怒号声。没有今天，没有昨天，也没有明天。但是，她有生以来所有经历过的事情，或者可能经历过的事情，绝对没有经历过的事情，绝对不可能经历的事情，一股脑儿地袭上了她的心头，没有一件是清晰可辨的，没有一件是令人高兴的，但是她冲着这些事情又是歌唱又是大笑！这个情况持续了多长时间，我不得而知，但后来她睡着了，在睡梦中，她那一股本来比自身大了许多倍的劲头不见了，成了一个软弱无力的小孩。”

佩戈蒂先生说到这儿停下来了，像是要从自己所叙述的恐惧中缓一口气似的。沉默了一会儿之后，他继续讲述。

“那是一个阳光明媚的下午，她醒过来了，一切都是那般静谧，湛蓝的大海没有波涛，除了有细细的水波拍打着海岸之外，没有任何声响。一开始时，她认为，自己在一个礼拜天的早晨待在家里，但是，她站立在窗户边看到的葡萄藤的叶子，还有远处的群山，跟她自己家乡的不一样。后来，她的朋友进来了，到了床边来看她，这时候她才明白了，那条旧船不是在海湾的下一个岬角，而是离得遥远。她知道了自己在什么地方，为什么到了这儿。于是她伏在女人的怀中大哭了起来，但愿她现在怀里正躺着孩子呢，睁着美丽迷人的眼睛，令她开心啊！”

佩戈蒂先生说到埃米莉的这位朋友时，总是会泪流满面，怎么也控制不了。他又一次控制不住了，极力要为她祝福！

“这样倒是对埃米莉有好处，”他感情迸发，我看了之后也感同身受，至于姨奶，她更是发自内心地哭了，这样来了一阵之后，他接着说，“这样倒是对埃米莉有好处，因为她开始慢慢好起来了。但是，对于那个国家的语言，她一句也说不上来，所以只得做手势。她就这么待了下去，身体一天天地好起来了，虽然很慢，但确确实实地好起来了，她努力学习普通事物的名称——那些名字她好像有生以来从来都没有听说过——直到有一天傍晚，当时她坐在自己房间的窗户旁边，看着一个一个小女孩在海滩上玩耍。突然间，孩子伸出一只手，说着在英语中应该是‘渔夫的女儿，这是个贝壳！’的话。因为你们要知道，他们刚一开始时，叫她‘漂亮小姐’，那个国家一般就是这样称呼人的，而她教会了他们该叫她‘渔夫的女儿，这是个贝壳！’孩子突然说，‘渔夫的女儿，这是贝壳！’这时候埃米莉听得懂小女孩的话了，她做了回答，她哭了起来，记忆恢复了！”

“埃米莉身体强健起来了之后，”又是一阵沉默之后，佩戈蒂先生说，“她便琢磨着要离开那个好心的人，回到她自己的国家。这时候，那位丈夫回来了，他们两个齐心协力把她送上了一艘驶向利伏诺[①]的小型商船，取道那儿去法国。她身上还有一点点钱，但他们做了这一切，连一点点钱也不肯要。我为此感到很高兴，尽管他们也

---

① 意大利西部的港口城市。

很拮据！因为他们所做的一切，被珍藏在了上天的一个地方，在那儿它不会被虫咬，也不会生锈腐烂，盗贼进不去，也偷不去[①]。大卫少爷，它的寿命将超过世界上所有的珍宝。”

“埃米莉抵达了法国，然后在港口一家旅馆里伺候旅行的小姐夫人们。在那儿，有一天，那条毒蛇来了。他可永远不要接近我，我不知道会怎么收拾他呢！很快，埃米莉看到了他，但他没有看到埃米莉，恐惧与疯狂向她袭来，所以还没有等他缓过气来，她就逃跑了。她回到了英国，在多佛尔上的岸。”

“我不是很确切地知道，”佩戈蒂先生说，“她是什么时候开始丧失信心的，但是，她在返回英国的整个途中，都在想着要回到她亲切的家，所以她一回到英国，很快就朝着家的方向走。但是，她担心得不到宽恕，担心被人家指指点点，担心我们中有人因为她的缘故离开了人世，担心许许多多事情，这样一来，她不得不又在路上转身了。‘舅舅，舅舅啊，’她对我说，‘我破碎和滴血的心迫切想要做的事情，但又害怕自己不配去做，这是所有担心的事情当中最最可怕的！我一门心思在祈祷着，自己可以在夜间爬到老船屋的门阶边，吻一吻，把我这张有罪的脸贴上去，结果早晨让人发现死在那儿，就是在这个时候，我转过了身。’”

“她来到了，”佩戈蒂先生说，他压低了声音，成了一种充满畏惧的耳语，“伦敦。她——由于有生以来没有见识过伦敦——孤身一人，身上一文不名，年纪轻轻长得又这么漂亮，来到了伦敦。几乎就在她刚一到达这儿的时刻，一个人凄苦孤独，她便遇到了一个朋友（她相信是朋友），体体面面的一个女人，她对埃米莉说，可以替她找到针线活儿来做，而且活儿还很多，可以找到过夜的出租屋，第二天就可以暗暗地打听到我和全家人的情况。当我的孩子，”佩戈蒂先生大声说着，感激之情使他劲头倍增，以至于从头到脚都颤

---

① 典出《圣经·新约·马太福音》第六章第二十节，上面说财宝珍藏在天上才不会虫咬生锈，也不会有盗贼打洞来偷走。

抖起来了，“站立在无法说出也无法想象的边缘上时，玛莎信守诺言，拯救了她！”

我抑制不住高兴的心情，叫了起来。

“大卫少爷！”佩戈蒂先生说，他用那只强劲有力的手握住我的手，“是您把有关她的消息告诉了我，我要感谢您，少爷！玛莎真是真心诚意，自己有过痛苦的经验，知道眼睛该往哪儿看，该怎么做，并且她已经做到了。上帝在上看到了这一切啊！她脸色煞白，匆匆忙忙，来到埃米莉睡觉的地方，对她说：‘从这个比死亡还要更加糟糕的地方起来吧，跟着我走！’住宅楼里面的那些人会阻拦她，但他们就跟阻拦住大海一样。‘离我远点，’她说，‘我是个鬼魂，刚从她敞开着的坟墓边把她召回来的！’她告诉埃米莉，她已经见过我了，知道我很爱她，原谅了她。她急急忙忙用自己的衣服把她裹了起来，用手臂搀扶着体质虚弱和浑身颤抖的她，对住宅楼里的那些人说的话，充耳不闻。她一门心思照顾着我的孩子，陪着她行走在那些人当中，在黑咕隆咚的夜晚，从那个毁灭之洞里，把她安全地带了出来！”

“她照料着埃米莉，”佩戈蒂先生说，他已经松开了我的手，把自己的手按在起伏的胸膛上，“她照料着埃米莉，因为埃米莉躺在那儿，疲惫乏力，神情恍惚，一直到第二天很晚。然后，她就去找我，然后又去找您，大卫少爷。她没有告诉埃米莉出门干什么，以免她又丧失信心，又会想着要躲藏起来。那位狠心的小姐是怎么知道她在那儿的，我说不上来。是不是我多次提到的那个男人，碰巧看见了她们到那儿去，或者是不是（我心里觉得很有可能）他从那个女人那儿打听到的，不过我没有多往这方面去探究。我外甥女终究是找到了。”

“整个夜晚，”佩戈蒂先生说，“我们都待在一起，我和埃米莉。（从时间上算起来）她说的话很少，说话当中总是流眼泪，我看着那张亲切可爱的脸的时间就更少了，那张在我的火炉边长成了一张大人的脸。但是，整个夜晚，她用双臂搂着我的脖子，头伏在这儿，我们心里很清楚，我们相互之间永远可以信赖。”

佩戈蒂先生停了下来，那只放在桌面上的手安安稳稳地放着，手上蕴含着的坚毅刚强的力量足以征服一群狮子。

“当初我下定决心要做你姐姐贝齐·特罗特伍德的教母的时候，特罗特，”姨奶一边说，一边擦着眼泪，“我看到一线光明，但她辜负了我的希望。不过，除此之外，再没有比做那个好心的年轻女人的娃娃的教母更使我感到高兴的事啦！”

佩戈蒂先生点了点头，表示理解我姨奶的感情，但是对于姨奶赞扬的对象，他无法用语言来加以表达。我们全都默默无言，陷入了沉思（姨奶擦着眼泪，时而哽咽抽泣，时而哈哈大笑，称自己是傻瓜），最后还是我开口说话了。

“好朋友啊，”我对佩戈蒂先生说，“关于今后的事，你已经有主意了吧？我其实没有必要问你的。”

“是有主意了，大卫少爷，”他回答说，“而且我告诉了埃米莉。远离这儿的地方，有很多强盛的国家呢，我们今后的日子要在大海的那边过了。”

“他们这是要一块儿移居到国外去啊，姨奶。”我说。

“是这样！”佩戈蒂先生说，他微笑中充满着希望，“到了澳大利亚，没人会指责我的宝贝儿。我们将在那儿开始新的生活！”

我问是不是定下了出发的时间。

“今天一大早，我去了码头，大卫少爷，”他回答说，“了解了一下有关去澳大利亚的船的信息。从现在算起，六个礼拜或者两个月之后，有一条开往那儿的船，我早上去看了那条船，到了船上面，我们将搭乘那条船。”

“就只有你们两个人走吗？”我问。

“啊，大卫少爷！”他回答说，“我妹妹，您是知道的，她那么喜欢您和您的家人，在自己的国家过习惯了，要她跟着去不大合适啊。此外，她还有一个人要照顾，大卫少爷，那个人不应该被忽略了。”

“可怜的哈姆啊！”我说。

“我那心地善良的妹妹照看着他的家来着，您知道的，小姐，他对她也很亲密，”佩戈蒂先生把情况向我姨奶解释得更加清楚一些，“当他心里有什么话不好同别人说时，他就可以平心静气地同她说，可怜的人啊！”佩戈蒂先生说，他摇了摇头，“他已经所剩无几了，剩下的那一点点不能再让他舍弃了！”

“那么格米治太太呢？”我问。

“是啊，关于格米治太太，”佩戈蒂先生回答说，他露出了茫然困惑的神色，不过随着他往下说，慢慢地消失了，“我对您说吧，我想了很多。您知道的，格米治太太一想念起她的老伴来，她不是您可能所说的那种理想伴儿。就我和您之间说说，大卫少爷，还有您，小姐。格米治太太抽搭起来的时候，”这是我们老家的话，意思是哭泣，“不了解她老伴的人，会以为她容易生气。可我却知道她老伴的事，”佩戈蒂先生说，“而且我还了解他的优点，所以我理解她，但是，您知道的，别人不完全这么看，自然也不可能这么看！”

我和姨奶都赞同这个看法。

“这样一来，”佩戈蒂先生说，“我妹妹可能——我不说她一定会，而是可能——发现格米治太太会时不时地给她制造点麻烦。因此，我不打算让格米治太太同他们待在一起，而是给她找个窝窝儿，让她自己在那儿给自己鼓捣去。”（“窝窝儿”是那儿的方言，意思是家，“鼓捣”就是安顿过日子）“为了实现这个目标，”佩戈蒂先生说，“我想在离开之前给她一笔钱，这样可以使她的生活过得舒心愉快一些。她是个最最忠厚诚实的人。对于这么一个好心上了年岁的大妈，孤苦伶仃的，当然不能考虑要她在船上颠簸漂泊，在一个新的遥远国度的树林里和荒野地颠沛流离。因此，我这才打算给她做出安排。”

佩戈蒂先生没有忘掉任何一个人，想到了每一个人的要求和心愿，但就是没有考虑他自己。

“埃米莉，”他继续说，“将和我待在一块儿。可怜的孩子，她太需要安静和休息了！直到我们启程出发。她要做些衣服，这是必需的。我希望着，她重新回到她虽然粗俗但充满爱心的舅舅身边后，会渐渐淡忘她所遭受的烦恼。”

姨奶点了点头，认可这种愿望，佩戈蒂先生感到很满意。

“还有一件事，大卫少爷，”他一边说着，一边把手伸到胸前的衣服口袋，郑重其事地掏出我以前看到过的那个小纸包，摊开在桌子上，“这里有一些钞票，五十英镑十先令。还要加上她离开时带的钱。我问过她关于那些钱的事（不过没有说明理由），已经把钱加在一起了。我不是个识文断字的人，劳驾您替我算一算好吗？”

他递给我一张纸，为自己没有文化而感到愧疚，我在看那张纸条时，他一直看着我。

“算得很对。谢谢您啊，少爷，”他说着，把纸拿了回去，“如果您不反对的话，大卫少爷，这钱，我要在离开之前，把它装进一个信封里，寄给他，再把它装到另外一个信封，寄给他母亲。我要用对您说的这些话告诉她，一共是多少钱，并说我要走了，钱退回来也没有人收。”

我告诉他说，我觉得这样做得对，既然他自己认为这样做是对的，那我完全相信是对的。

“我刚才说只是还有一件事情，”佩戈蒂先生把那个小纸包重新卷了起来，放进衣服口袋了，这时候，他严肃地微笑着说，“但实际上还有两件事情。今天早晨我出门时，心里拿不准，对于这件令人备感欣慰的事情，是不是该由我亲自告诉哈姆。因此，出门时，我写了一封信，已经把信送到邮局去了，把事情的全部经过告诉了他们，同时还说，明天要回去一趟，处理一些小事情，那样心就放下来了，可以同雅茅斯永远告别了。”

“你是希望我同你一道回去吗？”我说，由于我发现他有话没有说出来。

“如果您能赏脸帮我这个忙的话，大卫少爷，”他回答说，“我知道，他们看到您之后，会更加兴高采烈的。”

我的小多拉兴致很高，非常希望我去一趟，这个情况是我同她商量时发现的。依照他的心愿，我满口答应陪同他去一趟。于是，翌日上午，我们登上了驶向雅茅斯的公共马车，行进在那一片故地上。

我们晚上经过那条熟悉的街道时——尽管我再三阻挠，但佩戈蒂先生还是要替我提着包——我看了看奥默—乔兰姆店铺，看到了我的老朋友奥默先生在里面抽着烟斗。佩戈蒂先生长时间以来第一次同妹妹和哈姆见面，这时候，我不便在场，于是我找了要去看看奥默先生的理由滞留在了后面。

“好久不见，奥默先生可好啊？”我边进入店铺边说。

他把从烟斗里冒出来的烟扇开，以便看我看得更加清楚一些，他很快就认出了我，一副兴高采烈的样子。

“先生，您大驾光临，我本应该站起来欢迎才是，”奥默先生说，“只是我的腿脚不中用了，只能用轮椅推着。然而，除了腿脚和呼吸的问题之外，我可以欣慰地说，其他方面还是挺硬朗的。”

见到他乐呵呵的表情和高昂的情绪，我对他表示了祝贺，而这时候我才看到，他的安乐椅是装上了轮子的。

“这是个很便利的东西，对吧？”他顺着我目光的方向问了一句，同时用胳膊擦了擦椅子的扶手，“推起来像羽毛似的轻飘飘，两个轮子很吻合，就像一辆公共马车似的。上帝保佑啊，我的小明妮，您要知道，是我的外甥女儿，明妮的孩子。用她微弱的力气一推，就动起来，我们就能走起来，您会发现，轻巧便利，开心愉快，无与伦比！我还告诉您吧，这是个非同寻常的轮椅，坐在上面还可以抽烟呢。”

奥默先生乐观豁达，享受生活，像这样的老人，我从来没有见过。他兴趣盎然，似乎他的椅子，哮喘和失灵的腿脚是一项了不起的发明的不同部件，全都是为了增添他美美地享受烟斗的魅力的。

“我可以实话告诉您，坐在这把椅子上，”奥默先生说，“同不坐在椅子上比起来，我领略到世界上的事情还要更多。每天到店铺里来聊天的人数量多得都会让您吃惊。您真的会吃惊的！自从坐上这把椅子之后，从报纸看到的新闻是过去的两倍呢。至于普通的读物，天哪，我看到的量那个大啊！您可知道，这就是我底气足的原因所在！如果我的问题出在眼睛上，那可怎么办啊？如果我的问题出在耳朵上，那可怎么办啊？可现在问题出在腿脚上，这又有什么关系呢？对啦，当我可以使用腿脚的时候，它们只会使我呼吸更加急促。可现在吧，如果我想要到外面的街上或者沙滩去看一看，只需要招呼一声迪克，就是乔兰姆那位年纪最小的徒弟，就像伦敦的市长大人似的，乘着自己的马车就去了。”

他说到这儿笑了起来，结果给呛着了。

“我的天哪！”奥默先生说了一声，就又抽起烟斗来了，“人在一生中面对肥的瘦的都应该来一点儿，这是他必须下定决心要做到的。乔兰姆把店铺经营得很好，经营得好极了！”

“这我听了很高兴。”我说。

“我知道您会高兴的，”奥默先生说，“乔兰姆和明妮现在还像谈恋爱的情人似的。一个人还有什么不满足的？同这个比较起来，腿脚的问题算得了什么啊！”

他坐在那儿抽着烟斗，对自己的腿脚问题完全就是不屑一顾，这可是我生平遇到过的最最有趣而又奇怪的事情之一。

“自从我喜欢上广泛阅读以来，您也喜欢上广泛写作了，呃，先生？”奥默先生一边说着，一边打量着我，神情中洋溢着钦佩，“您写了一本多么有趣的书啊！里面的描写真有趣！我都逐字逐句地看了——逐字逐句。至于说到昏昏欲睡！那是没有的事！”

我用笑声来表达了自己的满意之情，但是，我必须得承认，自己觉得，这种联想[①]倒是很意味深长的。

“我以自己的名誉向您担保，先生，”奥默先生说，“我把您的那部书放在桌子上，看着它的外表装帧，里面一、二、三，独立的三卷，当时，我想到曾经有幸同您的家庭打过交道，那就像木偶潘趣一样得意啊。天哪，现在过去那么长时间了，对不对？那是在布兰德斯通的事啊。一个可爱的小人儿埋在另一个人的身边。当时您还年纪

① 指阅读与想睡觉之间的联想。

很小啊。哎呀，哎呀！”

我提起了埃米莉的事情，以此改变了话题。我对他说了，他一直就对埃米莉怀有关切之情，而且一直热情友好地对待她，对于这个情况我并没有忘记。这之后，我便把埃米莉在玛莎的帮助下回到了舅舅身边的情况大概告诉了他，因为我知道，老人听了之后一定会很高兴的。他聚精会神地听着，听完了之后便动情地说：

“我听了真高兴啊，先生！这是我许多天以来听到的最好的消息。哎呀，哎呀，哎呀！对于那个不幸的年轻女人——玛莎——现在打算如何安排啊？”

“说到点子上了，昨天以来，我一直就在考虑这个问题来着，”我说，“但是，关于这件事，我还没有什么东西可以说的，奥默先生。佩戈蒂先生还没有提到过这件事情，所以我也就不便说了。我可以肯定，他不会忘了这事。对于无私善良的事情，他是不会忘记的。”

“因为您知道的，”奥默先生接着刚才他自己的话说，“不管为了她做的什么事情，我都希望应该有我的参与。您认为正确的任何事情都要算上我的一份，并且要告诉我。我从来不认为那姑娘一无是处，我很高兴，发现她并不是那样的。我女儿明妮也很高兴。年轻女子在有些事情上是相互矛盾的，她母亲当年也是跟她一样的，但她们性情温柔，心地善良。明妮对待玛莎的态度，全都是假装出来的，至于她为何认为必须做出假象，我不打算告诉您。您放心好啦，全都是假装出来的。她私下里对她关心体贴。因此，你们认为要给她支持多少钱合适，都算我一份，请您这样好吗？给我一个地址，告诉我钱寄到哪儿就行。哎呀！”奥默先生说，“一个人活到了这个份上，生命的两端都快要碰到一处了，发现自己不管有多么硬朗，再次坐到了像是婴儿车一样的轮椅里，要人推着四处走，这个时候，如果他能够力所能及地做点善事，那定会再高兴不过了。他想要做很多事情，但我这话不是特别指我自己来说的，”奥默先生说，“因为吧，先生，我对这个事情的看法是，我们所有人，不管年纪多大，都在不停地朝着山脚走下坡路，时间是片刻都不会停顿的。因此，我们都要不停地积德行善，开心愉快。确实是这样的！”

他把烟灰从烟斗里面敲出来，然后把烟斗放在椅子后面的一块搁板上，搁板是特地用来放置烟斗的。

“还有埃米莉的表哥，她本来要嫁给他的，”奥默先生说，他无力地搓了搓手，“雅茅斯一个出色的小伙子！他有时候晚上会到我这儿来，总共待上一个多小时，聊聊天，或者念书给我听。这是友善的行为，我是这么看的！他一辈子都会做善事。”

“我现在正要去看他。”我说。

“真的吗？”奥默先生说，“告诉他我很硬朗，代我向他问好。明妮和乔兰姆参加舞会去了。如果他们在家里，见了您之后准会像我一样得意呢。您知道的，明妮难得出一次门，‘因为要照顾父亲。’她会这样说。所以，我今天发誓说，如果她不去，我六点就上床睡觉。这样一来，”奥默先生因为自己的伎俩成功而哈哈大笑，弄得他的身子和椅子都要动了起来，“她和乔兰姆才去参加舞会了。”

我和奥默先生握手告别。

“等一会儿，先生，”奥默先生说，“如果您不看看我那头小象就这么走了，那您可是错过了最美的风景啊。这样的风景您可是从来都没有见过的！明妮！”

楼上的某个地方传来悦耳动听的轻柔应答声，“我来啦，外公！”一个美丽可爱的小女孩很快跑进了店铺里，她长着一头淡黄色的长卷发。

“这就是我的那头小象，先生，”奥默先生说，他爱抚着小孩，“暹罗[①]种的，先生。行啊，小象！”

小象打开了客厅的门，这样使我看到了，最近以来，客厅改成了奥默先生的卧室，因为要把他抬到楼上不容易。然后她把蓬着头发的漂亮前额顶住奥默先生座椅的后背。

“您可知道，先生，小象推东西时，”奥默先生说着，眨了眨眼

① 泰国的旧称。

睛，“就是用头顶着走的。一，小象，二，三！”

小象听到这个发令之后，赶紧掉转坐着奥默先生的轮椅，急促匆忙地推进了客厅，一点儿都没有碰着门框，其动作熟练程度，简直就是神奇。奥默先生欣赏这种表演，其情形无法形容，他一路回头看我，好像这是他毕生努力的胜利成果。

我在镇上溜达了一会儿之后，便去了哈姆的家。佩戈蒂搬到这儿来了，要长久住下去。她把自己的房子租给了接手巴吉斯业务的人，那人出了不菲的价格买下了营业权、马车和马匹。我相信，巴吉斯先生赶车时的那匹慢慢腾腾的马仍然在服役。

他们全都待在整理得井然有序的厨房里，格米治太太也在，她是佩戈蒂先生亲自从旧船屋接来的。我看，别的任何人也说服不了她离开自己的岗位。他显然已经把情况全都告诉他们了。佩戈蒂和格米治太太都用围裙擦眼睛，哈姆刚刚出去了，去“海滩上溜一圈”。他很快就返回了，见到我他很高兴，但愿有我在场，他们都会更好受一些。大家都尽量显得兴致勃勃的样子，我们谈到了佩戈蒂先生会在一个新的国家发财致富，他会在来信中讲述种种奇闻逸事。我们都没有提到埃米莉的名字，但不止一次间接地提到了她。哈姆是几个人当中表情最平静的。

但是，佩戈蒂举着蜡烛把我送到那间小卧室，那儿的桌上还放着那本讲述鳄鱼故事的书等着我阅读，这时候，她告诉我，哈姆一直就是这样的。她相信（她哭着对我说），尽管他浑身是勇气，充满了柔情蜜意，干起活儿来比当地任何船坞上的任何造船工人都更加卖力，干得都更加漂亮，但他已经心碎了。她说，有时候晚上他也会谈起昔日他们在旧船屋里的生活，也会谈到埃米莉小时候的事情，但闭口不谈长大成人之后的埃米莉。

我觉得，从哈姆脸上的表情可以看出，他有话要单独同我说。因此，我决定，次日傍晚到他收工回家的路上等待。有了这个主意之后，我便睡觉了。那一晚，多少个夜晚以来的第一次，蜡烛从窗台上移开了，佩戈蒂先生在旧船屋的旧吊床上摇晃着，风还像昔日一样在头的上方喃喃低语。

翌日整天，佩戈蒂先生都在忙碌地收拾他的渔船和渔具，把他认为用得上的家用物品打成包，准备用运货马车运到伦敦去，其余的就不要了，或者送给格米治太太。格米治太太一整天都同他待在一起。我的心里满怀着伤感，心里有个愿望，想要在旧船屋上锁之前再领略一次其情景，于是我约好当晚同他们在那儿一聚。但是，我已安排好了，先得同哈姆见上一面。

由于我知道哈姆干活儿的地点，所以很容易在途中拦住他。我在沙滩的一个僻静处去迎接他，因为我知道他会经过那儿，然后陪同他一道返回，如果他真想同我说什么的话，便可以从从容容地说。我果然没有看错他脸上的表情。我们才走了短短一段路程，他便开口说话了，但是并没有看着我：

“大卫少爷，您见到她了吗？”

“只看了一会儿，当时她晕过去了。”我回答说，语气柔和。

我们又走了一段路，然后他说：

“大卫少爷，您觉得您还会见到她吧？”

“那样或许对她来说太痛苦了。”我说。

“我想到了这点，”他回答说，“会是这样的，少爷，会是这样的。”

“但是，哈姆啊，”我语气柔和地说，“如果你有什么话要说，我不便告诉她，但可以代替你写信给她。如果你有什么事情希望通过我告诉她，我会把它看成一件神圣的托付。”

“这我相信，谢谢您，少爷，您心肠真好！我想我是有些话要对她说，或者写信给她。”

“要对她说什么呢？”

我们又默默无语地向前走了一段，他开口说话了。

“我不是要说自己原谅了她。我不该那么说的。我要说的是，请求她原谅我，因为我曾强迫她接受我的感情。有时候我会想，如果我没有要她答应嫁给我，少爷，她就会那么亲密友好地信赖我，她就会告诉我，说她心里有多么纠结，会同我商量来着，那样我可能就救了她了。”

我紧紧地握着他的手：“就这话吗？”

“还有些话，”他回答说，“如果我可以说出来的话，大卫少爷。”

我们继续朝前走着，比先前走了更远的距离，他这才又开口说话。我下面用线条表示他说话时的停顿，但他并没有哭泣。他只是让自己镇定下来，以便把话说得清楚明了。

“我过去爱她，现在爱记忆中的她，爱得太深了，所以不能够使她相信，我现在是个幸福快乐的人。我只有把她给忘了，才会感到幸福快乐。但是，要告诉她我已经把她给忘了，恐怕说不出口。但是，大卫少爷，您是个有满腹学问的人，如果能够设法对她说点什么，使她相信，我并没有很伤心痛苦，说我仍然爱着她，替她难过。说点什么使她相信，我并没有厌倦生活，而且希望看到她不受人指责，在那儿，邪恶狠毒者不再滋事骚扰，疲惫不堪者得以安歇[①]。说出的话就是要能够使她悲苦凄凉的心得以舒畅，但不要使她觉得，我将来会结婚娶妻，或者可能别的什么人会在我心中像她曾经在我心中一样。我请您把这个意思表达出来，连同我为她——曾经亲爱的人——所做的祈祷。”

我再一次紧紧地握住了他粗壮的手，告诉他，我会竭尽全力做好这件事情。

“谢谢您，少爷，”他回答说，“您真好，来跟我见面，您真好，陪同着他一道过来。大卫少爷，尽管我姑妈在他们远航之前会去伦敦，同他们再次团聚，但我心里很清楚，我不可能再见到她了。我感觉这是肯定无疑的。我们都不会说，但情况就是这样，这样更好一些。当您最后见到他的时候——确确实实是最后一次——请您向他转告，一个孤儿对他最深厚的情义和感激，他比亲生父亲还要亲，好吗？”

---

① 典出《圣经·旧约·约伯记》第三章第十七节。《约伯记》中描写善良正直的约伯遭遇了种种灾难，他为此感到痛苦、绝望，于是，他质问上帝：为何不让他在出生前就死亡，如果那样的话，他就可以在坟墓中安睡，“在那里恶人止息搅扰，困乏人得享安息”。所有烦恼都淹没于无梦的睡眠之中。当然，这只是约伯美好的理想境界。

对于这个请求，我也怀着发自内心的诚意承诺下来了。

“再次谢谢您，少爷，”他说，他高兴地同我握了握手，“我知道您要到那儿去，再见了！”

他微微地挥了挥手，好像是在向我解释，他不能到旧船屋去，然后就转身走了。月色下，我在他身后看着他横过那片荒滩地，看到他把脸转向海面上那一抹银白色的水面，望着它继续朝前走，最后他成了远处的一个影子。

我走近旧船屋时，门是开着的。进去之后，我发现里面的家具全搬空了，只剩下那几个旧矮柜中的一个，格米治太太坐在上面，膝上放着一只篮子，看着佩戈蒂先生。佩戈蒂先生的一个胳膊肘靠在粗糙的壁炉架上，凝视着壁炉栅栏里快要燃尽的灰烬。但是，看到我进屋之后，他便昂起了头，神态中充满了希望，然后兴致勃勃地说起话来。

“按照您说的，来向这儿做最后的告别吧，呃，大卫少爷！”他一边说着，一边举起了蜡烛，“全搬空了，对不对？”

“你们确实时间抓得紧啊。”我说。

“可不是嘛，我们没有闲着，少爷。格米治太太干起活儿来像个什么似的。我也说不上来，格米治太太干起活儿来像个什么。”佩戈蒂先生说，他看着她，一时找不到合适的词语来形容。

格米治太太依偎在篮子上，一声没吭。

“这就是您很久以前同埃米莉一同坐在上面的那只矮柜啊！”佩戈蒂先生低声说，“我打算把这最后一件东西带走。这是您过去的卧室，看看吧，大卫少爷！今晚已经再萧疏冷清不过了！”

说真格的，风尽管不急，但发出一种庄严的声响，伴随着低呜声，回旋在这所遗弃的旧船屋四周，此情此景，令人倍感凄凉哀伤。所有东西都搬走了，连那面牡蛎壳做框子的小镜子都不在了。我想起了我自己，当初在家第一次变换环境时，就睡在这儿。想起了那个令我着迷的蓝眼睛小女孩。想起了斯蒂尔福斯，心中顿时有了一种愚蠢而又可怕的想法，觉得他就在附近，随时都有可能在某个拐弯处同我照面。

“可能要过很长一段时间，”佩戈蒂先生说，他声音很低，“船屋才会有新的住户进入。现在这一带的人都把这儿看成是不吉利的地方！”

“船屋的主人就在这一带吗？”我问了一声。

“船屋是镇上船桅匠的，”佩戈蒂先生说，“我今晚就把钥匙交给他。”

我们再往另外的一个小房间看了看，然后返回到格米治太太身边，这时她已经坐到矮柜上了，佩戈蒂先生把蜡烛放在壁炉架上，请她起身，以便蜡烛熄灭之前可以把柜子搬到室外去。

“丹尔，”格米治太太说，她突然扔开篮子，紧紧地拽住他的胳膊，“亲爱的丹尔，临别了，我在这屋子里要说的话是，一定不要撇下我。丹尔，你想要把我撇下，丹尔！噢，你不要这样做！”

佩戈蒂先生大吃了一惊，目光从格米治太太身上转向我，又从我身上转向格米治太太，他好像是从睡梦中醒来。

“你不要这样做，最最亲爱的丹尔，不要这样做！”格米治太太情绪异常激动地哭喊着，“带着我同你一道去，丹尔，带着我同你和埃米莉一道去！我要做你的仆人，一如既往，真心诚意。如果你们去的那个地方有奴隶，那我就做其中的一个，高高兴兴地做，就是不要撇下我，丹尔，那才是真正的亲人呢！”

“我的好人啊，”佩戈蒂先生摇了摇头说，“你不知道有多远的航程，生活有多么艰难啊！”

“不，我知道，丹尔！我可以想象！”格米治太太大声说，“但我在这个房子里说的临别的话是，如果不把我带走，我就到济贫院去，死在那儿。我会挖地，丹尔，能够干活儿，过得了艰苦的生活。我现在会心疼人，有耐性。如果你试一试的话，比你想象的还要更强，丹尔。即便我穷得要死了，我也不会动你给的那笔钱，丹尔·佩戈蒂，但是，如果你让我同你和埃米莉一道走，到天涯海角都可以！我知道怎么一回事，知道你觉得我孤苦伶仃，但是亲爱的人啊，现在不再那样了！这么长时间，我坐在这儿，看着你，想着你，历经苦难，对我来说，不是没有一点好处啊。大卫少爷，替我对他说说吧！我了解他的性情，也了解埃米莉，我知道他们的疾苦忧伤，有时可以给他们一些安慰，可以永远帮助他们干活儿！丹尔，亲爱的丹尔啊，让我同你们一道去吧！”

格米治太太握住他的手，吻了一下，满怀着质朴的伤感和疼爱之心，充满着质朴浓烈的忠诚和感激之情，而这是他完全担当得起的。

我们把矮柜搬到了室外，吹灭了蜡烛，从外侧给门上了锁，离开了门窗紧闭的旧船屋，阴沉沉的夜色中，船屋成了一个黑点。翌日，我们坐在返回伦敦的公共马车外侧时，格米治太太和她的篮子放在座位的后面。格米治太太显得很高兴。

第五十二章

我为一次大爆发推波助澜

米考伯先生神秘兮兮地约定的那个时间，还有二十四小时就要到了，我跟姨奶商议着我们该如何去赴约，因为姨奶很不愿意撇下多拉。啊！这时候我多么轻松就可以抱着多拉上下楼啊！

尽管米考伯先生说了务必要我姨奶出席聚会，但我们还是决定，她待在家里，由我和迪克先生代替前往。一句话，我们决定采取这种方式，但多拉却声称，如果我姨奶不管以什么借口留下不走，她决不会原谅她自己，也决不会原谅她的坏孩子，结果又一次打乱了我们的计划。

"我不同您说话了，"多拉说，她那一头卷发冲着姨奶摇晃着，"我要惹得大家不高兴，让吉普成天冲着您吠。如果您不去，那我就断定，您确确实实是个'脾气暴戾的老东西！'"

"啧啧，小花朵儿！"姨奶笑着说，"你可知道，我不在身边，你不行的！"

"不，我行，"多拉说，"您对我不起任何作用，您成天从来没有为我楼上楼下跑来着。道迪的鞋子破了，身上满是灰尘，可您从来都不坐下来讲述有关他的事情。噢，多么可怜的小家伙啊！您从来都没有做什么事情让我开心高兴，对吗，亲爱的？"多拉赶紧吻了姨奶一下，然后接着说，"是啊，您做了！我是跟您闹着玩的！"以免姨奶认为，她说的是认真的。

"但是，姨奶，"多拉娇嗔地说，"现在您听着，您必须得去，否则我就缠着您没完，直到您按照我的意思办。如果我那淘气的孩子不说服您去，我也叫他不得安宁。我会让自己变得很令人讨厌，吉普也一样！如果您不去的话，您一定会像对待一件好东西一样，后悔自己没有去，会永远后悔没有去。此外，”多拉说着，把头发向后捋了一下，用惊异的目光看着我和姨奶，“你们两个人为何不一道去呢？我的病确实没有什么，难道不是吗？”

“啊，这是什么问题啊！”姨奶大声说。

“想什么来着！”我说。

“是啊，我知道我是个不懂事的小东西！”多拉说，她目光缓慢地从我们一个人身上转到另一个，然后躺在沙发床上，嘟起可爱的小嘴吻了我们，“行啊，那么，你们两个都必须得去，否则，我就不相信你们了，然后我就要哭啦！”

我从姨奶脸上的表情看出，她这时要开始让步了，多拉也看出来了，脸上再次露出了喜色。

“等到你们回来时，会有很多东西要告诉我，至少要花上一个礼拜的时间我才能领会呢！”多拉说，“因为我知道，如果其中有什么专业事务方面的事情，一段时间里面，我是领会不了的。而且其中一定有专业事务方面的内容！此外，如果其中有什么东西需要加起来，我不知道什么时候能够理得清楚，而这期间，我的坏孩子又要伤心痛苦了。行啊！你们现在要去，对吗？你们也就是去一个晚上，你们不在身边时，吉普会照顾好我的。你们出发前，道迪会把我抱到楼上去，你们回来之前，我就一直不下楼。你们还得帮我带封信给阿格尼丝，要狠狠地数落她一顿，因为她从不来看我们！”

我们不再商量什么了，决定两个人都去，同时我们认为，多拉是个小骗人精，假装着很不开心的样子，因为她喜欢别人宠着她。她高兴不已，兴趣盎然，我们四个人，也就是说，我姨奶、迪克先生、特拉德尔，还有我，那天乘着驶向多佛尔的邮车，一路向着坎特伯雷出发了。

午夜时分，我们费了一番周折到达了米考伯先生要求我们等他的那家旅馆，我在那儿拿到了一封信，信中说他上午九点半会准时到达。这之后，在这个令人感觉很不舒服的时辰里，我们浑身颤抖着前往各自的房间睡觉，途中穿过了各式各样密不透风的过道，过道上散发出的气味，就像是多少个世纪以来浸泡在油汤和马厩融合而成的液体中似的。

翌日一大早，我从容不迫地漫步走过那几条亲切古老而又静谧安宁的街道，又一次在庄严肃穆的门廊和教堂投下的阴影中穿行。秃鼻乌鸦翱翔在大教堂塔楼四周。塔楼俯瞰着多少英里之内长久不变的多彩多姿的乡野风光和其间赏心悦目的溪流河道，巍然屹立在清爽的空气中，好像世界上压根儿就没有变化这么一回事。然而，塔楼上钟声响起的时候，却是在悲苦惋惜地告诉我，一切事物都在发生着变化，告诉着我它们自身的年龄，美丽可爱的多拉的青春，还有许多永垂不朽的人，因为他们生活了、爱了和逝去了。而钟声的余音嗡嗡地回荡在悬挂于塔楼内的黑王子[①]那锈迹斑斑的铠甲上，年久月深的尘埃有如水中的波环消失在空气中。

我从街道拐角处看了看那幢古老的宅邸，但没有向它靠近，以免被人看见，结果可能弄巧成拙，给这次行动帮了倒忙。初升的太阳斜映在宅邸的山墙和格窗上，洒下一片金黄。宅邸古老而静谧的气氛似乎触动了我的心弦。

我到乡野间漫步了半个时辰左右，然后顺着大街返回，在这期间，大街抖去了昨晚留下的睡意。在店铺当中忙碌着的人中间，我看见了我的宿敌，那个屠夫，今非昔比，他穿上了长筒靴，还有了孩子，自己经营起了店铺。他正在给孩子喂吃的，看起来成了社会上的良民。

我们坐下来用早餐的当儿，大家的心情都焦虑不安，迫不及待。时间离九点越来越近了，我们也焦急地等待着米考伯先生的到来。最后，我们大家都不再装作专心致志地吃早餐了，其实，除了迪克先

---

① 即威尔斯王子爱德华（Edward, Prince of Wales，1330 年—1370 年），系英格兰国王爱德华三世之子，绰号“黑王子”，英法百年战争期间，指挥英军在克雷西战役（1346 年）和普瓦捷战役（1356 年）中大败法军，战功卓著。死后葬于坎特伯雷大教堂内的地下拱墓，其铠甲等悬于墓上。

生之外，早餐从一开始就只不过是一种形式而已，但是，姨奶在房间里来回踱着步，特拉德尔坐在沙发上，装模作样地在看报纸，其实眼睛盯着天花板，我则朝窗外看着，以便先看到米考伯先生到来。我并没有朝外看多久，九点半一到，米考伯先生就出现在街上了。

“他来了，”我说，“没有穿从事法律职业的人穿的制服！”

姨奶系好帽带（她下楼用早餐时就戴上了帽子的），披上披肩，好像是要做好一切准备，去应付任何义无反顾、毫不退让的事情。特拉德尔神态坚定，扣好了外衣纽扣。迪克先生被这一系列望而生畏的形象搅得心绪不宁，但同时又觉得有必要如法炮制，于是他使劲地用双手把帽子往耳朵上方扯，但立刻又取下来了，以便对米考伯先生表示欢迎。

“各位先生，小姐，”米考伯先生说，“上午好！尊敬的先生，”这话是对着迪克先生说的，因为迪克先生同他热情地握手，“您真是太好啦。”

“您吃过早餐了吗？”迪克先生说，“来一块牛排吧！”

“无论如何吃不下啊，好心的先生！”米考伯先生大声说，迪克先生要去摇铃，被他阻拦住了，“胃口和我本人，迪克森先生，早就素不相识了。”

“迪克森先生”听到这个新名字之后高兴不已，似乎觉得米考伯先生把这个名字授予他是一种非常友好的表示，所以又一次同他握了手，而且充满孩子气地哈哈笑了起来。

“迪克，”姨奶说，“注意点！”

迪克先生红着脸，让自己平静下来。

“行啊，先生！”姨奶一边戴上手套，一边对米考伯先生说，“就等您啦，我们已经做好了准备，等着维苏威火山爆发，或者别的什么情况发生。”

“小姐，”米考伯先生回答说，“我相信，您马上就会见证一次火山爆发的。特拉德尔先生，我相信，如果我在此提一提我们已经通过信，你会允许吧？”

“事实确切无疑，科波菲尔，”特拉德尔对我说，因为我惊讶地看着他，“米考伯先生已经同我商量过了他所考虑的事情，我也根据自己的判断，给他提了些建议。”

“除非我自己欺骗自己，特拉德尔先生，”米考伯先生接着说，“否则我得说，我所考虑的事情是要披露关系重大的内幕。”

“确实如此。”特拉德尔说。

“或许吧，在这种情形下，小姐，先生，”米考伯先生说，“你们要给我赏个脸，暂时委屈一下你们，听从一个人调遣，不管这个人除了被看作芸芸众生中的一个浪子之外，多么不配看成是别的什么角色，而且由于个人的过失加上环境的合力，使他备受摧残，失去了本来面目，但他毕竟还是你们的同胞，看看这样可以吗？”

“我们完全信任你啊，米考伯先生，”我说，“而且听从你的调遣。”

“科波菲尔先生，”米考伯先生回答说，“在眼下这节骨眼上，你们的信任是不会白给的。我请求允许我先走五分钟，然后我就以威克菲尔德—希普律师事务所雇员的名义接待前来问候威克菲尔德小姐的客人。”

我和姨奶看了看特拉德尔，他点头赞同。

“目前，”米考伯先生说，“我没有别的话要说了。”

令我颇为惊诧的是，他说完这句话之后，便朝着我们所有人笼统地鞠了一躬，离开了，他态度异常冷淡，脸色苍白。

我看着特拉德尔，想要他做点解释，但他只是微笑着，摇了摇头（顶上的头发全部竖得笔直），于是，我掏出怀表，作为最后的一点点消遣，数着五分钟。姨奶手里也拿着自己的表，同样数着时间。时间到了，特拉德尔向她伸出自己的胳膊，我们一同出发走向那幢古老的宅邸，一路上谁也没有哼一声。

我们看到米考伯先生在一楼塔房的办公室里，坐在写字台边，埋头伏案，或者在写些什么，或者在假装写些什么。他的背心里插着那把大的办公用尺，但藏得不牢靠，大尺从胸前冒出了一英尺多，就像是一种新式衬衫花边。

看起来，得等着我先开口说话，于是我大声说：

“你好哇，米考伯先生！”

“科波菲尔先生，”米考伯先生郑重其事地说，“但愿你也一切都好吧？”

“威克菲尔德小姐在家吗？”我问。

“威克菲尔德小姐身体不好，躺在床上，先生，她得的是风湿热，”他回答说，“但是，毫无疑问，威克菲尔德小姐见到了老朋友，一定会很高兴的。请进吧，先生！”

他把我们领到了餐厅，这是我当年来到宅邸时进入的第一个房间。他猛然掀开威克菲尔德先生从前办公室的门，用一种洪亮的声音说：

“特罗特伍德小姐、大卫·科波菲尔先生、托马斯·特拉德尔先生和迪克森先生来了！”

自从上次打了尤赖亚·希普之后，我就一直没有见到过他。显而易见，我的到访使他大吃了一惊，我敢说，其程度并不因为我们自己也吃了一惊而有所减弱。他并没有皱起眉头，因为他没有眉毛，所以不值得一提，但他的前额蹙得很厉害，几乎把小眼睛都闭上了，而他匆匆忙忙把一只瘦骨嶙峋的手举起到下颔处，这个动作显示出，他多少有些惊慌和惊讶。这只是在我们刚进入他的房间时，我在姨奶的身后看着他时出现的。片刻之后，他又跟以往任何时候一样，奉承讨好，卑躬屈膝。

“啊，毫无疑问，”他说，“这真是喜出望外啊！我可以说，这么多朋友一同到了圣保罗教堂周围，真是没有想到啊！科波菲尔先生，但愿我看到您身体很好啊，还有，如果我可以这样卑微地来表达自己的意思的话，无论如何我都会友好对待曾经是您的朋友的人。科波菲尔夫人，先生，我希望她一切都很好。我实话对您说，最近听说她身体不大好，我们感到很不安。”

让他握住我的手，我感到耻辱，但是又不知道还能有别的什么办法。

“当初我是个卑微低下的文书，替您牵过马来着，但从那个时候以来，特罗特伍德小姐，这个律师事务所的情况发生变化了，难道不是吗？”尤赖亚说，他露出最最令人恶心的微笑，“但是，我没有变化，特罗特伍德小姐。”

“得啦，先生，”姨奶回答说，“实话对你说吧，我看你还是挺遵守年轻时候许下的诺言的，不知道这样说你是不是满意啊。”

“谢谢您，特罗特伍德小姐，”尤赖亚说，他样子丑陋地扭了扭身子，“蒙您说了好话！米考伯，要他们告诉阿格尼丝小姐一声，还有我母亲。母亲如果看到来了这么多客人，会感到很兴奋的！”尤赖亚一边说，一边摆着椅子。

“你不忙吧，希普先生？”特拉德尔问了一声，其目光同那双狡黠的红眼睛无意中相遇了，那双眼睛既想仔细审视我们，又想避开我们。

“不忙，特拉德尔先生，”尤赖亚回答说，他坐回到自己办公的座位上，把那双瘦骨嶙峋的手，掌心相对，紧紧地夹在两膝之间，“不像我指望的那样忙。但是，您知道的，律师、鲨鱼，还有水蛭都不是那么容易满足的！不过，我和米考伯一般情况下手上的事情还是挺多的，因为威克菲尔德先生几乎干不了什么事情了，先生。但是，我心里有数，能够替他办事情，既是一种义务，亦是一种快乐。我想，您和威克菲尔德先生不是很熟悉吧，特拉德尔先生？我相信，我只是有幸见过您一次，对吧？”

“对，我和威克菲尔德先生不熟悉，”特拉德尔回答说，“否则，我或许早就找你来了，希普先生。”

这句回话含有弦外之音，结果尤赖亚表情阴险，满腹狐疑，再次看了说话人一眼。但是，只看到了特拉德尔面容和善，态度淳朴，头发竖起，他也就不再往心里去了，而是扭了扭整个身子，尤其是扭动了喉咙，回答说：

“真遗憾，特拉德尔先生。否则，您会跟我们所有人一样，对他表示敬佩的。他的那些小毛病只会让您更加觉得他亲切可爱。但是，如果您要听别人对我的这位合伙人所说的溢美之词的话，我向您推荐科波菲尔。如果您没有听见他说过的话，这个家庭可是他津津乐道的话题啊。”

对于这种恭维奉承的话，我本来正要加以否认（无论如何，我是必须要这样做的），但这时候阿格尼丝由米考伯先生领着进来了，我没有把话说下去。我觉得，她还跟平常一样镇定自若，不过显然经历了焦虑和疲劳。但是，她那发自内心的热情和文静淑雅的美貌反而因此更加熠熠生辉，平添了高洁文雅的气质。

我看到，她同我们互致问候时，尤赖亚监视着她，他让我想起了一个监视一位善良精灵的丑陋而又叛逆的神怪。与此同时，米考伯先生和特拉德尔之间传递了一个不易觉察的暗示，所以，特拉德尔在除了我没人留意的情况下出去了。

“不要在这儿待着，米考伯。”尤赖亚说。

米考伯先生一只手放在胸前尺子的上方，直挺挺地站在门前，明白无误地注视着他的人类同胞之一，那个人就是他的雇主。

“你待在这儿干什么？”尤赖亚说，“米考伯！没听见我对你说不要待在这儿吗？”

“听见了！”米考伯先生不动声色地回答说。

“那你为何还待着？”尤赖亚说。

“因为我，一句话，我愿意。”米考伯先生回答说，他突然冒火了。

尤赖亚脸色大变，尽管他的面部微微地带有红色，但整体都显得苍白无血色。他盯着米考伯先生看，整个面部五官都呈现出呼吸急促时的神情。

“全世界的人都知道你是浪荡悠闲之徒，”尤赖亚说，脸上极力挤出微笑，“恐怕你这是硬逼着我要你开路了，走开！回头我马上跟你谈。”

“如果这个世界上有一个恶棍的话，”米考伯先生说，他无比激动的情绪突然爆发出来，“关于他的事情我已经说了很多了，这个恶棍的名字就叫作——希普！”

尤赖亚向后退了一下，就好像是被什么东西击了一下或刺了一下。他脸上露着最阴郁邪恶的神情，缓慢地回过头来看了看我们，然后放低了声音说：

“啊哈！这是个阴谋啊！你们是密谋好了到这儿来会面的！你和我的文书狼狈为奸，对不对，科波菲尔？行啊，小心点就是。你们这样干，弄不起波浪的。你和我之间相互知根知底，我们之间没有什么情谊。从你一开始到这儿来，你一直就是个狂妄自负的傻小子，嫉妒我地位上升了，是不是？你们的阴谋诡计对付不了我，我要反击你们的阴谋！米考伯，你走开。我马上就同你谈。”

“米考伯先生，”我说，“这个家伙突然就变脸了，变化不仅体现在实话实说这个特定的方面，在其他方面也一样，所以我确认无疑，不仅在实话实说这个方面发生了变化，在其他方面也变了，所以我确切无疑地断定，他已经走投无路了。跟他算账吧，他罪有应得！”

“你们真是宝贝一群啊，不是吗？”尤赖亚说，他声音同样很低，突然他冒出黏湿的汗珠，他用细长的手从额头上抹去，“收买了我的文书，一个十足的社会渣滓——跟你自己当初是一样的，科波菲尔，你知道的，你在有人对你施舍之前也是这样的——企图用他的谎言来败坏我的名誉，是不是？特罗特伍德小姐，你最好还是制止这种行为，否则，我就不阻止你丈夫了，让他弄得你不痛快。我通过职业上的关系了解到你的情况，不是没有一点作用的，你这个老小姐！威克菲尔德小姐，如果你还爱着你的父亲的话，你最好不要同这伙人搅和到一块儿去。否则，我会毁了他。行啊，那就来吧！我已经让你们当中有的人吃到苦头啦。趁着灾难还没有降临到你们头上，好好想想吧。你，米考伯，如果你不想粉身碎骨的话，好好想想吧。我劝你走开，我立刻就会同你谈，你这个傻瓜！现在撤退还来得及。我母亲在哪儿？”他说着，好像突然大吃了一惊，发现特拉德尔不在场了，他把拉铃的绳索都扯下来了，“在一个人自己的宅邸里竟然会出这样的好事啊！”

“希普太太在这儿呢，先生，”特拉德尔说，他领着那位优秀儿子的优秀母亲回来了，“我冒昧地自我介绍认识她了。”

“你是谁啊，还自我介绍认识呢？”尤赖亚反问了一声，“你想要在这儿干什么啊？”

“我是威克菲尔德先生的代理人兼朋友，先生，”特拉德尔说，他从容不迫，一副公事公办的神态，“我口袋里装着他的全权委托书，代他处理一切事务。”

“那头老蠢驴喝酒喝得昏聩糊涂了，”尤赖亚说，他容貌比先前更加丑陋了，“你那委托书是通过欺骗手段从他手上弄到了！”

“他是被人通过利用欺骗手段骗走了一些东西，我知道的，”特拉德尔平静地回答说，“你也知道，希普先生。关于那个问题，我们就请当着米考伯先生的面提出来好啦。”

“尤赖……”希普太太开口说，她焦躁不安地打了个手势。

“您别说话，母亲，”他回答说，“少说为佳啊。”

“但是，我的尤赖啊……”

“您别说话，母亲，让我来说好吗？”

尽管我早就知道，他那副奴颜婢膝的嘴脸是装出来的，他全部矫饰做作的行为都是奸诈虚伪的，但我还是没有充分意识到他的虚伪所达到的程度，直到现在，他去掉了伪装，我这才看清楚了。当他发现伪装毫无用处时，这才突然去除掉了。他显露出的是恶意、傲慢和仇恨。即便在此时此刻，他还在斜睨着眼睛，为自己犯下的罪恶欣喜若狂。整个期间，他都还在孤注一掷，想要制服我们，只可惜他已经山穷水尽了。这种种表现尽管与我对他的了解完全吻合，但刚开始时，连我这个认识他这么长时间而且从骨子里厌恶他的人都大吃了一惊。

他站立在那儿挨个地注视着我们，对我的眼神就不需要说了，因为我一直就明白，他记恨我，我也记得自己的手掌在他脸上留下的印记。但当他把目光移向阿格尼丝时，我看得出，他因感觉到自己对她的控制力逐渐丧失而愤怒，看得出失望的眼神中显示出的邪恶的情欲，这种情欲使得他妄想得到这么一位姑娘，其美德他永远不能欣赏或者珍爱，我哪怕是想到她在这样一个人的目光注视下生活一小时，都会感到震惊不已。

尤赖亚用皮包骨的手指搓了搓面部的下半部分，恶毒的眼睛在手指的上方看了看我们，然后，他又一次对着我说话，半是哀鸣，半是谩骂。

"科波菲尔，你这个人觉得自己有面子，如此等等，便沾沾自喜，偷偷摸摸跑到我的地盘上，和我的文书一道偷听别人谈话，你认为这样做合适吗？如果干这种事情的是我，那倒是没有什么可大惊小怪的，因为我并不认为自己是位绅士（尽管正如米考伯说的，我也从来没有像你那样流落街头），但现在干这事的是你！而且你对这样做无所顾忌吗？你就没有想到我会怎么回应你，或者你因为耍这种阴谋诡计而给自己惹上麻烦吗？很好啊。我们就等着瞧吧！你这个什么先生，你说有个问题要问米考伯。你要问话的人就在这儿呢，你怎么就不叫他开口说话呢？我看，他是吸取了自己的教训了。"

尤赖亚看到，他说的这番话对我或对我们中的任何人毫无作用，便坐到了他桌子的边缘上，两只手插在衣服口袋里，把他的一只八字脚钩在另一条腿上，坚持不懈地等待着后面可能发生的事情。

米考伯先生情绪激动，这期间，我好不容易才把他制止住了，他不断地插话，说出"恶棍"两字中的"恶"字！后面一个字始终没能说出口。这时候他突然冲了上去，抽出胸前的那把尺子（显然这是一件防身武器），然后从衣服口袋里掏出一份折成大信函式样的大开纸书信，用他往日那种挥舞着的动作打开折着的信件，瞥了一眼上面的内容，仿佛对其中的行文风格欣赏不已，他开始念出下面的内容：

尊敬的特罗特伍德小姐和诸位先生……

"天哪！"姨奶激动地低声说，"如果犯的是死罪，他得用整个一令纸来写信呢！"

米考伯先生并没有听见她说的话，继续往下念：

站在各位的面前，揭露这个或许是世界上最最十恶不赦的恶棍的罪恶行径，这时候，我请求大家不必顾及本人。从我降生到这个世界上，就深受债务的困扰，无力偿还，所以一直就受到恶劣环境的嘲笑和戏弄。耻辱、贫困、绝望、疯狂，凡此种种，或形成组合，或单个出现，伴随着我的一生。

米考伯先生把自己描述为上述苦难的受害者时，显得津津有味，兴致勃勃，与其劲头相匹配的只有他念信件时的铿锵之声，以及当他认为自己用某个句子击中了要害时，摇头晃脑地对信件表达出的崇敬之意。

我在遭受耻辱、贫困、绝望、疯狂合围的时候，进了这家律师事务所，或者正如性情活泼的邻居高卢人[①]称之为的办事处。关于这个事务所，名义上是威克菲尔德和希普合伙经营，但实际上是希普单独一人操控着。希普，只有希普，才是这架机器运行的关键部件。希普，只有希普，才是制假者和骗子。

尤赖亚听了这些言辞之后，脸色不是煞白，而是青紫了。他朝着信件冲过去，好像是要把它撕成碎片。米考伯先生凭着动作绝招，或者吉星高照，尺子正好敲打在尤赖亚伸过来的手上，打得他的右手动弹不得。从手腕处往下垂，好像是断掉了一样。这一击的声音像是敲打在木头上发出来的。

“你这遭魔鬼收拾的东西！”尤赖亚说，他痛得身子扭动的样子

① 即法国人。

别具一格，“我连你一道收拾。”

“你再靠近我，你……你……你不要脸的希普，”米考伯先生气喘吁吁地说，“如果你长着个人脑袋的话，看我敲碎它。来吧，来吧！”

米考伯先生用尺子当作大刀来防护，大声喊着“来吧！”而我和特拉德尔把他推到一个角落里，我们一把他推进去，他又会不屈不挠地冲出来。我现在觉得，自己从未见过比这个更加荒唐可笑的事情，即便是在那个时候，我也意识到了这一点。

米考伯先生的对手喃喃自语，搓揉了一阵那只受伤的手之后，他慢慢地取下围巾，把手包扎了起来，用另一只手托着，在桌子边坐了下来，沉着脸朝下看。

米考伯先生充分冷静下来之后，又继续念信：

> 鉴于可以领到薪水，我便受雇于……希普，薪水的数额除了每个礼拜只有二十先令六便士之外，其余并无明确规定，而是取决于我在职业上勤勉效力，创造价值的情况。用更加明了的话来说便是，取决于我人格品行方面卑劣无耻的程度，目的动机方面贪得无厌的程度，家庭生活方面穷困潦倒的程度，还有我自己同……希普之间整体道德（不如说不道德）方面相似相随的程度。我很快就必须恳求……希普，提前给我支付薪水，以便维系我那备受折磨而又有增无减的家人的生计，这还用我说吗！这种迫不得已的情况早就被……希普预料到了，这还用我说吗？本国从事法律的人士都知道，这类提前预支薪水的方式都得有符合我国法律规定的借据和其他类似的契约来做保证的。还有，我就这样陷入了他替我编织的网络当中，这些还用我说吗？

米考伯先生对自己在描述这种不幸境遇时表现出的才华欣赏不已。这种兴致勃勃的神态确实好像超出了现实生活给他带来的痛苦和忧虑。他继续念信：

> 后来出现的情况是：希普开始对我施予恩惠，把一些隐晦之事告之于我，而那都是他不可告人的罪恶计划中不可或缺的部分。接下来的情况是，如果借用莎士比亚的话来自喻的话，我便开始日渐消瘦，精神萎靡，神情憔悴[①]。我发现，自己常常奉命在业务上弄虚作假，同时对一位我把他称作威先生[②]的人进行蒙骗。这位威先生毫不知情，持续受到各种手段的欺诈和蒙骗。然而，整个期间，这个恶棍——希普——却声称对这位受尽蒙骗的绅士怀有无限的感激之情和无限的友爱之谊。这已经是够糟糕的了，但是，正如那位丹麦哲人用那句普遍适用的话[③]说的，更糟糕的还在后面，这句话道出了伊丽莎白女王时代辉煌的特点！

米考伯先生用了这样一句恰如其分的引语，感觉非常得意，于是，以忘了念到什么地方为借口，把这句话重新念了一遍，以便让他自己和我们再欣赏一番。

> 在这封信件中，对于那些影响我称之为威先生的人的各种形形色色的次要的恶劣行径，我不打算详细罗列（不过我会另行罗列的），凡此种种，我也是默认过的。当我内心不再为有薪水与没薪水、能挣面包与不能挣面包、能生存与不能生存的事纠结时，我的目的便是，要利用我所有的机会来发现和揭露希普做出的使那位绅士蒙受冤枉和伤

---

① 典出莎士比亚的悲剧《麦克佩斯》第一幕第三场。

② 指威克菲尔德先生。

③ 典出莎士比亚的悲剧《哈姆雷特》第三幕第四场。主人公哈姆雷特是丹麦王子。

害的主要恶劣行径。我受到两方面因素的激励，在内是默默的心灵提示，在外是感人至深和恳切哀求的人，此人我简略地称之为威小姐[①]。于是，正对自己所知、所悉和所信的情况，我着手进行了一项并非容易的秘密调查，迄今已为期十二个月。

米考伯先生念着这一段文字，就像是选自议会法案中的，庄严神圣的声音好像使他精神为之一振。

我指控……希普的内容，第一，米考伯先生念着……威先生心智和记忆衰退和昏乱，处理业务力不从心，其原因我不必也不便在此详述，这时候……希普——便把整个事务所的事情弄得纷繁复杂。每当在威先生最不适合于处理事务时……希普——却总在一旁逼迫他去处理。在这种情形之下，他就会把重要的文件说成是其他无关紧要的，结果得到威先生的签名。迄今为止，他诱使威先生授权给他从委托人的委托金当中提取出了一笔特殊款项，数额多达一万两千六百一十四英镑二先令九便士，用以支付他假称的业务和亏损，其实那笔钱早已支付，或者实际上根本就不存在。自始至终，他给这类行径造成了这样的假象，即凡此种种均源于威先生本人的不良企图，同时也是威先生本人的不良行为造成了，长此以往，他借口对威先生进行折磨和威逼。

“你得拿出证据，好你个科波菲尔！”尤赖亚说，他摇晃着脑袋，一副威胁人的样子，“时候未到而已，等着瞧吧！”

“问一问希普，特拉德尔先生，他搬出去了之后，谁住在他房子

① 指阿格尼丝。

里面了，”米考伯先生突然停止了念信，“好吗？”

“就是这个傻瓜本人，现在还住着呢。”尤赖亚语气轻蔑地说。

“问一问希普，他是不是放了一本笔记本在那房子里，”米考伯先生说，“好吗？”

我看到尤赖亚搓揉着下颌的瘦骨嶙峋的手突然不由自主地停住了。

“或者问一问他，”米考伯先生说，“他是不是在那儿烧过一本笔记本。如果他说烧过，那就问一问烧后的灰烬到哪儿去了，请他问一问威尔金斯·米考伯，而他会听到一些完完全全对他不利的情况的！”

米考伯先生说这些话时，他以胜利者的姿态挥舞着手臂，其威力把那位做母亲的吓得心惊胆战，于是她激动地大叫起来：

“尤赖，尤赖！态度谦卑些，协议求和吧，亲爱的！”

“母亲！”他接话说，“您安静点好不好？您受到惊吓了，都不知道自己说了什么话，或者表达了什么意思。态度谦卑！”他看着我，咆哮着复述了一声，“尽管我自己卑微低下，但很长时间以来，我已经弄得他们中的一些人卑微低下了！”

米考伯先生风度优雅地调整了一下下巴颏儿在领结中的位置，然后紧接着又念起他的信件来了。

> 第二，据我所知、所悉和所信，希普有几次……

“但这样是不起作用的，”尤赖亚喃喃地说，语气轻松起来，“母亲，您别吭声。”

“我们很快就会设法拿出起作用的东西来的，最后了结你，先生。”米考伯先生回答说。

> 第二，据我所知、所悉和所信，希普有几次，在各类账目、账本和文件上，有系统地伪造威先生的签名。有那

么一个例子，我可以证明，他是明明白白地那么做了。即，如下所述，也就是说：

对于这种在形式上堆砌词汇的做法，米考伯先生再一次津津乐道。不过，不管他这么做有多么滑稽可笑，但我得说，这绝非是他所特有的做法。我生平当中，从很多人身上注意到了这一点。在我看来，这好像是一种通例。举个例子来说，在法庭上宣誓做证时，证人连用几个理想的词汇表达一个意思，这时候，他们还会感到得意非凡，比如，他们会说深恶痛绝、恨之入骨、深仇大恨，等等。基于同样的道理，从前人们对逐出教会者的诅咒词也是津津乐道的。我们谈论着文字暴力的事，但我们也喜欢对文字施行暴力。我们喜欢有大量空洞冗余的词汇供我们在庄严隆重的场合使用，这样觉得看起来气派，听起来悦耳。在庄严隆重的场合，我们并不刻意追求家臣仆从的含义，只要气势恢宏，人多势众就可以了，同样的道理，我们使用的词汇的含义和必要性是次要的，只要有大量词汇可供炫耀就可以了。还有就是正如有些达官贵人，因为家臣仆从过于显眼而惹出麻烦，或者由于奴隶的人数过多，从而导致群起反抗其主人。所以，我认为，我可以提到一个国家，由于词汇仆人过于浩瀚，从而招致了巨大的麻烦，而且将来还会有更多的麻烦。

米考伯先生咂了咂嘴，几乎发出声响了，然后他继续念下去：

即如下所述，也就是说：由于威先生身体不支，同时还有，威先生一旦故去，有可能导致某些事情败露，从而导致……希普……对威家的控制力丧失。如同我，即此信署名人威尔金斯·米考伯，所认为的……除非威先生的女儿出于孝顺之心，从而不允许对这位合伙人的事情进行调查，故此，上述……希普……认为最好要有一份由威先生签名的单据，单据上写明，上述一万两千六百一十四镑二先令九便士，外加利息，由……希普……先行垫付，以便顾及威先生的声誉。而实际情况是，此笔款项，他根本就没有垫付，而是早已偿还了。这份单据表面上是由威先生出具，由威尔金斯·米考伯证明，但实际上上面的签名是由……希普……伪造的。我掌握了由他亲笔写在笔记本的几个类似的模仿威先生的签名，有些地方已经被火烧掉，但谁都可以辨认得出来。我从来就没有在这份单据上做过什么证。我现在掌握着这份单据。

尤赖亚·希普大吃了一惊，他从口袋里掏出了一串钥匙，打开了一个抽屉，但随即又突然领悟到了自己在干什么，于是他没有朝抽屉里看，便再次转身向着我们。

"我现在，"米考伯先生再一次念着，他环顾了一下四周，仿佛念的是布道词，"掌握着这份单据，也就是说，我今天早晨写这封信时，手上掌握着，但随后转到特拉德尔先生手上了。"

"是这么回事。"特拉德尔赞同说。

"尤赖，尤赖！"做母亲的大声喊着，"态度谦卑些，协议讲和吧。如果你们给我儿子时间想一想，先生们，我知道，他会谦卑的。科波菲尔先生，我肯定，您是知道他一贯卑微低下的，先生啊！"

做儿子的把过去那一套伎俩当作不管用的东西抛弃了，可做母亲的仍然抱着不放，看到这种情形，真是不可思议啊。

"母亲！"尤赖亚说，他很不耐烦地咬着扎在手上的围巾，"您还不如拿把装了弹药的枪朝着我开算了。"

"但是我爱你啊，尤赖，"希普太太大声说着，尽管看起来多么令人不可思议，但我毫不怀疑，她是爱儿子的，或者说他也爱她，不过，毫无疑问，他们是臭味相投的一对母子，"可是我不忍心听见你惹恼这些先生，让自己进一步陷入危险的境地。一开始，这位先生在楼上告诉我事情已经暴露了，当时，我就对他说，我保证你会态度谦卑，做出补偿。噢，你们看我的态度多么谦卑啊，先生们，就别跟他计较了吧！”

“行啊，母亲，科波菲尔在这儿呢，”他愤怒地接话说，皮包骨的指头指着我，满腔的仇恨都冲着我来了，因为他认为自己之所以败露，我是始作俑者，而我没有对他点破，“科波菲尔在这儿呢，您即使说得再少，他也会支付您一百英镑啊！”

“我不能不说啊，尤赖，”他母亲大声说着，“我不能看着你头昂得这么高，结果陷入危险境地。最好还是像你一向表现的那样，谦卑低下啊。”

尤赖亚咬着围巾，停顿了一会儿，然后绷着脸对我说：

“你还有什么东西要抛出来的？如果还有，那就接着来吧。你看着我干什么？”

米考伯先生赶紧接着再念信，很高兴继续自己心满意足的表演。

第三，也是最后一点。我现在要说的是，根据……希普的……假账，还有……希普的……真实记录，首先就是那本部分损毁了的笔记本（我们搬到现在的居住地之后，米考伯太太不经意间在盛灰的炉灰箱里发现它，当时我弄不明白里面的意思），这些证据表明，希普……为了达到自己卑鄙的目的，多年来，利用和曲解了可怜的威先生的弱点、过失、美德、父爱之情、荣誉感。多年来，威先生遭受到了以种种想象得到的手段欺骗和掠夺，而贪婪无度、虚情假意和一味攫取的……希普……却因此发财致富。希普……一门心思所要达到的目的，除了敛财之外，就是要迫使威先生和威小姐（至于他对后者心怀鬼胎，别有用心，我暂且不说）完全置于他的控制之下。他的最后一步行动，那仅仅是在几个月之前才完成的，便是诱使威先生履行手续，放弃合作经营事务所的股份，甚至连宅邸里的家具也卖掉，以便由……希普……支付他一笔年金……在每年四季的结账日[1]按时支付。这些罗网……一开始时伪造吓人的财产账目，谎称说威先生是财产管理人，由于在一段时期内威先生处事轻率，决断失误，致使投机行为失败，可是，对于那些他在道义上和法律上都应该负责支付的钱，他手边没有。接着，便谎称说借了高利贷，其实，这些钱款都是……希普……以投机或其他项目为借口，从威先生处骗取或截留的，然后再拿出来的。如此持续不断，肆无忌惮地施展五花八门的阴谋诡计……慢慢地，罗网越来越厚实，等到最后，可怜不幸的威先生到了暗无天日的地步了。威先生相信，一切都无可挽回了，包括其他方面的希望、荣誉等，他的唯一依靠就是这个披着人皮的恶魔。这个恶魔把自己打造得对威先生不可或缺，便彻底地毁掉了威先生。我有责任对外公开这一切。或许还有更多的东西！

阿格尼丝坐在我身旁哭泣着，喜忧参半。我对着她低声地说了几句话。这时候，我们大家移动了一下，好像米考伯先生的信念完了。他语气特别庄严地说“对不起”，然后接着念他信的最后一部分，既情绪沮丧，又备感欣慰：

我的信现在结束，唯一要做的就是证实这些指控，然后，陪同着我命运不济的家人，离开这个我们似乎成了累赘的场景。这事很快就会办到。可以有充分的理由推断，我们的那个婴儿会最先离开人世，因为那是我们家庭成员中身体最脆弱的一个，接着是我们那对双胞胎。顺其自然吧！至于我本人，坎特伯雷朝圣[2]这一趟已经够受的了，而

---

① 每年3月25日报喜节、6月24日施洗约翰节、9月29日米迦勒节和12月25日圣诞节是英国一年中结算租金和其他债务的特定日子。

② 典出英国诗人乔叟的代表作《坎特伯雷故事集》，作品由前往坎特伯雷的朝圣者逐个讲述的故事组成。

因民事诉讼导致的监禁，还有贫困，很快还会有更加够受的。自己费尽辛劳，冒着危险，进行着一番调查——承受着沉重的工作压力，背负着极度贫穷导致的焦虑，迎着曙光，踏着夕露，披着夜色，在那个把他称为魔鬼都多余的人的监视下，把最最细微的调查结果慢慢积累起来——加上这个调查是身为父亲的人在贫困中挣扎着进行的，完成之后能够派上用场。我相信这一切可以成为几滴闪光的甘泉，滴洒在为我焚尸的柴火堆上。我别无其他要求，但愿人们说到我的时候，就像说到那位英勇杰出的海军英雄①那样，不过无意妄自与其相比，我的所作所为，与金钱和私利无关，而是，为了英国，为了家，为了美②。

威尔金斯·米考伯

米考伯先生感动不已，但依旧强烈地自得其乐。他把信件折了起来，向着我姨奶鞠了一躬后把信给了她，因为她可能会乐意保存。

很久以前，我第一次到这儿来时就注意到了，房间里有一个铁质保险柜。钥匙还在保险柜上插着，尤赖亚立刻起了疑心，朝着米考伯先生瞥了一眼之后，便走到保险柜边，把门哐当一声拉开，里面空无一物。

“账本哪儿去了？”尤赖亚大声吼着，脸上露出了惊慌，“哪个贼把账本偷走了！”

米考伯先生用尺子轻轻地敲打着自己：“是我干的，今天早晨，我和平常一样从你那儿拿到了钥匙——只是早了一点儿——然后打开了保险柜。”

“不用紧张，”特拉德尔说，“账本在我手上，我会在我说到的那

① 指英国海军将领纳尔逊，详见 178 页注。

② 引自英国歌曲《纳尔逊之死》。

个人的授权下妥善保管好的。”

“你这是接受赃物，难道不是吗？”尤赖亚大声吼着说。

“在这样的情形之下，”特拉德尔说，“是这么回事。”

我姨奶先前一直态度平静，聚精会神，但这时她冲向尤赖亚·希普，两只手揪住他的衣领子，当我看到这种情况的时候，惊讶不已！

“你知道我要什么吗？”姨奶说。

“一件约束衣[①]。”尤赖亚说。

“不，是我的财产！”姨奶回答说，“阿格尼丝，亲爱的，只要我相信，我那财产确确实实是被你父亲搞掉的，我不会——而且，亲爱的，也没有，甚至对特罗特，他知道的——吭一声，说财产放在这儿用于投资了。但是，现在，我知道了，财产的损失是这个家伙造成的，那我就要要回来啦！特罗特，来吧，要他把财产交出来！”

一时间，姨奶是不是认为，她把财产保存在尤赖亚的围巾里，我可以肯定，自己不知道，但是，毫无疑问，她揪着那个衣领子不放，好像她就是这么认为来着。我赶紧站到他们两个人之间，清楚地告诉她说，我们都会注意着，他侵吞的一切财产都得如数交出来。我这么一说，加上稍稍思忖了片刻，她平静下来，不过，她并没有因为刚才的行动而有失常态（尽管我说不准，她的帽子也是这样的），然后她平静安宁地坐到了位子上。

在最后的几分钟里，希普太太一直大声嚷嚷着要她儿子“态度谦卑些”，并且挨个儿对着我们下跪，态度疯狂地做着各种保证。儿子把她弄到他那把椅子上坐下，态度阴郁地站在她身边，一只手握住她的胳膊，但并不显得粗鲁，表情凶狠地冲着我说：

“你想要干什么？”

“我要告诉你的是，你必须做什么。”特拉德尔说。

“难道那个科波菲尔没有舌头说话吗？”尤赖亚嘟囔着说，“如果你实实在在地告诉我，有人把他的舌头给割掉了，我倒是会好好报

---

① 昔日英国用于束缚疯子或犯人双臂用的上衣。

答你的。”

“我的尤赖亚意思是要态度谦卑的！”做母亲的大声说着，“别把他的话往心里去，各位好心的先生！”

“你必须要做的事情，”特拉德尔说，“是这样的：首先，我们听到过的那份出让股份契约，你必须现在就交出来给我，就在这儿。”

“如果我没有那个东西呢？”尤赖亚插话说。

“但是，你有，”特拉德尔说，“因此，你知道的，我们不会这样认为的。”这时候，我不得不承认，说句公道话，这是我头一次见识到，我的老同学表现得头脑清醒，直截了当，耐心细致，求真务实。“然后，”特拉德尔说，“你必须准备把所有侵吞的东西都吐出来，哪怕是一分一厘都得归还。合作期间的全部账本和文件必须由我们掌握，还有你的全部账本和文件，全部现金账户和有价证券，事务所的和你自己的都一样。一句话，这儿的一切东西。”

“必须得这样做吗？但我不清楚，”尤赖亚说，“我必须要有时间想一想这个事。”

“当然可以，”特拉德尔回答说，“但是，在此期间，在一切都令我们满意之前，我们要掌握这儿的一切东西，还要请你——一句话，是强迫你——待在你自己的房间里，不得同任何人联系。”

“我不会这样做的！”尤赖亚说着，骂骂咧咧的。

“梅德斯通[1]监狱对于拘留犯人倒是个更加安全的地方，”特拉德尔说，“尽管法律要恢复我们的权利可能得花费更长的时间，而且可能不像你所能够做到的那样完完全全恢复我们的权利，但是，毫无疑问的是，法律会制裁你。天哪，这一点你和我一样很清楚！科波菲尔，你到市政厅去一趟，去叫两个警察来好吗？”

希普太太听到这儿情绪又上来了，她哭着跪在阿格尼丝面前，请求她出面替他们求情，她情绪激动地说，她儿子非常卑微低下，事情全部是真实的，如果他不依照我们的要求去做，那就由她自

① 英国英格兰东南部城市，为肯特郡的首府。

己来实施，还说了更多诸如此类的话。她替自己的宝贝儿子担惊受怕，几乎要疯狂了。要是询问一下尤赖亚，如果他还有胆量的话，他可能会干什么，这就好比询问一条杂种狗，如果它有老虎的威风，它会干什么。尤赖亚是个彻头彻尾的胆小鬼，在他卑鄙无耻的一生中的任何时候，他态度阴郁乖张，忍受屈辱，显示出他卑鄙怯懦的本性。

“站住！”他对着我吼了一声，用一只手擦了擦自己滚烫的脸，“母亲，您别吭声了。行啊！把那份契约给他们，您去把它拿来吧！”

“您去帮她一下，迪克先生，”特拉德尔说，“请您帮一下。”

迪克先生为交给他这项任务而感到自豪，同时也心领神会。他跟随着她，就像牧羊犬跟随着羊群一样。但是，希普太太并没有给他制造什么麻烦，因为她不仅拿来了那份契约，而且连装契约的盒子也端来了，我们在里面发现了一本银行存折，还有一些文件，这些东西后来都派得上用场。

“很好！”东西拿来之后，特拉德尔说，“现在吧，希普先生，你可以离开这儿去想一想了，特别注意一下我代表所有在场的人向你宣布的事情，那就是你要做的只有一件事情，我刚才已经向你解释清楚了，而且要毫不拖延地做好。”

尤赖亚没有抬头，盯着地面上看，他一只手摸着自己的下巴颏，拖着脚走过房间，在房门口停了一下说：

“科波菲尔，我一直都恨你。你一直就是个自命不凡的人，你一直就同我作对。”

“我记得先前曾对你说过的，”我说，“你贪婪无度，诡秘狡诈，是你在同满世界的人作对。将来，你自己好好想一想或许会有好处的，那就是，在这个世界上，没有贪婪无度和诡秘奸诈之人不是做得太过分，不是自食其果的。这就像人有一死一样毫无疑问。”

“或者说，就像他们过去在学校说教的那一套一样毫无疑问（在同一所学校里，我养成了谦卑的习性），从九点到十一点，他们说劳动是灾难，而从十一点到一点，他们又说劳动是福气，是快乐，是尊严，是我不知道的什么，呃？”尤赖亚说，他嗤笑了一声，“你这样的说教，前后的一致性跟他们做得差不多啊。谦卑低下的态度不管用吗？我想，我若不用这一套，那是玩不转同我合伙的那位绅士的。米考伯，你这个老浑蛋，看我怎么收拾你！”

米考伯先生对他不屑一顾，根本不理睬他伸出的手指，而是挺起胸膛，直到他神情沮丧地溜出了门，然后转身向着我，要求我去“见证一下他和米考伯太太之间重归于好，相互信任”。之后，他邀请我们所有人都去看一看那感人的场面。

“很长时间以来，悬在我和米考伯太太之间的帷幔，现在就要掀掉了，”米考伯先生说，“我的孩子们和生养他们的人之间又可以平等地相处了。”

我们全都对他充满了感激之情，待我们急促忙乱的情绪平静下来之后，大家迫不及待地想要表达自己的心情，所以，我敢说，我们本来全部都要去的，但是，阿格尼丝必须要返回到父亲身边去，因为除了面对初现的希望之光外，她承受不了别的东西，还有就是必须得有人看住尤赖亚，别让他跑了。因此，特拉德尔留了下来执行这后一个使命，等会儿由迪克先生来接替。迪克先生，我姨奶，还有我，一同陪着米考伯先生回家了。那天早晨，我匆匆忙忙地同那位亲切可爱的姑娘告别，我对她是深怀着感激的，想到她或许是在什么样的情形之下得救的，虽说她有坚忍不拔的毅力。当时，我由衷地庆幸自己童年时代遭受的种种苦难，正是那些苦难使得我同米考伯先生相识。

米考伯先生的家在不远处，由于对着街道的门里面就是起居室，他心急火燎地直接闯了进去，我们立刻就感受到融入这家人中间了。米考伯先生激动地喊着，“爱玛！我的命根子啊！”他一头就扑到了米考伯太太的怀中。米考伯太太尖叫了一声，紧紧地抱住了米考伯先生。米考伯小姐正在悉心照料着米考伯太太给我的上一封信中提到的那个不懂事的新来者。她明显地受到了感染。新来者蹦着跳着。双胞胎则来了几个笨拙而又不失天真的动作，以表明他们兴高采烈。米考伯少爷则由于早年在失望扫兴中度过，性情似乎显得乖张，其态度也孤僻阴郁，这时候情绪受到了感染，他放声大哭起来。

“爱玛！”米考伯先生说，“我心头的乌云已经散去了。我们俩曾经长期保持着的相互信任现在又恢复了，以后不会再中断了。啊，欢迎贫穷的到来吧！”米考伯先生大声喊着，眼泪直流，“欢迎苦难的生活，欢迎无家可归的处境，欢迎饥肠辘辘、破衣烂衫、暴风骤雨，还有求援乞讨！互相信任会支持我们到永远！”

米考伯先生这样大喊了一通之后，便把米考伯太太安顿到了一把椅子上，然后同全家人一一拥抱，对形形色色的凄凉境况表示了欢迎，不过根据我的判断，这类情形是不会受到他们的欢迎的。还有就是号召他们全部外出，到坎特伯雷的大街上去唱歌，因为他们别无其他生计了。

但是，米考伯太太由于过度激动，晕过去了，所以，首要任务是要使她苏醒过来，然后才能考虑组建一支完整的合唱队。这个任务是由我姨奶和米考伯先生来完成的，然后我介绍了我姨奶，而米考伯太太认出了我。

“请原谅，亲爱的科波菲尔先生，”可怜的米考伯太太说着，把手伸给了我，“可我的身体不是太好，我和米考伯先生之间最近存在的误解消除了，这件事让我刚一开始时激动得受不了。”

“这全是你们家的人吗，太太？”姨奶问。

“目前没有别的人了。”米考伯太太回答说。

“天哪，我不是那个意思，太太，”姨奶说，“我的意思是说，这全是你们家的孩子吗？”

“小姐，”米考伯先生回答说，“这可是真真切切的事实啊。”

“那个年龄最大的年轻绅士，啊，”姨奶说，她一副若有所思的神态，“打算怎么培养他呢？”

“我刚到这儿来时，本来希望，”米考伯先生说，“让威尔金斯到教堂去做事，我或许可以更加确切地说，就是进教堂的唱诗班。但是，本城因其闻名遐迩的这座古老大教堂里，唱诗班的男高音部没有空缺，所以他，一句话，他有了一种想法，即不在神圣的教堂里唱歌，而是在酒馆里唱。”

“但是，他的想法很好啊。”米考伯太太说，语气柔和。

“说实话，亲爱的，”米考伯先生接话说，“他的想法特别好。但是，我尚未发现，他在哪一方面把想法付诸实施的。”

米考伯少爷又呈现出了阴郁沮丧的态度，他生气地问，他该干什么呢？他除了天生就是只会唱歌的鸟儿之外，会不会是个天生的木匠，或者是个马车油漆工呢？他可不可以到邻近一条街道上去开一家药品店呢？他可不可以冲进附近的巡回审判庭，声称自己是个律师呢？他可不可以强行闯进歌剧院，凭着暴力获得成功呢？他是不是可以用不着培养去做什么，就能够做成任何事情呢？

姨奶沉思了一会儿，然后说：

“米考伯先生，我觉得很奇怪，您竟然从来都没有想到过要移居到国外去？”

“小姐，”米考伯先生回答说，“那可是我年轻时候的梦想，成年之后失望的抱负啊。”不过顺便说一声，我完完全全地相信，他有生以来压根儿就不曾有过那种想法。

“啊？”姨奶说，她瞥了我一眼，“啊，米考伯先生和米考伯太太，如果你们现在真的移居到了国外去，那对你们自己和家庭该会是怎样的一种情形啊。”

“资金啊，小姐，资金。”米考伯先生急切地说，态度显得很郁闷。

“这是关键问题，我可以说这是唯一的困难，亲爱的科波菲尔先生。”他太太附和着说。

“资金？”姨奶大声问，“但是，您已经帮了我们一个大忙了。帮了我们一个大忙，我可以说，因为从火炉拿出来的东西大有用处，而我们除了帮您筹集资金，还有比这更好的报答吗？”

“我可不能把它当作礼物收下，”米考伯先生说，他热情洋溢，情绪激动，“但是，如果能够筹集到一笔钱，比如说百分之五的年息，由我来偿还。比如说，经过我的手开出多张期票，分别为十二个月、十八个月、二十四个月的期限，以便有时间等待时来运转……”

“可能办得到吗？能够办到，应该办到，条件由您定，”姨奶说，“您开口就行了。你们两个人现在就考虑这件事情吧。大卫有几个熟人，很快就要去澳大利亚了。如果你们决定了要去，那为何不同船前往呢？你们也可以相互有个照应。先考虑一下吧，米考伯先生和米考伯太太。花点时间，好好掂量一下。”

“只是有一个问题，亲爱的小姐，我想要问一下，”米考伯太太说，“我相信，那儿的气候有益于健康吧？”

“那可是世界上最好的啊！”姨奶说。

“那样就好，”米考伯太太回答说，“可我又有一个问题，那个国家的环境，对于米考伯先生这样有才华的人而言，是不是有良好的机会在社会上出人头地？从目前的情况来看，我并不是说，要提升当个什么总督，或者那一类的职位，但是有理想的前景，可以发展他的才华——也就是说，那样就足够了——然后可以充分发挥，有这样的可能吗？”

“对于一个品行端正、勤奋努力的人而言，”姨奶说，“没有比那更好的前景了。”

“对于一个品行端正、勤奋努力的人而言，”米考伯太太重复了一声，直截了当，态度认真，“确确实实，我很清楚了，澳大利亚是适合米考伯先生活动的天地！”

“我确信无疑，亲爱的小姐，”米考伯先生说，“也就是说，在目前的情况下，那一片土地，只有那一片土地，是适合于我自己和我的家庭的地方。非同寻常的事情就要在那个海岸边发生了。距离并不遥远，比较起来说。您虽然出于好心，要我们考虑一下，但我实话对您说，那只是一种形式而已。”

一时间，米考伯先生成了最乐观豁达的人，眼看着就要发财致富了。而米考伯太太马上就要大谈起袋鼠的习性了，此情此景，我现在怎能忘记啊！米考伯先生和我们一同返回事务所时，他表现出一副吃苦耐劳、颠沛流离的形象，在那片土地上暂时居无定所、颇不适应的样子，还用一个澳大利亚农民的眼光注视着走过去的公牛，每当我回想起赶集日坎特伯雷的那条街道时，怎能不想起他来呢？

第五十三章

还要回顾一段往事

至此，我必须再一次打住。噢，我的娃娃妻子啊，我思绪万千，眼前浮现着流动的人群，其中有一个人的形象平静而安宁，怀着天真无邪的爱和稚气的美，对我说，停下来想想我吧。回过头来看看这朵小花儿吧，它正在往地上飘落呢！

我这么做了。别的一切都变得模糊不清了，慢慢消逝了。我再一次和多拉一道来到了我们的那幢小屋里。我不知道她已经生病有多长时间了，因为感情上已经习惯了，所以也就不去记时间。实际上时间并不是很长，也就几个礼拜或者几个月的光景，但是在我的感受和体验中，那可是很揪心很揪心的一段时日啊。

他们已经不再告诉我说“再等待几天”了。我的心里开始隐隐担心起来，我的娃娃妻子同她的老朋友吉普在阳光下奔跑的日子可能永远都不会到来了。

吉普好像突然变得很苍老了，也许是因为，它缺失了从女主人身上得到的某种使自己充满活力和变得年轻的东西。但是，它闷闷不乐，视力衰退，四肢乏力。而姨奶很难过，它不再冲着她吠了，而当它躺在多拉的床上时，反而蜷缩在姨奶身边——姨奶坐在床沿上——还轻轻地舔她的手。

多拉躺着，笑吟吟地看着我们，显得很美丽，不说一句急躁和埋怨的话。她说，我们对她很好。她说她知道，她亲切细心的大孩子可累坏了。她说姨奶没有睡觉，还一直警觉着，活跃着，充满了慈爱。有时候，那两位个子矮小的像鸟儿似的小姐会来看她，这时候，我们就会谈论我们当时举行婚礼的那个日子，还会谈论那些幸福快乐的时光。

我坐在那个安宁静谧、光线暗淡、整洁有序的房间里，我蓝眼睛的娃娃妻子面对着我，她的小指头勾绕着我的手，这时候，在我的生活当中，在我的整个生活当中，无论在室内还是在室外，似乎是一种多么奇特的安息和停顿啊！我久久地就这么坐着，但是，在所有这些时光当中，有三次在我的脑海中呈现得最为清晰。

一次是早晨，多拉被姨奶打扮得清新整洁。她给我看自己的秀发枕在枕头上也会卷曲着，头发多么长，多么有光泽，她多么喜欢让头发蓬松地拢在发网里。

“我不是因为要炫耀自己的头发，啊，你这爱嘲笑人的孩子啊，”看到我脸上露出微笑时，她说，“而是因为，你过去常说，你觉得我的头发很美，还有就是因为，我当初开始想着你的时候，就会往镜子里面照一照，心想着你会不会喜欢我有一个发绺。而当我留出一个来的时候，噢，看你多么傻啊，道迪！”

“那天你在画我送给你的花儿，多拉，当时，我对你说，我有多么爱你啊。”

“啊！但是，我不想告诉你，”多拉说，“当时，我怎么会对着那些花朵哭泣来着，因为我相信你真的喜欢我！等到我跟平常一样可以到处乱跑了，道迪，我们就到我们俩傻乎乎的一起到过的那些地方去，好吗？到那些过去走过的小路上去散步好吗？不要忘了我那故去的爸爸好吗？”

“行，我们会那样做，快快乐乐地享受日子。所以你必须得赶紧好起来啊，亲爱的。”

“噢，我很快就会好起来的！你不知道，我已经好多啦！”

一次是傍晚。我在同一张床边的同一把椅子上坐着，同一张脸对着我。我们默默无言，但她的脸上挂着笑容。我现在不再抱着轻飘飘的多拉上下楼了，因为她整天都躺在这儿。

“道迪！”

“亲爱的多拉！”

“很短的一段时间以前，你告诉我说，威克菲尔德先生身体不佳，但这事过去之后，我还要说点事情，你不会觉得这样做不通情理吧？我想要见见阿格尼丝，很想见见她。”

“那我就给她写封信吧，亲爱的。”

“真的？”

“马上就写。”

“多好多善良的一个孩子啊！道迪，你扶我起来。说真的，亲爱的，这不是一时心血来潮，也不是愚蠢的幻想，而是真真切切地想要见到她！”

“这我可以肯定，只要这样对她说，她一定就会来的。”

“现在你去楼下，一个人感到很孤单寂寞吧？”多拉小声地说，她一只手臂搂着我的脖子。

“看到你坐的那把空椅子，心肝宝贝儿，我怎能不感到孤单寂寞啊？”

“我的那把空椅子！”她默默无语，紧紧地依偎着我一阵子，“你真的很想念我吗，道迪？”她抬起头，欢快地微笑着，“即便是我可怜、任性而又傻气？”

“我的心肝啊，在这个世界上，还有谁让我这么想念啊？”

“噢，丈夫啊！我非常高兴，同时又非常难受！”她依偎得更紧了，双臂紧紧抱住我，笑着，哭泣着，然后平静下来了，感到很幸福。

“就是这样！”她说，“只要向阿格尼丝带去我亲切的问候，告诉她，我非常非常想见到她，除此之外，我没有别的什么愿望了。”

“除了恢复健康之外，多拉。”

“啊，道迪！有时候我认为啊，你知道，我一直就是个傻乎乎的小东西！其实我的身体永远都不会好了！”

“可别这么说啊，多拉！最最亲爱的，别这么想啊！”

“如果能够做得到，我不会这样想的，道迪。但是，尽管我亲爱的孩子一个人在他的娃娃妻子的空椅子面前感到孤独寂寞，我还是很幸福！”

一次是夜间。我仍然陪伴着她。阿格尼丝已经来了，和我们一同待了一个整天和傍晚。她，姨奶，还有我，从早上起一直同多拉坐在一起。我们说话不是很多，但多拉感到很满足，很愉快。现在就我们两个人在一起了。

现在，我知道我的娃娃妻子马上就要离开我了吗？他们是这样告诉我的。他们告诉我的事情并不新鲜，我已经想到了，但我远不能肯定，自己已经把这个当作真真切切的事情放在心上了。我无法完全领悟。今天，我有许多次独自一人躲到一旁哭泣。我记起来了那个为生者与死者诀别而哭泣的人，想起了整个仁慈和悲悯的故事[1]。我设法让自己顺其自然，设法安慰自己。希望自己多少能够这样，但是，我心里没有底的是，最后的结局是不是一定会到来。我手握着她的手，心贴着她的心，看到她对我的爱全部激活了。我的心里一直有个苍白而又挥之不去的信念影子，即她会幸免于难的。

“我要和你谈一谈，道迪，把最近常常想着要说的话和你说说。你不会介意吧？”她神情温柔地说。

“介意，宝贝儿？”

“因为我不知道你会怎么想，或者说你有时候可能怎么想过来着。也许你常常和我想的是一样的。道迪，亲爱的，我恐怕当时太年轻了。”

我把脸贴在靠近她的枕头上，她看着我的眼睛，语气温柔地对我说着话。慢慢地，她说着说着，我心情沉重，感到她是在说自己过去的事。

“亲爱的，恐怕当时我自己太过年轻了。我不仅仅指年龄方面，

---

① 典出《圣经·新约·约翰福音》第十一章，指耶稣因拉撒路的死亡而哭泣，后来又使之复活。

而且还指阅历、思想，一切的一切。就是个小傻瓜。如果我们只是像少男少女似的相互爱着，然后又相忘了，我想情况还会更好一些。我开始感觉到了，我不适合做一名妻子。”

我强忍着泪水，然后回答说：“噢，多拉，亲爱的，我适合做丈夫，你就适合做妻子啊！”

“我不知道，”她说，她还是像过去一样甩了甩卷发，“或许吧！但是，如果我更加适合结婚嫁人，我可能也就更加适合做你的妻子。还有就是，你人很聪明，而我从来都不聪明。”

“我们一直都幸福快乐啊，我的心肝宝贝多拉。”

“我过去幸福快乐，非常幸福快乐。但是，随着岁月流逝，我亲爱的孩子对他的娃娃妻子感到厌烦了。她会越来越不配做他的伴侣了。他会越来越意识到家里面缺乏的东西了。她不会有长进，所以现在这样也更好。”

“噢，多拉，最最亲爱的，最最亲爱的，别这样对我说啊。每一句话都像是对我的指责！”

“不，半句都不是！”她回答说，她吻了吻我，“噢，亲爱的，你绝不该受到指责，我爱你爱得太深了，不可能真正对你说出指责的话，除了长得漂亮之外，或者你觉得我长得漂亮，不说指责的话，这是我全部的优点。下楼时感到孤独寂寞吗，道迪？”

“非常孤独寂寞！非常！”

“不要哭！我的椅子还在那儿吗？”

“在老地方呢。”

“噢，瞧我可怜的孩子哭得多可怜啊！别哭啦，别哭啦！对啦，你要答应我一件事。我想和阿格尼丝谈谈。你下楼之后，就这样对阿格尼丝说，叫她上楼到我身边来。在我和她谈话的当儿，不要让任何人来，即便是姨奶也不要让她来。我想单独和阿格尼丝谈谈。我想和阿格尼丝谈谈，单独谈。”

我答应了，她立刻就可以和阿格尼丝交谈，但我很伤心，离不开她。

"我刚才说的，像现在这样反而更好些！"她低声说，双臂搂着我，"噢，道迪，如果再过些年，你不可能比现在这样更加爱你的娃娃妻子。而如果再过些年，她还是这么让你受累，让你失望，你可能爱她连现在的一半都达不到！我知道，当初太过年轻了，傻气了，现在这个样子好多了！"

我走进客厅时，阿格尼丝在楼下。我向她转达了多拉的话，她立刻就去了，留下我和吉普单独待着。

吉普的中国式房子就放在壁炉边，吉普躺在里面，躺在法兰绒垫子上，烦躁不安，想要睡觉。皓月当空，清辉如洗。我看着外面的夜色，泪如泉涌。我未经磨砺的心受到了严厉的惩戒。

我在壁炉前坐了下来，怀着盲目的悔恨之情，思量着自己从结婚以来滋生的种种隐秘的情感。想着我与多拉之间每一件微不足道的小事，感觉到小事情构成了人生的全部这个说法是真理。我最初认识的那个孩子的形象从我记忆的海洋中涌现，我和她充满青春的爱情装点该形象，赋予了这种爱所具有的一切魅力。如果我们像少男少女那样相互爱着，然后又相忘了，这样真的会更好些吗？未经磨砺的心啊，你回答吧！

时间是怎么慢慢过去的，我不知道，后来我娃娃妻子的老伴侣唤醒了我，它比平常显得更加焦躁不安，它从窝里爬出来，看着我，漫无目标地走到门口，哀鸣着要上楼去。

"今晚不上去，吉普！今晚不上去！"

吉普慢慢地回到我身边，舔我的手，抬起暗淡无神的眼睛看着我的脸。

"噢，吉普！也可能再也不能上去了！"

吉普在我脚边躺下，伸直了身子，像是睡觉的样子，接着凄惨地叫了一声，死了。

"噢，阿格尼丝！看啊，看啊，这儿！"

看那张脸啊，满怀着怜悯和悲伤，那如雨倾下的泪水，那对我可怕无声的呼吁，那庄严地举向上天的手！

“阿格尼丝？”

一切都完结了。我的眼前一片漆黑，一时间，一切事物都淡出了我的记忆。

第五十四章
米考伯先生的交易

我沉浸在沉重的悲伤之中，所以现在不是具体描述我心境的时候。

我最终觉得，我的前途已经被禁锢起来了，生命的能量已经耗尽，生活中的活动已告结束，除了坟墓，我找不到任何别的安身之所。我说，自己最终这样觉得，不是悲伤一开始到来时带来的打击造成的，而是缓慢形成的。如果我要继续叙述的事件没有在我身上接二连三地出现，开始时把我的悲痛搅乱，最后又把我的悲痛加深，那很有可能（尽管我认为不可能），我也许立刻就会陷入那种绝望的状态中。实际上，在我充分意识到自己的痛苦之前，有过一段间隙的时间。这期间，我甚至认为，最最痛苦的阶段已经过去了。可以一门心思想着那些过去的事情，那些永远尘封的温柔故事中最最纯朴率真和愉快美妙的事情，以此让内心享受到慰藉。

最初什么时候有人提议，我应该到国外去，或者说，我们大家如何达成了一致意见，我应该改变一下环境去旅游，以此来恢复我内心的平静，我甚至到现在都还不是很清楚。在那段悲伤的日子里，阿格尼丝的精神深深地渗透到我们的思想、言语和行动当中，因此，我认为，我可以把这个计划归结为是受了她的影响。但是，她的影响润物无声，所以我也没有明显感觉。

而现在，我确实开始觉得，自己过去把她同教堂窗户上的彩色玻璃联系起来，这其中包含着一个预兆，预示着某个注定时刻大灾难降临时，她之于我会是怎么个情况。这个预兆已经存在于我心中了。在那个无法忘怀的时刻，她伫立在我面前，一只手向上举着。从那一刻开始，在那整个悲伤期间，她就像出现在我寂寞凄凉的家中的神灵。当死神降临到那儿时，我那娃娃妻子睡着了——这是在我能够经受得住听叙述这件事时，他们告诉我的——睡在她的怀里，脸上露着微笑。我从昏迷中醒过来时，首先确认的是她同情的眼泪，她鼓励和安慰的话语，她温柔娴雅的面容，仿佛从更靠近天堂的更加纯洁的地方向下俯视，安慰着一颗未经磨砺的心，减轻它的痛苦。

让我继续叙述吧。

我准备出国去了。这好像是我们大家从一开始就定下来的。现在，泥土掩埋了能够摧毁我故去的妻子的一切，我只等待着米考伯先生所说的"最后把希普碾成粉末"，然后同那些移居国外的人一道出发。

特拉德尔是我患难之中最深情和忠实的朋友。应他的要求，我们返回到了坎特伯雷。我指的是姨奶、阿格尼丝和我。我们约定了直接到米考伯先生的家里去。从我们那次导致大爆发的集会之后，我的朋友就一直在米考伯先生的家和威克菲尔德先生的家辛劳着。可怜的米考伯太太看见我身穿黑衣进门时，她极为伤感。米考伯太太满腔侠义情怀，但并没有因为历经多年磨难而消耗殆尽。

"呃，米考伯先生和米考伯太太，"我们坐下来之后，姨奶首先打招呼说，"请问，你们仔细考虑过我提议移居国外的事了吗？"

"亲爱的小姐，"米考伯先生回答说，"米考伯太太，您谦卑的仆人我本人，或许还要加上我们的孩子们，共同和分别考虑过了，得出了一个结论，这个结论除了借用一位杰出的诗人的话来表达，或许找不到更加理想的方式来回答了，那就是：我们的小船在岸边，我们的三桅帆船在海上[①]。"

---

① 出自拜伦（George Gordon Byron，1788 年—1824 年）《致托马斯·穆尔》一诗的头两行。拜伦是英国的著名诗人，出身破落贵族家庭，反抗专制压迫，追求民主自由，他诗路宽广，擅长讽刺，在投身希腊民族独立战争中病逝，代表作有《恰尔德·哈罗尔德游记》《唐璜》等。穆尔（Thomas Moore，1779 年—1852 年）是爱尔兰诗人、讽刺作家和音乐家，拜伦和雪莱的朋友，主要作品有《爱尔兰歌曲集》，其中收有著名歌曲《夏天里的最后一支玫瑰》（狄更斯的挚友、著名小说家威尔基·柯林斯的代表作《月亮宝石》中卡夫探长最喜欢哼这支曲子的旋律）。

“这就对啦，”姨奶说，“我有一种预感，由于你们做出了这样一个明智的决定，一定会一切顺利的。”

“小姐，您给了我们很大的面子，”米考伯先生回答说，然后翻看一本记事本，“承蒙对我们给予经济上的资助，我们这才得以使我们脆弱的独木舟在事业的海洋中航行。关于那笔资助款，我们重新考虑了一下重要的事务方面的问题，请求我开具的期票的期限，不用说，期票要按照各种议会法案对这类契约的规定，分别贴足印花——分为十八个月、二十四个月和三十个月。我最初提出的期限为十二个月、十八个月和二十四个月，但是，我担心这种安排可能没有充足的时间来筹措需要归还的数额。我们或许，”米考伯先生一边说，一边环顾了一下房间，好像房间代表了几百英亩作物茂盛的土地，“在第一笔欠款到期的时候，收成不够好，或者说我们可能没有获得收成。我相信，我们注定要在那片肥沃的土地上劳作，但在我们那一片殖民地上，劳动力有时候是很难找到的。”

“期票怎么个安排法，您请便，先生。”姨奶说。

“小姐，”米考伯先生回答说，“我和米考伯太太对于朋友和恩人们给予的体贴和关怀深表感激。我希望能够做到，完全公事公办，完全遵守时限。翻过全新的一页，就像我们将要翻过的那样。后退一步，就像我们现在后退一样，以便有不同寻常的跳跃。这除了给我的儿子做出表率之外，我觉得，对于我的自尊心而言，按照人与人之间的关系做出安排，也是至关重要的事情。”

我不知道，米考伯先生最后说“按照人与人之间的关系做出安排”时是不是还有什么别的意思，也不知道别的什么人现在或过去这样说时会有什么弦外之音。但是，米考伯先生似乎对它异乎寻常地得意，还引人注意地咳嗽了一声，重复说了“按照人与人之间的关系做出安排”。

“我提议，”米考伯先生说，“采用期票，这对从事商业的人来说是一种很方便的做法，我认为，采用这样的方式，我们得首先感谢犹太人，不过在我看来，自从他们发明了这个东西之后，便使用得太滥了，因为期票可以转让兑现。但是，如果喜欢债券，或者别的什么票据形式，我可以采用任何方式。按照人与人之间的关系做出安排。”

姨奶说，只要双方都愿意达成任何协议，她当然认为问题不难解决。米考伯先生赞成她的看法。

“小姐，我们全家人在做着种种准备，”米考伯先生说，他神情显得有些自豪，“以便迎接我们大家现在已经心领神会的要献身其中的命运。关于这方面的情况，我请求向您报告一下。大女儿每天早晨五点就去附近的一个牛奶场，学习挤奶，了解整个过程，如果可以叫作过程的话。几个小一些的孩子按照吩咐到本城比较贫困的地方去，观察猪和家禽的习性，在环境许可的条件下，尽可能做仔细的观察。为了完成这样一个任务，他们有两次差一点被车给碾了，结果被人送回家。上个礼拜，我自己则把注意力集中在烤面包的手艺上。大儿子威尔金斯每天拿了手杖出去，只要能够得到那些粗鲁的雇工的许可，就会去帮助他们赶牲口，而且是义务服务。由于我们的性格，这事说起来遗憾，他常常干不成，总是被人警告着，骂着要他停下来。”

“这一切都做得对啊，”姨奶鼓励着说，“我可以肯定，米考伯太太也一直忙着吧？”

“亲爱的小姐，”米考伯太太回答说，她说话的态度一本正经，“我实话实说，眼下我还没有立刻积极主动地投身到种植庄稼和饲养家畜的活动中去，不过，我心里很清楚，等到了异国他乡之后，我的注意力定会集中到那两个方面的。只要我能够从家务活儿中脱出身来，便利用一切机会给我的娘家人写有一定篇幅的信。因为我承认，自己心里面觉得，科波菲尔先生，”米考伯太太说，我认为她有个老习惯，就是不管刚一开始时说的是什么情况，最终总归要回到我的身上，“应该把过去的一切都忘掉，现在是时候了，我娘家人应该同米考伯先生握手言和，米考伯先生也应该同我娘家人握手言和。狮子应该与羊羔并卧[①]，我娘家人应该同米考伯先生言归于好。”

---

① 典出《圣经·旧约·以赛亚书》第十一章第六节。

我说了我也觉得是这样。

“至少，这是我对这件事情的看法，亲爱的科波菲尔先生，”米考伯太太接着说，“当年在老家同爸爸妈妈生活在一起的时候，一旦在我们的小圈子里面要讨论什么话题，爸爸往往就会问，‘我的爱玛怎么看这件事情呢？’我知道，那是爸爸对我过于偏爱，不过，对于我娘家人和米考伯先生之间关系僵持冷淡这件事情，即便是错误的，我也必须要有自己的看法。”

“毫无疑问，当然有啦，太太。”姨奶说。

“正是，”米考伯太太赞同说，“对啦，我的结论可能是错误的，很有可能是我错了，但是我个人的印象是，我娘家人和米考伯先生之间的隔阂，归根到底的话，可能是我娘家人担心，米考伯先生会在经济上向他们伸手。我不禁觉得，”米考伯太太说，她一副世事洞明的样子，“我娘家有些人就是担心，怕米考伯先生会向他们开口，借用他们的名义。我并不是说，我们的孩子施洗礼时要借用他们的名字，而是要用他们的名字签在汇票上，拿到货币市场上去转让兑现。”

米考伯太太说出了这么一个发现，好像先前谁都没有想到过似的，那种洞察事态的样子似乎挺令我姨奶吃惊的。所以姨奶冷不防地回答说：“是啊，太太，总的说起来，我不应该怀疑，你的结论是对的！”

“米考伯先生长期受到经济上的困扰，现在就要摆脱枷锁了，”米考伯太太说，“而且行将到一个有足够的空间施展他的才华的国度去开始新的事业，在我看来，这一点是至关重要的。米考伯先生的才华特别需要施展的空间。我感觉到，我娘家人应该有所表示，给这样一次转机锦上添花。我所希望看到的便是，由我娘家人出钱举行一次宴会，好让米考伯先生和我娘家人在宴会上会面，由我娘家的某个头面人物提议为米考伯先生的健康和成功干杯，米考伯先生也就有机会陈述自己的意见了。”

“亲爱的，”米考伯先生说，他说话的情绪有点激动，“我最好是立刻说清楚，即如果在那样一种集会上要我陈述自己的意见，那我的意见可能是不中听的。我的印象是，你娘家的人，从整体上来说，全是傲慢无礼的势利眼儿，而说到一部分人，则是彻头彻尾的恶棍。”

“米考伯，”米考伯太太一边说，一边摇了摇头，“不！你根本就不了解他们，他们也根本不了解你。”

米考伯先生咳嗽了一下。

“他们根本不了解你，米考伯，”他太太说，“他们也许无法理解你。如果是这样，那是他们的不幸。我只能对他们的不幸表示可怜。”

“亲爱的爱玛，我很抱歉，”米考伯先生说，他语气有所缓和，“刚才的话可能说重了，即便稍微重了点也罢。我想要说的无非是，没有你娘家人来给我面子，我照样能够出国，一句话，用不着在临别时冷淡地猛推一把。从总体上来说，我宁可凭着自己的能量离开英国，也不愿意从那些人身上获得推力。同时，亲爱的，如果他们屈尊俯就地给你回了信——我们俩都领教过了，这事不可能——我决不会成为你实现自己愿望的障碍。”

这件事就这么友好地解决了，米考伯先生一边向米考伯太太伸出了双臂，一边朝特拉德尔面前的那一堆账本和文件看了一眼，说他们要先离开我们，接着便礼貌周到地离开了。

“亲爱的科波菲尔，”待他们离开后，特拉德尔说，他身子向后靠在椅子上，动情地看着我，结果他的眼睛都红了，头发呈现出各种形状，“我想麻烦你点事，就不找什么借口了，因为我知道，你一定会很有兴趣的，同时这事可能会分散你的心思。亲爱的伙伴啊，但愿你没有精疲力竭吧？”

“我还是老样子，”我停了一会儿说，“比起对别人来，我们更有理由想想我姨奶，你是知道的，她做了多少事啊。”

“就是，就是，”特拉德尔回答说，“谁能够把这个忘了啊？”

“但是，事情还不止于此呢，”我说，“过去的两个礼拜期间，她有新的烦恼，每天都要进出伦敦。有几次一大早就出去了，直到傍晚才返回。昨天夜里，特拉德尔，她照例出去了，几乎到半夜才回家。你知道，她是很替别人着想的，到底发生了什么麻烦的事情，她是不会对我说的。”

姨奶脸色很苍白，她脸上显现出很深的皱纹，一动不动地坐着，直到听我把话说完。当时，有几颗泪珠从她脸颊上流下，她一只手放到了我的手上。

“没事，特罗特，没事。以后再也不会有事了。你慢慢就会知道的。现在，阿格尼丝，亲爱的，让我们来处理这些事吧。”

“我必须要替米考伯先生说句公道话，”特拉德尔开口说，“尽管他没有替自己办成什么像样的事情，但是他在替别人办事情时，却是个不知疲倦的人。我从来都没见过这样的人。如果他一直就照着这样下去，那他眼下实际上就有大概二百岁了。他持续不断地工作的热情，夜以继日、废寝忘食地查阅文件和账本的工作态度，更不要说他给我写了那么多信了，在这个住处和威克菲尔德先生宅邸之间，我们常常隔着一张桌子面对面坐着，说话也很方便，但他都是写信的，这一切都是非同寻常的。”

“书信！”姨奶大声说，“我相信，他做梦都在写信！”

“还有迪克先生，”特拉德尔说，“他也做出了了不起的贡献！他看管着尤赖亚·希普，恪尽职守，那副认真的态度我都从未见过，这项工作一完成，他立刻又全身心地照顾起威克菲尔德先生来了。我们在进行着各个方面的调查时，他迫不及待地要使自己派上用场，摘录东西，抄写东西，提取东西，搬运东西，可起了大作用了，这一切都大大地激励了我们。”

“迪克可是个了不起的人，”姨奶激动地大声说，“我一直就是这么说的，特罗特，这你是知道的。”

“我很高兴地说，威克菲尔德小姐，”特拉德尔接着说，语气既体贴入微，又诚挚恳切，“你不在家的这段时间里，威克菲尔德先生的病情有了很大的好转。由于摆脱了长期困扰他的恶魔，消除了生活中的种种可怕的忧虑，他几乎换了个人。过去，他记忆力受到了损伤，无法把注意力集中在具体的事务上。但现在，有时候，连这方面都恢复得很好，所以，他能够帮助我们弄清楚一些事情，如果没有他的帮助，即便不说毫无希望，起码我们会遇到很大的困难。但是，我所要做的就是直奔结果，这样做简略，至于我所看到的一切充满希望的情况就不细说了，否则会没完没了。”

特拉德尔态度轻松自如，神态率真可爱，显而易见，他这样说为的是要使我们高兴，要使阿格尼丝听了她父亲的情况之后更加充满信心，但他这样说同时也会令人高兴的。

“行啊，让我来看看，”特拉德尔说，他看着桌子上的文件，“我们把资金结算过了，先是理顺了无意中混乱了的账目，然后又理顺了故意弄错和造假的账目，这样我们就清楚了，威克菲尔德先生现在可以了结他的律师事务和信托代理，并没有任何负债和亏空。”

“噢，感谢上帝啊！”阿格尼丝情绪激动地大声说。

“但是，”特拉德尔说，“可供用作他生活之需的余额——而我这样说的意思，即便假定把宅邸卖掉——不是很多，可能不会超过几百英镑，因此，威克菲尔德小姐，您可能最好得考虑一下，威克菲尔德先生是否可以保留他多年来承担的财产代理业务。你知道的，他的朋友们可能会这样建议他，因为他现在已经自由了。你自己，威克菲尔德小姐，科波菲尔，我。”

“我已经考虑过这件事情了，特罗特伍德，”阿格尼丝看着我说，“而我觉得，不应该保留，一定不能保留，即便是一位我心怀感激之情的朋友这样劝告也罢。”

“我并不是说，我要劝告她这样做，”特拉德尔说，“我觉得应该提一下这件事，仅此而已。”

“听你这么一说，我很高兴，”阿格尼丝回答说，她态度从容不迫，“因为这么一说我感觉有了希望，几乎可以说心里也有底了，我们的想法是相同的。亲爱的特拉德尔先生和亲爱的特罗特伍德，爸爸一旦能够体面地解脱，我还能有什么奢望啊！我一直都渴望着，爸爸如果能够从深陷其中的苦难中解脱出来，自己能够些许地回报他给予我的爱和关切，把我的一生都奉献给他。多年来，这一直是我最大的愿望。担当起我们的未来是我的第二大幸福，仅次于他能够从所有信托业务和债务中解脱出来，这就是我所能知道的。”

“你想过如何担当吗，阿格尼丝？”

“经常想！我并不担心，亲爱的特罗特伍德。我肯定会成功的，这儿有那么多人认识我，他们对我很友好，所以我心里有底。别不相信我。我们缺乏的东西并不多。如果我把这幢亲切的老宅邸租出去，办一所学校，我会有所作为并且幸福快乐的。”

她兴致勃勃的话语声中透着平静与热情，先是使那幢亲切的老宅邸历历在目，继而是我那冷清寂寞的家，我激动不已，连话都说不出来。有一阵子，特拉德尔假装忙着查看文件。

“接下来，特罗特伍德小姐，”特拉德尔说，“就该谈到您的财产了。”

“行啊，特拉德尔先生，”姨奶叹息了一声说，“有关我财产的事，我所要说的就是，如果丢失了，我也承受得了，而如果没有丢失，我会很高兴地把它要回来。”

“我想，它最初是八千英镑，是无归偿期证券[①]对吧？”特拉德尔说。

“对啊！”姨奶回答说。

“我算起来就是超过了五……”特拉德尔说，他一副困惑不解的样子。

“五千英镑，你是这个意思吧？”姨奶问，神态异常镇静，“还是五英镑？”

“五千英镑。”特拉德尔回答说。

“那就是那么回事了，”姨奶回答说，“我自己卖掉了三千英镑。一千英镑，我用于支付你的学徒费了，特罗特，亲爱的。另外两千英镑，我留下了。如果我其余那些都损失掉了，那我认为，关于这两千

① 指英国政府的债券。

英镑的事最好是不吭声，悄悄地留着，未雨绸缪。我想要看看，你怎样度过这段艰难的时日，特罗特，而你堂堂正正地度过来了，坚忍不拔，自力更生，甘于奉献！迪克也一样。先别同我说话，因为我觉得自己心里有点乱。”

看到她直挺着身子坐着，两臂相交，谁也不会觉得她心里面乱，但是，她有惊人的自制力。

“那么，我很高兴地说，”特拉德尔大声说，他一副兴高采烈的样子，“我们已经把钱全部都收回来啦！”

“别向我道喜，谁也别这样！”姨奶激动地说，“怎么办成的，先生？”

“您以为，这笔钱原本都是威克菲尔德先生滥用了吗？”特拉德尔说。

“当然，我是这样认为的，”姨奶说，“因此我这才缄口不言，阿格尼丝，一句话都没有说！”

“确实，”特拉德尔说，“这笔债券给卖掉了，是凭着您给的委托代理权卖掉的。但是，由谁买的，或者实际上是谁签的字，这我就不必说了。事后，那个浑蛋对威克菲尔德先生说了谎，同时还用数据证明了，说他拿着这笔钱（他说是威克菲尔德先生吩咐过了的）去填补其他方面的亏空和钱款，以免事情暴露了。威克菲尔德先生完全受到了他的控制，软弱无能，力不从心，以致事后为一笔明明知道子虚乌有的本金付了几笔利息，结果不幸使自己成了骗局中的一分子了。”

“所以最后把责任全部揽到自己身上了，”姨奶补充说，“他写了一封信给我，措辞疯狂，指责自己犯了抢劫罪，还有闻所未闻的罪名。收到他的信之后，一天上午，我拜访了他，要来了一支蜡烛，把信烧掉了，并且对他说，如果有朝一日他能够替我和他自己申冤辩白，那就做好了，如果做不到，那么看在他女儿的分上，缄口不言。谁要是再跟我说话，我就离开宅邸！”

我们全都默默无语，阿格尼丝把脸捂了起来。

“对啦，亲爱的朋友，”姨奶停顿了一会儿后说，“你真的逼着他把钱交出来啦？”

“啊，实际情况是，”特拉德尔回答说，“米考伯先生把他给团团包围起来，准备了许许多多对付他的办法，如果老的办法不行，那就启用新的，所以他无法从我们面前逃脱。有个最最令人不可思议的情况，实际上我认为，他侵吞这么一大笔钱财，并不是为了满足自己的贪欲，尽管他确实贪得无厌，而是出于对科波菲尔的仇恨。他曾明确无误地这样对我说过。他说，他甚至愿意花掉这么多钱，以便阻碍或者伤害科波菲尔。”

“哈！”姨奶说，若有所思地皱着眉头，她看了看阿格尼丝，“他现在怎么样了？”

“我不清楚，他跟他母亲一道，”特拉德尔说，“离开那儿了。那个做母亲的一直都在吵吵闹闹，求情讨饶，揭秘招供。他们是乘坐驶向伦敦的夜班公共马车离开的，随后的情况就不清楚了。还有一点就是，临走时他咬牙切齿地对我宣泄了仇恨。看起来，他对我的仇恨并不亚于对米考伯先生的，而我则认为（正如我对他说的）这实际上是对我的一种恭维。”

“你认为他身上有钱吗，特拉德尔？”我问。

“噢，天哪，有钱的，我是这样认为的，”特拉德尔回答说，他摇了摇头，态度很严肃，“我应该说，他一定用这样那样的手段弄到了很多钱。但是，我认为，科波菲尔，如果你有机会观察他的做派，你就会发现，即便那个浑蛋有钱，他也不会消停的，定会捣鬼使坏。他就是虚伪的化身，无论干什么事情，一定走的是歪门邪道。这是他表面装得谦卑内敛所得到的唯一补偿。他一直就是匍匐在地面追求这样那样微不足道的目的，总是会把途中遇上的每一个目标加以放大，因此，对于任何人，即便人家是最无辜地挡在他和他要实现的目的之间，他都要仇视和怀疑。于是，歪门邪道随时都会因为微不足道的理由甚至毫无理由变得更加令人不齿。要明白这个情况，”特拉德尔说，“只需要想一下他在这儿的经历就够了。”

“他是个卑鄙无耻的恶魔！”姨奶说。

“这种情况，我真的是不明白，”特拉德尔说，他一副若有所思的样子，“许许多多人如果存心要卑鄙无耻的话，那就会变得非常卑鄙无耻啊。”

“现在，我们谈谈米考伯先生吧。”姨奶说。

“行啊，确实是，”特拉德尔说，他态度兴致勃勃，“我必须得再一次对米考伯先生高度赞扬一番。要不是他长时间以来耐心克制，坚忍不拔，我们绝不可能做成任何值得称道的事情。所以，我认为，当我们想到米考伯可能以自己的沉默来同尤赖亚·希普达成协议时，我们应该想到，他是在为了伸张正义而委屈自己。”

“我也有同感。”我说。

“啊，你准备给他多少？”姨奶问。

“噢！要谈到这个问题，”特拉德尔说，他心里有点觉得不安，“在采用这项非法的措施破解一个难题时，因为这个措施自始至终就是非法的，我觉得恐怕有两点得忽略掉（因为我不可能面面俱到）。米考伯先生给他开了些借据什么的，以便预支薪水……”

“啊！那些是必须要还的。”姨奶说。

“对，但是，我不知道何时据此进行起诉，也不知道那些东西在哪儿，”特拉德尔接话说，他眼睛睁得大大的，“不过我预料，米考伯先生会从现在到他离开的这段时间之内连续不断地受到拘捕，或者扣押。”

“到时候，他又必须连续不断地被释放和解除扣押，”姨奶说，“总共加起来多少钱？”

“啊，米考伯先生把这些交易记载在一本账本上了，他郑重其事地把它们称作交易，”特拉德尔回答说，他脸上露着微笑，“他把总数加在一起是一百零三英镑五先令。”

“那么，包括这笔钱在内，我们应该给他多少？”姨奶说，“阿格尼丝，亲爱的，我和你之间可以谈谈事后怎么分担。那总共多少？五百英镑？”

听到这话后，我和特拉德尔两个人同时插嘴。我们都提议拿出一小笔钱，至于欠尤赖亚的钱，到了时间再支付，但事先不与米考伯规定下来。我们建议，米考伯先生一家应该有旅途的费用和装备，另外再给一百英镑。米考伯先生归还预支款的安排应该有协议来加以约束，这样做可能有利于使他意识到自己所要承担的责任。关于这一点，我另外提了个建议，由我来向佩戈蒂先生解释，说清楚米考伯先生的为人和经历，因为我知道佩戈蒂先生是个靠得住的人。我们另外再预支一百英镑，悄悄地委托佩戈蒂先生管理。我还进一步建议说，把我认为应该说的，或者可以说的，有关佩戈蒂先生的经历告诉给米考伯先生，以便引起他对佩戈蒂先生的兴趣，想方设法使他们为了公共利益相互包容。我们全都赞成这些看法。于是，我可以立刻提一提，不久之后，两位主要当事人相处得友好融洽。

我看到特拉德尔又一次迫不及待地看了看我姨奶，于是便提醒他，他先前提到的第二点，也就是最后一点是什么。

“科波菲尔，如果我提起一个令人感到痛苦的话题，因为我恐怕得这样做了，你和你姨奶得原谅我才是，”特拉德尔说，他态度犹豫不决，“但是，我认为，有必要提醒你回忆一下。那天，米考伯先生进行令人难忘的揭发时，尤赖亚·希普曾用威胁的口吻提及了你姨奶的……丈夫。”

姨奶挺直着身子坐着，表情镇定，点了点头表示赞同。

“或许吧，”特拉德尔说，“那只是漫无边际的胡诌吧？”

“不。”姨奶回答说。

“还真有——请原谅——这么个人，而且完全受着他的操纵？”特拉德尔提示着说。

“对啊，好朋友。”姨奶说。

特拉德尔明显拉长着脸，解释说，他未能处理这件事。由于不包含在他对米考伯先生所提出的条件之内，所以这事跟他所欠的债务一样。我们已经不再有任何权利对付尤赖亚·希普了。如果他能够对我们或者我们中的任何人造成伤害或者进行骚扰，毫无疑问，他会这样做的。

姨奶一直态度很平静，最后脸颊上又一次流淌着几颗泪珠。

“你说得很对，”姨奶说，“提一提这事是明智的。”

“我或者科波菲尔，能帮忙做点什么吗？”特拉德尔问，他声音很柔和。

“没有什么事，”姨奶说，“我要多次感谢你，特罗特，亲爱的，毫无作用的威胁！我们把米考伯先生和米考伯太太叫回来吧。你们谁也不要对我说什么了！”她说完便抚平了自己的衣服，坐了下来，保持直挺的姿势，朝门口看着。

“啊，米考伯先生和米考伯太太！”两个人进门时，姨奶说，“很抱歉，让你们在房间外面待了这么长时间，我们一直在讨论你们移居国外的事来着，我把我们提出的安排跟你们说说吧。”

姨奶把我们的安排进行了解释，米考伯全家人——孩子们和所有在场的人——都感到无比满意，欢欣鼓舞，结果把米考伯先生进行所有期票交易时最初阶段的那种准时的习惯给唤醒了，于是，他情绪高昂，迫不及待地冲出房间，跑去买贴在他的期票上的印花。但是，不到五分钟，他兴高采烈的心情受到了突如其来的阻碍，他被一个法警拘押着回来，他泪水如注地告诉我们，一切都没有了。我们对这个事早有准备，因为这毫无疑问是尤赖亚·希普在起诉他。我们很快就付清了钱，又过了五分钟，米考伯先生坐在桌子旁边，兴致勃勃地填写起印花票来了，只有干这个活儿和调制潘趣酒时，那兴高采烈的样子才能在他阳光灿烂的脸上得到完美的表露。他像个艺术家似的兴趣盎然，填写着印花票，像描画儿似的描着，斜着眼睛看着，还在自己的笔记本上记录着日期和金额这些重要事项，记完之后，还审视一番，深感其重要价值。看着他这一系列动作，真是欣赏一幅景致啊。

“行啊，先生，如果您允许我向您提一点忠告的话，您能干的最好的事情就是，”姨奶默默无语地观察了他之后说，“从今往后发誓不再干这种活儿了。”

“小姐，”米考伯先生回答说，“我的打算就是要把这个誓言记录在未来洁白的纸上，米考伯太太为此做证，我相信，”米考伯先生郑重其事地说，“我儿子威尔金斯会铭记于心，即他宁可把拳头放进火里，也不会用它来摆弄毒害了他可怜的父亲命根子的毒蛇！”米考伯先生深深地感动了，瞬间变成了绝望的化身，用阴郁仇恨的目光注视着眼前的毒蛇（但目光中刚才那种仰慕的神情并没有完全消除），然后他把它们折了起来，放进了衣服口袋里。

晚上的事务就此结束了。我们烦恼忧愁，辛苦劳累，结果全都精疲力竭了。我和姨奶翌日早晨就要回伦敦。已经安排妥当了，米考伯一家把家里面的东西交给经纪人出卖后，也随我们去伦敦。威克菲尔德先生的事务，在特拉德尔的主持下，尽快料理好。在这期间，阿格尼丝也去伦敦。古老的宅邸里已不再有希普母子的身影，似乎是清除了瘟疫。我们在宅邸里过了夜，我还睡在原先的那个卧室里，就像是个遭受了海难的漂泊者回到了家一样。

翌日我们回到了姨奶的住处，没有到我家，睡觉之前，我们像往昔一样单独地坐着，这时候，她说：

“特罗特，你真想知道我最近有什么心事吗？”

“我真的想知道，姨奶。如果说有什么时候，由于我不能分担您的悲伤和忧愁而感到不快乐，那现在就是。”

“即便不加上我这点小小的痛苦，孩子啊，”姨奶说，她神情中充满了慈爱，“你也已经饱受悲伤了。我如果有什么事情瞒着你，不可能出于别的什么考虑，特罗特。”

“这我很清楚，”我说，“但是，现在就告诉我吧。”

“你明天上午可以乘车陪我走一段路吗？”姨奶问。

“当然可以。”

“九点，”她说，“到时候，我告诉你，亲爱的。”

于是，翌日上午九点的时候，我们乘坐了一辆轻便马车前往伦敦。我们的马车穿过了一条条街道，行走了很长时间，最后来到了一座大医院。在紧挨着医院建筑物的旁边，停着一辆没有装饰的柩车。赶车的认出了我姨奶，他遵从了姨奶在车窗户边打的一个手势，柩车慢慢地动了起来，我们的车跟在后面。

“你现在明白怎么回事了吧，特罗特，”姨奶说，“他走了！”

“是在医院里去世的吗？”

“是。”

她坐在我身边，一动不动，但是，我又一次看到她的脸上流淌着泪水。

“他先前在医院待过，”姨奶立刻说，“他病了很长时间，这么多年来，他就是个散了架的人。当他知道最后的这次病情时，他请求他们打发人来找过我。他当时很难过，非常难过。”

“您去过了，这我知道，姨奶。”

“我去过了，后来我跟他在一块儿待了好些时间。”

“他是在我们去坎特伯雷之前的那个晚上去世的吗？”我问。

姨奶点了点头。“现在谁也伤害不到他了，”她说，“所以那是个毫无作用的威胁。”

我们驱车出了城，来到了霍恩西[①]墓地。“在这儿比在街上好啊，”姨奶说，“他是在这儿出生的。”

我们下了车，跟随着那具没有装饰的棺材后面，到达了一处我记忆犹新的角落，下葬仪式就在这儿举行。

“三十六年前的今天，亲爱的，”我们返回朝着马车走的当儿，姨奶说，“我结婚嫁了人，愿上帝宽恕我们大家吧！”

我们默默无言地坐到了车座位上，她就这样坐在我身边，久久地握着我的手。最后，她突然哭了起来，并且说：

“我嫁给他的时候，他可是个英俊潇洒的人啊，特罗特，但是后来发生了可悲的变化！”

哭泣的时间没有持续多久。她哭过之后很快就平静下来了，甚至高兴起来。她说，自己的神经有点错乱了，否则不会忍不住的。愿上帝宽恕我们大家吧！

---

① 伦敦北郊的一个市镇。

于是，我们乘车返回到了她在海格特的小屋，在那儿，我们看到了以下一封短信，信是米考伯先生通过当天早上的邮班寄过来的：

亲爱的小姐及科波菲尔：

最近呈现在远方地平线上的希望之乡又一次被无法穿透的迷雾笼罩住了，在一个命中注定漂泊无着的可怜人面前永远消失了！

希普再次控告米考伯，又有一张拘留传票发出了（传票是以威斯敏斯特王座国王陛下高等法院的名义签发的），该案的被告已被该辖区具有司法管辖权的行政司法长官拘押。

时日已到，时辰已到，
看前线战事告急，
看骄横的爱德华大军来临——
带来了锁链和奴役[①]！

身陷这等处境，很快就要有结局了（因为精神备受摧残，也得有个限度，否则无法忍受，我深感极限已到），本人的路已经走完。天哪，天哪！某个未来的旅行者若是出于好奇，而且我们也希望不无同情心，瞻仰本城拘押债务人之所，可能会而且我相信一定会沉思，看看墙壁上用粗糙的指甲写下的

模糊不清的姓名首字

威·米

礼拜五，于坎特伯雷

① 引自苏格兰诗人罗伯特·彭斯的《布鲁斯在班诺克伯恩对部队的演说》一诗。布鲁斯（Robert Bruce，1274 年—1329 年），即苏格兰国王罗伯特一世（1306 年—1329 年在位），于 1314 年在班诺克伯恩击败英王爱德华二世所率领的英格兰军，并于 1328 年与英格兰缔结北安普顿条约，使苏格兰摆脱了英格兰的统治，获得了独立。

又及：本人重启此信，说一声，我们共同的朋友托马斯·特拉德尔先生（他尚未离开我们，看上去气色极佳），已以特罗特伍德小姐高贵的名义付清了债务和种种费用。我本人及全家享受到了无上的人间福祉。

第五十五章

暴风骤雨

现在，我就要开始叙述自己人生中的一件大事了，这件大事令人难以忘怀，令人痛苦万分，与本书先前叙述的种种事件有着千丝万缕、紧密相关的联系，因此，从本传记的开篇，我就看见它，就像平原上一座高耸的巨塔，越往前越显得高大，将其征兆的影子甚至投到了我童年时代的种种事件上。

事情发生后的许多年当中，我常常梦见它，惊醒之后，梦中的情形历历在目，宁静的夜晚，其狂暴的情形似乎仍然在我寂静安宁的卧室里肆行无忌。直到现在，我有时候还会梦见它，尽管间隔的时间很长，而且不确定。每当我想到狂风暴雨，或者稍稍提及海岸边的暴风雨，就会联想到它。现在，我要像亲眼看见其发生时那样，把它记述下来，不是凭着记忆，而是看着它发生，让其再一次真真切切地在眼前发生。

供移居国外的人乘坐的船扬帆远航的日期很快就临近了，我那位心地善良的老保姆（我们刚一见面时，几乎为我肝肠寸断了）到达了伦敦。我常常和她、她哥哥，还有米考伯一家（因为全家都在一起）在一起，但却从未见过埃米莉。

启程在即的一天傍晚，我单独同佩戈蒂和她哥哥在一起，我们谈到了哈姆。佩戈蒂向我们讲述了哈姆送别她时，态度亲切和蔼，表现得坚强平静。尤其是最近，她认为，他的心里备受煎熬。这个善良慈祥的人一谈到这个话题便会没完没了，毫不厌倦。由于她同他在一起相处的时间很多，对于她叙述中举出的众多例子，我们总是洗耳恭听，兴致勃勃的态度并不亚于讲述那些事情的人。

我和姨奶当时已经从海格特的两幢房子里搬出来了，因为我打算到国外去，她则要返回到多佛尔的住宅。我们在科文特加登暂时找了一处临时住所。那天傍晚的谈话之后，我步行返回住所时，心里在想着我最后一次在雅茅斯时我和哈姆之间发生的情况。我本来想好了，到时上到船上去和她舅舅送行时，给埃米莉留一封信，这时候，我犹豫不决了，觉得最好还是现在就写信给她。我认为，她收到了我的信之后，可能会想要写点临别的话，通过我转给她那不幸的恋人。我应该给她这么个机会。

于是，睡觉之前，我在房间里坐了下来，给她写信。我告诉她说，我已见过他了，他请求我把我在本书别的地方记述过的事情告诉她。我原原本本地转达了他的话，即便我有这个权利，也没有必要夸大其词。话语中透着真挚的情怀，善良的愿望，用不着我或者任何人加以修饰。我把信放在外面，以便第二天一早就可以送出去，我还给佩戈蒂先生附了一行字，请他把信交给埃米莉。到了黎明时分我才上床睡觉。

当时，我的身体比自己感觉到的还要虚弱，到太阳升起的时候，我才睡着，第二天很晚的时候还躺在床上，身体还没有恢复过来。姨奶默不作声地来到我的床边，我这才醒了过来。我在睡梦中感觉到她在我身边，我估计我们大家都有过这类感觉。

"特罗特，亲爱的，"我睁开眼睛时，她说，"我刚才拿不定主意要不要叫醒你。佩戈蒂先生来了，叫他上来吗？"

我回答说可以，他很快就到了。

"大卫少爷，"我们握过手后，他说，"我把您的信给埃米莉了，少爷，她写了这封信，要我先请您看看，如果认为没有什么不妥，就劳驾转交一下。"

"你看过了吗？"我说。

佩戈蒂先生情绪忧伤地点了点头。我打开信，看到了以下文字：

你转达的意思我已经知道了。噢，我该写些什么话来感谢你的善良和仁慈啊！

我已把你的话铭记在心里，至死不忘。那些话是尖锐的荆棘，但也是莫大的慰藉。我替那些话祈祷过了，噢，我一次次地祈祷过了。我看出了你是怎么个人，舅舅是怎么个人，这时候，我就觉得，上帝一定是这么个神了，可以向他哭诉了。

永别了，啊，亲爱的，我的朋友，今生今世永别了。到了另一个世界，如果我得到宽恕的话，我可能复活成为一个孩子，来到你的跟前。带去所有的谢意和祝福。别了，永别了！

这就是那封沾着泪水的信。

“我可以告诉她，说您认为没有什么不妥，而且愿意转交好吗，大卫少爷？”我看完信之后，佩戈蒂先生说。

“没有问题，”我说，“但是，我在想……”

“想什么来着，大卫少爷？”

“我在想，”我说，“我要再去一趟雅茅斯。在海船扬帆远航之前，我去那儿打个来回还来得及，绰绰有余。我的心里一直在想着哈姆，想着他孤单寂寞。把埃米莉亲笔写的这封信交到他的手上，并且能够在你们出发时告诉她，哈姆收到了信，这样做对他们两个人都有好处。我郑重其事地接受他的委托，亲切友好的人，这事办得怎么周全妥帖都不为过。跑上一趟对我来说不算一回事，我一直心绪不宁，动一动反而更好。我今晚就去。”

尽管佩戈蒂先生心急火燎地设法劝阻我，要我不要去，但我还是看得出，他的想法同我的其实是一样的。如果说我的这个意图需要加以证实的话，这一点就起到这个作用了。应我的要求，他去了公共马车站，为我订了一个邮车上的位置。傍晚时分，我便乘着那辆马车出发了，重新踏上了那条我曾经在世事变化无常的情况下走过的路。

“你难道不觉得，”马车驶出伦敦城后到达第一个车站时，我问了一声车夫，“今天天色非同寻常吗？在我的记忆中，自己没有见过这样的天色。”

“我也没有……没有见过这种情形，”车夫回答说，“起风了，先生。我看，海上马上要兴风作浪了。”

天空一片漆黑，烟雾弥漫——处处抹着一种颜色，就像是潮湿的柴火上冒出的烟——乱云飞舞，翻腾变幻，积聚成千姿百态的云团。浓密的云团表明，云层的厚度超出了从云层到地面最深谷底的深度。疯狂的月亮似乎在云层中横冲直撞，好像是受到了自然规律的强烈惊扰，一时间迷失了方向，惊恐不安。当天一整天都刮着风，这会儿风力增加了，发出异乎寻常的呼啸声。一个时辰之后，风的强度更大了。天空越来越昏暗，风刮得越来越强劲。

但是，夜色渐浓，乌云严严实实地弥漫在整个天空，这时候，天已经很黑了，风越刮越猛。风势仍然有增无减，最后连为我们拉车的马匹都几乎挡不住风势了。沉沉黑夜中（当时正值九月，夜晚不是很短），有许多次，领头的马转过头来，或者突然站立不动。我们一直心惊胆战，害怕大风会把邮车掀翻。阵阵急雨赶在风暴来到之前如刀似剑般袭来，这期间，每当遇到大树或背风墙时，我们都很想停下来，因为实在是无法挣扎着继续前行了。

黎明时分，风越刮越猛烈。我从前在雅茅斯时，听航海的人说过，狂风如大炮，但我从未见识过此类情况，或者近似的情况。我们抵达了伊普斯威奇[①]——时间已经很晚了，因为自从我们离开伦敦十英里之后，每行进一步都得挣扎一番——发现了市场上集聚着一群人，他们夜间就从床上爬起来了，因为害怕烟囱会倒下来。我们去换马时，有几个集聚在旅馆院落里的人告诉我们说，大块的铅皮从高耸的教堂尖塔上掀下来了，飞落到了一条小巷里，把他们的去路都给挡住了。另一些人告诉我们说，从附近乡村来的人看到一棵棵大树连根拔起，整座草垛子都被吹散了，散落在路上和田野到处都

① 英国英格兰东南部港口城市，为萨福克郡的首府。

是。尽管如此，风暴不但没有减弱，反而越刮越猛了。

我们一路挣扎着向前，离大海越来越近了，强劲的狂风一个劲儿地从大海向岸边肆虐，风势越来越令人胆战心惊。早在我们看得见大海之前，海水的飞沫就被刮到了我们的嘴唇边，咸雨劈头盖脸地落到我们身上。海水漫上了陆地，与雅茅斯毗邻的广袤的平坦地带被水淹没，每一片洼地里的水都在冲击着堤坝，滚滚浪花汹涌着向我们袭来。当我们看到了大海时，遥望远方的地平线，在翻腾着的低谷之上，时不时地可以瞥见腾起的巨浪，就像是耸立着高塔和楼宇的另一处海岸。我们终于到达了镇上，人们跑到家门口，全都斜着身子，头发飘动着，看到这样的夜晚竟然有邮车到，大家惊叹不已。

我在昔日的那家旅馆住下了，然后下楼去观看海上的情景，我步履蹒跚地沿街走着，街上满是沙子、海草和飞溅的海浪泡沫，我战战兢兢，害怕石片和砖瓦会掉下来，在风势强劲的街道拐角，遇见人就会抓他一把。当我到达海滩附近时，看到的不仅仅有船夫，还有镇上半数居民，他们都猫在建筑物的后面。有些人时不时地顶着狂风暴雨，朝着远处的海上张望，返回时则被风吹得东倒西歪，偏离正道。

我加入这些人群当中之后发现，有的女人在伤心地痛哭，因为她们的丈夫驾船出海捕鲱鱼和牡蛎去了，而那些船只还未来得及驶向安全地带就可能已经沉没了，这样想的理由再充分不过了。人群中有白发苍苍的老水手，他们的目光从海水移向天空的当儿，不停地摇着头，相互之间嘀咕着。船主们情绪激动，心神不宁。孩子们挤作一团，凝视着大人们的脸。连那些勇敢大胆的水手都焦虑不安，心急如焚，从隐蔽处的后面举着望远镜朝海面上看，好像是在观察敌情。

狂风肆虐，飞沙走石，喧声可怕，在这样一片乱局之中，等到我有足够间隙来朝着大海张望时，汹涌澎湃的大海本身就把我吓得胆战心惊。高高涌起的水墙滚滚而来，当到达最高点时，又砰然落下，形成飞溅的浪花，看上去最小的水墙也能把整座城镇淹没。当巨浪带着沉闷的咆哮声向后退去时，似乎要在海滩上挖出一个个深坑，好像其目的就是要破坏这个世界。一些冒着白顶的巨浪轰鸣而来，未及到达岸边就把自己击得粉碎了，巨浪的每一片浪花似乎都蕴含冲天的怒气，汹涌着积聚到一起，要形成另一具吓人的巨浪。汹涌起伏的山峦演变成了低谷，汹涌起伏的低谷（偶尔会有一只孤单的海燕从中掠过）隆起成了山峦。巨浪排空，隆隆作响，震撼着、动摇着海滩。肆虐的巨浪滚滚而来，每一次刚一形成，就改变了其形状和位置，同时波及着另一个巨浪，并占领其位置。远方的地平线上那想象中的海岸，连同其高塔和楼宇，便不停地隆起和落下。乌云翻滚着，集聚着。我似乎看到了整个大自然都在分崩离析。

在这令人难以忘怀的风暴中——因为对于这次风暴，那儿的人们至今还记忆犹新，认为是那儿有史以来最猛烈的一次——人们集聚到了一起，但在人群当中，我没有看到哈姆的身影，于是，我朝着他家走去，房门是关着的，敲门后，没有人应门，于是我便顺着避风的小路和偏僻的小巷走向他干活儿的船坞。我在那儿打听到，他到洛斯特夫特去了，那儿有船只急需要修理，需要用上他的技术，但要到次日早上才能准时回来。

我返回到了旅馆，梳洗后换上衣服，本想睡一睡，但睡不着，这时候，已是下午五点了。我在咖啡室的壁炉前还没有坐上五分钟，侍者便进来了，说是要通通壁炉里的火，实际上要攀谈。他告诉我说，在几英里外的海上，有两艘运煤船沉没了，所有人也沉下去了。还有另外几艘船在航行的线路上深陷困境，一直奋力拼搏，设法避免触岸。他还说，如果再来一场昨天夜里那样的风暴，那我们真要祈求上帝保佑那些船只，还有那些可怜的水手！

我情绪沮丧，极为孤独，由于哈姆不在那儿，我心里感到焦虑不安，与当时的情境很不相称。近期发生的一些事情，不知道对我产生了多么严重的影响。由于长时间经受风暴的吹打，我心里混乱不堪，思绪和记忆全都乱成了一团麻，连时间长短和距离远近都分不清楚了。因此，如果我到外面的镇上去，要是遇上了我知道此时一定是在伦敦的某个人，我认为，也决不会感到奇怪。可以说，在这些方面，我的思想莫名其妙地集中不起来。然而，我内心又一直在忙碌着，有关这个地方的种种记忆自然而然地唤醒了，清晰无比，生动形象。

在这样一种心境当中，侍者有关那些船只的悲惨消息令我不由自主地立刻担心起哈姆来了。我担心他从洛斯特夫特返回时乘了船，并且遭受沉没了。这种忧虑感在心里面非常强烈，所以，我决定吃晚饭前再返回到船坞去一次，问一问那个造船工，看看他是否认为哈姆会有可能乘船返回？如果他有一丁点儿理由这么认为，那我就去一趟洛斯特夫特，拽着他陪同我一道回来，避免走水路。

我匆忙订了晚餐，然后返回船坞去了，我到得正是时候，造船工正好手里提着灯在锁大门。当我向他提出那个问题时，他哈哈笑了起来，说不用害怕，不论是头脑精明的人，还是头脑糊涂的人，遇上这样强劲的风暴都不可能乘船离岸，哈姆·佩戈蒂就更加不会了，他生来就是个航海的。

其实事先我也意识到了这个情况，但自己还是不由自主地这样做了，真的感到很羞愧，于是我返回到了旅馆。如果这样的暴风还会增强的话，我想现在正在增强。怒吼着，咆哮着，房门和窗户吱嘎作响，烟囱里发出隆隆的声响，我下榻的房子在明显地摇摇晃晃，大海如雷霆万钧，响声震天，这一切比上午的情形都更加可怕。除此之外，此时还漆黑一团，这给暴风雨平添了新的恐惧，平添了真实的和想象中的恐惧。

我吃不下饭，不能安安静静地坐下来，不能定下心来做任何事情。内心的某种思绪隐隐地同外界的暴风骤雨呼应着，搅动了我最隐秘的记忆，弄得乱成了一团。然而，我的思绪纷繁杂乱，伴随着汹涌轰鸣的大海一齐疯狂，在这当中，最为突出的始终是眼前的暴风骤雨和对哈姆的担心。

我的晚餐几乎原封不动地端走了，我想喝一两杯葡萄酒以便振作精神，但无济于事。坐在壁炉前面，我迷迷糊糊睡着了，但并没有失去知觉，既觉察到了室外的怒吼声，又清楚自己所处的位置。但是，两个方面的感觉都被一种新的和难以形容的恐惧掩盖了。醒了之后，或者不如说，在我摆脱了把我困在椅子上的昏昏睡意之后，我的心里充满了一种没有由来和莫名其妙的恐惧感，浑身感到不寒而栗。

我来回踱着步，想要翻看一部旧的地名词典，听着可怕的喧嚣声，注视着炉火中呈现的面孔、场景和人物形象。最后，墙壁上挂着的那面钟发出的没完没了的一如既往的嘀嗒声，把我折磨得受不了，于是我毅然上床睡觉去了。

在这样的一个夜晚，我听说了，旅馆的一些侍者说好了一同守夜到天明，这事令人感到心里踏实。我上床了，疲惫不堪，神情恍惚，但是，躺下之后，就像是着了魔似的，一切感觉全都消失得无影无踪了。我顿时清醒了起来，每一个感官都很敏感。

我躺在床上几小时，听着风的呼号，水的轰鸣，意识中感觉到，时而听到外面的大海上有尖叫声，时而清晰地听到有人在放信号枪，时而听到镇上有房屋倒塌的声音。我几次爬起来，朝外面张望，但是，什么也没有看见，只有窗户玻璃上映照出的我没有熄灭的暗淡烛光，还有漆黑空洞之中朝我看着的自己那张憔悴的脸庞。

最后，我焦躁不安的心情到了无法忍受的地步，于是我赶忙穿上衣服，下了楼。偌大的厨房里，我隐隐约约看到了从梁上往下悬着的腊肉和一串串洋葱，守夜的那些人围坐在一张桌子边，神态各异，他们刻意把桌子搬到远离烟囱的地方，靠近门口。有个漂亮可爱的侍女用围裙塞住了耳朵，盯着门口。她看到我冒了出来，大叫了起来，以为我是幽灵。但其他人显得更加镇定，看到增加了一个伴儿挺高兴的。有个男侍者提起来他们刚才一直在谈论的话题，问我沉没的运煤船上那些水手的魂魄会不会在暴风雨中出现？

我在那儿待了有两小时。有一回，我打开旅馆的院门，朝着空空荡荡的街道看了看，到处是沙子、海草和泡沫横飞。我不得不叫了人来帮忙才把院门关上了，顶着风把门关严实了。

当我最后返回到自己凄凉冷静的卧室时，房间里一片阴郁黑暗，但我这时已经很疲惫了，所以我又一次上床躺下——有如从高塔上坠落，掉到了悬崖下面——进入了深沉的梦乡。我的心里有一个印象，很长时间里，尽管我梦见在别的地方，进入形形色色的梦境，但梦中一直都是刮风的情形。最后，我对现实的那种脆弱的控制力消失了，梦见同两个亲密的朋友，但他们是谁我不知道，冒着隆隆的炮火攻克一座城镇。

隆隆的炮声很响亮，而且经久不息，结果对于我很想要听到的东西听不清楚，最后我奋力挣扎着，醒过来了。已经是大白天了——八九点，代替炮火声的是暴风雨的怒吼，有人在门前呼唤。

“出什么事啦？”我大声说。

“有条船出事了！就在附近！”

我从床上一跃爬起来，询问是什么船出事了。

“一条纵帆船，从西班牙到葡萄牙的，上面装的是水果和葡萄酒。先生，如果您想要看一看，就动作麻利点！海滩上的人都认为，船随时会被撞得粉碎的。”

人们情绪激动，楼梯上一片吵闹声。我以最快的速度穿上衣服，然后跑到街上。

我前面已经有许许多多人，全都朝着一个方向跑——向着海滩。我也朝那边跑，超过了许多人，很快，面前就是汹涌澎湃的大海。

到了这个时候，风势可能稍稍减弱了一点儿，不过减弱的程度不明显，就好像我梦见的隆隆炮声，几百门火炮中停放了五六门时的情形差不多。但是，大海又咆哮翻腾了一整夜，其情形比起我最后看到的要恐怖得多。海面上呈现的每一个场景都显示着大海在汹涌膨胀。巨浪排空，一浪高过一浪，一浪压过一浪，滚滚而来，无穷无尽，可怕极了。

狂风怒吼，波涛轰鸣，众人云集，混乱不堪，我一开始便喘不过气来，奋力与恶劣的天气抗争。处在这样一种情境中，我忐忑不安，想要看看那艘出事的船只，结果除了溅着泡沫的巨浪之外，什么也没有看见。我身边有个光着上身的船夫用胳膊指向（上面刺了一个箭头，指向同一个方向）左边。这时候，噢，天哪，我看到了失事船，离我们很近!

有根桅杆在离甲板六英尺至八英尺高的地方折断了，倒在船舷的一侧，同乱作一团的船帆和索具搅和在一起。船在颠簸摇摆着，其实它一刻都没有停止过颠簸摇摆，其剧烈程度简直无法想象。那堆损毁的东西在敲击着船帮，好像要把船帮击坏。即使到了这个时候，还有人在拼命努力，要把损毁的部分砍掉，因为船在摇摆时朝着我们一边倾斜，所以我清清楚楚地看到了，船上的人在挥舞着斧头，有位长着一头卷发的年轻人很活跃，显得格外与众不同。但是，就在那一刹那，岸边传来了高声叫喊，甚至盖过了风的怒吼，水的咆哮。那是汹涌澎湃的大海掀起了一个巨浪，打在受损的船上，把上面的人员、桅杆、酒桶、木板、舷墙，还有一堆堆诸如此类的东西，一股脑儿地卷进了汹涌的波涛中。

二号桅杆依然耸立着，上面还挂着破帆碎片，破损的张帆索乱成一团，前后摆动着。刚才那个光着上身的船夫用沙哑的嗓子对着我的耳朵说，船先前就触礁过一次，浮上来之后，又触礁了。我听见他补充说，船快要拦腰折断了。这我可以想象得到，因为颠簸摇摆得这么厉害，任何人工制品都经受不了这么长时间的折腾。就在他说话的当儿，海滩上又是一片充满了怜悯的呼喊。有四个人随着破损的船从水里冒了上来，紧紧地抓住没有折断的那根桅杆上的张帆索。最上面的是那个动作麻利的卷发年轻人。

船上有一座钟，船在颠簸冲撞，就像一头逼疯了走投无路的困兽，时而船体朝着岸边的方向倾侧，我们看见了空空荡荡的甲板。时而又疯狂地跃起，倾向大海，除了龙骨，什么也看不见。那座钟叮当作响，像是给那些可怜的人敲响的丧钟，风把钟声送到了岸边。船又一次从我们的视线中消失了，但接着又一次冒了出来。有两个人不见了。伫立在岸边的人更加感到痛苦了。男人们呻吟着，紧握着双手，女人们尖叫着，转过了脸。有些人发疯似的在海滩上上下奔跑着，呼喊着要求救援，可是却都无能为力。我自己就是其中的一位，发疯似的哀求一群我熟悉的水手，不要让那两个遇险的人在我们的眼皮底下丧命。

他们情绪激动，对我做着解释——我不知道是怎么回事，因为我几乎平静不下来，连听到了那一点点都无法弄明白是什么意思——说在一小时之前，救生船就已经配好了勇敢的水手，但无能为力。他们还说由于没有哪个人会不顾生死带着绳索蹚水过去，以便同岸边建立联系，那就再没有别的任何办法可以试了。这时候，我发现海滩上的人群中有了新的动静，人们让开一条道，哈姆冲出人群来到了最前沿。

我向着他跑了过去，我记得很清楚，再度请求救援。但是，尽管我被眼前这种见所未见的可怕场景弄得惊慌失措，但他脸上流露出的决心和向外看着大海的神态——我记得，埃米莉出走后的那天早晨，自己看到的就是这样一副神态——仍然唤醒了我，使我意识到了他面临的危险。我用双臂拦住了他，恳求我刚才对着说话的那些人不要听他的，不要眼睁睁地去送命，不要怂恿他离开沙滩！

海岸上又是一阵呼喊。我们朝着失事的船只看过去，看到了那张残酷的破帆，在风中猛烈地拍打着，把两个人中下面的那个打下去了，接着又趾高气扬地挥舞着，卷着桅杆上剩下的那个动作麻利的年轻人。

面对这样的情景，面对这个沉着冷静、孤注一掷的人的坚强决心——这个人早已惯于指挥在场一半的人——或许我求助于狂风还有希望。“大卫少爷，”他说，他兴致勃勃，双手抓住我，“如果我的时候到了，那这就是了。如果时候还没有到，那我就等待着。愿上帝保佑您，愿上帝保佑所有人！伙伴们，帮助我做好准备！我这就要去啦！”

我被人推到比较远的地方，但并非出于恶意，人们在那儿把我给围住了。我心里一片混乱，只听见他们劝解说，无论有没有人帮助，哈姆都是执意要去了，说如果我再去打搅那些替他做准备的人，只会增加他的危险。我不知道自己当时是怎么回答的，他们又是怎么接话的。但我看到了海滩上一片忙乱，有人抱起那儿起锚的绞盘上的绳索向前跑，冲进了挡住我看不见哈姆的人群。然后，我看见他独自一人站立着，身上穿着水手的衣裤，一根绳索在他手里握着，或者在他的手腕上拴着，另一根绑在身上，几个身强力壮的人站在远一点的地方，握住后面那根，他则在把绳索松散地放在岸上的自己的脚边。

即便在我这个没有实践经验的人都看得出，失事船正在破裂。我看到，船正在拦腰断裂，那个唯独在桅杆上活着的人命悬一线。他仍然牢牢地抓住桅杆，头上戴了一顶形状独特的红色帽子，不像是一顶水手帽，比水手帽的颜色更加鲜艳。把他与毁灭隔开的几块木板在翻腾着、翘起着。预示着死亡的钟声响起来了，他在我们所有人的注目下挥动着帽子。我现在看得清他做的动作了，但当他的动作让我想起了一个曾经是我的挚友的人时，我感觉自己快要精神错乱了。

哈姆独自一人伫立着，注视着大海，身后是一片屏住呼吸的寂静，身前是惊涛骇浪，等到一个巨浪退去时，这时候，他朝着身后拉住牢牢拴在他身上的绳索的那些人点了点头，便跟随着那个浪头冲了进去，瞬间，他便在水中搏击起来，时而被抛向峰巅，时而被跌入谷底，消失在泡沫的下面。最后又被冲回到了岸边。那些人赶紧把绳索拖回来。

他受伤了。我从自己站立的地方看到他脸上有血，可是他对此一点也不在意。他好像急急忙忙地要给那些人一些指令，要他们松一点绳索，好让他多一点活动余地——要不就是我从他手挥动的动作做出这种判断的——然后他又和先前一样出发了。

他朝着失事船游过去，或被抛向峰巅，或被跌入谷底，消失在起伏的泡沫下，被冲向了岸边，被冲向失事船，奋力勇敢地搏击着。距离本来不算一回事儿，但是大海和风暴的威力使得这场搏击成了生死搏斗。最后，他终于接近了失事船，离船很近，只要奋力向前划一下，就抓住船了。就在这个当儿，从船的背面，一个山峰似的绿色巨浪扑向岸边的方向，他似乎一个腾空跳了进去，那条船不见了！

我向他们把他往岸边拽的地点跑去，看到海上一些碎片在打着旋涡，好像只是一只酒桶被打碎似的。每个人的脸上都惊慌失色。他们把他拖到了我的脚边，他失去知觉了，死了。人们把他移到最近的一所房子里，现在无人阻拦我了，我待在他的身边，忙碌着，并想尽一切办法使他恢复知觉，但他是被巨浪击打死的，他慷慨大度的心脏永远停止了跳动。

我在床边坐着，放弃了一切希望，想尽了一切办法，这时候，有个渔夫在门口低声地叫着我的名字，我和埃米莉从小时候起就认识他。

“少爷，”他说，他饱经风霜的脸上流淌着泪水，嘴唇颤抖着，脸色惨白，“您可以去那边一下吗？”

我刚才对往事的回忆，从他的脸上也看得出来。我惊慌失措，身子倚靠在他伸出搀扶我的手臂上，问他：

“是有具尸体冲到岸边来了吗？”

他说：“是的。”

“我认识的人吗？”我接着又问。

他没有吭声。

但是，他把我带到了岸边，当年我和埃米莉两个孩子，就是在那儿拾贝壳。就是在那儿，昨晚的狂风把那旧船屋的一些较轻的碎片吹得四处散落，就在他伤害了那家人家的废墟之间，如同我在学校时常常看到的那样，我看见他头枕在手臂上躺着。

第五十六章

新伤旧痕

啊，斯蒂尔福斯！根本用不着说的，当我们最后在一起说话的时候，当时我根本就没有想到那是我们的诀别用不着说，“想着我最优秀的地方吧！”因为我一直就是这样做的。现在看到这样的情景，难道我还能够改变吗？

他们找来了一副手抬停尸架，然后把他放到了上面，用一面旗子把他盖着，把他抬了起来，朝着有房屋的地方走。抬他的人全都认识他，同他一道出过海，看见过他欢心快乐，勇往直前。他们抬着他穿过怒吼的狂风，在重重的喧嚣包围下保持着一片寂静，他们把他抬到了死神已经降临在那儿的那幢小屋。

但是，他们在门槛边把停尸架放下来的时候，全都面面相觑，还看了看我，接着低声说起话来了。我知道其中的缘由，他们觉得，把他放在这同一间寂静的房间，似乎不大合适。

我们进到了镇上，把肩上的重担抬到了旅馆。我刚一回过神来，便派人去找乔兰姆，请求他替我配一辆马车，以便把遗体连夜运到伦敦去。我知道，料理遗体的事，还有让他母亲接受遗体这样一件艰苦的任务，只能落到我的肩上。我迫不及待，尽到自己的诚心，想要完成好这一使命。

我之所以选择夜间运送遗体，那是为了离开镇上时尽可能少一点引得人们注意。但是，当我坐在一辆轻便马车里，后面跟着负责运载的遗体时，尽管已经是半夜了，还是有许多人在等待着。城镇沿途，甚至在出了镇子的一小段大路上，时不时地还能看到了一些人。不过，最后，我的周围就只有寂寞荒凉的黑夜和空旷无人的乡野，还有就是我年幼时朋友的遗骨。

这是个气候温和的秋日，地面上的落叶散发着芳香，还有更多的叶子依然挂在枝丫上，色泽鲜艳，有黄的、有红的，还有棕色的，在阳光的照耀下，格外美丽。大约中午时分，我到达了海格特。还有最后一英里路程，我步行着，边走边想着自己必须要做的事情。我把整个夜晚都跟在后面的那辆马车停了下来，等待有了吩咐之后再前行。

我走近那座宅邸时，它看上去一切依旧。没有一扇百叶窗是拉起来的，萧疏荒凉的铺石院落里，带廊顶的走廊直通紧闭着的大门，没有半点生命的迹象。风已经停下来，一切都是静止的。

刚开始时，我没有胆量去拉响大门处的门铃。而当我真正拉响时，我所承担的差事似乎在这门铃声中已经表达了。年幼的女仆出来应门了，手里拿着钥匙，她打开院门时，神情专注地看着我，说：

“对不起，先生，您生病了吗？”

“我很焦急，而且也很疲劳。”

“出什么事了吗，先生？詹姆斯先生？”

“嘘！”我说，“没错，是出事了，我必须要对斯蒂尔福斯夫人说。她在家吗？”

女仆神情焦虑地回答说，她的女主人现在极少出门了，甚至都很少坐马车外出，她窝在房间里，不见任何客人，但会见我的。她说，女主人起床了，达特尔小姐陪着她。她该怎么上楼去通报呢？

我严格地吩咐她，态度上要小心谨慎，只需要把我的名片递上去，说我在等待就行了。然后我在客厅里坐了下来（这时我们已经到达客厅了），等着她通报后返回。客厅里先前那种其乐融融的气氛已经没有了，百叶窗半拉上了。那把竖琴已经有很长时日没有人弹过了。他小时候的照片还在。他母亲放置他的信件的那个柜子还在。不知道她现在是否还看那些信，以后还是否再看！

宅邸里静悄悄的，我都能听见小女仆上楼时轻柔的脚步声。她返回时，带回了口信，大意是，斯蒂尔福斯夫人身体有病，不能下楼，但是，如果我不介意到她房间去的话，她很高兴见我。片刻之后，我便来到她的跟前了。

她在他的房间里，没有在自己房间。我自然感觉到，她住进他的房间，那是为了想念着他。他昔日从事运动和取得成就的许多物品还和他当初在的时候一样放在原地，而她置身于这些物品之中，也是出于同样的原因。但是，她在接待我时，却喃喃地说，她之所以没有住在自己的房间里，那是因为她身体虚弱，那个房间的朝向不适合她，她神色凝重，容不得对此的真实性有丝毫怀疑。

罗莎·达特尔还和往常一样站立在夫人的椅子旁边。从她的黑眼睛刚一看着我时起，我就看出来了，她知道我是来报告坏消息的。她那个伤痕立刻就显现出来了。她后退了一步，到了椅子的后面，为的是不让斯蒂尔福斯夫人看到自己的脸，然后她目光锐利地盯着我看，毫不迟疑，毫不退缩。

"看到你穿着丧服，我很难过，先生。"斯蒂尔福斯太太说。

"很不幸，我成了鳏夫了。"我说。

"你这么年轻，就蒙受如此重大的损失，"她回答说，"我听后非常难过，但愿时光会医治创伤啊。"

"但愿时光，"我说，眼睛看着她，"会医治我们所有人的创伤，尊敬的斯蒂尔福斯夫人，在我们蒙受了天大的不幸时，都要相信这一点啊。"

我神情恳切，眼睛里噙满了泪水，这让她很是吃惊。她的整个思路都被打断了，改变了。

我在低声细语地说出他的名字时极力控制着自己的声音，但还是颤抖着。她声音低沉，自言自语地把那个名字重复了两三次。然后，她强作镇静地对着我说：

"我儿子生病了吗？"

"病得很严重。"

"你看到他啦？"

"看到了。"

"你们和好了吗?"

我不能说和好了,也不能说没和好。她微微地扭过头,看着罗莎·达特尔站立在她胳膊肘的地方,就在那一瞬间,我动了动嘴唇,对着罗莎说:"死了!"

为了不至于引得斯蒂尔福斯夫人向后面看,让她看出分明写在我脸上但她又没有思想准备要知道的消息,我赶紧避开了她的目光,但我看到罗莎·达特尔情绪激动,绝望而又充满了恐惧地把双手向上伸起,然后紧紧地捂住自己的脸。

眼前这位眉清目秀的夫人——很相像,啊,很相像——目不转睛地盯着我看,她把一只手放到了额头上。我恳求她平静下来,准备承受我要告诉她的事情。但是,我还不如恳请她大哭一场,因为她坐在那儿就像是一尊石像。

"我上次到这儿来的时候,"我结结巴巴地说,"达特尔小姐告诉我说,他正在各地扬帆航行。前天夜里,海上出现了可怕的情形。如果他当天夜里在海上,在靠近危险的海岸附近,据说他是这么回事。而如果人们看到的那艘船真的是……"

"罗莎!"斯蒂尔福斯夫人说,"到我这儿来!"

罗莎过来了,但她表情冷漠,也不温柔。她面对着他母亲时,目光里充满了怒火,随后爆发出一阵可怕的笑声。

"现在,"罗莎说,"你的傲气得到满足了吧,你个疯婆子?他现在已经在你面前赎罪了吧,用他自己的生命!你听见了吗?用他自己的生命!"

斯蒂尔福斯夫人直挺挺地向后一仰,倒在椅子上,除了呜咽的声音,没有吭声,她眼睁睁地盯着她看。

"啊!"罗莎大声叫着,情绪激动地捶打自己的胸膛,"看着我吧!呜咽吧,呻吟吧,看着我吧!看这儿!"她边说边敲打着自己的伤痕,"看看你那死鬼儿子自作自受!"

做母亲的发出的呜咽声时不时地刺痛着我的心。呜咽声一直不变,一直是含混不清,压抑着,一直伴随着脑袋无力的动作,但脸色毫无变化，一直是从僵硬的嘴和紧咬的牙齿间发出，好像颌已经锁住，脸因痛苦而僵硬了。

“你记得他这样自作自受是什么时候形成的吗？”她继续说，“你还记得什么时候，由于遗传了你的秉性，而你反过来又纵容了他的傲气和激情，他做出了自作自受的事，同时让我终生毁容的？你看看我吧，他发怒时使我留下了这个到死都抹不掉的疤痕，你就为自己把他造就成这个样子呜咽和呻吟吧！”

“达特尔小姐，”我带着恳求的口吻对她说，“看在上帝的分上……”

“我要说！”达特尔小姐说着，闪电般的目光转向我，“别吭声，你！看看我吧，我要说，一个傲慢无礼、虚情假意的儿子的傲慢无礼的母亲！为了你对他的养育呜咽吧，为了你对他的纵容呜咽吧，为了你失去他呜咽吧，为了我失去他呜咽吧！”

达特尔小姐紧握着拳头，瘦削疲惫的身躯颤抖着，好像她那激动的情绪在一点一滴地消灭她。

“你，怨恨他执拗任性！”达特尔小姐激动地说，“你，受到他傲慢的脾气的伤害！你，等到你头发都花白了的时候，才来反对他两方面的德行，其实你生下他来时就给了他这两种德行！你啊，从他在摇篮里时就培养了他，使他成了现在的样子，同时阻挠了他，使他不能成为他应该成的样子！你现在多年的辛苦得到回报了吧？”

“噢，达特尔小姐，不应该这样说啊！噢，这样说太刻薄了！”

“我告诉你，”她回答说，“我就是要对她说。我在这儿站着，没有任何力量可以阻挠我！这么些年来，我忍气吞声，缄口不言，难道现在还不应该说吗？你爱他，可我比你更加爱他啊！”她气急败坏地转向斯蒂尔福斯夫人，“我本可以爱他，不求任何回报。如果我做了他的妻子，只要一年中说上一句爱我，我就甘愿当牛做马，由着他的性子来。我会那么做的，谁会比我知道得更加清楚啊？你为人苛刻，高傲自大，刻板拘谨，自私自利。我的爱是忠贞不渝的，定会把你那套微不足道的呜咽呻吟踏在脚下。”

达特尔小姐两眼闪烁着亮光，用脚在地上跺着，好像真的要把那些东西踏在脚下似的。

“看看这儿！”她说着，又一次用手毫不留情地敲打着那道疤痕，“当他更加清楚地领会到自己做过的事情之后，他明白过来了，并且为此感到悔恨！我可以唱歌给他听，对他说话，对他的一切行为表现出热情的关切，勤奋努力，学会他感兴趣的知识，从而博得他的好感。当他极为神清气爽，感情真挚的时候，他爱上的是我。对啊，他是爱我的！很多时候，他一两句话就把你支开了，而把我放在他的心坎上！”

她说这些话时，态度傲慢，语气揶揄，情绪疯狂，跟疯狂差不多，同时还怀着对往事热切的回忆。一时间，柔情在余烬中复燃了。

“我沦落成了——我本来应该知道会是这种结局的，但是他那种少年意气的求爱举动令我心醉神迷——成了一具玩偶，一件无聊时把玩的微不足道的东西，时而扔下，时而拿起，依着他的心情，随时把玩着。当他感到烦腻乏味时，我也就烦腻乏味了。当他一时的迷恋之情消失殆尽时，我也就不再试图施展自己的魅力了，就像我不想要他被迫娶我为妻时而要嫁给他一样。我们一声不吭，彼此就疏远了。你或许看到了这个情形，但并不感到难受。从那以后，我在你们两个人之间成了一件变了形的家具，没有眼睛，没有耳朵，没有情感，没有记忆。呜咽呻吟吗？那就呜咽呻吟吧，为了你把他变成了这个样子，而不是为了你对他的爱。我告诉你吧，过去有一段时间，我爱他胜过你对他的爱！”

达特尔小姐伫立着，一双闪烁着愤怒光芒的眼睛正对着茫然凝视的目光和僵硬的脸庞，当反复发出呜咽呻吟的声音时，就好比那张脸只是一幅画一样，表情丝毫都没有柔和下来。

“达特尔小姐，”我说，“你这样冷酷无情，竟然不体谅这样一位痛苦万分的母亲……”

“谁体谅我呢？”她语气尖刻地反驳说，“她自己播下的种子，那就让她今天为自己的收成呜咽呻吟吧！”

“但如果他的过错……”我开口说。

“过错！”她大声说着，突然激动地哭了起来，“谁胆敢中伤诽谤他啊？他的灵魂抵得上几百万个他屈尊结交的朋友呢！”

“不可能有人比我更加爱慕他，不可能有人比我更加思念他，”我回答说，“我的意思是说，如果你不体谅他母亲，或者如果他的过错……你对他的过错很痛恨……”

“那不是真的，”她大声说着，她撕扯自己的黑头发，“我爱他！”

“如果他的过错不能够，”我接着说，“到了此时此刻，从你的记忆中抹掉，那就看看这个人吧，即便是个你素昧平生的人，也要给予一些帮助啊！”

整个这段时间，眼前这个人毫无变化，看上去也不会有变化。她纹丝不动，僵硬呆板，目不转睛，时不时地发出同样无言的呜咽声，伴随脑袋无可奈何的晃动，除此之外，毫无生命的迹象。达特尔小姐突然跪在跟前，动手解开衣服。

“你个倒霉蛋！”她骂着，扭过头看着我，表情中透着愤怒和悲哀，“你总是在不吉利的时刻到达这儿！你个倒霉蛋！走开！”

我走出了房间之后，又赶紧返回来拉响了铃，以便尽快惊动仆人们。这时候她双臂搂着那个毫无知觉的人，双膝仍然跪着，哭泣着，亲吻着，呼唤着，像对待一个孩子似的，抱在怀里来回摇晃着，用尽每一种温柔的办法来唤醒那沉睡的知觉。我不再担心离开她了，于是便又一次转过身去，待我出去时，整个宅邸里的人都惊动了。

当天下午，我又返回去了，我们把他的遗体放置在他母亲的房间里。他们告诉我说，斯蒂尔福斯夫人还是老样子，达特尔小姐一刻也没有离开她，请来了医生，许多办法都试过了，但她还是像一尊石像似的躺着，只会时不时地发出低声的呻吟。

我在这幢寂寞凄凉的宅邸里走了一遍，把窗户都遮了起来。他躺着的那个房间的窗户，我是最后遮起来的。我抬起铅一般沉重的手，举到胸前，整个世界似乎都死亡了，沉默了，只有他母亲的呜咽声。

第五十七章

移居国外的人

我沉浸在悲痛之中，但还有一件事必须得做。那就是，要把所发生的悲剧瞒着那些行将出门远行的人，让他们快快乐乐、浑然不觉地启程远航。要做好这一点，刻不容缓。

当天晚上，我把米考伯先生拉到一旁，把这个任务托付给他，要他把最近发生的灾难瞒住佩戈蒂先生。他满腔热情地答应下来了，把任何报纸都截留下来，否则有可能让佩戈蒂先生看到有关消息。

“如果消息透露给了他，先生，”米考伯先生一边说，一边拍着自己的胸脯，“那首先得从我的身上过去！”

我得说一下，米考伯先生为了使自己适应新的社会环境，已经养成了一种胆大冒险的海盗作风，但这种作风并不是绝对无法无天的，而是用来抵御防身和快速反应的。人们可以认为，他是个生于荒蛮之地的孩子，长时间在文明的范围之外生活惯了，现在要返回他那荒蛮之地去了。

他给自己置办了许多东西，其中包括一套完整的油布防水衣，一顶外表涂了沥青或者捻缝密封材料的低顶草帽。他身穿这么一套粗糙的衣裤，腋下夹着一副普通水手用的望远镜，观察是否出现恶劣的天气时，向上仰望着天空，一副精明灵巧的派头。从他的举止来看，远比佩戈蒂先生更像个水手。他全家大小，如果我可以这样来表达的话，倾巢出动，准备行动了。我看到米考伯太太头戴一顶紧得不能再紧而且怎么也不会掉的帽子，帽带牢牢地系在下颌上，披着披肩，就像个包裹似的裹得严严实实（当初姨奶接待我时，就是被那么裹着的），在腰部的后面系得牢牢的，还打了牢固的结。我发现，米考伯小姐也以同样的方式装备好了，准备应付暴风骤雨，浑身上下没有多余的东西。米考伯少爷穿了一件格恩西衫[①]，外面罩着我从未见过的宽松粗绒外套，弄得人几乎都看不见了。另外，那些小孩子全都裹得严严实实的，就像是装进了密不透风的袋子里的腊肉。米考伯先生和他的长子都把袖筒子松松地卷到手腕以上了，准备随处都可以搭上一把手，一眨眼工夫就可以"亮相甲板"，或者唱出"哟——嗨——哟"的号子。

于是，在黄昏时刻，我和特拉德尔找到了他们，一家人全集聚在木质阶梯上，当时人们管它叫作亨格福德楼梯，他们目送着载有他们家财产的一条小船离开。我已经把那件可怕的事情告诉特拉德尔了，他听后很震惊。但是，毫无疑问，他出于好心，定会保守秘密。他就是来帮助我们办最后这件事情的。我就是在这儿把米考伯先生拽到了一旁，得到了他的承诺。

米考伯一家就住在一个脏乱不堪、圮废破旧的小酒馆里，当时，酒馆就坐落在木质阶梯附近，那些凸出去的木板房间就悬在河的上方。由于一家子即将移居国外，所以，他们在亨格福德及其周围一带颇受人们关注，引来了众多围观者，以致我乐于躲进他们的房间里。这是个坐落在楼上的木板房，潮水就在底下流淌。姨奶和阿格尼丝也在那儿，忙着帮助孩子们在衣着方面添加一些舒适的小东西。佩戈蒂闷声不响地帮着干活儿，跟前摆着昔日那个不起眼的针线盒、码尺和一小块蜡头，这些东西年头久远了。

回答佩戈蒂的种种询问不是件容易的事，然而，当米考伯先生把佩戈蒂先生领进来时，更加不容易的是，要轻声细语地告诉他，信我已经转交了，一切都好。但是，两件事情我都做到了，而且说得他们都很开心。如果我心里的感受露出了什么蛛丝马迹，那我自己的悲伤足以说明问题了。

"船什么时候起航啊，米考伯先生？"姨奶问。

---

① 一种针织紧身羊毛衫，常为水手所穿。

米考伯先生认为，必须得让我姨奶也好，他太太也罢，循序渐进地有个思想准备，所以便说，比他昨天预料的要快一些。

“我想是船上的人给你们带了话来了吧？”姨奶说。

“是这样的，小姐。”他回答说。

“是吗？”姨奶说，“那么船起航是在……”

“小姐，”他回答说，“我接到通知说，我们必须得在明天早上七点之前上船。”

“哎哟！”姨奶说，“那么快。航海就是这样的吗，佩戈蒂先生？”

“是这样的，小姐。船必须得顺着退潮出海。如果大卫少爷和我妹妹明天下午到达格雷夫森德之后登上甲板，我们还可以最后见上一面。”

“我们会的，”我说，“一定！”

“等到那时候，等到我们到了海上，”米考伯先生一边说，一边机智地朝我使了个眼色，“我和佩戈蒂先生会一同加倍地留意，看守住我们的物品和家什。爱玛，亲爱的，”米考伯先生说着，气度高雅地清了清嗓子，“我的朋友托马斯·特拉德尔先生一片诚心，他悄悄地对我说，要我允许他订购一些那种饮料中剂量不大的必要成分，在我们心目中，该饮料同古老英国的烤牛肉特别有渊源。我指的是，一句话，潘趣酒。在一般情况下，我是不敢贸然请特洛特伍德小姐和威克菲尔德小姐赏脸的，但是……”

“我只能代表我个人说，”姨奶说，“米考伯先生，我将满怀着喜悦之情，为了您的幸福和成功干杯。”

“我也一样！”阿格尼丝说，脸上露出了微笑。

米考伯先生立刻到楼下的酒吧去了，他在那儿显得熟悉自在，过了一段时间，他便抱着个热气腾腾的罐子回来了。我只注意到，他用自己的折刀削柠檬皮，这种刀成了一个务实移民的专用刀了，大概有一英尺长，他还会不无炫耀地在外衣袖子上擦一擦。我这时候还发现，米考伯太太两个大一点儿的家庭成员也配了类似令人畏惧的器具。而其他每个孩子都配了一把木勺子，用一个结实的绳索拴在身上。为了预习海上漂泊和林中流浪的生活，米考伯先生在给米考伯太太和他的长子长女斟潘趣酒时没有使用酒杯，实际上他很容易这样做，因为房间里的架子上满是酒杯，而是用几个粗陋的小锡罐斟。他也用自己专用的容量为一品脱的罐子喝，我从未见过他干什么事情如此津津有味过，晚上喝过酒之后，他又把它放进了自己的衣服口袋里。

“故国奢侈豪华的生活用品，”米考伯先生说，他因摈弃了那些东西而洋溢着无上的自豪感，“我们抛弃啦。林中的居民当然不能指望享用自由之邦的精美物品了。”

这时，有个侍者进门说，楼下有人找米考伯先生。

“我有一种预感，”米考伯太太说，她放下了手里的锡罐，“那是我娘家来的人！”

“如果是这样的话，亲爱的，”米考伯先生说着，和通常一样，提起这个话题就突然情绪激动起来，“既然是你娘家来的人——不管是男的，还是女的，还是别的什么东西——已经叫我们等待了很长时间了，或许，眼下这个来的人可以等一等，等我方便的时候再说。”

“米考伯，”他太太低声说，“在这样的时候……”

“‘不该，’”米考伯先生说，他站起了身，“‘为了一丁点儿过失就把人谴责！[①]’，爱玛，我接受指责。”

“即便有损失，米考伯，”他太太说，“那也是我娘家人受损失，不是你。如果我娘家人最后终于领悟过来了，意识到他们昔日的所作所为导致他们自己蒙受损失，而现在愿意伸出手来，握手言和，那就不应该拒绝啊。”

“亲爱的，”他回答说，“那就按你说的做吧！”

“如果不看他们的面子，那就看我的面子吧，米考伯。”他太太说。

“爱玛，”他回答说，“在这样一种时刻，有关这个问题的这种看法是不容反驳的。即便现在，我也不能明确地保证自己会同你娘家

---

① 引自莎士比亚的剧作《裘里斯·恺撒》第四幕第三场。

人拥抱言和，但是，既然你娘家人上门来了，那我也不会用冷漠的态度对待人家的热情的。”

米考伯先生走了，而且离开了一段时间。这期间，米考伯太太并没有完全放下心来，还是担心他和娘家来人之间发生口角。最后，刚才那个侍者又进来了，给了我一种用铅笔写的字条，开头用法律文体写着，“希普诉米考伯案”。根据该字条，我得知，米考伯先生又一次受到了拘捕，而且陷入了最后突发的绝望之中。他请求我把他的刀和锡罐交给送信人带过去，因为在他待在监狱的短暂生活中，这两样东西可能派得上用场。他还请求，看在朋友面上，最后帮个忙，我要负责把他的家人安顿到教区济贫院去，忘记有他这么一个人曾经活在世界上。

当然，我接到字条之后，便随同侍者下楼去还钱，结果我发现米考伯先生坐在一个角落里，目光阴郁地看着那个拘捕他的法警。得到释放之后，他立刻就热情奔放地拥抱着我，然后在他的笔记上记下这笔交易。我记得，他把我一时疏忽总数中漏报的半个便士都特别认真地补记上去了。

这本重要的记事本适时地提醒了米考伯先生又多了一笔欠款。我们返回楼上的房间之后（他说，由于发生了一些无法控制的情况，所以离开了一些时间），他从记事本里取出一张很大的纸，但折得很小，上面工工整整地记满了一长串数字。我瞧了一眼那些数据后，应该说，自己在小学生的算术书上从未见过如此长的一串数字。那好像就是他说的，是那“四十一英镑十先令十一个半便士本金”在各个不同时期内计算出来的复利。他仔细斟酌了这些数据，然后又精心估算了自己的收入状况，最后选定了一个数额，该数额包括了本金和从即日起到两年——十五个整月零十四天——的复利。他根据这个数额工工整整地开具了一张期票，当场就把期票交给了特拉德尔，（按照人与人之间的关系）他完全结算清楚了自己的债务，再三道谢。

“我仍然有一种预感，”米考伯太太说，她忧心忡忡地摇了摇头，

“我们最后离开之前，我娘家人会出现在甲板上。”

很显然，米考伯先生对于这件事情也有自己的预感，但他把这种预感放进了他的锡罐里，然后吞进肚子里。

“如果你们途中有机会寄信回家的话，米考伯太太，”姨奶说，“一定要给我们写信，你可要知道。”

“亲爱的特罗特伍德小姐，”米考伯太太回答说，“想到有人等待着我们的音信，我真是太高兴啦。我一定会写信的。我相信，作为一个多年的亲密朋友，科波菲尔先生本人也不会介意偶尔得到我们的音信吧。况且在这对双胞胎还不懂事的时候，我们就认识他了。”

我说了，无论何时，只要她有机会写信，我都巴不得收到信。

“上帝保佑啊，这样的机会会有很多的，”米考伯先生说，“这个年代，大海上千帆竞发，我们一定会遇上返航的船只的。这只是摆个渡罢了，”米考伯先生一边说，一边摆弄着自己的眼镜，“只是摆个渡罢了。距离完全是想象中的。”

米考伯先生当初去坎特伯雷赴任时，他竟说自己像是要去天涯海角，而当他从英国远赴澳大利亚的时候，又说成像是跨过英吉利海峡去做短途旅行，这事我现如今想起来都觉得有多么不可思议，但又多么出奇地符合他这个人的为人。

“航行途中，我将竭尽全力，”米考伯先生说，“时不时地给他们讲讲故事，我相信，我儿子威尔金斯美妙的歌喉会在船上厨房的火炉边受到欢迎的。等到米考伯太太两条腿练得能够在颠簸的海船甲板上行走时——但愿我这样表达无伤大雅——我敢说，她定会给他们唱《小塔夫林》[①]。我相信，经常会有鼠海豚和海豚从我们乘坐的船头游过。在我们船的左舷或右舷，会不断涌现许多新奇有趣的东西。一句话，”米考伯先生说着，表露出了昔日那种高雅的风度，“可能出现的情况是，上上下下，一切都是那么令人兴奋不已，所以等到坐落在主桅上平台的瞭望人大声喊着‘看见陆地喽’时，我们

---

① 见410页注。

就会感到大吃一惊！”

说完，米考伯先生动作夸张地喝完了小锡罐里面的东西，好像已经完成了海上的航行，并且通过了在最高海军当局面前的一等考试。

“而我最大的愿望是，亲爱的科波菲尔先生，”米考伯太太说，“我们家族中的一些支脉可以重归故国生活。别愁眉苦脸了，米考伯！我现在指的不是我自己的娘家，而是指我们孩子的孩子们。不管幼林长得有多么茂盛，”米考伯太太说，她摇了摇头，“我都不会忘记老树，等到我们这一族声名卓著、家道殷实了，我承认，我也希望财富流入不列颠的国库。”

“亲爱的，”米考伯先生说，“不列颠一定得碰自己的运气了。我一定要说，不列颠从来也没有替我做过多少事，所以我对这件事情并不是特别关心。”

“米考伯，”米考伯太太回道，“这样说，你就错了。你这次离家出走，去到那么一个遥远的地方，为的是要增强而不是削弱你自己与阿尔比恩[①]之间的联系啊。”

“我重复一声，你说到的这种联系，亲爱的，”米考伯先生接着话说，“并没有使我觉得自己有感恩的必要，以致我认识到要形成另外一种什么联系。”

“米考伯，”米考伯太太回答说，“这样说，我又要说，你错了。你不了解你自己的能力啊，米考伯。即便就是你要采取的这个步骤，增强你自己同阿尔比恩之间的联系正是你的能力啊。”

米考伯先生坐在他自己的扶手椅上，扬起了眉头。当米考伯太太说出自己的看法时，他是一半接受，一半拒绝，不过他充分意识到她的看法确有先见之明。

“亲爱的科波菲尔先生，”米考伯太太说，“我希望米考伯先生能

① 该称谓往往出现在诗歌中，指英格兰或不列颠，源出希腊人和罗马人对该地的称呼。

够意识到自己的地位。在我看来，顶顶重要的是，米考伯先生从他登上甲板的时刻起，就应该意识到自己的地位了。尊敬的科波菲尔先生，过去您是了解我的，我没有米考伯先生那样乐观豁达的性情。我的性情是，如果可以这样说的话，出了名的讲求实际。我知道，这是一次长途旅程，也知道一定会有许多困难和不便，但对待这些事实不能视而不见。不过，我也知道米考伯先生是个什么样的人，知道米考伯先生有潜力。因此，我认为，顶顶重要的是，米考伯先生应该意识到自己的地位。”

“我的爱人啊，”米考伯先生说，“或许你可以让我说一说，眼下要我充分意识到自己的地位，不大可能。”

“我看不见得吧，米考伯，”她接话说，“并非完全如此。亲爱的科波菲尔先生，米考伯先生的情况非同一般。米考伯先生要到一个遥远的国度去，显而易见，目的就是为了第一次仍然对他充分了解，充分赏识。我希望米考伯先生傲然屹立在船头，坚定地说，‘我是来征服这个国家的！你们有崇高的荣誉地位吗？你们有财富宝藏吗？你们有收入丰厚的职位吗？全部拿来吧，它们是属于我的！’”

米考伯先生瞥了我们大家一眼，似乎觉得这个想法内涵丰富。

“我希望米考伯先生，如果我所说的大家都听明白了的话，”米考伯太太说，她语气中充满着雄辩，“成为主宰自己命运的恺撒[①]。亲爱的科波菲尔先生，我觉得，这才是他真正的地位呢。从他启程远航的时刻开始，我希望米考伯先生傲然屹立在船头上说，‘够多的时光延宕，够多的悲观失望，够多的穷困潦倒。那是在故国当中，这是个新的国度。做出你们的补偿吧，把它拿上来吧！’”

米考伯先生双臂相交，态度坚定，仿佛此时正屹立在船头呢。

“而如果那样做了，”米考伯太太说，“意识到他自己的地位，我说，米考伯先生将增强而不是削弱他与不列颠之间的联系，难道这

---

① 米考伯太太在此引用了一个典故，公元前 47 年，罗马大将裘里斯·恺撒率兵出征叙利亚，大获全胜，在给罗马元老院的战报中他得意地说：“我到了！我见了！我胜了！”(I come!I see!I conquer!)

样说不对吗？如果一个重要的公众人物在另一个半球冉冉升起，难道还会有人告诉我说，其影响力在英国一点儿都感受不到吗？而如果米考伯先生在澳大利亚才华横溢，出人头地，难道我可能会迟钝到以为，他在英国默默无闻吗？我虽只是个女流之辈，但如果我头脑弱智到如此荒谬的程度，那我就辜负了自己，也辜负了我爸爸。”

米考伯太太坚信她的观点是毋庸置疑的，这使得她说起话来理直气壮，这样的说话腔调我过去从来没有在她那儿听到过。

“因此，”米考伯太太说，“我越来越强烈地希望，将来的某个时候，我们可以重新回到故乡生活。米考伯先生可能会是——我不能掩饰这种可能性，米考伯先生可能会是——历史的一页。到那个时候，他应该成为让他出生但不让他就业的国家里的一个代表人物！”

“我的爱人啊，”米考伯先生说，“我不可能不为你的深情厚谊所感动。你头脑清醒，态度明智，我一向都乐于遵从。事情该怎么样定会怎么样。对于我们的子孙积攒起来的财富，我若不愿意奉献给我的祖国，上帝都不答应！”

“那敢情好，”姨奶说，她朝着佩戈蒂先生点了点头，“我怀着一片爱意为你们大家干杯，祝你们幸福美满，事事成功！”

佩戈蒂先生把刚才一直抱着的两个孩子一边一个放在膝上，与米考伯先生和米考伯太太一道回敬我们。他和米考伯夫妇作为同伴热情洋溢地握了手，他黝黑的脸庞露出了灿烂的笑容，这时候，我感觉到，他定会闯出一条属于自己的道路，树立自己的声誉，无论走到哪儿都会受人爱戴。

连孩子们也都听从了大人的吩咐，一人一把木勺子伸到米考伯先生的罐子里舀，用潘趣酒为我们干杯。干杯结束之后，姨奶和阿格尼丝站起身，向要移居国外的人们告别。这是一次很令人伤感的告别。他们全都哭了。孩子们到最后都久久不肯松开阿格尼丝。我们离开可怜的米考伯太太时，她情绪十分沮丧，在昏暗的烛光下呜咽抽泣，所以，从河面上看过去，烛光一定使得那个房间变成一座凄凉的灯塔。

翌日早晨，我又去看他们，但他们已经走了，是五点乘坐一条小船离开的。尽管我把他们同这家圮废破败的酒馆和这些木质阶梯联系在一起只是头天晚上的事，但现在他们离开了，这两处场景都显得凄凉萧疏，死气沉沉的，我认为，离别前后形成了极大差异，这是个绝妙的例子。

下午，我和老保姆佩戈蒂一同到了格雷夫森德。我们发现那条海船停泊在河口，周围有众多小船，这时候正好是顺风，桅杆的顶端已经挂起了起航的信号。我立刻雇了条小船，我们向着那条大船驶去，大船处在纷繁杂乱的旋涡中心，小船穿过了旋涡后，我们登上了甲板。

佩戈蒂先生在甲板上等着我们。他告诉我说，米考伯先生刚才又被拘捕了一次，还是因为希普的诉案（这是最后一次了）。他已遵照我的要求支付了钱款，于是我把钱又如数还给了他。接着他便把我们领到下面的船舱。我本来心里一直担心着，害怕那件悲惨的事情会风传到他的耳朵里，但是，看到米考伯先生从阴郁昏暗处走了出来，带着友好和护卫的架势拽着佩戈蒂先生的胳膊，并且告诉我说，打从头天晚上以来，他们几乎一刻都没有分开过，这样一来，我的心便放下来了。

眼前的场景我从未见识过，空间狭窄，光线昏暗，所以，刚一开始时，我几乎什么都看不见。但是，慢慢地，随着我的眼睛习惯了里面幽暗的环境，这才清晰起来，我仿佛置身于奥斯塔德[①]的一幅画中。在这形形色色的东西中间，有巨大的船梁、舱板、铆钉铆着的大铁环，有移居国外的乘客的卧铺、箱笼、包裹、木桶，还有一堆堆大大小小的行李。一些地方零零星星地亮着几盏悬着的灯，另外一些

① 指荷兰巴罗克时期的兄弟画家，两人的作品都以色调阴暗为特征。阿德里安·凡·奥斯塔德（Adriaen van Ostade，1610 年—1685 年）以农村风俗画著称，也作宗教画、肖像画和风景画，喜爱表现粗俗的农民生活景象，通常在灯光暗淡的室内，有一个光源照亮主要人群。伊萨克·凡·奥斯塔德（Isack van Ostade，1621 年—1649 年）以描绘冬景和乡村客店景象著名。

地方则通过帆布通风口或者舱门口射进的黄色光线照亮着。这里挤满了一群一群人，有结识了新朋友的，有在相互惜别的，有说话攀谈的，有哈哈大笑的，有痛哭流泪的，有吃吃喝喝的。有些人已经在属于自己的那几英尺空间里安顿下来了，把一个小家庭里的成员安排妥帖了，幼小的孩子们坐在凳子上，或者矮小的扶手椅上。另外有些人找不到安身之处，神情沮丧地在来回徘徊着。从生下来才一两礼拜大的婴儿，到佝偻着身子的男女老人，他们似乎只有一两个礼拜可活了，从靴子上沾满了英国泥土的农民，到皮肤上还沾染着煤灰煤烟的铁匠，各个年龄段的人，各行各业的人，似乎全都被塞进这狭窄的船舱里来了。

就在我的目光环顾四周的空间的当儿，我想自己看到了一个像是埃米莉的身影，她坐在敞开着的舱口，旁边有个米考伯家的孩子。最先引起我的注意的是另外一个身影，那个身影吻了她一下就离开了，身影悄然穿过嘈杂的人群时，我认出了，是阿格尼丝！但是，在这忙乱嘈杂当中，我的思绪也纷繁杂乱，结果身影又不见了。我只知道，船上已发出警告，时间到了，所有送亲友者必须离开。我看到我的保姆坐在我身旁的一只箱子上哭泣，看到格米治太太在一个身穿黑衣服的年轻女子的帮助下俯着身子在给佩戈蒂先生整理行李物品。

“最后还有什么话要说吗，大卫少爷？”佩戈蒂先生说，“我们分别之前，还有什么事情忘记了的吗？”

“有一件事！”我说，“玛莎！”

他在我刚才提到的那个女子的肩膀上碰了一下，玛莎便站立在我面前了。

“愿上帝保佑你，你真是个大好人！”我大声说，“你把她给带上了！”

玛莎泪如泉涌，替他做了回答。一时间，我无话可说了，只是紧紧地握住他的手。如果说我生平爱慕敬重过什么人的话，我打心眼里爱慕敬重的就是这个人。

船上送亲友者很快离开了。我却还在经受最最严峻的考验，要把那个已经离世的高尚的人托我转达的临别之言说给他听，他听后感动不已。但是，他反过来要我把许多充满关切和懊悔的话转达给那个再也听不见的人时，我更加受到感动了。

离别的时候到了。我拥抱了佩戈蒂先生，搀扶着我那痛哭着的保姆，然后匆匆离去了。在甲板上，我和可怜的米考伯太太告了别。到了这个时候，她还在魂不守舍地寻找着她娘家人。她临别对着我说的话是，她永远都不可能会抛弃米考伯先生。

我们跨过了船舷，上了雇来的小船上，停到了有一点距离的地方，看着大船顺着航线起航。当时正值一片静谧、落日余晖的时刻。大船就停泊在我们和通红的晚霞之间，夕阳之下，每一根缆绳和桅木都清晰可见。气势恢宏的大船静静地停泊在被晚霞染红的水面上，船上所有人都涌到了舷墙边，一时间，全都集聚在一起，脱下帽子，一片沉静。场景霎时美丽多姿，凄婉悲凉，同时又充满希望。此情此景，我从未见过。

静谧无声的情景只持续了一瞬间。当船帆迎风扬起时，大船开始移动了，所有小船上的人爆发出三声惊天动地的欢呼声，大船甲板上的人回应着，传来回声，欢呼声交相回应。当我听到人们的欢呼声，看到人们挥舞着帽子和手帕时，顿时心潮澎湃，这时候，我看见她了！

这时候，我看见她站在她舅舅身边，伏在他的肩膀上瑟瑟发抖。他急切地用手指着我们。她也看到了我们，挥着手向我做最后的告别。啊，埃米莉，美丽而又憔悴的埃米莉啊，拿出你最大的信任，紧紧依偎着他吧，让你那颗受了伤害的心得到抚慰，因为他一直都用博大的爱的全部力量依偎着你呢！

他们身披着玫瑰色的光线，远离人群屹立在甲板上，她紧紧地依偎着他，他紧紧地搂着她。他们庄严肃穆地离去了。我们划着小船到达岸边时，夜幕降临在肯特郡的群山上，同时也阴沉沉地降临到了我的身上。

第五十八章

离家远行

我被这么一个漫长而又阴郁的夜晚笼罩着，许多希望，许多亲切的回忆，许多恐惧，许多无益悲伤和悔恨，有如幽灵，萦绕于心，挥之不去。

我离开了英国。即便到了这个时候，我都还没有意识到，自己要承受的打击有多么巨大。我撇下所有亲近的人，离开了，心里相信，自己已经承受了打击，一切都过去了。一个驰骋疆场的人，他会受到致命的创伤，但几乎意识不到自己受到了重创。就像他一样，当我怀揣着一颗未经磨砺的心独自闯荡时，我也意识不到自己的心灵所要承受的打击。

这种意识并不是迅速向我袭来的，而是一点一滴地渐渐形成的。我出国时的那种孤独的感觉时时在加深、在扩大。刚开始时，只是一种沉重的失落感和悲伤感，此外也说不出别的什么感觉。但不知不觉之中，逐渐形成了一种绝望的感觉，我意识到自己已经丧失了一切，爱情、友情、兴趣，意识到一切都被击得粉碎了。最初的信赖、最初的恋情、我人生的整个空中楼阁，意识到残留下的全部东西。凄惨荒凉的废墟一片，在我的周围延伸着，连绵不断，一直通向幽暗的天边。

如果我的悲伤是出于自私的话，那我也是浑然不觉的。我为我那娃娃妻子而悲伤，她正值青春年少就被夺去了生命。我为他[①]而悲伤，就像他很早以前赢得了我的爱慕和敬仰一样，他本来可以赢得

---

① 指斯蒂尔福斯。

千百人的爱慕和敬仰。我为那颗在暴风骤雨中安息的破碎的心[1]悲伤。我也为那个淳朴家庭中浪迹天涯的幸存者而悲伤，因为我从小就听到了晚风从他们家呼啸而过。

我的悲伤越来越浓烈，最后到了没有希望排解的地步。我漫无边际，四处游走，到哪儿身上都背负着重担。我现在已经掂量出了它的沉重，重压下，我佝偻着身子，内心在对自己说，这副重担恐怕永远也不会减轻了。

当这种悲伤绝望的情绪达到最严重的程度时，我感觉自己只有一死了之了。有时候，我心里想着，要死也要死在家乡，而且我真的已经掉头踏上归途了，以便尽快回到家里。而在另一些时候，我又从一座城市转到另一座城市，越走越远，要去寻求自己都不知道的什么东西，要离别自己都不知道的什么东西。

对于自己全部痛苦的心路历程，我无法一一加以追忆。只能零星模糊地描述一些梦境。当我不得不回望我人生中的这一段时日时，我仿佛就在重温着这样的梦。我看见自己徜徉在种种新奇的场所：有充满异国风情的城镇、宫殿、教堂、寺庙、画廊、城堡、墓地、奇形怪状的街道——这是些历史和想象的古老不朽的场所——也是做梦的人能够梦见的。我处处都背负着痛苦的负担，但几乎觉察不到一个个目标在我眼前消失。漫漫长夜压在我未经磨砺的心上，我百无聊赖，对一切都提不起兴趣，只有深沉的忧伤。让我抬起头来看一看吧，感谢上帝，我终于这样做了！从漫长、悲伤、凄惨的梦境看到黎明。

许多个月的时间里，我心中压着不曾散去的乌云旅行着。由于某些说不清楚的理由——我当时心里纠结着，希望把这些理由理得更加清楚一些，但未能做到——使我当时没有返乡回家，而是不断继续前行。有时候，我焦躁不安，连续不断地从一个地方辗转到另一个地方，从不在任何一处停歇。有时候，我长时间在一个地方徘

---

① 指哈姆。

徊。我在那儿都漫无目的，六神无主。

我到达了瑞士。先前从意大利出发，跨过了阿尔卑斯山的一个大隘口，随后在一名向导的引导下漫游在那些山间小路之间。如果那些令人望而生畏的偏僻景色对我的内心有过感染的话，我也是浑然不觉。可怕的高峰悬崖，奔腾咆哮的激流险滩，冰川雪地的原野，我从中看到了瑰丽与神奇。但除此之外，它们并没有告诉我别的什么。

在一个夕阳西下的黄昏，我朝着一个峡谷往下走，准备在此安顿过夜。在下去的途中，我顺着蜿蜒的山间小路前行，看到了峡谷深处有亮光，这时候，我有了一种久违的美丽和宁静之感，峡谷中的静谧唤醒了一种安抚的力量，隐隐地在我胸中萌动。我记得我一度停下来过，心中怀着一种并非完全是压抑、并非完全绝望的悲伤。我记得几乎希望着，自己的心里可能会出现某种转机。

我下到了峡谷，当时是黄昏时刻，夕阳还闪烁在远处的雪山之巅，雪山犹如无穷无尽的云层把峡谷围住了。形成峡谷的群山之麓坐落着这个小村落，这儿草木苍翠茂盛，在这片葱茏的天地上方，生长着黑压压的冷杉树林，犹如楔子似的劈开了冬日的积雪，阻挡住了雪崩。在冷杉树林之上，重峦叠嶂，悬崖绝壁，灰色的巨岩，晶莹的冰柱，小片平坦的绿色牧场，所有这一切都渐渐地同顶峰的积雪形成一体。山腰上，处处点缀着孤零零的小木屋，每一处都是一户人家，在高耸着的群峰衬托下，显得十分矮小，似乎连做玩具都显得太小了。连峡谷里房屋连片的村落都是如此，村里的木桥横过小溪，溪流淌过碎岩乱石，咆哮着穿过树林。静谧空灵的空气中传来远处的歌声，那是牧羊人在歌唱。但是，随着一团灿烂的暮云从山腰处飘过，我几乎认为，歌声是从那云间飘来的，并非人间音乐。霎时，在这样一片恬静安宁之中，我听到了大自然的声音，它安慰着我把疲惫不堪的头枕在草地上。我哭了起来，自从多拉去世之后，我不曾这么哭过！

就在短短几分钟之前，我看到了寄给我的一包信，于是趁着他们给我准备晚餐的工夫，我便信步走出村子，准备看信。另外一些包裹我没有收到，所以很长一段时间我没有收到一封信。从我离家之后，就只是写上一两行字，报告说我一切安好，到了某某地方，除此之外，我鼓不起勇气也没有耐性写过一封像样的书信。

这包信就在我手上。我打开了，看起阿格尼丝的信来了。

她感觉幸福快乐，派上了用场，像她自己希望的那样，一切顺利。关于她自己就说了这么多，其余说的话都涉及我。

她并没有向我提出什么忠告，也没有敦促我要尽到什么义务。她只是用她自己热忱的态度告诉我，她是怎样怎样信任我。（她说）她明白，像我这种性格的人定会把痛苦变成好事。她明白，苦难和悲伤定会使我的品格得到提升和增强。她肯定，我在经受了这次悲痛之后，定会使自己的每一个目标都会趋于更加坚定和崇高。她为我的声誉而感到无上荣耀，巴望着我的声誉得到进一步提升，所以她坚信，我会持之以恒地勤勉努力。她明白，在我身上，悲伤不可能是软弱，但必定是力量。我在童年时代经受了磨难，那些东西起了作用，成就了现在的我，因此，更大的苦难定会激励我勇往直前，比过去更加坚强。所以正如苦难教育我一样，让我去教育别人。上帝已经把我那天真无邪的爱人召唤到他身边安息了，阿格尼丝又把我托付给了上帝。她怀着妹妹般的情意，心里一直珍藏着我，无论我走到哪里，她都伴随着我。她为我已经取得的成就感到自豪，但为我将要取得的成就感到更加自豪。

我把信放到胸前，思索着自己一小时之前的情形！我听到那歌声缓缓消失，看到寂静的晚霞渐渐变暗，峡谷里的一切色彩都褪去了，山峰之巅那披着金色晚霞的积雪与遥远苍白的夜空融为一色了，然而我却感觉到，我心中的黑夜已经过去，一切阴影都已消散了，这时，我对她怀着的爱无可名状，从此以后，她在我心里比以往任何时候都更加亲密了。

我把阿格尼丝的信看了许多遍，上床睡觉之前还给她写了封信，告诉她说，我迫切需要她的帮助，离开了她，我不是，从来也不可能是她心里所认为的我，但是，她激励了我要成为那样的人，而且我会努力去做的。

我确实努力了。自从我的悲伤开始以来，再过三个月，就满一年了。三个月期满之前，我决定不下定任何决心，但还是要努力。整个这段时间，我就居住在那个峡谷及其附近地区。

三个月过去了，我决定再在外面待一段时间，眼下在瑞士安顿下来，由于那个难忘的黄昏，这个地方在我心中变得更加亲切了，于是我重新拿起了笔，开展工作。

我态度谦卑地按照阿格尼丝赞扬我的目标去努力，求助于大自然，但从来没有落空。我把最近失去的做人的兴趣又重新寻找了回来。没过多久，我就在峡谷里结交了几乎和在雅茅斯一样多的朋友。当冬季到来之前我离开峡谷前往日内瓦，到了春季又回来时，他们热情洋溢的问候语，令我听起来有如乡音，尽管他们不是用英语表达的。

我起早摸黑地工作着，耐心细致，勤勉努力。根据我自己的亲身经历，而非不熟悉的情况，创作了一部小说，然后寄给特拉德尔。他设法将小说出版了，条件对我很有利。我的名气与日俱增，这是我从偶尔遇上的旅游者口中听说的。经过一段时间的休息和调整之后，我又以昔日那种满腔热忱的态度投入工作，开始构思一部新的小说，我一门心思扑在了这个上面。随着这项工作不断向前推进，我的感受越来越强烈，于是我鼓足最大干劲，力争把事情做好。这是我的第三部小说。当休息了一段时间之后考虑回家时，小说还没有完成一半。

很长时间以来，尽管我耐心细致地学习和工作，但也养成了锻炼身体的习惯。离开英国时，我的身体损害得很严重，但现在已经痊愈了。我见识了很多东西，到过许多国家，因此希望自己积累的知识也丰富了。

有关我离家远行的这段时间，所有我认为有必要在此追忆的，现在都已经追忆了，只有一点保留。我把它保留到现在，并不是存心要隐瞒自己的心思，因为，正如我在别的地方说过的，这部传记是我记忆的笔录。我想要把自己内心最隐秘的东西搁置在一边，留到最后。现在就让我来叙述它吧。

我不能完完全全看透自己内心的秘密，所以，不知道自己什么时候开始觉得，我可能已经把自己最初和最光明的希望寄托在了阿格尼丝身上。我说不清楚，在我悲伤的哪个阶段，我最先联想到了，在自己执拗任性的童年时代，就已经把她珍贵的爱情抛弃了。对于过去不幸失去或者缺少什么永远也找不回来的东西——我一直意识到了这个情况——我相信，自己当时就已经听到这种内心深处的想法的窃窃私语了。但是，我被留在这个世界上，悲痛不已，孤独凄凉，这时候，这种想法在我心里涌现时，便成了一种新的谴责，新的悔恨。

在那个时候，如果我有很多机会同她待在一起，由于我沉浸在悲哀之中，意志变得薄弱，自己准会表露出这种想法。我当初迫不得已离开英国，心里隐隐担心的就是这个情况。对于她的姐妹之情，哪怕是失去其中最细微的一部分，我也无法忍受了。然而，那种想法一旦表露了，往后我们之间就会有未曾有过的拘谨。

我忘不了，她现在对待我的这种情感是在我自己自由选择和发展过程中滋长起来的。如果她曾经用另外的一种爱爱过我——我有时候也想到过，她或许有这样做的时候——那我也已经把它给抛弃了。毫不奇怪，早在我们的童年时代，我就已经习惯于把她看作远非自己那种狂野不羁、想入非非的人。我把自己的一腔柔情用在了另外一个人的身上。而自己本来应该做的却没有做。我心目中的阿格尼丝是我和她那颗高洁的心灵共同塑造成的。

在我内心逐渐发生变化之初，我试图更好地了解自己，做个更加高尚的人，当时，我心里确实闪现过念头，经过一段不确定的磨难之后，有朝一日，我有望忘记过去的错误，最后有福气娶她为妻。但是，随着时光流逝，这种朦胧不清的憧憬慢慢消失了，离我远去了。如果她曾经确实爱过我，那么，回想起我曾经对她充满了无限信任，她也明白我迷茫浮躁的心，她为了做我的朋友和妹妹而必须要做出的牺牲，以及她已经取得的胜利，这时候，我应该把她看得更加圣洁。如果她压根儿就没有爱过我，那我能够确定，她现在会爱我吗？

同她坚贞不渝和坚忍不拔的品格比较起来，我一直就意识到自己软弱无力，而现在我越来越意识到了这一点。不管我在她心目中是怎样一个形象，或者她在我心目中是怎样一个形象，如果说很久以前我还配得上她的话，但现在的情况不同，她也不同了。那个时候已经过去了。是我让它过去的，所以我也就活该失去了她。

我内心纠结，备受折磨，心中充满了苦恼和悔恨，然而，我还是坚定地意识到，当初希望之花艳丽鲜活，我却浮躁轻率地扭头离开了这样一位亲切可爱的姑娘，而现在希望之花已经枯萎凋谢了，为了保持正义和荣誉，我必须怀着羞愧感打消去找她的念头，每当我想到她时，心灵深处就考虑到了这一点，这一切同样都是真实的。我现在并不想隐瞒自己的想法，即我爱她，我全心全意地爱她，不过，我坚信不疑，现在为时已晚了，我们长时间以来形成的关系不容打乱。我常常想得很多，在那些命运之神还没有给予我们磨难的岁月里，我的多拉就已经在我面前暗示过可能发生的事情。我想到，未曾发生过的事情怎么到头来跟现实中发生过的一样呢？她说到的那些岁月，就我受到的惩罚而言，现在都已经变成了现实。尽管我们早在荒唐傻气的年龄就分别了，但那些岁月有朝一日会成为现实的，或许只是晚一些时候而已。我竭尽全力，尽量使我和阿格尼丝之间可能形成的关系演变成一种手段，让自己更加克制忍耐，更加坚定果敢，更加清晰地认识自己，认识自己的缺点和错误。因此，通过想到可能出现的情况，我坚信不疑，这种情况决不能出现。

凡此种种，纷繁杂乱，矛盾重重。从我出国到回国的三年当中，这些想法有如流沙在我心里翻腾。从载着移居国外的人的船扬帆远去，已经过去三年了。现在，在同样的日落时分，在同一个地点，我站在运载着我回国的船的甲板上，目睹着玫瑰色的河水，我当年可是在此看到了那条船的倒影啊。

三年了。日子虽然过起来很短促，但加在一起就很长了。家在我心中格外亲切，阿格尼丝也一样。但她不属于我，她永远也不会属于我了。她本来是可以属于我的，但那已经过去了！

第五十九章
远行归来

在一个寒气袭人的秋日黄昏，我在伦敦登了岸。当时光线昏暗，天下着雨。短暂的时光里，我看到的浓雾和泥泞比一年当中看到的还要多。从海关一直步行到纪念碑[①]我才找到了公共马车。那些房屋的正面，对着涨满水的露天水沟。尽管在我看来，它们就像是多年的老朋友，但我只得承认，那也是肮脏邋遢的朋友。

我常常说——估计每个人都会这样——一旦人们离开了某个熟悉的环境，这似乎就意味着该地方要发生变化。我朝着马车窗户外面张望，结果注意到，鱼街山上曾经有幢老房子，一个世纪以来耸立在那儿，油漆匠、木匠或者泥瓦匠从未触碰过，但在我离家远行期间，房子却被拆除了。附近有条街道多年肮脏拥挤出了名，现在正在修建排水沟和拓宽街面。我甚至预料着发现，圣保罗教堂会显得更加古老了。

至于我的亲友们境遇上的变化，我已经知道了。姨奶再度落户在多佛尔已经有很长时间了。特拉德尔在我离别后的最初一段时间里就开始承接少量律师业务了，现在在格雷律师学院已经开办了律师事务所。他在近期的一些信中还告诉我说，他有希望很快就会同那位世界上最可爱的姑娘结婚了。

他们预料我会在圣诞节前回国，但没有想到我这么快就回来了。我有意瞒着他们，目的是要给他们一个惊喜。然而，没有人在码头

---

① 伦敦桥外为远洋船停泊的码头，海关在桥东泰晤士河北岸，纪念碑是为纪念1666年伦敦大火而立的，与鱼街山相对。

迎接，我孤身一人，寂寞无聊，辘辘的马车驶过迷雾重重的街道，这时候，反而觉得很凄凉和扫兴了。

不过，那些闻名遐迩的店铺亮着灯光，洋溢着喜庆祥和的气氛，倒也给了我些许安慰。当我在格雷律师学院的咖啡馆门前下车时，情绪已经恢复了。这儿首先让我想起了我当年下榻在金十字旅馆的那段今非昔比的岁月，然后又让我想到了从那以后发生的种种变化，但这也是自然而然的事情。

"请问特拉德尔先生住在学院什么地方？"我在咖啡馆的壁炉边烤火时，问了一下侍者。

"霍尔本院，先生，二号。"

"特拉德尔先生在律师界的名声越来越响亮，对吧？"

"呃，先生，"侍者回答说，"也许是吧，先生，不过我本人不大清楚。"

眼前这位侍者是个中年人，身材消瘦。他去求助于一位更有权威的侍者——一个体形肥硕、强壮有力的老头儿，长着双下巴，穿着黑马裤和黑袜子，从咖啡室尽头一个像是教堂执事待的包厢走了出来，在那儿，陪伴着他的是一只装钱的箱子、一本人名地址录、一本开业律师人名年鉴，还有其他账本和文件。

"特拉德尔先生，"身材瘦削的侍者说，"大院里二号的。"

强壮有力的侍者挥了挥手要他离开，他转身向着我，态度严肃。

"我是问，"我说，"住在大院二号的特拉德尔先生是否在律师界的名声越来越响亮？"

"从没听到过他的名字。"侍者说，声音粗哑。

我替特拉德尔感到很遗憾。

"他一定是个年轻人，对吧？"自命不凡的侍者说，他态度严厉，眼睛盯着我看，"他在律师学院待了多长时间？"

"不超过三年吧。"我说。

我估计，这位侍者在那个像教堂执事待的包厢里待了有四十年了，所以，他不会屑于探讨这一个无足轻重的话题，于是便问我晚饭要来点什么。

我感觉到自己又回到英国了，而且确确实实因特拉德尔而感到沮丧，看来他是没什么希望了。我态度和蔼地点了一份鱼和牛排，然后伫立在壁炉前面，默默地思索着特拉德尔默默无闻的境遇。

当我看着领头的侍者离去时，心里不禁想到，特拉德尔在其中慢慢开成一朵花的花园，是个费尽艰辛才能有所发达的地方。里面呈现的气氛是，墨守成规，冥顽固执，一成不变，陈腐阴郁，过时落伍。我环顾了一眼整个房间，铺沙的地面上[①]所铺的沙子，毫无疑问，与领头的侍者童年时代的情形是一模一样的，如果他曾经有过童年的话，不过看起来不大可能有。那些锃亮的桌面，从平整如镜的古旧胡桃木面子上，我看到了自己的倒影。那些灯盏，灯芯修剪得很整齐，灯台擦拭得一尘不染。那些舒适的绿色帷幔，配着纯铜的支杆，温馨舒适地围着一个个包厢。两个烧煤炭的大壁炉，里面炉火熊熊。那一排排玻璃滤酒瓶，体形伟岸，似乎让人觉得下面就是大桶价格昂贵的陈年波尔图葡萄酒。看到这一切之后，我仿佛觉得，无论是英国还是法律界都确实难以用强攻的办法拿下。我到了楼上自己的卧室，把湿衣服换了下来。空旷宽敞的镶嵌有护墙板的老式房间（我记得就坐落在通向律师学院的拱形走廊上面），庄严肃穆的四柱大床架，威风凛凛的五斗柜，所有这一切都似乎联合在一起，冲着特拉德尔或者任何此类勇敢无畏的青年人的命运，态度威严地挤眉弄眼。我又回到楼下吃晚饭。甚至连悠闲从容地吃一顿饭，还有这个地方井然有序、沉静无声的气氛——这儿的客人寥寥落落，因为漫长的假期尚未过去——都在雄辩地表明，特拉德尔胆大妄为，他未来二十年的生活希望渺茫。

从我离开英国以来，没有见识过这样的情景，这还真击碎了我对朋友的种种希望。领头的侍者已经对我烦腻了，不再靠近我身边，而是神情专注地伺候一位裹着高绑腿的老先生，给他上了一品脱特

---

① 地面上铺沙子，按时更换，以便保持室内清洁，这是没有地毯之前所采取的办法。

制的波尔图葡萄酒，似乎酒是自己从酒窖里主动跑上来的，因为他并没有点。另外那个侍者轻轻地告诉我说，老先生是退休的承办产权转让事务的律师，住在广场附近，拥有大笔钱财。根据人们预料，他会把自己的钱财遗留给那个替他洗衣服的女人的女儿。另外，人们还风传着，说他的事务所有一整套用餐和喝茶用的器具，由于闲置不用全都失去光泽了，不过，谁也没有亲眼在他的事务所看见过超过一件以上的匙子和叉子。到这个时候，我心里断定，特拉德尔彻底完蛋了，他毫无希望了。

然而，由于我迫不及待地想要见到亲爱的老朋友，我便匆匆地吃完了晚饭，而我吃饭的样子绝不可能提升自己在领头的侍者心目中的形象，然后急忙从后门离开了。很快就到达了大院二号，门口告示牌上的文字告诉我，特拉德尔住的是顶楼的一套房间，我上了楼梯。我发现楼梯破旧不堪，每一层的楼梯口都点着一盏小油灯，结着灯花儿，光线微弱，置于肮脏的玻璃罩里快要熄灭了。

我在磕磕碰碰地上楼时，感觉听到了一阵欢声笑语，但声音不像是事务律师或者出庭律师发出来的，也不是事务律师的文书或者出庭律师的文书发出来的，而是两三个欢欣鼓舞的姑娘发出来的。然而，当我驻足倾听的当儿，碰巧一只脚踩进了一个窟窿里，因为堂堂格雷律师学院在这个地方少镶嵌了一块木板，于是我跌倒了，发出了响声，但等到我爬起来站稳时，一切都寂静无声了。

在接下来的行程中，我便谨小慎微地摸索着前行。我找到了外门上印着“特拉德尔先生”字样的门口，发现门是开着的，我心跳得厉害，敲了敲门。接着里面传来一阵忙乱的脚步声，就再没有别的什么了。于是，我又敲了敲门。

有个身材矮小但表情机敏的小伙子走了出来，既像是个跑腿的，又像是个文书，他一副上气不接下气的样子，但打量着我，好像要向我进行挑战，看看我能否证明自己的合法身份。

“特拉德尔先生在里面吗？”我问。

“在，先生，但他这会儿正忙着呢。”

“我想要见他。”

表情机敏的小伙子打量了我一阵之后，决定领着我进屋，于是，他把房门开得更大了，先把我领进一个狭窄的门厅，接着进了一间小客厅，来到了我的老朋友跟前（他也同样上气不接下气），只见他坐在写字台边，低着头看文件。

“天哪！”特拉德尔抬起头大叫起来，“是科波菲尔！”接着便冲向我的怀里，我紧紧地把他抱住。

“一切都好吧，亲爱的特拉德尔？”

“一切都好，亲爱的、亲爱的科波菲尔，除了好消息就是好消息！”

我们高兴地哭起来，两个人都一样。

“亲爱的伙伴啊，”特拉德尔说着，兴奋之下把自己的头发全弄乱了，本来这是个多此一举的动作，“最最亲爱的科波菲尔，久别重逢、备受欢迎的朋友啊，见到你别提有多高兴！看你晒得皮肤黝黑的！我以生命和名誉担保，我从来就没有这么兴高采烈过，亲爱的科波菲尔啊，从来没有！”

我也同样激动得不知说什么好，刚开始时，连话都说不出来。

“亲爱的伙伴啊！”特拉德尔说，“你现在可出名啦！了不起的科波菲尔啊！天哪，你这是什么时候回来的，从哪儿回来的，一直都在干什么来着？”

特拉德尔急忙把我按到壁炉边的一把安乐椅上后，不停顿地问了一连串问题，不容我做出任何回答，便一直心急火燎地用一只手通着炉火，另一只手拽着我的围巾，因为他忙乱之中把我的围巾当成大衣了。他没有等把捅火棍放下就又拥抱起我来了，我也拥抱了他，然后两个人都哈哈大笑了，两个人都擦了眼泪，两个人都坐了下来，隔着火炉握了手。

“想想看，”特拉德尔说，“你竟然回来得晚了一步，亲爱的老同学啊，结果没有赶上参加典礼！”

“什么典礼啊，亲爱的特拉德尔？”

“天哪！”特拉德尔大声叫着，还像过去那样眼睛睁得大大的，

“你没有收到我上一封信吗？”

“如果信里面提到了什么典礼的话，那就肯定没有收到。”

“啊，亲爱的科波菲尔，”特拉德尔一边说，一边双手把头发揪得全部都竖起来了，然后他把两只手放到我的膝上，“我结婚了！”

“结婚啦！”我大声说，态度喜气洋洋。

“天哪，是结婚了！”特拉德尔说，“由贺拉斯牧师主婚，跟索菲结了婚，在德文郡。啊，亲爱的老同学，她在窗帘后面呢！看看这儿！”

令我惊诧不已的是，同一时刻，那个世界上“最最可爱的姑娘”从她躲藏的地方走了出来，哈哈笑着，满脸通红。我认为（其实我当场就忍不住这样说了），世界上再没有比她更加兴高采烈、和蔼可亲、真诚坦率、幸福快乐、光彩照人的新娘了。我像对待老朋友那样吻了一下她，全心全意地祝愿他们快乐。

“哎呀，”特拉德尔说，“这是多么令人愉快的团聚啊！你皮肤晒得这么黝黑，亲爱的科波菲尔！天哪，我有多么高兴啊！”

“我也一样。”我说。

“说真的，我也一样！”索菲说，她满脸通红，哈哈大笑。

“我们大家都要多高兴有多高兴啊！”特拉德尔说，“甚至连那些姑娘都一样高兴，哎呀，可不是嘛，我把她们给忘了！”

“忘了谁？”我问。

“那些姑娘啊，”特拉德尔说，“索菲的姐妹们。她们都在我们这儿呢，来伦敦见见世面。实际情况是，刚才……上楼时摔一跤的是你吧，科波菲尔？”

“没错。”我说，我哈哈笑了起来。

“那行，你上楼摔一跤的时候，”特拉德尔说，“我正和几个姑娘闹着玩儿来着呢。实际上，我们是在玩抢壁角游戏[①]。但是，由于这

① 英国的一种儿童游戏，房间四角各站一人，中间站一人，四角的人变换位置时，站在中间的人趁机抢占其中一角。类似抢椅子的游戏。

种游戏不能在威斯敏斯特大厅[①]玩，而且如果让当事人看见了，那会看上去不成体统的，所以，她们急忙跑开了。她们现在正在……听，我毫不怀疑。”特拉德尔说，他瞥了一眼另外一个房间的门。

“对不起啊，”我说，我又哈哈大笑起来，“搅散了你们一场游戏。”

“说真格的，”特拉德尔接话说，他兴致勃勃的样子，“如果在你敲了门之后，看到她们跑开，然后又跑回来捡头发上掉下来的梳子，再接着又疯疯癫癫跑开的样子，恐怕你就不会这样说了。亲爱的，你去把姑娘们叫来好吗？”

索菲步伐轻盈地走开了，接着，我们便听到了隔壁房间里传来一阵欢声笑语。

“真是悦耳动听啊，对不对，亲爱的科波菲尔？”特拉德尔说，“听起来很舒服，这使这些陈旧的房间充满了喜庆欢乐的气氛。你知道的，对于一个一生都孑然一身、可怜兮兮的单身汉来说，这确实是妙不可言，令人陶醉啊。可怜的姑娘们，索菲一离开，她们受到的损失可大啦。我实话告诉你，科波菲尔，索菲现在是，过去一直是，最最可爱的姑娘！看到她们这样兴高采烈的样子，我心里有说不出的高兴。和姑娘们待在一起是件十分惬意的事，科波菲尔。这虽然不符合职业上的要求，但很令人快活。”

我注意到，特拉德尔说话有点语无伦次，于是我便明白了，他这是出于好心，担心自己说的话会勾起我的痛苦，所以，我便坦然地表示，同意他的看法，他听后显然显得很轻松愉快。

“不过这样一来，”特拉德尔说，“实话实说，我们在家务方面的安排就完全不符合职业要求了，亲爱的科波菲尔。就连索菲待在这儿都不合体统。可我们又没有别的什么住处。我们既然划着小船进入了大海，那也就做好了历尽艰辛的准备。索菲可是个非同寻常的理家能手啊！如果你知道了姑娘们是怎样挤着住下来的，准会吃惊

① 在英国议会的西侧，英国历史上著名的大案要案多在此审判，如英王查理一世 1649 年被判极刑。

的。说实在的，我都不知道事情怎么就安排下来了。”

“有很多个姑娘同你们住在一起吗？”我问。

“老大，也就是那个大美人儿在这儿，”特拉德尔说，他说话声音压得很低，“名字叫卡罗琳。还有萨拉也在这儿。你知道，就是我过去跟你说过的那个，脊椎有点毛病，现在情况好多了！还有索菲负责教育的那两个最小的在这儿，路易莎也在这儿。”

“可不是嘛！”我大声叫了起来。

“真是，”特拉德尔说，“你看，整套房子——我说的是单人套间——就只有三个房间，但索菲神奇地把姑娘们给安顿下来了，而且睡得要多舒适有多舒适。三个住那个房间，”特拉德尔指着说，“两个住这个。”

我忍不住环顾了一下四周，想要寻找一下剩下归特拉德尔先生和特拉德尔太太住的房间。特拉德尔明白了我的意思。

“行啊！”特拉德尔说，“就如我刚才说过的，我们做好了历尽艰辛的准备。我们上个礼拜就在这儿的地板上临时搭了个铺位。但是，楼顶还有个小房间，很温馨的一个房间，你上去看看就知道了。索菲亲手糊了墙纸，可让我吃惊啦。那是我们目前住的房间。那可是个一等一的吉卜赛式的小天地。视野非常开阔。”

“你终于幸福美满地结婚了，亲爱的特拉德尔！”我说，“我多么高兴啊！”

“谢谢你，亲爱的科波菲尔，”我们再一次握手时，特拉德尔说，“是啊，我就别提有多高兴啦。那是你的老朋友呢，你看看，”特拉德尔说着，以胜利者的姿态朝着那花盆和底座点了点头，“还有那张大理石面子的桌子！你注意到了，所有家具都是朴素实用的。至于银质餐具嘛，天哪，我们连一把银茶匙都没有。”

“一切都有待挣来，对吧？”我兴致勃勃地说。

“确实如此，”特拉德尔回答说，“一切都有待挣来。当然，我们也还是有一些可以叫作茶匙的东西，因为我们总归还是要搅拌茶的嘛。不过那是不列颠合金的。”

“等到有的时候，银质的会显得更加锃亮啊。”我说。

“我们也是这么说来着！”特拉德尔大声说，“你看，亲爱的科波菲尔，”他说话的声音又压得很低了，“我已经发表了‘吉普斯控告威戈泽尔’这个模拟诉讼案的辩护，这次辩护对我干上律师这一行起了很大的作用，这之后，我便去了德文郡，同贺拉斯牧师私下里进行了一次严肃认真的交谈。我反复强调这样一个事实，索菲，我向你保证，科波菲尔，她可是个最最可爱的姑娘……”

“我确信无疑，她是这样的！”我说。

“她确实是！”特拉德尔接话说，“但是，我恐怕离题了。我刚才提到了贺拉斯牧师了吗？”

“你说你反复强调这样一个事实……”

“真的是！强调这样的事实，即我和索菲订婚已经很长时间了，而索菲呢，只要她父母赞同，很乐意同我，一句话，”特拉德尔说着，还像昔日那样露出了坦率的笑容，“在眼下只有不列颠合金的生活条件下，过日子。很好。于是，我向贺拉斯牧师提议——他真是个卓越的牧师啊，科波菲尔，其实他应该当上主教才是，至少也应该丰衣足食，不像这样日子过得紧巴巴的——如果我能够苦尽甘来，比如一年挣上两百五十英镑，而且下一年就有这个把握挣到这个数，甚至挣到更多，此外，还可以简朴地配备一个像这样的小住处，那样的话，我和索菲应该就可以结婚了。我大胆冒昧地说出，我们耐心等待了许多年了，索菲在家里虽然作用巨大，但她充满慈爱的双亲不应该因此反对她成家的事情吧。你说呢？”

“当然不应该。”我说。

“你这样认为，我很高兴，科波菲尔，”特拉德尔接话说，“因为吧，我并没有要责怪贺拉斯牧师的意思，我确实认为，在这类事情上，父母亲、兄弟等，有时候是很自私的。对啦！我还指出，我真心诚意地期望，自己对那个家庭有些帮助，要是我安身立命，有了起色，无论他遇到了什么事情——我指的是贺拉斯牧师……”

“我知道。”我说。

“或者指克鲁勒太太，能够做姑娘们的监护人，我也就心满意足，遂了心愿了。贺拉斯牧师举止态度令人敬佩，回答的话令我感动不已，同时他还主动承担说服克鲁勒太太同意这种安排。他们为了说服她，可费了很大劲了。它从腿部上升进入胸口，然后再进入脑袋……”

“什么东西上升了？”我问。

“她的悲痛，”特拉德尔回答说，他表情很严肃，“她的全部感情。正如我先前有一次说到过的，她是个很出色的女人，但是下肢瘫痪，不管用了。不管出现什么让她伤心烦恼的事，痛苦通常会集中到她的两条腿上，但是，这一回上升到胸口了，然后又到脑袋上了，一句话，她出现一种吓人的状态，弥漫到整个身心系统。不过，他们锲而不舍，真情呵护，使她挺过来了。到昨天，我们结婚六个礼拜了。当我看到他们全家人号啕大哭，七颠八倒地晕过去时，科波菲尔，你简直就不知道，我感觉自己是怎么样的一个恶魔了！我们离开那儿之前，克鲁勒太太都不见我，到这时，她都因为我夺走了她女儿，而不能原谅我。但是，她是个心地善良的人，从那以后，就原谅我了。就在今天早上，我收到了一封她的令人高兴的信。”

“而一句话，亲爱的朋友啊，”我说，“你该享受的福气，享受到了！”

“噢！这是你的偏爱！”特拉德尔大笑着说，“但是，说实在的，我的情况确实令人羡慕，工作卖力，孜孜不倦地攻读法律，每天早上五点就起床，却一点也不介意。我白天把姑娘们藏起来，到了晚上便陪着她们一道玩。而我实话对你说，我感到很遗憾，因为她们礼拜二就要回家了，也就是米迦勒节[①]的头一天。但是，你看，”特拉德尔结束了他的悄悄话，高声大气地说了起来，“姑娘们来了！科波菲尔先生，这是克鲁勒小姐、萨拉小姐、路易莎小姐、玛格丽特和露西！”

---

① 每年9月29日，为纪念天使长米迦勒而设立的节日。这一天前后秋季学期开学。这一天也是英国的四个结账日之一。关于另外三个结账日，见736页注。

她们真是一簇艳丽完美的玫瑰花啊，看上去健康活泼，神清气爽。她们全都美丽可爱，卡罗琳小姐健美俊秀，但是，索菲光彩照人的容貌里，有一种温柔可爱、乐观豁达和平易近人的气质，这比起美貌来要更加宝贵，这使我确信，我的朋友选对了人。我们全围着火炉坐着，同时，那个表情机敏的小伙子，我现在猜到了，他先前之所以上气不接下气，那是忙着把文件摆出来，但现在又搬走，拿出了茶具。忙完了之后，他便砰的一声把外室的门关上，告辞歇息去了。特拉德尔太太充当起了家庭主妇，眼睛里闪烁着愉悦而又恬静的目光，她沏好了茶，然后静静地坐在靠近火炉的一个角落里烤起面包片来。

她见过阿格尼丝了，她边烤面包片边告诉我说。"汤姆"带她去肯特郡度蜜月了，她在那儿还见到了我姨奶。姨奶和阿格尼丝两个人都很好，他们谈的都是关于我的事情，别的都没有谈。她确实相信，在我整个离家远行期间，"汤姆"的心里一直都想念着我。"汤姆"对于一切事情都是权威。"汤姆"显然成了她生活中的偶像，他牢牢地坐在基座上，任何动荡都动摇不了他。无论出现什么情况，她都全心全意地信赖他，永远崇拜他。

索菲和特拉德尔两个人都对那个大美人儿表示出尊重，这令我感到很高兴。这并不等于说，自己认为这是合乎情理的，但这却是令人喜悦的，这实际上是他们性格的一部分。如果说特拉德尔须臾想念过那些有待他去挣钱买的茶匙的话，我毫不怀疑，那一定是他把茶端到大美人儿手上的时候。如果说他那性情贤淑的妻子会对哪个人独断专行的话，我可以肯定，那只是因为她是大美人儿的妹妹。我注意到，大美人儿身上偶尔会表露出一点儿娇生惯养和执拗任性的习性，显而易见，特拉德尔和他的妻子有得天独厚的天赋。如果说她生来就是只蜂王，他们是工蜂，那他们对此再满足不过了。

但是，他们的忘我精神令我入迷陶醉。他们为姑娘们感到骄傲，对她们所有的奇思妙想百依百顺。种种琐事令人心悦诚服地证明了他们自身的美德，我很希望看到。特拉德尔的那些大姨子、小姨子一个晚上要对他"亲爱的"、"亲爱的"呼来唤去至少十二次，时而叫他拿什么东西到这儿，时而搬什么东西到那儿，时而把什么东西拿起，时而把什么东西放下，时而寻找这个，时而去取那个。她们离开了索菲也什么事都做不了。有人的头发散落下来了，只有索菲才能帮助她捋好。有人忘记了某支曲子，哼不下去了，只有索菲能够准确哼出来。有人想要回忆起德文郡某个地方的名字，只有索菲知道。有什么事情需要写信回家，只有依赖索菲，早餐前就把信写好了。有人编织什么东西出了差错，只有索菲能够把出错的地方纠正过来。她们是这家里十足的公主小姐，而索菲和特拉德尔则是伺候她们的。索菲一生中能够照顾多少个孩子，我无法想象，但是，她似乎熟悉每一种唱给孩子们听的英语儿歌，能够用世界上最最清脆的小嗓儿，依照别人点出的，一支接着一支地唱上几十支（每个姐妹点的都是不同的曲子，大美人儿一般都是最后一个点）。这一切令我如痴如醉。最最了不起的是，尽管姐妹们对他们吆五喝六，百般苛求，但她们对索菲和特拉德尔两个人都怀着深深的爱意和敬仰。我可以肯定，当我向他们告辞，特拉德尔要出门同我一道走到咖啡馆时，我觉得，自己从未见过长着一头难以控制的，或者别的什么类型的头发的脑袋，在如此雨点般的吻别中转来转去。

总而言之，回到咖啡馆，我向特拉德尔道了晚安之后，还情不自禁，久久回味着刚才看到的情景。如果说在那萧疏破败的格雷律师学院住宅楼的房顶上，我看到了有一千朵玫瑰怒放着，那也不及上述情景的一半那样熠熠生辉。想到在冷漠迂腐的法律文书代写人间和事务律师的事务所里来了那么些德文郡的姑娘，想到在吸墨粉、羊皮纸、扎公文的红带、灰色的封缄纸、墨水瓶、便笺稿纸、法律报告、令状、布告、诉讼费清单等形成的阴郁气氛中有了茶水、烤面包片和孩子们的歌声，几乎令人欣喜不已，遐想连连，我仿佛梦见了声名显赫的苏丹家族进入了事务所的行列，把会说话的鸟、会唱歌的树，还有金水河的水[①]带进了格雷律师学院的大厅。不知怎的，我发

① 典出《一千零一夜》。

现，自己那天晚上离开特拉德尔返回到咖啡馆之后，对他感到绝望的态度有了巨大的改变。我开始认为，在英国，尽管有许许多多领头侍者的等级阶层，但特拉德尔定会有所成就的。

我挪了一把椅子坐到咖啡馆的一个壁炉前，悠闲地思忖起特拉德尔的事情来，慢慢地，从想着他的幸福美满，转到思索起熊熊炭火里的景致来了，然后，当那炭火构成的景致爆裂和变化了之后，转而又想起了自己一生中经历的种种枯荣沉浮和生离死别。自从我三年前离开英国之后，就没有见到过炭火，不过我却目睹过许许多多柴火，木柴烧成了灰白色的灰烬，同炉床上羽毛似的灰堆融为一体，当时，我处在悲观绝望的心境当中，其情景正好也象征着我自己幻灭了的希望。

现在，我能够追忆过去的事情，虽然心情沉重，但并不感到那么痛苦，也能够振作精神展望未来。说到家庭，就其严格的意义来说，对我已经不复存在了。而那个我本来可以在其身上进一步滋生出爱情的她，我却叫她成了我妹妹了。她总归是要结婚嫁人的，柔情蜜意要倾注到新的人身上去。如果事情朝着这样一个结果发展的话，她就永不可能知道在我心里滋生着对她的爱情。没有错，我应该为自己轻率的行为付出代价。这真是自食其果啊。

我在思忖着，自己的心是否真正在这方面受到了磨砺，是否能够坚定地承受这种结果，是否能够平静地在她的家庭中占有一个位置，就像她曾经在我家庭中占有一个位置一样。恰在这个当儿，我的目光突然落在了一张面孔上，那就像是从炉火中冒出来的，勾起了我早年的回忆。

身材瘦小的奇利普先生，就是本传记第一章中提到的那位医生，我满怀感激之情，因为他为我的降生出了大力。只见他坐在我对面的一个昏暗的角落里看报纸。到这时，时间过去了这么多年，岁月留痕，他也受到了影响，但是，他性情温和，为人谦逊，态度平静，身材矮小，显得不那么见老，所以，我认为，他当时看上去就与当初坐在我家客厅里等待我降生时的样子差不多。

六七年前，奇利普先生离开了布兰德斯通。从那以后，我就再没有见到过他了。他这会儿正平静安详地坐在那儿专心看报纸，小脑袋歪向一边，胳膊肘边放着一杯热的雪利尼格斯酒[①]。只见他态度谦和友善，好像是冒昧地看了那张报纸而向它道歉似的。

我走到他坐的地方，开口说：“您好啊，奇利普先生！”

面对一个陌生人突如其来的问候，他显得很紧张。然后他慢条斯理地回答说：“我谢谢您，先生，您真好。谢谢您，先生。但愿您也很好。”

“您不记得我了吗？”我说。

“呃，先生，”奇利普先生一边回答，一边打量着我，露出谦和的微笑，摇了摇头，“我隐隐约约有种印象，觉得您有点面熟，先生，但我真的想不起您的尊姓大名了。”

“但您知道的，早在我自己都不知道之前，您就知道了。”我回答说。

“真是这样吗，先生？”奇利普先生说，“是不是有可能，我有幸替您接……”

“是啊。”我说。

“天哪！”奇利普先生大声喊着，“但是，毫无疑问，从那以后，您一定变化很大了吧，先生？”

“可能吧。”我回答说。

“啊，先生，”奇利普先生说，“如果我不得不问一声您的尊姓大名，希望您会原谅我。”

我把自己的名字告诉了他之后，他感动不已，郑重其事地同我握手，这对他而言无疑是一种剧烈的举动，因为他平常只是把自己那只温热的像把分鱼刀似的手，伸到离臀部一两英寸远的地方，任何人握住它都会显得诚惶诚恐。即便现在，他一把手松开，便立刻

① 由葡萄酒、热水、糖、柠檬汁和肉豆蔻等掺和而成，因在十八世纪由弗朗西斯·尼格斯首先调制而得名。

放进外衣口袋里了，似乎只有手安全地缩回去之后，心里才能够安定。

“天哪，先生！”奇利普先生一边说，一边歪着脑袋打量着我，“是科波菲尔先生，对不对？啊，先生，如果我刚才冒昧地仔细认真地看了您，我想自己是认得出您来的。您和您已故的父亲很相像啊，先生。”

“我没有福气见到自己的父亲啊。”我说。

“确实是啊，先生，”奇利普先生说，他语气中透着安慰，“无论从哪一方面来说，这都是一件非常遗憾的事！不过，对于您的大名，在我们那一带，先生，”奇利普先生说，小脑袋又一次缓慢地摇晃起来，“并不是一无所知的。您这儿一定很兴奋吧，先生，”奇利普先生一边说，一边用食指轻轻地敲打自己的前额，“您一定发现这是个很费脑伤神的职业吧，先生！”

“您现在住在哪个地方啊？”我问了一声，并在他附近坐下来。

“我居住在离伯里·圣埃德蒙兹[1]几英里远的地方，先生，”奇利普先生说，“奇利普太太依照她父亲的遗嘱，在那个地方继承了一份小产业，我便弄到了一个在那儿开业行医的执照，而您听后会很高兴，我的业务做得很好。我女儿现在长成个大姑娘啦，先生，”奇利普先生说着，小脑袋又摇晃了一下，“就在上个礼拜，她母亲才把她的长裙放下了两个褶子。您看，时间过得真是快啊，先生！”

矮小个子一边畅谈着自己的感想，一边把空了的酒杯递到自己嘴边。这时，我向他提议把酒杯再斟满，自己乐意陪他再喝一杯。“啊，先生，”他慢条斯理地回答说，“我已喝得超出平常的量了，但我很乐意同您交谈。当年您出疹子时，我有幸为您诊疗，那事情好像就在昨天。您那疹子出得可真是顺畅啊，先生！”

我对他的称赞表示了谢意，然后我们又要来了尼格斯酒。酒很快就上来了。“这真是一次非同寻常的放纵啊！”奇利普先生一边说

---

① 英国萨福克郡的一个市镇。

着，一边搅动着杯中的酒，“但是，我无法拒绝这样难得的好机会，您还没有重新组建家庭吧，先生？”

我摇了摇头。

“我知道，您几年前蒙受了丧妻之痛，先生，”奇利普先生说，“我是从您继父的姐姐那儿听说的。那可是个坚定果断的人物啊，对不对，先生？”

“啊，说得没错，”我说，“够坚定果断的。您在哪儿见到她的，奇利普先生？”

“您不知道吗，先生？”奇利普先生说着，露出了最最温和的笑容，“您继父又做我的邻居啦。”

“不知道。”我说。

“他真的又成了我的邻居了，先生！”奇利普先生说，“他娶了当地一位年轻姑娘，有一份可观的小产业做陪嫁，可怜的姑娘啊。您现在干的是费脑伤神的事情，对吧，先生？就不觉得劳累吗？”奇利普先生说着，像一只知更鸟似的用羡慕的眼光看着我。

我回避了他提出的问题，话题又拉回到了默德斯通姐弟身上。“我知道他再婚了，您给那个家庭看病吗？”我问。

“不常去，去倒是去过，”他回答说，“从颅相学的角度来看，默德斯通先生和他姐姐身上，器官很结实，先生。”

我表情丰富地看了看他，作为回答，奇利普先生因此受到了鼓舞，再加上尼格斯酒的作用，他脑袋短促地摇了几下，神态若有所思，大声说：“啊，天哪！我们牢记着昔日的时光，科波菲尔先生！”

“那姐弟俩在重蹈覆辙，对吧？”我说。

“呃，先生，”奇利普先生回答说，“对于一个行医治病的人来说，经常要走家串户，照理说，职业之外的任何事情都要视而不见，充耳不闻。然而，我还是得说，他们为人处世很是严厉，先生，无论对于今生还是对于来世都是如此。”

“我敢说，来世的事情对于他们是没有多大关系的，”我回答说，“而对于今生，他们在做些什么呢？”

奇利普先生摇了摇头，搅动着尼格斯酒，然后呷了一口。

“她是个美丽迷人的女人啊，先生！”他说，语气中透着伤感。

“是说现任默德斯通太太吗？”

“确实是个美丽迷人的女人啊，先生，”奇利普先生说，“我可以说，亲切和蔼，真是少见！奇利普太太的看法是，自从结婚嫁给他之后，精神就完全崩溃了，郁郁寡欢，人都要发疯了。小姐太太们，”奇利普先生怯生生地说，“可都是了不起的观察家啊，先生。”

“我认为，面对他们那可恶至极的要求塑造成的性格类型，她就得俯首顺从，彻底崩溃，愿上帝救救她啊！”我说，“而且她已经那样了。”

“啊，先生，一开始，他们吵得可凶啦，我可告诉您啊，”奇利普先生说，“但是，她现在成了个幻影了。我实话告诉您，自从那位当姐姐的来帮忙之后，姐弟俩就联合起来，把她给折磨成近乎呆傻无能了。我这样对您说，不会显得唐突冒昧吧，先生？”

我告诉他，我完全相信他的话。

“那您我之间，先生，我说起来就没有顾虑啦，”奇利普先生说，他又呷了一口尼格斯酒，以便给自己增加勇气，“她母亲就是死在这上面的。或者说，霸道的作风、阴郁的氛围和焦虑的心情把默德斯通太太给弄得近乎呆傻无能了。先生，她结婚嫁人之前可是个性情活泼的年轻女了啊，他们阴郁的态度和严酷的作风把她给毁了。他们现在对待她的态度更像是看守，而不是丈夫和大姑子。就在上个礼拜，奇利普太太这么对我说来着。我实话对您说吧，先生，小姐太太们可都是了不起的观察家啊。奇利普太太本人就是个了不起的观察家！”

“他还那么阴沉着脸标榜自己笃信宗教吗（我羞于把宗教这个词这样联系着用）？”我问。

“您说到点子上了，先生，”奇利普先生说，由于喝酒过了量，受不了这么重的刺激，他两只眼睛的眼皮都红了，“奇利普太太说了些令人印象深刻的话，这是其中的一句。奇利普太太指出，”他接着说，态度极为平静，语速极为缓慢，“默德斯通先生立了一尊自己的偶像，称为‘神圣的天性’。她的话对我像是点击了一般。先生，我向您保证，奇利普太太说这话时，您用一支笔上的鹅毛就可以把我打倒在地。小姐太太们是了不起的观察家，对不对，先生？”

“女人的本能就是这样的。”我说，这令他高兴不已。

“您赞同我的看法，我真是感到高兴啊，先生，”他接过话说，“我实话对您讲，我并不经常发表同行医治病不相关的看法。默德斯通先生有时候还会当着公众的面演讲，而且据说——一句话，先生，据奇利普太太说——他近来越来越专横跋扈了，他的主张越来越凶狠残忍了。”

“我认为，奇利普太太的看法完全是正确的。”我说。

“奇利普太太甚至还说，”态度最最谦和的小个子备受鼓舞，接着说，“这样一类人误称为他们宗教的东西，其实是他们发泄恶劣情绪和傲慢性格的借口而已。我必须得说，先生，”他把头略微歪向一边，继续说，“您知道吗？我在《新约》里根本找不到默德斯通先生和默德斯通小姐所谓的依据。”

“我也没有找到啊。”我说。

“同时，先生，”奇利普先生说，“他们很不受人喜爱。由于他们动不动就诅咒每一个不喜欢他们的人下地狱，那我们那一片要下地狱的可就真多啦！不过，正如奇利普太太说的，先生，他们自己就一直在受到惩罚。因为人们要求他们躬身自省，食用自心，而他们的心可不是什么好吃的东西。对啦，先生，如果您不介意我旧话重提的话，还是说说您费脑伤神的事情吧。您的大脑是不是经常处于兴奋的状态啊，先生？”

我发现，奇利普先生喝多了尼格斯酒，自己的大脑处于兴奋状态，注意力从这个话题转移到他自己的事情上面，这并不困难。在接下来的半小时中，他喋喋不休起来，谈到了很多事情，其中我了解到，他是要在一个精神病学委员会上对一个因饮酒过度而精神错乱的病人提供精神状态方面的医学证据，这才到格雷律师学院的咖啡馆来了。

“实话告诉您吧，先生，”他说，“在这样的情形之下，我精神特别紧张，经不住人家所谓的‘威胁’，先生，这弄得我胆怯气馁。您知道吗？科波菲尔先生，您出生的那天晚上，那位可怕的女士的行为把我给吓着了，过了一段时间才恢复过来。”

我告诉他说，翌日一早，我就要去看望我姨奶，就是那天晚上吓着他的女士。我还告诉了他，姨奶是最最心地仁慈、品德高尚的女人之一，如果他对她有进一步的了解，他会明白这一点的。但是，奇利普先生一想到还有可能会见到她，似乎给吓得战战兢兢了。他脸色苍白，悻悻然地微笑着回答说：“她真是那样吗，先生？真的是吗？”于是，他几乎立刻就要了一支蜡烛，上床睡觉去了，好像待在别的任何地方都不安全似的。实际上他并不是因为喝了尼格斯酒身子才摇摇晃晃的，但我倒是觉得，在那个令人难忘的夜晚，我姨奶失望之下用自己的帽子打了他一下，比起当时的情形来，他那平和舒缓的小脉搏一定每分钟要多跳一两下。

到了半夜，我疲惫不堪了，这才上床睡觉去了。次日，我在去多佛尔的公共马车上待了一天。姨奶在喝下午茶的时候，我平安到达了，一头闯入了她那间老客厅（她现在戴眼镜了），受到了她、迪克先生和亲爱的老佩戈蒂的欢迎。他们全都张开双臂欢迎，兴高采烈，热泪盈眶。佩戈蒂现在是姨奶的管家了。当我们开始平静地交谈时，姨奶乐不可支，因为我讲到了如何遇上奇利普先生，还有他想到她都胆战心惊的情况。谈到我已故母亲的第二任丈夫和“那个杀人犯的姐姐”，姨奶和佩戈蒂两个人有很多话要说。我认为，不管遭受任何痛苦，或者惩罚，姨奶都不会用任何教名或者任何别的称呼来指称那个女人的。

第六十章

阿格尼丝

当就剩下我和姨奶两个人时，我们谈到了深夜。我们谈到了那些移居国外的人，说他们每次写信回家时都说自己心情愉悦，充满希望，别的都没有说。我们谈到了米考伯先生，说他态度一丝不苟，严格按照人与人之间的关系，把小笔款子寄回来，以便偿还那些"金钱上的债务"。我们谈到了珍妮特，说姨奶回到多佛尔之后，又回来伺候了她一段时间，后来她嫁给了一个生意兴隆的酒馆老板做妻子，终于放弃了拒绝男人的主张。我们谈到了姨奶自己，说她帮助和怂恿了新娘，并且亲自参加了婚礼，替婚礼增光添彩，以此表示对这一庄严主张的认可。凡此种种，都是我们谈论的话题。其实，对于这些情况，我已经从收到的来信中或多或少地了解到了。迪克先生跟平常一样，没有受到忽略。姨奶告诉我说，他一直忙碌着，拿到什么东西就开始抄写。通过这种貌似忙碌的活动，毕恭毕敬地同查理一世保持着距离。姨奶还说，看到迪克先生自由快乐，而不感到单调乏味，这是她生平主要的快乐和回报之一。还说除了她，没有人真正了解迪克先生的为人（这是个新奇的结论）。

"特罗特，什么时候，"我们像昔日一样，坐在壁炉前，姨奶轻轻地拍着我的手背说，"你打算什么时候去坎特伯雷？"

"除非您同我一道去，姨奶，否则，我就准备弄一匹马，明天上午骑马去，怎么样？"

"不！"姨奶说，她态度直截了当，"我就待在这儿。"

我说，那我就骑马去。我还说如果今天来看望的是别人而不是她，我是不可能经过坎特伯雷而不做停留的。

她听了之后很高兴，但接着她又回答说："啧啧，特罗特，我这把老骨头到明天还不会散架的！"然后她又轻柔地拍了拍我的手背，我坐在那儿，充满心事地注视着炉火。

我满怀着心事，因为自己到了这儿，离阿格尼丝近在咫尺，长期以来，萦绕在自己心头的种种懊悔痛惜之情不可能不再一次涌上心头。或许懊悔痛惜之情已经有所缓和了，并教会了我年轻时候未能学会的东西，但是，一切依然呈现在自己眼前。"噢，特罗特，"我似乎再一次听到了姨奶在说，而且我把她的意思理解得更加透彻了，"盲目，盲目，盲目啊！"

我们俩都沉默不语了几分钟。当我抬起眼睛看时，发现她正在凝视着我。说不定她看透了我的心思，正顺着我的思路思索着呢，因为自己的内心曾经固执任性，难以琢磨，但现在我觉得似乎很容易寻觅踪迹了。

"你会看到，她父亲是个白发老人了，"姨奶说，"不过，其他所有方面，他都更好了，换了个人似的。你现在再也不会看到，他用自己那把可怜的小尺子来衡量全部人生利益、快乐和忧愁了。相信我好啦，孩子，诸如此类事情，还没有等用那种方式衡量出结果来，就大为缩小了。"

"确实是这样的。"我说。

"你会发现她，还是一如既往地，"姨奶接着说，"心地善良，相貌美丽，真挚诚恳，公正无私。如果我能够找到更加美好的赞扬字眼，特罗特，我定会用在她身上的。"

对她给予怎么崇高的赞美都不为过，对我给予怎么强烈的谴责也都不为过。噢，我在邪路上走了多么远啊！

"如果她把她周围的那些年轻姑娘训练得像她自己一样，"姨奶说着，她态度真诚，甚至双眼都噙满了泪水，"上帝知道，她的一生就够忙碌的了！正如她自己那天说的，有助于人，开心快乐！除了有助于人，开心快乐之外，怎么可能会出现别的情况呢？"

"阿格尼丝有没有……"我与其说是对姨奶说，不如说是自言自语。

"呃？嘿？有没有什么？"姨奶说，她反应敏捷。

"有没有追求她的。"我说。

"多了去了，"姨奶大声说，自豪中怀着愤怒，"自从你离开之后，亲爱的，要结婚的话，二十次都结了！"

"毫无疑问，"我说，"毫无疑问。但是，有配得上她的追求者吗？阿格尼丝是不会把配不上她的人放在心上的。"

姨奶坐着，思索片刻，一只手托着下巴颏。然后她慢慢地抬起眼睛看着我说：

"我估计她是情有独钟了，特罗特。"

"是个成功富有的人吧？"我说。

"特罗特，"姨奶态度严肃地回答说，"我可说不准，连刚才这话，其实我都没有权利告诉你。她可从来都没有私下里对我说过，但我只是猜测罢了。"

她盯着我看，神情专注，心急火燎（我甚至看到她在颤抖），此时此刻，我比以往任何时候都更加深切地感觉到，她一直在顺着我近来的思绪考虑问题。自己在那么多个日日夜夜里，内心纠结，反复斟酌，曾经下定了种种决心。所有这一切又一次萦绕在我的心头了。

"如果事情果真如此，"我开口说，"我希望是……"

"我不知道情况是不是果真如此，"姨奶赶紧说，"你可不要因为猜测做出判断啊，把我的看法放在心里面就是了，也许可能性很小。我本来不应该说出来的。"

"如果情况果真如此，"我重复了一声，"阿格尼丝会在适当的时机告诉我的。姨奶，一个我视为妹妹的人是不会不愿意对我吐露心里话的。"

姨奶如同她刚才把目光缓慢地投到我身上一样，然后又缓慢地移开了，她用一只手挡住了眼睛，一副若有所思的样子。过了一会儿，她把另外一只手搭在我肩膀上。我们两个人就这么坐着，追忆着过去，一声不吭，直到最后分手就寝去了。

翌日清晨，我便骑马出发了，奔向我昔日求学的地方。即便是很快就可以再次看到她了，但心里想着但愿自己会战胜自我，所以还是不能说心里感到很轻松。

我很快就跨过了那段熟悉的路程，进入了宁静的街道。在我看来，那儿的每一块石头都是我童年时期读过的书。我步行到那幢古老的宅邸，但是，由于心情过于激动，我没有进入，便走开了。我又返了回来，路过了一开始是尤赖亚·希普，后来是米考伯先生常坐的那个圆形房间时，透过凸肚窗往里面看了看，结果发现，那里现在成了一个小客厅了，不再用作办公室。除此之外，古老的宅邸整齐洁净，井然有序，一切依旧同我初次看到的完全一样。新女仆应门让我入内，我请她向威尔克菲尔德小姐通报，说有个从国外回来的先生是她的朋友，在楼下等着。我被领着登上那庄严古旧的楼梯（她提醒我当心脚下的步子，其实我对那段楼梯了如指掌），走进那个依然如故的客厅。我和阿格尼丝曾经在一起阅读的书籍还在书架上摆着。曾经多少个夜晚，我坐旁边刻苦学习功课的那张写字台，仍然放在一张大桌子一角的边上。希普母子待在里面时发生过的一些小变化现在又改过来了。一切的一切都和那幸福快乐的日子里的情形一样了。

我伫立在一个窗户边，看着古老的街道正对面的一幢幢房子，回想起当初到那儿时，在阴雨天的下午伫立在任何一个窗户边观望那些房屋的情形。我曾经揣摩着那些从窗口露出身子的人，注视着他们上楼下楼。与此同时，女人们则穿着木底鞋在人行道上咯吱咯吱地行走着。阴沉沉的天气中雨滴斜着落下，雨水从落水管中溢出，流淌到了路面上。在那阴雨连绵的黄昏时刻，我曾看到进城来的流浪者们一瘸一拐地打从下面经过，肩上用棍子挑着行李卷儿。当年注视他们时的心情又一次涌上了我心头，就像当时一样，伴随而来的，有潮湿的泥土、湿透的树叶和荆棘的气息，还有我自己在艰难困苦的旅途中经受微风吹拂的感觉。

镶有护墙板的墙壁处，有扇小门打开了，我怔了一下，转过了身子。她朝着我走过时，美丽恬静的双眸同我的目光相遇了。她停住了脚步，双手捂住胸口，我一把将她揽到了怀里。

“阿格尼丝！亲爱的姑娘啊！我来到你的身边太过唐突了。”

“不，不！我见到你真是高兴啊，特罗特伍德！”

“亲爱的阿格尼丝啊，再一次见到你，我可开心啦。”

我把她紧紧地搂在胸前，一时间，我们俩都默默无语。随即，我们便并排坐了下来，她天使般的脸庞转向我，洋溢着欢迎之情，这可是多年来我日思夜想、梦寐以求的情感啊。

她是那么真心诚意，那么美丽动人，那么殷勤善良，我对她满怀着感激之情，因为她对我那么亲切友好，我简直无法找到合适的语言来表达自己的感受。我想要对她表示祝福，想要对她表示感谢，想要告诉她说（正如我常常在信中表达的那样），她对我产生了怎样的一种影响，但我的一切努力都白费了。我的爱意和欢乐全都哑口无言了。

她温柔娴静的神态使我激动的情绪也平静下来。她把我领回到了我们分别的时候，对我说到了埃米莉。她曾秘密地多次去看望了埃米莉。他满怀着柔情对我说到了多拉的坟墓。她用自己高尚的心灵中不会出错的本能，温柔和谐地拨动了我记忆的琴弦，我的心里没有半点别扭的感觉。我能够倾听那悲凉伤感、绵长悠远的音乐，不想回避它所唤醒的任何东西。亲切的她，我生命中的天使，和这一切融为一体了，我怎么能够回避啊！

“你呢，阿格尼丝，”过了一会儿，我说，“给我讲讲你自己吧，你几乎都没有谈到你自己的生活状况呢！”

“我说什么好呢？”她回答说，露出了美丽的笑容，“爸爸身体健康。你看我们在自己的家里平静祥和地生活着，种种忧虑烦恼都消除了，我们的宅邸又归我们所有了。亲爱的特罗特伍德，知道了这些，你就知道了一切。”

“就这些吗，阿格尼丝？”我说。

她看着我，脸上露出了几分惊异的神色。

“就没有别的什么了吗，妹妹？”我说。

她脸上的红晕褪去后又恢复了，现在又褪去了。她微笑着，我觉得微笑中带着淡淡的忧伤，然后她摇了摇头。

我设法要把她引到姨奶提示过的那个话题上，因为，尽管听了她的心里话之后我一定会感到剧烈的痛苦，但我必须要砥砺自己的心灵，要对她尽到自己的责任。然而，我发现，她感到局促不安，所以我便放弃了这个企图。

“你要处理很多事情吧，亲爱的阿格尼丝？”

“是指我的学校吗？”她说，她又抬头来看了看，神态欣喜而又安详。

“是啊。学校里事情很辛苦，对不对？”

“这项工作很惬意，”她回答说，“如果要把它说成是辛苦，那我这个人就几乎没有感恩之情了。”

“好事情在你心中都是不难的。”我说。

她脸上的颜色又在不断变化着。她又一次低垂着头。我又一次从她的微笑中看到淡淡的忧伤。

“你等会儿见见我爸爸吧，”阿格尼丝说，她显得很高兴，“今天在这儿就不走吧？你也许愿意睡在你自己那个房间里，怎么样？我们一直都把那个房间称作你的。”

我由于答应了姨奶晚上策马返程，所以不能待在那儿，但白天我可以高高兴兴地在那儿度过。

“我必须得当一阵子囚徒，”阿格尼丝说，“但是，从前的书本还在这儿呢，特罗特伍德，还有从前的乐谱。”

“连从前的花朵都还在呢，”我说着，扭过了头，“或者说从前那些花的种类。”

“在你离家远行期间，”阿格尼丝回答说，她微笑着，“我让一切东西都保持我们小时候的样子，我从中获得了快乐，因为，我觉得，我们当时幸福快乐。”

“上帝做证，我们真的很快乐啊！”我说。

“而每一件细小的东西都会让我想起我的哥哥，”阿格尼丝说，她怀着诚挚的目光，兴高采烈地看着我，“每一件细小的东西都是我惬意的伴侣。就连这个，”她指着依旧系在腰间的那只装满钥匙的小篮子说，“都似乎叮叮当当地响着昔日的旋律！”

她又一次露出了微笑，然后从进来的那道门出去了。

我要用类似宗教的虔诚来守护着这份兄妹情感。这是我留给自己的全部财产，是一份珍贵的财富。如果我动摇了这种神圣的信赖和习惯的基础，因为这种情感就是建立在这个基础之上的，那种情感就失去了，而且永远也不可能恢复。我牢牢地铭记了这一点。我爱她爱得越深，就越不会忘记这一点。

我漫步在街道上，又一次看见了我的老对手，就是那个小屠夫，他现在当上警察了，警棍就挂在店铺里。我到曾经同他打过架的地方去看了看。在那儿，我想起了谢泼德小姐和拉金斯家的大小姐，想起了当时种种浅薄无聊的爱情、欢喜和憎恨。那个时候的所有事情，除了阿格尼丝，所有的一切都不复存在了。而阿格尼丝永远是我头顶的一颗星星，越来越灿烂，越来越高远。

我返回宅邸时，威克菲尔德先生已经从他所属的那座花园里回来了。花园坐落在离城一两英里远的地方，他现在几乎每天都要到那儿去摆弄花草。我发现他正像姨奶描述的一样。我们一同坐下来用餐，陪伴在一起的还有五六个小姑娘。他看上去就像是墙上那幅帅气的肖像画的影子。

我记忆中的宅邸里昔日那种静谧祥和的气氛又回来了。吃过饭之后，威克菲尔德先生不喝酒了，我也不想喝，于是我们便上楼了。在楼上，阿格尼丝和她的学生们唱歌、玩游戏和做功课。喝过茶之后，孩子们向我们告辞了，就我们三个人坐着，聊起了过去的事情。

“我过去的作为，”威克菲尔德先生说，他摇了摇满头白发，“有许多是令人懊悔的，深深懊悔，深深痛惜，特罗特伍德，这你是清楚的。但是，即便我有这个能力，也不想把它们抹掉。”

我从一侧看着他的脸，完全相信他的话。

“如果我把那一切抹掉了，那就，”他接着说，“等于抹掉了那份耐性和执着，那份忠诚，那份孩子传递的爱，而这一切我是不能忘却的，决不能！即便忘却了我自己，也不能忘却了那一切。”

“我理解您的意思，先生，”我语气柔和地说，“我满怀着崇敬之情对待，而且一直这样对待。”

“但是，没有人知道，连你都不知道，”他接话说，“她付出了多大努力，经历了多少磨难，做出多么艰辛的挣扎。亲爱的阿格尼丝啊！”

阿格尼丝把手放在他的胳膊上，恳求他别说了，脸色非常非常苍白。

“唉，唉！”他叹息了一声说，在当时看来，他是在略去一些她曾经历过的磨难，以及涉及姨奶告诉过我的将要经历的磨难，“唉！特罗特伍德，我从未对你说过有关她母亲的情况。有人对你说过吗？”

“从来没有，先生。”

“没有很多东西可说的，尽管这是够痛苦的。她是在违背她父亲的意愿的情况下同我结婚的，父亲同她断绝了关系。我的阿格尼丝生下来之前，她曾祈求父亲的宽恕。而她父亲是个铁石心肠的人，母亲又很早就去世了。他拒不认可自己的女儿，这伤透了她的心。”

阿格尼丝依偎在父亲的肩膀上，悄悄地用手臂搂住他的脖子。

“她有一颗充满深情和温柔体贴的心，”威克菲尔德先生说，“但心已经碎了。我很清楚她温柔体贴的心性。如果说我不清楚，那就没有人清楚了。她一片深情地爱着我，但从来没有幸福过。在这样一种艰难困苦当中，她默默地忍受着痛苦。她本来就身体孱弱，情绪低下，而在遭受了她父亲的最后一次拒绝之后——因为这不是第一次，而是遭受了许多次——她更是日渐憔悴，结果便离开人世了。把仅有两个礼拜大的阿格尼丝留给了我，还有我一头灰白的头发，你会记得第一次看到我的情形。”

他在阿格尼丝的脸颊上吻了一下。

“我当时对我亲爱的孩子的爱是一种病态的爱，因为我当时的心态就是不健全的。这个事情我不再说，因为我要说的不是我自己，特罗特伍德，我要说的是阿格尼丝的母亲和阿格尼丝。关于我现在的情况，或者一直以来的情况，如果我给你点提示，你就会很清楚的，这我知道。关于阿格尼丝是个什么样的姑娘，我不用说，从她的性格中，我总能看到她已故的母亲的一些影子。经历了如此重大的沧桑巨变之后，我们三个人又坐到一起了，我这才在今晚能够把事情告诉你。我要讲的就讲完了。"

威克菲尔德先生低垂着头，阿格尼丝天使般的脸庞和身为女儿的孝顺便因此有了比先前更加悲伤凄凉的含义。如果说我本来希望有什么特别的情况来标明我们这个久别重逢的夜晚的话，那我觉得这应该就是。

没过多久，阿格尼丝从父亲身边站起身来，步伐轻柔地走到她的钢琴旁边，弹了几支我们先前常在此听的曲调。

"你还有离家远行的打算吗？"我站立在一旁时，阿格尼丝问我。

"关于这个问题，我的妹妹有什么看法啊？"

"我希望你不要出去。"

"如果那样的话，我就没有这方面的打算了，阿格尼丝。"

"特罗特伍德，既然你问到我，我就觉得你不应该离家远行了，"她语气温和地说，"你的名声和成就与日俱增，这使得你能够做出越来越大的贡献。即便我能够舍弃我的哥哥，"她眼睛看着我说，"或许时光也不容许吧。"

"我这个人怎么样，全是你造就的，阿格尼丝，这你最清楚。"

"是我造就了你吗，特罗特伍德？"

"没错啊！阿格尼丝，亲爱的姑娘！"我说着，俯身向着她，"今天我们见面时，我就想要把多拉去世后自己心里面的想法告诉你的。你记得吗，阿格尼丝，当时你从楼上下来，到我们的小房间里来看我，你向上指着？"

"噢，特罗特伍德！"她回答说，眼睛里噙满泪水，"她那么充满爱意，那么充满信任，那么青春年少！我怎能忘记啊？"

“我的妹妹啊，从那以后，我时常想着，你在我心目中一直就是当时的那个样子。一直就向上指着，阿格尼丝。一直领着我向着更加美好的目标进发。一直指引着我追求更加崇高的目标！”

她只是摇了摇头。透过她的泪花，我看到了同样带着淡淡忧伤的微笑。

“因为这个，我对你深怀着感激之情，阿格尼丝，对你满怀着依恋之情，所以，我心中的情感无法用言语表达。我想要让你明白，但又不知道怎么对你说，即今生今世，我都要敬仰你，接受你的指导，就像过去在黑暗中走过来一样。不管发生什么事情，不管你会缔结什么样的新关系，不管我们俩之间会发生什么样的变化，就像我现在做的一样，就像我一直做的一样，我都永远会依赖你，爱慕你。就像一直以来一样，你将永远是我的慰藉，是我力量的源泉。最最亲爱的妹妹啊，我将永远看到你在我的面前，向上指着，直到生命终结！”

她把一只手放到了我的手上，告诉我，她为我而感到自豪，为我所说的话而感到自豪，尽管我对她的称赞言过其实。然后，她继续轻柔地弹着钢琴，但目光没有从我身上移开。

“你知道吗，阿格尼丝？我今晚听到的事情，”我说，“说起来不可思议，好像是我最初见到你时对你所怀有的情感的一部分，就是我在懵懂的学生时代坐在你旁边所怀有的情感。”

“你知道我没有母亲了，”她微笑着回答说，“所以对我感同身受。”

“不仅只是因为这个，阿格尼丝。我知道，几乎像是早就知道了这个情况似的，你的身上有一种无法表达的淑雅温柔的东西，要是在别的什么人身上，那可能是悲凉凄惨的东西（正如我现在所能理解的，情况就是如此），但在你身上就不是。”

她继续轻柔地弹奏着钢琴，仍然看着我。

“你会嘲笑我这么想入非非吗，阿格尼丝？”

“不会！”

“或者，如果我说，我真的相信，自己甚至在当时就感觉到，你会矢志不渝，满怀深情，对抗一切不利的事情，永不停息，直到生命终止，你会嘲笑我吗？你会嘲笑这样一种梦想吗？”

“噢，不会！噢，不会！”

顷刻之间，一道痛苦的阴影掠过她的脸上，不过，就在我刚一感觉到惊讶时，阴影就消失了。她继续弹着钢琴，看着我，脸上露着恬静的微笑。

寂静的夜晚，我独自一人骑马返程，当时，晚风就像是一种不安的回忆一样从我身边掠过。我想到了刚才的事情，担心她心里不高兴。其实，我心里不高兴，但是，迄今为止，我把过去密封得严严实实，然而，想到她向上指着，认为她指的是我头顶的天空，在那儿，在神秘莫测的未来，我可能会用人世间没有的爱来爱她，并且告诉她，我在这儿爱她时，内心经历过怎样的纠结。

第六十一章

我面对两个有趣的悔罪者

一段时间里，我寄宿在姨奶在多佛尔的家里，不管怎么说，要住到我的书脱稿，这项工作还需要几个月的时间。我坐在那儿的窗户前面，静静地从事着我的写作，当初我栖身于那个屋檐下时，就是坐在那个窗户边眺望映照在大海上的月色的。

我的打算是，只有我的小说的情节偶尔同我的传记的进展有关联时，我才会提到自己的小说。所以，根据这个打算，我不会详述自己小说创作方面的抱负、乐趣、焦虑，还有成就。我专心致志、真心诚意地投身小说创作，殚精竭虑，全部精力都用在了上面，有关这方面的情况我已经说过了。如果说我已写出的书还有些许价值的话，那它们在其他方面将会做出补充。但如果我的书毫无价值，那在其他方面就不会有人感兴趣了。

我时不时地会到伦敦去，为的是让自己遁身于那儿喧嚣的生活，或者就一些事务性的问题同特拉德尔商量。我不在伦敦期间，特拉德尔曾经理智明断，替我安排一切事务，致使我各个方面的事情都顺遂成功。由于我有了名气了，素昧平生的人便给我写来了大量信件，信件大多数都不知所云，很难做出回复。于是，我和特拉德尔商定，把我的名字印在他的门上。那条线路上忠于职守的邮差们便把寄给我的大量信件投到了他那儿。我每隔一段时间便要费脑伤神地去阅读那些信件，就像个不领薪水的内务大臣。

那些信件当中，时不时地会冒出那么一封，来自那数不胜数的一直潜伏在民事律师公会周围的外界人员中的一位之手，信中礼貌周到地向我提议，要借用我的名义办理代理诉讼业务（如果我能够把有待办理的做代诉人的必要手续办好的话），并会支付给我一定比例的利润。但是，我拒绝了这类企图，因为我明白，这种假借名义的代诉人已经够多了，同时我也考虑到，民事律师公会的名声已经够臭了，无须我推波助澜弄得它臭上加臭。

当我的名字赫然印在特拉德尔的房门上时，那些姑娘已经回家去了。那个表情机敏的小伙子看上去似乎根本没有听说过有索菲这么个人存在似的。索菲成天把自己关在后面的一个房间里干活儿，时而朝楼下那满是煤灰的狭窄小院落和里面的一台水泵瞥上一眼。但是，我总能在那个家里看到那个心灵手巧的家庭主妇。没有陌生人上楼时，常常可以听见她哼着德文郡的民歌曲调，美妙的旋律听得那个待在橱柜似的小办公室里干活儿的机敏小伙子痴呆发傻了。

刚开始，我觉得很奇怪，为何我常常看到索菲在一本习字本上练字，为何我一出现，她就总是把习字本合起来，赶紧把它放进桌子的抽屉里。不过，秘密很快就暴露了。一天，特拉德尔（他刚刚冒着纷纷扬扬的雨夹雪从法院回到家里）从桌子的抽屉里拿出一页字纸，问我觉得上面的字写得怎么样。

“噢，别，汤姆！”索菲大声喊着，她正在火炉前替特拉德尔烘烤鞋子。

“亲爱的，”特拉德尔回答说，他一副喜气洋洋的样子，“干吗别呢？你看这字写得怎么样，科波菲尔？”

“工整规范，非同寻常，”我说，“我根本不曾见过如此刚劲的笔迹。”

“不像是位女士的笔迹，对吗？”特拉德尔说。

“女士的笔迹！”我重复了一声，“砖头和砂浆才更像是女士的笔迹啊！”

特拉德尔爆出一阵欣喜若狂的笑声，接着他便告诉我说，这是索菲写的字。他还说，索菲已经郑重其事地声称，他很快就会需要一个抄抄写写的文书，而她能够充当那个文书。她是照着字帖写出这手字来的。她能够在一小时内写出，我忘记写出多少页来了。我得知了这一情况之后，索菲感到局促不安，不知所措，于是，一旦“汤姆”当上了法官，他就不会这么轻而易举地把事情张扬出来了。“汤姆”不赞同这个说法，并说在任何情况下，他都会因此而感到自豪的。

“她可是个完完全全的善良贤惠和令人开心的太太啊，亲爱的特拉德尔！”索菲离开之后，我哈哈大笑着说。

“亲爱的科波菲尔，”特拉德尔回答说，“毫无疑问，她是最最可爱的姑娘！看她管理这个家的方式方法，处事准时，熟悉家务，精打细算，井井有条。看她开心高兴的样子，科波菲尔！”

“确实，你有理由称赞她！”我回答说，“你真是个有福气的人啊。我相信，你们两个人互敬互爱，会成为世界上最最幸福的两个人。”

“我可以肯定，我们就是世界上最最幸福的两个人，”特拉德尔回答说，“不管在什么情况下，我都会承认这一点。天哪，我看见她天不亮就点起蜡烛起床了，忙着安排好一天的事情，赶在文书们还没有到律师学院来上班就外出到市场上去了，她根本不在乎天气的好坏，用最最普通的原料，设法做出最最美味可口的饭菜，做布丁、做馅饼，样样事情都安排得妥帖有序，还总是把自己打扮得整齐雅致，如果我晚上有事要待得很晚，她就会陪着我坐着，她总是温柔体贴，备受鼓舞，一切都是替我着想。有时候，我确实无法相信这是真的，科波菲尔！”

特拉德尔穿上了索菲一直在烘烤的鞋子。这时候，他对鞋子怀着一片柔情，把脚伸出搁置在炉栏上，美美地欣赏起来了。

“我有时候确实无法相信这是真的，”特拉德尔说，“还有就是，我们的种种快乐！天哪，它们无须花费多少钱，但却是奇妙无穷啊！到了晚上，我们就待在这个家里，把外面的房门关上，把窗帘也拉上，窗帘是她制作的。这个时候，还有哪个地方比这更加温馨舒适的吗？天气晴朗时，我们便在黄昏时外出散步，可以欣赏到大街小巷许许多多有趣的事情。我们朝着珠宝店那熠熠生辉的橱窗里张望，我指给索菲看，哪是镶着钻石眼睛的蟒蛇盘在白色绸缎衬垫上，说等到我买得起的时候，一定给她买。索菲则指给我看，哪是金怀表，表上有卧轮卡子和机绘花纹的外壳，镶了宝石，还有种种别的装饰，说她买得起时，就会给我买一块。我们还挑选了我们都喜欢的调羹、叉子、分鱼刀、抹黄油刀、方糖钳子，等到我们买得起时，我们都会买下。确实，到了离开的时候，我们就像是买到了那些东西一样！然后，我们漫步走进广场，进入大街，看到有幢出租的房子，有时候还会去看看，并且还会说，如果我当上了法官，住进那样一幢房子行不行？接着我们便对房子进行了一番分配，这间我们住，这几间姑娘们住，等等。直到根据情况，认为房子行或者不行，我们都心满意足了这才了结。有时候，我们花半价到剧场正厅后座去看戏，在我看来，花那么一点儿钱，就是闻闻那儿的气味也是够便宜的。况且我们还坐在那儿充分地欣赏到戏剧呢：索菲相信剧中的每一句台词，我也一样。我们步行着回家，兴许会在食品店铺里买点什么东西，或者在鱼摊上买一只小龙虾，拿到家里，做一顿精美可口的晚餐，边吃边聊着我们的所见所闻。对啦，你知道的，科波菲尔，如果我当上了大法官，就不能做这样的事情啦！”

“不管你成了什么样的人，亲爱的特拉德尔，”我心里想着，“你都会做一些令人开心惬意的事情！对啦，顺便说一句，”我大声说，“我猜想，你现在再也不画骷髅了吧？”

“说句实话，”特拉德尔回答说，他哈哈大笑起来，脸绯得通红，“我并不完全否认，自己还是画过来着，亲爱的科波菲尔。因为前几天，我坐在王座法庭的后排，手里握着一支笔，脑子里一时兴起，想要试试看我在那方面的才能保留得怎么样。所以，恐怕在那张桌子的横当上留着个骷髅像呢，还是个戴假发的。”

我们俩都开心开怀地大笑了一通，之后特拉德尔面带微笑地看了看炉火，结束了这一笑谈，然后他态度宽容地说：“老克里克尔啊！”

“我收到了那个老……恶棍的一封来信。”我说，想到他当年殴打特拉德尔的情形，我就怎么也不想宽恕他，而看到特拉德尔本人心甘情愿地宽恕了他之后，我就更加不想宽恕他了。

“克里克尔校长的来信吗？”特拉德尔激动地大声说，“不可能！”

“有些人看到我名气上升，财富增多，就都朝着我附了过来，”我一边说着，一边翻看着信件，“他们发现自己原来一直对我关怀备至，其中有一位就是那个克里克尔。他现在不做校长了，特拉德尔，不干那一行了，而是当上了米德尔塞克斯[①]的治安官。”

我本以为特拉德尔听了之后会感到惊讶，可他一点儿都不吃惊。

“你猜他是怎么当上米德尔塞克斯的治安官的？”我问。

“噢，天哪！”特拉德尔回答说，“这个问题很难回答啊。兴许他在选举中投过某个人的票，或者借过钱给某个人，或者买过什么东西给某个人，要不就是对某个人有过恩，或者帮助某个人干过什么事，而那个人又认识别的什么人，接着，那个别的什么人又设法让郡长把该职位委任给了他。”

“不管怎么说，他已经在任上了，”我说，“他给我的这封信上说，他很乐意向我展示一下，他们正在推行的唯一正确的监狱管理制度，唯一无可置疑的管理办法，能够使囚犯永远心悦诚服地改过自新。那就是，你知道的，单独关押。你认为如何？”

“指对这种制度吗？”特拉德尔问，他神态很严肃。

“不，是指接受他的邀请，你陪同我一道去怎么样？”

“我不反对。”特拉德尔说。

“那么，我就回信这么说啦。我想，你一定还记得（且不说对待我们的态度），当时这个克里克尔把自己的儿子赶出了家门，让他的妻子和女儿过的那种日子，对吧？”

“记得再清楚不过了。”特拉德尔说。

“然而，如果你看了他的信，你就会发现，他对待整个各种重罪犯人的态度上，可是最最温柔慈祥的了，”我说，“不过，我看不出，他会把这种慈祥的态度延伸到别的种类的人身上。”

特拉德尔耸了耸肩膀，一点也不觉得奇怪。我本来就料到他不

---

① 英国的一个郡，处在伦敦的西北。

会觉得奇怪的，我自己也不觉得奇怪，否则，那就是我对实际生活中类似的富有讽刺意味的现象见识得太少了。我们约定了去参观的时间，我当晚就据此给克里克尔先生写了回信。

在约定的那天——我想是在第二天，不过没有关系——我和特拉德尔一同到了克里克尔先生大权在握的监狱。这是一幢庞大而又坚实的建筑，建设的费用巨大。当我们走近监狱大门时，我不禁想到，如果有某个不明就里的人提议，用花费在此建筑上一半的钱给青少年建立一所攻读学校，或者给应该受到救济的老人建立一座养老院，那么，在全国还不到处甚嚣尘上啊。

有个办公室结构雄伟庞大，就像是巴别通天塔①的底层。有人领着我们在此见了我们的老校长。他身边有一群人，有两三个忙碌着的治安官之类的人物，还有一些他们领来的参观者。他接待了我，那神态俨然像是在往昔的岁月中曾塑造了我的心灵，而且一直对我体贴关爱来着。我介绍过特拉德尔之后，他的表情态度同样只是程度上逊色了一些，说他一直就是特拉德尔的向导、哲人和朋友。我们这位值得崇敬的老师可是老了许多，而在仪容仪表方面却没有改善。面部还是一如既往的通红，双眼仍然是细小的，而且凹陷得更加厉害了。在我记忆中，他长着一头稀疏湿润的灰白头发，但几乎已经掉光了。秃顶的脑门上粗筋毕露，看上去一点也不比从前更加令人舒服。

从那些绅士之间的交谈中，我或许归纳出这样的观点：在这个世界上，除了不惜一切代价替囚犯谋求最大舒适之外，再也没有什么合法的事情值得考虑了，监狱之外广袤的大地上也没有什么事情可做。听过他们的这番议论之后，我们便开始参观了。当时正好是午餐时间，我们首先走进宽敞的厨房，里面正在分着每个囚犯的饭菜，像钟表一样准确而有规律，分别摆放着（要送到他关押的囚室里

---

① 典出《圣经·旧约·创世记》第十一章第一节至第九节。巴别是《圣经》中的城市，相传诺亚的后代拟在此建立通天塔，上帝怒其狂妄，于是使建塔人说不同的语言，塔因此终未建成。

去)。我在一旁对特拉德尔说，我寻思着，是不是有人会觉得，这些量多味美的饭菜同水手、士兵、劳动者等那些老实巴交的普通劳苦大众——且不说乞丐——吃的饭菜，两者之间存在着鲜明的差异，实际上，后者五百人当中也没有一个人吃得有那一半好。但我听说了，这种“制度”要求高质量的生活，总之，一句话，为了全面实行这种制度，我发现，无论是在餐饮这个问题还是其他所有问题上，这种“制度”旨在消除一切疑问，排除一切干扰。任何人似乎都不会想到，除了这种“制度”之外，还有别的什么制度可供考虑的。

我们经过一些富丽堂皇的过道时，我询问了克里克尔先生和他的一些同伴，这种支配一切和压倒一切的制度的主要优势是什么?我发现，其优势有：囚犯单独关押，同外界完全隔绝，于是，任何被关押者都不知道别人的任何情况。这种使囚犯保持健康的精神状态的做法，能够实现其真诚地改过自新的目的。

我们开始到囚室里走访单个囚犯，穿过囚室所在的通道时，有人向我们谈到了囚犯去小教堂做礼拜等情况，这时，我突然想到，囚犯之间很可能非常了解，而且有一套相当完备的互通信息的办法。我相信，到我叙述到这段时期的时候，这一点已经得到证实了。但是，在当时，即便流露出一丁点儿疑惑，那都是对这种制度的大不敬，所以，我全心全意地要去寻找到改过自新的例证。

但对此我又有了巨大的疑虑。我发现囚犯悔过的形式整齐划一，就像在裁缝店的橱窗里看到的外套和背心的款式相同一样。我发现，大量告白忏悔实质上没有多少差别,(我严重怀疑)连措辞都大同小异。我发现，有众多狐狸把整园吃不着的葡萄诋毁得一无是处，但是，够得着葡萄的狐狸，我信得过的极少。除此之外，我还发现，最善于告白忏悔的人是最受人关注的对象。他们自傲自大，贪图虚荣，毫无激情，欺骗成性(在这一点上，根据许多人的档案资料可以看出，他们达到了令人难以置信的程度)。所有这一切都促使他们告白忏悔，而且由此得到心理上的满足。

然而，在我们来往于囚室之间的过程中，我反复听到他们提到一个二十七号的囚犯，此人是他们的宝贝疙瘩，俨然是个模范囚犯，于是，我决定暂且不下结论，等见到了二十七号再说。据我了解，二十八号也是一颗熠熠生辉的明星，但不幸的是，他的荣耀被二十七号那格外耀眼的光辉给遮蔽了。我听到了有关二十七号的许多情况，诸如对于周围的每一个人给予虔诚的规劝，连续不断地给母亲写言辞感人的信（他似乎觉得自己的母亲处在很艰难的境地），因此我迫不及待地想要见到他。

由于二十七号是压轴好戏，我必须得等上一会儿，克制住自己迫不及待的心情。但我们最终还是到了关押他的囚室门口。克里克尔先生透过门上的一个小孔看了看之后，钦佩之情溢于言表，他告诉我们说，二十七号正在诵读《赞美诗集》[1]。

大家立刻忙不迭地探着头看二十七号在诵读《赞美诗集》，那个小孔被六七个脑袋堵得严严实实。为了弥补这种不便，提供给我们一个同百分之百货真价实的二十七号交谈的机会，克里克尔先生吩咐人把囚室的门打开，邀请二十七号到过道上来。这之后，令我和特拉德尔惊讶不已的是，我们见到的已经改邪归正的二十七号不是别人，正是尤赖亚·希普！

他立刻认出了我们，一边向外走一边说，还像昔日那样扭动着身子。

"您好哇，科波菲尔先生！您好哇，特拉德尔先生！"

这一相认的情景令在场的人全都羡慕不已。我倒是觉得，由于他一扫自己傲慢的面目，竟然关注上我们来了，我们每个人都感到很惊讶。

"啊，二十七号，"克里克尔先生说，他语气中流露出对他惋惜和赞许的意味，"你今天觉得怎么样啊？"

"我非常卑微低下，先生！"尤赖亚·希普回答说。

"你一直都是这样的，二十七号。"克里克尔先生说。

---

① 指《圣经》中赞美上帝的诗歌。

说到这儿，另外一位绅士极为焦虑地问："你感觉很舒服吗？"

"很舒服，我谢谢您，先生！"尤赖亚·希普回答说，他的目光朝着那个方向看过去，"待在这儿，可比待在外面要舒服得多啊。我现在明白了自己的愚蠢行为了，先生。这就是令我感觉到很舒服的原因。"

几位绅士大为感动。第三位提问者挤到了前面，满怀深情地问："你觉得这牛肉怎么样？"

"谢谢您啊，先生，"尤赖亚回答说，他朝着问话的方向瞥了一眼，"昨天的牛肉老了点，但忍受是我的义务。我干过蠢事，先生们，"尤赖亚说着，露出温顺谦卑的微笑，他环顾了一下四周，"我应该毫无怨言地忍受后果。"

人群中响起一阵低声细语，或因为二十七号圣洁的心境而高兴不已，或因为膳食承包人惹得二十七号抱怨（克里克尔先生立刻记录了下来）而义愤填膺。一阵议论声平息之后，二十七号置身于我们中间，他似乎觉得自己是一座价值连城的博物馆里面一件最具价值的展品。为了让我们这些生手、外行大开眼界，克里克尔先生吩咐把二十八号带出来。

我先前已经够惊讶了，所以，当利蒂摩先生一边阅读一本劝善书一边走出来时，我的心情只能顺其自然！

"二十八号，"一位戴眼镜的绅士喊了一声，他先前没有开口说过话，"好伙计啊，你上个礼拜抱怨说可可质量不佳，随后情况怎么样啊？"

"我谢谢您啦，先生，"利蒂摩先生说，"做得质量更好了，如果我可以斗胆说一句的话，先生，我认为，同可可一道煮的牛奶不大纯正，但我知道，先生，现如今，伦敦的牛奶中掺假现象很严重，纯正的牛奶很难弄得到了。"

在我看来，这位戴眼镜的绅士好像在怂恿他的二十八号同克里克尔先生的二十七号作对，因为他们各自都把自己的人抓在手中。

"你的心情如何，二十八号？"戴眼镜的提问者说。

"我谢谢您啊，先生，"利蒂摩先生回答说，"我现在明白自己的愚蠢行为了，先生。一想到自己从前那些伙伴的罪行，我心里就大为不安啊，先生，但是，我相信，他们会得到宽恕的。”

“你自己感到快乐吗？”提问者说，他会意地点了点头。

“我对您深怀感激之情，先生，”利蒂摩先生回答说，“十分快活。”

“现在心里面还有什么想法吗？”提问者说，“如果有，就说出来吧，二十八号。”

“先生，”利蒂摩先生说，他没有抬头看一眼，“如果我没有看走眼的话，在场有一位先生，从前认识我的。先生，我过去的种种愚蠢行为，完全是由于自己在伺候年轻人的时候不动脑子过日子，任由他们把我引入歧途，对此我无力反抗。让这位先生知道这一点，对他是有好处的。我希望，这位先生会引以为戒，先生，不要因为畅所欲言而生气。这是为他好。我意识到了自己过去的愚蠢行为。我希望，他能够对于所有的邪恶行为和罪行幡然悔悟，因为其中他也有份儿。”

我注意到，有几位绅士正每人用一只手遮住自己的眼睛，好像是刚刚走进教堂似的。

“这话说得在理，二十八号，”提问者回答说，“我预料到你会这样说的，还有什么别的话要说吗？”

“先生，”利蒂摩先生回答说，他稍稍抬了抬眉毛，但没有抬起眼睛，“有个误入歧途的年轻女子，我曾经竭尽全力要拯救她，但未能成功。我请求这位先生，如果他办得到的话，请代我转告那位年轻女子，说我原谅了她对我的不良行为，另外我劝她悔过自新，如果这位先生能行行好，请给予转告。”

“我毫不怀疑，二十八号，”提问者回答说，“正如我们大家一样，你提到的这位先生对你这番如此得体的话一定会感受强烈的。我们不耽搁你啦。”

“我谢谢您啊，先生，”利蒂摩先生说，“先生们，再见啦，愿你们和你们的家人也能够看清楚你们的罪恶，并加以改正！”

二十八号说完这话后，同尤赖亚交换了一下眼神，然后返回去了。他们似乎通过某种交流途径，彼此并不陌生。关押二十八号的囚室门关上之后，人群中一阵窃窃私语起来，说他是个最最体面的人物，也是个很漂亮的案例。

“行啊，二十七号，”克里克尔先生说，同他的人一道进入一个空出的舞台，“你有什么事情想要哪个人替你办的吗？如果有，就说出来吧！”

“我要谦卑低下地请求，先生，”尤赖亚一边回答，一边扭动那颗邪恶的脑袋，“允许我再给母亲写一封信。”

“当然许可。”克里克尔先生说。

“谢谢您，先生！我很为母亲感到焦虑，担心她不安全。”

有人欠思考地问了一声，哪方面不安全？但有人却发出了愤怒而又低声的“嘘”声。

“今生今世的安全，先生，”尤赖亚回答说，他向着问话声传来的方向扭了扭身子，“我希望母亲也能被教化成进入我这种状态。我如果不到这儿来，自己不可能达到眼下这个状态。我但愿母亲也能来这儿。不管是什么，如果被送到这儿来，对他们都是有好处的。”

这种情感对现场产生了无尽的满足感，我认为，比前面发生的任何事情都更加令人心悦诚服。

“我来到这儿之前，”尤赖亚说，偷偷地瞥了我们一眼，好像在表明，如果他做得到的话，一定会把属于我们的外面的世界摧毁得稀巴烂，“我一味地干蠢事，但现在我已经意识到自己的种种愚蠢行为了。外面的世界满是罪恶。母亲的身上也充满了罪恶。任何地方都只有罪恶，除了这儿之外。”

“你已经改过自新了吗？”克里克尔先生说。

“噢，天哪，说得对啊，先生！”这位充满了希望的悔罪者说。

“如果你出去了之后，不会故态复萌吗？”别的什么人问了一声。

“噢，天哪，不会的，先生！”

“行啊！”克里克尔先生说，“这就令人高兴了。你已经对科波菲尔先生说过话了，二十七号，还有什么事情要跟他说的吗？”

“在我来到这儿并且改过自新之前很久，您就认识我了，科波菲尔先生，”尤赖亚一边说，一边看着我，即便在他那张脸上，我从来没见过比这更加恶毒的表情，“尽管我有过种种愚蠢行为，但我在他们那些自鸣得意的人当中是谦卑低下的，在那些粗暴无礼的人当中是温和顺从的。当时，您就认识我了。您自己还粗暴无礼地对待过我呢，科波菲尔先生。有一次，您还扇过我一记耳光，这您是知道的。”

这引起了在场人的一片同情，有几个人还对我怒目而视。

“但是，我原谅您了，科波菲尔先生，”尤赖亚说，一个邪恶无忌和恶毒可怕之徒竟然奢谈他宽恕待人的秉性，对此我拟不加描述，“我原谅了每一个人。心怀着怨恨不是我的为人。我宽宏大度地原谅了您，也希望您今后控制住自己的激动情绪。我希望威先生会幡然悔悟。还有威小姐和那一群充满罪恶的人都是如此。您历经了磨难，但愿对您有所裨益，不过，您最好到这儿来。威先生最后到这儿来，威小姐也是如此。科波菲尔先生，我给您的最好祝愿，给所有在场先生的最好祝愿，就是你们能够被抓起来，送到这儿。当我想到过去的种种愚蠢行为和现在的处境的时候，我可以肯定，这儿对于你们而言，是最理想的地方。我替所有没有被送到这儿来的人感到惋惜！”

他在众人轻声的赞扬声中回到了自己的囚室。等把他锁起来之后，我和特拉德尔才松了一口气。

这就是这种悔过自新的方式的一大鲜明特征，我很想问一声，这两个人是因为犯了什么事才被关押到这儿来的。这看起来是他们最不愿意讨论的事情。我从两个监狱看守的脸上看出了某种端倪，估计他们清楚地知道这一番折腾的真正含义，于是我把自己的想法向他们中的一位提了出来。

“你知道吗？”我们顺着过道走时，我问了一声，“二十七号干的最后一件‘蠢事’属于什么重罪？”

回答是，一桩银行诈骗案。

“是诈骗英格兰银行吗？”我问。

“对，先生。他和另外一些人诈骗钱财，伪造公文，伙同作案。他唆使怂恿另外那些人，这是一个部署周密的阴谋，数额巨大。他被判终生流放。二十七号是那伙人当中最最狡猾的一个，差一点儿就逍遥法外了，但还是没能逃脱。银行刚好逮住了他，就刚刚好。”

“那你知道二十八号犯的是什么罪吗？”

“二十八号，”给我提供信息的看守回答说，他自始至终说话的声音都很低，还在过道上边走边左顾右盼，生怕自己这样肆无忌惮地谈到两位白璧无瑕的人，被克里克尔先生和其他人听见了，“二十八号（判的也是流放）原本谋到了一份伺候一位少爷的差事，可就在他们要去国外的头一天夜里，他抢走了主人至少值二百五十英镑的钱财。这个案子我记得特别清楚，因为他是被那个矮小个逮住的。”

“一个什么？”

“一个矮小个头的女人。叫什名字来着？”

“不是叫毛切尔吧？”

“就是叫这个名字的！他已经逃脱了追捕，戴上了淡黄色的假发套，还有胡须，乔装改扮得天衣无缝，您肯定有生以来都没有见过，他正要去往美国，可就在当时，有个矮小个头的女子，正好在南安普敦[①]，结果遇到他在街上行走，她瞬间目光敏锐，认出他来了。她冲向他的两胯之间，把他给顶翻了，像严厉的死神一样，牢牢地抓住他不放。”

“了不起的毛切尔小姐啊！”我大声说。

“如果您像我一样在对他进行审判时看见她站在证人席的一把椅子上，您更会这样说的，”我的朋友说，“当她逮住他的时候，他撕破了她的脸，态度野蛮地使劲打她，但她绝不松手，直到把他关押起

---

① 英格兰南部的港口城市，英国开往美国的船只往往停泊于此。

来。实际上，她把他揪得牢牢的，警察没有办法，直到把他们两个一道带走。她英勇无畏地做了证，受到王座法庭的高度赞扬，返回住所时，她也受到人们的欢呼。她在法庭上说，即便他是力士参孙[①]，她也会赤手空拳地逮住他（就凭她所知道的有关他的行径）。而我相信，她是会这样做的！”

我也相信她会这样做的，并因此对毛切尔小姐表示了崇高敬意。

我们这时把要看的东西都看过了。二十七号和二十八号本性依旧，毫无更改。从前怎么个德行，当时也就是怎么个德行。两个伪善矫饰的恶棍在这个地方玩弄告白悔过的伎俩。他们至少和我们一样清楚，这种悔罪的市场价值，在他们被流放到海外时，直接用得上。一句话，这完全是一种奸诈、虚伪和处心积虑的欺骗行为。如果把这一切当着可敬的克里克尔先生的面说了，那是白费口舌。我们离开了他们，让他们自己去搞那套制度去，我们则迷惑不解地回家去了。

“这或许是件好事情，特拉德尔，”我说，“因为恣意放纵是一种不良嗜好，定会加速其消亡。”

“但愿如此吧。”特拉德尔回答说。

---

① 典出基督教《圣经·旧约·士师记》第十三章至第十六章，相传参孙为古犹太人领袖之一，以身强力壮著称，曾赤手空拳撕裂过狮子。英国十七世纪大革命时期伟大的诗人约翰·弥尔顿（John Milton，1608—1674 年）根据该故事创作了生平最后一部诗艺高超的诗剧《力士参孙》。

第六十二章

一盏明灯照亮我的人生之路

岁月流逝，又到了圣诞节。我远行回家已经两个多月了，其间常常见到阿格尼丝。不管人们鼓励我的声音有多么响亮，也不管他们的鼓励在我身上唤起的热情和决心有多么强烈，我若听到阿格尼丝哪怕是最最轻微的赞扬，别的声音都不在心上了。

我常常骑马过去，在那儿度过夜晚，每个礼拜至少去一次，有时候还不止一次。我通常夜间骑马返回，因为昔日那种惆怅的感觉现在总是萦绕在我的心头，当离开她时，尤其黯然神伤。因而我宁可起身外出，也不愿意在漫漫长夜的辗转反侧中，或在痛苦的梦境中，回首往事。策马扬鞭当中，我消磨掉了许多极度悲伤的长夜中的大部分时光。行进当中，我长时间在国外萦绕于心的思绪又一次被唤醒了。

或者，如果我换一个说法，说我倾听着那些思绪的回声，则可以更好地表达真实情况。那些思绪在遥远的地方向着我诉说，我则已经把它们置于遥远的地方了，接受了自己无法逃脱的境遇。当我把自己创作出的作品念给阿格尼丝听时，当我看见她洗耳恭听的面部表情时，当我看见她感动的脸上洋溢着微笑或者眼睛噙满泪水时，当我听见她对我生活在其中的那个想象世界里的种种虚幻的事件发表热情真挚的评论时，我就想啊，自己的命运本来可能是怎样的啊，但是，我只是这么想象着，就像我娶了多拉之后，我曾想过，自己本来希望的妻子是什么样子的。

我对阿格尼丝承担着一种责任，因为她用一种特有的爱爱着我，而如果我去惊扰这种爱，那就是对它最为自私而又轻率的践踏，而且永不可能恢复。我的心智已经成熟，并确切地认识到了，我自己设置了自己的命运，赢得了自己曾轻率冲动、情有独钟的对象，自己没有权利抱怨，必须要忍受一切。我的这种责任和认识包含着我感觉到的东西和我认清了的东西。但是，我爱她，而现在，即便是朦朦胧胧地想象着在遥远的将来的某一天，当这一切都过去了之后，我可以毫无愧疚地坦率地承认这种爱，可以说，“阿格尼丝，我从国外回来的时候就是这样的，而现在我已经老了，从那之后我就没有恋爱过啊！”这样对我也是一种安慰。

她从来没有在我面前表现出什么变化。她一向对我怎么样，仍然怎么样，完全没有变化。

自从我回家后的那个夜晚以来，在我和阿格尼丝的关系这个问题上，我和姨奶之间出现了某种情况，我不能称为是一种窘况，或者是对这个话题刻意回避，而是一种心照不宣。我们都想到了这件事，但都没有把自己的想法诉诸言语。我们按照老习惯晚上会在火炉前坐下来，这时候，我们往往会陷入这种思绪当中，自然而然，彼此心领神会，就像是已经毫无保留地说出来了一样。但是，我们一直都会缄口不言。我相信，她那天晚上已经看出了，或者部分看出了我的心思。她也完全明白，我没有更加明确地表达自己的心思的原因。

圣诞节就要来了，阿格尼丝没有向我吐露更多内心的想法，所以，我的心里有几次产生疑惑，她是否能够觉察到我内心的真实想法，因为担心给我造成痛苦，这才对我三缄其口，这种疑惑开始沉重地压在我心头了。如果情况果真如此，那我所做出的牺牲就毫无价值了。我对她所要尽到的最起码的义务就没有尽到。每一个我所刻意回避的拙劣行为，就等于时时刻刻都在进行。毫无疑问，我决定纠正这一切。如果我们之间存在着这样一道隔阂，那就要立刻坚定果断地消除。

那是个寒风凛冽的冬日，我有多么充分的理由牢记那一天啊！几小时之前，天下起了雪。地面上的积雪不厚，但冻得硬邦邦的。我窗外的海面上，北风呼啸，狂暴无忌。我一直在思索这股狂风，正在横扫过瑞士那些人迹罕至的满是积雪的荒凉山野。我一直在琢磨着，那些荒凉的地带同这片苍茫的大海，哪一处更加寂寥凄凉啊。

“今天还骑马出去吗，特罗特？”姨奶问，她把头从门口探了进来。

“对啊，”我说，“我要到坎特伯雷去。这是个骑马出行的好日子。”

“但愿你的马也这么认为来着，”姨奶说，“但是，眼下它正垂着头，耷拉着耳朵，伫立在马厩门口，好像它更加乐意待在马厩里呢。”

我可以顺便说一下，姨奶允许我的马踏进禁地，但对驴子就一点也不宽容了。

“它马上就会精神抖擞起来！”我说。

“不管怎么说，这么外出跑一趟，对自己的主人是有好处的，”姨奶一边说着，一边瞥着我放在桌子上的文稿，“啊，孩子啊，你在这儿待了很多个小时啦！我平常看书时，压根儿不曾想到，写书是怎样费劲的一种工作啊。”

“有时候，看书也是够辛苦的，”我回答说，“至于写作嘛，自有其自身的魅力，姨奶。”

“啊，我明白啦！”姨奶说，“我估计，这其中可以实现自己的雄心壮志，得到人们的赞扬和认同，还有很多别的，对吧？行啊，你得出发啦！”

“关于阿格尼丝钟情的人的那方面情况，”我说，我态度平静地站立在她面前，她轻轻地拍了拍我的肩膀，然后在我的椅子上坐了下来，“您还知道更加多的内容吗？”

她抬头看了我一会儿，然后回答说：

“我认为自己知道，特罗特。”

“您的看法有根据吗？”我问。

“我认为有根据，特罗特。”

她目不转睛地盯着我看，目光中透着疑惑、怜惜，或者充满着慈爱的挂念，于是，我决心更加坚定，要在她面前展示一张完全喜气洋洋的脸庞。

“还有就是，特罗特……”姨奶说。

“呃！”

“我认为阿格尼丝就要结婚嫁人了。”

“愿上帝保佑她！”我高高兴兴地说。

“愿上帝保佑她！”姨奶说，“也保佑她的丈夫！”

我附和了一句，告别了姨奶，脚步轻盈地下了楼，骑上了马背，扬鞭而去了。现在我比以前有更加充分的理由去做自己决心要做的事情了。

寒冷的天气里策马前行，我至今记得多么真切啊！寒风从草地上刮起的冰屑横扫在我的脸上。马蹄嘚嘚，在结冰的地面上敲出有节奏的旋律。耕作过的土地冻得坚硬了。寒风吹过，积雪在白垩矿场轻盈地回旋飞舞。拉着干草的牲口喷着热气，停留在山岗上喘息，抖得它们身上的铃铛发出悦耳动听的声音。白雪皑皑的山丘和连绵不断的丘陵舒展在阴沉沉的天幕下，就像是在一块巨大的石板上画出来的！

我发现阿格尼丝独自一人待在家里，小姑娘们这时全都回家去了，只见她独自一人坐在火炉边看着书。看到我进屋后，她把书放下了，同平常一样向我表示欢迎，然后拿着针线筐，在其中的一个老式窗户边坐下。

我在她身边的窗台上坐下，我们畅谈了我正在进行的工作，何时可以完成，自从我上次来过之后，工作进展如何。阿格尼丝兴致勃勃，笑盈盈地预言，说我很快就会大红大紫，到时可就无法再同我交谈这些问题了。

“所以说，你知道的，我得充分利用好现在的时机，”阿格尼丝说，“而且必须在我可以做得到的时候同你说话。”

但我看着她专注着手上活儿的美丽面容时，她抬起温柔明亮的双眸，发现我正在看着她。

“你今天心事重重啊，特罗特伍德！”

“阿格尼丝，我可以告诉你是怎么回事吗？我就是来告诉你的。”

她把手上的活儿搁置到一旁，当我们严肃地讨论每一件事情时，她往往就是这样的，接着便全神贯注地听我说。

“亲爱的阿格尼丝啊，我对你真心诚意，你怀疑我吗？”

“不怀疑！”她回答说，表情很惊异。

“我一如既往地还是那样对待你，你怀疑我吗？”

“不怀疑！”她还像刚才一样回答。

“我回家时，极力想告诉你，我对你怀着无尽的感激之情，最最亲爱的阿格尼丝，同时对你怀着多么强烈的热情。这个情况你还记得吗？”

“我记得，”她语气温柔地说，“记得非常清楚。”

“你的心里藏着个秘密，”我说，“说出来给我听听吧，阿格尼丝。”

她目光朝下，浑身颤抖起来。

“即便我没有听说，不过是从别人那儿听说的，而不是从你这儿，阿格尼丝，这似乎有点不可思议。我几乎不可能不知道，你已经把无比珍贵的爱情奉献给某个人了。如此关乎着你幸福美满的事情，你可不要瞒着我啊！如果你能够信得过我，因为你是这么说的，我也相信你做得到，那么，至少在这件事情上，让我做你的朋友，做你的兄长！”

她怀着恳切的目光，几乎是责备的目光，瞥了我一眼，然后从窗户边站起身，匆匆走过房间，仿佛不知道身处何处，她双手捂着脸，突然痛哭起来，猛击在我的心上。

然而，她这么痛哭流泪，倒是让我想起了什么，给我的内心带来了希望。我不知道其中的缘故，但她的泪水同那平静忧伤的微笑联系在了一起，深深地铭刻在我的记忆中，令我受到震撼更多的是希望，而不是惊恐或者悲伤。

“阿格尼丝！妹妹啊！最最亲爱的！我说错什么了吗？”

"让我离开吧，特罗特伍德。我身体不大舒服，心里很乱。我迟早会告诉你的……下次吧。我会给你写信，现在不要对我说。不要！不要啊！"

我极力回忆着她曾经对我说过的话，那是在先前的一个晚上对我说，她说自己的爱无须得到回报。这就像是我必须在瞬间寻遍整个世界。

"阿格尼丝，看到你这个样子，想想是我的原因造成的，我受不了啊。最最亲爱的姑娘，比我生命中的任何事情都更加珍贵，如果你心里不愉快，就让我分担你的忧愁吧。如果你需要帮助或者安慰，就让我来设法给你吧。如果你心里面有负担，就让我来减轻负担吧。阿格尼丝啊，如果我现在不是为了你而活着，我会为了谁而活着呢？"

"噢，饶了我吧！我神情恍惚了！下次吧！"我当时能够听清楚的就这么几句话。

是一种由于自私自利导致的错误让我不顾一切地说下去呢？还是由于突然看到了一线希望，某种过去连想都不敢想的东西展现在了我面前？

"我必须得说下去，不能让你就这么走了！看在上帝的分上，阿格尼丝，经历了这么些年之后，经历了这当中的颠沛流离之后，我们彼此之间可不要有误会啊！我必须直截了当地说出来。如果你有什么萦绕在心的疑虑，以为我会嫉妒你给予他人的幸福，以为我不会愿意把你托付给你自己选定的某个更加亲密的保护人，以为我不会站在远处心满意足地见证着你的快乐，那就消除这种疑虑吧，因为你对我不应当有这样的想法！我并没有白白地遭受磨难，你也没有白白地教导我。我对你的感觉中毫无自私的成分。"

这时候她平静下来了。片刻之后，她苍白的脸庞转向了我，低声地说话了，话说得断断续续，但却很清楚：

"我感激你对我给予的纯洁的友谊，特罗特伍德，对于这份情谊，确确实实，我毫不怀疑。我会告诉你，你误会了。我没有更多别的话可说。如果说这些年当中，我有时候需要帮助和安慰，我已经得到帮助和安慰了。如果我有时候感到不快乐，不快乐的情绪已经消散了。如果我的心里有过负担，我的负担已经减轻了。如果说我有什么秘密，秘密就是——秘密不是什么新的，也不是——你所猜测的那种秘密。这个秘密我不能透露，或者说不能同别人分享，它长期以来就是属于我自己的，而且必须保留在我的心里。”

“阿格尼丝！等一等！等一会儿！”

她正要离开，但是被我阻拦住了。我伸出一条胳膊紧紧地搂着她的腰。“这些年当中！”“那秘密不是什么新的！”新的想法和希望在我心中盘旋着，我生命中的所有色彩正在发生着变化。

“最最亲爱的阿格尼丝啊！我十分尊敬和敬仰的人啊！我矢志不移爱着的人啊！我今天到这儿来时，本来心里寻思着，无论如何都不能做出这番表白的。本来以为，我会把这个心愿一辈子保留在心间，直到我们都苍老的时候。但是，阿格尼丝，如果我果真有什么新的希望，我有朝一日能够对你做比妹妹更进一步的称呼，与妹妹完全大相径庭的称呼！”

她的泪水簌簌地往下流，但跟先前流的不一样，我从那晶莹闪烁的泪花中看到了希望。

“阿格尼丝！你一直就是我人生的向导，最坚强的后盾！当我们俩在这儿一块长大时，如果你对自己的事情关心得多一些，对我的事情关心得少一些，我认为，自己狂乱不羁的思绪就绝不会从你的身上游离开。但是，你大大地胜过了我，在我的每一次希望和失望中，你是我心中必不可少的人，所以我的点点滴滴都会向你倾诉，每一样事情都会依赖于你，你成了我的第二个天性，结果在那个时候便取代了第一天性，也是像我现在这样爱着你的第一天性！”

她仍然在哭泣着，但不是伤心痛哭，而是高兴得流泪！而且她紧紧地依偎在我的怀中，这在过去是从未有过的，而且我过去认为她永远也不会这样！

“当初我爱上多拉的时候，爱得很痴心，阿格尼丝，因为你知道……”

“是啊！”她态度恳切地大声说，“我很高兴听到你这么说！”

“我爱她的时候，即便在当时，要是没有你的认同，我的爱也是不完整的。我得到了你的认同，爱变得圆满了。而当我失去她的时候，阿格尼丝，如果没有了你，我会是个什么样子啊！”

她在我的怀中依偎得更加紧了，靠着我的心更加近了，她颤抖着手搁在我的肩膀上，恬静温柔的双眸噙满了晶莹的泪花，看着我的双眼！

“亲爱的阿格尼丝啊，我离家远行，怀着对你的爱，滞留在异国他乡，怀着对你的爱，重返故土，怀着对你的爱！”

这时候，我尽力把自己经历过的内心纠结和得出的结论全部告诉她。要真真切切、完完整整地把自己的心扉袒露在她的面前。要把种种情况讲述给她听，我曾经是如何对自己和对她有更加清楚的了解的，如何面对得出的结论无可奈何的，如何即便在当天到达那儿时还对该结论坚信不疑的。如果她确实很爱我（我说的），以至会接受我做她的丈夫，她就会这样做，不是因为我是理所当然的，而是因为我对她真心诚意的爱，还有所经历的磨难，因为我的爱在磨难之中得以成熟到现在这个样子。因为这样的原因，我这才把心中的爱表白出来。啊，阿格尼丝，甚至就在这同一时刻，我从你真挚的目光中看到了我那娃娃妻子的灵魂在看着我，对此表示认可。通过你，引起了我对花朵儿最最温情的回忆，可那花朵在其盛开的时候就凋谢了！

“我幸福无比，特罗特伍德，我的心充实无比。但有一件事情我必须得说。”

“最最亲爱的，是什么事情？”

她的双手温柔地搁在我的肩膀上，平静的目光看着我的脸。

“你还不知道那是什么吗？”

“我不敢猜测是什么事情，告诉我吧，亲爱的。”

“我一直都爱着你！”

啊，我们多么幸福啊，我们多么幸福啊！我们热泪盈眶，我们历经了种种磨难（她经受的磨难更大）才达到这样的状况，但我们不是因为磨难而流泪的，而是因为喜悦，我们因为这样我们永远不会再分离了，我们欣喜不已！

在那个冬日的傍晚，我们一同漫步在田野中，寒冷的空气似乎也在分享着我们内心洋溢着的宁静的幸福感。我们还在一路徘徊着的时候，早早显现的星星开始在天空中闪烁，我们抬头仰望着星星，心里怀着对上帝的感激之情，因为上帝把我们引导到了这种安宁静谧的氛围中。

晚上，月光明亮，我们一同伫立在同一个老式的窗户边。阿格尼丝平静地抬头仰望着月亮，我也顺着她的目光看去。这时候，一条漫长的道路在我的思绪中展开，我看见了一个衣衫褴褛、疲惫不堪的男孩在艰难地跋涉着，孤苦伶仃，无依无靠，这个孩子今天终于把紧贴着我的心跳动的那颗心叫作他自己的了。

翌日，我们出现在姨奶面前的时候，已经是临近晚餐的时间了。佩戈蒂说，姨奶在楼上我的书房里，把我的书房收拾得妥妥帖帖，井然有序，这是她感到自豪的事情。我们看见她戴着眼镜，坐在壁炉边。

“我的天哪！”姨奶说，她透过暮色凝视着，“你把谁给领回家来啦？”

“阿格尼丝。”我说。

由于我们约定好了，一开始什么也不说，所以姨奶感到很局促不安。我说“阿格尼丝”时，她给我投来了希望的目光，但是看到我表情还跟平常一样，她便失望地摘下了眼镜，用眼镜摩擦了一下自己的鼻子。

不过，她还是亲切地同阿格尼丝打了招呼，我们很快就坐在楼下亮着烛光的客厅里用餐了。姨奶戴上眼镜两三回，目的是要把我看个究竟，但往往又摘下眼镜，大失所望，还是用眼镜摩擦一下自己的鼻子。这令迪克先生感到大为不安，因为他知道这是个不好的征兆。

“顺便说一声，姨奶，”吃完饭之后，我说，“我把你告诉我的事对阿格尼丝说了。”

“那么，特罗特，”姨奶说，她脸色通红，“你这样做不对，你食言了。”

“我想，您不会是生气了吧，姨奶？我可以肯定，您要是知道，阿格尼丝并没有因为什么意中人的事情而不高兴，您就不会生气啦。”

“净胡说八道！”姨奶说。

由于姨奶看起来要生气了，所以我觉得最好的办法就是让她消消气。我用胳膊搂着阿格尼丝，把她领到姨奶坐的椅子的后背，我们两人都俯在她的身后。姨奶两手一拍，透过眼镜看了一眼，立刻歇斯底里地发起怒来，凭着我对她的了解，她这可是第一次也是唯一一次这样。

姨奶这一阵歇斯底里的情绪召来了佩戈蒂。姨奶刚一缓过神来，便扑向佩戈蒂，叫她是愚蠢的老婆子，她使出浑身力气抱住她。抱过佩戈蒂之后，她又抱住迪克先生（他感到无比荣幸，但惊讶不已）。接着，便告诉他们事情的原委。然后，我们高兴成一团。

我弄不明白的是，自己上次和姨奶进行简短的交谈时，她是设置了一个善意的骗局，还是确实误解了我的心情。她说，她已经告诉我阿格尼丝马上就要结婚了，这就足够了。这事现在我比任何人都知道得更加真切。

两个礼拜之后，我们便结婚了。我们在平静的气氛中举行了婚礼，出席婚礼的客人只有特拉德尔和索菲、斯特朗博士和斯特朗夫人。他们喜气洋洋，我们同他们告别了，一同驱车，离去。我紧紧地搂在怀里的是我平生拥有的每一个抱负的力量源泉，是我的中心，是我生命的范围，是我自身，是我的妻子。我对她的爱建立在磐石之上！

“最最亲爱的丈夫啊！”阿格尼丝说，“既然我现在可以用这个称呼来称呼你了，我可还有一件事要告诉你。”

“说给我听吧，亲爱的。”

“事情发生在多拉去世的那天夜里，她要你把我叫过去。”

“她是这样做的。”

“她告诉我说，她给我留下了一件东西。你猜得出是什么东西吗？”

我想我猜得出来。我把这么长时间以来一直爱着我的妻子搂到了我身边，靠得更近了。

“她告诉我说，她对我提出最后一个请求，托付我最后一件事。”

“而事情是……”

“只有我才能填补这个空缺。”

说完，阿格尼丝把头贴在我的胸口，哭了。我也跟着她哭了起来，不过我们幸福无比。

第六十三章

故人登门

我打算要叙述的事情快要接近尾声了。但是，还有一件事情在我的记忆中很鲜活，每当回忆起来的时候，我的心里就会充满快乐，而如果把这件事情忽略掉的话，我所编织的网络中就会有一根线头弄乱了。

我已经名利双收了，家庭生活幸福美满，婚后经历幸福快乐的生活十年了。我和阿格尼丝坐在我们伦敦寓所的壁炉前，春天里的一天晚上，我们的三个孩子在房间里玩耍，突然间，仆人通报说，有个陌生人想要见我。

仆人问过他，是否有什么事情要办，他回答说没有，就是想要来看看我，是从大老远的地方来的。仆人说，他是位老人，看上去像个农民。

孩子们听到这事后，感觉神秘兮兮的，而且很像是阿格尼丝常常给他们讲的一个有趣的故事的开头，说是有个邪恶的老妖精出现了，他身披着斗篷，痛恨每一个人，所以这事在孩子们中间引起了一阵骚动。男孩子中有一个把头伏在妈妈的腿上，以便不会受到伤害，小阿格尼丝（我们最大的孩子）把她的娃娃放在一把椅子上，以代表她，自己则跑到窗帘后面，一小簇金色的卷发从窗帘间露了出来，看看接下来会出现什么情况。

“请他进来吧！”我说。

很快进来一位精神矍铄、头发灰白的老人，进门时他在昏暗的过道上停顿了片刻。小阿格尼丝被他的音容笑貌吸引住了，赶忙跑去把他领进来，我还没有看清楚他的脸庞，我妻子突然跃起身，大声地冲着我喊，声音中充满了喜悦和激动，来者是佩戈蒂先生！

真是佩戈蒂先生。他现在是位老人了，不过是位红光满面、精神硬朗、身强力壮的老人。见面后的激动过去之后，他坐在壁炉前，让孩子们依偎在他的膝上，炉火照在他的脸庞上，在我眼中，他看上去仍然是过去我看到的那位精力充沛、身强力壮，而且英俊潇洒的老人。

“大卫少爷，”他说，这个昔日的称呼，还是用昔日那种声调自然而然地在我耳边响起！“大卫少爷，我又见到您啦，还有您真心相爱的夫人，真是个喜庆的时刻啊！”

“确实是个喜庆的时刻，老朋友啊！”我大声说。

“还有这些可爱的孩子，”佩戈蒂先生说，“看看这些花朵儿！啊，大卫少爷，我初次见到您的那阵子，您还只有这个最小的乖乖这么高的个头呢！那时埃米莉也高不到哪儿去，我们那可怜的小伙子也还只是个毛头小伙子呢！”

“从那以后，时光在我身上引起的变化可比在你身上引起的变化大啊，”我说，“但是，还是让这些小淘气上床睡觉去吧。你回到了英国之后，就不能住到别的地方，只能住到这儿，告诉我派人到哪儿去取行李（我思忖着，那个伴随他远涉重洋的旧黑色提包是不是还在行李当中）。然后，来上一杯雅茅斯格洛格酒，我们再来畅谈阔别十年的经历！”

“就一个人吗？”阿格尼丝问。

“对，夫人，”他说，他吻了吻她的手，“就一个人。”

我和阿格尼丝让他坐在我们两个人之间，不知道如何才能表达我们对他表示热烈欢迎的情意。我开始倾听昔日他那熟悉的声音了，这时候，我甚至想象着，他仍然在长途跋涉，寻找自己的宝贝外甥女儿。

“横过这一趟，”佩戈蒂先生说，“就是水上的行程，只消待上几个礼拜。但是，水上（尤其是咸水）行程对我习以为常。朋友宝贵，前来相会。这还成了押韵诗了，”佩戈蒂先生说，他发现这话押韵后感到惊讶，“不过我并没有想到会说出这样押韵的话来。”

“远涉重洋这么回来一趟，这么快就回去吗？”阿格尼丝说。

“是啊，夫人，”他回答说，“离开之前，我答应过埃米莉了。您看吧，过去了这么些年，我已经不再年轻了。要是不航行回来，很可能就回来不了了。可是我这心里惦记着，要趁着我还没有老得动弹不了，必须得回来看看你们幸福美满的婚姻生活，看看大卫少爷，看看温柔贤淑、鲜花般的您自己。”

他眼睛盯着我们看，好像怎么看也看不够似的。阿格尼丝笑着把他零散的几缕灰白的头发捋到后面，以便让他看我们看得更加清楚一些。

“那么现在，”我说，“把你们境遇中的一切情况告诉我们吧。”

“我们的境遇，大卫少爷，”他接话说，“很快就可以说完。我们没有遇到任何麻烦，而是一切顺当。我们都顺风顺水的，干我们该干的活儿，也许刚开始的时候有点艰难，但后来一直都过得顺风顺水。无论是牧羊，还是饲养别的家畜，无论干这样的事情，还是干那样的事情，样样都顺心如意。上帝一直都特别降福给我们，”佩戈蒂先生说着，态度虔诚地低下了头，“我们的日子一直都过得很红火。这是从长远来说的。如果没有昨天的红火，哪有今天的红火。如果没有今天的红火，哪有明天的红火啊。”

“埃米莉怎么样？”我和阿格尼丝不约而同地说。

“埃米莉，”他说，“您同她分别之后，夫人，我们在丛林中安顿了下来，夜间，她在帆布帷帘的另一边祈祷时，没有一次没听到提起您的名字。那天太阳落山时，我和她看不见大卫少爷了，她一开始情绪低落。多亏大卫少爷心地善良，考虑周到，把那件事情隐瞒下来了，要不是这样，依我看她准会垮掉的。但是，同船的同胞中很快就有人生病了，她去照顾他们，我们一行人当中还有孩子，她也照顾孩子们。她就这样忙忙碌碌的，行善做好事，这样一来倒是帮了她的忙。”

“她最早听说那件事是什么时候？”我问。

“我听说了之后一直就瞒着她，”佩戈蒂先生说，“持续了差不多有一年的时间。我们当时生活在一个偏僻的地方，但周围林木繁茂，景色优美，住房外面，蔷薇花爬到了房顶。有一天，我在外面的地里干活儿，有个旅行者打从那儿经过，此人来自英国我们自己的诺福克郡还是萨福克郡（来自哪儿，我没有记清楚），我们当然把他引进屋里，给他吃的喝的，热情地欢迎了他。我们整个殖民地的人都会这样做。他身上带了一张旧报纸，还有另外的记述那场风暴的印刷品。她就是这样知道那件事的。我晚上回到家时，发现她知道了。”

他说这番话时，声音往下降了，我记得很清楚的是，那种严肃的神情又一次挂在了他的脸上。

“她知道了事情之后情绪变化大吗？”我们问。

“是啊，有很长的时间，”他说，他摇了摇头，“虽说影响没有持续到现在。但是，我认为，身处在孤单寂寞的地方，对她反而有好处。饲养家禽等要花费她大量的心思，她要把心思用在那个上面，这样总算是熬过来了。我寻思着，”他若有所思地说，“大卫少爷，如果您现在看到我们家埃米莉，是不是还认得出她来呢！”

“她变化真那么大吗？”我问。

“我说不准，因为我天天看到她，说不准，但是，有的时候，我是觉得她变化挺大的。纤细的身子，”佩戈蒂先生一边说，一边看着炉火，“显得筋疲力尽。一双蓝色的眼睛温柔宽厚，充满忧伤。一张轻盈秀丽的脸庞，一颗小巧美丽的脑袋，微微向下垂着，声音柔和，举止娴雅，几乎是一副战战兢兢的样子。这就是埃米莉啊！”

他坐着，仍然注视着炉火，我们则默不作声地注意着他。

“有人认为，”他说，“她曾经爱错了人。有人认为，她嫁过的人去世了。没有人知道具体是怎么回事。她有很多回本来是可以嫁个很好的人的，‘但是，舅舅啊，’她对我说，‘这样的事情已经一去不复返了。’同我在一起时显得兴高采烈的，有别人在场时，她就避开了。为了去教一个孩子，或者为了去照顾一个病人，或者为了去帮助一个年轻姑娘准备婚礼（而且她帮助许多姑娘准备过婚礼来着，但没有参加过一个婚礼），走多远的路都乐意。对她的舅舅充满了爱心。为人很有耐性。男女老幼都喜欢她。所有人有困难都找她。这就是埃米莉啊！”

他用手抹了一把脸，忍着叹息了一声，目光离开了炉火，抬起了头。

“玛莎还和你们在一起吗？”我问。

“玛莎，”他回答说，“结婚嫁人了，大卫少爷，就在第二年。有个年轻人，是个在农庄上干活儿的，由于赶着主人家的拉车到市场上去，从我们的住处经过——来回有五百多英里的路程——他提出要玛莎做他的老婆（那个地方讨个老婆不容易），后来他们两个人就在丛林中安家落户了。她对我说了，要我把她的真实经历讲给年轻人听。我照着办了。他们两个结为了夫妻，住的地方与世隔绝，四百英里之内除了他们自己和鸣唱的鸟儿，就没有别人的声音。”

“格米治太太呢？”我挑起话题说。

这可是个开心的话头，因为佩戈蒂先生突然哈哈大笑起来，两只手上下摩擦着自己的两条大腿，当时他住在那个早已损坏的船屋里时，每次遇到开心愉快的事情就习惯做这个动作。

“说给您听都不会相信！”他说，“是啊，有人甚至提出要娶她为妻呢！有个在船上做厨师的，在那儿定居下来了，大卫少爷，向格米治太太求婚来着，这话若是有假，天打五雷轰，这话已经说到底了！”

我从没有看见阿格尼丝这么笑过。佩戈蒂先生突然露出的欣喜若狂的神情让她十分开心愉快，所以她便笑个不停。她越是笑得厉害，我也越是跟着发笑，而佩戈蒂先生欣喜若狂的程度越是强烈，他摩擦大腿的频率也就越高。

“格米治太太怎么说来着？”我忍住了笑之后问。

“你们可得相信我说的，”佩戈蒂先生回答说，“格米治太太本可以说，‘谢谢你，我很感激你，但我这么一大把年纪了，不想改变自己的生活状况。’可她没有这么说，反而提起身边的一只大桶，倒扣到那个在船上做过厨师的人的头上，结果搞得那个人大呼救命，随后是我进到屋里，这才把他救了出来。”

佩戈蒂先生又爆发出了一阵大笑声，我和阿格尼丝也陪着他笑。

“不过我得替那个善良的好女人说几句，”当我们笑得笑不出来时，他抹了一把脸，接着说，“她完全履行了曾经对我们许下的诺言，而且做得还要更好。大卫少爷，她可是个最最心甘情愿、忠实可靠、真心诚意、乐于助人的女人，这样的人世界上都找不到。我再也没有听见过她抱怨自己孤苦伶仃，无依无靠了，从来没有过，即便我们面对着一片殖民地，人生地不熟，也没有过。我实话对你们说，打从她离开英国之后，她就再没有想念过她的老伴了！”

“对啦，最后还有一个，但不是最不重要的人，那就是米考伯先生，”我说，“他还清了在这儿欠下的所有债务，连以特拉德尔名义开的期票都还请了，你记得的，亲爱的阿格尼丝。因此，我理当认为，他干得很不错。但他最近的情况怎么样啊？”

佩戈蒂先生脸上挂着微笑，一只手伸进胸前的口袋，掏出了一个折得平平整整的纸包，小心翼翼地再从纸包里取出一张样子有点奇特的报纸。

“您可要知道，大卫少爷，”他说，“由于我们日子过得很顺当，现在便已经离开了丛林，移居到了米德尔贝港附近，那儿就是称之为城镇的地方。”

“米考伯先生先前也在你们附近的丛林吗？”我问。

“啊，可不是嘛，”佩戈蒂先生说，“而且他全心全意地干活儿，我从来都没有见过一个绅士像他那样全心全意干活儿的。我看见，他扛着个谢了顶的脑袋，在阳光下满头大汗，大卫少爷，到后来，我都几乎觉得，那脑袋会融化掉。他现在成了一位地方行政官了。”

“地方行政官，呃？”我说。

佩戈蒂先生指着报纸上的一段文字，我大声地念了出来。以下就是那段引自《米德尔贝港时报》的文字：

昨日，本镇旅馆的大宴会厅宾客满座，济济一堂，举行了公众参加的宴会，旨在欢迎我们尊贵的殖民地同胞和本镇公民、米德尔贝港地区行政官威尔金斯·米考伯先生。据估计，前来赴宴者不下于四十七人，还不包括在过道和楼梯上的客人。米德尔贝港的淑女佳丽、社会贤达、杰出人士纷至沓来，向这样一位实至名归、才华横溢、广受爱戴的尊贵人物表达敬意（米德尔贝港殖民地萨伦文法学校的）。梅尔博士主持宴会，右边坐着尊贵的客人。餐桌布撤走了，圣诗《不归我们》[1]唱过了（圣诗唱得悠扬动听，我们很容易就辨认出了很有天赋的业余歌唱家小威尔金斯·米考伯先生那银铃般悦耳的歌声），宾客按例各自为王室的健康和国家的安宁[2]举杯祝酒，并且得到了欣喜的回应。梅尔博士激情满怀，随后发表了即席演讲，并提议为“我们尊贵的客人，为我们镇上增光添彩的人干杯。愿他永远不要离开我们，除非谋得高就，愿他在我们中间成就卓著，根本无须去谋得高就！”人们欢呼雀跃，积极响应祝酒的提议，其情形难以言表。欢呼声有如大海的波涛此起彼伏，不绝于耳。最后，全场肃静，威尔金斯·米考伯先生致答谢词。我们这位尊贵的镇民致辞时言辞华丽，典雅流畅，因本报目前人才有限，我们远不能妙笔生花，呈现全部内容！此处不妨概述为：此致辞乃华丽致辞之典范之作，其中数段追本溯源，尤其详尽地追述了自己成功的缘由，同时告诫在场的年轻之辈，无力偿还的经济债务有如暗礁陷阱，要设法规避，肺腑之言令在场最最刚强之士都潸然泪下。随后，众人向以下人士祝酒：梅尔博士，米考伯太太（她举止优雅，仪态万方，在侧门处鞠躬致谢，

① 即《圣经·旧约·诗篇》第一百一十五首，为感谢诗，多用于宴会。
② 按照惯例，宴会上首先提议为国王、王后、亲王及王室成员祝酒干杯。

其旁边的椅子上坐着一群佳丽，兴高采烈，一齐观赏并装饰着这令人赏心悦目的场景)，里杰尔·贝格斯太太(从前的米考伯大小姐)、梅尔太太、小威尔金斯·米考伯先生(他态度诙谐地说，他感觉自己不能用言辞表达谢意，如蒙诸位允许，可用歌声表达，众人听后，激动不已)，米考伯太太的娘家人(无须说，在故国闻名遐迩)，等等。祝酒程序完毕，餐桌撤去，准备跳舞，速度之快，有如魔术所致。特耳西科瑞[1]的信徒们纵情娱乐，直到太阳神提醒才离去。这些人当中，小威尔金斯·米考伯先生和海伦娜小姐尤为引人注目。后者乃梅尔博士的第四个女儿，美丽可爱，多才多艺。

我回过头看了看梅尔博士这个名字，在这样一个更加幸福美满的环境中，我欣喜地发现了梅尔先生，他过去可是一个穷困潦倒的人，担任过我的那位米德尔塞克斯治安官的助理教员啊。就在这个时候，佩戈蒂先生指着报纸的另外一段文字，上面赫然显现着我的名字，行文是这样的：

致著名作家

大卫·科波菲尔先生

尊敬的阁下：

想当初，本人有幸亲睹阁下容颜，迄今已过去多年了。现如今，阁下在文明世界盛名远播，万众敬仰。

然而，尊敬的阁下，尽管(由于受情势所迫，非本人能力所能控制)远离了年轻时代的朋友和伙伴，不能朝夕相处，但本人并非对他的飞黄腾达漠不关心，也没有因为

① 希腊神话中的九位缪斯之一，是主管舞蹈和合唱的女神。

（如彭斯的诗所言）

尽管汹涌澎湃的大海把我们两地相隔[1]；

而影响本人尽向他展示在我们面前的才智盛宴。

因此，尊敬的阁下啊，值此我们共同敬仰和倚重的人离开此地返回故国之际，我不能不借助这个公共的场合，以我个人的名义，同时也可以代表全体米德尔贝港居民，对您给予我们的恩惠致以诚挚谢意。

一如既往地前行吧，尊敬的阁下！您在此地并非默默无闻，并非不受人们青睐。虽“海天相隔”，但我们并非“举目无亲”、“忧郁悲伤”，（我或许还可说）亦非“步履维艰”[2]。一如既往地前行吧，尊敬的阁下，鹏程万里待有时！米德尔贝港的居民怀着欣喜、快乐、受教之情，至少有望目睹其盛景！

在世界的这一端，无数双眼睛在仰望着您，其中，只要一息尚存，就会有一双眼睛属于

行政官

威尔金斯·米考伯

我把报纸上其余的文字浏览了一番后发现，米考伯先生原来还是这家报纸的一位笔耕不辍、备受重视的撰稿人。同样在这份报纸上，还有他的另外一封信，说的是一座桥的事情。有一则广告声称，由他撰写的类似信件集将在近期再版，厚厚一大本，“增加了相当多的内容”，如果我没有猜错的话，报上那篇社论也是他的手笔。

佩戈蒂先生同我们待在一起期间，有许多个夜晚，我们谈到了关于米考伯先生的许多事情。整个期间，佩戈蒂先生一直都同我们住在一起，我想，前后不到一个月的样子。他妹妹和我姨奶也到伦

---

① 出自彭斯的《昔日的好时光》。

② 引号中的文字出自英国著名诗人奥利弗·哥尔斯密（Oliver Goldsmith，1730—1774 年）的长诗《远游者》。

敦来看他了。到他乘船返程时，我和阿格尼丝到了船上同他告别。今生今世，我们再不会有给他送行的机会了。

但是，在他离别之前，他同我一道去了一趟雅茅斯，去瞻仰了我在教堂的墓地里替哈姆竖起的一块小小墓碑。应他的要求，我帮他抄下了那朴素的墓志铭，这个当儿，我看见他弓着身子，从坟头上采撷了一束草，抓了一小把土。

“带给埃米莉，”他一边说，一边把东西揣到怀里，“我答应过的，大卫少爷。”

第六十四章

最后的回顾

至此，我要叙述的故事就结束了。搁笔掩卷之际，我要再度回顾，最后一次。

我看见自己跋涉在人生的旅途上，身边有阿格尼丝相伴。我看见周围有我们的孩子和朋友。我听见众多喧闹之声，一路前行中，没有充耳不闻。

转瞬即逝的人群中，哪些面孔是我看得最最清晰的？看啊，是这些，在我心里想到这个问题的时候，一张张脸全都转向了我！

这是姨奶，戴着度数加深了的眼镜，已是位年逾八旬的老人了，但身子骨挺拔，严寒的冬日里，还能不停歇地走上六英里的路程。

接着是一直陪伴着姨奶的佩戈蒂，我心地善良的老保姆，也同样戴着老花镜了，习惯于夜间紧挨着灯光做针线活儿，每次坐下来时，身边都会放着那块蜡头，放在小房子里的码尺，还有盖上绘着圣保罗教堂图案的针线盒。

我小时候，佩戈蒂的脸颊和手臂那么结实通红，所以我当时纳闷，为何鸟儿不去啄她，而宁可去啄苹果。现如今，脸颊和手臂都已经干瘪萎缩了。那双眼睛过去连脸上周围的地方都衬托得黑了，现在已经更加暗淡了（不过仍然炯炯有神）。但是，她那粗糙不堪的食指，我曾经把它同豆蔻小镲床联系在了一起，现在依然如故。我看见我最小的孩子抓住她的食指摇摇晃晃地从姨奶的身边走向她，这时候，我便想起了自己在我们的小客厅里走路不稳时的情形。姨奶当年失望的情绪现在已经得到补偿了，她已成了一个真真切切的贝齐·特罗特伍德的教母。多拉（排行第二）说，姨奶把她给宠坏了。

佩戈蒂的衣袋口里装着一件东西，鼓鼓囊囊的，那么小的东西，只能是那本关于鳄鱼故事的书，书这时已经破旧不堪了，有些书页脱下来了，又给缝上了，但佩戈蒂把它当作一件古董宝贝拿给孩子们看。我发现，事情很不可思议，我仿佛看到了自己童年时代的那张脸庞，佩戈蒂目光离开鳄鱼故事，抬起头来看着我，同时还让我想起了我的老相识谢菲尔德的布鲁克斯。

今年暑假期间，在我的那些男孩子中间，我看到一位老人扎了些硕大的风筝，风筝飞到空中之后，他们目不转睛地看着，那兴高采烈的样子无法用语言表达。他欣喜若狂地同我打招呼，连连点头，挤眉弄眼，“特罗特伍德，我没有别的什么事情干的时候，就要完成撰写那篇呈文了，你姨奶可是世界上最最出色的女人啊，先生，你听了之后一定会很高兴吧！”

这个弓身曲背的夫人是谁啊？只见她拄着根拐杖，一张脸庞呈现在我面前，昔日的傲气和美貌依稀可见，软弱无力地与岁月抗争着，她神情恍惚，气急败坏，昏聩愚钝，焦急烦躁。她在一座花园里，旁边站着一个身材瘦削、皮肤黝黑、面容枯槁的女人，嘴唇上有一道白色疤痕。让我来听听她们说的话。

“罗莎，我忘了这位先生的名字了。”

罗莎把身子俯向她，大声喊着说：“科波菲尔先生。”

“见到您很高兴，先生。看到您穿着孝服，我很难过。但愿随着时光的流逝，您会好起来的！”

她充满耐心地让服侍者数落了她一番，罗莎告诉她说，我并没有穿孝服，请她再仔细看看，并极力要使她清醒过来。

“您已经见到我儿子了，先生，”年长的夫人说，“你们言归于好了吗？”

她目不转睛地盯着我看的当儿，一只手贴到自己的前额上，呻吟着。突然间，她大声地叫喊起来，声音很可怕，“罗莎，到我这儿来。他已经死了！”罗莎跪在她的跟前，时而抚慰着她，时而同她争吵。罗莎时而恶狠狠地对她说：“我任何时候都比您更加爱他！”时而又像对待一个生了病的孩子似的搂在怀里哄她睡觉。就这样，我离开了她们。就这样，我又总是看到她们。就这样，她们年复一年地消磨着自己的时光。

从印度回国的是艘什么船？这位嫁给了一个长着一对招风大耳、说话高声大气的老年苏格兰富豪的英国夫人是谁啊？难道这是朱莉娅·米尔斯吗？

确确实实，就是朱莉娅·米尔斯，她气急败坏，夸饰炫耀，有个黑人用一只金灿灿的托盘向她呈上各种名片和信件，有个古铜色皮肤的女人，身穿亚麻布服装，头上扎着鲜艳的头巾，在她的梳妆室里伺候她用午餐。但是，朱莉娅现在已经不再记日记了，不再唱《爱情的挽歌》了，而是没完没了地同那位苏格兰老富豪吵架拌嘴，老家伙就像是只晒黑了皮毛的黄熊。朱莉娅掉进钱眼儿里了，所谈所想从不涉及别的任何东西。我倒是更加喜欢她待在撒哈拉沙漠里啊。

或许可以说，这就是撒哈拉沙漠！因为，朱莉娅尽管拥有一幢富丽堂皇的宅邸，高朋满座，每天吃的是美味佳肴，但我在她周围看不见任何绿色的植物，没有任何能够结出果实，或者开出花朵的东西。我见识了朱莉娅所谓的"社交圈"了，其中有供职于专利局的杰克·马尔登先生，对帮助他谋到此职位的人讥讽嘲笑，在我面前说博士是"十分可爱的老古董"。但是，朱莉娅啊，如果社交圈就是对这样一批精神空虚的男男女女的称谓，如果其中培养出来的人被认为是对能够促进或阻碍人类的每一种事物都漠不关心，我想我们一定是在这座撒哈拉沙漠中迷失方向了，最好还是寻找到逃脱的路啊。

看吧，博士永远是我们的好朋友，他殚精竭虑地编纂他的那部词典（已经编到字母D了），在家里和他的夫人过着幸福美满的生活。还有老军事家，现在威风大减，压根儿没有了昔日的影响力了！

后来有一次，我遇上了亲密老友特拉德尔，他在律师学院自己的事务所里忙碌着，头发（在尚未秃顶处）由于不断经受律师戴的假发头套的摩擦而比以往任何时候都更加不听使唤了。他的桌子上堆满了厚厚的卷宗。我一边环顾四周一边说：

“特拉德尔，如果索菲现在是文书的话，那她有够多的事情要做啊！”

“可以这么说吧，亲爱的科波菲尔！但是，在霍尔本大院里的那些日子也是最最美好的日子啊！难道不是吗？”

“是她对你说你会当上法官的那个时候吗？但是，这话当时还没有成为街谈巷议呢！”

“无论如何，”特拉德尔说，“如果我当上了法官……”

“啊，你知道自己会当上的。”

“是啊，亲爱的科波菲尔，等到我当上了的时候，我会讲述这件事情的，因为我说过了自己会这样做的。”

我们挽着胳膊走开了。我要随特拉德尔一道到他家里去赴宴，是庆祝索菲的生日家宴，一路上，特拉德尔对我讲述了他享受到的美满幸福的生活。

“亲爱的科波菲尔，确确实实地说起来，我心里想要做的事情，自己都有能力做到了。贺拉斯牧师的地位得到了提升，每年的薪水提高到了四百五十英镑。我们的两个男孩接受了最好的教育，而且品学兼优。牧师家的三个姑娘已经幸福美满地结婚嫁人了。还有三个同我们生活在一起。另外那三个，自从克鲁勒太太离世之后，在替贺拉斯牧师料理着家务，她们全都过得很幸福。”

“除了……”我提示说。

“除了那个大美人，”特拉德尔说，“没错。很不幸的是，她竟然嫁给了那么一个无赖，但是，他当时具有迷人的风度和炫目的外表，令她着了迷。不过，我们现在已经把她安顿到我们家里来了，摆脱了那个人，我们一定会使她再次精神振作起来的。”

特拉德尔家现在的住房是——或者说很可能是——他和索菲先前傍晚散步时给自己分配好的那种。这是一幢大住宅，但特拉德尔还是把自己的文件资料储存在更衣室里，让靴子与文件相伴。他和索菲则在楼上的房间里将就着，把最豪华的房间留给大美人和姑娘们住。房子里没有多余的房间了，因为有更多的“姑娘”在这儿，而且一直在这儿，由于这样那样的偶然因素，我都不知道该怎么数了。我们一走进门，就遇上了一群，跑下楼到门口，拉着特拉德尔要亲吻，最后他被弄得喘不过气来。这就是那位可怜的大美人，带着个小女孩，孤儿寡母的，在这儿永久地安下家了。在庆祝索菲生日的餐宴上，这是三个结婚嫁了人的姑娘，还有她们各自的丈夫，有一个是一个丈夫的弟弟，另外一个是一个丈夫的表弟，还有一个是一个丈夫的妹妹，这姑娘我感觉是同那位表弟订了婚的。特拉德尔完全还像从前那样淳朴率真，毫不做作，像个家长一样坐在大餐桌的下首位，索菲坐在上首位，满脸微笑地看着他，放置在他们之间闪闪发亮的餐具当然不是不列颠合金了。

现在，当我抑制着自己挥之不去的写作欲望，即将结束写作之旅时，一张张的面孔也随之逝去。但是，有一张面孔就像是从天国里发出的光芒一样照耀着我，让我看清了所有别的东西，它高于一切，也超出了一切。这张面孔保留着。

我扭过头，看着这张面孔，就在我的身旁，美丽动人，平静安宁。我的灯光渐渐地暗下来了，因为我已经写作到了深夜，但心爱的人一直陪伴着我。没有她，我什么都不是。

啊，阿格尼丝，啊，我的灵魂！当我生命结束的时候，但愿你的脸庞能够像这样守候在我的身边。当现实中的一切像我现在要打发走的那些身影一样从我身边消逝时，但愿我依旧能够像现在这样看到你在我身边，手向上指着！

（全文完）

经典文学名著

书名	作者
童年·在人间·我的大学	〔苏〕高尔基
巴黎圣母院	〔法〕雨果
昆虫记	〔法〕法布尔
格列佛游记	〔英〕乔纳森·斯威夫特
基督山伯爵	〔法〕大仲马
名人传	〔法〕罗曼·罗兰
简·爱	〔英〕夏洛蒂·勃朗特
飘	〔美〕玛格丽特·米切尔
莫泊桑短篇小说精选	〔法〕莫泊桑
汤姆·索亚历险记	〔美〕马克·吐温
泰戈尔诗选	〔印度〕泰戈尔
假如给我三天光明	〔美〕海伦·凯勒
希腊神话故事	〔德〕施瓦布
茶花女	〔法〕小仲马
瓦尔登湖	〔美〕梭罗
欧·亨利短篇小说精选	〔美〕欧·亨利
欧也妮·葛朗台	〔法〕巴尔扎克
契诃夫中短篇小说精选	〔俄〕契诃夫
爱的教育	〔意〕亚米契斯
呼啸山庄	〔英〕艾米莉·勃朗特
堂吉诃德	〔西〕塞万提斯
海底两万里	〔法〕儒勒·凡尔纳
复活	〔俄〕列夫·托尔斯泰

经典文学名著

书名	作者
大卫·科波菲尔	[英]狄更斯
培根随笔集	[英]弗兰西斯·培根
傲慢与偏见	[英]简·奥斯汀
神秘岛	[法]儒勒·凡尔纳
红与黑	[法]司汤达
汤姆叔叔的小屋	[美]斯托夫人
钢铁是怎样炼成的	[苏]奥斯特洛夫斯基
三个火枪手	[法]大仲马
安娜·卡列尼娜	[俄]列夫·托尔斯泰
福尔摩斯探案集	[英]柯南·道尔
老人与海	[美]海明威
哈姆莱特	[英]莎士比亚
莎士比亚悲剧喜剧集	[英]莎士比亚
安妮日记	[德]安妮·弗兰克
百万英镑	[美]马克·吐温
战争与和平	[俄]托尔斯泰
悲惨世界	[法]雨果
源氏物语	[日]紫式部
猎人笔记	[俄]屠格涅夫
呼兰河传	萧　红
朝花夕拾·呐喊	鲁　迅
骆驼祥子	老　舍

本书译者简介

潘华凌，男，江西上高人，教授，硕导，中国译协专家会员、理事，多年从事翻译研究、翻译教学和翻译实践工作，已在多家出版社出版文学译作和学术译著近三十部，计八百余万字，代表性作品有:《大卫·科波菲尔》《爱玛》《福尔摩斯探案全集》《动物农场》《1984》《消失的地平线》《柯林斯文集》(含六部长篇小说)《资本主义与现代社会理论——对马克思、涂尔干和韦伯著作的分析》(合译)《心灵的炼金术——理性与情感》(合译)《全球时代的欧洲》等。